KARINE GIÉBEL

Karine Giébel a été deux fois lauréate du Prix
Marseillais du Polar : en 2005 pour son premier
roman *Terminus Elicius,* et en 2012 pour son sixième
livre *Juste une ombre*, également Prix Polar franco-
phone à Cognac. *Les Morsures de l'ombre* (Fleuve
Noir, 2007), son troisième roman, a reçu le prix
Intramuros, le prix polar SNCF et le prix Derrière les
murs.
Meurtres pour rédemption est considéré comme un
chef-d'œuvre du roman noir.
Ses livres sont traduits dans plusieurs pays, et pour
certains, en cours d'adaptation audiovisuelle.
Purgatoire des innocents (Fleuve Noir, 2013) est son
septième roman.

MEURTRES POUR RÉDEMPTION

KARINE GIEBEL

MEURTRES
POUR RÉDEMPTION

Fleuve Noir

© Karine Giébel
© 2010, Éditions Fleuve Noir, département d'Univers Poche.
ISBN : 978-2-266-18074-0

À Sylvie et Jacky,
Sans qui ce livre n'existerait pas
Pour la liberté qu'ils me donnent
et les rêves qu'ils concrétisent

« Un courage indompté, dans le cœur des mortels,
Fait ou les grands héros ou les grands criminels. »

Voltaire

PROLOGUE

Tous les soirs se ressemblent, les nuits aussi. Et les jours, c'est pareil.

À quoi se raccrocher, alors ?

Aux repères, ceux qui rythment le temps, évitant qu'il ne devienne une hideuse masse informe.

S'y cramponner, comme à des arbres au milieu d'une plaine infinie, à des voix au cœur du silence.

À chaque heure, quelque chose de précis. Gestes, odeurs ou sons.

Et, au-delà des murs, le train.

Décibels de liberté venant briser l'aphasique solitude. Celle-là même qui vous dévore lentement, morceau après morceau. Qui vous aspire sans heurt vers les abîmes du désespoir.

Le train, comme un peu du dehors qui s'engouffre en vous jusqu'à l'âme, se moquant des barrières, de l'épaisseur du béton ou de la dureté de l'acier.

Fuir avec lui.

Voyages imaginaires qui transportent ce qu'il reste de soi vers des destinations choisies.

S'accrocher aux wagons, prendre le train en marche.

Il ne reste plus que ça.

Là, au cœur de la perpétuité.

Lundi 4 avril

Marianne ouvrit un œil pour interroger le vieux réveil estropié qui trônait sur la table en faux bois. Tout était faux ici, de toute façon.

Bientôt l'heure de la récré. Dehors, les autres en profitaient déjà. Mais pour elle, ce serait plus tard. Comme ces enfants punis par l'instit, qui trépignent en classe pendant que leurs petits camarades s'ébattent dans la cour.

La cour… Marianne se remémora celle de son école primaire. Les grands arbres, un peu tristes, comme s'ils avaient poussé trop vite au milieu des carrés de chiendent. Et les bancs en métal vert et troué… Et les cris des gosses. Leurs rires. Leurs pleurs, parfois.

Le bonheur ? Non. L'enfer.

De toute façon, ça avait toujours été l'enfer. Partout, tout le temps.

La cour… Carré de goudron entre quatre murs coiffés de barbelés. Inhumaine, comme tout le reste. Mais un peu d'air, putain que c'est bon !

Surtout quand on a pris perpète.

Non, jamais ils ne me laisseront sortir. Peut-être quand j'aurai soixante piges et des rhumatismes jusque dans la racine des cheveux. Dans plus de quarante ans…

Une traînée de givre descendit de sa nuque jusqu'à

la cambrure de ses reins, comme à chaque fois qu'elle réalisait…

Trop dangereuse, avait dit le psy. Un gros con, ce maudit toubib !

Trop violente, incapable de maîtriser sa colère ou de discerner le bien du mal.

Si. Un fixe d'héroïne, c'est bien. Le manque, c'est mal.

Je les emmerde. Tous autant qu'ils sont. Les bourges qui me reluquaient de travers, les éducateurs prêcheurs-pécheurs, les assistantes sociales qui assistent à la déchéance. Les juges à charge, les flics-décharge, les psys chargés ; les matons marrons, les avocats, seulement du diable. Toute cette société pourrie qui n'a rien compris à ce que je suis. À ce que je pourrais être…

Moi qui ne suis plus qu'un numéro d'écrou et rien d'autre.

Moi, numéro d'écrou 3150.

Le bruit de la clef dans la serrure, acier contre acier, mauvais pour les tympans, bon pour le moral.

— Marianne, promenade !

La surveillante patientait à la porte. Justine, elle s'appelait. La plus sympa de toutes, un vrai visage humain dans cette masse de métal. Marianne lui tourna le dos, attendant sagement de se faire menotter les poignets, tandis que dans le couloir, Daniel assistait à la scène. Daniel, le premier surveillant, le gradé comme ils disent. En bref, le chef. Le seul mec du bloc, le seul à pouvoir arpenter le quartier des femmes. Normalement, toujours en présence d'une matonne. Normalement. Parce que le règlement…

Daniel, un opportuniste de première. Sûr qu'il n'était pas ici par hasard ! Ici, place idéale pour satisfaire ses fantasmes de tordu. Il venait parfois jeter un œil aux transferts de Marianne jusqu'à la cour. Elle qui avait droit à un traitement de faveur, une surveillance toute particulière. Une cellule pour elle toute seule, la cour pour elle toute seule, tandis que les autres détenues étaient déjà revenues en cage. La rançon de la gloire, en quelque sorte.

Daniel lui adressa un sourire libidineux au passage.

— Je m'en charge, proposa-t-il à Justine. Tu peux aller prendre un café, si tu veux. Tu me rejoindras dans la cour…

L'enfoiré ! Il parlait du café parce que ici, le règlement l'interdit aux détenus. À force, on finit par en rêver. Un bon expresso, bien fort. Avec une clope. Et trois sucres.

Justine s'éclipsa, soulagée de se voir accorder quelques minutes de répit, tandis que Marianne continuait à avancer, Daniel sur ses talons. Elle sentait son regard dans son dos, juste en bas de son dos. Il la rattrapa, la frôla. Une main au cul, discrètement.

— Touche-toi ! murmura-t-elle.

La réplique le fit sourire. Eh non, il ne se toucherait pas. Il la toucherait, elle. Pas d'autre moyen d'avoir de la came ou autre chose dans ce foutoir. Une pipe ou pire, sinon t'as rien.

C'est l'administration. Vachement bien organisé, comme système. Tout le monde profite de tout le monde et moi, je me fais baiser. Quand les gardiennes ont le dos tourné.

Et tout le monde regarde ailleurs.

C'est peut-être pour ça qu'on construit les nouvelles prisons en dehors des villes. Pour que l'honnête citoyen ne risque pas de se salir les yeux sur les murs, qu'il ne soit pas obligé d'imaginer ce qui se passe derrière les enceintes. Qu'il oublie le mal qui croupit dans les geôles de la République. Pour qu'il soit tranquille. Conscience pépère. Pas de questions inutiles pouvant compromettre sa productivité ou gâcher ses soirées télé devant la Star Ac' ou les conneries du genre.

Dehors, enfin. Ciel pourri, lui aussi. Ciel du nord, plombé. Crachin froid et infâme.

Marianne, libérée de ses menottes, commença par allumer une cigarette puis arpenta les quelques mètres carrés de bitume d'un pas lent. Elle écrasa son mégot et se mit à courir, sous la garde des deux matons, Justine venant de rejoindre son chef dans la cour.

Toujours deux pour la surveiller. Règle numéro une. Elle pouvait courir comme ça pendant une demi-heure. Après, elle s'entraînait. Séance d'arts martiaux en plein air.

— Vas-y, décompresse ! murmura Daniel.

C'est bien, ça la défoule. Elle tape dans le vide, c'est mieux que de taper sur nous.

Mais une heure, ça passe vite. Enfin, une heure dans la cour. Parce qu'une heure en cellule…

Le chef tapota sa montre : il fallait retourner dans le terrier.

Remettre les bracelets ; là aussi, traitement de faveur. Règle numéro deux.

Les pinces, c'est juste pour moi. Parce qu'ils n'ont pas apprécié que je refasse le portrait d'une gardienne l'année dernière. Je l'ai pas tuée pourtant. Juste remis le nez, la mâchoire et les vertèbres à la bonne place. Façon cubiste inspiré. Elle l'avait cherché. Et ses semblables me l'ont fait payer. Très cher. Ils me le font encore payer, d'ailleurs. Aucun pardon, ici.

La porte se referma, Marianne se boucha les oreilles pour ne pas entendre la clef dans la serrure. Au retour, c'était insupportable.

Perpète. Pour avoir tué.

Elle se rallongea sur le lit. Coup d'œil au réveil, sourire. Dans quatre minutes, il passerait lui chanter sa douce musique. Quatre minutes, juste le temps de fumer sa Camel. Le paquet était presque vide, il fallait penser à s'approvisionner.

Enfin, le 17 h 04 approcha. Un souffle lointain,

d'abord. Qui grandissait dans l'espace. Elle se posta sous la fenêtre ouverte, ferma les yeux pour écouter la machine métallique fondre sur les rails. Délicieux frissons dans tout le corps. Jusque dans la tête. Il descendait sur Paris avant de foncer vers le Sud. Lyon, Valence, Avignon… Des villes qu'elle ne connaissait pas. Qu'elle ne connaî-trait jamais.

Perpète. Pour avoir tué.

C'est pas vraiment de ma faute. Ils ont eu ce qu'ils méritaient.

Et moi aussi.

***

Minuit, couvre-feu depuis longtemps. Marianne avait les yeux grands ouverts. Cette nuit, la matonne de garde, c'était Solange. Un nom empreint de douceur pour une peau de vache répondant au joli surnom de Marquise. Comprenez Marquise de Sade… Elle venait justement de faire sa ronde, lorgnant au travers de chaque judas, raclant son trousseau contre les portes, histoire de réveiller celles qui avaient la chance de dormir.

Lundi soir, ravitaillement. D'ailleurs, Daniel ne tarda pas. Marianne savait qu'il viendrait lui rendre visite juste après Solange. Qu'il viendrait chercher un peu de plaisir. Mais il n'avait pas intérêt à arriver les mains vides. Elle se leva, un drôle de sourire sur les lèvres.

— Bonsoir, ma belle…

— Montre la marchandise, exigea-t-elle d'emblée.

Il sortit de ses poches quatre paquets de cigarettes, Camel fortes, comme elle aimait. Parce que Marianne n'avait pas assez d'argent pour se payer des clopes.

— C'est tout ? dit-elle en le dévisageant froidement. Tu te fous de moi ou quoi ?

— J'ai pas pu apporter la came aujourd'hui, avoua-t-il.

— Et tu crois que je vais coucher pour quatre malheu-reux paquets ?! Tu rigoles, non !

17

— Tu peux me faire crédit ! Je t'apporte le reste demain.

— Rien du tout, va te faire voir !

— Allez Marianne ! Déconne pas ! Fais pas ta mauvaise tête…

Ce qui la contrariait le plus, c'est qu'il ne restait que trois cigarettes dans le dernier paquet. Même pas de quoi tenir la nuit. Mais la négociation commençait à peine. Ce contretemps lui permettrait peut-être d'obtenir plus.

Daniel réfléchissait, appuyé contre la porte. Il était impressionné par cette fille. Tout juste vingt et un ans. Plus dure que n'importe quel détenu du quartier des mecs. Il détaillait son visage d'ange déchu, ses yeux, deux lunes noires et maléfiques brillant au milieu d'un désert d'ivoire. Son corps souple mais déjà fatigué. Ses mains délicates mais qui avaient assassiné et pouvaient recommencer à tout moment. Elle avait quelque chose de fascinant, de magique. Elle faisait peur. Elle lui faisait peur. Ça le faisait bander, forcément. Comment la décider ?

— Bon… Si tu veux pas, je reprends mes petits cadeaux et je vais voir ailleurs…

Elle ouvrit l'un des paquets en le défiant du regard.

— Viens les chercher si t'es un homme ! répondit-elle avec un sourire railleur.

Elle s'allongea sur son lit, savourant sa clope à crédit. Daniel sentait monter la colère, autre chose aussi. Il ne pouvait pas repartir comme ça. C'était elle qu'il voulait ce soir. Elle et aucune autre. Il s'approcha, prudent. Conscient d'avoir une bête féroce en face de lui. Mais il aurait ce qu'il voulait. Il gagnerait, comme toujours. Il suffisait d'y mettre le prix.

— OK, je te propose la cartouche et deux grammes demain, si tu me fais crédit.

Elle se releva, intéressée. Sûr qu'un peu de rab pour la semaine, ça lui aurait bien plu…

— Une cartouche en plus des quatre paquets de ce soir ?

— Exactement ma belle ! Alors ?

Elle mima la fine bouche alors que sa décision était déjà arrêtée.

— OK, mais t'as pas intérêt à me rouler !

— Est-ce qu'une seule fois je n'ai pas tenu parole ?

Vrai qu'il était réglo, le gradé. Façon de parler, vu les circonstances ! Parce que dans son genre, c'était un beau salaud, le Daniel ! Une femme et deux gosses à la maison et, pendant ses nuits de garde, il se tapait une ou deux détenues. Enfin, c'est ce que Marianne imaginait. N'ayant aucun contact avec les autres filles, elle ne pouvait savoir combien commerçaient avec lui. Peut-être bien plus que deux, finalement. Elle supposait qu'il se procurait la drogue auprès de certaines familles de prisonniers, en échange de divers services qu'il faisait payer au prix fort. Les clopes, idem. Ces petites sauteries en cellule ne lui coûtaient pas un rond en plus !

Il prit Marianne par le bras. Un peu brutal. Normal, il voulait lui montrer qui commandait ici. Elle entrait dans son jeu, respectait le contrat.

Debout, face à elle, il déboucla sa ceinture. Rien à faire, il fallait toujours commencer par ça. Mais Marianne s'en foutait. Au début, elle vomissait toujours après une pipe. Maintenant, ça allait. Comme quand tu manges toujours la même chose, un peu comme la bouffe merdique de la prison. À force, tu sens plus le goût. Elle se mit à genoux, ça lui plaisait de la voir ainsi, humiliée. Ça aussi, ça faisait partie du contrat. D'habitude, elle essayait toujours de penser à autre chose. Mais cette nuit, elle n'y arrivait pas. Elle parvenait juste à ne pas entendre les mots obscènes prononcés à voix basse. Qui ne la salissaient plus depuis longtemps. Depuis qu'elle était salie à vie. D'ailleurs, on aurait dit qu'il se forçait à les murmurer. Comme si ça l'aidait à atteindre le sommet. Ou comme s'il voulait la rabaisser encore plus. À moins qu'il ne cachât bien plus derrière ce simulacre…

Merde, pourquoi j'arrive pas à penser à autre chose ce soir ? Ce pourri se sent fort alors que je pourrais le tuer d'un simple coup de poing. Ou le castrer d'un simple coup de dent. Qui sait, peut-être qu'un jour je le ferai ?! Il rentrera à la maison un morceau de bite en moins. C'est sa femme qui va être surprise !

Ça y est, Daniel la terreur grimpait au septième ciel…

Marianne partit se rincer la bouche au lavabo. Mais ce n'était pas fini. Ça aurait pu payer quatre paquets ; mais pour une cartouche et deux doses, le prix était plus élevé. Le chef s'était déjà installé sur le lit. La gardienne ne repasserait que dans deux heures, alors…

Ensuite, Marianne s'injecterait un peu de venin dans les veines, le peu de poudre qu'il lui restait. Elle attendrait le train de nuit, histoire de voyager gratos. Puis elle dormirait, juste deux ou trois heures.

Pourquoi je les ai tués ?

Ils ont réussi. Un bon paquet de fric, un petit pactole, même ! Bijoux, bibelots horribles mais de valeur. Et même un vase Gallé qui paiera bien quelques doses. De quoi tenir un moment. Peut-être s'offriront-ils un week-end à l'étranger ? L'Italie... Marianne a toujours eu envie de découvrir Rome ou Florence.

Thomas monte le son, resserre ses mains sur le volant. Jay Kay se déchaîne dans l'habitacle.

— J'adore ce type !

Elle pose sa main sur son épaule. Descend lentement jusque sur sa cuisse.

— Moi, c'est toi que j'adore ! murmure-t-elle dans son oreille.

Il lui répond par un sourire.

— On est les meilleurs...

Les vieux n'ont pas résisté longtemps avant de filer la combi du coffre. À peine quelques dents cassées pour papy, quelques brûlures de cigarettes pour mamy... Chacun sa technique. Elle, elle préfère frapper. C'est ce qu'elle fait le mieux, de toute façon. Lui se montre plus raffiné. Il utilise la menace, insinue doucement la peur dans les entrailles de l'autre. Il allume une clope et... Justement, ça lui donne envie, elle pique une cigarette dans la poche de Thomas. Là, elle se demande soudain si elle n'a fait que lui casser quelques dents, à papy... La mâchoire aussi, peut-être... Sans importance. Pas de sa faute si elle déteste les vieux. Ça lui rappelle trop ses grands-parents, qui l'ont élevée après la mort de ses parents. Élevée ? Rabaissée, plutôt ! Persécutée pendant des années. Comme s'ils se vengeaient. Mais de quoi ? Elle ne leur avait rien fait, pourtant. Rien demandé… Lui, ancien officier de marine ; elle, femme au foyer qui astique l'argenterie deux fois par jour. Ils savent tout, possèdent toutes les réponses sans même accepter les questions. Leur bouche, une canalisation qui déverse les certitudes à gros débit. Leur esprit, une meurtrière. Arthrite de la colonne et du cerveau. Elle réalise brusquement que ça n'a rien à voir avec l'âge. Ils étaient comme ça bien avant les rides. J'aurais dû y aller moins fort avec papy… Mais il a peut-être un bon dentiste. Sans importance.

Elle baisse la vitre. Jay Kay s'évade par grappes de notes sur le périphérique.

Tu deviendras médecin, avocate ou… à la rigueur, tu épouseras un homme de ta condition. Si un homme veut bien d'une fille comme toi ! Tu feras de hautes études ou un bon mariage, tu deviendras quelqu'un. Faire honneur à ton nom, celui que tu as la chance de porter…

Sûr que Thomas n'est pas riche. Mais il a voulu de moi. Il m'a voulue, moi et aucune autre. Je compte pour lui. Je compte tellement… Comme jamais, pour personne.

Quoi ? Tu veux devenir professeur d'arts martiaux ? On m'a proposé d'intégrer l'équipe de France. J'aurais pu devenir une championne et ensuite, j'aurais ouvert mon propre dojo. La seule vraie chance qui se soit présentée à moi. Avec Thomas, bien sûr. *Un métier de voyou, un métier d'homme en plus. Même pas un métier, de toute façon ! On t'a passé ce caprice pour que tu nous fiches la paix, le médecin nous l'avait conseillé pour apaiser ton caractère instable, tes accès de colère. Mais si tu crois qu'on va te laisser*

*déshonorer ta famille ! Tu vis dans tes rêves, tout ça
parce que tu as remporté quelques médailles ridicules !
Pense à notre pauvre fils. Il aurait voulu autre chose
pour toi… que tu deviennes quelqu'un.*

Il est mort, ma mère avec, je ne me souviens même
pas de leurs visages. Et pendant toutes ces années,
supporter ces deux ignobles bourges qui votent FN et
emploient une femme de ménage marocaine… Alors,
sûr, elle ne pouvait que se tirer ailleurs… Première
fugue en détresse mineure, le jour de ses seize ans. Les
conneries, le foyer pour mauvaises filles. Puis le retour
au bercail… *Ça t'a calmée ? Maintenant que tu as jeté
l'opprobre sur la famille…* Je préfère encore la rue.
Mais j'ai trouvé une autre manière de partir. D'abord,
des voyages chimériques, évasions en poudre. Fini, les
médailles. Et puis la fuite, la vraie, la définitive. Aux
côtés de Thomas. Avec, en prime de démission une
partie des économies familiales.

Mon héritage, après tout ! Juste un peu avant l'heure.
Un jeu d'enfant. Peut-être qu'ils ont licencié la bonne
après ça ! Restrictions budgétaires obligent ! Elle sourit
à cette idée, éclate même de rire. Thomas baisse le son,
il aime tant l'entendre rire.

— Pourquoi tu te marres comme ça ma puce ?

— Je pense à mes vieux. À ce qu'on leur a piqué en
quittant la maison ! J'aurais tellement voulu voir leurs
tronches quand ils ont découvert qu'on leur a pris leur
blé !

Non, elle en fait un peu trop. Elle préfère ne pas avoir
vu leurs visages, finalement.

Papy vient encore la harceler… Comme ça, il aura un
dentier tout neuf ou se fera faire de belles dents… Il a
une bonne mutuelle, sûr. Quand on a des vases Gallé, on
a forcément une bonne mutuelle… Évidemment, depuis
qu'elle a quitté le nid doré, les flics sont à ses basques.
Mais ils ne remuent pas ciel et terre pour la retrouver.

Ils ont mieux à faire que de pister une mineure qui a fugué avec une petite frappe en emportant le butin… Faut diminuer le chiffre de la délinquance, augmenter celui des amendes. Se montrer et encaisser. Un peu comme les putes, finalement. Les politiciens comptent là-dessus pour se faire élire la prochaine fois, ne pas l'oublier ! Alors les poulets, ils restent planqués derrière leurs radars ou contrôlent les Beurs dans les cités, ça rassure le bon peuple. Enfin, ils contrôlent que les pas dangereux, parce que les autres, mieux vaut ne pas les approcher de trop près… Et puis, Thomas veille sur elle. Déjà six mois qu'ils naviguent ensemble. Lui non plus n'a pas eu de chance. Mais maintenant, ils sont deux. Ils sont forts. Elle arrête de rire, s'appuie sur son épaule. La voiture fonce sur l'asphalte humide, trouant la nuit pourtant épaisse. Elle n'a pas peur de la vitesse, elle n'a peur de rien de toute façon. Ils ont sniffé un bon coup avant leur petite sauterie chez papy-mamy, ils survolent la capitale comme deux oiseaux de proie portés par les courants. Pas encore repus, la nuit leur appartient. Juste à regagner leur repaire, et ensuite… Ensuite, elle lui donnera peut-être ce qu'il attend depuis longtemps mais n'a jamais exigé. Ce soir, elle se sent prête. Peut-être parce qu'elle aura dix-sept ans demain.

— Merde !

Elle sursaute. La voiture stoppe, crissement de pneus à déchirer les tympans. Un barrage. Simple contrôle d'identité ou d'alcoolémie. Peu importe. Avec ce qu'ils ont dans le coffre et dans le sang, c'est pas le moment. Un policier leur ordonne de se ranger sur le côté.

— Fonce ! supplie Marianne.

Thomas redémarre doucement, comme s'il allait obtempérer. Puis soudain, il appuie à fond, le flic a juste le temps de se jeter sur le côté. Pleine puissance à nouveau, mais ils ne rient plus. Une voiture à leurs trousses, sangsue au pare-chocs de la Renault. Sirène hurlante, discrétion assurée.

— On est morts !

— Dis pas ça ! implore Marianne. On va les semer !

Les semer ? Avec cette bagnole pourrave au moteur asthmatique ? Va falloir la jouer fine, ne pas compter sur la vitesse. Trouver une autre solution. Quitter le périph'… Thomas braque à droite, le cortège hystérique s'engage sur une bretelle de sortie. Zone industrielle déserte, ronds-points en série, les autres toujours scotchés derrière. Bizarre qu'ils n'essaient pas de doubler. Finalement, la Renault en a sous le capot, malgré ses airs de tas de ferraille. Jamais encore il ne l'avait poussée aussi fort. Les autres décrochent un peu, le gyrophare s'éloigne progressivement dans le rétroviseur.

Marianne a pris le pistolet dans la boîte à gants. Celui qui sert à faire peur. Mais qui n'a jamais servi d'ailleurs. Peut-être le balancer avant qu'ils ne nous arrêtent ? Non, ils ne peuvent pas nous arrêter, rien ne peut nous arrêter.

Sauf que, brusquement, un mur se dresse en face. Voitures blanches, lumières bleues, artillerie lourde. La cavalerie en renfort. Une souricière.

— Cette fois on est morts ! hurle Thomas.

Le pied toujours au plancher, le mur qui se rapproche. Freiner ou accélérer ? Il n'a pas le temps de trouver la réponse. Le pare-brise explose, sa tête avec.

La voiture part dans le décor. Marche funèbre avec grandes orgues pour le rythme. Jusqu'à ce que le sarcophage fracasse la barrière d'un chantier et plonge dans un énorme trou d'où un immeuble commence tout juste à émerger. Marianne a cessé de hurler. Étonnée d'être encore en vie. Elle déboucle sa ceinture, passe la main dans les cheveux de Thomas. Du sang, partout. Ils me l'ont tué. Ils me l'ont tué, ces salauds ! Elle s'extirpe de la voiture tandis que les uniformes sont déjà en haut de la tombe béante.

— Police ! Arrêtez-vous ! Levez les mains !

Tu parles ! Elle cavale entre les fondations, son flingue dans la main droite. Le visage inondé de larmes brûlantes. Elle court à une vitesse hallucinante, à peine essoufflée. Ils me l'ont tué. Tué.

Elle remonte de l'autre côté du trou tandis que les flics le contournent. Elle court, entre les baraques de chantier, les poutrelles métalliques qui jonchent le sol. Entre ses larmes aveuglantes. Elle court, son cœur habitué à la cadence infernale. Des années d'entraînement. Elle escalade une palissade, fonce tout droit, la meute sur ses talons. Elle bifurque dans une petite rue, saute par-dessus un muret. Se planque instantanément dans un buisson, juste derrière la clôture. Ses poursuivants passent dans la ruelle. Ils ne l'ont pas vue. Elle a réussi.

Ils m'ont pris Thomas, ils ont pris ma vie.

Elle respire doucement, plus un bruit alentour. Mais un chien se met à aboyer derrière la porte d'entrée de la maison. La lumière s'allume dans le hall, puis dans le jardin.

— Ta gueule, sale clébard ! Tu vas me faire repérer…

Passer chez les voisins serait plus prudent. Elle se relève, longe la haie. Tout à coup, elle sent une présence, tourne la tête et tombe nez à nez avec le canon d'une arme.

— Tu mets les mains derrière la tête ! Allez !

Le flic arbore un large sourire, content de lui. Une de ses petites camarades arrive, complètement asphyxiée par l'effort. Marianne lève lentement les mains. Dans son cerveau, par contre, tout va très vite. La taule, le sourire en coin des vieux cons – *on t'avait dit que tu finirais mal* – et le manque.

Ils n'ont pas vu le flingue à ma ceinture. Ils me l'auraient déjà pris sinon…

— Je l'ai trouvée ! hurle le policier dans un cri de victoire.

— Avance vers nous ! continue la fille en tirant sur ses menottes coincées après son pantalon.

Elle semble encore plus terrorisée que Marianne. Ses mains tremblent, son front perle de sueur. Elle peine à respirer. Son collègue continue d'ameuter la horde. Il a rangé le revolver dans le holster, ça n'a pas échappé à Marianne. Il prend sa radio pour appeler ses copains qui restent sourds à ses brames de triomphe. La petite s'emmêle avec les bracelets. Elle va finir par entraver ses propres poignets. Là, Marianne sent qu'elle a encore une chance. Une ultime chance. Deux amateurs, rien de plus. Alors qu'elle est une guerrière, une vraie.

Agir avant que les autres n'arrivent.

Dans un mouvement presque invisible tellement il est rapide, elle saisit le pistolet, le pointe en direction des deux uniformes. Finalement, c'est pas si dur. Leurs yeux s'arrondissent de peur.

— Bougez pas ! dit-elle dans un souffle un peu rauque.

Elle passe le muret, s'éloigne à reculons, suffit d'arriver au bout de la rue et de partir en courant en les laissant sur place… Mais… qu'est-ce qu'il fout l'autre ? Il… Il dégaine… L'impression d'un mauvais film qui passe au ralenti. Il va tirer.

Non ! Moi en premier !

Elle appuie, une fois. Deux fois, trois fois… Vide le chargeur, les yeux fermés. Quand elle les rouvre, les deux sont à terre, la fille bouge encore. Paralysée, Marianne cherche l'issue, les yeux aimantés par ses victimes. Le cœur au bord de l'arrêt cardiaque, les pieds au bord du précipice.

— Lâche ton arme ou on ouvre le feu !

Le reste de la cohorte a flairé sa trace. Ils sont quatre. Quatre flingues braqués sur elle. Et si Thomas était encore vivant ? Il était peut-être simplement évanoui, il va peut-être s'en sortir. Dans la nuit, elle n'a pas pu bien voir.

— Lâche ton arme j'ai dit !

Elle ne pense même pas à desserrer les doigts, crispés à mort sur le métal. À ses pieds, la flic gémit de détresse. Marianne la regarde, elle, puis les autres. On dirait que ça fait des heures que la scène a commencé…

Les fenêtres de la rue s'éclairent, le chien va finir par défoncer la porte. Des gens en pyjama se risquent dehors, assistent au spectacle. Encore mieux que les feuilletons télé.

Si je bouge, ils me descendent. Si je ne bouge pas, ils me descendent aussi. Mais si Thomas est vivant, je ne veux pas mourir !

Elle fait un mouvement, sent l'impact, entend la détonation. S'effondre en arrière dans un cri de douleur. Ensuite, tout va très vite. Autour d'elle, un danse d'ombres menaçantes. Juste avant qu'elle ne ferme les yeux.

Thomas ? Thomas ? Elle ne voit plus rien… Juste des voix, des pas. On la bouscule. Elle a mal, tellement mal.

— Il est mort ! Il est mort ! Le SAMU, vite !

Thomas ?

Et puis une longue spirale l'attire. Elle a si froid, si mal. Tourne sur elle-même, fragile papillon dans la tourmente. Ensuite, noir complet. Silence total.

Enfin, la scène est finie.

Mardi 5 avril

Début du mois, jour de la solde. La Marquise se présenta à la porte de la cellule 119. Elle s'était tapé la garde cette nuit, enchaînait avec une journée de travail. Elle avait peu et mal dormi, allait faire payer son manque de sommeil. Mais de toute façon, elle avait toujours quelque chose à faire payer...

Marianne s'assit sur son lit tandis que Solange entrait, Micheline sur ses talons. Micheline, une détenue qui avait passé l'âge légal de la retraite. On aurait dit un fantôme, l'ombre d'une femme qui avait existé ailleurs que derrière les barreaux. Mais à force, elle avait pris la couleur grise des murs.

— Voilà ton petit cadeau, de Gréville! balança la Marquise avec dédain.

— Gréville, reprit calmement Marianne en se levant. C'est soit mademoiselle de Gréville, soit Gréville tout court... Il faut apprendre à parler français, surveillante!

— Tu crois que tu vas m'apprendre à parler français, toi?

— Je vous explique seulement comment employer la particule. Une Marquise devrait pourtant savoir cela!

Solange changea instantanément de couleur. Elle n'avait jamais assumé son surnom.

— Ferme-la!

— À vos ordres, madame *de* la surveillance ! ricana Marianne.

— Tu ferais mieux de remercier le contribuable de ne pas te laisser crever la bouche ouverte.

Marianne joignit ses mains, fit craquer ses phalanges.

Micheline profita dc la trêve pour déposer le colis sur la table. Paquetage de l'indigent : brosse à dents, savon, serviettes hygiéniques, shampooing, gel douche, dentifrice. Le minimum vital gracieusement offert par l'administration pénitentiaire à celles qui n'avaient rien. Elle avait dû toucher son petit pécule, aussi. Un autre cadeau de la prison. Une somme ridicule portée sur son compte. De quoi cantiner une bricole et les deux paquets de cigarettes que Daniel l'obligeait à acheter chaque mois de façon à ne pas éveiller les soupçons des gardiennes. Comme si ça ne se voyait pas qu'elle fumait vingt clopes par jour ! N'empêche, ça avait l'air de faire illusion.

Marianne fixait toujours Solange tandis que Micheline retournait à son chariot, l'échine courbée.

— Pouvez-vous signaler au généreux contribuable qu'il a oublié le Chanel n⁰ 5, surveillante ?!

— C'est vrai que tu pues, mais aucun parfum ne viendra à bout d'une telle odeur.

— Nouvelle erreur, surveillante ! Ce n'est pas moi qui pue, c'est la cellule… depuis…

Elle consulta son vieux réveil.

— Depuis exactement deux minutes et trente secondes !

— Ça fait longtemps que t'as pas rendu visite au mitard, non ? Au moins deux semaines…

— Ouais, pile-poil deux semaines. Vous maîtrisez mieux les mathématiques que la grammaire !

— On dirait que ça te manque, de Gréville ! Mais je peux arranger ça, si tu y tiens…

— C'est Gréville.

— Tu devrais plutôt aller te laver, rétorqua Solange

en arborant son sourire de garce. Mais peut-être que le savon ne peut pas enlever le sang qu'il y a sur tes mains !

Touché. À force de lancer des missiles, on arrive forcément à atteindre la cible. Marianne s'approcha encore, Micheline tourna la tête de l'autre côté. Ne pas être témoin. Les deux femmes n'étaient plus qu'à quelques centimètres. Marianne murmura d'une voix à peine audible :

— Continue à me faire chier et bientôt, c'est l'odeur de ton sang que je sentirai sur mes mains…

— J'en ai brisé des plus dures que toi !

— Y a pas plus dure que moi. Même tes putains de barreaux sont pas plus durs que moi…

Elles parlaient toujours à voix basse. Solange battait en retraite, l'air de rien. Mais elle avait les canines affûtées. Et du venin plein la bouche.

— Ce soir, je prendrai un bain chaud, j'irai au resto avec mon mec… Et après, nous…

— T'as trouvé un mec, toi ? Comment t'as fait ? Tu l'as appâté avec ton bulletin de salaire, celui que t'offre chaque mois le *contribuable* pour que tu joues au petit facho avec les détenues ?

— Faut bien que quelqu'un se dévoue pour garder la vermine en cage ! Crois-moi, le contribuable est prêt à payer pour ça…

Marianne éclata soudain de rire.

— Vous avez raison, surveillante ! C'est beau, l'abnégation ! Vous auriez dû être bonne sœur !

La Marquise avait presque vidé son chargeur. Plus qu'une balle.

— Désolée, mais je n'aurai pas le temps de te sortir dans la cour, ce matin…

La vengeance absolue. Le règlement imposait une heure de promenade. Mais avec Justine, Marianne avait souvent droit à une heure le matin, en plus de sa balade de l'après-midi. Avec la Marquise, ce n'était jamais arrivé. Les clefs martyrisèrent la serrure et les oreilles de Marianne qui répondit par un grand coup de pied dans la porte blindée… Blindée. Plus que moi.

Elle se laissa tomber sur son lit et le regard reprit son chemin de ronde. Plafond, murs, sol, sommier du dessus… Plafond à nouveau. Puis ses mains, qu'elle examina longtemps.

Pourquoi je les ai tués ?

***

11 h 09. Le train s'éloignait déjà. Pourquoi passait-il toujours si vite ? Marianne gardait les yeux fermés. Comme pour emprisonner ce chant de liberté dans sa tête. Qu'il continue encore et encore. Des images revenaient, floues et précises à la fois…

… Ils arpentent le quai à la recherche du bon numéro.

— C'est quoi, déjà ? demande Thomas.

— Voiture 13, places 14 et 15… Pas compliqué ! Le tiercé dans l'ordre !

Ils grimpent dans le compartiment, Marianne s'assoit près de la fenêtre ; sur le quai, un couple enlacé ne parvient pas à se dissoudre malgré le compte à rebours qui a commencé. Ils s'embrassent, s'embrasent, se serrent, se fondent presque l'un dans l'autre. Marianne les observe, subjuguée.

— Qu'est-ce qu'il y a, ma puce ?

Elle sursaute. Sourit. Prend sa main et murmure :

— Regarde-les…

Il aperçoit les deux amants, qui ne semblent former qu'un.

— Y en a un qui va rater le train ! dit-il en riant.

— Ils ne devraient pas se séparer… Tant pis pour le train…

Thomas allume une cigarette, ouvre son coca. Soudain, la femme du quai empoigne son sac, recule d'un pas. Marianne n'arrive pas à y croire. La bulle d'amour

32

vient de se déchirer. Elle ressent la fissure à l'intérieur de son propre corps. Elle saisit le bras de Thomas, avec force.

— Elle est montée dans le train !

— Ben, évidemment ! Elle était là pour quoi faire, à ton avis ?!

Justement, la voilà qui s'avance dans le couloir, s'arrête à quelques mètres d'eux. Elle pleure. Marianne aussi.

— Qu'est-ce qui t'arrive, ma puce ?

— Rien... C'est des larmes de joie. J'suis tellement heureuse de partir loin avec toi...

— Moi aussi... Tu verras, tout ira bien maintenant. Tu vas pouvoir les oublier, ces deux cons !

Une secousse annonce le départ, Marianne dévisage l'homme du quai. Lui aussi, pleure. Elle a envie de hurler à la femme de descendre, de le rejoindre. Pas le droit de se faire si mal. Rien ne peut en valoir la peine. Rien...

L'homme du quai est loin, désormais. Marianne demande :

— Tu... tu crois qu'on s'aimera comme ça un jour ?

... Marianne rouvrit les yeux. Le train était loin, depuis longtemps. Aujourd'hui, elle avait la réponse à sa question.

Non, jamais ils ne s'étaient aimés comme ça. On n'a pas eu le temps, peut-être. Le temps n'y aurait peut-être rien changé. Comment savoir ?

À chaque fois, la blessure se rouvrait dans son ventre. Douleur intacte, indemne, malgré le choc des années de taule.

Est-ce qu'un jour, on m'aimera comme ça ?

Samedi 9 avril

La Marquise avait tenu parole. Monique Delbec, la doyenne des surveillantes, attendait au seuil de la cellule.

— Mademoiselle de Gréville, dépêchez-vous je vous prie !

Une voix rêche, à vous balafrer les tympans. Un ton toujours autoritaire mais jamais déplacé.

Marianne préparait son baluchon, habituée à ces départs précipités où il ne fallait pas oublier l'essentiel autorisé : les cigarettes, un ou deux romans, le pull en laine troué, la trousse de toilette avec, à l'intérieur, bien planqué, le nécessaire à planer. Et son réveil, bien sûr, histoire de ne jamais perdre le fil du temps. Madame Delbec, aussi rigide qu'un barreau de fenêtre, faisait tournoyer avec impatience la paire de menottes, comme s'il s'agissait d'un lasso. Marianne posa son petit bagage dans le couloir. Daniel sortit de l'ombre comme un prédateur de sa tanière. Il ne ratait jamais ce rendez-vous, sauf quand il était de repos.

Il ouvrit le sac, fit mine d'en vérifier le contenu. Sachant où se dissimulait la came, il examina l'intérieur de la trousse de toilette.

— C'est bon, rien à signaler, conclut-il en se relevant.

Delbec et Marianne retournèrent alors dans la cellule

pour la fouille réglementaire. Daniel, resté dehors, sifflota pour passer le temps, ce qui avait le don d'énerver Marianne.

— Allez mademoiselle, déshabillez-vous…

Ça, c'était l'humiliation suprême et quasi quotidienne. Se foutre à poil devant une matonne, se pencher en avant et tousser. Encore, avec Delbec, ça n'allait pas plus loin. Il était évident que ça ne lui plaisait pas, à elle non plus. Contrairement à la Marquise. Avec elle, c'était une autre histoire…

Les deux femmes ressortirent rapidement de la cellule.

— C'est bon pour la fouille, annonça la gardienne en menottant sa prisonnière avec une étonnante dextérité.

Marianne se mit en marche, la tête haute, précédée de Madame Delbec qui se dandinait comme une volaille à point pour Thanksgiving. Daniel terminait la procession.

— On dirait que ça te plaît, hein, Marianne ! balança-t-il.

— J'adore ça, vous pouvez pas savoir !

— Quand est-ce que tu vas te tenir tranquille ?

— Pas ma faute si l'autre sadique me cherche continuellement…

— Taisez-vous, mademoiselle de Gréville ! ordonna la gardienne.

— À vos ordres, surveillante !

— On t'a dit de la fermer ! répéta Daniel en mimant Delbec qui ne remarqua même pas la moquerie de son propre camp.

Descente au purgatoire. Le Conseil de Discipline n'y était pas allé avec le dos de la cuiller. Quarante jours de mitard, presque le maximum de la peine. Pour insultes et menaces de mort sur une surveillante nommée Solange Pariotti. Micheline avait témoigné, Marianne lui garderait un chien de sa chienne, même si la Marquise avait sacrément dû mettre la pression pour la faire céder.

Elle n'a pas eu le choix ? On a toujours le choix. Tout sauf balancer.

Règle numéro 3.

Arrivée au sous-sol, long couloir éclairé par des veilleuses maladives. On se serait cru dans les catacombes un soir sans lune.

Delbec s'arrêta devant la dernière geôle, un peu en retrait, située en bas d'un escalier en béton. La pire de toutes, bien sûr. Marianne serra les mâchoires, attendant qu'on la libère de ses bracelets fantaisie en métal chromé.

Mais, au moment d'entrer, elle hésita. Quarante jours. Neuf cent-soixante heures. Dans ce trou hideux.

— Faut qu'on te pousse ? demanda Daniel d'une voix calme.

Marianne le flingua du regard puis avança lentement. Pas de porte, ici. Une grille qui grinça et claqua brutalement dans son dos. Delbec repartit immédiatement vers les étages, pressée de déserter cet endroit peu engageant. Mais Daniel joua les prolongations, comme au spectacle.

— Alors ma belle, l'endroit te convient ?

— Ta gueule !

— Doucement, chérie.

Elle se retourna et le vit, accroché aux barreaux, un sourire indécent sur les lèvres.

— Désolé ! J'ai pas pensé aux cacahuètes !

Elle posa ses mains à côté des siennes.

— Viens pas si près, murmura-t-il. Ça pourrait me donner des idées…

— Des idées ? Quel genre d'idées ?

— Tu le sais très bien…

— Ben suffit pas d'avoir les idées, mon gros. Faut aussi avoir les moyens de les réaliser…

— Tu me cherches ?

— Pas la peine, t'es déjà là. T'es toujours là, de toute façon… Et puis, j'ai besoin de rien. Alors tu entreras même pas dans cette cellule tellement t'as peur de moi… Tu sais que si tu ouvres cette grille, t'en prends plein la gueule…

— Ah ouais ? Et toi, tu te prends quarante jours de plus !

— Et alors ? J'ai perpète devant moi, je te le rappelle… Là ou ailleurs… Je pourrais même te tuer… Ça changerait quoi ? Je me prendrais un siècle de taule ? Et après ?

— Tu m'aimes trop pour me tuer ma douce ! lança-t-il en riant. Tu as trop besoin de moi… Si je crève, tu crèves aussi ! Le manque, c'est terrible, hein Marianne ?

— Va te faire foutre…

— Allez, je te laisse t'installer ! Je repasserai plus tard… Je vais me prendre un bon petit café… Je te souhaite une agréable journée !

Elle cracha au travers des barreaux mais rata sa cible qui partit en se tortillant à la Delbec. Marianne considéra avec tristesse sa cellule. Une petite table, un siège et un lit, le tout en béton. Mobilier design, dernier cri. Avec un matelas de laine jeté en travers de la paillasse. Une vieille couverture à la saleté repoussante tombée sur le sol, des chiottes en inox. Pas de télé – de toute façon, elle n'avait jamais pu s'en payer une – pas de fenêtre non plus. Juste un minuscule soupirail tellement sale que le jour peinait à entrer. Un spot ancré dans le plafond, sous une grille. Mais le pire, c'était l'odeur. Il fallait plusieurs jours pour s'y faire. Surtout dans cette cellule particulièrement vétuste. Un exquis mélange d'effluves, pisse, excréments, moisissure et vomi. La totale.

Tu vas pas chialer Marianne ! Tu vas pas leur donner ce plaisir !

Elle fuma quatre cigarettes d'affilée, histoire de masquer les autres odeurs par celle du tabac. Puis elle enfila son pull et voulut s'allonger sur le matelas. Un cafard obèse y promenait ses antennes. Elle le transforma en

37

une immonde bouillie qu'elle balança dans les toilettes. Elle prit le roman emprunté à la bibliothèque la veille. *Des Souris et des Hommes* d'un certain John Steinbeck. J'aurais dû commander un livre plus épais. Va pas faire long feu celui-là… J'espère au moins qu'il sera bien… Tu vas t'habituer à l'odeur, Marianne. C'est pas la première fois que t'atterris ici. Concentre-toi sur le bouquin. Et le 14 h 20 ne va pas tarder… D'ici, elle ne l'entendrait presque pas mais le devinerait avec un peu d'imagination. La pire des punitions.

Elle ne perd rien pour attendre, cette salope de Marquise. Un jour, je détruirai sa jolie petite gueule d'aryenne. Je lui ferai cracher toutes ses dents. Et je m'en ferai un collier.

Pourquoi je les ai tués ?

***

Marianne ouvrit un œil et tomba sur le visage d'un vieil homme penché au-dessus du lit. Elle sursauta, voulut se lever mais resta clouée sur le matelas. Poignets et chevilles entravés.

— Qu'est-ce que vous me voulez ?! s'écria-t-elle en tentant de se détacher.

Il approcha encore un peu plus sa figure de la sienne. Il avait l'air si gentil. D'ailleurs, il lui souriait. Elle découvrit avec horreur qu'il n'avait plus de dents. Plus aucune. Il essayait de parler, mais seuls des sons ridicules sortaient de sa bouche. Des sons et du sang. Puis il serra ses mains ridées sur son cou. Elle étouffait, lentement. Il souriait toujours, trou noir et béant. Son visage se modifiait peu à peu, se décomposant littéralement sous les yeux terrifiés de Marianne.

— Tu vas venir avec moi ! ordonna-t-il doucement. Tu vas voir comme l'enfer est plaisant…

Elle ne pouvait même plus appeler au secours. Plus un atome d'oxygène dans les poumons. Trop tard.

Elle poussa un cri et s'assit sur la paillasse. Première nuit au mitard. Toujours la plus dure. Elle passa sa main sur sa gorge intacte. Pas de papy en vue. Personne. Solitude absolue, silence complet. Seuls les cauchemars, les cafards et les punaises de lit lui tiendraient compagnie. Il lui fallait de l'aide.

Un fixe d'héroïne plus tard, elle se rallongea doucement sur le matelas éreinté, après avoir minutieusement effacé les traces du forfait, planqué son attirail de défonce. Il lui fallait sa dose tous les deux ou trois jours. J'suis pas vraiment accro. Sinon, je me piquerais matin et soir. Si je voulais, je pourrais m'en passer.

Un cafard rôdait sur le mur, juste à côté d'elle.

— Salut, mon pote… Toi aussi, t'as pris perpète? Qu'est-ce t'as fait pour ça?

Il n'eut pas la politesse de répondre. Elle n'en était qu'au début du voyage. Encore quelques minutes et il se mettrait à parler.

— Moi, j'ai descendu un flic à bout portant…

L'insecte s'immobilisa près de son visage, remua des antennes. À l'écoute, comme un psy au-dessus du divan.

— J'ai buté un flic, tu te rends compte? Et j'en ai blessé un autre, une nana en plus… Paraît que maintenant, elle se déplace en fauteuil… Mais c'est pas le pire! Si j'avais fait que ça, j'aurais pas pris autant… C'est à cause du vieux… J'ai pas tapé bien fort pourtant… Si, je t'assure!

Le cafard tenta d'aller voir ailleurs mais Marianne le plaqua contre le mur. Il s'agitait dans le creux de sa main. Ses antennes ou ses pattes chatouillaient sa peau.

— T'es comme les autres, tu me crois pas! Je lui ai juste pété quelques dents… Et la mâchoire aussi… Bon, c'est vrai que je lui ai filé un coup dans l'estomac… Mais je pensais pas lui avoir explosé les tripes! C'est pas ma faute, j'sens pas ma force… comme Lenny…

Y sent pas sa force, lui non plus… T'as pas lu *Des Souris et des hommes* ? T'as tort, ce livre est génial ! Je l'ai presque fini… Et pis s'tu veux pas me croire, c'est tant pis pour toi… J'en ai marre qu'on me croie pas !

Elle serra son poing et entendit un drôle de craquement. Comme si elle émiettait un biscuit sec.

— À qui tu parles, de Gréville ?

Elle se redressa d'un bond, la cellule vacilla. En écarquillant les yeux, elle distingua une ombre derrière la grille, au milieu d'une brume étrange. Quelqu'un faisait-il un feu de camp dans le couloir ? Mais nul besoin de clarté pour savoir qui lui rendait visite. La voix avait suffi. Suave, gorgée de haine. La Marquise venait jouir du spectacle.

— Alors, tu parles toute seule ? Décidément, t'es de plus en plus cinglée, ma pauvre !

Marianne resta figée. Surtout, ne pas s'énerver pendant le voyage où chaque émotion est démultipliée… La Marquise alluma la lumière, Marianne ferma les paupières sous les agressions du spot. L'interrupteur était dehors, inaccessible pour le détenu. Impossible d'arrêter le supplice.

— Qu'est-ce que tu as ? T'oses même pas m'affronter du regard ?

Ne pas répondre. Surtout, ne pas répondre à la provocation…

— Alors ? T'as perdu ta langue ou quoi ? s'amusa Solange. T'as les pétoches ?!

Marianne sentit ses jambes se raidir, se força à ouvrir les yeux et les dirigea comme deux sabres laser en direction de l'ennemi. La drogue les rendait plus pénétrants que jamais. Plus noirs que jamais. Puis elle se leva lentement, tenant sur ses jambes presque par miracle.

Solange lâcha la grille alors que Marianne s'en approchait.

— Alors, de Gréville, les cafards te tiennent compagnie, j'espère !

— Oui, surveillante, ils sont très gentils avec moi…

— Normal, vous êtes de la même race !

Marianne passa son bras entre deux barreaux, ouvrit son poing. L'insecte écrasé tomba aux pieds de Solange qui fit un pas en arrière avec un cri de dégoût. Marianne souriait férocement, fixant toujours la jeune gardienne comme si elle allait la tuer à distance.

— Viens dans ma cellule, Marquise, qu'on s'explique une bonne fois pour toutes…

Solange contemplait la blatte dont les antennes bougeaient encore. Puis ses yeux tombèrent sur ceux de la criminelle.

— Alors, tu viens pas ? T'as les *pétoches* ou quoi ? Ouvre cette grille et amène-toi. Viens te battre… Je t'attends ! Je vais t'arracher la peau et m'en faire une descente de lit…

— Tu vas rien faire du tout, pauvre folle ! Tu vas juste moisir ici toute ta vie jusqu'à ce que tu crèves… Et moi je serai là pour te regarder partir. Les pieds devant, bien entendu…

— Bien entendu… Mais je vais te dire un truc, je partirai pas sans t'avoir tuée. Que je fasse au moins quelque chose de bien dans ma vie… Débarrasser le monde de ta pourriture.

Solange avait pris soin d'emmener sa matraque. Marianne oublia de reculer. L'arme s'abattit sèchement sur ses phalanges, elle se décrocha du métal en hurlant. Elle tomba à la renverse, pressa ses mains l'une contre l'autre. Mais elle était encore à portée, Solange voulut lui assener un coup sur l'épaule. Dommage qu'elle ne fût pas assez rapide. Marianne captura son poignet et l'attira brutalement vers elle. La gardienne embrassa les barreaux avec violence. Ses doigts finirent par lâcher la matraque. Marianne resserra encore la pression, tout en se remettant debout.

Ça y est, elle est à moi.

Solange tentait de dégager son bras, prisonnier d'un étau d'acier.

— Faut pas s'approcher trop près des cages quand on regarde les fauves, murmura Marianne.

— Laisse-moi ou je hurle !

Face à face, juste une grille pour les séparer. De son autre main, Marianne attrapa la nuque de Solange avant de lui écraser le visage sur le métal.

— Tu croyais pouvoir jouer combien de temps avec moi ? On t'a pas raconté ce que j'ai fait à l'autre matonne ? Dans quel état je l'ai mise ? Elle était un peu comme toi… Mais elle fera plus jamais de mal à personne… Comme toi, bientôt…

Solange hurla de plus belle, tenta de griffer Marianne au visage. Son front heurta de nouveau la grille, son cerveau fit un dangereux aller-retour. Marianne aurait pu la tuer rapidement, mais elle avait envie de savourer ce moment précieux. La drogue lui donnait des ailes. Elle changea de tactique, lui saisit la gorge. Serrer doucement, enfoncer les doigts dans la chair tendre et sans défense. Lire la peur dans les yeux. Deux ombres surgirent dans le couloir. Daniel et Delbec. Le chef essaya de libérer sa collègue, mais Marianne refusait obstinément d'abandonner son jouet agonisant. Elle serrait de plus en plus, la surveillante suffoquait lentement.

— Marianne ! Lâche-la tout de suite !

Autant parler à une sourde. Alors Daniel dégaina sa matraque électrique. Sanction immédiate. Une première décharge dans les côtes projeta Marianne sur le sol ; le corps de chiffon de Solange s'effondra lamentablement.

— Tu vas te calmer, oui ou merde ! hurla Daniel en pénétrant dans la cellule.

Marianne se releva, reçut une nouvelle décharge qui

lui arracha un râle déchirant. Cette fois, elle capitula, tétanisée par terre.

— Monique, les menottes, vite !

Il attacha Marianne à un anneau scellé au mur et battit en retraite, avant qu'elle ne retrouve ses esprits. Solange avait rouvert les yeux, sonnée plus qu'autre chose.

— Cette folle a voulu me tuer ! gémit-elle d'une voix brisée.

— Ça va, rien de cassé ? demanda le chef en s'agenouillant devant elle.

Une bosse commençait à émerger sur son front, sa gorge portait une trace rouge, comme un collier.

— Elle a voulu me tuer ! Vous avez vu, hein ?

Daniel jeta un œil à Marianne, prostrée contre le mur. Elle taisait sa souffrance, comme d'habitude. Alors que Solange continuait à pleurnicher telle une gamine qui vient de s'écorcher le genou.

— Ferme-la ! ordonna-t-il soudain.

Solange en resta bouche bée.

— T'étais pas de garde au mitard, ce soir… Alors tu peux me dire pourquoi tu traînais ici ?

— Mais… Mais je voulais juste…

— Juste l'empêcher de dormir ? La provoquer ?… Faudrait que t'arrêtes tes conneries, Pariotti !

— Mais vous avez vu ce qu'elle m'a fait ?

— Tu l'as cherché ! conclut-il. Monique, vous l'emmenez à l'infirmerie.

Delbec aida Solange à se remettre debout et le couple en uniforme s'évapora dans la pénombre. Marianne pressait sa main libre contre son ventre, là où il avait frappé. Mais aucune plainte ne sortait de sa bouche, cousue de douleur. Daniel s'approcha avec prudence.

— Ça va aller ?

— Fous-moi la paix, putain !

— Raconte-moi ce qui s'est passé…

— Tu sais très bien ce qui s'est passé… Tant que tu tiendras pas cette chienne en laisse, elle viendra me pourrir la vie…

Daniel alluma une cigarette avant de s'asseoir près d'elle.

— T'en as pas une pour moi ?

Il lui tendit la sienne.

— Faut que t'apprennes à te maîtriser, Marianne.

— Dégage…

— Me parle pas comme ça.

— Va-t'en… J'ai besoin d'être seule.

— Comme tu voudras, dit-il en se relevant.

— Eh ! Tu vas pas me laisser attachée au mur !

— Si je te libère, tu vas me sauter dessus.

— Non, j'te jure !

— T'es complètement défoncée, je préfère te laisser là.

— Eh ! Reviens, me laisse pas comme ça !

La grille se referma, Marianne tapa du poing contre le mur. Mais ce ne fut pas le béton qui se craquela. Elle se mit à pleurer sans retenue, comme elle ne se l'était pas autorisé depuis longtemps.

— J'veux pas rester là, j'veux pas mourir ici…

***

Nuit blanche dans un trou noir. Le jour s'était levé mais Marianne le devinait plus qu'elle ne le voyait. Ses paupières étaient brûlantes, son corps exténué. Son cerveau au bord de l'épuisement. Des pas la tirèrent brutalement de sa solitude douloureuse. Des pas discrets, légers. Justine apparut derrière la grille. Marianne sentit alors une odeur familière et pourtant inhabituelle.

— Salut Marianne… Dans quel état tu t'es mise ! T'as pleuré ?

— On dirait que ça sent le café…

— J'ai croisé Daniel qui rentrait chez lui. Il m'a dit de te descendre un petit café.

— Un vrai café ?

— Oui, un vrai de vrai ! répondit Justine en la libérant des menottes.

Marianne prit la tasse entre ses deux mains et respira avec délice, les yeux fermés.

— Y a du sucre ?

— Trois, comme tu aimes !

Un vrai petit déjeuner, avec du pain frais et du beurre, un café fort et mielleux ! Chaque goutte était une révélation divine. Une cigarette pour faire passer tout ça, le pied absolu.

— Le chef m'a raconté ce qui s'est passé hier soir…

— C'est elle qui est venue me chercher ! se défendit Marianne. J'étais tranquille et…

— Je sais tout ça, coupa la surveillante. C'est toujours la même histoire, de toute façon. Pourquoi tu réponds encore à ses provocations ? Si tu l'ignores, elle finira par se lasser.

Marianne haussa les épaules tout en récupérant sur son doigt la dernière goutte du précieux breuvage.

— Allez viens, je t'emmène à la douche.

Marianne enleva son pull en grimaçant de douleur. Les restes des chocs de la veille. Elle souleva son tee-shirt, chercha les deux hématomes. Un sur les côtes, un au milieu du ventre. Une vraie saloperie, cette matraque électrique ! Le directeur l'avait offerte au chef peu après l'arrivée de Marianne dans sa prison. Tout spécialement pour elle… Illégal, sans aucun doute. Mais à qui se plaindre ?

Elle attrapa sa trousse de toilette et suivit Justine jusqu'à l'unique douche du mitard. Dix minutes chrono pour se laver d'une nuit d'immondices. La cabine était propre, une propreté qui faisait du bien au corps et à l'esprit. Le gel douche au parfum bon marché, le shampooing au décapant, rien ne pouvait la contrarier. Elle serait restée là pendant des heures.

— Marianne ! Ça fait un quart d'heure ! Faut sortir… J'ai pas que toi à emmener à la douche !

Elle ferma le robinet à regret, se sécha rapidement. Puis elle s'arrêta devant le lavabo pour peigner ses cheveux courts, aussi noirs que ses yeux. Elle se regarda quelques instants dans le miroir. Mieux valait éviter. Elle rejoignit Justine dans le couloir.

— Tu me fais sortir ?

— Commence pas, Marianne, s'il te plaît. Tu connais le règlement aussi bien que moi.

Au mitard, c'était une heure l'après-midi, pas plus. Aucun espoir de faire céder Justine. La grille, déjà. La cellule immonde qui bâillait comme un crustacé géant et répugnant.

— Tu restes un peu ? espéra Marianne.

— Cinq minutes, pas plus, concéda la gardienne.

C'était déjà beaucoup. La seule compagnie que Marianne trouvait agréable. Les deux femmes s'assirent côte à côte, contre le mur.

— Qu'est-ce que ça pue, ici ! constata Justine.

— Tu l'as dit ! Tu peux pas me transférer dans une autre cellule ?

— Non, c'est le directeur qui a ordonné qu'on t'enferme là… Pour te dégoûter du cachot, des fois que ça te calmerait !

— Ben voyons… Il me connaît mal, cet abruti !

Elle s'arrêta de parler, tendit l'oreille.

— Tu l'entends ? murmura-t-elle.

— Quoi ?

— Le train, bien sûr !

Justine se concentra à son tour et crut percevoir un bruit lointain.

— Toujours accro du rail, hein ?

— Toujours… Si un jour je sors, la première chose que je fais, c'est prendre le train…

Si un jour je sors.

— Si tu te tiens à carreau, tu finiras par sortir, assura la surveillante.

— Tu parles ! J'aurai soixante piges et plus un cheveu sur le crâne... Ça sera en... 2045... Putain ! On dirait un truc de science-fiction ! 2045...

— Tu peux être dehors avant soixante ans. Sauf si tu continues à ajouter des médailles à ton palmarès !

— Ah ouais ? À cinquante, tu veux dire ? Qu'est-ce que ça change ?

— Dix ans de moins, je trouve que ça change tout.

Un long silence les enferma encore un peu plus.

— Un autre train... murmura Marianne. Un train de marchandises.

— Comment tu les reconnais ? s'étonna Justine en souriant.

— C'est pas la même chanson qu'un TGV ! Rien à voir...

— Pourquoi es-tu aussi amoureuse des trains ?

— J'ai toujours aimé ça... Entendre passer un train, c'est agréable. Surtout depuis que je suis dedans... Quand j'étais môme, les fois où je m'éloignais un peu de mes grands-parents, c'était par le train... Quand je partais en colo ou chez ma tante. Quand j'ai fugué la première fois, j'ai pris le train, aussi... Que des bons souvenirs ! Et toi ? T'as pas un bon souvenir en train ?

— Ben tu sais, j'ai pris le RER tous les jours quand j'habitais en banlieue parisienne. Alors, c'est un peu synonyme de routine pour moi... Et puis, on n'a pas forcément que des bons souvenirs en train...

— À quoi tu penses ? questionna Marianne en prenant son paquet de cigarettes.

— J'ai pas vraiment envie de te raconter...

Justine lui piqua une clope, détourna la tête.

— Si, tu en as envie, mais ça reste coincé...

Justine souriait tristement. Encore une fois, la petite avait raison. Sous ses airs de brute insensible, elle cachait le don de compréhension, celui de percevoir ce qui tentait de rester caché. Et bien d'autres talents encore… Dommage qu'elle ait tout gâché. Dommage que la vie l'ait gâchée.

— C'était il y a longtemps. J'étais encore étudiante à la fac. Je prenais le RER tous les soirs pour rentrer chez mes parents. Assez tard, parfois…

— À l'heure où les trains de banlieue ne sont plus très sûrs, pas vrai ?

— Ouais… Le compartiment était presque désert, mais j'avais l'habitude. Je lisais un bouquin, je m'en souviens encore… Et puis trois mecs sont montés. J'ai tout de suite compris qu'ils allaient nous faire chier… Bruyants, vulgaires. Des petites frappes, tu vois…

— Je vois !

— Deux se sont assis en face de moi, le troisième à côté. J'ai fait mine de les ignorer, les yeux rivés sur mon roman… Seulement, je voyais plus les mots… Je tournais même plus les pages… Ils ont commencé à échanger des propos sur moi…

Justine fit une pause, replia ses jambes jusqu'à poser le menton sur ses genoux.

— Je parie qu'ils ont dit que t'étais bonne ou des conneries comme ça…

— Ouais, ce genre de choses… Et puis… il y en a un qui a écrasé sa clope sur ma godasse… Là, j'ai senti que j'étais vraiment en danger.

Marianne serra les poings ; elle aurait voulu tenir un rôle dans cette scène qui lui en rappelait étrangement une autre. Je leur aurais mis une de ces branlées, à ces salopards !

— Je leur ai dit de se calmer, reprit Justine. Mais il y en a un qui m'a attrapée par le bras. J'étais morte de peur, j'ai crié… Et là, un homme s'est levé, quelques rangs devant…

Marianne devint livide.

— Il est intervenu ? demanda-t-elle d'une voix étrange.

— Oui… Il s'est interposé, leur a demandé de me laisser tranquille. J'ai profité de la diversion pour me barrer. Avant de quitter le compartiment, je me suis retournée, j'ai vu que les trois jeunes l'empoignaient par le col… Je suis passée dans le wagon d'à côté, j'ai couru jusqu'au suivant. Et le suivant encore. Jusqu'à ce que le train s'arrête enfin. Je suis descendue… Et… Et j'ai quitté la gare, j'ai pris un taxi…

Justine cessa de parler. Marianne regardait ses pieds.

— J'ai jamais su ce qui était arrivé à cet homme, confessa la gardienne. Tu peux pas savoir comme j'ai culpabilisé… J'ai rien fait pour l'aider. J'étais complètement paniquée, j'ai filé le plus loin possible sans réfléchir… Les jours d'après, j'ai épluché les journaux, tous les faits divers. J'avais tellement peur de lire qu'il était mort… Je me souviens bien de lui, de son visage. Chaque détail. Son costume, sa cravate…

— S'il était mort, tu l'aurais su…

— Mais il a dû morfler, tu sais. Il a fait ça pour moi, il m'a sauvée… Et moi, je n'ai jamais pu le remercier.

— Je comprends… Mais l'important, c'est que toi, tu t'en sois tirée… Quoi qu'ils aient pu faire à ce mec, c'est rien à côté de ce qu'ils auraient pu te faire, à toi. Et puis, il a certainement bien compris pourquoi tu t'étais enfuie de la sorte… Tu as repris le train, après ça ?

— Jamais. J'ai jamais pu. Si tu savais comme j'ai eu peur… C'est étrange parce qu'en fait, ils ne m'ont pas touchée, mais…

— Mais c'est comme si… tu as ressenti les choses comme si elles se passaient vraiment. La douleur n'est pas la même, mais la peur, si… La preuve, t'as jamais pu remonter dans un train… Comme quoi, y a encore des types bien sur cette planète !

— Ouais, y en a ! dit Justine en souriant. Bon, faut que j'y aille…

Marianne ne protesta pas. Justine avait déjà donné beaucoup en lui accordant quelques minutes de son temps. En se confessant de la sorte. Même si elle venait sans le savoir de lui retourner les tripes.

— Et… c'était quoi le titre du bouquin ? demanda-t-elle encore. Celui que tu lisais dans le train ?

— Drôle de question ! Ça s'appelait *L'Église Verte*. Je risque pas de l'oublier !

Marianne ferma les yeux.

— Ça va pas ? demanda Justine. T'as l'air… bizarre. Il t'est arrivé la même chose ?

— Non, je t'assure.

— Tu sais, Marianne, j'ai raconté ça à peu de gens et…

— Et je garderai le secret, même sous la torture !

— Merci… Mais ne t'inquiète pas, ici on ne torture personne. C'est la taule qui s'en charge.

Samedi 7 mai – Maison d'arrêt de S. –
Quartier disciplinaire

Trente jours. Dans ce trou infâme, pestilentiel.

Sept cent vingt heures de solitude.

Quarante-trois mille deux cents minutes d'une lente déchéance. Sans grande différence entre le jour et la nuit.

Deux millions cinq cent quatre-vingt-douze mille secondes de désespoir. Sans le moindre sourire.

Marianne était devenue fortiche en calcul mental. Faut bien occuper le temps qui semble s'être coincé, qui prend un malin plaisir à s'éterniser. Qui s'égrène le long des murs sombres et moisis. S'accroche à tous les barreaux, emprunte les chemins les plus tortueux pour passer. Le sablier doit être obstrué, pas possible que ce soit si long.

Marianne abandonna son roman sur la couverture. *Des Souris et des Hommes*, une révélation. Une autre dimension. Les seuls bons moments de ces trente derniers jours. Les plus belles larmes. Mais elle l'avait déjà lu trois fois, le connaissait presque par cœur. Quant au deuxième roman emporté, il était aussi insipide que l'ennui. Et puis, Daniel lui avait fait un coup tordu. Parti en vacances avec femme et enfants, sans ravitailler sa petite protégée. Délibérement. Ça aussi, ça faisait partie du contrat.

51

À chaque peine de cachot, il oubliait de venir la voir. Si t'es pas sage, t'as pas tes friandises.

Rien à foutre du contrat ! Tu perds rien pour attendre. Je vais m'aiguiser les dents contre les barreaux ! Quand tu reviens, je te la taille en silex !

Il lui restait un fixe. Un seul. Elle était en manque depuis plusieurs jours. Pas encore celui qui essore le corps comme une serpillière. Juste une angoisse diffuse, de plus en plus sournoise. L'aspirine et la codéine avaient permis de faire face. Ses prises de guerre à l'infirmerie, ses fausses migraines récurrentes. Mais, depuis ce matin, panne sèche. Et l'infirmière refuserait sans doute de lui filer quoi que ce soit avant plusieurs jours. Pas si débile que ça, la blouse blanche !

Un fixe et un seul. Pour tenir une semaine. Le chef rentrait dans sept jours.

Il ne faut pas le prendre aujourd'hui. Mieux vaut attendre que ça devienne insupportable. Insupportable ? Sept cent vingt heures. Dans ce cloaque immonde. Qu'est-ce qui pourrait bien être plus insupportable ?

Marianne, assise sur son matelas crevé, pensa soudain aux années qui s'ouvraient devant elle tel un cosmos sans fin. Vertige incontrôlable. Chute du haut d'une falaise, dans un précipice sans fond, sans lumière. Elle se leva d'un bond, le souffle cassé. Comme cela arrivait souvent.

Une issue, vite. Une sortie de secours avant que la folie ne tape au carreau. Se pendre ? Elle y avait pensé, maintes et maintes fois. Se suicider en taule, c'est pas bien compliqué. Un jeu d'enfant. Alors, qu'est-ce qui la retenait ici ? Pas de réponse.

Même pas le courage d'en finir ? La vérité, c'est qu'il y avait toujours ce stupide espoir qui s'amusait à refaire surface au moment clef. Instinct de survie ? Survie à la place de vie. Survie, c'était bien là le mot, bien là le drame.

S'évader ? Bien sûr, elle y pensait aussi. Sauf que l'évasion, c'est un peu plus compliqué que le suicide. Mais ça revient à peu près au même. Ils ne supportent pas qu'on tente sa chance, qu'on défie le système. Quand le gibier arrive à franchir les barbelés, la traque est ouverte, sans pitié, sans merci. Et le retour au bercail, c'est descente aux enfers assurée. Billet première classe pour un effroyable voyage. Mais n'était-ce pas déjà effroyable ? Quelques coups en plus, quelques brimades supplémentaires, quelques tortures même, qu'est-ce que ça change ?

Pourquoi ne pas tenter sa chance, alors ? Mieux vaut être tuée en ayant essayé que de mourir lentement ici… Mais comment ? Prendre une gardienne en otage ? Ils n'ouvriraient même pas les portes. Ils enverraient un négociateur je t'embrouille, je te fatigue pendant des heures.

Faire le mur ? Alors là, impossible sans complice. Pas de complice. Personne. Même pas un parloir de temps en temps. Aucun depuis qu'elle était dedans.

Oubliée du dehors, Marianne. Enterrée vivante. Effacée de la société. Gommée à jamais. Déjà morte. Peine capitale à petit feu.

Finalement, le fixe, c'était mieux de se l'injecter maintenant. Avant que la tête n'implose par manque d'espoir. Ne pas y rajouter le manque de dope. Advienne que pourra.

Alors qu'elle finissait la piqûre, le train décida de passer, au loin, très loin ; en même temps que la drogue suivait d'autres rails. Douceur du poison dans les veines, dans tout le corps. Le train s'éloignait mais elle avait eu le temps de grimper à l'intérieur. Il suffisait de fermer les yeux pour s'y croire…

… Le paysage défile très vite. Le TGV fonce vers le sud, le soleil, la chaleur. La mer, le sable, les palmiers, les parasols. Tous ces clichés qui font du bien, ces cartes postales que personne ne lui envoie. Que personne n'écrira plus pour elle. Que personne n'a jamais écrites, de toute façon.

Toutes ces lumières, ce ciel incroyablement bleu.

Ne pas oublier les odeurs. Celle de l'herbe fraîchement coupée. Oui, cette odeur-là, elle s'en souvient, elle adorait ça. Ou celle d'une forêt après la pluie, écorces sur terre humide. Effluves mêlés du lilas et du jasmin pour annoncer le printemps... Et la musique dans tout ça ? Le chant des oiseaux, celui des cigales, des grillons. Un ruisseau qui coule, les vagues qui s'écrasent contre les rochers, l'averse qui tombe, le tonnerre qui éclate l'azur. Surtout, plus jamais de clefs ni de serrures. Juste des bruits humains ou naturels.

Elle pose un pied sur le quai, s'enivre de la foule pressée, de paroles qui ne lui sont pas destinées. Et d'alcool, beaucoup d'alcool. Tout ce qu'elle veut, tout ce dont elle a envie. Elle titube de bonheur... Orgasme sensoriel, chimérique mais tellement authentique. Ça y est, la tête explose, elle se rappelle des muscles pour rire, des poumons pour respirer, du nez pour sentir, de la bouche pour goûter, des yeux pour voir, des paupières pour ne plus voir. De la peau pour avoir chaud, la peau d'un autre. Thomas. Il apparaît à côté d'elle. Ses mains, ses yeux, sa voix qui la transportent. Elle imagine, lui en elle. Elle imagine, seulement.

Profiter de chaque seconde du voyage, ne pas en laisser une miette aux cafards, à quiconque. Ne rien perdre de ces minutes hors du temps, hors du cercueil.

Mais soudain, le ciel s'assombrit. Des silhouettes difformes s'approchent, qui viennent la chercher. Pour la ramener dans la réalité. Il faudra y retourner, il faudra atterrir. Revenir, toujours.

Il faudrait que je m'injecte une dose entière. Voilà la solution. Sauf que je n'ai plus de poudre à perlimpinpin.

Je peux encore tenir. Encore quelques minutes. Il suffit d'y croire, de ne pas suivre les ombres. Pas maintenant, pas tout de suite, par pitié ! Le temps passe soudain si vite, oubliant les chemins tortueux, il prend même des raccourcis, le traître ! Il coule à haut débit, le ru s'est mué en fleuve déchaîné. Les aiguilles du réveil s'emballent dans une course folle. Non, je ne vais pas ouvrir le parachute maintenant ! Je veux voler encore ! Rester là-haut. Planer dans les courants d'air chaud, survoler la misère, de loin, de plus en plus loin. De plus en plus floue.

Je veux pas que ça se finisse. Laisse-moi au moins m'endormir ! Putain, l'avion pique du nez, il va se crasher ! Atterrissage brutal, forcé. Chute libre. Même pas le temps d'ouvrir la voile…

… Aspirée par la réalité comme par une bouche monstrueuse, Marianne tomba du lit, violemment expulsée de son rêve. Les larmes, mauvaises, amères ; sanglots qui étouffent, respiration qui peine. Je voulais pas revenir, pas si vite !

Elle rampa jusqu'à la grille, s'aida des barreaux pour se remettre debout et se tapa le front contre le métal, de plus en plus fort ; jusqu'à ce que ses lèvres goûtent le sang. Retenir ses cris. Les matonnes seraient capables de m'entendre et de m'enfermer dans la cellule capitonnée. Taper jusqu'à ce que la vue se brouille… Pas assez, encore l'horreur autour d'elle, toujours la pourriture autour d'elle. En elle… Taper, encore, toujours plus fort… La douleur ne t'atteint plus, insensible Marianne.

Et soudain, le noir s'imposa. De plein fouet. Même plus de rêve, nuit aussi épaisse qu'un brouillard côtier, aussi obscure que son avenir.

Coma parfait.

***

Marianne s'éveilla. Mal de tête garanti. Les murs sales de l'infirmerie l'accueillirent gentiment. Elle voulut porter sa main droite jusqu'à son front. Impossible, poignet menotté au lit. La main gauche, peut-être ? Gagné.

Énorme pansement sur le front, perfusion dans le bras. Et Justine, assise près du lit.

— Coucou, Marianne…

Cette voix, ça faisait du bien, au sortir du coma.

— Quel jour on est ?

— Dimanche. Tu as passé la matinée à l'hosto. Ils t'ont fait des radios, tu as un petit trauma crânien, rien de bien méchant… Faut que t'arrêtes tes conneries, Marianne.

— J'ai mal à la tête…

— T'as quatre points de suture sur le front, ça va te laisser une jolie cicatrice.

— M'en fous… J'en ai déjà plein…

— Pourquoi t'as fait ça ?

— J'ai atterri trop tôt…

— Hein ?

— Tu peux pas comprendre… J'vais rester ici jusqu'au bout des quarante jours tu crois ? demanda Marianne avec espoir.

— Non, on te ramène en cellule ce soir. Le médecin a dit que ça pourrait aller.

— Merde ! vociféra-t-elle en calant son crâne dans l'oreiller moelleux.

— Il faut que je te laisse, maintenant… S'il te plaît, arrête tes conneries…

— Un jour, j'arrêterai. Promis. J'arrêterai tout.

***

La tête tournait un peu, la nausée allait avec. Marianne suivait Delbec, lentement. Le toubib l'avait bourrée de calmants multicolores, de quoi assommer un éléphant dans la force de l'âge. À tel point qu'elle n'avait même pas été menottée. Derrière elle, trottinait la Marquise, ravie d'être du voyage. Marianne imaginait son sourire en coin au milieu de son délire médicamenteux.

Retour à la case départ. Sous-sol des cachots. Mais pas la même cellule.

Non, pas celle-là !

— Vous n'allez pas me mettre là-dedans ! protesta faiblement Marianne. J'suis pas cinglée !

— Mais si, t'es cinglée ! décocha Solange.

Inutile de lui répondre, mieux valait négocier avec Delbec.

— Surveillante, je vous promets de ne pas recommencer…

— J'ai des ordres, mademoiselle. Vous entrez là-dedans sans discuter, s'il vous plaît.

La cellule capitonnée. Encore pire que la geôle pourrie au bas de l'escalier.

— Vous savez bien que je ne peux pas rester sans fumer ! essaya-t-elle en désespoir de cause.

— Vous fumerez pendant la promenade, répondit Delbec.

La Marquise buvait du petit-lait. Savourait chaque seconde de ce combat perdu d'avance. Pourtant, Marianne résistait.

— Je n'irai pas là-dedans !

— Ah oui ? On n'a pas que ça à faire ! Tu vas rentrer tout de suite et arrêter de nous emmerder !

Delbec considéra sévèrement sa collègue. Elle avait du mal à supporter qu'on tutoie les détenues. C'était contre le règlement. Et elle ne tolérait pas ce qui était contraire au sacro-saint règlement. Sa bible. Marianne l'imaginait parfois posé sur sa table de chevet. Mais ce n'était pas le moment d'imaginer Delbec en chemise et bonnet de nuit. La Marquise revint à la charge.

— Alors, tu bouges ou on t'y met de force ?

Marianne tenta de prendre une voix menaçante, édulcorée par les pilules sédatives.

— Je voudrais bien voir ça ! Essayez, allez-y !

— Ça suffit, maintenant ! assena Delbec. S'il le faut,

j'appelle un ou deux gardiens et je vous garantis que vous entrerez !

La menace suprême. Appeler les matons du quartier hommes pour se faire prêter main-forte. Marianne cherchait la solution pour échapper au supplice. Elle essaya la douceur.

— Allez, soyez pas vache, surveillante !

— Je ne suis pas *vache*, j'obéis aux ordres de ma hiérarchie. Vous récoltez ce que vous avez semé. Vous ne pouvez vous en prendre qu'à vous...

Marianne avait échoué. Elle se laissa pousser, entendit claquer la lourde porte dans son dos. Vite, les mains sur les oreilles avant que la clef n'épouse la serrure. Encore dix jours à tenir dans cette cage molletonnée. Pas d'affaires personnelles, pas de cigarettes. Même pas de chiottes. Fallait attendre la ronde de la surveillante pour aller pisser un coup. Attendre les heures de repas pour boire un peu d'eau. Pas même une fenêtre. La lumière qui ne s'éteint jamais. Une lumière feutrée. Et aucun bruit qui ne passe les cloisons étanches.

L'horreur absolue. La fameuse torture blanche.

Marianne tournait en rond. Dans sa poche, les cachets remis par l'infirmière. Des anti-douleurs à prendre au repas de ce soir et deux pour demain matin. Elle ne tiendrait jamais dix jours là-dedans. Au-dessus de ses forces. Bien au-delà de ce qu'elle pouvait endurer. Elle mourait d'envie d'une clope. Déjà. Et la promenade, c'était dans presque vingt-quatre heures. Putain ! Mais c'est pas vrai... Ses paupières clignaient sans cesse, mais elle ne trouverait pas le sommeil. Il fallait aider les médicaments à être plus forts que l'angoisse. Coups de pied dans les murs, la porte. Sur le sol. Coups de poing qui résonnaient dans son cerveau endolori. Tout était amorti, étouffé par le revêtement en mousse. Inutile. Sauf que c'était la seule façon de se défouler, d'user les dernières forces pour atteindre le repos. Frapper, crier, hurler. Extraire le trop-plein. Jusqu'à s'effondrer sur la banquette recouverte de la même mousse.

Encore un coup du directeur. Celui-là, un jour, il faudra que je le bute.

Mais la liste s'allonge et jamais je n'aurai le temps de tuer tout le monde.

Deux gendarmes viennent la chercher, là, dans sa chambre qu'elle croyait sanctuaire. Tout juste le temps de s'habiller, on la presse, on entrave ses poignets. Elle a du mal à respirer, son épaule la fait souffrir. Encore un pansement collé sur la plaie, ça peut se remettre à saigner au moindre mouvement. Mais ils s'en fichent, les képis. Ils la traînent dans les couloirs comme un paquet de linge sale encombrant. Dégoûtant, même. Presque trois semaines qu'elle n'a pas marché ainsi, difficile de reprendre le rythme. Et puis les menottes, c'est douloureux, elle n'a pas l'habitude. Elles sont certainement trop serrées. Ils l'ont fait exprès, sûr.

— Où vous m'emmenez ?

— Dans ton nouveau foyer ! répond l'un d'eux avec un sourire cruel.

Ils la haïssent. Logique, elle a tué un des leurs. Blessé grièvement une autre. Faut les comprendre. Rassurant, de comprendre la haine de l'autre… Ils sortent du bâtiment aseptisé, elle ferme les yeux sous les attaques d'un soleil froid. Un fourgon l'attend, ils la jettent dedans. Les portes claquent, le moteur démarre. Marianne a mal au cœur, s'accroche au banc dans les virages. Et cette sirène qui hurle à la mort… Le véhicule stoppe enfin. Les portes s'ouvrent sur l'angoisse.

Maison d'arrêt de L.

Les deux gendarmes se débarrassent du colis à

« l'accueil » de la prison. On lui enlève ses bracelets. Deux surveillantes autour d'elle, une troisième en face, derrière une sorte de banque. On lui hurle dessus. « Dépasse pas la ligne ! » Quelle ligne, putain ? Elle baisse les yeux, il y a un trait jaune par terre. Désolée, j'avais pas vu. Il faut leur confier ses affaires, bijoux, portefeuille. Pas grand-chose. Les deux gardiennes la conduisent dans une petite salle nue. Une table, une chaise. Des murs jamais repeints depuis au moins un siècle. Antichambre de la mort ?

— Déshabillez-vous ! Enlevez tout !

Me foutre à poil ? Certainement pas ! Mais, visiblement, le refus les énerve…

— T'es une dure à cuire, toi ! On va t'apprendre les règles de base…

Une se plante devant elle ; on dirait un chien d'attaque, babines retroussées, crocs acérés.

— Je suis madame Cimiez, la gradée de votre bâtiment.

— Écoutez madame Cimiez…

— Vous m'appelez surveillante ! Et vous obéissez ! Sinon, on appelle des renforts et on le fait nous-mêmes, c'est clair ?

Putain, ça part mal ! On va essayer d'éviter le pire.

— Vous pourriez pas fermer la fenêtre, au moins ?

— Allez, à poil ! Va falloir apprendre le respect, ma petite ! T'as buté un vieux, t'as descendu un flic, t'as blessé une femme enceinte… T'es partie pour rester ici un bon bout de temps !

Pas la peine de me le rappeler, j'suis pas sénile ! Marianne se déshabille enfin.

— Tu te penches en avant, tu tousses… Plus fort !

Elle ne peut pas tousser, ça lui fait mal à l'épaule. Mais ça, elles ne veulent même pas l'entendre. Voilà que le pitbull enfile des gants en latex. Mais qu'est-ce qu'elle compte faire ? La vaisselle ? Putain, elle va tout de même pas… Alors là, si elle croit qu'elle va… Le doigt, c'est dans l'œil qu'elle se le met. À peine approche-t-elle la main que Marianne se redresse et lui flanque son coude dans le nez. Le chien méchant s'écroule, le museau éclaté ; l'autre gardienne gueule et quitte la pièce traînant avec elle le pitbull sanguinolent. En fait, les coups c'est toujours efficace. Pas la peine de s'enquiquiner avec la parlotte… Sauf qu'ils reviennent en force. Deux femmes et deux mecs. Marianne a eu le temps de se rhabiller. L'honneur est sauf. Elle recule jusqu'au fond de la pièce, ils s'approchent prudemment. Elle explique ce que l'autre cinglée allait lui faire. Ça n'a même pas l'air de les choquer. Je vais quand même pas rétamer quatre gardiens à peine arrivée ! Y a forcément un moyen de négocier… Mais ils se jettent sur elle, la maîtrisent rapidement.

Ils ont de l'entraînement, les salauds !

— Pour ce qui vient de se passer, tu paieras l'addition plus tard…

— OK, mettez ça sur ma note, *surveillante* !

— T'as raison, fais la maline ! Tu riras moins dans quelque temps…

L'humour, c'est visiblement pas leur truc ici. Finalement, elle est conduite directement en cellule sans passer par la case visite privée. Certes, plus portée qu'escortée, mais l'important, c'est d'avoir échappé à l'examen impudique de sa personne.

Cellule 26. Ce chiffre-là, elle s'en souviendra toute sa vie. La porte s'ouvre sur une petite pièce où la télé beugle à fond. Deux nanas la dévisagent, les yeux comme des soucoupes. Les gardiens la poussent et referment la porte sans autre formalité. Démerde-toi pour les présentations ! Il y a une jeune Maghrébine, regard de lave, chevelure de feu. Une fille des cités aux allures de chef de bande. L'autre, c'est un peu son clone, avec des lunettes. Marianne est impressionnée. Elle débarque dans leur territoire, avec l'impression de rentrer chez quelqu'un par effraction. Alors, elle reste figée, n'osant même pas avancer.

— T'as un matelas sous le lit. Tu te le prends et tu nous fais pas chier.

Accueil cordial. Très chaleureux.

— J'vais dormir par terre ?

— Tu sais compter ? Y a combien de lits ici ? Deux, non ? Et maintenant, on est trois. Alors, oui, tu vas dormir par terre…

La chef a parlé. Mieux vaut ne pas protester. On reverra le règlement de copropriété plus tard. Marianne a les bras chargés d'une serviette de toilette, d'un savon, d'une brosse à dents. Maigre butin.

— T'as un casier pour tes affaires, ajoute la reine de Saba.

Marianne découvre avec effroi son nouvel univers. Les toilettes et le lavabo ne sont même pas dans une pièce à part. Tout juste une petite cloison et une porte saloon les séparent du reste de la cellule. Pratique, pour l'intimité ! Des casiers, il y en a neuf, tous pris. Tous, sauf un. Elles ont dû être prévenues de mon arrivée. Sympa de m'en laisser un ! Mais ça aussi on en reparlera demain. J'ai pas grand-chose à mettre dedans, d'ailleurs. Encore heureux, elles fument…

— Je m'appelle Marianne…

— Nassira.

— Samia.

— Je peux vous prendre une clope ? J'en ai pas et…

— Tu rêves ! Au prix où ça coûte !

— Je te rembourserai dès que…

— Dès que tu gagneras au loto ?

Elle a de l'humour, en plus. On va bien s'entendre, toutes les deux.

— Dès que j'en aurai, je te la rendrai, assure Marianne d'un ton docile.

La beurette soupire et s'affale sur son lit, celui du dessous.

— Vas-y, prends-en une. Mais c'est la première et la dernière, OK ?

Marianne hoche le menton et se sert. Elle savoure chaque bouffée. Trois semaines d'hosto, pas une cigarette. L'enfer… Elle va au lavabo, se passe de l'eau froide sur le visage. De toute façon, y a pas d'eau chaude. Puis elle installe son matelas contre le mur, sous la fenêtre.

— Pourquoi ils t'ont amenée à quatre ? demande soudain la cheftaine du camp.

— Je les ai énervés… La chef, Cimiez, elle a voulu me mettre un doigt dans le cul…

La deuxième, celle qui ne parle jamais, se met à pouffer.

— Alors, je lui ai pété le nez…

Là, Princesse Orientale dévisage Marianne avec intérêt. L'autre reste bouche bée.

— Toi, tu pars mal ! conclut Nassira en souriant. Direct au mitard !

— Au quoi ?

— Laisse tomber ! Tu vas vite piger !

Marianne passe l'après-midi assise sur le matelas, de la télé plein les oreilles. Juste le son, pas les images. Les deux locataires du loft lui ont bien expliqué : si tu veux regarder, faut participer au prix de la location. Alors, elle fixe la porte, le visage impassible, retranchée dans un monde où personne ne l'atteindra. Repliée sur sa douleur, ses blessures. Et la nuit arrive. Doucement, sans prévenir. Première nuit en taule. Première d'une longue série. Mais ça, elle ne le sait pas encore. Ils vont comprendre que c'était un accident, qu'elle n'a pas voulu tuer.

Dans quelques mois, elle passera cette porte. Sûr. La télé s'arrête enfin, s'ensuivent les ronflements qui n'ont plus rien d'humain. Tant mieux, elle n'aurait pas voulu qu'on l'entende chialer.

Mardi 17 mai

Daniel ouvrit la porte et dévisagea Marianne, recroquevillée sur la banquette en mousse.

— C'est la quille, ma jolie !

Jour de la libération ? Elle avait perdu le fil, sans son précieux réveil.

Elle rassembla ses maigres affaires à la va-vite avec des gestes imprécis, tremblants. Exsangue. Dix jours sans cigarettes, sans drogue. Vingt-trois heures par jour larvée dans ce cocon hideux. Elle n'avait résisté que grâce aux béquilles chimiques, les fameuses pilules colorées du docteur Toqué. Docteur Toqué, oui. Ça ne s'invente pas… Mais ce cachetonnage massif lui avait un peu rongé le cerveau au passage.

Dans le couloir, elle accéléra le pas, pressée de regagner les étages. Elle trébucha dès la première marche. Il fallait remettre tout en fonctionnement, ajouter de l'huile dans les rouages. Daniel l'aida à se relever, elle se dégagea un peu brutalement.

— Eh ! Je voulais juste t'aider !

— Ouais ! Et en profiter pour mettre tes mains partout !

Il partit à rire. Elle aussi. N'importe quoi l'aurait fait rire, de toute façon.

— Tu sais que j'ai plus rien ? Tu aurais pu penser à moi avant de te tirer en congés !

— Tu crois que je pense à toi tout le temps ? Et puis, mitard égale pas de drogue. C'est la règle ! Mais je passerai, cette nuit… À condition qu'on t'emmène à la douche aujourd'hui, bien sûr !

— Va te faire voir !

— Allez, sois pas de mauvais poil, Marianne ! Tu es si jolie quand tu souris !

— Toi, t'as l'air encore plus con quand tu souris !

— Tu sais ce que j'aime bien chez toi ? Ta délicatesse ! Ton exquise féminité ! Et ton langage de parfaite jeune fille de la haute !

— Tant mieux ! Viens pas les mains vides cette nuit, sinon je te ferai regretter tes vacances !

Ils étaient de retour à la surface, Justine arrivait en face d'eux.

— Ravie de te revoir parmi nous, Marianne ! fit-elle.

— Fallait bien que je finisse par remonter ! Vous avez dû vous ennuyer sans moi, pas vrai ?

Devant le chef, elle ne tutoyait jamais Justine. Leurs relations privilégiées devaient rester aussi secrètes que possible. Mais Daniel n'était pas dupe.

— On ne s'ennuie jamais ici, rétorqua la surveillante.

— Pas possible ! Alors là, c'est un scoop ! Moi, ça fait trois piges que je m'emmerde !

Ils arrivèrent devant la cellule 119. Enfin chez soi.

— Au fait, dit Daniel, tu as un parloir demain…

— Très drôle, chef ! J'ai jamais de parloir et tu le sais très bien…

— Je ne plaisante pas. Demain, à quatorze heures.

— Qui ?

— Qu'est-ce que j'en sais ? Je suis pas ton secrétaire particulier. À ce soir, Marianne…

— Si je veux, d'abord…

— Bien sûr que tu voudras ! J'ai plein de cadeaux

pour toi, histoire de fêter ton retour à l'étage… Et tâche de te tenir tranquille, évite le cachot pendant au moins une semaine !

Il mima une révérence et se retira en souriant.

***

Marianne tournait en rond dans la cour. Un parloir, demain à quatorze heures. Mais qui pouvait bien venir la voir, elle ? Ses grands-parents ? Impensable ! Jamais ils ne s'étaient déplacés. Tant mieux, d'ailleurs… Alors, qui ?

Arrête de te poser des questions. C'est une association qui veut te coller un visiteur de prison ! Ou de gentilles bonnes sœurs qui rêvent de te réconcilier avec leur Dieu !

Elle se laissa glisser le long du grillage. Un soleil généreux tentait de la réchauffer. Elle ferma les yeux, profitant de cette offrande inespérée.

Mais Delbec annonça bien vite la fin de la récré.

— Déjà ? bougonna Marianne.

— Ça fait une heure…

Est-ce qu'un jour je pourrai cesser de compter les heures ? Oui. Un jour, je ne compterai plus rien du tout. Ni les heures, ni les clopes.

Avant le retour en cellule, elle fut emmenée à la douche, sursis bien agréable. La prochaine, dans quarante-huit heures. Ici, on n'a pas le droit d'être propre. Si, un jour sur deux.

La clef dans la serrure, le lit avec vue sur rien.

Mais qui vient me voir demain ? Le bruit du TGV repoussa les questions. Paupières fermées, elle tenta de s'accrocher aux wagons. Le train ne passait pas là par hasard. Il venait pour elle, la kidnappait au passage. Son esprit s'envola par-delà les barbelés, insecte léger aimanté par la lumière. Elle avait le don de dissocier son esprit de son corps, de le laisser partir très loin. Parfois trop loin. Les voyages n'étaient pas toujours agréables. Mais au moins, elle voyageait. Dans l'espace ou le temps. Dans l'imaginaire tendre ou la dure réalité. Dans les rêves d'un avenir qu'elle n'avait plus, dans les affres d'un passé qu'elle avait perdu.

**

L'heure des ombres et du silence.

Marianne croyait entendre les songes des détenues, flottant dans l'espace, piégés par les plafonds bas et épais. Elle attendait l'heure du prédateur. Après quarante jours dans les profondeurs abyssales, cette nuit aurait dû être sereine. Mais il fallait payer le prix des chaînes qu'elle s'était enroulées autour du cou. Pourtant, il faut bien s'enchaîner pour ne pas couler... Ce soir, ce n'était pas ce rendez-vous obscène qui lui retournait l'estomac, mais ce mystérieux rencard. Ce fameux parloir du lendemain. Qui ? Qui pouvait bien s'intéresser encore à elle ? C'était forcément mauvais, négatif. Mieux valait se prémunir, éviter tout espoir.

La clef dans la serrure la tira de ses pensées. Daniel était ponctuel, pile à l'heure pour la moisson. Il déposa l'offrande sur l'autel, il ne s'était pas moqué d'elle. Trois tablettes de chocolat noir, une cartouche de clopes et deux grammes. Plus une seringue toute neuve. Le Pérou. Ou plutôt Katmandou ! Ça se voyait que c'était pas lui qui payait la camelote ! Son misérable émolument ne lui aurait pas permis de s'offrir une passe à ce prix-là !

Marianne se leva enfin, un peu lasse dans ses mouvements. Il l'aurait tellement préférée lascive.

— Merci pour le chocolat, c'est cool...

Elle attendait les instructions comme un automate à qui on a fait ingurgiter une pièce de monnaie. Mais il la dévorait seulement des yeux.

— Qu'est-ce qu'il y a? Qu'est-ce t'as à me regarder comme ça?

— Je te trouve jolie, c'est tout…

Elle le vit sourire. Il s'approcha, caressa son visage. Bizarre le gradé, cette nuit.

— Détends-toi, murmura-t-il.

Il en a de bonnes, lui! C'est le bras que je vais détendre, oui!

Voilà qu'il l'enlaçait, l'attirait contre lui… Qu'il l'étreignait, de plus en plus fort. Elle ferma les yeux. Pas désagréable. C'était même… Tellement longtemps qu'on ne l'avait pas serrée comme ça…

Qu'est-ce qui lui prend? Il va pas m'embrasser, tout de même? Ben si. Il l'embrassa.

— Tu m'as manqué, tu sais…

Une déclaration, maintenant! Elle commençait à avoir de drôles de sensations. Ses muscles se relâchaient, ça devenait dangereux.

— Et moi? Je t'ai manqué? susurra-t-il dans le creux de son oreille.

— Ben ouais, j'avais plus de came!

Un glaçon dans le slip! Enfin, presque… Refroidi, mais pas tout à fait. Ses assauts de tendresse venaient de se briser sur un récif tranchant, il était vexé. Il desserra son étreinte, reprit l'offrande, laissant tout de même le chocolat.

— Qu'est-ce tu fous? demanda-t-elle soudain très inquiète.

— Je m'en vais.

Marianne vit s'envoler le nécessaire de survie avec une angoisse démesurée.

— Eh! Qu'est-ce t'as ce soir?

— Rien… J'ai plus envie, c'est tout.

— Sois pas vache, laisse-moi la came…

— Et puis quoi encore? murmura-t-il en réajustant son sourire. T'as du fric pour payer?

— Du fric… ?

— Ouais, du fric ! Non ? Alors t'as rien.

Elle serra les poings. Envie de le frapper tandis qu'il la toisait froidement. Il entrebâilla la porte, jeta un œil dans le couloir.

Putain ! Mais il va vraiment se barrer avec mes clopes et ma poudre ! Elle l'attrapa par le bras, le ramenant de force en arrière.

— Déconne pas !

— Qu'est-ce qui se passe, Marianne ? Tu as besoin de moi ?

— Je comprends rien à ce que tu me joues ce soir ! Qu'est-ce que tu veux à la fin ? Que je te supplie, c'est ça ? Alors là, tu peux toujours rêver !

— Vraiment ? Ça ne m'intéresse pas, mais à mon avis, demain tu marcheras sur les mains si je te le demande !

— Va te faire foutre ! Et sors de chez moi !

— Chez toi ?! C'est toi qui m'empêches de sortir !

— Dégage, j'ai dit !

— Bonne nuit, Marianne…

Il disparut, elle flanqua un coup de pied à la porte. Elle se retenait de crier, marchait à grandes enjambées dans son 9 m². Il va revenir, se ramener dans dix minutes… C'est quoi ce nouveau jeu ? Putain, s'il ne revient pas, je vais mourir !

Elle colla son oreille contre la porte. Silence radio de l'autre côté. Impossible qu'il lui fasse un coup pareil. Tout ça parce qu'elle lui avait dit… quoi au fait ? Mais quelle mouche l'a piqué ? Elle prit son paquet de Camel, plus que trois. Une peur fulgurante lui tordit les entrailles.

S'il ne revient pas, j'ai plus rien à fumer ! Le manque ouvrit ses mâchoires, prêt à la dévorer.

Tu peux résister. Il sera en manque avant toi. C'est lui qui viendra quémander à genoux ! Et là, c'est pas une cartouche qu'il devra m'offrir ! Ni deux doses ! Quand il reviendra, j'aurai de quoi me faire péter la panse ! Tu peux y arriver, Marianne. C'est juste une question de volonté. De rigueur. Une question de maintien.

Elle s'allongea, remonta la couverture sur son corps durci d'effroi. S'enfila une tablette de chocolat.

Je fume une clope maintenant ? Non, je les garde pour demain. Si je tremble, c'est le froid et rien d'autre. Sauf que le froid l'attaquait de l'intérieur. Elle étendit son pull sur la couverture. Si seulement je savais qui vient me voir demain…

Un bruit de pas dans le couloir… Faire semblant de dormir, qu'il ne s'aperçoive pas que je l'attends. La lumière lui arracha les rétines, le judas s'ouvrit. C'était la Marquise qui venait la réveiller, juste pour le plaisir.

Elle va éteindre cette maudite ampoule, oui ou non ? Elle prenait son temps pour être sûre que Marianne avait quitté les bras de Morphée. Enfin, la nuit revint et la trappe se ferma bruyamment. Daniel était bien parti. Heureusement, d'ailleurs. Parce que la Marquise avait fait une ronde supplémentaire. Mais le chef aurait toujours pu se planquer contre le mur ou derrière la cloison des chiottes, de toute façon. C'était arrivé si souvent… L'autre facho n'y aurait vu que du feu. Mais il était parti. Le kit premiers secours aussi.

Si seulement je savais qui vient demain…

Quand Delbec ouvrit la porte, Marianne était engoncée sous la couverture. Les yeux défoncés par les manques en tout genre, celui de sommeil en particulier.

— Bonjour, mademoiselle de Gréville ! Bien dormi ?

— Oui, surveillante.

Pas dormi, en fait. Pas même une seconde. Nuit écarlate. Mais inutile de l'avouer. L'auxi de service posa le plateau sur la table et adressa un clin d'œil à Marianne. C'était une femme à la peau d'ébène, aux rondeurs maternelles rassurantes. Une mama africaine à la démarche chaloupée et à l'étincelante dentition.

Mais Marianne ne pouvait plus lui sourire depuis qu'elle la savait dedans pour avoir excisé des dizaines de petites filles. Vraiment dégueulasse. Elle trouva tout de même la force de lui dire merci. Juste une question de politesse. Ou de solidarité. Elle payait puisqu'elle était là.

— Surveillante ? Le chef m'a dit hier que j'avais un parloir cette après-midi… Vous savez qui c'est ?

— Ah non, aucune idée… Vous verrez bien !

— Vous pouvez pas vous renseigner ?

— Je vais essayer, mademoiselle.

— Merci, surveillante.

Le couple aux hanches généreuses la laissa à son petit déjeuner. Un bol de chicorée, un morceau de pain et une petite plaquette de beurre. Pas de quoi bien démarrer la journée ! Elle se souvenait avec envie du goût des croissants, des pains au chocolat, des brioches au beurre. De la confiture d'abricots et de l'orange pressée. Du miel crémeux qui se dissout dans le café.

Son estomac risquait de finir dans le bol, elle ne put rien avaler.

Son briquet dansait entre ses doigts. Je peux m'en accorder une ce matin. Ouais, je peux. Je l'ai bien méritée… Trois minutes de répit où chaque seconde comptait. S'en mettre plein les poumons, ne pas en gâcher une miette. Jusqu'au filtre.

Après un brin de toilette, elle s'attela au ménage de la piaule. Un berlingot de Javel, une éponge, une crème à récurer. Cadeaux de l'administration. Tout fut décapé du sol au plafond.

Bon, elle revient quand Delbec ?

Le ménage était fini, les microbes éradiqués. Ça serait cool de pouvoir éliminer le manque à coup d'eau de Javel !

Elle entreprit ensuite de se laver les cheveux sous le robinet du lavabo. Manœuvre périlleuse. Nez écrasé sur la porcelaine, eau froide qui dégoulinait jusque dans son dos. De quoi choper la mort ! Furtive inspection devant le miroir ébréché. Yeux un peu cernés, teint carrément vieux papier. Coiffure façon hérisson qui se rebiffe. Un coup de peigne édenté, dommage que je n'aie pas de maquillage.

Dans le casier, elle contempla tristement la maigre pile de vêtements propres. Garde-robe impressionnante gracieusement offerte par l'Armée du Salut. De quoi hésiter longtemps devant la psyché imaginaire ! Elle opta pour un jean déchiré aux genoux, vachement tendance, un pull en coton beige. Les couleurs claires, ça sied parfaitement à mes cheveux noirs ! Le réveil lui rappela qu'il n'était même pas onze heures du matin. Elle retourna sur son lit, lorgnant au passage son paquet de fumer-tue devenu inoffensif. Tu vois, tu y arrives.

Qu'est-ce que je vais foutre jusqu'à quatorze heures ? Il reste un roman sur la table. Pas bien épais, mais ça devrait m'occuper l'esprit et les mains jusqu'à l'heure du rendez-vous. Rendez-vous… Rien qu'à prononcer ce mot du bout des lèvres, Marianne frissonna autant de plaisir que d'angoisse.

Si seulement je pouvais me calmer… Daniel me le paiera !

Je me serais bien fait une séance décollage vertical. Version Ariane 5, direction les étoiles. Ça m'aurait détendue.

Ça y est, les filles partent en promenade. Les portes s'ouvrent, le troupeau s'agglutine dans le couloir. La surveillante aboie comme le chien de berger après ses brebis. Et moi, je reste là. Tout ça parce que j'ai allumé une gardienne. Et une détenue, aussi. Et puis un flic et un vieux. Et une fliquette enceinte… Vrai que ça fait beaucoup si on additionne. Mais j'ai toujours détesté les maths.

Plus un bruit dans le couloir, l'étage pour elle toute seule.

Le paquet de cigarettes continuait de la narguer. Elle attrapa le livre, l'ouvrit sans même regarder le titre ou le nom de l'auteur. Concentre-toi ! Elle lut les premières lignes.

« 8 mai – Quelle journée admirable ! J'ai passé toute la matinée étendu sur l'herbe, devant ma maison, sous l'énorme platane qui la couvre, l'abrite et l'ombrage tout entière… »

Il a de la chance celui-là ! Moi aussi, je m'étendrais bien sur l'herbe, à l'ombre d'un platane. Devant MA maison, en plus ! Je vais pas y arriver… Elle referma le livre. *Le Horla*, Guy de Maupassant. Un noble, comme moi ! Sauf que lui, il avait sa baraque, son platane. Et qu'il pouvait passer des heures étendu sur l'herbe. À glandouiller au milieu des jonquilles.

Elle plaça une chaise sous la fenêtre ouverte, grimpa

dessus. À défaut de platane, elle voyait le toit du bâtiment d'en face, un morceau de clôture en barbelés. Le mirador et le surveillant armé d'un fusil d'assaut qui devait s'ennuyer autant qu'elle. Une légère brise polluée lui chatouilla les narines. Le brouhaha qui montait de la cour lui écorcha les oreilles. L'attente était interminable…

***

13 h 30 – Cellule 119

Delbec n'était pas revenue, bien sûr.

Qu'est-ce qu'elle fait ? Elle m'a oubliée ou quoi ?

Marianne se jeta soudain sur son paquet de Camel, en alluma une sans hésiter. À cet instant, c'était primordial. Cas de force majeure. Sauf que c'était l'avant-dernière du paquet. Elle se força à rester assise, brasser de l'air aurait pu consumer la cigarette encore plus vite. À peine le mégot écrasé, elle fonça vers le lavabo, s'examina dans le miroir. Ses cheveux ne voulaient pas se calmer, eux non plus. Et puis elle aurait dû dormir, cette nuit. Pas jolie à regarder. *Mais qu'est-ce qui me prend, bon sang ! Rien à foutre d'avoir la gueule à l'envers ! C'est pas le Prince Charmant qui va débouler au parloir ! Et même… Je l'emmerde ! Je sais pas encore qui, mais je l'emmerde !*

Sur ces belles paroles, la serrure sonna l'alerte et Delbec se présenta, aussi essoufflée qu'un bœuf qui vient de labourer dix hectares.

— Dépêchez-vous mademoiselle, nous sommes en retard !

— VOUS êtes en retard ! rectifia Marianne avec humeur. Vous avez pu savoir qui vient me voir ?

— Je n'ai pas eu le temps, qu'est-ce que vous croyez !

Comment avait-elle pu même l'espérer ? Elle glissa au passage son paquet moribond dans sa poche. Delbec arma les menottes.

— C'est vraiment indispensable, surveillante ? demanda Marianne.

La gardienne la dévisagea avec un étonnement aussi large que ses hanches. Marianne leva les yeux au ciel et se retourna. Pas un brin de psychologie, la Monique !

— Vous auriez pu faire une exception ! bougonna-t-elle. Pour une fois que j'ai une visite ! Je vais pas vous sauter dessus…

Elles se mirent en marche. Delbec essuya son front avec un Kleenex déjà mouillé.

— Là n'est pas le problème, mademoiselle. Vous le savez aussi bien que moi, pas de sortie de cellule sans les menottes. Si vous n'aviez pas…

— Je sais ! coupa Marianne d'un ton excédé. Je ne dois m'en prendre qu'à moi-même ! Je connais la chanson !

— Alors, pas la peine que je vous la chante.

Marianne se rendait pour la première fois à l'étage des parloirs. Elle fut soumise à une fouille en règle, avec franchissement du portique détecteur de métaux qui, bien sûr, s'affola au passage des menottes. Vraiment idiote cette machine ! Enfin, elles arrivèrent devant la petite salle où attendait son mystérieux visiteur. Marianne inspira à fond, elle ne pouvait même pas se recoiffer, les poignets toujours attachés. Monique poussa la porte, Marianne passa devant.

Là, elle s'arrêta, face à trois hommes.

Delbec ôta les pinces à sa prisonnière qui fixait froidement les inconnus, puis s'éclipsa en rappelant tout de même le règlement.

— Vous avez une heure. Si quelque chose ne va pas, un de mes collègues est dans le couloir, n'hésitez pas à l'appeler. Vous avez l'interphone, là…

— Merci madame, répondit l'un des hommes avec un sourire poli. Tout ira bien.

La porte claqua dans le dos de Marianne qui n'avait

pas remué un cil. Elle frottait juste machinalement son poignet douloureux tout en les regardant. Celui qui avait remercié Delbec prit la parole.

— Bonjour, Marianne.

— On se connaît ? répliqua-t-elle sèchement.

— Non ! Mais…

— Alors pourquoi vous permettez-vous de m'appeler par mon prénom ?

Coup de blizzard. Un des hommes toussa machinalement comme pour combler le silence glacé.

— Voulez-vous vous asseoir, mademoiselle ?

— Pour quoi faire ?

— Parler. C'est ce que nous sommes venus faire.

Marianne esquissa un sourire amer.

— Ça sent la flicaille, ici ! Pas vrai ?

— Pas faux.

— Je le savais ! Rien qu'à voir vos tronches ! Dans ce cas, vous vous êtes dérangés pour rien, j'ai que dalle à vous dire. Alors si vous voulez bien m'excuser, j'ai un emploi du temps hyper chargé…

— C'est nous qui avons des choses à vous dire… Vous avez juste à nous écouter.

Elle hésita. Curieuse de savoir ce que voulaient ces trois policiers. Et puis, l'un d'eux avait des cigarettes dans la poche de sa chemise. Il y avait peut-être là le moyen de récupérer quelques munitions.

Ils s'installèrent tous les quatre, elle face aux trois autres. Ça lui rappelait un peu le commissariat, le tribunal, les interrogatoires. Elle avait les nerfs à fleur de peau.

— Je veux bien vous écouter si vous me rendez un petit service, fit-elle avec aplomb. J'ai plus de clopes. Vous en avez ?

L'homme, qui devait être le chef, regarda son collègue qui sortit à regret les Marlboro de sa poche. Des fortes, heureusement. Il en proposa une à Marianne.

— C'est le paquet que je veux, précisa-t-elle.

— Vous savez très bien qu'on n'a pas le droit de vous remettre quoi que ce soit.

— J'en ai un vide dans ma poche, je vais faire le transfert.

Le chef hocha la tête. Marianne mit les Marlboro dans l'emballage Camel, en alluma une puis renvoya le paquet à son malheureux propriétaire, un petit sourire narquois en guise de merci.

— Alors, qu'est-ce qui vous amène dans cet endroit charmant ?

— On pourrait peut-être se présenter… Je suis Franck et voici Laurent et Philippe.

— Ça, c'est des présentations ! D'habitude, les flics, ils donnent d'abord leur grade et après, leur nom ! Du style, commissaire Machin-chose, lieutenant Trucmuche !

— Eh bien, nous en resterons aux prénoms, répondit Franck.

Ça sentait le traquenard à plein nez. De plus en plus intéressant… Marianne les dévisagea tour à tour. À peine quelques secondes pour les jauger. Franck, quadragénaire bon chic bon genre, plutôt beau gosse, chemise impeccable et teint hâlé ; pas un cheveu ne dépassait. Très accro à son apparence. Ambitieux, mégalo même. Et des yeux étonnants. D'un vert profond, comme deux émeraudes. Avec un soupçon d'ocre autour de la pupille.

Laurent, quelques années de plus, pas du tout le même style. Plus décontracté, beaucoup moins soigné. Assez banal, ni vraiment moche, ni vraiment beau. Pas rasé, mal coiffé. Et il fumait des Marlboro. Un type qui aimait son boulot, qui ne vivait que pour ça.

Le dernier, Philippe, le plus jeune des trois. La trentaine, à tout casser. Jean, polo, bien propre sur lui. Visage agréable, muscles entretenus : un sportif. Mais là, il était un peu inquiet. Intimidé, même.

Elle avait forgé son intime conviction, jury à elle toute seule. Juste en les observant quelques secondes. Un jeu comme un autre. Trois flics pour elle toute seule, d'élite en plus. Officiers, probablement. Ça, c'était un autre jeu qui pouvait se révéler amusant.

Franck reprit la parole. À croire que les autres étaient muets. Ou juste là pour la figuration.

— Comment trouvez-vous la prison ? demanda-t-il en souriant.

Marianne en avala la fumée de travers.

— C'est une blague ? Y a une caméra cachée ou c'est pour un sondage ?!

— Non. Vous vous sentez bien ici ?

— Je rêve ! Tu me cherches ? C'est ça ?

Philippe écarquilla les yeux devant ce tutoiement intempestif. Mais Franck demeurait imperturbable.

— Bon, j'en conclus que vous n'y êtes pas heureuse, lança-t-il avec son insupportable sourire.

Marianne se leva, envoyant sa chaise par terre.

— Allez vous faire voir ! Et merci pour les clopes !

Elle se dirigea vers l'interphone pour appeler un gardien mais Franck continua.

— Ça vous dirait de sortir d'ici ?

Marianne stoppa net. Comme si elle venait de heurter une vitre invisible. Un peu sonnée.

Ne l'écoute pas ! Fais pas attention, tu sais bien que c'est impossible… ! Elle fit volte-face, le regard menaçant.

— Vous avez un drôle d'humour, *Franck*…

— Je ne plaisante pas. Mais si vous ne voulez pas entendre la suite, nous pouvons en rester là…

— Asseyez-vous, nous serons mieux pour discuter, dit doucement Philippe en ramassant la chaise.

Pourquoi j'obéirais ? Sortir d'ici ? Impossible. Du bluff, Marianne ! Pourtant, elle consentit à reprendre position en face d'eux. Attirée par le chant des sirènes.

— Je disais donc que nous sommes venus vous proposer de quitter cette prison.

— C'est quoi, le piège ?

— Pas de piège. Juste certaines conditions. Vous devez passer un contrat avec nous.

— Expliquez-vous.

— C'est très simple. Nous organisons votre sortie, vous remplissez votre part du marché et vous êtes libre…

Son cœur jouait à saute-mouton.

— C'est quoi, *ma part de marché* ?

— Ça, je ne peux pas vous le dire, répondit Franck en souriant.

— Ben voyons, tu m'étonnes ! Quand je disais que c'était un piège !

— Pas du tout ! Mais vous comprendrez que je ne peux rien vous révéler ici… sans savoir si vous acceptez le contrat. Car si, ensuite, vous refusez, vous saurez des choses confidentielles… Et vous deviendriez… Comment dire… gênante.

— Gênante ?! Vous seriez obligé de me descendre, c'est ça ?

— Aucun risque ! assura-t-il. Parce que je ne vous dévoilerai rien.

Elle alluma une deuxième cigarette sous le regard un peu envieux de Laurent. Elle tremblait légèrement. Le manque, sans doute.

— Comment voulez-vous que j'accepte sans rien savoir ? lança-t-elle d'un ton agressif.

— Suffit de voir ce à quoi vous êtes prête pour sortir d'ici…

— Je sors comment ?

— Nous organisons votre évasion…

Elle eut un petit rire. Puis elle se leva avant de passer derrière eux.

— Mon évasion, hein ? Vous me prenez vraiment pour la dernière des connes, pas vrai ?

— Absolument pas… Loin de là !

— Ah oui ? Je m'évade, je remplis la *mission*, je me retrouve avec tous les flics de France aux trousses, et là, retour à la case départ ! Sauf que j'en prends plein la tête ! Je l'avoue, votre proposition est terriblement alléchante !

— Non. Nous vous fournirons de faux papiers, une nouvelle identité et de quoi partir à l'autre bout du monde… D'ailleurs, vous serez obligée de quitter le pays, ça fait partie du contrat.

Elle piétina son mégot sur le carrelage indifférent. Ses nerfs n'allaient pas tarder à lâcher. Elle hésitait entre lui sauter à la gorge ou dire banco !

C'est un piège, Marianne. Un piège grossier, en plus.

— J'ai des chances de sortir vivante de cette mission ?

— Oui. Je ne vous cache pas que ce sera dangereux. Cependant, on vous a choisie car l'on vous croit capable de réussir. Nous avons bien étudié votre dossier…

— Combien de chances de m'en tirer ?

— Je l'ignore. J'ai toujours été nul en probabilités !

Elle les transperça du regard l'un après l'autre. Debout, les mains posées bien à plat sur la table.

— Et qui me prouve qu'ensuite j'aurai la possibilité de me casser où je veux ? C'est écrit où ?

— Nulle part. C'est juste un contrat… oral.

— Une parole de flic ?! Alors là, je suis vachement rassurée ! Surtout que les poulets, ils m'adorent depuis que j'ai descendu deux des leurs ! Pas vrai ?

Franck perdit un peu de son flegme. Son visage accusa le coup.

— J'ai jamais dit qu'on vous adorait… Mais on a besoin de vous et vous avez besoin de nous…

— J'ai besoin de personne !

— Vraiment ? Rappelez-moi combien d'années il vous reste à tirer ?!

Là, elle plia les coudes et se pencha vers lui, la mine teigneuse.

— Si tu continues à me chercher, je vais pas tarder à m'énerver. On t'a pas expliqué ce qui se passe quand je m'énerve ? T'as dû sauter des pages dans mon dossier...

— Tu crois que tu nous impressionnes ? balança soudain le dénommé Laurent.

— Tiens ! Il parle, celui-là ?

— Calmez-vous, pria Franck. Je suis certain que notre proposition vous intéresse...

— Votre proposition, c'est du flan ! Un attrape-couillon ! Vous pensez que la taule m'a déglingué le cerveau ou quoi ?

— Non, il l'était déjà avant ! ricana Laurent en souriant.

Marianne soupira. La rage commençait à lui chatouiller les poings.

— Toi, t'as envie de repartir les pieds devant ! Je peux faire ça pour toi, si tu insistes...

— Hou ! Y a une petite gonzesse qui veut me sauter dessus, les gars ! Au secours !

— Ça suffit ! coupa Franck. On va laisser Marianne réfléchir...

— Vous perdez votre temps ! J'suis pas cinglée !

— Vous n'avez rien à perdre, conclut Franck en se levant. Vous avez même tout à y gagner... Nous reviendrons dans une semaine.

Il appuya sur l'interphone et, une minute après, un surveillant ouvrit la porte. Ils disparurent rapidement mais Marianne ne remonta pas en cellule. Il fallait encore subir la fouille réglementaire, encore plus dure qu'à l'aller. Supporter que la gardienne lui passe la main dans les cheveux, derrière et dans les oreilles. Se dévêtir, une fois encore. Être inspectée sous toutes les coutures, visitée de fond en comble. Marianne se contenait pour ne pas exploser. Enfin, la matonne la jugea vierge de tout soupçon et la ramena à l'étage.

Une fois seule, elle exprima sa rage sans retenue. Coups de pied dans les murs, la porte. Putains de flics !

Un peu apaisée, les doigts et les orteils douloureux, elle se laissa tomber sur son matelas, savoura une de ses prises de guerre. Et s'ils disaient vrai ? Si ce n'était pas un piège ? Si c'était ma chance ? Tu délires Marianne ! Ils se serviront de toi pour un truc bien dégueulasse et puis ils te ramèneront en taule… Ou alors ils te logeront une balle dans la tête. Tu as bien fait de ne pas les écouter, de ne pas sembler intéressée…

Le 15 h 16 s'aventura le long de la prison, elle ferma les yeux.

Jamais, tu ne sortiras d'ici. Jamais.

Pourquoi je les ai tués ?

Vendredi 20 mai – 17 h 00

Il imposait sa loi dans le moindre recoin de ses chairs. Avait anéanti jusqu'à sa volonté, rendu illusoire tout espoir de fuite.

Lui. Le manque.

Plus de cigarettes, pas de drogue.

Oui, elle aurait marché sur les mains pour en avoir. Oui, Daniel avait gagné, il lui suffisait de revenir demander n'importe quoi. Sauf qu'il n'était pas revenu.

Marianne se haïssait. Tu dépends de lui, tu n'es pas libre. Drôle de se reprocher ça derrière des barreaux ! Mais justement, cette liberté, l'ultime, celle que personne n'aurait dû pouvoir lui voler, elle l'avait perdue en essayant de s'évader. Elle payait le prix fort pour d'éphémères voyages. Elle dépendait d'un homme parce qu'elle était faible.

Impossible de trouver le sommeil ou même le repos. Marianne tournait en rond dans son micro-territoire, pliant sous les assauts d'un adversaire invisible. Son corps n'était plus qu'un tremblement pathétique ; son cerveau, une boule en fusion. Ses tripes, un nœud coulant. Ses muscles refusaient de se relâcher, la douleur percutait son ventre comme si quelque chose voulait s'échapper de l'intérieur. Elle allait imploser. À sec de codéine. De toute façon, ça ne pouvait leurrer le démon que quelques heures, pas plus.

« Cette nuit, j'ai senti quelqu'un accroupi sur moi, et qui, sa bouche sur la mienne, buvait ma vie entre mes lèvres... »

Non, je ne suis pas dingue, moi ! Je ne vois pas le Horla rôder autour de moi. Parce que le manque était déjà dans la forteresse, la dévorant de l'intérieur.

Pendant la promenade, elle avait couru jusqu'à en perdre haleine. Une heure à s'épuiser, à tenter de l'épuiser, lui, ce mal insidieux. En vain. Elle, qui s'était crue si forte, capable de résister à tout, n'avait même pas réalisé qu'elle plongeait tête la première dans l'affreuse dépendance.

Je suis forte. Je peux résister. Je dois résister.

Elle stoppa soudain son errance et s'écroula au beau milieu de la cellule, heurtant le béton sans aucun amorti. D'abord à genoux, puis face contre terre. D'un coup, plus la force de tenir debout, d'être une personne digne de ce nom. Des appels au secours murmurés, puis hurlés. Les mains qui se crispent sur un corps en furie. La voix qui s'étrangle de solitude...

***

Les murs et le plafond de l'infirmerie, encore. Une douce sensation de bien-être dans ses veines. Tel un bateau sur une mer tranquille, son cerveau flottait dans du coton moelleux. Mais la réalité la rattrapa bien vite. Poignet gauche entravé, corps comme meurtri par les coups, tripes à l'envers.

Justine entra dans le box protégé de rideaux blancs. Visiblement inquiète.

— C'est toi qui m'as trouvée ?

— Oui... Et je te ramène en cellule, maintenant.

— Rentrer chez moi... Dans *« ma maison, sous l'énorme platane qui la couvre, l'abrite et l'ombrage tout entière…* ». Tu crois que je vais devenir cinglée, comme Maupassant ?

— Maupassant était cinglé ?

— Il croyait qu'un monstre rôdait autour de lui la nuit… Il lui a même donné un nom…

— Désolée, je ne suis pas au courant ! J'ai pas trop le temps de lire, tu sais.

— Je te filerai le bouquin, tu verras, c'est génial…

— D'accord… Allez, Marianne, lève-toi maintenant.

— On peut aller en promenade ? J'ai besoin de prendre l'air…

— Arrête, tu sais bien que ce n'est pas l'heure. Tu ouvriras ta fenêtre, voilà tout !

— Mais il y a les barreaux !

— Les barreaux n'empêchent pas l'air de rentrer que je sache ! Allez, dépêche-toi, je te ramène et je rentre chez moi. Enfin ! Dure journée…

— Toi au moins, t'as pas de barreaux aux fenêtres !

— Si. J'habite au rez-de-chaussée…

Les barreaux n'empêchent pas la nuit d'entrer, non plus. Elle qui vient se marier à la solitude pour procréer l'abominable progéniture des cauchemars sans fin… Mais il y avait le train, celui de 23 h 30. Un TGV-couchettes qui montait vers la Belgique. Au travers des tiges métalliques, Marianne aperçut les carrés de lumière fonçant dans la nuit compacte. Une apparition, un fantôme de liberté. Heureux ceux qui dormaient ou rêvassaient à son bord. Elle descendit de la chaise, s'allongea sur son matelas exténué. Elle l'entendait encore, au loin, se concentrait pour prolonger l'instant fugace. Fermer les yeux, attendre que les images s'imposent d'elles-mêmes. Bonnes ou… Mauvaise pioche, ce soir…

… Le tribunal, chambre froide de boucher. La mascarade des robes noires et rouges, les mots qui jonglent avec le mensonge et la vérité, avec son avenir. Pièce de théâtre de mauvais goût.

Entendre son existence étalée dans les détails les plus intimes. Se faire salir en place publique.

Tous ces visages inconnus ; perplexes, outragés ou menaçants. Le regard de chacun des jurés. Parfois sans appel, parfois compatissant. Et les familles endeuillées, qui portent le noir comme une propagande, brandissent les larmes comme des armes. Ou pleurent vraiment, elle n'a jamais pu savoir.

Et Marianne, perdue au milieu de tous, seule contre tous.

L'avocat, qui se prend les pieds dans le tapis. Le sourire en coin du procureur qui la taille en pièces. *D'une rare intelligence, un QI supérieur à la moyenne, c'est une calculatrice, un monstre violent et sanguinaire, incapable de maîtriser ses instincts bestiaux. Pourtant, elle a eu sa chance, comme tout le monde…*

Ma chance ? Quelle chance ?

Et ses grands-parents, au comble de l'humiliation, qui exposent tout ce qu'elle leur a fait subir et ce, malgré les sacrifices accordés. Eux, qui n'auront pas même un regard pour elle. Juste là pour défendre l'honneur bafoué des Gréville.

Tout ce temps perdu alors que la sentence est déjà connue. Mais il faut que le mot tombe, tel le couperet sur la gorge de Marianne.

Guillotine verbale qui lui tranche la vie.

Net.

Perpétuité assortie d'une peine de sûreté de vingt-deux ans.

Son cerveau se vide, son corps s'emplit de terreur.

Thomas. … Tu as de la chance d'être mort. Tu échappes ainsi à une autre fin, bien plus violente puisque lente.

Soudain, elle hurle. Ça déchire drôlement le

silence du tribunal; ça doit s'entendre jusque dans la salle des pas perdus. Les gendarmes l'emmènent en vitesse, direction perpétuité. Les cris, ça fait désordre. Abasourdie, elle descend les marches, encadrée par les uniformes, aveuglée par les flashs des charognards qui cherchent à immortaliser la criminelle pour la Une de leurs torchons. Une des rares femmes à avoir pris per-pète. Un cas digne d'intérêt. La preuve qu'il y a encore une justice dans ce pays, diront les braves gens.

Après deux longues années de préventive en maison d'arrêt de L., elle sera bientôt transférée dans une cen-trale pénitentiaire où se purgent les longues peines. Là où on enferme les irrécupérables, les déchets que la société ne sait pas recycler. Deux ans pendant lesquels elle s'est tenue à carreau. Ou presque. Mais ils n'en ont pas tenu compte. Aucune circonstance atténuante, rien que de l'aggravant. Perpétuité, assortie d'une peine de sûreté de vingt-deux ans incompressibles.

Le fourgon démarre. Elle a encore du mal à réaliser. Ça ne veut pas dire qu'elle sera libre dans vingt-deux ans. Ça veut seulement dire qu'elle ne pourra en aucun cas être libérable avant vingt-deux ans. Mais peut-être ne la laisseront-ils jamais sortir ?

Elle a l'impression de tomber à pic dans un trou noir. Vingt-deux ans de chute. Minimum.

Un gendarme lui offre une cigarette et un Kleenex. Un jeune homme, presque aussi jeune qu'elle. Il a la vie devant lui. Lui.

Un simple Kleenex. Qu'elle inonde de larmes. Elle le gardera longtemps dans sa poche…

… Marianne pleurait. Comme chaque fois qu'elle repensait au procès.

Pourquoi n'ont-ils pas vu que c'était un accident ? Des dérapages incontrôlés. Comment ont-ils pu m'enter-rer vivante ? Est-ce qu'ils ont des remords, parfois ?

Pensent-ils à moi avant de s'endormir dans leurs lits douillets ? Non, ils m'ont rayée de leur mémoire. Je n'existe plus pour eux. Je n'existe pour personne, d'ailleurs.

Une clef pénétra dans la serrure, elle se redressa d'un bond. Daniel apparut, ombre dans l'ombre. Marianne sécha ses larmes en vitesse. Elle eut envie de lui balancer une vanne, mais se retint. Pas le moment de le faire fuir, comme l'autre soir. Il avait apporté les friandises habituelles. Cinq paquets et deux doses.

Il se posa près d'elle sur le matelas qui plia encore plus sous l'effort. Ils finiraient par passer au travers.

— Paraît que tu t'es sentie mal cette après-midi… ? Je croyais que t'étais pas accro !

— J'ai eu un malaise, c'est tout… Ce doit être la bouffe dégueulasse qu'on nous file ici !

— Ah ouais ? Je savais pas qu'on soignait les malaises gastriques à coups de méthadone ! Tu sais que le toubib, c'est mon pote… Tu peux rien me cacher…

Elle devina son sourire de vainqueur dans l'obscurité.

— T'es content, j'espère ? vociféra-t-elle. C'est ce que tu voulais ?

Elle ouvrit un paquet de Camel, en alluma une.

— Faut payer avant de consommer ! précisa le chef.

— Je payerai quand j'aurai vérifié la marchandise !

Il se mit à rire et la laissa fumer sa cigarette. Il s'allongea, mains sous la nuque, le regard ennuyé par le lit du dessus qui ne servait à personne. Qui pourrait bien partager le territoire d'un prédateur tel que Marianne, de toute façon ?

Elle écrasa son mégot dans la coupelle d'aluminium qui lui servait de cendrier.

— Tu viens ? murmura-t-il. On n'a pas toute la nuit…

— Faut pas rêver ! Pour cinq paquets, t'auras pas grand-chose…

— J'aurai ce que je veux.

Elle s'assit à ses côtés et il se redressa comme s'il craignait qu'elle ne fût au-dessus de lui.

— Tu peux m'expliquer ce qui t'a pris l'autre fois ? demanda-t-elle.

La question le dérangeait, visiblement.

— Je suis pas là pour taper la discute !

— C'est un nouveau jeu, c'est ça ? Encore un truc de tordu ? Tu voulais que je déguste, pas vrai ?

— Ferme-la, Marianne.

Allait-il à nouveau la prendre dans ses bras, la serrer contre lui ? Lui dire qu'elle était jolie ? Elle ressentit un fourmillement bizarre en réalisant qu'elle en avait envie. Elle chassa cette pensée nauséabonde au moment où il se levait pour se poster face à elle. Non, pas d'effusion cette nuit. Rien qu'un troc obscène. Normal qu'il reprenne les vieilles habitudes.

J'ai peut-être blessé sa fierté masculine, la dernière fois. Oui, ça doit être ça. Tant mieux, ça lui fait les pieds à ce minable ! Et puis je ne me plains pas : assise sur le lit, c'est tout de même plus confortable qu'à genoux. Dès qu'il aura eu sa dose, je pourrai prendre la mienne. Et fumer un paquet entier si je veux. Histoire d'effacer le goût.

Pourquoi je les ai tués ?

Lundi 23 mai – 10 h 00

La Marquise jouait avec ses clefs comme une prostituée avec son sac à main.

— Vous voulez ma photo, surveillante ? balança Marianne en se levant.

— Pour m'en servir de cible pour les fléchettes ?

— Si ça peut occuper vos longues soirées solitaires !

— Je ne suis jamais seule !

— Y en a qui ont vraiment faim, faut croire ! Qu'est-ce qui me vaut le plaisir de votre visite ?

— Le directeur désire te voir, annonça-t-elle avec un sourire émaillé. Tu vas encore en prendre pour ton grade ! Habille-toi décemment et dépêche-toi.

— Je peux pas y aller en petite culotte ? Il apprécierait, peut-être…

— Tu veux le faire vomir ?

— Allons ! Vous craignez la concurrence ? Peur qu'il change de crémerie, pas vrai ?

Marianne s'approcha pour murmurer la suite de sa diatribe.

— Parce que tu dois passer sous le bureau souvent pour pouvoir continuer à sévir dans ce taudis !

— Je pense que le directeur sera ravi que je lui répète tout cela… Ça lui donnera une raison de te descendre quinze jours au cachot !

— J'ai dit quelque chose, moi ?

Elle s'adressa au mur.

— T'as entendu quelque chose, toi ? Je crois que la Marquise entend des voix… Pourtant, y a longtemps qu'elle n'est plus pucelle !

Adrien Sanchez était un homme étrange. Souvent sans relief, sorte de morne plaine humaine ; tapis persan en fibres synthétiques. Mais parfois, il piquait des colères à faire trembler tout le bâtiment. En général, lorsqu'un événement risquait de gêner son avancement ou de lui attirer les foudres du ministère. Marianne en avait conclu qu'il était lunatique et carriériste… Le problème était qu'on ne savait jamais à quoi s'attendre en pénétrant dans son antre. Car le mot bureau ne pouvait convenir à cette pièce où régnait un ordre strict et une constante pénombre entretenue par les stores baissés. Pas de chauffage, même en plein hiver. Obscur et froid, de quoi mettre à l'aise les détenus qui y étaient invités.

Avant de s'éclipser, Solange libéra Marianne qui soutenait le regard du taulier avec une arrogance amusée. Daniel était de la partie, confortablement installé dans un fauteuil, à côté de son supérieur. Mais pour elle, pas de chaise.

— Comment allez-vous ? commença Sanchez.

Marianne écarquilla les yeux. Qu'est-ce qui lui prend à Carpette ? S'inquiète de ma santé, maintenant ?

— Bien monsieur, je vous remercie.

— Parfait…

Il aimait le mot *parfait*. Il s'en gargarisait sans avarice, comme pour masquer la misère des lieux.

— J'ai souhaité vous rencontrer pour deux choses… La première, c'est que j'ai appris par le médecin que vous aviez fait une crise de manque en fin de semaine dernière. Auprès de qui vous procurez-vous cette drogue, mademoiselle ?

Elle avala sa salive, jeta un œil à Daniel, aussi impassible que les meubles qui l'entouraient. Il savait qu'il ne craignait rien, visiblement.

— Je ne vois pas de quoi vous parlez…

— Je m'en doutais ! Mais ça ne m'intéresse guère de connaître votre fournisseur… Dans toutes les prisons, la drogue circule et jamais on n'arrivera à éradiquer ce problème. Non, l'important est que vous cessiez d'en consommer. Et j'ai pensé à une solution…

— Je parie que c'est quarante jours de cachot !

— Eh bien non, mademoiselle. Ce n'est pas le remède approprié… Depuis votre arrivée, vous avez passé autant de jours en quartier disciplinaire qu'en cellule et apparemment, cela n'a rien changé…

Tiens ? Un éclair de lucidité ?

— Je pense qu'on doit trouver une autre manière, reprit-il. C'est la deuxième chose dont je voulais vous entretenir… En fait, j'ai une bonne nouvelle à vous annoncer…

Marianne aurait bien aimé s'asseoir, pour être sûre de ne pas tomber à l'énoncé de cette bonne nouvelle. Parce qu'ils n'avaient certainement pas la même définition du mot *bonne*.

— Je suis libérée ?! lança-t-elle pour cacher son inquiétude.

— Arrêtez vos bêtises ! grommela Daniel.

— Donc, j'ai étudié votre cas avec attention et… Je dois avouer que vous êtes un élément difficile, mais ça, ce n'est pas une nouveauté ! Cependant… J'essaie toujours d'offrir une chance à chacun de mes détenus. Et, après en avoir parlé avec les surveillantes et leur chef, j'ai décidé de vous accorder cette chance.

Mais de quelle chance parlait-il ? Allait-il se décider à cracher le morceau ou devait-elle le tabasser ?

— J'ai pris la décision de lever les mesures d'isolement qui vous sont appliquées. Désormais, vous descendrez en promenade avec les autres détenues, vous aurez accès aux différentes activités, vous pourrez même travailler si vous le désirez.

Elle faillit tomber mais se retint au mur ; d'un geste tout à fait naturel qui passa inaperçu. Oui, c'était une bonne nouvelle. Mais elle avait appris à ne pas se réjouir trop vite. Tout a un prix. Forcément.

— Cela signifie aussi que je lève les mesures spéciales... plus de menottes... le même traitement que pour tout le monde.

Marianne ressentait une joie enfantine mâtinée de crainte. Mais elle ne laissa pas transpirer la moindre émotion sur son visage.

La joie... Ne plus être une pestiférée, parler à quelqu'un d'autre qu'une gardienne. Ne plus être enchaînée comme un animal, épiée comme le lait sur le feu.

La crainte... Affronter les autres, se re-sociabiliser, supporter le contact. En était-elle seulement capable après ces longs mois de solitude ? La cour pour elle toute seule, ça avait du bon. Et puis, elle perdait un peu de son statut. Très nulle comme pensée, ça !

— Cela vous convient-il ? interrogea Sanchez, visiblement déçu par son visage glacé.

— Comme vous voudrez, monsieur.

— Parfait... Bien sûr, vous réalisez les risques que j'encours en vous faisant cette faveur ? Vu votre passif, vous accorder une telle confiance est vraiment la preuve que nous tenons à vous aider à cesser vos dérives. J'espère donc que vous ne nous décevrez pas. Sinon...

— Il y a une contrepartie, pas vrai ?

Daniel ne put contenir un sourire en coin. Il reconnaissait bien là Marianne.

— Une contrepartie ? répéta le directeur.

Rien qu'à sa tête, Marianne devina qu'elle avait touché juste.

— Vous me faites ce cadeau, certes, mais je dois donner quelque chose en échange, pas vrai ?

Le directeur la toisa de travers. Pourquoi, elle qui s'exprimait si bien, alourdissait-elle ses phrases d'un *pas vrai* ? tellement vulgaire à son goût.

— Aucune ! prétendit-il avec un certain malaise. Vous aurez le même traitement que les autres et… Les autres n'ont pas une cellule pour elles toutes seules.

Daniel ouvrit la porte de la 119. Il s'attarda, debout contre le métal froid. Attendant ses réactions. Il avait toujours aimé la voir s'énerver.

Elle était si jolie, alors…

— Je la tuerai !

— Arrête, Marianne.

— Qu'est-ce qui se passe ? Vous n'avez plus de cellule de libre ?

— Non. Il veut te donner une chance. Il pense que tu cesseras de nous emmerder si on te laisse du mou…

— Du mou ? C'est ce que je vais faire avec elle ! Du mou pour le chat !

Il se mit à rire ce qui finit d'excéder la jeune femme.

— Y sait pas que j'ai déjà dégommé une détenue ? Faudrait peut-être le lui rappeler !

— Cesse de jouer les terreurs ! Réfléchis un peu, je sais que tu en es capable !

— Comment on va faire pour les clopes et tout le reste ? Hein ? T'as pensé à ça ?

— On avisera ! Je sais bien que tu ne peux pas te passer de moi, ma douce Marianne !

— J'aurais pu te balancer pour la came !

— Et perdre ton fournisseur ?! Ne dis pas n'importe quoi !

Il avait raison, ça la faisait enrager. Elle flanqua un grand coup de pied à son matelas.

— Putain de taule !

Il continuait de sourire, ça l'expulsa carrément hors de ses gonds.

— Ça t'amuse de me voir m'énerver, pas vrai? Pauvre con!

Elle tremblait, il prépara sa retraite en reculant d'un pas.

— Je voudrais bien voir ta tête, quand je raconterai tout ça à ce crétin de Sanchez!

— Hou! J'ai une sacrée frousse, là!

— Tu riras moins le jour où ça arrivera! Parce que ça chauffera pour ton matricule!

— En attendant, va falloir partager ton espace, ma belle.

— Je partagerai rien du tout! Au bout de deux jours, elle demandera à changer de cellule!

— Et c'est toi qui morfleras. T'as envie de moisir au cachot? Allez, profite bien de ta dernière nuit en solitaire!

— Dernière nuit? s'étrangla Marianne.

— Oui, chérie. Demain est un grand jour, ta colocataire prend ses quartiers! Et il paraît que c'est une bête monstrueuse…! Bonne nuit, ma belle.

Il se hâta de claquer la porte avant de recevoir une chaise volante sur le crâne.

Sanchez alluma un cigare, ouvrit la fenêtre du bureau et se retourna. Daniel venait d'entrer.

— Alors? s'enquit-il. Comment elle le prend?

— Mal, bien sûr. Elle dit qu'elle va la tuer.

— Il faut bien que je mette en cage le monstre qu'on nous livre demain. Autant enfermer les monstres ensemble. Je ne peux pas la laisser seule étant donné qu'elle a déjà fait une TS… Je dois l'isoler, mais pas complètement… Quel merdier!

— Et si elle la tue? demanda Daniel d'une voix calme.

— Elles peuvent bien s'étriper ! Personne ne les pleurera ! s'emporta le directeur.

— C'est sûr... Bon, nous verrons bien. On pourra toujours compter les points ! Mais à mon avis, la nouvelle n'a aucune chance !

— On va tout de même pas prendre les paris ! s'esclaffa Sanchez. Ce serait vraiment immoral !

Ils se mirent à rire tous les deux et le directeur regarda Daniel dans le fond des yeux.

— Tu m'as jamais dit... commença-t-il sur le ton de la confidence.

— Quoi ?

— Si t'y reviens aussi souvent, c'est que ça doit valoir la peine, mais... C'est un bon coup, la petite Marianne... ?

Mardi 24 mai – 10 h 30

Delbec ne semblait pas très rassurée. Se balader dans les couloirs avec Marianne libre de ses mouvements, c'était un peu comme affronter un fauve sans tabouret ni fouet.

Même si le fauve en question avançait sagement pour le moment. Avec ces bêtes-là, faut toujours se méfier.

— Pourquoi je ne suis pas descendue en promenade avec les autres ? demanda Marianne.

Delbec sursauta rien qu'au son de sa voix.

— Je… J'ai pas encore l'habitude, je vous ai… oubliée.

— Ça ne va pas, surveillante… ? Je vous fais peur, pas vrai ?

— Peur ? Non, pourquoi ? Qu'allez-vous donc vous imaginer !

— J'ai pas mes menottes, ça vous fait flipper ! Mais ne vous inquiétez pas, je n'ai pas l'intention de vous frapper…

— Vous n'avez pas à me parler ainsi ! Et vous ne me faites absolument pas peur.

— Tant mieux ! Mais vous mentez ! continua la jeune femme d'un ton railleur. J'ai une sale réputation, pas vrai ? Pourtant, vous savez, tant qu'on ne me cherche pas… Allez, détendez-vous, je plaisantais, surveillante !

Monique émit un grognement étrange pour toute réponse.

— J'ai hâte de voir mes nouvelles petites copines ! reprit Marianne qui avait besoin de parler.

— Là, c'est vous qui mentez ! assena Delbec en essayant de rire.

— Possible… Ça fait si longtemps que je n'ai vu que des uniformes…

— Ça va bien se passer, vous verrez…

Bizarre qu'elle essaie de la réconforter. Avait-elle donc tant la trouille que ça ?

— Vous êtes mariée, surveillante ?

— Ma vie privée ne regarde pas les détenues.

— Exact… Mais je voulais juste savoir !

— Oui, je suis mariée. Depuis plus de quinze ans !

Elles descendaient le grand escalier, désormais côte à côte.

— Vous avez des enfants ?

— Oui, trois. Ils sont merveilleux !

— Je n'en doute pas… Alors, il faudra penser à eux.

Monique s'immobilisa pour la questionner du regard, la main crispée sur la rampe métallique. Marianne s'approcha un peu.

— Si un jour ça tourne mal, pensez à eux. Ne jouez pas les héroïnes…

— Vous me menacez ?

— Pas du tout, surveillante. C'est juste un conseil… On y va ?

Marianne s'arrêta à l'entrée de la cour, sur le petit escalier en béton. Elle avait un peu le vertige. Tout ce monde, ce bruit. Et tous ces regards instantanément pointés vers elle. Tels les multiples viseurs d'une seule et même arme. Le regard d'une centaine de femmes, d'inconnues pourtant si proches. Elle était l'attraction du jour, aucun doute. Assise sur la dernière marche, elle alluma une cigarette. Heureusement qu'elle en avait, histoire de se donner une contenance en ce moment quelque peu délicat. Aucune détenue ne s'approcha d'elle durant le premier quart d'heure. À part les auxis, personne ne l'avait jamais vue. Mise à l'isolement le jour de son arrivée, comme un chien galeux risquant de contaminer les autres. Malgré cela, aucune de ces femmes n'ignorait son nom ou ses crimes. Elle était finalement l'inconnue la plus célèbre de cette taule.

Marianne avait envie de se dégourdir les jambes, mais n'osait se mêler à cette foule qu'elle percevait pourtant plus curieuse qu'hostile. Une timidité qui ne devait absolument pas transparaître. À aucun moment. Aussi affichait-elle un visage assuré, presque détaché. Ne fixer personne en particulier, juste survoler le décor.

Elle laissa ses pensées la distraire. Demain, ils viendraient. Eux, les trois flics du parloir. Elle avait d'abord pensé leur poser un lapin. Mais une petite voix intérieure lui conseillait le contraire. Je leur demanderai plus de détails. Je veux savoir exactement ce qu'ils ont derrière la tête. Deviner les contours du piège qu'ils me tendent pour éviter de tomber dedans. Pour ne jamais regretter d'avoir dit non… Car elle dirait non, de toute façon. Longtemps qu'elle avait cessé de croire au Père Noël. Il n'y a pas de cadeau pour moi, en ce monde. Tout a un prix. Tout… Et là, le prix doit être terrible. Plus terrible encore que ce que je vis aujourd'hui. Mais j'irai quand même les voir demain pour étancher ma curiosité. Pour donner du grain à moudre à mon cerveau. Et récupérer quelques cigarettes, aussi.

Soudain, elle se sentit épiée et tourna la tête, brutalement dérangée dans son monologue intime. Trois filles la dévisageaient férocement. Marianne comprit instantanément. L'une d'elles était la chef. La chef des détenues. Celle qui gouverne ce petit peuple de brebis égarées. Le loup dans la bergerie pour certaines, le gourou pour d'autres. Comme chez les hommes, il y avait toujours les caïds. Là, elle l'avait en face.

Une femme blanche de type latin, environ trente-cinq ans qui n'avait pas grandi dans le satin. Plus grande que Marianne, baraquée. Un peu la carrure d'un mec. Un regard dur, empli de souffrance. De haine. Mais pour le moment, de défiance ; jaugeant Marianne telle une rivale. De la tête aux pieds. Elle évaluait ses chances de l'envoyer au tapis, craignant visiblement de perdre son trône. Marianne connaissait les règles. Elle se leva pour le premier round.

— T'es Marianne de Gréville, c'est bien ça ?

— Tout juste. Et toi, t'es qui ?

Les deux autres se mirent à glousser.

— Tu sais pas comment je m'appelle ?

— J'ai passé un bout de temps sans voir personne… alors non, je n'ai pas l'honneur de te connaître.

— Je m'appelle Giovanna.

— C'est charmant ! ironisa Marianne.

— File-moi une cigarette.

Marianne serra les mâchoires. Ne rien donner. Pas le moindre signe de faiblesse.

— Non, répondit-elle simplement.

Giovanna ouvrit la paume de sa main, dévoilant ainsi une petite lame.

— J'ai dit, file-moi une clope.

— Et moi j'ai dit non. T'es sourde ?

Delbec passa à proximité, Giovanna rangea son canif avant de continuer son manège.

— Paraît que t'es une terreur, Marianne ? Que tu te la joues parce que t'as descendu un flic ?

Ne pas lui rentrer dans le lard. Ne même pas bouger un cil.

— Qui t'a raconté ces conneries, *Giovanna* ?

— T'as pas intérêt à nous faire chier, c'est un bon conseil que je te donne là…

— Je n'en avais pas l'intention. Je voulais juste profiter de ce lumineux ciel de printemps !

— Tant mieux. Si t'es bien sage, t'auras peut-être le droit de me parler !

— Oh ! Ce serait un tel honneur de faire partie de ta cour !

— Tu te fous de ma gueule ?

— T'as deviné ? T'es finalement pas si débile, Giovanna…

— Attends qu'on remonte, je vais te faire ta fête !

— Tu vas rien faire du tout ! riposta Marianne. J'veux pas d'emmerdes ! On vient à peine de m'enlever les menottes, j'ai pas envie qu'on me les remette… T'inquiète, je chercherai pas à te faire de l'ombre. Régner sur le peuple, c'est pas mon truc ! J'veux juste qu'on me foute la paix, OK ? Mais si t'insistes, si tu veux vraiment une baston, ça finira mal pour toutes les deux. Toi, parce que tu seras morte et moi, parce que j'irai au cachot avant d'être baluchonnée dans une taule encore plus pourrie que celle-là. Pigé ?

— Vous entendez ça, les filles ? rétorqua Giovanna, visiblement ébranlée.

— Ouais, elle se prend pour qui, l'autre !

Celle qui venait de parler était une beurette qui mastiquait bruyamment un chewing-gum. Marianne eut subitement envie d'un steak charolais, bien saignant. Sans vraiment comprendre pourquoi.

— Tu m'impressionnes pas une seconde ! reprit Giovanna avec aplomb. Mais j'ai bien entendu, tu veux pas d'embrouilles. Alors reste à ta place et il n'y en aura pas.

— Génial ! Bonne promenade, mesdames.

Le groupe s'éloigna, Marianne soupira. Cette première rencontre n'augurait rien de bon. Elle aurait dû se montrer plus docile, courber un peu l'échine. Elle n'avait réussi qu'à reculer l'échéance. Elle l'avait lu dans le regard de Giovanna. Il faudrait se battre. Encore.

Justine s'approcha.

— T'as un problème ?

— Giovanna est venue me jouer son numéro de caïd !

— Faut l'éviter, Marianne.

— Arrête de flipper, je tomberai pas dans le panneau ! Je veux pas me battre… Pourquoi elle est dedans ?

— C'est la femme d'un mafieux. Elle s'occupait des filles…

— Une mère maquerelle ? De mieux en mieux !

— Elle est bourrée de fric.

— C'est bien pour ça que c'est elle le chef !

— Oui. Et puis elle est forte et très teigneuse.

— Pas autant que moi !

— Méfie-toi d'elle… Pas de connerie, Marianne.

Marianne gardait discrètement un œil sur Giovanna et ses sbires, en train de racketter une pauvre détenue complètement terrorisée. Elle remarqua alors une femme seule, près du grillage. Qui finissait une série de pompes. Sur un bras, en plus.

— C'est qui, elle ? Son visage me parle…

— La blonde ? C'est VM.

— VM… ! Putain ! Je savais pas qu'elle était là !

— Elle est arrivée il y a trois semaines…

— Pourquoi elle n'est pas en centrale ? Elle a pris perpète, non ?

— Et toi ? T'as pas pris perpète peut-être !

— Elle a cassé la tronche à une gardienne ?

— Non. Tentative d'évasion. Elle n'est que de passage ici. Pour quelques semaines, quelques mois tout au plus. Elle attend sa place dans une autre centrale… Elle est seule en cellule mais on n'a pas pris de mesures d'isolement pour la promenade…

— Ah… Et elle est comment ?

103

— Très calme. Très polie. Rien à redire. On dirait une… une sorte de machine. D'ailleurs Giovanna ne s'en approche pas ! Personne ne s'en approche, de toute façon. Quand elle te regarde, ça fait froid dans le dos.

Marianne partit à rire. Pour cacher qu'elle se sentait un peu vexée. Pourquoi j'ai pas réussi à effrayer Giovanna, moi ? Je l'ai tenue à distance, guère plus…

— Faudra que j'aille voir ça, dit-elle. J'aimerais bien entendre le son de sa voix… Pourquoi elle n'a pas eu droit aux menottes, comme moi ?

— Je crois que tu es la seule détenue dans ce pays à avoir eu droit aux menottes !

— C'est pas juste ! plaisanta Marianne d'une voix de gamine effrontée.

— VM n'a blessé personne. Personne depuis qu'elle est incarcérée, je veux dire… Ce n'est pas ton cas, Marianne.

— Tu sais… Toi, je ne te toucherai jamais, Justine.

— Je le sais, murmura-t-elle.

Véronique Maubrais. Membre d'un groupe terroriste actif dans les années 80, une demi-douzaine de meurtres à son actif. Hommes d'affaires, hommes politiques abattus froidement en pleine rue. Elle avait bien cinquante ans mais les vingt dernières années en prison ne semblaient pas avoir eu de prise sur elle.

— Tu sais qui on va me coller en cellule ? demanda soudain Marianne.

— Seulement qu'elle s'appelle Emmanuelle Aubergé…

— Quel prénom à la con !

— Commence pas à la détester, tu la connais même pas !

Une dispute éclata dans le fond de la cour, Justine abandonna Marianne pour aller y jeter un œil. Emmanuelle Aubergé. Marianne avait la nausée. Comment supporter à nouveau la promiscuité ? Sanchez lui avait vraiment fait un cadeau empoisonné. Mais elle avait toujours la possibilité de revenir en arrière. Il suffirait d'envoyer Emmanuelle chez le dentiste.

Elle se leva, feignant d'ignorer les visages braqués vers elle. Elle marcha en direction de Maubrais qui se roulait une cigarette. Elle leva les yeux. Vrai que son regard était frigorifiant.

— Salut, je m'appelle Marianne.

— Je sais. Tout le monde a entendu parler de toi, Marianne ! Qu'est-ce que tu veux ?

— Rien… C'est la première fois que je sors avec les autres…

— Combien de temps en isolement ?

— Presque un an…

— Contente que ce soit fini ?

— Je sais pas trop, en fait. Ça a du bon mais…

— Ouais, je connais le problème ! Assieds-toi.

Marianne s'installa en tailleur en face d'elle. Ne pas montrer qu'elle était impressionnée. Fascinée, même. Juste là pour discuter un petit quart d'heure. Pour rompre la solitude. Sauf que VM ne prononça plus un mot. Mais elle offrit sa présence, quelques sourires mystérieux. Et une cigarette. Pour signifier simplement que la compagnie de la jeune femme lui était agréable.

***

20 h 30

Marianne, toujours seule en cellule.

Ils ont décidé de la mettre ailleurs, l'Emmanuelle ! J'ai bien fait de dire que j'allais lui casser la tronche !

Elle avait fini le repas du soir depuis longtemps et attendait les trains de nuit. Ce soir, il pleuvait.

Elle adorait entendre l'averse pendant ses insomnies. Comme une présence rassurante.

Étendue sur son matelas, elle se délectait de sa solitude obtenue à coups de menaces. Ils me craignent. J'ai encore du pouvoir. L'image du chef en train de jouir en elle lui traversa l'esprit, elle la chassa d'un mouvement de tête. C'est du commerce, rien d'autre. Il a plus besoin de moi, que moi de lui.

Facile de se mentir quand le manque s'éloigne. Quand personne n'est là pour contredire.

Elle ferma les yeux. Le premier arrivait, un Corail-couchettes. Pas le même bruit que le TGV. Rien à voir. Il freinait lourdement à l'approche d'un virage serré, juste avant la prison. Laisse les images venir, te submerger… Tirage au sort dans la sphère des pensées…

… Un train de banlieue, un peu pourri. Des tags jusque sur les sièges. Il fait déjà nuit. Elle tremble légèrement. Pas de peur pourtant. Juste de froid. Un froid qui lui ronge les os, de l'intérieur. Le RER quitte la gare, elle ne se souvient plus laquelle. Elle n'a que seize ans. Juste un petit sac de sport. Pas grand-chose dedans. Une photo de ses parents – pourquoi l'a-t-elle emportée ? – son kimono, une carte téléphonique – pour appeler qui ? – quelques billets piqués dans le portefeuille du vieux, deux jeans, trois pulls.

J'ai bien fait de me tirer. Ils allaient me rendre cinglée ces deux abrutis ! Je suis forte. Je peux m'en sortir seule. Pas besoin d'eux. Besoin de personne… Pourtant, elle porte déjà les stigmates d'une première nuit dans la rue. Sur un banc public, au milieu des putes et des macs. Ça change du XVIe.

Mais le XVIe, je ne m'y suis jamais sentie chez moi.

Les yeux un peu gonflés, un peu inquiets, elle sourit.

La porte du compartiment s'ouvre, trois mecs entrent, trois loubards. Ils parlent fort. Ils aiment qu'on les remarque, adorent terroriser le bon peuple des travailleurs qui migre vers sa banlieue dortoir. Marianne est au fond de la voiture, ils se sont arrêtés bien avant elle. Elle respire mieux. Je n'ai pas à avoir la trouille, pourtant… Je sais me battre…

Elle les observe de loin. Ils se sont assis près d'une jeune femme blonde qui lit sagement un bouquin. Pour l'emmerder, à coup sûr. Ils sont là pour ça, ils viennent en chasse. La fille est mal barrée… Tu dois intervenir, Marianne ! Tu peux l'aider, personne d'autre que toi ne le peut. L'étudiante commence à crier. Elle leur demande de se calmer, mais appelle au secours en fait. Sauf que personne ne semble l'entendre. Marianne a les mains crispées sur son sac. Les SOS lui ont transpercé les oreilles et le cœur. Pourquoi tu restes vissée sur ton siège ? Pourquoi t'as les jetons ? Tu as répété mille fois les mouvements à l'entraînement… Mais c'est plus facile dans un dojo que dans un train… Allez, c'est le moment de mettre en pratique !

La jeune femme se débat, maintenant.

Marianne a envie de pleurer. Ses jambes ne fonctionnent plus. Elle a honte, une honte fulgurante, paralysante autant que la peur. Elle préfère fermer les yeux, histoire de ne pas assister à la suite. Mais elle les rouvre instantanément. Regarde, Marianne. Affronte ta propre lâcheté.

Soudain, un homme se lève, comme un miracle. Costume gris, cravate bleue. Il s'interpose, la fille en profite pour s'enfuir.

Les trois jeunes, privés de leur jouet, s'en prennent au pauvre type. Menaces, insultes. Rapidement, des coups. Incapable de se défendre. Ils vont le tuer, le massacrer.

Brusquement, Marianne se retrouve debout à son tour. L'angoisse s'est muée en rage. Quelque chose jamais ressenti auparavant. Même pendant les compétitions. Une autre rage que celle de vaincre. Ça la submerge comme une vague, un truc à soulever des montagnes. Elle avance doucement vers le trio qui continue à rosser le gars déjà à terre. Normal, ce n'est qu'un homme ordinaire. Pas un champion de boxe. Pourtant, il a plongé dans la bagarre. A risqué sa vie pour une inconnue. Sans hésiter, sans se poser de questions.

— Eh ! Lâchez-le !

Ils s'arrêtent de frapper, se retournent. Surpris. Qu'est-ce qu'ils ont les passagers, ce soir ? Ils n'ont pas mis leur bandeau sur les yeux ? Font pas semblant de dormir ?

Un des trois ricane. Une autre victime s'offre à eux, aussi charmante que la première. Ils n'ont même pas à aller la chercher. Elle s'allonge de son plein gré sur l'autel. Une gamine, mais c'est sans importance. Ça fera un bon dessert.

— Qu'est-ce tu veux chérie ?

— Laissez-le tranquille, ordonne-t-elle d'une voix qu'elle ne se connaissait pas. Si vous aimez vous battre, battez-vous donc contre quelqu'un qui sait.

Ils écarquillent les yeux.

— Qui sait quoi ? Qu'est-ce qu'elle dit ?!

— Rien à foutre de ce qu'elle dit. On va s'occuper d'elle, puisqu'elle demande !

Marianne ne tremble plus. Ne redoute plus l'affrontement. Son cœur bat trop vite, certes. Mais elle est portée par une force invisible. Quoi qu'il arrive, elle ne peut pas perdre puisqu'elle s'est levée. Puisqu'ils ont cessé de s'acharner sur le héros à la cravate. Là est déjà sa victoire. Les agresseurs s'approchent lentement. L'homme en costard en profite pour reprendre ses esprits. Il s'appuie sur un fauteuil, sonné, encore à genoux. Le trio infernal marche vers Marianne, avec sourires de circonstance. Mais prudemment, comme s'ils avaient deviné. Qu'ils n'ont pas n'importe qui en face. Marianne ne bouge pas. Ne recule pas. Serre juste les poings. Le premier des trois arrive à portée. Le cerveau de Marianne commence à bouillir.

Action. Elle a déjà calculé sa première offensive.

L'allée centrale étroite ? Un avantage pour elle. Ils avancent, l'un derrière l'autre. Elle les aura, l'un derrière l'autre. Mais elle attend encore. Qu'il porte l'attaque. Comme ça qu'elle a appris. Toujours attendre l'attaque. Parer, riposter.

Agir dans l'ordre.

Le premier à cinquante centimètres, maintenant. Elle peut même sentir son haleine à la Jenlain. Il lance son bras droit, Marianne s'est baissée, il cogne dans le vide, perd l'équilibre. N'anticipe pas le coup de poing qui lui écrase la gorge. Terminé pour lui. Il tombe à genoux, n'arrive plus à respirer, comme le type à la cravate. Il fixe Marianne avec panique, elle ne le voit déjà plus.

Au suivant de ces messieurs.

Celui-là se jette sur elle en criant. Elle prend appui sur les sièges, se soulève, avant de le recevoir d'un coup de pied en pleine poitrine. Plutôt une sorte de missile nucléaire. Projeté en arrière, il renverse son comparse. Marianne avance, se baisse pour le finir. Agir dans l'ordre. Elle l'agrippe par le col, lui assène trois coups de poing au visage. Peu importe le sang qui gicle sur les mains. Peu importe qu'il ne réagisse plus. Elle lève les yeux. Le troisième a reculé. Il a sorti un cran d'arrêt. Marianne n'entend même plus les cris des quelques passagers. Trop concentrée. Elle n'entend que sa propre voix.

Vas-y Marianne. Tue-le.

Il brandit son couteau comme une menace. Il espère, mais elle ne bat toujours pas en retraite. Trop tard pour renoncer. Il allonge une droite, elle sent une déchirure sur sa peau. Juste une brûlure. Il retente sa chance, elle lui saisit le bras, lui tord le poignet jusqu'au craquement. Hurlement. La lame atterrit sur le sol, elle l'éloigne du pied. Elle tient toujours le poignet de l'adversaire qui essaie de se dégager. Elle lui brise le genou d'un simple coup de talon, ça craque encore plus fort. Elle le lâche, il s'écroule. On dirait un tas de chiffons, un tas de merde. Une jambe et un bras en moins, il ne peut plus rien à part geindre. Mais la rage est toujours là. Comme un truc qui la consume de l'intérieur, qu'il faut laisser sortir. Elle récupère le couteau, attrape le mec par les cheveux. Il a les yeux aussi bleus que la cravate du héros. Elle lui plante le cran d'arrêt dans la gorge. Juste assez pour que ça saigne.

— C'est pas pareil avec moi, pas vrai ? murmure-t-elle. Je pourrais te tuer…

— Arrête, putain !

— Rappelle-moi ce que tu voulais ? Tu voulais *t'occuper* de moi, pas vrai ? Ben c'est moi qui vais m'occuper de toi !

Elle enfonce un peu plus la lame, elle en a tellement envie. Elle est en transe. Il gémit encore plus fort.

Arrête tes conneries Marianne ! Réveille-toi ! Elle lâche le couteau comme s'il lui brûlait la main, puis flanque un coup de genou dans la tête de sa victime. Ses yeux se révulsent, il tombe lentement sur le côté, près d'une vieille dame horrifiée qui se ratatine sur son fauteuil en hurlant.

Marianne stoppe ses cris d'un seul regard. Elle n'est plus Marianne, d'ailleurs. Mais une sorte de déesse de la revanche dotée des pleins pouvoirs. Le monde au bout de ses poings. Elle ne marche plus, elle écrase tout de sa puissance. Elle aide l'homme à la cravate à se relever. Il a sacrément dégusté. Il la dévisage avec une sorte de frayeur. Comme si se tenait devant lui une extraterrestre.

— Ça va, monsieur ?

Il hoche la tête, s'assoit doucement sur le siège qu'occupait l'étudiante. Sa belle cravate est mouchetée de sang. Mais il s'en sortira, elle est intervenue à temps. Il y a laissé quelques côtes et une dent qui traîne par terre dans une petite flaque rouge, juste à côté du bouquin abandonné par la jeune femme. Marianne le récupère, comme un souvenir de guerre.

— C'est bien ce que vous avez fait, monsieur, dit-elle.

Il la considère avec émotion. Encore sous le choc. Le train s'arrête, Marianne attrape son sac et descend, laissant derrière elle trois types sur le carreau. Encore vivants, elle le sait. Elle n'a pas entendu le souffle de la mort au bout de ses coups. Partir avant que les flics n'arrivent… Elle arpente le quai, à la recherche de l'étudiante pour lui rendre son livre. Elle grimace en touchant son bras où une estafilade laisse échapper son sang. C'est rien. Ça ne fait même pas mal.

Elle entre dans la gare tandis que le RER repart. Elle n'a pas vu la fille. Elle ne la reverra sans doute jamais. Déception. Elle s'isole dans les toilettes, se fige face au miroir, appuyée sur le lavabo. Elle affronte un visage neuf. Différent. Le sien pourtant. J'ai bien fait de me barrer de chez mes vieux. Au moins, j'ai servi à quelque chose. Mais ses mains tremblent, ses lèvres aussi. Des larmes coulent doucement sur ses joues. Du sang coule doucement sur sa main gauche. Un sang flamboyant.

Maintenant, ça fait mal. Elle regarde le roman posé sur le sol.

Maintenant, elle a peur. Une peur foudroyante qui déborde de ses lèvres. Pense à autre chose. C'est quoi le titre de ce livre ?

Mais sa vue se brouille, le sol se dérobe sous ses pieds. Elle tombe lentement, le visage à côté du bouquin. Elle essaie encore de déchiffrer le titre. Les lettres se mélangent. Elle a juste le temps, avant de s'évanouir, de prononcer à haute voix *L'Église Verte*.

… Marianne ouvre les yeux alors que le Corail était déjà loin. Certains souvenirs valent mieux que d'autres. Le monde est petit, il paraît. Hasard ? Destin ? Grâce à Justine, elle avait compris sa puissance, son pouvoir. À

111

cause de cela, elle était là aujourd'hui. Surveillée par la même Justine.

Elle alluma une cigarette, postée sur la chaise, face aux barreaux. Elle tendit le bras pour inviter la pluie sur sa peau. Elle frôla sa cicatrice, celle du bras gauche. Jamais vraiment refermée. Elle ressentait encore cet étrange sentiment de toute-puissance.

Elle aurait voulu devenir une sorte de justicière, comme les héros qu'elle admirait dans les BD de son enfance. Alors pourquoi était-elle devenue une criminelle ? Enfermée dans une sinistre cage. La force, si dure à maîtriser, est une arme à double tranchant. Elle avait envie de pleurer. De se laisser aller contre une épaule. Mais personne pour la rassurer, la prendre dans ses bras. Depuis si longtemps. Trop longtemps.

La porte de la cellule s'ouvrit brusquement, elle manqua de tomber de son piédestal. La lumière lui percuta les rétines.

Le chef. Avec, juste derrière lui, une sorte de fantôme.

— Bonsoir ! dit Daniel. Je te présente Emmanuelle Aubergé.

Marianne resta bouche bée quelques instants. Elle aurait pourtant juré qu'elle avait gagné ce combat… La nouvelle restait figée à côté du gradé, son paquetage sur les bras. Grande, terriblement maigre. Le teint blafard, les yeux cernés. Les cheveux foncés, longs et maladifs. Elle portait une robe claire, ce qui lui donnait encore plus l'apparence d'un zombie échappé de sa sépulture. Marianne avança vers les intrus, mâchoires serrées. Daniel devinait la colère qui allait surgir tel un geyser.

— Je veux pas d'elle ici !

— On ne te demande pas ton avis, assena-t-il. Alors tu la fermes.

Elle ouvrit la bouche pour protester mais se retint. Quoi dire, de toute façon ? Daniel lui jeta un regard sévère avant de disparaître.

— N'oublie pas le contrat, Marianne… Bonne nuit, mesdames !

La porte claqua, le Fantôme sursauta. Marianne, face à elle, les mains sur les hanches, la toisait comme le lion fixe l'antilope avant l'assaut final. C'était donc ça, le monstre ? Cette espèce de revenante qui risquait de se disloquer au moindre souffle ? Marianne fit un pas supplémentaire en avant, la nouvelle recula en flageolant.

— Écoute-moi bien ! J'étais bien toute seule et ça me fait chier que tu débarques chez moi !

Aucune raison de lui sauter dessus pour le moment, mais elle avait pourtant une furieuse envie de la frapper. Déjà. Simplement parce qu'elle existait, entrait dans son territoire. Par effraction.

— Tu prends le lit du haut ! J'veux pas t'entendre ! Pas même connaître le son de ta misérable voix ! Je veux pas de télé ici, pas de radio non plus ! Et t'as pas intérêt à ronfler, sinon je t'étouffe avec ton oreiller… Eh ! Tu entends ce que je te dis… ?

Aucune réaction en face. Seulement la frayeur qui grandissait dans les pupilles.

— T'es sourde, muette ou débile… ? Tu viens d'où… ? Eh ! Je te cause, abrutie ! Tu viens d'où ?

— De… De l'hôpital…

— Génial, ça parle, en plus ! T'étais chez les fous, pas vrai ?! T'as déjà été en prison ?

Le Fantôme secoua la tête pour dire non.

— Je vois ! Première nuit en taule ! Alors je vais t'expliquer comment ça marche ici ! Enfin, si t'es pas trop conne pour comprendre ! Tu as droit à un casier et un seul ! Je veux pas que tu mélanges tes affaires aux miennes, même pas que tu les touches ! Même pas que tu les zyeutes ! Si tu salis, tu nettoies ! D'ailleurs, c'est toi qui feras le ménage, désormais !

Elle s'approcha à nouveau. L'autre était crucifiée contre la porte.

113

— Si tu me fais chier, de quelque manière que ce soit, je t'arrange ta sale gueule jusqu'à ce que ta mère puisse pas t'identifier à la morgue, t'as pigé ?

Marianne s'arrêta enfin, lorsque la nouvelle se mit à pleurer. Secouée de sanglots saccadés et ridicules.

— Et arrête de chialer comme une pisseuse ! Va sur ton pieu que je vois plus ta face de cadavre !

Le Fantôme lâcha ses affaires et grimpa jusqu'au lit du dessus. Marianne soupira, un peu délestée de sa colère. Elle éteignit la lumière, s'allongea à son tour. Je lui ai cloué le bec ! Pas bien difficile, remarque… Finalement, Marianne n'était pas très fière. Mais après tout, l'essentiel était de prendre l'avantage d'entrée. Dans la jungle, c'est la loi du plus fort. Sortir les armes avant même que l'autre n'ait l'idée de se battre. Elle entendit soudain des pleurs. Elle assena un grand coup de pied dans le sommier du dessus, au risque de le voir s'écrouler sur sa tête.

— Je veux pas t'entendre ! s'écria-t-elle. Alors t'arrêtes de chialer !

Le Fantôme redevint silencieux. Marianne imagina qu'elle devait mordre l'oreiller pour étouffer ses pleurs. Ça lui fit une légère douleur quelque part, très loin. Un petit saignement qui sortait d'une cicatrice. Sa première nuit en taule. Quand elle avait pleuré toutes les larmes de son corps.

La nuit était encore épaisse. La pluie redoublait d'intensité. Marianne somnolait sous sa couverture. Brusquement, le lit se mit à trembler. Ouvrant les yeux, elle aperçut le Fantôme qui descendait l'échelle. Elle serra les poings, prête à frapper si l'autre voulait l'attaquer. Mais l'ombre famélique s'éloigna, se tapa dans la table, puis dans la chaise, avant de trouver l'entrée des toilettes. Marianne souffla, de très mauvaise humeur, comme si l'autre l'avait tirée d'un profond sommeil.

Soudain, elle l'entendit vomir ses tripes, ce qui lui donna instantanément la nausée.

Le bruit de la chasse d'eau, l'autre qui se mouche. Un enfer !

Faut que je m'en débarrasse au plus vite. Demain sera le mieux. Je préfère encore les menottes à ça !

Elle marcha jusqu'à l'interrupteur, appuya sur le bouton au moment où Emmanuelle sortait des WC. Elle s'immobilisa, les yeux emplis d'un effroi grotesque.

— Tu comptes m'emmerder comme ça toutes les nuits ?

— Excusez-moi, je ne me sens pas très bien…

— Ah ouais ? Et tu comptes aller te recoucher peut-être ? Tu prends de la Javel et tu me récures les chiottes. Tout de suite !

Emmanuelle retourna dans les toilettes, Marianne sur ses talons pour vérifier qu'elle suivait les ordres à la lettre. Agenouillée au-dessus de la cuvette, elle s'exécutait en silence. Ses mains osseuses tremblaient sans cesse. Corvéable à merci.

Comment peut-elle ne pas se révolter ? Elle va bien finir par essayer de m'en coller une ! Allez, vas-y, essaye ! Que je te donne une raclée ! Emmanuelle se contenta d'astiquer consciencieusement puis se releva. Elle comptait retourner dormir mais Marianne lui barra le passage.

— Finalement, je crois que tu vas roupiller ici ! dit-elle avec un sourire cruel. Parce que tu vas pas me réveiller toutes les cinq minutes pour aller aux chiottes !

Emmanuelle ouvrit enfin la bouche mais n'eut pas le temps de prononcer un mot. Marianne la plaqua contre la cloison en la tenant par la gorge.

— T'as quelque chose à dire, l'épave ? Tu dors ici et tu fermes ta gueule. Sinon, je te l'explose. C'est clair ?

Le Fantôme hocha la tête, Marianne lâcha prise.

— Et je te conseille de ne pas me réveiller une nouvelle fois. Sinon, t'es morte.

Elle retourna s'allonger, prenant au passage une cigarette qu'elle dégusta tranquillement sur son lit. Elle ferma les yeux, prête à savourer sa victoire. Totale.

Sauf que le visage cadavérique d'Emmanuelle refusait de quitter son esprit, la harcelant jusque dans ses rêves.

Mercredi 25 mai – 6 h 00

Une aube humide et grise devant les yeux.

La pluie s'était enfuie pendant son sommeil mais Marianne la sentait encore imprimer dans l'air un souvenir olfactif puissant et délicieux. Au milieu de l'enfer, ces détails insignifiants prennent une importance démesurée.

Assise sur son grabat, elle s'étirait méthodiquement, membre après membre. Une quinte de toux la secoua violemment. Goudron et nicotine qui remontent à la surface, poumons qui se rebellent dès qu'ils sont à la verticale. Elle tendit le bras pour atteindre le paquet de Camel sur la table. Son visage se crispa au souvenir du mauvais cauchemar que lui avait joué la nuit. Elle avait rêvé que…

Le paquetage abandonné lui sauta alors aux yeux. Elle s'étouffa avec la fumée de sa clope. Nouvelle quinte de toux. Elle n'était pas seule… Le Fantôme ! Une colère irrépressible l'immergea aussitôt des talons jusqu'à la racine des cheveux. Non, pas un simple songe inoffensif ; l'autre était bien là, dans sa propre cellule ! Tel un parasite dangereux entré dans sa maison. Elle se repassa le film en accéléré, une nausée soudaine lui souleva le cœur. Mais qui lui donnait envie de vomir ? L'insecte ou celle qui l'écrase d'un simple coup de talon ? Peu importe. Elle poussa le battant et découvrit sa codétenue recroquevillée à côté des WC. Transie de froid, les yeux déformés par une nuit de larmes.

— Barre-toi, j'ai envie de pisser! aboya Marianne.

Emmanuelle se redressa avec difficulté en s'agrippant à la cuvette, spectacle pitoyable, puis elle disparut bien vite. Marianne s'arrêta devant le miroir pour l'inspection matinale. Finalement, elle préféra écourter la confrontation et s'assit sur la cuvette. Sauf que ça ne voulait pas venir. L'autre, juste derrière. Qui pouvait l'entendre et même la voir en s'approchant. Impossible de pisser dans ces conditions. Pourtant, il fallait bien. Des sueurs froides commençaient à la faire grelotter. Après de longues minutes, elle céda soudain à la pression et soulagea sa vessie, sûre que le cadavre ambulant avait l'oreille scotchée à la cloison.

Lorsqu'elle sortit, Emmanuelle était réfugiée sur le lit. En hauteur. Comme le singe grimpe à l'arbre pour échapper au serpent. Sauf que le serpent aussi, sait grimper à l'arbre.

La cohabitation serait invivable. Inutile d'insister. Marianne s'en savait incapable. Mieux valait en finir au plus vite.

— Descends, ordonna-t-elle. Faut que je te parle.

Emmanuelle demeura immobile, tétanisée par la peur. Marianne fut en haut de l'échelle en un bond. Elle empoigna sa proie par un bras, lui fit faire le saut de l'ange avant de redescendre se poster près du corps qui traînait par terre comme une vieille guenille.

L'autre s'était blessée en tombant. Elle serrait sa cheville gauche de ses deux mains.

— Allez, lève-toi! hurla Marianne.

Elle la saisit par les cheveux, la força à se remettre debout avant de la projeter contre le mur. Emmanuelle se protégea le visage avec les bras. Mais Marianne se contenta de la rouer de mots.

— Rien que de voir ta tronche, ça me file la gerbe!

J'ai pas envie que tu restes ici ! Alors tu vas demander à changer de cellule, OK… ? Oh ! T'as entendu ?

— Oui, répondit le Fantôme. Mais… Mais…

— *Mais, mais !* répéta Marianne en mimant le bégaiement ridicule. Mais quoi ?

— S'ils ne veulent pas ?

— À toi d'être convaincante ! Si t'es encore là cette nuit, tu verras pas le jour se lever demain matin. T'as pigé ou je te fais un dessin ?

Elle fit mine de se trancher la gorge, Emmanuelle se mit à pleurer, tout d'un coup, comme une vieille habitude. Elle tomba à genoux. Marianne leva les yeux au ciel.

— T'es vraiment pire qu'une serpillière ! cracha-t-elle avec un impitoyable sourire.

— Vous pouvez me tuer, je m'en fous…

Marianne, soudain à sec de menaces, soupira de nouveau. Si je veux qu'elle dégage, faut que je lui casse la gueule. Mais comment frapper une femme à genoux en pleurs ? Au-dessus de ses forces.

— Putain, arrête de chialer ! Tu me casses les oreilles !

Emmanuelle ne pouvait plus s'arrêter. Un sac d'os secoué par un séisme nerveux. Le visage enfoui dans ses mains, elle vidait son stock lacrymal sans aucune retenue. Marianne tournait autour d'elle, les poings serrés, les crocs dehors. Les muscles parcourus par un courant électrique surpuissant.

Faut qu'on en finisse ! Que je l'assomme, qu'elle arrête de me martyriser les tympans ! Que j'abrège sa souffrance et la mienne !

Finalement, elle retourna sur son matelas, brusquement épuisée. Impuissante. Elle se boucha seulement les oreilles. Ces pleurs avaient quelque chose d'infernal. De démoniaque. Ils lui tapaient sur le système comme un supplice, lui déchiraient le cerveau à la façon d'un bistouri. Faut que je l'arrête, bon Dieu ! Elle va me rendre folle !

Soudain, la porte de la cellule s'ouvrit. Pourtant, ce n'était pas encore l'heure du petit déj'. Daniel apparut, accompagné de Justine. Ils restèrent quelques secondes stupéfaits. Regardant tour à tour les deux femmes. Emmanuelle qui continuait à sangloter et Marianne, assise en tailleur sur le lit, les mains collées aux oreilles.

— Qu'est-ce qui se passe, ici ? interrogea le chef d'une voix autoritaire.

Justine s'accroupit devant Emmanuelle.

— Qu'est-ce qui vous arrive ? demanda-t-elle avec son habituelle douceur.

— Elle braille comme ça tout le temps ! balança Marianne. J'en peux plus !

— Elle *braillerait* pas à cause de toi, par hasard ? questionna Daniel.

Marianne lui adressa un sourire provocateur.

— Qui sait !

Justine la toisa sévèrement avant de prendre la victime par les épaules, de la soutenir jusqu'à une chaise et de lui servir un verre d'eau. Une pointe de jalousie déforma le visage de Marianne.

— Eh ! gueula-t-elle. Elle boit pas dans mon verre !

— Ça suffit, mademoiselle de Gréville !

Marianne ravala sa colère. Il y avait si longtemps que la surveillante ne l'avait pas appelée ainsi ! Daniel s'approcha à son tour du Fantôme.

— Elle vous a fait du mal ?

Emmanuelle le fixa d'un air désespéré.

— Non monsieur, murmura-t-elle. C'est moi qui ne supporte pas cet endroit…

Marianne resta bouche bée.

— Vous êtes sûre qu'elle ne vous a rien fait ? insista le gradé. Pourquoi vous ne pouvez plus poser le pied par terre ? Vous ne boitiez pas hier soir.

— Je suis tombée du lit… J'ai pas l'habitude de dormir en hauteur.

— Ben voyons ! répondit-il d'un ton sarcastique. Vous êtes tombée du lit toute seule ! Moi je crois plutôt que vous mentez parce que vous êtes morte de trouille !

— Non ! Je vous assure que cette demoiselle est très gentille…

Daniel se retint de rire à cette dernière remarque dont la nouvelle venue ne mesurait pas le ridicule. Mais c'en était trop pour Marianne qui s'enflamma comme une traînée de poudre. Elle n'a qu'à me traiter de bonne sœur pendant qu'elle y est !

— Tu parles ! s'écria-t-elle avec un rictus nerveux. J'étais sur le point de la saigner ! Je l'ai obligée à dormir par terre dans les chiottes ! Je lui ai même fait lécher la cuvette ! Et je l'ai balancée du lit juste avant votre arrivée !

— Et tu es fière de toi, j'espère ? répliqua Daniel.

— Je veux personne ici ! Je veux pas de cette fondue ! Si vous la laissez là, je la découpe en morceaux et je tire la chasse !

Justine s'approcha, les yeux étincelants de colère. Marianne reçut soudain une gifle dont la violence lui tarit instantanément les glandes à venin. La gardienne attendait stoïquement l'éventuelle riposte.

— Écarte-toi, conseilla Daniel.

— Non, répondit calmement la surveillante. Tu veux me frapper Marianne… ? Vas-y.

La jeune femme n'eut aucune réaction. KO debout. Jamais elle n'aurait cru que Justine pourrait… Ce n'était qu'une claque. Mais venant d'elle, c'était bien plus.

— Alors ? C'est plus facile avec elle qu'avec moi, *pas vrai* ? martela la gardienne.

— Tu sais bien que je te frapperai jamais, murmura Marianne avec des sanglots dans la voix.

— Non, je ne le sais pas. Tout ce que je vois devant moi, c'est une petite ordure qui s'acharne sur une pauvre femme sans défense. Je crois qu'on appelle ça une lâche.

Nouveau coup, encore plus dur que le premier.

— Justine…

— C'est surveillante. Y a plus de Justine !

Marianne s'affala sur son matelas. Elle désirait juste qu'ils la débarrassent de cette intruse. Comment le leur expliquer ? Elle resta muselée par la honte un moment. Une honte douloureuse, qui rebondissait dans son crâne telle une balle de ping-pong. Daniel s'était assis à côté d'Emmanuelle.

— C'est vrai ? Elle vous a vraiment menacée ? Vous avez dormi dans les toilettes ?

Marianne ferma les yeux. Ça lui va bien de jouer les bons Samaritains à ce salopard !

Emmanuelle avait cessé de pleurer. Elle jeta un œil épouvanté à sa copine de chambrée.

— Non ! Je ne comprends pas pourquoi elle dit ça !

— Vous avez peur ? Nous sommes là, vous pouvez parler librement…

— Mais non ! Elle n'a rien fait de tout ça ! C'est… de ma faute ! C'est moi qui l'ai empêchée de dormir… J'ai pas arrêté de me lever, de faire du bruit. Je crois qu'elle craque, c'est tout…

— Ta gueule ! hurla Marianne.

La réduire au silence. Elle attrapa une de ses chaussures au pied du lit et la lança de toutes ses forces en direction d'Emmanuelle. Mais elle rata sa cible et Daniel reçut la basket en pleine tempe. Une simple chaussure qui, expédiée par Marianne, devenait un dangereux projectile. Le chef perdit l'équilibre, se retrouva par terre. Marianne éclata d'un rire sardonique tandis qu'il se relevait, visiblement humilié. Un peu sonné, même. Justine avait pensé à emporter une paire de menottes, Marianne cessa instantanément de rire.

— Vaut mieux qu'on aille régler ça ailleurs ! annonça-t-elle froidement. Alors tu te tournes et tu me donnes tes poignets !

— J'te donne rien du tout ! C'est l'autre qu'il faut emmener ! s'égosilla Marianne. J'la laisserai pas seule dans ma cellule ! J'veux pas qu'elle touche mes affaires avec ses sales pattes !

Les deux surveillants la plaquèrent sur le lit avant de lui attacher les poignets dans le dos.

— Enfoirés de matons ! Vous avez plus le droit de me mettre les menottes !

Elle fut soulevée de terre, traînée ainsi jusque dans le bureau des surveillantes et se retrouva assise de force sur une chaise. Justine se plaça devant elle, les bras croisés, le visage sévère.

— Vas-y, raconte-nous donc ce que tu as fait subir à madame Aubergé !

— J'ai pas envie de vous parler ! Allez vous faire foutre !

— Tu baisses d'un ton ! ordonna le chef. On n'est pas là pour supporter tes crises de démence !

Un long silence s'ensuivit, chacun reprenant son souffle. Marianne acculée dans le bureau pour un interrogatoire, c'était un peu comme une grenade dégoupillée avec laquelle il fallait jongler. D'ailleurs, elle se leva d'un bond, Daniel la repoussa sans ménagement sur la chaise qui recula d'un bon mètre.

— Tu me touches encore et je te tue ! rugit Marianne.

— Tes nerfs lâchent, on dirait ! Alors on va te laisser te calmer quelques heures au sous-sol !

— Tant mieux ! Comme ça je verrai plus ta sale gueule de dégénéré !

Il allait s'emparer d'elle lorsqu'il reçut un coup de pied particulièrement bien placé. La douleur l'empêcha de crier, il se plia en deux contre le bureau, portant instinctivement ses mains aux parties sensibles de son anatomie.

— Bien visé, pas vrai, chef ? brailla Marianne. Ça fait drôlement mal, on dirait !

Justine vola au secours de son supérieur et l'aida à se relever. Il s'appuya à la table, les yeux fermés, ravalant la douleur qui descendait jusque dans ses talons avant de faire le chemin en sens inverse.

— Tu veux que j'appelle le médecin ? demanda la surveillante.

Il fit non de la tête, serrant encore plus les mâchoires.

— Ouais ! Appelle-le ! Faut amputer ! rétorqua Marianne d'un ton hilare.

Daniel, aussi livide que le Fantôme de la 119, respira profondément à plusieurs reprises. Puis il rouvrit les paupières et assassina Marianne du regard. Son regard si bleu, polaire en cet instant.

— On la fout au mitard ! ordonna-t-il.

Il récupéra la matraque électrique dans le tiroir puis ils empoignèrent la détenue chacun par un bras, tandis qu'elle se débattait furieusement, hurlant toutes les insanités contenues dans son dictionnaire personnel. Mais ils la tenaient solidement, elle s'épuisa en vain. Dans les sous-sols, Daniel s'arrêta devant la première cellule et maîtrisa la boule d'hystérie le temps que Justine trouve la bonne clef. Juste derrière, un sas grillagé, une nouvelle porte. Il jeta Marianne dans la cage.

La rudesse de l'atterrissage stoppa le flot des insultes, elle mit quelques secondes à reprendre ses esprits. Elle connaissait cet endroit par cœur : la cellule de force. Utilisée par les matons pour isoler les détenus en pleine crise de nerfs. Une petite pièce sombre, quasiment vide. Pas de table ou de paillasse, ici. Juste des toilettes à la turque avec un robinet d'eau froide.

Et un gros anneau scellé au mur pour attacher les plus récalcitrants.

— Justine, tu remontes t'occuper de la nouvelle, ordonna le chef.

La gardienne hésita. Elle n'avait pas le droit de le

laisser seul avec une détenue. Surtout qu'elle devinait le motif de ce tête-à-tête.

— Non, je reste…

— J'ai dit : tu remontes.

— Qu'est-ce que tu vas faire ?

— Arrête de discuter, merde ! Tu remontes ! Tout de suite !

Justine fit demi-tour, fermant les portes derrière elle. Fermant les yeux sur la suite. Abandonnant Marianne à son sort.

Dans le bureau, elle se servit un café. Elle l'a bien cherché après tout… Ses mains tremblaient, le café coula à côté de la tasse. Oui, elle l'a cherché, c'est vrai, mais… C'est pas vraiment de sa faute… Elle est incapable de se contrôler… Je ne peux pas le laisser faire ça. Non, j'peux pas…

Seuls dans le cachot, seuls à l'étage. Seule au monde.

Le face-à-face pouvait commencer.

— Ça fait toujours aussi mal ? nargua Marianne.

Elle souriait, mais son visage était tiraillé par la haine. Elle souriait, juste pour cacher sa trouille. Elle avait enfreint les règles, dépassé les limites. Elle attendait la sanction.

Daniel, pas du genre à rédiger un rapport pour ameuter le Conseil de discipline, préférait les bonnes vieilles méthodes. Œil pour œil, dent pour dent. Avec Marianne, il pouvait se le permettre. Ce n'était pas une faible femme sans défense. Plutôt un bloc de muscles en furie commandé par un cerveau malade. Une bête féroce qu'il fallait soumettre. Et une douleur cuisante entre les jambes qu'il fallait venger.

— Tu vas voir si ça fait mal ! murmura-t-il en brandissant la matraque.

— Lâche ça ! Et enlève-moi ces menottes si t'as encore quelque chose dans le pantalon !

— OK ! Mais on met d'abord les compteurs à zéro !

Une décharge en bas du ventre la projeta contre le mur où elle glissa lentement pour atteindre le sol.

— Comme ça, on est sur un pied d'égalité ! *Pas vrai*, Marianne ?

Agir avant qu'elle ne retrouve ses moyens. Il se baissa pour lui ôter les bracelets puis la souleva de terre comme un fétu de paille. Le premier coup de poing dans l'estomac la fit plier en deux. Un deuxième dans les côtes, pour qu'elle perde son souffle. Il avait une force imparable. Elle riposta quand même d'un uppercut à la mâchoire qui envoya le chef valser contre la grille. Elle ne put enchaîner, encore incapable de respirer. Daniel était déjà revenu sur le ring. Nouveau choc dans les côtes, coup de massue dans le dos. Une rouste méthodique… Toucher aux endroits non vitaux, ne pas risquer de l'envoyer à l'hôpital. Juste au tapis.

Il s'arrêta lorsqu'elle ne tenta plus de se relever. Signe qu'elle capitulait sous l'avalanche. Adossé au grillage, Daniel fit fonctionner sa mâchoire endolorie puis alluma une cigarette, gardant toujours un œil sur sa prisonnière. Elle ne gémissait pas, elle avait toujours eu la douleur pudique. De toute façon, elle ne se remettrait pas debout avant qu'il n'en donne le signal. Sinon la sanction serait immédiate.

Sa clope finie, il l'empoigna par le pull, la remit sur ses jambes. D'une main, il lui maîtrisa les poignets, de l'autre, il la colla au mur. Elle soutenait son regard, il serrait sa gorge.

— Ça y est, t'es calmée ?

Il appuyait tellement sur son larynx qu'elle ne pouvait répondre. Elle bougea ses lèvres, articulant un « je t'emmerde » silencieux. Nouvelle droite au visage qui lui vrilla les cervicales. Celle-là laisserait des traces. Mais Marianne n'irait jamais se plaindre. Il pouvait y aller sans retenue.

— Je repose la question, t'es calmée ou je continue ?

— Je vais te crever ! souffla Marianne avec un restant de voix.

Ça lui faisait tellement mal de s'abaisser à lui donner la victoire. Tellement plus mal que les coups. Elle le frappa au tibia, vit son visage se tordre de douleur, mais il ne lâcha pas prise. Elle subit une nouvelle série de ripostes. Il la tenait toujours, elle ne put même pas s'écrouler.

— Tu jettes l'éponge, Marianne ?

— Arrête ! murmura-t-elle.

Il l'écrasa encore un peu plus contre le mur. Satisfait.

— Tu ne me frappes plus jamais, sale petite garce ! hurla-t-il. T'as compris ?

Elle hocha la tête, baissa les yeux. C'était enfin terminé, il la laissa tomber. Il frotta sa jambe douloureuse tandis que Marianne se ratatinait sur le sol pour remettre ses organes en place. Il passa sous l'eau ses mains rougies par le sang puis s'aspergea généreusement le visage, le silence du cachot seulement brisé par la respiration saccadée de Marianne. Il la considéra quelques secondes, un peu inquiet. Il y était peut-être allé trop fort ? Mais elle était si résistante… Il avait eu l'impression de frapper un mur en pierres. Le tout était de lui laisser un peu de temps.

Il ramassa les menottes, la matraque et ferma la porte derrière lui. Dans le couloir, il s'appuya contre le mur, la tête lui tournait. Il fut même contraint de s'asseoir. Soulevant son pantalon, il vit une bosse de la taille d'une balle de golf pointer au milieu de son tibia.

En claudiquant, il regagna les étages civilisés. En haut des escaliers, Sanchez l'attendait.

— T'es blessé ? demanda le directeur.

— Non, ça va, c'est rien…

— Viens dans mon bureau. Faut qu'on parle.

Daniel se traîna jusqu'à la glacière puis s'effondra dans le fauteuil en cuir.

— Justine est venue me voir, commença Sanchez.

Le chef soupira tout en massant sa jambe. Cette furie lui avait peut-être fêlé l'os.

— Elle m'a raconté ce qui s'est passé avec Gréville. Elle voulait que je descende au cachot. Je lui ai dit que j'avais confiance en toi. Que tu savais ce que tu faisais… Tu lui as collé une raclée ?

— Oui.

— Elle est dans quel état ?

— J'l'ai pas tuée si c'est ce que tu veux savoir ! C'est plutôt moi qui me suis fait mal aux poings !

— Paraît qu'elle t'a mis un coup de pied dans les…

— Ça va, coupa le chef.

— T'as bien réagi.

— Si on n'enlève pas la nouvelle de la cellule, elle va la réduire en miettes !

— Je compte sur toi pour la raisonner.

— La raisonner ?! Demande-moi plutôt de raisonner un asile de fous !

— On lui met le contrat entre les mains, elle l'accepte ou elle morfle ! Et elle reprend les vieilles habitudes !

— À mon avis, ça suffira pas comme menace. Et attends qu'elle sache pourquoi l'autre est parmi nous ! Alors là, je lui donne pas trois heures !

— Je pense qu'on peut y arriver…

— Je croyais que tu t'en foutais qu'elles s'entre-tuent !

— Arrête tes conneries ! Je ne veux plus de vagues, gronda Sanchez. Ça suffit comme ça…

Un suicide et deux blessés graves dans l'incendie d'une cellule du quartier hommes le mois d'avant. Une mauvaise publicité pour l'établissement qui pouvait geler l'avancement de carrière de son responsable.

— Tu vas lui faire comprendre qu'elle n'a pas le choix. S'il faut… Double les doses de poudre.

— OK, je vais essayer, soupira Daniel.

— T'as carte blanche pour museler cette fille ! Et va te changer, y a du sang sur la manche de ton uniforme…

En sortant du bureau, Justine tomba nez à nez avec son chef. Elle recula.

— Où tu vas ? demanda Daniel.

— C'est l'heure de la promenade…

— Les filles attendront, décréta-t-il en fermant la porte. On a des choses à se dire tous les deux…

Il s'assit et, d'un signe, invita la surveillante à s'installer en face de lui.

— J'ai vu Sanchez, attaqua-t-il.

Elle ne répondit pas, le regard aimanté par le sang qui maculait le pull du chef. Le sang de Marianne.

— Qu'est-ce qui t'a pris d'aller voir le patron, hein ?

— Qu'est-ce que t'as fait à Marianne ?

— Je lui ai filé une petite correction… Pourquoi, tu as quelque chose à dire contre ça ?

Elle le fixa enfin droit dans les yeux.

— T'as pas le droit !

— Et elle ? Elle a le droit de me balancer une chaussure en pleine gueule ou de me filer un coup de pied dans les couilles pour se défouler ? Elle a le droit de martyriser une pauvre bonne femme qui tient tout juste debout ?… Tu penses que j'aurais dû faire un rapport d'incident et l'envoyer devant le prétoire, c'est ça ?

— Parfaitement !

— Eh bien, va donc lui demander si elle aurait préféré écoper de quarante-cinq jours de cachot ! Je suis sûr qu'elle te dira non…

— On n'a pas à lui demander son avis ! s'écria la gardienne. C'est la procédure ! On n'est pas là pour taper sur les détenues !

— Pourquoi tu me parles des détenues ? Marianne n'est pas une détenue comme les autres, au cas où t'aurais pas remarqué ! Avec elle, la procédure ne marche pas et ne marchera jamais... Comme si j'avais l'habitude de taper sur les détenues !

— Je sais qu'elle est dure à gérer mais on est parvenus à la maîtriser jusqu'à présent...

— Ah oui ? Et comment crois-tu qu'on ait réussi ?

Justine le dévisagea avec incompréhension.

— À ton avis, que ferait Marianne si elle n'avait pas reçu une ou deux raclées depuis son arrivée ? Que ferait-elle si elle n'avait plus de clopes pour se calmer les nerfs ?

Justine baissa les yeux. Elle soupçonnait cela depuis si longtemps...

— C'est toi qui la fournis, n'est-ce pas ?

— Oui, c'est moi, répondit-il avec hardiesse. Si ça peut t'éviter une démarche inutile, sache que le directeur est déjà au courant...

Les yeux de la gardienne s'agrandirent de surprise.

— Eh oui ! Désolé de briser tes rêves de justice ! Mais c'est comme ça et ça ne changera pas...

Elle voulut quitter le bureau mais il la retint par le bras.

— Attends, j'ai pas fini... Justine, tu es une bonne surveillante, la meilleure de toutes, aucun doute là-dessus... Monique est bien trop bornée et Solange bien trop sadique ! Je pensais que toi, tu étais assez intelligente pour comprendre... Assez humaine, aussi...

— Qu'est-ce que tu lui demandes en échange de ces cadeaux, hein ?

— Quoi ? Mais rien ! Est-ce que tu insinues que...

Daniel prit une mine offensée, digne de l'Actor's Studio.

— Pour qui tu me prends, à la fin ? Rester tranquille, voilà ce que je lui demande !

Justine regretta d'être allée si loin. Il enfonça le clou.

— Marianne n'a pas un rond. Jamais le moindre

mandat. Comment pourrait-elle se payer les cigarettes dont elle a tant besoin pour tenir le coup ? Parfois même, je lui donne de la nourriture parce qu'elle crève la dalle. Tu le sais aussi bien que moi, la bouffe qu'on leur file ne suffit pas et celles qui n'ont pas de fric ne peuvent pas cantiner. Je lui fournis les petites choses qui lui rendent cet enfer plus supportable…

Justine avait envie de pleurer.

— Je lui apporte aussi une autorité masculine. Ça a son importance. Elle est jeune, pleine de vie et… privée de tout. Elle a besoin de la présence d'un homme, un peu comme un père.

Un père, ça lui filait un coup de vieux. Il se reprit bien vite.

— Ou comme un grand frère, plutôt… C'est pas moi qui ai créé ce système. Je fais ce boulot depuis dix-neuf ans, je sais de quoi je parle, crois-moi. Si je n'étais pas là, vous auriez du souci à vous faire.

Justine secoua la tête, refusant d'entendre l'évidence.

— Tu peux dire non, ça n'y changera rien ! Une fille comme Marianne, c'est une bombe à retardement. Elle a vingt ans, elle sait qu'elle va passer sa vie ici ! Aucun espoir, aucun avenir. Aucune visite, aucun courrier. Elle n'a plus rien. Un détenu désespéré, c'est une arme chargée constamment braquée sur nous. Elle, c'est même une arme de guerre ! On nous l'a refourguée parce qu'on ne savait plus quoi en faire ! Elle a déjà démoli deux gardiennes, fallait bien trouver un moyen de la tenir. C'est elle qui est venue me demander si je pouvais l'aider, figure-toi ! Elle m'a même proposé de… me payer en nature. J'ai refusé, bien sûr… J'ai trouvé ça tellement pitoyable…

— Elle a été obligée de… tomber si bas ! riposta la surveillante.

— Oui, peut-être. Mais ce n'est pas moi qui l'ai obligée ! C'est le système.

131

— Et la drogue ? Je suis au courant de ses crises de manque… C'est toi aussi ?

Daniel pâlit un peu.

— Oui, avoua-t-il. C'est la seule manière de la tenir…

— C'est vraiment dégueulasse ! hurla Justine. Tu veux la bousiller, c'est ça ?

— Je ne lui donne pas de quoi se tuer, si ça peut te rassurer… Juste de quoi tenir le coup… Elle m'a supplié pour en avoir. Si j'avais refusé, y a longtemps qu'elle se serait suicidée ou pire ; qu'elle aurait buté une surveillante. Toi, peut-être…

— Non ! J'avais confiance en toi… J'avais des doutes pour les clopes et la drogue, mais…

— Si, tu sais que j'ai raison ! Écoute… Marianne m'a dit qu'elle allait devenir cinglée sans came. Qu'elle allait crever… Que voulais-tu que je fasse ?

— Le toubib pouvait lui filer un traitement de substitution ! Comme pour les autres !

— Marianne, c'est pas les autres ! Et puis… Elle veut juste une dose de temps en temps, pour se calmer, elle n'est pas vraiment accro. C'était la seule façon de la contrôler… Tu restes calme si je te file ce que tu demandes… J'ai rien trouvé d'autre ! Si je n'avais pas agi comme ça, elle se serait comportée comme en centrale. Elle aurait tué quelqu'un, ils l'auraient sans doute foutue à l'asile à l'heure qu'il est…

Justine hésitait. Entre le haïr ou le remercier de prendre ces risques pour Marianne.

— Les autres ne sont pas au courant, bien sûr. Tu peux me dénoncer, c'est ton droit. Mais tu devrais réfléchir à tout ça calmement avant de faire un truc que tu regretteras toute ta vie…

— Tu me menaces ?

— Non, absolument pas. De toute façon, si tu me balances, je me retrouverais muté ailleurs… Ça me ferait du mal, à moi et à ma famille. Mais à toi aussi. Tu te mettrais tous les gardiens à dos… Quant à Marianne, eh bien… Tu n'as qu'à lui poser la question ! Elle te dira ce qu'elle en pense ! Tu peux y aller maintenant, les filles s'impatientent…

Dans le couloir, des cris de colère s'échappaient des cellules, les détenues commençaient à tambouriner contre les portes.

— Je descends voir Marianne ! dit Justine.

— Non. Elle est encore trop dangereuse. C'est moi qui vais descendre. Je ne veux pas qu'elle te blesse. Et puis, je dois lui parler… La raisonner pour l'histoire de la nouvelle. Tu pourras la voir ce soir quand je la remonterai en cellule.

Il ouvrit la porte, Justine prit le chemin du couloir.

— Au fait, faudra emmener Aubergé à l'infirmerie… Marianne lui a peut-être pété la cheville.

— D'accord…

— Merci, Justine.

La gardienne pressa le pas, mieux valait éviter une émeute générale. Mieux valait éviter de verser une larme devant lui. Mais pleurer pourquoi, au fait ? Pour Marianne qui venait de se prendre une dérouillée ? Parce qu'elle était ébranlée par la pertinence des propos de Daniel ?

Les voix se déchaînaient derrière les portes. PROMENADE ! Justine se sentait seule et débordée. Pleurer parce qu'elle n'en pouvait plus de ce boulot ? Elle avait tant de raisons de pleurer. Et jamais le temps de se laisser aller.

Reclus dans son bureau, Daniel élaborait le stratagème pour faire céder Marianne. Mais Justine l'empêchait de réfléchir posément. Si elle le dénonçait ? Il avait un peu peur, ça le déconcentrait. Il se rendit aux vestiaires pour se changer, s'inspecta dans le miroir. Le coup dans la mâchoire commençait à se voir. Demain, il ne se raserait pas, histoire de dissimuler l'hématome qui s'annonçait.

Il récupéra quelques barres de céréales dans son casier puis descendit dans la cour. Il aimait voir toutes les détenues réunies, en semi-liberté. Pendant la promenade, il devinait les tensions, les clans, les filles qui souffraient et celles qui surmontaient mieux la douleur de l'enfermement. Parce qu'elles s'étaient tissé une cotte de mailles pour résister. Il suffisait d'observer. Ce que Justine faisait, du haut des marches. Une très bonne surveillante. Elle finirait par comprendre…

Lorsqu'il approcha, elle tourna la tête comme une petite fille boudeuse.

— T'as envie d'une pause ? Je peux rester là, si tu veux…

— Non, je te remercie. Ça va aller.

— Bien… Tu m'en veux ?

— Je sais pas, répondit-elle en fixant ses chaussures. Je ne sais pas… Je ne sais plus très bien.

— On en reparlera, si tu veux bien…

— Oui. D'accord…

Il prit le chemin de la cellule 119. Emmanuelle, assise sur son lit, le regard dans le vide, sursauta lorsque le chef entra. Elle n'avait pas encore l'habitude qu'on entre sans frapper.

— Ça va ? On va vous emmener voir le médecin, tout à l'heure…

— Oui, merci monsieur.

Il récupéra un paquet de Camel avant d'abandonner Emmanuelle à sa contemplation désespérée. Un dernier détour par le bureau des surveillantes pour prendre une tasse de café et il descendit enfin vers les sous-sols. Il ouvrit la porte, s'arrêta derrière la grille. Dans la pénombre, il devina Marianne toujours par terre. Elle n'avait pas bougé d'un centimètre, allongée sur le côté, en position fœtale. Il eut soudain très peur. Il posa la tasse par terre et s'agenouilla près d'elle.

— Marianne ? Tu m'entends ?

— Laisse-moi…

Soupir de soulagement. Un instant, il avait cru…

— Allez, debout ! Faut qu'on parle tous les deux !

Comme elle refusait d'obtempérer, il la força à se tourner vers lui. Son visage était sec alors qu'il avait espéré y voir des larmes de rédemption se mêler au sang. Il lui donna un paquet de mouchoirs puis s'éloigna un peu.

Elle s'essuya le visage et le cou avant de s'asseoir contre le mur en laissant échapper un gémissement de douleur. C'est alors qu'elle remarqua la tasse de café.

— Pour toi. Avec trois sucres.

Surtout, ne pas le remercier, ne pas lui montrer que ça la touchait.

— T'en veux pas ? s'étonna le gradé.

— Si ça peut te faire plaisir, marmonna-t-elle en portant le mug à ses lèvres.

— Je n'aime pas ce qui s'est passé ce matin…

Le café était délicieux. Mais son goût de miel ne suffisait pas à édulcorer les réactions de Marianne.

— Arrête ! T'adores me taper dessus ! fit-elle d'une voix encore faible.

— Non, et tu le sais très bien. Alors commence pas ton numéro ! Que les choses soient bien claires ; je ne veux plus que tu lèves la main sur moi ou sur une surveillante. T'as compris, Marianne ?

Elle refusa de donner quelque promesse que ce soit.

— C'est pas toi qui commandes, ici. Le chef, c'est moi et personne d'autre.

Toujours rien en face. Que se passait-il dans sa tête ?

— Tu as perdu ta langue ? Tu pourrais au moins me regarder quand je te parle !

Elle leva les yeux qui brillèrent dans l'ombre comme

deux éclipses de soleil. Il ressentit instantanément une drôle de brûlure dans le bas-ventre. Pas le coup de pied sournois. Autre chose. Ça lui faisait toujours ça quand elle le transperçait du regard. Mais il devait rester concentré.

— Si t'attends des excuses, tu vas vieillir ici ! annonça-t-elle avec arrogance.

Il sortit de sa poche un paquet de Camel et le lui lança. Cette nouvelle attention la surprit.

— J'ai pensé que ça te ferait plaisir…

— Y a deux heures, tu me tabassais et maintenant, tu cherches à me faire plaisir ? répondit-elle avec un sourire hargneux. T'es pas normal, toi !

— Ma colère est tombée, avoua-t-il.

— Tu m'étonnes ! Avec ce que tu m'as mis dans la tête !

— Tu m'as cherché, tu m'as trouvé. Tu devrais le savoir depuis le temps…

Elle prit une cigarette et la porta à la bouche. Sa lèvre coupée et enflée se crispa.

— J'ai pas de briquet…

Il lui donna le sien et elle put enfin renouer avec le goût du tabac. Derrière celui du café, c'était divin.

— Tu as faim ? Tu n'as pas eu de petit déjeuner ce matin…

— Tu crois vraiment que je peux avoir faim ?

Elle souleva son pull, dévoilant les premiers hématomes sur son ventre. Il fut mal à l'aise mais ne laissa rien transparaître. Elle alla se passer un peu d'eau sur le front et les joues. Penchée au-dessus des WC, elle lisait son visage en braille, du bout des doigts.

— Putain, murmura-t-elle. Je suis complètement défigurée !

— Mais non ! Tu es encore très jolie, je t'assure !

Cette conversation avait quelque chose d'absurde. Pourquoi parler à ce type qui l'avait brutalisée ? Mais avait-elle si mal que ça ? Quelques ecchymoses, simples douleurs physiques, superficielles. Rien comparé aux blessures infligées par Justine. Tellement plus profondes… Ils se jaugèrent un instant. Elle n'arrivait même pas à lui en vouloir. Vrai qu'elle l'avait cherchée et méritée, cette leçon. En prison, elle avait appris une autre manière de penser, de considérer les choses. Vu de l'extérieur, ce passage à tabac aurait sans doute paru monstrueux. Mais, à l'intérieur même de l'enfer, ce n'était qu'un épisode sans grande importance. Elle retourna s'asseoir. Encore tant de mal à tenir debout.

— J'aurais pu te tuer, tout à l'heure, murmura-t-elle. J'ai pas voulu mais j'aurais pu…

— Je sais, confessa-t-il en souriant. Tu aurais pu te défendre mieux que ça en tout cas. Mais tu acceptais la sanction.

Elle refusa de l'admettre et alluma une nouvelle clope.

— Tu aurais préféré quarante jours de mitard ?

— Rien à foutre du cachot ! De toute façon, là ou ailleurs… C'est l'horreur partout.

Elle tourna la tête de l'autre côté, refoulant les larmes qui tentaient de percer le bastion.

— Oui, c'est l'horreur. Mais tu n'es pas là par hasard… Tu as tué, Marianne. Ne l'oublie pas.

— Comment veux-tu que je l'oublie ! hurla-t-elle. Tu crois quoi ? Que je m'en fous ?

— Tu regrettes ?

— Qu'est-ce que ça change, hein ?

— Tout. Ça change tout. Si tu regrettes, ça prouve que tu n'es pas aussi irrécupérable qu'ils le disent.

Ses yeux s'emplirent d'une tristesse poignante. Effort surhumain pour ne pas chialer. Pourtant, elle ne pleurait jamais devant les autres.

— Tu n'es pas mauvaise, mais incapable de contrôler

la violence qui bouillonne en toi. Et j'aimerais que tu y arrives. Tu peux. J'en suis sûr.

— C'est trop dur… dit-elle en secouant la tête.

— Pourquoi tu as martyrisé cette fille ?

Le visage de Marianne se crispa. Une bouffée de haine l'envahit.

— Je supporte pas que… Tu peux pas savoir ce que c'est… la promiscuité…

— Tu l'as pourtant déjà vécue au début de ton incarcération… Tu t'y feras.

Nouvelle négation de la tête.

— Faudra bien pourtant.

— Pourquoi vous voulez absolument qu'elle reste avec moi ?

— On a passé un marché, il me semble… Tu devais l'accepter en échange de plus de liberté. Et tu n'as pas respecté ta part du contrat.

— J'avais rien promis !

— C'était un accord tacite, ma belle !

— Alors je préfère encore les menottes et tout le reste.

— Trop tard. On ne reviendra pas en arrière.

— Pourquoi vous la foutez pas ailleurs ?

— On ne peut pas la mettre avec n'importe qui et on n'a plus de cellule d'isolement. De toute façon, on peut pas prendre le risque de la laisser seule…

— Ben voyons ! Une suicidaire ! ricana Marianne. Vous n'avez trouvé que moi, pas vrai ? J'suis pas sa nounou !

— Toi, tu as obtenu quelque chose en échange, alors c'est différent.

— Je comprends rien ! Qu'est-ce qu'elle a de spécial, cette nana ? À part qu'elle a l'air de sortir d'un cimetière et qu'elle voudrait bien y retourner !

Daniel sembla gêné, Marianne eut soudain un éclair de lucidité.

— Putain ! Me dis pas que… Me dis pas que c'est une pédophile ! Si elle devait être en isolement c'est que…

— Infanticide, lâcha-t-il.

Marianne se leva d'un bond, comme piquée par une guêpe.

— Vous m'avez collé une tueuse d'enfant en cellule ?! Je rêve !

— Si on la met dans une cellule de trois, elle va pas tenir une semaine…

— Avec moi, elle tiendra pas trois heures ! annonça Marianne d'une voix gonflée de rage.

— Réfléchis… Tu as beaucoup à y gagner. Tu la laisses tranquille, on te laisse tranquille…

— Qu'est-ce qu'elle a fait, exactement ?

Daniel lui faucha une cigarette. Mal à l'aise d'évoquer l'horreur absolue.

— Infanticide, j't'ai dit… Elle a tué ses deux enfants.

— Elle a tué ses propres gosses ?! Et tu veux que je laisse vivre ce monstre ?

— Et toi ? Tu as bien tué un vieux sans défense, non ?

— C'était un accident !

— Ouais… Tu l'as pas écrasé sur un passage piétons ! Tu l'as frappé pour lui piquer du blé ! Tu crois que tu vaux mieux qu'elle ? Es-tu la mieux placée pour porter un tel jugement ?

Marianne, blessée à vif, le fustigea du regard.

— Un vieux, c'est toujours mieux qu'un gosse !

— Façon de voir les choses ! Il faut que tu fasses un effort, Marianne.

— Un effort ? Déjà que j'avais envie de la placarder ! Maintenant… Tuer ses propres enfants ! De toute façon, si c'est pas moi qui m'en charge, les autres le feront à ma place.

— On redoublera de vigilance… S'il le faut, on lui organisera des promenades en solitaire. Et puis, c'est pas comme si elle avait vendu ses gosses pour des photos pornos. Elle a une chance d'être tolérée par les autres…

— Tu rêves ! De toute façon, moi, je la supporterai pas ! s'entêta Marianne.

— Tu as le contrat en main, ma belle. Je te laisse réfléchir. Je viendrai te chercher ce soir.

— Ce soir ? Mais j'ai un parloir à quatorze heures ! dit-elle.

— Ah bon ? Encore un parloir ? C'est qui ?

— C'est pas tes oignons !

— Eh bien ton mystérieux visiteur reviendra, voilà tout. Tu es en isolement pour la journée.

— Salaud ! Laisse-moi remonter !

— Recommence pas, tu veux…

— Laisse-moi y aller ! demanda-t-elle d'une voix radoucie.

— Hors de question. T'es pas au Club Med, ici ! C'est pas toi qui décides du planning.

Il déposa les barres de céréales à même le sol.

— J'en veux pas de ta bouffe !

— Tant pis ! Si tu les manges pas, je les offrirai à une autre.

Il s'éloigna, Marianne remarqua qu'il boitait. Mais il souffrait moins qu'elle et cette idée lui fut brusquement insupportable. Elle prit la tasse vide, tendit le bras vers le ciel à la façon d'un basketteur. Viser l'arrière du crâne pour qu'il s'effondre. Mais il se retourna pile au moment où elle allait tirer, comme s'il avait entrevu le danger. Elle hésita, baissa le bras. Trop tard. Le regard du chef avait changé. Un rai de lumière poudreuse qui filtrait par le soupirail tapait juste dedans, comme pour en souligner la dureté au moment opportun. Aussi bleu que celui de Marianne était noir. Le jour et la nuit. Elle lâcha la tasse, recula doucement.

— Tu attaques en traître, maintenant ? Ça ne te

ressemble pas, Marianne. Dire que j'ai pensé à t'apporter un café ! Que je suis con…

C'était la déception qui perçait dans ses yeux. L'échec. Il avançait lentement, elle sentit le mur dans son dos. Une nouvelle confrontation s'annonçait.

— Pourquoi t'as fait ça ?

Comment dire ? Un réflexe. Un truc qui commande mon cerveau. Qui m'ordonne de blesser. Faire mal pour évacuer sa propre souffrance. Vider ce trop-plein de violence qui la bousillait. Comment le lui expliquer ? Il était tout près maintenant. Elle était à portée de ses poings.

— Je sais pas pourquoi, essaya-t-elle. Je le maîtrise pas, faut que ça sorte…

— Ah ouais ? Je suis pas ton punching-ball personnel, Marianne.

Elle ferma les yeux, prête à recevoir un nouveau traitement de choc. Prête à rendre les coups, aussi.

— Tu vois, là, j'suis vraiment énervé, murmura-t-il. Pourtant, je me contrôle…

Il posa une main contre le mur, juste à côté de son visage meurtri et, de l'autre, il essuya les dernières traces de sang séché.

— Je reviens ce soir, j'attends de toi que tu réfléchisses, que tu redeviennes raisonnable. Dans le cas contraire, ta vie deviendra un enfer.

— C'est déjà un enfer…

— Je te jure que ce sera bien pire. T'auras plus rien, Marianne. Mes petits cadeaux, je les donnerai à une autre détenue. Une plus compréhensive que toi…

— Tu ne peux pas te passer de moi !

Il s'écarta, affichant un sourire blessant.

— Pour qui tu te prends ? Je te trouve bien présomptueuse tout à coup ! Y a des tas de filles mieux que toi ici !

Elle tapa du pied par terre.

— Je peux te pourrir la vie, Marianne. Jusqu'à ce

que tu en crèves. Personne ne le remarquera. Personne ne me le reprochera. Tout le monde sera soulagé d'être enfin débarrassé de toi. N'oublie pas ça. Tu ne manqueras à personne.

Il lui tourna le dos, comme pour lui montrer qu'il n'avait pas peur.

— Tu as cassé la tasse de Justine. Elle ne va pas être contente…

Enfin, il disparut. Dans le couloir, il s'arrêta pour calmer les battements de son cœur. Une montée d'adrénaline lorsqu'il s'était approché d'elle. Mais, face au chien méchant, il faut toujours cacher sa peur. Sinon, il attaque.

Dans le cachot, Marianne resta un moment crucifiée contre le mur. Puis ses jambes lâchèrent, elle se retrouva à genoux.

Je suis qui ? Je dois être vraiment une chose horrible pour mériter ça. Même pas un être humain. Oui, un animal, une chose.

Le visage émacié d'Emmanuelle apparut devant elle. Comme pour lui rappeler les atrocités dont elle était capable. Puis ce fut au tour du papy, fidèle au rendez-vous.

À moi, ils n'avaient rien fait. Alors comment j'ai pu ?

Elle posa les mains sur le sol, dans la saleté repoussante. J'aurais dû dire oui à ces flics. Peu importe qu'ils me conduisent à l'abattoir. Mieux vaut mourir que de se retrouver par terre, le nez dans cette crasse infernale. Maintenant, c'est trop tard. Ils ne reviendront pas. Et Daniel va me priver de came.

Le manque qui hibernait toujours à l'intérieur de son cerveau ricana doucement. Il s'étira, bâilla et déchira sa répugnante chrysalide.

Son estomac se retourna. Une convulsion violente expulsa le café de ses entrailles. L'impression d'avoir touché le fond. Plus bas, elle ne pouvait pas tomber. Elle se releva, se rinça la bouche au robinet. But de grandes gorgées d'eau fraîche javellisée. Puis, armée de papier toilette, elle épongea le sol. Suffisamment sale comme ça. Elle accomplissait ces gestes comme un robot. Lentement, mécaniquement. En elle, grossissait quelque chose d'immonde, de douloureux. D'énorme. Comme une boule, une sorte de monstrueux abcès. Là, juste en dessous des poumons.

Elle se recroquevilla contre le grillage métallique de l'entrée. Les yeux hébétés, rongés par la pénombre. Ça faisait de plus en plus mal. Ça poussait les organes pour se faire de la place. Ça l'empêchait presque de respirer, maintenant.

La nuit était tombée lorsque des pas résonnèrent dans le couloir. Marianne n'avait pas bougé, toujours assise contre la grille. Transie de froid, les genoux repliés devant elle. Les pieds nus sur le béton poussiéreux. Elle avait entendu passer les heures, pendant qu'elle se voyait mourir. La boule avait grandi, jusqu'à envahir son corps entier. La porte grinça, la lumière l'aveugla. C'était Daniel, elle le savait. Il ouvrit la grille, se posta devant elle. Il lui sembla encore plus grand que d'habitude.

— Je vais te remonter en cellule, que tu puisses prendre ton repas.

Elle ne bougea pas, il soupira. Il restait prudent. Une ruse, peut-être ? Elle attendait qu'il s'abaisse pour le saisir à la gorge. Une de ces clefs mortelles dont elle détenait le secret.

— Marianne ! Debout !

Elle resserra ses bras autour de son abdomen. La boule allait exploser, retapisser les murs avec ses entrailles. Daniel lui donna un petit coup de pied dans les jambes pour provoquer une réaction. Comme pour la réveiller. Il hésitait à s'approcher trop près. Elle leva sur lui un regard qui le cloua sur place. Comme si elle avait en face d'elle le Jugement dernier. Puis elle se mit à frissonner, de la tête aux pieds. Elle ne simulait pas. Il s'accroupit devant elle.

— Marianne ? Qu'est-ce que tu as ?

— Je sais pas…

Du sang coula de sa bouche, simplement parce qu'elle avait parlé. Il pensa à l'hémorragie interne. Il garda pourtant son calme. Un instant, il la vit morte. Ça lui fit comme une sorte de soulagement.

— Essaye de te lever, dit-il en prenant ses mains dans les siennes.

Il eut l'impression de saisir deux glaçons. Il tira doucement, la souleva du sol.

— Comment tu te sens ?

— J'ai mal, là, fit-elle en appuyant ses deux mains sous son sternum. Je crois que je suis en train de crever… On dirait que j'enfle de l'intérieur.

— On va aller à côté, tu vas t'allonger un peu.

Il la conduisit jusqu'à la cellule disciplinaire voisine, l'aida à s'étendre sur la paillasse avec précaution. Il souleva son pull : des bleus un peu partout, sauf là où elle disait avoir mal, ce qui le rassura quelque peu. Il posa une main dessus et elle sursauta. Elle avait le souffle court, comme après un marathon.

Ses lèvres, translucides, tremblaient.

— Tu as froid ? Je t'ai apporté un autre pull pour que tu puisses te changer.

— Le mien est foutu ! Y a du sang dessus ! J'arriverai jamais à le ravoir… J'avais déjà plus de fringues… J'avais plus rien…

— C'est ça ton souci ? s'étonna-t-il. Je te trouverai un autre pull, de la même couleur…

— Tu mens ! Tu dis ça pour que je remonte en cellule !

— Est-ce que j'ai l'habitude de mentir, Marianne ? Je

te dis que je t'en donnerai un autre. Laisse-moi le temps de le trouver, c'est tout.

— J'en ai plus du temps…

Elle s'arrêta de parler, pour reprendre un peu d'air. Ses yeux, bien ouverts, scrutaient le néant.

— T'es en manque, c'est ça ?

— Je crois pas… J'ai l'impression que je vais exploser… J'arrive plus à respirer… Je veux pas remonter là-haut ! J'veux rester ici !

Il était soudain rassuré. Elle avait encore la force de se montrer têtue. Elle se mordait la lèvre, d'où le sang. Ce n'était donc pas une hémorragie interne. Plutôt une énorme crise d'angoisse. Il suffisait donc de la faire craquer. Et la mettre hors d'elle, il en avait l'habitude.

— Bon, assez discuté ! Tu te changes et on remonte ! Y a Justine qui t'attend de pied ferme !

Marianne se mit à grelotter de plus belle. Il la força à s'asseoir et elle poussa un cri.

— Arrête de pleurnicher !

— Laisse-moi tranquille ! Je veux mourir ici !

— Mourir ? Désolé, mais c'est pas pour ce soir ! Justine veut te parler d'abord. Elle est dans une colère, j'te dis pas !

Il lui jeta le pull à la figure, elle le reçut comme une gifle.

— Alors ? Ça vient ? gueula le chef.

Elle s'empêtra dans les manches.

— T'es même plus capable de t'habiller toute seule ?!

Elle le considéra avec désarroi, il répondit par un sourire moqueur. Il la leva du lit d'un geste brutal, la poussant vers la sortie. Là, elle se cramponna à la grille.

— J'veux pas y aller !

Il l'empoigna par un bras mais elle tenait bon.

— Arrête de m'emmerder ! J'ai pas que ça à foutre ! Amène ta sale petite gueule de taularde !

Marianne, toujours agrippée au métal, commença à

crier et à pleurer en même temps, tout en glissant jusqu'au sol. Ses sanglots ressemblaient à des convulsions qui secouaient son corps comme des chocs électriques.

Daniel referma la grille, s'assit à côté d'elle. Jamais encore il ne l'avait vue dans cet état. L'hémorragie interne était bien là; hémorragie de larmes, de cris et de souffrance trop longtemps refoulés. Pourtant, dans un ultime effort, elle essayait encore de maîtriser le raz de marée, d'endiguer le flot. Il l'attira contre lui avec l'impression d'enlacer un bloc d'acier.

— Laisse-toi aller, murmura-t-il. Vaut mieux que ça sorte maintenant…

Elle posa sa tête à la naissance de son cou, accrocha ses mains à ses épaules. Et se libéra enfin du trop-plein. Pleurs diluviens… Il la laissa inonder son pull pendant de longues minutes. Jusqu'à ce que l'acier fonde. Il caressa ses cheveux en bataille. Embrassa même son front. Comme ça qu'il consolait sa fille. Sauf que Marianne n'était pas sa fille. Qu'elle suscitait en lui des sentiments bien différents. Un peu dangereux même. Mais ces gestes semblant l'apaiser, il continua. Longtemps.

— Ça va mieux? s'enquit-il.

Elle s'écarta un peu de lui. Tout juste si elle arrivait à ouvrir les yeux.

— Tu pourrais pas éteindre la lumière? demanda-t-elle d'une voix chevrotante.

Il appuya sur l'interrupteur puis revint près d'elle. Il alluma une cigarette, la lui donna. Une clarté chimique entrait par le soupirail, aucun bruit ne venait les déranger. Daniel s'octroya aussi une clope. Son pull était trempé. Y a des jours comme ça. Un pull taché par le sang de Marianne, un autre par ses larmes. Il avança sa main, frôla ses cheveux puis sa joue. Elle la saisit au passage, la garda dans la sienne, tourna le visage vers lui. Il devinait ses yeux qui brillaient de mille feux. Ça coulait encore. Comme une averse qui s'éternise. Elle termina sa cigarette et la jeta dans les chiottes. Panier. Elle ne ratait jamais.

— On y va ? fit Daniel. Faut remonter, maintenant…

Sa main se crispa de terreur dans la sienne. Elle n'était pas encore prête.

— Je… Je voudrais rester ici… T'as qu'à donner ma cellule à l'autre…

Daniel sourit. S'il avait cru entendre ça un jour…

— Tu retournes en 119…

— Je vais lui faire du mal ! gémit Marianne. J'vais lui faire du mal ! Je sais faire que ça ! Je suis mauvaise, pourrie jusqu'à l'os !

Il cessa de sourire, profondément ébranlé. Elle s'était remise à pleurer, se laissant de nouveau fondre contre lui. Il cherchait les mots, mettait du temps à les trouver.

— Tu vois, tu dis rien ! murmura-t-elle entre deux sanglots. Parce que tu sais que j'ai raison… Faut que ça s'arrête ! Faut m'abattre. Comme les chiens enragés ! T'as qu'à me tuer ! Tu diras que je t'ai menacé ! Que je t'ai attaqué !

— Arrête tes conneries ! répondit-il d'une voix tranchante.

C'était trop dur à entendre, même pour lui qui avait vu et entendu les pires choses.

Elle s'agrippait à Daniel comme si elle était en train de couler. Jamais encore, elle ne s'était sentie si proche de lui. Longtemps qu'elle ne s'était sentie si proche de quelqu'un.

— J'aurais pas dû te frapper ce matin, dit-il comme s'il se parlait à lui-même.

— T'aurais dû taper plus fort… Ça serait fini, maintenant.

Il tenta de comprendre sa douleur. De la partager. Longtemps qu'il n'avait pas souffert comme ça.

— Il faut garder espoir, Marianne… Je sais que c'est dur, la taule, mais…

— Tu comprends rien… C'est moi que je supporte plus… Voir ce que j'ai fait, ce que je suis devenue… Toutes les nuits, je me revois en train de tuer ces gens… Ils reviennent, tout le temps. Même quand je rêve…

Encore plus grave qu'il ne l'avait cru. Mais il devait penser à lui, en premier. Refuser qu'elle l'entraîne au fond du gouffre. Il voulut s'éloigner, elle s'accrocha à lui, désespérément. Il serra les mâchoires. C'était lui le coupable. Il avait franchi les limites à ne jamais franchir. Commis les fautes à ne jamais commettre. Comment la rejeter maintenant ? Comment la laisser se noyer ? Comment trouver assez de cruauté pour l'abandonner ? Peut-être la confier à Justine ?

— Marianne, on va remonter, maintenant… Si tu veux, tu pourras parler avec Justine…

— Non ! Je t'en prie ! Elle me déteste !

— Mais non, pas du tout ! J'ai menti ! Je voulais juste que tu pleures un bon coup ! Elle ne te déteste pas. Elle est même allée voir le directeur parce que je t'ai frappée !

Marianne le dévisagea avec une angoisse démesurée.

— Tu vas te faire virer ?

Il se força à sourire.

— Non ! Je suis bien trop malin pour ça !

— J'veux pas que tu te fasses virer…

Elle avait la sensation de se débattre dans un marécage, de boire la tasse sans arrêt. Pourquoi avait-elle envie de rester près de lui ? Lui qu'elle avait détesté si souvent, méprisé tant de fois… Lui qu'elle avait haï du fond de sa cellule tant de nuits durant. Lui qui l'avait frappée si fort ce matin !

— C'est gentil, fit-il en masquant sa gêne. Mais rassure-toi, ça n'arrivera pas… Faut qu'on y aille, maintenant. On t'a gardé un plateau au chaud…

— J'ai pas faim.

— T'as rien avalé de la journée. Va bien falloir que tu manges…

Il était à court d'idées pour la faire décrocher. Bien sûr, il restait la manière forte. Celle-la même qu'il utilisait si souvent avec elle. Mais il ne se sentait pas l'âme d'un maton, ce soir. Comme s'il avait laissé l'uniforme au vestiaire. Une parenthèse qu'il devait fermer au plus vite. Sauf que Marianne était toujours contre lui. Son visage collé au sien. Et il n'avait pas envie que ça cesse. Ses yeux, si beaux, encore embrumés de larmes qui coulaient doucement. Sans heurts…

— C'est douloureux ? demanda-t-elle en caressant sa mâchoire.

Oui, ça commençait à devenir douloureux. Tellement il avait envie d'elle. Tellement il perdait le contrôle.

— Ça va ! Tu crois que tu peux me faire mal avec tes petits poings ?

Peut-être qu'en la blessant, il y arriverait. Dur de tirer sur l'ambulance ! Pris à son propre piège. Dire que sa femme l'attendait ! Se trouvant soudain méprisable, il repoussa Marianne avec rudesse.

Il se leva, respira un bon coup. Ça ne passait pas. Ça montait en lui comme une spirale infernale. Elle continuait à le regarder avec ses yeux humides d'enfant malheureuse.

— On y va ! hurla-t-il.

— Ne crie pas ! supplia Marianne.

Elle avait si froid, tout d'un coup. Elle se remit à trembler, repliant ses jambes sous ses fesses. Pas la force d'affronter qui que ce soit. Surtout pas Justine ou le Fantôme. Elle avait décidé de passer la nuit ici. De finir ici. Il suffisait juste de persuader Daniel. Pourquoi s'était-il levé aussi brusquement ? Elle était si bien contre lui. Elle avait chaud, au moins. Il la fixait étrangement. Puis se remettait à tourner en rond dans le cachot où il était venu lui-même s'enfermer. Avant de s'arrêter à nouveau et de la considérer avec ce drôle d'air. Peut-être que je l'ai mis en colère ? Peut-être que ça n'a aucune importance. S'il ne veut pas m'aider, je trouverai une autre solution. Je me jetterai du haut de la coursive.

Il continuait à marcher, elle continuait à chercher la meilleure façon. La plus radicale. Elle murmura des paroles incompréhensibles au milieu de ses claquements de dents.

— Qu'est-ce que tu marmonnes? demanda Daniel d'une voix dure.

— Je vais sauter du haut de la coursive, répéta-t-elle plus distinctement. Ça suffit deux étages, pas vrai? Ça doit être une mort horrible, mais c'est pas grave…

Sa voix avait quelque chose d'effrayant. Une sorte de calme, une détermination que rien ne semblait pouvoir altérer. Il songea à l'emmener à l'infirmerie, histoire qu'on lui passe la camisole chimique. Pourquoi n'arrivait-il pas à prendre la bonne décision? Il connaissait son boulot, pourtant! Mais il y avait ce quelque chose qui paralysait ses facultés intellectuelles. Il devait d'abord se battre contre lui. Contre ses propres instincts.

— J'ai froid… Pourquoi tu ne reviens pas t'asseoir à côté de moi? C'est ma dernière nuit, tu peux pas me laisser crever de froid…

Il l'attrapa sous les aisselles et la souleva du sol. Elle ne chercha même pas à se débattre, trop surprise par la violence du geste. Son crâne heurta le métal, ça résonna jusque dans ses pieds.

— Tu arrêtes avec ça! s'écria Daniel hors de lui. Tu m'emmerdes, Marianne! Tu comprends…? Tu me fais chier avec tes idées à la con! Et arrête de pleurer maintenant!

Il la lâcha, elle regagna lentement le sol. Elle passa ses doigts autour des barreaux métalliques.

— Pourquoi tu t'énerves comme ça?

Oui, pourquoi? Ce face-à-face lui devenait insupportable. Il mourait d'envie de la prendre dans ses bras, s'infligeait un véritable supplice pour y résister. Il préférait encore un nouveau combat plutôt que de céder à quelque chose qui l'effrayait.

— C'est toi qui me gonfles ! Je ne suis pas ton ami, je ne suis pas payé pour écouter tes états d'âme ! Je suis juste là pour te remonter en cellule ! Et ça devrait être fait depuis longtemps !

Tellement blessée. Tellement rejetée. Elle aurait dû se douter qu'il montrerait vite son vrai visage. Qu'il la décevrait, une fois encore. Personne pour l'aider ici. Juste des gens pour la séquestrer.

Une sourde colère l'envahit. Les larmes, encore, beaucoup plus acides.

— T'es qu'un salaud !

— C'est maintenant que tu t'en rends compte ? répliqua-t-il avec un sourire cruel. Je profite de toi depuis presque un an et c'est maintenant que tu réalises ?!

Elle serra les barreaux. Elle aurait aimé les arracher pour les lui planter dans le cœur. Mais il n'avait pas de cœur.

— Tu verrais ta tête ! ajouta-t-il. T'as cru quoi, hein ? Que je compatissais à ton triste sort ?

Elle allait se jeter sur lui, il en était certain, il était prêt. Il la maîtriserait, lui passerait les menottes et s'en débarrasserait enfin en l'enfermant dans sa cellule. Il ferait juste son boulot. Tout, sauf risquer de lui montrer ce qu'il ressentait vraiment.

Mais Marianne se contenta de pleurer, encore, fixant ses pieds nus et gelés. Elle aussi attendait qu'il frappe. Elle attendait toujours que quelqu'un la blesse, de toute façon. Elle était là pour payer. Ça n'aurait jamais de fin.

Face à ces nouvelles larmes, Daniel sentit fondre les dernières résistances, les ultimes défenses. Il avait sauté les barrières, il était de l'autre côté. Du mauvais côté. Lorsqu'il prit son visage entre ses mains, elle se dégagea.

— Me touche pas ! T'as rien apporté, tu me touches pas…

C'était donc ça ! Il s'était brusquement calmé parce qu'il avait le feu entre les jambes. Et il croyait qu'elle allait se plier une fois de plus à ses exigences. Les mecs sont tous pareils ! Ils ne pensent qu'au cul et à rien d'autre. J'aurais dû le savoir !

Daniel ne comprenait pas. Pourquoi elle n'avait plus envie d'être réchauffée, pas envie d'autre chose que de leur ignoble commerce habituel. Deux corps peuvent donc se rencontrer sans qu'à aucun moment les esprits ne se trouvent…

Elle essuya ses larmes et se résigna. Plus assez de force pour se révolter face à l'odieux chantage. Elle commença à déboucler sa ceinture, se mit à genoux.

— Non, dit Daniel en la retenant par le bras.

Elle le regarda avec incompréhension. Quoi d'autre ? Encore un truc tordu ?

Il l'attira contre lui, la serrant tellement fort qu'elle manqua d'étouffer.

— Qu'est-ce que… ? murmura-t-elle.

Il caressa ses cheveux, embrassa ses lèvres, ses joues, ses yeux, s'éternisa dans son cou. Ses mains, passées sous le pull, remontaient comme des flammes le long de son dos. Enfin, ils s'étaient rencontrés, naviguaient sur la même longueur d'onde…

Ils savaient tous les deux que cet instant serait unique. Peu importe. Chaque minute compte même au milieu d'une perpétuité. Surtout au milieu d'une perpétuité.

— Déshabille-toi ! Je t'ai jamais vu sans ton uniforme.

— Fais-le, toi ! demanda-t-il comme une faveur.

Elle l'aida à enlever son pull pénitentiaire, puis sa chemise. Elle s'empara des clefs et des menottes accrochées à sa ceinture. Une seconde, il eut peur. Toutes les armes dans la main, elle pouvait le tuer et s'enfuir. Mettre le feu à la prison. Quelle importance ? Là, c'est en lui qu'elle allumait un incendie gigantesque.

Elle jeta l'attirail par terre, sans même se rendre

compte de la chance qu'elle laissait passer. Elle caressait sa peau d'une main hésitante. Comme si elle craignait de se brûler. Même l'austérité glaciale du cachot ne l'atteignait plus. Elle marchait sur des pétales de rose, puis sur des braises. Voir un homme torse nu face à elle, la première fois depuis des années, elle avait à nouveau envie de pleurer.

Il la déshabilla à son tour, s'inquiéta de savoir si elle avait froid. Elle devait rêver. Elle ne s'était pas shootée, pourtant.

— Tu as de nouveaux sous-vêtements ?

— C'est Justine qui me les a offerts ! répondit Marianne en souriant.

— Ah oui ? Elle aussi, elle enfreint le règlement pour toi, alors !

— C'était pour mon anniversaire… J'ai eu vingt et un ans le mois dernier !

Il réalisa qu'il ne connaissait même pas sa date de naissance. Qu'il ne savait rien d'elle. Rien, à part ce qu'elle avait commis. Il ne la voyait que par ses crimes. Comme au travers d'une meurtrière.

— C'est pourri par terre ! dit-elle en s'accrochant à son cou.

— On n'a qu'à rester debout !

Ils se mirent à rire, elle l'attira doucement vers la table. Du béton, certes, mais à peu près propre. Les hématomes qui la couvraient lui sautèrent brusquement aux yeux comme un reproche. Une insulte.

— Comment j'ai pu te faire ça ?

Elle posa un doigt sur sa bouche. L'empêcher de salir ce rêve. Ne pas retomber dans la réalité. Oublier ce décor immonde, oublier tout ce qu'ils s'étaient fait subir. Les douleurs anciennes ou présentes. Les humiliations, les brimades.

Oublier qu'il était le geôlier, celui qui gardait la porte de son enfer.

Qu'ils ne s'aimaient pas. Pire : qu'ils étaient des ennemis mortels.

La haine peut-elle parfois rapprocher deux êtres autant que l'amour ?

Ils se jetaient ensemble dans le vide, dans un brasier qui allait les consumer.

Vertige garanti. Lui comprit qu'il n'en sortirait pas indemne. Il y aurait un prix à payer. Faire l'amour à cette fille, c'était presque commettre un crime. Mais il se noyait dans son regard d'ombre, s'abîmait dans ce corps sublime, se disloquait sur ces flots déchaînés…

Elle démultipliait chaque seconde, s'envolait de la cage, brisant ses entraves, les barreaux et tout ce qui l'enchaînait depuis si longtemps.

Au moment où le plaisir les emporta, elle eut envie de le tuer, rien qu'en serrant ses mains sur sa gorge. Soudain l'âme d'une mante religieuse. Mais il tenait solidement ses poignets, il l'avait lu dans ses yeux. Avait vu l'éclair qui précède l'attaque. Il la garda prisonnière jusqu'à ce qu'elle se décontracte et retombe sur sa peau, complètement épuisée. Inoffensive.

Il n'entendait plus que son souffle contre son cou. Elle passa ses bras autour de son dos. Le serra comme pour empêcher cet instant de s'évanouir. Ils restèrent ainsi attachés l'un à l'autre pour un long voyage. Échoués sur une plage baignée de lune.

Sur une table en béton dans un sordide cachot.

À l'ombre d'un mirador. Encerclés de barbelés.

Jeudi 26 mai – 6 h 35.

— Poubelles !

Marianne fit un bond dans son lit. La Marquise venait d'entrer avec l'auxi chargée du ramassage des ordures. Et pour la première fois depuis son incarcération, Marianne n'avait pas été réveillée par le bruit de la clef dans la serrure.

— Alors, pas de poubelles ? râla l'éboueur de service.

— Non, on n'en a pas ! grommela Marianne en se tournant vers le mur.

L'auxi repartit à vide, mais la Marquise s'incrusta. Elle s'aventura près des couchages.

— C'est vous, Emmanuelle Aubergé ? Moi, c'est mademoiselle Pariotti. Et j'aime pas qu'on m'emmerde, pigé ?

Pas à dire, la Marquise maîtrisait l'art et la manière d'accueillir les nouvelles recrues.

— Oui, mademoiselle, répondit le Fantôme.

— Parfait ! Je crois qu'on va bien s'entendre, toutes les deux ! En espérant toutefois que vous ne subirez pas la mauvaise influence de celle qui partage votre cellule.

Marianne remonta la couverture jusque sur sa tête.

— C'est elle qui s'est invitée dans MA cellule, rectifia-t-elle d'une voix d'outretombe.

— Tiens ! Mademoiselle de Gréville fait la grasse mat' !

Elle donna un grand coup de pied dans le sommier mais Marianne ne broncha pas d'un millimètre.

— Faudrait penser à te lever, feignasse ! Je vous emmène à la douche juste après le petit déjeuner. Vous ferez partie du premier groupe… Ne vous faites pas attendre !

Elle s'éclipsa enfin. Marianne sortit de son abri. Un jour, je la tuerai. Être arrachée du sommeil par la voix de la Marquise qui gueule *POUBELLES !* De quoi bien entamer la journée. Mais il y avait bien pire. La douleur pressait son corps comme pour en extraire le jus. Endolorie de la tête aux pieds, elle dégusterait pendant longtemps. Daniel n'y était pas allé de main morte. Daniel…

Elle posa un pied par terre et fit une élongation du bras pour attraper son paquet de cigarettes avant de retomber sur son matelas.

En lorgnant au travers des barreaux, elle découvrit un ciel limpide même si le soleil ignorait encore les bâtiments gris.

À la première bouffée de tabac, ses poumons se crispèrent pour l'habituelle quinte de toux. Elle eut beau se concentrer, elle ne put la contenir et crut que sa cage thoracique allait se fendre en deux. Elle poussa un hurlement strident, pressa ses bras sur sa poitrine.

Le calme revenu, elle reprit son souffle. Que s'était-il donc passé cette nuit ?

Sa peau se souvenait. De celle de Daniel. Drôles de sensations. Drôles d'envies. Envie de rire et de chialer en même temps. Comment j'ai pu ? Il doit bien se foutre de moi à l'heure qu'il est !

Elle piétina son mégot à même le sol, le cendrier était vraiment trop loin.

Non, il doit penser à moi, même s'il est au pieu avec sa femme, maintenant !

Sa tête ressemblait à un carambolage monstre d'images, d'émois, de troubles. Enchevêtrement de colère, de douleurs et de jouissance. Elle se rallongea, trop épuisée pour tenir assise. Les yeux clos, elle se repassa l'intégralité du film. Son épaule rassurante, réconfortante. Toucher une barbe naissante, véritable délice pour les sens, oublié depuis si longtemps. Être l'objet d'un désir aussi fort, provoquer de telles réactions, éprouver tant de plaisir… Avec Thomas, elle n'avait jamais connu un truc pareil. Cette idée la blessa. Il a fallu que ce soit avec ce salaud ! Dans un cachot pourri, au fond d'une prison… Après la douleur, la honte. Comment j'ai pu me donner comme ça ? Des années à fabriquer patiemment l'armure qui lui permettait de résister à l'enfer carcéral. Minimiser les émotions au maximum, durcir son âme comme on forge un bouclier. Atrophier les sentiments humains pour qu'ils ne viennent plus l'envahir et se retourner contre elle. Tant d'années pour devenir ce monstre capable de survivre derrière les barreaux. Et cette nuit… Une nuit, une seule, et la forteresse bâtie dans la souffrance et la haine venait de se fissurer. Elle sentait déjà les murs lézardés, les failles dans lesquelles s'engouffraient peur et faiblesse. Mais non, elle était bien trop forte pour se laisser vaincre aussi facilement ! Elle leur montrerait qui elle était. De quoi elle était capable !

Ses mains serraient désespérément la couverture.

Ne pleure pas, Marianne. T'as pas le droit de chialer. T'as plus le droit. T'as vu où ça t'a menée ? Ne jamais montrer, ne jamais avouer. C'est pas grave. T'as eu tort, mais tant pis. Après tout, tu as pris ton pied, un sacré pied même ! Mais ça ne fait pas de toi quelqu'un d'autre.

Le Fantôme choisit cet instant pour s'aventurer hors de son refuge. La colère naquit instantanément dans les entrailles en vrac de Marianne. Déjà… Quand elle posait le pied par terre, c'est sur Marianne qu'elle marchait. C'est Marianne qu'elle piétinait.

Emmanuelle alla directement au coin toilettes. Elle boitait encore, un bandage raté façon docteur Toqué ornant sa cheville. Marianne l'entendit pisser. Nausée matinale garantie. Elle enfouit sa tête dans l'oreiller, chantonna le premier air qui lui revenait à l'esprit. Si longtemps qu'elle n'avait entendu de musique. Elle en était restée à la chanson qui passait dans l'autoradio au moment fatidique où…

Emmanuelle remonta bien vite sur son perchoir. Marianne contemplait le mur sale de la cellule. Je reste la plus forte. Aucun doute là-dessus. Je l'ai complètement vampirisé, le chef ! Il va se traîner à mes pieds, maintenant ! Encore cette bousculade dans son pauvre cerveau au bord de l'épuisement. Ou alors, il va m'éviter, ne va même plus m'apporter de came ! J'aurais pas dû ! On n'aurait pas dû ! Mais alors, j'aurais jamais connu ça… Ce truc insensé, extraordinaire ! Parenthèse incroyable au milieu du néant quotidien.

Elle se remit à pleurer, doucement. À l'abri de la couverture. Solitude encore plus cruelle qu'à l'accoutumée… Elle mordit le coussin pour que l'autre ne risque pas de l'entendre. Ne pas lui montrer, ne montrer à personne, jamais. De longues minutes pour extirper la souffrance ravageuse. Et l'étrangler. Définitivement.

N'y pense plus, Marianne. Agis comme si de rien n'était. Comme si rien ne s'était passé.

Le soleil pointa son nez au-dessus des barbelés, rien n'avait changé. Il y avait toujours le mirador avec l'ombre armée postée à l'intérieur, prête à exécuter les déserteurs. Marianne sécha ses larmes à l'aide des draps. Elle ne pouvait même pas respirer à fond. Une douleur insoutenable. Elle avait froid, l'impression d'être nue. Elle se mit à trembler, à claquer des dents. Elle toucha son front, moite, beaucoup trop chaud.

Il a dû me casser une côte, ce fumier ! Faudra que je trouve le moyen de me venger. Surtout qu'il m'a privée de mon parloir ! Ouais, je voulais y aller, moi... Tu parles, maintenant, ils ne reviendront plus...

La porte de la cellule s'ouvrit à nouveau.

— Petit déjeuner ! aboya la Marquise.

La mama posa le plateau sur la table avec un bonjour théâtral. Marianne se garda bien de lui dévoiler son visage meurtri. Pourtant, il faudrait bien s'exposer au regard des autres. Dommage qu'elle ne soit plus en isolement.

Deux bols de chicorée tiède, deux tranches de pain, deux minuscules plaquettes de beurre. La porte se referma bien vite sur ce festin royal.

Premier repas en compagnie du Fantôme.

Elle avait promis à Daniel. Lorsqu'il l'avait ramenée en cellule, au milieu de la nuit. Comme on se débarrasse d'un truc gênant. Non, il l'avait embrassée une dernière fois, contre la porte. Un baiser inoubliable... Promis qu'elle laisserait madame Aubergé tranquille. Ou du moins qu'elle ne porterait pas atteinte à son intégrité physique. Elle ne se souvenait plus très bien. Elle ne voulait pas s'en souvenir. Depuis quand je promets, d'abord ?

Emmanuelle ne descendit pas de son promontoire, trop effrayée sans doute à l'idée d'affronter sa codétenue. Alors Marianne se leva, ravie de déjeuner en solitaire. Elle plia sous les lances qui lui transperçaient le corps mais il fallait qu'elle mange, plus de trente-six heures qu'elle n'avait rien dans l'estomac. Tandis qu'elle tartinait son pain, elle entendit trembler l'échelle dans son dos.

Putain ! C'était trop beau ! Peut pas attendre que j'aie fini ? Emmanuelle resta pétrifiée, la bouche ouverte dans une mimique grotesque.

— Qu'est-ce qu'y a ? souffla Marianne. Tu veux ma photo ?

— Votre visage...

— Quoi, mon visage ? Ma gueule te revient pas,

peut-être ! Je me suis fait tabasser si c'est ce que tu veux savoir. À cause de toi, salope !

Emmanuelle se désintégra sur place tandis que Marianne regagnait son lit en emportant son bol et sa tartine. Impossible de manger devant l'autre. Madame Aubergé tournait la cuiller dans la chicorée, machinalement, les yeux dans le vide, la mine mortifiée. Ce simple bruit excéda Marianne.

— Tu vas tourner cette cuiller pendant cent ans, ou quoi ? Tu veux que je te la fasse bouffer ?

Emmanuelle se dépêcha de boire son breuvage infâme, avalant au passage un impressionnant assortiment de pilules multicolores qui auraient suffi à ensuquer un régiment entier de légionnaires. Une pro des antidépresseurs et anxiolytiques en tout genre, le Fantôme !

Marianne fit alors main basse sur sa ration. Elle était tellement affamée qu'elle aurait avalé n'importe quoi.

— Surtout, tu la fermes ! menaça-t-elle. Hier, ils ont oublié de me filer à manger… Ils m'ont juste cassé la gueule ! Alors tu me dois bien ça, pas vrai ?

Elle retourna sur son pieu pour savourer son butin. L'autre était si maigre, déjà ! Ça ne changerait pas grand-chose. Et puis il fallait bien que cette cohabitation forcée lui apporte quelque chose.

— Je suis désolée, murmura Emmanuelle. Je ne voulais pas qu'ils vous frappent… Je ne vous ai pas dénoncée, je vous le jure !

— Ferme-la ! ordonna Marianne en déchiquetant son pain. J'aime bouffer en silence. Alors tes excuses, tu peux te les mettre où je pense, compris ?

Emmanuelle reçut la gifle de plein fouet et plongea les yeux au fond du bol. Marianne ouvrit la fenêtre, fuma une deuxième cigarette, debout sous le carré de lumière. Mais une autre quinte de toux la cassa en deux. Elle lâcha sa clope, hurla de douleur, agrippée au montant du lit et s'effondra sur son matelas, le visage déformé par l'effort. Elle s'était mordu la lèvre, rouvrant sa blessure, le sang coulait jusque dans son cou.

Les yeux fermés, elle tenta de contrôler sa respiration désordonnée. Lorsqu'elle rouvrit les paupières, elle vit Emmanuelle penchée au-dessus d'elle et sursauta.

— Vous voulez que j'appelle une surveillante ?

— Dégage ! J'ai besoin de personne, surtout pas d'une criminelle de ton espèce ! T'es qu'une pourriture qu'a tué ses gosses ! Si tu crois que je suis pas au courant !

— Je vous interdis de dire ça ! hurla soudain Emmanuelle.

Marianne se redressa, serra les poings, surprise par cette inhabituelle rébellion. Son sang disputait un rallye dans ses veines. Le Fantôme se rebiffe ? Elle va voir de quel bois je me chauffe !

— Tu m'interdis rien du tout, t'as même pas le droit d'ouvrir ta sale gueule…

— Vous ne savez rien ! Vous ne savez rien ! Je voulais juste… Je…

Elle ne put finir sa phrase, interrompue par ses sanglots.

— Tu voulais juste t'en débarrasser ? Ben voilà, c'est fait ! Bravo ! Et… C'était pas trop dur de tuer des gosses ? T'as pas eu besoin d'aide, t'as fait ça toute seule ?

Marianne conclut sa tirade par un ignoble sourire. Quand on me cherche, on me trouve ! Sauf que maintenant, j'en ai pour une heure à l'entendre couiner comme si elle s'était coincé le doigt dans une porte ! Insupportable.

Elle allait se rallonger, lorsque le Fantôme passa à l'attaque, sans préavis ni déclaration de guerre. Elle lança une chaise en direction du lit avec une force disproportionnée par rapport à ses bras maigrelets. Marianne se protégea le visage mais reçut le projectile de plein fouet. Le Zombie fonça droit sur elle, toutes griffes dehors.

Démon hystérique. Un peu sonnée, Marianne n'eut pas le temps de se lever. Emmanuelle lui sauta dessus, enfonça un genou dans ses côtes, lui arrachant un cri de douleur. Puis la gifla violemment, lui griffa le visage avant de la saisir par les cheveux et de taper son crâne contre le mur. Marianne riposta par une droite en pleine figure et parvint enfin à se dégager. Une fois debout, elle plaqua Emmanuelle contre le montant du lit, serrant sa poigne sur son cou fragile. Le Fantôme s'étouffait lentement, comme la proie du boa constrictor. Elle avait saisi le poignet de Marianne avec ses deux mains. Mais rien ne pouvait la faire lâcher. Rien.

Emmanuelle voyait sa propre mort se refléter dans les prunelles sombres de Marianne comme dans un miroir terrifiant. Tant de jouissance dans ce regard, tant de force destructrice dans cette main ! Marianne la souleva doucement jusqu'à ce que seule la pointe de ses orteils effleure le sol.

— Tu veux que je te tue ? murmura-t-elle. C'est ça que tu veux ? Si je t'élimine, je vais avoir de gros ennuis, tu sais… Mais après tout, c'est pas grave. Ça fera toujours une ordure de moins sur cette terre. Et au moins, j'aurai la cellule pour moi toute seule…

Emmanuelle bougea les pieds dans le vide. Ses yeux se gonflaient de terreur, prêts à jaillir de leurs orbites. Ses lèvres virèrent progressivement au bleu.

— Qu'est-ce qu'il y a ? continua Marianne d'une voix glacée. T'as peur ? Tu veux pas rejoindre tes gosses ? Tu crois qu'ils ont eu peur eux aussi, quand tu les as massacrés ?

Ses pieds cessèrent de gesticuler dans tous les sens, ses yeux montèrent vers le plafond. Marianne lâcha prise, la regardant s'affaisser lentement puis avaler un filet d'air avec un bruit effrayant. Celui d'un aspirateur. Emmanuelle porta ses mains à sa gorge, toussa violemment, cracha sur sa jolie robe d'ivoire.

162

— Si tu refais ça, je te tue, annonça froidement Marianne. C'est bien compris ?

Le Fantôme hocha la tête, encore incapable d'utiliser ses cordes vocales.

— La surveillante va arriver d'une seconde à l'autre. Alors tu vas te lever, essuyer le sang qui coule de ton nez… Si elle te demande ce qui t'est arrivé, tu réponds que t'es tombée et que tu t'es tapée contre le lavabo, pigé ?

Encore un signe de tête qui voulait sans doute dire oui.

— Très bien.

Marianne alluma une nouvelle cigarette. L'effort avait ravivé ses douleurs mais elle se sentait curieusement apaisée. Elle ne l'avait pas tuée. À peine blessée. Je me suis contrôlée.

Emmanuelle tituba jusqu'aux toilettes et effaça les traces rouges sur son visage. Elle essaya aussi de nettoyer sa robe. En vain. Elle s'exila ensuite dans un coin de la cellule.

La porte s'ouvrit, une fois encore.

— Douche ! hurla la Marquise depuis le couloir.

Marianne enfila sa vieille paire de tongs, enfourna ses affaires de toilette et des sous-vêtements propres dans un sac plastique. Première douche en compagnie des autres filles. Encore un des privilèges de l'isolement qu'elle allait amèrement regretter !

Elle se présenta dans le couloir où huit détenues attendaient déjà. La Marquise s'approcha avec sa mine sadique habituelle. Comme un maquillage permanent réalisé dans un institut démoniaque.

— Qu'est-ce qui t'est arrivé, de Gréville ? T'as pris une correction ?

— C'est Gréville, répondit Marianne avec un calme olympien. Et non, j'ai pas pris de correction. J'ai juste raté une marche.

Toutes les filles portèrent alors leur attention sur le visage tuméfié de Marianne. Certaines ricanèrent. Les amusements étaient si rares. Ici, on riait de tout et de n'importe quoi.

— On dirait plutôt que t'as reçu une sacrée branlée ! Je croyais que tu savais te défendre, de Gréville !

— C'est Gréville… Et j'ai raté une marche, *surveillante*.

— Elle est où, ta petite copine ?

— J'ai pas de copine, répliqua sèchement Marianne.

— Va la chercher.

— Je suis pas votre bonniche…

— Va la chercher. Sinon, t'iras pas à la douche.

Marianne hésita puis retourna finalement en cellule où madame Aubergé s'était momifiée par terre.

— On t'attend. Magne-toi.

Elle fit non de la tête. Marianne la leva brutalement.

— Oh si, tu vas y aller ! s'écria-t-elle en la secouant comme on essore une laitue. J'ai pas envie que tu emboucanes ma cellule ! Alors tu prends ta serviette et tu te bouges le cul !

Marianne regagna le couloir, sûre que le Fantôme allait s'exécuter.

— Alors ? s'enquit Solange.

— Elle arrive.

— Parfait ! Les minutes perdues sont autant de temps que vous n'aurez pas dans la douche !

Les filles protestèrent. Solange savoura ce petit plaisir matinal. Emmanuelle apparut enfin dans le couloir. Marianne eut soudain pitié d'elle. Sentiment inattendu qu'elle refoula bien vite jusqu'aux tréfonds de son âme noire et dure comme du charbon. Les détenues toisèrent la nouvelle avec une curiosité inhumaine. Quelques moqueries fusèrent sur sa robe, puis le troupeau marcha en bon ordre jusqu'à la salle des douches. Il fallait d'abord pénétrer dans une pièce carrelée et répugnante :

tuyaux rouillés, porcelaine ébréchée, moisissures noirâtres recouvrant murs et plafond. Odeur âcre qui serrait les poumons. La surveillante referma la grille et s'assit juste derrière, sur un banc en bois, comme pour assister à une représentation. Une dizaine de douches en enfilade. Deux rangées de cinq séparées par un étroit couloir. Aucune intimité possible.

Marianne se déshabilla. Les filles cessèrent de parler, horrifiées par le spectacle de son corps dévoré par les hématomes. Même Solange s'approcha de la grille pour voir de plus près.

— C'est les matons qui t'ont tabassée ? chuchota une détenue.

— Non, une bande de petits lutins ! répondit-elle.

— Taisez-vous ! ordonna la Marquise. Il ne vous reste que dix minutes !

Nouvelles protestations. Mais cela permit de couper court aux questions gênantes. Emmanuelle, réfugiée dans un angle, semblait incapable de se dévêtir devant ces inconnues. Solange gueula encore.

— Qu'est-ce que vous attendez, Aubergé ? Vous comptez prendre la douche habillée ?

Elle ôta sa robe alors que les autres étaient déjà dans les douches. Puis elle s'aventura plus avant pour chercher le bac resté libre. Le dernier, évidemment. Marianne se savonna généreusement, il fallait se hâter. Mais elle était ralentie par ses douleurs, pouvant à peine effleurer sa peau par endroits. Elle vit passer le Fantôme, une serviette autour de la taille, un bras pour cacher sa poitrine. Sa robe dans l'autre, comme si elle avait peur de se la faire voler et de repartir nue. Sa maigreur était vraiment effrayante. Puis l'eau à peu près chaude vint soulager ses blessures. Laver ses doutes, les ultimes traces du forfait. Un peu de shampooing dans les cheveux, un dernier rinçage. Elle n'avait pas quitté ses tongs, ses affaires étaient bien à l'abri dans le sac plastique. N'avoir aucun contact avec le sol ou les murs qui grouillaient de microbes et de champignons en tout genre. Invisibles mais tenaces.

La Marquise racla la grille avec ses clefs.

— Terminé ! hurla-t-elle. Vous sortez toutes de là-dedans !

Marianne profita encore un peu de ce plaisir fugace tandis que la fille d'en face était encore pleine de savon. Une métisse à la peau superbe, aux courbes de rêve. Marianne se sentit soudain atrocement laide. Mieux valait éviter de trop la reluquer. Éviter les complexes. De toute façon, y avait pas de mec, ici. Être belle pour plaire à qui ? Non, ne pense pas à l'autre enfoiré. Ne pense plus à lui, ni à ce qu'il t'a fait. Elle s'essuya à la va-vite pour ne pas attraper froid dans cet endroit qui ignorait le chauffage. Enroulée dans sa serviette, elle regagna la pièce grillagée pour se rhabiller. Mais deux détenues manquaient à l'appel. Le Fantôme et le top-model.

La Marquise décida de couper l'eau, des hurlements s'échappèrent des douches.

— Je suis pas rincée ! cria la métisse.

— T'avais qu'à te dépêcher ! répondit Solange avec un sourire narquois.

Le Fantôme réapparut, déjà habillé. Toujours la même robe claire, sauf qu'elle avait pris l'eau, dévoilant cruellement ses formes osseuses par transparence. La métisse arriva à son tour, les cheveux brillants de mousse et ses copines éclatèrent de rire. Elle allait s'amuser, à rincer sa tignasse au lavabo de la cellule ! Marianne rigola aussi tandis que Solange ouvrait la grille.

— Allez, j'ai d'autres chiennes à amener au toilettage !

Les filles s'arrêtèrent de rire et quittèrent la pièce en rang d'oignons. Mais la métisse stoppa à hauteur de la gardienne.

— Vous n'avez pas le droit de nous parler comme ça ! Les autres surveillantes ne nous parlent pas comme ça !

— Mademoiselle café au lait est de mauvais poil ce matin ? Elle a ses règles ou quoi ?

— J'en parlerai au chef ! J'lui dirai comment vous nous traitez !

— Oh ! Mais c'est qu'elle me ferait presque peur, bamboula !

Marianne assistait à la confrontation, adossée au mur. Pour une fois qu'elle n'était pas en cause !

— Tu as des témoins pour appuyer tes accusations calomnieuses ? ricana Solange. Quelqu'un a entendu quelque chose ?

Elle arpenta le couloir en jaugeant les autres. Aucune n'osa l'affronter du regard.

— Est-ce que mademoiselle de Gréville a entendu quelque chose ?

— Non, assura froidement Marianne.

Solange arbora un air victorieux.

— Tu vois, personne d'autre que toi n'a entendu ces propos inadmissibles… C'est ta parole contre la mienne. Et que peut bien valoir la parole d'une putain ramassée sur le trottoir ?

— Si. Moi j'ai entendu, dit Emmanuelle.

Marianne la toisa avec stupeur.

— Qui a parlé ? s'écria la Marquise.

— Moi ! lança précipitamment Marianne.

Emmanuelle allait ouvrir la bouche mais Marianne lui tordit le poignet et lui souffla quelque chose à l'oreille. Solange se posta face à son ennemie jurée.

— Y a dix secondes, t'avais rien entendu, de Gréville !

— C'est Gréville… Ben, finalement, je crois bien vous avoir entendu la traiter de bamboula… Et nous avoir toutes traitées de chiennes.

— T'as pas assez morflé hier ? Tu veux continuer à *rater des marches* ?

167

— J'ai dit que j'avais entendu, pas que j'allais le répéter.

Solange écrasa Marianne d'un rictus sarcastique.

— C'est bien, je vois que tu commences à comprendre ! Comme quoi, ça fait du bien de rater une marche de temps en temps !

La métisse ravala sa colère et les dix brebis reprirent le chemin des cellules.

Emmanuelle ouvrit son casier pour prendre des affaires propres. Son unique rechange. Jean et tee-shirt kaki. Une autre femme.

Marianne s'était rallongée sur le lit. Elle claquait des dents, fumait sa troisième cigarette.

— Pourquoi vous êtes intervenue en ma faveur ?

— Je t'ai déjà dit de ne pas me parler, rétorqua calmement Marianne.

— Je veux savoir… et tant pis si vous essayez encore de m'étrangler.

Marianne soupira.

— Faut pas tenir tête à la Marquise… Pariotti. C'est comme ça qu'on la surnomme ici.

— Je vois pas pourquoi. Elle n'a rien de noble !

— Marquise de Sade ! précisa Marianne. Donc, faut jamais te frotter à elle. C'est une salope de première. Si tu t'opposes à elle, tu vas t'en mordre les doigts.

— Pourquoi vous avez fait ça pour moi ?

— J'ai rien fait pour toi ! rectifia Marianne d'un ton agressif. J'ai juste voulu écourter l'embrouille parce que j'avais pas envie de moisir deux heures dans ce couloir humide. C'était une diversion, rien d'autre ! Et puis ça me plaît bien de rabattre le caquet de la Marquise. Avec toi, elle aurait bu du petit-lait ! Elle t'aurait taillée en pièces en moins de dix secondes. Tu tiendrais pas un round face à un Lilliputien !

— La façon dont elle a traité cette fille… La façon

dont elle nous a parlé ! C'est… inadmissible. Il faudrait le signaler !

Marianne se mit à rire mais fut rapidement stoppée par la douleur.

— Inadmissible ? Le signaler ? Mais à qui, putain ! Tu te crois où ? Au George V ? Tu crois que tu peux te plaindre du petit personnel ? Mais je rêve ! J'hallucine ! T'es en taule, le Zombie !

— Ne m'appelez pas comme ça !

— T'es en TAULE ! martela Marianne. Ici, t'es plus qu'un numéro d'écrou et rien d'autre ! Ici, tu n'as aucun droit ! AUCUN DROIT, tu piges ? De toute manière, tu verras bien par toi-même ! Maintenant, ferme-la.

Emmanuelle termina de lacer ses chaussures puis se mit à tourner en rond dans la cellule.

— Vous devriez aller à l'infirmerie, reprit-elle soudain.

— Putain ! marmonna Marianne en se tournant vers le mur. Tu vas la fermer oui ou merde !

— Vous êtes blessée et…

— C'est pas tes affaires ! Alors TU LA FERMES !

— Je peux vous prendre le livre ?

— Prends ce que tu veux mais laisse-moi dormir en paix, nom de Dieu !

— Merci. Merci beaucoup…

Marianne disparut sous la couverture. Cette fille ne tiendrait pas dix jours dans cette jungle. Elle finirait à l'hôpital psy ou au bout d'une corde. Peut-être même que son corps squelettique ne résisterait pas. Une mort naturelle, tout simplement. Tant mieux. Comme ça, elle en serait débarrassée plus vite.

Mais pour le moment, c'était elle qui claquait des dents et tremblait comme les feuilles de l'acacia de la cour, quand l'hiver approchait.

Peut-être que l'hiver s'approche, pour moi aussi.

Vendredi 27 mai – 12 h 00

Daniel entra dans le bureau des surveillantes, affichant une mine détendue assortie d'un sourire radieux. Monique Delbec mangeait une mixture infâme, un truc de régime hyperprotéiné. Il lui serra la main de façon virile et elle eut une grimace disgracieuse. Il adorait faire ça. Ça l'amusait beaucoup.

— Comment va ? lança-t-il d'une voix enjouée.

— Ça va ! Et vous ? Bien reposé ?

Elle tenta de ne pas montrer à quel point ça la contrariait qu'il la surprenne en plein effort diététique.

D'une certaine façon, c'était avouer qu'elle se trouvait trop ronde. Ça en mettait un coup à sa féminité.

— La super forme ! assura le chef en se remplissant une tasse de café.

— Votre rasoir est en panne ou c'est un nouveau look ?

— Ça vous plaît ? demanda-t-il d'un ton charmeur, histoire d'éluder la question.

Elle allait répondre mais eut juste le temps de rougir ; Justine venait d'entrer dans le bureau. Elle éclaboussa Daniel d'un jet d'acide, rien qu'en posant les yeux sur lui.

— C'est sans doute pour cacher quelque chose ! osa-t-elle. Une trace de coup, peut-être…

— Quelle perspicacité, ma petite Justine ! On ne peut vraiment rien te cacher, justement !

— C'est surtout Marianne qui a du mal à le *cacher*…

Monique les laissa régler leurs comptes, continuant stoïquement d'ingurgiter sa soupe malodorante.

— Comment va-t-elle ? s'enquit Daniel.

— Mal, assena Justine.

Il prit une mine indifférente.

— Ça a l'air délicieux, ce que vous mangez, Monique !

— Ne vous moquez pas !

— Mais non, voyons ! Je ne me moque pas. C'est à quoi ? À la viande faisandée ?

Elle haussa les épaules et il se mit à rire. Justine ne put contenir un sourire. Il continua son numéro.

— Vous avez raison, Monique, faut souffrir pour être belle !

L'ambiance sonnait faux et un long silence s'interposa entre eux. Monique décida de crever l'abcès.

— Justine m'a raconté, pour mademoiselle de Gréville.

— Ah oui ? Que vous a-t-elle dit ?

— Que… qu'elle était devenue hystérique, qu'elle vous avait agressé et que vous l'aviez conduite en cellule de force… et puis… vous vous êtes battu avec elle.

Le chef jeta un œil étonné à Justine.

— C'est à peu près ça, confirma-t-il.

— Vous ne voulez pas faire un rapport d'incident ? Un tel comportement, ça mérite de passer au prétoire.

— Non. Je crois qu'elle a déjà eu la sanction nécessaire. Elle m'a frappé, je lui ai rendu ses coups. C'est la seule méthode efficace avec elle. Vous n'êtes pas d'accord ?

— Tout de même ! protesta Delbec. Ce n'est pas tout à fait conforme à…

— La procédure ? Vous avez envie d'un peu plus de

paperasse, Monique ? Vous n'avez pas assez de boulot comme ça ?

Monique cessa de protester mais Justine prit le relais.

— Marianne a refusé d'aller en promenade hier. Et ce matin, elle n'est pas descendue non plus…

— C'est son droit, répliqua calmement le chef.

— Elle n'a pas pu y aller parce qu'elle ne tient plus debout ! Je voulais la conduire à l'infirmerie mais elle n'a pas voulu.

— C'est qu'elle ne doit pas en avoir besoin… Très bon, ce café ! C'est vous qui l'avez fait, Monique ? Vraiment délicieux. Félicitations ! Et madame Aubergé ?

— Toujours en vie, répondit Delbec. Elle aussi refuse de descendre dans la cour. Et… les filles sont au courant pour elle… Pourquoi elle est incarcérée.

— Déjà ? s'étonna le chef. Les nouvelles vont décidément très vite dans notre petit monde !

— Je pense que c'est Solange qui a vendu la mèche, fit Justine.

— Pourquoi accuses-tu Solange ? s'indigna Monique. Il suffit qu'une détenue l'ait reconnue dans le journal ou même à la télé !

— Peu importe, conclut Daniel. Si elle décide d'aller dans la cour, il faudra garder les yeux sur elle. Pareil pour la douche. Vigilance extrême…

— Pourquoi ne pas lui appliquer les mesures d'isolement ? demanda Monique en avalant avec soulagement sa dernière cuiller de potage amincissant.

— Selon les toubibs, elle n'est pas en état de supporter l'isolement, expliqua-t-il. Suicidaire…

— La jeter en pâture aux autres dans la cour, ça équivaut à un suicide, fit remarquer Justine avec pertinence.

— Je le sais bien, concéda son chef. Mais on n'a pas vraiment le choix ! C'est déjà bien que Marianne ait compris qu'elle ne devait pas la toucher.

— Elle n'est pas en état de la toucher ! contre-attaqua Justine. Mais dès qu'elle aura retrouvé ses forces… Si toutefois elle les retrouve un jour…

Daniel posa sa tasse dans l'évier. Si fort qu'il l'ébrécha.

— Qu'est-ce que tu racontes ! Elle n'est pas mourante, que je sache ! Elle allait plutôt pas mal quand je l'ai ramenée en cellule.

— Au fait, j'ai attendu jusqu'à plus de vingt heures et vous n'étiez toujours pas remontés, poursuivit la surveillante d'un ton soupçonneux. Comment ça se fait ?

— Elle avait besoin de se confier.

— À toi ?

— Oui, à moi ! Et j'ai pris le temps de l'écouter… Tu vois, je ne suis pas un monstre !

Justine se sentit soudain comme dépossédée. D'habitude, c'est à elle que se livrait la petite.

— N'empêche que tu l'as bien amochée.

— On voit que tu t'es jamais battue contre Marianne !

— Elle était menottée quand on l'a descendue au cachot.

Daniel revint s'asseoir. Visiblement, cette conversation commençait à devenir éprouvante pour lui. Il alluma une cigarette, Monique se hâta d'ouvrir la fenêtre et de tousser, pour la forme.

— Je l'ai détachée quand tu es partie. J'avais l'intention de lui parler mais elle s'est jetée sur moi.

— J'en crois pas un mot ! s'écria Justine.

— Et le bleu que j'ai sur la figure ? Elle me l'a fait comment à ton avis ? Pas avec les mains liées dans le dos, en tout cas !

— Dans l'état où elle était, c'était de la folie de la détacher ! Il fallait la laisser se calmer…

— Tu n'as pas à m'apprendre mon métier ! coupa le chef d'une voix autoritaire. Et puis on a déjà eu cette discussion, on va pas en causer pendant des mois ! Tu te fais beaucoup trop de souci pour elle, je t'assure. C'est pas ces quelques coups qui vont…

— *Ces quelques coups ?* Tu l'as carrément passée à tabac ! Tu aurais dû la sanctionner, pas la démolir ! La rumeur commence à circuler parmi les détenues. Les surveillants ont tabassé une fille !

— Et toi, tu commences à me tabasser les nerfs ! Si on ne lui explique pas les choses par la manière forte, c'est peut-être à l'une de vous qu'elle s'en prendra la prochaine fois. Ou bien elle tuera madame Aubergé. C'est ça que vous voulez ? Rien à foutre des rumeurs ! Ce n'est ni la première ni la dernière qui circulera dans la cour.

Monique choisit son camp. Malgré son obéissance quasi militaire au règlement, elle partageait l'avis du gradé sur le cas Gréville. Une bête féroce ne pouvait être traitée comme les autres.

— Vous avez bien agi, dit-elle d'une voix de lèche-bottes qui termina d'excéder sa collègue.

Daniel la remercia d'un sourire puis se tourna vers Justine.

— Arrête de t'inquiéter pour elle, tu veux ? On a d'autres filles à s'occuper ici… Dans quelques jours, il n'y paraîtra plus.

Justine baissa les armes, à court de munitions. Elle rejoignit dans les couloirs l'auxi chargée du ramassage des plateaux en fin de repas. Le chef s'octroya un deuxième café. Sa mine réjouie avait laissé place à un air renfrogné.

— Monique, allez me chercher Marianne. Amenez-la dans mon bureau, s'il vous plaît.

Il passa dans son minuscule office, à deux pas de celui des surveillantes. Il alluma une cigarette, s'installa dans son fauteuil. Il fallait qu'il la voie, qu'il lui parle. Mais pour lui dire quoi ? Il aurait dû y réfléchir avant d'envoyer Delbec la chercher. Plus de vingt-quatre heures qu'il y réfléchissait. Il improviserait.

Cinq minutes plus tard, il eut un choc en voyant Marianne. Livide, les yeux fardés d'un mauve profond. La lèvre ouverte et enflée, un hématome énorme sur le côté droit du visage. Le front humide, l'équilibre précaire. Une souffrance qui marchait lentement vers lui. Leurs regards se frôlèrent une seconde, puis Daniel s'éclaircit la voix.

— Monique, vous pouvez nous laisser ?

La surveillante le considéra avec une stupeur agaçante. Non, elle ne pouvait pas. Le règlement le lui interdisait. Il la reconduisit dans le couloir.

— De quoi avez-vous peur Monique ? Je veux juste lui parler, rien de plus… Personne n'en saura rien !

— Tout de même…

— Quoi ? Vous pensez que j'ai l'intention de la violer ?

Il avait choisi le mot le plus brutal, celui qui allait faire mouche à coup sûr.

— Non, bien sûr que non ! s'offusqua-t-elle. Qu'allez-vous donc vous imaginer !

Son visage outré s'était enflammé si violemment que ses joues rondes paraissaient sur le point d'éclater comme deux ballons surgonflés à l'hydrogène.

— Bon, dans ce cas, vous m'accordez dix minutes seul avec elle, d'accord ?

Marianne n'avait pas bougé, toujours debout, face à la table en formica encombrée de dossiers multicolores qui semblaient l'obnubiler. Il ouvrit la fenêtre, observa dehors à travers les barreaux. Il avait éprouvé l'impérieux besoin de ce tête-à-tête. Maintenant il réalisait qu'il ne pouvait autoriser son cœur à s'épancher.

— Qu'est-ce que tu es allée raconter pour les traces de coups ? demanda-t-il en lui tournant le dos.

Marianne aussi, avait eu le loisir de songer à cette

rencontre. Imaginé cent fois ce moment crucial dans sa tête. Elle s'était préparée à paraître d'une indifférence blessante à son égard. Ne jamais montrer, ne jamais avouer. Lui laisser croire que tout était déjà oublié. Qu'elle ne souffrait pas, qu'elle n'y pensait même plus. Mais, dans son scénario, lui y penserait encore ; lui souffrirait. Il ne pourrait cacher ses sentiments, ce qu'il avait ressenti, ressentait encore. Lui, montrerait sa faiblesse. Et sa faiblesse, ce serait elle, bien entendu. Elle avait anticipé tout cela, rejoué la scène entre ses quatre murs. Elle avait tout prévu. Ça ne pouvait être autrement.

Tout prévu. Sauf qu'elle aurait le cœur qui battrait bien trop vite face à son visage. Qu'elle aurait cet étrange pincement au ventre en croisant ses yeux, en voyant ses mains. Ses mains, oui.

Elle avait tout prévu sauf qu'elle ne serait pas aussi forte qu'avant.

— Alors ? répéta-t-il en haussant la voix. Tu as dit quoi ?

Elle sursauta et se concentra sur ses plans.

— Que j'avais raté une marche et que j'étais tombée.

— Alors pourquoi les filles font-elles courir le bruit que tu as été frappée par des surveillants ?

— T'as vu ma gueule ? Tu crois vraiment qu'elles peuvent avaler un bobard pareil ?! Qu'est-ce que tu voulais que j'invente ?

Évidemment. Il perdait un peu ses moyens. Inutile d'être agressif. On est agressif quand on se trouve en situation de faiblesse.

— De toute façon, c'est sans importance… Pourquoi tu ne veux pas aller en promenade ?

— Je suis pas en état. J'ai la tête qui tourne.

Il se retourna enfin et effleura son front, brûlant. Elle frissonna des pieds à la tête. Sa main, le contact de sa main.

— Je crois que tu m'as pété une côte… Ou peut-être deux.

Son visage se crispa.

— N'importe quoi ! T'as dû choper la crève ou une saloperie dans le genre… Pourquoi tu ne prends pas quelque chose ?

— J'ai commandé de l'aspirine à Pariotti, hier. Mais bien sûr, elle a *oublié* de me l'apporter !

Du tiroir de son bureau, il sortit un sachet d'Aspégic comme le magicien un lapin de son chapeau.

— Tu vas le prendre ici, je ne veux pas que ça se sache…

Il disparut un moment et revint avec le mélange prêt à consommer. Encore une entorse au règlement. Il en commettait à longueur de journées, de toute façon. Depuis bientôt vingt ans.

— Bois ça.

Elle obéissait comme une automate, évitant au maximum de le regarder dans les yeux. De le regarder tout court. Ses mains l'obsédaient particulièrement. Les prendre dans les siennes, les laisser suivre chaque courbe de son corps. Les inviter à posséder le moindre millimètre de sa peau. Elle prit une profonde inspiration et détailla le carrelage immonde sur lequel reposaient ses pieds. Elle posa le verre vide sur le bureau, attendant sagement la suite. Mais ça grandissait en elle… Tellement envie qu'il la prenne dans ses bras, qu'il la réconforte contre lui. À tel point que cela devait se lire sur son visage. Ça allait tout faire rater. Pourtant, Daniel ne voyait qu'un morceau de marbre blanc, veiné de bleu. Il réfléchissait, cherchant les mots justes.

— Personne ne doit savoir ce qui s'est passé entre nous, murmura-t-il soudain. Ce qui se passe depuis un an…

Elle leva les yeux sur lui. Prunelles vénéneuses d'une plante carnivore.

— T'as peur, pas vrai ? Tu risques gros si je te balance, hein ?

— Je n'ai pas peur, rectifia-t-il en gardant son calme. De toute façon, c'est ta parole contre la mienne… Et la mienne a plus de valeur.

Elle eut mal mais n'exprima pas la moindre émotion.

— Je peux retourner me coucher ?

Mieux valait fuir au plus vite. Ce curieux mélange de désir et de rage finirait par la faire exploser.

— Depuis quand tu passes tes journées à dormir ?

— Depuis que je me suis cassé la gueule dans l'escalier.

Il sourit et décida enfin de combler le fossé qui les séparait. Il s'assit sur la table, prit les poignets de Marianne dans ses mains. Électrochoc. Il l'attira doucement vers lui. Mais elle se força à résister. Fut surprise d'y parvenir. Alors, il se montra un peu plus convaincant. Elle avança d'un pas.

— C'est toi qui as peur de moi, on dirait ! plaisanta-t-il.

— J'ai peur de personne.

— Bien sûr, j'oubliais ! Et avec madame Aubergé ?

— J'l'ai pas touchée, assura-t-elle en baissant les yeux.

— Tu mens. Je le sens… Tu m'avais promis, pourtant.

— J'ai rien promis du tout ! Et puis c'est elle qui s'est jetée sur moi !

Là, il partit à rire.

— Elle ? Elle t'a attaquée ? Tu te fous moi, non ? Elle ne ferait pas de mal à une mouche !

Il regretta instantanément cette dernière remarque, vraiment absurde.

— Elle m'a balancé une chaise dans la gueule et m'a frappé le crâne contre le mur…

Il émit un sifflement admiratif qui exaspéra Marianne.

— Je lui ai montré qui était la plus forte ! résuma-t-elle avec un sourire arrogant. Mais je l'ai laissée en vie.

Il soupira, passa un bras autour de sa taille pour l'attirer encore plus près. Attisant les braises endormies à l'intérieur de ses entrailles. Une douloureuse chaleur.

— Lâche-moi, exigea-t-elle à contrecœur.

— Arrête de faire la fière ! Viens m'embrasser…

— Lâche-moi, j'te dis. Ou tu vas le regretter.

Son visage se fit plus dur, il libéra ses poignets. Elle coula à pic dans un lac gelé.

— Comme tu voudras !

Il appela Monique qui accourut aussitôt.

— Pourriez-vous ramener mademoiselle de Gréville dans sa cellule ?

Marianne suivit Delbec dans le couloir. Ses jambes tremblaient, ses poings refusaient de se desserrer. Il faudrait un peu de temps pour effacer. Pour retrouver le bon chemin. Pour réparer les accrocs dans l'armure. Et du temps, elle en avait. Plus que quiconque.

Perpétuité.

***

21 h 30 – Cellule 119

Emmanuelle fixait Marianne avec inquiétude. L'après-midi avait pourtant été calme. La jeune femme avait dormi à poings fermés. Mais peu avant le repas du soir, son état s'était dégradé à vue d'œil. Elle n'avait pas touché à son plateau, n'avait plus quitté le lit. Malgré la couverture, elle tremblait sans discontinuer. Elle poussait des sortes de râles, se repliait sur elle-même, s'entêtait à se mordre la lèvre. Le sang tachait son oreiller. Spectacle effrayant.

Emmanuelle décida d'agir. Avec la peur au ventre.

Marianne était son ennemie mais aussi sa codétenue. Une personne humaine. Elle commença par récupérer sa propre couverture et l'étala prudemment sur le corps contracté.

— Merci, murmura Marianne d'une voix tout juste audible.

— Vous voulez que j'appelle à l'aide ?

Marianne tourna la tête. Pour la première fois, son regard n'était pas meurtrier. Plutôt désespéré.

— Parle-moi…

Une fois la surprise passée, Emmanuelle installa la chaise près du lit. Drôle d'impression que d'être au chevet d'une fille qui avait tenté de l'étrangler quelques heures auparavant.

— De quoi veux-tu qu'on parle ?

Finalement, ce n'était pas si dur de la tutoyer. Elle était si jeune. Presque l'âge d'être sa fille. Elle paraissait si fragile qu'Emmanuelle se sentait soudain rassurée, croyant à tort avoir une gamine blessée et inoffensive en face d'elle. Oubliant qu'un fauve est bien plus dangereux lorsqu'il est blessé.

— Je sais pas, répondit faiblement Marianne… N'importe… Raconte-moi ta vie, si tu veux… Ou imagine une histoire.

— Ma vie n'est pas très intéressante.

— Pourquoi t'as fait ça ?

Et moi, pourquoi je lui demande ça ? Pourquoi poser cette question taboue, bannie du vocabulaire pénitentiaire ? Mais elle avait besoin de savoir. Connaître l'ennemi pour mieux le combattre. Entendre un malheur pour oublier le sien. Condamner un crime odieux pour atténuer ses propres méfaits.

Emmanuelle s'était raidie sur sa chaise, complètement paniquée par cette simple question.

— Tu peux mentir, si tu veux, précisa Marianne.

— Je… Je sais pas trop pourquoi…

— Si, tu le sais ! Mais si t'as pas envie de le dire, c'est ton droit. Je suis ni juge, ni flic.

— Je ne pouvais plus… Je n'arrivais plus à m'en sortir. L'impression d'être dans une impasse, une voie sans issue…

Flash-back cauchemardesque. Marianne comprit que le Fantôme allait soulager sa conscience comme on soulage sa vessie. Quand on commence, on ne peut plus s'arrêter. Le mari qui se tire une balle, façon comme une autre de se soustraire à une vie de merde. Le chômage longue durée, les dettes par-dessus la tête. La boisson comme refuge facile. Les démarches compliquées, la honte d'aller quémander. Les huissiers, le proprio hystérique, le banquier charognard qui aiguise son bec avant la curée. Les Restos du Cœur. Le tribunal qui décide de vous jeter à la rue dès que les hirondelles reviendront. Et j'en passe. Rien que du classique, du déjà vu mille fois. Du fait divers dont tout le monde se fout.

— J'étais pas une mauvaise mère, mais…

Elle se mit à pleurer sans que ça l'empêche de continuer à vomir son histoire sur les pompes de Marianne.

— Ils allaient me prendre mes enfants, les placer dans un foyer… Je ne voyais pas la façon de m'en sortir… La seule chose que je refusais, c'était qu'on soit séparés. Mes enfants ne l'auraient pas supporté. Et moi non plus…

Emmanuelle revivait le drame en direct. Les mains posées à plat sur ses genoux, elle scrutait le sol comme si une fosse venait de s'ouvrir à ses pieds. Les nerfs de Marianne vibraient telles les cordes d'une Fender sous les doigts d'un guitariste bourré de coke.

— La veille de l'expulsion, je leur ai fait avaler des somnifères, à leur insu…

Des respirations saccadées rythmaient l'abominable récit. Marianne se concentrait sur l'horreur, sur cette voix étrangère qui la conduisait en enfer sans virage inutile, qui la détournait de ses propres tourments.

— J'ai pris des somnifères, moi aussi. Je voulais qu'on parte tous les quatre ensemble…

— Quatre ?

— Moi et mes… trois enfants. Je pensais qu'on se retrouverait là-haut…

— Là-haut ? Tu crois à ces conneries ?! s'exclama Marianne.

Emmanuelle la gifla du regard. Comment osait-elle l'interrompre ? Il fallait qu'elle aille au bout du chemin. Sauf qu'au bout du chemin, elle y était déjà.

— Ils se sont endormis. Moi aussi. Sûre de ne jamais me réveiller. Que tout allait s'effacer en douceur… Que tout était enfin fini.

— Sauf que toi, tu t'es réveillée, pas vrai ?

Elle hocha la tête, étranglée par la souffrance.

— Moi et Thomas, parvint-elle à dire.

Marianne frémit à la simple évocation de ce prénom.

— À l'hôpital, ils m'ont dit qu'Amandine et Sylvain étaient morts, que Thomas était dans le coma. Moi, ils m'ont trouvée juste à temps. Pourquoi, ils ne m'ont pas laissée ? Pourquoi ?

— Tu aurais dû les laisser partir dans un foyer… Tu les aurais récupérés un jour ou l'autre.

— Non, je savais que s'ils nous séparaient, ce serait pour toujours ! se défendit Emmanuelle avec désespoir. C'était tellement insupportable ! Tu peux pas comprendre !

Elle se mit à sangloter. Marianne serra la couverture. Un drôle de monstre, ce Fantôme.

— Si tu savais comme je regrette ! gémit-elle. Comment j'ai pu faire une chose pareille… ! J'ai assassiné ceux que j'aimais le plus au monde ! Ma seule raison de vivre.

Ses pleurs redoublèrent de violence. Marianne

regretta soudain de l'avoir poussée à ces confidences terrifiantes. Un peu comme si elle avait ouvert les vannes d'un barrage et qu'une eau boueuse submergeait la cellule. Mais un jour ou l'autre, ce serait sorti, de toute façon. Elle l'écouta pleurer, noyée dans sa propre souffrance. Après le soulagement de l'aspirine, ses douleurs revenaient à l'assaut. Et le manque s'invitait à la fête. À chaque inspiration, ça devenait plus dur.

Ça serait bientôt insoutenable. Il fallait penser à autre chose.

— Et… Thomas ? demanda-t-elle.

Emmanuelle essuya ses joues de la paume de sa main.

— Toujours à l'hôpital… D'après le juge, il est tiré d'affaire. Je ne peux même pas aller le voir… Je ne le verrai plus jamais !

— Mais si… ! Il pourra te rendre visite au parloir. Quand il ira mieux. Il a quel âge ?

— Quatorze ans. Il ne voudra plus jamais me parler après ce qui s'est passé !

Marianne regardait les mains d'Emmanuelle se tordre de douleur, ses yeux qui saignaient. Elle imaginait son cœur en train de se fendre sous le poids de la culpabilité. Mais elle n'arrivait pas à compatir. Elle essaya juste de trouver quelque chose pour l'apaiser.

— T'en sais rien… Il viendra peut-être te voir, tu pourras lui expliquer la raison de ton geste…

Emmanuelle fit non de la tête.

— Je voulais mourir ! Je veux mourir, maintenant !

— Thomas aura besoin de toi… Tu ne peux pas lui faire ça ! T'as pas le droit !

Marianne s'étonna elle-même. Qu'est-ce qui me prend avec ma morale à la con ? Si elle veut mourir… De toute façon, c'est foutu. Son fils va la haïr, chaque jour un peu plus. Sa vie est bousillée. Alors…

Et la mienne ? Elle n'est pas bousillée, peut-être ? Après tout, je m'en balance de sa vie et de ses problèmes ! Faut être complètement malade pour suicider ses gosses…

Emmanuelle se moucha avec du papier toilette.

— Et toi ? T'es là pourquoi ? poursuivit-elle en avalant un anxiolytique comme on prend un bonbon à la menthe.

— J'ai pas envie d'en parler.

Emmanuelle fut blessée par ce refus, elle qui venait de se livrer sans retenue.

— T'as été jugée ? ajouta-t-elle après un long silence.

— Oui.

— Et combien d'années il te reste à faire ?

— Le nombre d'années qu'il me reste à vivre.

— Mon Dieu…

— Y a pas de dieu ! trancha Marianne avec fureur. Tout ça, c'est des foutaises ! Des trucs pour anesthésier les gens ! Tu comprends donc rien ?!

Elle se mit soudain à s'agiter. Était-ce la confession tragique qu'elle venait d'endurer ou cette soudaine colère qui avait ranimé le mal ? Son corps se raidissait d'une façon effroyable. Secouée de spasmes, son dos se cambrait, ses mains se crispaient. Comme si elle subissait les attaques d'une multitude de dagues invisibles. Puis elle se relâchait quelques secondes, fermait les yeux. Jusqu'à la crise suivante. Emmanuelle la regardait se débattre, désarmée.

— Faut que je voie le chef ! gémit Marianne.

— Le chef ?… Mais comment je fais ?

Marianne repoussa soudain les couvertures d'un geste brutal, tenta de se lever, chuta aussitôt lourdement et se retrouva à quatre pattes par terre. Emmanuelle se rua vers la porte et tambourina de ses poings fragiles.

— Au secours ! hurlait-elle. Venez m'aider !

Elle répéta inlassablement cette litanie, se retournant parfois pour regarder sa codétenue roulée en boule sur le sol. Au bout de cinq minutes, la trappe s'ouvrit enfin.

Monique lorgna à l'intérieur de la 119 mais demeura dans le couloir.

— Que se passe-t-il ?

— S'il vous plaît ! Venez vite ! Marianne ne se sent pas bien !

— Calmez-vous ! ordonna Delbec. Qu'est-ce qu'elle a ?

— J'en sais rien ! Elle allait mal, elle tremblait et puis… Elle a voulu se lever, elle est tombée…

— Bon, je vais chercher le gradé.

— Mais dépêchez-vous, bon sang !

— Gardez votre calme, madame Aubergé. À cette heure-ci, je n'ai plus les clefs des cellules. Seul le chef peut ouvrir. Nous serons de retour dans quelques minutes.

Monique soupira en prenant le chemin du bureau. La soirée s'annonçait mal. Son cadet avait de la fièvre, ses brûlures d'estomac refusaient de la laisser en paix… Sans parler de la fringale. Vraiment des conneries, ces régimes ! En plus, Daniel était le gradé de permanence, cette nuit. Impossible de dormir tranquille… Maintenant, une détenue qui faisait un malaise. Et pas n'importe quelle détenue !

Dans la cellule, Emmanuelle s'était accroupie auprès de Marianne. Elle avait posé une main tremblotante sur son épaule, ne sachant pas quoi faire d'autre.

— Ça va aller, disait-elle tout bas. Ça va aller. Tiens bon…

Tout juste si Marianne l'entendait. Elle aurait seulement aimé qu'elle enlève sa main, mais elle ne trouvait pas la force de le lui dire. Encore moins celle de lui échapper.

Dix interminables minutes plus tard, Monique réapparut en compagnie de Daniel. Elle s'approcha de Marianne, avec prudence. Et si c'était la dernière de ses fourberies ?

— Mademoiselle de Gréville ?

Marianne ouvrit les yeux. Complètement figée dans sa position de repli, elle ressemblait à une poupée de plastique plus vraie que nature.

— Vous voulez qu'on appelle le médecin ?

Daniel s'avança à son tour et regarda la jeune femme quelques secondes. Puis il la prit dans ses bras avant de quitter la cellule. Monique le suivait comme son ombre. Il se rendit dans la salle de repos jouxtant le bureau des surveillantes et posa Marianne sur le lit où dormaient habituellement les gardiennes pendant la nuit. Il fallait maintenant se débarrasser de Monique.

— Je m'en occupe, dit-il. Faites votre ronde.

— On devrait la conduire à l'infirmerie, non ?

— Je crois qu'ils ne pourront rien pour elle. C'est juste une crise de nerfs. Ça va passer.

— Une crise de nerfs ? Ça ressemble plutôt à une crise de manque…

— Même si c'est ça, ça passera ! répliqua-t-il d'un ton excédé.

Monique s'apprêtait à protester une fois encore mais les yeux courroucés du chef l'en dissuadèrent. Elle se dandina jusqu'au couloir en marmonnant. Tout cela n'était pas normal. Le gradé prenait décidément trop d'aises avec le règlement, ça finirait par mal tourner.

Daniel ferma la porte du bureau et vint s'asseoir sur le rebord du lit. Il scruta le visage de la jeune femme, posa sa main sur sa jambe, aussi dure qu'un morceau de bois.

— Qu'est-ce que tu nous fais, là ? demanda-t-il doucement.

— Il m'en faut…

— Hors de question.

Elle se mit à pleurer comme une enfant capricieuse, voulut se mordre les doigts ; il l'en empêcha.

— S'il te plaît !

— Je n'en ai pas ! Tu crois que je me balade avec de la

came dans mes poches ? Je vais te donner de la codéine. C'est tout ce que je peux faire… Tu bouges pas, OK ?

Comment aurait-elle pu bouger, de toute façon ? Une minute plus tard, il était de retour avec les deux comprimés. Elle eut du mal à boire tant ses lèvres étaient tétanisées. Il suffisait maintenant d'attendre que le médicament fasse son effet. Il serrait sa main dans la sienne, ça l'apaisait un peu. Un mauvais quart d'heure d'une crise qui ressemblait à une agonie. Assez impressionnant ; mais il avait l'habitude des toxicos en manque qui paraissaient sur le point de mourir.

D'ailleurs, Marianne refit surface. Tout son corps se détendit, elle respira enfin normalement. Avec un mouchoir, il essuya le sang. Les draps étaient tachés, Monique allait encore râler.

— Ça va mieux ? Je vais te ramener…

— Attends encore un peu… Tu m'en donnes ? De la codéine…

— Je vais t'en filer deux comprimés pour demain matin. D'accord ?

Il l'aida à se redresser, elle resta un moment assise sur le matelas, le front entre les mains. Il patienta en fumant une cigarette.

La crise passée, Marianne s'en voulait à mort d'avoir fait appel à lui. D'avoir montré ses faiblesses, une fois de plus. De s'être trahie de la sorte. Pourquoi j'ai pas attendu que ça passe, bon sang ! Parce que ça ne serait pas passé, sans doute.

— Pourquoi cette crise ? demanda le chef.

— Parce que j'ai mal partout ! répondit-elle en se levant.

Elle s'aspergea le visage au-dessus du vieil évier.

— J'irai à l'infirmerie demain matin, je te prendrai de la codéine pour une semaine.

Elle eut envie de dire merci mais le mot resta prisonnier de sa bouche. Elle l'avala avec une gorgée d'eau comme une pilule amère. Cette compassion la blessait davantage que le manque ou les coups. Elle aurait voulu autre chose de lui. Mais quoi ?

— T'as filé une peur bleue à madame Aubergé !

— Elle s'en remettra ! Elle a peur de son ombre, de toute façon…

— Donne-lui sa chance.

Elle planta ses prunelles dans les siennes. Ça lui fit l'effet habituel.

— Et moi ? Qui me donnera ma chance ?

— Ce que je viens de faire pour toi, c'est quoi ? J'aurais pu te laisser te tordre de douleur dans ta cellule… Je ne suis pas toubib après tout !

— C'est à cause de toi que j'ai mal ! s'écria-t-elle.

— Et alors ? Je pourrais m'en foutre royalement, je te signale !

Elle le suivit dans la coursive obscure. Avec l'envie de lui enfoncer un couteau entre les omoplates. Blesser à mort cet homme dont la simple présence était devenue un calvaire. Un supplice qu'elle avait elle-même appelé au secours.

— Va falloir que je paye pour la codéine ? demanda-t-elle soudain. C'est quoi, le prix ?

Il se retourna. Le missile venait d'atteindre sa cible. Elle le constata sur son visage. Jouissif. S'il croit qu'il va m'acheter avec un comprimé et ses airs de Saint-Bernard !

Mais un Saint-Bernard est aussi doté d'une excellente dentition.

— Tu connais les tarifs ! Mais tu paieras quand tu seras en état, assena-t-il. Pour l'instant, tu fais trop peine à voir.

Des fourmis dans les poings, désir fulgurant de le transformer en charpie. Le plus naturel de ses réflexes. Mais elle avança simplement jusqu'à la porte de la 119, trop épuisée pour frapper avec autre chose que les cordes vocales.

— Tu m'agresses, je réponds, ajouta-t-il.

— Garde tes discours et ouvre, que je ne voie plus ta gueule !

— La prochaine fois, je ne me déplacerai pas pour toi.

— Ouvre ! C'est pour ça qu'on te paye. Pour ouvrir et fermer des grilles. Tu sais rien faire d'autre, remarque. Ça tombe bien ! Parce que pour le reste, t'es carrément nul. Je me demande comment elle fait, ta femme !

Là, elle avait frappé très fort. Trop fort, sans doute. Pire que le coup de pied de l'autre jour. Elle avait enfin exterminé la pitié dans son regard. Enfin. Il n'y restait que la rage. Ça la soulagea bien mieux que la codéine.

— Mais peut-être qu'elle ne veut plus baiser avec toi ! C'est pour ça que tu as besoin de moi ! poursuivit-elle d'une voix perfide.

Facile de pousser à bout ! Mettre en doute sa virilité, ça marchait à tous les coups. Il l'empoigna soudain par le bras et la ramena de force dans le bureau. La porte claqua, les cloisons tremblèrent. Le combat était engagé. Elle avait toujours aimé monter sur le ring. Elle souriait, arrogante comme elle savait si bien l'être.

— À quel jeu tu joues, Marianne ?

— Moi ? Mais je ne joue pas, chef !

— T'as un problème ?

— Aucun. Sauf que je suis obligée de me taper un minable dans ton genre !

— T'as intérêt à te calmer et à cesser de me provoquer ! s'écria-t-il. Sinon…

— Sinon quoi ? Tu vas encore me tabasser ? Attends au moins que ça cicatrise !

— Pas besoin ! Je connais une méthode bien plus efficace ! Il suffit que j'oublie ton existence… Tu te retrouveras sans rien. Plus de clopes, plus de came, plus rien !

Le combat devenait dangereux. Il utilisait les coups bas, ceux interdits par le règlement parce que imparables. Un instant, elle avait oublié son propre talon d'Achille. Pas lui. Elle se força à ne pas riposter. Négociant une douloureuse marche arrière.

— Alors ? Tu arrêtes de me faire chier ? De me parler comme à ton chien ?

— J'ai pas de chien !

— Moi, j'ai une chienne…

— C'est ta vie, ça ! Qu'est-ce que tu veux que ça me foute !

Bientôt, il allait lui parler de ses gosses ! Et pourquoi pas de sa femme, pendant qu'il y était ! Elle se laissa tomber sur une chaise de façon désinvolte.

— Tu veux savoir comment elle s'appelle ?

— J'te dis que je m'en branle de ton clébard ! rétorqua-t-elle.

— Elle s'appelle Marianne… Joli, comme nom, tu trouves pas ?

À son tour d'entrer dans ce jeu de massacre. Elle prit l'insulte plein cœur. La rage la fit se relever tel un ressort qui casse. Daniel lut la riposte imminente dans son regard. Elle se rua sur lui, mais sans l'effet de surprise ni la force nécessaire. Il la maîtrisa avant même qu'elle n'ait pu le toucher. Plaquée sur le bureau, les mains derrière le dos, les pinces se fermèrent sur ses poignets. Elle se débattait pour la forme ; trop tard. Ça aggravait juste ses douleurs.

Il la retourna vers lui et vit des prunelles qui écumaient de rage, un visage tordu de colère.

— Qu'est-ce qui t'arrive, Marianne ? Tu as des choses sur le cœur ? Des comptes à régler ?

— Lâche-moi, putain !

— Je crois qu'une petite nuit au cachot te ferait le plus grand bien !

— Fumier ! Salaud !

— Allez ! Reste polie, ma belle !

Il la força à sortir du bureau, la tenant fermement par un bras. Ils descendirent deux par deux les marches menant aux oubliettes. Un chemin qu'elle aurait pu parcourir les yeux fermés. Une scène qu'elle avait l'impression de rejouer cent fois. Sauf que là, elle s'était elle-même infligé cette terrible punition. Au bas de l'escalier, il la poussa si fort qu'elle atterrit sur les genoux. Il ouvrit la cellule de force, ramassa sa prisonnière et la traîna à l'intérieur. Une angoisse démesurée martelait son ventre. Qu'allait-il faire pour se venger ce soir ? Elle n'avait pas la force de se défendre, ni même l'envie. C'était elle qui l'avait mené jusqu'ici. Elle, qui l'avait poussé à la fureur. Tout ça pour qu'il lui fasse mal. Pour trouver un moyen de le détester. De le haïr à jamais. La seule arme qu'elle arrivait à brandir était son sourire insolent comme un cache-misère.

Allez ! Vas-y chef ! Cogne !

Mais il ne se montrait ni dangereux, ni agressif. Il la fixait, adossé à la grille, les bras croisés.

— Je ne comprends pas très bien. Pourquoi tu cherches à m'énerver à tout prix ?

Elle n'avait pas d'explication. Elle aurait juste voulu qu'il la frappe. Violemment. Qu'elle ne s'en relève pas. Ou qu'il l'embrasse passionnément. Ça revenait au même, de toute façon. Mais il ne bougeait toujours pas.

— Tu ne supportes pas ce qui s'est passé entre nous, c'est ça ? Tu vois, je pensais que tu étais assez grande pour assumer… Mais visiblement, je me suis trompé.

Intolérable. Elle en perdit jusqu'à son sourire de pacotille.

— Ta gueule ! hurla-t-elle.

— C'est quoi qui te torture, Marianne ? D'avoir passé un bon moment avec moi ?

— Tu crois vraiment à ce que tu dis ? Tu délires !

— Mais j'en suis sûr ! affirma-t-il avec un sourire blessant. Alors quoi ? Tu me testes ? Tu veux savoir jusqu'où tu peux aller ? Ce que je suis prêt à endurer pour toi ?

Elle se mit à espérer. Il allait lui dire ce qu'elle rêvait d'entendre. Il était troublé, il souffrait. À cause d'elle.

Il avait deviné ce qui la rongeait, pouvait tout arrêter. Lui tendre la main ou la laisser se noyer.

Je dois devenir cinglée, ma parole ! Pourquoi j'ai pas fermé ma gueule ?

— Eh bien tu es déjà allée trop loin ! reprit-il. C'est pas parce qu'on a couché ensemble que tu peux me mener par le bout du nez ou que je suis prêt à supporter tes crises. Tu n'es rien pour moi. Rien qu'une détenue parmi cent autres.

Elle ferma les yeux sur sa douleur. Il continua de l'assassiner avec froideur.

— Je ne suis pas amoureux de toi, si c'est ce que tu essaies de savoir avec ton petit jeu à la con ! Je peux me passer de toi sans même en souffrir. C'est ce que je vais faire, d'ailleurs.

Chacune de ses phrases était une banderille. Manquait juste l'estocade.

— Terminé, nos petits arrangements ! Jamais plus, Marianne. Tu entends ? T'auras plus rien de moi. J'ai commis une erreur, je l'avoue. Ce qui s'est passé n'aurait jamais dû se passer. Je le regrette, vu ta réaction. C'est pour cette raison que ça n'arrivera plus. Tu verras, tu parviendras à te passer de clopes et même de drogue. Dans quelques mois, tu n'y penseras plus. Enfin, je l'espère pour toi...

Après la douleur, ce fut la peur qui explosa en elle. Elle s'était lancée dans ce combat sans savoir ce qu'elle voulait vraiment. Peut-être simplement le contraire de ce qu'elle entendait. Elle venait de se condamner elle-même à la pire des souffrances. Tout ça pour ne pas montrer, ne pas avouer! Tout ça parce qu'elle avait eu un rêve. Mais c'était peut-être de l'intox; pas la première fois qu'il brandissait cette menace. Ça la rassura un peu.

— Tu peux pas me faire ça!

— Je pourrais te faire bien pire, insinua-t-il avec un calme effrayant. Mais je ne suis pas un salaud! Contrairement à ce que tu as l'air de penser...

Reculer, vite. Sauver les meubles. Tant pis pour le scénario.

— J'ai jamais dit que t'étais un salaud, murmura-t-elle.

— Ben voyons!

— J'étais énervée!

— Et alors? Tu crois avoir le droit de passer tes nerfs sur moi? Tu penses pouvoir me balancer les pires horreurs à la gueule sans en payer les conséquences? Eh bien non! Tu as voulu jouer et tu as perdu.

— Tu ne le feras pas! cria-t-elle.

— Si Marianne. Tu peux tirer un trait sur nos vieilles habitudes. Je t'en donne ma parole. Tu n'obtiendras plus jamais rien de moi. Et à ta prochaine crise, appelle quelqu'un d'autre. Parce que moi, je ne viendrai plus.

Il se dirigea vers la porte, elle fut terrassée par la panique. Cette fois, il ne bluffait pas.

— Tu vas rester là jusqu'à demain matin... Ça vaut mieux.

— T'as pas le droit de me faire passer la nuit ici! Y a même pas de lit!

— Tu dormiras par terre. Je ne voudrais pas que tu te venges sur ta codétenue...

— Attends! implora-t-elle. Attends! Ne pars pas!

La lumière s'éteignit, la porte se ferma lourdement. Debout contre le mur, les poignets serrés dans les menottes, elle fixait l'obscurité. Ensevelie sous une coulée de malheur. Abandonnée.

Mais qu'est-ce que j'ai fait ? Qu'est-ce qui m'a pris ? Est-ce que je suis dingue ? Il suffisait de ne rien dire. De lui dire merci.

Elle s'assit doucement au pied du mur. Maintenant tu peux chialer. Personne ne te verra, personne ne t'entendra. Tu peux gémir sur ton sort. Sur ta connerie et tout le reste. C'est toujours de ma faute. Toujours. J'ai toujours tout fait de travers. Toujours détruit. Pourquoi j'ai torturé ce vieux ? Pourquoi j'ai tiré sur ces flics ? Pourquoi j'ai défiguré une gardienne ? Pourquoi ? Je suis quoi ?

Pleurs silencieux, le front posé sur les genoux. De longues minutes qui annonçaient une nuit d'épouvante. Jamais je n'y arriverai sans son aide. Je vais mourir. La souffrance sera atroce.

Je voulais juste qu'il me dise que ça avait compté pour lui aussi. J'aurais dû garder ça au fond de moi. J'ai été ridicule. Comme jamais. Faible, comme jamais. J'ai perdu le peu que j'avais.

Des pas dans le couloir lui firent lever la tête. La porte grinça, la lumière inonda le cachot. C'était lui. Il était revenu. Elle ne pouvait même pas essuyer ses larmes. Pourtant, elle aurait tant voulu les lui cacher.

— J'ai oublié de te détacher, dit-il simplement. Lève-toi que je t'enlève les menottes.

Elle resta immobile, le regardant avec une contrition touchante. Il fallait saisir cette ultime opportunité. Mais il paraissait aussi indifférent que les murs de la prison.

— Je m'excuse, murmura-t-elle dans un effort presque insoutenable.

— Debout ! Sinon tu passes la nuit attachée.

— J't'ai dit pardon…

— J'ai entendu. Mais ça m'est égal. C'est trop tard. Je suis pas venu pour t'écouter…

Elle se redressa et lui tourna le dos.

Les menottes enlevées, elle se remit face à lui, continuant à le supplier en silence.

Mais lui ne semblait même pas la voir. Il repartait déjà.

— Attends !

La clef dans la serrure. La lumière qui s'éteint.

— S'il te plaît, Daniel !

La première fois qu'elle prononçait son prénom à voix haute. Il avait déjà la main sur la poignée.

— Qu'est-ce que tu veux encore ?

Elle poussa un soupir de soulagement. Elle avait peut-être encore une chance.

— Juste te parler... S'il te plaît !

Deux fois *s'il te plaît* en quelques secondes, un record personnel ! Il en était conscient et fit demi-tour. Dans la pénombre, elle devinait son sourire écrasant. Elle respira à fond.

— Je regrette de t'avoir parlé comme ça.

— Un peu facile, non ? Tu attaques et quand tu vois que t'es mal barrée, tu demandes pardon.

— Tu trouves ça facile de demander pardon ? Je ne connais rien de plus dur...

— Tu as peur que je te laisse pourrir dans ta misère ! T'as peur du manque, hein Marianne ?

— C'est vrai. Mais c'est ça qui te plaît, non ? Que je dépende de toi.

Il ne répondit pas. Inutile de lui donner raison.

— Je veux qu'on... qu'on continue comme avant.

Elle se détestait de descendre aussi bas. De blesser aussi cruellement son orgueil.

— Tu *veux* ? Et pourquoi je le voudrais, moi ? Si c'est pour subir ensuite tes crises et tes insultes, ça n'en vaut pas la peine !

— Je recommencerai plus, promit-elle.

Il arpenta le cachot, clefs et menottes s'entrechoquaient

à sa ceinture, comme pour marquer le rythme de cette danse infernale.

— J'aimerais tout de même comprendre pourquoi tu te montres aussi odieuse envers moi…

— Parce que je te déteste, répondit-elle en regardant ses pieds.

— Bonne explication, en effet ! Sauf que je n'en crois pas un mot.

Mieux valait jouer franc-jeu, maintenant. Au point où elle en était, ce n'était plus très grave. Elle n'avait plus rien à perdre. Pas même sa fierté qu'elle venait de brader au plus offrant.

— C'est vrai… En fait, je ne te déteste pas. Mais je me sens un peu déboussolée depuis l'autre nuit…

— Ça, je le comprends mieux… T'as mis du temps à l'avouer !

— Je ne sais pas vraiment ce que je ressens, c'est compliqué…

— Si tu étais venue m'en parler au lieu de m'agresser ?

— Et toi ? T'as vu comment tu m'as traitée ?

— Comme tu le méritais ! Tu n'as pas plus de droits que les autres filles, ici ! Si tu me parles mal, je te parle mal ! Logique non ?

— OK, je me suis excusée… Tu veux quoi ?

— Moi ? Mais rien, Marianne ! C'est toi qui as voulu qu'on discute. Alors vas-y ! Exprime-toi !

— C'est… vrai, ce que tu as dit tout à l'heure ? Que… je n'étais rien pour toi…

Il paraissait si sûr de lui. Comme s'il la piétinait rien qu'en posant les yeux sur elle.

— Oui, c'est vrai. Désolé si ça te pose un problème.

En plus, il lui balançait son apitoiement à la gueule ! Elle s'assit par terre, de moins en moins capable de tenir sur ses jambes.

— Tu pensais que j'étais amoureux de toi, c'est ça ?

— Non ! Mais… au moins que… après ce qui s'est passé… que je n'étais pas comme les autres pour toi…

Il cacha son trouble derrière son habituel sourire.

— Tu me parles de sentiments là, ou je rêve ?

Elle serra poings et mâchoires, prête à encaisser le prochain coup. Il s'accroupit devant elle. Ils se devinaient dans la faible lumière des lampadaires extérieurs.

— Disons que tu me plais, Marianne. Je te trouve bandante. Mais c'est tout. Rien de plus.

Bandante. Le pire des mots. Il ne l'avait pas choisi au hasard. Pourquoi cette évidence lui était-elle soudain insupportable ? Pourquoi avait-elle offert à cet homme tout ce qu'elle possédait ? Pourquoi ça faisait si mal ?

— Je vois ! dit-elle d'une voix gonflée de rancœur.

Il s'assit à ses côtés. Elle se contenait au maximum mais ses larmes ne tarderaient plus à la trahir. Une catastrophe, le pire des cauchemars. Scénario inverse à celui prévu. Lui, indifférent, cruel. Elle, se mettant à nu. Le plus grand des désastres. La plus cuisante des défaites.

— Qu'est-ce que t'essayes de me faire comprendre ? demanda-t-il d'une voix plus douce.

Elle refusa de descendre plus bas. Il était temps de sortir les griffes.

— Rien du tout ! s'emporta-t-elle. Je veux juste avoir mes clopes et mes doses !

Il posa sa main sur sa cuisse, elle sursauta. Elle essuya la première vague qui débordait de ses yeux. Il ne pouvait pas voir, il ne fallait surtout pas.

— T'es mal parce que tu espérais quelque chose d'autre de moi… Qu'est-ce que tu ressens ? Vas-y, dis-le…

Mais quand cesserait-il de la torturer ?

— Je ressens rien du tout ! s'écria-t-elle.

— Pas la peine de hurler.

— Je veux juste mes clopes, le reste, je m'en fous !

— Bien sûr ! En tout cas, si ça doit te mettre dans

cet état, la prochaine fois, je m'arrangerai pour que tu prennes pas ton pied !

Elle enleva sa main de sa jambe d'un geste brutal. Pourtant, elle venait de gagner. Il avait dit *la prochaine fois*. Mais cette victoire avait un goût tellement amer.

Il s'alluma une cigarette, elle en mourait d'envie. Mais il remit le paquet dans sa poche.

— Je veux remonter ! exigea-t-elle en se levant. T'as pas le droit de me faire passer la nuit ici !

— Ah oui ? Tu *veux* ? Je termine ma clope, tu permets ?

En plus, il la narguait. Elle avait trouvé ce qu'elle était venue chercher. Matière à le détester. Et ce n'était pas fini. Il avait toutes les armes en main, il avait le choix.

— T'as voulu que je reste, non ? Je ne suis pas à ta disposition, mademoiselle de Gréville ! D'ailleurs, tu vas me donner un petit dédommagement...

Elle essuya de nouvelles larmes de rage.

— Tu rêves !

— Tu préfères dormir dans ce trou ?

— Fumier !

Il eut un rire qui l'éclaboussa comme une giclée de boue.

— Je te préviens, si tu ne me donnes pas ce que je veux, tu pourras attendre longtemps la prochaine livraison ! Et si mes calculs sont bons, il ne te reste pas grand-chose...

Elle tournait en rond dans le cachot, au comble de l'humiliation.

— Quoi au juste ? Un paquet de cigarettes entamé ? Et plus de drogue, bien sûr... Ça risque d'être vraiment dur... Alors tu viendras te traîner à mes pieds ! Tu me supplieras ! Ça sera pitoyable, mais je crois que ça va me plaire.

— T'es vraiment une ordure !

— Mais c'est comme ça que tu m'aimes, Marianne !

Elle eut un haut-le-cœur.

— Va te faire foutre ! Tu me donnes envie de gerber !

— Tant pis pour toi, ma belle ! Mais ne t'avise pas de m'appeler si t'es en manque.

Il écrasa sa cigarette et se leva à son tour. Il ne semblait même plus avoir peur d'elle. Intolérable. Tout le monde avait peur d'elle quand elle se mettait à hurler.

— T'es vraiment le dernier des minables ! cracha-t-elle. Un jour, je te ferai la peau !

— En attendant, tu vas passer la nuit ici. Au fait, Monique m'a prévenu qu'il y avait une nouvelle invasion de rats !

Il savait à quel point Marianne en avait la trouille.

— Je vais juste fermer la grille, pas la porte… Comme ça ils pourront venir te faire la causette !

Envie d'un meurtre pour calmer la douleur. De tuer quelqu'un ou quelque chose. D'écraser des chairs entre ses mains. Elle fulminait, il jubilait. Le piège qui referme ses mâchoires d'acier. Accepter ou agoniser lentement. Tel était son dilemme. Car il tiendrait parole, comme toujours.

— Je te souhaite une douce nuit, chérie !

Elle lui barra le chemin en se plaçant devant la sortie.

— Tu veux pas que je m'en aille ? balança-t-il d'un ton moqueur.

Elle ne répondit pas. Plus le choix. Il gagnait sur toute la ligne.

Il la plaqua contre le métal, ses mains s'insinuèrent sous son pull. Sans autorisation. La pire des insultes… Si, elle lui avait donné son accord tacite. Il ne l'aurait pas touchée sans y être invité. Même par un silence. Ça signifiait qu'il la craignait encore. Pouvoir dérisoire qui l'aida à affronter l'épreuve qui s'annonçait. Contractée de la tête aux pieds, elle levait les boucliers. Il recula un peu.

— Déshabille-toi, ordonna-t-il d'une voix sèche.

199

Encore pire que ce qu'elle redoutait. Mais il fallait en finir au plus vite. Même si elle aurait encore préféré mourir.

Imagine la survie sans came et sans clopes, Marianne. Ce n'est rien. Ça sera vite passé. Un mauvais moment, rien de plus. Rien d'important… Elle ôta son pull, le froid la mordit à pleines dents. Les yeux du chef brillaient dans la pénombre, elle aurait voulu les lui crever. Puis elle enleva son jean, ses chaussures. Il ne lui restait pas grand-chose. Il ne lui resterait bientôt plus rien.

Il la retourna brutalement contre la grille. Son visage percuta l'acier de plein fouet. Il lui tenait les poignets, l'écrasait contre les barreaux glacés. Ravivant volontairement ses blessures. Mais la suite fut bien pire, encore. La douleur lui arracha un cri. À son grand désespoir.

Ne lui montre pas que tu souffres, Marianne ! Il prend déjà assez son pied comme ça !

Sans came et sans tabac, ce serait l'enfer.

Mais là, c'est quoi d'autre que l'enfer ?

Chaque coup de reins lui déchirait le cœur, la tête. Une phrase la harcelait : pourquoi je suis forcée de faire la pute dans un cachot ? Parce que je les ai tués. Parce que je le mérite.

Non ! Non ! Je ne mérite pas ça ! Personne ne mérite ça…

Ça lui sembla interminable. Une damnation éternelle. Jamais elle ne s'en remettrait. Jamais il ne s'arrêterait… Mais forcément, il s'arrêta. S'épuisa en elle. Ce n'était pas le Diable, juste un homme. Il resta un instant sans bouger, pesant de tout son poids sur elle. Assommé de plaisir. Puis il lâcha ses poignets, elle resta crucifiée sur son calvaire. Comme s'il continuait. Il renoua sa ceinture, ramassa les vêtements de Marianne, les lui jeta à la figure.

— Rhabille-toi.

Il la fixait, plein d'une suffisance intolérable. C'est toi qui as gagné, Marianne ! Drôle de victoire… Il alluma une cigarette tandis qu'elle remettait ses fringues. Il n'en perdit pas une miette.

— Allez, on y va, dit-il.

Reste digne, Marianne. Mais comment rester digne après ça ? Pourtant, elle garda la tête haute. Sauf qu'une vague noire et sale la submergeait. Jusqu'à lui couper la respiration. La lumière crue du couloir faillit briser en mille morceaux son masque fragile. Tout juste bon à dissimuler quelques minutes encore les ruines d'une vie dévastée.

Daniel la stoppa. Dernière torture, son sourire, d'une odieuse cruauté. Il était presque inhumain.

— Voilà ! Maintenant, tu as une bonne raison de me détester ! C'est ce que tu voulais, non ?

Elle se dégagea de son emprise, continua d'avancer, marche après marche, drapée dans ce qui survivait de sa fierté. Sa main agrippait la rampe en ferraille, lui évitant de flancher. Dur de marcher quand on a les jambes sciées. Mais la seule chose qui importait, c'était de ne pas pleurer. S'il le fallait, elle continuerait sur les genoux. Puis en rampant.

Ne pas montrer, ne pas avouer. Qu'elle avait mal à en crever.

Il était devant, elle voyait son dos large et puissant. Elle n'avait même plus envie d'y planter un couteau. Juste envie de solitude pour laisser libre cours à ce raz de marée qui la suffoquait. En haut de l'escalier, il s'assura que la voie était libre.

Monique ronflait dans la salle de repos. Il saisit Marianne par le bras, la conduisit jusque devant la 119. Visages de pierre, regards de glace. Il serra un peu plus sa poigne.

— Tu vois, c'est très facile pour moi de te faire mal, murmura-t-il.

— Oui. Tu viendras lundi soir ? demanda-t-elle d'une voix atone.

— Bien sûr... Je n'ai qu'une parole. Et puis t'avais raison finalement, c'est si bon avec toi, pourquoi je m'en priverais ?

— D'accord.

Il fut un peu surpris par ce manque de résistance qui gâchait presque son ivresse. Il ouvrit discrètement la porte, Marianne entra. Elle sursauta lorsque la clef viola la serrure. Le Fantôme, brutalement extirpé de son sommeil chimique, se redressa sur son lit.

— Marianne ? Comment ça va ?

— Ça va. Rendors-toi.

— T'étais où ?

— J'ai pas envie de parler ! répondit-elle en y mettant ses dernières forces. Alors tu dors et tu m'oublies !

Emmanuelle retomba sur l'oreiller. Marianne se mit à épier le moindre bruit. La respiration régulière de sa codétenue lui signifia une minute plus tard qu'elle avait replongé dans son coma. Elle prit une cigarette. Sous la fenêtre ouverte, elle posa une main contre le mur. Pour ne pas tomber.

Elle pouvait maintenant laisser la déferlante sombre monter jusqu'à son cerveau. Noyer la cellule en entier. Laisser le masque se déchirer.

Daniel s'allongea sur son vieux lit de repos, dans un recoin de son bureau. Il fumait, les yeux rivés au plafond crasseux. Il se sentait bizarre. Un peu comme s'il avait forcé sur la bouteille. Légèrement éméché. Le plaisir, sans doute. Tellement fort... Il essayait de savourer sa revanche. La façon dont il lui avait montré qu'il était bien le plus fort. Le chef de meute. Comment il avait réussi à la réduire au silence. À la soumettre.

Mais quelque chose ne passait pas. Quelque chose

pourrissait sa victoire. Là, en plein dans les tripes, un coup de poing à répétition.

Muni de sa Maglite, il s'aventura dans le couloir. Appelé par un étrange besoin. Besoin de la voir dormir. D'être rassuré. Face à la 119, il hésita. Un drôle de pressentiment, comme si en poussant la trappe, un monstre allait lui sauter au visage. Pourtant, il fallait faire vite. Monique n'allait pas tarder à émerger pour sa ronde nocturne. Il ouvrit le judas avec précaution. Dans le noir, il ne vit rien. Mais ce qu'il entendit lui comprima la poitrine.

Une sorte de plainte étouffée, le cri d'un animal mourant.

Il positionna la torche, appuya sur le bouton…

Là, il dégrisa sur-le-champ. Oublia même de respirer, hypnotisé par le supplice qui martyrisait ses yeux.

Marianne lui tournait le dos, à genoux sous la fenêtre, face au mur; son visage touchait presque terre. Une main au sol, l'autre dans sa bouche pour juguler ses cris. Ce corps familier n'était plus qu'un séisme. Un amas de chairs en souffrance.

Il éteignit le faisceau lumineux, referma la trappe en vitesse. Elle tournait peut-être son visage dévasté vers la porte. Il échapperait au moins à son regard. Il dut s'adosser au mur quelques instants pour reprendre son souffle. Le réveil de Monique sonnant la charge, il repartit à la hâte vers son bureau pour éviter la rencontre. Il ferma à double tour, se laissa tomber sur son lit de fortune. Il entendit la gardienne entamer sa ronde. Elle allait voir Marianne qui pleurait. Qu'importe. Elle passerait son chemin.

Mais lui, ne voyait qu'elle. Impossible d'effacer cette image. Il se dépêcha d'allumer une cigarette. Tira dessus comme si ça pouvait le rendre aveugle et sourd. L'échine cassée en deux, les jambes repliées, Marianne se balançait doucement d'avant en arrière. Là, devant lui. Il se mit à pleurer. À l'unisson avec elle.

Il aurait voulu la prendre contre lui, ils auraient dû pleurer ensemble.

Oui, Marianne, tu as raison. Tu n'es pas comme les autres pour moi. Mais ça, jamais je ne pourrai te l'avouer. Je n'en ai pas le courage. Ni même le droit, de toute façon.

Il tentait de penser à ses gosses, à leur mère. Sa femme. Ceux qu'il croyait chérir plus que tout au monde. Mais ils avaient tous le visage de Marianne. Il ferma les yeux, ce fut pire encore. Il voyait sa nuque blanche, ses épaules, pendant qu'il… Insupportable. Ça le frappa au bas du ventre, comme un coup de poignard.

Il se tourna face au mur, serra les poings. Rossa violemment son matelas.

Ni le courage, ni le droit.

Ça passerait, comme tout le reste. Ça se refermerait, comme toutes les blessures. Seulement une cicatrice de plus à soigner. Ça s'oublierait, comme toutes les horreurs qu'ils avaient vues.

C'est elle qui a voulu, qui a cherché ma brutalité. Moi, je refusais de continuer.

Des années de taule, ça change un homme. Ça le transforme en monstre. Ça apprend la douleur. Puis l'indifférence.

Ce n'est qu'une criminelle. Une meurtrière.

Il n'avait plus de cigarettes alors il s'allongea. Il s'endormit en quelques minutes.

Le visage de Marianne avait touché terre depuis longtemps.

Samedi 28 mai – 7 h 00

La porte s'ouvrit sur Delbec, suivie de près par l'auxi petit déj'.

— Bonjour mesdames !

Tandis que la mama déposait le plateau, Monique s'approcha de Marianne, prostrée contre le mur.

— Ça va, mademoiselle de Gréville ?

Marianne leva sur elle un regard indéfinissable. Comme possédé.

— Vous n'avez pas dormi ? Vous ne vous sentez pas bien ?

— Si. Très bien, au contraire.

— Ah… Cette nuit, pourtant, ça n'avait pas l'air d'aller fort.

Marianne se redressa en s'aidant du mur, préféra garder une main posée dessus. Encore chancelante.

— Je vous assure que tout baigne, surveillante ! Mais je vous remercie de vous inquiéter pour moi.

— C'est normal, mademoiselle…

Le Fantôme émergea de ses rêves au Tranxène, la gardienne passa à la cellule suivante ; Marianne retomba par terre. Emmanuelle, descendue de son repaire, s'accroupit devant elle.

— Marianne ?

— Laisse-moi…

— Qu'est-ce qui s'est passé, hier soir ?

— Fous-moi la paix, j'te dis !

— Pas la peine de me parler sur ce ton !

Marianne se leva d'un bond, surprise elle-même de la rapidité du mouvement. Le Fantôme recula instantanément.

— Tu me parles pas, tu me regardes même pas ! Si tu t'approches, je te casse la tronche…

— Mais… Qu'est-ce qui te prend ?

— La ferme !

Marianne poussa le battant, se cogna au lavabo, tomba face à son reflet. Effrayant. Tout juste si elle se reconnaissait. Rapiécer le masque vite fait. Préparer les armes. Aiguiser les sabres, charger les flingues. Réveiller le monstre ! Il n'était pas bien loin, juste là, au fond de la tanière, en train de lécher ses plaies. Elle remplit la vasque d'eau froide, y plongea la tête. Jusqu'à l'asphyxie. Elle n'avait même pas eu la force de se laver, cette nuit. Elle commença une toilette acharnée, insistant entre les jambes jusqu'à se blesser.

— J'ai envie de faire pipi ! supplia une voix derrière la cloison.

— Dégage ! T'as qu'à te pisser dessus !

Elle s'habilla lentement, gênée par l'étroitesse des lieux. Puis elle se figea devant le miroir et se percuta droit dans les yeux. Pourquoi je suis encore là ? Pourquoi je me bats ?

Je paye. Pour ceux qui n'ont plus rien. Pour ceux à qui j'ai ôté la vie. Ou l'envie de vivre.

Elle sentit des tonnes lui dégringoler sur les épaules, tapa du poing contre le mur et s'affronta à nouveau. Ils ne m'ont laissé aucune chance, m'ont rayée de la carte. De leur monde… Mais j'existe encore. Je suis Marianne. Personne ne peut me vaincre. Ça leur ferait trop plaisir que je cesse le combat, que je me couche avant la fin ! Non, je ne leur ferai pas cette joie. Ils m'ont enfermée parce qu'ils ont peur de moi, de ce que je suis. Et je continuerai à leur faire peur. Aussi longtemps que je respirerai, je serai une menace, une épine dans leur pied, une maladie incurable.

Elle souriait, enfin. Le masque était parfait. Le monstre cuirassé à nouveau debout. Prêt à frapper.

Elle quitta les toilettes, Emmanuelle s'y précipita.

Marianne alluma une cigarette, assise devant son plateau. Son estomac se révulsait rien qu'à la vue du pain. Mais elle avala son ersatz de café parce qu'elle avait envie de quelque chose de chaud. Elle avait si froid dedans.

Le Fantôme embarqua son petit déjeuner et remonta se mettre à l'abri tandis que Marianne terminait tranquillement sa cigarette. Mais soudain, elle se rua jusqu'aux toilettes. Arriva juste à temps pour y déverser ses tripes.

Emmanuelle se boucha les oreilles pour ne pas l'entendre. Jamais elle ne survivrait au milieu de cet enfer. Elle considéra les murs, tout autour d'elle. Si proches. Les barreaux, les barbelés derrière. L'homme au fusil, dans le mirador. Puis les pilules multicolores posées sous son oreiller. La délivrance. Mais elle se remémora les paroles de Marianne. *Tu n'as pas le droit, ton fils a besoin de toi.* Thomas. Premières larmes du matin, tandis que Marianne se convulsait au-dessus de la cuvette.

Le soleil s'était levé sur la maison d'arrêt.

Daniel ouvrit les yeux. En retard sur l'horaire. Il attrapa son paquet de cigarettes. Vide. Merde ! Il se leva, accablé. Le même poids que la veille légèrement apaisé par une nuit de repos. Il descendit jusqu'aux vestiaires. Un paquet de clopes l'y attendait, ainsi qu'une douche chaude à volonté. Il y resta près de vingt minutes. Une serviette autour de la taille, il se planta devant la rangée de lavabos. Il caressa sa barbe, hésita à se raser. Non, les filles ne devaient pas voir qu'il avait morflé. Tant pis si ça ne plaisait pas à sa femme. Dans une semaine, il s'en débarrasserait.

Un jeune gardien entra dans les vestiaires. Une des dernières recrues du quartier hommes. Vingt-cinq ans, bac plus deux. Perpète pour à pcine plus que le SMIC.

— Bonjour chef !

— Salut Ludo…

— Vous vous laissez pousser la barbe ?

— Ouais… Ça change un peu… Comment ça va, toi ?

— Bien, bien…

Il mentait assez mal. Il n'avait pas la carrure, Daniel le savait. Trop tendre pour ne pas éveiller les appétits carnivores.

— Tu t'y fais ?

Ludovic se changeait devant son casier.

— Oui, c'est pas facile tous les jours mais…

— Faut bien gagner sa croûte, c'est ça ?

— Ben oui ! confirma le jeune homme avec un sourire triste. Mais j'avoue que c'est pas évident… Ils sont tellement entassés là-dedans… Les uns sur les autres !

— Ouais, ça c'est pas nouveau !

Ce qui était nouveau en revanche, c'est que les bleus n'avaient plus droit qu'à quatre mois de formation au lieu de huit. Seize petites semaines avant de jeter les novices dans l'arène, au milieu des lions. Ceux qui croupissaient dans les cages. Et ceux qui en possédaient les clefs, aussi.

— Hier, on a eu une bagarre dans le couloir, après la promenade… Ils s'en sont pris à un pauvre type. Il est pas bien fini, vous voyez… Je comprends même pas ce qu'il fout en prison… Sa place est en hôpital psy.

— Comme beaucoup de gars ici ! Qu'est-ce qu'ils lui ont fait ?

Ludo claqua la porte de son casier.

— Ils ont essayé de lui couper les couilles... Il a fallu le transférer à l'hosto.

— Pas beau à voir, hein ? se souvint Daniel.

— Non, vraiment pas... Ça doit être plus facile chez les filles...

— Détrompe-toi ! Elles peuvent être aussi féroces que les hommes, tu sais... Elles sont un peu plus calmes, c'est vrai. Mais quand elles pètent un câble, elles sont vraiment dangereuses. Plus difficiles à maîtriser. Un mec, quand il voit arriver trois gardiens baraqués, en général ça suffit à le calmer. Une nana, quand elle disjoncte, elle n'a peur de rien !

— Vraiment ? s'étonna le jeune maton.

— J't'assure ! Si un jour, t'es appelé en renfort chez les femmes, tu pourras t'en rendre compte.

— Surtout si c'est Marianne de Gréville qu'il faut mater ! répondit Ludo en riant.

— T'as déjà entendu parler de Marianne ?

— Oh oui ! Paraît que quand elle s'y met, faut être au moins quatre pour la dompter ! Paraît même que le dirlo vous a filé une matraque électrique juste pour elle ! C'est une catcheuse ou quoi ?

— Elle n'est pas bien grande ! répliqua Daniel en souriant. Elle paye pas de mine mais c'est une ancienne championne de karaté. Une vraie dure ! Plus dure que la plupart des gars... Même quarante jours de cachot, ça ne l'effraie pas.

— Ben dis donc... ! Elle est mignonne ?

— Pas mal...

Daniel termina de se brosser les dents puis enfila un uniforme propre. Enfin, il se sentit d'attaque pour affronter une nouvelle journée en taule. Il salua son jeune collègue, lui souhaitant en silence de changer de boulot très vite. En remontant, il croisa le premier groupe de filles qui partaient pour la douche en compagnie de Justine, déjà sur le pont.

Il lança un bonjour en direction des détenues, elles répondirent en chœur.

— Bonjour chef ! Vous venez prendre la douche avec nous ?

Il se contenta de sourire et continua son chemin. En passant devant la 119, il tourna la tête. Il lui fallait un café au plus vite. Comme pour expurger les dernières traces.

***

8 h 30 – Cellule 119

Emmanuelle s'était confinée dans la « salle de bains » grand luxe.

Marianne dégustait la furtive solitude, étendue sur son lit. Elle se sentait mieux. Plus propre. De nouveau blindée. La cellule s'ouvrit, elle eut peur.

Mais c'était seulement Justine.

— Bonjour, Marianne. Comment tu vas ?

— Bien.

— Je t'ai apporté quelques trucs, chuchota la gardienne en brandissant un sac plastique.

Marianne pétillait comme une enfant qui déballe son cadeau le soir de Noël. Un déodorant, un savon parfumé, une crème dépilatoire, un tee-shirt noir et quelques échantillons de parfum.

— Sympa ! dit-elle avec émotion.

— Je t'en prie.

Elle risquait sa place pour ça. Marianne le savait. Elle l'embrassa sur la joue, un peu brutalement. Justine eut un petit rire gêné.

— Comment vont tes douleurs ?

— Elles se portent très bien, malheureusement…

— Tu iras en promenade, tout à l'heure ?

— Oui. Je crois que oui…

Emmanuelle sortit de son trou, Marianne planqua le sac sous le sommier.

— Bonjour madame Aubergé. Comment allez-vous ?

Le Fantôme haussa les épaules et remonta sur son lit finir de cuver ses antidépresseurs.

— Marianne, tu sors un moment avec moi ? J'ai à te parler…

Intriguée, elle suivit la surveillante jusque dans le couloir.

— T'es sûre que ça va ? s'inquiéta Justine. Monique m'a raconté que tu as pleuré toute la nuit et que hier soir, tu as fait une crise…

— Je te dis que ça va, coupa Marianne d'une voix sans appel.

— Mais que s'est-il passé ?

— Rien qui vaille la peine qu'on en parle.

— Bon, comme tu voudras… Je… Et avec ta codétenue ?

— Quoi, ma codétenue ?

— J'espère que tu ne vas pas continuer à la martyriser…

Marianne pinça les lèvres puis baissa la tête. Cette honte, encore. Et cette phrase, qui résonnait toujours dans sa tête. *Une petite ordure qui s'acharne sur une pauvre femme sans défense… Je crois qu'on appelle ça une lâche.* La pire des insultes. Marianne se reconnaissait beaucoup de défauts. Mais lâche…

— Je t'ai déçue, pas vrai ? murmura-t-elle d'une voix penaude.

— Eh bien… Je ne m'attendais pas à ça de ta part, je l'avoue.

— C'est… C'est dur de me retrouver avec quelqu'un dans la cellule… C'est… Insupportable.

— Je peux comprendre ça. Mais madame Aubergé n'y est pour rien.

— Ouais…

Justine soupira.

— Je voulais te dire aussi que je me suis occupée de tes inscriptions.

— Alors ? interrogea Marianne avec espoir.

Elle avait chargé Justine de l'inscrire à plusieurs activités : karaté, musculation, peinture. Elle n'avait jamais peint mais le choix était restreint. Aquarelle ou couture. Elle préférait encore le pinceau à l'aiguille ! Elle avait également postulé pour un emploi au sein de la prison. Elle aurait enfin pu cantiner deux ou trois trucs chaque mois. Elle se voyait déjà avec un baladeur, des disques. Ou un petit réchaud électrique pour se préparer du thé. Ou même de nouvelles fringues. Peut-être même des clopes. Et de la came… Fini les passes.

— Tu es sur liste d'attente, annonça Justine.

Marianne ne cacha pas sa déception. Subitement arrachée à ses rêves.

— C'est des foutaises, tout ça ! Ils veulent pas de moi, c'est tout !

— Non, Marianne. Il n'y a pas assez de travail pour tous les détenus et peu de places dans les ateliers… Mais ton tour viendra, patience.

— T'as raison ! J'ai le temps ! J'ai tout mon temps, même !

— C'est pas ce que j'ai voulu dire… Ça me ferait plaisir de te voir bosser, tu sais. Même si c'est payé au lance-pierres, ça te ferait passer le temps. Et puis tu pourrais t'offrir un minimum de choses et même à bouffer !

— Ben je vois que j'ai le temps de mourir de faim.

— Ça viendra, crois-moi. À chaque sortie, il y a une place qui se libère…

— Ouais, j'avais oublié qu'y en a qui sortent… Merci de t'en être occupée, en tout cas.

10 h 30

Dans le couloir, le troupeau s'était massé pour la transhumance. Marianne quitta la cellule pour se joindre à la cohorte. Elle s'aperçut alors avec étonnement qu'Emmanuelle l'avait suivie. Animal craintif et affolé qui se colla à elle.

— Lâche-moi un peu ! grommela Marianne.

Justine et Monique ouvraient les dernières portes, les filles discutaient entre elles. Certaines à voix haute, d'autres en messe basse. Toutes heureuses de se retrouver. Le groupe patienta encore quelques minutes puis l'ordre fut donné de marcher vers la pseudo-liberté.

Un soleil franc et généreux les accueillit à la sortie ; l'essaim s'éparpilla joyeusement sur le goudron. Marianne se posa sur la dernière marche, alluma tout de suite une cigarette. Emmanuelle fit une tentative d'approche, mais sa codétenue lui tourna le dos. Elle se résigna alors à s'aventurer en terrain inconnu. Marianne l'observa tandis qu'elle effectuait lentement son premier tour de cour, objet de toutes les attentions. Attention des gardiennes, des détenues. Objet de toutes les conversations. De tous les regards. De toutes les haines.

Tu vas déguster, Fantôme…

Daniel apparut en haut de l'escalier. Il descendit, s'installa à côté de Marianne qui tenta de fuir aussitôt. Mais il la retint fermement par le bras, la forçant à se rasseoir avec brutalité.

— Pourquoi tu te sauves ? Comment ça va ?

— À la perfection !

— Tant mieux… Madame Aubergé est sortie ?

— Elle est en face de toi… T'es miro ou quoi ?

— Je vois que t'es en pleine forme, ma belle ! dit-il en

rigolant doucement. Pourtant, je crois savoir que tu n'as pas beaucoup dormi…

Il alluma une cigarette, elle écrasa la sienne. Jusqu'à l'incruster dans le sol.

— J'avais pas sommeil. Ça arrive, les insomnies !

Il avait envie de lui confier qu'il regrettait de l'avoir blessée. Qu'il avait souffert, lui aussi. Pourtant, mieux valait éviter de lui montrer. De lui avouer. Garder ce limon à l'intérieur. Il avait remporté une victoire, ne devait pas s'affaiblir en mettant à nu ses remords. Mais il devait aussi avoir le triomphe modeste.

Ne pas l'enfoncer davantage, lui laisser une porte de sortie honorable.

— Tout ça, c'est de ta faute, reprit-il. Je parle de hier soir.

Elle sentit ses muscles s'électrifier. C'était encore ancré dans sa chair comme des centaines d'hameçons déchirant ses nerfs au moindre mouvement. Tellement douloureux.

— Il ne s'est rien passé d'extraordinaire, riposta Marianne d'une voix sans défaut.

— Si. Et j'aurais aimé que ce soit autrement. J'aurais préféré ne pas être obligé de te blesser.

Il continua à suivre Emmanuelle du regard, elle continua à fixer les barbelés au-dessus du mur. La boue déposée au fond de ses entrailles se décollait lentement. Une drôle d'émotion l'étreignait, aussi.

— Tu ne m'as pas blessée. On a passé un marché, c'est tout. Personne ne peut me blesser.

Elle tenta encore de s'éloigner, il l'en empêcha discrètement. Il la tenait par la ceinture de son jean. Imparable.

— J'espère que ça ne se reproduira plus, conclut-il. J'espère que tu as compris.

Elle enfonça ses yeux au fond des siens. Pourquoi

avait-elle toujours l'impression d'y admirer l'horizon ? Avec le soleil, le bleu était encore plus mirifique.

Il peina à dissimuler son trouble. Si noirs et pourtant si expressifs…

— Je t'ai vue…

— Tu m'as vue ? Où ? Quand ?

— Cette nuit. Je t'ai vue pleurer. Je t'ai vue par terre. Elle tourna bien vite la tête.

— Et alors ? T'es content ? T'as vu Marianne pleurer… T'as pris ton pied, j'espère.

— Non. Pas à ce moment-là…

Les mots plantaient leurs griffes acérées dans sa peau. Non, ne craque pas, Marianne.

— Qu'est-ce que tu essayes de me dire, à la fin ?

— Je te le répète ; je regrette que ça se soit passé comme ça. De t'avoir fait mal…

— Rien à foutre de tes regrets ! Et puis c'est pas à cause de toi que je chialais. Maintenant, tu me lâches. J'aimerais aller marcher un peu.

Il obéit, elle se leva instantanément. Il l'observa tandis qu'elle s'éloignait avec la grâce d'un félin. Non, elle n'était pas comme les autres. Il aurait aimé avoir sa force.

Marianne avait envie de courir. De frapper. Lorsqu'elle avait la cour pour elle toute seule, elle s'offrait ce plaisir. Mais là, au milieu de cette foule, elle préférait passer inaperçue. Les mains dans les poches, elle se contentait de marcher, admirant VM qui exécutait ses pompes sans se soucier des autres. Jusqu'à ce que Giovanna et sa bande lui barrent le chemin.

— Salut Gréville ! Qu'est-ce qui t'est arrivé ? T'as pris une raclée ?

Marianne essaya d'esquiver mais le cercle se resserra. Elle manquait presque d'oxygène. Elle dévisagea Giovanna, trouva soudain qu'elle ressemblait à une hyène.

— T'as pas envie de causer, chérie ?

— Pas avec toi.

— Alors ? C'est ta codétenue qui t'a mis la tête au carré ?!

Ricanements de la meute ; des rires de hyènes, justement.

— À ton avis ? rétorqua Marianne en la gratifiant d'un sourire dédaigneux.

— Moi je crois que c'est les surveillants qui t'ont rappelé les règles de bonne conduite !

— Et moi je crois que tu devrais te mêler de tes fesses.

— Allez, reste cool, chérie ! Je voulais te prévenir qu'on va s'occuper de ta petite copine…

Marianne soupira. Elle alluma une cigarette, souffla la fumée dans les yeux de sa rivale.

— J'ai pas de petite copine, ici.

— Mais si ! Tu vis avec vingt-quatre heures sur vingt-quatre ! Tu sais, la cinglée qui a trucidé ses gosses… Puisque tu as peur de t'en occuper toi-même, on va s'en charger.

— Qu'est-ce que tu veux que ça me foute ?

— On l'allume sur le chemin du retour. Tu te joins à nous ?

— Compte pas sur moi !

— T'as les jetons ? C'est ça ? T'as peur ?

— La peur, je ne sais pas ce que c'est, *chérie*. Désolée !

Giovanna émit un rire amer et grossier. Avant de cracher par terre.

— Ben voyons ! T'as les foies que le chef te flanque une autre rouste !

— J'ai surtout peur de m'ennuyer à force de t'écouter parler…

La Hyène fut déstabilisée par le sang-froid et la repartie parfaite de l'adversaire.

— Si t'es pas avec nous, ça veut dire que tu la défends ! poursuivit-elle.

— Ça veut seulement dire que je n'aime pas les combats à dix contre un.

— Ben nous, on n'aime pas les salopes dans son genre !

— C'est votre problème, pas le mien.

Marianne bouscula une des filles de la horde et continua enfin sa route. Elle aperçut le Fantôme à l'autre bout de la cour, ressentit un drôle de pincement au ventre. Elle va se faire massacrer... Et après ? C'est pas mon problème.

Elle rejoignit VM qui roulait sa cigarette de onze heures. Elle se posa en tailleur près d'elle, laissa aller son crâne contre le grillage.

— Qu'est-ce qu'elles te voulaient, ces crevures ?

— Me faire chier.

— Je crois qu'elles vont s'attaquer à la femme seule, là-bas. Celle qui semble sortie d'un camp...

— Oui. Elles voulaient que je leur file un coup de main...

VM l'interrogea du regard.

— J'ai dit non, bien sûr, précisa Marianne. C'est ma codétenue.

— Ah... C'est pour ça que tu as refusé ?

— Non ! Les lynchages, c'est pas mon truc. Si j'ai un compte à régler, c'est à un contre un.

— Bien parlé ! Elle n'a aucune chance de s'en sortir. Pourquoi elles lui en veulent ?

— Elle a tué ses gosses.

— Évidemment ! répondit VM en aspirant la première bouffée avec délice.

— Elle m'a raconté. C'est une pauvre fille, tu sais. Pas vraiment un monstre... Elle pensait les emmener au ciel avec elle ! Ouais, une pauvre folle.

— Tu vas la défendre ?

— Tu délires ! Elle peut crever, ça m'est égal ! Comme ça, je récupère la cellule pour moi toute seule !

— Ils t'en colleront une autre illico ! rappela VM en riant.

— C'est vrai, t'as pas tort. Celle-là, au moins, elle passe son temps à roupiller !

— Cachetons ?

— Ouais. La maxi dose ! Je l'appelle le Zombie ! Tu trouves pas qu'elle ressemble à un zombie ?

VM acquiesça en souriant.

— Regarde-les, continua-t-elle en reprenant son sérieux. Elles attendent toutes la curée. On dirait des bêtes…

Marianne scruta la foule. On pouvait sentir l'électricité dans l'air. Comme avant l'orage.

— Je trouve ça dégueulasse, ajouta VM. Tout le monde est au courant que cette pauvre fille va se faire massacrer et tout le monde s'en réjouit d'avance ! Il n'y a qu'elle qui ne le sait pas encore… La bêtise et l'aveuglement du troupeau, c'est une chose qui m'a toujours fait gerber.

Elles contemplèrent le Fantôme déambulant tristement dans la cour, seule au milieu de tout le monde.

— C'est les porte-clefs qui t'ont passée à tabac ? reprit soudain VM.

Marianne hocha la tête.

— J'ai un peu malmené le Zombie et j'ai frappé le chef… Ils ont pas aimé !

Inutile de lui préciser que Daniel seul l'avait cognée. Autant faire courir le bruit qu'un escadron s'était occupé d'elle. Soigner sa réputation.

— Tu es transférée quand ?

— J'en sais rien. Je crois que le dirlo fait des pieds et des mains pour se débarrasser de moi au plus vite. Gréville et moi dans la même taule, ça l'empêche de dormir !

Marianne rigola. Elle se sentait à nouveau forte. Elles parlèrent de longues minutes ; personne ne les approchait, personne n'osait. Sauf Emmanuelle qui planta sa fragile carcasse devant elles.

— Tu nous caches le soleil ! grogna Marianne.

— T'aurais pas une cigarette pour moi ?

Marianne la fustigea du regard. Y fume, le Zombie ?

— Tu rêves ! Si tu veux une clope, t'as qu'à te la payer !

Emmanuelle l'implora avec ses yeux de chien battu mais elle tourna la tête de l'autre côté. Alors VM roula une cigarette, l'alluma et la tendit à Emmanuelle.

— Merci ! Je m'appelle Emmanuelle Aubergé…

— Moi, c'est VM.

— Merci encore.

— De rien. Fais attention à toi, Emmanuelle.

Le Fantôme s'éloigna. Marianne eut un soupir d'agacement.

— Pourquoi tu lui as filé une clope ?

— Tu connais pas la tradition, Marianne ? s'étonna VM avec un drôle de sourire. La cigarette du condamné…

Les détenues montaient l'immense escalier en ferraille. Justine ouvrait le cortège, Daniel jouait le serre-file. Marianne et VM cheminaient côte à côte, au milieu du bruit assourdissant des centaines de pieds heurtant le métal. Emmanuelle montait, trois mètres devant elles. Déjà cernée sans le savoir par ses futures tortionnaires. Le spectacle n'allait pas tarder à débuter, certaines se bousculaient pour être aux premières loges.

Giovanna passa à l'attaque. Arrivant derrière Emmanuelle, elle lui enfila un sac en plastique noir sur la tête, l'empoigna par la nuque avant de la projeter en avant. Un cercle compact se referma aussitôt comme une chape de plomb. La Hyène s'en donna à cœur joie. Elle distribuait les coups de pied dans le ventre et les côtes de sa victime pendant qu'une complice maintenait son visage écrasé contre la marche. Coups de talon dans la colonne vertébrale. Dans les jambes, entre les jambes. Une bousculade, quelques cris. Quelques clameurs. Giovanna prit le crâne d'Emmanuelle à pleines mains et lui tapa violemment le visage contre l'acier à trois reprises avant de lâcher enfin sa proie.

Les hyènes reprirent leur place dans le cortège. Tout était allé si vite. À peine plus d'une minute. Daniel, comprenant qu'un drame se déroulait en haut de l'escalier, jouait des coudes pour fendre la foule, grimpait les marches trois par trois. Trop tard.

— Merde ! s'écria-t-il en se penchant sur Emmanuelle.

Il retourna le corps, enleva avec précaution le sac, découvrant une bouillie rougeâtre avec, au milieu, deux yeux dans lesquels s'étaient imprimées la douleur brutale, l'incompréhension et la terreur. Peut-être à jamais. Elle ne criait pas, ne gémissait pas. Gisait juste dans son sang, les bras en croix. Dans un silence de mort.

Monique, au bord de l'asphyxie, apparut soudain sur les lieux.

— Faites rentrer les filles ! ordonna Daniel d'une voix cassante.

Justine, qui avait fait demi-tour, aida sa collègue à ramener tout le monde en cellule tandis que le chef appelait l'infirmerie pour obtenir brancard et médecin.

Marianne, de retour en 119, alluma une cigarette. Elle souriait, savourant ce moment intense. Si bon d'être à nouveau seule…

***

Cellule 119 – 15 h 00

Réveillée par son instinct. Marianne se retourna vivement, tomba face à face avec Daniel, assis près de la table. Qui la couvait de ses yeux d'azur.

220

Un azur un peu gris, pour l'heure.

— Je t'ai fait peur ? Tu dormais si bien que je n'ai pas voulu te réveiller…

— T'es là depuis longtemps ?

— Une bonne dizaine de minutes.

— Qu'est-ce que tu fous ici ?

Il se posta sous la fenêtre toujours ouverte.

— Je suis venu t'apporter des nouvelles de madame Aubergé…

— Ça m'intéresse pas ! grommela Marianne en se rallongeant.

Il l'empoigna soudain par le bras et la débarqua du lit sans ménagement. Elle poussa un petit cri de douleur tandis qu'il la forçait à s'asseoir sur une chaise. Il resta debout, juste derrière elle.

— Qui ? questionna-t-il sèchement.

Marianne se mit à rire.

— T'es venu jusque-là pour ça ? Tu t'es trompé de porte, mon gros !

Il verrouilla sa poigne sur ses épaules, se pencha et lui parla doucement à l'oreille.

— Ne m'appelle pas comme ça.

— OK, mon gros !

Il serra davantage.

— Aïe ! Tu me fais mal ! Arrête !

— Arrête, qui ?

— Chef…

Il desserra son étreinte mais garda les mains posées sur elle.

— Qui a fait ça, Marianne ?

— J'en sais rien !

— T'étais à trois mètres quand ça s'est passé… Tu as forcément vu qui s'en est pris à madame Aubergé.

Il vint s'asseoir en face, piqua une autre Camel. Marianne montra les crocs.

— Eh ! C'est mes clopes !

— Ferme-la ! Si tu ne m'aides pas, je vais finir par croire que c'est toi qui as massacré cette pauvre femme…

Elle écarquilla les yeux.

— Ça va pas ou quoi ! Tu sais très bien que ce n'est pas moi !

— Oui, je le sais. C'est pas ton genre. Mais tu as un mobile parfait puisque tu t'en es déjà prise à elle et que tu refusais de partager ta cellule avec elle… Le Conseil de discipline n'aura aucun mal à penser que tu es coupable, assena-t-il froidement. Surtout que certaines détenues t'accusent…

— Hein ?! Mais je rêve !

— Eh non, ma belle, tu ne rêves pas ! J'ai déjà recueilli trois dépositions contre toi. Je suis certain que tu n'y es pour rien, Marianne. Mais si tu ne m'aides pas…

— Salopes ! C'est vraiment dégueulasse !

— Tu risques quarante-cinq jours de cachot et de passer devant le juge. Un truc comme ça, ça te vaudra bien un an de plus. Vu l'état de madame Aubergé… Tu sais qui a fait ça et moi aussi. Mais j'ai besoin d'un témoignage.

Elle se leva, tourna en rond. Les poings serrés au fond de ses poches.

— Pourquoi moi ? Hein ? On était nombreuses dans le coin !

— Les autres ont trop peur de Giovanna. Toi, non.

Elle ricana avec amertume.

— C'est ça ! Moi, c'est pas grave si je me fais planter dans la douche !

— Toi, tu sais te défendre…

Elle posa ses mains à plat sur la table. L'affronta du regard.

— C'est vrai que l'autre brute ne m'impressionne pas. Mais j'suis pas une donneuse. Tu t'es trompé d'adresse, chef ! Jamais je ne témoignerai au prétoire. Tu perds ton temps.

— Alors, tu finiras dans le box des accusés. Sanchez réclame une coupable.

— Les coupables, c'est vous ! Vous saviez qu'elle serait une cible, vous n'avez rien fait pour la protéger ! Vous l'avez laissée se faire tabasser sans lever le petit doigt !

— Et toi ? Tu as levé le petit doigt peut-être ?

— C'est pas mon boulot. J'suis pas payée pour jouer les matons !

Un long silence plomba les 9 m².

— Qu'est-ce qu'elle a, Emmanuelle ? s'enquit soudain Marianne.

— On l'a transférée à l'hôpital. Fractures multiples ; nez, mâchoire inférieure, arcade sourcilière. Plusieurs côtes, aussi... Un trauma crânien. Et elle n'a presque plus de dents. Tu seras tranquille pendant un moment...

Marianne ferma les yeux.

— Si t'as les boules pour elle, pourquoi tu refuses de témoigner ?

— J'en ai rien à foutre ! mentit Marianne.

— C'est faux ! Je commence à te connaître, tu sais !

Il s'approcha. Ils étaient debout sous la fenêtre.

— Tu peux pas me faire ça, murmura Marianne. Me laisser accuser alors que je n'y suis pour rien...

— Tu te trompes. Ça me serait complètement égal.

— C'est faux ! Je commence à te connaître, moi aussi...

Il soupira, conscient de son échec. De toute façon, il était venu sans grand espoir. Juste pour pouvoir se dire qu'il avait tout tenté.

— Je ne t'aiderai pas, Daniel. Sinon ma vie sera un enfer. Elles m'enverront à l'hosto, à mon tour. Même si je sais me battre, elles finiront par m'avoir. Elles s'y mettront à quinze, s'il le faut. Une balance, c'est une cible prioritaire…

Elle tourna la tête vers lui.

— Je suis désolée pour Emmanuelle. Mais ici, c'est chacun pour soi. Moi, j'ai pris perpète. C'est assez dur comme ça. Je ne veux pas en plus assumer le rôle de l'indic. Être la risée des autres, leur souffre-douleur. Affronter la honte… J'espère que tu ne me feras pas un truc pareil. Et même si, je subirai en silence. Je ne dénoncerai personne. Je me contenterai d'allumer les filles qui auront témoigné contre moi. Et ça, tu le sais aussi… Tu peux être dur, parfois. Mais tu es juste. Alors, j'ai confiance.

Il prit le compliment plein cœur. Il la regarda, tandis qu'elle contemplait le lit vide d'Emmanuelle. Là, tout près. Trop près. Il l'attira contre lui, elle se raidit dans ses bras. Il refusa d'abdiquer, alors elle finit par se résigner, calant sa tête au creux de son épaule.

— Exact, tu commences à me connaître, ma belle… Je sais même pas pourquoi j'ai essayé. Et puis j'avais envie de te voir… Tu étais si jolie dans ton sommeil…

Elle souriait alors qu'elle avait peur. Peur de recommencer. Si bon d'être dans ses bras. De s'y laisser aller, de respirer un parfum masculin. De se faire consoler. De se savoir désirée.

Elle se maudissait. Haïssait ses défaillances, appelait en vain le monstre à la rescousse. Il posa ses lèvres dans son cou, il perdait le contrôle. Elle ferma les yeux, refusant de se battre. Acceptant l'évidence.

— J'ai envie de toi…

Les mots résonnaient si bien dans sa tête. Si fort. Elle aurait aimé qu'il les répète à l'infini. Il avait passé ses mains sous son tee-shirt, douce brûlure dans son dos, appel lancinant dans son ventre. Ils allaient plonger. Se perdre une fois, encore.

Une clef dans la serrure, comme une douche froide.

Ils se séparèrent juste à temps. Justine eut la sensation de déranger. Daniel l'avait prévenue qu'il allait cuisiner Marianne. Elle aurait pu attendre qu'il revienne mais quelque chose l'avait poussée à cette intrusion dans leur tête-à-tête. Pour apaiser ses doutes. S'il se montrait de nouveau violent envers elle ? Il était si furieux de l'incident de ce matin... Elle fut rassurée de voir Marianne debout, la mine détendue.

— Excusez-moi... Je te cherchais, Daniel.

— Qu'est-ce qui se passe ?

Il s'appuyait sur le montant du lit ; Marianne imaginait avec délice la frustration cuisante entre ses jambes.

— L'hosto vient de téléphoner... Madame Aubergé a fait un arrêt cardiaque. Elle avait une hémorragie interne.

— Merde ! murmura le chef.

— Elle... Elle est morte ? interrogea timidement Marianne.

— Non, répondit Justine. Ils ont réussi à la ramener...

Elle fut curieusement soulagée.

— Il faudrait que tu viennes, Daniel. Sanchez vient d'arriver, il nous attend...

Elle s'éclipsa. Daniel prit le visage de Marianne entre ses mains.

— Tu perds rien pour attendre ! chuchota-t-il d'un ton macho qui la fit éclater de rire.

Il l'embrassa avant de disparaître. Elle retourna sous les couvertures pour continuer sa sieste. Mais juste avant, elle s'offrit un moment de plaisir solitaire. Atteignit le sommet lorsque le 15 h 25 gronda derrière les barbelés.

En pénétrant dans le bureau des surveillantes, Daniel assassina Monique du regard.

— J'ai fait du café, tu en veux ? proposa Justine.

Il hocha la tête et s'installa face à Delbec. Il n'avait

225

pas eu l'occasion de lui parler depuis ce matin. Il tenta de maîtriser sa rage.

— Pouvez-vous m'expliquer où vous étiez quand Aubergé a été attaquée ?

Silence radio. Il tapa du poing sur la table, les deux gardiennes sursautèrent. La tasse de café se renversa.

— Où étiez-vous ? hurla le chef.

— J'ai fait un détour par les vestiaires, avoua Delbec d'un ton contrit. Je voulais juste prendre quelque chose dans mon casier. J'en avais pour trente secondes…

— Trente secondes ? Justement le temps pour Giovanna et sa bande de massacrer madame Aubergé ! vociféra-t-il en se relevant.

Sa chaise bascula sur le carrelage, Monique sursauta à nouveau.

— Moi, je vous croyais au milieu du cortège ! continua-t-il. C'était bien ce qui était prévu, non ?

Elle n'osa répondre.

— Je vous ai posé une question, madame Delbec !

— Oui. C'est ce que nous avions prévu.

Il alluma une cigarette, elle se garda bien de tousser. Daniel remarqua que ses mains tremblaient, qu'elle avait les larmes aux yeux.

— Qu'aviez-vous donc de si urgent à récupérer dans le vestiaire ?

— Mon… Mon fils est malade. J'avais oublié mon portable dans le casier…

— Vous auriez pu aller le récupérer dix minutes plus tard, non ?

— Oui mais… Ça m'évitait d'avoir à redescendre. Il y avait le repas à distribuer, juste après. Je pensais gagner du temps.

Le chef soupira.

— Qu'est-ce que je dois faire ? demanda-t-il d'une voix moins brutale. Un rapport sur votre faute professionnelle… ? Sanchez va nous demander des comptes.

— Je le sais, murmura Monique en tordant ses mains l'une contre l'autre.

Daniel réfléchit quelques instants puis se tourna vers l'autre surveillante.

— Tu es prête à mentir, Justine ?

Elle hocha la tête.

— Bon, on se met d'accord, reprit-il. Justine, tu marchais en tête, bien trop loin pour avoir vu quelque chose. Vous, Monique, vous étiez en queue de cortège. D'accord ? Moi, je n'étais pas là. J'étais à la bourre, j'avais fait un détour par les vestiaires. J'ai rejoint les filles alors que la baston avait déjà commencé. Je suis arrivé trop tard pour intervenir. Alors que j'aurais dû garder un œil sur madame Aubergé.

— Non ! s'indigna Monique en secouant la tête. Je ne peux pas vous laisser porter le chapeau à ma place !

— Sanchez ne fera rien contre moi. Mais vous, il ne vous ratera pas. Alors, vaut mieux que ce soit moi qui sois en cause.

— Non ! s'entêta Monique. Je refuse…

— Il a raison, intervint Justine. Sanchez va te saquer. Mais il ne s'en prendra pas à Daniel. Après tout, ce n'est pas son rôle d'accompagner les détenues. C'est le nôtre. Il fait ça juste pour nous aider.

— Bon, c'est d'accord ? coupa Daniel. Vous étiez où, Monique ?

Elle hésita.

— Je… J'étais en queue de cortège. Je… Je vous croyais plus haut dans l'escalier.

— Parfait, conclut-il en ratatinant sa cigarette dans le cendrier. Allons chez Sanchez, maintenant. Et arrêtez de pleurer, Monique. Sinon, ça va faire louche.

***

Marianne, agrippée aux barreaux, patientait en souriant. D'ici, elle apercevrait des bouts de fenêtres éclairées avec des gens derrière, entre les deux bâtiments de la prison. Ce serait furtif, quelques secondes à peine. Ce serait bon, de toute façon. Elle songea à Emmanuelle, percluse de douleurs sur un lit d'hôpital. Ces brutes l'avaient sans doute menottée. Elle espéra qu'elle avait au moins eu sa dose de comprimés.

Elle, elle aurait aimé avoir sa dose de poudre. Mais il faudrait attendre lundi soir. Attendre que le chef revienne voler son plaisir. Encore cet égarement en bas du ventre.

Et s'il se contente de prendre son pied, sans se soucier de moi ? C'est ce qui doit se passer. Surtout, ne pas recommencer.

Pourtant, son corps entier refusait de se plier à la raison.

Mais qu'est-ce qui m'arrive ? Je suis pire qu'une…

Le 21 h 52 la tira de ses pensées. Lui évita de s'insulter elle-même. Ne pas en rater une miette.

Il fonçait droit devant lui, ignorant les yeux sombres qui le suppliaient de ralentir. Marianne s'enivra du bruit fort et délicieux. Musique de voyage, d'aventure. Cette machine symbole de liberté. Liberté d'aller et venir, celle que les gens ne remarquent même plus tant ils en sont repus. Elle distingua quelques êtres lointains. Des formes, tout au plus. Sur lesquelles son esprit fécond s'amusait à greffer des visages. Elle fit le plein d'images du dehors, pour soulager sa solitude du dedans.

Redescendue sur le plancher des vaches, elle s'écroula sur son matelas. Ferma les yeux. Elle l'entendait encore, prolongeait son plaisir. Il était déjà loin, pourtant. Mais elle avait grimpé à son bord. Dommage qu'elle n'ait pas un fixe dans les veines. Elle l'entendait encore mieux ainsi. Plus longtemps.

Laisse venir, Marianne. Dans le grand aléa de ses souvenirs, le hasard piocha pour elle. Elle ne choisissait jamais. Ça s'imposait à elle.

La centrale de R., perdue au milieu des champs.

Une cellule pour elle toute seule. Cage ouverte à longueur de journée, elle en possédait même les clefs. Pouvait sortir dans la cour quand bon lui semblait. Rien à voir avec la maison d'arrêt.

Fauves en semi-liberté.

Seules les enceintes extérieures les coupaient du monde. Liberté imaginaire. La bibliothèque, la salle de sport, la cafétéria. Marianne revoyait chaque mètre carré de cette taule pour longues peines. Ça défilait devant ses yeux comme un vieux film un peu usé. Elle prit une cigarette pour l'accompagner dans son passé.

Un visage. Une situation. Une blessure ancienne. Encore ouverte…

… Dans la cour, elle discute avec sa copine Virginie. Une fille sympa, Virginie. Toujours prête à aider les autres. Un sourire franc, une petite mélancolie dans les yeux. Elle avait tué par amour. Un mec qu'elle aimait trop ou qui ne l'aimait pas assez. Ça la rongeait dedans, mais jamais elle n'en parlait. Douze ans pour expier. La vie entière pour se pardonner.

Elles rigolent telles deux gamines. S'imaginent en train de bronzer sur le pont d'un navire. Au milieu d'un océan pacifique. Il y a du soleil, ce jour-là. Si rare qu'elles en profitent. Comme deux lézards engourdis sur une pierre. Presque bien, à en oublier où elles se trouvent vraiment. Facile de s'évader avec le rire cristallin de Virginie. Capable de tout casser, même les murs d'une prison sordide… Jusqu'à ce que l'autre se ramène. L'autre, c'est Françoise. Une pourriture de la même espèce que la Marquise. Une vraie vocation de bourreau. Elle se dépense sans compter, se dévoue corps et âme pour rendre plus dure encore la vie des détenues. Visage ingrat qui transpire la malfaisance à grosses gouttes.

— Vous vous croyez à la plage, ou quoi ?

Tout ça parce que Virginie a remonté son tee-shirt jusqu'au milieu du ventre. Pour emmagasiner un max d'UV, comme elle dit. Virginie se rhabille sans broncher. Lance juste une remarque. Une simple boutade, un truc un peu moqueur sur la pâleur morbide de Françoise. Marianne ne se souvient plus des mots. Juste que ce n'était pas bien méchant. Mais la matonne a laissé son humour aux vestiaires. Ou dans le ventre de sa mère. Elle s'énerve, s'emballe comme si une guêpe venait de lui piquer l'arrière-train. Insulte Virginie, la menace. Le cachot, l'isolement. Virginie s'écrase comme une merde. L'autre insiste, toute-puissante dans son habit de la Pénitentiaire, la bouscule. La terrorise. Facile d'effrayer Virginie. C'est une docile, une petite fille sage et blessée. Qui arbore sa culpabilité en bandoulière. Marianne assiste au supplice, regarde sa copine baisser les yeux, pour finir par pleurer sous les assauts de la brute en uniforme. Alors, ce drôle de truc germe en elle. Comme dans le train. Une sorte de parasite qui lui bouffe le foie, prend racine dans son ventre et monte jusqu'au cerveau. Jusqu'à la posséder entièrement.

Elle pousse Virginie, se plante devant la surveillante qui bave comme une bête enragée.

— T'as fini de nous faire chier ?

La matonne recule un peu, coupée dans sa lancée. Marianne, ce n'est pas Virginie, c'est le danger à l'état pur. Son ennemie jurée. D'ailleurs, elle s'attaque à Virginie juste pour blesser Marianne. Des mois qu'elle la harcèle sans cesse. Pas le moindre répit. Quatre-vingt-dix jours de mitard en un an. À cause d'elle. Des mois qu'elle s'est donné pour mission de la mater. De la détruire, de l'anéantir. Persécutions, fouilles répétées. Des heures à poil à montrer son cul. Juste pour l'humilier. Brimades quotidiennes, celles qui ne se voient même pas, que Marianne encaisse jour après jour. Les insultes, les regards. La lumière qui s'allume la nuit. Parfois, toutes les dix minutes. Juste pour l'empêcher de dormir. Juste pour la rendre folle.

Elle est douée, Françoise. Personne ne se doute du calvaire qu'elle inflige aux prisonnières. Elle sait manipuler les esprits, se faire aimer de sa hiérarchie et de ses semblables.

C'est une belle après-midi. Il y a un soleil radieux. Virginie avait envie de l'éprouver sur sa peau. Une belle après-midi pour tout arrêter. Se délivrer. Pour oublier les risques. Tant pis pour la suite.

— Un an que tu me cherches, salope… Cette fois, je crois que tu m'as trouvée…

Virginie tente de la retenir, de la faire renoncer. Ne la reconnaît même plus. Marianne la bouscule, l'envoie au tapis. Se concentre sur la Françoise qui continue à battre en retraite. Qui appelle des renforts. Marianne l'empoigne par le pull, lui assène un coup de tête retentissant. Un truc à filer la migraine à un bélier. Ensuite, tout va très vite.

Lui rendre tout ce qu'elle m'a fait endurer. La tuer. Pour une connerie. Pour des mois d'une torture quotidienne.

Françoise rampe par terre, aux pieds de Marianne, le nez transformé en fontaine d'hémoglobine.

Elle croyait avoir du pouvoir, Françoise. Elle s'est trompée. Elle n'a pas celui de Marianne. Celui de n'avoir plus rien à perdre.

Marianne la soulève du sol, la balance contre un mur. L'arrière du crâne qui se fend. Les détenues assistent à l'exécution sans broncher ; longtemps qu'elles espéraient le moment où une fille lui règlerait son compte, se sacrifierait pour les débarrasser de leur tortionnaire, assez folle pour commettre l'irréparable.

Les renforts sont à la bourre, Françoise essaie de se défendre. Se brise les phalanges sur un bloc de béton. Inébranlable, insensible à la douleur. Marianne n'est même plus là. Le monstre a pris sa place. Elle frappe au visage. Seulement au visage. Comme si elle voulait l'effacer, le gommer. La gardienne tient debout simplement parce que Marianne l'empêche de tomber. Marianne qui sent les os se fracturer, les dents céder l'une après l'autre sous ses coups de boutoir. Et ses propres doigts se rompre sous les impacts.

Ça y est, la cavalerie arrive. Mais Marianne a encore le temps de finir sa tâche. Un coup sur la nuque, les vertèbres qui explosent, rentrent dans la moelle épinière comme dans du beurre. Elle desserre enfin ses mâchoires, regarde l'autre s'effondrer. Ressent une émotion forte, proche de l'orgasme. Alors, elle se retourne pour affronter les nouveaux combattants. Choqués, ils contemplent en silence la face déchiquetée de leur collègue et le sourire de Marianne. Ils sont nombreux, armés. Elle n'a aucune chance. D'ailleurs, elle n'essaie même pas. Se laisse emmener. Sans se douter de ce qui l'attend.

… Marianne ouvrit les yeux. La suite, c'était vraiment trop dur. Son corps s'en souvenait toujours. Des jours de torture moyenâgeuse. Au fin fond d'un cachot.

Ils ne l'avaient pas ratée. N'avaient pas cherché à lui pardonner. Ni même à la comprendre. Lui avaient juste fait payer son méfait. Vengeance aveugle. Mais même là, ils n'avaient pas réussi à la faire plier. Ils s'y étaient mis à plusieurs, pourtant. De tout leur cœur. Toute leur haine.

À aucun moment, elle n'avait supplié. Ni regretté.

À aucun moment, elle ne leur avait donné autre chose que son courage inhumain.

Elle avait eu la vie sauve grâce à l'intervention de la directrice de l'établissement. Marianne se rappelait encore de cette femme, de son visage fardé penché au-dessus de son agonie. Horrifiée, la bonne dame. De voir ce dont les hommes sont capables lorsqu'ils se savent en danger. Lorsqu'ils mettent un nom sur leurs souffrances, trouvent une cause à tous leurs problèmes. Et lorsqu'ils partagent la responsabilité de leurs actes. Qu'ils ne sont pas seuls face au crime.

Sans elle, Marianne serait morte dans ce trou. Dommage. Tout ça pour ne pas avoir de problèmes. Une détenue lynchée par une bande de matons, c'est source d'ennuis administratifs. Paperasse, rapports et compagnie.

Elle n'avait jamais revu le sourire de Virginie. Ni sa cellule. Ni la cour. Ils l'avaient transférée ici, lorsqu'elle avait été en état. Lorsqu'elle avait réussi à tenir debout, retrouvé face humaine. Lorsque les dernières traces s'étaient effacées.

À l'extérieur. Parce qu'à l'intérieur…

Marianne prit une cigarette. Ses pensées continuaient à l'entraîner là où elle ne voulait plus mettre les pieds.

… Le procès. Le deuxième. La Françoise qui arrive en martyre. Sur son fauteuil roulant. Défigurée. Jamais elle ne remarcherait. Jamais personne ne pourrait plus la regarder sans avoir envie de vomir.

Dix ans de plus.

Perpète plus dix ans. Ça n'a pas de sens ! Je n'ai qu'une vie pour expier mes crimes. Ils essaieront peut-être de me ressusciter pour que je fasse ces dix années supplémentaires !

Avait-elle mérité ça ? Mérité de ne plus jamais pou-voir marcher ? De perdre figure humaine ? Au moins, elle ne faisait plus souffrir personne. Depuis qu'elle avait perdu l'usage de la parole, elle ne pouvait plus insulter. Il ne lui restait que les yeux pour pleurer.

Mais avait-elle au moins donné un sens à son calvaire ? Avait-elle compris sa faute ?

Marianne tenta de la gommer du paysage. Une fois encore. Même infirme, elle trouvait toujours le moyen de lui pourrir la vie. Et moi ? Est-ce que j'ai mérité de ne plus jamais pouvoir effleurer la liberté ?

Je n'ai que vingt ans. Jamais plus je n'aurai vingt ans.

Sa gorge se serra, elle essuya une larme. Puis tenta de trouver l'oubli dans le sommeil. Mais la confusion régnait en elle. S'ajoutant à la désespérance. Mélange parfait pour une insomnie…

Elle retourna en centrale. Entendit une dernière fois le rire de Virginie. Tiens bon, ma Virginie. Tu seras dehors avant mes trente ans. Tu pourras aimer à nouveau, bronzer tant que tu veux, à poil si ça te chante ! Ce bateau dont nous avons tant rêvé, tu pourras le prendre et t'endormir sur le pont, en plein soleil. Moi, par contre, je ne pourrai jamais. Je n'ai rien vu de ce monde. Rien. Et je n'en verrai jamais rien. Je n'en côtoierai que les ténèbres.

Virginie l'abandonna, en riant. Elle s'estompa, doucement. Mais d'autres prirent sa place. Daniel, Emmanuelle. Les trois flics du parloir.

Leur promesse à la noix. Mieux vaut les oublier. Ils ne reviendront pas. De toute façon, c'était un piège qu'il fallait éviter.

Le Fantôme souhaitait mourir, elle est sur la bonne voie.

Restait le problème de Daniel. Ce qui s'est passé avec lui ne doit plus jamais se reproduire. Ça m'a affaiblie, rien ne doit m'affaiblir. La nuit dernière, ce type, ce sale type, m'a traitée comme une moins que rien. Et tout à l'heure, je me suis laissé embobiner comme une pauvre imbécile. Comment peux-tu lui pardonner si vite ?

Comment peux-tu oublier ce qu'il t'a infligé ? Sinon en t'insultant toi-même.

La douleur, pourtant, était encore bien vivante. Lovée dans son ventre comme un serpent venimeux. Alors pourquoi ? Pourquoi ne pas simplement le haïr ?

Le 22 h 13 l'embarqua dans son sillage. Lui chanta la seule berceuse capable de la délivrer. Enfin, elle sombra. Tout doucement. Une main sur son ventre et l'autre, accrochée à son oreiller.

Même la nuit, elle avait peur de se noyer. Dans le passé ou dans l'avenir.

Un jour, je reprendrai le train. Dans une autre vie, peut-être.

Lundi 30 mai – Cour de promenade – 16 h 00

Marianne, à l'ombre de l'acacia, respirait le parfum délicieux de ses fleurs blanches et sucrées.

Aujourd'hui, récréation bien plus longue qu'à l'accoutumée. Les filles étaient parquées dans la cour depuis midi. Elles n'avaient même pas eu droit à leur déjeuner, juste une ration de biscuits secs avec un demi-litre d'eau. Tout ça parce que les ERIS, les fameuses équipes régionales d'intervention et de sécurité, avaient débarqué en fin de matinée. Les cow-boys, comme les surnommaient les détenus… Surveillants surentraînés ; cagoules, tenues anti-émeute, boucliers, fusils flash-ball… Leurs interventions ressemblaient au débarquement d'une armée de clones de Rambo !

Aujourd'hui, les ERIS s'occupaient de la fouille minutieuse des cellules de chaque bâtiment. Ça pouvait durer des heures. Voire la journée en fonction du nombre de cages à inspecter. Daniel et Monique les secondaient à l'intérieur, tandis que Justine et Solange gardaient un œil sur la cour.

La Marquise, justement, ondulait son corps de rêve sous le soleil, ses cheveux blonds tressés tombant jusqu'au creux de ses reins. Parfaite, pensa Marianne avec amertume. Si belle dehors, si hideuse à l'intérieur.

Justine s'approcha, arrachant Marianne à sa contemplation haineuse.

— T'as pas l'air bien ! s'inquiéta la surveillante.

Marianne lui répondit par un sourire un peu las.

— Si, ça va… Elle est où, VM ?

— À l'infirmerie.

— Mince… Grave ?

— Je ne crois pas non… Tu l'aimes bien, on dirait !

Giovanna passa avec ses courtisanes bon marché, narguant Marianne du regard. Mais elle ne prit pas le risque de s'arrêter alors que Justine était là. La gardienne l'avait prise en grippe depuis longtemps, épiant le moindre de ses faux pas. Pourtant, cette fois encore, elle s'en sortirait sans dommage. Son mafieux d'époux était toujours dehors, lui. En liberté et bourré de fric ! Giovanna avait donc à son service une ribambelle d'avocats, la secondant face au Conseil de discipline en cas de coup dur. Ce qui lui assurait une quasi-impunité.

— T'as des nouvelles d'Emmanuelle ? demanda Marianne.

Justine décida de s'asseoir.

— Oui. Elle se remet doucement. Il semble qu'elle soit tirée d'affaire… Mais… c'est pas toi qui voulais la tuer ?!

— Elle m'a tapé sur les nerfs, c'est vrai ! Mais… Mais je crois qu'elle ne méritait pas ça.

— Je suis heureuse d'entendre cela.

— Et bien sûr, la Hyène va s'en tirer gratos !

— La Hyène ?

— Giovanna *chérie* !

Justine rigola un bon coup.

— Ça lui va à merveille ! Mais malheureusement… Nous n'avons recueilli aucun témoignage. Dix bavards viendront la défendre, on ne peut pas la conduire au prétoire sans preuve formelle.

— Le monde est injuste ! J'ai jamais eu d'avocat,

moi… Tu sais, Justine, je ne pouvais pas témoigner. Si j'étais là pour quelques mois, encore…

— Je comprends, assura la surveillante. Daniel l'a très bien compris aussi.

— Il m'a fait une de ces intox, le salaud !

Elles cessèrent de parler. Marianne fumait sa cigarette.

— Pourquoi tu t'entraînes plus pendant les promenades ?

— Quand j'étais seule, ça allait. Mais là… Ça peut passer pour de la provoc'… Montrer ma science, ça peut exciter les Hyènes !

Justine riait de bon cœur. Ça réconfortait Marianne. Ça lui rappelait un peu le rire de Virginie.

— Pourquoi tu fais ce boulot de merde ?

— C'est pas un boulot de merde ! protesta Justine. Au départ, j'ai passé le concours pour ne plus être au chômage. Ensuite, j'ai trouvé que je pouvais être utile…

— Tu es très utile, affirma Marianne en caressant l'écorce de l'arbre. Sans toi, ce serait invivable ici…

Justine masqua sa gêne derrière un timide sourire.

— Tu exagères !

— Tu me connais ! Bon, elles en ont encore pour longtemps, les cagoules ?

— J'en sais rien… Je commence à en avoir marre de glander dans la cour.

— C'est le seul avantage ! répliqua Marianne d'un ton malicieux. Au moins, on peut rester toute l'après-midi dehors !

— S'il pleuvait, tu dirais pas la même chose !

— J'aime la pluie…

Marianne scruta les alentours, tout en pensant à la fouille en cours. Heureusement que je suis à sec d'héro ! Pourvu qu'ils ne trouvent pas ma seringue et mon garrot ! Sinon je suis bonne pour quarante jours de mitard…

À l'autre bout de l'enclos, Giovanna devisait avec la

Marquise. Rien d'étonnant. La même race. Justine s'attardait, les yeux fermés, le crâne contre le bois chauffé de soleil. Marianne la jugea fatiguée, préoccupée. Eut soudain envie de l'aider.

— Au fait, y a un truc que je voulais te dire… Il est toujours vivant… Le type du train…

La surveillante mit quelques secondes à comprendre. Il y eut comme un flottement.

— Le type du train ? Celui qui… Comment pourrais-tu le savoir ?!

— Je le sais. Il est sorti vivant de ce train. Un peu amoché, mais vivant. J'y étais.

Justine la regarda avec stupéfaction.

— Au fond du wagon. C'était ma première fugue… J'avais nulle part où aller, alors j'ai pris un train de banlieue. Je t'ai vue, toi et les trois types qui t'ont emmerdée. Et le mec qui t'a porté secours. Je t'avais pas reconnue, bien sûr. Mais l'autre fois, quand tu m'as raconté ton histoire…

— C'est pas croyable… T'es sûre… ?

— Certaine ! Ton sauveur avait un costume gris et une cravate bleue. Des trois loubards, il y en a un qui portait un blouson rouge, pas vrai ?

— Incroyable… Et… qu'est-ce qui s'est passé après que je me sois enfuie ?

— Ils ont commencé à tabasser le mec. Il savait pas se battre. Il a morflé…

— J'en étais sûre ! murmura Justine avec douleur.

— Je suis intervenue. Quand j'ai compris qu'ils allaient le tuer. Je leur ai donné leur compte à ces trois salauds, tu peux me croire !

— Tu… tu t'es battue contre eux ?

— Je leur ai explosé la tronche, tu veux dire ! Et puis j'ai ramassé le type et je suis partie.

— Mais… Tu avais quel âge ?

— Seize. Tout juste. J'ai gardé ton bouquin longtemps,

239

tu sais… *L'Église Verte*… Je voulais te le rendre, je t'ai cherchée dans toute la gare. Mais je ne t'ai pas retrouvée. Alors il m'a tenu compagnie pendant toute ma fugue. Et ensuite, au foyer. Je l'avais toujours près de moi. Je l'avais dans mon sac quand… quand les flics nous ont allumés. Il est resté dans la bagnole.

Justine dévisageait le profil de Marianne avec une émotion proche des larmes.

— Je voulais t'aider quand ils s'en sont pris à toi. Mais, au début, j'étais morte de trouille… Et pourtant, je voulais venir te défendre, je t'assure… Puis ce type s'est levé, tu t'es sauvée. Alors j'ai senti un truc au fond de moi, un truc qui me poussait à me battre. J'aurais dû me lever plus tôt…

Justine lui prit discrètement la main.

— Marianne… Pourquoi tu ne m'as rien raconté la dernière fois ?

— Je… J'avais honte. Honte de te dire que j'étais là et que je ne t'avais pas aidée.

— Tu as été admirable. Je suis si fière de toi… Merci, ajouta Justine.

— De quoi ?

— De l'avoir aidé. Et de me l'avoir dit. Depuis le temps que ça me torturait.

— C'est pour ça. Pour que tu arrêtes de culpabiliser. Je sais comme ça fait mal. Ça ronge les tripes, ça bouffe le cerveau. À présent, tu n'y penseras même plus. Tu pourras oublier. Et l'oubli, c'est la liberté…

La main de la surveillante serra la sienne. Si fort…

***

17 h 30

Plantée en haut des marches, Pariotti annonça le retour des brebis en cage. Marianne abandonna son acacia chéri pour se joindre à la troupe surexcitée par cette après-midi plein air. Justine marchait près d'elle, encore tout émue de son récit.

Des cris de colère résonnèrent dans la coursive. Les ERIS avaient laissé partout leur empreinte délicate. Comme si un typhon avait balayé la prison. Meubles renversés, affaires personnelles éparpillées sur le sol, objets cassés, affiches et photos arrachées des murs. Idem à la 119. Les vêtements de Marianne traînaient sur le sol, ainsi que les draps. La porte était encore ouverte, Justine n'allait pas tarder à venir fermer.

Marianne commença à ranger, maugréant contre ces sauvages qui ne respectaient rien.

Soudain, deux cow-boys se pointèrent dans sa cellule. Elle se figea, ça embaumait les ennuis à plein nez.

— On t'attendait Gréville, annonça l'un des deux colosses cagoulés.

Impressionnants. Justine arriva, très à propos.

— Que se passe-t-il ? interrogea-t-elle.

Un des guerriers en armure sortit l'attirail d'injection d'un sachet.

— On a trouvé ça ici, expliqua-t-il d'un ton peu engageant.

Marianne avala sa salive. Une belle journée ensoleillée qui devenait sacrément nuageuse.

— Fouille au corps pour cette détenue ! ordonna Rambo.

Marianne posa le linge qui encombrait ses bras sur le matelas retourné.

— Bon, je m'en charge, répondit la surveillante. Veuillez sortir et fermer la porte, je vous prie.

Les deux molosses quittèrent la pièce et Justine soupira.

— C'est malin ! dit-elle tout bas. Y a de la drogue, ici ?

Marianne baissa les yeux. Situation délicate.

— Non, chuchota-t-elle. J'en ai pas, je t'assure… La seringue et le garrot, c'est…

— Ça va, je suis pas idiote, non plus ! Bon, c'est une chance que tu n'en aies pas en ce moment !

Marianne fut soulagée. Justine ne semblait pas la condamner. Déjà un bon point.

— T'es obligée de me fouiller ?

Justine ramassa une chaise et s'y laissa tomber.

— Tu as quelque chose sur toi ?

— Non, assura Marianne. Rien du tout.

— Tu me jures ?

— J'te jure.

— Très bien. Alors on va faire comme si je t'avais fouillée, d'accord ?

— Merci, fit Marianne avec un large sourire de gratitude. Merci beaucoup…

Elles laissèrent passer quelques minutes puis Justine rouvrit la porte. Ils étaient toujours là, fidèles au poste.

— Rien à signaler, leur indiqua Justine. Elle n'a rien sur elle.

Les deux cow-boys s'avancèrent alors vers Marianne, réfugiée sur son lit.

— Suis-nous.

— Où l'emmenez-vous ? s'inquiéta Justine.

— On va l'interroger. On prend le bureau, au bout du couloir. Allez, amène-toi…

— Vous n'avez pas le droit ! s'insurgea Marianne.

— Tu la boucles et tu nous suis !

C'était toujours le même qui parlait. L'autre était muet comme une carpe.

— Je vous accompagne, fit Justine.

— Pas besoin de vous, rétorqua le cow-boy.

Ils empoignèrent brutalement Marianne, chacun par un bras, pour la soulever du matelas. Elle ne protesta plus, se laissant escorter jusqu'au bureau des surveillantes. Justine les talonnait, visiblement angoissée.

Mais, arrivés à destination, ils lui claquèrent la porte au nez.

Un troisième gars cagoulé les y attendait. Marianne fut assise de force sur une chaise. Elle n'en menait pas large. Mais après tout, ils n'avaient rien trouvé de très compromettant dans sa cellule. Un des deux Rambo fit un rapide topo à celui qui devait être leur chef de meute.

— La fouille au corps n'a rien donné.

Le chef s'approcha de Marianne. Elle croisa ses yeux. Électrochoc. Ces yeux ne lui étaient pas inconnus. Bribes d'un cauchemar ancien.

La seringue et le garrot atterrirent sur la table.

— Bizarre qu'on ait trouvé ça dans ta cellule, Gréville ! lança le chef.

Nouvel électrochoc. Cette voix. Sortie du même cauchemar. Mais Marianne n'arrivait toujours pas à l'identifier. Juste une torsion intestinale inexpliquée. Le type s'approcha, planta son regard dans le sien.

Puis ôta brusquement sa cagoule.

Visage angélique, beauté du Diable. Marianne manqua de tomber de sa chaise, en proie à une terreur instinctive.

— Salut Gréville… Ça fait longtemps qu'on s'était pas vus, tous les deux… !

Marianne se contracta. En un éclair, une coulée d'images. Boomerang en pleine tête.

… Centrale de R. Un an auparavant

Marianne est au cachot depuis le milieu de l'après-midi. Depuis qu'elle a expédié la surveillante aux urgences. Françoise, elle s'appelait. Qui n'a plus de visage, désormais. Qui a la nuque brisée. Qui est peut-être morte, à l'heure qu'il est. Marianne ne regrette pas ce massacre. Elle a juste mal aux mains. Elle va être jugée ? Et après ? Quelques années en plus ou en moins, quelle importance ? Ce qui la contrarie, c'est qu'ils vont peut-être la transférer. Elle ne verra plus jamais sa copine Virginie. Dommage. Maintenant qu'elle a mis la Françoise hors d'état de nuire, cette taule va devenir respirable ! Elle n'en profitera même pas. Les autres filles, si. Consolation qui l'aidera à affronter la suite.

Il est tard. Pourtant, on ne lui a pas apporté son repas. Ils ont sans doute décidé de la priver de nourriture.

Qu'ils aillent se faire foutre ! Je peux rester sans manger ! J'en veux pas de leur bouffe immonde !

Elle s'étire, se lève. Allume une cigarette. Ils n'ont pas pensé à lui enlever ses clopes. Ses épaules touchent le mur aveugle et humide. L'obscurité est presque totale, le silence enveloppant. Sauf les rats qui trottinent dans le couloir. Ça lui file des frissons dans les reins.

Mais soudain, d'autres bruits. Une surveillante ? Plusieurs ? Elles amènent sans doute une détenue au mitard.

Une qui a dû chanter l'Internationale pour l'enterrement de Françoise !

Les pas s'arrêtent devant le cachot. Son cachot. Surprise. Une voix masculine. La porte s'ouvre, des silhouettes se faufilent dans le sas grillagé. Subitement, la lumière injecte du poison dans ses yeux. Ils sont quatre. Deux mecs, deux femmes. Deux surveillants du quartier des hommes, deux matonnes d'ici. Tous la fixent comme les jurés des assises. Pourquoi sont-ils là ? Son instinct ne la trompe jamais. Là, il lui hurle dans la tête, danger ! Mort.

Ils lui parlent ou plutôt lui crachent des mots à la figure, l'injurient. Pourrie, ignoble, méprisable. Ils vont l'éliminer, elle ne sortira jamais de ce cachot. Elle essaie de leur expliquer que c'était la gardienne qui était mauvaise. Elle, n'a fait que se défendre. Et défendre les autres. Mais personne ne l'écoute. Ils l'empoignent, elle ne cherche pas à lutter. Ils vont juste lui mettre quelques baffes, de toute façon.

Ils la déshabillent, meilleure façon de l'humilier.

Et la frappent. Si violemment qu'elle perd connaissance dès le premier round. Elle se réveille dans la douche du cachot, aspergée d'eau froide. Et ça recommence. Coups de poing, coups de pied. Matraque dans la gueule. Ils la traînent jusqu'au cachot, la ligotent sur le lit en béton. Puis s'en vont.

Seule, frigorifiée, assiégée de douleurs brutales.

En face d'elle, sur le mur décrépi, une citation taguée. Par un prisonnier, il y a longtemps. Ou par un maton. Une phrase qu'elle n'oubliera jamais.

« Nous ne pouvons juger du degré de civilisation d'une nation qu'en visitant ses prisons. » Dostoïevski.

Ils ont laissé la lumière. Elle ferme les yeux, espère perdre à nouveau connaissance. Le froid lui inflige ses morsures jusqu'à l'aube. Elle peut à peine bouger, le sang coule dans sa gorge. Son corps enfle de souffrance.

Avant que le jour se lève, ils réapparaissent. Plus que trois, maintenant. Trois matons. Ils viennent me détacher. Me donner une couverture. À boire.

Ils la contemplent en souriant, contents du résultat. L'un d'eux dégaine sa matraque. Impossible ! Ils ne vont pas la cogner alors qu'elle est attachée, sans défense ! Qu'elle a rangé ses crocs ! Elle ne peut même pas se protéger. Même pas s'enfuir. Cinq minutes d'une averse brutale. Coups, injures… Ils peuvent se venger en toute impunité : Marianne est seule au monde. Personne pour se soucier de son sort, à l'extérieur.

Elle a fermé les yeux, elle n'est plus là, rêve qu'elle se noie… Se réveille, la tête dans l'eau. Boit la tasse. Tombe par terre. Elle avait juste la tête dans le lavabo. Ils la relèvent, remettent ça. Et l'abandonnent à nouveau. Nue et ligotée sur sa paillasse en pierre. En proie aux spasmes. Ses os gonflent, pressent sur ses chairs. À moins que ça ne soit l'inverse. La lumière, toujours. Même paupières fermées, elle s'incruste jusqu'au cerveau, multitude d'épingles qui transpercent ses globes oculaires, lui vrillent les nerfs.

Le jour finit par se lever. Indifférent. Personne ne vient. Les cordes brûlent sa chair inerte. Les filles dans la cour. Qui rigolent, fêtant sans doute la disparition de Françoise. Marianne tente de les appeler au secours. Ses cris s'échouent dans le néant. Comment pourraient-elles la sauver, de toute façon ? En allant prévenir la directrice, peut-être.

— Virginie ! Aide-moi !

Litanie sans effet. Marianne pleure, de longues minutes. Se refuse à regretter son geste criminel.

Du soleil, dehors. Elle le devine au travers de l'unique soupirail. Lui qui manque si cruellement dans ce trou nauséabond. Elle a tellement froid, tellement mal. Souffrir comme ça, ce n'est pas humain. Quelqu'un va venir la délivrer. Sûr.

Les heures passent, le martyre augmente. Son ventre réclame pitance. Sa vessie réclame délivrance. Mais personne… Jusqu'au soir. Une clef dans la serrure, quatre surveillants. Les mêmes que la veille plus deux autres. Ils la détachent, elle garde espoir. Ils m'ont filé une sacrée raclée. Maintenant, ça va s'arrêter. Sûr.

Elle aimerait juste pouvoir se rhabiller, fumer une cigarette, boire quelque chose de chaud. Pas grand-chose, en somme. Ils l'assoient de force sur le banc en béton, lui présentent un plateau. Une assiette avec un couvercle en plastique dessus, un truc pour garder au chaud. Ça sent mauvais, à tous les sens du terme, d'ailleurs.

— Je voudrais me rhabiller, murmure Marianne en pressant ses mains sur son ventre.

— D'abord, tu manges, ordonne un des gardiens.

Il a un visage angélique. Beau comme un de ces dieux de l'Olympe. Il soulève le couvercle, Marianne manque de tomber du banc. Elle a les yeux exorbités, ça les fait marrer.

— Allez, mange ! répète-t-il en mettant la matraque en évidence. Ensuite, tu pourras te rhabiller.

— Mais…

Elle prend un coup en haut du dos.

— Mange !

Elle préfère encore mourir. On la prend par les cheveux, on lui colle le visage dans l'assiette. À quelques centimètres du rat dépecé qui gît au milieu de ses tripes. Elle hurle, se retrouve le nez dans le cadavre. Une main gantée essaie de le lui mettre de force dans la bouche, elle se débat avec ce qui lui reste d'énergie.

— Avale !

Elle recrache l'ignominie, les yeux et l'estomac révulsés. Ils sont aux anges, ces salauds ! Ils la rattachent sur le lit. Puis deux des mecs s'en vont. Tandis que les deux autres s'assoient contre le mur. Marianne les observe craintivement. Pourquoi ils restent ? Elle est si fatiguée. Les minutes passent, ils se contentent de discuter, de fumer leurs clopes. Ils ont même un thermos de café. Comme s'ils préparaient un siège.

Marianne tait sa souffrance. Ses muscles sont tétanisés, sa peau violacée par les ecchymoses. Elle tremble de froid. Elle cède à l'épuisement. Malgré la présence de l'ennemi, malgré la douleur. Malgré la faim, la soif ou la nausée. Malgré la terreur. Elle plonge tête la première dans l'eau délicieuse du sommeil… Quelques secondes.

Un seau d'eau froide l'arrache brutalement à ce repos salvateur.

— Tu crois qu'on va te laisser dormir, salope ?

Visage d'ange a parlé. Elle pleure. Ses larmes se mélangent au liquide glacé qui ruisselle sur sa figure. Elle vient de comprendre… L'empêcher de dormir. Le pire des tourments. Et le froid… Ils la narguent, leur tasse de café à la main. Les paupières de Marianne se ferment à nouveau. Un nouvel orage de grêle s'abat sur elle. Elle pousse un hurlement déchirant.

Drôle de sensation dans sa tête. Des portes s'ouvrent sur l'inconnu.

Comment je m'appelle ? Où je suis ?

Tu dois tenir, Marianne. Tenir.

Par deux fois encore, elle s'endort. Quelques secondes à peine. Ils veillent. Torture organisée.

À l'aube, elle ne sent plus son visage tant il est glacé.

Ses dents jouent un concerto pour percussions. Elle tousse comme une tuberculeuse, ses côtes perforent ses poumons enflammés. Des tiges de glace empalent son corps exsangue. Son cerveau a dû gonfler, pression insoutenable dans sa boîte crânienne.

— La couverture… S'il vous plaît…

Elle est sur la table. À deux mètres à peine. Visage d'ange sourit.

— Si tu ouvres encore ta gueule, c'est un seau d'eau froide que tu vas recevoir !

Elle se tait. Abandonne la lutte. Mourir, ce n'est pas si grave quand on n'a plus d'avenir. Quand on n'en a jamais eu. Elle appelle l'affranchissement ultime.

— Pourquoi je meurs pas, putain ! gémit-elle.

Le bellâtre s'approche.

— On va pas te laisser mourir… Ce serait trop facile ! On veut juste que tu regrettes toute ta vie… Que tu ne puisses jamais oublier. Que tu serves d'exemple aux autres… Quand ils apprendront ce qu'on t'a fait subir, ça les calmera… !

Comment un visage si doux peut-il enfanter des horreurs pareilles ?

Le jour se lève. Trente-sixième heure de torture.

Les matons s'en vont. Marianne ferme les yeux. Enfin, elle va pouvoir dormir… Juste oublier la lumière qui lui persécute les yeux… Mais quelques minutes après, deux gardiennes arrivent. Pas une minute de répit, c'est ça, leur plan. Elles détachent Marianne, l'emmènent à la douche. La jettent dans la cabine, lui interdisent l'eau chaude.

Marianne erre, nue sur un sérac sans fin.

Elle en profite pour boire et pisser. Pas même une serviette pour s'essuyer. Les surveillantes la balancent à nouveau dans le cachot. Visage d'ange est déjà de retour. Deux câbles électriques à la main. Le regard paniqué de Marianne croise le sien. Déterminé. Il semble surpris qu'elle soit encore debout. Ses poignets sont liés avec le filin d'acier, le câble s'enroule autour de son cou.

Ils vont me pendre, ces salauds !

Presque.

Pendant que les filles la maintiennent immobile, le type attache le câble en haut du grillage du sas. Plus besoin de rester avec elle, elle ne risque plus de s'endormir. Obligée de tenir sur la pointe des pieds pour que le câble ne l'étrangle pas.

De temps à autre, elle laisse ses talons toucher le sol. Sanction immédiate. Le filin serre sa chair, l'empêche de respirer. Elle ne résistera pas longtemps. Au bout d'une heure, elle décide de mourir. Pose ses pieds par terre. Plie même les genoux. La corde métallique compresse la trachée, ses cervicales se distendent…

Tu dois mourir, Marianne. Arrêter de souffrir.

Mais, ses jambes se tendent comme deux ressorts épuisés. Réflexe. Les poumons exigent de l'air. Trop dur de se donner une mort aussi terrifiante.

Deuxième essai, une heure plus tard. Nouvel échec.

Elle ne sait plus depuis combien de temps elle lutte pour rien.

Ils reviennent enfin. Il fait encore jour. Ils coupent le câble, elle s'écroule d'un bloc. Se brise en mille morceaux sur le sol. Tousse, crache, tremble. Le filin d'acier lui enserre toujours les poignets, entamant ses chairs. Ils l'attachent au grillage par le cou et les chevilles, en position assise, cette fois. Fesses sur talons, genoux sur le sol rugueux. Elle a juste assez d'air pour respirer. Étranglement progressif.

La nuit arrive. Quarante-huit heures de torture.

Faim, soif. Froid. La saleté sur sa peau toujours nue. La douleur, démultipliée. Serpent à mille têtes enfonçant ses crochets malfaisants dans chaque parcelle de viande froide.

Le sommeil, enfin… À genoux par terre. La nuque serrée contre le grillage. Elle aurait pu dormir debout tant elle est exténuée. Mais ils sont vite de retour. La réveillent brutalement. À coups de pied. Elle crie des mots, ça n'a plus de sens. Des *non* terrifiés, des *ça suffit* tragiques.

Ils lui hurlent dessus. Lui intiment l'ordre de se taire. Elle obéit. Ils lui présentent une tasse de café chaud, posée par terre, à l'autre bout de la cellule. Ils détachent ses chevilles.

— Va chercher !

Elle ne peut plus marcher, les muscles de ses jambes pétrifiés. Elle rampe. Atteint l'appât. Comment boire sans les mains ? Visage d'ange renverse le contenu de la tasse sur le sol.

— T'as qu'à lécher !

Elle hésite. Oui, elle hésite. Mais finalement, elle regarde le type.

— Non, dit-elle.

Il est surpris. Assise par terre, elle guette la suite. Leur imagination sans limites a dû prévoir toute une panoplie barbare. Mais non. Ils se contentent de la frapper. Encore. L'un d'eux s'acharne, la gravure de mode. On dirait que les autres en ont marre. Ou qu'ils ont compris qu'elle ne cèdera pas.

Ils attendaient les supplications, les pardons. La mortification. Les remords. Ils n'ont que la souffrance, rien d'autre. Marianne encaisse. Corps sans défense. Visage d'ange n'arrête plus de cogner. Il déverse des années de rage.

Elle perd lentement conscience. À minuit, rouée de coups, Marianne s'en va.

Même le seau d'eau ne la fera pas revenir. Elle qui navigue dans les limbes de l'horreur.

Mais elle se réveille avec l'aube. Se réveille. Ça paraît incroyable. Pendant quelques minutes, elle se croit morte. Mais si la mort aussi, c'est un cachot pourri…

Elle réalise alors qu'elle est en vie. Les mains toujours ligotées dans le dos ; le filin d'acier a dû atteindre l'os du poignet, maintenant. Dans une sorte d'état second, elle bascule lentement vers un précipice de folie. Ses pieds frôlent le vide, il suffirait d'un pas pour une chute sans retour.

Je m'appelle Marianne… J'ai vingt ans. Je suis… une criminelle. Elle répète ça, sans cesse. Des images. Des gens. Des noms. Des souvenirs. Tous mauvais. Défile sa chienne de vie…

Elle n'a plus froid. Elle baigne dans son sang, encore tiède. Dans sa pisse, encore chaude… Ainsi durant des heures, encore. Battue à mort, souillée, prête à passer dans l'autre monde. Ne laissant aucun regret. Aucun remords. Aucun amour.

Jusqu'à ce qu'un visage se penche au-dessus d'elle. Qu'elle n'oubliera jamais. Celui d'une femme, la directrice de la prison. Des yeux horrifiés.

— Mon Dieu !

La mort a refusé de la prendre. Même la mort ne veut pas d'elle.

… Visage d'ange lui souriait. Rictus démoniaque, vision d'enfer.

Il sévissait donc maintenant au sein de cet escadron répressif. Logique. Place de choix pour exercer sa bestialité en toute impunité. Mater les mutineries à coups

251

de riot-gun, passer à tabac les meneurs, se charger des transferts des détenus les plus dangereux... Activités des plus plaisantes pour un sadique de son espèce. Protégé par sa cagoule et, d'une certaine façon, par la loi qui avait enfanté son unité de choc, il pouvait exprimer sans retenue ses talents de docteur ès torture, corporelle ou psychologique.

Il était debout, face à elle. Elle le fixait avec une frayeur grandissante.

— Tu ne sembles pas ravie de me revoir, Marianne ! Tu la ramènes moins qu'avant, te serais-tu assagie, par hasard ?

Aucune repartie ne franchit ses lèvres. Coup de grisou dans sa tête.

— Bien ! Maintenant tu vas gentiment nous dire où tu planques la came et auprès de qui tu te fournis...

Reprends-toi, Marianne ! Dis quelque chose, merde !

— La came ?... Quelle came ?

Que pouvait-elle bien répondre d'autre ? Il lui mit la seringue et le garrot sous le nez.

— Et ça, c'est quoi ? C'est pour jouer au docteur ?!

— Je... Je ne me pique plus... Ça, c'était pour avant, quand je me shootais... C'est fini, maintenant...

Il empoigna son bras, remonta sa manche. Elle n'eut pas la force de se rebiffer, ligotée par la peur.

— Et ces traces, hein ?

— Le toubib... Il m'a fait des injections récemment... des calmants.

— Des calmants ? Arrête de te foutre de moi, Gréville ! Il la souleva de sa chaise, la plaqua contre le mur.

— Tu sais ce qui arrive quand on m'énerve, Marianne ! Tu t'en souviens, n'est-ce pas ?

Elle se mit à trembler.

— Arrêtez ! J'ai pas de drogue, j'vous dis...

Sa voix aussi, tremblait. Visage d'ange l'écrasait toujours contre la cloison.

— Où est la dope ? Qui te la file ?

Elle pensa un instant dénoncer Daniel. Tout, sauf subir les assauts de cette brute sanguinaire. Mais elle se mordit les lèvres pour s'empêcher de livrer son secret.

— Tu veux qu'on continue cette discussion au cachot ? reprit-il. J'ai très envie d'un petit tête-à-tête avec toi…

— Non ! hurla-t-elle.

Comme pour répondre à son appel au secours, Daniel et Justine firent irruption dans le bureau.

— Qu'est-ce qui se passe, ici ? interrogea le gradé.

Visage d'ange lâcha instantanément sa proie terrorisée. Il se planta face à Daniel qui le dépassait d'une bonne tête.

— La seringue et le garrot, dans la cellule de Gréville… Nous devons savoir où elle cache sa drogue… et qui la fournit.

Daniel jeta un œil à Marianne, figée contre le mur. Jamais encore il n'avait vu tant de frayeur dans ses yeux noirs.

— Sortons, messieurs, voulez-vous ? Justine, tu restes avec mademoiselle de Gréville.

Daniel quitta la pièce, les cagoules lui emboîtèrent le pas. Marianne s'écroula sur le carrelage. Dans le hall, la voix du gradé se durcit.

— Que lui avez-vous fait ?

— On lui a posé des questions… Simplement des questions. Laissez-nous faire notre travail, monsieur ! rétorqua Visage d'ange avec une sorte de dédain.

Ces terroristes de la Pénitentiaire avaient tendance à mépriser leurs semblables dépourvus de cagoule, ils se croyaient tout permis. Daniel fit un pas en avant, écrasant son rival de ses deux mètres.

— Je n'aime pas vos méthodes ! Je vais l'interroger moi-même. Le chef ici, c'est moi ! riposta-t-il avec un calme menaçant. Vous êtes chez moi. Votre *travail* est terminé, nous prenons le relais.

253

— Nous allons continuer à interroger cette fille et…

— Je vous conseille de ne même pas essayer, suggéra Daniel. Car il se pourrait bien que la situation dégénère… Votre fouille est finie. D'ailleurs, vous n'avez pas trouvé grand-chose ! Tout juste un portable et une poignée de cannabis ? Vraiment inutile de déplacer votre armée pour si peu ! Ça prouve qu'ici, je fais bien mon travail. Et je n'ai pas besoin de me cacher derrière une cagoule pour ça ! Alors maintenant, vous disparaissez de mon bâtiment. Et en vitesse.

Daniel le transperçait de ses yeux bleus. Acier trempé. Mettant l'ennemi en garde, *si tu repasses la porte de ce bureau, je t'offre un aller simple pour les urgences.*

Visage d'ange se déballonna.

— OK, comme vous voudrez, *chef…* Tant pis pour vous ! Mais je vous préviens, je ferai un rapport sur votre comportement.

— Faites. Mes états de service plaideront en ma faveur. Je ne suis pas sûr que vous puissiez en dire autant. Bonne fin d'après-midi, messieurs. Et merci encore pour cette charmante représentation !

Les membres des ERIS évacuèrent, Daniel soupira. Il retourna dans l'office. Les deux femmes étaient silencieuses.

— C'est bon, Justine, tu peux ramener Marianne en cellule. Ils sont partis.

Marianne suivit alors Justine, le pas chancelant. Son cœur refusait de se calmer. Arrivée à la 119, elle se laissa choir sur une chaise. Tenta de maîtriser ses tremblements pour allumer une cigarette.

— Ça va aller ? s'inquiéta Justine. T'es toute blanche… Ils t'ont frappée ?

— Non… Vous êtes intervenus juste à temps, je crois…

***

Marianne se réveillait doucement d'un abominable cauchemar. Commotionnée. Ses retrouvailles avec Visage d'ange. La peur, si violente, peinait à se dissoudre dans ce crépuscule humide. Toujours là, dans son ventre, dans son cœur. Suintant par chaque pore de sa peau. Elle avait mis de l'ordre dans sa cellule dévastée à défaut de pouvoir le faire avec ses émotions.

Maintenant, elle contemplait son plateau-repas avec dégoût. Des légumes bouillis flottant dans une sauce indéfinissable, autour d'une tranche de barbaque. Un morceau de fromage pour lequel on avait dû traire une usine de plastique. Un bout de pain mal décongelé. Une pomme qui avait sans doute servi à jouer au tennis… Pourtant, il fallait bien manger quelque chose, sinon la fringale la tenaillerait toute la nuit. Elle n'arrivait pas à dormir lorsqu'elle avait faim. Et elle ne comptait plus les nuits d'insomnie. Ce soir, elle n'avait rien d'autre que ce répugnant assemblage à se mettre sous la dent. Ses casiers étaient vides. Parfois, Daniel lui apportait quelques friandises. Des trucs à choper des caries et du diabète. Mais tellement délicieux ! Des biscuits, des barres de céréales, du chocolat. Mais là, elle n'avait plus rien.

Daniel…

Elle consulta son vieux réveil. Tiendrait-il perpète, lui aussi ? L'accompagnerait-il jusqu'à la fin ? Ce n'était pas encore l'heure. Pourtant, elle appréhendait le moment où il se glisserait dans la cellule. Comme jamais. Il suffira d'être froide. De lui donner ce qu'il veut en pensant à autre chose.

Elle se força à avaler le fromage. C'était bien du plastique aromatisé. Elle continua avec le pain mais renonça au reste. En guise de dessert, la dernière cigarette du dernier paquet.

Ses mains tremblaient. Son ventre se souvenait de la douleur, se crispait déjà.

S'il est brutal, comme l'autre soir ? Non, si je ne le provoque pas. Après tout, il m'a sauvé la mise, cette après-midi. Il aurait pu m'abandonner aux mains de ces ordures. Mais il ne l'a pas fait.

Elle fuma sa Camel jusqu'au filtre. Le pire serait qu'il ne vienne pas. La faim et le manque.

Mais il tient toujours parole. Peut-être la plus grande de ses qualités. Elle tenta d'imaginer quel homme il était avec sa femme et ses enfants.

Toutes les filles le trouvent beau. Mais c'est sans doute parce qu'elles sont en manque !

Pourtant, Marianne aimait ses yeux. Surtout en colère. La fureur les teintait de gris comme une mer sous la tempête. Grand, fort. Baraqué comme on dit. Souvent cynique et froid. Parfois chaleureux et tendre. Imprévisible. Mais toujours rusé et intelligent. Sur la musique du 19 h 40, elle se souvint du jour où leurs regards s'étaient croisés pour la première fois. Pas un truc dans le genre fleur bleue…

… Il fait nuit dehors. Marianne a froid. Rescapée de l'enfer, elle tient debout un peu par miracle. Peut-être parce qu'elle n'a pas d'autre choix. Parce que personne n'a proposé de la porter.

Tout juste échappée des geôles de la centrale et des griffes des gardiens assoiffés de vengeance. Les plaies fraîchement recousues. La façade à peine retapée.

Deux surveillantes s'occupent de la nouvelle arrivante dans cette maison d'arrêt inconnue, à S. Son nouveau bagne. Sa sanction en attendant le procès de la Françoise. De toute façon, il fallait l'évacuer de R. Ici, elle n'aura plus les clefs de sa cellule, plus le droit de se

256

balader dans la taule à longueur de journée. Ici, ce sera l'enfermement vingt-deux heures sur vingt-quatre.

Marianne s'est déshabillée, une matonne procède à la fouille, pendant que l'autre monte la garde au fond de la salle. Dehors, juste derrière la porte, deux matons armés de matraques. Dispositif hors du commun.

Ils ont peur de moi ! songe Marianne pour se réchauffer. Putain, qu'il fait froid ! Pourtant, le printemps est là, déjà. Penser aux saisons dont elle n'a plus grand-chose à faire depuis qu'elle est dedans. Penser à n'importe quoi pour ne pas subir de plein fouet l'humiliation. Pourtant, elle devrait être habituée, maintenant.

La gardienne prend son temps, regarde les marques laissées par ses collègues avec une mine réjouie. Ici comme là-bas, elle est objet de haine. Solidarité pénitentiaire. Enfin, l'autre a terminé sa besogne. Son viol légal.

Marianne remet ses vêtements. Abandonnée dans ce frigo, un poignet menotté à un anneau scellé au mur, elle rêve d'une cigarette, d'un repas chaud, d'un café. D'un lit, même pourri. Ce voyage était si long. Des kilomètres chaotiques, à l'arrière d'un fourgon, en compagnie de deux gendarmes indifférents.

Ils vont me laisser moisir ici toute la nuit ? Même pas. Ils vont me descendre direct au cachot et me flanquer une raclée. Ils finiront bien par me tuer. Je suis tout de même pas immortelle.

La porte s'ouvre enfin. Une femme entre, suivie d'un homme. La surveillante reste sur le seuil. Une blonde, les cheveux mi-longs, au carré. Traits tout en douceur. Ça doit cacher quelque chose. L'homme s'approche. Immense, costaud. La première chose qu'elle remarque, ce sont ses yeux. Aussi bleus qu'un ciel d'été. Elle se lève en s'aidant du mur. C'est toujours mieux de les affronter debout. On se sent toujours plus digne debout. Plus fier.

— Alors c'est toi, Marianne de Gréville…

Il n'a pas l'air commode. Plante son bleu glacé dans son noir ténébreux.

— Je m'appelle Daniel Bachmann, annonce-t-il d'une voix calme. Je suis le gradé du quartier femmes. Et voici Justine Féraud, la surveillante de garde cette nuit…

Il a parlé avant de cogner. Mais elle n'est pas rassurée pour autant. Y en a qui ont besoin de préliminaires. Pourtant, elle garde un visage froid comme la mort. Il s'allume une clope, elle hume avec délice l'odeur du tabac.

— Je dois t'informer que le directeur a décidé pour toi de mesures toutes particulières. Tu seras placée en isolement. Tu n'auras ni le droit de travailler, ni celui de participer aux différentes activités proposées par l'établissement…

L'angoisse étreint la gorge de Marianne.

— Si je ne peux pas travailler, comment je vais cantiner ?

— C'est pas mon problème… Tu n'as pas d'argent ?

— Non… Je n'ai jamais eu un seul mandat.

— Dans ce cas, tu te passeras de tout. Fallait réfléchir avant de démolir une gardienne.

Elle reste calme malgré les sanctions qui pleuvent déjà. Inutile d'envenimer la situation. Elle est si fatiguée.

— Tu ne pourras pas quitter ta cellule sans être menottée.

— Menottée ? répète Marianne avec effroi.

— Oui, menottée. Ça aussi, c'est une mesure spéciale… Tu as une autre question ?

— Non, monsieur.

Il semble un peu surpris par son respect, sa politesse. Ça détonne avec son regard incroyablement dur.

— Je te préviens ; si tu nous fais chier, je t'en ferai passer l'envie. C'est clair ?

— Oui, monsieur.

— Parfait.

Il n'insiste pas. Ne profite pas de la situation pour l'écraser ou l'humilier. Peut-être une ruse ? Il cache sans doute son jeu. Il la détache du mur.

— Tourne-toi.

Il lui passe les menottes, remarquant au passage les traces sur ses poignets. Sa peau entaillée et violacée. Il l'empoigne par un bras ; ils quittent la pièce, Justine devant, qui n'a pas encore ouvert la bouche. Couloirs interminables, escalier immense. Série de grilles. Le chef tient toujours solidement son bras. A-t-il compris que, s'il la lâche, elle tombe ? Ils s'arrêtent devant la porte 119. Marianne ne comprend pas.

Le gradé ouvre, la conduit à l'intérieur puis lui ôte les bracelets.

— On va t'apporter ton repas…

Elle le dévisage avec étonnement, se laisse aller sur une chaise.

— Qu'est-ce qu'il y a ? La cellule ne convient pas à mademoiselle ?

— Je… Je ne vais pas au cachot ? murmure Marianne.

À son tour d'être étonné.

— Au cachot ? Pourquoi ? Tu n'as encore rien à te reprocher !

Justine fait alors entendre sa voix. Aussi douce que son visage. Le chant d'une rivière tranquille.

— Ils vous ont malmenée, c'est ça ?

Marianne lui sourit tristement. *Malmenée* ? Torturée, plutôt !

— Eh bien ici, nous ne ferons pas ça. Rassurez-vous. Désirez-vous voir un médecin ?

Marianne croit rêver. Ce serait vraiment fini ?

— Non, madame.

— T'es sûre ? insiste le chef. Tu tiens à peine debout !

Elle a quelque chose de surprenant. Il pensait rencontrer un monstre hystérique. Ou une femme brisée. Or il a, en face de lui, une jeune femme, très jeune, presque une gamine. Il lit la souffrance sur son visage, sa peau.

Mais dans ses yeux, davantage de puissance que de douleur. Il se doute de ce qu'elle a subi, surpris qu'elle soit si calme, si forte.

— Ils ont recousu ce qu'il y avait à recoudre. Pour les fractures, c'est trop tard…

— Tu crois que je vais pleurer ? rétorque le gradé.

— Non, monsieur. Votre pitié ne m'intéresse pas.

Il sourit de cette repartie.

— Je voudrais juste manger, s'il vous plaît. Et dormir.

— Ton repas arrive. Ensuite, tu pourras dormir douze heures si tu veux ! Comme tu n'as rien, je te ferai donner le paquetage demain. En même temps que tes affaires.

— Vous n'avez pas une clope, s'il vous plaît ?

Elle s'attend à un refus, mais en a trop envie pour ne pas tenter sa chance. Le chef sort un paquet de sa poche et le balance sur la table.

— Merci, monsieur.

— De rien. Je te recevrai demain, dans mon bureau. Tu verras aussi le médecin et monsieur Sanchez, le directeur.

Elle hoche la tête, prend une cigarette, étonnée de voir que le paquet est presque plein.

— Vous auriez du feu ?

Il dépose un briquet près des clopes.

— Comment tu fais pour fumer si tu n'as pas de fric ?

— Je travaillais en centrale…

— Je te l'ai dit, ici, tu n'auras pas le droit. Alors va falloir apprendre à te passer de cigarettes.

… Marianne grimpa sur sa chaise, il pleuvait douce-ment. Elle passa un bras entre les barreaux, pour goûter l'eau fraîche sur sa peau.

Elle l'avait trouvé attirant dès le premier instant. Mais

ne se l'avouait que ce soir. Une voix calme et grave. Les épaules larges. Les yeux d'un bleu conte de fées. Parce que c'était un homme, aussi. Simplement pour ça, peut-être. Non. Pas simplement.

Il la traitait comme un être humain. Pas comme un numéro d'écrou. Même s'il se montrait parfois brutal. Avait-il le choix, finalement ? Il avait peur. Peur qu'elle n'amoche ses gardiennes.

Depuis cette première rencontre, ils se livraient un combat sans merci. Car ils étaient forts, l'un comme l'autre. Car aucun des deux ne voulait s'avouer vaincu.

Il avait trouvé son unique faiblesse. L'addiction.

Il l'avait bâillonnée en lui fournissant sa dose et son tabac. En la forçant à se prostituer. La seule façon de la soumettre. De la contrôler. Ou presque. Et ça lui faisait mal, à Marianne. Tellement mal…

L'auxi vint débarrasser le plateau. Justine lui souhaita une bonne nuit, s'inquiéta de son moral. Solange prenait la relève ; les détenues auraient des cauchemars plein leur nuit.

Marianne fit un brin de toilette. Elle laissa la lumière du lavabo allumée ; pas envie d'obscurité. Elle s'allongea pour écouter pleurer le ciel. Si fatiguée. Comme si elle avait vécu de trop longues années. Si lasse d'exister.

Le 20 h 20 rasa les murs de la prison, grondant sous l'orage.

Quand elle rouvrit les yeux, elle s'étonna du silence. Elle comprit qu'elle avait dormi longtemps. Elle le devina dans la pénombre. Assis près de la table. Comment avait-elle pu ne pas entendre la clef dans la serrure ?

— Pourquoi tu ne m'as pas réveillée ?

Il alluma une cigarette, elle vit ses yeux à la lueur de la flamme du briquet. Coucher de soleil sur l'océan.

— Tu as besoin de récupérer. Et puis je ne suis pas

pressé. Pariotti est déjà passée. Je me suis planqué dans les chiottes !

— Je ne me suis rendu compte de rien, murmura Marianne. Je suis tellement crevée…

— Pourtant, elle a allumé et même tapé contre la porte !

— Comme d'hab'…

Elle se leva enfin, s'étira puis vint s'asseoir en face de lui.

— T'as apporté ce qu'il faut ?

— Une cartouche et deux grammes.

Il alluma sa Maglite. Elle aperçut les cadeaux sur la table. La seringue et le garrot, en prime. Mais aussi… Elle écarquilla les yeux. Un sac entier de victuailles !

— J'ai vu la gueule des plateaux, ce soir, ajouta-t-il en souriant. Je suis certain que tu n'as rien avalé… Je me trompe ?

Il avait même apporté une canette de soda, comme elle aimait. Avec la torche en guise de chandelle, ils partagèrent un drôle de repas. Lui aussi semblait affamé.

— T'as pas mangé, toi non plus ?

— Non… Je n'ai pas eu le temps de descendre au mess.

Une fois rassasiée, elle entama sa cartouche. Tout était parfait. Sauf que maintenant, il fallait payer l'addition. Les piles de la lampe rendirent l'âme, ils se retrouvèrent enveloppés de pénombre. Seuls le néon de la salle d'eau et le lampadaire de la cour les sauvaient du noir complet.

— Tu sais à quoi je pensais, avant de m'endormir ? Au soir où je suis arrivée ici… Quand tu m'as filé ton paquet de clopes et ton briquet.

— Tu l'as gardé ?

Elle hésita.

— Oui.

— Pourquoi ?

262

— Je sais pas. Parce que c'était un cadeau, peut-être. On ne jette pas un cadeau !

Silence, quelques minutes. Puis Marianne se lança.

— Je voulais te dire… Pour tout à l'heure… Merci de m'avoir tirée de là…

— Je vais pas laisser ces crétins faire la loi chez moi !

— Je… Je vais avoir des ennuis, tu crois ?

— Non, puisque j'ai récupéré la seringue et le garrot. Au fait, ce type semblait te connaître… Celui qui avait une belle gueule…

— Oui. C'est… C'était un des matons à la centrale de R.

— Pourquoi étais-tu aussi… effrayée par ce mec ? Je t'avais jamais vue comme ça.

— C'est… Il faisait partie… du commando punitif quand… C'était le pire de tous.

— J'ai compris, coupa Daniel pour écourter son supplice. C'est fini, maintenant.

Il saisit sa main, elle fit le tour de la table. Il se leva à son tour. Il avait eu le temps de penser à ce moment. Une heure à la contempler dans son sommeil. À attendre, laisser l'incendie se propager.

Reprendre les vieilles habitudes. Le commerce. Voilà ce qu'il s'était juré de faire. Comme avant. Avant cette nuit où il avait franchi la limite interdite.

Pourtant, il prit son visage entre ses mains. Il la regardait, dans la tendre lueur qui baignait la cellule. Juste assez pour admirer le noir mélancolique de ses yeux. En face des siens.

Ne pas céder. Sinon, elle deviendrait incontrôlable. Sans rien dire, il appuya sur ses épaules pour qu'elle se mette à genoux. Même pas la force de lui demander. Mais elle avait compris. Défaisait déjà sa ceinture. Lui seul devait prendre du plaisir. Elle avait eu ce qu'elle voulait, ne devait rien obtenir de plus. Rien que les chaînes pour l'entraver. Il ferma les yeux, ne put s'empêcher de caresser ses cheveux. Pourquoi cette impression de commettre une chose horrible, alors ? Pire que quand il l'avait frappée…

Le plaisir fut foudroyant, il s'accrocha à la table. Retomba sur la chaise, tandis qu'elle disparaissait derrière la cloison. Elle revint au bout d'une minute, alluma une autre cigarette puis laissa tomber son jean et s'allongea. Invitation silencieuse. Pourtant, il ne bougea pas, encore sous le choc. Les minutes passèrent dans un silence absolu.

— Je vais finir par m'endormir, murmura soudain Marianne.

Il s'approcha enfin. Elle était tellement belle. Tellement à lui. Trop, peut-être. Assis sur le rebord du lit, il fit remonter sa main sur sa jambe. La tentation était si grande. Un seul geste, un seul regard et tout basculerait. Mais s'il se sauvait maintenant, elle prendrait cela pour un échec. Une faiblesse. Comprendrait peut-être ce qui le rongeait.

Il déboutonna sa chemise pour gagner du temps. L'uniforme d'été. Juste une chemise bleu ciel, assortie à ses yeux.

Il suffisait de s'allonger sur elle. Toujours au-dessus. Mais jamais il ne l'autorisait à une position dominante. Interdit par leur règlement tacite. Elle aurait peut-être le réflexe de passer ses bras autour de lui ; ça aussi, interdit. Il le lui rappellerait en plaquant ses poignets sur le matelas. Simple. Il suffirait ensuite qu'il la prenne. Elle aurait juste un peu mal, comme à chaque fois qu'il pénétrait ce territoire aride de désir.

Si simple… Mais ce soir, ça lui semblait impossible. Il avait envie de l'embrasser. Plus que tout. Interdit.

Envie de la serrer contre lui. Interdit. Il ne devait jamais oublier ce qu'elle avait commis. Le danger qu'elle représentait. Il était presque en mission.

Marianne avait fermé les yeux. Ne comprenait pas pourquoi il mettait tant de temps. Elle pensait au fixe qu'elle allait s'offrir juste après son départ. Croisière de rêve... Mais le chef ne se décidait pas à passer aux choses sérieuses.

— Qu'est-ce que tu as ?

Sans répondre, il s'allongea près d'elle. Le lit était vraiment trop étroit pour deux.

— Eh ? T'as une panne, c'est ça ?

Elle voulut vérifier par elle-même mais il arrêta sa main.

— Tu sais, si tu peux pas continuer, tu devrais partir. Parce que l'autre folle ne va pas tarder.

— Non. Elle ne repassera pas avant des heures... et c'est moi qui décide quand je pars.

Elle se leva, prit une cigarette.

— Apporte-moi une clope, ma belle.

Elle obtempéra, lui tourna le dos, en équilibre sur le bord du matelas.

— Ce sont des choses qui arrivent ! chuchota-t-elle avec un sourire frondeur qu'il devinait dans le ton de sa voix. Ça arrive tout le temps et à plein de mecs !

— Qu'est-ce que tu y connais, toi, aux mecs ? Tu es si jeune, ma belle. Tu n'as pas dû en connaître beaucoup des mecs...

— Tu te trompes ! protesta-t-elle en y mettant tout son cœur.

— Tu n'as jamais su mentir... Et puis, je n'ai pas de panne, comme tu dis.

Il attrapa sa main, la posa sur sa braguette. Elle la retira en vitesse comme si elle venait de se brûler. Il se mit à rire. Effectivement. Il était même en grande forme.

— J'vois pas ce que t'attends, alors ! grogna-t-elle. Si tu veux rien d'autre, tu devrais partir, maintenant !

Il effleura sa colonne vertébrale ; elle tressaillit.

— T'as sommeil ?

— Non. Je me ferais bien un fixe...

— Vas-y, te gêne pas pour moi.

— Je préfère être seule pour ça.

Une main toujours sous son tee-shirt, il continuait à caresser doucement son dos. Ça lui filait du 220 partout. Elle ne comprenait pas à quoi il jouait, rêvait seulement de s'injecter une dose.

— Je veux être seule ! Alors maintenant, tu vas t'en aller ! s'emporta-t-elle.

— Vas-y ! Il suffit de me porter jusque dans le couloir ! Je ne pèse que cent kilos et des poussières, ça ne devrait pas te poser de problèmes !

— Pauvre con !

— Ne sois pas vulgaire, ma belle. Ça ne te va pas du tout...

Elle se dégagea brutalement et s'éloigna enfin. Il convoitait quelque chose d'inédit. Elle s'énervait, devenait dangereuse. Il était peut-être attiré par le risque. Elle soupira et tenta la douceur avec un bel effort de maîtrise.

— Va-t'en, s'il te plaît.

— Non.

Ce nouveau refus la poussa dans ses retranchements.

— Putain, tu me gonfles ! T'as eu ce que tu voulais ? Alors tu me laisses !

— Arrête de crier ! Tu veux ameuter tout le quartier ou quoi ?! Tu as envie d'une dose ? Te prive pas de ton plaisir, ma belle. Tu l'as bien gagné.

Elle se sentit avilie par ce simple mot. *Gagné*. Elle aurait encore préféré qu'il la traite de pute. Carrément. Ça aurait été plus clair. Elle se mit à bouillir.

— J'ai envie que tu t'en ailles !

Elle lui tournait le dos, boudeuse. Il se leva, la prit par la taille, l'attira contre lui. Embrassa ses cheveux ébouriffés. Sa nuque gracile à la peau laiteuse. Il avait retrouvé les vieilles habitudes. Exiger, dominer, forcer.

— Je veux un truc spécial ce soir... Tu es en manque, non ? Vas-y ma belle, fais-le devant moi.

C'était donc ça qu'il voulait ! C'était peut-être encore pire que ce qu'elle avait imaginé.

— T'es vraiment un tordu !

— Peut-être ! Mais je ne bougerai pas avant d'avoir vu ça…

Elle arriva enfin à le faire lâcher et se retourna, furieuse.

— Ça, jamais !

Il alluma une cigarette, regagna la chaise. Elle soupira à nouveau, croisa les bras. Combat de deux volontés farouches. Mais il savait comment assouvir ce nouveau fantasme. Comment pénétrer dans son intimité, ses secrets.

— Qu'est-ce que tu veux en échange, Marianne ? murmura-t-il.

— Rien ! rugit-elle. Parce que je refuse !

— Je te laisse une dernière chance. Tu peux obtenir ce que tu désires tout en prenant ton pied… Une offre intéressante, non ?

Vrai que c'était alléchant. Après tout, si ça lui faisait plaisir de la voir se piquer… Mais tant de choses lui manquaient. Ne pas se tromper de requête.

— OK, dit-elle.

— Bien, murmura-t-il d'une voix satisfaite… Alors, qu'est-ce que tu veux, ma belle ?

Elle hésitait. Davantage de clopes ? De poudre ? Ou bien ce baladeur dont elle rêvait depuis si longtemps ? Avec quelques disques, bien sûr. Et si elle exigeait un passe-droit pour bosser plus vite ? Pas très excitant comme cadeau ! Pourtant, c'était regagner un peu de liberté.

Elle céda à la facilité. De toute façon, le boulot, elle finirait bien par l'obtenir.

— Je voudrais… Je veux un baladeur et des disques.

— D'accord. Tu n'auras qu'à me faire une liste des disques que tu désires. Pas plus de trois.

Elle se retint de laisser exploser sa joie. Elle n'avait même pas espéré autant.

— Je veux que le baladeur fasse radio, aussi, ajouta-t-elle d'une voix de petite fille capricieuse. Comme celui qui est sur le catalogue. Celui à soixante-quinze euros…

— Tu auras celui-là ! promit-il en souriant.

— T'as pas intérêt à m'escroquer !

— Est-ce qu'une seule fois je n'ai pas tenu parole ?

Il se languissait du spectacle, elle n'était pas très à l'aise.

— Qu'est-ce que tu attends ?

Elle récupéra la seringue, le garrot et une petite cuiller, ouvrit un des deux sachets de poudre. Il épiait chaque geste, n'en perdait pas une miette.

— Tu feras rien d'autre que mater ? Tu profiteras pas que je sois défoncée pour…

— Pour quoi ?

— Je sais pas, moi ! T'es tellement givré…

— Relax ! Je ne ferai rien d'autre que ce que tu voudras.

Elle ne sembla pas relever l'ambiguïté de sa phrase. Elle alluma la lumière, s'installa sur son lit.

— Tu pourras éteindre quand j'aurai fini le shoot ?

Il hocha la tête. Ses yeux brillaient d'un désir qu'elle n'arrivait pas à comprendre. Qu'elle décida d'ignorer. Le garrot en haut de son bras gauche, elle versa la moitié du sachet dans la petite cuiller et mit la flamme du briquet juste en dessous. Elle aspira le tout avec la seringue, palpa son bras à la recherche d'une veine pas trop fatiguée. Il observait toujours, elle eut peur de commettre une maladresse tant sa présence l'embarrassait.

Pense au cadeau, Marianne. Tu vas pouvoir t'offrir des heures de musique, écouter la radio, avoir un lien avec l'extérieur ! Et dans cinq minutes, tu ne t'apercevras même plus qu'il est là.

Elle enfonça l'aiguille. Daniel sentit son cœur se

soulever. Mais il ne détourna pas les yeux. Elle desserra le garrot, s'allongea. Il éteignit et se posa près d'elle.

— T'es content ?

— Oui…

Elle avait laissé l'aiguille plantée dans son bras. Il hésita. Décida de la retirer doucement. Nouveau haut-le-cœur. Le néon éclairait son visage en demi-teinte, les yeux mi-clos. Elle avait étendu ses jambes nues, juste à côté de lui. Il posa sa main sur sa peau aussi douce qu'un satin précieux. Remonta jusqu'au genou.

— À quoi tu penses, Marianne ?

— À rien…

Elle laissa la drogue prendre possession de chaque parcelle de son être. Elle n'en était qu'au début du voyage, tenait toujours le gouvernail. Mais dans quelques minutes… Et il serait là. Elle ne pourrait plus rien pour se défendre.

Danger. Trop tard.

Remords terribles, sensation d'avoir ôté son armure face à l'ennemi armé jusqu'aux dents. Elle ouvrit les yeux. Terrorisée.

— Qu'est-ce que tu vas me faire ?

Il lui souriait. Pas un sourire rassurant ou gentil. Plutôt celui d'un carnassier qui se réjouit du festin.

— T'inquiète… Laisse-toi aller…

Cette phrase fit exploser la crainte telle une bombe dans ses tripes. Elle tenta de se redresser. S'effondra à nouveau sur l'oreiller. Déjà trop loin.

Il prit sa main dans la sienne, la porta jusqu'à ses lèvres.

— Tu ne devrais pas t'énerver, Marianne. Profite plutôt de ton plaisir…

Elle referma les yeux, l'ivresse commençait à la soulever. À la téléporter dans un autre monde. Il tenait sa main dans la sienne. Rien de plus. Elle s'était inquiétée à tort. Un sourire qu'il ne connaissait pas se dessina sur son visage délassé.

— À quoi tu rêves, ma belle ?

Elle essaya encore de s'asseoir, il l'aida en la prenant par la nuque. Elle s'accrocha à lui, la tête contre son épaule. Voyage en première classe. Elle écarta sa chemise bleu ciel ouverte, posa une main sur sa peau. Besoin de chaleur animale. Sa bouche effleura la naissance de son cou.

Au milieu de son délire, elle réalisa alors qu'il s'était rasé de près. Elle était contre lui, si loin pourtant.

— T'es où ?

— Je sais pas… Je marche, je suis dehors… Je suis sortie…

C'était donc à cela que servaient les doses qu'il apportait chaque semaine depuis presque un an. Cette poudre avait le pouvoir phénoménal de lui permettre de franchir les enceintes de la prison.

— Et maintenant que tu es libre ?

— Il y a tellement de choses qui m'attendent… Tellement… Tout ce que je veux ! Je vais pouvoir voyager, prendre le train…

— Pourquoi pas l'avion ? On part plus loin en avion !

Elle fut prise d'un véritable fou rire. Le premier qu'il entendait depuis qu'il la connaissait.

— T'es givré, toi ! Les avions tombent comme des mouches ! Mes vieux y sont morts parce que l'avion s'est crashé, j'te signale !

— Ils te manquent ?

— Mais de qui tu parles ? s'écria-t-elle entre deux éclats de rire.

— De tes parents…

— Eux ?! Mais même pas je les connais ! Même pas je me souviens de leurs tronches ! C'étaient des cons, de toute façon !

— Comment tu peux dire ça alors que tu ne les as pas connus ?

Elle reprit son calme.

— Ils m'ont abandonnée…

— Ils ne l'ont pas fait exprès.

— Qu'est-ce que ça change ? Hein ? Qu'est-ce que ça change ?

— Rien, tu as raison…

Un long silence résonna dans leurs têtes.

— Faut que je passe voir le vieux, reprit Marianne. Maintenant que je suis dehors, faut que j'aille le voir…

Il tenta de comprendre. Son grand-père ?

— Quel vieux ?

— Celui que j'ai buté ! Tu m'écoutes pas quand je parle !

— Mais si, Marianne. Je t'écoute. Je n'écoute même que toi !

— J'irai sur sa tombe. Faut que je lui explique que c'était un accident. C'est parce que je sens pas ma force… Comme Lenny…

Daniel fronça les sourcils. Qui c'est celui-là ?

— J'étais défoncée, j'ai pas fait exprès… Je pouvais pas deviner qu'il était malade. Hein ? Je pouvais pas savoir… Personne me croit jamais…

— Moi, je te crois.

— Peut-être que si je m'excuse, il me laissera tranquille, après. Il viendra plus quand je dors…

Il entrait dans son esprit torturé comme par effraction. Depuis le temps qu'il se demandait ce qu'il y avait vraiment dans sa tête. Derrière ses yeux noirs. Et Marianne continua à se livrer. Comme s'il n'était pas là. Ou pas réel. Parfois, c'était incompréhensible. Mais il la suivait dans ses ténèbres particulières. Dans les méandres de son repentir un peu violent, un peu maladroit. Puis dans ses voyages, ses trains, ses bateaux. Elle racontait si bien ses rêves… Sons, odeurs, musique, goût, rien ne manquait. Elle avait des envies simples, ordinaires. Donnait une dimension incroyable à des choses banales. Des choses qu'il accomplissait chaque jour sans même s'en rendre compte. Sans même se dire qu'il avait de la chance.

Envie de liberté, tout simplement.

Marcher dans la direction qu'elle souhaitait. Quitter son petit appartement imaginaire quand bon lui semblait. Toucher la terre, avec ses mains. Se griser du parfum des fleurs. Se promener dans une forêt ou au bord de l'eau. Flâner en ville, prendre le bus. Boire ou manger à volonté dans les meilleurs endroits. Avoir un chat. Un gros avec des poils longs et gris. S'abrutir devant la télé. S'offrir des vêtements, des pompes, du maquillage. Être jolie, enfin. Mais avec quel argent, ça, elle ne s'en souciait pas. Comme inconsciente de la dure réalité qui régnait dehors aussi. Tout simplement parce qu'elle savait cela chimères. Parce qu'elle savait que jamais elle ne sortirait. Dans ce cas, à quoi bon encombrer ses songes de difficultés bassement matérielles ?

Il souriait, à l'unisson avec elle. Faillit s'injecter la même dose. Pour oublier, lui aussi. Les barreaux, lui aussi. Mais elle avait réussi à l'emmener dans ses bagages, dans son pays des merveilles. Gratos.

Puis les mots se tarirent doucement. La magie n'opérait plus. Elle crispa ses mains sur ses épaules.

— Qu'est-ce que tu as, Marianne ? chuchota-t-il.

— J'ai peur…

La descente. Celle qui se passait parfois si mal. Il avait ramassé tant de toxicos encore défoncés et pourtant en larmes. Mauvais trip. Il comprenait mieux, ce soir. Il comprenait enfin.

— Ça va aller, jura-t-il en caressant ses cheveux.

— Je sortirai jamais, pas vrai ?

Le cauchemar avait chassé le rêve. Lourd tribut à payer. Le voyage pouvait coûter cher. Il réalisa qu'elle pleurait, la serra avec force. Inutile de mentir. Elle n'était plus assez loin pour y croire.

— Je ne sais pas, Marianne.

— Je veux pas mourir ici ! implora-t-elle. J'ai vingt ans ! J'ai que vingt ans…

Elle se sentait tomber, aspirée par un gouffre aussi noir que ses yeux, aussi profond que son désespoir. Mais elle avait un corps auquel se raccrocher, cette nuit. Une présence rassurante. Alors, elle s'amarra à lui, l'enlaça éperdument. Elle était encore ivre, le corps en lévitation, bien loin de sa carapace.

— J'ai eu souvent envie de te tuer, confessa-t-elle de façon abrupte.

Il préféra ne pas répondre. Le moment tant attendu arrivait enfin.

— Après l'autre nuit, quand on était en bas… J'avais déjà honte avant, de ce qu'on fait depuis un an… Mais là… Moi, je voulais juste que tu m'aimes un peu… Juste compter pour quelqu'un…

Il ne put finalement continuer à se taire. À la laisser se noyer.

— Tu comptes pour moi, avoua-t-il enfin.

Il pouvait le lui confesser. C'était sans risque. Comme ces promesses à quelqu'un qui va mourir. Juste pour l'apaiser avant le grand saut.

Elle laissa sa joie émerger au milieu de ses larmes. Posa ses lèvres sur les siennes. Il s'abandonnait, elle ne s'en souviendrait pas. Il tomba en arrière, elle se retrouva au-dessus de lui. Elle le regardait comme jamais une femme ne l'avait regardé. Le déshabillait avec des gestes mal synchronisés. Maladroits, touchants. Il lui enleva doucement son tee-shirt.

Ne pas penser au lendemain. Non, elle ne s'en souviendra pas. Personne ne le saura. C'est juste entre elle et moi. Juste son plaisir et le mien. Le reste est sans importance. Sans intérêt. Sans amour, pas de conséquences. Pas de prix à payer.

Ils finirent par terre. Le lit n'était pas assez grand. La cellule non plus. La prison elle-même n'était pas assez vaste pour accueillir leur étreinte. Même le monde était trop étroit pour les contenir, les comprendre.

Ils n'entendirent pas la trappe s'ouvrir furtivement. Ni se refermer. Ils ne remarquèrent pas un rai de lumière s'aventurer discrètement dans la cellule. Isolés du reste du monde, plus rien ne comptait. À part eux. À part les chaînes qu'ils s'enroulaient doucement autour du corps. Avec une indicible jouissance. Il posa une main sur sa bouche.

Pour être le seul à entendre son plaisir. Rien que pour lui, rien qu'à lui.

Mardi 31 mai – 10 h 00 – Cour de promenade

Marianne s'était de nouveau assise au pied de l'acacia. Son refuge favori, désormais. Que personne ne songeait à lui voler. Petit coin de nature enraciné dans le béton. Le dos contre l'écorce, elle tentait de sentir les pulsations de sève. Le visage entre les mains, les jambes repliées. Comme une forteresse imprenable.

Ce n'était pas vraiment douloureux. Bien pire. Elle s'entendait hurler. Encore.

Tout était gris, ce matin. Le ciel, les bâtiments, les silhouettes. L'existence. Le soleil avait sans doute renoncé à lui rendre visite, aujourd'hui. Comme pour la punir. Encore cette culpabilité dévorante.

Il m'a eue, une fois de plus. Il avait dû rentrer chez lui, elle ne le reverrait pas avant le lendemain. Elle ne l'avait pas entendu s'éclipser. S'était endormie dans ses bras ; réveillée seule.

Elle effleura le tronc de l'arbre, puisant en lui une force presque magique. Un sourire illumina subitement son visage. Pourquoi se torturer ? C'était tellement bon, encore meilleur que la première fois ! Inoubliable, tatoué dans ses chairs. Je compte pour lui. J'ai du pouvoir sur lui. Il peut mentir si ça le rassure. Maintenant, je sais !

Elle se mit à rire. Jusqu'à ce que Solange se plante devant elle.

— Tu rigoles toute seule, de Gréville ? T'es vraiment dingue, ma parole !

— C'est Gréville ! Et oui, je suis dingue, surveillante ! Complètement dingue !

La Marquise se baissa à sa hauteur, le visage dégoulinant de maléfices.

— Tu devrais dormir la nuit… Au lieu de te faire sauter comme une chienne en chaleur… Mais bon, si tu aimes jouer les putes, c'est ton problème… !

Elle s'éloigna, arborant un sourire triomphant. Laissant Marianne sous le choc. La peur et la honte instillèrent doucement un liquide brûlant dans ses entrailles. Elle ne réalisait pas encore la catastrophe. Delbec s'approcha à son tour.

— Je vous donne votre bon de parloir, mademoiselle. Vous avez une visite, demain, précisa Monique en lui tendant un morceau de papier.

Deuxième choc. Coup sur coup. Son cœur allait finir par lâcher.

Delbec reprit sa ronde, les mains dans le dos, à l'affût. Marianne contemplait le bon, hébétée. Ils avaient décidé de revenir. Désordre complet.

Daniel, leur nuit d'amour ; la Marquise qui les avait pris en flag' ; les flics…

La pression était trop forte. Il fallait évacuer. Enlever la soupape avant que ce ne soit trop cuit. Elle s'élança, le long des grillages. Sans voir personne, sans penser à rien, en pensant à tout à la fois. Elle courait, sans même la moindre impression de fatigue. Courait pour se vider la tête, s'alléger le cœur. Les tours de cours se succédaient, ses poumons commençaient à sentir le brûlé. La douleur d'un point de côté ne la stoppa même pas. Elle accélérait. Foulée après foulée.

Enfin, elle s'arrêta, pliée en deux contre un mur. Dès qu'elle eut récupéré un peu, elle se mit à frapper. Les filles se délectaient de l'attraction du jour avec une sorte de fascination devant la puissance de cette machine qui n'avait plus rien d'humain. Un ballet violent et barbare. Elle cognait le vide, le grillage. Crachait sa haine, avec une force phénoménale. Coups de poing, coups de pied, coups de coude. Coups de genou. Jusqu'à ce qu'elle s'effondre, épuisée. Le souffle court, les joues brûlantes. Le cœur au galop. Les mains crispées.

— Jolie démonstration… T'as bouffé du lion, ou quoi ?

Marianne leva la tête. VM lui souriait. Elle s'installa à côté d'elle.

— Tu veux une cigarette ?

Marianne fit non de la tête. Autant mettre une flamme dans une bonbonne d'hydrogène.

— J'aurais pas voulu être en face ! Je sais pas où t'as appris ça, mais t'as une technique d'enfer ! Mais tu vas te faire engueuler… T'as esquinté le grillage !

VM se marrait, Marianne la suivit. Toussant comme une perdue, entre deux éclats de rire.

— Putain, ça fait du bien !

Elle aperçut soudain Daniel en haut de l'escalier. Qui l'observait. Elle ressentit une drôle d'émotion, lui envoya un sourire. Il répondit par un clin d'œil puis se posa sur les marches pour allumer sa cigarette. Il n'était donc pas rentré chez lui.

Marianne imagina non sans plaisir qu'il n'avait même pas eu la force de rejoindre son épouse légitime.

Elle devait lui conter l'agression de la Marquise. Elle abandonna donc VM pour aller s'asseoir près de lui.

— Salut ma belle… Ça va ?

— Très bien. Et toi ?

— Un peu crevé… Toi par contre, t'as l'air en pleine forme ! Pauvre grillage… J'espère que c'est pas sur moi que tu tapais… !

— On a un souci, chef… La Marquise… Elle nous a surpris cette nuit.

277

Le visage de Daniel pâlit légèrement. Marianne lui rapporta texto la diatribe de Solange. Il serra les mâchoires. De colère ou de peur, elle ne savait pas. Peut-être les deux.

— C'est grave, tu crois ?

— J'en sais rien… Je ne pense pas, en fait. Elle n'a pas de preuve. Elle nous a vus, et après ? Si elle veut me faire chier, faudra qu'elle le prouve. Et, à moins que tu ne témoignes contre moi…

— Eh ! C'est pas une mauvaise idée, ça ! Je pourrais te faire chanter !

— Je chante comme une casserole !

Elle explosa de rire.

— Je suis content de d'entendre rire, Marianne. Content que tu te sentes bien ce matin…

— Tu n'as pas tenu parole, pourtant…

— Tu crois que j'ai eu le temps de commander le baladeur ? Laisse-moi une semaine !

— Je parle pas de ça… Tu devais regarder, rien d'autre…

— Non, j'ai dit que je ne ferais rien sans ton autorisation ! rectifia-t-il. Je crois me souvenir que t'étais plutôt partante. Je crois même que c'est toi qui as commencé…

— Je m'en fous ! dit-elle en souriant. Ça ne me pose plus de problèmes maintenant que je sais…

— Que tu sais quoi ?…

— Maintenant que je sais que je compte pour toi.

Elle s'éloigna. Un frisson le secoua de la tête aux pieds. Elle s'en souvenait, finalement ! Peut-être le début d'un cataclysme ? Peut-être pas.

Solange le dérangea dans ses pensées. Elle s'était arrêtée devant lui, il devina ses poches à venin gonflées à bloc. Les torpilles parées au lancement.

— Alors, chef ? Bien dormi, cette nuit ?

— Très bien, Solange !

— Vous avez l'air fatigué, pourtant.

Il se leva pour lui faire de l'ombre.

— Tu devrais vider ton sac… Balance, vas-y.

— Moi ? Mais je n'ai rien à dire ! Si ça vous amuse de vous payer une pute de temps en temps, c'est votre problème…

La prenant par le bras, sous les yeux éberlués des détenues, il la conduisit à l'intérieur du bâtiment.

— Écoute-moi bien, Pariotti ; Marianne n'est pas une pute, compris ?

— Ah oui ? Elle fait ça gratuit ? Elle est encore plus débile que je le croyais !

Il avait envie de la ratatiner contre le mur mais se contrôla.

— Personne ne te croira, de toute façon. T'as une sale réputation, ici. Ce qui n'est pas mon cas.

Elle continua à le toiser avec arrogance.

— J'ai surpris un gradé en train de sauter une déte-nue ! répliqua-t-elle froidement. Mais vous n'avez rien à craindre, chef… Vos petites faiblesses ou vos perver-sions ne me font ni chaud ni froid !

— Je te dis que tu as rêvé ! Tu comprends ?

— Rêvé ?! Cauchemardé, oui ! Comment vous faites pour vous envoyer cette… Je ne trouve même pas le mot ! Vous n'avez pas peur de choper une saloperie et de la refiler à madame ?

— Marianne vaut bien plus que toi…

Là, il avait touché le point sensible. Le visage de la Marquise se déforma sous l'effet d'une rage soudaine. Il enfonça le clou. Souriant à son tour.

— Je préfère de loin coucher avec elle qu'avec une fille dans ton genre… Et je te conseille de ne pas essayer de me nuire. Tu pourrais le regretter !

Daniel partit vers les vestiaires, avec l'impression d'avoir percuté un 35 tonnes.

Marianne fut surprise de trouver la porte de la 119 verrouillée. Monique arriva, essoufflée, le trousseau de clefs à la main. Stupéfaction ; le Fantôme allongé sur son propre lit !

— T'es déjà revenue ?

Question idiote. Emmanuelle ouvrit les yeux. Deux lumières brunes au milieu d'un visage bouffi et violacé. Pas beau à voir. Elle avait pris deux tailles de chapeau.

— Je… Je n'ai pas eu la force de monter jusqu'à mon lit, excuse-moi… Mais je vais y aller…

Marianne fronça les sourcils. Sa codétenue avait quelques difficultés d'élocution.

— Ne bouge pas, répondit-elle. C'est pas grave. Je prendrai celui d'en haut.

Elle s'installa près d'elle.

— Ils auraient pu te garder plus longtemps à l'hosto, ces fumiers ! Toujours pressés de se débarrasser des détenus…

— À quoi je ressemble ?

Marianne se força à sourire.

— Je t'ai reconnue, non ? C'est vrai que t'es amochée, mais ça reviendra. Crois-moi, je sais de quoi je parle ! Je suis une habituée des tronches au carré ! On croit toujours qu'on est défigurée mais en fait, ce n'est que provisoire.

Emmanuelle esquissa un petit sourire. Plutôt une grimace.

— Tu as soif ?

Elle hocha la tête, Marianne alla remplir un verre au lavabo. Pourquoi l'accueillait-elle à bras ouverts ? Elle aurait dû être si contrariée de son retour… Décidément, les orgasmes avaient tendance à modifier son comportement. À la ramollir. Elle se scruta dans le miroir.

Non, pas une faiblesse. Plutôt une force neuve, supplémentaire, différente. Partager, trouver la générosité au fond de soi, c'est une force.

Elle aida Emmanuelle à boire. Découvrit avec

horreur qu'elle n'avait plus de dents devant. Ni en haut, ni en bas. Inutile de lui apprendre que le dentiste de la prison était un boucher polonais.

— Merci, murmura le Fantôme en reposant sa nuque sur l'oreiller.

Marianne massa doucement sa main.

— T'es si gentille… J'avais peur que tu me hurles dessus…

— Tu sais… J'ai été un peu dure avec toi. Mais ça me faisait drôle d'avoir quelqu'un dans mes pattes… J'ai été si seule, si longtemps… J'avais plus l'habitude.

— J'avais compris…

— L'autre jour, quand ces salopes t'ont dérouillée, j'aurais dû intervenir. Mais ici, ça ne marche pas comme ça. Ils auraient été capables de dire que c'était moi qui t'avais tapée… Et les autres s'en seraient prises à moi aussi et…

— T'as pas à t'excuser, Marianne.

— Je m'excuse pas, je t'explique.

— Toi, tu es si forte… Toi, elles ne t'auraient jamais touchée.

— Ne crois pas ça…

— Si. Moi, je suis incapable de me défendre. Je suis rien… Si au moins elles m'avaient tuée…

Une larme coula sur la chair dévastée. Marianne réconforta un peu plus sa main dans la sienne.

— Allez, chiale pas ! Ils t'ont filé des calmants, au moins ?

— J'ai avalé des tonnes de cachets…

— Tu préfères que je te laisse dormir, peut-être ? Que j'arrête de parler ?

Emmanuelle trouva l'énergie d'un sourire et fit non de la tête. La porte de la cellule s'ouvrit. Le chef entra, suivi de Monique. Daniel resta cloué sur place en découvrant Marianne au chevet de la blessée. Marianne qui lâcha aussitôt la main d'Emmanuelle.

— Comment allez-vous, madame Aubergé ? Le médecin passera vous voir avant midi.

— Je vous remercie, monsieur, ça peut aller… Et puis j'ai une bonne infirmière…

— Ne vous en faites pas, chef ! lança Marianne. En cas de pépin, je vous appellerai. Je sais hurler plus fort que tout le monde !

— Ouais, je suis au courant ! répondit-il avec un sourire gourmand.

Ils échangèrent un regard dont la complicité échappa à Delbec.

— Chef ! Je peux vous parler une seconde ? Dans le couloir…

Il ouvrit la porte, elle mit un pied dehors. Monique s'éclipsa très à propos.

— J'ai vu que tu parlais avec Solange, tout à l'heure, chuchota-t-elle. Alors ?

— Je l'ai remise à sa place, résuma-t-il d'un ton macho. Elle t'a insultée, je l'ai reprise de volée !

Marianne trépignait de joie.

— Ne t'inquiète pas, ma belle. Elle fait dans son froc devant moi.

— Devant nous, tu veux dire…

— Toi, tu la cherches pas, OK ? C'est pas le moment et pas dans ton intérêt.

La Marquise apparut au bout du couloir. Quand on parle du loup… Ils espérèrent sans se concerter qu'elle ferait demi-tour. Mais elle marcha hardiment dans leur direction, ralentissant l'allure à hauteur de la 119.

— Alors, comment ça va les amoureux ?!

Ils la regardèrent s'éloigner, restant sans voix quelques secondes.

— T'es sûr qu'elle fait dans son froc devant toi ? ironisa Marianne. Tu sais, la vermine faut l'écraser avant qu'elle ne te bouffe…

Une des deux douches fuyait. Un bruit de goutte-à-goutte insupportable. Un supplice. Une allée avec quelques casiers gris, un banc en bois au milieu. Pas de fenêtres dans ce sous-sol. Du carrelage vert d'eau immonde. Une légère odeur de pourriture. Une tristesse sans pareil.

Sur le banc, une femme pleurait. Sans retenue, sans témoin. Les ongles plantés dans le bois humide. Son chagrin, sa colère se heurtaient aux murs sans écho. Son pied droit battait la mesure. Son uniforme abandonné à même le sol, comme une guenille.

Solange pleurait. Elle criait, même. Son visage de déesse grecque se déformait sous les sanglots.

Il lui préférait Marianne. Insupportable. Elle qui espérait depuis si longtemps… Qui rêvait qu'il lui donne ce qu'elle l'avait vu offrir à sa pire ennemie la nuit dernière. Elle, qui attendait depuis des mois, des années ! En secret. En vain. Il avait choisi une détenue. Marianne de Gréville, en plus. L'insulte suprême ! Pourtant, elle avait deviné depuis des semaines, déjà. Qu'il couchait avec elle. Mais elle pensait qu'il la traitait comme elle le méritait, une esclave avec laquelle il déversait le trop-plein. Mais ce qu'elle avait vu cette nuit, ce n'était pas ça. Ça puait l'amour à des kilomètres. Ça l'avait frappée en pleine tête. En pleine poitrine. Elle avait voulu mettre des images sur ses doutes. Voulu se salir les yeux sur la vérité. Pour ça qu'elle y était allée cette nuit. Une première fois. Puis une deuxième.

Elle n'aurait pas son amour, pas même son désir. Elle aurait au moins le lot de consolation. La vengeance.

Elle pleurait toujours. Le cœur flétri de hargne, le corps enflé d'une tristesse sans nom. La peau moite de jalousie. Cette jalousie qu'elle connaissait si bien. Jalouser, envier. Seconde nature. Ça la rongeait depuis toujours. Comme une lèpre chopée à la naissance.

Elle essuya enfin ses larmes, ouvrit la porte de son casier et s'habilla avec des gestes brusques. Elle récupéra ensuite son portable et fit défiler une fois encore les deux photos. Elle n'y était pas retournée les mains vides, cette nuit. Ils paieraient cet affront. Elle ne savait pas encore ni quand ni comment, mais un jour ou l'autre, elle utiliserait ces preuves. Ils auraient toute leur misérable vie pour regretter de s'être aimés.

Elle ramassa son uniforme, rangea ses dernières affaires. Elle avait toujours été nulle pour les photos.

Là, elle les avait réussies comme jamais.

Mercredi 1er juin – 13 h 55

Marianne passa au détecteur de métaux puis subit la fouille par palpation. Une surveillante de l'accueil, petite jeune, maladroite, la tripotait de partout. Enfin, elle fut escortée jusqu'au parloir. Elle prit une grande inspiration alors que la porte s'ouvrait. Elle s'attendait à les voir tous les trois. Il n'y en avait qu'un.

— Bonjour mademoiselle, dit Franck en se levant.

Marianne le toisa de la tête aux pieds, il n'en sembla pas gêné. Toujours aussi impeccable, tiré à quatre épingles, pantalon noir, chemise bleue. Rasé de près, coiffé au millimètre. Il s'était même parfumé et Marianne apprécia d'emblée cette fragrance sucrée. Restait désormais à découvrir ce qu'il cachait à l'intérieur. Elle ne répondit pas à son bonjour, se posa en face de lui.

— Vos petits copains ne sont pas là ? s'étonna-t-elle avec un sourire ironique. Je leur ai fait peur la dernière fois ? À moins que ce ne soit l'endroit qui les ait effrayés…

— Non ! Mais maintenant que vous connaissez l'équipe, inutile que nous revenions à trois…

Elle sortit de son paquet de Camel la dernière cigarette avant de le lancer dans sa direction.

— J'espère que vous n'avez pas oublié mon petit cadeau ! fit-elle en allumant sa clope.

Il récupéra un paquet neuf dans la poche de son pantalon et le lui donna en souriant.

— Un bon point pour vous !

— J'étais déçu, la dernière fois… Je suis venu pour rien.

— Excusez-moi, monsieur le policier, mais j'ai eu un petit empêchement.

— Paraît que vous étiez au quartier disciplinaire…

— Exact. Mais je préfère le mot cachot. C'est plus en rapport avec la topologie des lieux, lieutenant !

Il souriait encore. Aimait sa repartie. Son arrogance presque maladive. Son magnétisme animal. Il approcha un peu son visage du sien. Et, sur le ton de la confidence :

— Je ne suis pas lieutenant. Je suis commissaire principal…

— Ouah ! Alors là, je suis très honorée ! Un commissaire pour moi toute seule !

— Pourquoi étiez-vous au mitard ?

— J'ai cassé les couilles au chef…

— *Cassé les couilles ?* Ça suffit à descendre au cachot ?

— Je ne parlais pas au sens figuré ! précisa Marianne avec malice.

Il fut d'abord surpris puis finit par rigoler franchement.

— Bon, si nous reparlions de notre affaire ? Avez-vous réfléchi à ma proposition ?

— Il faut que j'en sache plus pour me décider.

Il sembla satisfait. Ce n'était pas un non catégorique.

— Vous savez, Marianne… Vous permettez que je vous appelle Marianne ?

— Je vous en prie, *Franck* !

— Je ne peux pas vous donner de détails…

— Entre des détails et rien, il y a peut-être une moyenne !

— Qu'est-ce que vous voulez savoir ?

— La mission qui sera la mienne...

— Je ne peux rien vous révéler à ce sujet, désolé.

Elle écrasa sa cigarette par terre.

— Est-ce que je devrai tuer ? Si vous ne répondez pas à ça, l'entretien est terminé.

Il hésita. Il la sentait déterminée. Il fallait jouer franc-jeu. Prendre des risques.

— Oui, avoua-t-il enfin.

Un horrible frisson secoua ses vertèbres.

— Combien de personnes ?

— Une.

— Je m'en doutais, murmura-t-elle.

— C'est pour cela qu'on vous a choisie. Ça vous pose un problème ?

Le dégoût lui souleva le cœur. Une tueuse. Voilà tout ce qu'elle représentait, tout ce qu'elle était. Elle se leva, aligna quelques pas. Elle se retourna brusquement, le poignarda du regard.

— Non, bien sûr que non ! s'écria-t-elle. Je suis née pour tuer, pas vrai ? Je m'éclate quand je bute quelqu'un, je prends mon pied !

— Restez calme, s'il vous plaît... Ne hurlez pas.

Elle tenta de contrôler l'éruption volcanique. Au moins, maintenant, elle avait confirmation de ce qu'elle redoutait depuis leur première rencontre. Mais elle ressentait le besoin de plonger plus avant dans l'horreur.

En espérant que ça la déciderait à dire non.

— Une femme ou un homme ? Jeune ou vieux ?

— Écoutez Marianne, je ne vous révélerai rien de plus. Une fois la mission accomplie, vous aurez une nouvelle identité, un bon paquet de fric pour quitter le pays...

Il s'approcha d'elle, avec une certaine prudence.

— Nous vous avons choisie… Car vous avez du sang-froid, de la force. Vous savez vous battre, vous n'avez peur de rien. Et… Vous avez déjà tué, sans hésiter…

Elle le dévisageait férocement. Deux scalpels au fond des prunelles.

— T'es en train d'insinuer que j'ai tué froidement ? C'est bien ça que tu entends par *sang-froid* ? C'étaient des accidents ! Des putains d'accidents !

Le visage du flic se modifia. Son masque parfait se craquelait.

— Ah oui ? Le vieux, tu l'as bien frappé, non ? Il est pas tombé dans un escalier ! Et les deux flics ? Tu pouvais te rendre… Mais t'as vidé ton chargeur… Et la gardienne ? Paraît que tu t'es acharnée sur elle jusqu'à la défigurer et que t'as joué aux osselets avec ses cervicales…

Il recula un peu, un seul petit pas, face à ses yeux noirs étincelants de fureur ; à ses mains qui s'étaient transformées en armes. Il avait devant lui celle qu'il était venu chercher. La tueuse.

— Et la détenue, hein ? Celle que tu as massacrée en centrale ? Tu as tué trois personnes. Trois. Et anéanti la vie de deux autres.

Marianne avait de plus en plus de mal à se contrôler. Les mains posées contre le mur, elle avait fermé les yeux.

— Le vieux, c'était un accident, murmura-t-elle dans un souffle. Les flics, c'était parce qu'ils allaient me tuer. La gardienne, c'était parce qu'elle était en train de me rendre folle. La détenue, c'était elle ou moi… Je les ai tués parce que j'ai pété les plombs ou parce que je n'avais pas le choix ! Pas froidement ! Pas avec préméditation !

— Exact, admit-il en s'allumant une cigarette.

Marianne aurait pourtant juré qu'un type comme lui ne fumait pas. N'avait aucun vice, aucune manie. Comme un robot froid à la programmation parfaite.

— Il me faut une réponse. À toi de choisir ton avenir, désormais. Soit tu pourris ici jusqu'à la fin de tes jours, soit tu sors et tu recommences une nouvelle vie. La liberté, Marianne, tu dois en rêver chaque jour, chaque minute, non ?

— Ta gueule !

Il la laissa se reprendre. Elle mit de longues secondes à apaiser le feu qui la consumait.

— Je dois tuer qui ?

— Je ne te dirai rien de plus… Mais si ça peut t'aider, tu rendras service à tout le monde en commettant cette action. Tu te rachèteras, en quelque sorte…

Action. Pourquoi ne pas dire meurtre ? Assassinat, plutôt.

— J'ai pas envie de me racheter ! hurla-t-elle. Rien à foutre !

— Mais si, Marianne… Tu es rongée par la culpabi-lité. Y a qu'à te regarder, t'écouter parler…

Le flegme de ce flic lui crêpait les nerfs.

— J'ai besoin de temps pour réfléchir…

— Je n'ai pas de temps à t'accorder. Je veux une réponse.

— Alors c'est non.

Il sembla ébranlé. Enfin. Son cerveau accéléra pour sortir de l'impasse.

— OK, je veux bien te laisser encore quelques jours… Tu as des questions, auxquelles je peux répondre, bien sûr… ?

Elle revint s'asseoir en face de lui.

— L'évasion, comment ça va se passer ?

— Eh bien, si tu acceptes le marché, nous en reparlerons…

— On en parle maintenant ! ordonna-t-elle durement.

— À l'occasion d'un transfert. Il faudra que tu t'arranges pour être sortie de la prison. Il y a plusieurs

possibilités. Je serai prévenu du moindre de tes mouvements…

— T'as un complice ici ?

Il hocha la tête. Elle comprit qu'elle avait mis le doigt
dans un engrenage monstrueux. Quelque chose qui la
dépassait complètement.

— Tu pourrais feindre un problème de santé pour
qu'ils t'envoient à l'hosto, par exemple. Les trajets vers
l'hôpital ne sont escortés que par deux surveillants.
Nous pourrions te cacher une arme dans le fourgon
cellulaire…

Ils pouvaient faire ça ? Ils avaient donc tant de
pouvoir ?

— Je te signale, monsieur le super flic, que pendant
un transfert à l'hosto, on a les poignets et les chevilles
attachés… Dur de braquer deux matons avec les mains
menottées dans le dos, de se barrer en courant avec les
pieds entravés ! Si t'as encore une idée géniale dans le
genre…

— Tu as raison. Eh bien, dans ce cas, nous intervien-
drons nous-mêmes pour te libérer.

— Vous allez braquer le fourgon ?!

— Pourquoi pas ?

— Mais ça signifierait que j'ai une complicité extérieure ! Comment veux-tu qu'on gobe ces salades ? Je
suis ni un braqueur de banques ni un mafioso ! J'ai pas
d'amis, j'ai jamais eu de complice pour aucun de mes
crimes ! Ils vont bien se douter qu'il y a quelque chose
de louche !

— Tu n'as pas à te poser ce genre de questions. La
seule que tu dois te poser, et à laquelle tu dois répondre,
c'est si tu veux ou non retrouver ta liberté.

— Non. Celle que je dois me poser c'est si je suis
prête à tuer pour ça… Si je suis prête à ôter la vie, une
fois encore. À un innocent, en plus.

— Pas à un innocent, tu peux me croire.

— En tout cas, à quelqu'un qui ne m'a rien fait…

— Pas si sûr, rectifia-t-il d'une voix à peine audible.

— Hein ?

— Rien… Pour l'évasion, on s'en occupera le moment venu.

Il s'approcha de l'interphone.

— Je reviens dans quelques jours. Je te laisse encore réfléchir. Mais c'est ta dernière chance de sortir d'ici. Si tu n'es pas au rendez-vous ou si tu refuses, je trouverai un autre détenu qui sera intéressé par ma proposition. J'aimerais seulement que ce soit toi…

— Pourquoi ?

— Parce que, justement, tu n'as jamais commis de crime avec préméditation. Tu mérites peut-être une chance…

— Mais si j'accepte, j'en commettrai un…

— Ça sera ta façon de te racheter. Ne laisse pas passer ta chance, Marianne. Ne te condamne pas… Car tu sais aussi bien que moi qu'ils ne te laisseront jamais sortir d'ici.

Elle eut l'impression de recevoir le ciel sur la tête.

— J'apprécie ton hésitation. Ça veut dire qu'il y a du bon en toi. Et n'oublie pas ça : ce n'est pas un innocent.

Elle tourna la tête, pour cacher son désarroi. Il appuya sur le bouton rouge et attendit. Une surveillante arriva rapidement et il se retourna avant de disparaître.

— À bientôt, Marianne.

***

Cellule 119 – 21 h 00

— Pourquoi tu t'énerves comme ça ? s'inquiéta doucement Emmanuelle.

— Lâche-moi ! s'écria Marianne.

Des heures qu'elle tournait en rond. Un truc à faire vomir un vieux loup de mer. Marianne regarda sa codétenue qui squattait toujours son lit. Elle regretta de l'avoir remballée aussi durement. *Ça veut dire qu'il y a du bon en toi.*

Elle se posa sur le rebord du lit. Se força à lui sourire.

— Excuse-moi, Emma…

— C'est rien… Mais je vois bien que tu vas mal depuis que t'es remontée du parloir. T'es même pas allée dans la cour. Je voudrais seulement pouvoir t'aider…

— Tu ne peux pas. Personne ne le peut. Je dois trouver seule la solution à mon problème.

— Je suis certaine que tu vas la trouver, cette solution. Tu es si forte.

— Arrête de dire que je suis forte…

Elle ferma les yeux. Retrouva le visage de Daniel. Elle aurait aimé se blottir dans ses bras. Presque lui demander conseil. Mais elle ne pouvait se confier à personne. Seule face à un dilemme qui lui tourmentait l'âme avec des tortures toujours plus raffinées. Ça finirait par la tuer. Avant même que ce flic revienne. C'était tellement dur…

Deux voix en elle. Qui hurlaient dans sa tête à la rendre folle.

Qu'est-ce que t'en as à foutre de buter ce mec, Marianne ? Tu le connais même pas ! Tu seras libre ! Tu sortiras enfin de cet enfer ! Libre, Marianne ! LIBRE !

Tu ne peux pas tuer, une fois encore. Tu n'as pas le droit. Jamais tu ne pourras être libre si tu fais ça. Et puis, ils te tueront quand tu auras fini leur sale boulot, jamais ils ne te laisseront partir. C'est un piège. C'est la mort qui t'attend.

Elle monta sur la chaise et s'agrippa désespérément aux barreaux.

Pourquoi ils sont venus me chercher, moi ? Pourquoi ils m'infligent ça, à moi ? Ça veut dire que je ne suis pas n'importe qui.

Pas un innocent, tu peux me croire… Peut-être un chef

mafieux, une pourriture de première. Un gros dégueu-lasse qui polluait la société. Jeune ? Vieux ? Qu'est-ce que ça change ? Comment arriverait-elle à tuer sans haine ou sans peur ? Car c'était bien là ses seules armes. Elle avait tué par haine, par colère. Ou simplement par peur. Ou par accident. Jamais froidement, jamais.

Arriverait-elle à appuyer sur la gâchette ? Pire, il fau-drait peut-être tuer à mains nues… Elle redescendit sur terre. Le Fantôme avait fermé les yeux. Elle, elle avait tué par amour. Il y a tant de façons de tuer.

— Tu veux quelque chose ?

— Non, ça va aller, répondit Emmanuelle qui som-brait doucement sous l'effet des médicaments. Je vais essayer de dormir. Tu devrais en faire autant. La nuit porte conseil…

Marianne lui sourit tristement. Finalement, elle était contente de ne pas être seule, ce soir. D'avoir une âme à l'écoute, une présence dans ce désert. Elle grimpa sur le lit du haut.

Vingt ans. Encore le double à passer ici. À attendre la mort lente. La gangrène progressive.

Vingt ans et déjà dans la tombe. Sans connaître la vie, sans même se connaître. Avec le désespoir comme seul compagnon.

Pour le moment, c'était le doute qui l'avait enva-hie. Qui appuyait sur ses tempes, écrasait sa poitrine. Empoisonnait lentement son sang, tordait ses intestins dans tous les sens. Elle devait prendre sa décision. La prendre maintenant. Pour arrêter de souffrir. Mais elle aurait aimé que quelqu'un la prenne pour elle. C'était au-dessus de ses forces.

Elle se raccrocha à Daniel. Pensa à lui, à leur nuit. Au plaisir. Je compte pour lui, peut-être même qu'il m'aime, à sa manière. Elle essaya de se souvenir du parfum de sa peau, de la sensation incroyable, oubliée depuis si longtemps, de s'endormir contre quelqu'un. Et ses mains, ses mains qui lui manquaient tant...

Son esprit divagua alors jusqu'à la Marquise comme s'il tombait dans un marécage puant. Non, pas elle, pas maintenant ! Si encore ils m'avaient demandé de buter cette charogne !

Elle se mit sur le ventre, comprima l'oreiller dans ses bras. Commença à pleurer, à mordre le coussin. Au bout de cinq minutes, elle redescendit et vérifia que le Fantôme dormait. Elle prit sa trousse de toilette. Deux fixes en deux jours, c'était certainement une grosse connerie. Pourtant, ce soir, c'était la seule façon d'affronter ses cauchemars.

Elle eut la force d'enlever l'aiguille de sa veine et de tout planquer sous le matelas. Puis elle se rendit. Extirpe la fièvre de mon cerveau et les démons de mon corps. Donne-moi la liberté.

C'est alors qu'il surgit de nulle part.

Un TGV qui ravit son esprit. Elle ferma les yeux et le suivit. Loin, très loin...

... Centrale de R., encore.

Salle de gym. Odeurs âcres. Pas un uniforme en vue. Marianne fixe l'ennemie, droit dans les yeux. Le moment est venu. Celui où il va falloir frapper. L'Autre a une lame dans la main, elle veut lui offrir un voyage sans retour. Marianne s'en fout de mourir. Mais elle refuse de se laisser saigner comme une bête de boucherie. Par la pire des ordures, en plus. Elles se jaugent, épient chaque geste, jusqu'au moindre battement de cils.

De toute façon, Marianne ne frappera pas en premier. Elle n'a pas appris comme ça. Elle guette l'attaque, prépare déjà la riposte. L'Autre ne souhaite que ça, des mois qu'elle provoque cet ultime combat. Deux dominants sur le même territoire, le compte n'est pas bon. Un des deux doit mourir. Parce que aucun ne peut fuir. Marianne a osé lui tenir tête. La ridiculiser devant tout le monde. Marianne refuse toujours de se soumettre à la loi du plus fort. Alors, elle doit mourir.

Elles ne sont pas seules, il y a des spectatrices. Elles ont toutes choisi leur bourrin. Espèrent avec fébrilité le combat des Titans, l'attraction du jour.

L'Autre, elle est immense. Un mec qui a dû changer de sexe. Visage effrayant, mâchoire carrée. Carrure de docker. Elle a déjà envoyé une détenue dans l'au-delà. Marianne semble minuscule, en face. Un insecte qui va se faire aplatir. Mais elle a confiance. Elle se battra jusqu'à la mort. Jusqu'à ce que son cœur s'arrête. Jamais elle ne capitulera. C'est ça qui compte.

Tuer ou être tuée. Le choix s'impose de lui-même.

L'Autre exécute un mouvement rapide, Marianne esquive, touchée, cependant. La lame lui a effleuré le flanc gauche. Juste une égratignure, une cicatrice de plus. Qu'elle chasse d'un sourire. L'Autre attaque encore. La priorité, l'obliger à lâcher son couteau. Marianne saisit son bras au vol, le brise sur sa cuisse. L'Autre gueule comme une truie qu'on égorge, tombe à genoux. Marianne pourrait l'achever, elle attend. Ne jamais frapper l'adversaire à terre. Sa réputation est en jeu. L'Autre se relève. Elle tient son poignet fracturé, une affreuse grimace lui tord le visage.

— Abandonne, murmure Marianne. Ne m'oblige pas à te tuer...

Elle a dit cela sans aucun espoir. L'Autre est comme elle, de la même espèce.

L'ennemie pousse un cri de rage, se jette sur Marianne qui a déjà préparé le comité d'accueil, mais n'a pas vu le danger surgir de derrière. Une complice la retient par le pull, elle bascule, se retrouve écrasée par le quintal en furie. L'Autre, sur elle, lui laboure le visage avec ses poings aussi durs que des enclumes. Marianne la renverse enfin sur le côté et lui colle une droite dans la mâchoire avant de se relever.

Elle survole l'assemblée du regard ; tricherie dans l'air. Mais elle est prête à affronter la terre entière. La peur s'est dissoute, diluée dans la rage. L'Autre crache son sang sur les tapis de sport.

— C'est fini ? hurle Marianne. T'abandonnes ?

Le sang lui brouille la vue, s'infiltre dans ses yeux, sa bouche. Elle a l'arcade sourcilière ouverte. L'Autre se relève. Indestructible. Encore plus impressionnante avec le visage barbouillé d'hémoglobine. Nouvelle attaque. Ce sera la dernière.

Marianne tend son bras, y met toute sa force, sent ses phalanges qui fracassent l'os du nez. L'Autre n'aura pas loisir de tomber, cette fois. Marianne la rattrape juste à temps. À temps pour la finir. Elle la tient par le col de sa chemise ; coup de tête. Puis elle frappe encore. Et encore. Toujours plus fort. Plus d'hésitation. Les chairs éclatent, le rouge envahit tout. Un dernier, le coup de grâce, qui s'enfonce dans la gorge. Les cartilages explosent. Elle peut lâcher, l'Autre ne se relèvera plus jamais.

Centrale de R., une après-midi comme une autre. Une femme s'étouffe lentement avec son propre sang. Ses yeux se gonflent de terreur. Marianne se souviendra toute sa vie de ce regard terrorisé qu'elle se force à affronter jusqu'aux ultimes soubresauts. C'est terminé. Marianne défie les autres, pétrifiées autour du carnage.

— Quelqu'un d'autre veut tenter sa chance ? demande-t-elle d'une voix tremblante.

Silence de mort. Elle a gagné le droit de vivre. Elle est devenue le chef de cette tribu barbare.

… Marianne ouvrit les yeux. Elle pleurait encore, tentait de se souvenir du nom de l'Autre.

L'héroïne refusait de lui porter secours ce soir.

Suprême trahison. Elle essaya de descendre du lit. Rata la première marche de l'échelle et percuta le sol de plein fouet. Son cri ne réveilla même pas Emmanuelle.

Elle se releva, une douleur aiguë remonta le long de sa jambe gauche. Elle se traîna jusqu'à la table, là où le Fantôme laissait sa pharmacie ambulante. Elle attrapa une boîte au hasard. Un cachet. Puis deux. Trois, ça marcherait à coup sûr. Son genou hurlait de douleur, elle s'assit par terre sous la fenêtre. Tout près du visage d'Emmanuelle. Elle remonterait se coucher plus tard. Elle massait son genou, serrait les dents. La drogue lui faisait virevolter la tête.

Elle pleurait maintenant à gros sanglots. Appelait à l'aide sans un mot. Juste avec des cris.

Encore une nuit d'horreur. Encore tellement de nuits à supporter. Mais non, elle ne pourrait pas tuer.

Soudain, elle prit un coup de massue sur la nuque. S'effondra sur le côté. L'Autre s'appelait comment déjà ? La nuit tomba dans son crâne. Encore quelques images, très floues.

L'Autre s'appelait… Je m'en souviens, maintenant.

***

Jeudi 2 juin – Cellule 119 – 7 h 00

Justine posa une main sur l'épaule de Marianne. Sous le regard encore comateux d'Emmanuelle.

— Marianne ? Tu m'entends ?

Pas de réaction. Les lèvres de Justine se mirent à trembler. Elle secoua le corps avec force.

— Marianne ! Réveille-toi, merde !

Elle posa deux doigts sur sa gorge, fut rassurée.

— Allez ! Réveille-toi !

Rien. La vie était là, pourtant. Mais elle semblait si faible.

— Qu'est-ce qui s'est passé ? demanda-t-elle à Emmanuelle.

— Je sais pas…

Justine remarqua une plaquette de médicaments vide à même le sol.

— C'est quoi, ce truc ? C'est vous qui prenez ça ?

— Oui… C'est un somnifère…

— La plaquette était vide, hier soir ?

— Non… Je crois pas… Il en restait quelques-uns…

— Combien ?

— Mais je sais pas ! gémit Emmanuelle.

Justine ne ferma même pas la cellule et galopa vers le bureau. Elle heurta violemment Daniel qui sortait de la pièce. Elle faillit tomber, comme si elle venait de percuter un mur de pierres.

— Qu'est-ce qui t'arrive, Justine ?

— Marianne ! J'arrive pas à la réveiller ! Elle est dans le coma, on dirait !

— Téléphone au toubib ! Je vais voir…

Il prit en courant la direction de la 119, un compte à rebours logé dans la poitrine. Lorsqu'il vit Marianne allongée par terre, sur le côté, il eut une peur panique. De la perdre.

Il tenta de la ranimer. Il lui renversa un verre d'eau sur la figure, la força à s'asseoir contre le mur. Son visage n'exprimait rien d'autre que l'abandon. Il la secoua rudement.

— Allez, ma belle, reviens, reviens… Reviens, merde !

Le toubib arriva enfin. Il allongea Marianne sur le dos, écouta son cœur. Il prit ensuite sa tension, souleva ses paupières. Les pleurs discrets d'Emmanuelle ressemblaient à une marche funèbre.

— On dirait une overdose…

Daniel ferma les yeux sur sa douleur. Sur sa culpabilité.

— Elle a pris ça, expliqua Justine en lui tendant la plaquette de cachets.

— C'est une tox, non ?

— Oui, répondit le chef. Héroïne, je crois…

— Les deux font pas bon ménage. Je demande un brancard. On va la transporter à l'infirmerie et je vais essayer de la ramener…

Daniel savait combien de temps il fallait pour que le brancard arrive. Il bouscula le médecin et récupéra Marianne dans ses bras.

— On y va !

Le toubib eut du mal à le suivre bien qu'il fût moins chargé. Marianne arriva sur la table d'auscultation en moins de trois minutes. Daniel ne pensa même pas à sortir tandis que le médecin faisait une injection à sa patiente. Puis il posa de la glace sur son front, l'obligea à boire. Lui colla quelques gifles, à court d'arguments. Et, enfin, le miracle. Le fixe d'adrénaline venait de la secouer de l'intérieur. Elle ouvrit les yeux, les referma aussitôt.

— C'est bon ! indiqua le toubib.

Daniel poussa un soupir de soulagement. Il regardait Marianne avec un sourire d'enfant. Le médecin fut appelé pour une nouvelle urgence dans le quartier des hommes. Aucun répit.

— Vous pouvez rester avec elle le temps que je revienne ? Il faut lui parler, la secouer un peu…

— Oui, bien sûr.

Le toubib disparut. Daniel prit la main de Marianne dans la sienne. Elle ouvrit à nouveau les yeux. Sur un ciel bleu.

— Je suis où ? Qu'est-ce que j'ai ?

— Dans le cabinet du doc. Tu as pris des médicaments, apparemment…

La came, les cachets… Flou artistique.

— Pourquoi ? T'as failli y rester, ma belle… Me refais plus jamais ça ! dit-il en embrassant sa main.

299

Elle se redressa, il l'aida un peu. Mais son visage se crispa.

— Quoi?

— Mon genou… Je suis tombée du lit… J'ai voulu descendre et je me suis viandée!

— Le toubib va revenir, il va s'en occuper.

Elle passa ses bras autour de lui, cala sa tête dans son ventre. Elle était bien. Tout lui semblait si clair, ce matin. Le dilemme avait disparu au moment où elle avait repris conscience. Comme si son esprit avait trouvé dans ce coma la force de réfléchir. Elle tenait la solution, avait trouvé sa réponse.

Elle le serra un peu plus fort. Bientôt, elle ne le verrait plus. Ça lui fit une drôle de douleur. Jamais elle n'aurait pensé regretter quelque chose ou quelqu'un en quittant cet enfer.

Cour de promenade – 16 h 00

Beaucoup s'étaient réfugiées sous le petit préau, certaines avaient renoncé à sortir. Tout ça pour une pluie fine et tiède. Marianne boita jusqu'à l'acacia, savourant ce don du ciel. Bientôt, elle pourrait savourer tout ce que la vie avait à offrir. Elle avait encore du mal à y croire. Son cœur bondissait de joie à chaque battement.

Daniel et Justine étaient en haut des marches, sous une avancée du toit. Marianne et lui échangeaient quelques sourires complices.

Serait-il triste lorsqu'elle déserterait la prison? Oui. Peut-être même qu'il allait pleurer. Cette idée la rasséréna. Sauf qu'elle aussi serait triste. Comment pouvait-elle penser ça?

J'suis dingue, ma parole! Rien à foutre de lui… Après tout le mal qu'il m'a fait.

Pourtant, ça s'accrochait en elle, ça gâchait un peu son allégresse.

Mais elle oublierait vite. Dans le feu de l'action, dans la liberté retrouvée.

Elle eut un petit rire. Comment avait-elle pu ne pas trouver la solution plus tôt ? C'était si limpide, pourtant ! Accepter le marché, attendre l'évasion miracle. Et, ensuite, s'évaporer dans la nature. Elle arriverait bien à échapper à la vigilance de quelques flics. Il y aurait forcément un instant, même furtif, où ils relâcheraient leur surveillance. Bien sûr, elle n'aurait ni les papiers, ni le fric. Mais elle n'aurait pas non plus un nouvel assassinat sur la conscience. Elle était forte, débrouillarde et intelligente. Elle s'en sortirait. Ils se retrouveraient comme des cons avec rien au bout de l'hameçon ! Elle jubilait, oubliait d'avoir peur. Oubliait la perspective effrayante d'une cavale. Oui, c'était gagné d'avance. Un don de la providence, un cadeau du destin. Depuis qu'elle attendait ce petit coup de pouce !

J'ai bien fait de résister jusqu'à aujourd'hui. Je vais enfin avoir une vie, une vraie. Respirer l'air du dehors. Plus de barreaux ou de barbelés.

Plus de fouilles, de brimades, d'humiliations. Plus de cachot.

Justine alla faire un tour sous le préau, Daniel en profita pour s'approcher d'elle.

— Ton genou, comment ça va ?

— Entorse. Le toubib m'a foutu de la pommade et un bandage serré... Ça peut aller.

— Tant mieux... Je te trouve étrange, depuis ce matin. Tu souris tout le temps !

Attention, ne pas éveiller les soupçons ! Il s'adossa à l'arbre, juste à côté d'elle.

— Ben... je sais pas, je me sens bien, c'est tout... ça doit être les cachetons d'Emma !

— C'était qui le type du parloir, hier ?

Elle eut un frémissement imperceptible, rigola. Alluma une cigarette.

— Juste un vieux pote… Un type qui m'avait aidée quand j'étais dans la merde.

— Vraiment ? Et il n'était jamais venu te voir depuis que tu es là ?

— Il n'était pas dans la région. Il ne pouvait pas venir.

— Il ne t'écrit jamais, non plus ?

— Eh ! T'es flic ou quoi ?!

— Non, répondit-il. Je m'intéresse à toi, c'est tout…

— T'es jaloux ? soupçonna-t-elle avec un sourire malicieux.

À son tour de rire.

— Pourquoi ? Tu as couché avec lui pendant le parloir ?

— Qui sait… T'es jaloux, ma parole !

Il nia d'un signe de tête, soudain préoccupé. Un éclair déchira l'horizon, au-dessus des barbelés.

— Marianne, faut que je te dise que… Que tu ne dois pas…

Il avait apparemment du mal à trouver les mots. Elle tenta de l'aider.

— Tu essaies de me dire que tu ne m'aimes pas, c'est bien ça ? murmura-t-elle. Tu penses que je me fais des idées…

— Je ne veux pas te faire souffrir, Marianne.

— Ne t'inquiète pas ! Je profite simplement de ce qui nous arrive. C'est bien, non ?

— Oui, Marianne. C'est… très agréable. Mais, je suis surveillant et…

— Et moi, une détenue. Je sais ! Je ne l'oublie pas. Si ça peut te rassurer, je ne t'aime pas, moi non plus.

Il garda le silence quelques secondes. Puis revint sur son idée fixe.

— Je te parlais de ça, parce que je ne peux pas me permettre de…

— Arrête avec ça! ordonna-t-elle d'une voix un peu brutale. Je sais qui tu es et qui je suis. D'ailleurs, ne crois pas que tu vas m'acheter aussi facilement… Je n'ai pas changé, tu sais. Je suis toujours Marianne de Gréville!

— Marianne la terreur?

— Ouais…

— C'est noté!

— Tu devrais pas rester collé à moi. Les filles pourraient se poser des questions…

Il la remercia d'un regard et s'éloigna. À regret.

Bientôt, je ne serai plus une détenue. Je serai une femme libre.

Lundi 6 juin – 9 h 45 – Cellule 119

Pour patienter jusqu'à l'heure de la promenade, Marianne s'était plongée dans un roman tandis que sa codétenue avait pris son tour de « salle de bains ». Elle avait commandé un autre Steinbeck à la bibliothèque, après l'émotion sublime *Des Souris et des Hommes*. Elle attaquait les premiers chapitres avec avidité. Et, déjà, elle n'était plus en prison, voyageait quelque part *À l'Est d'Éden*…

Emmanuelle sortit du réduit avec sa serviette sur l'épaule, lui adressa un petit sourire. Marianne abandonna sa lecture et alluma une cigarette.

— Ça va Emma ?

— Oui…

La Fantôme avait regagné ses appartements du premier étage durant le week-end. Sa figure avait désenflé, le bleu des ecchymoses virait au violet, voire au jaune par endroits. Signe qu'elle retrouverait sous peu un visage humain. Édenté, certes, mais humain.

Depuis deux jours, elle se levait mais refusait toujours de quitter la cellule. La veille, Justine avait eu la gentillesse de l'emmener à la douche en dehors des horaires. Marianne avait profité de l'aubaine. Les dix douches pour elles toutes seules ! Elles avaient prolongé le plaisir jusqu'à se flétrir la peau sous l'eau chaude, la

304

surveillante ayant malencontreusement oublié sa montre aux vestiaires. Marianne avait même aidé Emmanuelle à se rhabiller, tant elle était encore faible et gênée dans les moindres mouvements de la vie quotidienne. Devant la mine étonnée de Justine, elle avait marmonné que c'était pour gagner du temps.

Elle percevait un bouleversement intérieur, ne comprenait pas encore cette nouvelle Marianne. Des heures passées au chevet de sa codétenue, à la rassurer, à lui amener des verres d'eau ou le petit déjeuner au lit. Elle lui avait même fait la lecture ! Elle s'explorait méthodiquement, cherchait les raisons de cette brusque métamorphose. Sa libération prochaine ? La tendresse d'un homme… ?

Ou, simplement, la présence calme d'Emmanuelle qui endurait son calvaire en silence ; ses regards qui jamais ne jugeaient ou n'enviaient. Qui semblaient avoir le pouvoir de tout pardonner.

Au début, elle avait eu peur. Peur de devenir faible. Mais finalement, elle aimait ce qu'elle était en train de devenir. Car en vérité, jamais elle ne s'était sentie si forte qu'aujourd'hui. Parvenir à partager son espace vital, à offrir plus que son corps à un homme. Arriver à donner était une puissance bien supérieure à la rage, la haine ou le pouvoir. Elle venait simplement de comprendre que la force ne se résumait pas à donner des coups ou à les encaisser en serrant les dents.

Emmanuelle s'était assise sur la chaise, un mouchoir mouillé sur son pied droit.

— Je sais pas ce que j'ai, ça me démange toujours autant !

Marianne écrasa sa cigarette. Emmanuelle s'était grattée jusqu'au sang.

— Faut pas entrer pieds nus dans la douche. Sinon, tu choperas sans cesse des saloperies… Il faut que t'ailles voir le toubib, il te filera une crème. Et il te faudrait des tongs.

— Justement, je voulais passer une petite commande sur le catalogue… Ma sœur m'a envoyé deux cents euros.

— Génial !

— Oui ! Surtout qu'elle n'a pas beaucoup d'argent… Elle m'a écrit aussi.

— C'est bien… Elle va venir te voir ?

— Non, je ne crois pas. Elle est très loin d'ici…

— Ah… Mais si elle pense à t'envoyer un peu d'argent de temps en temps, c'est déjà super.

— J'ai consulté le catalogue, c'est pas donné !

— C'est du vol manifeste, tu veux dire !

— Je vais me prendre une paire de tongs et quelques vêtements… Et puis j'aimerais me payer des produits aussi… J'ai vu que tu avais de la crème dépilatoire, je vais commander la même avant de ressembler au Yéti !

Elle se préoccupait encore de son apparence physique. Sa féminité survivait, quelque part en elle. C'était bon signe.

— Sers-toi, proposa Marianne.

— Tu plaisantes ! Je vais en acheter ! Et aussi du papier, des enveloppes et des timbres pour répondre à ma sœur. Peut-être que j'écrirai à Thomas…

— Tu as raison… Tu lui manques sans doute énormément.

— Je ne sais pas. Il doit se sentir si seul, à l'hôpital… Ils vont le transférer dans un foyer. Ma sœur va intervenir auprès du juge pour le récupérer mais… Sera-t-il d'accord ? Il pensera sûrement qu'elle n'a pas les moyens financiers de l'élever…

Elle cessa de parler, versa quelques larmes. Marianne lorgna par la fenêtre, le temps que l'averse se calme. Pour ne pas déranger sa pudeur.

— Tu veux que je te commande quelque chose ?

reprit soudain Emmanuelle. Ça me ferait plaisir, je t'assure… Dis-moi ce qui te fait envie.

— Non. C'est ton fric, pas le mien. J'ai besoin de rien, t'inquiète pas.

— Ne te gêne pas…

— N'insiste pas ! coupa un peu rudement Marianne.

— Bon, comme tu voudras… Tu as de l'argent ?

— Non.

— Ah… Comment tu fais pour les clopes, alors ?

Marianne lui décocha un petit sourire.

— J'ai un mandat de temps en temps, mais pas grand-chose…

— Tes parents ?

Marianne continua de sourire. Avant, elle l'aurait engueulée pour tant de curiosité. Mais là, ça ne la dérangeait pas. Ou presque.

— Je suis orpheline, depuis l'âge de trois ans.

— Oh mon Dieu ! Excuse-moi, je ne… Je ne savais pas… Je ne voulais pas…

— Pas de problème.

L'heure de la récréation sonnait. Marianne laça ses baskets et regarda sa colocataire.

— Tu viens prendre l'air ?

Emmanuelle se recroquevilla sur son matelas, complètement terrifiée à l'idée de quitter le cocon protecteur de la cellule. Pourtant, Marianne lui avait patiemment expliqué qu'un jour ou l'autre, elle serait obligée d'affronter à nouveau les autres détenues ; la promenade était un droit, elle ne devait pas y renoncer. Sinon, les brutes qui lui avaient cassé les dents auraient remporté une victoire totale. Facile à dire. Mais, franchir le pas…

— Non ! bredouilla-t-elle. Je suis fatiguée…

La porte s'ouvrit sur Monique Delbec.

— Promenade, mademoiselle de Gréville !

Marianne s'avança vers la sortie.

— À tout à l'heure, Emma !

Delbec mit la clef dans la serrure.

— Attendez ! hurla soudain Emmanuelle. Attendez-moi, je viens !

Monique soupira. Les ennuis pointaient à l'horizon. Emmanuelle rejoignit le troupeau dans le couloir, patienta aux côtés de Marianne.

Leurs corps se touchaient et Marianne perçut ses tremblements. Beaucoup de visages s'étaient tournés vers elle. Compatissants, curieux, ou hostiles.

— C'est très courageux ce que tu fais là, félicita Marianne. Vraiment très courageux.

— C'est toi qui as raison, répondit Emmanuelle en réprimant ses spasmes nerveux. Je ne pourrai pas rester cloîtrée éternellement… Et puis ça serait leur donner trop d'importance.

— Bien parlé, Emma ! Ne t'éloigne pas des matons, quand même… Surtout au retour.

Elles commencèrent à marcher vers la liberté, canalisées par Monique et la Marquise. Emmanuelle, encore plus livide que d'habitude sous le masque bleu des coups, épiait sans cesse autour d'elle. Elle avait peut-être présumé de ses forces. Enfin, elles arrivèrent dehors où un magnifique soleil les attendait. Marianne se posa sur la dernière marche, le Fantôme resta à proximité quelques instants, hésitant à se mêler à la foule ennemie.

— C'est bon, le soleil ! dit-elle en fermant les yeux.

— Ouais ! acquiesça Marianne en allumant sa cigarette.

— En tout cas, merci… C'est grâce à toi que j'ai eu le courage de sortir à nouveau. J'aimerais bien être aussi forte que toi mais…

— Arrête tes conneries ! Profite plutôt du beau temps !

Emmanuelle s'éloigna un peu sous le regard gluant de Delbec qui suivait chacun de ses pas. Daniel ne tarda pas à apparaître. Il resta stupéfait d'apercevoir madame Aubergé dans la cour.

— J'arrive pas à y croire !

— Gardez un œil sur elle quand on remonte, suggéra Marianne.

— Tu veux m'apprendre mon boulot ? répliqua le chef en souriant.

— Ben la dernière fois, vous avez brillé par votre absence !

— Il y a eu un problème de coordination, la dernière fois… Tu penses que Giovanna va tenter quelque chose aujourd'hui ?

— Je ne crois pas, non… Mais on sait jamais avec ces bêtes-là…

— Et toi ? Comment ça va ?

Elle écrasa sa cigarette et se leva.

— Très bien !

Elle partit en petites foulées pour son footing matinal. Elle avait resserré le bandage autour de son genou, ça devrait tenir. Tant pis pour la douleur. Elle passa près de VM qui attaquait une série d'abdominaux, lui adressa un signe amical de la main. Elle frôla la Hyène, affalée par terre, et lui cracha un rictus méprisant à la figure. Au bout de quelques minutes, elle ne vit plus personne, n'entendit même plus le brouhaha ambiant. Concentrée sur sa propre respiration, sur les battements réguliers de son cœur, les mouvements souples de chacun de ses muscles. Elle devait se préparer physiquement, redevenir la combattante parfaite qu'elle avait été. Elle en aurait besoin pour échapper à ces flics, pour réussir sa cavale. Il faudrait peut-être se battre, courir jusqu'à en perdre haleine. Rester des jours sans manger ou sans boire. Elle accéléra sa course, nettoya toute la crasse qui alourdissait son organisme. Décidée à ignorer les SOS lancés par sa jambe.

Mais son pied heurta soudain un obstacle, son genou

céda et elle trébucha, embrassant le bitume avec violence. Giovanna venait de tendre sa jambe, au moment
opportun.

Marianne, dans un cri de douleur, saisit son genou
entre les mains. Il s'était à nouveau plié dans le mauvais
sens ; intolérable souffrance.

Les surveillantes ne bougèrent pas d'un centimètre.
Une détenue venait de tomber, ce n'était pas dans leurs
attributions d'aller la ramasser. Quant à Daniel, il avait
quitté la cour.

Marianne essaya de se relever mais la douleur faisait
danser des étoiles multicolores devant ses yeux, lui avait
propulsé l'estomac au bord des lèvres. Giovanna et ses
fidèles acolytes la contemplaient avec satisfaction.

— Oh ! Pardon Gréville ! ricana la Hyène. Fais gaffe
où tu mets les pieds !

Elles éclatèrent toutes de rire. Marianne rêvait de lui
sauter à la gorge mais, pour le moment, elle tentait juste
de se remettre debout. Elle rechuta une nouvelle fois,
crut qu'elle allait vomir.

Allez, Marianne ! Debout, nom de Dieu !

Emmanuelle se rongeait les sangs, impuissante. Elle
aurait voulu l'aider, sauf que ses jambes refusaient de la
conduire à moins d'un mètre de Giovanna qui se délectait encore du spectacle.

Pourtant, Marianne vit une main se tendre. Elle
l'empoigna, fut soulevée du sol et trouva une épaule sur
laquelle prendre appui. VM était venue à sa rescousse.
Un drôle de silence s'était abattu sur la cour. Giovanna
avait ravalé son sourire face à cette solidarité imprévue.
Elle préféra ne pas intervenir, ne voulant pas risquer
l'affrontement avec la plus redoutable détenue de toutes
les prisons françaises. Marianne reprenait doucement
ses esprits, soutenue par une sorte de pilier humain.
VM décida de s'éloigner, la blessée accrochée à elle,

marchant à cloche-pied, gémissant à chaque pas. Elles s'arrêtèrent devant le banc où devisaient quatre filles.

VM leur adressa un simple regard qui les décida sur-le-champ à céder la place. Marianne put enfin s'asseoir.

— Merci…

— Tu t'es retordu le genou ?

— Ouais ! Putain, ça fait un mal de chien !

La souffrance lui déformait encore la voix. VM lui offrit sa bouteille d'eau. Elles se grillèrent une roulée.

La douleur s'apaisait lentement. La haine la remplaçait lentement. Marianne fixait Giovanna avec du meurtre plein les yeux.

— Calme-toi, conseilla VM.

— Je vais la tuer, cette pourriture !

— Calme-toi, j'te dis ! Elle n'attend que ça ! Que tu te jettes sur elle… Tu es seule, elles sont dix. Les matonnes n'interviendront pas dans une baston générale. Le temps que les renforts arrivent, elles auront eu le temps de te transformer en bouillie…

— Je sais tout ça ! Mais je peux me faire les dix !

— Sur une seule jambe ? douta VM avec une mimique moqueuse. Vas-y, j'ai hâte de voir ça !

VM avait raison. La simple présence des gardiennes était censée éviter les heurts entre détenues. Mais quand ce n'était pas le cas, l'issue d'une bagarre pouvait s'avérer mortelle. Les surveillantes avaient pour consigne de ne pas intervenir pour ne pas risquer de se prendre des coups. Elles devaient juste prévenir les renforts qui mettaient en général dix minutes pour se pointer.

— OK, je me la ferai à un meilleur moment ! conclut Marianne.

Emmanuelle les rejoignit.

— Je voulais venir t'aider mais…

— Vous avez bien fait de ne pas vous approcher, assura VM.

— Ouais, t'as bien fait ! souffla Marianne en massant

sa rotule. Mais elle perd rien pour attendre, cette charogne !

Delbec s'approcha enfin.

— Voulez-vous être conduite à l'infirmerie, mademoiselle ?

— Non, pas la peine ! C'est tout à l'heure que j'avais
besoin d'aide !

Monique repartit en haussant les épaules. Daniel refit
alors son apparition. En voyant Marianne à moitié allongée sur le banc, il devina qu'un incident s'était produit
durant son absence. Il s'informa auprès de Monique puis
fonça droit vers Giovanna qui l'accueillit avec un sourire
innocent.

— Oh ! Bonjour, chef !

— T'es contente de toi, j'espère ? balança-t-il d'une
voix dure.

— Je ne vois pas de quoi vous parlez, monsieur…

— Marianne ne t'a rien fait, que je sache !

— Ah ! Vous voulez parler d'elle ! Mais j'y suis pour
rien, moi ! J'avais la jambe étendue, elle s'est embron-
chée dedans… Je crois qu'elle devrait cantiner des
lunettes !

La meute s'esclaffa. Daniel empoigna Giovanna par le
bras pour la remettre debout.

— Tu arrêtes de te foutre de ma gueule, compris ?

— Vous énervez pas monsieur ! Qu'est-ce qui se
passe ?

— Y se passe que j'aime pas tes manières !

— Faut pas vous mettre dans cet état ! Je sais bien
que Gréville est votre petite protégée, mais quand
même !

— J'ai pas de petite protégée, ici. Mais toi, tu commences sérieusement à me les briser !

— Désolée, chef ! Je vous jure que je voulais pas
estropier votre petite chouchoute !

— Un jour, je te ferai payer toutes tes saloperies !
murmura-t-il.

— Oh oui, chef ! riposta Giovanna avec une provocation indécente. Allez-y, faites-moi mal ! Si c'est vous, je
suis sûre que je vais adorer ça !

Les filles riaient de plus belle mais Daniel ne se laissa
pas décontenancer.

— Quand je m'occuperai de toi, ça m'étonnerait
beaucoup que tu aimes ça.

Giovanna continua à le narguer. Il tourna les talons,
rongea son frein. Il se sentait tellement impuissant face
à cette ordure ! Avec elle, il marchait sur des œufs. Au
moindre faux pas, il se retrouverait avec son armée
d'avocats sur le dos. Pire encore ; s'il la malmenait, il
mettait sa vie, celle de ses proches et de ses surveillantes
en danger. Elle avait des soutiens sans faille, à l'extérieur.
Intouchable, la Hyène ! Ou presque. Il avait réussi à la
faire descendre au cachot deux ou trois fois, lui avait
même collé une beigne, une fois. Trois jours plus tard,
un joli petit cercueil avait été déposé dans sa boîte aux
lettres. Avec le prénom de sa fille en guise d'épitaphe.

Il fit un détour par le banc pour prendre des nouvelles
de Marianne.

— Pourquoi vous êtes allé la voir ? feula Marianne.
Je peux régler ça toute seule ! Pas besoin de votre aide,
chef !

— On n'est pas à OK Corral ici ! Alors tu te tiens
tranquille, compris ?

— Bien sûr ! Je vais laisser cette pourriture me fracasser la jambe sans réagir !

— Tu te calmes, Marianne ! s'écria-t-il. Sinon, je te
fous au cachot ! C'est clair ?

Il avait mauvaise conscience mais pas d'autre choix.
Cette rivalité entre deux filles particulièrement har-
gneuses allait mal se terminer. Marianne cessa de le
défier, se renfrognant sur son banc. Daniel consulta sa

montre, adressa un signe à Delbec. C'était l'heure de remonter.

— Tu peux marcher ? s'inquiéta-t-il. Tu veux que je t'aide ?

— C'est bon ! J'ai pas besoin de vous !

Il renonça. VM la soutint jusqu'à l'entrée du bâtiment. Là, Marianne lâcha le bras de son alliée.

— Je vais me débrouiller, maintenant. Merci encore…

VM n'insista pas et se fondit dans la foule. Marianne boitait, chaque pas lui arrachait une souffrance atroce. Elle refusa l'aide d'Emmanuelle, celles du chef ou de VM. Ne pas donner ce plaisir à Giovanna. Les couloirs, les grilles qui s'ouvrent devant elles, se ferment juste derrière. Et puis, le grand escalier. Marianne s'agrippa à la rampe, ralentit le rythme. Dire qu'il y avait plusieurs dizaines de marches ! Elle se faisait bousculer, dépasser par le flot humain. Bientôt, elle perdit Emmanuelle du regard, partie devant, emportée malgré elle par la vague.

Brusquement, Marianne entendit des cris, discerna un attroupement derrière elle, en bas. Une bagarre venait d'éclater. Elle croisa Daniel qui dévalait les marches en courant pour aller seconder Monique à l'arrière du front. La Marquise descendit à son tour, filant au passage une méchante secousse à Marianne. Elle reprit son éprouvante ascension, le cœur fatigué. L'articulation menaçait d'exploser dans le bandage.

Elle leva la tête pour évaluer la distance qu'il lui restait à souffrir.

En haut, la meute encerclait quelqu'un. Marianne devina instantanément que la rixe n'était qu'une diversion destinée à éloigner les matons. C'était là-haut que les choses sérieuses se passaient. Emmanuelle !

Marianne, soudain portée par une incroyable énergie, en oublia presque la douleur. Sur ses deux pieds, elle avala les marches les unes après les autres avec le courage d'un soldat partant au combat. Le tabassage avait sans doute commencé, elle arriverait peut-être trop tard.

D'ailleurs, pourquoi y allait-elle ?

Parvenue à destination, elle fendit le cercle des témoins à grands coups d'épaule. Deux filles tenaient Emmanuelle, chacune par un bras, l'une d'elles la bâillonnant avec sa main. Giovanna était en train de lacérer ses vêtements avec une lame. Elle lui avait déjà fait une estafilade sur la poitrine.

— Lâche-la ! rugit Marianne.

Giovanna, surprise, se retourna.

— Tiens ! Le canard boiteux ! Occupez-vous d'elle, les filles…

Une des hyènes tenta sa chance. Marianne lui colla une beigne, elle s'écroula sur place. Les autres hésitèrent alors à intervenir. Giovanna abandonna donc son jouet terrorisé pour s'occuper elle-même de l'intruse. Les spectatrices s'écartèrent pour laisser place au combat des lionnes.

— Tu veux te battre ? proposa Marianne.

— Avec une infirme ?

— L'infirme va te faire bouffer tes dents !

— Tu devrais pas te mêler de ça, Gréville… Si tu prends sa défense, tu deviens mon ennemie. Et mes ennemis vivent pas longtemps, en général !

— On est déjà ennemies… Alors arrête de parler et amène-toi ! Qu'on en finisse !

Giovanna passa son couteau à l'une de ses complices.

— Pas besoin de ça, je vais t'écraser à mains nues…

— T'as fini de causer ? Je t'attends…

La Hyène tournait autour d'elle, rapace prêt à fondre sur sa proie. Marianne peinait à suivre le mouvement, handicapée par sa jambe de bois. Aujourd'hui, elle ne disposait que de ses poings et manquerait cruellement d'équilibre. Soudain, sa rivale passa à l'attaque et décocha un coup de pied dans l'articulation blessée de Marianne qui s'effondra en hurlant.

Un genou à terre. La douleur qui l'empêchait de respirer. Mauvais début. Giovanna en profita pour lui assener une droite dans la tête. Cette fois, elle atterrit sur le sol ; sonnée, vulnérable. La Hyène sauta alors de tout son poids sur son genou, Marianne s'étrangla de douleur. Cracha une coulée de sang. Elle allait recevoir son talon en pleine figure mais eut le réflexe de lui saisir la cheville pour la faire basculer à son tour. Elle se releva aussi vite que possible, se retrouva de nouveau face à l'adversaire.

Mais qu'est-ce qu'ils foutent les matons ? Elle entendait encore les clameurs en bas de l'escalier, les insultes. La chaleur du sang sur son visage ; liquide brûlant qui piquait les yeux ; sa jambe gauche qui refusait de se poser par terre… Pour la première fois, elle se sentait en danger pendant un combat. Elle comprit qu'elle allait perdre. Que la défaite était au rendez-vous. La mort, peut-être.

Elle repensa alors à son évasion prochaine. Elle ne vivrait sans doute pas assez longtemps pour goûter la liberté. Assassinée par Giovanna. Mais pourquoi t'es pas restée tranquille, putain ?!

Elle serra les dents. Au moment où Giovanna lui assenait une gauche dans l'estomac. Une autre dans la mâchoire. Elle riposta désespérément, l'ennemie recula. Mais sa jambe lâcha ; un genou à terre, encore. Jamais elle n'y arriverait. Au-dessus de ses forces.

Entre ses cils perlés de sang, comme au travers d'un rideau rouge, elle devina le sourire triomphant de Giovanna.

— C'est fini, Gréville !

Marianne, incapable de bouger, attendait juste le coup de grâce. Une peur inédite lui noua les tripes. J'aurais pu être libre. Dans quelques jours. Supplier ? L'idée lui traversa l'esprit. Déjà prosternée, il lui suffisait d'implorer la pitié du vainqueur. Ça marcherait, peut-être. Mais les mots refusaient de sortir.

Soudain, une voix familière résonna tout près d'elle.

— Si tu la touches encore, tu es morte.

La Hyène rangea son air victorieux pour affronter VM.

— Te mêle pas de ça ! essaya-t-elle.

— Je n'en ai pas envie. Mais si tu t'approches encore de mon amie, je serai obligée de m'en mêler…

Giovanna avala bruyamment sa salive. Battre en retraite face à une détenue, même VM, marquerait le début de son déclin. Marianne, toujours effondrée contre la rambarde de la coursive, réalisa subitement que cette voix n'était pas un rêve. Elle parvint à garder les paupières ouvertes pour assister à un étrange ballet. Giovanna tourbillonnait autour de sa nouvelle antagoniste, cherchant la façon d'en venir à bout. VM demeurait parfaitement immobile. Seuls ses yeux forgés dans l'acier suivaient la danse adverse. La Hyène se lança soudain à l'assaut. VM stoppa son bras avec une facilité déconcertante avant de la saisir par la gorge de l'autre main et de la décoller du sol comme une brindille de paille. Une brindille de soixante-quinze kilos, qui s'étranglait lentement, dont les jambes pédalaient dans le vide. VM envoya alors son pantin s'écraser contre un mur.

— Tu veux continuer ?

Giovanna n'eut pas le temps de dire non. Un cri venait de retentir.

— Matons !

Les filles se dispersèrent, comme une volée de moineaux. VM retourna dans l'ombre tandis que les hyènes prenaient la fuite en soutenant Giovanna. Marianne dégoulina doucement le long du garde-corps, jusqu'à sentir le carrelage froid sur sa joue. Le visage de Daniel apparut alors, deuxième miracle qui se penchait sur elle.

— Marianne ! Tu m'entends ?

Monique s'occupa d'Emmanuelle tandis que Solange écrouait les détenues en gueulant comme un putois courroucé. Marianne regagna sa cellule dans les bras de Daniel. Il la déposa sur son lit, passa de l'eau sur son visage tuméfié.

— Appelez le toubib, s'il vous plaît, ordonna-t-il à Monique. Vite !

La gardienne abandonna Emmanuelle, en larmes sur une chaise.

— Marianne, tu m'entends ? essaya-t-il à nouveau.

Elle cligna des yeux. Il se tourna vers sa codétenue. Les vêtements complètement déchiquetés, elle appuyait ses deux mains sur la blessure, longue entaille lui déchirant la peau de l'épaule jusqu'à la naissance des seins.

— Qu'est-ce qui s'est passé ?

— Elles… Elles m'ont attaquée et… Et… Ma… Marianne a voulu me dé… défendre… Et elle s'est battue avec Gio… vanna… Mais elle tombait tout le temps à… à cause de sa jambe et…

Ses sanglots finirent par lui couper la parole.

— Calmez-vous, le médecin va s'occuper de vous…

— Elle… Elle va mourir ?

— Mais non ! Elle est solide !

Il la dévisageait avec inquiétude. Marianne saignait du nez, de la bouche. À mille lieues d'ici. Elle gémissait doucement à intervalles réguliers. Le toubib arriva enfin, une jeune femme, une nouvelle. Asphyxiée par sa course dans les couloirs, un peu dépassée par les événements. Elle commença par ausculter Emmanuelle.

— Il faudrait l'emmener à l'infirmerie. Elle a besoin de points de suture.

— Monique, vous vous en chargez !

Delbec escorta Emmanuelle tandis que la doctoresse s'intéressait à Marianne. Elle lui nettoya le visage à l'aide d'une compresse désinfectante, lui colla un pansement sur le front, vérifia sa tension, son pouls. Daniel lui indiqua qu'elle souffrait de la jambe. La jeune femme lui enleva donc son jean mais lorsqu'elle voulut défaire le bandage, Marianne se rebiffa sous les assauts de la douleur, hurlant et gigotant dans tous les sens. Le médecin insista, sans prendre de gants. Gestes un peu brutaux et maladroits. Marianne la repoussa violemment, l'envoyant au tapis.

— Elle est folle ! s'insurgea la toubib en se relevant. Si c'est ça, je m'en vais !

— Restez ! ordonna Daniel en attrapant les poignets de la patiente récalcitrante. Toi, tu te calmes ! Elle veut t'aider, OK ?

— Elle est en train de me massacrer ! s'égosilla Marianne.

— Elle ne t'a rien fait ! Tiens-toi tranquille !

Le médecin accepta finalement de reprendre sa tâche. Le genou avait triplé de volume.

Elle passa une pommade dessus, ce qui déclencha de nouveaux hurlements.

— Il faudra une radio… Quand elle sera moins nerveuse !

Elle refit un bandage puis Marianne eut droit à une injection. Calmants ? Antidouleurs ?

— Voilà, je ne peux rien faire de plus pour l'instant. La piqûre devrait la soulager. Il faut que j'aille m'occuper de l'autre, maintenant… Il faudra l'emmener à la radio cette après-midi.

— OK, merci docteur.

La toubib quitta la cellule, Daniel s'attarda un moment auprès de Marianne.

— Ça va mieux ?

Elle fit non de la tête. Il sourit et lui alluma une cigarette.

— Tiens… C'est bien que tu aies pris la défense de madame Aubergé.

— Rien à foutre d'elle ! J'ai voulu faire la peau à

319

l'autre salope ! Mais à cause de ma jambe, je me suis pris la rouste de ma vie ! Tu me prends pour Mère Teresa ou quoi ?!

Visiblement, elle reprenait des forces.

— Non ! dit-il en riant. Tu n'as rien d'une bonne sœur... Ces pourritures nous ont eus en beauté ! Il y a eu une bagarre à l'arrière, on a foncé tête baissée... Imparable ! Heureusement que tu étais là.

Elle souffla bruyamment.

— Arrête avec ça ! J'tai dit que je voulais juste...

— Je sais ! fit-il avec un sourire tendre. Tu voulais juste te battre avec Giovanna. Et comme tu es maso, tu as choisi le jour où tu en étais incapable !

Elle leva les yeux au ciel.

— Repose-toi, dit-il en embrassant sa main.

Il se dirigea vers la porte.

— Et ce soir ? Tu... Tu viendras ?

— Je crois pas que tu seras en état.

— J'ai plus de clopes !

— On verra. Repose-toi maintenant.

***

Marianne s'arrêta un moment pour ménager sa jambe. Elle remontait de l'infirmerie. La radio avait livré son verdict, double entorse, rien de cassé. Mais Giovanna lui avait tout de même déboîté le genou en la piétinant sauvagement. Le médecin tenterait de le remettre en place une fois la douleur apaisée.

Aucun brancard n'étant disponible, Marianne accomplissait son pèlerinage à pied, escortée par la Marquise. Il y a des jours où tout va de travers.

— Bon, j'ai pas que ça à faire, de Gréville ! Tu te magnes un peu ou quoi ?

— C'est GRÉVILLE ! rétorqua-t-elle en desserrant tout juste les dents.

Nouvelle halte en bas du gigantesque escalier. Le plus dur restait à faire. Solange commença à monter les marches deux à deux. En sifflotant. Marianne s'accrocha à la rampe, rêvant soudain d'ascenseur.

— Allez, de Gréville ! Bouge ton gros cul !

Marianne fermait les yeux à chaque fois que son pied gauche effleurait le sol.

— C'est Gréville ! répliqua-t-elle machinalement. Et mon cul fait la moitié du tien !

Solange se retourna pour profiter de cette vision enchanteresse.

— On dirait que t'as trouvé plus forte que toi, de Gréville !

— On trouve toujours plus fort que soi…

— Pas faux ! En tout cas, je pense que tu la ramèneras moins, maintenant que tu t'es pris une bonne correction !

Arrivée à sa hauteur, Marianne reprit son souffle, se contentant de paraître indifférente.

Pourquoi tant de haine ? Certes, j'ai tenté une fois de la tuer, mais… Elle me détestait déjà avant cet épisode. Alors qu'est-ce qui la motive ? Elle est jalouse, pour Daniel et moi… Ou c'est peut-être simplement sa nature. Un truc génétique, en quelque sorte…

Interrompant sa méditation solitaire, Solange brandit soudain une paire de menottes. Marianne écarquilla les yeux. La gardienne attacha son poignet droit et saisit l'autre bracelet à pleines mains.

— Qu'est-ce que tu fous ?

— J'en ai marre de t'attendre ! J'ai pas que ça à faire !

Elle se pencha en avant pour rapprocher son visage du sien.

— Les chiennes, faut les mettre en laisse…

Avec l'énergie d'un remorqueur, la Marquise tracta

Marianne qui trébucha aussitôt. Cette carne avait de la force, celle de la sauvagerie, sans doute.

— Allez, on se lève !

— Arrête, putain !

Solange tirait à pleine puissance, elle n'allait pas tarder à lui démettre l'épaule. Une articulation déboîtée, c'était déjà assez dur comme ça. Alors Marianne se releva, tenta de la suivre. Mais un à-coup brutal la fit chuter une nouvelle fois.

— Arrête ! T'es malade !

— Debout ! Avance !

Un cauchemar. La suite logique d'une journée de merde. Marianne se releva encore, la Marquise recommença son manège pour la faire tomber. Son menton heurta le métal violemment, elle crut se briser la mâchoire. Levant les yeux, elle aperçut une silhouette en haut des escaliers, dans le dos de la surveillante. Une silhouette immense. Son calvaire terminé, elle ne bougea plus.

— Allez, relève-toi !

— Ça suffit ! hurla Daniel en dévalant les marches.

Solange se retourna, tirant une nouvelle fois sur l'épaule de sa prisonnière.

— Détache-la ! ordonna le chef.

Solange s'exécuta. Daniel aida Marianne à se remettre debout.

— Tu peux m'expliquer ce que tu fabriquais, Pariotti ?

— Je l'aidais à monter ! osa la Marquise avec un sourire de gamine arrogante.

— Dégage !

— Vous êtes du côté des détenues, maintenant, chef ?

— Je t'ai dit de disparaître ! Je vais te coller un rapport carabiné ! Ça va te coûter cher !

— Ça, ça m'étonnerait ! rétorqua Solange en s'éloignant. Ça m'étonnerait beaucoup !

Il se tourna vers Marianne, accrochée à la rampe.

— Ça va ?

Elle hocha la tête, reprit son chemin de croix. Daniel décida d'écourter son calvaire en la portant jusqu'à la cellule. Elle passa ses bras autour de son cou puissant, cala sa tête sur son épaule, ferma les yeux. Encore un voyage en première classe. Il la déposa devant la porte puis récupéra ses clefs.

— Désolé pour tout à l'heure, mais j'étais occupé quand le radiologue t'a fait venir.

— Pas grave… Maintenant, j'ai l'épaule en ruine, en plus du genou… Merci de m'avoir portée, chef.

— Ce fut un plaisir !

— Tu vas vraiment faire un rapport contre Pariotti ?

— J'vais me gêner !

Emmanuelle, extirpée de sa sieste, quitta son promontoire pour venir en aide à sa protectrice. Elle l'escorta jusqu'au lit tandis que le chef refermait la porte.

— Tu veux bien me donner mon paquet de clopes ?

Emmanuelle portait un énorme pansement sur l'épaule. Elle était dans un triste état.

— Rien de cassé ? s'enquit-elle en posant les cigarettes à côté de Marianne.

— Non.

— Tant mieux… Tout ça, c'est de ma faute !

— Arrête ! C'est pas toi qui m'as bousillé le genou, non ?

— C'est pour moi que tu t'es battue… Si VM n'était pas intervenue, tu serais peut-être morte à l'heure qu'il est !

Marianne sentit son cœur se serrer. L'aide de sa nouvelle amie lui procurait une douce sensation de chaleur, un truc inédit. Mais en même temps, sa réputation en avait pris un sacré coup. Elle n'avait plus d'autre choix que de combattre à nouveau Giovanna. Et de gagner, cette fois.

Elle alluma sa cigarette, ferma les paupières. Elle réagissait encore comme une taularde. Quelle importance pouvait bien avoir sa réputation désormais ? Dans quelques jours, elle serait libre. Oublierait cet enfer. Elle rouvrit les yeux sur une certitude effrayante. Non, jamais elle n'oublierait. Il y aurait toujours une partie d'elle qui demeurerait ici. En fuyant, elle laisserait des morceaux de chair accrochés aux barbelés. Elle contempla le visage tuméfié de sa codétenue. Emmanuelle resterait là, elle. Pendant de longues années, sans doute. Dix, minimum. Elle devait accomplir une dernière chose pour elle avant de déserter ces lieux. Mettre Giovanna hors d'état de nuire. Sans se faire prendre, bien sûr. La tâche serait difficile. Mais elle y arriverait. Elle était motivée.

— Le gradé m'a demandé si je voulais témoigner contre Giovanna, raconta soudain Emmanuelle. Ils n'ont rien vu alors… Mais j'ai trop la trouille… Déjà qu'elle me déteste, alors que je lui ai rien fait… Si je parle… Et toi ?

— Moi, il ne m'a même pas posé la question ! J'aimerais que tu n'ébruites pas ce qui s'est passé ce matin, ajouta Marianne. Que je suis venue à ton secours…

— Pourquoi ? Au contraire, je trouve que…

— Écoute, ici, c'est une mentalité un peu particulière… Prendre la défense d'une détenue, ce n'est pas vraiment bien vu.

— Surtout une détenue telle que moi, hein ? Une tueuse d'enfants ! précisa Emmanuelle d'une voix tremblante.

Marianne ne répondit pas. Inutile de la faire souffrir davantage.

— Je te demande juste de ne pas raconter à tout le monde que je suis venue t'aider…

— Je ne parle à personne d'autre qu'à toi ! rétorqua

324

sèchement Emmanuelle. Tout le monde m'évite. À qui veux-tu que j'aille le raconter? De toute façon, Giovanna s'en chargera à ma place !

Elle avait raison. Marianne soupira face à l'évidence. Sa réputation avait vraiment du plomb dans l'aile ! La fin de son séjour s'annonçait difficile. Emmanuelle faisait machinalement le tour du réduit.

— Viens près de moi, murmura Marianne.

Après une courte hésitation, le Fantôme reprit sa place au chevet. Marianne lui écrasa chaleureusement les doigts.

— Tu sais, Emma… Je ne voulais pas te blesser… C'est juste que… Je suis un peu à part, ici. Si je montre le moindre signe de faiblesse, je risque de mourir. Je suis un peu la fille à abattre, tu piges ?

— C'est parce que tu sais te bagarrer ?

— Oui. Et parce que j'ai une réputation de dure à cuire ! C'est à cause de ce que j'ai fait, aussi…

— Pourquoi t'es là? questionna Emmanuelle. Pourquoi t'ont-ils condamnée si lourdement ?

Marianne fixa le sommier du dessus. Elle serra encore plus fort la main du Fantôme.

— Pour meurtres.

— Tu as tué quelqu'un ?!

— Triple meurtre.

Emmanuelle eut l'impression d'un coup de gourdin qui s'abattait sur son crâne.

— Un vieux à qui je voulais piquer du blé… Un flic qui me braquait avec son flingue et une détenue en centrale. J'ai blessé un autre flic, aussi. Une femme. Elle est en fauteuil roulant, maintenant. Et puis… Et puis j'ai démoli une gardienne. Je l'ai défigurée, je lui ai brisé les vertèbres cervicales. Elle aussi, elle est restée handicapée.

Emmanuelle lâcha sa main. Comme si elle se brûlait aux flammes de l'enfer.

— Tu vois, Emma… Je suis un monstre. Rien qu'un monstre.

— Non… C'est faux. Je crois que… Que tu as mal et que tu n'as trouvé personne pour comprendre ta douleur. Je crois que tu as dû affronter des choses trop dures, trop longtemps. Ou trop tôt. Je crois que personne n'a su t'aimer à temps…

Marianne tourna la tête vers le mur. Pour cacher les larmes qui tentaient de s'échapper.

— Tu n'es pas un monstre, sinon, tu aurais laissé Giovanna m'ouvrir le ventre.

Marianne la regarda soudain droit dans les yeux.

— Elle ne te touchera plus jamais ! Je la tuerai pour toi…

Panique sur le visage du Fantôme.

— Non ! Tu ne dois plus tuer, Marianne ! Je ne veux pas que tu fasses ça pour moi !

— Alors je la tuerai pour moi ! gémit Marianne avec hargne. Mon genou est foutu, jamais je ne remarcherai normalement ! Je boiterai toute ma vie ! Et elle me le paiera !

— Calme-toi ! implora Emmanuelle en caressant son front fiévreux. Calme-toi, je t'en prie. Tu es forte, tu remarcheras normalement, j'en suis certaine… Et je n'irai plus en promenade, comme ça Giovanna ne pourra plus me toucher !

— Ah oui ? Un jour ou l'autre, tu te retrouveras face à elle… Aux douches ou ailleurs ! Et là, si je l'ai pas butée avant, c'est elle qui te massacrera !

— Ce n'est pas grave… Je ne manquerai à personne, de toute façon.

— Si ! s'emporta Marianne. Tu me manqueras, à moi ! Et à ton fils, aussi ! Et à ta sœur ! Je ne veux plus que tu dises ce genre de conneries !

— Calme-toi ! supplia encore Emmanuelle. Il faut que tu évites de bouger…

Marianne ferma les yeux. Elle se sentait coupable de sa future liberté. Parce qu'elle abandonnerait Emmanuelle ici. Et VM, aussi. Et toutes les autres. Parce qu'elle ne pouvait pas les emmener avec elle.

Mais merde, Marianne ! Qu'est-ce qui te prend ? T'es cinglée, ou quoi ? Qu'est-ce que tu en as à foutre des autres ? C'est ta peau qui compte !

— Où as-tu appris à te battre comme ça ? demanda brusquement Emmanuelle. En prison ?

— Non. J'ai fait des arts martiaux. Du karaté, surtout. C'est un toubib, un ami de mes vieux, qui a pensé que ce serait bon pour moi... Paraît que j'étais une teigne, que j'étais violente, hyper-nerveuse... Il a dit que ça me défoulerait, que ça me calmerait. Alors quand j'avais sept ans, mes grands-parents m'ont inscrite dans un dojo... C'est là que j'ai appris.

— C'est très impressionnant ! commenta le Fantôme. Quand je t'ai vue frapper, ce matin...

— Ce matin ?! Tu veux rire ! J'me suis fait allumer comme jamais ! La Hyène a pas de technique mais c'est un bulldozer ! Elle cogne sacrément fort !

— C'est drôle, reprit Emmanuelle en souriant. T'as pas l'air, comme ça... En te voyant, jamais on penserait que...

— C'est pas une question de muscles ! Mais de technique. Ça s'apprend, c'est tout. Savoir utiliser sa force et celle de l'adversaire... Le corps a ses faiblesses. Il suffit de les exploiter.

— Mais toi, t'étais douée, n'est-ce pas ?

— Ouais... J'ai appris plus vite que les autres.

Marianne revit les tatamis, les arbitres, les adversaires. Les spectateurs. Les podiums. Le dojo d'entraînement, le prof dont elle était secrètement amoureuse...

— C'est vrai que... ? reprit soudain Emmanuelle. Que je te manquerais si...

Marianne hésita à répondre.

— Si je te l'ai dit, c'est que ça doit être vrai…

— C'est pas une raison pour affronter à nouveau Giovanna.

— Je ne sais faire que ça… Tuer. C'est ce que je fais le mieux… La seule chose que j'arrive à réussir !

— Non. M'aider, c'est ce que tu as fait de mieux, aujourd'hui. Souffrir pour moi. Rester forte et libre, c'est ce que tu fais de mieux. Je t'admire tellement, Marianne… J'aurais tellement voulu être comme toi…

Ça, c'était la première fois qu'on le lui disait. Ressembler à Marianne, jeune criminelle, enfermée à vie pour des meurtres odieux ! Comment pouvait-on avoir envie de ressembler à ça ? À cette fille éprise de violence et mariée au désespoir ? À ce désert d'amour ? À cette ombre au passé infernal et à l'avenir inexistant ?

— Moi, j'aurais aimé avoir une mère telle que toi, avoua alors Marianne. Une mère qui m'aurait aimée assez fort pour me tuer plutôt que m'abandonner…

***

Cellule 119 – 23 h 00

Le Fantôme dormait depuis longtemps, digérant sa mixture de tranquillisants et de somnifères. Marianne, allongée juste en dessous, fumait une cigarette dans la pénombre. La Marquise avait fait sa première ronde : lumière allumée pendant au moins cinq minutes, trousseau de clefs tapé contre la porte. Mais elle n'avait même pas réussi à réveiller Emmanuelle.

Marianne avait fini par lui envoyer un signe indélicat avec le doigt.

Elle examina son dernier paquet, celui offert par le flic. Vide. Daniel viendrait-il ce soir ? Et où se réfugieraient-ils pour procéder à l'échange ? Certes, Emmanuelle avait le sommeil lourd, mais de là à faire ça dans la cellule… Et avec la Marquise qui devait les surveiller comme le lait sur le feu, le chef aurait peut-être des petits problèmes pour assurer.

Elle interrogea son fidèle réveil à la lueur du néon du lavabo. Emmanuelle ne voulait pas s'endormir dans le noir, elle avait trop la frousse. Elle commençait à peine sa détention… Dans quelques mois, elle n'aurait plus peur de rien. Ou elle aurait peur de son ombre. À condition de tenir jusque-là…

Marianne se leva et faillit tomber tant la douleur lui souleva le cœur. En tout cas, sûr qu'elle ne pourrait pas se mettre à genoux ce soir ! Cette idée saugrenue lui arracha un sourire tandis qu'elle claudiquait jusqu'aux toilettes. Pour une fois, elle fut presque contente de vivre dans un cagibi plutôt que dans un deux cents mètres carrés ! Elle ne portait qu'une chemise un peu longue, ne supportant même plus un pantalon. Sa jambe avait tellement enflé qu'elle passait difficilement dans le jean.

Elle s'aspergea le visage. Chaleur étouffante, ce soir. Elle but quelques gorgées, mit un coup de peigne dans sa chevelure rebelle. Aussi noire que les plumes d'un corbeau. Elle évita le miroir. Défaite cuisante, aujourd'hui. La pire de toutes, peut-être. Mais, bientôt, tout cela ne serait que du passé. Bientôt, tu seras libre. Elle réalisa que c'était peut-être le dernier rendez-vous nocturne avec le chef. Elle n'avait pas encore la date de son prochain parloir, mais les bons arrivaient souvent la veille, si ce n'était le jour même. Elle aurait peut-être l'heureuse surprise demain. À cette idée, son cœur palpita violemment. Bientôt, Marianne… Elle retourna s'asseoir. Attendre. Elle ne faisait que ça depuis des années. Le 23 h 16 se profila au loin.

Elle ferma les yeux pour l'accueillir, tandis que le bruit de la machine grandissait, jusqu'à déchirer la nuit. Jusqu'à l'emmener vers cette liberté qui avait désormais un goût de réalité. Un goût de futur proche. Bientôt, elle serait dans le train. Elle avait toujours pris la fuite par le train. Son plus sûr refuge. Le meilleur des alliés.

Cliquetis de trousseau derrière la porte. Une ombre immense se faufila dans la cellule, Marianne boitilla lentement vers elle. Daniel déposa quelque chose dans le premier casier, lui fit un signe de la tête.

Ils s'exilèrent dans le couloir, éclairé seulement par les veilleuses de secours. Marianne s'appuya contre la barrière de la coursive.

— Je t'ai mis la cartouche et les doses, chuchota le chef.

— Merci... Où on va ?

— Nulle part. Tu retournes te coucher.

Peu pressée de réintégrer son placard, elle fronça les sourcils.

— Tu as rempli ta part du contrat, je veux remplir la mienne ! indiqua-t-elle tout bas.

Elle devina qu'il souriait.

— Arrête de parler comme une femme d'affaires ! Ce soir, je ne te demande rien... Tu tiens même pas debout !

— Rien à foutre. Hors de question que ce soit cadeau.

— Et alors ? dit-il en soupirant. Qu'est-ce que je fais... ? Je reprends mes clopes, c'est ça ?

— Non. Tu les laisses là où elles sont et tu me dis où on peut aller.

— OK, suis-moi. Si t'arrives à marcher...

— Avance, t'inquiète pas pour moi.

Il la prit par le bras et ils s'aventurèrent dans l'obscurité. Ils passèrent discrètement devant le bureau des surveillantes.

— Elle dort, l'autre cinglée ? s'inquiéta Marianne.

— Ouais. J'ai vérifié avant de venir... Chut !

Ils continuèrent leur chemin, dépassèrent les escaliers qui descendaient aux oubliettes. Daniel la tenait toujours.

— T'as peur que je tombe, ou quoi ? Ou t'as peur que je me sauve, peut-être ! Où on va ?

— Tu vas la fermer, oui ou non ?! Qu'est-ce que t'es chiante !

— Ouais, mais tu m'aimes bien, pas vrai ?

Il ne répondit pas, ouvrit une grille. Marianne ne s'était jamais rendue dans ce coin de l'étage. Ils arrivèrent enfin devant une porte dont le chef mit un moment à trouver la clef. Une fois entrés, il referma discrètement. Il faisait sombre mais Marianne devina un endroit assez vaste. Daniel tâtonna quelques instants, s'embroncha dans quelque chose et tomba. Il râla un peu, Marianne rigola. Enfin, la lumière s'alluma. Celle d'une lampe de bureau verte. Marianne découvrit alors la bibliothèque. Un endroit où elle n'avait jamais pu mettre les pieds. Elle contempla avec un sourire béat les rayonnages de livres endormis, les tables en bois.

— Ouah !

— Je savais que ça te plairait, ma belle !

Marianne laissa sa main glisser sur les bouquins. Pas assez de clarté pour discerner les titres. Mais peu importait. Contact si agréable, odeur si envoûtante. Elle s'attarda sur un livre à la reliure verte. Elle s'approcha de la lampe. Daniel la regardait, tout en fumant sa cigarette. Elle caressait le roman comme un objet précieux. Fragile.

— C'est quoi, ce bouquin ? demanda-t-il.

— C'est… Un souvenir…

— *L'Église Verte*, Hervé Bazin… Tu l'as lu ?

— Au moins dix fois… Il me rappelle des choses… Il me rappelle quelqu'un.

— Ton petit ami ?

— Non. Une fille dans un train… Une fille que j'aurais dû aider… C'était bien avant que je me fasse arrêter par les flics… Mais finalement, j'ai fini par l'aider… de longues années après.

— Je ne comprends rien ! reconnut Daniel.

— C'est pas grave !

Elle posa l'ouvrage sur la table en chêne, un peu gênée. Attendant les ordres. Il la prit dans ses bras pour lui faire comprendre qu'il ne serait pas égoïste, ce soir. Elle lui sourit, rassurée. Passa ses bras autour de sa taille, l'embrassa. C'était peut-être la dernière fois. Elle commença à déboutonner sa chemise.

— C'est bien ce que tu as fait, ce matin, dit-il.

— T'es vraiment têtu, ma parole ! Je t'ai déjà expliqué...

— J'aimerais savoir ce qui s'est réellement passé dans le couloir...

Il embrassa doucement son cou, elle ferma les yeux, engourdie par un plaisir toujours plus fort. Chaque fois plus fort.

— J'ai vu un attroupement en haut de l'escalier. Je suis montée aussi vite que j'ai pu et j'ai dit à Giovanna de lâcher Emma...

Il continuait ses approches, elle avait de plus en plus de mal à parler. Elle le repoussa un peu, il parvint à maîtriser ses mains quelques instants.

— T'as pas une clope ? demanda-t-elle.

Il en alluma deux à la suite et s'assit à côté d'elle, une main posée sur sa jambe.

— Ensuite ?

— J'en ai pris plein la tronche. Elle a sauté à pieds joints sur mon genou... J'ai rien pu faire... Je serais morte si... Si VM n'était pas intervenue... Juste au moment où l'autre allait m'achever... Elle l'a décollée du sol, t'aurais vu ça ! D'une seule main ! Et puis elle l'a balancée contre le mur... Ensuite, t'es arrivé... Voilà.

— Je savais pas que VM était venue à ta rescousse...

— C'est une fille bien.

— Je sais pas si on peut dire ça !

— Pas pire que moi, en tout cas !

— Elle a tué de sang-froid une demi-douzaine de personnes…

— Elle a tué pour défendre une cause, pour défendre ses idées… On peut le lui reprocher, bien sûr… Mais elle a tué pour quelque chose… Quelque chose en quoi elle croyait. Et ce matin, c'est moi qu'elle a défendue.

— C'est vrai. Et toi, tu n'as pas hésité à risquer ta vie pour défendre Emmanuelle. Dire que tu voulais la tuer il y a seulement quelques semaines !

— Y a des moments où ça me démange encore ! Pas facile de vivre l'une sur l'autre…

— Dans les autres cellules, les filles sont trois… Alors, ne te plains pas ! N'empêche que c'est bien ce que tu as fait.

— Tu radotes, chef ! fit-elle avec un sourire embarrassé.

— C'est sans doute mon grand âge !

— T'as quel âge, au fait ?

Il frôla sa peau avec ses lèvres.

— Vingt-cinq ans.

— T'es con !

Elle se laissa aller dans ses bras, au cœur de cet endroit magique. Elle se montrait plus entreprenante que les autres soirs ; elle s'habituait à lui, à sa peau, à ses mains. Devinait ses gestes. Apprenait un art qu'elle ne connaissait pas. Il continua ses avances mais s'arrêta au moment tant attendu. Il avait saisi son visage entre ses mains. Elle fixait le bleu de ses yeux, le corps en fusion.

— Dis-le, Marianne…

— Quoi ? Qu'est-ce que tu veux que je te dise, encore ? Tu ferais mieux de la fermer et…

— Dis-moi que tu as envie de moi…

Était-il aveugle ? Sourd ? Ou privé de ses autres sens pour ne pas le voir ? Non, il voulait l'entendre avouer sa faiblesse nouvelle. Elle ouvrit les lèvres. Mais rien ne voulut sortir. Comme ce matin, lorsqu'elle avait songé implorer son adversaire.

— Dis-le-moi, Marianne…

Elle tenta de le contenter en l'embrassant mais il refusait toujours d'aller plus loin. Pourquoi était-ce si dur ? Trop intime, trop personnel. Trop enfoui au fond d'elle, comme un secret indicible. Livrer ses émotions, déshabiller son âme… Elle resserra son étreinte, pour le lui montrer, puisque les mots ne venaient pas. Mais il tenait bon. Incorruptible.

— Dis-le, Marianne…

Sa voix était presque autoritaire, contraire à ses gestes tendres qui incendiaient chaque centimètre de sa chair. Elle avait chaud, elle n'en pouvait plus. Électrifiée de la tête aux pieds, elle le repoussa brutalement. Il me gonfle avec ses fantasmes et ses questions ! La séparation lui infligea une déchirure intérieure. Gigantesque. Alors elle l'attira à nouveau contre sa peau. Avec encore plus de brutalité. Avant d'approcher sa bouche de son oreille.

Elle lui avoua, trois fois d'affilée. Finalement, ce n'était pas si difficile.

Mercredi 8 juin – 10 h 10 – Cour de promenade

Marianne observait du coin de l'œil Giovanna qui se pavanait avec sa clique à l'autre bout de la cour. Elle avait hésité à descendre, mais la lumière était trop belle, ce matin. L'effet d'un halogène sur un papillon. Emmanuelle était restée en cellule. Peut-être ne sortirait-elle plus jamais. Justine s'approcha, Marianne lui sourit.

— Daniel m'a raconté… Ce qui s'est passé lundi.

— On va pas en faire un fromage !

— J'ai peur pour toi, avoua la surveillante. Giovanna ne va pas en rester là. Tu ferais mieux de l'ignorer.

— Tu veux pas que j'aille lui lécher le cul, pendant que t'y es ?! Si elle me cherche, elle me trouvera, point ! Et elle aura ce qu'elle mérite, fais-moi confiance.

Justine soupira, Marianne massa son genou douloureux.

— Pourquoi j'ai pas mon bon pour le parloir de cette après-midi ?

— Quel parloir ? s'étonna la gardienne. Tu n'en as aucun de prévu… J'ai distribué tous les bons ce matin.

Devant la mine déconfite de Marianne, elle ajouta :

— Je suis désolée… Ton ami viendra sans doute la semaine prochaine.

Marianne se renfrogna dans un silence douloureux. Qu'est-ce qu'il fout le commissaire Francky ?

Une peur sournoise s'immisça en elle. Et s'il ne revenait plus ? S'il en avait choisi une autre ? Non, impossible. Il attendait une réponse. C'est moi qu'ils veulent. Moi, et personne d'autre. Il avait sans doute décidé de lui accorder un délai de réflexion supplémentaire. Après tout, il avait juste dit à bientôt. Oui, il serait au rendez-vous mercredi prochain. Inutile de paniquer. Je ne suis pas à une semaine près. C'est quoi, une semaine, quand on attend depuis des années ? Comme ça j'aurai le temps de faire la peau à Giovanna.

Elle se dirigea lentement vers VM. Elle arrivait désormais à poser le pied par terre, mais au prix d'une douleur encore aiguë. VM continua ses pompes tandis que Marianne s'asseyait par terre. C'est alors que la Hyène s'offrit le plaisir d'une petite visite.

— Tu t'es réfugiée près de ton garde du corps, à ce que je vois ! T'as la trouille ?

VM se redressa. Elle tendit la main à Marianne, la hissa sur ses jambes.

— La seule chose qui me fait peur, c'est que je vais être obligée de te massacrer ! Que ça risque de me coûter quelques années de plus… Remarque, vu que j'ai déjà pris perpète, c'est pas bien grave.

— T'inquiète, c'est moi qui vais te tuer ! Et ensuite, je m'occuperai de ta petite copine…

— Tu parles pour moi ? vérifia VM en se roulant une cigarette.

— Je parle de la folle qui partage sa cellule.

— Tu ne la toucheras pas ! grogna Marianne.

— Oh si ! Je lui ouvrirai le ventre, je ferai un nœud avec ses tripes… Et puisque t'as décidé de prendre la défense de cette merde, tu vas crever toi aussi…

VM fit un pas en avant, la Hyène recula doucement.

— Va polluer l'autre côté de la cour, conseilla-t-elle

froidement. Sinon, je vais être obligée de m'en mêler, une fois de plus.

— Gréville peut pas se défendre toute seule ? Hein, c'est ça ? rétorqua la Hyène avec hardiesse.

— Marianne est aussi forte que moi. Sinon plus. Quand elle sera guérie, je la regarderai te défoncer la gueule. Et ça va me plaire, tu peux me croire ! Maintenant, dégage.

Justine s'approcha, Giovanna profita de l'occasion pour s'éloigner la tête haute. Marianne était toujours debout, les poings serrés.

— Assieds-toi, ordonna VM. Et reste calme. Ce n'est pas le moment. Ce n'est pas aujourd'hui.

Marianne se laissa glisser contre le grillage.

— Faut que je me la fasse…

— T'as plus le choix, admit VM. Sinon, elle va pas te lâcher… Mais je serai pas toujours là pour t'aider. Alors, tant que tu ne tiens pas sur tes jambes, tu devrais rester en cellule. Je sais que c'est dur mais c'est plus prudent. Demain matin, je serai absente… Je suis attendue chez le juge d'instruction. Pour ma tentative d'évasion.

— Ah… Il est comment, le juge ?

— C'est une femme. Nadine Forestier.

— Pas possible ! C'est elle qui a instruit mon dossier quand j'ai buté le vieux et le flic…

— Elle m'a l'air assez coriace !

— C'est une charogne ! C'est à cause d'elle que je me suis pris perpète ! Elle a cuisiné mon dossier aux petits oignons, j'te dis pas comment ! Elle m'a enfoncé la tête sous l'eau ! Instruire à charge et à décharge, y disent ! Ben elle, c'est à charge, un point c'est tout !

— Je m'en suis aperçue. Elle espère encore que je vais balancer mes complices !

— T'avais des complices ?

— J'ai quelques vieux amis, dehors. Des amis fidèles…

— Tu… Tu vas réessayer ?

— J'essaierai toujours, Marianne. Je n'abandonnerai jamais.

Solange n'était pas de service aujourd'hui mais Daniel l'avait convoquée. Elle entra, il posa le rapport particulièrement bien ciselé sur son bureau. Elle prendrait un blâme à coup sûr.

— Assieds-toi, proposa-t-il.

— Je vous remercie, mais je préfère rester debout.

— Comme tu voudras. J'ai terminé mon rapport sur le comportement inqualifiable que tu as eu lundi après-midi envers mademoiselle de Gréville.

Il trouva étrange qu'elle gardât un sourire aussi détendu dans pareille situation.

— Tu veux que je te le lise avant de le remettre à Sanchez ?

— Ce ne sera pas nécessaire… puisque vous n'allez pas le lui donner.

Il sourit à son tour.

— Ah tu crois ça ? Eh bien tu te goures ! Je vais le lui apporter tout de suite !

— Je ne vous le conseille pas, Daniel…

Elle souriait toujours. Il eut soudain un mauvais pressentiment. Elle sortit une petite enveloppe de la poche intérieure de son blouson et la lança sur son bureau.

— Vous devriez jeter un œil à ça.

Il hésita. Alluma une cigarette. Prit finalement l'enveloppe. Deux photos.

Son cœur dévala une pente abrupte. Poids lourd sans freins.

— Vous êtes à votre avantage, vous ne trouvez pas chef ?

Il braqua les yeux sur elle. Deux lance-flammes.

— J'aurais jamais cru que vous étiez si photogénique !

— Tu crois me faire peur avec ça ? T'as qu'à les filer

338

à Sanchez ! C'est pas un problème. Ça ne t'évitera pas un rapport !

— Sanchez ? Vous me prenez vraiment pour une idiote, hein ? Si je donne ces photos à quelqu'un, ce ne sera certainement pas à Sanchez ! Je sais pertinemment qu'il couvre vos agissements *inqualifiables*, chef ! Mais je pense que la Direction Régionale serait très intéressée par ces clichés...

Il se leva, elle ne bougea pas d'un centimètre. Il contourna son bureau pour se planter devant elle.

— Tu veux la guerre, Pariotti ?

— Il n'y aura pas de guerre. Parce que vous avez déjà perdu... Les armes, c'est moi qui les ai.

— Les balances, on n'aime pas trop ça dans la maison. Si tu fais ça, c'est vrai que je risque de me faire muter. Rien de plus, d'ailleurs... Toi, par contre, tu vas morfler ! J'ai des tas de potes, ici.

— Vous l'avez dit vous-même, j'ai déjà une sale réputation ! Alors, un peu plus, un peu moins... Vos potes ne pourront pas grand-chose contre moi. Ils me feront la gueule, me mettront à l'écart... Et après ? Mais vous, vous risquez bien plus qu'une simple mutation !

— Tu te trompes... Il n'y a pas eu viol, Marianne était consentante... Ça se voit sur les photos, non ?!

— Oui, ça se voit. Votre femme aussi, le verra...

Le visage de Daniel se transforma doucement. Comme s'il venait d'avaler un serpent. Il la plaqua violemment contre le mur. La cloison trembla, les livres dégringolèrent des étagères.

— Si tu files ça à ma femme, je te tue ! vociféra-t-il.

— Allons, chef, calmez-vous ! Je suis sûre qu'on peut trouver un arrangement, vous et moi...

Il la lâcha, appuya les mains sur son bureau. Il vacillait, il devait se contrôler. Il se tourna à nouveau vers la gardienne. Elle souriait toujours, il avait envie de la gifler. Elle déchira le rapport sous son nez puis le flanqua à la corbeille, en le toisant d'un air victorieux.

— Je garde ces photos bien au chaud. Elles sont les garantes de ma liberté. Vous ne pourrez plus rien contre moi… Quoi que je fasse… Je peux les envoyer à tout moment à votre épouse… À tout moment ! Il ne faudra jamais oublier ça !

Il réalisait à peine ce que cela signifiait. Elle pourrait commettre les pires horreurs sur les détenues. Il ne pourrait plus l'en empêcher. Coincé, ligoté.

— Je vais particulièrement soigner votre petite copine, désormais…

— Touche pas à Marianne !

C'était sorti instinctivement. Il aurait mieux valu se taire pourtant ; elle savait désormais à quel point Marianne comptait pour lui.

— Vous ne pourrez que regarder, chef…

Envie de l'étrangler, maintenant. Là, dans ce bureau. Mais il baissa les yeux. Elle s'approcha encore, c'était insupportable. Cette haleine barbare qui lui soulevait le cœur.

— Je vais m'occuper personnellement de ta petite pute, fais-moi confiance !

Il fut tellement choqué qu'il faillit perdre l'équilibre. Était-ce les mots ou ce tutoiement intempestif ?

— Dégage de mon bureau avant que…

— Avant que quoi ? Tu ne vas pas commettre un crime pour elle, non ? Pense à tes gosses !

Elle constatait les dégâts avec un plaisir obscène.

— Un jour tu me remercieras. De t'en avoir débarrassé… Mais tu pourras profiter d'elle encore un moment, parce que je vais prendre mon temps.

Elle passa enfin la porte, il resta assommé de longues minutes. Fixant les clichés qui le narguaient en silence. Comment arrêter ce jeu de massacre ? Comment sauver Marianne ? Sauver tout ce qu'il avait construit ? Mais

340

une autre question tambourinait dans son cerveau. Pourquoi? Par pure méchanceté, par cruauté? Par maladie? Il s'effondra sur son fauteuil. C'était lui, le coupable. Parce qu'il avait enfreint les règles. Parce qu'il avait trompé sa femme. Parce qu'il avait commis la faute tant redoutée depuis qu'il travaillait ici. Tomber amoureux d'une détenue. Il quitta son bureau. Il avait besoin de réconfort. Besoin de son visage.

Dans la cour, Marianne et VM se délectaient du soleil, assises côte à côte. Silencieuses.

— Comment va Emmanuelle? demanda soudain VM.

— Pas terrible. Je crois qu'elle ne mettra plus jamais un pied dehors après ça.

— Pourquoi tu l'as défendue, hier?

— Et toi? Pourquoi tu es venue à mon secours?

VM se roula une nouvelle cigarette. Un petit sourire au coin des lèvres.

— Tu n'as pas répondu à ma question! fit-elle remarquer.

— J'sais pas trop... Ça m'a foutu la rage de voir l'autre s'en prendre encore à elle... Tu sais, elle est pas méchante, Emma. Et puis elle est sans défense... J'ai même pas réfléchi. J'me suis dit que je pouvais pas la laisser se faire étriper sans réagir... Tu trouves que j'ai eu tort, pas vrai?

— Non. Je trouve que tu as changé. Pourtant, je ne te connais pas depuis longtemps! Non, je ne trouve pas que tu aies eu tort. Au contraire.

— J'ai répondu à ta question, rappela Marianne. À toi, maintenant.

— J'ai regardé de loin, d'abord. Si tu t'en étais mieux sortie, je ne serais pas intervenue. Je voulais pas te mettre mal vis-à-vis des autres. Mais j'ai vu qu'elle allait te tuer, alors...

— Alors? Qu'est-ce t'en as à foutre que je meure?

— Pas grand-chose, à vrai dire… Mais suffisamment pour risquer ma vie pour toi ! ajouta VM en riant.

Marianne sourit à son tour. Soulagée.

— Je ne t'ai même pas remerciée…

— J'ai jamais aimé les mercis.

— Ben, tant pis ! Je te remercie quand même de m'avoir sauvé la vie.

VM alluma sa cigarette et lorgna du côté de l'escalier.

— Tiens ! Voilà le gradé !

Marianne tourna la tête aussitôt, le cœur battant. Elle ne l'avait plus vu depuis la veille au petit matin. Bien qu'il fût loin, elle devina qu'il n'était pas dans son assiette. Soucieux.

— Il a l'air sympa, ce type ! dit VM en dégustant sa clope.

— Il est réglo, approuva Marianne.

— C'est déjà pas mal. Et bien foutu, en plus !

Marianne ressentit une chaleur bizarre enflammer son ventre.

— Ouais ! acquiesça-t-elle d'un ton qu'elle désirait indifférent.

VM sombra brusquement dans la mélancolie.

— Ça te manque pas à toi, les mecs ?

— Les mecs ? répéta Marianne.

— Ben oui… Faire l'amour, quoi… Ou même simplement embrasser et tout ça… Celui-là, je me le ferais bien !

— Tu coucherais avec un maton ? s'offusqua Marianne d'un ton un peu théâtral.

— Je plaisante Gréville ! Détends-toi !

Ne pas en faire trop. Sinon, elle finirait par déterrer le terrible secret.

— Ouais, je me le ferais bien, moi aussi ! lança-t-elle.

Elles se mirent à rire en chœur. Au moment où Daniel s'approchait.

— Bonjour, chef ! lança VM. On était en train de

parler de vous, justement. On tentait de vous imaginer sans votre uniforme !

Il essaya de ne pas se laisser déstabiliser. Il avait l'habitude, pourtant. Mais aujourd'hui, il se sentait tellement désarmé…

Il ne devait rien laisser paraître. Il ne fallait pas que Marianne soit au courant. Sinon, elle deviendrait capable du pire. Il réajusta donc son air charmeur, réactiva son côté machiste.

— Vraiment ?

Marianne se tordait de rire, VM continua son petit jeu.

— Oui, vraiment ! Faut bien qu'on fasse marcher notre imagination, chef !

— Si vous aviez une photo de vous en maillot de bain, ça nous aiderait ! renchérit Marianne entre deux éclats de rire.

Le visage du chef vira au livide. *Photo*. Décidément, elle ne l'aidait pas.

— Je ne me baigne jamais !

— Tant pis ! soupira VM. Mais ça vous arrive de virer l'uniforme, quand même ?

Il s'accroupit en face des deux filles et arma son sourire comme un 38.

— Assez souvent, à vrai dire… Mais jamais devant les détenues.

— Dommage ! Ça nous ferait un peu d'animation.

— Désolé de vous frustrer, madame Maubrais… Adressez donc une pétition au directeur ! Il m'autorisera peut-être à vous faire un strip pour le soir de Noël !

— Excellente idée, chef !

Il reprit son sérieux.

— Je voulais vous remercier, justement…

— Me remercier ? s'étonna VM. Mais de quoi ?

— D'avoir sauvé notre petite Gréville…

Marianne leva les yeux au ciel. Elle détestait qu'on

l'appelle ainsi. Comme une gamine sans défense. Je suis une tueuse, merde !

— C'est normal d'aider ses amis, non ? répondit VM.

— Oui. Mais c'est si rare, ici…

Il se releva et s'adressa à Marianne.

— Le médecin veut te voir cette après-midi. Je crois qu'il veut te remettre le genou en place… C'est Justine qui t'emmènera.

— Putain ! grommela Marianne. Ils vont m'achever ces incapables ! S'ils me bousillent le genou, je porte plainte contre la Pénitentiaire !

— Tu ferais mieux de porter plainte contre Giovanna…

— Très drôle !

— Elle t'a encore cherchée ?

— Tant que VM est près de moi, j'ai rien à craindre ! Elle fait dans son froc !

— Je peux vous la confier, à ce que je vois…

— Arrête ton numéro ! s'emporta Marianne. J'ai pas besoin d'un garde du corps !

Il la foudroya de ses yeux bleus.

— Depuis quand tu me tutoies ?

Elle se liquéfia sur place.

— Excusez-moi, chef ! Ça m'a échappé…

— Eh bien que ça ne t'échappe plus, Gréville !

— C'est bon ! maugréa-t-elle.

Il s'éloigna et elles le suivirent du regard.

— C'est lui qui t'a frappée, la dernière fois ? demanda VM. Lui tout seul, je veux dire ?

Marianne hésita. Inutile de mentir. Pas à elle.

— Ouais. Je lui ai mis un coup de pied dans les couilles ! L'a pas aimé !

— En général, les mecs aiment pas trop ça ! rigola VM. T'as dû déguster, il doit avoir une sacrée allonge !

— Ouais ! Mais je me suis pas trop défendue, en

fait… Ça l'aurait encore plus énervé. Et je préférais ça à quarante-cinq jours de mitard.

— En tout cas, ça semble s'être arrangé entre vous ! Il a l'air de se faire du souci pour toi…

— J't'ai dit qu'il est réglo… C'est pas un pourri. On peut compter sur lui si on a un problème… Faut juste éviter de le contrarier.

VM la dévisageait bizarrement. Soupçonnait-elle quelque chose ? Marianne ferma les paupières sous les assauts du soleil. Elle se repassait les images de leur dernière nuit, dans la bibliothèque. Alanguie dans ses bras, jusqu'à l'heure de la ronde. Jusqu'à trois heures du matin. Il allait lui manquer. Il manquerait à sa peau, à sa bouche, à ses yeux. À tout son corps.

Mais le manque, elle en avait l'habitude.

Marianne, à défaut de ciel, contemplait le plafond. Prostrée sous la fenêtre, une cigarette dans la main, l'esprit au loin. Emmanuelle dormait, comme souvent. Elle avait ingurgité une dose impressionnante de tranquillisants pendant le déjeuner, elle n'avait d'ailleurs rien mangé d'autre.

Marianne venait de terminer *À l'est d'Éden*, presque aussi fabuleux que *Des souris…* Dehors, quand elle aurait trouvé une planque sûre, elle s'achèterait toute la collection des œuvres de ce génie. Plus l'*Église Verte*, bien sûr. Paupières closes, elle imagina. Dehors…

Elle voyait déjà… Les champs de blé, les bois de feuillus rougissant des assauts de l'automne ; les lacs scintillants, les sommets enneigés ; les plages, les rochers, les pins maritimes… Les autoroutes, les petits chemins vicinaux. Les gares, leurs quais, le profil racé du TGV. Elle sentait l'odeur du café, de l'herbe humide, de la terre gorgée de pluie. Elle entendait le chant des oiseaux, le bruit d'une rivière, des vagues, le rire des gens. Et la musique, aussi.

Elle rouvrit les yeux. Daniel les lui avait promis pour aujourd'hui. Le baladeur et les trois disques. Le chef avait été surpris par la sélection qu'elle avait griffonnée sur un morceau de papier. *T'écoutes du classique, toi* ? Ben non, en fait. Mais elle avait désormais envie de découvrir ce qu'elle ne connaissait pas. Elle avait commandé un disque de classique regroupant plusieurs compositeurs, pour être sûre de ne pas se tromper ; un album de Jay Kay, en souvenir de Thomas… Et, pour finir, un best of de Nirvana. Cette nuit, elle pourrait se saouler de musique, se griser de sons. Écouter les infos à la radio, les nouveautés musicales. Elle serait ainsi un peu au courant avant d'affronter le monde extérieur. Elle ne serait pas complètement larguée, obsolète à vingt et un ans ! Elle se mit à sourire. Elle entendait déjà…

La clef dans la serrure. Elle sursauta.

La Marquise. L'après-midi était foutue. Elle resta assise, la gardienne s'avança, armée de haine jusqu'aux dents.

— Alors, de Gréville ? Tu rêvassais ?

— Maintenant, je cauchemarde…

— Debout !

Marianne s'aida du mur pour se remettre sur ses jambes.

— Fouille de cellule. Vide tes casiers.

Emmanuelle émergea de son coma.

— Vous, vous pouvez continuer à roupiller ! balança la Marquise d'un air dédaigneux.

— Ah ouais ? C'est juste pour moi, alors ? s'indigna Marianne.

— On peut rien te cacher, de Gréville ! Alors, tu vides tes casiers ou je le fais moi-même ?

Marianne refusa d'obtempérer. Pariotti, les yeux débordants de lave, l'empoigna avec force et lui attacha les poignets au montant du lit. Elle se laissa enchaîner sans protester. Pas le moment de se prendre des jours de mitard ! Solange ouvrit alors les casiers et éparpilla les affaires par terre.

En voyant son ennemie piétiner ses vêtements, Marianne perdit son sang-froid.

— T'as pas le droit ! hurla-t-elle.

Solange, continuant sa besogne, dénicha quelques barres de céréales.

— Ça sort d'où, ça ? C'est pas en vente dans le catalogue, non ? Confisqué !

Les friandises disparurent au fond de ses poches.

— Salope !

Marianne reçut une gifle retentissante, le Fantôme poussa un cri strident.

— Toi, tu la fermes ! intima la gardienne. Sinon, tu vas t'en prendre aussi, OK ?

— Mais vous n'avez pas le droit de la frapper ! s'insurgea Emmanuelle.

— Tais-toi, conseilla Marianne. C'est pas grave…

Solange souleva ensuite le matelas, enleva les draps, les jeta à même le sol. Inspecta le dessous du lit. Puis elle s'intéressa au vieux réveil, tenta de le démonter. Marianne comprit qu'elle cherchait la drogue. On aurait dit un labrador des stups. Hystérique, la bave aux babines, le flair en alerte. Elle s'acharnait sur le réveil et, comme elle n'arrivait pas à l'ouvrir, elle le flanqua par terre où il s'explosa avec un étrange bruit de mécanique déglinguée. Marianne se mordit la langue. La Marquise s'approcha à nouveau.

— Tu la planques où, la came ?

Marianne s'offrit le luxe de sourire à son tour. Nouvelle gifle, Emmanuelle ferma les yeux.

La Marquise avait pris soin d'emmener sa matraque. Elle la fit rebondir dans le creux de sa main.

— Où elle est, de Gréville ?

— Va te faire foutre…

Elle s'attendait à recevoir le coup en pleine figure. Mais la Marquise visa le genou et Marianne tomba dans un cri.

— Je vais la trouver toute seule !

Marianne se laissa aller sur le sol, déplia sa jambe

douloureuse. La surveillante, passée dans la salle d'eau, en ressortit une minute après avec la trousse de toilette. Elle en renversa le contenu sur la table, vida tubes et flacons sous le regard impuissant des deux détenues. Elle secoua alors la trousse pour vérifier qu'il ne restait rien à l'intérieur. Et un large sourire illumina son visage.

— On dirait qu'il y a quelque chose au fond !

Marianne ferma les yeux. Tu parles ! Visage d'ange avait dû la rancarder ! La Marquise ne tarda pas à découvrir la dose restante, le garrot et la seringue, planqués dans le double fond. Elle s'accroupit face à Marianne, brandissant son butin.

— Si je te faisais bouffer cette merde, hein, de Gréville ? Tu crèverais, non ?

— Vas-y, essaye !

Nouveau coup de matraque. Nouveau hurlement.

— Arrêtez ! supplia Emmanuelle.

À cet instant, la porte s'ouvrit. Daniel apparut. Marianne se sentit instantanément soulagée. Sauvée.

— Qu'est-ce qui se passe, ici ? On entend gueuler jusque dans le couloir !

Il regarda Marianne, entravée au lit, par terre ; ses objets personnels répandus sur le sol ; la surveillante armée d'une matraque. Pas besoin d'un dessin. Solange s'approcha de lui.

— J'ai trouvé ça dans ses affaires, annonça-t-elle en agitant le sachet d'héroïne.

— Elle m'a frappée alors que j'étais menottée ! vociféra Marianne.

Solange fixa son supérieur sans sourciller.

— Elle était menaçante, chef ! expliqua-t-elle d'un ton mielleux.

— C'est faux ! protesta Marianne. J'ai rien fait !

— C'est vrai ! renchérit Emmanuelle. Marianne n'a rien fait !

— Qui allez-vous croire, monsieur ? interrogea Solange. Deux criminelles ou une surveillante ?

Marianne jubilait. Elle allait se faire engueuler sévère, la Marquise ! Mais Daniel baissa les yeux. Et lorsqu'elle le vit quitter la cellule, elle eut l'impression que le ciel s'écroulait.

Solange, sourire jusqu'aux oreilles, revint vers son souffre-douleur. Elle balança la poudre dans les toilettes.

— Tu pourras toujours boire l'eau des chiottes ! ricana-t-elle.

Marianne se contenait pour ne pas pleurer. Pleurer de la trahison de Daniel. Ça faisait tellement plus mal que la matraque. La Marquise voulut récupérer les menottes, Marianne, furieuse, essaya de lui mettre un coup de pied. Elle reçut une nouvelle volée, serra les dents pour ne pas crier, tandis qu'Emmanuelle fondait en larmes. Enfin, quand Marianne cessa de bouger, Solange disparut.

Le Fantôme descendit du lit à toute vitesse.

— Ça va, assura Marianne. J'ai fait la morte pour que cette ordure s'en aille…

— Mais qu'est-ce qui lui a pris ? gémit Emmanuelle.

Marianne s'effondra sur le lit. Percluse de douleurs. Elle repensa à Daniel. La colère lui noua la gorge.

— Je sais pas, murmura-t-elle. Je sais pas ce qui lui a pris…

**

23 h 30 – Cellule 119

Marianne scrutait la nuit sans rien y voir. Elle écoutait la respiration régulière de sa codétenue qui dormait encore. Ou déjà, elle ne savait plus. Emmanuelle, qui se nourrissait presque exclusivement de comprimés, maintenant. Ce soir, elle n'avait mangé qu'une tranche de jambon sous vide. Marianne n'avait guère fait mieux. Juste rajouté un yaourt au parfum indéfinissable.

Daniel n'était pas encore venu lui apporter le baladeur. Mais elle l'attendait de pied ferme. Ce salaud va m'entendre ! Peut-être même qu'elle allait lui rendre les coups reçus cette après-midi. Quelques contusions supplémentaires. Rien de grave. Il n'y avait que la trahison qui faisait mal. Elle alluma une cigarette. Pensa à la dope partie dans le tout-à-l'égout. Deux fixes en moins. Le coup du rapport était certainement resté en travers de la gorge de Pariotti… Mais Daniel ? Avait-il eu peur que Solange ne le balance ? Était-ce la raison de sa félonie ? Elle n'en voyait pas d'autre. Même s'il avait affirmé n'avoir rien à craindre d'elle.

Soudain, la porte s'ouvrit, elle fit un bond sur son matelas. Pourtant, c'était Justine de garde, cette nuit. Mais, à la faible lumière du néon, elle reconnut la silhouette du gradé. Elle s'approcha en boitant. Il lui adressa un petit signe de la main, elle le suivit jusque dans le couloir où on y voyait encore moins que dans la cellule.

— Je t'ai apporté ton petit cadeau…

Elle lui arracha le sachet des mains mais ne s'intéressa pas à son présent, ne le remercia pas non plus.

— Tu ne regardes pas ? fit Daniel avec une certaine déception dans l'intonation.

— Va te faire foutre !

Il encaissa en silence. Il s'y attendait, de toute façon.

— Je t'amènerai de la came lundi soir, ajouta-t-il comme pour s'excuser. Il faudra trouver une meilleure planque…

— Tu ferais mieux de m'apporter un casque et un bouclier !

— Ça va, elle t'a pas tuée, non plus…

C'était peut-être la seule phrase à éviter.

— T'es vraiment qu'un enfoiré ! murmura-t-elle avec rage. Je n'ai même pas protesté, j'étais menottée et elle

351

m'a tabassée ! J'aurais jamais cru que tu pourrais la laisser faire un truc pareil !

— Écoute… Il faut que je te parle… On va aller un peu plus loin, d'accord ?

— J'ai rien à te dire !

— Moi si. Alors suis-moi.

Ils se réfugièrent à nouveau dans la bibliothèque. Il chercha à la prendre dans ses bras, elle le repoussa brutalement. Alla s'asseoir sur une table.

— Je t'écoute, attaqua-t-elle froidement.

Il alluma une cigarette, lui en proposa une. Elle refusa d'un signe de tête.

— On… J'ai un problème, avoua-t-il d'une voix mal assurée. Elle… me tient…

— Parce qu'elle nous a vus ? Je croyais que…

— Parce qu'elle a des preuves, coupa-t-il.

— Des preuves ? On s'est fait filmer ou quoi ?!

— Photographier.

Marianne resta stupéfaite un instant.

— Photographier ?… Mais… Mais comment ? Quand ? Où ?

— Le soir où on est restés dans ta cellule… Elle a pris deux photos. Elle a dû aller très vite, je suppose. D'ailleurs, les deux clichés sont presque identiques.

— Et… On nous reconnaît dessus ?

— Ça oui ! Elle aurait pu les rater, mais là, c'est vachement bien réussi, manque de bol… Elle menace de les envoyer à ma hiérarchie et… à ma femme.

— Qu'est-ce qu'elle veut ?

— Te rendre la vie impossible… Et si je m'interpose, elle balance les clichés… Je suis dans la merde, Marianne.

— ON est dans la merde ! rectifia-t-elle. Parce que je te signale qu'aujourd'hui, c'est moi qui m'en suis pris plein la tronche !

Il fit une nouvelle tentative d'approche. Elle le laissa prendre son visage entre ses mains.

— Tu sais… Cette après-midi, quand je t'ai vue attachée et elle, avec sa matraque… J'avais envie de l'étrangler ! Mais…

— Je comprends, ne t'inquiète pas… Sur le coup, je t'en ai voulu à mort, mais maintenant…

Elle se réfugia dans ses bras. Heureuse finalement. De savoir qu'il ne l'avait pas trahie. C'était tout ce qui comptait à ses yeux. Le reste n'était qu'un incident. Il caressa ses cheveux.

— Je cherche une solution, poursuivit-il. Mais pour le moment… J'ai peur qu'elle te tue ou que toi, tu… Marianne, il faut que tu me promettes que tu ne vas rien tenter contre elle, que tu ne vas pas faire encore une grosse connerie !

Elle ne répondit pas. Ce silence lui fit peur.

— Marianne, promets-moi ! Tu ne dois pas la toucher !

— D'accord, je te promets d'essayer… Je crois qu'elle ne se servira pas de ces photos. Elle veut juste te flanquer la trouille pour avoir le champ libre. T'as qu'à faire un test ; la prochaine fois qu'elle s'en prend à moi, tu l'en empêches… Tu verras qu'elle ne fera rien.

— Franchement, j'en suis pas si sûr que toi… Elle est tellement cinglée ! Mais je n'arrive pas à comprendre pourquoi elle agit comme ça…

Elle le dévisagea avec un étonnement amusé.

— C'est pourtant évident ! Elle ne supporte pas que tu couches avec moi plutôt qu'avec elle, c'est simplissime !

— N'importe quoi ! Solange peut avoir tous les mecs qu'elle veut ! Elle s'en fout d'un type comme moi !

Cette fois, Marianne se mit à rire.

— Mais t'es vraiment miro ! T'as jamais remarqué comment elle te bouffe des yeux ?

— Je ne m'en suis jamais aperçu.

— Et… T'as déjà couché avec elle ?

— Mais ça va pas ou quoi… ! Bien sûr que non ! Cette fille me donne envie de vomir !

— Peut-être… Mais elle est bien roulée, non ?

— Et alors ? Tu crois que ça suffit à…

— J'sais pas, moi ! J'y connais rien aux mecs, c'est toi-même qui l'as dit ! En tout cas, j'en suis sûre, elle est jalouse pour nous deux. Et elle veut nous le faire payer !

— Faudrait que je trouve moi aussi le moyen de la museler ! Que je trouve un truc contre elle pour l'obliger à me rendre les négatifs.

Marianne songea soudain à sa libération prochaine. Bientôt, ces problèmes ne la concerneraient même plus. Pour le moment, elle avait envie d'oublier la Marquise, de profiter de cette nuit, qui serait une des dernières avec lui.

— Arrête de te ronger les sangs ! chuchota-t-elle en passant une main aventureuse sous sa chemise. Elle se lassera de jouer avec moi…

— Je suis inquiet.

— Pour… moi ? susurra-t-elle dans le creux de son oreille.

Il lui avoua que oui, sans un mot. Rien qu'avec les yeux. Ça la toucha plus qu'un discours, comme la plus belle des déclarations. La plus émouvante qu'on lui ait faite. La seule, d'ailleurs.

Dimanche 12 juin – 11 h 20 – Cour de promenade

Elle ne boitait presque plus. La jeune toubib avait accompli des miracles. Bien sûr, Marianne n'avait pas repris le footing ; mieux valait accorder un peu de temps à l'articulation avant de la rudoyer à nouveau. VM n'étant pas descendue, elle se sentait seule. Exilée au pied de l'acacia, elle laissait sa cigarette se consumer, les yeux aimantés par la lumière grise et pénétrante de cette matinée.

Monique se tenait en haut des marches, droite comme un piquet, les bras dans le dos. Aux aguets. Justine réconfortait une arrivante, jeune femme de style hispanique parlant à peine le français. Une mule, venue tout droit d'Amérique du Sud. Pour atterrir ici, dans ce trou. Digestion difficile.

Marianne ferma les yeux et Daniel se présenta sur l'écran noir de ses paupières.

Elle avait longtemps cru qu'on ne pouvait que lire, dans une bibliothèque. Elle avait manqué d'imagination.

Elle avait longtemps cru que son corps était condamné à perpétuité, comme elle. Condamné à n'être qu'un désert stérile balayé par les vents glacés. Elle avait manqué d'espoir.

Monique Delbec donna de la voix. En cage. Déjà.

Marianne se dirigea lentement vers le bâtiment. Elle

salua le ciel triste, une dernière fois. Inspira une grande bouffée d'oxygène. Puis grimpa les marches à vitesse réduite. Les grilles, la cohue, la routine. Elle était en queue de cortège, peu pressée de rejoindre son clapier. Justine fermait la marche.

Subitement, du bruit, des cris, loin devant… Encore une baston, à l'autre bout. La rumeur, comme une vague, lui colporta le flux des nouvelles.

Quatre filles s'affrontaient, c'était violent. Ça allait saigner. Justine partit en courant rejoindre Monique, en difficulté à l'avant. La routine, encore.

Marianne vérifia autour d'elle ; aucune hyène à proximité, ce n'était pas un traquenard. Le cortège avait ralenti, les filles piaffaient d'impatience. Elle s'isola dans un recoin, s'offrit une cigarette. Des cris, encore. Désordre total. Pourvu que Justine ne se prenne pas un pain au passage. Le reste, je m'en fiche. La foule n'avançait plus.

Marianne, adossée au mur aveugle, rêvassait encore au bleu incroyable de ses yeux. Il fallait qu'elle se désintoxique rapidement de cette nouvelle addiction. Car bientôt… Non, autant que j'en profite à fond, car bientôt…

— T'as du feu ?

Elle leva les yeux, tomba sur ceux de la Hyène. Deux tisons qui s'enfonçaient dans les siens, jusqu'à lui perforer le cerveau. Elle mit une seconde à réaliser qu'elle était encerclée. C'était donc maintenant. Parce que VM n'était pas là. Daniel non plus. Parce que son genou n'était pas encore guéri.

Maintenant, moment idéal pour l'adversaire. Elle se décolla lentement du mur, jeta sa clope.

— C'est un beau jour pour mourir, Marianne… J'espère que t'as fait tes prières.

— Je ne connais aucune prière. Aucun dieu, non plus.

Un étrange ballet commença. Elles se fixaient,

guettaient jusqu'au moindre souffle de l'adversaire. Dans un silence presque irréel. Marianne n'attaquerait pas en premier, comme toujours. Mais allait-elle réussir à frapper, de toute façon ? Car Marianne avait un sérieux handicap, aujourd'hui ; pas envie de se battre. De blesser ou pire, de tuer. Elle tenta de se motiver tandis que l'ennemie calculait son assaut. Je ne peux pas mourir. La liberté m'attend, la vie m'attend. Je ne peux pas les décevoir. Giovanna usa de la même tactique que la semaine d'avant. Un coup dans la rotule. Marianne plia, une fois encore. Tomba à genoux, vit arriver la droite en pleine tête avant d'éprouver la dureté froide du sol sous sa joue. Les coups de pied dans les tripes, les jambes.

Marianne, si tu meurs, tu ne sauras jamais. Si tu avais ta chance, si tu as bien fait d'accepter. Tu auras tenu jusqu'ici pour rien. Alors pourquoi avait-elle tant de mal ? Non, pas envie de se battre. Ni même de se défendre.

— T'es déjà par terre, Gréville ? Allez, lève-toi !

Marianne se mit à quatre pattes, puis se redressa. Encore le goût du sang, dans sa bouche. Elle s'essuya les lèvres d'un revers de main.

C'était bien ce goût qui l'écœurait. Tuer, encore. Une fatalité, une damnation éternelle. Tuer. Où est passée ta rage, Marianne ? Ta haine ? Elles ont peut-être fondu. Diluées dans le bleu intense.

Nouveau choc en pleine figure. Elle vacilla, mais resta debout. Un autre, encore. Et Marianne, toujours droite sur ses jambes. Qui encaissait, sans réagir.

Bats-toi, Marianne ! La laisse pas te tuer ! Je veux être libre, je veux aller au bout de mon rêve.

À la troisième offensive, elle arrêta le poing de l'adversaire, saisit le poignet robuste entre ses mains. Le brisa net. Le cri strident de l'ennemie lui écorcha les tympans. Résonna dans sa boîte crânienne. Giovanna s'écroula à son tour, recula à même le sol.

— Debout ! ordonna Marianne.

Retrouve la haine ! Si ce n'est pas pour toi, ce sera pour Emma ! La Hyène se releva. Elle, elle avait de la rage à revendre. Le cœur débordant de haine. Elle utilisa son bras gauche pour frapper. Marianne esquiva. Froide comme la mort, soudain. Mais décidée. Non, tu ne me priveras pas de ma liberté. Celle que j'ai tant attendue. Tu ne tueras pas Emma. Ton règne touche à sa fin.

Encore un coup dans le vide. La Hyène s'épuisait à taper à côté. Marianne décida d'écourter son supplice. Elle attrapa son bras gauche, le cassa au niveau du coude. Nouveau cri, à peine audible tant la gueule du fauve s'était crispée. Marianne garda le pantin désarticulé prisonnier de ses griffes, par les poignets, lui infligeant une souffrance atroce. Puis elle termina le travail de démolition. Elle lui assena un coup de tête pour lui briser le nez avant de l'écraser contre le mur et de presser la paume de sa main sur sa gorge. Il suffisait d'appuyer. De broyer la trachée. Les membres martyrisés s'agitaient dans le vide. Impuissants.

Appuie, Marianne. Qu'est-ce que t'attends ? Affronter ce regard terrifié. Cette bouche dont aucun son ne pouvait sortir. C'était trop dur. Vraiment trop dur. Elle relâcha la pression. Elle maintenait toujours Giovanna contre le pilori, la fixait au fond des yeux. La Hyène retrouva l'usage de la parole.

Elle va me demander d'arrêter. De l'épargner. Accordé d'avance. Les lèvres rouge sang s'ouvrirent. Pour respirer, d'abord. Pour parler ensuite.

— Tuez-la !

Les prunelles de Marianne s'emplirent d'une profonde déception. Elle épia l'attaque des sbires. Mais personne ne l'approcha. Personne n'osa.

— Tuez-la ! rugit la Hyène avec une bestialité effrayante.

Marianne appuya d'un coup sec. De toutes ses forces, de tout son poids. Sentit les cartilages qui s'enfonçaient.

Un bruit caractéristique que peu de gens connaissent. Elle laissa sa victime dégouliner jusqu'au sol ; encore vivante pour quelques secondes. Quelques minutes, dans le pire des cas. Elle se tourna face au reste de la meute.

— Y a quelqu'un d'autre ? demanda-t-elle avec colère. Quelqu'un d'autre veut mourir ?

Pas de volontaire. Elle attendit un instant, comme pour leur laisser le temps de réfléchir. Entendit les derniers râles de la bête qui agonisait derrière elle. Puis elle s'éloigna doucement, marcha à l'aveuglette, la vue brouillée par les larmes, les poings tétanisés sur la mort. Elle heurta soudain Justine, la prit pour une ennemie, la plaqua violemment contre le mur.

— Arrête, Marianne ! hurla la surveillante.

La douceur familière de cette voix la ramena brutalement dans la réalité. Elle lâcha prise. Justine la fixait, effrayée.

— Mais… Qu'est-ce qui se passe ? Tu saignes !

— C'est rien… Y a eu une bagarre, j'ai pris des coups… J'ai réussi à me tirer avant que ça dégénère…

La surveillante, épuisée, se précipita vers le fond du couloir tandis que Marianne avait repris son chemin de croix.

Je n'avais pas le choix. Si, tu avais le choix, Marianne. Elle discerna les cris de Justine tandis qu'elle montait le grand escalier. L'odeur de la mort tatouée sur la peau. Elle avait hâte de se laver. Mais jamais ça ne partait. Elle aurait dû le savoir depuis le temps.

Souillée jusqu'à l'âme. Depuis longtemps.

Pourquoi je l'ai tuée ?

***

14 h 00 – Cellule 119

Emmanuelle ne dormait pas. Elle contemplait Marianne. L'ombre de Marianne. Étendue sur le lit, absente. Elle savait qu'il s'était passé quelque chose dans le couloir, après la promenade. Elle avait entendu les cris, les clameurs. Avait vu une jeune femme, le visage en sang, en pleurs, revenir dans la cellule. Marianne s'était lavée, avait nettoyé ses blessures. Séché ses larmes. Sans un mot. Elle n'avait pas touché à son déjeuner. Pas même à son paquet de cigarettes. N'avait pas ouvert la bouche depuis son retour. Emmanuelle, assise à son chevet, attendait patiemment qu'elle veuille bien se confesser. Que s'est-il passé, dehors ? D'un geste maternel, elle effleura sa joue meurtrie, son front plissé. Emprisonna son poing serré dans le creux de sa main.

— Parle-moi, Marianne. Je t'en prie… Giovanna t'a attaquée, c'est ça ? Tu… Tu as pu te défendre ?

Marianne hocha la tête.

— Et… Et elle ?

— Blessée, je crois.

Enfin, le son de sa voix ! Comment lui avouer ? Quadruple meurtre, maintenant. Emmanuelle tenta de lui faire ouvrir les doigts, en vain. Elle refusait de les desserrer comme s'ils protégeaient un terrible secret. Justine et Daniel firent alors leur apparition.

— Marianne ? Comment vas-tu ? demanda la surveillante.

— Je vais bien, merci.

Daniel fronça les sourcils. Mort d'inquiétude, visiblement. Marianne s'accrocha à son regard pervenche.

— Faut qu'on te parle, continua Justine. Lève-toi et suis-nous.

— J'ai pas envie… J'suis fatiguée, là…

— Lève-toi, ordonna Daniel avec calme.

La jeune femme se redressa lentement, resta quelques secondes assise sur son matelas.

— Comment… comment va Giovanna ? s'enquit Emmanuelle auprès du chef.

Il la considéra avec étonnement.

— Vous vous inquiétez pour elle ? Après ce que vous avez subi ? Elle est morte…

Emmanuelle s'effondra sur une chaise. Abasourdie. Marianne enfila ses chaussures, n'eut pas le courage de les lacer. Elle suivit les gardiens jusque dans le bureau du chef. Refusa de s'asseoir, comme toujours. Daniel prit la parole.

— C'est toi qui as tué Giovanna ?

Marianne fixait ses lacets défaits.

— Marianne, réponds s'il te plaît.

— Oui, c'est moi.

— Elle t'a attaquée ? espéra Justine.

— Oui. Elle… m'a dit que… c'était un beau jour pour mourir, qu'il fallait que je fasse mes prières… Je voulais pas me battre, je n'en avais pas envie. Je vous jure que j'avais pas envie… Mais elle m'a frappée, c'est elle qui allait me tuer. Et… Et j'ai pas voulu mourir… Pas aujourd'hui. Alors… Alors j'l'ai tuée !

Elle fondit en larmes, Justine la réconforta de longues minutes.

— Je vais aller au mitard ? J'vais être transférée ?

— Aucune fille n'a témoigné contre toi. On dirait que personne n'a assisté au combat.

— Elles ont l'air soulagé, même ses copines, poursuivit le chef. Comme si tu les avais débarrassées d'un fléau. Ou alors, tu leur fais peur… En tout cas, on ne va rien dire.

Elle lui envoya un regard éberlué.

— Tu l'as raconté à madame Aubergé ? reprit-il.

— Je… Seulement que je m'étais battue contre Giovanna…

Il la reconduisit jusqu'à la 119. Devant la porte, Marianne le dévisagea avec une drôle d'émotion.

— Merci, Daniel.

— C'était elle ou toi, non ? Je préfère que ce soit elle.

— J'aurais pu juste la blesser, avoua soudain Marianne d'une voix faible.

— Disons que c'était un accident, alors.

Il ouvrit la porte, laissa Marianne passer devant. Puis il s'approcha d'Emmanuelle.

— Madame Aubergé?

— Oui, monsieur?

— Savez-vous qui a tué Giovanna, ce matin?

Elle écarquilla les yeux.

— Non! s'empressa-t-elle de répondre.

— C'est normal, puisque vous n'avez pas quitté votre cellule… Vous n'avez rien pu voir, forcément. Dommage.

Il adressa un petit clin d'œil à Marianne avant de s'éclipser. Emmanuelle fixait sa codétenue avec désarroi.

— J'ai pas tout compris…

— Les matons me couvrent, expliqua Marianne en allumant une cigarette. Personne n'a témoigné contre moi, paraît que les filles sont toutes contentes que Giovanna soit dans l'autre monde… Les surveillants aussi, d'ailleurs. Je n'irai pas au cachot, ni devant un juge.

— Tant mieux, murmura Emmanuelle avec soulagement.

Le crime, impuni, serait encore plus lourd à porter. Elle s'allongea, mit son casque sur les oreilles. Elle avait découvert depuis peu que Bach était un génie.

— Tu pourras retourner en promenade, Emma… Tu n'as plus rien à craindre, maintenant.

Lundi 13 juin – minuit – cellule 119

Marianne se laissait bercer par la respiration régulière de son Fantôme enseveli sous une coulée de barbituriques. Son cher Fantôme qui n'était même pas descendu en promenade, aujourd'hui. Qui avait passé le plus clair de son temps à dormir. Marianne en avait été déçue. Elle aurait espéré voir Emmanuelle profiter du soleil maintenant qu'elle s'était chargée d'éliminer les ombres.

Mais elle non plus, n'était pas sortie. Inutile d'exhiber les traces du crime qui s'étalaient de façon impudique sur son visage. Elle avait accompli ses exercices physiques dans la cellule, commencé un nouveau roman. La bibliothèque ne proposant pas d'autre Steinbeck, elle s'était rabattue sur un polar, banale histoire de flics et de voyous. De toute façon, rien n'aurait pu la distraire ou la soulager. Du manque. Qui couvait depuis plusieurs jours.

Qui avait déplié ses tentacules maléfiques durant la nuit. Avant d'exploser comme une bombe à fragmentation au petit matin pour la harceler sans répit depuis. Là, au cœur de la nuit, par terre, jambes repliées, dans une position de défense instinctive, elle tremblait, claquait même des dents. Subissait les assauts pervers et sournois, les douleurs diffuses ou plus aiguës. Mal au crâne, au ventre. Courbatures musculaires. Palpitations, sueurs froides. Rien ne lui était épargné. Putain, mais qu'est-ce qu'il fout le chef ?

Il viendrait, elle n'en doutait pas. Solange était de repos, il avait le champ libre.

Elle rêvait de la neige empoisonnée qui allait enfin apaiser son corps, la sortir du purgatoire.

Elle rêvait aussi de ses mains sur sa peau.

Un convoi de marchandises brisa le silence nocturne avec fracas. Marianne ferma les yeux, tenta de s'évader sur le bruit de la machine qui s'épuisait à tracter des tonnes autant qu'elle s'épuisait à combattre le mal.

Elle fit soudain un bond d'un an en arrière. Se retrouva brusquement dans la cour de promenade…

… Seule, sur le banc. Une semaine qu'elle a pris ses quartiers dans cette nouvelle prison. Des détenues tuent le temps en la reluquant au travers des barreaux de leur cellule ; on se croirait dans un zoo pour humains ! La surveillante, madame Delbec, enchaîne les tours de cour, les mains dans le dos. Elle semble s'ennuyer ferme, elle aussi. Elle est secondée par le gradé, aujourd'hui. Installé sur les marches du bâtiment, il fume une cigarette. Des jours que Marianne n'a pas goûté au délice du tabac. Depuis qu'elle a terminé le paquet qu'il lui a offert au soir de son arrivée. Elle lorgne avec envie les volutes de fumée blanche qui s'évanouissent dans la grisaille. Le manque joue avec ses nerfs comme avec les cordes d'un Stradivarius. Pas de clopes, pas d'héroïne. Pas de soupape. Elle ne va pas tarder à exploser, à devenir cinglée. À tuer quelqu'un. Ou à se pendre.

En centrale, elle pouvait au moins se payer des cigarettes avec son maigre salaire. Elle arrivait même à s'offrir de la dope. S'en procurer n'était pas sorcier. Il suffisait d'allonger le fric. Les prix pratiqués étaient d'ailleurs plus avantageux qu'à l'extérieur. Sans doute la seule denrée moins onéreuse en prison que dehors !

Mais depuis qu'elle est là, elle est seule, elle n'a rien. Pas même à qui parler. La cage vingt-deux heures sur vingt-quatre. À tourner en rond, à se bouffer les doigts jusqu'au sang.

Elle fixe le gradé qui vient d'éteindre sa clope. Elle s'approche. Ce type l'impressionne un peu. Avec son regard bleu radioactif, ses 1,95 m et des poussières. Mais elle n'a pas le choix. Il se lève. Elle aurait préféré qu'il reste assis, ça aurait été plus facile.

— Qu'est-ce que tu veux, de Gréville ?

— On dit Gréville… C'est soit Marianne de Gréville, soit mademoiselle de Gréville, soit Gréville tout court.

— Excuse mon ignorance ! J'ai pas l'habitude des noms à particule…

— Pas grave, tout le monde se plante, de toute façon.

— Alors, qu'est-ce que tu veux, Gréville ?

Elle a toujours détesté quémander. Plus que tout. Elle cherche ses mots, tordant les mains au fond des poches de son jean. Il attend, patient, ça la déstabilise encore plus.

— Je veux une cigarette ! lâche-t-elle enfin avec une pointe d'agressivité.

Il la toise avec étonnement, d'abord. Puis il ricane.

— Tu *veux* ?! On ne t'a jamais appris la politesse, Gréville ?

Elle hésite un instant.

— S'il vous plaît…

— C'est mieux.

Il lui lance son paquet, elle se sert. Le lui rend, à regret.

— Merci, marmonne-t-elle.

Elle tire sur sa clope avec boulimie. Descend les marches pour s'éloigner. S'arrête, fait demi-tour. Il s'est de nouveau assis, se contente de redresser la tête.

— Monsieur ? J'peux vous parler ?

— Je t'écoute.

— Voilà… Il faudrait que je bosse…

Il prend un air un peu las.

— Je croyais avoir été clair avec toi, non ? Tu es en isolement, tu ne peux pas travailler.

— Je pourrais prendre un boulot en cellule, même si c'est mal payé ! Comme ça je sors pas…

— Hors de question. Tu ne travailleras pas. Ce sont les ordres du directeur. Point final.

— Bordel ! Comment je fais pour les cigarettes, hein ?

— Tu t'en passes.

— J'peux pas ! J'vais devenir cinglée !

Il se relève à nouveau. Joue à lui faire de l'ombre.

— T'es déjà cinglée ! assène-t-il avec un sourire provocant.

Elle le fixe avec colère. Écrase son mégot sur le ciment. Le piétine violemment.

— J'suis pas cinglée ! Et je ne vous autorise pas à me parler comme ça !

— Vraiment ? Je te parle comme je veux ! rétorque-t-il avec ce sourire exaspérant. Vu tes antécédents, je crois qu'on peut te classer parmi les cinglés, non ?

Elle monte une marche, histoire de sembler moins petite. Pour lui montrer qu'il ne lui fait pas peur.

— Je ne suis pas *cin-glée*, répète-t-elle en articulant chaque syllabe. Et si vous continuez à m'insulter, je vais vous le faire regretter…

Il est surpris. Son sourire s'évapore lentement.

— Gaffe à ce que tu dis, Gréville…

Maintenant, c'est elle qui sourit. C'est un peu crispé, mais ça peut faire illusion.

— Vous ne m'impressionnez pas ! En centrale, ils s'y sont mis à dix et ils n'ont pas réussi…

— Réussi à quoi ?

— À me tuer !

— Dommage ! Mais sache que toi non plus, tu ne m'impressionnes pas ! La promenade est terminée.

— Non, ça fait pas une heure !

— J'en ai marre de perdre mon temps à surveiller une gamine capricieuse ! dit-il en réajustant son sourire.

Elle sent la rage épouser les moindres courbes de son corps. Envie de violence pour oublier. Besoin d'exploser. Le manque, il va se le prendre dans la gueule. Il vient de poser le pied sur une mine anti-personnel mais ne le sait pas encore. Elle n'a pas choisi la cible la plus facile. Mais il faut bien le tester. Voir ce qu'il a dans les tripes.

— Y a longtemps que je suis plus une gamine… Au cas où tu l'ignorerais, j'ai tué. Et je peux recommencer n'importe quand. N'importe où…

— Ça va mal finir, Gréville. Tu vas réussir à m'énerver…

— Vas-y, montre-moi comment tu es quand tu t'énerves, chef !

— Cesse de me tutoyer. Tourne-toi que je te passe les menottes…

— Va te faire foutre !

Elle descend l'escalier à reculons sans le quitter des yeux. Il la suit.

— Je te conseille d'arrêter ce petit jeu, menace-t-il. Sinon, tu vas passer un sale quart d'heure…

— Seulement un quart d'heure ? T'es pas très performant !

Il crispe les mâchoires. La surveillante s'est approchée.

— Vous voulez que j'appelle les renforts, Daniel ?

— Ouais ! Appelle les renforts ! s'écrie Marianne avec un rire démoniaque. Parce que je vais réduire ton chef en bouillie !

— Ce ne sera pas nécessaire, assure Daniel.

Il a les menottes à la main, reste prudent.

— Alors, chef ? Je t'attends ! Viens un peu par là, je vais te montrer à quel point je suis *cinglée* !

— Tu vas te calmer, Gréville. Sinon, tu vas goûter à nos cachots…

— Rien à foutre du cachot ! Allez, approche ! T'as les jetons, ou quoi ?

Il passe à l'attaque, la saisit par un bras, essaie de la plaquer au sol. Il a la force. Elle a la hargne, la technique. Et l'effet de surprise. Personne ne peut imaginer que ce corps en apparence fragile recèle une dose phénoménale de TNT. Elle se dégage, lui colle une gauche bien appuyée dans la mâchoire. Il se retrouve le cul par terre. Madame Delbec perd son sang-froid. Elle se précipite vers le bâtiment tandis que Daniel se relève.

— Restez là ! ordonne-t-il. J'ai besoin de personne !

— Ouais ! Laisse-le prouver qu'il est un homme !

Elle le fixe toujours. Un regard de démente.

— Quand j'en aurai fini avec toi, je m'occuperai de la matonne…

— OK, Gréville. Si tu veux jouer à ça, on va s'amuser !

Il réfléchit, maintenant qu'il a goûté à sa violence. Il tourne autour d'elle comme pour lui foutre le tournis. Elle le suit, pivote doucement sur ses pieds. Il ne va plus essayer de la menotter. Il va frapper, elle le sait. Les détenues tapent sur les barreaux des fenêtres avec des casseroles, avec ce qui leur tombe sous la main. Elles hurlent, clament. *Vas-y, tue-les !*

Marianne leur adresse le signe de la victoire. Se laisse distraire. Le chef en profite pour allonger une droite, comme un boulet de canon. Si rapide que Marianne ne l'a pas vue arriver. Déconcentrée par la foule de ses admiratrices, par sa nouvelle gloire. Elle bascule par terre, sonnée. Le chef se baisse pour la maîtriser. Sûr qu'avec le coup qu'elle vient de recevoir, elle est hors service.

Mais il ne connaît pas encore Marianne. Un croc-en-jambe, il chute à nouveau. Monique intervient. Marianne, qui s'est relevée d'un mouvement souple et rapide, lui décoche un missile en pleine tête, lui faisant mordre le béton à son tour.

Les détenues s'égosillent. Hystérie collective derrière les barreaux. Deux matons à terre. Leur héroïne leur fait une révérence et répond à leurs acclamations.

— Je m'appelle Marianne ! MARIANNE DE GRÉVILLE !!

— Vas-y Marianne !

Daniel, debout, fulmine de haine.

— Alors, chef ? Ça te plaît ? Moi, je m'éclate !

Elle sait qu'elle perdra. Mais profite au maximum de ce combat qui lui redonne l'impression d'exister. La clameur enfle comme un raz de marée. L'écho rebondit sur les murs gris des enceintes. Autour de l'arène, la foule en délire assiste au massacre.

— Vas-y Marianne !

Elle est la nouvelle star. Exulte. Le nargue. Excite sa fureur. Il frappe, elle esquive, attrape son bras, l'envoie valdinguer sur le banc. Nouveaux hourras dans les cellules. Nouvelle révérence de l'artiste.

Mais le chef est solide, elle n'en viendra pas à bout facilement. La surveillante est partie chercher de l'aide. Seuls dans la cour, ils se fixent au fond des yeux.

— Jure-moi que je vais avoir un travail et je me rends ! dit-elle en riant.

— Je te jure que je vais t'exploser ! rugit-il.

D'un bond, elle monte sur le banc. Comme ça, ils sont à la même hauteur. Soudain, il fonce droit sur elle, façon rugbyman qui va marquer l'essai. Elle a l'impression de se faire percuter par un semi-remorque, il l'empoigne à bras-le-corps, ils roulent par terre, dans une étreinte barbare. Son crâne a heurté le sol, elle crie de douleur. Assis à califourchon sur elle, il brandit les menottes. Elle étouffe sous son poids, lui colle coup sur coup. Il encaisse, la retourne sur le ventre, lui passe les bracelets. La décolle comme une plume.

Les détenues sifflent, maintenant. Déçues que le spectacle soit terminé. Que leur camp ait perdu. Il la traîne vers le bâtiment. Croise les renforts.

— Besoin d'aide, chef ?

Il devine l'ironie dans les regards et les paroles. Parce qu'il vient de se faire malmener par une petite bonne femme de 1,65 m.

— Ça va ! marmonne-t-il en essuyant le sang qui coule de sa bouche.

Les autres s'écartent pour le laisser passer avec son colis piégé. Marianne découvre le chemin qui mène aux oubliettes avec diligence. Daniel la conduit au bout du couloir. Ouvre un cachot qui a juste une grille en guise de porte, la balance à l'intérieur comme un sac-poubelle. Elle atterrit encore par terre, reste à genoux quelques secondes. Il est toujours là. Il va vouloir se venger. Elle se prépare à encaisser.

— Relève-toi !

Elle obéit. Lui fait front.

— T'as fait du rugby, toi, pas vrai ?

— Comment t'as deviné, Gréville ?!

— Bien joué, en tout cas…

Il est surpris. Tout cela n'est qu'un jeu pour elle. Il s'approche, lui colle une gifle à lui déraciner la tête puis la plaque contre le mur.

— Tu t'es bien amusée ? Ben maintenant, c'est terminé !

— Déjà ?

Bizarre que les coups ne semblent même pas l'atteindre. Qu'elle ose encore le défier avec cette arrogance désarçonnante.

— Tu vas rester ici, le temps de te calmer…

Il lui détache un poignet, attache l'autre bracelet à l'anneau fixé au mur. Puis s'en va.

— Tu veux plus te battre, chef ? hurle Marianne dans le vide. T'es déjà fatigué ?

Elle souffre. Elle a dû s'ouvrir le cuir chevelu en tutoyant le goudron de la cour. Elle s'assoit par terre, replie ses jambes. L'odeur est insupportable. Elle lui serre la gorge. Elle ne peut même pas s'approcher du lavabo pour se rincer la bouche. Pleine de sang. Elle a mal mais s'en sort bien. Il aurait pu la rouer de coups, dans le cachot. Elle s'allonge, le bras droit enchaîné, tendu vers le plafond. Et s'endort doucement.

Le manque est vaincu, pour une heure ou deux. Écrasé par la fatigue, la douleur. Trois nuits, qu'elle n'a pas dormi.

Quand elle rouvre les yeux, elle tombe sur ceux du chef. Appuyé sur le mur, à côté d'elle, il l'observe. Elle se redresse à la va-vite.

— Bien dormi, Marianne ?

C'est la première fois qu'il l'appelle par son prénom.

Elle ne répond pas. Quel sort lui réserve-t-il ? Il s'assoit sur la table en béton, la nargue en allumant une cigarette. Il a la lèvre enflée, la joue écorchée.

— T'es calmée ?

— Je ne suis jamais calme. Jamais…

— Tu avais l'air calme quand tu dormais, pourtant.

Elle tourne la tête de l'autre côté. Contrariée qu'il ait pu la surprendre pendant son sommeil. Elle se remet à trembler. Léger, d'abord. Ça ne va pas tarder à ressembler à du Parkinson.

— Pourquoi tu as voulu te battre contre moi ? Tu as voulu me tester, c'est ça ? Si tu commences comme ça, ça va mal se passer entre nous…

— J'ai vingt ans et je suis condamnée à perpète, chef ! Expliquez-moi comment ça pourrait bien se passer ?

Elle le vouvoie à nouveau. Plutôt bon signe.

— Tu as eu ce que tu méritais. Ça ne me fait ni chaud ni froid.

— Je voulais juste travailler !

— Tu aurais dû y penser avant de démolir une gardienne ! Tu serais restée en centrale. C'est quand même mieux qu'en maison d'arrêt…

— Elle me harcelait jour et nuit, votre *chère* collègue ! C'était une pourriture ! Une sadique ! Dès que je suis arrivée, elle a voulu me briser. Elle m'empêchait de pioncer, fouillait ma cellule tous les jours. De toute façon, elle s'amusait à martyriser les détenues ! C'était son jeu favori !

— Je ne veux pas en entendre plus ! coupe le chef. Tu ne travailleras pas ! C'est bien compris ?

Elle flanque un coup de pied dans le mur. Se met à trembler de plus belle. Il vient tout près.

— T'es en manque ou je me trompe ? C'est pour ça que tu as pété les plombs, tout à l'heure ?

— Peut-être…

— Manquait plus qu'une tox !

Marianne appuie son épaule contre le mur. Se balance d'avant en arrière.

— J'ai besoin de cigarettes, murmure-t-elle. Vous m'en donnez une, s'il vous plaît ?

Il la regarde bizarrement. Mais elle a déjà remarqué ce drôle d'air dans ses yeux. Sans équivoque. Elle lui fait de l'effet.

— Je peux t'en fournir, propose-t-il.

Elle l'avait senti arriver mais n'en croit pas ses oreilles.

— Une cartouche par semaine.

— Et… Et qu'est-ce que vous voulez, en échange ?

— Que tu te tiennes tranquille.

Elle sourit comme une enfant. C'est tout ?

— Mais il y a autre chose que je veux…

Évidemment. C'était trop beau pour être vrai.

— Quoi ?

— Toi.

Emmanuelle poussait d'étranges gémissements, marmonnait des mots incompréhensibles. Sans doute les prénoms de ses enfants suppliciés.

Marianne se leva, avec difficulté tant ses muscles étaient tétanisés. Elle grimpa sur le premier barreau de l'échelle, cala sa main dans la sienne. Les démons semblèrent s'enfuir aussitôt. Elle la lâcha doucement, redescendit sur son matelas, prit son oreiller et le colla contre son ventre.

Elle attendait. Qu'il vienne. Lui donner sa pitance. Lui donner son plaisir aussi. Jamais elle n'aurait cru que quelqu'un puisse avoir tant de pouvoir sur elle. Puisse autant compter. Elle attendait. Qu'on lui annonce son parloir. Qu'on lui vende sa liberté.

Parfois, ça l'effrayait un peu. Tellement longtemps qu'elle n'avait pas mis un pied dehors ! Tellement longtemps qu'elle était dans une cage, avec les barreaux en guise d'horizon. Qu'on lui apportait sa nourriture, comme on nourrit les animaux. Qu'on la baladait en laisse. Jamais elle ne pourrait visiter un zoo après sa sortie !

Soudain, elle entendit des pas. Sourit à la pénombre. Il entra, se faufila dans la tanière. Posa la cartouche sur la table et vint près d'elle, conscient qu'Emmanuelle ne se réveillerait pas. Les mains crispées sur l'oreiller, les jambes qui bougeaient toutes seules… Les yeux noirs l'appelaient à l'aide. Il lui tendit la main, elle se laissa emmener.

— Tu as la came ? chuchota Marianne. La seringue ?

— Oui. Dans ma poche. Ne t'inquiète pas.

Ils quittèrent la cellule, marchant par les couloirs déserts. Piétinant sans vergogne le sommeil des prisonnières. Il tourna le verrou de la bibliothèque. Elle tremblait de plus en plus, se réfugia dans ses bras.

— J'en ai besoin, maintenant…

— Je m'en doute, dit-il en caressant ses cheveux. Je t'ai apporté un autre petit cadeau…

Il déposa un sachet sur la table, la seringue, le garrot. Et un réveil flambant neuf. Avec écriture digitale rouge, visible dans la nuit. Elle le remercia d'un sourire. Elle n'aimait pas qu'il la voie se piquer mais ne pouvait attendre une heure de plus. Ne pouvait s'offrir dans cet état proche de la crise.

Quand elle enfonça l'aiguille dans la veine, il tourna la tête. Fixa les collections de bouquins. C'était déjà fini. Elle venait de s'asseoir sur la moquette. Elle eut la force d'arracher l'aiguille plantée dans son bras. S'allongea sur le dos. Ferma les yeux.

Mardi 14 juin – Cellule 119 – 15 h 50

Justine ouvrit la porte.

— Rebonjour les filles ! Vous descendez en promenade ?

— Ouais, répondit Marianne en laçant ses chaussures.

Elle n'y était pas allée ce matin ; mais l'enfermement devenait trop dur. Et elle se savait à nouveau d'attaque pour affronter les autres. Pour assumer le meurtre de la Hyène.

— Moi, je vais rester ici, dit Emmanuelle. J'ai pas envie…

— Faut sortir de là, Emma !

— Elle a raison, renchérit Justine. Il faut prendre l'air ! Vous n'avez rien à craindre…

— Giovanna n'est plus là ! rappela Marianne avec une sorte de rage.

— Ses copines, oui !

— Si tu ne t'éloignes pas de moi, elles n'oseront pas te toucher. Allez, viens…

— Je préfère rester ici et écrire à mon fils…

— Tu auras toute la soirée pour lui écrire ! s'emporta Marianne. Allez, amène-toi !

Emmanuelle fondit soudain en larmes, cachant son visage sous l'oreiller.

— Laisse tomber, soupira Justine. Laisse-la tranquille…

Marianne abandonna et suivit la surveillante jusque dans le couloir.

— T'as vu pour mon parloir de demain ?

— Désolée, Marianne. Tu n'as pas de visite prévue cette semaine… Ni demain, ni samedi.

Marianne faillit tomber. Elle s'accrocha à la rambarde de la coursive.

— Je… Je veux rentrer, balbutia-t-elle.

— Qu'est-ce que tu as ? Tu es toute blanche…

— Je veux rentrer ! s'écria-t-elle. Ouvre-moi !

Plantée devant la porte 119, elle attendait.

— Faut pas te mettre dans cet état, Marianne !

— Ouvre… S'il te plaît.

Elle entra enfin, Emmanuelle la considéra avec stupéfaction.

— Tu vas pas dans la cour ?

Marianne alluma une cigarette et s'affala sur le lit. Emmanuelle la rejoignit.

— Mais… Pourquoi tu n'es pas descendue ?

— Laisse-moi !

Emmanuelle recula jusqu'à la chaise. Marianne se leva et se posta sous la fenêtre. Elle ne pouvait même pas se faire un fixe, Daniel ayant préféré garder la drogue avec lui, en sécurité. Elle avait l'impression d'avoir reçu un coup de poignard dans le dos. Abandonnée, trahie. Le flic ne reviendrait pas. Il s'était moqué d'elle. Son plan avait changé, il avait trouvé un autre détenu, un qui avait moins de scrupules.

— Mais pourquoi j'ai pas dit oui tout de suite ! hurla-t-elle soudain. Putain ! Mais pourquoi j'ai pas dit oui ?!

Elle flanqua un coup de pied dans le mur, puis un coup de poing. Encore un autre. Le sang coula contre la peinture blanche, Emmanuelle se précipita.

— Arrête ! supplia-t-elle.

— Lâche-moi !

Elle repoussa Emmanuelle si fort qu'elle alla percuter la table, l'emportant dans sa chute. Puis Marianne se remit à frapper. Elle s'écrasait les phalanges contre le béton insensible, criait de rage. Elle donna même un coup de tête. Emmanuelle se rua sur la porte et tambourina.

— Au secours ! Venez vite !

Les surveillantes étaient de promenade. Mais elle ne pouvait pas les appeler par la fenêtre avec Marianne juste en dessous. Mieux valait ne pas se mettre entre elle et le mur ! Dix minutes peuvent parfois paraître éternelles. Pourtant, Emmanuelle eut de la chance. Daniel passait par là pour rejoindre la cour.

— Faites quelque chose ! implora Emmanuelle. Elle va se tuer !

Daniel se jeta sur la forcenée. Il l'empoigna par les épaules, la retourna. Reçut en pleine poitrine le missile destiné au mur. Il fit deux mètres en arrière mais resta sur ses jambes. Marianne, hurlant toujours de désespoir, lança une chaise en travers de la cellule. Emmanuelle se baissa juste à temps, dans un réflexe de survie. Puis la furie s'en prit au lit, tenta d'en casser les montants à grands coups de pied. Daniel aurait aimé avoir les menottes sur lui. Elle ne semblait même pas le voir, trop occupée à se détruire. Il parvint enfin à la ceinturer, la plaqua sur le matelas, appuyant un genou au milieu de son dos. Elle continuait à ruer dans les brancards. Elle criait, mordait les draps. Le chef consulta Emmanuelle, terrorisée à l'autre bout de la cellule.

— Qu'est-ce qui s'est passé ?

— J'en sais rien ! Elle est sortie pour la promenade et puis finalement elle est pas descendue, elle est revenue en cellule et là... Elle s'est mise à cogner contre le mur !

— OK... Filez-moi vos lacets de chaussure !

Il lui lia les poignets dans le dos, la releva et essaya

de l'emmener. Mais elle se débattait tellement qu'il ne put quitter la cellule. Il aurait fallu la traîner par terre, il préféra trouver une autre solution. Il abandonna Marianne, se mit à la fenêtre.

— Justine ! Monte en 119, vite !

Marianne se contorsionnait, le visage en sang. Une bête enragée. Emmanuelle voulut s'approcher, Daniel l'en empêcha.

— Restez à distance, ordonna-t-il. Elle est dangereuse…

Justine arriva, complètement essoufflée et posa des yeux effrayés sur Marianne.

— Elle pète un câble ! expliqua Daniel. Aide-moi à l'emmener à l'infirmerie !

Ils la saisirent chacun par un bras, la décollèrent du sol. Mais même à deux, ils ne purent lui faire quitter la pièce. Elle était tellement possédée qu'elle risquait de leur échapper ou de se blesser.

— Je vais chercher le toubib ! décida Justine. Tâche de la tenir, en attendant…

Marianne s'agitait toujours, poussant des cris atroces. Daniel parvint à la coucher sur le ventre, ses cent kilos suffisant à peine à l'empêcher de bouger. Justine revint enfin avec le médecin chef. Le fameux docteur Toqué.

— Qu'est-ce qui se passe avec elle ?

— Aucune idée ! répondit Daniel. J'arrive pas à la calmer !

Les deux hommes portèrent la tornade jusqu'au lit, lui attachèrent les chevilles aux montants en bois avec des liens de fortune. C'était ça ou prendre des coups. Toqué testa d'abord la manière douce.

— Qu'est-ce qui vous arrive, Marianne ?

Pour toute réponse, elle poussa un hurlement bestial. Autant poser les questions à un sourd. Il attrapa le menton de Marianne dans sa main pour l'empêcher de gesticuler. Il crut qu'elle allait casser le lit à force de tirer sur ses entraves.

— Bon, je vais lui faire une piqûre de Valium… Ça devrait la tranquilliser suffisamment pour que je puisse l'ausculter.

Dix minutes après, Marianne rendait enfin les armes. Elle se contentait de gémir, les yeux grands ouverts. Le brancard arriva, porté par deux infirmiers.

***

L'impression de marcher sur du coton, le même que celui dans sa boîte crânienne. Marianne avançait lentement, une main contre le mur. Daniel cheminait à ses côtés, furieux qu'ils aient refusé de la garder à l'infirmerie pour la nuit. Ils n'avaient pas assez de lits ! Ils n'avaient rien, de toute façon. Pas assez de personnel, pas assez de lits, pas assez de temps. Marianne s'arrêta.

Il avait envie de la porter pour écourter le supplice mais, à cette heure, ils croiseraient forcément quelqu'un et ça risquait d'être mal vu. Après le coup de la Marquise, il devenait un peu paranoïaque.

— Allez, courage ! dit-il en la soutenant.

Elle se remit en marche. Elle s'en tirait à bon compte. À la main gauche, un doigt fracturé et immobilisé par une magnifique attelle. À la droite, un bandage pour dissimuler les chairs explosées par les impacts. Au front, deux points de suture.

Une cicatrice supplémentaire. Une de plus à son étonnante collection.

— Qu'est-ce qui t'a pris ? Si tu crois que tu vas réussir à casser les murs pour t'évader !

Son humour fit un bide magnifique. Elle ne répondit pas, se concentra sur ses pas. Enfin, ils arrivèrent en bas de l'escalier. Marianne le considéra comme si elle se trouvait au pied des Grandes Jorasses. Elle chuta dès la troisième marche, le chef la rattrapa in extremis. Elle se sentit décoller du sol. L'escalier était si facile à monter, soudain.

Quand il arriva devant la 119, il s'aperçut qu'elle s'était endormie dans ses bras. Il parvint à ouvrir sans la réveiller, la déposa sur son lit et remonta la couverture.

— Alors ? s'inquiéta Emmanuelle.

— Chut ! Elle dort, essayez de ne pas la réveiller…

— Qu'est-ce qu'elle a eu ? chuchota-t-elle.

— J'en sais rien… Bon, elle devrait dormir jusqu'à demain matin, ils lui ont filé une dose de cheval. Si jamais ça va pas, appelez-nous, OK ? C'est Justine, cette nuit.

— D'accord, monsieur. J'espère qu'elle ne va pas se réveiller pour me sauter dessus…

— Si elle en avait eu après vous tout à l'heure, vous seriez déjà morte… Je ne crois pas que vous soyez en danger.

Alors qu'il refermait la porte, Marianne ouvrit les yeux sur le visage terrifié de son Fantôme.

— Monsieur ! appela Emmanuelle. Elle est réveillée !

Daniel fit demi-tour. Marianne lui tendit sa main droite enflée et noircie d'ecchymoses. Il la prit délicatement dans la sienne.

— Me laisse pas, implora-t-elle.

— Tu veux qu'on parle, tous les deux ?

Elle hocha la tête.

— Je reviens…

Il se tourna vers Emmanuelle.

— Venez avec moi, madame…

Il l'escorta jusqu'au bureau des surveillantes.

— Justine, tu pourrais offrir un thé à madame Aubergé ? Marianne veut me parler.

— Sans problème, répondit la surveillante en souriant. Asseyez-vous, Emmanuelle.

Daniel repartit en direction de la 119. Marianne

n'avait pas bougé. Il s'installa près du lit sur la seule chaise encore valide.

— Je t'ai fait peur, pas vrai ? devina Marianne avec un air triste.

— Ouais… Qu'est-ce qui t'arrive, ma belle ?

Elle se concentra sur le sommier du dessus. Elle n'avait même pas le droit de confier ce qui la rongeait de l'intérieur. Son rêve brisé. Elle se mit soudain à pleurer, à gros sanglots.

— Ne pleure pas, Marianne, je t'en prie !

— Je vais passer ma vie ici, tu comprends ?

Tant de panique dans sa voix. Il ne savait pas quoi lui répondre. Oui, tu vas passer ta vie ici. Restait le mensonge, pour la rassurer.

— Peut-être pas, Marianne…

— Si ! gémit-elle. Je vais vieillir ici, tu te rends compte ?

— On vieillira ensemble, alors ! Mais j'ai un peu d'avance ! Je serai vieux bien avant toi !

Elle recommença à pleurer, il la serra dans ses bras.

— Pleure si ça te fait du bien, murmura-t-il.

Un flot saccadé et salé, de longues minutes. Encore une chemise trempée par les larmes de Marianne. Justine allait s'en apercevoir. Comprendre qu'il l'avait tenue contre lui. Tant pis.

De toute façon, il était prêt à risquer n'importe quoi pour un moment d'intimité avec elle.

Dimanche 19 juin – 11 h 00 – Cour de promenade

La Marquise exhibait une nouvelle coiffure. Très réussie, comme toujours. De toute façon, tout lui allait bien, elle avait le mauvais goût d'être toujours à son avantage. Marianne, assise près de VM, la guignait avec amertume.

— T'as pas l'air dans ton assiette…

Marianne sursauta. Bien pire que ça ! Depuis que le flic lui avait posé un lapin, elle avait perdu la foi. Il ne reviendrait pas, toute cette histoire n'avait été qu'une chimère. Un instant, elle avait repris espoir, planifié sa vie future. Goûté à la liberté imaginaire. La chute n'en était que plus brutale. Saut en parachute. Sans parachute.

Non, il ne reviendra pas. C'est de ma faute. Si seulement j'avais dit oui ! Je serais dehors, à présent. Maintenant, c'est fini. Foutu. Je vais passer ma vie derrière ces barreaux. Ma faute, oui.

— J'ai plus d'espoir…

VM roula une cigarette avec une étonnante dextérité.

— Faut toujours garder espoir, Marianne. Ne jamais baisser les bras.

Des jours qu'elle pleurait nuit et jour. Ses yeux étaient gonflés, rougis, irrités. Exténués. Jamais son désespoir n'avait été aussi cruel. Tout ça parce qu'elle avait eu un rêve. La faiblesse de croire qu'elle avait un avenir. Rien ne parvenait à la soulager. À l'extraire des ténèbres. Pas même le soleil étincelant de cette matinée d'été.

Pas même l'héroïne. Pas même le regard de Daniel. Ses baisers, sa tendresse. Pas même l'amitié de VM ou la compassion de son cher Fantôme. Rien. Plus rien.

Les perles salées tracèrent leur chemin habituel, Marianne cacha son visage entre ses mains. Le bras puissant de VM s'enroula autour de ses épaules.

— Attends d'être en cellule ! ordonna-t-elle.

Mais Marianne ne pouvait stopper la vague de détresse. Les jambes repliées, le front posé sur les genoux, le dos secoué de spasmes. Souffrance infinie. Incontrôlable.

— Tout le monde te regarde, ajouta VM. Reprends-toi, Marianne. Je t'en prie.

VM gardait toujours un bras sur ses épaules. Elle sentait les secousses, comme des petits séismes. Soudain, elle vit les ennuis se pointer.

— Oh ! Mais c'est Marianne la terreur qui pleurniche comme une gamine !

Marianne reconnut la voix de la Marquise. Elle leva sur elle un visage noyé.

— On a un gros chagrin, de Gréville ?

— Foutez-lui la paix ! gronda VM.

— Vous, j'vous ai pas sonnée ! Alors la ferme !

Les mâchoires de VM se crispèrent mais, préférant ne pas entrer dans son jeu, elle rongea son frein.

— Alors, de Gréville ? Tu vas finir par inonder la cour à force de chialer comme ça ! Si tu voyais ta gueule ! assena la Marquise. Déjà que t'es pas terrible, mais là…

Marianne tourna la tête de l'autre côté. Tenta de réprimer ses larmes. Elle aurait aimé être sourde et aveugle. Mais aucun moyen d'échapper à cette nouvelle insulte.

— Au fait, paraît que tu veux bosser ? poursuivit Pariotti. Quand j'ai appris ça, je suis allée voir le directeur. Je lui ai rappelé de quoi tu étais capable. À quel point c'était insensé de t'autoriser l'accès aux ateliers. Combien il était dangereux de mélanger torchons et serviettes. Ta mauvaise influence sur les autres... Les chiens galeux, faut les foutre en quarantaine, tu comprends ?

Marianne serra les poings.

— Bref, je lui ai expliqué tout ça et il a été d'accord avec moi ; mieux vaut qu'on ne te donne pas de boulot...

— T'as pas le droit ! hurla soudain Marianne.

— Je le fais pour la sécurité des autres détenues... C'est mon devoir ! D'ailleurs, le chef Bachmann a été d'accord avec moi...

Marianne voulut se lever mais VM la rattrapa et la colla au sol avec force.

— Réponds pas à la provocation, murmura-t-elle en fusillant la gardienne du regard.

— Ta copine a raison, Marianne ! Vaut mieux que tu fermes ta gueule ! Le travail, c'est pour récompenser celles qui le méritent... Celles qui ont une chance de se réinsérer un jour... Pour les autres, celles qui ne sortiront jamais, inutile qu'on perde notre temps.

Marianne ne put se contenir davantage. Elle se remit à sangloter. Solange s'éloigna enfin et VM caressa amicalement le dos de Marianne.

— Quelle saloperie, cette nana !

***

Cellule 119 – 19 h 00

Emmanuelle venait enfin de terminer la lettre pour son fils. Des jours qu'elle déchirait les feuilles les unes après les autres. Qu'elle cherchait les mots. Marianne, prostrée sous la fenêtre, continuait à pleurer, en silence. Le Fantôme vint s'installer doucement à côté d'elle. Posa une main sur sa jambe.

— Faut pas que tu perdes espoir, Marianne…

— J'en peux plus ! Je… J'ai plus d'avenir !

— Je ne peux pas t'expliquer pourquoi, mais… Je sens que tu ne passeras pas ta vie ici.

— Arrête tes conneries ! Bien sûr que si, j'vais mourir ici !

— Il faut que tu redeviennes forte, Marianne. Que tu te battes, comme tu l'as toujours fait.

— Non… J'en peux plus… J'suis à bout…

La clef dans la serrure interrompit sa complainte. L'auxi de service déposa les deux plateaux-repas sur la table et tourna les talons, sans un mot. Justine entra à son tour.

— Marianne, j'ai une bonne nouvelle pour toi ! Je suis descendue à l'accueil pour consulter les registres… Tu as un parloir bientôt, mercredi prochain, le vingt-neuf.

Marianne ne parvint pas à dissimuler sa joie. Son visage ravagé s'illumina d'un seul coup, comme si un étau puissant desserrait ses mâchoires. L'espoir venait de renaître.

— C'est vous, cette nuit ? demanda Emmanuelle.

— Non, c'est Solange.

— Ah… Vous pouvez prendre ma lettre ?

— Bien sûr. À demain, les filles.

— Bonne soirée, Justine ! lança Marianne avec un sourire empli de gratitude. Et merci !

La gardienne referma la porte et Marianne se leva d'un bond en poussant un hurlement de joie. Emmanuelle l'observait avec tendresse. Avec envie, aussi.

— Ça va mieux ! constata-t-elle.

— Ouais ! répliqua Marianne en l'embrassant sur le front.

— Tant mieux ! Ça me faisait de la peine de te voir comme ça.

Tandis qu'Emmanuelle s'allongeait sur son lit, Marianne attaqua son repas. Avec un appétit démesuré.

— Tu manges pas ?

— Non, j'ai pas faim… J'ai juste sommeil.

— Bonne nuit, Emma !

— Bonne nuit, Marianne. Et merci…

— Merci ? Mais de quoi ?

— D'être là pour moi. De ton aide et de tout ça…

— Arrête tes conneries ! Et dors bien…

Marianne termina son dessert, alluma une cigarette. Les rêves galopaient à nouveau dans sa tête. Course folle vers l'avenir. Puisqu'elle en avait un, maintenant.

Elle resta pendant des heures dans la pénombre. À pleurer, encore. De joie, cette fois. La Marquise fit sa ronde, alluma la lumière de la cellule. Marianne la nargua d'un sourire de vainqueur. La trappe se referma bruyamment. Alors, elle put récupérer la seringue et la dose que Daniel lui avait remises la veille. Un fixe pour accompagner ses mirages nocturnes…

Après l'injection, elle se réfugia avec délice dans ses draps. Trois nuits blanches ; elle avait du repos à rattraper. Même si un homme lui manquait. Il lui manquerait longtemps, de toute façon. Mais elle lui préférait la liberté.

Le voyage fut vertigineux. Comme le vol sublime d'un oiseau.

Puis elle sombra rapidement. Profondément.

***

Cellule 119 – 04 h 00 du matin

Marianne se réveilla en sursaut. Un bruit sourd venait de l'arracher au sommeil. Peut-être la deuxième ronde de la Marquise. Mais l'obscurité régnait autant que le silence dans la cellule. Elle referma les yeux. Épuisée. Prête à replonger dans ses songes avec délectation.

Mais soudain, au milieu de son demi-coma, quelque

chose lui sembla anormal. Le silence, justement. Trop parfait.

Elle écouta attentivement. Rien. Pas même la respiration du Fantôme. Encore ivre de sommeil, elle se redressa. Écouta encore. La lumière du lavabo était éteinte.

— Emma ?

Elle se leva, tituba un peu. L'héroïne laissait encore une empreinte gigantesque dans sa tête. Elle parvint à grimper à l'échelle, chercha le corps à tâtons. Ne trouva qu'un matelas vide et froid.

Son cœur accéléra. Elle dessoûla sur-le-champ.

— Emma ?

Son appel résonna une fois de plus dans le néant. Elle se précipita vers l'interrupteur et trébucha sur quelque chose. La chute fut brutale, son front percuta violemment la porte blindée.

— Merde ! maugréa-t-elle.

Elle se releva en vitesse, appuya sur le bouton. Son sang se glaça dans ses veines. Elle avait buté sur Emmanuelle. Qui gisait par terre, sur le dos. Elle tomba à genoux près de son amie.

— Emma ? Qu'est-ce que tu fous là ?

— Marianne…

— Emma ! Qu'est-ce que tu as ? Tu fais un malaise ? Tu ne te sens pas bien ?

Le Fantôme gardait les yeux fermés. Seules ses lèvres tentaient de bouger.

— J'ai… eu… peur… Voulu appeler…

— Mais qu'est-ce qui t'arrive ?

Ses paupières se levèrent enfin, un quart de seconde. Découvrant un regard terrorisé. Sa main droite se hissa lentement jusqu'au visage de Marianne, effleura sa joue avant de retomber lourdement sur sa poitrine décharnée.

— T'en fais pas ! assura Marianne. Je vais appeler, le toubib va venir… OK ?

Mais le Fantôme ne réagissait plus. Comme endormi. Marianne la secoua violemment.

— Emma ? Tu m'entends ? Emma ?

Elle la rudoya encore. Puis reposa sa tête par terre. Elle vérifia son pouls, rassurée de sentir son cœur battre. Elle consulta l'heure sur son nouveau réveil puis se précipita jusqu'au lavabo pour remplir un verre d'eau dont elle aspergea le visage de sa codétenue.

— Allez, merde ! Réveille-toi !

Elle remarqua alors les plaquettes de médicaments alignées sur la table. Toutes vides.

— C'est pas vrai ! Emma !

Elle la mit debout à la force des bras, la plaqua contre le mur. Il fallait la réveiller, la ramener. L'obliger à vivre. Elle la gifla, la secoua de nouveau. Garda le corps inanimé dans ses bras.

— Putain ! T'as pas fait ça ? gémit-elle avec des sanglots dans la voix.

Elle la reposa par terre, se rua vers la porte et commença à boxer le métal blindé.

— À l'aide ! Surveillante !

Chaque minute comptait. Marianne continua à s'époumoner, à s'user les poings contre la porte. Elle tapait même avec sa main cassée. Tapait de toutes ses forces. Appelait de toutes ses forces. Depuis déjà dix minutes.

— Surveillante. À l'aide !

Et brusquement, son cri trouva un écho. Derrière chaque porte, une détenue se mit à frapper. Les coups résonnaient maintenant dans tout l'étage. Étrange concert de percussions qui devait s'entendre jusque dehors, jusque dans le monde civilisé.

Dans la 119, Marianne continuait à se briser les cordes vocales.

— Surveillante. À l'aide ! Suicide ! SUICIDE !

Au bout d'un quart d'heure, sa voix se fêla. Puis se

tarit progressivement comme un cours d'eau au milieu du désert. Elle se mit à pleurer. Elle cognait encore. Essayait de hurler.

Vingt minutes.

— Surveillante. À l'aide ! Suicide !

Elle suppliait Emmanuelle du regard. Tiens bon ! Implorait sa pire ennemie, aussi.

— Solange ! Au secours ! Ouvre cette porte, je t'en prie !

Mais seules les autres détenues lui répondaient. Un mot s'élevait dans la nuit, relayé par des dizaines de voix puissantes.

Suicide.

Trente minutes.

Dans la 119, ce n'était plus qu'un murmure. À l'aide ! Marianne s'effondra soudain à genoux, colla son oreille sur la poitrine d'Emmanuelle. Plus rien.

— Non !

Avec ses dernières forces, elle serra le cadavre dans ses bras. Le couvrant de larmes, continuant à prier avec un filet de voix écorché.

— Non ! Emma, non !

Les coups cessèrent contre les portes. Cellule après cellule. Elles avaient compris. Trop tard. Inutile. Le silence s'empara de l'étage. Comme si la veillée commençait.

Marianne tenait toujours son Fantôme contre elle. Incapable de le laisser partir seul vers l'inconnu.

4 h 40. La trappe s'ouvrit enfin.

— Je vais chercher le médecin et le gradé, annonça la Marquise d'un ton glacial.

5 h 00. Le médecin et un gradé du quartier hommes entrèrent dans la 119. Le toubib constata le décès d'Emmanuelle Aubergé. Ils voulurent ensuite s'emparer du corps défunt. Mais il leur fallut d'abord l'arracher à une étreinte puissante, désespérée. Une jeune femme aphone, en pleurs, refusait de lâcher son amie.

Fantôme, désormais.

Ils la repoussèrent brutalement, chargèrent la morte sur un brancard de fortune. Sans même lui couvrir le visage. Abandonnant Marianne à même le sol. De toute façon, elle ne pouvait plus bouger. Elle ne pouvait même plus crier.

La voix cassée sur des écueils d'indifférence.

Lundi 20 juin – Cellule 119 – 07 h 00

Réfugiée sous la fenêtre, près du lit, les jambes et la tête sur le côté, Marianne ressemblait à une poupée de chiffon malmenée par une enfant sadique. Seuls ses yeux noirs et brillants lui conféraient l'air d'être encore en vie. Daniel s'agenouilla devant elle.

— Ils m'ont appelé chez moi… Pour madame Aubergé.

Marianne fixait le sol. Il remarqua le sang séché sur ses mains. Remarqua qu'elle tremblait de froid. Ou de manque. Il arracha la couverture du lit et la déposa sur ses épaules nues. Elle portait encore sa tenue de nuit. Un petit débardeur à fines bretelles, un pantalon court en jersey.

— Marianne… Parle-moi… Regarde-moi…

Les yeux noirs se tournèrent lentement jusqu'à trouver les siens. Elle ouvrit la bouche, bougea les lèvres. Mais aucun son ne sortit. Juste quelques larmes oubliées pendant la nuit. Il l'attira contre lui, elle passa ses bras autour de son cou. Essaya encore. C'était à peine audible. Il approcha son oreille de sa bouche, pour pouvoir entendre. Elle lui expliquait qu'elle avait appelé. Longtemps. De quatre heures à quatre heures et demie. Qu'à la fin, elle avait perdu, qu'elle n'arrivait plus à crier.

Qu'elle n'avait rien pu faire pour la sauver. Il la serra si fort qu'elle cessa de respirer.

— Emma... Elle était vivante quand je l'ai trouvée... Elle a même dit mon nom...

Il embrassa son front, ses cheveux.

— Ça va aller, Marianne... Ça va aller, je te le promets... Tu n'as rien à te reprocher...

Elle fondit en larmes sur sa poitrine. Sa détresse ressemblait au bruit furtif d'un filet d'eau sur une terre aride. Il lui proposa de la conduire à l'infirmerie. Elle refusa d'un mouvement de tête. Se blottit à nouveau dans ses bras, le seul endroit où elle trouvait un soupçon de réconfort.

— Pourquoi elle n'a rien fait ? chuchota la voix brisée. Pourquoi elle n'est pas venue ?

— Elle... Elle m'assure n'avoir rien entendu.

Marianne se dégagea brutalement, secouant la tête en signe de protestation. Il lut sur ses lèvres. *Faux ! Elle ment !* Ses yeux s'étaient emplis de rage. D'incompréhension.

— C'est trop tard, Marianne. Il faut que tu te reposes, maintenant... Que tu dormes...

Il la traîna jusqu'au lit. Elle s'y recroquevilla en chien de fusil, il étala la couverture sur son corps frigorifié.

***

Bureau du gradé – 07 h 30

Daniel alluma une cigarette et balança le briquet au milieu de son bureau. Solange face à lui, debout. Justine, adossée au mur, près de la fenêtre. La confrontation pouvait commencer.

— Raconte-moi ce qui s'est passé cette nuit ! exigea-t-il.

— Je vous l'ai déjà expliqué ! souffla Pariotti avec indolence. Je me suis levée pour faire ma ronde et, en ouvrant la trappe de la 119, j'ai vu Gréville par terre à côté de la victime. Je suis allée chercher le gradé et le médecin de garde et…

— Marianne a appelé pendant plus d'une demi-heure ! Madame Aubergé était encore vivante quand elle l'a trouvée, à quatre heures…

— J'ai pas entendu, je dormais. Cette fille ment comme elle respire ! Elle n'a peut-être pas crié. Elle a certainement laissé crever sa copine.

Justine s'embrasa soudain comme une vapeur d'essence.

— Marianne ne ment pas ! Les filles l'ont toutes entendue appeler au secours ! Et elles aussi, ont tapé contre les portes ! Ça a dû faire un sacré vacarme ! Et toi, t'as rien entendu ?!

— Ben non. J'étais crevée, je dormais… C'est mon portable qui m'a réveillée, à quatre heures trente… De toute façon, c'était trop tard. L'autre était déjà morte !

— Non ! Je te le répète elle était encore en vie quand Marianne a commencé à demander de l'aide !

— Et moi je répète que cette fille ne sait que mentir ! Peut-être qu'elle l'a forcée à avaler les somnifères. Elle est capable de tout !

— Vraiment ? poursuivit le chef en se levant. Va donc la voir ! Va voir comme elle est malheureuse ! Traumatisée par ce qui s'est passé cette nuit !

— Elle ? Malheureuse ? Traumatisée ? rétorqua Solange avec un odieux sourire. Mais c'est une criminelle de la pire espèce ! Vous avez l'air de l'oublier. Vos sentiments pour elle vous égarent, chef !

Il reçut le Scud en pleine tête. Perdit momentanément la parole. Mais Justine vola à son secours.

— Marianne n'aurait jamais fait une chose pareille !

— Ah oui ? Et Giovanna, alors ? C'est peut-être pas Gréville qui l'a tuée !

— Non, coupa Daniel. Et elle n'a pas tué madame Aubergé non plus ! Elle a même tout fait pour la sauver. C'est toi qui l'as tuée !

— Je ne vous permets pas de porter de telles accusations, monsieur ! envoya Solange.

Elle le fixait bien en face. Elle bougea les lèvres. Il devina un mot. *Photo*. Ses mâchoires se crispèrent sur le silence.

— Je n'ai tué personne, reprit calmement Pariotti. Je ne me suis pas réveillée, ce sont des choses qui arrivent. De toute façon, l'autre aurait fini par se suicider, on le savait tous, ici…

— L'autre s'appelait Emmanuelle Aubergé ! rappela Daniel.

— Peu importe comment elle s'appelait. Elle avait massacré ses gosses. Rien à foutre qu'elle soit morte ! Elle méritait pas mieux, de toute façon… On va pas se prendre la tête pendant cent ans pour cette demeurée !

Justine la foudroya du regard et se planta devant elle.

— T'es vraiment une pourriture, Pariotti ! T'as rien à faire parmi nous !

Solange lui répondit par un haussement d'épaules. Justine, à bout, quitta la pièce. Le chef retomba sur son fauteuil. Anéanti. La Marquise se pencha vers lui.

— Un bon conseil, Daniel ; ne me cherche pas de problèmes, ça vaut mieux pour toi et ta famille… J'ai le sommeil lourd, je ne me suis pas réveillée. C'est clair ?

— Sors de mon bureau ou je te tue !

— Fais pas cette tête ! Je t'ai rendu service, non ? Tu vas pouvoir recommencer à la sauter dans sa cellule, maintenant que l'autre est plus là ! T'auras plus à te réfugier dans la bibliothèque ! Mais dépêche-toi d'en profiter, parce que j'ai dans l'idée qu'elle va pas faire long feu ta petite protégée…

Elle prit enfin la porte, il envoya valser les dossiers qui encombraient son bureau d'un geste de fureur.

***

394

L'agitation dans le couloir indiqua à Marianne que l'heure de la promenade avait sonné. Elle n'avait pas quitté son lit, incapable de bouger. Comme prisonnière des décombres.

Pourquoi ? Pourquoi Emma avait-elle choisi d'abandonner ? Facile à deviner… C'était ce qu'elle souhaitait depuis le début, bien avant d'être emmurée ici. Pour ne plus affronter la culpabilité. Bien pire que l'enfermement ou les coups. Pire que tout, Marianne le savait bien.

Elle se sentait orpheline. N'entendrait plus jamais sa respiration régulière au cœur de la nuit.

J'ai de la chance de l'avoir connue. D'avoir croisé son destin. Elle est peut-être mieux, désormais. La mort n'est pas toujours le plus terrible des maux. La vie est souvent bien plus cruelle. Mais pour ceux qui restent, c'est la double peine.

Elle alluma sa Camel, retranchée sur son matelas défoncé. Elle s'accrochait à son rêve pour résister à la désespérance qui s'insinuait en elle.

Au chagrin qui transpirait par chaque pore de sa peau.

Je quitterai bientôt cet enfer. Mais toi, Fantôme, je ne t'oublierai jamais. Toi à qui j'ai fait tant de mal. Toi pour qui j'ai risqué ma vie, aussi. Toi que je n'ai pas réussi à sauver. Si seulement cette salope de Marquise… Justine ouvrit la cellule.

— Comment ça va, Marianne ?

— Mal. Elle me manque, tu peux pas savoir… C'est l'autre ordure qui l'a tuée ! Elle l'a fait exprès, j'en suis sûre !

Sa voix était encore éraillée. Pleine de défaillances. En dents de scie.

Justine préféra lui cacher ce qu'elle avait entendu

dans le bureau du chef. Inutile d'exacerber ses envies de vengeance.

— Elle prétend n'avoir rien entendu…

— Et tu la crois ?! s'emporta Marianne en essayant de crier.

— Je sais pas… Tu descends dans la cour ? Il fait beau. Il y a un grand soleil ! Ça te ferait du bien.

— Pas envie…

Daniel poussa une gueulante dans le couloir pour calmer les filles qui piaffaient d'impatience. Puis il passa la porte ouverte.

— J'arrive, dit Justine comme pour s'excuser.

— Elles peuvent attendre ! répliqua Daniel. Tu viens, Marianne ? Allez, habille-toi et mets tes pompes !

— J'ai pas envie !

— J'ai renvoyé Pariotti chez elle… Je la remplace pour aujourd'hui. Je préfère que les filles ne la voient pas après ce qui s'est passé cette nuit… Allez, Marianne, dépêche-toi, s'il te plaît…

Elle poussa un soupir mais se leva quand même.

— T'as peur que je la bute, c'est ça ? supposa-t-elle en le fixant dans les yeux.

— Arrête tes conneries ! Je veux plus entendre ça, OK ? Allez, magne-toi, les filles commencent à trouver le temps long… D'ailleurs, j'y retourne.

Il repartit dans le couloir et cria encore un bon coup. Marianne passa un tee-shirt, un jean et ses baskets. Puis elle suivit Justine jusque dans la coursive. Le chef donna l'ordre de marche, le troupeau se dirigea vers la liberté.

Vrai que le soleil était beau à la veille de l'été. Marianne se posa sur la dernière marche de l'escalier. Trop fatiguée pour courir. VM la rejoignit et pressa une main affectueuse sur sa nuque.

— J'arrive pas trop à parler, s'excusa Marianne.

— Pas étonnant… Avec ce que tu as gueulé cette nuit !

— La Marquise m'a entendue, j'en suis certaine…
Mais elle affirme le contraire… Quelle pourriture !

— Elle a entendu, confirma VM en se roulant une
cigarette. Paraît que même les surveillants de l'autre
bloc ont entendu… Elle était consciente quand tu as
commencé à appeler ?

— Oui… Elle m'a même parlé… Et puis elle a
sombré.

— Tu sais que ça devait arriver, Marianne… Elle
n'était pas de taille pour supporter tout ça.

— J'aurais pu la sauver, putain !

— Non. Cette nuit, peut-être. Mais elle aurait recom-
mencé. De toute façon, le toubib lui donnait généreusement de quoi se foutre en l'air n'importe quand. Le jour
où ils comprendront qu'il faut filer les calmants au jour
le jour et pas pour deux semaines !

— J'aurais pu la sauver ! s'entêta Marianne. Si elle
avait eu le temps de revoir son fils, elle se serait battue,
j'en suis sûre…

Soudain, elles s'aperçurent qu'une dizaine de détenues s'étaient massées au pied des marches, face à elles.
Marianne reconnut la métisse croisée dans les douches.
Sa chevelure flamboyante indiquait la direction du vent
avec grâce. Ce fut elle qui s'exprima au nom du groupe.

— On est désolées pour ta codétenue…

— Merci, souffla Marianne avec un soupçon de voix
meurtrie.

Des voix s'élevèrent, d'autres filles rejoignirent le
rassemblement. On pouvait entendre des *À mort la
Marquise* ! s'envoler dans la brise. Daniel s'approcha
aussitôt, craignant un début de rébellion. Les détenues
le prirent à partie. *Est-ce qu'elle va payer ? Est-ce que
c'est normal qu'elle ait laissé crever une détenue ?*

Il tenta de les apaiser. Marianne le regardait se
débattre avec tristesse et compassion.

— Nous allons faire une enquête, assura-t-il.

Tu parles! Y vont rien faire du tout! Menteurs!
Assassins! Il eut beau prendre sa voix la plus rassurante,
il n'arriva pas à calmer l'émoi et l'indignation. Puis,
brusquement, il se laissa emporter.

— Qu'est-ce qui vous prend, tout à coup, hein? hurla-
t-il. Quand madame Aubergé s'est fait tabasser, vous
n'avez rien fait pour la défendre, non?

Quelques-unes protestèrent. Mais beaucoup de têtes
se baissèrent. Pourtant, il était conscient que ce qu'il
venait de dire sous l'impulsion de la colère et de l'impuissance était absurde. Il se maîtrisa.

— Il y aura une enquête! Si quelqu'un a commis une
faute, cette personne sera sanctionnée!

Y aura pas de sanctions! Pariotti nous pourrit la vie
depuis longtemps! Faut l'enfermer, elle aussi!

— Maintenant, vous vous dispersez! enjoignit le chef
en haussant le ton.

La foule se disloqua lentement, VM applaudit la
prestation.

— Bravo, monsieur! ironisa-t-elle. Si vous croyez
nous faire gober un truc pareil...

— Qu'est-ce que vous vouliez que je leur dise?
grommela Daniel.

— Un truc du genre *évitez de vous suicider quand*
c'est Pariotti qui est de garde, par exemple...

Il rêvait de se défouler sur la Marquise en ce moment.
Mais il pataugeait dans une mare infecte. De la boue
jusqu'aux genoux.

— C'est ça! répliqua-t-il avec amertume. Si vous
cherchez l'émeute, allez-y!

— On cherche rien du tout! rectifia Marianne. On
aimerait juste qu'une tordue comme elle ne puisse plus
sévir en taule! Vous devriez passer des tests psy avant
de recruter n'importe qui!

— Ouais! renchérit VM. Faudrait éviter les SS,
les sadiques et les pervers! Tous ceux qui ne sont là

que pour assouvir leurs instincts et se défouler sur les détenus !

— Ce serait bien, oui, reconnut-il d'un ton las. Envoyez donc une proposition aux politiques, pour qu'ils votent une loi dans ce sens. Et pendant que vous y êtes, expliquez-leur que la taule sert pas à grand-chose dans nombre de cas… Moi, je ne peux rien faire de plus.

VM lui adressa un drôle de sourire.

— Vous faites déjà beaucoup, monsieur…

Il fut étonné du compliment qui semblait sincère.

— VM a raison, ajouta Marianne. Heureusement qu'il y a des gens comme vous ou Justine. Sinon, ce serait vraiment invivable…

***

Cellule 119 – 23 h 45

Le casque collé aux oreilles, en tailleur sur son grabat, Marianne laissait Bach lui dépecer l'âme, morceau par morceau. C'était si tragique et si beau. Si douloureux. Elle ferma les yeux. N'entendit pas la porte s'ouvrir, ne vit pas l'ombre s'approcher. Mais sentit enfin sa présence, lorsqu'il fut tout près. Elle essaya de lui sourire, l'invita à s'asseoir près d'elle, lui prêta un écouteur, referma les yeux pour savourer la suite. Tandis qu'il la fixait sans relâche. Subjugué, comme toujours.

Puis le silence revint dans les écouteurs.

— Je t'ai apporté une cartouche. La drogue, je la garde et quand t'as besoin tu me fais signe… Mais tu sais… Je ne te demande rien. Si tu es mal…

— Y a longtemps que tu ne me demandes plus rien ! rappela doucement Marianne.

Il se leva. Comme pris en faute.

— Bonne nuit, ma belle…

— Où tu vas ?

— Faire une ronde… J'ai pas sommeil.

Elle bondit hors du lit et le rattrapa à la porte. Elle passa ses bras autour de sa taille, colla son front au milieu de son dos.

— T'as pas envie ?

— Et toi ? Tu en as envie ?

— Tu crois que je t'aurais retenu, sinon ?

Il se retourna.

— Je t'ai dit que je ne te demande rien, murmura-t-il d'un air gêné. Si tu fais ça pour les clopes…

— T'es sourd ou t'es aveugle ? Ou alors tu le fais exprès ! Ouais ! C'est ça ! Tu me fais enrager ! Tu sais bien que je couche plus avec toi pour les clopes depuis longtemps ! Tu sais très bien que je peux plus me passer de toi…

— Vraiment ?

Il cacha son émotion derrière un sourire un peu macho ; elle adorait. Elle le cloua contre la porte.

— T'es content, pas vrai ?

Il posa ses mains autour de son cou. Remonta jusqu'à son visage. Ça aussi, elle adorait. Il se pencha pour l'embrasser.

— Justine est passée il y a un quart d'heure, indiqua-t-elle. On a tout notre temps…

Il voulut la conduire jusqu'au lit mais elle le repoussa doucement.

— Pas ici… Ça me rappelle Emma… Y a trop de mauvais souvenirs.

Il la prit par la main, elle attrapa son paquet de cigarettes au vol, le suivit dans les couloirs sombres et silencieux. Destination la bibliothèque.

Ils passèrent sur la pointe des pieds devant le bureau des surveillantes. Première grille. Il se hâta de l'ouvrir et de la refermer. Plaqua Marianne contre le mur et l'embrassa passionnément.

— On n'est pas arrivés ! chuchota-t-elle en riant.

— Je tiendrai pas jusque-là !

Elle lui piqua le trousseau et partit en courant jusqu'à la grille suivante.

— Putain ! Y a trente-six mille clefs sur ce truc !

Pendant qu'elle cherchait la bonne, il la rattrapa, se colla à nouveau contre elle, aventura ses mains sous sa chemise. Elle se sentit fondre comme neige au soleil. Il avait perdu le contrôle.

— Y a pas de caméras dans le couloir ? demanda-t-elle un peu tard.

— Non, pas ici !

— T'es sûr ?

— C'est moi qui les ai posées, chérie ! répondit-il en riant.

Elle cessa de s'inquiéter. Perdit l'esprit à son tour. S'enflamma comme une fusée avant le décollage. Toujours aussi fort. De mieux en mieux, même. À tel point qu'elle songea un instant renoncer à sa liberté. Lorsque sa tête percuta les étoiles…

Quelques minutes pour reprendre pied. Retrouver le sens des réalités. Se souvenir de leurs noms, de leurs vies. De leurs rôles. Elle récupéra les vêtements ; lui, les clefs. Ils partirent ainsi vers la bibliothèque.

— T'es complètement fou ! protesta-t-elle en se tordant de rire.

— Complètement !

Il la fit basculer sur une table.

— Déjà ? s'étonna-t-elle avec un sourire ravageur.

— Pourquoi, t'es fatiguée ?

— C'est moi qui vais te fatiguer !

Il mit plus de douceur dans chacun de ses gestes. Prit le temps de l'admirer. De la combler. D'être attentif à ses moindres désirs. Lui glissa même quelques mots à l'oreille. Tant de choses qu'il aurait voulu lui déclarer. Tant de choses qu'elle aurait aimé lui avouer. Mais les mots étaient superflus. Langage universel de deux regards qui se croisent ou de deux corps qui se touchent.

Elle eut la même impression plusieurs fois. Il était très en forme, ce soir.

La même impression qu'elle hésiterait à le quitter. À l'abandonner ici… Le même sentiment qu'elle allait souffrir d'être libre, loin de lui. Il ne comprit pas pourquoi elle pleurait. Supposa que c'était à cause d'Emmanuelle. Ou de la taule.

Comment lui dire que c'était une de leurs dernières nuits ?

À trois heures cinquante du matin, Justine trouva une cellule vide. Elle appela Marianne par le judas. Pas de réponse. Elle ne pouvait rentrer, bien sûr. Seul Daniel avait les clefs, la nuit. Et si Marianne avait fait un malaise derrière la cloison des toilettes ? Elle essaya de garder son calme. Elle se rendit dans le bureau du chef. Vide, lui aussi. Là, elle comprit. Avec son instinct féminin, infaillible. Et fut rassurée.

Elle alla coller son oreille contre la porte de la bibliothèque. Encore plus rassurée. Touchée, même. Un peu jalouse, peut-être.

Elle les écouta s'aimer un moment. Un peu honteuse, les yeux fermés, un drôle de sourire sur les lèvres.

***

Mardi 21 juin – Cellule 119 – 07 h 30

Une main sur son épaule. Une voix familière jusque dans son rêve. Marianne cligna des paupières puis se retourna promptement. Justine lui souriait.

— C'est l'heure ! Le petit déj' de mademoiselle est servi !

— Salut ! bougonna Marianne.

La mama était déjà repartie vers les cuisines. Marianne se redressa.

— Je t'ai fait servir en dernier, histoire que tu gagnes une demi-heure de sommeil !

— Merci bien ! répondit Marianne en s'étirant.

— Ça te dérange si je reste un peu ? J'aimerais te parler…

Marianne se leva, passa une main dans ses cheveux indomptables et s'assit devant son plateau.

La surveillante s'installa en face après avoir poussé la porte de la cellule. Heureusement qu'ils avaient remplacé la chaise estropiée !

— Alors ? attaqua Marianne d'une voix intriguée.

— C'est… J'aimerais savoir si tu es d'accord ou s'il te force…

Marianne reposa sa tartine et dévisagea Justine.

— De quoi tu parles ?

— De toi et de Daniel…

Commotion dans sa tête. Mais elle se récupéra bien vite.

— Quoi, moi et Daniel ?

— Ça va, Marianne… Je suis au courant pour vous deux. J'ai fait ma ronde un peu plus tôt, cette nuit… J'ai trouvé ta cellule vide… Son bureau était vide aussi, alors j'ai compris…

— T'es malade ! Tu crois que je couche avec le gradé ? J'étais aux chiottes, tu m'as pas vue !

— Arrête, je t'en prie ! Je sais que vous étiez dans la bibliothèque, que vous en êtes ressortis vers quatre heures quinze pour aller prendre une douche. Et que tu as rejoint ta cellule à quatre heures trente.

Marianne alluma une cigarette. Gestes tremblants. Mâchoires crispées.

— Si t'es au courant, pourquoi tu me demandes ? fit-elle brusquement.

— Ce qui m'intéresse, c'est de savoir si… Enfin, je veux être sûre que tu ne couches pas avec lui sous une quelconque contrainte…

Marianne esquissa un sourire amer. Heureusement que cette question n'était pas tombée quelques mois auparavant ! Elle avait toujours détesté mentir à Justine.

— Non. C'est de mon plein gré.

— Tu peux tout me dire, Marianne… Je sais que Daniel te fournit en cigarettes… Et en drogue.

Marianne écarquilla les yeux. Elle savait aussi pour la dope ? Merde…

— Alors, je voulais juste vérifier qu'il n'exigeait pas un paiement en nature. Parce que si c'est le cas…

— T'inquiète, coupa Marianne. Je le fais parce que… Parce que j'en ai envie…

La surveillante lui piqua un petit morceau de pain, le grignota à la façon d'une souris.

— Tant mieux, conclut-elle.

— Ça te choque ?

— Non.

— Si, je suis sûre que ça te choque… Le chef n'a pas le droit de faire ça, pas vrai ?

— Non. Comme il n'a pas le droit de te fourguer des clopes ou de la drogue. Ou de la nourriture ou un baladeur flambant neuf ! Tout comme moi j'ai interdiction de t'apporter des fringues ou des produits de beauté… C'est sûr, je pourrais le faire enfermer dans le quartier des mecs ! Mais… je ne dirai rien, rassure-toi.

— Tu dois trouver que je déraille de coucher avec lui…

— Non, je t'assure. Je le trouve juste un peu salaud de tromper sa femme… Mais ça n'est pas ton problème, ajouta la gardienne. Ni le mien, d'ailleurs. C'est le sien. Mais les nuits où c'est pas moi, gaffe aux rondes ! Parce que cette nuit, le timing était vraiment loin d'être parfait !

— Je sais… On a déconné ! On n'a pas vu l'heure !

— Épargne-moi les détails, par pitié ! implora Justine avec un rire gêné.

Marianne aussi se mit à rire.

— Je peux te prendre une clope ? demanda la surveillante.

— Vas-y ! C'est pas moi qui paye !

Elles pouffèrent encore. Puis Justine la dévisagea avec malice.

— Il est comment, le chef ?

— Ah… Euh… Tu sais, j'ai pas trop d'expérience en ce domaine… Je peux pas trop comparer !

Marianne rigolait toujours, vraiment embarrassée.

— Mais je trouve qu'il est bien !

— D'après ce que j'ai entendu cette nuit, j'ai l'impression qu'il est même *très* bien !

— Tu nous as entendus ? s'étrangla Marianne.

— Ben… Je voulais juste vérifier où vous vous étiez planqués !

— Il est génial, en fait ! Je t'avoue que j'ignorais qu'un pied pareil, ça pouvait exister !

Justine la fixait avec des yeux pétillants de curiosité.

— Tu veux d'autres détails, surveillante ? lança Marianne en souriant. Ce mec est un dieu ! Voilà, maintenant tu es au courant !

La gardienne tourna la tête de l'autre côté, continuant à rire comme une adolescente.

— Ouah ! Je vais plus le regarder de la même façon, maintenant que je sais ça !

— Arrête tes conneries ! S'il apprend que je t'ai parlé, il me tue !

— T'en fais pas pour ça… Et… vous êtes prudents, au moins ? Faudrait pas que tu tombes enceinte…

— T'inquiète… Pour ça, il prend ses précautions.

— C'est bien…

— Tu fais la journée ?

— Non, je vais partir… Monique doit être arrivée. Pariotti commence à midi. Surtout, évite-la au maximum, Marianne !

La gaieté de Marianne s'évapora.

— Je voudrais bien… Sauf que c'est elle qui me cherche continuellement !

— J'en ai conscience. Mais tu peux te montrer plus forte qu'elle, non ?

Soudain, Daniel poussa la porte de la cellule après avoir frappé deux coups.

— Salut les filles !

Il ressentit un étrange sentiment. Marianne et Justine échangèrent un drôle de sourire. Le toisèrent avec une sorte de gourmandise qui le mit mal à l'aise. Il remontait des vestiaires, rasé de près. Sa serviette sur l'épaule.

— Je dérange ?

— Pas du tout ! assura Justine. Je tapais un peu la discute avec Marianne…

— Je te cherchais, justement… J'ai vu la porte mal fermée, j'ai compris que t'étais là… Monique a téléphoné, elle sera en retard. Le petit dernier est encore malade ! Elle ne viendra qu'à midi… Je voulais savoir si tu pouvais rester jusque-là… ?

— Bien sûr, soupira Justine.

— C'est sympa ! Merci.

Il regarda Marianne. Il avait évité, jusqu'à présent. Peur de se trahir, sans doute.

— Comment ça va, toi ?

— Bien, chef ! Je vous remercie.

Les filles se retenaient visiblement de rire.

— Qu'est-ce qui vous arrive à toutes les deux ? On dirait que… Que vous étiez en train de parler de moi, soupçonna-t-il.

— Y a rien ! s'empressa de répondre Justine.

— Vous échangiez des petits secrets, c'est ça ?

— Exact ! avoua Marianne en s'étirant à nouveau. On se racontait nos rêves érotiques !

Daniel resta bouche bée. Puis il tourna les talons.

— Eh bien, je vous laisse entre filles, alors !

Il disparut et perçut leurs éclats de rire à peine la porte franchie.

— J'espère qu'il ne m'a pas entendue ! chuchota Marianne. Sinon, ses chevilles vont enfler démesurément !

— Non, il n'a pas pu ! affirma la surveillante en séchant ses larmes.

Le fou rire dura encore quelques minutes. Puis Justine se décida à rejoindre son poste. Mais, avant de quitter la cellule, elle posa la question qui la démangeait depuis cette nuit. La plus intime de toutes.

— T'es amoureuse de lui ?

— Je sais pas trop ce que c'est, être amoureuse. Mais… Je crois, oui.

***

Cour de promenade – 10 h 05

L'été avait oublié le ciel de la taule, aussi gris que le désespoir et les enceintes. Une couleur qui suppliciait les yeux autant que les barbelés enroulés en haut des murs. Marianne respira l'air humide à pleins poumons puis chercha VM. Absente, ce matin. Debout au bas des marches, elle exécuta quelques mouvements d'échauffement avant de s'élancer en petites foulées sur l'asphalte mouillé.

La Marquise avait repris ses fonctions. Elle s'était installée, jambes croisées, au milieu du banc. Ainsi, les détenues ne pourraient venir s'y asseoir.

Marianne s'abstenait de la regarder. À chaque fois qu'elle apercevait son visage, une irrépressible envie de sang frais gargouillait au cœur de ses entrailles.

Elle continua à courir. Laissant son esprit voguer à sa guise. Dans à peine plus d'une semaine, parloir. Francky allait être ravi.

Je ne verrai plus jamais Daniel.

407

Oublie-le, Marianne. Pense à la liberté. Emma aurait bien aimé sortir, elle aussi.

Marianne courait de plus en plus vite. Son genou montrait quelques signes de faiblesse encore. Mais il finirait par capituler. Il suffisait de le vouloir, de mépriser la douleur. Au bout d'une demi-heure, elle stoppa sa course, respira à fond, plusieurs fois. Puis continua sa remise en forme. Ignorant la foule, face à un mur, elle enchaîna les mouvements. Beaucoup de filles l'observaient, le spectacle valait le coup d'œil. Gestes rapides, épurés, contrôlés, précis. Parfaits. Équilibre irréprochable. Le terme d'art martial prenait toute sa dimension. Oui, c'était bien un art. De toute beauté. Splendeur d'un corps transformé en arme. Chaque coup était fait pour tuer. Pour défendre sa vie. Celles qui participaient aux cours de karaté venaient voir de près la jeune prodige, espérant secrètement parvenir un jour à l'égaler. D'autres lui jetaient des regards pleins de défiance.

Marianne se laissa enfin glisser par terre pour prendre un repos bien mérité. Elle se sentait prête. À affronter l'inconnu, le danger. À se battre jusqu'à la mort. Mais il était déjà l'heure de rentrer en cage.

Solange, en haut des marches, sonna comme une alarme. La transhumance, dans l'autre sens. Beaucoup moins de fébrilité.

Dans la 119, Marianne ôta son tee-shirt trempé de sueur. Dans les nouvelles prisons, paraît qu'il y a une douche dans chaque cellule. Là, ça lui manquait cruellement. Elle se contenterait d'une toilette de fortune. Elle commença par s'asperger le visage d'eau fraîche. Et, lorsqu'elle releva la tête, elle distingua le visage de la Marquise dans le miroir. Elles s'affrontèrent quelques secondes par reflet interposé. Puis Marianne attrapa sa serviette, s'essuya avant de se retourner.

— Qu'est-ce que vous voulez ?

Pariotti s'empara du baladeur qui traînait sur le lit.

— Sympa ! commenta-t-elle. Je suppose qu'il est tombé du ciel ?

Marianne enfila un tee-shirt propre, croisa les bras.

— Lâchez ça… Il est en vente dans le catalogue… Vous pouvez vous acheter le même, si vous voulez !

— Ah oui ? Et tu l'as acheté avec quel fric, de Gréville ?

— C'est Gréville… Et ce ne sont pas vos affaires.

— Oh si, ce sont mes affaires ! Tes prix ont augmenté à ce que je vois !

Marianne alluma une cigarette, constata que ses mains tremblaient. N'explose pas. Reste calme.

— Il paye le prix fort pour tes services, le chef ! Tu dois vraiment lui faire des trucs bien dégueulasses pour qu'il crache le fric comme ça, non ?

— Je ne vois pas de quoi vous parlez, surveillante.

— Mais si, tu vois de quoi je parle…

Marianne s'avança soudain vers l'ennemie, brandissant un sourire féroce.

— Tu supportes pas qu'il ne te reluque même pas, hein, Pariotti ?

Elle venait de toucher le cœur de la cible. La mine de Solange perdit de sa superbe. Mais elle tenta de riposter.

— Parce que tu crois que je voudrais d'un minable dans son genre ?

— Je sais que tu en meurs d'envie mais qu'il n'a jamais daigné lever les yeux sur toi… T'en crèves de jalousie… Si tu savais comme c'est bon, avec lui… Mais non, tu ne le sauras jamais…

— Tu délires, pauvre tarée !

Elle s'approcha encore un peu plus de la vipère.

— J'imagine que tu dois vivre un calvaire… C'est bien pour ça que tu me harcèles sans cesse, pas vrai ? Parce que t'as mal… Tu me fais pitié, Marquise… Mais si tu veux, je peux abréger ton supplice, insinua

Marianne avec sadisme. J'ai jamais supporté de voir souffrir les bêtes…

— Je vais te briser, de Gréville ! T'anéantir !

— Ah oui ? Qu'est-ce que tu t'imagines, hein ? Que je vais ramper devant toi, comme les autres filles ? Tu me connais mal. Tu ne me feras jamais plier…

— J'aurai ta peau, tu peux me croire !

— Sors ou j'appelle le chef… Et tu sais, quand je hurle, c'est qu'il n'est jamais très loin…

La voix de Daniel retentit dans le couloir. Très à propos. Il cherchait la gardienne, justement. Il passa la porte entrouverte. La Marquise tenait toujours le baladeur dans ses mains.

— Qu'est-ce que tu fiches ici ?

— Marianne me montrait sa dernière acquisition ! rétorqua la surveillante d'un ton goguenard. Je me demande quel boulot lui permet de s'offrir ça !

Elle reposa le lecteur sur la table, Marianne poussa un discret soupir de soulagement.

— On t'attend pour la réunion, précisa son supérieur d'une voix tranchante.

— À vos ordres, monsieur !

Elle lui adressa une œillade insolente puis quitta la cellule. Daniel s'approcha de Marianne.

— Elle t'a fait du mal ?

— Non… Elle n'a pas eu le temps…

Il semblait si inquiet que Marianne saisit son visage entre ses mains. Se hissa sur la pointe des pieds. Il l'embrassa, la serra dans ses bras.

— Je fais ce que je peux, dit-il d'une voix un peu coupable.

— Ne t'inquiète pas, je tiendrai le coup… Même si elle passe son temps à me chercher.

— Je t'ai planqué une dose près du lavabo, pendant que t'étais dans la cour…

Il l'embrassa encore avant de l'enfermer. Marianne

termina sa toilette, s'allongea sur son lit, le baladeur posé sur la poitrine. Elle l'avait échappé belle, cette fois. Heureusement qu'elle n'avait plus très longtemps à tenir. Elle ferma les yeux, le visage d'Emma apparut devant elle. Elle avait parfois l'impression de l'entendre respirer. L'impression qu'elle était encore là. Normal, pour un Fantôme… Elle se mit à pleurer. Encore. Tu me manques, putain !

Une heure plus tard, quand le déjeuner arriva, Marianne essuya ses larmes. Monique Delbec accompagnait l'auxi.

— Bonjour, surveillante… Comment va votre fils ? Pas trop grave, j'espère ?

La surveillante la considéra avec étonnement.

— J'étais à proximité quand le gradé et Justine en ont parlé, expliqua Marianne en souriant.

— Ah… Il a une gastro… Merci de vous inquiéter, mademoiselle… Et vous, comment allez-vous ? Je sais que la disparition de votre codétenue vous a beaucoup affectée…

Marianne alluma une cigarette, la surveillante toussa.

— Le plus dur, c'est de l'avoir vue mourir sous mes yeux sans que personne ne vienne à mon secours.

La surveillante ne releva pas l'accusation, visiblement peu encline à entrer dans la polémique.

— Mais je m'en remettrai ! J'ai l'habitude des coups durs… Ma vie n'est faite que de ça !

— Je vous souhaite un bon appétit.

La porte se referma et Marianne emporta le plateau sur le lit. Bonne pioche, aujourd'hui. Pâtes à la bolognaise. Certes, mieux valait ne pas savoir comment les auxis cuistots avaient élaboré la sauce. Avec quels restes. Mais, saupoudré d'une dose exagérée de poivre, ça passerait comme une lettre à la poste !

Lorsque le plateau fut débarrassé, Marianne récupéra la poudre planquée par Daniel. Quelques minutes plus tard, elle enlevait l'aiguille de sa chair, dissimulait tout sous son matelas. Fin prête à larguer les amarres, à embarquer pour l'inconnu.

Elle consulta son réveil. Il n'allait pas tarder. Un Corail, dinosaure des réseaux ferrés. Un bruit totalement différent de celui du TGV. Un bruit qui ressemblait plus à un train qu'à un avion supersonique. Il approcha enfin. Elle n'était pas en état de se lever pour l'accueillir, mais le déplacement d'air la percuta autant que si elle s'était trouvée sur le ballast. Elle aurait aimé vivre cet instant blottie contre Daniel.

Aussi légère qu'une plume, elle survola le monde qui lui ouvrait les bras. Celui qui l'attendait. C'est comment, déjà ?

Elle fit un rêve. Elle retrouvait Daniel, dehors. En femme libre. Ils partaient tous les deux, il la suivait dans sa cavale. Ils quittaient ensemble ce pays, cette prison. Ce bouge infâme.

Ça l'effrayait tellement d'affronter cela toute seule ! Depuis qu'elle avait renoncé à son avenir, qu'elle avait oublié le goût de la liberté, elle avait aussi oublié le mode d'emploi des choses les plus simples. Le poison continua son étrange cheminement. Ouvrant au hasard les tiroirs dans son cerveau. Elle bascula brusquement dans le passé. Là où elle n'aurait pas aimé retourner.

La première fois qu'il avait surgi dans la cellule. En pleine nuit…

… Des heures qu'elle l'attend. Des heures qu'elle n'a plus d'ongles à ronger. Que l'angoisse lui paralyse le cerveau et les muscles. Elle a peur, son ventre se tord.

Oui, elle veut ses cigarettes. Oui, elle a conclu un marché. Bien au-dessus de ses forces, peut-être.

Sera-t-il violent ? Brutal ? Cynique, sans aucun doute. Elle sent déjà l'avilissement de sa chair. Tu es forte,

Marianne. Tu arriveras à penser à autre chose, pendant que…

La porte s'ouvre, elle cesse de respirer. Il n'allume pas la lumière, elle devine sa silhouette imposante dans la pénombre. Il pose la cartouche sur la table.

— Bonsoir, Marianne.

— Bonsoir…

Elle a une voix méconnaissable. Il s'approche, elle recule. Jusqu'au mur.

— Qu'est-ce que tu as ? Je te fais peur ou quoi ?

— Non !

Tu parles ! Ça doit se voir à des kilomètres !

— Je vais pas te manger ! dit-il en souriant. N'aie crainte…

Il effleure son visage, elle ferme les yeux. Il la prend par les épaules, l'entraîne vers le lit défait. Il s'assoit, elle reste à distance.

— Alors, Marianne ? On a un accord, tous les deux, non ?

— Oui, acquiesce-t-elle dans un murmure.

Oui, ils ont négocié l'horreur dans le fond d'un cachot. Une cartouche contre une fellation. Tarif honorable, se répète Marianne pour s'instiller du courage.

— Qu'est-ce que tu attends, alors ? On n'a pas toute la nuit…

Elle fait un pas en avant, il se lève. L'écrase déjà. Elle essaie de se souvenir comment on procède. Elle s'est préparée à ce moment. Il suffira de penser à autre chose…

… Marianne ouvrit les yeux avant de se remémorer la suite. Trop douloureux. Elle n'oublierait jamais la salissure, l'humiliation. L'impression que ce n'était pas avec le même homme qu'elle avait passé la nuit à la bibliothèque. Les larmes coulèrent sur ses joues. Pas la force de les empêcher.

La drogue la tenait toujours en respect. La chute n'allait plus tarder, maintenant.

Encore un train au chant déformé. Si fort, qu'elle crut qu'il avait déraillé pour entrer dans la cour de promenade. Encore les images de cette nuit éprouvante qui tentaient de pénétrer par effraction. La croisière n'était pas celle dont elle avait rêvé. Elle voulut attraper une cigarette mais s'affala de tout son long sur le sol. Elle resta assise contre la table.

Et là, sur le lit du haut, elle aperçut une silhouette filiforme qui se redressait.

— Emma ? T'es là ?

— Bien sûr que je suis là… Pourquoi tu pleures, Marianne ?

— Je… Je me souviens de la nuit où…

Emma descendit, sa robe claire faisant des vagues autour d'elle. Marianne se frotta les yeux.

— Tu… Tu es morte, pas vrai ? Tu devrais pas revenir ici…

— De quelle nuit tu parles, Marianne ?

— Celle où… Où j'ai couché avec le chef pour la première fois… Enfin, pas couché, mais…

— Celle où tu as vendu ton corps contre une simple cartouche de cigarettes ?

Le visage du Fantôme s'évapora. Marianne ferma les yeux. Je deviens cinglée !

Cette came est coupée, pas possible ! Quand elle les rouvrit, elle poussa un cri. Devant elle, la Marquise.

— Tu ne changeras jamais, de Gréville. Tu seras toujours une putain… Tu pouvais renoncer aux cigarettes et garder ta dignité. Mais tu voulais la came !

— Je… Je peux pas m'en passer ici !

— C'est parce que tu es faible ! Regarde-toi… Pitoyable ! Complètement défoncée ! Incapable de tenir debout ! Je pourrais te tuer… Tu peux même pas te défendre quand tu es comme ça !

Marianne ferma encore les yeux. Attendant les coups qui allaient forcément pleuvoir. Puis elle se boucha les oreilles. Mais la voix persistait dans sa tête.

— Une putain, Marianne, voilà ce que tu es ! Et une camée par-dessus le marché ! Si t'avais pas été défoncée la nuit où Emma s'est suicidée, tu te serais réveillée à temps ! Tu l'aurais entendue descendre l'échelle, tu l'aurais empêchée d'avaler toute cette merde… C'est toi qui l'as tuée !

Marianne hurlait maintenant. Non ! Non ! Emma ! Elle sentit l'ennemie empoigner ses bras. Rouvrit les paupières. Le visage de Daniel, maintenant.

— Marianne !

— C'est pas moi ! jura-t-elle. C'est pas moi qui l'ai tuée ! Arrêtez de me torturer !

Les mains lâchèrent enfin. Qui allait-elle encore voir si elle ouvrait à nouveau les yeux ?

Un verre d'eau froide en pleine tête. Elle eut la respiration coupée. Elle se redressa doucement, le visage dégoulinant.

— On t'entend hurler jusque dans la cour, indiqua Daniel. Qu'est-ce qui t'arrive ?

Elle se laissa glisser à nouveau jusqu'au sol, incapable de tenir debout. Il se mit à sa hauteur.

— T'as pris de la poudre, c'est ça ?

Elle hocha la tête.

— J'ai vu Emma…

— Emmanuelle est morte, rappela doucement le chef.

— Et Solange, aussi… Et…

— Qu'est-ce que tu as, Marianne ?

— Je… J'étais shootée la nuit où Emma s'est foutue en l'air, avoua-t-elle enfin. Si je m'étais pas piquée dans la soirée, je l'aurais vue se lever… Je l'aurais empêchée…

— Ce n'est pas de ta faute, Marianne. Tu dormais, t'étais crevée… Tu ne l'aurais pas entendue.

— Si ! J'aurais pu la sauver ! L'empêcher !

— Non, ma belle… Calme-toi.

— Je vaux rien ! Je sais rien faire, je suis rien ! Solange dit que je suis une putain !

— Elle dit ça pour te blesser… Ne l'écoute pas.

— Pourtant, elle a raison ! s'écria Marianne. Et c'est toi qui m'as prostituée ! C'est toi !

Elle le repoussa brutalement, il perdit l'équilibre et tomba sur le cul, juste en face d'elle. Elle sanglotait, ses mains en paravent devant son visage. Il prit ses poignets et les écarta doucement.

— Je suis désolé, Marianne… Je n'ai trouvé que ça pour…

— Pour m'écraser ?

— Personne ne t'écrasera jamais. Ni moi, ni personne… J'avais peur de toi, je crois. Peur que tu fasses du mal à quelqu'un… Je me suis dit que c'était la seule façon pour te garder sous mon contrôle. Mais…

— Excuse-moi, dit-elle soudain. Tout ça, c'est de ma faute… Tu ne m'as jamais forcée à rien.

— C'est un peu plus compliqué que ça, je crois.

— Je suis pas en état de penser à des trucs compliqués…

Elle passa ses bras autour de son cou. Ils étaient à genoux par terre, dans les bras l'un de l'autre.

— Fais-moi comme cette nuit, demanda-t-elle en essuyant sa figure sur sa chemise bleu ciel.

— Pas maintenant, Marianne, chuchota-t-il.

— C'est à cause de ce que j'ai dit que t'as pas envie ?

— Ça n'a rien à voir ! assura-t-il en la repoussant gentiment. C'est parce qu'il est trois heures de l'après-midi… Les surveillantes peuvent débouler d'un moment à l'autre.

— De toute façon, elles sont déjà au courant !

— Non, ma belle ! Il n'y a que Pariotti !

— Justine aussi... Elle nous a surpris cette nuit... Mais c'est pas grave, elle est pas contre...

Le visage du chef blêmit. Il semblait de plus en plus inquiet. Il regardait Marianne ramer dans ses divagations. Hésitait à la croire. C'était peut-être l'effet de l'héroïne. Peut-être pas. Leur attitude, ce matin... Elle continuait à agiter les bras, comme si elle chassait une mouche qui tournoyait autour d'elle.

— Je voulais que tu saches que tu vas me manquer, poursuivit-elle.

De plus en plus surprenant.

— Te manquer ? Tu sais, je n'ai pas l'intention de partir...

— Moi si, confessa-t-elle.

Il la vit soudain pendue aux barreaux de la fenêtre. Ou brûlée vive dans l'incendie de sa cellule. Ou vidée de son sang. Il la secoua un peu brutalement.

— Marianne ! Je ne veux pas que tu meures !

— Mourir ? Au contraire... Maintenant que je vais sortir, j'ai pas envie de mourir...

Il la contempla avec incompréhension. Il ne devait pas oublier qu'elle était sous l'emprise d'une drogue puissante. Elle rêvait à sa libération, il devait entrer dans son jeu, ne pas casser son délire. Il tenta de la rassurer.

— Mais quand tu sortiras, on pourra continuer à se voir ! Ce sera dehors, simplement...

Ses propres paroles lui faisaient horreur. Quand tu sortiras, je moisirai déjà dans mon cercueil. Les prunelles de Marianne clignotaient comme un sapin de Noël.

— Je le savais ! souffla-t-elle avec un sourire ému. Je savais que tu viendrais avec moi ! Qu'on ne se quitterait pas !

Elle l'enlaça à nouveau. Il étouffait de tendresse.

— Non, on ne se quittera jamais, Marianne...

— Promis ?

— Promis.

Il peina à la faire lâcher. Il la porta jusqu'au lit, remonta la couverture sur ses hallucinations. L'embrassa sur le front avant de se diriger sur la pointe des pieds vers la porte. Un peu trop émotionné pour affronter le reste de l'après-midi.

— Daniel ?

— Oui ?

— Tu verras, la cavale, c'est pas si dur… On s'en sortira… Et puis, je te protégerai.

Maudites crampes d'estomac. Casiers désespérément vides. La faim tenaillait Marianne, assise devant son plateau-repas, froid depuis longtemps.

Pourtant, elle ne pouvait rien avaler. Ce n'était même pas de la nourriture. Plutôt une infâme mixture tout juste bonne à engraisser les porcs. Et encore, des porcs affamés… Non, la faim était encore plus supportable que l'idée d'ingurgiter ce mélange diabolique qui allait à coup sûr lui détartrer les intestins.

Elle fuma une cigarette pour tromper son estomac trop vide. But un litre d'eau par-dessus. Elle s'était dépensée sans compter pendant la promenade du matin. Avait même aligné plus de pompes que VM ! D'où cette fringale impossible à rassasier. Pourtant, il faudrait tenir jusqu'à dix-neuf heures. En espérant que les apprentis sorciers de la cuisine seraient plus inspirés ce soir.

Elle s'allongea, brancha son lecteur de disques. Jay Kay se déchaîna dans ses oreilles, elle se trémoussa sur le matelas agonisant. Passer le temps jusqu'à la promenade. Rêver encore et encore. Désengourdir son esprit cadenassé par quatre années de taule. Lui réapprendre l'idée de liberté.

Brusquement, son cœur fit un bond démesuré. La Marquise, droite comme un piquet, juste à côté du plumard. Marianne appuya sur le bouton off et se redressa.

— Douche ! annonça la surveillante. Je t'appelle depuis cinq minutes…

Marianne ôta les écouteurs de ses oreilles.

— J'ai déjà eu la douche hier.

— Comme c'est l'été, le directeur a décidé d'accorder une douche tous les jours, à chaque détenue… Alors ne me fais pas attendre.

— Le brave homme ! ironisa Marianne en se levant.

Bizarre qu'elle ne me balance même pas une petite insulte ! songea Marianne en prenant sa trousse de toilette. Elle a peut-être renoncé, finalement. J'l'ai remise à sa place, hier ! J'lui ai cloué le bec !

Mais rien que de voir son visage, de humer son parfum, Marianne avait envie de lui sauter à la gorge.

Emma. Morte par ta faute.

Elle attrapa ses affaires puis se rendit dans le couloir où elle était la première. Appuyée au garde-corps, elle continua à danser sur les rythmes déjantés de Jay Kay résonnant encore dans sa tête.

Le troupeau se forma lentement, au gré des portes qui s'ouvraient. Parmi les brebis en route vers le toilettage, Marianne reconnut trois des Hyènes. Privées de leur chef de meute, maintenant. Incapables de partir en chasse. Elles baissèrent les yeux face à l'exécutrice. Alors elle se surprit à déguster son pouvoir.

Elles me craignent ! Putain, elles ont la trouille !

Le petit bataillon se mit en marche au pas militaire. La Marquise les enferma dans la pièce carrelée, moisie jusqu'à l'os. Marianne se déshabilla et, tongs aux pieds, entra dans la troisième douche. La moins répugnante. L'eau était tiède. Pas plus. Mieux que rien. Elle se savonna généreusement, se shampouina rapidement puis se rinça en fermant les yeux. Délicieux. Surtout deux jours d'affilée !

Mais soudain, des mains l'agrippèrent. Elle bascula, heurtant la porcelaine de plein fouet. Elle rouvrit les yeux, le savon lui brûla la cornée. Deux ombres l'extirpèrent brutalement du bac et la traînèrent jusqu'au fond de l'allée centrale, avant de la plaquer sur une vieille table branlante.

Elles étaient toutes là. Neuf taulardes liguées contre elle.

Crime organisé.

Marianne comprit. Guet-apens orchestré par Solange. Sa vie ne tenait plus qu'à un fil. Une des Hyènes, postée derrière, lui serrait le cou avec son bras et la bâillonnait d'une main. Deux autres lui tenaient les poignets. Encore deux autres détenues pour lui entraver les chevilles. Impossible de bouger. L'escadron de la mort avait tout prévu. Trois filles restaient à distance, se contentant d'assister à l'exécution. Et la neuvième s'avança vers elle, une lame à la main. Marianne se rappela subitement son prénom. Mémoire sans faille au moment où la mort se présente. Brigitte, le bras droit de Giovanna au temps de sa splendeur. Une Black au crâne rasé. Impressionnante.

— Écartez-lui les jambes ! ordonna Brigitte.

Marianne tenta d'appeler au secours. Mais qui appeler, de toute façon ? Elle se cambra, utilisa toute sa puissance pour se dégager. En vain. Ses yeux hurlaient de frayeur. Elle savait ce qui l'attendait ; la mort par hémorragie. Écartelée sur une table, transie de froid et de peur. Voilà comment elle allait finir.

Non, elle ne pouvait renoncer maintenant. Malgré les cinq paires de mains qui l'entravaient, elle parvint à se soulever de la table. Avant d'y retomber lourdement. Nouvel échec. Celle qui la bâillonnait fut tout de même déstabilisée et un hurlement tragique s'échappa de la bouche de Marianne. Mais la main se plaqua à nouveau sur ses cris désespérés.

— Ferme ta grande gueule, Gréville ! grogna la fille

au couteau. On veut juste t'apprendre que c'est mal de coucher avec les matons ! Tu trahis, tu payes ! Et crois-moi, tu vas le regretter !

— Ouais ! enchaîna une seconde fille. Tu te crois la plus forte ? Ben tu vas voir ce qu'on leur fait aux putes dans ton genre ! Giovanna te regarde d'en haut. Elle va t'entendre appeler ta mère !

Marianne, qui arrivait tout juste à respirer, mordit les doigts qui s'écrasaient sur ses lèvres. Du coup, la Hyène lui fourra un vieux chiffon dans la bouche. Elle faillit s'étouffer, mourir avant l'heure.

Elle implora Brigitte du regard. Peine perdue. On oublie vite la pitié, en taule. Brigitte, qui était entre ses jambes, maintenant. Qui, penchée sur elle, fit glisser le couteau sur sa joue, puis son cou. Sur sa poitrine, son ventre. Juste glisser, sans entailler. Avant d'arriver à destination. Là où elle voulait blesser.

Exciser. Encore pire que la mort. Le pire des châti-ments.

Le cœur de Marianne fut sur le point d'éclater de ter-reur. Des mains étrangères fouillèrent son intimité. Elle ferma les paupières, pria un dieu inconnu. Se concentra pour rassembler l'ensemble de ses forces. Pour vaincre la peur qui la ligotait bien plus sûrement que ces filles.

Enfin, elle sentit le froid de la lame à l'endroit qui allait disparaître. Là, elle centralisa toute son énergie dans sa jambe gauche pour un brusque mouvement qui obligea celle qui la maintenait à lâcher prise. Une dou-leur atroce remonta jusqu'à son cerveau.

Trop tard.

Avec sa jambe libre, elle flanqua un coup de pied à Brigitte qui valdingua contre un mur. Elle libéra ensuite son bras droit, le tout en un éclair. Frappa violemment celle qui serrait sa gorge.

— Allez, on se tire ! décréta Brigitte en se relevant. Elle a eu son compte !

Les filles abandonnèrent leur proie, qui tomba à genoux sur le sol trempé. À genoux dans une flaque déjà rougeâtre. Les détenues fermèrent les robinets, partirent se rhabiller à l'autre bout, comme si de rien n'était. Marianne reprenait ses esprits. Elle enleva le linge qui obstruait sa bouche, respira violemment.

Je suis en vie. Peut-être plus pour très longtemps. L'eau coulait encore dans une douche. La sienne. La Marquise se mit à gueuler.

— De Gréville ! Ça fait plus de dix minutes ! Alors tu te magnes !

Elle rampa jusqu'à sa cabine, sous l'eau chaude, comme pour revenir à la vie. Le bac prit rapidement la même couleur que le sol. Écarlate. La douleur cruelle lançait entre ses jambes.

D'une main tremblante, elle constata les dégâts. Fut rassurée ; elle était encore entière ! Brigitte n'avait pas réussi à la mutiler irrémédiablement. Juste une plaie. Énorme, lui sembla-t-il. Le couteau avait dû déraper lorsqu'elle avait bougé sa jambe. Au bon moment. Juste à temps. Mais ça faisait atrocement mal, la lame ayant tranché jusqu'à l'intérieur de sa cuisse. L'hémorragie était impressionnante. Elle coupa l'eau, se redressa en prenant appui sur le mur. Solange ouvrit les grilles.

— Alors, de Gréville ? Faut que je vienne te chercher ou quoi ?

Elle se garda bien d'approcher. Le règlement lui interdisait de venir jusque dans les douches sauf en cas de force majeure. Une fois encore, elle n'aurait rien vu, rien entendu.

Dans sa trousse de toilette, Marianne récupéra des Kleenex, les comprima entre ses cuisses. Puis enfila sa culotte. Ses pieds pataugeaient dans le sang. Elle mit ses tongs, inspira profondément. Elle marcha doucement jusqu'aux portemanteaux où étaient suspendus ses vêtements.

La Marquise l'observait en souriant à travers les grilles.

— T'as tes règles ? C'est dégueulasse tout ce sang ! Et dépêche-toi ! Tout le monde t'attend…

Marianne se rhabilla avec des gestes lents et saccadés. Enfin, elle rejoignit les autres, stupéfaites de la voir déjà debout. Marianne leur lança des regards de haine. Brigitte répondit par un rictus perfide. Puis le cortège s'ébranla. Marianne marchait, elle aussi. Juste derrière ses bourreaux. Parce qu'elle n'avait pas d'autre choix. Pourtant, chaque pas lui coûtait une souffrance indicible. D'ailleurs, elle se laissa rapidement distancer. Mais la Marquise prit un malin plaisir à l'attendre en haut de l'escalier après avoir enfermé les autres détenues à l'abri dans leur cellule.

— Alors, de Gréville ? Pourquoi tu traînes comme ça ?

— Elles ont raté leur coup ! annonça-t-elle avec hargne.

— Vraiment ? Moi, j'ai l'impression que c'est réussi…

— Je vais te tuer, salope !

Solange l'empoigna par son tee-shirt, la fit passer devant elle avant de la pousser brutalement jusqu'à la 119. Elles entrèrent toutes deux dans la cellule.

— Tu pourras pas coucher avec ce porc avant un moment, hein de Gréville ? ricana Solange en claquant la porte.

Marianne, pliée en deux, se laissa doucement tomber à terre. Trop épuisée pour combattre. La Marquise avait le champ libre pour finir sa tâche. Elle commença par lui donner un coup de pied dans le ventre. Simple hors-d'œuvre, histoire de la mettre définitivement hors service, de vérifier qu'elle ne se rebifferait pas. Solange flanqua ensuite le baladeur sur le sol. Avant de le piétiner du talon. Au tour du réveil, qui termina sa brève existence en morceaux à côté du lecteur.

Puis Solange revint se planter au-dessus de Marianne,

gisant toujours par terre, sur le flanc. Elle encaissa un choc supplémentaire dans les côtes avant de voir, enfin, sa persécutrice quitter la cellule.

Elle reprit lentement son souffle, les mains crispées sur son abdomen meurtri. Elle sentait le sang chaud couler abondamment entre ses cuisses, le long de sa jambe, la douleur féroce mordre ses chairs. Elle rampa jusqu'à son lecteur CD. Hors d'usage, maintenant.

Alors, Marianne se mit à sangloter. Elle demeura ainsi de longues minutes. Anéantie, blessée, humiliée. Mais il fallait au plus vite stopper l'hémorragie. Avec un courage qui n'avait plus rien d'humain, elle se traîna jusqu'au lavabo pour soigner sa blessure. Elle désinfecta avec du savon, serrant les dents pour ne pas hurler. Fabriqua un pansement de fortune avec ses derniers mouchoirs. Mais le sang refusait de s'arrêter de sourdre. Une serviette hygiénique ferait l'affaire le temps que le flot se calme. Elle renonça à remettre son jean, se réfugia dans son lit. Tremblante des pieds à la tête, le goût de la haine dans la bouche.

***

Cellule 119 – 15 h 55

Monique Delbec ouvrit la porte pour annoncer la promenade. Elle devina Marianne sous la couverture.

— Je viens pas, marmonna une voix à peine audible.

— Qu'y a-t-il ? Vous êtes toute blanche ! Vous souhaitez voir le médecin ?

— Non, merci. C'est rien, je vous assure…

La gardienne fit demi-tour et remarqua les débris sur le sol.

— Que s'est-il passé, ici ?

Marianne ne savait quoi inventer pour la faire partir. Pour souffrir en paix.

— Rien, répéta-t-elle simplement. La table s'est renversée et tout est tombé…

La gardienne fronça les sourcils, ramassa les morceaux éparpillés avant de les poser sur la table. Finalement, elle n'insista pas et referma la porte en même temps que les yeux. Que des ennuis, avec cette détenue.

Marianne replongea en apnée sous les draps. Elle avait peur, en plus d'avoir mal. La Marquise pouvait revenir n'importe quand. Et elle n'était pas en état de l'affronter. Pendant la promenade, elle était théoriquement à l'abri. Mais ensuite ?

Le sang semblait s'être enfin décidé à demeurer à l'intérieur de ses veines. Elle restait immobile, comprimant les mouchoirs sur la plaie. Le seul moyen d'endiguer l'hémorragie. De toute façon, le moindre mouvement de ses jambes était un supplice qu'il fallait éviter. Elle pleurait à intervalles réguliers pour expurger le trop-plein de souffrance. Elle entendit les filles se délasser dans la cour. Parmi elles, ses tortionnaires. Qui jouissaient du soleil, se délectaient de la leçon infligée à Marianne la terreur. Terrorisée sous ses couvertures. La salissure entre ses cuisses.

— Je vous tuerai, murmura-t-elle en mordant son oreiller. Je vous massacrerai toutes…

Il lui faudrait donc souffrir jusqu'au bout. Jusqu'à cette liberté promise. Combien de temps encore ? Le tout était de rester en vie jusque-là.

Épuisée, elle se laissa doucement entraîner vers une somnolence fiévreuse. Luttant contre une armée d'ombres ; visages maléfiques, rires cannibales. À nouveau maintenue sur une table, le couteau dans sa chair. La douleur, les cris, le sang… Elle se mit à gesticuler. À gémir. Ses bras frappaient des ennemies imaginaires. Sous ses paupières closes, ses yeux s'affolaient. Dans sa poitrine, son cœur se déréglait.

Elle s'extirpa de son cauchemar tandis que les détenues remontaient. Agglutinées dans le couloir, elles parlaient fort, leurs éclats de voix piétinant le cerveau exténué de Marianne. Le sang s'était remis à couler. En gigotant, elle avait rouvert la plaie. Mais elle ne trouva pas la force de se lever. Progressivement, le vacarme cessa. Le silence fut encore plus douloureux. Effrayant même.

Elle allait revenir, Marianne en était persuadée. Revenir la torturer. Parce que ni Justine, ni Daniel n'étaient là aujourd'hui. Marianne se cacha dans son terrier. Aux abois. Réprima ses claquements de dents.

Quand elle entendit la clef dans la serrure, la peur s'empara de tout son être. Une main arracha la couverture, Marianne ouvrit les yeux. Elle ne s'était pas trompée.

— Comment ça va, de Gréville ? interrogea la Marquise avec un immonde rictus. Ça doit faire mal, non ?

Marianne se redressa doucement sur le matelas maculé de sang. Se ratatina contre la cloison. Ne pas la provoquer. Lui donner raison. Ramper, s'il le fallait.

— Sors de ton pieu ! ordonna la surveillante. Amène-toi…

La Marquise l'empoigna par un bras, l'arrachant à son lit. À nouveau par terre, aux pieds de celle qui allait sans doute l'achever. Pariotti se baissa pour planter son regard dans le sien.

— C'est moi qui te faisais pitié, hier… C'est bien ce que tu as dit ?

— N… non, balbutia Marianne.

— Non ? Qu'est-ce qui t'arrive ? T'as plus envie de me tuer ? *D'abréger mes souffrances ?* T'as plus le cran, peut-être…

Marianne secoua la tête. Assise par terre, les jambes repliées pour protéger la blessure.

— Tu veux aller voir le médecin, Marianne ? Tu veux te plaindre au chef ? Ou à Justine ? Ou à Monique ?

— Non… Je dirai rien…

— C'est bien, Marianne !

La surveillante saisit sa matraque, Marianne se prépara à subir ce qu'elle n'avait pas mérité. Mais Solange se contenta de lui écarter les jambes avec l'arme. Juste pour le plaisir du spectacle, pour constater les dégâts. Puis elle se redressa et Marianne crut naïvement son calvaire terminé.

Pariotti s'assit près de la table. Posant toujours son regard sur sa proie, comme une insulte de plus. Marianne ne bougeait pas un cil, fossilisée. La gardienne bousilla tous ses paquets de cigarettes, l'un après l'autre. Ça dura de longues minutes. Avec la carafe, elle versait de l'eau dans chaque paquet. Marianne serrait les dents pour museler la violence qui bouillonnait dans ses veines. Quand l'intégralité de la cartouche fut bonne à jeter, elle s'approcha.

— On dirait que t'as baisé pour rien… Et si j'allais chercher Brigitte pour qu'elle termine le boulot ? Elle s'en veut d'avoir échoué, tu peux pas savoir !

— Qu'est-ce que tu veux ? murmura Marianne.

Elle s'accroupit à sa hauteur.

— Te voir crever, voilà ce que je veux… Te faire payer tes crimes, comme tu le mérites !

— La prison est bien pire que la mort, rappela Marianne en la fixant droit dans les yeux.

— Pas faux… Alors, disons plutôt que j'ai envie de te voir souffrir…

Comment pouvait-elle héberger tant de cruauté ? Quel mal la rongeait pour la rendre aussi insensible ? Aussi monstrueuse ?

— Je t'avais promis que j'allais te briser, de Gréville… Tu t'en souviens ? Eh bien, ce n'est que le début. Tu vas crever, mais doucement… À petit feu… Plus c'est long, plus c'est bon, n'est-ce pas, Marianne ?

Elle grelottait de froid. Sauf entre les jambes où elle avait l'impression de cuire.

— Tu trembles ? Tu as froid ? Sans doute la fièvre… Mais je crois que c'est plutôt la peur… Tu as peur, Marianne ?

— Oui…

Si dur de se rabaisser ainsi… Mais c'était le seul moyen d'être encore en vie quand elle quitterait la cellule. Car elle était capable de tout. Même de la tuer à coups de matraque. Que risquait-elle, après tout ? Elle arguerait la légitime défense. Le passif de Marianne plaiderait en sa faveur. Elle écoperait d'une mutation, d'une mise à pied. Au pire, d'une radiation. Pas de quoi se priver, alors… La Marquise semblait proche de l'extase. Ses prunelles pétillaient d'une jouissance malsaine.

— Habille-toi, ordonna la gardienne en lui balançant son jean à la figure. On va aller faire un petit tour, toutes les deux…

— J'peux pas marcher ! gémit Marianne.

Panique dans la voix.

— T'inquiète, je te traînerai par terre s'il le faut ! Habille-toi, sinon…

Elle fit rebondir la matraque dans le creux de sa main, Marianne se remit debout. Elle enfila son jean, grimaça de douleur au moment d'en remonter la fermeture éclair. La Marquise la plaqua contre le mur et lui menotta les poignets dans le dos.

— Qu'est-ce que tu fais ?

La matraque s'enfonça doucement dans ses reins.

— À partir de maintenant, je t'interdis de me tutoyer, compris ?

Empoignant sa prisonnière par un bras, elle l'obligea à quitter la cellule. Marianne tentait de ne pas s'affoler. Elle pria pour que leur chemin croise celui de Monique. Quelqu'un à appeler au secours. Mais la prison semblait soudain complètement déserte. Comme si le hasard se faisait complice.

— Où tu m'emmènes ?

Coup de matraque dans le dos. Léger, juste un avertissement.

— Où vous m'emmenez ? rectifia Marianne.

— Je te trouve très sale…

Les douches. Elle aurait dû y penser plus tôt. La grille s'ouvrit et Marianne fut jetée à l'intérieur de la pièce carrelée. La gardienne entra avec elle, referma aussitôt.

— Tu vas m'effacer toutes les traces de sang que tu as laissées ce matin, exigea la Marquise.

— Je ne peux pas nettoyer avec les mains attachées…

— Si. Je pourrais te faire lécher le sol ! Qu'est-ce que tu en penses ? Oh ! Mais… On dirait que Gréville la sanguinaire est sur le point de chialer comme une vulgaire petite pisseuse ! Retourne-toi, je vais t'enlever les pinces…

Marianne obtempéra, la surveillante la saisit à la nuque et l'écrasa contre les carreaux.

— C'est qui la plus forte de nous deux ? Qui détient le pouvoir, ici ?

— C'est vous…

— Heureuse de te l'entendre dire… ! Maintenant, récure-moi toute cette merde. Que ce soit nickel, compris ?

— Oui…

Solange ouvrit le placard qui renfermait les ustensiles de ménage. Marianne, munie d'un seau, d'une bouteille de Javel, d'une serpillière et d'un balai, entreprit de nettoyer l'allée desservant les douches. Chaque mouvement déclenchait une morsure brutale. Elle manqua plusieurs fois de s'évanouir. La vue de son propre sang, répandu sur le sol et même sur les murs… Les odeurs âcres de moisissure mêlées à celle de la Javel… La fièvre, la douleur… Le regard de Solange, comme le pire des outrages.

— Tu décrasses aussi les douches, précisa la surveillante en prenant un bonbon dans sa poche. Ma copine Brigitte était de corvée de ménage, aujourd'hui. Mais elle est un peu fatiguée… Et puis c'est toi qui as sali, après tout. Normal que tu fasses le ménage.

Dix douches à décaper. Jamais elle n'y parviendrait. Elle allait forcément s'écrouler avant. Elle s'attela quand même à la tâche. Puisant au fond d'elle des ressources insoupçonnées. Plus vite je finis, plus vite je retourne dans mon lit…

Devant le dixième bac en porcelaine, Marianne s'arrêta un instant. Signaux de détresse. Accrochée à la cloison, elle ferma les yeux. Ça continuait à tanguer.

— T'attends quoi pour finir ? hurla Pariotti.

Marianne sursauta. Puis elle reprit son travail de forçat. Elle avait la nausée bien qu'elle eût l'estomac vide depuis la veille. Elle rinça les murs, le bac… Enfin fini. Elle rangea les ustensiles dans le placard.

— Tu as terminé, Marianne ? Tu es sûre ? Tout est nickel ?

— Oui !

— Je vais vérifier, tu veux bien ?

La gardienne arpenta l'allée étroite et inspecta chaque douche.

— Viens un peu par ici ! ordonna-t-elle. Il reste du sang, là…

Marianne approcha. Une trace minuscule maculait encore le sol.

— Nettoie…

Marianne sentit éclore la révolte dans ses tripes. Comme une vieille habitude.

— Faut un microscope pour le voir ! rugit-elle.

— Non, puisque je l'ai vu. Nettoie !

Marianne, à quatre pattes, tenta d'enlever la trace

431

avec son doigt brûlé par la Javel. Ça s'était incrusté dans un joint, entre deux carreaux. La rébellion grandissait, doucement. Qu'est-ce que je fous à quatre pattes ? Pourquoi j'obéis à cette espèce de cinglée ? Je suis plus forte qu'elle.

— Ça part pas, dit-elle en se redressant. Et puis va te faire foutre, maintenant !

La Marquise l'empêcha de se remettre debout, lui écrasa le visage sur le sol. Marianne se débattit mais ses forces l'abandonnèrent rapidement. Sa tortionnaire lui labourait toujours le dos, elle crut que ses vertèbres allaient se briser comme du cristal. Impossible de faire le moindre mouvement.

— Arrêtez, merde !

La Marquise cessa enfin, Marianne resta à terre un moment. Elle se tourna lentement sur le dos. Le décor valsait de plus en plus. Des points multicolores clignotaient devant ses yeux. Elle était paralysée. Solange en profita pour écarter ses jambes. Pour appuyer de tout son poids, juste sur la plaie, avec la semelle de sa chaussure. Marianne se rétracta sur sa douleur comme si elle rentrait dans une carapace imaginaire, elle pressait ses mains sur la blessure, se vidait de son sang. Spectacle exquis pour Pariotti dont le regard explosait d'une joie obscène. La matraque s'abattit plusieurs fois sur les bras érigés en bouclier. Heurta les épaules, les jambes. Marianne ne trouvait même plus la force de crier. Elle se contentait de gémir. L'autre semblait en transe, incapable de se dominer. Elle frappait, insultait. Enragée de plaisir.

Marianne coula subitement à pic dans un trou noir.

La Marquise remplit le seau d'eau glacée et le jeta à la face de sa prisonnière évanouie. Sursaut, cri d'épouvante. Marianne rouvrit les yeux. Quelques secondes de répit seulement. Retour en enfer.

Un ultime effort pour se décoller du sol, s'adosser

au mur. Un froid abominable lui brûlait le visage. Ses paupières voulaient se fermer. Oublier ce visage sanguinaire.

— Réveille-toi, salope ! beugla la matonne.

Nouveau coup, aucun mouvement pour l'éviter. En pleine tête. Le cerveau percuta la boîte crânienne. Pariotti semblait avoir perdu tout contrôle. Elle se vengeait de la terre entière, se vautrait dans la barbarie avec une frénésie sanguinaire. Marianne encaissa encore plusieurs chocs avant de retoucher le sol. Cassée en deux sur son tourment sans fin. La mort était bien au rendez-vous, ce soir. Prête à capituler, à partir dans l'autre monde, Marianne voguait dans une autre dimension.

Solange souleva sa tête en la prenant par les cheveux. Marianne rouvrit les yeux.

— Je veux que tu me supplies, saleté ! T'entends ? T'entends, de Gréville ? hurla-t-elle à nouveau.

La gardienne la redressa avec une force masculine.

Marianne était maintenant à genoux. Il lui suffisait de se souvenir des mots. De se plier à cette dernière torture. Ça ou mourir, elle ne savait plus très bien.

— Je veux que ça s'arrête, implora-t-elle en tournant de l'œil.

— Tu vas ramper devant moi, espèce de garce !

Ce n'était même plus une voix humaine. Une sorte de cri infernal. Marianne tenait à genoux comme par miracle. Les yeux divaguant sur le sol à nouveau rougi par son sang.

Une seule envie, s'allonger par terre et attendre la fin. Mais l'autre ne la laisserait pas abandonner.

— Je t'écoute !

— Arrêtez…

— C'est pas ça que je veux entendre ! Je veux que tu me supplies ! T'as compris ?

Plus de force. Presque plus de vie.

— Je vous en supplie !

L'autre se tortillait de plaisir devant elle. Ignoble. Elle en voulait encore. Désirait entendre un mot, un seul. Marianne capitula.

— Pitié ! gémit-elle entre deux sanglots de dégoût.

Orgasme dans le corps adverse. La Marquise passa la matraque sous son menton pour la forcer à affronter son visage. Mais les yeux de Marianne roulaient comme des billes. Incapables de fixer quoi que ce soit.

— Si Daniel te voyait, ma pauvre Marianne ! Ça le ferait vomir !

— Pitié…

— Va falloir que tu me nettoies tout ce sang, de Gréville… !

— Pitié !

Marianne était conditionnée. Un seul mot devait sortir de sa bouche. *Pitié* et rien d'autre. La Marquise retira la matraque, elle bascula en avant.

— Allez, debout ! enjoignit la surveillante.

Debout ? Comment intimer l'ordre à la machine cassée ?

— Si tu veux retrouver ta cellule, tu te lèves ! Sinon, je te laisse crever ici !

Marianne essaya de se souvenir. La cellule, le silence. Le matelas, chaud et confortable. Oui, c'était bien cela dont elle rêvait. Elle se redressa lentement vers l'arrière, leva un bras, s'agrippa à la table. Chaque geste lui infligeait un électrochoc. La jambe qui se déplie. Le miracle. Elle était sur ses pieds. Comme sur le fil d'un équilibriste.

Pariotti l'attacha à elle à l'aide des menottes puis la traîna jusque dans le couloir. Première chute. Marianne vomit un peu de bile, un peu de sang. La Marquise la releva brutalement.

Les couloirs, interminables. Il faisait si sombre, tout à coup. L'escalier, dernier effort. Marianne chuta à nouveau, son genou percuta l'angle métallique de la marche, elle redescendit à plat ventre. Poussa un cri.

— Ta gueule ! ordonna la Marquise en tirant sur la chaîne.

Le palier, enfin… Plus qu'une ligne droite, la série des portes et des numéros… 119, terminus. Et si elle m'achève, une fois dedans ? Les deux femmes entrèrent, Marianne s'écroula aussitôt. La surveillante détacha son poignet et referma la porte. Marianne ouvrit une paupière. Le monstre était encore là. Le cauchemar n'aurait donc pas de fin, aujourd'hui. La Marquise la menaça doucement. D'une voix gorgée de maléfice.

— Si tu parles, de Gréville, si tu m'accuses, je reviendrai… Mais cette fois, je taperai plus fort… et j'ordonnerai aux filles de finir le boulot ! De t'enfoncer le couteau jusqu'au fond !

— Non ! Je dirai rien… Je dirai rien…

— Je vais faire de ta vie un enfer. Le chef est à ma botte, tu vas morfler !

Marianne fondit en larmes. Enfin, Pariotti se retira. Silence après le tremblement de terre. Gémissements des rescapés, enfouis sous des tonnes de gravats, privés de lumière. D'espoir. Regrettant d'être encore en vie…

Marianne resta longtemps sans bouger. Perdant connaissance, se réveillant. Son corps semblait mort, son esprit en proie à la folie. Parfois, ses lèvres s'ouvraient au milieu de son délire. Pour murmurer un mot. *Pitié.*

Comme si l'autre était encore là avec sa matraque.

Lorsqu'elle reprit conscience, il faisait nuit. Personne n'était venu. Pas même pour apporter le dîner. La Marquise avait oublié la 119 au moment de servir le repas. Elle bougea un bras, rampa sur les coudes jusqu'à la chaise. S'en servit pour s'agenouiller, d'abord. Nausée fulgurante. Il lui fallut près de dix minutes pour sentir le sol sous ses pieds. Elle marcha lentement, une épaule collée au mur pour ne pas retomber. Alluma la lumière de la cellule. Vit le sang par terre. Celui qui continuait à couler entre ses jambes. Par sa bouche. Sur sa nuque, aussi. Elle était en train de se vider, saignée comme un animal sur l'autel. Elle se plia en deux, vomit à nouveau. Une sorte de liquide rougeâtre.

La tempête calmée, elle se traîna jusqu'aux toilettes. En retirant son pantalon, elle constata qu'il était foutu. Décoloré par la Javel, imprégné de sang. Ça pouvait paraître anodin, surtout dans un pareil moment ! C'était pourtant grave. Elle n'avait que deux jeans. Comment allait-elle faire à la prochaine lessive ? Mais serait-elle encore en vie à la prochaine lessive ? Elle se lava, une fois encore. Dénicha un paquet de Kleenex dans les affaires qui restaient d'Emma ainsi qu'une serviette hygiénique.

Son corps était pourfendu d'ecchymoses, son crâne avait enflé. L'envie de vomir lui retournait les tripes par séquences régulières. Elle enfila un tee-shirt propre, essuya tant bien que mal le sang sur le sol, regroupa tous les mouchoirs imbibés de rouge dans un sac plastique qu'elle planqua derrière la cuvette. Ultime effort.

Puis elle se réfugia sous la couverture. Quelque chose cognait dans sa tête, un maillet qui cherchait à lui fêler le crâne. Elle se replia sur elle-même et demeura immobile. La souffrance dans la peau, la peur attelée au ventre. Surtout, ne rien dire. Si je parle, elle recommencera. Si je parle, Daniel m'enverra à l'hosto. Et je ne pourrai pas me rendre au parloir. La Marquise ne doit pas savoir que j'ai un parloir la semaine prochaine ! Elle m'empêcherait d'y aller…

Ses claquements de dents rythmaient le purgatoire. Son oreiller fut rapidement saturé de larmes. Chaque pas dans le couloir la glaçait d'effroi. Ça lui rappelait le cachot, en centrale. Envie de mourir. D'une délivrance certaine. Mais elle songea à sa liberté prochaine. S'accrocha à ce qui restait de vie en elle…

Puis elle sombra à nouveau, tête la première dans une divagation comateuse, bien pire que la réalité. Des bêtes lui soufflaient leur haleine fétide au visage. Des mains armées l'éventraient. Des ombres serraient son cou jusqu'à l'étouffer. Écrasaient ses membres jusqu'à les briser. Elles furent nombreuses à entendre ses hurlements terrifiés, cette nuit-là.

Une surveillante dormit peu, cette nuit-là. Elle passa beaucoup de temps à regarder par la trappe de la 119. À écouter sa proie agoniser dans l'obscurité. Avec des frissons de plaisir jusque dans la tête.

Jeudi 23 juin – Cellule 119 – Lever du jour

Des heures à délirer, à cauchemarder. Les mains crispées sur la couverture, le front brûlant, les pieds glacés.

Marianne reprit conscience. Il faisait jour, elle avait donc survécu à cette nuit d'horreur.

Elle avait soif, elle repoussa les draps. Eut l'impression de tomber dans une mare gelée. Elle commença par s'asseoir. Un bal dément, la table qui entamait une farandole avec les chaises. Elle trouva appui contre le mur, arriva ainsi jusqu'au lavabo. Se pencha pour étancher sa soif au robinet, passer de l'eau fraîche sur son visage pour y éteindre le feu. Il fallait aussi aller aux toilettes. Elle enleva les mouchoirs qui protégeaient la plaie. Se mordit la main pour étouffer ses plaintes au moment où sa vessie se soulagea. Il fallait encore se laver, éviter l'infection à tout prix. Celle qui pourrait la tuer. Le sang recommença à couler, le dernier paquet de mouchoirs y passa.

Puis elle récupéra son deuxième jean dans le casier, le seul qui lui restait désormais. Elle devait s'habiller, paraître normale aux yeux de tous. Bien sûr, elle éviterait les promenades.

Elle enfila le pantalon, un tee-shirt blanc, une chemise en jean. Se coiffa, tant bien que mal. Puis planqua les débris du lecteur et du réveil sous son lit. Elle ouvrit les paquets de cigarettes pour en trouver une encore consommable. Elle en sauva cinq du naufrage, les mit de côté. La cartouche disparut aussi sous le sommier.

Elle s'assit à table, s'accorda une Camel. Contrôler les tremblements, ne faire aucune grimace de douleur. Éviter de marcher devant les matonnes ou le chef. Ne pas gémir, ne rien montrer. Ne pas risquer une semaine d'hôpital.

Je dois être au rendez-vous, mercredi prochain. Rien d'autre ne compte.

La fièvre chauffait son crâne, frigorifiait son corps. Une flamme lui brûlait l'entrejambe. La faim lui serrait le ventre, lui filait le vertige. L'anémie la rendait aussi faible qu'un agneau de lait. L'impression d'être passée sous un rouleau compresseur. D'ailleurs, c'était presque ça. Passée à tabac.

Elle noua un bandana autour de son cou pour cacher une trace bleue, baissa ses manches pour dissimuler les cercles noirs sur ses poignets. Mais il restait un hématome sur sa pommette. Celui-là resterait visible, comme la partie immergée de l'iceberg. Elle lui trouverait bien une explication.

Elle se rallongea pour attendre l'heure du petit déjeuner. Tenta de ne pas sombrer à nouveau.

À sept heures dix, Justine lui lança un chaleureux bonjour.

— Salut, répondit Marianne en se redressant.

La Mama déposa le plateau sur la table, adressa un clin d'œil à Marianne qui répondit par un merci. Justine s'attarda. Marianne, toujours assise sur le rebord du lit, pria pour qu'elle s'en aille.

— T'es déjà habillée ? s'étonna la surveillante.

— Ouais, j'me suis réveillée de bonne heure…

— Ah… Tu viens t'asseoir ?

Justine s'était attablée. Marianne se leva, réprimant un gémissement de douleur. Elle s'installa face à son amie, tourna la cuiller dans sa chicorée. Puis tartina le pain et l'engloutit en deux bouchées.

— Eh ben ! T'avais faim ! Je te trouve très pâle, ce matin… Tu te sens bien ?

— Oui… J'ai mes règles, c'est pour ça…

La gardienne la dévisagea alors avec attention. Malgré le contre-jour, elle avait enfin remarqué la contusion.

— C'est quoi ce bleu ?

— Je me suis cassé la gueule hier… J'ai glissé et je me suis viandée sur le lavabo.

— Merde… T'as une clope pour moi ?

Marianne lui montra les quatre cigarettes alignées sur la table.

— C'est tout ce qu'il te reste ? La cartouche était à moitié pleine, avant-hier…

— Non, elles sont dans mon casier… Vas-y, sers-toi…

Marianne avala son bol d'eau chaude colorée. Elle avait encore si faim qu'elle aurait bouffé n'importe quoi. Elle prit une cigarette à son tour. Comme toujours après le faux café. Paraître naturelle. Elle tendit le bras pour attraper le briquet sans remarquer que la manche de sa chemise était remontée. Justine bloqua sur la trace noirâtre qui tatouait un étrange bracelet sur sa peau blanche.

— Marianne ? C'est quoi, ça ?

Marianne redescendit sa manche en vitesse.

— Rien…

Justine soupira.

— T'es pas très bavarde, ce matin.

— J'ai mal dormi, c'est tout…

La surveillante écrasa son mégot dans la coupelle en aluminium. Marianne espéra retrouver rapidement la solitude. Justine se leva, s'étira. C'est alors que son regard tomba sur une tache rouge, au pied de la table. Elle se pencha, fronça les sourcils.

— On dirait du sang…

Marianne ferma les yeux. Le cauchemar continuait.

— Je sais pas… Je vais faire le ménage de toute façon…

— T'es sûre que ça va ? T'as froid ?

— Non, pourquoi ?

— Pourquoi t'as mis un bandana autour du cou, alors ?

Les nerfs de Marianne cédèrent d'un seul coup. Elle avait tellement envie d'avouer, de se soulager.

— Putain ! Tu vas m'emmerder longtemps avec tes questions ? Tu me fais chier avec ton interrogatoire, à la fin ! On dirait la Gestapo !

La déception, puis la colère ridèrent le visage de la gardienne.

— Tu n'as pas à me parler comme ça, Marianne !

— T'as qu'à me foutre la paix !

— Je suis sûre que tu me caches quelque chose !

— Rien du tout ! s'emporta Marianne. Tu délires, c'est tout !

Elle laissa échapper un gémissement de douleur. Se sentant partir, elle se retint à la table. Justine voulut la soutenir, Marianne la repoussa avec brutalité.

— Tu sors de ma cellule ou je te sors moi-même ?

Justine trouva Daniel en train de boire son café. À sa tête, il comprit que quelque chose clochait.

— Je voudrais te parler de Marianne… Elle est bizarre, ce matin.

— Pourquoi, y a des matins où elle n'est pas bizarre ? répliqua-t-il en jetant un œil à son journal.

— Je suis sérieuse.

Il mit le canard de côté, se concentra sur la jeune surveillante.

— Je suis restée un peu avec elle pour le café, comme souvent… Elle semblait mal à l'aise que je sois là. J'ai remarqué qu'elle avait un bleu sur la joue, je lui ai demandé pourquoi… Elle prétend avoir glissé et s'être tapée contre le lavabo.

— Tout cela n'est pas bien méchant… Elle a toujours un bleu quelque part de toute façon !

— J'ai remarqué ensuite des traces sur son poignet droit…

L'instinct du chef commença à se positionner sur le mode alerte.

— Là, elle n'a pas trouvé d'explication… Et puis après, j'ai vu du sang séché, par terre… Je l'ai questionnée, elle a pété une durite ! Paraît que je la fais chier avec mes questions ! Elle m'a même menacée si je ne quittais pas la cellule.

— Elle t'a menacée ? Toi ?

— Oui… Je te jure qu'elle est bizarre ! Je l'ai trouvée tout habillée, ce matin. Elle porte un foulard autour du cou, comme si on était en plein hiver. Et quand elle a voulu se lever, elle a failli tomber, elle a même crié. Comme si elle avait mal, tu vois… J'ai l'impression qu'elle est malade ou blessée… Et qu'elle ne veut surtout pas qu'on le sache.

— Tu pourrais peut-être retourner la voir, proposa Daniel. Lui parler encore.

— J'ai peur qu'elle ne devienne violente, avoua Justine.

— Bon, alors on y va ensemble… Je finis ma clope et on lui rend une petite visite.

Marianne essayait de se rendormir mais ses nerfs refusaient de se démêler. Je n'aurais jamais dû parler à Justine sur ce ton ! Je suis vraiment stupide !

Quand Daniel et la surveillante franchirent le seuil de son cagibi, elle comprit que les problèmes s'annonçaient. Elle décida de rester sous la couverture.

— Salut, Marianne ! attaqua le gradé. Paraît que t'es de mauvais poil ce matin ?

— C'est parce que j'ai mes règles ! argua-t-elle avec impudence.

— J'aimerais qu'on discute un peu tous les trois. Alors, debout...

— J'ai pas envie de discuter, pas envie de me lever. Juste envie de dormir !

— Arrête, Marianne... Lève-toi... Avant que je m'énerve.

Elle soupira et se résigna. Elle se redressa sur le lit, prenant soin de remonter la couverture pour cacher le sang qui imprégnait les draps blancs.

— Bon, voilà, je suis levée ! lança-t-elle avec humeur. Alors ? De quoi voulez-vous qu'on parle ?

— J'aimerais que tu m'expliques pourquoi tu as menacé Justine tout à l'heure...

Marianne jeta un œil furibond à la gardienne.

— C'est pas beau de rapporter !

— Ça suffit ! coupa le chef d'un ton irrité.

Marianne croisa les bras, serra les jambes. Il se pencha vers elle, lui releva le menton.

— C'est quoi cette ecchymose sur ton visage ?

— J'l'ai déjà dit ! Je suis tombée... Ça vous arrive jamais de tomber, chef ?

Il la força à se mettre debout. Elle ne put contenir un bref gémissement. Mais qui n'avait pas échappé à l'oreille aiguisée du gradé.

— Qu'est-ce qu'il y a Marianne ? Je t'ai fait mal ?

— Non...

Il l'examinait de la tête aux pieds, la sondait aux rayons X, tournant autour d'elle pour la mettre mal à l'aise.

Et, soudain, il arracha le bandana autour de son cou, dévoilant la marque violette sur sa gorge.

— Et ça, c'est quoi ? C'est le lavabo qui a essayé de t'étrangler ?

— Très drôle, chef !

— Qui t'a fait ça ?

— Personne.

Daniel inspecta la cellule. Il s'arrêta sur la trace rouge oubliée au pied de la table. Derrière la cloison, il vit le sang près du lavabo et dans la cuvette des toilettes. Il ressortit avec le sac plastique dans une main, le jean dans l'autre, jeta le tout aux pieds de Marianne.

— Et ça ? Tu expliques ça comment ? Un sac entier de mouchoirs pleins de sang… Un pantalon plein de sang également.

— J'ai mes règles ! Vous êtes sourd ou vous faites exprès de pas comprendre ?

— Tu devrais aller consulter le médecin ! Parce que ça ressemble plutôt à une hémorragie !

— Je savais pas que vous étiez aussi gynéco, *chef* !

— OK. Puisque tu veux rien dire… Justine, fouille cette détenue, s'il te plaît.

La colère explosa dans les yeux de Marianne.

— Vous n'avez pas le droit ! s'offusqua-t-elle.

— Article six du règlement intérieur, rétorqua sèchement le gradé. Je peux demander une fouille n'importe quand. Sur n'importe quelle détenue. Selon mon bon vouloir…

Justine s'avança, Marianne recula.

— Toi, tu t'approches pas !

Le chef haussa le ton.

— Tu lèves les bras et tu écartes les jambes !

— Allez vous faire foutre !

Daniel lui répondit en souriant :

— Article sept du règlement…

— Tu vas me réciter ton putain de règlement en entier ? vociféra Marianne.

— Article sept du règlement, poursuivit posément le

chef. Le refus par un détenu de se soumettre à la fouille peut entraîner un placement en quartier disciplinaire de trois à sept jours… Autrement dit, tu seras au cachot mercredi prochain et tu rateras ton parloir.

— Enfoiré !

— Si tu rajoutes l'insulte par-dessus le marché, ça sera une bonne dizaine de jours…

— Lève les bras, Marianne, conseilla Justine d'une voix plus douce.

Marianne assassina Daniel du regard, mit les bras derrière la nuque. Serra les mâchoires aussi fort que possible. La surveillante commença par palper le haut de son corps. Sur une côte, ce fut insupportable. Marianne tressaillit. Justine pressa ses mains autour de la taille, sur les fesses.

— Écarte les jambes Marianne, demanda-t-elle.

Justine commença par la jambe droite, une main à l'intérieur de la cuisse, l'autre à l'extérieur. Elle descendit jusqu'à la cheville. Puis passa à la gauche. Marianne se concentra au maximum.

Mais quand les mains appuyèrent sur sa plaie, elle hurla tout en repoussant violemment l'agresseur. Justine termina sur les fesses, Marianne recula jusqu'au mur, pliée en deux.

Daniel aida la surveillante à se relever puis s'approcha de Marianne.

— OK, on arrête de jouer ? Déshabille-toi…

Elle le dévisagea avec panique.

— Vous n'avez pas le droit !

— Moi non. Mais Justine, oui… Seulement, j'ai peur pour sa sécurité alors je vais rester dans le coin. Tu vires ta chemise et ton jean… Sinon, je le fais moi-même.

Justine, terriblement embarrassée, décida tout de même de fermer les yeux sur l'entorse au règlement. De suivre son supérieur.

— C'est bon, capitula Marianne. Je me suis battue…
Dans les douches.

— Tu t'es battue, hein ? Et tout ce sang, c'est quoi ?

Il fallait trouver une issue de secours.

— C'est rien… J'ai pris un coup de couteau… Sur la
cuisse. Mais c'est juste une éraflure.

— Une éraflure qui a beaucoup saigné, on dirait…

— C'est déjà un souvenir, assura Marianne.

— Un souvenir encore très douloureux ! Avec qui tu
t'es battue ?

— Je balance pas !

— Je veux les noms des filles qui avaient un couteau.

— Je ne suis pas une donneuse !

Daniel réfléchit un instant.

— Où est ton réveil ? interrogea-t-il soudain.

Marianne resta bouche bée. Elle dirigea son regard
vers le lit, un dixième de seconde. Mais c'était déjà
trop. Il inspecta le dessous du sommier, en ressortit les
débris du réveil, du baladeur et la cartouche de Camel.
Il ouvrit un des paquets. Justine observait la scène avec
une angoisse grandissante. Daniel colla un morceau du
lecteur de disques sous le nez de Marianne.

— Et ça ? C'est quoi ?

— C'est mon baladeur. Je l'avais posé par terre, j'ai
marché dessus en me levant cette nuit.

Il l'empoigna par les épaules.

— Tu arrêtes de te foutre de ma gueule, maintenant !
rugit-il. Tu vas aussi me dire que tu as écrasé ton réveil
et que tu as fait tremper tes clopes, c'est ça ?

— Laissez-moi !

— Tu vas nous dire ce qui s'est passé, oui ou merde ?

Il la lâcha, respira profondément pour se maîtriser. Il
s'adressa à Justine.

— Je la tiens, tu la déshabilles…

Marianne recula jusqu'au mur tandis que Daniel
s'approchait.

— Ne nous oblige pas à te faire mal, Marianne…

Elle baissa les yeux. Elle avait perdu. Elle se résigna à déboutonner sa chemise.

— Vire le tee-shirt, aussi…

Marianne obéit encore. Justine porta une main devant sa bouche. Effrayée. Daniel serra une main sur le montant du lit.

— Le pantalon, ordonna-t-il en cachant son désarroi sous un masque de fer.

Elle s'exécuta. Encore des traces de coups. Et la compresse gonflée de sang entre ses jambes. Le chef ramassa la chemise, la lui donna.

— Ça va, rhabille-toi.

Elle la lui arracha brutalement des mains.

— Tu ne t'es pas battue, Marianne… Tu t'es fait massacrer, c'est pas la même chose ! Tu vas tout nous raconter. J'y passerai la journée, s'il le faut…

— Foutez-moi la paix ! gémit Marianne en se réfugiant sur le lit.

— Qui t'a amenée à la douche, hier ? Monique ou Solange ?

— Solange… Mais elle n'a rien vu… Elle était dehors, ça s'est passé au fond de la pièce.

— Qui a cassé ton réveil ? Et ton lecteur de disques ? Qui a bousillé tes paquets de clopes ? C'est Pariotti, n'est-ce pas ?

— Tu dois nous raconter ce qui s'est passé ! implora Justine.

— Qui t'a fait ça, Marianne ? reprit Daniel. Qui t'a torturée ?

Torturée… Marianne sentit les larmes monter doucement jusqu'à ses yeux.

— Je peux rien dire, sinon, ça recommencera…

— On te protégera !

— Ah oui ? s'écria-t-elle avec colère. Vous m'avez protégée, hier ?

— Calme-toi et raconte…

Marianne se balançait d'avant en arrière sur son lit. Froissant entre ses mains son jean qu'elle n'avait pas eu la force de remettre. Le chef souleva la couverture, découvrant les draps ensanglantés.

— Il faut que tu voies le médecin… Tout de suite.

— Non ! Je veux pas voir le toubib !

— Il le faut, fit Justine en venant près d'elle.

Marianne étouffait entre ses deux anges gardiens, elle se mit à pleurer franchement.

— Pourquoi vous ne me laissez pas tranquille ? C'est déjà assez dur comme ça !

— On ne partira pas tant qu'on ne saura pas ce qui s'est passé ici, s'entêta Daniel. Alors plus vite tu avoues, plus vite on te laisse te reposer…

— Je… J'aurai mon parloir, mercredi prochain ?

— Pourquoi non ? s'étonna-t-il.

— Jurez-moi que vous n'allez pas m'envoyer à l'hosto !

— Ce n'est pas moi qui décide, c'est le médecin. Mais si tu y vas aujourd'hui, tu seras sans aucun doute de retour avant le début de la semaine prochaine…

— Si je parle, elle me tuera…

— Elle ne tuera personne ! s'impatienta Daniel. Ça, je peux te le promettre !

Marianne se mura à nouveau dans le silence.

— Écoute-moi bien ; nous perdons tous notre temps. Au cas où tu n'aurais pas encore compris, je ne quitterai pas cette cellule sans savoir ce qui t'est arrivé hier…

— Mais vous répéterez pas à Solange que j'ai balancé, hein ?

— Je ferai ce que j'ai à faire ! Parle, maintenant !

Elle baissa les yeux. Tordit ses mains l'une contre l'autre.

— Je ne me sens pas bien, murmura-t-elle. Vous auriez pas une clope pour moi ?

Il tira un paquet de sa poche. Conscient qu'elle

essayait de gagner du temps. Marianne commença à livrer quelques mots.

— Elle est venue me chercher pour la douche... J'étais étonnée parce que Justine m'y avait déjà emmenée mardi matin... Mais elle m'a expliqué que le directeur avait décrété qu'en été, ce serait une douche par jour.

— Ben voyons ! Et t'as gobé ça ?! Bon... Ensuite ?

— Ensuite... Je ne me suis pas méfiée... J'étais en train de me laver et...

Elle cessa sa confession. Daniel émit un soupir d'agacement.

— Continue, Marianne...

Et soudain, elle se libéra. Le chef marchait lentement dans la cellule en écoutant son effrayant récit. Justine avait pris sa place sur le lit, un bras sur les épaules de la jeune détenue.

L'attaque dans les douches, la tentative d'excision. Les coups de la Marquise. Ses paroles. Et puis la fin de l'après-midi, le nettoyage forcé des douches. Les coups, à nouveau.

— Elle... Elle a exigé que je la supplie... Je l'ai fait.

Marianne fondit à nouveau en larmes, Justine caressa ses cheveux.

— J'étais à genoux, je lui demandais pitié ! Elle avait l'air de prendre son pied ! Putain !

Daniel fumait cigarette sur cigarette. Prêt à exploser.

— Elle m'a menacée de... Que si je parlais, ça recommencerait... Et j'ai perdu connaissance... Je me suis réveillée alors qu'il faisait nuit.

— Monique n'est pas venue t'apporter le repas du soir ? s'étonna Daniel.

— Personne n'est venu... J'ai rien bouffé, hier... J'ai bouffé que de la matraque...

Voilà, c'était enfin terminé. Le gradé écrasa sa cigarette d'un geste nerveux.

— Justine, tu vas chercher le toubib. Moi, je m'occupe de Pariotti.

— Non ! hurla Marianne avec effroi. Faut pas aller la voir !

Il ne répondit même pas et claqua la porte de la cellule avec violence.

Dans le couloir, Daniel croisa Monique qui prenait son service. Il oublia de la saluer.

— C'est vous qui avez amené les repas du soir, hier ? demanda-t-il durement.

— Non. C'est Solange…

— Et vous avez vu Marianne ?

— Marianne ? Je l'ai vue avant la promenade de l'après-midi mais elle a refusé de descendre…

— Vous n'avez rien remarqué ? Vous avez de la merde dans les yeux ou quoi ?

La gardienne resta bouche bée.

— Marianne a été torturée, hier ! Et vous ne vous êtes aperçue de rien !

— Torturée ? Par qui ?

— Par votre chère collègue Pariotti !

— Solange ? Mais… Impossible, voyons !

— Elle a failli crever ! ajouta le gradé. Où est Pariotti ?

— Elle vient de partir. Elle était dans les vestiaires, en train de se changer, il y a cinq minutes…

Le chef partit en courant laissant Monique abasourdie dans la coursive. Il dévala l'escalier en quatrième vitesse, croisa le toubib qui montait au 119. Il respira un bon coup devant la porte du vestiaire féminin. Capable de tout. De n'importe quoi. Même du pire. Il devait absolument se contrôler.

Il entra. Solange sortait de la douche, une serviette enroulée autour du corps. Elle fut tellement surprise de le voir en ces lieux qu'elle poussa un cri aigu.

— Vous vous êtes trompé de porte, chef !

450

— Ta gueule ! Je viens de voir Marianne, elle m'a tout avoué, pour hier ! Tout ce que tu lui as fait subir…

— Moi ? Mais je ne vois pas de quoi vous parlez, chef… ! Cette folle a encore menti !

Il la plaqua violemment contre la rangée de casiers métalliques. Ça résonna bizarrement. Il avait collé un bras sous sa gorge, elle essaya de le faire lâcher. Lui lacéra les avant-bras avec les ongles.

— Tu vas le payer très cher, espèce de pourriture ! Je pourrais te faire la même chose, qu'est-ce que t'en dis ?

— Touche-moi et j'envoie les photos à ta femme, gros con !

Il l'écrasa encore un peu plus.

— Rien à foutre des photos ! Je ne te laisserai pas massacrer Marianne !

La Marquise se débattit si fort que la serviette tomba. Le chef baissa les yeux et profita du spectacle avec un inquiétant sourire.

— Tu sais que t'es pas mal ?

Avec sa main libre, il remonta le long de sa cuisse. Elle ferma les yeux, s'étrangla de peur.

— Ouais, vraiment bien roulée, murmura-t-il dans son oreille.

Il desserra un peu son étreinte, frôla son visage avec ses lèvres. Elle reprit confiance.

Peut-être était-ce le moment tant attendu ? Elle en était sûre, il ne pourrait pas résister.

— Si je te plais, pourquoi tu vas chercher ailleurs ?

Enfin libre, elle passa ses bras autour de son dos, l'attira brutalement. Elle se frottait contre lui, il la fixait au fond des yeux. Il caressa son cou, serra un peu. Juste à peine.

— T'as envie de moi, Solange ?

— Oui…

Sa main se referma sur sa gorge comme un piège à mâchoires, il lui cloua la tête contre le métal.

— Eh bien tu vas rester sur ta faim !

Elle peinait à respirer, il lui laissait juste de quoi vivre.

— Tu me donnes envie de gerber ! Mais j'en connais qui seraient moins difficiles que moi… Deux ou trois détenus qui vont bientôt quitter le quartier des mecs. Si je leur donne un pourboire, ils seront ravis de s'occuper de toi…

Elle tenta de lui flanquer un coup de genou vicelard, il bloqua ses jambes. Puis il appuya sur son larynx, son crâne heurta à nouveau le métal.

— C'est des spécialistes, tu sais… De vrais pervers ! Alors une fille comme toi, mignonne et matonne, en plus ! Ils vont s'en donner à cœur joie ! Tu vois de qui je parle ?

— Arrête ! J'peux plus respirer !

Il la conduisit de force vers les toilettes, ouvrit une porte d'un grand coup de pied et lui plongea la tête dans une cuvette.

— C'est comme ça que t'as fait hier avec elle, hein ? C'est comme ça que tu l'as forcée à se mettre à genoux ?

Solange se mit à hurler de terreur, agrippée au rebord des WC. Il tira la chasse, elle but la tasse.

— Si tu touches encore à Marianne, je te jure que je paye ces mecs pour te faire la peau !

Des cris d'effroi lui répondirent. Il renforça la pression.

— Je leur filerai ton adresse… Ils t'attendront n'importe quand, n'importe où ! Ils te feront des trucs que tu peux même pas imaginer, même avec ton cerveau malade ! Si tu touches encore à un seul cheveu de Marianne, compris ?

— Oui ! Oui !

— Et si tu envoies les photos à ma femme, même punition ! C'est clair ?

— Oui ! pleurnicha la surveillante.

Il la remit debout et la poussa contre un lavabo. Elle s'effondra par terre. Il s'accroupit devant elle.

— Je veux les négatifs des photos sur mon bureau dans la journée.

— Y a pas de négatifs... J'ai... pris ça avec mon portable...

— Ton portable ? Eh bien, je veux ton portable, dans ce cas. Tout de suite !

Elle se releva, attrapa la serviette pour se couvrir. D'une main tremblante, elle ouvrit son casier, avant de lui remettre le téléphone.

— Parfait ! conclut Daniel en souriant. Et puis... C'est pas la peine de rêver à quoi que ce soit avec moi... ! Tu me fais l'effet d'une douche froide, si tu vois ce que je veux dire.

Il sortit du vestiaire, colla son oreille contre la porte. Satisfait de l'entendre pleurer, il reprit le chemin de la 119. Et si elle a des doubles des photos et qu'elle les envoie ? Non, je lui ai vraiment foutu la trouille. Suffisamment pour qu'elle se tienne à carreau. Il devait rester méfiant, cependant. Ne pas croire qu'il avait gagné la guerre.

Il frappa à la porte de la cellule. Justine lui ouvrit.

— Je peux entrer ?

— Oui, le médecin a fini.

Le toubib rangeait ses instruments dans son cabinet portable, une mallette qui devait avoisiner les trois kilos.

— Il faut l'hospitaliser. Je ne suis pas en mesure de réparer les dégâts ici. Il faut organiser son transfert dans les meilleurs délais. Aujourd'hui, si possible...

— Merci, docteur... On va s'en occuper.

— J'y vais, on m'attend dans le bloc A ; un détenu a avalé ses lunettes.

— Ses lunettes ?! s'étonna Justine.

— Ben oui... Ils avalent tout et n'importe quoi de

toute façon ! Une fois, j'ai même vu un type ingurgiter le trousseau de clefs d'un surveillant !

— Bon courage ! dit Daniel en souriant.

Marianne était sous les draps, apparemment plus calme. Il s'approcha. Sous la couverture, il devina sa jambe qui battait la mesure.

— Ne bouge pas comme ça, murmura-t-il. Tu as mal ?

— Ça peut aller…

— Tu seras très vite revenue de l'hosto, j'en suis certain.

— Vous en savez rien du tout ! s'écria Marianne.

— Reste tranquille… Je vais faire le nécessaire pour qu'on te transfère aujourd'hui. Comme ça, tu reviendras très vite. N'est-ce pas Justine ?

— Oui, assura la surveillante.

— Vous pouviez pas me foutre la paix, non ? s'emporta soudain Marianne.

— C'est pour ton bien ! rappela le chef.

— J'en ai marre de montrer mon cul à tout le monde !

Un peu embarrassé, il chercha de l'aide auprès de Justine qui serra la main de Marianne dans la sienne.

— Allez, tu souffriras moins ensuite… Ce sera un mauvais moment à passer, mais…

— Et quand je reviendrai, Pariotti me défoncera la tronche à coups de matraque, pas vrai ?

— Tu peux dormir tranquille, affirma le gradé. Elle ne s'approchera plus de toi. Je te jure qu'elle ne te fera plus jamais aucun mal…

Elle le regarda enfin. Vit dans ses yeux quelque chose d'étrange. De violent, de brutal. Elle comprit qu'il s'était attaqué physiquement à la Marquise.

— Elle a avoué ? espéra Justine.

— Oui.

— Et… Qu'est-ce que tu vas faire ? interrogea la gardienne.

— On reparlera de ça tout à l'heure, trancha le chef. Mais elle n'est pas près de recommencer.

Il adressa un petit clin d'œil à Marianne.

— Repose-toi, maintenant. Et sois tranquille, tu es en sécurité.

Elle ne serait jamais en sécurité. Ni elle, ni aucune autre détenue. Il le savait.

***

Cellule 119 – 16 h 15

Marianne dormait à poings fermés. Même le brouhaha des détenues partant en promenade ne l'avait pas réveillée. Elle pouvait se laisser aller, Solange étant rentrée chez elle.

Daniel s'était faufilé dans sa cellule, profitant que filles et matonnes soient dehors. Il la contemplait, assis par terre, près du lit. Elle lui tournait le dos, avait relégué draps et couverture au pied du matelas. Il la fixait, avec une furieuse envie de s'allonger à côté d'elle, de la serrer contre lui. Elle s'éveilla.

— T'es là ? s'étonna-t-elle d'une voix enrouée. Quelle heure il est ?

— Quatre heures et quelques…

— Ça y est, ils viennent me chercher pour l'hosto ?

— Pas encore, ma belle… Tu partiras vers dix-huit heures. Je voulais seulement voir si tu allais bien…

— J'ai mal partout…

Elle referma les yeux, il tendit son bras et amarra sa main dans la sienne.

— Viens près de moi…

Il s'installa, en équilibre sur le rebord du matelas. Elle se redressa, se cala contre lui.

— Marianne… Je m'excuse pour ce matin. J'aurais dû m'y prendre autrement pour t'inciter à parler… Je suis parfois un peu…

455

— C'est oublié, prétendit-elle. Je m'inquiète de la suite mais…

— Elle ne te touchera plus ! Je te le promets…

— Qu'est-ce que tu lui as fait ?

— Je… Je lui ai foutu la tête dans la cuvette des chiottes !

Il lui raconta en détail le traitement infligé à Solange, la menace d'embaucher des pointeurs pour s'occuper d'elle, le portable récupéré.

— On craint plus rien, alors ?

— Elle a peut-être des doubles… Mais je l'ai tellement terrorisée qu'elle va se calmer !

— Tu as pris des risques, Daniel… pour moi, ajouta-t-elle avec émotion.

— Oui… Je veux pas qu'on te blesse, Marianne…

Elle se rendormit contre lui, il resta jusqu'à ce que les surveillantes ordonnent le retour en cellule. Il fallait se séparer d'elle. Maintenant et pour plusieurs jours. Ça faisait drôlement mal. Il la laissa se rallonger doucement, elle gémissait dans son sommeil d'être ainsi abandonnée. Il l'embrassa sur le front, remonta les draps.

— Dors bien, ma belle…

Il la regarda encore quelques secondes. Soudain, un flash lui traversa l'esprit.

L'aider à s'évader de cet enfer. Détruire ma vie pour elle.

Mais il retomba immédiatement dans la dure réalité. Accablé d'impuissance. Triste comme la pluie qui tombait. Entendant les filles monter l'escalier, il s'éclipsa sur la pointe des pieds.

Marianne n'arrivait pas à dormir. Elle était revenue de l'hôpital la veille au soir, après trois jours particulièrement éprouvants. Le transfert, d'abord. Enchaînée comme un animal. Arrivée aux urgences, pieds et poings liés, sous le regard horrifié des honnêtes gens. Les détenus étaient rarement bien accueillis dans les temples de la santé publique. Mais là, elle était tombée sur un médecin particulièrement odieux qui lui avait montré combien une taularde n'était rien. Une sorte de sous-espèce humaine. Un être inférieur qui ne méritait aucun égard.

Elle consulta son nouveau réveil, trouvé sur la table à son retour. Un cadeau de Daniel, bien sûr. Une attention qui lui avait réchauffé le cœur. Un affichage vert ; dans la pénombre, c'était encore plus joli et plus reposant que le rouge. Et puis il faisait radio, le comble du luxe !

Viendrait-il cette nuit ? Elle n'était pas en état de lui offrir grand-chose. Pendant ces quelques jours de séparation, elle n'avait cessé de penser à lui. Mais il ne lui avait pas rendu visite, aujourd'hui. Cruelle déception…

Elle s'était sentie abandonnée tout au long de la journée. Pourtant, malgré la rancœur, elle avait envie de son visage, de son sourire, de ses yeux. De ses mains. Envie de l'avoir près d'elle, tout simplement.

Un autre homme occupait son esprit : le flic du parloir,

le commissaire Francky comme elle l'avait surnommé dans son petit monde secret. Plus que deux jours à attendre. Un frisson la parcourut tout le long du dos. Dommage, je ne serai pas très en forme. Mais tant que je peux causer…

La première ronde anima l'étage. La trappe s'ouvrit, la lumière s'alluma.

— Ça va mademoiselle de Gréville ? vérifia Monique.

— Oui, merci surveillante…

— Je vous souhaite une bonne nuit. N'hésitez pas à m'appeler si besoin…

— Promis !

La gardienne referma le judas, la pénombre s'abattit de nouveau sur la cellule. Marianne leva les yeux vers le lit inoccupé. Sa gorge se noua. Emma, tu me manques. Elle commençait à s'agiter. Dans un quart d'heure, Delbec irait se coucher. Il aurait alors le champ libre pour la rejoindre.

Tu parles ! Ça ne l'intéresse pas dans l'état où je suis ! Si c'était juste pour être avec moi, il se serait manifesté avant la nuit. Seulement pour vérifier que j'allais mieux. Il avait déposé les cigarettes pendant son absence. N'avait donc aucune raison de la retrouver. Si. Se faire payer. Elle fuma une clope sous la fenêtre. Pourquoi était-elle si nerveuse ?

Seulement trois jours loin de lui et déjà, il m'a oubliée ! Elle réalisa qu'elle lui en voulait à mort de ne pas être venu prendre des nouvelles. Addiction supplémentaire. Après la blanche, le bleu…

S'il vient ce soir, je le paierai. Même s'il ne demande rien. Parce que s'il vient, ce sera pour ça. Se faire payer.

L'approche d'un train la détourna de ses ressentiments. Elle monta à la va-vite sur la chaise. Un coup de frein puissant avant d'amorcer le virage, juste au début de la prison. Acier contre acier, étincelles garanties. Marianne eut de la chance ; un TGV duplex. Elle ne perdit pas une miette du défilé des fenêtres éclairées, carrés de lumière déformés par la vitesse. Profils d'humains en liberté, morceaux de vie du dehors. Jusqu'à ce que le convoi eût dépassé les enceintes. Elle redescendit sur le plancher, poussa un petit cri. Toujours mal entre les jambes. Et partout ailleurs. Mais la blessure ne saignait plus. Le charcutier de l'hôpital avait au moins servi à ça. Elle se rallongea, ferma les yeux pour poursuivre le voyage. Elle avait cru discerner des visages dans ce train. Un homme qui avait tourné la tête vers la maison d'arrêt. Leurs regards s'étaient croisés, un centième de seconde. Pure imagination. Il n'avait pu l'apercevoir. Tant pis, ça lui plaisait de le croire.

Par bonheur, un second train vint la cajoler, dans l'autre sens.

Plongeon dans les labyrinthes de sa mémoire. Bon ou mauvais souvenir ?

… Lundi soir. Il pleut comme vache qui pisse. À la fin de l'été, les soirées sont fraîches, déjà. Marianne grelotte sous la fenêtre ouverte. Pourtant, elle a enfilé son gilet en fausse laine, troué de partout. Lundi soir, elle attend son ennemi. Bientôt deux mois que, chaque lundi, elle l'attend. Qu'elle finit ses dernières cigarettes en l'attendant. Elle s'est habituée, ne vomit plus lorsqu'il s'en va. Il est un peu brutal, toujours. Il lui montre bien qui des deux détient les clefs. Le pouvoir. Et, si la nausée est partie, l'humiliation, elle, est toujours là. Un coup de poignard dans le ventre. Une déchirure. Mais ce soir, ce sera différent. Ce soir, ce sera mieux et pire à la fois.

Mieux, parce qu'elle a réussi à le décider pour la came. Deux doses d'héroïne par semaine, quatre injections. Elle est fébrile. Elle va retrouver les sensations magiques, les voyages qui lui manquent si cruellement. Une porte de sortie, une issue de secours pour les moments les plus durs. Quand le désespoir joue avec ses nerfs. Il a fallu négocier les conditions. Ça lui coûtera cher.

Comme pour les cigarettes, elle doit se tenir tranquille. Ne pas frapper, ne pas insulter. D'ailleurs, il tient parole. À chaque connerie, elle paye. Privée de cigarettes. Trois mois qu'elle est là, déjà plus de vingt jours de cachot. À cause d'une matonne qui l'a prise en grippe. Ou parfois pour autre chose. Simplement parce qu'elle est Marianne. Qu'elle peine à se soumettre aux règles. À courber l'échine.

Mais, comme pour les cigarettes, la bonne conduite ne sera pas la seule condition du dealer. Il veut autre chose. Il veut aller plus loin. Il lui a dit, simplement ; quelques mots brutaux.

Elle n'a pas réfléchi, elle a accepté tout de suite. Ça ou ce qu'elle fait déjà, qu'est-ce que ça change ?

Mais, les jours suivants, elle s'est mise à réfléchir. À douter. Et ce soir, elle ne sait plus très bien si elle regrette ou non.

Quatre injections par semaine, Marianne ! Quatre raisons de dire oui. Il suffit d'écarter les jambes, c'est pas bien difficile. Normal qu'il veuille augmenter les tarifs. Il court de plus en plus de risques. Alors, forcément, il faut qu'elle donne plus.

Elle sent la pluie glacée jusque dans son dos. Elle a peur, tout simplement. Peur de ne pas arriver à le faire. Avec lui, cet homme qu'elle connaît à peine. Qu'elle déteste à peine. Peur d'arriver à le faire, aussi. De tomber si bas. De ne jamais s'en relever, peut-être.

Tout ça pour de la dope. Pour un peu de poudre aux yeux. Offrir ce qu'elle a de plus cher… Non, ce que j'ai de plus cher est dans ma tête. Le corps, c'est rien qu'une enveloppe. Rien d'important.

Il ne la forcera pas, ne se jettera pas sur elle. Il va lui poser la question : *Tu es toujours d'accord, Marianne ?*

Ses pas dans le couloir, la clef dans la serrure ; son cœur se désaxe.

— Bonsoir, Marianne.

Elle ne répond pas. Peur que sa voix la trahisse. Il pose la cartouche sur la table, lui montre les deux sachets de drogue, dans le creux de sa main. Avant de les remettre dans sa poche. Comme une friandise. Elle les aura après, si elle va au bout.

Il enlève son pull. Il a trop chaud, elle a de plus en plus froid. Il s'approche. Pourquoi est-il si grand ? Marianne a l'impression que ce serait moins difficile s'il était petit et gringalet. Pourtant, ça n'a rien à voir. Il a posé ses mains contre le mur, de part et d'autre de son visage. Comme pour l'emprisonner encore plus. Son corps frôle le sien.

— Tu es toujours d'accord, Marianne ?

C'est là qu'il faut faire le bon choix. Quand elle aura de nouveau touché à la dope, elle ne pourra plus s'en passer. Maintenant qu'il est face à elle, ça ne semble plus si évident que ça. Elle a déjà rejoué la scène dans sa tête, des dizaines et des dizaines de fois. Répété son texte. C'est le moment de le réciter.

— Ça dépend, répond-elle. De ce que tu veux exactement.

Elle se souvient des phrases. Surtout, ne pas oublier un mot ou une virgule. Ça pourrait changer la teneur du contrat.

— Tu sais ce que je veux ! dit-il en souriant.

En souriant, comme s'il avait déjà gagné.

— Moi, il y a des choses que je refuse, précise-t-elle.

Quand elle était ado, elle pensait à l'amour, au sexe aussi. Mais jamais elle n'avait envisagé de se retrouver en face d'un homme, en train de négocier des détails aussi sordides. Elle avait envisagé toutes les professions. Tous les avenirs.

Sauf celui de pute en prison.

— Je t'écoute, Marianne…

Elle s'éclaircit la voix. Drôlement embarrassée d'évoquer ce genre de choses. Elle a de la boue jusqu'au menton. Lui, ne se salira même pas les godasses. Elle respire un grand coup. Échappe à son regard magnétique, s'allume une cigarette.

— Pas de sodomie, arrive-t-elle enfin à dire.

Rien que le mot lui fait mal. Pourtant, il fallait bien le balancer. Il fallait bien que ça sorte. Parce que ça, jamais. Même pour une tonne d'héro. Il a croisé les bras, s'est adossé au mur. Semble bien s'amuser.

— OK ! Toute façon, c'est pas mon truc…

Merde ! Ça ne lui manquera même pas.

— Et puis, il faut que tu mettes une capote…

— Je suis pas complètement débile ! J'ai pas l'intention de te faire un petit, Marianne ! C'est tout ? Tu as fini ?

— Heu… Non. Ça sera combien de fois ?

— Tu veux aussi savoir combien de temps à chaque fois, peut-être ? Tu veux un chrono ?

— J'ai dit combien de fois !

— Autant que j'en aurai envie.

Là, elle pense à refuser. Il dépose les deux doses sur la table, juste sous ses yeux. Comme s'il alignait le fric sur le chevet d'une prostituée. L'appât qui lui permettra de ferrer sa proie.

— Ça y est ? L'interrogatoire de mademoiselle est terminé ?

— T'es pas malade, au moins ? Parce que si tu te tapes toutes les détenues…

— Me prends pas pour un con, Marianne !

— Quoi ? La moitié des filles a le SIDA ici !

— Moi, je ne l'ai pas. Toi non plus, d'ailleurs. Sinon, je ne serais pas là ce soir. Ton dossier est sur mon bureau, Marianne ! Je sais tout de toi…

Il rigole doucement. Bien sûr… Il pose le trousseau

sur la table. Enlève sa ceinture. Elle grelotte de froid, maintenant.

— J'ai pas dit oui ! rappelle-t-elle.

— Tu es d'accord, oui ou non ?

Il connaît déjà la réponse. Mais veut l'entendre se vendre comme une marchandise.

— Oui.

— Parfait…

Il faut commencer par payer les clopes. Ça, elle a l'habitude. Elle espère secrètement qu'il aura les yeux plus gros que le ventre. Qu'il ne pourra plus rien faire après… Quand elle ressort des toilettes, il fume sa cigarette, assis sur le lit. Elle s'en grille une aussi, debout contre le mur. Il prend son temps, évidemment. Le temps de recharger les batteries. Elle se met à claquer des dents.

— Tu as froid ? s'étonne-t-il.

— Oui… C'est la pluie.

Il écrase son mégot par terre. On voit que c'est pas lui qui se tape le ménage ! Drôle de penser au ménage en cet instant précis. Il ouvre sa chemise. S'approche. Elle voudrait rester de marbre. Ressembler à ces mannequins dans les vitrines. Mais son cœur s'affole. Ça doit pas être si dur que ça, Marianne. Un jeu d'enfant pour adultes.

Il la saisit par la taille, l'attire contre lui, effleure son épaule avec ses lèvres. L'emmène doucement jusqu'au lit. Elle fixe le matelas aussi raide qu'une statue. Soudaine envie de vomir.

— Marianne, tu as la trouille ou quoi ?

Putain ! Si au moins il pouvait la fermer !

— Tu attends quoi ? lance-t-elle avec des lames de rasoir dans la voix.

— Faudrait que tu te déshabilles…

Déjà qu'elle meurt de froid… Elle ôte le gilet, vire ses chaussures. S'arrête là. Tétanisée. Il réalise que c'est la peur qui la paralyse. Il accélère le mouvement. Lui enlève son tee-shirt, son pantalon. Et tout le reste. Elle va s'évanouir. Il l'allonge sur la couverture, elle reçoit cent kilos sur elle. Ferme les yeux, serre les dents. Se concentre sur une seule chose, ne pas pleurer. Attendre qu'il soit parti pour ça. Elle accroche ses mains aux montants du lit, crispe ses dix doigts sur le bois. Elle pourrait le tuer, maintenant. Ça ne va pas tarder. L'étrangler ou… Elle hésite sur la façon de l'arrêter. Mais la seule, c'est la mort. J'aurais dû dire non !

Il la regarde au fond des yeux. On dirait qu'il a compris que sa vie ne tient plus qu'à un fil. Il l'oblige à lâcher le lit, lui plaque les poignets sur le matelas. Il n'ose même pas dire : *N'aie pas peur, Marianne*. Il sent la terreur sous son corps. Peut-être que ça lui plaît… Elle est tellement contractée qu'il doit la forcer à ouvrir les jambes. Elle tourne la tête de l'autre côté, pour ne pas voir son visage. Pense à la came, Marianne. Ne pense qu'à ça. Elle amarre son regard au néon du lavabo. Une étoile en plastique. Une vision d'horreur qui la marquera à vie.

Soudain, une souffrance atroce, une qu'elle n'a jamais connue. Plus douloureux que les coups, plus douloureux que n'importe quoi. Elle voudrait hurler, n'y arrive pas. Privée de voix. La sensation que son corps se déchire en deux, que sa tête explose. Les poings fermés, elle encaisse coup sur coup.

C'est tellement impitoyable qu'elle cherche à fuir, à se délivrer. Mais ses poignets sont cloués au lit, son corps comme écrasé. Elle laisse échapper un cri, plutôt un gémissement. Elle seule a dû l'entendre. Sa vue se trouble, le néon se noie dans un flot salé qui dégouline jusque dans son cou.

Combien de minutes, déjà ? L'impression que ça dure depuis des heures. Que jamais ça ne s'arrêtera. Qu'elle a ouvert les portes de l'enfer… Là, des images arrivent. En vrac. Ses meurtres, les horreurs qu'elle a commises.

C'est ta punition, Marianne. Tu payes pour tout ce que tu as fait.

Les larmes coulent sans retenue maintenant. Mais en silence. Puis son esprit se vide complètement. Comme si elle était morte. Il décolle tandis qu'elle s'enfonce dans le néant.

Ça dure encore longtemps. Jusqu'à ce qu'il libère enfin ses poignets. Mais elle ne bouge pas. Il s'allonge à côté d'elle, le souffle court. Comme une bête fauve dans son dos. Elle entend son plaisir. Elle se replie lentement sur sa souffrance. Pourtant, elle a envie de s'enfuir. Mais n'en a même plus la force. Jamais torture aussi cruelle.

Sa main sur son épaule. Elle sursaute, pousse un cri. Il ne peut pas recommencer. Ça va me tuer. Il se contente de la retourner vers lui. Non, il l'oblige. Face à face, il semble recevoir un coup en pleine tête. Pourtant, elle est toujours immobile.

— Marianne… Tu pleures ?

Elle se met à sangloter, il caresse son visage. Il a une voix douce, il a l'air triste. Elle arrive tout juste à respirer. Elle lui échappe soudain, titube jusqu'aux toilettes. Elle s'assoit sur la cuvette, cache son visage entre ses mains. Laisse enfin libre cours à ses sanglots. Au bout de cinq minutes, elle respire à fond, essuie ses larmes.

Lui donner ça, ce n'est pas dans le contrat. Reprends-toi Marianne. Elle pousse le battant. Il est toujours là, bien sûr.

— Marianne, qu'est-ce que tu as ?

Pauvre con !

— Rien.

Elle se rhabille. Il la dévisage bizarrement. Elle tente de contrôler les tremblements de ses doigts pour allumer une cigarette.

— Tu aurais dû me le dire, murmure-t-il.

— Quoi ?

— Que c'était la première fois…

Là son sang se glace, elle frise l'arrêt cardiaque. Elle devient livide.

— Qu'est-ce que tu racontes ?

— J'ai compris, tu sais…

— Tu délires ! Je te signale que j'étais avec un mec quand les flics m'ont chopée ! Tu crois que je faisais quoi avec lui ? Du tricot ?!

— Je… Je ne comprends pas pourquoi tu t'es mise dans cet état, dans ce cas…

— J'ai eu mal ! Ça faisait plus de trois ans !

— Tu étais d'accord, non ? Tu dois assumer…

— C'est ce que je fais !

Il la prend par les épaules.

— Non, Marianne ! Je refuse de te voir chialer comme ça à chaque fois !

Elle fixe le sol.

— Tu pensais quoi ? ajoute-t-il. Forcément, ça allait être un peu douloureux…

Un peu ?! De nouveau cette envie de le tuer.

— Ça ferait moins mal si tu y mettais du tien…

— Va-t'en, maintenant.

Elle a très peur soudain. Qu'il veuille un peu de rab. Mais il reboutonne sa chemise.

— Tu aurais dû m'en parler, Marianne…

— Mais arrête, bordel ! J'te dis que t'es pas le premier ! Tu veux quoi ? La preuve ? Tu pourras pas ! Le premier est mort, abattu par les flics !

Il soupire. Quitte enfin la cellule. Elle retourne aux toilettes et se lave. Pour effacer le crime. Pour enlever le sang.

… Marianne rouvrit les yeux. Pile sur le néon du lavabo. Un des pires souvenirs de sa jeune vie. Peut-être pour ça qu'il avait pris cet ascendant sur elle. Depuis cette nuit-là. La nuit où… Il avait été le premier. Il aurait dû être le seul. Mais bientôt, elle serait libre. L'avenir lui tendait les bras. Elle eut envie d'oublier le passé. Il y en aurait peut-être un deuxième… Brusquement, elle alla se planter devant la glace. Inspecta son visage. Un visage jeune. Si jeune. Pas une ride, bien sûr. Quelques cicatrices : une sur l'arcade sourcilière, une sur le front. Une autre sur la joue. Mais un visage dur comme un silex taillé pour fendre.

Elle tenta de se trouver du charme. Elle avait de jolis traits. Fins, délicats.

Mais la taule avait tout détruit. Est-ce qu'un homme peut tomber amoureux de cette figure tiraillée par la haine ? De ce regard durci par les horreurs de l'enfermement ? De cette bouche qui avait tant insulté ? De ces cheveux abîmés par le manque de soins ?

Elle examina ses mains. Jeunes, elles aussi. Tous ses doigts avaient été cassés ou presque. Certains en gardaient d'étranges déformations. Ces mains pleines de sang. Qui avaient pataugé dans le meurtre, dans l'hémoglobine. Dans la merde. Ces mains qui avaient tué. Trop souvent.

Depuis des années, elle n'avait pas pu se voir en entier dans un miroir. Juste le visage, les épaules. Tout juste la poitrine. Elle se déshabilla presque complètement, ne gardant que sa culotte. Et continua à s'ausculter. Comme prise de panique. Encore des cicatrices. Sur le ventre, les flancs. Les jambes.

Sa peau était ferme. Fine, blanche. Son cou gracieux mais un peu trop musclé, ses épaules trop larges pour sa corpulence. Elle pivota, tenta de voir le haut de son dos. Là aussi, énorme cicatrice. Et muscles proéminents. Presque virils.

J'étais jolie avant.

Elle s'appuya sur le lavabo, cruellement déçue par ce constat. Je suis laide, maintenant. La taule m'a bouffée, pire que les années. Envie de pleurer.

Elle entendit la clef dans la serrure, ramassa ses vêtements. Mais n'eut pas le temps de les remettre. Daniel la découvrit à demi-nue.

— Qu'est-ce que tu fais ? s'étonna-t-il en souriant.

— Rien, répondit-elle en enfilant son débardeur. Je croyais pas que tu viendrais.

— C'est lundi…

— Comme t'es même pas passé aujourd'hui, je pensais que…

Il s'approcha, caressa ses épaules.

— J'avais des tas de problèmes à régler, je n'ai pas pu venir te voir avant.

— T'as pas à te justifier, répliqua-t-elle sèchement.

— Comment ça va ? Ils t'ont bien soignée, à l'hôpital ?

Elle s'éloigna de lui. Alluma une cigarette.

— Ouais, génial ! J'suis tombée sur un boucher qui avait envie de se faire la main sur une taularde ! J'ai cru qu'il allait me tuer, ce fumier ! Il appuyait ses doigts comme un malade pour vérifier que ça faisait bien mal ! Et puis il m'a recousue…

Le chef fit une grimace douloureuse.

— Désolé… Mais ça va mieux, maintenant ?

— Disons que ça ne saigne plus…

Il semblait vraiment inquiet.

— J'ai moins mal que jeudi, concéda Marianne.

— Tant mieux, ma belle…

Il s'approcha à nouveau, passa ses mains autour de sa taille.

— Merci pour les clopes et le réveil, fit-elle.

— De rien… Je t'ai apporté une dose.

— Merci.

Il l'embrassa à la naissance du cou, elle ferma les yeux.

— J'peux pas, murmura-t-elle.

— Tu peux pas quoi ?

— Coucher avec toi… Mais je vais quand même te payer les clopes.

— Tu crois que je suis venu pour ça ? s'offusqua-t-il.

— C'est bien le contrat, non ?

Il tomba sur le lit, comme s'il tombait des nues et la considéra avec tristesse.

— Je pensais que… Que ce contrat n'existait plus entre nous…

— Je ne veux pas de cadeau. Tu m'as filé les clopes et la came, tu as droit à un remerciement.

Il baissa les yeux. En face de lui, elle s'agenouilla lentement. Il la laissa ouvrir sa ceinture, son pantalon, presque malgré lui. Comme s'il se résignait. Mais dès qu'elle le toucha, il se leva d'un bond et remonta la fermeture Éclair. C'était insupportable de se faire traiter ainsi. Comme un client ramassé sur le trottoir.

— Qu'est-ce que tu fous ? demanda Marianne.

Il alluma une cigarette. Ils se dévisageaient. Un étrange silence érigé entre eux. Jusqu'à ce que Daniel retrouve la parole.

— Tu as des choses à me reprocher, Marianne ? Vide ton sac…

Elle soupira et tourna la tête vers la fenêtre. Il s'approcha à nouveau. Descendit à sa hauteur.

— Qu'est-ce qu'il y a Marianne ?

— Mais rien !

— Tu m'en veux parce que je ne suis pas venu cette après-midi, c'est ça ?

Elle acquiesça d'un simple non-dit.

— Je suis désolé. Mais tout le monde m'est tombé dessus, j'ai pas eu une minute…

— C'est pas grave.

— Apparemment, si…

Il attrapa ses poignets et la mit debout. Avant de l'enlacer.

— J'aurais dû trouver le temps. Excuse-moi, ma belle…

Elle sentit fondre son amertume. Lui accorda un sourire. Enfin.

— Qu'est-ce que tu foutais à poil devant le miroir ? Tu t'admirais ?

— Non… Je me demandais si… Je voulais vérifier un truc… Si j'étais encore jolie… Mais j'ai été déçue.

Il prit son visage entre ses mains. Il vit deux soleils noirs s'immerger doucement dans l'eau salée.

— Tu es très belle, Marianne…

— Tu parles !

— Non seulement tu es belle, mais tu as un charme fou…

— Arrête tes conneries !

Une larme coula sur sa joue.

— Il n'y a que tes yeux pour me faire autant d'effet, avoua-t-il doucement. Ton visage, c'est certainement la plus jolie chose qu'il m'ait été donnée de voir… Et…

Il laissa descendre ses mains sur ses épaules, sa taille, ses hanches.

— Tu es belle, de la tête aux pieds, Marianne…

— C'est vrai ? Tu le penses vraiment ?

— Oh oui ! Et tu es encore plus jolie à l'intérieur. Malgré tout ce que tu as commis… Malgré tout ce que tu as subi, aussi… Tu restes capable du meilleur. Et puis toute cette force, là, en toi… Celle que tu ne sais pas toujours maîtriser mais qui est si exceptionnelle. Ta force et ta fierté, ce sont deux choses qui te rendent encore plus belle… Plus attirante…

Elle fut tellement émotionnée qu'elle enfouit son visage dans ses mains.

— La première fois que j'ai croisé ton regard, j'ai su qu'avec toi, j'allais plonger…

Elle essuya ses larmes en souriant.

— C'est beau, tout ce que tu me dis. Personne ne

m'avait jamais dit un truc pareil… J'étais tellement triste, tout à l'heure… Chaque fois que j'entendais des pas, j'espérais que tu allais ouvrir la porte et venir me prendre dans tes bras. Tu… tu vois, tu me manques…

Ils restèrent un moment enlacés, Marianne se passant en boucle la déclaration qu'elle venait d'entendre. Celle qu'elle venait de faire, aussi.

— Tu restes un peu, même si ce soir j'ai la migraine ?

— Je ne suis pas venu pour ça, Marianne… J'avais envie d'être près de toi… Simplement.

Ils s'étendirent sur le lit. Il remplaçait avantageusement le matelas. Ses bras, la couverture.

Mardi 28 juin – Cour de promenade – 16 h 15

L'air était encore humide, le soleil timide. Mais Marianne clignait les yeux de bonheur. Elle n'avait pu résister à l'appel du dehors malgré les recommandations du médecin et les protestations de Justine. Elle pansait ses plaies sous les UV frileux, affalée sur les marches. Toutes les matonnes étaient là, aujourd'hui. Hasard du planning. Monique partirait après la promenade, Justine ferait la nuit. Quant à Solange, elle serait libérée après le repas du soir.

Elle passa justement à proximité de Marianne, lui décocha un missile virtuel. Mais elle n'osa s'arrêter car Justine la tenait en joue. Marianne se permit de lui expédier en retour un sourire perfide genre *je t'imagine avec la tête dans les chiottes !*

Daniel n'avait pas demandé de sanctions disciplinaires à son encontre pour les tortures infligées à Marianne. C'était inutile, Sanchez détestait les remous, étoufferait l'affaire. Non, il fallait employer d'autres méthodes avec elle. Comme les menaces proférées dans le vestiaire. Marianne en avait été d'accord.

Les filles qui l'avaient attaquée dans les douches discutaient à l'autre bout de la cour. Mais Marianne se savait en sécurité, Justine ouvrant l'œil, là aussi. Monique avait été également briefée par le chef. Deux gardes du corps pour la détenue la plus dangereuse de la prison… Plutôt curieux !

Elle s'alluma une cigarette, ferma les yeux. Elle souffrait encore dans sa chair, mais supportait bien la douleur. Grâce aux comprimés du toubib et au pansement parfait qu'elle lui avait posé ce matin. Grâce à la tendresse de Daniel, à l'amitié de Justine. Grâce au parloir de demain.

À nous deux, commissaire principal Francky ! Tu vas me sortir de là et je vais te glisser entre les doigts ! Ces doigts que tu vas te bouffer jusqu'à la fin des temps ! Ta maman t'a jamais appris qu'il ne faut pas jouer avec le feu ?

Tout cela l'aidait à affronter cette nouvelle épreuve, à oublier doucement la cruauté endurée.

Daniel apparut en haut des marches. Ne pouvant résister à l'attraction, il ne tarda pas à s'installer près de sa protégée.

— Comment ça va, ma belle ?

— Ça peut aller…

— J'ai envie de t'embrasser ! chuchota-t-il avec un sourire un peu gamin.

— Moi aussi ! Mais tu n'es pas de garde, cette nuit… Elle le fixa d'un air coquin.

— Tu devrais songer à prendre les gardes sept nuits par semaine !

Ils se mirent à rire tous les deux, discrètement. Puis il retourna à l'intérieur en compagnie de Justine. Peu de temps après, la Marquise se mit à brailler. Il était l'heure de réintégrer les cellules. C'était passé si vite… Monique prit la tête du cortège, tandis que Solange fermait la marche. Non loin de Marianne qui avançait au ralenti. Brigitte la bouscula en passant.

— Ça fait toujours aussi mal, petite pute ?

La Hyène était déjà loin. Peu disposée à se battre, aujourd'hui. Tant mieux. Marianne continua son chemin, pas très rassurée de savoir Pariotti sur ses talons.

Embouteillage en haut de l'escalier. Daniel avait ordonné que les filles soient fouillées avant leur retour en cage. Ça arrivait parfois, comme pour maintenir la pression, la discipline. Ça pouvait prendre une heure mais les brebis le vivaient plutôt bien, finalement peu pressées d'être claquemurées. Les discussions allaient bon train. Marianne s'appuya sur le garde-corps, attendant sagement son tour.

Mais soudain, la Marquise posa les pieds en terrain ennemi.

— Je t'avais dit de pas balancer, de Gréville…

Marianne crispa ses mains sur la rambarde. Cette voix ravivait les plaies, tel un scalpel. Elle avait peur. Comme jamais. Mais s'efforça de le cacher.

— Laisse-moi tranquille !

Elle tenta de s'éloigner, Solange la retint par un bras.

— Reste là !

Marianne se raidit à cet ignoble contact. Elle fixait ses chaussures. Tentait toujours de masquer sa terreur sous l'indifférence. La nausée revenait en force, rien qu'à flairer le parfum de sa tortionnaire. Son corps se souvenait. Ses fonctions vitales s'affolaient.

— Je vais laisser les choses se calmer, poursuivit Pariotti. Mais ne te crois pas à l'abri. À la première occasion, je te jure que tu vas y passer ! Et dans les pires souffrances…

— Fous-moi la paix !

— Tu te crois forte parce que ce salopard te protège, hein ? Mais je vais m'arranger pour qu'il soit muté. Pour le détruire, lui aussi ! Et là, tu seras à ma merci…

Elle ignore que je vais me tirer. Que bientôt, son souffre-douleur se sera envolé. Loin, très loin. Réalisant cela, Marianne retrouva la paix. La force, aussi.

— Tu ne m'impressionnes pas ! Tu ne tenteras plus rien contre moi, je le sais.

La surveillante souriait, dévoilant ses dents parfaitement alignées. Parfaitement blanches. Parfaitement aiguisées.

— J'ai bien tué ta copine, pourquoi pas toi, hein ?

Le cœur de Marianne effectua un dérapage incontrôlé.

— Ma copine ?

— L'autre salope qui avait assassiné ses gosses… Comment elle s'appelait, déjà ? Aubergé !

— Elle s'est suicidée ! rétorqua Marianne d'une voix tremblante.

— Oui… J'avoue qu'il m'a fallu du temps pour la décider. Je lui rendais visite quand tu étais dans la cour… Je lui rappelais qu'elle était une moins-que-rien. Une folle, une cinglée… Qu'elle devait au moins finir le boulot, par respect pour ses enfants… Que le dernier encore en vie refuserait de la revoir. Qu'elle ne méritait pas de continuer à vivre.

Marianne ferma les poings. Ses vaisseaux charriaient la haine, désormais.

— Mais le moment que j'ai préféré, c'est quand je t'ai écoutée appeler au secours… J'étais juste derrière la porte… Un vrai régal de t'entendre gueuler comme une truie qu'on égorge ! De t'entendre me supplier… Et pleurer sur le cadavre de cette saloperie.

Déflagration dans sa tête. Déferlante rouge devant ses yeux.

Emma.

Marianne se jeta soudain sur la gardienne, lui cassa les reins sur la rambarde avant de lui envoyer une droite en pleine figure.

— Je vais te crever, salope ! hurla-t-elle dans un accès de démence. Je vais te crever !

Elle serra le cou de la Marquise de ses deux mains, de plus en plus fort, encaissant sans faillir ses ripostes désespérées. Pariotti étouffait. Elle avait empoigné les bras de Marianne mais n'arrivait pas à la faire renoncer. Les détenues commencèrent à crier. Certaines de joie, d'autres de peur. Marianne, dans son délire meurtrier, discerna des encouragements. Des hourras.

Soudain, quelqu'un l'agrippa, essayant de la tirer en arrière. Une gêne pour finir le boulot. Un parasite qui s'accrochait à elle, l'empêchant d'accomplir son devoir. Libérant sa main droite, elle flanqua un violent coup de coude derrière elle. Elle sentit les chairs qui s'écrasaient sous l'impact. Entendit une voix familière emplie de terreur, de douleur. Puis un bruit lourd. Marianne tourna la tête ; un corps dévalait l'escalier sans aucun contrôle. Elle avait l'impression que tout allait au ralenti. Ses mains abandonnèrent la Marquise qui s'effondra à ses pieds.

La chute lui sembla infinie. Deuxième explosion dans son crâne lorsqu'elle vit le pantin désarticulé se rompre le cou sur la dernière marche.

Marianne. Immobile. En haut d'un escalier. Dans un silence total, maintenant.

Comme dans un cauchemar, elle fixait le corps qui gisait au bas des marches. Comme dans un cauchemar, elle vit Daniel descendre en courant, s'agenouiller près de la victime. Prendre son pouls au poignet, puis à la carotide. Trop tard. Y a qu'à la regarder pour comprendre. Regarder ce corps étrangement pétri par la mort. Comme une sculpture de mauvais goût. Lorsque Daniel releva la tête, leurs yeux se frôlèrent. Désespoir au fond du bleu.

Comme dans un cauchemar.

Sauf qu'elle ne se réveillerait pas. Sauf que c'était irréparable. Irréversible.

Marianne ne pouvait se détacher du cadavre. De l'homme blessé à côté.

Elle réalisait lentement qu'elle venait de tuer, une fois encore. Une fois de plus. Une fois de trop, comme toujours.

Elle fit non de la tête tandis que Daniel se redressait enfin. Les filles retrouvèrent la parole. Doucement. Puis la rumeur enfla.

Morte ! Morte ! Morte…

Le cerveau de Marianne s'enflamma soudain. Elle aurait voulu disparaître sur-le-champ, s'évaporer, s'envoler. Se dissoudre. Ou même monter sur l'échafaud. Pour ne pas à avoir à affronter son propre crime. Et ce qui allait suivre. Des sirènes hurlaient déjà dans sa tête.

J'ai pas fait ça. Non, j'ai pas pu… Pas elle… Brusque retour en arrière. Un jour, dans ce maudit escalier… *Vous avez des enfants, surveillante ? Oui, j'en ai trois. Ils sont merveilleux… Si un jour ça tourne mal, pensez à eux. Ne jouez pas les héroïnes…*

La porte, puis la grille du cachot s'effacèrent. Daniel y poussa Marianne. Il n'avait pas prononcé un mot. L'avait forcée à marcher devant lui, comme pour ne pas voir son visage de meurtrière. Sans brutalité. Sans amour. Sans compassion. Pourtant, Marianne ressentait la souffrance, dans chacun de ses mouvements, dans chaque battement de son cœur. Comme elle, il peinait à respirer. Elle brûlait vive de l'intérieur. Rôtissait dans les enfers de la culpabilité. Les remords la grignotaient lentement, méthodiquement. Une drôle d'équation s'affichait dans sa tête. Monique est morte. Solange est encore en vie. Aussi coriace que du chiendent. Fléau indestructible. Le chef l'affronta de face, enfin. Dur, comme quand il s'apprêtait à frapper. Longtemps qu'elle n'avait pas reçu cette brutalité en pleine figure.

— Je voulais pas ! murmura-t-elle avant même la première question.

— Pourquoi, Marianne ?

Il distribua soudain de grands coups de pied dans le mur, se mit à hurler de fureur. Marianne se recroquevilla dans un coin de la cellule.

— Je voulais pas ! jura-t-elle. C'est un accident !

— Ferme-la ! Tu te rends compte de ce que tu as fait ?

Il l'empoigna par les épaules.

— Tu te rends compte, Marianne ?!

Elle se contentait de trembler. De gémir. Lui continuait à vomir sa douleur. Il criait si fort que les tympans de Marianne vibraient comme la peau d'un tambour.

— Tu l'as tuée, Marianne ! Tu as tué Monique ! Mais qu'est-ce que tu as dans la peau, putain ?! Tu l'as tuée ! TUÉE !

Instinctivement, elle voulut se réfugier dans ses bras, là où elle avait besoin d'être quand tout allait mal. Mais il l'envoya rebondir contre le mur.

— Tu sais ce qui t'attend, maintenant ?

Les larmes inondèrent le visage de Marianne. Véritable coulée de lave salée qui brûlait sa peau. Il la saisit à nouveau, la rudoya encore.

— Ils vont te transférer, te juger ! Tu ne sortiras plus jamais de taule ! Cette fois, c'est terminé !

— Je voulais pas !

— Mais tu l'as tuée !

Le bleu s'emplit de larmes. Daniel pleurait, s'accrochant à elle avec désespoir. Des psaumes de détresse lui répondirent. Des sanglots, des *je voulais pas*…

— Elle avait trois gosses !

Il la lâcha, essuya ses propres larmes, s'éloigna. Elle se sentit incapable d'affronter la suite.

— Me laisse pas ! implora-t-elle.

Il ne se retourna même pas.

— Ne me laisse pas, je t'en prie ! Me laisse pas ici !

Il secoua la tête. D'impuissance, sans doute. Referma le sas grillagé, puis la porte. Marianne fondit comme du beurre le long du mur. Se ratatina sur le sol. Ses bras enroulés autour du corps, pour se protéger. Son visage n'était plus qu'une convergence de tics nerveux. Elle revoyait le corps sans vie de Monique, le regard désespéré de son amant. Celui de Justine, aussi. Tous ceux qu'elle venait de trahir. De blesser. Ou de tuer.

Elle songea soudain au parloir du lendemain. Comme une grenade déchiquetant ses entrailles. Elle mesura tout ce qu'elle venait de détruire. Cette ultime chance qu'elle venait d'anéantir. Plus aucun espoir.

Plus rien à quoi se raccrocher. Plus aucune raison de vivre.

Juste la terreur qui galopait dans ses veines. Elle entendait déjà une armée d'ombres vengeresses marcher vers elle. Elle allait payer son crime. Le châtiment serait pire que la mort. Elle s'épuisa la voix sur les cloisons étanches du cachot. S'épuisa dans les secousses nerveuses. Le visage noyé de larmes, le corps embourbé de remords. Tout est fini.

Je suis dans ma tombe. Mais je respire encore. Pariotti respire encore.

Alors, elle appela la mort de toutes ses forces. S'écorcha les cordes vocales. Supplia la délivrance. Finit par capituler. Se brisa sur le sol humide et froid, telle une poupée de porcelaine.

***

Quartier disciplinaire – 18 h 45

Étendue par terre, mordue par le froid, tiraillée de toutes parts, Marianne souffrait en silence. Seules ses lèvres bougeaient. Prononçant des contours de mots. Sans un bruit.

Une clef dans la serrure la terrifia. Mais elle ne bougea pas. Ouvrit juste les yeux sur un mur dégoûtant. Le sas s'ouvrit.

— Voici ton repas.

Une voix familière. Douce, d'habitude. Brutale, ce soir. Marianne resta immobile. Peur d'affronter ce juge. Son amie, pourtant.

— T'es contente de toi, Marianne ?

De la haine dans cette question. Et tellement de souffrance… Marianne referma les yeux. Justine lui décocha un coup de pied sec dans le dos.

— Eh ! J'te parle ! Tu pourrais au moins me regarder !

Marianne se ressouda lentement. Puis elle fit face à sa

nouvelle ennemie ou ancienne amie, à un visage ravagé par la douleur. L'incompréhension, la déception.

— Alors ? T'es contente de toi ? Tu t'es faite une matonne, aujourd'hui !… Tu réponds pas ? T'as perdu la parole ?

Marianne mit ses deux mains dans le dos et s'appuya contre le béton.

— Je te demande pardon.

— Pardon ? Mais c'est pas à moi qu'il faut demander pardon ! C'est à ses trois gosses et à son mari. À eux que tu dois demander pardon…

— Je ne voulais pas…

— Tu ne sais plus ce que tu fais, alors ! C'est pourtant bien toi qui l'as frappée et poussée dans l'escalier ! De toute façon, j'ai eu tort. Tort de te faire confiance. Tu ne sais que tuer !

Marianne ne chercha pas à nier. Elle fixait le sol, crucifiée contre la cloison. L'absence de réponse poussa Justine dans la fureur. Elle plaqua Marianne contre le mur, pressant ses mains sur sa cage thoracique.

— Tu sais rien faire d'autre que tuer, c'est ça ? hurla-t-elle.

Marianne secoua la tête, tenta de se dégager sans y mettre la moindre force. Laissant finalement Justine la clouer au pilori.

— Tu ne connais donc pas la pitié ?

Les yeux de Marianne se mirent à briller. Quelle autre défense, désormais ?

— Tu crois que tu vas m'attendrir avec tes larmes ? s'écria la surveillante. Qu'est-ce que tu lui reprochais à Monique, hein ? Tu l'as tuée pour le plaisir, c'est ça ?

— Arrête ! supplia Marianne en sanglotant. Je t'en prie…

Justine lui infligea une violente secousse, son crâne heurta le mur.

— Je devrais te tuer ! Tu mérites que ça !

Une voix s'interposa brusquement entre les deux femmes.

— Justine ! Arrête… ça suffit.

Daniel se tenait à l'entrée du cachot. La gardienne lâcha Marianne.

— Calme-toi, ordonna le chef. Ça ne sert à rien, de toute façon…

Marianne toujours debout. Figée dans l'horreur. Ses muscles tremblaient comme la surface de l'eau sous le vent.

— Raconte-nous ce qui s'est passé, Marianne, demanda Daniel.

— Pas la peine ! s'emporta Justine. On sait tous que c'est elle qui a tué Monique !

— Oui. Mais je veux entendre sa version…

Justine le défia du regard.

— Tu prends sa défense parce que tu la sautes, c'est ça ?

Daniel resta médusé quelques instants. Mais, vu la situation, ce n'était plus qu'un simple détail.

— Je ne cherche pas à prendre sa défense ! Je veux juste entendre son témoignage.

— Son témoignage ? Mais ce n'est pas elle la victime !

— Stop ! Maintenant, tu te tais et tu la laisses parler.

— Salaud ! Traître !

— Arrêtez ! implora soudain Marianne. Arrêtez de vous insulter… S'il vous plaît.

Cette voix faible leur coupa la parole. Marianne préféra s'asseoir par terre.

— Je ne voulais pas la tuer… Je… Je voulais tuer Solange. Elle est venue… Pendant que Monique fouillait les filles…

Marianne narrait le drame d'une voix sans relief. Épuisée. Tout juste audible. Elle répéta avec une précision étrange les paroles de la Marquise. Le meurtre d'Emma dans les moindres détails. Les menaces contre elle et Daniel. Justine se laissa tomber sur le banc. Le chef s'accrocha à la grille. Sa haine changeait progressivement de cible. Comme le viseur d'un fusil ajuste le tir.

— J'ai… J'ai pas pu me contrôler… J'ai voulu la buter. Et… Et quelqu'un a essayé de m'en empêcher… J'ai même pas vu qui c'était… J'ai frappé derrière moi… Et j'ai vu Monique qui tombait dans l'escalier… Et…

Marianne cessa de parler un instant. Revivant en direct l'accident. Sa faute.

— J'aurais préféré mourir à sa place…

Le désarroi avait remplacé la colère sur le visage des surveillants. Daniel était sonné. Trois traumatisés dans la même pièce.

— J'aurais pu tuer Justine ou toi… J'ai jamais voulu de mal à Monique. J'ai frappé… J'étais enragée, j'étais même plus là.

Le chef soupira.

— Trop tard, maintenant. Tu as tué, une fois de plus. Parce que tu es incapable de te contrôler. Parce que tu es malade.

Marianne reçut la flèche plein cœur. Elle croyait entendre les experts psychiatres du tribunal. Ils avaient peut-être raison, finalement.

— Qu'est-ce que vous allez faire de moi ?

— Ce n'est pas nous qui décidons, rétorqua Justine d'une voix plus maîtrisée. Mais je crois que tu connais déjà la procédure, non ?

Marianne chercha les yeux bleus. Ils partageaient la même douleur en cet instant. Oubliée, Monique. Ils allaient être séparés. Pour toujours.

— Tu seras transférée dans un autre centre, continua la gardienne. Tu passeras devant un juge d'instruction et aux assises. Tu prendras dix ou quinze ans de plus.

— Je n'ai qu'une vie… Je ne pourrai jamais exécuter toutes ces peines…

— Tu devrais manger avant que ça ne soit froid, conclut simplement Justine.

Puis elle quitta le cachot. Alla verser ses larmes plus loin. Sans trop savoir pourquoi elle pleurait. Pour qui. Pour Monique, sans doute. Pour ses enfants, sa famille, sûrement. Pour Marianne, peut-être.

Daniel était toujours là. Assis sur la paillasse, il se tenait le front entre les mains. Assommé.

— Pardonne-moi, Daniel…

Il ne répondit pas. Ne leva même pas la tête. L'écouta juste sangloter.

— Ils vont venir ?

Enfin, il la regarda.

— Les matons… Ils vont venir pour la venger, pas vrai ?

— Non. Ça ne marche pas comme ça ici.

— Tu ne pourras pas les en empêcher. Ils viendront, je le sais. Et tu le sais aussi…

— Non ! répéta le chef en haussant le ton. Je ne les laisserai pas faire.

— De toute façon, c'est pas grave… Je préfère encore qu'ils me tuent…

— Tais-toi, Marianne. Tais-toi, je t'en prie…

Il eut du mal à se remettre debout. La dévisagea encore un instant. Avant de l'abandonner à la nuit dévoreuse d'espoir. Alors qu'il fermait la porte, il entendit encore sa voix derrière la cloison. *Pardonne-moi, Daniel !*

Il dut se tenir à la rampe pour trouver la force de remonter à la surface. Justine avait commencé la distribution des repas. Il passa par son bureau pour téléphoner à son épouse. Pour la prévenir qu'il ne rentrerait pas, cette nuit.

Il s'offrit une cigarette, se planta devant la fenêtre ouverte, respira avec l'avidité d'un asthmatique en manque d'oxygène. Il n'arrivait pas à savoir ce qui était le plus douloureux. Le décès d'une collègue, morte à la place d'une autre. La séparation qui s'annonçait. Définitive. Plus jamais ses yeux noirs. Plus jamais sa voix, sa peau contre la sienne. Plus jamais. Oui, c'était bien cela le plus dur à supporter. Une culpabilité foudroyante oppressa sa poitrine. Il aurait aimé pleurer, il n'y arrivait pas.

Sa cigarette se consuma entre ses doigts. Il perçut à peine la brûlure. Justine entra dans le bureau, il lâcha son mégot éteint dans un soubresaut.

— Tu peux rester, cette nuit ?

— Bien sûr, Daniel.

— Je vais rester aussi… Sanchez nous envoie du renfort dès demain matin. La distribution des repas est terminée ?

— Oui.

— Va manger, maintenant. Je vais rester en attendant que tu remontes du mess.

— OK… Tu… Tu ne te sens pas bien ?

— C'est rien, mentit Daniel.

Justine avait les larmes aux yeux. Il la serra dans ses bras. Juste ce qu'il fallait pour que la carapace se déchire. Il la laissa pleurer, tenta de ne pas l'imiter. Jusqu'à ce qu'elle soit délivrée, jusqu'à la prochaine crise. Il lui passa un Kleenex.

— Excuse-moi, fit-elle en se mouchant. Pour tout à l'heure, au mitard… Je sais pas ce qui m'a pris.

— Je comprends…

— J'ai conscience que Marianne n'a pas voulu la tuer, mais…

— Non, elle n'a pas voulu… Je savais qu'un jour il y aurait un drame. J'espérais parvenir à l'éviter. Je… Je n'ai pas réussi… J'ai échoué.

— NOUS avons échoué. Tu… Tu es triste parce que tu ne vas plus la voir, n'est-ce pas ?

Il ne répondit pas. Comme s'il passait aux aveux. Son

regard un peu gris, comme une mer sous la tempête, la fixait avec une culpabilité touchante.

— Elle… Elle m'a confié un truc, un matin, balbutia Justine.

— Quel truc ?

— Qu'elle était amoureuse de toi… Je sais pas si elle te l'a dit, à toi. Alors, j'ai pensé que tu… Mais… J'aurais peut-être pas dû te le dire.

Bureau des surveillantes – 20 h 15

Daniel regardait couler le café. Goutte après goutte. Assis sur une chaise, le menton posé sur le dossier. Comme si son corps s'était vidé de son sang. Goutte après goutte.

Il ne songeait qu'à elle. Un étage plus bas, dans les oubliettes. Seule, abandonnée. Terrorisée, sûrement. En proie à ses démons de tueuse. Elle avait sans doute envie de ses bras pour la protéger. Comme il avait envie de ses yeux pour le réconforter. Mais il n'avait pas la force de la rejoindre. Ni même le droit, d'ailleurs. Aller la consoler alors que trois enfants pleuraient leur mère ?

Justine le fit sursauter, une nouvelle fois. Il se redressa sur la chaise.

— J'ai fait du café.

— Merci, fit la surveillante en se posant en face de lui. Tu es descendu la voir ?

— Non ! s'empressa-t-il de répondre.

— Je ne te le reprocherai pas…

Il remplit deux tasses.

— On a un problème, annonça Justine. Au mess, il y avait les surveillants de garde qui mangeaient… Ils m'ont demandé si on avait collé Marianne au mitard.

— Et alors ? interrogea Daniel qui pressentait le pire.

— Ils veulent lui filer une correction… Je leur ai dit

qu'ils ne la toucheraient pas. Ils se sont énervés, m'ont demandé pourquoi je prenais la défense d'une fille qui venait de tuer ma collègue…

— Au final ?

— Ils ne m'ont plus adressé la parole. Tu crois que… Tu crois qu'ils vont mettre leurs menaces à exécution ?

Daniel serra les dents. Ses mâchoires sculptèrent son visage tendu.

— Ils savent que je reste cette nuit ?

— Oui.

— Alors, on a peut-être une chance pour qu'ils se tiennent tranquilles… Ils sont encore en bas ?

— Ils n'avaient pas fini leur repas quand je suis partie…

— Il y avait qui ?

Justine livra la liste des six matons de garde. La mine du chef s'assombrit. Mauvaise pioche.

— Je vais aller leur parler. Descends voir Marianne, s'il te plaît. J'aimerais que tu lui apportes ses cigarettes et une couverture…

— D'accord… Je vais lui descendre un café aussi. Je pense qu'elle en a besoin.

Daniel partit en direction du mess. Il fallait désamorcer la situation au plus vite. Avant l'explosion. Avant un nouveau drame. Il pressa le pas, apprit par cœur son texte.

Lorsqu'il poussa la porte de la cafétéria, tous les visages se tournèrent vers lui.

— Salut, les gars.

Ils répondirent tous, avec plus ou moins d'entrain. Daniel serra les mains de ceux qu'il n'avait pas vus, se confectionna un plateau léger et s'installa à côté de Ludovic.

— Désolé pour Monique, commença Portier en guise de condoléances.

Portier, un des gradés du quartier hommes. Drôle

de nom pour un maton ! La quarantaine, comme lui. Impressionnant, comme lui. Sauf que les deux mètres, Portier les mesurait de tour de taille.

— Ça devait arriver avec cette salope de Gréville ! continua Portier. Sanchez n'aurait jamais dû lever les mesures contre elle !

Les autres approuvèrent bruyamment.

— T'as raison, dit Daniel en essayant de manger sa salade.

— Cette chienne aurait dû rester en laisse ! enchaîna Mestre.

Mestre, un vieux de la vieille. Sorte de clone masculin de la Marquise. Petit, sec, nerveux.

— Ouais, acquiesça Daniel. Mais maintenant, le mal est fait. C'est trop tard.

— Une gardienne tuée, une autre démolie à vie... Il serait temps qu'on lui règle son compte... !

Daniel but une gorgée de vin. Il remarqua que ses collègues avaient descendu plusieurs quilles. Il fit le compte. Trois bouteilles pour six... Non, pour cinq. Ludo ne buvait pas.

— C'est pas vos affaires, répliqua-t-il.

— Quoi ? s'étrangla Mestre. Mais si, c'est nos affaires !

— Non, trancha Daniel. C'est chez moi que ça s'est passé, c'est moi qui m'en charge.

Portier le toisa de travers.

— Tu vas faire quoi ?

— Je vais lui faire passer l'envie de s'en prendre à qui que ce soit, je vous le garantis.

Ludovic le fixa avec une sorte d'écœurement.

— Ça te choque ? assena Daniel.

— Non, murmura le jeune homme en baissant les yeux. C'est tout ce qu'elle mérite...

Le chef lisait à l'intérieur de lui à livre ouvert. Oui, il était choqué. Par la mort de Monique, par les paroles violentes de ses équipiers. Par les siennes, aussi. Mais il n'osait l'avouer, voulait rentrer dans le rang. Se faire accepter. Il avait peur, surtout. Pas de pitié, entre matons.

— On va venir te donner un coup de main ! proposa Portier.

— Non, refusa calmement le chef. Vous n'avez pas à mettre les pieds chez les filles.

— Tu veux les garder pour toi tout seul ?

Ils éclatèrent tous de rire, Daniel se força à les suivre. Il renonça à sa salade, se servit un café.

— J'ai pas besoin de vous pour m'occuper de Gréville, ajouta-t-il.

— Monique était notre collègue, à nous aussi ! rappela Mestre.

Le ton montait.

— Quand y en a pour un, y en a pour sept ! conclut Portier d'un ton effrayant.

Quartier des femmes – 21 h 15

Justine remontait du cachot lorsque Daniel regagna l'étage.

— Alors ? Comment va-t-elle ?

— Pas fort, résuma Justine. Elle ne parle plus. Mais elle a apprécié les clopes et le café, je crois. Et toi ? T'as réussi à les calmer ?

— Je leur ai dit que j'allais m'occuper de Marianne moi-même… Le problème, c'est que j'ai l'impression qu'ils ne m'ont pas cru. Je me demande si Solange n'a pas fait courir le bruit pour Marianne et moi…

— Tu sais… Ça se voyait que t'étais proche d'elle… On vous a souvent vus discuter ensemble, pendant les promenades. Je crois que tout le monde sait que tu l'aimes bien.

Que je l'aime, rectifia le chef en silence.

489

— J'espère que ça suffira, continua-t-il. Ce qui m'inquiète, c'est qu'ils ont beaucoup bu.

— J'ai vu… À mon avis, c'est pas terminé.

Ils s'installèrent dans le bureau, de part et d'autre de la vieille table en formica.

— Va te reposer, proposa Daniel. Je vais rester éveillé.

— J'ai pas sommeil…

Il lui sourit tendrement.

— Moi non plus.

Justine enchaînait café sur café pour tromper la fatigue. Elle était seule, Daniel étant parti accompagner une détenue jusqu'à l'infirmerie. Une junkie admise la veille. En pleine crise de manque et de démence. Sanchez leur avait téléphoné vers vingt-deux heures pour donner des nouvelles de Pariotti. Elle restait en observation à l'hôpital mais n'était pas en danger.

Dommage, avaient-ils pensé.

La nuit serait longue. Les détenues étaient calmes. Une petite pluie fine enveloppait la prison. Chaleur étouffante d'un orage larvé. Justine avait déboutonné le col de sa chemise, histoire de respirer plus facilement. Ses yeux commençaient à cligner dangereusement. Elle croisa ses bras sur la table, posa son front dessus. Juste quelques minutes. Juste pour reposer ses paupières aussi lourdes que la peine capitale. Elle sombra malgré elle, bercée par l'averse qui tintait sur les toits. Plongea dans un drôle de rêve. Elle courait dans les couloirs de la prison. Sans direction précise. Elle chutait dans l'escalier, les détenues applaudissaient des deux mains.

Elle s'éveilla brusquement. Un bruit venait de résonner dans son cerveau engourdi. Elle releva la tête et gémit de douleur, ankylosée par son inconfortable position. Elle passa une main sur sa nuque, consulta sa montre, une heure quarante. Elle avait dormi à peine un quart d'heure.

Elle tendit l'oreille. Une grille s'ouvrait. Daniel ? Et si ce n'était pas lui ? Son cœur se pressa comme un agrume. Elle se posta à l'entrée du bureau. Dans la pénombre du couloir, son cauchemar prit forme. Des silhouettes avançaient vers elle sans la voir. Elle respira un grand coup, alluma les lumières. Se retrouva à vingt mètres de cinq surveillants.

— Qu'est-ce que vous venez foutre ici ? aboya-t-elle en croisant les bras.

Les hommes s'avancèrent, Portier en tête.

— On vient rendre une petite visite à Gréville…

Justine se mit à prier pour que Daniel revienne. Maintenant. Avant qu'il ne soit trop tard.

— Hors de question ! Je veux pas de bordel chez moi. Alors, vous faites demi-tour.

— Il est où ton chef ?

— Pas très loin.

Portier souriait. La voie était libre. Il adressa un signe à ses hommes, ils prirent le chemin du quartier disciplinaire. Justine se précipita et se planta en haut de l'escalier pour leur barrer le chemin. Une femme contre cinq mecs. Elle n'en menait pas large.

— Déconne pas, conseilla Portier. Pousse-toi, ça vaut mieux.

— Certainement pas ! Vous n'irez nulle part ! Vous n'en avez pas le droit. Et puis ça ne servira à rien, de toute façon…

Portier se colla contre elle. Elle eut un haut-le-cœur. Son haleine aux effluves de vinasse, sans doute.

— Et si c'était toi qui étais morte ? insinua le gradé.

— Monique serait à ma place.

Ça leur coupa le sifflet quelques secondes. Pas plus. Merde, Daniel, remonte !

— Les traîtres, on n'aime pas beaucoup ça chez nous ! prévint Mestre.

— Je fais mon boulot, c'est tout.

— Mais nous aussi, ma petite ! On peut pas laisser une prisonnière tuer une gardienne sans réagir, tu crois pas ?

— C'est à la justice de régler ça, pas à vous.

Un rire de meute fit écho à sa remarque.

— La justice, c'est nous qui allons la rendre ! annonça Mestre.

— T'inquiète ! On va pas la tuer… Juste lui faire regretter à mort !

Ils ricanèrent encore un coup. Justine essaya d'avaler sa salive. Mais la peur lui paralysait la gorge.

Daniel, je t'en prie ! Reviens !

— Foutez le camp ! ordonna-t-elle.

Portier s'empara d'elle.

— Allez, tu te calmes ! dit-il en lui bloquant les bras dans le dos.

Marianne, malgré la chaleur, s'était glissée sous la couverture. La solitude, sans doute, lui faisait froid dans le dos. Elle avait fini par s'endormir, d'épuisement. Voguait maintenant sur les tumultes d'un océan noirâtre de culpabilité. Recevait des paquets de mer en pleine tête.

Ce fut une clef qui la réveilla. Comme toujours depuis quatre longues années. Le grincement de la porte lui souleva les paupières. Mais pas le cœur. Elle l'attendait depuis des heures. L'espérait de toutes ses forces. Il vient enfin me voir. Me pardonner. M'aimer.

Elle se redressa, prit soudain cent watts dans les rétines. Après l'éblouissement, vision d'enfer. Une armée d'uniformes, juste derrière le sas grillagé. Encerclée par les fauves en appétit.

Ils ouvrirent la dernière barrière, elle repoussa la couverture. Elle aperçut alors son amie, tenue par deux de ses collègues.

— On te réveille ? attaqua Portier en souriant. T'arrives encore à dormir après ton crime ? Après tous tes crimes…

Marianne se leva. Son regard croisa celui de Justine. Elle voyait déjà sa sépulture s'y refléter. Un linceul de peur qui couvrait ses iris.

— Lâchez Justine, répondit Marianne en fixant le

gradé ventripotent. C'est moi que vous voulez, pas elle…

— Tu crois que tu vas me donner des ordres ? Elle essayait de nous empêcher de venir te voir ! On est en train de lui éviter une grosse connerie… Tu voudrais pas qu'elle gâche sa carrière pour toi, non ? T'as déjà fait assez de mal comme ça !

Marianne cessa de parler. Inutile de les exciter. Ils ne s'en prendraient pas à une gardienne, de toute façon. Pas ce soir, en tout cas. Ils s'occuperaient d'elle plus tard. Ce soir, la cible, c'était elle. L'appât qui allait nourrir leurs vieilles rancœurs.

Ils attachèrent la surveillante à la grille.

— Puisque tu y tiens, tu vas assister au spectacle ! ironisa Mestre en serrant les bracelets.

— Arrêtez ! hurla Justine. Je vous balancerai ! Vous finirez en cellule !

Ils ricanèrent devant ces menaces chimériques. Foutre une raclée à un détenu n'avait jamais conduit aucun surveillant devant le juge. Dans ce cachot, tout le monde en était conscient.

Marianne, encore intacte, avait reculé jusqu'au mur. Se préparant. Mentalement, physiquement. Il fallait déconnecter son esprit de son corps, juste avant la torture. Le chasser loin d'ici. Ne rien leur donner d'autre qu'un morceau de chair sans âme. Mais la présence de Justine, son air terrorisé, l'en empêchait. Justine qui sanglotait, maintenant. Tandis que le visage de Marianne restait sec et froid. Pourquoi Daniel ne les a-t-il pas empêchés de descendre ? Justine a essayé, elle. Elle ne m'a pas trahie. Mais si elle est leur prisonnière, c'est que Daniel n'est plus là. Parce qu'elle, il l'aurait protégée… Alors, peut-être qu'il m'aime encore un peu… Se rassurer, juste avant l'épreuve.

Les gardiens la tenaient en joue. Assoiffés de vengeance, de violence. Imbibés de vin. Ravagés par les années d'enfermement. Marianne serra les poings. C'était plus fort qu'elle. Elle ne se laisserait pas vaincre sans résister. Les matons hésitaient. Ce n'était pas leur première rencontre avec le cas Gréville. Ils connaissaient la dangerosité de l'adversaire. Portier donna le top départ. Ils formèrent un cercle autour de leur proie et se jetèrent sur elle en un seul mouvement.

Une lutte violente s'ensuivit. Deux des hommes finirent à terre, trois s'emparèrent de la détenue tandis que Justine appelait au secours. Les hommes plaquèrent la furie au sol, la première volée s'abattit sur elle.

Coups de pied, de poing, de matraque. De quoi la calmer un moment. Puis ils lui arrachèrent ses vêtements. Elle leur infligea de nouvelles blessures, se mit à rugir comme une lionne.

Mais comment lutter ? En avait-elle seulement envie ? Ou n'était-ce qu'un vieux réflexe ?

Justine continuait à émettre des SOS tragiques, inutiles.

— Bâillonnez-la ! ordonna Portier en essuyant le sang qui coulait de sa bouche.

Un surveillant récupéra de l'essuie-main près du lavabo et l'enfonça de force entre les lèvres de Justine. Ils lâchèrent enfin Marianne. Déjà sonnée, entièrement déshabillée. Elle rampa jusqu'au mur, replia ses jambes devant elle. Cacha sa poitrine avec ses bras. Les regards ruisselaient sur sa peau nue telle une pluie acide. Première blessure.

— Fait chaud ici, non ? suggéra Portier. On devrait offrir un rafraîchissement à notre copine…

Il disparut dans le couloir, avec le sourire d'un gosse attardé qui prépare un mauvais coup. Marianne tenta de rassurer Justine à distance. Je survivrai… Justine, qui semblait encore plus épouvantée qu'elle.

Puis Portier revint avec la lance incendie. Sorte d'anaconda monstrueux. Les surveillants se tassèrent derrière le sas grillagé. Marianne reçut le jet puissant d'eau glacée en pleine figure, se protégea tant bien que mal avec les mains en hurlant. Il lui semblait que sa peau craquait, se fendait sous la poussée. Puis l'épée liquide frappa sa poitrine, son ventre. Elle se tourna face au mur, crut que ses vertèbres allaient exploser. Elle termina par terre. Se recroquevilla au maximum pour épargner au mieux les zones fragiles de son corps.

Enfin, le premier supplice cessa. Il était temps de passer à la suite.

Marianne reprit sa respiration. Immergée dans un lac sibérien, elle essayait de recouvrer quelques forces. Mais déjà, autour d'elle, les agresseurs se délectaient du spectacle. Elle fut décollée du sol, son visage heurta violemment la cloison. Ses bras se tordirent dans son dos, les menottes entravèrent ses poignets.

— Tu sais que t'as un beau cul, Marianne ? commenta Portier avec un rire gras.

Il la retourna face à lui.

— Le reste est pas mal non plus…

— Connard !

Elle lui cracha à la figure, il essuya l'insulte d'un revers de manche avant de lui administrer une gauche dans l'abdomen. Elle s'écroula dans la flaque gelée. En train de suffoquer.

— Tu tueras plus personne, salope ! ajouta le gradé en la forçant à s'aplatir par terre.

Il lui écrasait le dos avec sa chaussure. Avec ses cent quarante kilos de cholestérol pur. Elle criait de douleur, se tordait sous la pression.

— On se la fait ? proposa Mestre.

Deux des gardiens semblèrent un peu effarés par cette proposition.

— Sois un peu patient ! répliqua Portier en enlevant son pied. On a toute la nuit pour s'amuser !

— Ouais ! On va pas commencer par le dessert ! ajouta un jeune maton.

Marianne, au bord de l'évanouissement, entendit les menaces et les rires grossiers au milieu du chaos cérébral. La carotide démesurément enflée, une grosse caisse dans la tête, du givre dans les veines. Elle mimait la mort. Buvait son propre sang. Mais le répit fut de courte durée.

À nouveau soulevée. Des mains sur ses bras, ses jambes. Des griffes chaudes plantées dans sa peau glacée. Elle se mit à gémir. Se refusa pourtant à supplier ses bourreaux. Elle se retrouva à genoux dans l'eau, Portier la tenait par les cheveux. Il empoigna sa matraque, la pressa contre ses lèvres ensanglantées.

— Ouvre la bouche ! Ouvre la bouche ou je te pète les dents !... Ouvre j'te dis ! Sinon je te casse les mâchoires !

Une voix fracassante intimait des ordres dans sa tête. Laisse-toi faire ou tu vas y passer ! Elle finit par céder, il enfonça la matraque. Son estomac se révulsa, remonta jusque dans l'œsophage.

— C'est bon, Marianne ? ricana Portier. Tu veux que je te la mette ailleurs ?

Elle s'étouffait. Un morceau de dent passa par sa trachée au gré d'un aller-retour brutal. Il retira enfin l'arme, elle bascula sur le côté, crachant un mélange de sang et de salive. Vomissant son effroi dans la mare abjecte.

— Arrêtez ! implora-t-elle enfin. J'ai pas voulu la tuer ! C'était un accident !

Avouer qu'elle avait mal, qu'elle avait peur. Leur donner satisfaction pour tenter de les calmer.

— Ta gueule ! Tu crois que tu vas nous faire gober ça ? Tu crois qu'on sait pas qui tu es ? On va te passer l'envie, j'te jure !

Elle se tut, fixa le sol marécageux. Portier lui releva la tête en appuyant la matraque sous son menton.

— Tu penses à ces trois gosses qui pleurent leur mère, ce soir ? Tu y penses, Gréville ?

— Oui…

— Tu mens, petite ordure ! Mais on va t'obliger à penser à eux, je te le garantis !

Ils l'emmenèrent vers de nouvelles tortures. Portier la jeta dans les bras de Mestre qui la reçut avec son poing dans la figure, avant de la relancer vers un de ses collègues qui la frappa à son tour. Le jeu barbare continua de longues minutes. Elle ne pouvait même pas s'écrouler, toujours maintenue par des bras puissants. Ses genoux touchaient terre de temps en temps. Les coups tombaient à intervalles réguliers. Sur le visage ou le corps, au gré des envies de chacun des joueurs.

Jusqu'à ce que Portier l'emprisonne par la taille et la couche sur la table, lui faisant embrasser brutalement le béton.

Là, elle perdit connaissance pour la première fois. Plongeant dans un de ces fameux trous noirs. Une caverne calme et humide. Un cercueil. Des ténèbres où se reposer. Enfin.

Mais le glas résonna à nouveau dans sa tête. Le jet d'eau froide en pleine face la ramena au cœur du purgatoire. Elle ouvrit les paupières sur le spot halogène. Avala une bouffée d'oxygène. Mourir.

Elle supplia son cœur de lâcher, une bonne fois pour toutes. Mais il était bien trop solide pour ça. Portier lui écarta brutalement les jambes, se colla contre elle. Il braquait une arme chargée à bloc entre ses cuisses. Il se pencha, elle vit son sourire jauni, son visage répugnant. Respira son haleine pourrie. Le tas de graisse qui lui servait de ventre s'aplatit sur ses abdominaux serrés à fond.

— Tu préfères la matraque ou ma queue, Marianne ?

Il verrouillait un étau d'acier sur sa gorge. Elle avait juste assez d'air pour survivre, pas assez pour choisir. Mais il commit l'imprudence d'approcher une main de sa bouche. Elle le mordit, de toutes ses forces. Goûta le sang de l'ennemi. Le gradé braillait comme s'il s'était coincé la main dans un piège à loup. Un de ses subordonnés lui porta secours. Une matraque tomba sur le crâne de Marianne, Portier récupéra son doigt où s'incrustait la marque rouge des crocs. À défaut de force, elle avait encore des nerfs. Et l'énergie du désespoir.

Elle replia ses jambes, lui flanqua son pied en pleine tête. Il perdit l'équilibre, partit rebondir contre le mur avant de savourer à son tour l'eau froide et sale qui noyait la cellule. En guise de riposte, Marianne reçut de nouveaux chocs. Puis on lui empoigna les chevilles, on lui comprima le cou. Elle se revit dans les douches. Sauf que là, ce n'était pas un couteau qui allait la blesser. Ce serait pire.

Elle planta ses canines dans un morceau de chair, un bras lui sembla-t-il. Déclencha un autre cri de douleur. Elle se battrait jusqu'au bout. Jusqu'à la mort. Ne connaîtrait jamais la reddition. La soumission.

Mais Portier était revenu à l'assaut entre ses jambes. Du sang plein le visage. Elle l'avait copieusement amoché. Avait décuplé sa fureur. Elle entendit le bruit des clefs accrochées à sa ceinture tandis qu'il virait son pantalon.

— Fils de pute ! hurla-t-elle.

Justine pleurait à chaudes larmes. Elle dut fermer les yeux sur le crime dont elle était l'impuissante spectatrice. Marianne continuait à se débattre alors qu'elle avait déjà la corde au cou. Les voix qui poussaient au viol, les insultes, se gravaient à jamais dans son esprit au bord de la rupture.

Elle serra les dents si fort qu'elle se mordit la joue. Lèvres soudées, elle plongea en enfer sans un cri, assassinée de l'intérieur. Souffrance à son paroxysme. Celle qu'elle avait tant redoutée. À laquelle elle avait échappé jusqu'à ce soir.

Elle ouvrait-fermait les yeux sur les faciès de ses tortionnaires, réunis autour d'elle pour la curée. Sur ces yeux injectés de sang, brillants de haine. Elle comptait les coups de glaive qui lui déchiquetaient le ventre à intervalles réguliers. Portier s'acharnait, galvanisé par les encouragements.

Mais soudain, il s'arrêta. Net. Dans un étrange silence. Quelque chose de froid appuyait sur sa tempe. Jugement dernier métallique.

Un drôle de clic. Il tourna à peine la tête. Lâcha la gorge de Marianne.

Au milieu du cauchemar, elle devina une immense silhouette. Qui braquait un pistolet sur le crâne du violeur.

— Tu recules, ordonna Daniel. Doucement…

Portier s'exécuta. Marianne laissa échapper un cri de douleur. Le premier.

— Déconne pas ! implora Portier.

Daniel accentua la pression. Sa voix était incroyablement calme. Lisse et plate.

— Vous la lâchez. Et vous détachez Justine. Sinon, j'explose la cervelle de ce connard…

Les surveillants obéirent. Marianne eut un violent sursaut avant de tomber de la table.

— Tu… tu… le feras pas ! bégaya Portier.

Daniel ôta la sécurité de l'arme.

— Me tente pas, conseilla-t-il en crispant son doigt sur la gâchette.

Les matons libérèrent Justine. Elle arracha le papier de sa bouche et tout ce qu'elle avait contenu sortit en quelques secondes. Comme un barrage qui cède, déversant des mètres cubes d'eau boueuse. Les yeux exorbités par la colère et la peur. Hystérique de la tête aux pieds.

— Bande de salauds ! Bande de salauds ! Tue-les, ces enfoirés ! Vas-y, Daniel, tue-les !

— Calme-toi, commanda Daniel. Occupe-toi de Marianne.

Justine cessa de vociférer. Il lui fallut un court instant pour remettre de l'ordre dans ses neurones. Puis elle détacha Marianne, l'enroula dans la couverture.

— Maintenant, vous sortez tous d'ici, enjoignit Daniel.

Portier esquissa un mouvement pour remonter son froc, mais l'arme comprima sa tempe.

— Toi, bouge pas !

Portier leva les mains devant lui.

— Les autres, vous repartez dans vos quartiers. Je vous laisse deux minutes…

Les quatre surveillants décampèrent aussitôt, tels des moutons affolés. L'étrange silence reprit possession du cachot. Pas même une plainte de Marianne. Tout juste quelques respirations exacerbées.

— On devrait t'enfermer chez les pointeurs… murmura Daniel. Tu serais bien avec eux !

— Déconne pas… C'est qu'une taularde, OK ? On n'a rien fait à Justine…

— C'est qu'une taularde, hein ?

Sa voix venait de changer. Ondulant désormais sur les registres de la haine et du dégoût. Il empoigna Portier par la chemise, lui assena un coup de boule, suivi de près par un coup de genou entre les jambes. La masse flasque s'affala dans une chute grotesque. Daniel rangea l'arme à sa ceinture, les yeux braqués sur Portier, paralysé, souffle coupé, mains jointes au bas du ventre. Mais il ne souffrait pas assez. Daniel avait envie de le massacrer, de le transformer en une bouillie humaine.

Il évita de regarder Marianne. Si je la regarde, je le tue. Après une longue inspiration, il releva Portier, le ramena en haut de l'escalier en le tenant par la nuque,

501

un bras tordu dans le dos. Portier chuta plusieurs fois, empêtré dans son pantalon qui plissait toujours sur ses chevilles. Daniel le balada ainsi jusqu'aux limites de son territoire. Avant de le jeter dans un couloir et de claquer la grille.

— Si tu remets un pied chez moi et si tu touches à une détenue, je te descends ! menaça-t-il.

Il retourna alors au pas de course jusqu'au mitard. Il y trouva Marianne sur la paillasse, Justine tout à côté. Il posa une main rassurante sur l'épaule de la surveillante.

— Ils t'ont fait du mal ?

Elle fit non avec la tête. Essuya les larmes sur ses joues brûlantes. Elle grelottait.

— Si tu avais vu ce que ces salauds lui ont fait ! gémit-elle entre deux sanglots.

Marianne, recroquevillée sous la couverture, leur tournait le dos.

— Il faut l'emmener à l'hôpital ! ajouta-t-elle.

Un *non* étouffé traversa la laine couleur kaki.

— Je vais m'occuper d'elle, fit Daniel. Remonte, maintenant. Va te changer, prends un café. Tu es trempée…

Justine caressa les cheveux de Marianne, se résignant à l'abandonner. Elle devait les laisser seuls. Elle n'était pas en état d'affronter la situation.

Marianne restait toujours silencieuse, seule une de ses jambes s'agitait de spasmes nerveux. Daniel effleura sa tempe.

— Ça va aller, ma belle, murmura-t-il. Je suis là…

Il la força doucement à pivoter vers lui, son cœur se fendit face à son visage mortifié de sang et de larmes. Il la prit dans ses bras, elle se contracta. Inutile de la brusquer.

— Calme-toi… C'est fini. Pardon, Marianne… Je suis arrivé trop tard…

Elle pleura longtemps. Avant de retrouver le chemin

des mots. Dans un désordre total. Mais il comprit qu'elle désirait se laver. Elle voulut se lever, il préféra la porter. Seule sa tête dépassait de la couverture pressée contre sa peau suppliciée. Dans les douches, il la posa à côté d'un bac, ouvrit le robinet d'eau chaude.

— Tu veux que je t'aide ?

Elle refusa d'un signe.

— Je reviens... Je vais chercher des serviettes.

Dans le couloir, il fuma une cigarette. L'arme de service déformait sa ceinture. Il se répétait qu'il avait fait le bon choix. Il paierait son geste un jour, il le savait. Mais ne regrettait rien. Il effectua un aller-retour dans le bureau, rassura Justine qui sanglotait devant une tasse de café. Enferma le pistolet dans le coffre ; il le replacerait plus tard à l'armurerie. Puis il redescendit aux oubliettes. L'eau coulait encore dans la douche.

— Marianne ? Ça va ?

N'obtenant pas de réponse, il s'approcha de la cabine d'où s'exhalait une buée façon brouillard écossais. Il la trouva assise, le front entre les mains. Noyée sous le jet d'eau chaude. Du sang tourbillonnait autour de ses pieds. Il ferma le robinet. Elle pleurait toujours, la poitrine déchirée de violentes secousses. Il l'enroula dans la serviette.

— Ta blessure s'est rouverte ?

Un cri qui voulait dire oui.

— Je vais t'emmener à l'infirmerie...

— Non !

— Marianne... Calme-toi... Calme-toi, je t'en prie !

Ne pas craquer à son tour. Pas maintenant. Il la porta jusqu'au bas des escaliers. S'arrêta quelques secondes, appuyé contre le mur. Non qu'elle pesât lourd. Il était simplement exténué. Puis il reprit sa course ; en passant devant le bureau, il demanda à Justine d'appeler le toubib, sans même s'arrêter.

Il ouvrit la 119 sans lâcher Marianne, déposa le corps

tremblant sur le lit. Tenta de la réchauffer en la berçant contre lui. En lui murmurant des choses douces, des choses tendres.

— Pardonne-moi, Daniel !

Sa première phrase depuis qu'elle était sortie des griffes de l'enfer.

— Oui, Marianne… Je sais que tu ne voulais pas la tuer.

Il avait oublié son crime depuis longtemps.

— Le toubib va venir…

— Je veux voir personne d'autre que toi…

— Il faut qu'il te soigne, Marianne. Ça ne sera pas long. S'il te plaît…

Justine et le médecin de nuit arrivèrent. Toqué considéra Marianne, ses yeux s'arrondirent comme deux balles de golf. Il ne songea même pas à inviter les surveillants à quitter la cellule, tira un peu sur la serviette.

— Qu'est-ce qui lui est arrivé ? demanda-t-il d'une voix effarée.

Daniel et Justine se consultèrent en silence. Puis le chef prit la parole. Inutile de mentir. De toute façon, le toubib était juste là pour soigner. Pas pour juger, encore moins pour dénoncer.

— Les surveillants du bloc A ont voulu lui faire payer la mort de Monique, expliqua-t-il.

— J'ai pas pu les empêcher, avoua Justine. Heureusement que Daniel est arrivé…

— Quelle bande d'enfoirés ! s'insurgea Toqué. Qu'est-ce qu'ils lui ont fait ?

— Ils… Ils l'ont frappée et… violée.

— Putain ! s'écria le praticien visiblement horrifié. J'aurais tout vu dans cette saloperie de taule !

Marianne s'était momifiée sur le matelas. Les yeux braqués sur le sommier du haut.

— Bon, vous sortez ! ordonna enfin le médecin.

Ils s'éclipsèrent sur la pointe des pieds. Derrière la

porte, Justine recommença à pleurer. Le chef la consola à son tour. Elle répétait une seule phrase. *Si tu avais vu ce que ces salauds lui ont fait !*

Dans le cerveau de Daniel, une seule phrase aussi. *Si seulement j'étais arrivé plus tôt.*

Toqué constatait les dégâts. Mais Marianne était presque intouchable. Une boule de douleur ensanglantée. Il se contenta d'étancher les plaies. Inutile d'aller plus loin, Marianne refusait. Il lui injecta un calmant. Puis il rejoignit les gardiens dans le couloir, s'essuyant le front.

— Hosto, annonça-t-il. Elle a peut-être des fractures, mais j'aurai pas la radio avant demain matin… Et je n'arrive même pas à l'ausculter. Il y a peut-être une hémorragie interne… Elle a aussi besoin de points de suture. Alors, transfert d'urgence.

— Je ne peux pas l'organiser avant demain ! annonça Daniel. Nous ne sommes que deux et…

— J'appelle les pompiers, trancha le toubib. Si elle passe la nuit ici, je ne garantis pas qu'elle y survive.

— Mon Dieu ! gémit Justine.

— T'y vas ou j'y vais ? demanda Daniel.

— Va avec elle… Moi, je reste ici. C'est mieux.

La paperasse peut tuer, parfois. Daniel fumait une nouvelle cigarette, en attendant le feu vert. Usait ses semelles de crêpe sur le vieux carrelage. Signatures, tampons.

Trois sauveteurs attendaient, eux aussi, près de leur camion rouge sang, de l'autre côté de la vitre blindée. Toqué était resté près du brancard, dans le couloir, derrière la grille. Déjà deux heures que Daniel l'avait sauvée.

Sauvée ? Peut-être pas.

— Putain, magnez-vous !

Il obtint enfin le laissez-passer et put ouvrir la grille,

puis la porte. L'air était si chaud qu'il eut l'impression de pénétrer dans un four. Il se présenta aux pompiers, le docteur leur confia la détenue.

— Possibilité de fractures et d'hémorragie interne. La détenue a été frappée et violée.

Un des hommes en bleu leva un regard accusateur vers Daniel.

— Il faudrait peut-être qu'on se dépêche ! grogna le chef.

— Je vous signale qu'on attend depuis déjà trois quarts d'heure ! rappela le capitaine.

— Justement ! Pas la peine de perdre encore du temps !

Les secouristes entrèrent le brancard dans le fourgon, l'un d'eux s'enferma à l'arrière en compagnie de Daniel.

Marianne clignait des yeux. Hésitant à s'abandonner. Lorsqu'elle aperçut le visage de son amant, elle esquissa un léger sourire. Il le lui rendit. Le pompier se pencha sur elle.

— Ça va, mademoiselle ?

Elle continua à fixer Daniel. Comme pour imprimer son visage sur la pellicule de ses souvenirs.

— Elle s'appelle Marianne, précisa Daniel.

— Comment vous vous sentez, Marianne ? répéta le soldat.

— J'ai mal…

— Vous ne devriez pas la menotter, normalement ? Et lui attacher les chevilles ? Moi, je m'en fous… Mais je veux pas de problèmes, vous comprenez.

— Je pense que ce n'est pas nécessaire… Si problème il y a, il sera pour moi, assura le gradé. Inutile de la faire souffrir davantage.

— Vous savez qui lui a fait ça ?

Daniel hocha la tête. Le pompier n'insista pas et, tandis que le camion attendait l'ouverture des enceintes, il brancha Marianne à un attirail compliqué. Les battements de son cœur se reflétèrent en un tracé lumineux et sautillant sur l'écran noir. Il vérifia sa tension, décida de la mettre sous perfusion. Le camion était dans la rue, maintenant.

— Comment vous la trouvez ? reprit Daniel avec angoisse.

— Très jolie ! plaisanta le pompier.

Puis, face au regard anxieux du chef, il ajouta :

— Pas très en forme… Vous y êtes pas allé de main morte !

— Vous croyez vraiment que c'est moi qui ai fait une chose pareille ? s'indigna-t-il.

Le pompier fit non avec la tête. Marianne sortit une main de dessous le drap et la tendit en direction de Daniel. Il hésita. Le pompier donna son accord tacite, d'un simple sourire. Daniel attrapa la main de Marianne et la cala dans la sienne.

— Ça va aller, ma belle. Je suis là, ne t'inquiète pas…

Le secouriste fit mine de bidouiller l'écran de contrôle. Daniel embrassa le front brûlant de Marianne. Les secousses étaient violentes, les hommes s'accrochaient où ils pouvaient. Ils arrivèrent en ville, activèrent la sirène hurlante. Marianne ferma les yeux. Ses doigts lâchèrent ceux de Daniel.

— Marianne ?!

Le pompier se pencha sur elle.

— Ne vous inquiétez pas, chuchota-t-il. Elle a perdu connaissance, mais c'est à cause des calmants… Son cœur bat normalement.

Daniel caressa son front, il n'arrivait pas à s'empêcher de la toucher.

— On dirait que vous l'aimez bien, non ? Qu'est-ce qu'elle a fait ? Elle a l'air si jeune…

— Elle l'est. Vingt et un ans.

— Qu'est-ce qu'elle fout en taule ?

— Elle purge sa peine.

Une secousse faillit projeter le chef sur le brancard. Il se tordit l'épaule, grimaça de douleur. Mais ça ne suffit pas à détourner la curiosité du soldat.

— Elle en a encore pour longtemps ?

— Très longtemps, résuma Daniel avec un nœud dans la gorge.

— Mais qu'est-ce qu'elle a bien pu commettre pour mériter ça ?

— Elle a tué.

Le pompier fixa le minois angélique de la victime.

— Tué ? Elle ? Tué qui ?

— Un flic, un vieux, une détenue et une surveillante de prison.

Le pompier effectua un rapide calcul mental, et encore, le chef n'avait pas compté Giovanna. Quatre victimes. Quatre vies fauchées par ce corps qui irradiait douleur et innocence. Dire qu'il avait failli se laisser attendrir par ce visage ! Le mal prend parfois des apparences trompeuses. Daniel lâcha la main de Marianne, à regret. Par convenance.

La discussion s'arrêta là. Le silence les accompagna jusqu'aux urgences.

Mercredi 29 juin – Centre hospitalier de M.

Elle ouvrit un œil, un seul. Le droit. La paupière gauche en grève. Trop enflée pour accepter de bouger. Elle tourna la tête sur le côté, poussa un gémissement guttural. Torticolis sévère, nuque façon puzzle en 3D. Un chevet blanc cassé, une carafe d'eau incrustée de calcaire. Et, juste derrière, un mur ; blanc cassé, lui aussi. Elle revint vers le plafond. Blanc cassé. Deuxième gémissement.

Cassée, Marianne. Et aussi blanche que les draps rêches.

Elle essaya l'autre côté. Tout aussi douloureux. Mais là, au moins, une fenêtre. Avec une grille. Des bâtiments gris amer en guise d'horizon. Pas un arbre, pas même un coin de ciel. Une cellule aseptisée qui sentait l'éther. Génial…

Les douleurs sortirent lentement de l'ombre. Marianne procéda à l'inventaire. Écouta chaque plainte de son corps ; chaque frémissement de ses muscles. Disséqua chaque filament de chair. Elle avança sa main gauche. Une attelle redressait un doigt brisé, un bandage circonvenait son poignet. Dans son bras droit, menotté au lit, une perfusion. Elle toucha sa figure. Lèvres qui lui semblèrent démesurées, œil poché, gros bandage sur le front. Nez amoché. Peut-être fracturé. Heureusement que je n'ai pas de miroir en face. Que je peux pas voir ma gueule…

Elle remua ses jambes; deux morceaux de bois sec. Mais le plus dur restait à faire. Elle s'accrocha aux barrières du lit, voulut s'asseoir. Là, elle hurla carrément et retomba lourdement sur le matelas plastifié. Elle aspira l'oxygène vicié avec avidité, essoufflée par ce simple mouvement.

Deuxième essai. Des javelots plantés dans sa cage thoracique et son ventre la stoppèrent dans son élan.

Elle abandonna. Plusieurs côtes brisées. Enfoirés de matons!

Elle comptabilisa aussi une plaie à l'arrière du crâne, juste en haut de la nuque, à la racine des cheveux. Quelques points de suture fraîchement posés.

Elle avait le sentiment qu'on lui avait plâtré l'intérieur de la bouche. Elle desserra les mâchoires. Là aussi, la douleur la cloua sur l'oreiller, dans une vilaine grimace.

Elle cessa de s'autopsier, referma son œil valide. Son esprit prit le relais. Check-up cérébral. Le tabassage dans le cachot, le visage de Justine. Ses yeux terrifiés. Justine, qui avait voulu l'aider, jusqu'au bout. Justine, ma chère Justine.

Elle se souvenait… De la matraque dans la bouche. Du viol. Par ce…

Aucun mot ne vint égaler le dégoût. Envie de vomir fulgurante. Elle évita de justesse la catastrophe, se contenta de pleurer. Les larmes, au moins, ça ne tache pas.

Fin du film, Daniel qui braquait l'agresseur, lui mettait son compte. Elle repassa ces images en boucle. Les seules qui valaient une rediffusion.

Daniel… Qui l'avait accompagnée jusqu'ici, sa main dans la sienne. Ses lèvres sur son front. Un petit signe, un dernier sourire avant qu'elle ne soit kidnappée par les blouses blanches. Daniel… Qui lui avait pardonné son crime. Elle pleura plus fort. Daniel, qu'elle ne verrait plus jamais. Cruelle évidence.

Elle crispa ses doigts meurtris face à l'avalanche de mauvais souvenirs. Pariotti. La chute dans l'escalier. Monique, morte en bas des marches. Ils auraient mieux fait de me brûler la cervelle, ces salauds ! Soudain, elle réalisa qu'on était mercredi. Le parloir, cette après-midi. Peut-être maintenant.

C'en était trop. Trop à supporter. Elle s'étouffa de sanglots, se noya dans ses propres larmes. Tout ça à cause de cette ordure de Marquise ! Qui n'avait même pas daigné crever. Qui devait savourer chaque instant de sa vengeance.

Fiasco complet. Ça ressemblait à sa vie. C'était sa vie.

Bientôt, on la sortirait d'ici, pour l'enfermer dans un nouveau centre. Nouvelle tombe. Nouvelles mesures d'isolement. Elle serait peut-être même jetée directement au cachot et pour longtemps. Pour toujours.

Avec deux surveillantes à son palmarès, elle devenait la fille à abattre. L'ennemie jurée des gardiens. Celle qui paierait pour tous les autres. La cristallisation de toutes les haines, le point de convergence. Un exemple à faire. Brimades, humiliations, tortures. Ils allaient la recevoir avec tous les égards, dans cette nouvelle taule.

Elle avait du mal à respirer, submergée par une vague de désespérance. Elle tenta d'attraper la carafe pour étancher sa soif. Trop loin, trop dur. Alors elle mouilla ses lèvres et sa langue avec le liquide salé offert gracieusement par ses yeux.

Si seulement je trouvais le moyen d'entrer en contact avec le flic du parloir ! Si seulement…

Si seulement tu n'étais pas enchaînée à un lit d'hôpital dans une solitude absolue, Marianne. Trop tard. Foutu. Perpète. Pour toujours.

La porte de la chambre s'ouvrit, certainement le Diable en personne…

Une infirmière, une simple infirmière, entra.

— Tiens ! On est réveillé !

Qui, on ? Je suis si enflée qu'elle me voit double ? Marianne sécha ses larmes avec son unique main. Fixa la blouse blanche avec son unique œil. La trentaine, brune, une queue-de-cheval. Les pieds enfoncés dans des sabots roses, ridicules.

— Comment on se sent ?

— Mal… partout.

Difficile de causer avec du ciment plein la bouche.

— Avec la perfusion, ça devrait aller. Le médecin passera vous voir cette après-midi.

— Il est quelle heure ?

— Pas loin de midi.

Encore quelques heures avant le parloir. Mais par quel miracle… Pas la peine de rêver, Marianne.

La blouse blanche vérifia la perfusion puis sortit un thermomètre.

— Mettez ça sous votre bras, ordonna-t-elle.

Marianne souleva son épaule droite en geignant. Visiblement, l'infirmière était prudente. Elle ne s'approchait pas trop du lit. On l'avait sans doute briefée sur le phénomène Gréville.

— 39… Hum…

— C'est quoi, le numéro de ma chambre ? demanda Marianne.

— La 119… En médecine générale.

Marianne écarquilla les yeux. Non, écarquilla l'œil.

— C'est… C'était mon numéro de cellule en prison…

— Alors faut croire que c'est pas un numéro porte-bonheur, pour vous !

Abrutie ! Tu ferais mieux de t'acheter des pompes dignes de ce nom au lieu de faire de l'humour !

— Mon nez… il est cassé ?

— Ah ça oui ! Mais il est encore droit, rassurez-vous !

— J'ai envie de faire pipi… Je vais me lever…

— Vous pouvez pas vous lever, vous êtes attachée ! Je vous apporte le bassin.

L'infirmière passa dans la salle de bains et en ressortit avec les chiottes portatives. Ça aurait pu lui servir à vomir, mais pour le reste…

— Pas là-dedans !

— On arrête les caprices !

Elle commence à me gonfler avec ses *on*. *On* va te mettre un pain dans la gueule. *On* va t'obliger à bouffer tes sabots Barbie joue-à-l'infirmière.

— J'ai pas les clefs des menottes, de toute façon !

— Et s'il y a le feu, *on* fait comment ? rétorqua Marianne en soupirant.

— On bouge le lit !

— Très drôle ! Non, allez, détachez-moi, je peux pas pisser dans ce truc…

Cette fois, ce fut l'infirmière qui souffla d'agacement.

— J'ai pas vraiment de temps à perdre !

— Pour moi aussi ça presse !

— Eh bien, on utilise le bassin, alors !

Marianne respira un bon coup, crut que ses poumons allaient se disloquer. *On* reste calme.

— S'il vous plaît ! Y a bien quelqu'un qui a les clefs ?

Sabots roses leva les yeux au ciel.

— Les policiers dans le couloir.

— Je veux juste aller aux WC… Et j'aimerais me faire un brin de toilette, aussi…

L'infirmière s'éclipsa. Elle revint en compagnie d'un gringalet en uniforme qui fixa Marianne avec de petits yeux fourbes.

— Je te libère pendant dix minutes, OK ? Mais à la moindre connerie…

— Je suis pas en état ! J'ai juste envie de pisser et de me laver ! Je demande pas grand-chose, merde !

Le flic ouvrit les pinces, Marianne prit appui sur ses coudes pour se redresser. Terrible épreuve. Omoplates en feu. L'infirmière débrancha la perfusion, Marianne s'assit sur le rebord du lit. Elle portait une blouse verte en papier, pas très seyante. Mais très ouverte. Le policier se rinça copieusement l'œil.

Marianne se leva prudemment. Elle marchait sur des œufs. L'infirmière l'accompagna, serrant ses mains manucurées sur sa peau brûlante.

Lorsqu'elle se vit dans le miroir, Marianne resta bouche bée. Défigurée. Identification impossible même par la crème des légistes.

— Faites pipi et ensuite, je viens vous aider pour la toilette !

— J'ai pas besoin de vous, je vais me débrouiller !

La porte se ferma enfin. Marianne resta tétanisée face à son reflet. Elle laissa tomber sa blouse, ravala un cri d'effroi. Encore pire qu'après l'épisode de la douche. Peau couleur ciel orageux. Nuances de bleu, de mauve, de noir. En plus des hématomes, des plaies ; l'épiderme qui avait cédé sous les coups. Elle se laissa choir sur la cuvette. Douleur terrible entre les jambes, la nouvelle couture qui tirait méchamment sur sa peau. Elle grelottait, emplit le lavabo d'eau tiède, se rinça doucement le visage. Il n'y avait qu'un savon désinfectant, elle l'utilisa pour se nettoyer.

L'infirmière entra sans frapper. Le flic se démit une vertèbre pour essayer de reluquer. Mais Marianne avait revêtu sa blouse. Trop tard, pauvre con !

— Ils m'ont apporté des vêtements ?

— Non. Rien du tout. On a terminé ? Alors on retourne se coucher…

— Oui. *On* a terminé. *On* y va…

Marianne revint dans la chambre sous l'œil scrutateur du nabot. C'est ça, vas-y, mate mon cul, pauvre débile ! C'est gratuit, ne te prive surtout pas !

Juste avant le lit, elle eut l'impression étrange d'avoir raté une marche. Le sol était plat pourtant. Elle s'affala aux pieds du flic qui la releva par un bras, appuyant involontairement sur l'aiguille de la perfusion.

— Vous le faites exprès ou quoi ! s'égosilla Marianne. Espèce de crétin !

— Eh ! Tu te calmes, de Gréville !

— C'est Gréville ! aboya Marianne en se dégageant.

Elle se remit sous les draps, le policier referma la menotte sur son poignet.

— Les matons aiment pas qu'on s'en prenne à l'un des leurs on dirait ! Ils ont bien raison...

Le flic n'insista pas. Elle se retrouva seule, un peu plus propre. Elle put se remettre à pleurer tranquillement. Plus rien n'avait d'importance maintenant. Elle était définitivement condamnée. On venait de murer les deux bouts du tunnel dans lequel elle errait depuis si longtemps.

Et Daniel était resté dehors. Tu me manques. Je veux mourir. Pourquoi tu ne les as pas laissés me tuer, mon amour ?

Marianne s'était tournée vers la fenêtre, même s'il n'y avait pas grand-chose à voir, même si ça tirait sur son poignet entravé. Toujours mieux que le mur blanc cassé. Elle avait pleuré longtemps. Ça avait tracé un sillon rouge sur sa joue bleue. Mais maintenant, son visage était sec. Dur et froid, comme de la roche. Elle tremblait un peu sous l'effet de la fièvre. Souffrait dans une absolue solitude.

Sa paupière droite balayait son œil irrité à la façon d'un essuie-glace. Mais impossible de nettoyer la saleté incrustée. Comme ces petits insectes explosés sur le pare-brise, qui s'accrochent au-delà de la mort. Elle revoyait le visage de Portier. Sentait encore son haleine fétide. Entendait les injures des aficionados autour de l'arène.

Excités par le sang et la barbarie. *Baise-la cette*

salope…! Et pire encore. Des trucs inimaginables. La souillure refusait de céder, malgré le savon. Elle pourrait se laver des centaines de fois. Des milliers de fois. Ça ne partirait jamais. Elle le pressentait. Un peu comme le sang sur ses mains. Un peu comme l'odeur de la mort.

Elle rêvait de s'arracher la peau, d'en jeter les lambeaux à la poubelle. De mettre ses chairs à nu. Envie de muer. Envie de se tuer.

La seule liberté possible, maintenant. L'unique échappatoire.

La prochaine fois que cet abruti de flic s'approche, je lui pique son arme et je me flingue.

Justement, la porte s'ouvrit. File indienne de blouses blanches. Un type grand et maigre, aux cheveux blanc cassé. Assorti aux lieux. Un autre, plus jeune, petit et grassouillet. Et Sabots roses qui leur collait au train.

— Je suis le docteur Estier, annonça le grand maigre.

Ni bonjour, ni merde. Il ne présenta pas son confrère, peut-être un étudiant. Marianne tenta de s'asseoir. Ça lui déforma le visage, encore plus. Elle parvint à soulever sa paupière gauche. Juste un peu. Le toubib consultait la fiche accrochée au pied du lit. Courbes en tout genre. Puis il s'appuya aux barrières anti-chute. Bien pratiques pour menotter les détenus.

— Vous avez l'annulaire gauche fracturé et le poignet luxé. Entorse à l'épaule droite, une côte cassée, deux autres fêlées…

On aurait dit la liste des courses avant le départ pour la supérette.

— Une légère fracture du nez, aussi… Beaucoup de contusions. Mais pas d'hémorragie interne… Rien de grave. Quelques points de suture à l'arrière du crâne, au niveau occipital…

Rien de grave ?! Viens par là, que je te mette dans le même état, on en reparlera ensuite !

516

— Je vais rester ici longtemps ?

— Ce n'est pas moi qui décide. Si ça ne tenait qu'à moi, vous seriez déjà dehors…

Dehors ? Là, il me cherche, cet enfoiré ! Il descendit le drap, palpa ses jambes. Elle serra les dents. Il baladait ses mains sur la succession d'ecchymoses, l'effet d'un marteau qui plantait des clous. Il l'obligea à bouger son genou enflé.

Putain ! J'ai envie de te tuer ! Mais rassure-toi, c'est *rien de grave* !

Il la tourna sur le côté, examina les sutures de la nuque. Elle retomba sur le dos.

— Enlevez votre blouse, ordonna-t-il le plus naturellement du monde.

— Pour quoi faire ?

Il resta médusé face à cette rébellion inattendue.

— Pour vous ausculter, bien sûr ! Je veux voir les points qu'on vous a posés sur la cuisse… Et le haut du corps, aussi.

— Pas la peine.

— Écoutez, si vous voulez que je vous soigne…

— Je ne vous demande rien, moi !

Le toubib souleva la blouse d'autorité, Marianne eut un violent sursaut. Elle lui attrapa le poignet, le repoussa brutalement. Puis elle rabaissa la blouse, remonta les draps, le tout avec une seule main.

— Mais elle se croit où celle-là ? s'offusqua le toubib.

— Foutez-moi la paix ! J'ai pas envie de me faire mater par un vieux dégueulasse et un gros boutonneux !

Les joues du jeune étudiant se mirent à rougir telles deux tomates sous le soleil du mois d'août.

— Vous avez intérêt à vous calmer !

Estier voulut redescendre le drap, Marianne se redressa vivement malgré la douleur. Avec sa main gauche, elle empoigna le médecin par la blouse, le bascula sur le matelas. Elle le fixait dans les yeux, serrait sa gorge. De la main droite, elle avait saisi une masse molle qui pendait entre ses jambes avant de la presser comme un citron trop mûr. Son jeu favori.

Sabots roses se mit à hurler. Gros boutonneux recula, la bouche tordue. Il avait sans doute mal pour son patron figé dans un rictus grotesque. Mais aucun des deux ne lui porta secours.

— Écoute-moi bien, murmura Marianne, tu ne me touches que si j'en donne l'autorisation…

Il hocha la tête. Émit un son qui voulait sans doute dire oui.

— Et là, t'as pas l'autorisation, tu piges ?

L'infirmière partit chercher les flics. Marianne repoussa le toubib rudement, il atterrit contre le chevet, foutant la carafe d'eau par terre. Les deux flics arrivèrent, Sabots roses juste derrière.

— Cette folle m'a agressé ! pleurnicha Estier maintenant qu'il était à distance.

Maintenant que ses bijoux de famille étaient en lieu sûr. Marianne affronta les deux policiers du regard. Le nabot s'était planqué derrière une sorte de géant hirsute qui devait avoisiner les cent vingt kilos de muscles.

— Tu veux qu'on te calme ? menaça le colosse.

— Je veux juste qu'on me foute la paix…

Il attrapa le poignet gauche de Marianne, vissa sa main gigantesque dessus. Elle hurla de douleur. Il sortit une paire de menottes et l'amarra solidement au barreau métallique.

— Vous avez pas le droit de m'attacher les deux mains ! s'époumona Marianne.

— Ferme-la ! enjoignit le nabot en s'approchant.

Estier lui décocha un sourire vengeur.

— Toi, si tu poses encore tes sales pattes de vieux sur moi, je t'explose !

— Ne vous approchez plus d'elle, conseilla le géant. Si elle préfère crever, c'est son problème…

— Je vais lui faire une piqûre de calmant à cette furie…

— Va te faire mettre !

Sabots roses prit une mine outragée. Estier s'avança avec la seringue, Marianne tira sur les bracelets de toutes ses forces, malmenant son articulation luxée. Mais l'aiguille se planta malgré tout dans son bras gauche.

— Je t'emmerde ! Je vous emmerde tous !

Ils quittèrent la chambre tandis que Marianne continuait à vociférer dans le vide. Insultant la terre entière. Tout le monde en eut pour son grade. Médecins, infirmières, police, juges, matons. Même ses vieux.

Puis sa paupière se fit lourde. Et elle sombra d'un seul coup dans le néant.

Jusqu'à ce que les images reviennent, dans une sorte de mélange entre conscience et inconscience… Combien de temps avait-elle plongé dans cette obscurité totale ? Une minute… ? Trois heures… ?

Incapable de dire s'il faisait encore jour ou déjà nuit, elle oscilla longtemps entre deux cauchemars. Celui, réel, de cette chambre où elle était enchaînée comme une bête. Et l'autre. Tout aussi réel. Ces images du passé qui remontaient à la surface, comme ces corps de noyés qu'on voudrait faire disparaître au fond de l'étang mais qui finissent toujours par ressurgir de la vase…

… Un cachot. Visage d'ange. Les coups, les insultes. Le rat dépecé dans l'assiette. Le froid qui la ronge, la douleur qui la tue lentement. Ces interminables heures d'agonie. Le filin d'acier dans ses chairs meurtries. Le sommeil interdit.

Et la mort qui refuse de venir la délivrer…

… Marianne ouvrit les yeux. Les deux. Serra ses poings. Paysage grisâtre derrière les barreaux noirs. Ces souvenirs-là revenaient la hanter jusque dans ses rêves. Depuis plus d'un an.

Maintenant, il y en aurait d'autres. Était-ce pire la première fois ou la deuxième ?

Le viol. Pire que trois jours de torture sans nom ? Difficile à dire. Et il restait encore à affronter l'avenir. Le plus grand de ses ennemis. Demain.

Ça recommencera. Ça ne s'arrêtera jamais. Parce que même la mort ne veut pas de moi. Pourtant, je lui donné tant d'offrandes en sacrifice ! C'est peut-être pour ça qu'elle ne veut pas de moi. Parce que je suis l'une de ses meilleures pourvoyeuses sur cette terre. Parce qu'à vingt et un ans, je lui ai déjà fourni cinq corps en pâture.

Mais je n'en peux plus. C'est à mon tour maintenant ! Viens me chercher. Emmène-moi en enfer. Donne-moi la main et fais-moi traverser.

Le commissaire principal Francky a dû repartir de la prison. Il doit chercher qui va me remplacer pour accomplir ses desseins meurtriers. Si j'avais dit oui tout de suite ! Si j'avais pas sauté sur cette chienne de Solange ! Tout ça à cause de toi, Emma ! Putain de fantôme !

Non, Marianne. Tout ça, c'est de ta faute.

Elle tenta de se détacher. S'exténua en vain. Poussant des sortes de grognements de fauve encagé. Essayant de faire céder les barrières avec des coups de pied, des coups d'épaule. Jusqu'à ce que la fatigue irisée de douleur ne lui fasse jeter l'éponge. Elle regretta d'être venue au monde. Insulta sa mère. Son père. Les dieux de l'enfer. Encore une salve de larmes, ses seules amies, dans les moments les plus durs.

— Est-ce que ça va finir un jour ? murmura-t-elle.

La porte de la chambre s'ouvrit, comme pour répondre à son appel. Elle tourna la tête. Ressentit un choc d'allégresse. Une joie simple, animale, primale. Infinie.

— Daniel…

— Salut ma belle.

Il posa le sac de sport de Marianne sur le vieux fauteuil en cuir. Elle se redressa, il prit son visage entre ses mains. Essuya ses larmes, doucement. Elle ne pouvait même pas l'enlacer, même pas le toucher.

— J'ai pas pu venir avant, Marianne. Et les deux crétins devant la porte ont bien failli m'empêcher d'entrer ! J'ai dit que je venais t'apporter tes affaires… Et t'interroger sur ce qui s'était passé au cachot… Ils t'ont attaché les deux mains ?

— Ouais ! Tu veux pas essayer de me faire libérer ? Je voudrais te serrer dans mes bras…

Dans le couloir, Marianne l'entendit discuter avec les flics.

— Elle a agressé le toubib ! raconta le nabot. C'est une dangereuse…

— Je la connais bien ! Elle a l'air calme, maintenant… Vous pourriez peut-être la détacher ?

— Elle est bien comme ça ! rétorqua le géant.

— Ne soyez pas vaches ! Tant que je suis là, vous ne risquez rien…

Ils parlementèrent de longues minutes. Le colosse céda enfin et le suivit dans la chambre. Il s'adressa à Marianne comme à son clébard.

— Je te détache tant que le surveillant est là ! Mais je te conseille de pas t'exciter !

— D'accord, murmura Marianne d'un ton docile.

Elle lui aurait léché les pieds pour pouvoir retrouver l'usage de ses bras. Il desserra les deux bracelets.

— Vous voulez que je reste ?

— Non, répondit Daniel. Elle ne se montrera pas violente envers moi, je vous assure.

— Comme vous voudrez, grogna le géant en haussant les épaules.

Enfin seuls… Marianne se blottit dans les bras de

son amant. Ils restèrent ainsi de longues minutes, sans parler. Presque sans respirer. Nourris l'un de l'autre.

— J'ai cru que je te reverrais jamais ! dit-elle en l'étouffant.

Il souriait, caressait son dos.

— J'ai pas arrêté de penser à toi, avoua-t-il. Comment tu te sens ?

— J'ai connu mieux…

— Marianne… Je… J'aurais dû te protéger… Je…

Elle sentit qu'il s'écroulait dans ses bras. Comprit qu'il pleurait.

— J'ai même pas été capable d'empêcher ses salopards de… J'ai… J'aimerais tant te sortir de là ! Je t'aime tellement et je n'ai rien pu pour toi… Pardon, Marianne…

Elle sanglota à son tour, touchée jusqu'au cœur. Jusqu'aux tripes. Elle posa son front sur le sien.

— Tu as fait tellement pour moi…

Il nia avec la tête. Ses yeux étaient devenus gris, comme chaque fois qu'ils étaient sous l'emprise de la tristesse ou de la colère.

— Tu m'aimes vraiment ? demanda-t-elle d'une voix pétrie d'espoir.

— Oui, Marianne…

Elle avait le souffle court. Avait envie de lui dire aussi. Cherchait des mots inconnus qui pourraient traduire tout ce que son corps hurlait.

— Moi aussi, confessa-t-elle simplement.

Ils échangeaient leurs larmes. Si près du bonheur parfait. Si près de la séparation, pourtant.

— Ils ont décidé de t'envoyer à P. … À la centrale de P.

— Je ne te verrai plus jamais ! gémit-elle en enfonçant ses ongles dans sa nuque.

Il fit un effort surhumain pour ne pas craquer. Pour cesser de pleurer et de la terrifier.

— Si, Marianne ! Je viendrai te voir au parloir. Je te promets ! P., ce n'est pas si loin. Je… Je viendrai aussi souvent que je pourrai !

Elle s'accrocha à ce rêve.

— Tu ne m'abandonneras pas, alors ?

— Jamais. On se verra souvent… Et… On pourra faire tout ce qu'on veut au parloir !

Elle se mit à rire, essuya ses larmes avec le bandage de son poignet.

— On pourra s'écrire, aussi ! Je t'enverrai du papier et des timbres… Pour que tu me répondes.

Ils s'enlacèrent à nouveau, savourant par avance leurs retrouvailles futures. Elle avait passé une main sous sa chemise, pour toucher sa peau. Sa chaleur. Pour imprégner sa chair de son parfum. Malgré les paroles, elle était effrayée. Pressentant que c'était la dernière fois qu'elle le tenait contre elle.

— Je t'ai apporté des fringues… Et il y a tes cigarettes et ton réveil, aussi.

— Merci… Je vais m'habiller pendant que je suis détachée.

Il l'aida à se mettre debout, lui enleva sa blouse. Reçut brutalement l'image de ce corps meurtri. Choqué. Mais il oublia vite les hématomes pour ne plus voir qu'elle. L'intérieur d'elle. Il laissa ses mains profiter d'elle encore quelques instants. La réchauffa d'un amour brûlant. *Comme tu vas me manquer !* hurlaient ses yeux redevenus bleus. Les lunes noires lui répondaient en silence. Surpassant la douleur, elle l'invitait à se fondre en elle. Mais il résistait. Un refus qui la blessa.

— Tu veux plus de moi ? murmura-t-elle. C'est à cause de… Je me sens tellement… sale ! Je dois te dégoûter !

Elle pleurait à nouveau, il la serra plus fort.

— Non, Marianne, ne dis pas ça ! C'est affreux de me dire ça ! Et… C'est faux.

— Tu… Daniel, tu as été le premier… Tu aurais dû être le seul. Je veux que… Je voudrais que tu… enlèves ce que ce porc a laissé en moi !

— Marianne… Tu es blessée, je ne veux pas te faire mal. Et puis il y a ces deux flics derrière la porte, n'importe qui peut rentrer… J'peux pas, Marianne. Mais je ne veux pas que tu dises ces horreurs. Tu n'es pas sale et… Jamais tu ne me dégoûteras… Jamais !

Rassurée, elle laissa son cœur contre le sien, jusqu'à l'extase. Secondes fugaces. Finalement, même avec ses mains sur sa peau, simplement comme ça, il parvenait à effacer l'outrage.

Elle se rhabilla ensuite façon civilisée. Ils partagèrent une cigarette devant les grilles de la fenêtre. S'enlacèrent à nouveau, incapables de trouver la force de se séparer.

Mais l'un des deux flics trouva le temps long. En entrant, il resta médusé de les surprendre dans les bras l'un de l'autre. Ils se séparèrent, frissonnèrent des pieds à la tête.

— Je dérange ? lança le géant.

Daniel ne répondit pas. Marianne lui murmura quelque chose à l'oreille. *On lui prend son flingue et on se tire…* Le chef devint blême. Il hésita tandis qu'elle s'avançait lentement vers le policier. Il songea à sa famille, à son boulot. Comment pouvait-il encore penser à eux alors que Marianne lui bouffait le cerveau depuis si longtemps ? Qu'il l'avait dans la peau jour et nuit. Réflexe de survie ? Vieille habitude ? Lâcheté ? Il l'arrêta au vol en saisissant son poignet.

Elle le considéra avec tristesse.

— Vous pouvez nous laisser ? pria Daniel.

— Vous n'avez pas fini, *chef* ? balança le flic d'un air narquois.

— S'il vous plaît.

— On aura tout vu ! maugréa le colosse en quittant la pièce.

Marianne s'effondra sur le lit.

— C'était de la folie, Marianne ! Il aurait pu te tuer !

— Me tuer ? De toute façon, je vais mourir loin de toi…

Il sentit une déchirure atroce dans son cœur.

— On se reverra bientôt ! jura-t-il. Je te le promets, mon amour…

Elle se lova contre lui. Lui pardonna tout en bloc. Simplement parce qu'il avait dit *mon amour*.

— J'ai appelé la gradée de la centrale de P. Je lui ai parlé de toi. Je lui ai expliqué que tu n'avais pas un mauvais fond… Que… Que si elle se montrait correcte avec toi, tu le serais aussi. Je lui ai dit que la mort de Monique n'était qu'un accident.

— Merci.

Il omettait juste de lui avouer que la femme au bout du fil n'avait pas eu l'air convaincue. Qu'elle avait même semblé choquée par cette démarche.

— Il faut que je m'en aille, annonça-t-il soudain.

Elle crispa ses bras autour de lui, refusant l'évidence.

— Marianne, je t'en prie… C'est déjà si dur… On se reverra bientôt.

— M'abandonne pas, Daniel ! Je vais crever sans toi !

— Non, Marianne ! Non…

Il la repoussa doucement. Se força à ne pas pleurer. Tandis qu'elle sanglotait.

— Ne pleure pas, ma belle ! S'il te plaît, ne pleure pas…

Elle essuya ses larmes mais ses lèvres continuèrent de trembler. Il les goûta une dernière fois. Puis s'avança vers la sortie. Chaque pas lui enfonçait un poignard dans le ventre.

Il se retourna.

— À bientôt, Marianne.

— Oui… Je… Je penserai à toi, chaque seconde…

— Moi aussi.

Les flics entrèrent dès que la porte fut ouverte. Marianne se laissa enchaîner sans protester.

— Alors, c'était bien avec le maton ? plaisanta le géant.

Ils rigolèrent avant de regagner leurs postes. Enfin seule, Marianne respira le parfum laissé sur sa peau. Elle se souvenait du couple sur le quai de la gare.

Maintenant, je sais. Il y a quelqu'un qui m'aime comme ça. On s'aime aussi fort que ça. Oui, maintenant, elle savait. Était entrée dans cette dimension mystérieuse qu'elle avait entrevue aux abords du train.

Maintenant, elle pouvait mourir en laissant quelque chose de beau dans son sillage. Tu vas le revoir, Marianne. Tu dois survivre, rien que pour ça. Pour retrouver ses bras. Pour entendre à nouveau sa voix.

Alors pourquoi avait-elle l'impression terrible qu'elle ne le reverrait jamais ?

Pourquoi un homme pleurait-il au volant de sa voiture, sur le parking d'un hôpital ?

Jeudi 30 juin – chambre 119 – 14 h 00

La chaleur était insupportable, aujourd'hui. Marianne avait la sensation de mijoter dans une cocotte minute infernale. Dans le couloir, le nabot et le géant avaient disparu, remplacés par un bleu inexpérimenté, tout juste sorti de l'adolescence, et un brigadier quadragénaire qui roulait des mécaniques pour épater son jeune disciple. Marianne les appela, ils entrèrent tous les deux.

— Qu'est-ce que tu veux ? grogna le plus âgé.

— Vous pourriez ouvrir la fenêtre, s'il vous plaît ? J'étouffe !

— Je m'en branle !

Joli vocabulaire ! Marianne, assise sur le lit, l'écorcha du regard.

— Allez, sois pas vache ! dit l'autre. On peut lui ouvrir ! De toute façon, y a des barreaux et elle est menottée…

— Tu sais qui c'est, cette fille ? Tu sais pourquoi elle est en taule ? Elle a massacré un vieillard, a descendu un flic à bout portant. Et blessé une gardienne de la paix, aussi jeune que toi ! Enceinte en plus ! Maintenant, elle est sur un fauteuil roulant… Et puis, elle a aussi tué une matonne, blessé grièvement une autre…

— Vous êtes sûr que vous n'oubliez rien, monsieur le policier ? rétorqua Marianne.

— Toi, ta gueule ! T'as qu'à crever de chaud, ça m'est égal !

Marianne abandonna et fixa le mur. Ils regagnèrent leur poste, elle agita son tee-shirt à la manière d'un éventail. Elle avala un gobelet d'eau tiédasse avant de replonger dans sa contemplation des bâtiments gris d'en face. Toujours aussi moches, malgré le soleil qui les écrasait de sa toute-puissance.

Les heures passaient, sans relief. Avec juste des pics de douleur. Son poignet qui lançait des SOS, la fièvre qui entortillait son cerveau dans une couverture chauffante. La couture qui tiraillait la peau de sa cuisse. Son doigt, sa mâchoire, son crâne. Chaque muscle souffrait, chaque partie de son corps témoignait encore de la torture. Et, au milieu de ces plaintes silencieuses, Marianne rêvait.

Daniel, près d'elle, lui souriait. Elle imaginait ses mains sur sa peau moite. Se plongeait dans le bleu rafraîchissant de ses yeux, comme dans une de ces mers lointaines et limpides. *On se reverra bientôt, Marianne…* Elle buvait sa voix grave et chaude. Respirait à s'enflammer les poumons le parfum discret qu'il avait laissé sur l'oreiller. Personne, jamais, ne pourra m'enlever ça. Pas même lui.

Et s'il m'abandonnait ? S'il n'a pas le courage d'affronter le mépris de ses collègues ? Un maton qui rend visite à une détenue telle que moi…

La peur tétanisa son corps. Non, jamais il ne me laissera. Il me l'a dit. Il m'aime ! Bon sang, Marianne ! Garde confiance en lui !

Soudain, le grincement de la porte la détourna de ses craintes. Cœur en zone rouge. Daniel ? Mais il ne s'agissait que des deux flics.

Qu'est-ce qu'ils me veulent encore, ces abrutis ?

— Alors, Marianne, tu marines dans ton jus ? ricana le brigadier.

— Fous-moi la paix, espèce de con !

Il attrapa son poignet menotté, le vrilla dans sa main. Elle poussa un *aïe* retentissant.

— Tu me parles autrement, OK ?

— C'est bon !

Il lâcha prise, partit de l'autre côté, là où la barrière était baissée. Elle préféra s'asseoir.

— Qu'est-ce que vous me voulez ?

— Rien ! prétendit-il d'un air énigmatique. On te surveille, c'est tout… On est là pour ça, non ?

Elle jeta un œil à l'autre policier, adossé au mur, en face du lit. Malgré les apparences qu'il se donnait, elle le devina mal à l'aise. Mauvais plan. Ça embaumait le fumet des ennuis à plein nez…

— Paraît que tu t'es fait sauter par un maton, hier ? reprit le brigadier avec un sourire visqueux. Mon collègue vous a surpris hier tous les deux, en train de vous bécoter !

— N'importe quoi ! balbutia-t-elle en devenant encore plus blême.

— Tu insinues que mon collègue a menti ?

— Ouais ! Pas ma faute s'il a des hallucinations.

— Remarque, ça me dérange pas ! C'est normal que tu l'aies fait craquer… Parce que même salement amochée, t'es quand même mignonne, Marianne… Tu veux pas ouvrir la fenêtre, Pierre ? On étouffe, ici.

Le dénommé Pierre s'exécuta. Un filet d'air tiède traversa la pièce mais Marianne n'en fut pas soulagée. La présence de ce flic irritait ses nerfs. Il se servit dans le paquet de Camel posé sur le chevet.

— Eh ! C'est mes clopes ! rugit Marianne.

Il souriait toujours, la narguait. Ne semblant même pas avoir peur d'elle. Pourtant, elle avait une main libre.

— Elles sont très bonnes, tes clopes… Un peu comme toi… T'en veux une ?

La haine germa doucement dans les tripes de Marianne.

— Vous n'avez pas le droit d'être ici. Pas le droit de me piquer mes affaires.

— Tu vas porter plainte, peut-être ? Qui écoutera une folle comme toi ? Hein ? Mais il y a peut-être moyen de s'arranger, Gréville…

Elle serra les mâchoires. Elle avait vu juste. Pas besoin d'un médium pour deviner que deux flics pourris, qui s'emmerdaient comme des rats morts dans un couloir d'hôpital, avaient envie de s'amuser un peu avec une détenue à laquelle personne ne prêtait attention. Dont le sort n'intéressait pas la société civilisée. Il passa une main sous son tee-shirt. Elle se contracta.

— Je vous le conseille pas ! avertit-elle simplement.

— Pourquoi ? Tu vas m'attaquer ? Me tuer, peut-être ?!

— Enlevez votre main… Avant qu'il ne soit trop tard.

Il se marrait tandis que son coéquipier paraissait beaucoup moins à l'aise.

— Allez, Marianne ! Tu t'ennuies pas, toute seule sur ce lit ? Si t'es sympa avec nous, je te rends tes cigarettes…

— Espèce d'enfoiré ! Tu veux que je couche avec toi en échange de ce qui m'appartient déjà ? Pour qui tu me prends !

— T'emballe pas ! Une petite gâterie fera très bien l'affaire ! Et puis j'peux te donner autre chose que les clopes… Qu'est-ce qui te ferait plaisir ?

Elle braqua ses yeux dans les siens. Fadasses, malgré le désir.

— Ton flingue me ferait très *plaisir* !

— Ça, je peux pas te le donner, chérie !

— Alors tu peux aller te *branler* dans les chiottes, monsieur le policier !

Le jeune rigola à son tour, le brigadier contre-attaqua. Mais il avait enlevé sa main, c'était déjà ça.

— Paraît que tu t'es fait violer en taule par les gardiens... C'est le toubib qui me l'a dit ! Paraît que ça te rend agressive ! Mais moi, je crois que t'étais déjà agressive avant. Je crois aussi qu'ils ont eu raison...

La voix sournoise du flic s'insinuait en elle comme une fumée nocive.

— C'était comment ? Ils étaient combien ?

Elle lorgna du côté de son arme de service, solidement ancrée à sa ceinture. D'un geste, elle pourrait... Mais il y avait l'autre juste en face. En deuxième ligne. Elle n'aurait pas le temps de saisir le flingue, qu'il aurait déjà tiré. Et après ? Après, tu ne reverras jamais Daniel. Elle se mura dans le silence. Il lui filait la nausée, la forçait à revivre l'instant figé dans l'horreur.

— C'était douloureux ? Peut-être que ça t'a plu ! Allez, raconte ! Qu'est-ce qu'y t'ont obligée à faire ?

— Foutez-moi la paix ou je hurle !

Il attacha son poignet gauche au lit. Elle cria, il plaqua une main sur sa bouche.

— Du calme ! Qu'est-ce que t'es nerveuse ! On te veut pas de mal, on veut juste discuter avec toi... Si t'arrêtes de gueuler, j'enlève ma main, OK ? Mais si tu cries, je te colle une raclée ! Toute façon, tout le monde s'en fout d'une taularde comme toi !

Elle acquiesça d'un signe du menton, il ôta sa main.

— On s'ennuie, tu comprends ? On est bloqués ici à surveiller une ordure qui devrait moisir en taule... Faudrait rétablir la peine de mort pour les nuisibles comme toi... Je pourrais t'étouffer avec ton oreiller... Comme ça tu coûterais plus rien à la société.

Sueurs froides dans son dos. La pire des engeances. Le flic facho et revanchard.

— Mais qu'est-ce que vous me voulez à la fin ?!

— Tu pourrais nous divertir, mon copain et moi ! Tu

l'as bien fait avec le maton, hier. Alors pourquoi pas avec nous, hein ? Allez, rends-toi utile, au moins…

Il caressa son bras puis s'adressa à son collègue.

— Surveille la porte. Si quelqu'un approche, tu frappes. Quand j'aurai fini, ce sera ton tour…

Le gardien sortit dans le couloir, Marianne resta seule avec le brigadier. Il fit glisser la fermeture Éclair de son pantalon.

— Allez, Marianne, sois gentille… Fais-toi pardonner.

Elle se demanda soudain pourquoi la vie ne lui laissait jamais de répit. Pas même dans une chambre d'hôpital. Pourquoi déclenchait-elle tant de haine, tant de brutalité ? Tant de mépris… *Fais-toi pardonner…* Tu payes, Marianne. Tu payes. Parce que tu as fait trop d'orphelins.

Il l'attrapa par les cheveux, voulut la forcer à approcher son visage de son érection. Elle faillit lui vomir dessus puis poussa un cri, signal que la machine de guerre se mettait en marche. Appuyée sur un coude, s'aidant de la barrière, elle se souleva, des pieds jusqu'à la moitié du dos et, sans qu'il ait le temps de comprendre comment, elle saisit son cou entre ses jambes, le bascula en avant sur le lit. Il chuta, entraîné par une force incroyable. Ses genoux touchèrent le sol violemment. Marianne, tenant sa nuque entre ses jambes, commença à l'étrangler. Il tenta d'ouvrir le piège, mais ses bras ne pouvaient lutter contre l'étreinte mortelle.

— Tu rigoles moins, pas vrai connard ?

La tête dans un étau puissant, il se tortillait sur le matelas. Il approcha sa main droite de son arme, Marianne augmenta la pression.

— Bouge et je te brise la nuque !

Il s'immobilisa instantanément. Marianne réfléchissait. Les mains attachées, elle ne pouvait pas grand-chose. À part le tuer. Parce que si elle le libérait… À force de serrer, il finirait peut-être par s'évanouir… Pas sûr. Mais le hasard vint à son secours.

Le gardien frappa deux coups contre la porte. Quelques secondes après, un toubib fit son apparition, accompagné de Sabots roses. Les deux blouses blanches restèrent un instant ébahies devant ce tableau cocasse. Puis le médecin réagit enfin.

— Lâchez ce policier immédiatement !

— Il a voulu m'agresser !

Le deuxième flic, alerté par les cris, entra à son tour. En voyant son chef dans cette fâcheuse position, il ne trouva rien d'autre à faire que de dégainer son flingue. Vraiment inexpérimenté, le jeunot !

Sabots roses poussa un cri d'épouvante.

— Tout le monde reste calme ! implora le médecin. Rangez votre arme !

— Je vais le lâcher, murmura Marianne. Mais je ne veux plus qu'il m'approche…

Elle desserra enfin le collet d'étranglement, le flic glissa contre le lit. Portant immédiatement les deux mains à sa gorge, il respira avec un bruit effrayant. Il avait changé de couleur, avait viré cramoisi.

— Il a voulu me violer ! se justifia Marianne.

Le gardien de la paix rengaina son revolver puis aida son supérieur à se relever.

— Vous n'allez pas croire cette folle ! protesta le brigadier. J'ai rien essayé du tout !

Le docteur esquissa un drôle de sourire.

— Alors expliquez-moi donc pourquoi votre braguette est ouverte… Et que votre…

Le visage du flic prit la couleur des murs. Passant du rouge au blanc sans transition. Sabots roses n'en perdit pas une miette tandis qu'il remontait la fermeture Éclair de son pantalon.

— C'est pas ce que vous croyez, docteur…

— Ça suffit ! hurla le médecin. Je vais appeler votre hiérarchie tout de suite et je vous garantis que vous allez avoir de sérieux problèmes !

— Ça va ! C'est elle qui m'a allumé ! Et ensuite, elle est devenue dingue !

— C'est faux ! s'indigna Marianne. J'ai allumé personne ! Il ment !

— Détachez-la. Tout de suite.

Le jeune policier ouvrit les deux paires de menottes.

— Toi, tu perds rien pour attendre ! balança le brigadier à Marianne.

— Dehors ! somma le praticien.

Les deux flics s'éclipsèrent, Marianne sourit à son sauveur. Un joli blondinet avec des lunettes.

— Merci, docteur.

— Ça va, mademoiselle ? demanda-t-il en s'asseyant sur le lit. Qu'est-ce qui s'est passé ?

— Ce type… Il a voulu me forcer à… À lui faire une fellation.

— Oh là là ! gémit Sabots roses. Oh là là !

— Je crois que nous sommes arrivés à temps. Et… Comment vous avez fait ce truc ? Ce truc avec les jambes !

— Ah ! Eh bien, c'est archi-simple… Vous connaissez la chandelle ? Quand on monte les jambes au-dessus de soi, en s'appuyant sur les coudes ? Ben là, c'est pareil, sauf qu'arrivée en haut, je lui ai chopé la tête et je l'ai plaqué sur le lit… Ensuite, je lui ai coincé la nuque et comme ça, il pouvait plus bouger.

— Vous êtes gymnaste ?

— Non. J'ai… J'ai fait des arts martiaux… Du karaté et un peu de judo, aussi.

— Vraiment ? Ce flic ne devait pas être au courant ! fit-il en riant. Il ne vous a pas blessée ?

— Non. Il a pas eu le temps !

— Bon… Je suis le docteur Philippe Beauregard. L'assistant du docteur Estier.

— Moi c'est Marianne de Gréville…

— Je sais ! Vous êtes célèbre ici ! Paraît qu'il faut passer une armure avant de vous ausculter !

Il était sympa, Marianne rigola aussi.

— Je m'occuperai du flic, tout à l'heure. Pour l'instant, j'aimerais que vous passiez une radio.

— Une radio ? Mais j'en ai déjà eu plusieurs en arrivant…

— Ne vous inquiétez pas, c'est juste un examen de routine. Radio de la colonne. Vous avez des douleurs aux cervicales et je voudrais vérifier que vous n'avez pas une vertèbre déplacée… C'est une radio un peu particulière, vertèbre par vertèbre. Un brancardier va venir vous chercher, d'accord ? J'aimerais aussi vous ausculter…

Il était nerveux. Marianne lui adressa un sourire un peu coupable.

— Détendez-vous, docteur… Je ne vais pas vous tuer.

— Tant mieux ! soupira-t-il en passant une main sur son front.

**

Vertèbres bien en place. Solidité à toute épreuve. Incassable, Marianne. Entorse cervicale, tout de même. Beauregard allait être rassuré même si on lui avait collé une minerve qui l'enlaidissait encore un peu plus.

Elle contemplait le plafond qui défilait au-dessus de sa tête. Le brancardier sifflotait, ça lui tapait sur les nerfs. Le bras droit menotté au lit, elle se laissait balader dans les couloirs sans fin de l'hôpital.

Elle avait quitté la chambre une heure auparavant. Les deux flics en avaient profité pour prendre leur pause devant la machine à café du hall. Une fois dans la 119, l'infirmier partit à leur recherche. Il lui fallut près de dix minutes pour revenir.

— Il faut la détacher du brancard !

Le jeune policier desserra le bracelet, évitant soigneusement le regard de Marianne.

— Je peux aller aux toilettes ?

— Je vous laisse cinq minutes, accorda-t-il.

Elle en profita pour se rafraîchir au lavabo. Se toisa, droite comme un piquet dans son collier high-tech. Puis elle fut à nouveau entravée à son lit. Du côté droit, seulement. Et, enfin, Marianne goûta à la solitude. Elle s'allongea, se tourna vers la fenêtre.

Mais quelque chose l'incommodait. Quelque chose de dur sous l'oreiller. Elle le souleva et resta bouche bée. Une enveloppe blanche. Et un pistolet.

Marianne déchira l'enveloppe avec les dents. Quelques lignes en traitement de texte.

« L'arme n'est pas chargée mais fera illusion. Vous maîtrisez les policiers en faction devant la porte et vous descendez sur le parking où une voiture vous attend. Une Renault bleu foncé qui vous fera un appel de phares. Agissez vite. Emportez ce message avec vous. »

Marianne relut plusieurs fois. Sourire tremblant sur ses lèvres.

Elle fourra le papier dans la poche de son jean, empoigna le calibre 45 dans la main gauche. Se faufila sous les draps et se mit à élaborer son plan. Elle frissonnait de partout, fébrile. Putain, je rêve ! C'est pas vrai... Mais qu'est-ce qui m'arrive ? Concentre-toi, Marianne. Il faut attirer les flics dans la chambre. Comment ?

Une lumière clignota dans son cerveau. Elle s'éclaircit la voix. Calma ses spasmes nerveux. Cette fois, ne laisse pas passer ta chance, Marianne ! Parce que c'est la dernière. L'ultime.

— Brigadier ! hurla-t-elle. S'il vous plaît ! Venez !

Ce fut le jeune gardien de la paix qui s'aventura dans son antre. Elle se remémora son prénom. Pierre. Saint-Pierre et les portes du Paradis qui étaient sur le point de s'ouvrir... Peut-être pour tous les deux, d'ailleurs.

— Excusez-moi, dit-elle en gémissant de douleur.

Je… Je voudrais que vous redressiez un peu mon lit…
J'ai tellement mal à la nuque, c'est insupportable…

— T'as qu'à attendre l'infirmière.

— Je vous en prie !

Elle avait deviné un brin d'humanité chez ce type.
Pourtant, il hésitait encore.

— Pierre, je vous en prie ! Je ne vous ferai rien ! Je
ne peux même plus bouger… Je suis contente que ce
soit vous qui soyez venu. J'ai tellement peur de votre
collègue…

Il marmonna quelques mots. S'approcha du lit, se
baissa pour chercher la manette. Sentit soudain un truc
métallique appuyer sur sa tempe.

— Reste calme. J'ai un calibre braqué sur ta tête.
Alors tu vas me détacher le poignet…

Il ne bougea pas. Transformé en sculpture de plâtre.

— Pas de connerie, Pierre… Tu es bien trop jeune
pour mourir ! Et moi, je n'ai plus rien à perdre. Alors tu
me détaches et je te laisse la vie… OK ?

Il se redressa lentement, elle continua à pointer le
canon en direction de son visage contracté. Il récupéra
les clefs dans ses mains tremblantes, ouvrit le bracelet.

— Maintenant, tu poses ton arme sur le lit et tu
recules jusqu'au mur…

Il s'exécuta. Elle s'empara du revolver chargé, força
Pierre à s'agenouiller et lui menotta les poignets aux
barreaux du lit. Alors, le brigadier fit irruption, inquiet
de ne pas voir revenir son jeune collègue. Tombant nez
à nez avec le revolver de son adjoint, il leva instinctivement les mains devant lui.

— Pose ton flingue et tes pinces par terre ! ordonna
Marianne.

Il se montra tout aussi docile que son coéquipier.
Se retrouva dans la même position que lui. Marianne
enfila ses baskets puis enfourna du papier toilette dans
la bouche des flics. Dans son sac de sport, elle cacha

l'arme du policier sous ses affaires, entortillée dans un de ses pulls, laissa le calibre 45 bien en vue dessus. Elle garda un revolver chargé à la ceinture, enfila une chemise sur son tee-shirt pour dissimuler sa prise de guerre. Enfin, elle murmura à l'oreille du brigadier :

— Ça, c'est pour tout à l'heure !

Il reçut un violent coup sur la nuque et s'affaissa comme un pantin chiffonné. Pierre ferma les yeux, s'attendant à recevoir le même châtiment. Mais Marianne se contenta de l'embrasser sur la joue.

— Merci Pierre ! chuchota-t-elle. T'as été parfait !

Elle quitta aussitôt la chambre, son sac à la main. Elle évita l'ascenseur, emprunta l'escalier. Ses jambes flageolaient.

Tu marches vers la liberté, Marianne ! La liberté. Cette fois, c'est à ta portée. Tu as deux flingues chargés, tu peux te tirer tranquille. Les flics du parking vont t'attendre longtemps !

Arrivée au rez-de-chaussée, elle s'efforça de paraître naturelle. Mais, alors qu'elle cherchait des yeux une porte dérobée, elle tomba sur le docteur Beauregard qui rentrait chez lui, un casque de moto à la main. Vrai qu'il avait un joli regard derrière ses binocles !

En l'occurrence, il ressemblait à un croyant devant une apparition de la Sainte-Vierge.

— Pas de bêtise docteur, conseilla-t-elle.

Elle écarta sa chemise, le médecin se liquéfia en apercevant l'arme à sa ceinture.

— Je vais sortir et vous ne tenterez rien. Vous ne voulez pas d'un bain de sang ici, pas vrai doc' ?

Il acquiesça en silence.

— Parfait ! Il y a une autre sortie que celle qui donne sur le parking ?

— Euh… Oui… Derrière. Là où arrivent les livraisons de marchandises.

— Conduisez-moi, docteur.

— Mais…

— Conduisez-moi. Sinon, je fais un don à la science… Vous.

Elle avait la main sur la crosse de son flingue. Il passa devant, la guida dans le labyrinthe des couloirs.

— C'est là… Vous traversez la cour et vous êtes dans la rue. Vous n'irez pas loin, vous savez… Vous êtes encore très faible. Vous avez de la fièvre et…

Elle le toisa avec étonnement. Il se souciait de sa santé dans un moment pareil ? Très pro, le toubib !

— T'inquiète, Jolis Yeux ! Et rends-moi un dernier service… Donne ton fric.

— Mon fric ? Mais…

— T'as bien un billet sur toi, non ?

Il sortit un portefeuille de sa poche. Il tremblait tellement qu'il le laissa tomber aux pieds de Marianne. Il se baissa pour le ramasser, frisant la syncope. Puis il lui donna tout ce qu'il avait. Cinquante euros. Elle avait espéré plus, mais c'était déjà un bon début. Un taxi ou une chambre d'hôtel. Un trajet en bus.

— Merci, doc' ! Et si un jour je suis malade, je reviens te voir !

— Prenez soin de vous, Marianne…

— Promis ! dit-elle avec un sourire ému.

Elle poussa la porte, prit quelques secondes pour évaluer le terrain. Une sorte de grande cour et ensuite, un large portail. Et, juste après, la rue. Exactement ce que Beauregard lui avait décrit.

La Terre Promise.

Elle fonça droit devant, passa le portail sans encombre. Dire que ces idiots de flics m'attendent de l'autre côté ! Il va passer une mauvaise soirée, le commissaire ! Au menu ce soir, soupe à la grimace ! Elle arriva dans la rue.

Malaise. Elle s'essaya à quelques pas, fut obligée de s'arrêter, appuyée contre le mur d'enceinte de l'hôpital.

Étourdissement. Ni la douleur, ni la fièvre. C'était la liberté. Cette immensité qui s'ouvrait à elle.

Elle contempla le ciel de cette fin d'après-midi. Bleu, comme ses yeux. Juste quelques nuages indolents qui s'y prélassaient. Puis, elle observa autour d'elle, toujours amarrée au mur. Grisée de bruits, d'odeurs, d'images. De vie.

Allez, Marianne ! Traîne pas trop dans le coin ! Elle se remit en marche, d'un pas rapide malgré le vertige, sa main serrée sur les anses de son sac.

J'ai réussi, mon amour ! Je suis libre. Bientôt, nous nous retrouverons… Je suis libre ! Une mélodie du bonheur qui hurlait dans sa tête. Lui faisant presque oublier les dangers qui la guettaient dans l'ombre. Elle souriait à l'inconnu. Versa quelques larmes en regardant le soleil disparaître derrière les toits.

Soudain, des pas derrière elle. Ne sois pas parano, Marianne ! C'est juste un passant, comme il y en a des milliers… Il y a des tas de gens qui marchent dans la rue. Libres, comme toi. Elle avançait vers son destin, tête baissée. Dans la lumière déclinante du crépuscule. Dehors. Aucune grille à franchir. Aucun barbelé au-dessus de sa tête. Aucun uniforme en vue.

Elle se mit à rire. Faillit percuter quelqu'un qui venait en face. Un autre passant.

— Bonsoir Marianne… Où tu vas, comme ça ?

Elle se figea face aux yeux verts implacables du flic du parloir. Elle lâcha son sac, posa la main sur la crosse du revolver.

— Je te le conseille pas, Marianne. T'as un flingue braqué dans le dos…

Rapide coup d'œil en arrière. Une ombre la tenait en joue. Une voiture s'arrêta à sa hauteur. Une main appuya sur son épaule, le canon d'une arme s'enfonça dans ses côtes. Le commissaire fit un pas en avant, avec un sourire satisfait. Il lui confisqua le revolver et empoigna son sac.

— Monte dans la voiture, Marianne…

Le trajet avait été long. Plus d'une heure, coincée entre deux types à l'arrière d'une voiture. Mais Marianne n'en avait pas perdu une miette. Malgré la situation inconfortable, malgré ce premier échec, elle s'était gorgée l'esprit de chaque image. Une ville, la nuit. Des gens, partout. Du bruit, de l'agitation, une sorte de mouvement perpétuel.

Puis ils avaient quitté l'agglomération pour emprunter des routes de campagne, avant de s'enfoncer dans une épaisse forêt à près de cent kilomètres heure. De quoi lui donner le vertige. Ce vertige qui l'avait prise à sa sortie de l'hôpital et ne l'avait plus quittée depuis. Ivresse face à tant d'espace, de vitesse. Plus de murs autour, plus de grilles. Pourtant la liberté, la vraie, avait été de courte durée. À peine quelques pas dehors.

Le portail électrique d'une propriété s'ouvrit lentement. La voiture s'engagea dans une allée bordée d'arbres centenaires, avant de stopper devant le perron d'une magnifique demeure. Marianne n'eut pas le temps d'admirer l'architecture ; Franck l'empoigna par un bras et l'emmena vers la maison. Aucun des flics n'avait ouvert la bouche. Ambiance électrique, tension palpable.

— Lâche-moi ! Je peux marcher toute seule…

— Ta gueule.

OK, il est très énervé. Parce que j'ai failli les avoir en beauté ! Normal qu'il n'apprécie pas… Mais ça tournait tellement dans sa tête, que Marianne perdit l'équilibre. Le commissaire l'empêcha de tomber et consentit à s'arrêter.

— Je… Je vais m'évanouir…

— C'est rien… C'est la liberté, ça va passer… Allez, amène-toi.

Il l'aida à monter les dernières marches et ils se retrouvèrent à l'intérieur. Le trio escorta Marianne dans une immense salle à manger. Cheminée, billard, salon en cuir, table ronde. Lustre à pampilles. Rien ne manquait. Franck alluma la lumière, tira les rideaux épais, bordeaux. Sinistres.

Le flic qui avait conduit la força à s'asseoir sur une chaise sculptée, du Henri II comme chez ses vieux. Marianne le reconnut enfin. Le fameux Laurent, celui qui lui avait filé son paquet de Marlboro au parloir. D'ailleurs, il en alluma une.

Quant au troisième, elle le voyait pour la première fois. Il lui fit penser à une fouine. Visage émacié, museau pointu, moustaches noires. Cheveux tondus au ras du crâne, ce qui accentuait encore l'impression de maigreur. Pas très grand, rachitique. Petits yeux noirs et perçants. Oui, une fouine. Sauf qu'une fouine, c'est plutôt sympathique. Une fouine antipathique, alors. Ça doit bien exister.

Ils s'assirent tous autour de la table, fixèrent Marianne. Elle pensa à l'Inquisition. Comprit qu'une fois de plus, ça allait chauffer pour son matricule.

— Ça commence mal, Marianne ! attaqua Franck d'un ton plutôt maîtrisé.

— J'me suis trompée de porte ! argua-t-elle avec impertinence. C'est pas un crime, commissaire !

Il piqua une cigarette dans le paquet de son coéquipier. Marianne lui découvrait un nouveau visage. Toujours aussi chic, aussi propre sur lui. Mais beaucoup moins posé. Le regard beaucoup plus brutal. Maintenant qu'il avait ce qu'il voulait, il tombait le masque, laissant apparaître sa vraie personnalité.

Celle d'un chef autoritaire, d'un squale prêt à mordre. Elle devina de la violence en lui. Beaucoup de violence. Mais la peur ne la bâillonna pas. Elle ne l'avait jamais bâillonnée à temps, de toute façon. Elle continua à le provoquer avec un plaisir évident, prenant une pose décontractée.

— Excusez-moi, mais quand je suis arrivée à l'hosto, j'étais dans le coltar ! J'ai pas pu étudier la configuration des lieux…

— Te fous pas de ma gueule !

Ça y est, il perd son flegme ! Envie de le faire sortir de ses gonds, de voir enfin ses crocs.

— Moi ? Mais non, je vous assure, commissaire ! Fallait fournir un plan avec le calibre !

— Arrête ton numéro ! On ne t'a pas aidée à t'évader pour que tu te répandes dans les rues…

— Que je me *répande* ? On dirait que vous parlez d'une substance toxique ! C'est vrai que je suis une plante vénéneuse ! répondit-elle avec un sourire effronté.

Elle prit son paquet de cigarettes dans la poche de sa chemise.

— Les policiers ? demanda Franck. Ceux qui étaient en faction devant ta porte…

Marianne le fixa au travers de la flamme de son briquet qui dansait sur ses iris. Le noir et le feu conféraient un air satanique à son regard. Elle admirait en secret sa façon de se contenir.

Mais elle saurait l'obliger à se dévoiler.

— Morts, précisa-t-elle avec détachement.

Les trois flics se figèrent dans une posture d'effroi.

— Je plaisante ! Ils font seulement leurs prières du soir, comme de bons chrétiens…. À genoux, menottés au lit avec leurs propres pinces. La police, c'est vraiment une bande d'incapables !

Le commissaire se contenait de plus en plus difficilement. Laurent jouait avec son Zippo, le faisant tournoyer
sur la table en bois laqué. Quant à la Fouine, il semblait
hypnotisé par le visage de Marianne. Pourtant si meurtri
qu'il en devenait difficile à affronter.

Franck contempla un tableau que Marianne jugeait
aussi sinistre que les rideaux.

— Il faut que les choses soient bien claires entre
nous. Je t'ai libérée dans un but bien précis. Parce que
tu as une mission à accomplir.

— Je crois que vous faites erreur, monsieur le commissaire… Je vous signale que j'ai jamais accepté la
mission en question !

Il la crucifia à distance. Deux yeux magnétiques, où
se mélangeaient le vert et l'ocre. Un peu comme un essai
audacieux sur la palette d'un peintre. Il semblait sur le
point d'exploser.

— C'est vrai ! renchérit Marianne. Pouvez-vous me
dire quand j'ai accepté ce contrat ? Vous pouvez me
rappeler la date ? Parce que moi, je n'en garde aucun
souvenir…

— Arrête de jouer avec moi ! J'ai pas pu te voir au
parloir puisque tu étais à l'hosto !

— Justement !

— Tu avais l'intention de refuser ?

— Évidemment ! Qu'est-ce que vous croyez !

Il passa une main dans ses cheveux, sans même se
décoiffer. Il s'approcha, la dévisagea bizarrement.

— C'est dommage, murmura-t-il.

— Ben c'est comme ça ! Faudra trouver quelqu'un
d'autre pour votre sale boulot…

Il dégaina son arme du holster, posa le canon au
milieu du front de Marianne.

— Dans ce cas, tu ne nous sers plus à rien… Faut
qu'on se débarrasse de toi au plus vite.

Il appuya sur le revolver, la tête de Marianne bascula

en arrière. Sa nuque se tétanisa. Elle s'accrocha des deux mains à la chaise.

— Soit tu acceptes de bosser pour moi, soit je te descends. Maintenant.

— Tu le feras pas… Tu ne me tueras pas de sang-froid…

Une absolue détermination jaillissait des prunelles du flic. Un frisson remonta doucement le long de ses jambes jusqu'à s'éterniser dans ses reins.

— Ça va ! murmura-t-elle. C'est bon… Je vais le faire, ton boulot de merde !

Il enleva la sécurité de l'arme, fit descendre le canon au milieu de ses yeux, juste en haut du nez.

— Tu acceptes donc le contrat ? J'ai bien entendu, cette fois ?

— Ouais ! confirma-t-elle en louchant sur la gueule béante du 357.

Il rangea son arme. Elle pencha la tête en avant en grimaçant de douleur.

— J'ai aucune confiance en toi, Marianne. Mais si tu te tiens tranquille, si tu obéis à mes ordres et si tu mènes à bien la mission, je tiendrai parole ; tu auras le fric et les faux papiers pour te tirer loin d'ici. Par contre, si jamais t'essayes de nous baiser, je te tuerai de mes propres mains.

Sa voix était aussi glacée que le dos de Marianne.

— On vient de te sortir de taule, Gréville. Il y a un prix à payer pour ça…

— Je ne vous avais rien demandé ! C'est vous qui êtes venus me chercher…

— Tu préfères retourner là-bas, peut-être ? Tu veux que les matons recommencent à te torturer ? Vu ta gueule, on dirait qu'ils ne t'ont pas vraiment à la bonne… Sans doute parce que tu as buté une gardienne. Apparemment, ils t'en ont fait baver, je me trompe ?

Il était si près qu'elle sentait son parfum un peu entêtant. Elle massait son cou, soutenait son regard.

— C'est pas la première fois... J'ai pas peur des matons !

— T'as raison de ne plus en avoir peur. Parce que si tu refuses de travailler pour moi, tu vas mourir. On te retrouvera dans un fossé, en état de décomposition avancée. Ils auront un mal fou à t'identifier... Parce que si tu refuses, je serai très énervé. Et quand je suis énervé, j'ai tendance à devenir méchant...

— Parce qu'il t'arrive d'être sympa, peut-être ?

— Ça m'arrive, oui...

Il se dirigea vers le bar, en sortit une bouteille de scotch et quatre verres.

— Alors ? Tu es sûre de ta décision ? vérifia-t-il en débouchant le whisky.

— J'ai le choix ?!

— Pas vraiment.

— Je dois tuer qui ?

— Tu le sauras le moment venu.

Il remplit à moitié les verres, en plaça un devant elle. Mais elle n'y toucha pas. Si longtemps qu'elle n'avait pas bu d'alcool... En avalant ça, elle risquait le coma foudroyant.

Elle essuya son front pendant qu'ils attaquaient leur apéro.

— Tu vas pouvoir te refaire une santé. Tu as quelques jours devant toi.

— Génial... Trop sympa !

— Il te faut quelque chose ? Des médicaments ?

— De la codéine... Pour les douleurs. Et une cartouche de clopes... Camel fortes.

— Tu peux trouver une pharmacie de garde ? demanda-t-il à la Fouine. Et un tabac, aussi... Au fait, je te présente Didier. Tu te rappelles de Laurent, je présume ?

— Ouais… Et le p'tit jeune ? Philippe, je crois…

— Tu as une mémoire étonnante, Marianne !

— Entre autres. J'ai plein de choses étonnantes…

— Philippe sera là demain.

Elle essaya de masquer l'angoisse qui lui étreignait les tripes. Ne jamais montrer, ne jamais avouer.

— Quatre flics pour moi toute seule ? Vous flippez, les mecs !

Franck se contenta de sourire. Mais son sourire sonnait faux. Tout sonnait faux, ici.

— Où est l'arme ? questionna-t-il soudain.

— Tu l'as récupérée tout à l'heure, rappela Marianne en se frictionnant la nuque.

— Je parle du Glock, celui qui était planqué sous ton oreiller.

— Je… Dans le sac, juste sur mes affaires…

Il empoigna le sac, le posa au milieu de la table. Il trouva le calibre 45 et le lança à Didier.

— Et l'autre ? Celle du flic.

— Tu me l'as prise devant l'hosto !

— Il y avait deux hommes devant ta porte, Marianne.

— Ouais, mais j'ai piqué qu'un flingue… L'autre est resté dans la chambre. Qu'est-ce que j'aurais fait avec les deux ?

— Évidemment…

Franck commença à vider le sac. Marianne se raidit sur sa chaise. Un jean usé, des tee-shirts. Petites culottes, soutien-gorge. Réveil. Minerve. Puis son sourire s'élargit. Il venait de découvrir le revolver du brigadier, tout au fond, dans le pull. Il dévisagea Marianne. Elle soupira. Il s'approcha, l'arme à la main.

— Je croyais pourtant avoir été clair…

— C'est bon, garde tes leçons de morale, ducon !

Un coup de crosse l'éjecta de la chaise. Franck s'accroupit à côté d'elle.

— Jamais de mensonge entre nous, Marianne. D'accord ?

— Tu m'as pété la mâchoire, connard !

— J'attends ta réponse. Mais si tu en veux encore…

— C'est bon, j'ai compris ! grogna-t-elle en s'affaissant sur le dos, les mains jointes sur la figure.

Il se releva et s'adressa à la Fouine.

— Tu devrais aller à la pharmacie… Je crois que notre invitée en a vraiment besoin, maintenant.

Didier termina son verre et disparut aussitôt. Franck remit Marianne sur la chaise avec la délicatesse d'un docker. Laurent souriait, apparemment ravi qu'elle se fasse rabattre le caquet par le chef de la bande *d'incapables*. Le commissaire tendit à Marianne un mouchoir en papier. Sa lèvre du haut s'était rouverte sous le choc. Son nez saignait aussi.

— Tu vois, vaut mieux pas énerver le patron ! ricana Laurent. Il t'avait prévenue, non ?

Elle pressa le mouchoir sous ses narines.

— Fous-moi la paix, sale con !

— Elle a du vocabulaire, cette petite !

Franck retourna s'asseoir en face d'elle, se servit un nouveau scotch.

— J'espère que c'est la dernière fois que je suis obligé de faire ça, ajouta-t-il.

Marianne bascula la tête en arrière pour tenter de juguler l'hémorragie. Mais son entorse cervicale la rappela à l'ordre.

— T'étais pas *obligé de faire ça* ! rugit-elle d'une voix déformée par le Kleenex. Tu l'as fait pour calmer tes nerfs ! Et je suis pas un punching-ball, putain !

— Non. Mais j'ai malheureusement l'impression que tu ne comprends pas d'autre langage… et je crois surtout que tu avais l'intention de nous braquer avec ce flingue !

— Pas besoin de flingue pour vous tuer.

Ils échangèrent un regard amusé, histoire de lui montrer qu'ils n'avaient pas peur du phénomène.

— Il vaudrait mieux que tu changes de stratégie… Pourquoi tu t'acharnes à vouloir tout gâcher ? On a quelques jours à passer ensemble et… Il vaudrait mieux pour tout le monde que la cohabitation soit agréable… Tu ne crois pas ?

— Parce que vous pensez que j'ai envie de passer mes premiers jours dehors en compagnie d'une bande de flics ripoux ?

— Tu n'es pas encore libre. Pour l'instant, tu es sous notre contrôle… Je peux aussi bien te libérer que te tuer.

— Qui me dit que vous ne me tuerez pas quand j'aurai terminé la mission ?

— Je n'ai qu'une parole, Marianne. Et je suis désolé que ça commence aussi mal… J'ai un peu perdu mon sang-froid, je le regrette.

Il semblait sincère. Il fallait bien qu'elle s'accroche à quelque chose dans ce merdier. Il prit un autre mouchoir dans le paquet. Essuya lui-même le sang qui coulait sans discontinuer. Il se montra délicat. À force de comprimer, l'hémorragie cessa.

— Il y a une salle de bains dans ce taudis ? maugréa Marianne.

— Je vais te montrer ta chambre… C'est bien aménagé, tu verras… Tu peux te lever ?

Elle se remit debout.

— C'est par où ?

— Attends… Tu n'as plus rien sur toi ? J'aimerais que tu vires ta chemise.

Elle s'exécuta, fit une mimique douloureuse en bougeant ses épaules.

— Lève les bras…

— Je suis plus en taule, merde ! J'ai rien du tout ! Tu crois que j'ai embarqué la fourchette en plastoc de l'hosto ? T'as peur que je te plante avec pendant ton sommeil ?

— Marianne… Tourne-toi et mets les mains contre le mur. Ce sera rapide.

Elle soupira mais obéit. Il procéda à la fouille, elle eut quelques tressaillements douloureux.

— Désolé, s'excusa le commissaire.

Qu'est-ce qui lui prend ? Il me la joue gentil depuis tout à l'heure… Dans les poches de son jean, il récupéra l'enveloppe.

— C'est bon, suis-moi…

Il prit le sac, passa dans l'entrée. Il commença à gravir un escalier gigantesque. Marianne le suivait, Laurent sur ses talons. Preuve qu'ils avaient conscience du danger. Il ne serait pas aisé d'échapper à leur vigilance. Mais elle avait quelques jours devant elle. D'abord, récupérer l'intégralité de ses forces…

Un long couloir avec du parquet. Pourtant, elle eut la sensation de marcher sur du coton. Franck s'arrêta devant la dernière porte.

— C'est là… On t'a réservé cette chambre parce que c'est la mieux. La plus grande…

Elle entra derrière lui. Laurent resta sur le seuil. En embuscade, au cas où.

Oui, c'était spacieux. Un grand lit, de jolis draps. Une commode avec une télévision dessus. Une armoire à glace, un bureau, quelques bouquins. Franck poussa une autre porte.

— La salle de bains ! annonça-t-il façon majordome.

Elle avait l'impression de visiter une baraque au-dessus de ses moyens avec les gars de l'agence immobilière. Sauf que les négociateurs étaient armés jusqu'aux dents, prêts à la descendre si elle refusait la transaction…

Les yeux de Marianne étincelèrent.

— Une baignoire !

551

— Oui ! Si jamais on a oublié quelque chose, n'hésite pas à demander.

Marianne retourna dans la chambre. Elle ouvrit la fenêtre et tomba sur une grille fraîchement posée, le ciment tout juste sec. Au travers des barreaux, une lune pleine irradiait sa toute-puissance.

— C'est plus confortable qu'en prison, non ? jugea le commissaire.

— Le confort, c'est pas important… L'important, c'est les barreaux aux fenêtres.

— T'as qu'à tirer les rideaux, tu les verras plus ! préconisa Laurent.

— Je les verrai toujours, murmura-t-elle.

— Tu seras bientôt libre, Marianne, rappela Franck. Mais pour le moment, j'ai pas spécialement envie que tu nous fausses compagnie.

Elle s'écroula sur le lit. Son visage reflétait un curieux mélange d'épuisement et de tristesse. Les deux flics étaient encore là. Qu'est-ce qu'ils veulent ?

Elle eut soudain une crispation au niveau du ventre. Une sorte de peur. Portier, penché au-dessus d'elle. Le flic de l'hosto, qui descendait la fermeture Éclair de son pantalon. Premiers signes d'un traumatisme qui la suivrait toute sa vie.

Elle se leva d'un bond, recula sans les quitter des yeux.

— Ça ne va pas ? s'inquiéta le commissaire qui fit un pas en avant.

Elle, deux en arrière. Il s'immobilisa.

— Qu'est-ce qui se passe, Marianne ?

— Tu m'approches pas… OK ? Tu restes à distance !

— D'accord… Ne t'énerve pas.

— Pourquoi vous partez pas ?

— J'attendais… J'attendais juste que tu vérifies qu'il ne te manquait rien. Au cas où… Tu n'as rien à craindre de nous, assura-t-il. En tout cas, pas ça…

Elle feignit de ne pas comprendre l'allusion. Fixa la télé éteinte.

— Je sais ce qui t'est arrivé en prison…

Une bouffée de chaleur grimpa jusqu'à son visage. À croire que c'était paru au Journal Officiel !

— Je vois pas de quoi tu parles.

— Ça ne t'arrivera pas ici.

Ils quittèrent la pièce, fermèrent à clef.

J'ai été ridicule. Ils doivent bien se foutre de ma gueule, ces ordures ! Elle se laissa tomber à nouveau sur le lit. Si confortable qu'elle eut l'impression de s'y noyer.

Après une cigarette, elle se déshabilla, s'observa dans le miroir de l'armoire. Elle s'y voyait de la tête aux pieds. Pour la première fois depuis qu'elle avait dix-sept ans. Au bout d'une minute, elle se mit à pleurer.

Tu as vieilli si vite, Marianne ! Tu es tellement abîmée… Mais vivante et bientôt libre. Reprends-toi !

Elle s'exila dans la salle de bains. Vrai qu'ils avaient tout prévu. Serviettes, brosse à dents, dentifrice. Produits en tout genre qui fleuraient bon le parfum de synthèse, le propre, le luxe, la féminité. Oui, c'était une femme qui avait préparé tout ça ! Impossible que ce soit un homme… Elle fit couler l'eau chaude dans la baignoire avec une bonne dose de bain moussant, respira à plein nez la fragrance délicate. Un bain… Depuis quatre ans qu'elle en rêvait ! Elle vérifia la température de l'eau et s'y plongea avec un délicieux frisson. Plaisir sensoriel tellement merveilleux qu'il lui arracha de nouvelles larmes. Elle se savonna généreusement, oubliant les vieilles habitudes. Ne pas gaspiller le gel douche qui doit durer le mois. Dix minutes, pas une de plus.

— Le pied ! s'exclama-t-elle en riant comme une gamine.

Ça apaisa un peu ses douleurs multiples et récurrentes. La délassa de la tête aux pieds. Elle alluma la petite radio trouvée sur le bureau. En zappant, elle tomba sur Jay Kay. Son dernier tube, sans doute. Il n'avait pas changé. Elle monta le son. Revit le visage de Thomas.

Elle se fit ensuite un shampooing qui titilla ses narines. Se laissa porter par l'eau chaude. Elle n'avait plus la force ou l'envie de quitter cette enveloppe liquide si réconfortante. Prête à passer la moitié de la nuit dans ce bain de jouvence, l'autre moitié dans le grand lit. Si grand, pour elle toute seule. Elle changea de fréquence. Elle ne connaissait aucune chanson, de toute façon. Elle avait apporté ses Camel, elle s'en offrit une. Fumer dans un bain moussant. Le rêve ! Elle évitait de songer à la suite, de se rappeler pourquoi elle était ici. Le prix à payer pour ce bain. Pour cette spectaculaire évasion. La radio passa un tube des années 90, Marianne essaya de se souvenir des paroles. Chantonna. Profite, ne pense pas à demain. Tu trouveras la solution… Elle chantait toujours, avait monté le volume à fond.

Jusqu'à ce qu'elle pousse un hurlement strident. Le commissaire se tenait à deux mètres. L'air éberlué face à cette étonnante cantatrice.

— Putain ! Vous voulez que je fasse une attaque ? Mais qu'est-ce que vous foutez là ?

— Excuse-moi… Je m'inquiétais… Ça fait cinq minutes que je frappe à la porte… J'ai cru que tu avais un malaise.

— J'ai pas le droit de prendre un bain ?

— Si. Mais ça fait plus de deux heures et…

Le temps est farceur, parfois ! Deux heures en cellule, c'était interminable. Deux heures dans un bain, ça passait si vite. Surtout quand on n'en a pas pris depuis des années. Heureusement qu'elle avait mis plein de mousse. Ça lui avait évité le pire.

— Je t'attends dans la chambre, ajouta le flic avec un petit sourire.

Il referma la porte, elle éteignit la radio. Elle s'enroula

554

dans un drap de bain. Essaya d'arranger sa coiffure. Testa tous les parfums, choisit le dernier, le plus léger. Puis elle entrouvrit la porte.

— Faudrait que je puisse m'habiller tranquille…

— Oui, bien sûr. Je vais sortir. Il y a quelques vêtements dans l'armoire… Normalement, c'est ta taille.

Elle resta stupéfaite. Des vêtements ? Elle se hâta d'admirer sa nouvelle garde-robe. De quoi s'habiller du haut jusqu'au bas. Dessus et dessous. Elle opta pour un jean noir, un tee-shirt gris. Un poil trop grand. Mais propre et neuf. À son goût, en plus ! Incroyable qu'ils aient prévu tout ça… Elle remarqua une robe. Noire et longue, magnifique. Elle positionna le cintre au niveau de ses épaules, la robe devant elle. Une autre Marianne. Jamais je ne pourrais mettre ça !

Elle ouvrit la porte de la chambre. Le commissaire patientait sagement dans le corridor.

— Vous vouliez quoi ?

— Tu as faim ? On a des pizzas, si tu veux.

— Des vraies pizzas ?

— Pourquoi, il en existe des fausses ?!

— On voit que vous avez jamais bouffé en zonzon, vous !

— Des pizzas plus vraies que nature ! Tu viens ?

— Pourquoi ? Je mange pas dans ma cel… chambre ?

— Manger avec des flics, ça te coupe l'appétit, c'est ça ?

Elle s'appuya au chambranle.

— J'ai l'habitude de manger seule…

— Ce soir, j'aimerais que tu te joignes à nous… Qu'on fasse un peu connaissance.

— Je vais chercher mes clopes, dit-elle en soupirant.

— Inutile… Didier t'a ramené une cartouche. Allez, magne-toi, je commence à avoir les crocs ! Ça fait une heure qu'on t'attend.

Ils m'attendent pour bouffer ? Elle allait d'étonnement

en étonnement. Il la fit passer devant, elle avança lentement dans le couloir étroit, puis dans l'escalier. Chaque
fois que son pied se posait sur une marche, ça résonnait
dans son cerveau engourdi. La fièvre était remontée en
flèche. Le bain, sans doute trop chaud. Les émotions
trop fortes. Soudain, elle s'immobilisa. Elle plia les
genoux, se retint à la rampe. Il passa devant.

— Tu te sens mal ? demanda une voix étrange,
comme un disque lu à la mauvaise vitesse.

— Je… Je crois que je vais tourner de l'œil…

Il voulut l'aider, elle se dégagea un peu brutalement.
Puis elle se remit en marche, la tête haute, les pieds
dans la ouate, jusqu'à la grande pièce où les deux autres
étaient déjà attablés.

— Super ! Un repas de famille ! marmonna Marianne.

Le commissaire lui avança la chaise, elle s'y laissa
tomber. Elle commença par avaler la codéine pour
calmer le feu dans sa tête. L'ambiance était pesante.
Marianne fixait son assiette.

— Ça t'arrive souvent ce genre de malaise ? s'enquit
Franck, assis pile en face.

— À chaque fois qu'on me file cinquante coups de
matraque dans la tronche…

Laurent se mit à rire. Pourtant, il n'y avait rien de
drôle.

— Qui t'a sortie de là ? interrogea le patron.

— Le premier surveillant… Le chef, quoi.

— Pourquoi, il n'a pas participé à la petite fête, lui ?
s'étonna Laurent.

— Non. Lui, c'est un mec bien. Il n'y avait personne
de mon bâtiment… C'est les matons du bloc A qui ont
débarqué… Quand le chef s'en est aperçu, il est venu à
mon secours…

Ils cessèrent de la torturer de questions. Didier se
chargea du service. Le moins gradé, sans doute. Il plaça
deux parts dans l'assiette de Marianne qui détaillait

chacun de ses gestes. Encore des choses oubliées depuis longtemps. Une vraie assiette, de vrais couverts. Une serviette en tissu, un verre à pied. Quelqu'un qui la servait, un peu comme au restaurant. Mais difficile d'utiliser une fourchette avec une attelle qui lui paralysait la moitié de la main gauche. La pizza manqua de finir sur la table, elle soupira. Franck posa alors ses couverts et mangea avec les mains. Ses hommes firent de même et elle les imita. Finalement, ils n'étaient peut-être pas si salauds que ça.

Reste méfiante, Marianne.

Elle ingurgita les deux parts en les gagnant de vitesse. Franck remplit son verre de vin.

— Depuis combien de temps t'as pas mangé ? lança-t-il en riant.

— Mangé quelque chose d'aussi bon ? Environ quatre ans…

— Sers-toi…

Elle s'octroya une part de plus. Ils semblaient étonnés qu'elle savourât une simple pizza.

— Vous appartenez à quelle brigade ?

La question venait de tomber comme un cheveu sur la soupe. Laurent avala de travers.

— Moins tu en sais, mieux ça vaut, trancha le commissaire.

— Évidemment…

— Tu ne bois pas ton vin ? Tu… Tu n'aimes pas le vin ?

— Je sais pas.

— Comment ça, tu sais pas ? répliqua Laurent.

— On m'a mise en taule à dix-sept ans ! J'avais déjà goûté à la vodka, au gin, à la tequila… Mais j'ai pas eu le temps de goûter au vin… Ou si peu.

— Eh bien, il n'est jamais trop tard pour commencer, suggéra Franck. Tu verras, c'est du bon… À ta liberté future, d'accord ?

Trinquer avec des flics. À un assassinat, en plus. Elle ne se connaissait aucune morale. Pourtant, elle hésita. Elle finit par prendre son verre, livra son verdict après la première gorgée.

— Pas terrible !

— Un Saint-Estéphe ! Pas terrible ?! s'offusqua Didier. On aura tout entendu !

— Je crois que je préfère la vodka !

— Désolé, on n'a pas ça en stock.

— Ça craint ! Je vais me plaindre au ministère de l'Intérieur…

— À l'heure qu'il est, ils seraient ravis de savoir où tu es !

— Sans doute… Ils ont dû lâcher la meute à mes trousses… S'ils savaient que ce sont des flics qui m'ont aidée à m'évader ! Ils en feraient, une tronche !

Elle testa à nouveau le vin. Pas si mauvais que ça, finalement. Franck lui servit un deuxième verre.

Elle les écouta parler de trucs incompréhensibles. De trucs de boulot. Des noms qui ne lui évoquaient rien. Des guerres intestines dont elle se moquait comme de ses premières chaussettes.

Au troisième Saint-Estéphe, elle commença à se détendre. Un peu trop. Elle quitta la table. S'exila sur le canapé pour fumer sa cigarette.

— Où sont vos flingues ?

— En lieu sûr ! rétorqua Franck avec un soupir d'agacement.

— Vous avez peur que je vous les pique, pas vrai ?… Je plaisante ! Détendez-vous, *commissaire* !

Elle vint se servir un quatrième verre. Terminant ainsi la deuxième bouteille.

— Je croyais que ce vin ne te plaisait pas ! fit Didier en souriant.

Ce type l'aimait bien. Elle lui sourit à son tour.

— Tu as assez bu ! assena soudain Franck.

— Tu te prends pour mon père ?

— Tu es orpheline ! Tu vois, on sait tout sur toi…

Elle le foudroya du regard.

— Tu crois me connaître parce que tu as épluché mon dossier ? Tu crois que je me résume à quelques pages ? À des rapports d'experts psychiatres à la con ?

— Disons que je sais ce qu'il y a à savoir…

Elle se mit à rire. Saint-Estéphe plus codéine, mauvais mélange.

— Alors tu devrais savoir que j'aime pas qu'on m'empêche de faire ce que j'ai envie… Ça me rend nerveuse et ensuite…

— Tu ne nous fais pas peur, Marianne. Il suffit qu'on t'enferme dans la chambre jusqu'au jour J !

— Aucune porte, aucune serrure ne peut m'arrêter !

Elle partit vers le billard.

— Je me rappelle plus comment on joue à ce truc…

— C'est pas grave ! De toute façon, tu vas remonter dans ta chambre pour cuver ton vin. Je t'accompagne… Tu es complètement ivre.

— Oui *papa* ! nargua-t-elle en riant. Fallait pas me faire boire ! Ça fait si longtemps que j'ai pas bu, tu comprends ?

— Oui, je comprends, Marianne. Mais tu vas me suivre sagement et dormir un bon coup.

— J'suis jamais sage…

Il s'approcha, avec prudence. Ni très grand, ni très fort, elle pouvait le maîtriser sans problème. Mais il n'était pas seul. Elle s'efforça de réfléchir, malgré les vapeurs d'alcool.

Je prends la mauvaise direction. Se montrer docile et obéissante. Les endormir, les anesthésier. Comme ça, ils baisseront leur garde et là, je frapperai.

— Excusez-moi, commissaire… Je crois que j'ai trop bu, effectivement…

Elle s'écroula sur le canapé, y allongea ses jambes.

— Laissez-moi quelques minutes…

— Tu ne peux pas dormir ici, Marianne.

La voix du commissaire s'était radoucie. Elle était sur la bonne voie. Elle ferma les yeux.

— Juste quelques minutes, répéta-t-elle. S'il vous plaît…

Il retourna s'asseoir. Continua à discuter avec ses copains. Ils la croyaient sans doute assoupie. Didier se mit à parler *gonzesses*. Elle n'en perdit pas une miette. Les étudier, un par un, à fond. Trouver leurs points faibles, les règles hiérarchiques qui régissaient leur groupe. Pour mieux les combattre le moment venu. Au bout d'une demi-heure, elle s'assit sur le sofa.

— Tu ne dormais pas ? s'étonna Franck.

— Si, un peu. J'ai une faveur à vous demander… Je… J'aimerais bien faire un tour dehors… Respirer un peu d'air.

— Hors de question.

— Mais… Juste un instant ! J'en ai besoin, là… T'as peur que je m'échappe ? Je vous promets que non, commissaire ! Allez, soyez pas vache…

Elle alternait exprès le tutoiement et le vouvoiement ou les *monsieur le commissaire*, histoire de le déstabiliser. Il commençait à faiblir. Elle enfonça le clou. Mit du baume dans ses yeux pour en adoucir la dureté.

— S'il vous plaît ! Ça fait si longtemps que j'attends ça !

— Vous avez envie de prendre l'air ? proposa-t-il à ses équipiers.

— Eh ! On n'est pas ses nounous ! Y a qu'à l'enfermer dans sa chambre ! répliqua Laurent, agacé.

— Moi, ça ne me dérange pas, répondit la Fouine.

— OK, conclut le commissaire en se levant. Didier et moi, on t'accompagne.

Dehors, Marianne s'arrêta sur le perron, respirant à pleins poumons. Elle descendit lentement les marches.

Les flics ne la lâchaient pas d'une semelle. Elle admira le ciel, malgré la douleur infligée à ses cervicales. Des milliers d'étoiles, farandole étincelante autour de la reine nocturne.

— C'est beau, murmura-t-elle. Je me souvenais plus que c'était si joli un ciel étoilé…

Franck la dévisageait en souriant. Elle remit la tête en avant, poussa un gémissement douloureux.

— Il faut soigner cette entorse. Tu dois être en forme pour…

— Ne me parlez pas de ça maintenant! implora-t-elle. Laissez-moi rêver un peu.

Ils s'avancèrent dans le jardin, immense. À la seule lueur de la lune, ils se dirigeaient sans problème. Marianne caressa l'écorce des arbres, toucha les feuilles. Huma la terre humide. Ses gardes du corps l'observaient avec curiosité tandis qu'elle s'émerveillait de chaque chose.

— Vous pouvez pas comprendre! Ces choses-là, vous ne les voyez même plus… Parce que vous n'en avez pas été privés pendant des années…

Ils retournèrent vers la maison, Marianne s'assit sur le perron. Elle alluma une cigarette, en proposa à ses sentinelles. Ils fumèrent en silence.

— Vous entendez la chouette? chuchota-t-elle soudain.

— Oui! rigola Franck. La liberté ne nous a pas rendus complètement sourds! Dis-moi, Marianne… Qu'est-ce qui t'a le plus manqué en prison?

Elle ne répondit pas. Tant de choses, en vérité.

— Tes proches?

— Je croyais que vous saviez tout sur moi! Alors vous devriez savoir que la seule personne qui comptait pour moi a été butée par vos potes…

— Thomas Guérin, c'est ça?

Marianne frissonna.

— Et tes grands-parents ?

— Jamais une lettre, fit-elle d'une voix coupante. Jamais une visite. Jamais un centime.

— Tu ne m'as pas répondu, insista-t-il en écrasant son mégot. Qu'est-ce qui t'a le plus manqué en taule ? Le confort ? L'hygiène ?

— Les hommes ? essaya Didier.

Marianne sourit tristement. Les hommes ? S'il savait !

— Le pire, c'est l'ennui... Tout manque, là-bas... Pouvoir se laver quand on veut, manger à sa faim. Boire du café. Toucher la terre... Mais ce qui manque le plus, c'est la liberté. Aller et venir à sa guise. À droite ou à gauche... Ne plus avoir de grilles ou de barbelés. Regarder le ciel, faire des projets d'avenir... Se dire qu'on a un avenir, simplement... La liberté...

Ils admirèrent le ciel à leur tour. Prirent le temps de compter les étoiles. Comme ils ne l'avaient pas fait depuis si longtemps. Depuis trop longtemps. Puis Marianne regagna sagement sa chambre. Franck l'avait escortée jusqu'à la porte.

— Bonne nuit, Marianne.

— Bonne nuit. Et merci pour la balade... Je suis désolée pour tout à l'heure... J'étais ivre.

— Ça va, c'est oublié.

— Et j'voulais vous dire... Je... Je suis heureuse que vous m'ayez sortie de taule...

— Tant mieux... Dors bien, Marianne.

La clef dans la serrure, encore. Elle entrebâilla la fenêtre. C'est alors qu'elle l'entendit approcher. Sa bouche s'arrondit de surprise. Chacun de ses muscles se mit à vibrer. Chacun de ses sens se plaça en alerte. Impossible... Je dois rêver ! Elle tendit l'oreille, le grondement lointain s'intensifia. Jusqu'à emplir la totalité de l'espace.

Le train l'avait suivie jusque-là, fidèle parmi les fidèles ! Une larme coula sur sa joue. C'était un signe.

Elle ne pouvait pas le voir, juste l'entendre qui s'éloignait déjà. Un sourire s'éternisa sur ses lèvres. Maintenant, je sais que je vais réussir.

Elle se déshabilla complètement, se glissa sous les draps. Les bras en croix pour mesurer l'espace. Trop grand. Elle se recroquevilla lentement pour n'occuper plus qu'une toute petite partie du lit.

Daniel, mon amour, je serai bientôt près de toi.

Ma liberté, ce sera avec toi. Ma liberté, ce sera toi.

Vendredi 1er juillet

Franck tapa trois coups discrets contre la porte. N'obtint aucune réponse. Il tourna la clef dans la serrure, jeta un œil dans la pièce. Marianne dormait.

En équilibre, tout au bord du lit. Enroulée dans les draps avec juste un bras et un pied qui dépassaient. Un rayon de soleil escaladait déjà le mur de la chambre. Encombré d'un plateau, il entra sur la pointe des pieds.

Accroupi à côté du lit, il prit quelques secondes pour la regarder en toute impunité. Il fut frappé par son visage. Elle ressemblait non plus à une criminelle mais à une petite fille à qui on aurait donné le bon Dieu sans confession. Une petite fille presque défigurée, quand même. Ce qui était assez choquant. Il songea soudain qu'elle feignait peut-être le sommeil. Qu'elle allait se jeter sur lui. Mais il courut le risque de rester à portée. Apprendre à ne pas la craindre. Elle qui savait si bien jouer avec cette peur qu'elle inspirait chez l'ennemi.

— Marianne ?

Elle ouvrit les yeux. Instant d'errance mentale. Cherchant où elle se trouvait. Puis un léger recul face aux yeux verts. Qu'elle eut tant aimés bleus.

— Bonjour, dit le flic en souriant. Petit déjeuner ! Bien dormi ?

Elle crispa ses mains sur le drap. Hocha la tête. Il posa son présent sur le matelas, juste à côté d'elle.

Un vrai café, deux croissants. Une orange pressée. Elle considéra le festin avec étonnement. Se redressa, prenant soin de garder le drap jusqu'en haut de sa poitrine. Elle aurait aimé savourer son repas en solitaire mais n'osa pas lui demander de partir.

— Il est bon votre café, commissaire… Il est quelle heure ?

— Neuf heures… Je ne sais pas à quelle heure tu te réveilles d'habitude.

— Ça dépend… On n'a pas d'heure, en prison. On peut dormir toute la journée, si on veut…

— Comment tu te sens, ce matin ? Tu as encore de la fièvre ?

Elle toucha son front. Rattrapa le drap in extremis.

— On dirait que ça va mieux… Mais faudrait que je change le bandage autour de mon poignet, il n'a pas apprécié le bain !

— Didier a ramené tout ce qu'il fallait de la pharmacie. Bandes, compresses…

— Merci… Ils ont parlé de moi à la télé ?

— Oui… Tu fais la Une de tous les journaux ce matin ! Je te les monterai dans la journée.

Elle termina son deuxième croissant. Le flic rêvassait devant la fenêtre.

— Vous pouvez me passer mon paquet de clopes ?

Il récupéra les cigarettes, vint s'asseoir près d'elle. Un peu trop près.

— Le train ne t'a pas trop dérangée ? C'est le problème de cette maison, elle est juste à côté des voies ferrées… Moi, j'arrive pas à m'y faire.

— Au contraire ! répondit-elle en se frottant les yeux. J'adore… Faut pas l'entendre comme un bruit. Mais comme un voyage qu'on peut faire dans sa tête…

— Un voyage ?

— Un peu d'imagination, commissaire ! C'est fou comme la taule m'a développé l'imagination…

Elle jeta son mégot par la fenêtre. Juste entre deux barreaux.

— Quelle adresse ! constata le flic en souriant.

— C'est quoi le programme, aujourd'hui ?

— Repos ! annonça-t-il en se levant. Il faut que tu te refasses une santé, Marianne.

— Je vais rester enfermée dans cette chambre à longueur de journée ? C'est ça ?

— Tu as de quoi t'occuper, ici ; télé, radio, livres… Et la baignoire, aussi !

— C'est vrai. Mais en taule, on avait droit à deux promenades par jour.

— On verra plus tard. Pour le moment, je crois que tu as surtout besoin de dormir.

— J'aime pas dormir la journée…

Il se mit à sourire de son air un peu capricieux.

— C'est pour quand ? questionna-t-elle soudain.

— Je ne sais pas encore. Quelques jours, je pense.

— Pourquoi vous ne me dites pas qui c'est ?

— À quoi ça servirait ?

— À me préparer… À me faire à l'idée… Vous avez peur que je m'échappe avec l'info, pas vrai ?

— J'espère que tu ne t'échapperas pas, rétorqua-t-il d'un ton plus dur. Je n'aimerais pas être obligé de…

— De me tuer ? Ça vous ferait quoi ?

Il posa la main sur la poignée de la porte, la regarda bien en face. Dommage, la matinée avait si bien commencé.

— Rien, jura-t-il froidement. Ce serait juste un échec. Du travail pour rien.

Elle baissa les yeux.

— Moi non plus, ça ne me ferait ni chaud ni froid de vous tuer…

La porte claqua, Marianne resta figée dans ses draps.

— Tu mens, sale flic ! chuchota-t-elle en fixant le plafond. On ne peut pas tuer sans émotion...

***

Maison d'arrêt de S. – 9 h 15 –
Bureau des surveillantes

— J'arrive pas encore à y croire, murmura Justine en tournant la cuiller dans son café.

Daniel s'installa en face d'elle.

— Moi non plus, avoua-t-il.

— Tu es heureux, n'est-ce pas ?

— Heureux n'est pas le mot, Justine... Un détenu qui s'évade, c'est une cible potentielle. J'ai... J'ai peur que les flics la retrouvent et l'abattent.

— Je suis sûre qu'elle va s'en sortir ! ajouta Justine en prenant sa main dans la sienne.

— Je l'espère... Mais elle était si mal en point, à l'hosto...

La sonnerie du téléphone les interrompit. La surveillante décrocha.

— L'accueil... Il y a deux flics qui désirent te rencontrer. Sans doute au sujet de Marianne.

— Sans doute... Tu les feras passer dans mon bureau, s'il te plaît ?

Il s'enferma dans sa tanière, fuma une cigarette devant la fenêtre. Je t'en prie, Marianne, ne te fais pas reprendre... Ne meurs pas...

Il n'avait pas fermé l'œil de la nuit, oscillant entre espoir et angoisse, joie et manque. Il ne la reverrait sans doute jamais. Si elle s'en sortait, elle quitterait le pays. Il le souhaitait plus que tout au monde, même si l'idée de ne plus jamais la voir lui crevait le cœur.

Justine frappa puis entra avec deux policiers en civil.

— Bonjour, messieurs, dit Daniel. Asseyez-vous, je vous en prie...

Il passa derrière son bureau, les deux hommes s'installèrent en face. Le plus âgé prit la parole.

— Je suis le commandant Werner. Voici le lieutenant Pertuis. Comme vous vous en doutez, nous venons vous voir au sujet de Marianne de Gréville…

— J'ai appris qu'elle s'était enfuie de l'hôpital, en effet. Je vous écoute, messieurs…

— Pourriez-vous nous expliquer la raison de son transfert à l'hôpital ?

— Avant-hier soir, le médecin-chef a décidé que son état nécessitait une hospitalisation…

— Pour quelle raison ?

— Disons que… Mardi, elle a tué accidentellement une surveillante…

— *Accidentellement ?* Vous êtes sûr ? Si j'ai bien lu le rapport de police, Gréville était en train d'étrangler une autre surveillante lorsque madame Delbec est intervenue. Ce qui lui a valu le coup fatal.

— Non, ce n'est pas le coup qui lui a été fatal. Comme…

— Peu importe. De toute façon, ce n'est pas le premier meurtre commis par cette fille.

Daniel prit une cigarette.

— Je préfère que vous ne fumiez pas, indiqua Werner. La fumée me gêne.

Daniel soupira, remit la clope dans le paquet.

— Merci, monsieur Bachmann. Que s'est-il passé après le meurtre de cette surveillante ?

— J'ai conduit moi-même Marianne de Gréville au quartier disciplinaire.

— Elle allait bien, à ce moment-là, non ?

— Oui… Enfin, pas trop, car la semaine dernière, elle s'est fait attaquer par d'autres détenues dans les douches.

— Mais ce n'est pas ce qui a nécessité son hospitalisation dans la nuit de mardi, n'est-ce pas ?

— Non, en effet. Disons que…

Il ne savait pas trop comment leur avouer la vérité. Si sordide. Werner décida de l'aider.

— Je suppose que les gardiens ont voulu se venger, n'est-ce pas ? Vous avez participé à cette expédition punitive, monsieur Bachmann ?

— Non ! Jamais de la vie ! Je ne suis pas pour ces méthodes… Mais je n'étais pas à l'étage quand ils sont arrivés… J'étais à l'infirmerie avec une détenue en crise de manque.

— Il n'y avait personne à l'étage ?

— Si, il y avait Justine… Justine Féraud.

Pertuis notait tout sur un calepin avec l'application d'un écolier. Tout juste s'il ne tirait pas la langue.

— Madame Féraud ne s'est pas interposée ?

— Si, mais elle n'a rien pu faire. Quand je suis revenu de l'infirmerie, je ne l'ai pas trouvée, ça m'a inquiété… Alors, je suis descendu au cachot et je les ai arrêtés… J'ai appelé le toubib qui a jugé que Marianne devait être transférée. De toute urgence.

— C'est vous qui l'avez escortée ?

— Oui. Je suis monté dans le camion des pompiers jusqu'à l'hôpital.

— Les pompiers ont déclaré que vous n'aviez pas menotté la détenue. Est-ce exact, monsieur ?

Daniel resta stupéfait. Ils avaient déjà interrogé les pompiers. Avant de venir le voir, lui.

— Oui, c'est exact…

— Pourtant, n'est-ce pas la procédure obligatoire en cas de transfert ?

— Je vous signale qu'elle ne s'est pas évadée pendant le transfert ! rétorqua le chef en jouant nerveusement avec une boîte d'allumettes.

— Répondez à la question, je vous prie.

— Oui, c'est la procédure. Mais j'ai pensé que

Marianne était bien trop amochée pour représenter le moindre danger…

— Vous avez *pensé* ? répéta le flic avec un sourire avarié. Pourtant, il me semble que Gréville est la détenuc la plus dangereuse de cette prison. Sans parler qu'elle venait d'assassiner une de vos collègues !

— Elle était à moitié dans le coma, elle ne risquait pas de se montrer dangereuse !

— Bien sûr, monsieur Bachmann, je comprends. Et ensuite ?

— Elle a été prise en charge par le personnel des urgences et les policiers sont arrivés pour la relève… Comme elle devait passer au moins la nuit à l'hôpital, c'est la règle… Moi, je suis revenu ici.

— D'accord… Et ensuite ? Avez-vous revu Marianne de Gréville après son admission aux urgences ?

— Le lendemain, je me suis rendu à l'hôpital pour lui apporter ses affaires personnelles.

— Est-ce la règle, là aussi ?

— Oui, affirma Daniel d'un ton cinglant. Le directeur m'avait annoncé qu'elle ne reviendrait pas chez nous. Qu'elle serait transférée à la centrale de P. Alors, j'ai vidé sa cellule et je lui amené ses affaires.

— Êtes-vous resté longtemps dans sa chambre ?

Daniel déboutonna le col de sa chemise. L'impression étrange qu'une corde se lovait lentement autour de son cou.

— Je suis resté un moment, oui.

— Un moment ? Soyez plus précis, monsieur Bachmann.

— Mais je sais plus ! s'exclama Daniel. Peut-être une heure… Quelle importance ?

Werner se mit à sourire.

— Vous n'avez pas la notion du temps. Vous êtes resté dans la chambre près de deux heures.

Daniel avala le contenu d'un verre d'eau qui traînait sur son bureau.

— Puisque vous le savez, pourquoi me poser la question ?

— Donc, vous êtes resté deux heures avec la criminelle. Or, il ne faut pas deux heures pour déposer un sac dans une chambre.

— Mais de quoi m'accusez-vous, à la fin ? s'insurgea Daniel d'une voix courroucée.

— Contentez-vous de répondre à nos questions, monsieur Bachmann.

— Je… Nous avons parlé… Je lui ai annoncé qu'elle serait transférée à P.

— Pendant deux heures ? répliqua Werner.

— Nous avons parlé… De ce qui s'était passé dans le cachot… De la mort de madame Delbec, aussi…

— Intéressant… Aviez-vous de bons rapports avec la criminelle ?

— Oui. J'arrivais à bien la gérer. Elle n'était pas facile, mais ça se passait plutôt pas mal…

— Donc, on peut dire que c'est une détenue que vous aimiez bien ?

Daniel serra les mâchoires.

— Oui, on peut dire ça.

Werner quitta sa chaise. Il effectua quelques pas dans le petit bureau, les mains jointes dans le dos.

— Mademoiselle de Gréville vous a-t-elle parlé de ses projets d'évasion à ce moment-là ?

Daniel écarquilla les yeux.

— Quoi ?! Mais non ! s'écria-t-il. Bien sûr que non…

— Si elle vous en avait parlé, qu'auriez-vous fait ?

— Je l'en aurais dissuadée ! Et… Et j'aurais prévenu les policiers en faction devant sa chambre…

Le flic cessa de marcher, se planta face à Daniel.

— Je crois que vous ne me dites pas tout, monsieur Bachmann.

571

Daniel soutint son regard. Pourtant, la corde serrait son cou, maintenant. Il pensa à sa femme, à ses enfants.

— Je ne vois pas de quoi vous parlez, commandant…

— Je parle de vos rapports avec Marianne de Gréville… de vos véritables rapports.

— Qu'insinuez-vous ? se défendit Daniel.

— Je n'insinue rien, j'affirme ! Que vous aviez des rapports très particuliers avec cette détenue… Des rapports sexuels, plus précisément. Vous reconnaissez avoir eu des rapports sexuels avec la fugitive, monsieur Bachmann ?

Daniel se sentit défaillir. Il avait toujours su qu'un jour il faudrait payer. Ce jour était venu.

— Non.

— Mentir ne vous servira guère… J'ai le témoignage d'un policier qui dit vous avoir vu dans la chambre en train, je le cite, *d'enlacer* Marianne de Gréville.

Daniel avait envie de pleurer. Il tourna la tête vers la fenêtre. Se heurta aux barreaux.

— Oui, admit-il. C'est vrai. Je l'ai prise dans mes bras. Mais c'est parce qu'elle était… traumatisée par ce qu'elle avait subi la veille au soir… Et… Et je l'ai consolée, rien d'autre.

— *Consolée ?* ricana Werner. Ça vous arrive souvent de *consoler* les détenues ?

— Non… Mais je vous l'ai dit, j'aime bien Marianne… Elle pleurait et…

— On console les victimes, monsieur Bachmann. Rarement les coupables.

— Ce jour-là, c'était elle la victime…

— Victime de quoi ?

Daniel avait de plus en plus de mal à tenir sur sa chaise. Devenue électrique.

— Elle a été violée dans le cachot…

— Par les gardiens ? Ça vous a fait mal, monsieur Bachmann ?

— Évidemment ! On ne peut pas admettre ça, non ?

— Non, bien sûr.

Werner se remit à marcher.

— Donc, vous niez avoir eu des rapports sexuels avec Marianne de Gréville ?

— Je l'ai juste prise dans mes bras !

— Le problème, monsieur Bachmann, c'est que j'ai un témoignage qui indique le contraire. Pas celui du policier...

Daniel resta bouche bée. Il devina ce que le flic allait sortir de son chapeau.

— ... Mais celui de Solange Pariotti qui affirme vous avoir surpris une nuit dans la cellule de Gréville. En train de faire l'amour avec elle.

Le chef ferma les yeux et les poings.

— Elle nous a même remis des photos très explicites.

— Ces photos sont truquées ! essaya Daniel en désespoir de cause. Cette fille me déteste et détestait Marianne ! Elle ferait n'importe quoi pour me nuire !

— Pour les photos, les experts se prononceront... Pourquoi mademoiselle Pariotti vous déteste-t-elle autant ?

— Parce que... Parce que j'ai refusé de coucher avec elle.

— Vraiment ? Elle prétend au contraire qu'elle repoussait vos assauts régulièrement. Elle dit avoir été victime de harcèlement sexuel de votre part.

Daniel leva un regard abasourdi vers le flic.

— C'est pas vrai... !

— Donc, vous niez toujours avoir eu des rapports sexuels avec la fugitive, monsieur Bachmann ? Et ce, malgré les témoignages et les photos ?

Daniel connaissait déjà la suite de l'interrogatoire. Il valait peut-être mieux jouer franc-jeu. Mais dans ce cas, il risquait de perdre tout ce qu'il lui restait. Sa famille, son boulot. Il venait déjà de perdre Marianne. Alors non, il fallait résister encore. Sauver ce qui pouvait encore l'être. Après tout, ils n'avaient pas grand-chose à lui reprocher.

— Oui, s'entêta-t-il. C'est de la pure calomnie.

Werner s'assit à nouveau en face de lui.

— Est-ce vous qui avez aidé Marianne de Gréville à s'évader de l'hôpital, monsieur Bachmann ?

— Aidé Marianne ? Non, bien sûr que non ! J'étais ici quand elle s'est enfuie, vous pouvez vérifier !

— Nous vérifierons, monsieur Bachmann, nous vérifierons. Savez-vous comment mademoiselle de Gréville s'est échappée ?

Il prit à nouveau une cigarette, le flic ne tenta pas de l'en empêcher.

— Elle… Elle a maîtrisé les deux policiers et a quitté la chambre, je crois… C'est ce que j'ai entendu dire en tout cas.

— Comment a-t-elle pu maîtriser deux policiers armés, à votre avis ?

— Marianne sait se battre comme personne ! expliqua Daniel en souriant.

— En l'occurrence, il n'y a pas eu lutte. Elle les a menacés avec un pistolet. La question est de savoir comment ce pistolet a pu atterrir dans sa chambre.

Le visage du chef se décomposa lentement.

— Or, vous êtes le seul à avoir été vu dans cette chambre, hormis le personnel médical.

— Vous… Vous m'accusez d'avoir fourni une arme à Marianne ?

— Les faits sont là, monsieur Bachmann.

— Mais… C'est ridicule ! C'est absurde ! Où aurais-je pris cette arme ? Hein ?

— Je ne sais pas, mais vous finirez bien par nous le dire. Vous allez nous suivre au commissariat, monsieur Bachmann.

— Je n'ai pas aidé Marianne ! répéta Daniel.

— Veuillez nous suivre, s'il vous plaît !

— Mais… Je ne peux pas laisser ma collègue toute seule ! Et puis je n'ai rien à me reprocher !

Le lieutenant s'approcha, armé d'une paire de menottes.

— Vous allez m'attacher ? lança Daniel avec effroi.

— C'est la procédure, monsieur Bachmann, répondit Werner. Il est… neuf heures trente-cinq, vous êtes officiellement en garde à vue à compter de cette minute.

***

Marianne avait installé son réveil sur le chevet. Elle regardait le temps s'égrener lentement, se muer en cristaux verts et brillants.

Ces chiffres verts qui lui rappelaient qu'elle manquait à quelqu'un. Daniel, mon amour, je ne t'oublie pas. Je vais me barrer d'ici et te rejoindre. C'est une question de jours, maintenant. Elle ferma les yeux, roula sur le dos. Fixa le plafond.

Agir avec intelligence. Ne pas se précipiter. D'abord, se montrer douce et obéissante. Continuer à les leurrer. Qu'ils oublient sa véritable nature pour ne plus voir qu'une jeune fille inoffensive.

Il lui fallait d'abord connaître mieux la propriété. En effectuer le tour en plein jour pour en trouver les issues. Car, dès qu'elle aurait passé la porte, elle devrait aller vite, très vite.

Elle étudia le profil de chacun de ses geôliers.

Didier lui paraissait le moins difficile à neutraliser. La force et la combativité ne devaient pas être ses qualités essentielles. En plus, il avait une façon de la dévorer des yeux qui trahissait certains désirs. Elle arriverait peut-être à l'attirer dans ses filets.

Laurent, une cible moins facile. Extrêmement méfiant, nettement plus baraqué. Une sorte de brute, insensible. Mieux valait l'éviter.

Le commissaire, lui, semblait être l'ennemi le plus coriace. Rusé, intelligent. Dur.

Quant au quatrième larron, celui qui devait arriver aujourd'hui, elle n'en gardait qu'un vague souvenir.

Oui, la cible prioritaire était la Fouine.

Elle inspecta la chambre à la recherche d'une arme potentielle. Pas grand-chose à se mettre sous la dent. Un stylo à bille qui pouvait transpercer une gorge. Une rallonge électrique pour attacher des poignets. Elle devrait se contenter de ses propres armes, les plus efficaces de toutes.

Encore fallait-il être au mieux de sa forme. Elle vira l'attelle à sa main gauche, la remplaça par un bandage serré sur le doigt. Face au miroir de l'armoire, elle exécuta quelques mouvements d'échauffement. Puis commença à frapper le vide. Gestes lents, d'abord. Puis de plus en plus rapides, de plus en plus violents. Son poing droit, ses pieds fendaient l'air à la vitesse de la lumière. S'il y avait eu un homme en face, elle l'aurait réduit en charpie. Pourtant, la souffrance était presque insoutenable. Harcelée de toutes parts, Marianne luttait pour ignorer les supplications de son corps affaibli. Peu importait la douleur. Même si elle était assez forte pour la conduire à l'évanouissement. Peu importait sa nuque tétanisée, ses côtes fêlées. Mais au bout d'une demi-heure de ce traitement inhumain, elle s'effondra à genoux devant la glace. Les dents serrées sur le supplice.

Elle s'accorda une douche bien chaude. S'appliqua à se coiffer, se parfuma. Puis retourna s'allonger au milieu de son lit trop grand. Laissez-moi encore deux jours et je vais vous niquer en beauté, les mecs… ! Envolée, Marianne. À tout jamais !

En imaginant le visage du commissaire, elle éclata de rire. Mais même rire lui faisait mal. Tu vas prendre cher, m'sieur le commissaire ! Tes supérieurs vont te lyncher ! Tu vas retourner à la circulation, vite fait bien fait !

Elle savoura une cigarette. La vie est une chose curieuse, pensa-t-elle en emplissant ses poumons de nicotine. Les flics m'ont jetée en taule, les flics m'en ont sortie. Je suis tombée amoureuse d'un maton.

Moi, une fille de bonne famille ! Une Gréville !

Des pas dans le couloir. Avoir l'air fatigué. Elle l'était tellement, de toute façon. La porte s'ouvrit, elle tourna la tête. Tomba sur les moustaches de la Fouine. Le destin lui souriait. Il apportait le déjeuner, posa son plateau sur le bureau.

— Je suis punie, aujourd'hui ? s'indigna Marianne d'une voix ingénue. Je n'ai pas le droit de manger avec vous ?

— Franck m'a demandé de te monter le repas... Il pense sans doute que tu as besoin de repos.

Marianne s'étira, son tee-shirt remonta jusqu'au milieu de son ventre.

— C'est vrai que je suis encore très faible...

Elle se leva tandis que le flic repartait. Elle se plaça innocemment en travers de son chemin.

— J'aurai le droit d'aller un peu dehors cette après-midi, vous croyez ? J'ai tellement besoin de soleil, lieutenant... Mais vous n'êtes pas lieutenant, peut-être ? Non, vous êtes sans doute capitaine ou commandant... Excusez-moi.

— Peu importe...

Elle lui souriait avec douceur. Parlait d'une voix lascive.

— Pourriez-vous me rendre un service, commandant ? Voudriez-vous jeter un œil à ma nuque, s'il vous plaît ? Cette blessure me fait si mal...

Elle se retourna, cambra légèrement les reins.

— C'est un peu rouge, en effet... J'ai pris du désinfectant à la pharmacie.

Elle pivota, ils n'étaient plus qu'à quelques centimètres l'un de l'autre.

— Vous m'avez apporté de la codéine ? Il me faudrait les compresses, aussi…

— Je vais aller te les chercher, dit-il.

— Merci, commandant.

— Je ne suis pas commandant. Appelle-moi Didier… Je reviens tout à l'heure.

Le flic se sauva et Marianne afficha une mine de fauve affamé. Toi, je vais te bouffer en une seule bouchée !

Elle s'installa devant son repas. Alluma la télévision. Avalanche d'images étourdissantes et agressives. Journal de treize heures. Le monde allait sans doute très mal mais ils se gardaient bien de le dire… Puis, subitement, son visage à l'écran. Elle resta sidérée devant le poste.

« *Une détenue s'est échappée hier du centre hospitalier de M. Après avoir maîtrisé les deux policiers chargés de sa surveillance, Marianne de Gréville a réussi à quitter l'établissement. Mais malgré la mobilisation imposante des forces de l'ordre, elle n'a, pour l'instant, pas pu être appréhendée. Elle purgeait une peine de réclusion criminelle à perpétuité pour un double meurtre. Pendant sa détention, elle a également assassiné une surveillante et une de ses codétenues. C'est une criminelle particulièrement dangereuse et la police, ainsi que la gendarmerie, sont en alerte rouge pour tenter de la retrouver… Il semblerait qu'elle ait bénéficié d'une complicité extérieure pour son évasion mais les enquêteurs n'ont pour le moment rien révélé à ce sujet… »*

— C'est agréable de se voir à la télé ?

Marianne sursauta et lâcha sa fourchette. Le commissaire était là, juste derrière elle. Elle ne l'avait même pas entendu entrer, trop absorbée par le récit de sa propre vie.

— Je t'ai fait peur ? Excuse-moi, j'ai pas dû frapper assez fort…

Il éteignit le poste. Il portait un jean au lieu d'un de ses pantalons noirs très chics. Mais il le portait avec autant d'aisance. Un tee-shirt et une chemise manches courtes par-dessus. Il ne manquait pas de charme, elle l'aurait volontiers défiguré. Planté ses griffes dans sa belle petite gueule.

— Tu devrais mettre ta minerve, Marianne.

— J'étouffe, là-dedans…

— Voilà les compresses et le reste… Paraît que t'as demandé à Didier si tu pouvais sortir ? Ça ne sert à rien de t'adresser à lui. Le chef ici, c'est moi.

Il prenait un air tellement macho en disant ça que Marianne eut envie de rire. Mais elle se contenta d'un regard un peu soumis.

— Je le sais, mais je parle à celui qui vient me voir. À lui de répercuter les doléances à son supérieur…

— Si tu penses pouvoir trouver un appui parmi nous, tu te trompes Marianne.

— Un appui ? Mais pour quoi faire, commissaire ? Vous devenez paranoïaque, je crois…

— Peut-être ! avoua-t-il en souriant. Je t'accorde une balade, cette après-midi. Ou maintenant, si tu veux. Si tu as fini ton déjeuner…

— D'accord… Mais il faut d'abord que je fasse mon pansement.

Dans la salle de bains, elle posa une compresse sur la suture de sa cuisse, serra les dents.

Il faisait très chaud, dehors. Marianne, sur le perron, s'étira de bonheur. Franck et Laurent pendus à ses basques. Comme deux molosses reniflant ses mollets. Elle descendit les marches et partit tout droit, un garde de chaque côté. En face, le grand portail noir hérissé de pointes en métal se moquait d'elle. Au moins deux mètres de hauteur. La propriété était close par un mur de pierres encore plus haut. Au gré de la promenade, elle repéra un arbre proche de l'enceinte, calcula qu'il était possible de grimper dessus pour passer de l'autre côté. Même si la chute risquait d'être brutale. Ils firent le tour du parc, les deux flics n'échangèrent pas un mot. Marianne chantonnait doucement le dernier tube de Jay Kay entendu à la radio. Pour oublier qu'elle avait deux sangsues collées dans son dos. Ils revinrent devant la maison, Marianne remarqua un garage sur le côté. La Laguna était garée devant, les clefs sur le contact. Thomas lui avait appris à conduire mais c'était si loin…

— Tu as assez marché ? demanda le commissaire.

— Ouais ! La demoiselle a assez marché ! maugréa Laurent.

— Merci de m'avoir accompagnée ! dit-elle en le narguant. Vous êtes vraiment trop aimables…

— Arrête tes salamalecs !

— Je savais pas que le vocabulaire des poulets était aussi étendu ! D'habitude, c'est plutôt *que faisiez-vous il y a quatre mois, entre vingt heures et vingt heures trois* ?

Franck riait de bon cœur. Un peu malgré lui. Marianne s'approcha de Laurent, sourire aux lèvres.

— Vous, vous ne m'aimez pas beaucoup, pas vrai ?

— Je ne t'aime pas du tout, tu veux dire !

— Pourquoi ? Vous n'aimez pas les criminelles, c'est ça ? Je vous rappelle, monsieur le policier, que je suis ici parce que vous m'ordonnez d'assassiner froidement quelqu'un…

— On rentre, coupa Franck.

Ils regagnèrent la salle à manger, Marianne s'assit sur le billard.

— J'ai soif ! Vous auriez pas un truc bien sucré et plein de calories dans votre frigo ?

Franck disparut dans la cuisine quelques instants,

puis revint avec quatre canettes de coca. Il les distribua puis s'installa à côté de Marianne.

— Vous me donnerez un flingue ou il faudra que je le bute à mains nues ? lâcha-t-elle soudain. Faudra que je le tue rapidement ou que je le fasse souffrir ? Avec un flingue, ça irait plus vite… À mains nues, il me faudra plus de temps.

Trois visages un peu choqués convergèrent vers elle. Elle alluma une cigarette. Personne ne répondit. Franck la fixait avec une sorte de désolation.

— Ça vous dérange ce genre de questions ? Et moi ? Vous avez pensé à ce que je ressens ? Vous croyez que je me réjouis d'avoir à tuer quelqu'un que je connais même pas ?

— C'est le contrat, rappela Franck.

— Ouais ! C'est le contrat ! répéta-t-elle. Vas-y, Marianne, massacre un innocent ! Comme ça, les flics resteront propres sur eux, tandis que toi, tu auras du sang plein les mains !

— Tu as déjà du sang plein les mains, fit remarquer Laurent qui s'était affalé près de la Fouine.

— C'est vrai, admit-elle. Et vous, monsieur le policier, avez-vous du sang sur les mains ?

— Non. Parce que moi, je n'ai tué que par légitime défense. Contrairement à toi.

— Ah oui ? Moi j'ai tiré sur deux flics qui allaient me descendre.

— Tu oublies le vieux que tu avais attaché sur une chaise… La gardienne que tu as défigurée…

— Ça suffit, dit Franck en se levant. Marianne, tu remontes dans ta chambre.

— Ouais ! Je vais être une petite criminelle bien sage, monsieur le commissaire !

Tu es à nouveau sur la mauvaise pente, Marianne. Contrôle-toi. Elle avait tant de mal à endosser ce rôle qu'elle avait elle-même écrit. Elle tremblait légèrement, prémices de problèmes sérieux. Une faim d'héroïne subite. Foudroyante. Pas maintenant, putain !

Franck l'attrapa par un bras, elle se dégagea brutalement, comme si elle avait reçu une châtaigne.

— Me touche pas !

Ils remontèrent à l'étage. Dans la chambre, elle s'effondra sur le matelas, le nez dans l'oreiller. Le lit s'affaissa un peu. Il venait de s'asseoir dessus. Elle ne contrôlait plus ses nerfs.

— Dégage !

— Ne me parle pas comme ça, Marianne, ordonna-t-il d'un ton poli.

Elle se retourna et planta son regard dans le sien comme un piolet dans la glace.

— Je te parle comme je veux ! Tu crois que tu m'impressionnes avec tes grands airs ?

— Je commence à comprendre ton problème. Je l'avais lu dans ton dossier, mais…

— De quoi tu parles, bordel ?!

— Je parle de tes accès incontrôlés de violence. Tu ne sais pas maîtriser tes émotions.

— Vous ne savez rien de moi, commissaire, murmura-t-elle avec une voix qui vibrait de menace. Mais vous allez apprendre à me connaître… À me connaître vraiment…

— Je n'en aurai pas le loisir, Marianne. Et tant mieux. Parce que je pense que tu ne gagnes pas à être connue.

Les yeux de Marianne se fermèrent un peu. Comme ceux du félin avant l'attaque.

— Pour qui tu te prends ? vociféra-t-elle. Tu crois que tu vaux mieux que moi ? Tu aurais pas tenu deux jours en taule ! Avec tes chemises blanches impeccables et ton air de Golden boy !

— Toi aussi, tu me connais mal. Et je n'ai aucune raison d'aller en prison. Je ne suis pas un meurtrier… Contrairement à toi. Je te rappelle que c'est pour ça que je t'ai choisie. Mais je commence à me demander si je n'aurais pas dû donner cette chance à une autre.

Il se leva. Elle fulminait de colère. Poings et mâchoires contractés.

— Va te faire foutre ! hurla-t-elle. Tuer n'est pas une chance !

— En l'occurrence, si… Tu devrais te reposer, Marianne. Te reposer et te calmer.

— Et toi, tu devrais sortir de cette chambre avant que je perde vraiment mon calme…

Elle empoigna un bouquin qui traînait sur le chevet. Mais il ferma la porte à temps.

Marianne frappa violemment son oreiller. Puis elle baissa sa garde, se laissant doucement dévorer de l'intérieur.

Daniel, mon amour, je ne vais pas bien. Je suis prisonnière. Encore et toujours prisonnière.

Sauf que ce n'est plus toi qui détiens les clefs de mon enfer…

Vendredi 1er juillet – Bureau du commandant
Werner – 17 h 45

Un poignet attaché à la chaise, Daniel fixait la moquette immonde sous ses pieds. Werner l'avait laissé mijoter en cellule pendant de longues heures. Pour lui permettre de réfléchir, soi-disant. Dur de se retrouver du mauvais côté des barreaux. Un cauchemar qu'il avait fait des centaines de fois. Mais la réalité était bien plus cruelle que la pire de ses errances nocturnes. Se soumettre à la fouille à corps… Quelques minutes pendant lesquelles il avait réalisé les humiliations qu'il avait lui-même infligées des années durant à des centaines de détenus. Sauf que lui était innocent. Ou presque. Son seul crime était d'aimer une meurtrière. Et d'avoir transgressé les lois de la grande famille pénitentiaire. Comme bien d'autres avant lui.

Werner lui offrit un gobelet de café.

— Buvez ça, monsieur Bachmann… Vous semblez en avoir besoin…

Daniel le dévisagea avec une sorte de perdition dans les yeux. Werner s'assit en face tandis que le lieutenant Pertuis avait posé ses doigts sur le clavier, guettant les aveux avec impatience.

— Bien, attaqua le commandant. Avez-vous réfléchi ? Avez-vous des choses à nous dire ?

— Je n'ai pas aidé Marianne à s'évader, rappela Daniel d'une voix lasse.

— Donc, ce pistolet est entré tout seul dans la chambre, c'est bien ça ?

— Écoutez, monsieur... Je suis venu la voir mercredi, c'est vrai. Je lui ai donné ses affaires, tout ce qu'il y avait dans sa cellule... Mais pas cette arme. Et puis, si elle avait eu le flingue mercredi, elle n'aurait pas attendu jeudi pour s'enfuir, non ?

— Elle se sentait peut-être encore trop faible... Ou alors, elle attendait seulement le moment propice... Je vous rappelle que vous avez été sa seule visite.

— Ce n'est pas moi, dit-il simplement. Vous commettez une erreur...

Werner aspira son café d'une manière répugnante.

— Nous sommes en train de perquisitionner votre bureau ainsi que la cellule de Gréville.

— Vous n'y trouverez rien...

— Et à votre domicile ?

Daniel le considéra avec stupeur.

— Chez moi ? Non, rien non plus... Je ne sais même pas ce que vous espérez trouver, de toute façon ! Vous n'allez tout de même pas mêler ma femme et mes enfants à ça ?

— J'ai déjà cinq hommes sur place, révéla Werner.

— Putain ! C'est pas possible... Mais qu'est-ce qui m'arrive !

— C'est la procédure, monsieur. Le procureur a ordonné la fouille de votre domicile.

— Mais je n'ai rien fait ! hurla Daniel en se levant.

— Restez assis, monsieur Bachmann. Restez calme, ça vaut mieux.

Daniel retomba sur sa chaise. Passa une main dans ses cheveux.

— Si on reprenait depuis le début ? Parlez-moi donc un peu de vos relations avec Marianne de Gréville.

Daniel fixa son bleu azur sur la vitre sale.

— Je vous écoute, monsieur Bachmann. Avez-vous déjà couché avec Marianne de Gréville ?

***

Le soleil descendait lentement vers d'autres latitudes. Tandis que Marianne descendait lentement vers le bruit et la fureur. Là, à l'intérieur de ses entrailles, une chorale de démons hurlaient famine. Elle en voulait. Il lui en fallait.

Elle avait essayé de dormir pour tromper la bête maléfique qui se nourrissait de sa propre énergie. Puis avait changé de stratégie en s'épuisant par des katas. Elle avait ensuite tenté un bain chaud.

Mais rien n'y faisait. Pourquoi le manque, maintenant ? Elle n'aurait su l'expliquer. Il arrivait toujours à l'improviste. Elle avait seulement le sentiment confus d'un danger un peu lointain. Un effroi suffocant dont elle ignorait la cause.

Le meurtre qui arrivait ? Non. Elle ne le commettrait pas, trouverait l'issue de cette nouvelle prison. Parce qu'elle refusait de payer ce prix pour sa liberté. Et parce qu'elle pressentait que la mort l'attendait, une fois la mission accomplie.

Non, quelque chose d'autre.

Elle ne cessait de penser à Daniel. Un autre manque. Une nouvelle peur. Oui, maintenant qu'ils étaient séparés, elle était inquiète. Pour lui. Sentiment inédit. Souffrir pour quelqu'un. Aimer, simplement.

Je me ronge les sangs pour toi, mon amour. Je sens que tu ne vas pas bien… Mais ne t'en fais pas, je serai bientôt près de toi. Tout ira mieux, alors.

Son regard déviait d'un mur à l'autre. Le manque était bel et bien là. Ne partirait pas avant d'avoir eu sa dose.

586

Le réveil indiquait dix-huit heures. Elle luttait depuis près de trois heures maintenant. Après son retour de promenade. Puis le quatrième flic était arrivé. Le fameux Philippe, le plus jeune de la bande. Il était venu se présenter, avenant. S'était pris une douche froide en retour.

Elle ne bougea plus de son lit. Les maux de tête s'intensifièrent jusqu'à habiter la totalité de son crâne. Les contractions se rapprochaient dans son ventre, comme si elle s'apprêtait à accoucher d'un monstre.

Ses blessures vivaient une nouvelle vie, prenaient un nouveau départ. Comme si une main malveillante appuyait sur chaque plaie, sur chaque contusion.

Ses muscles se tétanisaient à leur guise, comme si une onde électrique lui balançait des électrochocs. L'angoisse montait lentement. Comme si elle allait mourir.

Elle se leva, s'appuya contre la porte, hésita un instant. Les appeler au secours ? Eux, ses propres ennemis. Pourtant, la souffrance était si forte… Elle serait bientôt insupportable. Incontrôlable. Demander de la codéine ? À ce stade, ça la calmerait à peine. Elle reçut un coup de butoir dans le ventre, s'effondra à genoux.

Elle capitulait, son corps réclamait juste la délivrance. Incapable de vouloir autre chose. Elle cogna contre la porte avec sa main intacte. Appela ses geôliers. À peine deux minutes plus tard, les pas résonnèrent dans le couloir. C'était plus rapide qu'en taule… Franck la découvrit assise par terre. Elle avait failli recevoir la porte en pleine tête. Ses yeux, hagards, se levèrent sur lui.

— Qu'est-ce qui se passe ?

— Je… Je ne me sens pas bien… Je voudrais de la codéine…

— Encore ? Qu'est-ce que tu ressens exactement ?

— J'ai mal… Partout…

Il l'aida à s'asseoir sur le lit, toucha son front. Il était glacé.

— Tu n'as pas de fièvre, pourtant. Tu ne peux pas prendre autant de médicaments, Marianne.

— Donnez-moi de la codéine, s'il vous plaît ! répéta-t-elle en desserrant à peine les dents.

— On ne sait même pas ce que tu as, ça pourrait être dangereux. Tu as déjà largement dépassé la dose autorisée…

Il la regarda plus attentivement. Détailla chaque contracture qui torturait cette peau livide. Ce balancement d'avant en arrière…. Non, elle ne feignait pas. Mais il entr'aperçut brusquement ce qui la dévorait. Il resta un instant sans voix. Puis demanda, doucement :

— Tu te drogues, Marianne ? T'es en manque, c'est ça ?

— Non ! hurla-t-elle.

— OK, calme-toi…

Il la força à se lever.

— Tu descends, comme ça je pourrai te surveiller si tu as un malaise.

Elle protesta. Mais, sans lui laisser le choix, il l'entraîna dans le couloir en tenant solidement son bras. Les autres jouaient au billard. Laurent, dos à la porte, ne prit pas la peine de se retourner.

— Alors, Franck, on t'attend ! Qu'est-ce qu'elle voulait encore, cette emmerdeuse ?

Laurent fit volte-face pour se retrouver dans la ligne de mire d'un viseur noir et meurtrier.

— Marianne ne se sent pas bien, elle va rester avec nous, expliqua le commissaire.

Il s'en débarrassa sur le canapé. Elle s'y recroquevilla tandis qu'ils la toisaient. Comme à chaque fois, elle rêvait de devenir invisible. Ils me croient seulement malade. Il faut que je tienne le choc.

— Qu'est-ce qu'elle a ? s'enquit Philippe.

— J'en sais rien… J'ai pas fait médecine, mon gars ! Elle veut encore de la codéine, mais…

Marianne continuait à osciller en silence. Les écoutant parler comme si elle n'était même pas là.

— Arrêtez de vous inquiéter les mecs ! lança Laurent en reprenant la partie. Si ça se trouve, elle est simplement dans le mauvais moment du mois !

— Gros con ! vociféra une voix étouffée.

Laurent s'immobilisa une seconde. Puis s'approcha du divan. Il fut impressionné par son visage. Comme si on venait de la ramener d'entre les morts.

— T'as de la chance d'être une gonzesse ! Parce que sinon, y a longtemps que le *gros con* t'aurait mis son poing dans la gueule !

— Vas-y, essaye !

— Ça suffit ! coupa Franck avec agacement. Laisse-la tranquille !

Laurent continua à la fixer. Comme s'il avait eu une révélation. Il tourna la tête vers son patron.

— Pas étonnant qu'elle réclame de la codéine toutes les deux heures ! Elle est en manque ! Des camés, j'en ai vus suffisamment dans ma vie pour te dire qu'elle est en pleine crise...

Pour Marianne, la honte s'additionna à la détresse. Transformée en animal de foire, observée avec une curiosité malsaine. Trop dur à supporter. Elle se précipita vers le couloir mais Laurent la rattrapa.

— Eh ! Tu restes ici !

— Laissez-moi tranquille ! Je vais dans ma chambre !

Elle se débattit violemment et l'imprudent reçut un coup de poing dans la mâchoire avant de valdinguer contre la table. Les trois autres s'emparèrent de Marianne et la plaquèrent contre le mur.

— T'as intérêt à te calmer ! menaça Franck.

Ils l'obligèrent à s'asseoir à nouveau sur le sofa tandis que Laurent inventoriait ses dents.

— Sale petite garce ! hurla-t-il. Je vais te...

Franck le stoppa dans sa lancée.

— Toi aussi, tu te calmes ! fit-il avant de s'adresser à Marianne. Tu te drogues, oui ou non ?

Elle se mura dans le silence. Il la saisit par les épaules, la secoua un peu fort.

— Réponds ! Tu te drogues ?

— Oui ! avoua-t-elle dans un cri.

Il la lâcha. Eut un soupir un peu las.

— Je le savais ! fit Laurent en frottant sa mâchoire. Manquait plus que ça !

Marianne essaya de se lever mais Philippe et Didier la repoussèrent sur le canapé.

— Qu'est-ce que tu prends ? poursuivit Franck.

Elle se mit à espérer. Ils lui fourniraient sans doute de quoi se shooter. Flics et dealers font souvent partie du même monde. Ils étaient peut-être de la brigade des stups, avec un peu de chance.

— Héro…

— Par injection ou…

— Oui, par injection.

— Tous les jours ?

Il fallait passer par la case interrogatoire, Marianne s'y plia à contrecœur.

— Non… Deux ou trois fois par semaine…

— Le manque d'héro se combat très bien, continua Franck comme s'il menait une conférence scientifique sur le sujet. Si tu n'en as pas, tu parviendras à surmonter le manque.

— Non ! hurla-t-elle. La crise ne passera pas !

— Toute façon, on n'a pas de came ici ! ajouta Laurent non sans un certain plaisir. Alors, faudra bien que tu t'en passes !

— Donnez-moi quelque chose !

Le commissaire lui parla durement.

— T'es sourde ? On n'a pas d'héroïne. Et même si on en avait, on ne t'en filerait pas… Tu dois avoir l'esprit clair… Tu dois être en état d'accomplir la mission.

— Si tu ne me donnes rien, je vais pas passer la nuit !

— Mais si ! C'est juste une crise de manque, rien de plus ! Tu n'es pas en train de mourir…

Inconsciente du danger, Marianne bouscula les deux policiers avant de se ruer dans l'entrée et d'ouvrir la porte. Aller n'importe où, faire n'importe quoi. Ils la rattrapèrent sur le perron, la ramenèrent à l'intérieur. Elle hurlait, se débattait, les injuriait.

— Puisque c'est comme ça, on va t'obliger à rester tranquille ! s'exclama Franck. Attachez-la !

Les bracelets se refermèrent sur les poignets de Marianne qui crachait sa haine. Elle fut menottée au radiateur en fonte, grand classique de la procédure policière. Elle regretta de les avoir appelés. Elle aurait mieux fait de souffrir dans sa chambre. Confortablement installée sur son lit, sans personne pour la juger. Mais ils ne prêtaient même plus attention à elle, ayant repris leur partie de billard. Alors, elle serra les dents pour ne pas crier. Continua de les insulter dans sa tête. Les jambes repliées devant elle, le front sur les genoux. Elle resta ainsi sans bouger de longues minutes, bateau pris dans la tempête. Des vagues immenses, des creux abyssaux. Le mal continuait son œuvre destructrice. Pics de douleur de plus en plus longs. Rémissions de plus en plus courtes. Des lames acérées lui découpaient le cerveau, morceau par morceau. Elle avait la sensation d'être rouée de coups. Assaillie de toutes parts.

Bientôt, elle n'eut plus la force de taire la souffrance. Elle se mit à gémir. Des plaintes d'animal sauvage pris au piège. Le commissaire s'approcha enfin. Elle était méconnaissable. Les yeux gonflés, rouges. Le visage tourmenté de douleur.

Elle l'implora du regard. Plus rien ne comptait. Sortir de l'enfer. Elle lui aurait vendu son âme ou son corps contre une dose.

— Ne me laissez pas comme ça ! supplia-t-elle. S'il vous plaît ! Allez me chercher une dose…

— Et puis quoi encore ! s'insurgea Laurent.

— Je ne peux pas faire ça, répondit le commissaire. Tu dois lutter, ça va passer…

Elle toussa violemment. Puis recommença à s'énerver.

— Je voudrais bien t'y voir ! souffla-t-elle entre deux quintes de toux.

— T'avais qu'à pas toucher à cette merde.

— Espèce d'enculé !

Franck fit mine de ne rien entendre puis rejoignit ses coéquipiers.

— On va être obligés de lui en filer, murmura Philippe. Ça va aller en s'aggravant…

— Rien du tout ! aboya le commissaire. Elle n'a qu'à se contrôler… Simple question de volonté !

Marianne l'injuria encore, d'une voix de plus en plus faible. Jusqu'à ce qu'elle se réfugie à nouveau dans le silence. Les boules de billard s'entrechoquaient dans son crâne. Chaque coup était une torture. Chaque seconde était une éternité au purgatoire. Et ça ne faisait que commencer…

**

Daniel avait répété les mêmes choses une bonne dizaine de fois. Ligoté sur sa chaise depuis des heures, il avait l'impression qu'il n'allait pas tarder à s'évanouir. Ce qui ne lui était encore jamais arrivé de toute sa vie. Il avait soif, il avait mal. Il avait peur. N'avait plus grand-chose à quoi se raccrocher. Des lambeaux de vie passée. Et la liberté de Marianne.

— Reprenons, proposa Werner d'une voix imperturbable.

— Arrêtez, je suis fatigué…

— Je m'arrêterai lorsque vous aurez avoué, monsieur Bachmann.

Il se mit à marcher. Il faisait ça à intervalles réguliers, certainement pour épuiser encore un peu plus son
prévenu. Ou simplement pour se dégourdir les jambes.

— Allez, Bachmann, cesse de jouer avec nos nerfs...

Daniel fut blessé par ce tutoiement soudain.

— Nous aussi, on est crevés... On aimerait pouvoir
rentrer chez nous, tu comprends ?

— Je n'ai pas...

— Ta gueule !

Werner lui colla une nouvelle fois les clichés sous le
nez.

— Allez, Bachmann ! C'est bien toi sur ces photos ?
Toi en train de sauter Marianne ! Non ?... Mais si, c'est
toi ! Et t'as pas l'air de t'ennuyer avec elle !

— Ça suffit...

— Ouais ! Ça suffit ! beugla Pertuis. On en a assez
de tes mensonges à la con ! Dis-le que t'as couché avec
elle ! Après tout, c'est pas un crime !

Daniel sentit soudain les larmes monter à l'assaut de
ses yeux.

— Allez, monsieur Bachmann, dit Werner d'une voix
radoucie. Un effort, je vous en prie... Avez-vous déjà
couché avec mademoiselle de Gréville ?

— Oui... Oui, j'ai couché avec Marianne.

— À la bonne heure ! lança Werner avec un sourire
de vainqueur.

Il apporta un verre d'eau, Daniel étancha sa soif. Il
venait de franchir le pas. De se soulager d'un poids
énorme. Il rêvait de rejoindre sa cellule. Tout, sauf supporter encore pendant des heures l'avalanche de questions meurtrières.

— Bien... Depuis combien de temps ça dure avec
elle ?

— Ça a commencé... Quelques semaines après son
arrivée à la prison...

La voix de Daniel était une sorte de pâte homogène formée d'épuisement et de désespoir.

— Était-elle consentante ?

— Oui, évidemment…

— L'avcz-vous aidée à s'évader de l'hôpital, monsieur Bachmann ?

— Non… Non, je n'ai pas fait ça…

Werner s'approcha de son oreille.

— Êtes-vous amoureux de mademoiselle de Gréville, monsieur Bachmann ?

Daniel releva la tête. Une larme se fit la belle de ses yeux gris.

— Oui, j'aime Marianne.

Werner sourit à nouveau.

— Je l'avais deviné ! Ça se voit sur les photos…

***

Marianne ne tenait même plus assise. Elle s'était allongée dos contre le radiateur. Les flics s'étaient exilés dans la cuisine pour boire un coup. Elle les entendait parler au milieu du fatras cérébral. Son corps n'était plus qu'une collection de tremblements nerveux, une galerie d'horreurs sans nom. Le feu dans ses bronches, dans son ventre. Dans sa tête, où un marteau-piqueur forait de plus en plus fort. Ses muscles ne connaissaient plus une seconde de répit, contractés au maximum de leurs possibilités. Une nouvelle crise qui durait depuis plus de dix minutes. Elle pleurait sans discontinuer, seul soulagement. La lumière s'alluma… Les chaussures du commissaire, juste devant son visage. Il se baissa, l'aida à se redresser.

— Ça ne va pas mieux ?

Elle tenta de parler, n'émit qu'une plainte déchirante. Un petit filet de sang coula de sa bouche. Franck consulta ses collègues, visiblement inquiet.

— Elle saigne…

— Elle a dû se mordre la joue, supposa Laurent.

Il se concentra à nouveau sur le visage martyrisé de Marianne.

— Do... Donnez-moi... quelque chose... parvint-elle à articuler.

Il se rapprocha de ses coéquipiers.

— Combien de temps ça peut durer une crise comme ça, à votre avis ?

— Quelques jours ! affirma Philippe. Ça peut durer des jours !

— Qu'est-ce que tu veux qu'on y fasse ? s'emporta Laurent.

— Je peux peut-être lui redonner de la codéine, non ?

— Encore ? s'exclama Philippe. Tu lui en as filé il y a une heure... Si on lui en donne trop, ça pourrait mal finir. Ça servira plus à rien, je crois...

Marianne essuyait une nouvelle attaque. Elle ne cessa plus de crier, de gémir. Tapant sur les nerfs des flics avec la régularité d'un mouvement suisse. Ses jambes donnaient des coups dans le vide, chaque fibre musculaire se soumettait aux ordres de la bête. Ses mâchoires s'entrechoquèrent, ses yeux montèrent jusqu'au plafond avant de s'écraser sur le sol. Des aiguilles géantes traversaient sa boîte crânienne, d'une oreille à l'autre. Sa nuque, tendue au maximum, se pliait vers l'avant avant de se rétracter, poussant sa tête vers l'arrière.

Elle recommença à crier, les policiers échangèrent un regard épuisé. Puis elle frappa l'arrière de son crâne contre la fonte.

Franck la contemplait avec désolation. Et colère. Les crises se rapprochaient de plus en plus. La cinquième en une heure de temps. Et, surtout, elles étaient de plus en plus longues à disparaître. De plus en plus terrifiantes.

Sa tête heurta à nouveau le radiateur avec brutalité.

— Arrête ! s'écria le commissaire.

— Laisse-la s'assommer ! préconisa Laurent.

Encore deux coups qui résonnèrent jusque dans le ventre du flic. Elle vomissait son mal en glapissements qui n'avaient plus rien d'humain.

— Il faut la détacher ! dit Franck. Elle va finir par se fracasser !

Il se baissa mais Marianne lui interdisait d'approcher avec ses jambes. Il reçut plusieurs coups avant d'atteindre les menottes. À peine libérée, elle porta une main jusqu'à sa bouche, planta ses dents dans la chair violette. Le sang coula le long de son bras, Franck attrapa ses poignets.

— Putain ! Mais arrête !

Il la souleva, avec l'impression d'empoigner un morceau de ferraille rouillée, puis la traîna jusqu'au canapé. Il perdit subitement son sang-froid.

— On n'a pas des calmants ou des somnifères dans cette baraque ?! hurla-t-il.

— Non, répondit Didier. J'ai déjà vérifié…

Marianne se contorsionnait dans ses bras. Avec une force contre laquelle il avait du mal à lutter. Il sentit une nouvelle onde la traverser, une nouvelle convulsion s'emparer de son corps. Il ne put la tenir plus longtemps, elle atterrit sur le tapis. Y resta, à genoux, suppliciée par un tortionnaire invisible. Elle recommença à mordre ses doigts.

Philippe et Didier étaient pétrifiés d'horreur. Laurent alluma une Marlboro. Avec un calme glaçant. Il haussa la voix pour être entendu au milieu des lamentations de la forcenée.

— On n'a qu'à la remonter dans sa piaule et l'attacher au pieu. Et la bâillonner. Sinon, elle va nous empêcher de dormir. Comme ça, on n'entendra plus ses putains de cris !

Ses trois collègues restèrent sidérés. Tandis que Marianne frappait son front par terre.

— Quoi, alors ? contre-attaqua Laurent. Je peux l'assommer si vous préférez !

— La petite a raison ! lança Philippe. T'es vraiment qu'un sale con !

Les deux flics s'affrontèrent du regard. Marianne cessa de se cogner la tête. Mais pour combien de temps ? Prostrée dans un mutisme douloureux, elle ne montrait plus aucun signe de violence démente. Pourtant, cette nouvelle rémission n'en était pas vraiment une. Elle se contractait violemment à intervalles réguliers. Toussait jusqu'à cracher du sang. Puis elle se souvint que sa bouche servait à parler. Pas seulement à hurler ou à mordre.

— Ne… me laissez… pas comme ça ! Aidez-moi ! Donnez-moi de la came ! supplia-t-elle en pleurant toutes les larmes de son corps.

— On n'en a pas ! martela Laurent. On est flics ! Pas dealers, merde !

Franck, impuissant, se contentait d'endurer les plaintes déversées directement dans son oreille. Comme si c'était lui le bourreau. Elle allait bien finir par tomber d'épuisement. Par se taire.

— Je vous ferai tout ce que vous voulez ! cria Marianne qui avait perdu le sens des réalités.

Perdu la dignité, la fierté et tout le reste. Tout ce qui était en train de succomber à la torture. Elle reprenait les vieilles habitudes. Se vendre pour avoir sa dose. Ils mirent un instant à comprendre sa proposition.

— Ça devient intéressant ! s'amusa Laurent.

— Arrête ! ordonna Franck.

Puis sa voix se fit plus douce. Il s'approcha de ce qui restait de sa tueuse. Bien mal en point.

— On ne veut rien, Marianne. Juste que tu ailles mieux…

Les supplications continuaient. Un chant terrifiant. Un truc qu'il n'avait jamais entendu. Elle lui infligeait un regard poignant. Encore plus dur d'affronter ses yeux que ses prières.

597

— Prends… ton… flingue, murmura-t-elle. Comme hier… Là… Là… Mais cette fois, tire…

Elle posa un doigt tremblant au milieu de son front. Franck, à bout de nerfs, se releva d'un bond.

— Mais c'est pas vrai ! Quelle merde, cette dope !

Marianne avait enroulé ses bras autour de son corps. Comme si elle craignait que ses tripes ne se déversent sur le sol. Elle continua à implorer. Mais sa voix donnait des signes de faiblesse. Bientôt elle ne pourrait même plus parler.

Philippe ouvrit la fenêtre, aspira une bouffée d'oxygène. Au bord du malaise. Marianne se tut. Allongée par terre, tétanisée des pieds à la tête.

Seuls les gémissement sépulcraux s'échappaient encore de sa bouche. Un requiem insupportable.

Franck récupéra alors les clefs de la voiture.

— Où tu vas ? interrogea Laurent d'un air soupçonneux.

— Chercher de la drogue…

— Hein ? Mais t'as pété un câble ou quoi ?

— Ouais ! Je pète un câble ! On ne peut pas la laisser continuer à souffrir comme ça !

— Tu comptes la trouver où ta merde ? poursuivit Laurent en lui barrant le chemin. Tu veux tout faire rater parce que cette tarée nous fait une petite crise de manque ?

— *Une petite crise ?* T'as pas de cœur ou quoi ?

— Rien à foutre d'elle ! Elle finira par se calmer. Je vais lui mettre mon poing dans la gueule, elle va roupiller un bon coup !

— Tu frapperais une fille qui se tord de douleur par terre ?

— Et toi ? Tu risquerais de tout compromettre pour lui donner sa dose ? Et si tu te fais choper avec de la dope, hein ? T'as pensé à ça ?

— Je prends le risque, répondit Franck en baissant d'un ton.

— Je vais y aller moi, proposa Philippe. Je sais où trouver de l'héroïne ; si je me fais piquer, ce sera moins grave que si c'est toi… Je vais prendre ma moto, ça ira plus vite.

Franck eut un instant d'hésitation. Puis il acquiesça. Philippe prit son casque et son blouson.

— Vous êtes complètement barges, les mecs ! vociféra Laurent.

Il s'approcha de Marianne, la secoua comme s'il voulait la briser en morceaux.

— Tu vas nous faire chier longtemps ? s'écria-t-il.

— Arrête ! ordonna Franck. Lâche-la !

— T'as raison ! Fais foirer la mission si ça te chante ! Après tout, c'est toi le patron.

— Arrêtez de vous engueuler ! pria Didier avec lassitude. Franck a raison… Surtout que si ça dure des jours, elle ne sera pas en état d'accomplir le boulot. Alors il vaut mieux lui filer sa dose, qu'on en finisse.

Franck s'assit sur le canapé, Marianne accrochée à lui comme à une bouée de sauvetage. Philippe était déjà parti. Laurent alla ruminer sa colère sur le perron tandis que Marianne continuait d'agoniser dans les bras du commissaire.

Le temps paraissait soudain s'être arrêté.

— J'en peux plus… Ça fait trop mal… Me laisse pas mourir…

— Non, Marianne, tu ne vas pas mourir… Il va revenir bientôt.

Il resserra encore son étreinte. Consulta à nouveau sa montre. Fit une prière silencieuse pour qu'elle résiste jusqu'au retour de son collègue. Lui parla doucement. De sa liberté prochaine, d'un avenir radieux. De l'héro qui arrivait pour la délivrer. Pour l'aider à s'évader, une fois encore…

Daniel tenait par miracle sur sa chaise. Il ne cessait de penser à Marianne. Pour oublier que sa vie venait de basculer dans le néant.

— Avez-vous aidé Gréville à s'enfuir, monsieur Bachmann ?

La voix de Werner le fit sursauter. Comme un pic s'enfonçant dans son cerveau.

— Non, murmura-t-il.

— Allez, Bachmann. Si vous avouez, ce sera terminé. Vous pourrez enfin aller dormir.

Le flic reluqua la pendule de son bureau. Deux heures du mat'. Daniel implora en silence sa clémence. Pertuis lui fila une beigne à l'arrière du crâne.

— Eh ! Le commandant t'a posé une question ! hurla-t-il.

— Ne me touchez pas ! Je vous ai répondu. Non, je ne l'ai pas aidée.

— Mauvaise réponse ! Avoue ! Tu as aidé cette salope à s'évader !

— Ne t'énerve pas comme ça, ricana Werner. Tu vois bien que monsieur est épuisé…

— Rien à foutre ! poursuivit le lieutenant.

Il donna un nouveau coup. Brusquement, Daniel se leva. Il dépassait le lieutenant de deux têtes. Il tira sur son poignet entravé, Pertuis reçut la chaise en pleine figure.

Werner appela des renforts. Daniel ne bougeait plus mais ils se jetèrent sur lui, le plaquèrent au sol avant de lui menotter les poignets dans le dos et de le revisser sur sa chaise. Le lieutenant avait reculé jusqu'au fond du bureau. Livide et encore sonné.

Werner s'approcha.

— Allons, monsieur Bachmann ! Si vous devenez violent, ça sera encore pire…

— J'en peux plus… Merde !

— Il ne tient qu'à vous que tout cela s'arrête ! Avez-vous aidé Marianne de Gréville à s'évader ?

Daniel ferma les yeux. Envie de poser sa nuque sur un oreiller. Ou même par terre. Pour pleurer pendant des heures. Il pensa à sa femme qui devait pleurer aussi. Trahie, salie. Morte d'angoisse.

— Oui, murmura-t-il.

Étrange silence. Pertuis reprit sa place devant l'ordinateur. Werner afficha un large sourire. Celui de la victoire.

— C'est bien, monsieur Bachmann ! Racontez-moi donc cela en détails.

— Je lui ai donné le revolver et…

— Un pistolet, monsieur Bachmann. C'était un pistolet.

— Oui, un pistolet… Je le lui ai donné quand je suis allé la voir à l'hôpital.

— Quelle était la marque de cette arme ?

Daniel le regarda avec accablement.

— Un Glock, monsieur Bachmann. Vous avez déjà oublié ?

— Oui, c'est ça, un Glock…

— Où vous êtes vous procuré cette arme ?

— Je… Je l'ai achetée à un type dans… Une cité.

— Quelle cité, monsieur Bachmann ?

— Je… Je ne me souviens plus du nom…

— La cité des Aulnes, je présume ?

— Oui, c'est ça… La cité des Aulnes.

Werner se tourna vers son scribe.

— Notez, lieutenant : *Je reconnais avoir fourni une arme à Marianne de Gréville. Il s'agissait d'un pistolet semi-automatique calibre 45, un Glock, acheté à un inconnu à la cité des Aulnes.*

Daniel réalisa qu'il montait la potence qui servirait à le pendre. Mais plus rien ne lui semblait important.

— Pourquoi l'avez-vous aidée, monsieur Bachmann ? Parce que vous étiez amoureux d'elle ?

— Oui…

— Bien. *J'ai aidé Marianne de Gréville parce que j'étais amoureux d'elle…* Non. *Parce que je suis amoureux d'elle…* Pertuis va vous faire signer votre déposition. Vous allez pouvoir retourner en cellule et vous reposer, monsieur Bachmann… Nous reprendrons demain matin.

— Mais… Je vous ai tout dit !

— Reposez-vous Bachmann. Vous avez fait le plus dur. Le reste ira tout seul, vous verrez.

***

Philippe découvrit Laurent assis en bas de l'escalier, dans l'entrée, Didier endormi sur un fauteuil. Et Marianne en catatonie dans les bras du patron.

Franck l'abandonna un instant, elle se remit à gémir.

— T'as ce qu'il faut ? demanda-t-il.

— Ouais ! Mais il a fallu que je trouve aussi une pharmacie pour la seringue et le garrot…

Il posa le tout sur la table. Franck hésita un instant devant cet attirail de torture.

— Je sais pas comment on fait, avoua-t-il.

— Moi je sais, dit Laurent en approchant.

Il prit une petite cuiller, commença à réchauffer une partie de la dose à la flamme de son briquet.

— T'es sûr que tu n'en mets pas trop ? s'inquiéta Franck. Si elle fait une overdose ?

— C'est que la came n'était pas bonne…

— Manquerait plus que ça ! grogna Philippe. Au prix où je l'ai payée !

— Rien à voir avec le prix, expliqua Laurent en plaçant l'aiguille au bout de la seringue. Si cette merde est mal coupée, on peut dire adieu à notre tueuse…

La Fouine s'était réveillé et observait le manège. Une

sorte de fascination sautillait dans ses petits yeux noirs et perçants. Laurent avait rempli la seringue ; il s'adressa à Franck.

— Passe-lui le garrot en haut du bras…

Franck déposa Marianne dans le fauteuil. Il remonta la manche de son cardigan, positionna le garrot, serra au maximum. Laurent, à genoux à côté de l'accoudoir, chercha une veine. Sous la peau blanche, plusieurs ruisseaux bleus se dessinaient. Pourtant, aucun ne semblait assez résistant.

— L'autre… bras… murmura Marianne.

Laurent changea de côté, replaça le garrot.

— T'as raison, ma jolie ! De ce côté, c'est beaucoup mieux…

Il planta l'aiguille sans hésiter, Marianne eut un tressaillement infime. La douleur était presque passée inaperçue au milieu de ce champ de souffrance.

Elle bascula la tête en arrière. Se mit à pleurer.

— Voilà, chérie ! conclut Laurent en retirant l'aiguille sans la moindre délicatesse. T'es shootée à mort. Tu vas pouvoir nous foutre la paix !

Elle se contracta encore quelques minutes. Puis lentement, ses grimaces douloureuses s'évaporèrent. Jusqu'à ce qu'un sourire se dessine sur ses lèvres.

— C'est magique ! lança Laurent. Quelqu'un d'autre veut sa petite piqûre ?

— Arrête ! marmonna le commissaire.

Il ne pouvait détacher ses prunelles du sourire de Marianne. Elle avait toujours les paupières closes, la tête enfoncée dans le cuir du fauteuil. Tellement vulnérable, pensa-t-il.

— Bon ! dit Laurent en tapant sur l'épaule du commissaire. Tu vas la mater toute la nuit ? On dirait que t'as vu la Sainte-Vierge !

Franck lui sourit.

— Merci… Merci à vous deux. Je crois qu'on a bien fait.

— Le problème, c'est qu'il va falloir recommencer demain et après demain, annonça Laurent.

— Mais j'ai pris qu'une dose ! rappela Philippe.

— Ça fera deux injections, pas plus, continua Laurent. Tu vas être obligé d'y retourner.

— J'ai retiré tout le fric qui était sur mon compte pour acheter cette merde !

— Je te rembourserai demain, assura Franck.

Marianne ouvrit soudain les yeux, se redressa un peu. Tomba sur quatre regards braqués dans sa direction. Elle dut torturer son cerveau pour se souvenir qui étaient ces hommes.

— Tu vas mieux ? demanda Franck. Tu n'as plus mal ?

Cette voix familière la rassura un peu. Cette voix qui l'avait empêchée de sombrer pendant des heures. Qui l'avait soutenue au milieu de l'enfer.

— Non… J'ai soif.

Elle avala trois verres d'eau d'affilée.

— J'aimerais retourner dans ma cellule, maintenant…

— T'es plus en taule, chérie ! ironisa Laurent. Cette came te bousille le cerveau !

Elle voulut se lever, retomba lourdement dans le fauteuil. Franck la mit debout, elle s'accrocha à lui, une nouvelle fois. Collant son visage juste en dessous du sien.

— Je crois que t'as un ticket ! ricana Laurent.

Le commissaire tenta de repousser Marianne mais elle refusait de le lâcher.

— Merci de m'avoir aidée… T'es un mec bien.

Les trois flics se mirent à rire.

— Merci, répondit Franck avec une mimique un peu gênée. On va remonter, maintenant, d'accord ?

— Si tu veux…

— Elle est beaucoup plus sympa quand elle est défoncée ! J'ai bien fait de la shooter !

Franck avançait doucement, tout en soutenant Marianne. Mais ses jambes se dérobèrent. Il se résigna à la porter. Elle se força à réfléchir. À trouver son chemin au milieu des éclats de lumière trouble. Ce n'est pas Daniel, Marianne. Tu n'es pas dans les bras de Daniel… Il faut que je m'échappe… Parce que demain, il sera trop tard. Drôle de mélange.

Franck monta l'escalier difficilement. Il avait peur de rater une marche avec son précieux chargement. Puis il poussa la porte entrouverte, déposa Marianne sur son lit et lui enleva ses chaussures. Elle avait les bras en croix, les yeux grands ouverts. Et toujours ce sourire qu'il lui connaissait pour la première fois. Pas moqueur, amer ou féroce. Un sourire vrai. Il déboutonna son jean avant de le faire glisser jusqu'à ses pieds. Puis il remonta les draps.

— Reste avec moi… Juste un peu, le temps que je m'endorme…

— D'accord.

Elle ferma les yeux, soulagée. Après des heures d'une souffrance atroce, elle se sentait en lévitation. Dans un pays merveilleux où les barreaux n'avaient jamais été inventés. Laurent apparut dans l'embrasure de la porte.

— Tu vas passer la nuit là ?

— Non, chuchota Franck. J'attends qu'elle s'endorme…

— C'est pas pour tout de suite ! Il va d'abord y avoir la chute…

Le commissaire l'interrogea du regard. La chute, quelle chute ?

— Quand l'effet de la poudre commencera à se dissiper… Elle va atterrir, plus ou moins brutalement. Après, elle s'endormira.

— T'en connais un rayon !

— J'ai vécu avec une fille qui se piquait… Crois-moi, je sais de quoi je parle ! La pire des gangrènes…

Franck ne cacha pas sa surprise.

— Je l'ignorais.

— Tu sais pas tout, mon pote… Bon, je vais me coucher. Tu devrais en faire autant.

— J'ai pas sommeil. Et puis on ne sait jamais…

— Fais gaffe… Certains ont le vin mauvais, si tu vois ce que je veux dire…

Marianne rouvrit les yeux, cherchant son ange gardien.

— Franck ? appela-t-elle. Viens…

Laurent esquissa un sourire un peu moqueur. Il tapa dans le dos de son ami.

— Le devoir t'appelle ! Bonne nuit, camarade. Et ne faites pas trop de bruit, qu'on puisse roupiller tranquille !

Il s'éclipsa. Franck s'approcha du lit mais n'osa pas s'y asseoir, inquiet des paroles de Laurent. Marianne semblait dériver sur une rivière enchantée.

— Tu entends ? Le vent… Pourquoi tu viens pas près de moi ?

Il hésita encore. Et si elle me saute à la gorge ? Ou si elle veut… Mais il avait toujours été attiré par le danger et s'installa finalement à ses côtés. Elle se mit à raconter un conte de fées sans queue ni tête. Il plongea avec elle dans l'inconnu. Essaya de mettre des images sur les mots. Mais ça n'avait aucun sens pour lui. Il était si près d'elle, sans défense, dévêtue de son armure de glace et d'acier.

Soudain, Marianne se mit à pleurer. La fameuse chute, sans doute.

— Ne pleure pas, Marianne… Ne pleure pas…

— Il me manque… Je l'aime tellement, tu comprends ?

Rien du tout, en fait. Peut-être encore un délire ? Elle passa un bras autour de son cou. Il ferma les yeux, essaya de refroidir son moteur qui avait tendance à s'emballer, s'obligea à dresser des interdits. Il fallait s'éloigner avant qu'il ne soit trop tard. Mais elle le serrait toujours plus fort.

Il parvint à résister, souffrit en silence. Marianne sécha ses larmes. Elle semblait revenue dans la réalité. Épuisée par son périple en enfer, elle le considérait avec un air triste, un peu coupable.

— Je vais te laisser dormir, maintenant, murmurat-il. Tu as encore besoin de quelque chose ?

— J'ai pas d'argent… Mais j'peux te payer autrement si tu veux…

— Hein ? Mais qu'est-ce que tu racontes !

Elle était encore la proie de l'héroïne. Une douceur alcoolisée emprisonnait ses yeux. Elle se lova contre lui. Il oublia les fameux interdits. Il ne s'obéissait plus. Il lui obéissait, à elle. Sa prisonnière. Partagé entre une colère sourde et une envie foudroyante, il l'embrassa. Lui mordit la lèvre jusqu'à refaire saigner sa blessure. Elle tomba sur le dos, il s'allongea sur elle. Il lut alors le désespoir. La douleur. Là, juste au fond de ses yeux si noirs. Il se redressa brusquement.

— Pourquoi tu t'en vas ? J'ai fait quelque chose de mal ? Tu me trouves pas jolie ?

— Non, Marianne… C'est pas toi, c'est moi… Je voudrais que tu dormes, maintenant.

Appuyé à la fenêtre, il laissa le calme le reprendre. Il avait bien failli craquer. Il s'était pourtant juré qu'il résisterait. La première fois où il l'avait vue, dans ce parloir minable, il s'était persuadé qu'il serait capable d'affronter ce sentiment extrême qui l'avait possédé dès qu'il avait croisé son regard.

Le brame mécanique d'un train de nuit lui percuta les oreilles. Il s'approcha doucement du lit. Marianne venait de s'endormir.

J'espère que tu dors, ma belle. Que tu n'es pas blessée. Que tu n'as pas froid, que tu n'as pas peur.

La cellule du dépôt était une cage à l'haleine pourrissante. Une couche en béton, un seau en plastique. Une

607

couverture dont un chien ne voudrait même pas. Du vomi sur le sol, de l'urine sur les murs. Daniel ferma les yeux. Se concentra sur le visage de Marianne. Sur ses yeux noirs.

Elle qui habitait sa chair, chaque atome de son corps.

Sa vie venait de partir en fumée. Son avenir était du passé. Parce qu'elle s'était envolée. Il lui restait juste l'amour. Et l'espoir un peu fou qu'elle réussirait. Car plus rien d'autre ne comptait.

Il avait menti aux flics pour retrouver la solitude. Pour échapper à la torture mentale. Il avait menti parce qu'il aurait aimé que ce soit vrai. Que ce soit lui qui l'ait aidée.

Lui et pas un autre.

Les larmes inondèrent son visage miné de souffrance. Qui était donc ce mystérieux complice, ce sauveur qui avait accompli le miracle ?

Dis-moi que tu n'aimes personne d'autre, ma belle. Jure-le-moi. Parce qu'il ne me reste que ça pour survivre.

Le soleil tapa dans l'œil de Marianne. Épée lumineuse, tranchante, qui força le rideau opaque de ses paupières à se lever au beau milieu d'un rêve. Les chiffres verts lui reprochèrent l'heure tardive.

Elle étira ses muscles endoloris, des courbatures en cascade lui rappelèrent les mauvais souvenirs de la veille. Elle s'extirpa des draps. Ses mollets étaient durs comme si elle avait disputé un marathon, elle peina pour atteindre son paquet de Camel. À la fenêtre, elle espéra le premier train de sa journée. N'entendit que la mélodie du vent dans les feuillages assoiffés. Puis trois coups contre la porte.

— Une minute !

Elle enfila son jean à la va-vite, passa une main dans ses cheveux indomptables. Donna le signal.

Le commissaire apparut. Il avait une mine insomniaque mais lui offrit un sourire.

— Salut Marianne… Comment tu te sens ce matin ?

— Ça va…

Elle sourit à son tour. Un peu embarrassée.

— Comme si j'étais passée sous un train, en fait !

— Je vois. Il est un peu tard pour un café mais…

— Il n'est jamais trop tard pour un café !

— Il y en a dans la cuisine, si tu veux descendre…

Elle enfila ses baskets, le précéda dans le couloir. Il marchait toujours derrière, craignant sans doute une attaque sournoise. Après la descente douloureuse de l'escalier, elle découvrit la cuisine, vaste pièce moderne et bien équipée.

Elle s'attabla, se laissa servir.

— Tu prends combien de sucres ?

— Trois… S'il vous plaît.

— Trois ? C'est plus du café !

— Si. C'est seulement du café sucré…

Il s'assit en face d'elle, remarqua qu'elle évitait son regard. Lui donna un cendrier. Elle remonta les manches de son cardigan, il aperçut l'hématome sur son bras. Là où Laurent avait enfoncé l'aiguille. Bien maladroitement. Elle fixait sa tasse vide. La fenêtre, la porte, les meubles. Tout sauf lui. Jusqu'à ce qu'enfin, elle se décide à parler.

— Je suis désolée pour hier, commença-t-elle d'une voix un peu sèche.

— Je suppose que tu aurais préféré éviter ça… Tu aurais dû m'en parler, avant que ça ne se produise. Avant qu'on atteigne ces extrémités…

— Pas facile de dire ce genre de choses… Et puis, une telle crise, ce n'est pas souvent… Je crois même que c'est la plus dure qui me soit arrivée.

— Vraiment ? Pourquoi hier ? Tu es angoissée ?

— Non ! Pensez-vous ! Y a vraiment pas de quoi ! Je passe de super vacances à la campagne… Gratos, en plus…

Il feignit de ne rien avoir entendu. Elle grilla encore une cigarette.

— Tu fumes toujours autant ?

— Toujours, oui. Quand j'ai des clopes, du moins.

— Et… comment tu faisais pour te procurer la came en taule ?

— Ça ne vous regarde pas.

Un nouveau silence, encore plus long que le premier.

— Pour cette nuit, lâcha-t-elle enfin, je crois que j'ai dit un certain nombre de conneries après la piqûre… Je ne me rappelle plus très bien, mais…

— T'en fais pas. C'est oublié.

— C'est la poudre, vous savez… On raconte n'importe quoi. Je… Je vous ai fait des avances, pas vrai ?

— En quelque sorte, révéla-t-il avec un sourire.

Elle se souvenait de tout, en fait. Mais préférait lui laisser entendre que non. Pourtant, elle se rappelait même du goût de ses lèvres. Du baiser brutal et sanglant. Qui lui avait procuré de drôles de sensations.

— Merci de… de ne pas en avoir profité, ajouta-t-elle.

Il se leva. Se servit un deuxième café.

— Un autre ? proposa-t-il.

Elle hocha la tête. Encore une suspension dans leur conversation.

— Je t'ai embrassée, avoua-t-il soudain.

Elle mima la stupéfaction. Se força à rire. Des pas résonnèrent dans l'escalier comme pour les sortir du trouble au moment opportun.

— Tiens, voilà notre ami Laurent, chuchota Marianne.

— Comment tu sais que c'est lui ?

— En taule, on développe certaines facultés. Je reconnais ses pas. Ceux de quelqu'un qui pèse son poids… quatre-vingt-dix kilos au bas mot ! Quelqu'un sûr de lui, pas particulièrement discret…

Laurent se présenta dans la cuisine.

— Salut ! grommela le flic. Qu'est-ce qu'elle fout là ?

— Salut, répondit le commissaire. Nous prenions un café…

— Je vais remonter, murmura Marianne.

— Mais non, reste, je t'en prie ! dit Laurent avec un mauvais rictus.

Il se versa un jus, s'attabla. Il toussa, alluma une Camel. Puis la dévisagea, enfin. Droit dans les yeux.

— J'espère que tu ne vas pas nous casser les couilles, aujourd'hui !

— Non, capitaine. Je vais essayer de ne rien vous casser du tout.

— Comment sais-tu qu'il est capitaine ? s'étonna le commissaire.

— Il est moins gradé que vous, mais plus que les deux autres. Donc, soit capitaine, soit commandant.

— Bien vu… Tu pèses combien, Laurent ?

Le capitaine écarquilla ses yeux encore fripés de sommeil. Avec des poches impressionnantes dessous.

— Pourquoi tu me poses cette question ? Tu veux me foutre au régime ou quoi ?! Je sais pas… Environ quatre-vingt-dix…

Marianne esquissa un sourire. Franck ne cacha pas sa surprise.

— Quand t'as descendu l'escalier, Marianne t'a reconnu à ton pas. Et en a déduit ton poids… Qu'est-ce que tu dis de ça ?

Laurent haussa les épaules.

— Elle a ajouté aussi que c'était la démarche d'un mec sûr de lui et pas très discret.

Le capitaine fixa la prisonnière.

— T'as aussi donné mon signe astrologique ?

— J'suis pas douée pour l'astrologie ! Taureau, Lion ou Bélier, je pense…

— Pas mal, concéda Laurent. J'suis Taureau…

— Et tu vois quoi d'autre à son sujet ? s'amusa Franck.

— Vas-y ! pria Laurent. J'ai rien à cacher !

— J'ai l'impression que… vous vous méfiez des femmes. Un peu comme si vous aviez eu un gros chagrin d'amour, une trahison… Et que depuis ça, vous vivez seul… Enfin, vous n'avez pas d'aventures sérieuses.

— Cette fille est incroyable ! lança Franck en riant. Comment peut-elle percevoir tout ça ?

Laurent faisait grise mine. Il aurait aimé un peu plus de discrétion de la part de son ami. Mais il décida d'inverser les rôles.

— OK, puisque tu veux nous la jouer psychologue de bazar, parle-nous donc un peu du type en face de toi qui se marre comme une baleine…

Franck cessa de rire. Augurant à son tour des révélations gênantes.

— C'est un homme qui voue sa vie à son travail. Qui aime son boulot, énormément, comme vous d'ailleurs… Il porte une très grande attention à son apparence physique, il refuse et refusera toujours de vieillir… On dirait qu'il a une revanche à prendre sur quelque chose… sur la vie… Parce qu'il a dû vivre des choses difficiles… Des épreuves…

Le visage du commissaire se modifia lentement.

— Mais c'est juste qu'elle s'en sort bien, la petite ! ricana Laurent. Continue, Marianne…

— Il a un côté violent qu'il cache sous un calme apparent. Qu'il assume assez mal. Je pense qu'il est brutal parce qu'on l'a été avec lui… Ou que la vie l'a été avec lui. Un malheur qui l'a frappé, peut-être… La perte d'un être cher ou…

Franck déboutonna le col de sa chemise.

— C'est un angoissé, qui dort peu ou mal… Qui a complètement raté sa vie personnelle. Qui traîne derrière lui des regrets, des remords… Quelque chose lui est resté coincé là.

Elle pressa deux doigts sur sa gorge puis s'accorda une pause.

— Je ne voulais pas vous mettre mal à l'aise… D'ailleurs, je me suis certainement plantée.

— Pas du tout ! assura Laurent en savourant sa vengeance. C'est vrai que tu es forte…

— Très impressionnant ! commenta Franck avec fair-play. À mon tour, maintenant…

— C'est pas du jeu, commissaire ! Vous avez lu les rapports des psychiatres dans mon dossier...

Elle alla nettoyer sa tasse dans l'évier. Laurent lui donna la sienne.

— Puisque t'y es...

— Aucun problème, capitaine.

Il s'adressa ensuite à son chef.

— Je prends la bagnole. Je vais acheter des clopes et le journal... Tu veux quelque chose ?

— Non... Marianne ? Tu as envie de lecture, peut-être... Ou d'autre chose. Ne te gêne pas.

Elle mit son cerveau en action. En ébullition.

— Je... Si c'est possible, j'aimerais... Si vous voyez une pharmacie...

Elle attrapa un calepin et un stylo qui traînaient sur le plan de travail, griffonna quelques mots, tendit le papier à Franck.

— Il me faudrait ces trois médicaments... Un, pour les douleurs musculaires et l'autre, pour les maux de ventre... La pommade, c'est aussi pour les muscles... J'ai des courbatures partout.

— Je peux avoir ça sans ordonnance ? s'inquiéta Laurent.

— Aucune idée ! Le toubib de la prison me les donnait... Merci d'essayer.

Marianne avait envie de sourire, mais elle se retint et retourna à la vaisselle. Pourvu qu'il me ramène les deux médocs ! Les deux, et pas un seul. Les deux qui, mélangés, donnent le plus soporifique des cocktails. Une spécialité très usitée, en taule. En l'occurrence, de quoi assommer un flic en moins de dix minutes. Même un flic de quatre-vingt-dix kilos.

***

Le juge d'instruction aimait les longs silences. Ceux qui mettent mal à l'aise. Il prenait tout son temps pour relire la déposition de Daniel. Il releva enfin la tête, le toisa au-dessus de ses verres en demi-lune. Des petits yeux marron, inexpressifs.

— Êtes-vous conscient de la gravité de vos actes, monsieur Bachmann?

— Écoutez, monsieur le juge… Je… Je souhaite revenir sur mes déclarations.

Le front du magistrat se plissa comme un vieux fruit oublié sur l'étal d'un marché.

— Allons bon! Pourquoi donc?

— Parce que… Parce que je n'ai pas aidé Marianne à s'échapper de l'hôpital…

— Ah oui? Pourquoi alors l'avoir dit hier aux policiers?

— Parce que je n'en pouvais plus de cet interrogatoire qui a duré des heures et des heures! Je voulais juste que ça s'arrête… Mais je n'ai pas aidé Marianne à s'évader, je vous le jure.

— Jurer ne sert à rien, monsieur Bachmann.

Daniel passa une main sur sa barbe. Il rêvait d'une douche. Il sentait sur lui l'odeur humiliante de la geôle infâme qui l'avait digéré toute la nuit comme un intestin nauséabond avant de le vomir au petit matin.

Il tourna la tête vers son avocat, Maître Hendy, commis d'office. Qui lisait un message sur son portable. L'avocat concéda un petit effort face au regard fâché de son client.

— Vous connaissez les méthodes policières, monsieur le juge! s'exclama-t-il avec un effet de manche ridicule. Les interrogatoires sans fin, les nerfs des prévenus mis à rude épreuve…

— Votre client ne me semble pas être quelqu'un de particulièrement fragile, maître. Je vois mal comment il pourrait se laisser impressionner par deux policiers!

— Mon client vient de vous le dire, monsieur le juge; il avait envie que ça s'arrête…

— On ne s'accuse pas de choses aussi graves sous prétexte qu'on est fatigué !

— J'étais épuisé ! rectifia Daniel. Ils m'interrogeaient encore à deux heures du matin…

— Pourtant, vous déclarez être amoureux d'elle, monsieur Bachmann.

— C'est vrai. Je ne reviens pas là-dessus. Je suis amoureux de cette fille, j'ai couché avec elle mais… Mais je ne l'ai pas aidée à s'enfuir.

— Est-ce dans vos habitudes de coucher avec les détenues, monsieur Bachmann ?

— Non. Bien sûr que non…

— Nous vérifierons, monsieur Bachmann. Faites attention. Nous allons interroger les détenues de la maison d'arrêt et même les anciennes détenues.

— Allez-y, répliqua Daniel. Marianne a été la seule…

— Donc, vous reconnaissez avoir couché avec elle, vous reconnaissez même être amoureux d'elle, mais vous niez l'avoir aidée dans son entreprise ?

— C'est ça, monsieur.

Le juge reprit la déclaration en main.

— Vos aveux sont pourtant circonstanciés. Vous connaissez la marque de l'arme qui a servi à Gréville pour son évasion… Vous mentionnez même où vous vous l'êtes procurée…

— C'est… c'est Werner qui m'a soufflé que c'était un Glock. Je n'en savais rien… Idem pour la cité des Aulnes.

— Prenez garde ! Vous portez là de graves accusations contre un fonctionnaire de police chevronné !

Daniel ferma les yeux. Il attendait que son avocat prenne la relève mais il ne reçut aucun appui.

— Je… Je vous assure que je n'ai rien à me reprocher.

— Si vous coopérez la justice saura en tenir compte… Où pouvons-nous trouver Gréville ?

— Mais je n'en sais rien ! Et… Et même si je le savais, je ne vous le dirais pas.

— Là, vous vous enfoncez, monsieur Bachmann !

— Monsieur le juge a raison, acquiesça Maître Hendy. Était-il là pour le défendre ou lui mettre la tête sous l'eau ?

— J'ignore où elle se trouve ! martela Daniel. Je ne vois pas comment je le saurais…

— Deviez-vous la retrouver quelque part, plus tard ? Est-ce vous qui lui avez trouvé une planque ? Un refuge où se cacher après son évasion ?

— Mais non ! protesta Daniel en secouant la tête. Puisque je ne l'ai pas aidée !

— Si vous nous révélez où elle est, vous paierez une addition moins lourde… Parce que, sinon, vous allez payer, croyez-moi ! Vous n'avez pas aidé n'importe qui ! Mais une criminelle particulièrement dangereuse… Une femme coupable de plusieurs meurtres odieux ! En êtes-vous conscient ?

— Elle… Elle n'est pas si mauvaise que vous le pensez, murmura Daniel.

— Taisez-vous ! conseilla le bavard.

— Mais non, Maître, laissez donc votre client s'exprimer ! Qu'il nous explique comment on peut tomber amoureux d'une… d'une ordure pareille !

Daniel releva les yeux. Gris. Presque mauves.

— Marianne n'est pas une ordure ! Je vous interdis de dire ça !

— Je plains votre épouse ! Être trompée, ce n'est jamais facile… Mais trompée avec ça…

— Arrêtez ! hurla Daniel en se levant. Vous n'avez pas le droit de me parler ainsi !

— Calmez-vous ! implora Hendy.

— Restez assis ! Je sais que vous avez aidé cette pourriture à s'enfuir et vous allez me dire où elle est ! Ou vous allez le payer très cher ! De toute façon, la police va la retrouver et la remettre en prison, là où se trouve sa place… Ce n'est qu'une question de jours.

— J'espère bien que non, murmura Daniel en retombant sur sa chaise.

L'avocat soupira, consulta sa montre. Le magistrat poursuivit.

— Je vous mets en examen pour complicité d'évasion. Je vous place en détention préventive.

— Je ne mérite pas d'aller en taule pour avoir couché avec une détenue !

— Pas pour ça, Bachmann… Pour complicité d'évasion !

— Mais je ne l'ai pas aidée ! Allez-vous enfin m'écouter ?

— Je vous écouterai lorsque vous serez décidé à me dire la vérité. Vos mensonges ne m'intéressent pas… Donc, je vous place en détention préventive à la maison d'arrêt de S.

— S. ? répéta Daniel avec effroi. Mais… Vous ne pouvez pas faire ça ! Je…

— Au moins, vous ne serez pas dépaysé, monsieur Bachmann ! ironisa le juge. De quoi avez-vous peur ? Que vos anciens collègues vous reprochent de les avoir trahis ? Vous irez à S., c'est la maison d'arrêt la plus proche… Je ne vais pas vous envoyer à deux cents kilomètres d'ici, non ? Je vous reverrai lundi… Si vous retrouvez la raison et que vous avez des aveux à passer pendant le week-end, signalez-le à un surveillant. Qu'il prévienne Werner… Il prendra votre déposition. Au revoir, monsieur Bachmann. Au revoir, Maître.

***

Marianne s'était tapé une sieste monstre. Enroulée comme une couleuvre au soleil, en plein milieu de son lit. Elle s'éveillait à peine, regarda tendrement son réveil, quinze heures.

Elle s'offrit une douche, ne se lassant pas de ce plaisir pourtant si simple. Une douche ou un bain quand elle en avait envie… Ensuite, elle détendit ses muscles de pierre devant le miroir. Il faudrait pouvoir courir, s'enfuir à toute vitesse. Frapper fort. Mais la douleur la stoppa rapidement. C'était encore trop tôt, blessures encore trop fraîches. Son visage portait toujours les marques des supplices récents. Elle n'était pas au zénith de sa forme mais se sentait prête. La douleur, elle la combattrait, comme toujours. Il lui fallait juste attendre le bon moment…

Justement, quelqu'un frappa à la porte. La Fouine montra son museau. Marianne eut un sourire un peu féroce.

Mais se força à l'adoucir aussitôt.

— Salut Marianne… Comment ça va, aujourd'hui ?

— Bonjour Didier. Ça va mieux, je vous remercie. Et je vous prie de m'excuser pour hier…

— Ce n'était pas de ta faute… Mais tu faisais peine à voir…

Il déposa un sachet de pharmacie sur le bureau, le sourire de Marianne s'élargit démesurément.

— Laurent a acheté ça pour toi… Alors, tu te sens mieux ?

— Oui mais… J'ai pris une douche pour me détendre, mais j'ai si mal au dos !

Elle posa ses mains sur ses reins, grimaça de douleur.

— Ça va peut-être m'aider un peu, continua-t-elle en prenant le tube de pommade dans le sachet. C'est pour détendre les muscles. Mais, dans le dos, ça va pas être facile…

Elle s'approcha de lui, avança sa main vers son visage. Il eut un léger recul.

— N'ayez pas peur ! railla-t-elle. Je veux juste vous enlever un truc sur la joue…

Elle effleura sa pommette, y enleva une poussière imaginaire.

— Vous vous êtes roulé dans l'herbe avec une demoi-selle, Didier ?

— Non ! J'ai juste fait un tour dans le jardin…

— Ah ! Je vous trouve très sympa, vous savez… Pas comme Laurent !

— Laurent est une brute, mais il n'est pas méchant. Et puis c'est un flic hors pair…

— Peut-être. Mais vous, vous êtes nettement plus gentil… Vous ne semblez pas me condamner sans cesse.

Il s'assit près du bureau, Marianne fit de même sur le lit défait.

— Je peux te piquer une cigarette ? demanda Didier.

— Allez-y, je vous en prie. Si vous pouviez m'en allu-mer une… J'ai la flemme de me lever !

Il approcha la chaise du lit. Alluma une première Camel, la lui tendit. Il enflamma la sienne et elle se laissa tomber en arrière, faisant remonter son tee-shirt un peu au-dessus de la ceinture de son jean. Elle devi-nait le regard du flic qui s'attardait sur chacune de ses courbes. Elle lança son mégot par la fenêtre puis se redressa.

— Putain ! murmura-t-elle. Qu'est-ce que j'ai mal… Didier, pourriez-vous me rendre un grand service ? Ça vous embêterait de me passer de la pommade dans le dos ? Seule, j'vais pas y arriver…

Elle s'allongea sur le ventre.

— Ça vous embête ?

— Non…

— Ça vous prendra pas longtemps. Je peux presque plus bouger, ça me ferait vraiment du bien…

Il s'installa près d'elle, enleva le capuchon du médicament.

— Euh… Il faudrait soulever ton tee-shirt…

— Bien sûr ! Où ai-je la tête !

Elle se remit sur ses fesses, en faisant mine de souffrir à chaque mouvement. Elle ôta son tee-shirt, imaginant les yeux de la Fouine en train de sortir de leurs orbites. Elle se rallongea sur le ventre et ferma les yeux.

Étape numéro une, l'allumer. C'était en bonne voie.

Il lui massa le creux des reins avant de remonter lentement le long de la colonne vertébrale.

— C'est bon ! murmura Marianne d'une voix voluptueuse. Vous êtes doué !

— Tu peux me tutoyer, si tu veux…

Marianne tourna la tête vers lui. Histoire de lui décocher une œillade un peu sensuelle. Elle poussa même un ou deux gémissements qui pouvaient être de plaisir comme de douleur.

Vraiment nul pour les massages, cet abruti ! Il va finir par me niquer le dos… Déjà que je souffre le martyre…

— Ça fait du bien ! Tu vas me remettre sur pied en moins de deux. Je vais plus pouvoir m'en passer, fais gaffe !

Il continua de longues minutes. Puis Marianne se retourna avec le tee-shirt pour cacher sa poitrine.

— Merci beaucoup, Didier… Je me sens déjà beaucoup mieux…

— Je vais me laver les mains.

Il partit presque en courant jusqu'à la salle de bains. Marianne se rhabilla. Il revint une minute plus tard. La trouva debout, près de la fenêtre. Elle le fixa droit dans les yeux. S'approcha de lui à la manière d'un félin gracieux.

Étape numéro deux, l'enflammer.

Elle s'arrêta lorsque sa poitrine effleura la sienne.

— Comment tu me trouves, Didier ? J'ai morflé en taule, pas vrai ?

— Je trouve pas, non…

L'incendie se propageait. Elle recula un peu, s'adossa au rebord de la fenêtre. Puisa au fond d'elle les ressources nécessaires.

Étape numéro trois, le faire fondre. Juste une larme ou deux.

— Tu pleures ? Qu'est-ce que tu as ?

— Rien… C'est juste que… Il y a si longtemps qu'un homme ne m'a pas dit que j'étais jolie… Si longtemps qu'un homme ne m'a pas prise… dans ses bras.

Il approcha. Ça y est, il est ferré.

— Tu es très jolie, Marianne…

— Tu dis ça pour me consoler, pas vrai ?

— Non… Pas du tout.

— Quatre ans sans mec, c'est long tu sais…

— J'imagine…

Elle plongea son regard dans le sien. Des flammes. Elle versa de nouvelles larmes, posa la tête au creux de son épaule. Passa ses bras autour de lui.

— Serre-moi fort…

Il l'attira contre lui, une main sur sa nuque, l'autre juste sous la taille. Il promenait ses doigts sur son dos. Restait plutôt sage. Elle redressa la tête, posa ses lèvres sur les siennes. Ferma les yeux lorsqu'il l'embrassa. Son froc n'allait pas tarder à exploser.

Étape numéro quatre, se faire désirer.

Elle se dégagea doucement.

— Il ne faut pas, murmura-t-elle. Si Franck nous surprend, il va… Il va me brutaliser…

Didier était pétrifié. Il reprenait ses esprits.

— Il ne saura rien…

— Il débarque dans ma chambre à l'improviste ! chuchota-t-elle.

— Il est en train de réviser la bagnole avec Laurent.

— Non, fit Marianne en secouant la tête. J'ai trop peur, excuse-moi…

Elle revint se coller contre lui, l'embrassa à nouveau. Attisa le brasier.

— Mais j'ai tellement envie de toi, susurra-t-elle au creux de son oreille, tout en frôlant sa braguette.

J'aimerais tellement que tu reviennes à un moment où on risquera moins… Cette nuit, par exemple.

Il l'embrassa dans le cou.

— Je viendrai.

Il quitta la chambre et Marianne s'auto-congratula en silence. Puis elle ouvrit les boîtes de médicaments, broya quatre cachets de chaque spécialité.

C'est ça, la Fouine, reviens vite… Je vais te concocter un rancard que t'es pas près d'oublier !

Elle retourna bien vite sous la douche pour effacer les traces immondes de ses mains sur sa peau.

***

— Qu'est-ce qui t'a pris, Daniel ? demanda Sanchez.

Le directeur était descendu pour accueillir ce prévenu peu ordinaire.

— Je n'ai pas aidé Marianne. Mais ils ont su que je couchais avec elle et… ils en ont tiré les conclusions que tu connais.

— Mais… Il paraît que t'as avoué ?

— J'ai craqué… Ils m'ont interrogé pendant plus de douze heures d'affilée. Je n'en pouvais plus alors j'ai dit n'importe quoi… Mais le juge ne veut pas m'écouter.

— Ça va s'arranger, assura Sanchez en lui passant le bras autour de l'épaule.

— Essaie de me trouver un bon avocat, reprit Daniel. Le mien est merdique.

— Je vais voir ce que je peux faire…

— Tu as parlé à Magali ?

— Non… Elle n'est pas venue me voir. Et toi ?

— Je l'ai appelée… J'ai eu droit qu'à un coup de fil… Mais… Mais ça s'est mal passé.

— Évidemment… Laisse-lui le temps de digérer tout ça.

Le directeur s'adressa aux trois surveillants qui attendaient pour l'incarcération de Daniel.

— Bon, je compte sur vous pour lui accorder un traitement de faveur, les gars. OK ?

— Oui, monsieur le directeur.

— On va te placer en isolement, bien sûr. Et ne t'inquiète pas, ça va s'arranger…

Sanchez remonta dans son bureau, les trois gardiens s'occupèrent de leur collègue. Ils lui épargnèrent la fouille au corps, lui remirent son paquetage d'arrivant. Puis le laissèrent patienter dans une grande pièce. Il en profita pour savourer une cigarette.

Retour à la case départ. Bâtiment A de la maison d'arrêt de S. Il portait encore son uniforme de la Pénitentiaire. Tellement sale qu'il ne le supportait plus sur sa peau. Mais il allait prendre une douche et revêtir le survêtement et le tee-shirt gracieusement offerts pour fêter son arrivée en taule.

La porte s'ouvrit, deux matons apparurent. Portier et Mestre. Ils souriaient.

***

Marianne sauta à pieds joints sur la route. La nuit était douce et tiède. Une lune presque pleine au cœur d'un ciel voilé lui permettait de se diriger presque comme en plein jour. Son cœur battait la chamade… Dehors !

Elle se mit à courir le long du mur d'enceinte. S'éloigner du danger. Ne pas rester sur la route, ils risquaient de s'apercevoir de sa fuite et de la poursuivre en voiture. Elle bifurqua sur une piste forestière qui se glissait dans les bois. Ça mènerait bien quelque part. Vers la liberté. Courir, encore. Ne pas s'arrêter. La nuit lui appartenait. L'avenir aussi…

J'ai réussi. Je suis libre. Daniel m'attend quelque part…

Elle avait envie de rire, mais son souffle était court, ses jambes récalcitrantes. Elle s'appuya à un tronc d'arbre noueux. Respire, Marianne. Il va falloir courir longtemps… Jusqu'au petit matin.

Courir. À nouveau. Foulées rapides. L'air humide fatiguait un peu ses poumons. Courir. Jusqu'au bout de ses forces. Sans s'occuper de la douleur, cruelle. Nouvel arrêt, assise sur un rocher. Elle se pencha en avant pour renouer l'un de ses lacets. Mais il cassa net entre ses doigts… Merde ! Mauvais signe.

Allez, Marianne, en route. Le chemin est encore long… Elle allait reprendre sa cavale lorsque deux lumières jaunes trouèrent les feuillages. Le bruit d'un moteur qui approchait. Non ! Impossible. C'est pas eux ! Pas déjà…

Elle quitta la piste pour s'enfoncer dans l'épais sous-bois. Les buissons lui écorchaient le visage. Dans son dos, des claquement de portières, des voix. La terreur dans les entrailles. Non ! Ils n'ont pas pu me voir…

Elle s'embroncha dans une racine, s'étala de tout son long. Elle voulut se remettre à courir mais ses jambes étaient comme paralysées. Elle inhalait des flammes, une douleur atroce remontait de son genou gauche. Cours, Marianne ! Il ne faut pas qu'ils te rattrapent ! Elle réussit quelques foulées, percuta un nouvel obstacle avant de tomber. Se releva encore. Les voix juste derrière… Le faisceau lumineux d'une lampe serpentait dans son sillage. Ils sont là, Marianne ! Ne les laisse pas te reprendre ! La troisième chute lui arracha un cri. Une douleur si brutale qu'elle cessa de respirer. En relevant la tête, elle reçut la lampe dans les pupilles. Trois silhouettes se détachèrent de la nuit. Le visage de Franck se pencha au-dessus d'elle. Il l'empoigna par un bras, la souleva de terre.

— Tu nous as fait courir, Marianne.

Il lui attacha les poignets dans le dos, l'escorta jusqu'à la voiture. L'obligea à monter sur la banquette arrière, juste à côté de lui. Laurent était au volant, Philippe côté passager. Ils continuèrent sur la piste.

— Où on va ? demanda Marianne avec effroi.

Une gifle lui coupa la parole. La voiture s'arrêta enfin, au beau milieu de la forêt. Elle fut contrainte de descendre. Laurent récupéra une pelle dans le coffre. Marianne se débattait violemment mais ils la forcèrent à avancer vers les bois.

— Qu'est-ce que vous allez me faire ? hurla-t-elle.

Ils marchèrent longtemps. Ou si peu. Le temps n'avait plus de signification, de toute façon. Ils s'arrêtèrent dans une clairière. Le capitaine commença à creuser la terre. L'horloge de sa vie semblait être cassée. Pourtant, Laurent creusa la tombe rapidement. Il sortit du trou, s'approcha de Marianne, essuya ses mains de fossoyeur sur la figure terrifiée de la prisonnière.

— Je t'aimais pas, de toute façon, rappela-t-il en souriant.

— Je veux pas mourir ! S'il vous plaît !

Franck la traîna jusqu'au trou béant. Elle pleurait, se contorsionnait pour échapper à la mort.

— Je t'avais dit de ne pas me trahir !

Il la bouscula violemment, elle tomba au fond du trou. Sur le dos, les poignets toujours solidement attachés. Une chute terrible.

— Adieu, Marianne, ajouta Franck en s'accroupissant près de la tombe.

— Non ! J'veux pas mourir ! Daniel m'attend !

— Tu auras tout le temps de réfléchir, tu vas t'étouffer lentement.

Trois ombres au-dessus d'elle. Et, dans le ciel, la lune. Puis une première pelletée de terre s'abattit sur sa tête. Elle goûta la saveur immonde dans sa bouche. Elle poussa un hurlement, la terre s'enfonça dans sa gorge. Elle ferma les yeux.

— Allez, Marianne, ouvre les yeux !

— Non !

— Marianne, ouvre les yeux…

Le réveil fut brutal. Elle se redressa d'un bond, dans un horrible cri. Elle toussa, chercha de l'air. Un visage approcha du sien, elle poussa un nouveau hurlement.

— C'est moi, Franck… Tu as fait un cauchemar, Marianne… Calme-toi, c'est fini.

Elle se mit à pleurer. Son souffle était court, saccadé. Il faisait encore jour. Elle se rappela qu'elle s'était allongée sur son lit pour se reposer. Elle contempla Franck avec terreur. La pelle, le trou, la tombe. Lui qui la poussait au fond.

— Je… J'ai rêvé que… tu me tuais… Tu m'emmenais dans la forêt, Laurent creusait une tombe… Et vous m'enterriez vivante ! Tu m'avais attaché les mains dans le dos et… Tu me poussais dans le trou… Et ensuite, la terre m'étouffait lentement…

— Calme-toi… Pourquoi je faisais une chose pareille ?

— Tu disais que je t'avais trahi…

— C'est fini, Marianne… Calme-toi, maintenant…

Elle le regarda avec une angoisse démesurée.

— Tu me feras jamais ça, pas vrai ? Tu vas pas m'enterrer vivante ?

— Non, Marianne. Ce n'était qu'un cauchemar.

— Vous allez me tuer quand j'aurais fini ma mission, pas vrai ?

— Non, rappela-t-il en soupirant. Je te rendrai ta liberté, comme promis…

Elle se rallongea sur le côté. Il caressa sa joue.

— Tu peux te reposer encore, c'est pas l'heure du repas.

— Je veux plus dormir… Je crois que… Que j'ai peur de retourner dans ce trou…

Il promit de revenir bientôt et s'éclipsa. Elle ferma les yeux. Encore le goût de la terre dans la bouche.

Pourtant, cette nuit, elle sauterait le mur. Et partirait dans la forêt.

La porte claqua lourdement. Daniel se traîna jusqu'à la paillasse. Il s'y affala en gémissant de douleur.

Oui, il avait eu droit à sa douche. Glacée. Ils s'y étaient mis à quatre pour le maîtriser, lui infliger les premières tortures. Cadeau de bienvenue. Dès qu'il avait vu leurs visages à l'accueil, il avait compris ce qui l'attendait. Un traitement de faveur, oui. Il connaissait désormais la douleur que procure la matraque quand elle s'abat sur le dos, le crâne. Les parties les plus sensibles d'un individu.

Il essuya le sang qui coulait de sa bouche, resta un moment immobile.

Ça ne fait que commencer. Portier le lui avait dit. *Tu as trahi deux fois. Pour cette salope de Marianne, tu vas payer. Pour ce que tu m'as fait l'autre soir. Pour la mort de Monique que tu n'as même pas eu la décence de respecter. Pour ta femme, tes gosses. Pour avoir aidé cette folle à s'évader. Tu tiendras pas un mois. Je m'y engage.*

Il s'allongea sur le côté, face au mur, replia ses jambes pour ne pas toucher le pied du lit trop petit.

Résister. Mais pourquoi ? Pour qui ? Marianne s'était évaporée dans la nature. Sa femme refusait de lui parler. Ses enfants devaient le maudire. Ses collègues le méprisaient plus que n'importe quel autre détenu. Détenus qui devaient se réjouir d'avance d'avoir un maton en cage. À la première occasion, ils lui régleraient son compte. Portier s'arrangerait peut-être pour le jeter en pâture aux prisonniers… Il se souvint de ce qui arrivait aux surveillants qui avaient eu le malheur de tomber entre les griffes des détenus. Gardiens égorgés, émasculés, le ventre ouvert en deux. Battus à mort. Les gars qui finissent en taule ne sont pas des tendres. Les barreaux les transforment en fauves sanguinaires.

Daniel ferma les yeux. Chercha pourquoi il était là. À quel moment il avait commis l'irréparable. Le visage de sa douce Marianne lui apparut. Il n'arrivait même pas à lui en vouloir. À regretter ces nuits où il avait connu quelque chose qui vaut bien une vie. Il allait mourir entre ces murs. Pour elle. Si, par miracle, il s'en sortait, sa vie était de toute façon brisée. Plus de boulot, plus de famille. Plus d'amis.

Plus de Marianne. Plus rien.

Il pressa ses mains contre ses côtes meurtries. Remonta la couverture sur ses épaules. Sombra, enfin. Après quarante-huit heures sans fermer l'œil. Un sommeil peuplé de dangers.

Les yeux bien ouverts, Marianne regardait les secondes clignoter sur le réveil. Tout était paré. La poudre à ronflements attendait sagement le pigeon sur le bureau ; elle avait enfilé une simple chemise sur ses sous-vêtements, pour être sexy. Elle était prête à bondir dans la nuit, descendre à pas de loup, récupérer les clefs de la bagnole pour qu'ils ne puissent la prendre en chasse. Grimper à l'arbre, passer le mur. Partir dans le sens opposé à celui de son rêve. Et courir. Faire du stop, peut-être. Avec le risque d'être reconnue.

Une heure du matin. Silence dans la maison…

Mais qu'est-ce qu'il fout ce crétin ? Il s'est pas endormi au moins ? Y va pas se déballonner quand même ?

Comme pour répondre à son angoisse, des pas firent grincer le parquet derrière la porte. Son cœur se serra… La clef, la porte. Une ombre. Elle se redressa sur le lit. Didier s'installa tout près. Elle approcha son visage du sien… Tu dois le faire, Marianne.

Les yeux noirs de la Fouine brillaient dans la

pénombre. Il l'attira contre lui, l'embrassa goulûment. Soudaine envie de vomir.

— Tu pourrais m'apporter à boire ? Je rêve d'un truc frais…

— OK, chuchota-t-il. Je reviens.

— Sois discret !

— T'inquiète, ils dorment tous comme des masses…

Il repartit sans fermer la porte. Elle hésita. Descendre maintenant et le maîtriser dans la cuisine ? Ça risquait de faire du bruit. Mieux valait s'en tenir au plan A. Elle s'assit sur le bureau, alluma une Camel. Un TGV lui souhaita bonne chance.

Il paraissait dire *je t'attends, Marianne…* La Fouine réapparut, avec une bière et un coca.

— Merci, t'es un amour…

Ils ouvrirent chacun leur boîte, Marianne étancha sa soif. Puis il l'embrassa à nouveau. Pressé d'arriver à destination. D'une main experte, elle introduisit la drogue dans la canette de bière tandis qu'il déposait mille baisers dans son cou. Pourvu qu'il ait encore soif !

Debout, il écarta un peu ses jambes pour venir se coller contre elle. Elle l'enlaça… Et si je le frappais maintenant ? Non, Marianne. Le plan A. Pas d'improvisation… Elle déboutonna la chemise du flic, caressa sa peau. Elle se souvenait de celle de Daniel. Ça la blessa. Elle effleura sa braguette, il était fin prêt. Elle saisit la cannette de bière, se rafraîchit le visage avec, la lui plaça devant la bouche, l'aida à boire quelques gorgées… Elle touchait au but. Mais il fallait attendre encore un peu. La chemise de Marianne glissa jusqu'à ses poignets, Didier l'allongea sur le bureau. Fit descendre ses lèvres sur son ventre. Remonta vers sa bouche.

Est-ce qu'il en a bu assez ? Tu vas t'écrouler, oui ou merde ? Il n'avait absorbé le mélange que depuis une minute mais il lui semblait qu'il baladait ses mains en terrain privé depuis des heures.

Non, Marianne. Ne le frappe pas. Ne fais pas tout foirer. Sois patiente.

Soudain, la porte s'ouvrit. La lumière les surprit en flagrant délit. Marianne crut que son cœur allait défaillir. Ils se redressèrent à la va-vite, se retrouvèrent face au visage tombal de Franck.

— Je dérange, peut-être ?

La Fouine le dévisageait bêtement. Marianne remit sa chemise, sauta sur ses pieds. Encore un cauchemar… Didier s'approcha de son patron, appuyé sur le chambranle de la porte, les bras croisés.

— Écoute, Franck, t'as pas à te mêler de ça…

— Ah oui ? J'aimerais savoir un truc, Didier… Tu crois qu'elle te tuera avant ou après que tu l'aies sautée ?

— Je vais pas le tuer ! riposta Marianne.

— Toi, la ferme ! ordonna Franck d'un air mauvais.

— Ne t'énerve pas ! Elle en avait envie, moi aussi… Je ne vois pas ce qu'il y a de mal !

— Dégage ! On en parlera demain. Et t'as pas intérêt à ce que je te retrouve ici… C'est clair ?

Didier lui adressa un regard méchant mais s'exécuta. Franck referma la porte puis s'avança. Marianne recula d'instinct. Pourtant, reculer, c'était avouer son crime avec préméditation.

— Désolé d'avoir ruiné tes projets, Marianne…

Elle s'arrêta quand ses omoplates touchèrent le mur. Elle avait encore sa chance. Après tout, elle avait mis KO des types bien plus forts que lui. Son esprit s'emballa. Je peux peut-être repartir à zéro avec lui. La bière empoisonnée trônait encore sur le bureau, il aurait peut-être soif. Pour le moment ses yeux verts étincelaient de colère et d'amertume. Mais elle pouvait produire un autre effet sur lui.

— Alors, raconte-moi comment tu comptais procéder, Marianne ! exigea-t-il avec un sourire funeste. Tu lui aurais brisé la nuque, peut-être…

— Pourquoi vous dites ça ? J'avais pas envie d'être seule, c'est tout…

Le sourire du flic s'élargit, laissant apparaître une jolie dentition carnassière.

— Et bien sûr, pour cela tu as choisi Didier… Tu sais, je ne suis pas une nana, mais il me semble que de nous quatre, ce n'est pas forcément lui le plus attirant…

— Il a été sympa avec moi… C'est pas le physique qui compte !

— Alors comme ça, tout d'un coup, tu as eu très envie de lui, c'est bien ça ? Au point de lui filer rencard dans ta chambre en pleine nuit… Parce que je connais un peu Didier. Il ne serait jamais venu ici au milieu de la nuit si tu ne l'y avais pas attiré…

— Vous allez me faire chier longtemps ? J'ai commis un crime, c'est ça ? J'suis majeure, non ?

Il remarqua quelque chose par terre, près du lit. La rallonge électrique. Il se l'appropria.

— C'est avec ça que tu comptais l'attacher, je présume…

— Mais arrêtez, putain ! souffla Marianne en essayant de paraître excédée. Pas ma faute si vous êtes complètement parano !

Il fondit sur elle en un mouvement rapide, s'empara d'elle avant de l'écraser face au mur.

— Aïe ! Lâchez-moi ! Qu'est-ce qui vous prend ?!

— Chut, tu vas réveiller tout le monde !

Elle tenta de lui échapper. Mais il lui avait bloqué les bras dans le dos et lui ligota les poignets avec le fil électrique. Elle essaya de se dégager, il la décolla du sol. Elle donnait des coups de pied hargneux dans le vide. Subitement, elle se contracta. Il venait d'aventurer une main entre ses jambes.

— Mais qu'est-ce que vous faites ? gémit-elle avec fureur. Arrêtez ! Ne me touchez pas !

— Je veux juste vérifier un truc, Marianne…

Elle se remit à gigoter, en vain.

— Tu vas te faire mal… Cesse de bouger. Bizarre, mais… Je ne sens rien… Si tu avais vraiment eu envie de l'autre idiot, je devrais le sentir… Mais peut-être que si j'insiste, ça va venir…

— Arrêtez, merde ! implora-t-elle d'une voix brisée.

Il enleva enfin sa main puis la poussa vers l'avant. Elle percuta le mur violemment, retomba en arrière. Se ratatina sur le parquet. Il alluma tranquillement une cigarette.

— Tu savais pourtant que je ne dors pas, Marianne… C'est toi-même qui l'as dit.

Il fouilla les tiroirs, dénicha rapidement les boîtes de médicaments.

— Eh bien ! Tu as déjà pris tout ça ? Tu vas t'intoxiquer…

Elle le dévisageait avec rage, prostrée dans l'angle de la pièce. Il brandit la canette de bière.

— Si je bois ça, je vais mettre combien de temps à m'écrouler ?

Il lui saisit la gorge. Elle lui décocha un coup de pied qu'il évita de justesse.

— J'ai bien envie de te forcer à boire cette merde, juste pour voir l'effet… Je ne suis pas aussi con que tu as l'air de le penser ! J'ai un pote médecin, je l'ai appelé tout à l'heure. Les deux médocs ensemble donnent un cocktail détonant… Je croyais que tu voulais t'en servir pour toi, pour remplacer la drogue. Mais maintenant, je comprends mieux ! Je comprends tout…

Elle s'était murée dans le silence, les lèvres soudées sur son échec.

— Tu veux vraiment que ça finisse mal entre nous ? Que ton cauchemar devienne réalité ? Il était peut-être prémonitoire, qui sait…

Il effleura sa joue, elle tourna la tête jusqu'à se meurtrir la nuque. Il la ramena face à lui, brutalement.

633

— Qu'est-ce que tu lui as raconté au pauvre Didier pour le faire craquer ? J'imagine la scène ! *Ça fait des années qu'un homme ne m'a pas touchée...* C'est bien ça, non ? Et puis tu t'es collée contre lui... Il a fondu comme neige au soleil, n'est-ce pas Marianne ? Mais si tu es vraiment en manque, je peux arranger ça !

Elle tenta de mordre sa main, rata encore son attaque. Il se mit à rire. Recula un peu.

— Ne me touche pas ! menaça-t-elle.

— Et qui va m'en empêcher ? Toi ?

— Essaye et je te tue !

— Mais je ne suis pas Didier, Marianne ! Je suis bien plus méchant que lui. Il ne faut pas me donner des idées pareilles, tu sais...

Il la souleva, la jeta sur le lit. Elle atterrit sur le ventre, il s'allongea sur elle. Imparable. Elle suffoquait sous son poids, incapable de bouger. Elle se mit à hurler. Il la bâillonna d'une main, lui parla doucement, juste dans le creux de l'oreille.

— Qu'est-ce qui se passe, Marianne ? T'as plus envie ? Pourtant, *ça fait si longtemps qu'un homme ne t'a pas touchée* !

Elle sentait qu'il ne bluffait pas. Qu'il avait suffisamment de cartes dans le pantalon pour rafler la mise. Lui infliger la pire vengeance, commettre l'irréparable. L'humilier, la blesser à mort.

— T'avais raison ce matin ; je suis parfois violent. J'y peux rien, tu sais, je me contrôle pas toujours...

Il enleva sa main, elle reprit une grande bouffée d'oxygène.

— Arrêtez ! gémit-elle.

— Y a tellement de choses que j'ai envie de faire avec toi... Par où vais-je commencer ?

Elle se mit à pleurer, s'étouffant de peur.

— Tu comprends, je veux être sûr que tu n'essaieras

plus de me trahir… Que tu auras trop peur pour recommencer…

— Faites pas ça ! Je recommencerai pas !

Il cessa enfin son jeu cruel, se releva puis libéra ses poignets. Elle se laissa glisser jusqu'à ce que ses genoux touchent le parquet, eut encore quelques sanglots terrifiés.

— On aura une petite discussion demain, toi et moi…

Il quitta la chambre avec la bière et les médicaments. Marianne rossa violemment le matelas. Mordit les draps pour taire sa rage. Elle venait de tout rater. De se dévoiler, perdant ainsi sa dernière chance.

— Je vais te tuer ! Je vais te tuer, enfoiré…

Le commissaire poussa la porte de la chambre de Didier. Il le trouva endormi. À même le parquet. Il n'avait pas eu la force d'atteindre son lit.

— Tu vois, espèce de crétin, tu n'aurais même pas eu le temps d'en profiter…

Dimanche 3 juillet – 09 h 30

Le commissaire dégustait son café sur le perron, profitant des dernières fraîcheurs avant la chaleur étouffante.

La Laguna vint se garer en bas des marches. Le capitaine revenait de son petit tour matinal. Le rituel journaux-cigarettes-croissants. Tiercé en plus, le dimanche. Il monta l'escalier et tendit le quotidien à son patron.

— Lit la Une…

Il partit se chercher un jus dans la cuisine, réapparut quelques instants après. Il s'installa à côté de Franck, guettant une réaction inévitable sur son visage.

— J'en croyais pas mes yeux ! fit Laurent. La petite nous avait caché sa grande histoire d'amour avec un maton ! Ce pauvre type va s'en prendre plein la gueule pour pas un rond.

— Incroyable, murmura Franck.

Il semblait préoccupé.

— Qu'est-ce que tu as ? demanda le capitaine. Tu tires une de ces tronches !

— C'est… C'est Didier… Il dort. Et il n'est pas près de se réveiller.

— Quoi ?

— Je l'ai surpris dans la chambre de Marianne, cette nuit…

636

— Il était en train de la sauter ?

— Il en était aux préliminaires.

— Il s'emmerde pas celui-là ! répliqua Laurent en riant. Elle était d'accord au moins ou…

— Plus que d'accord ! Elle lui avait filé rencard…

— Mais pourquoi a-t-elle choisi cette demi-portion… ? Tu veux dire qu'elle avait l'intention de…

— Bien sûr ! Elle comptait se tirer en pleine nuit ! Tu te souviens des médocs que tu lui as ramenés hier ? Eh bien, le mélange des deux, donne un puissant somnifère… Il a monté à boire, elle en a versé dans sa bière… Et puis je suis arrivé. J'ai renvoyé Didier dans sa piaule ; dix minutes après, il s'est écroulé comme une masse. Il n'a même pas eu le temps d'arriver à son pieu !

— Je rêve ! Tu as réagi comment pour Marianne ?

— Je… lui ai donné une petite leçon. Je lui ai fait peur… Enfin, je crois !

— Et Didier ?

— Je sais pas encore… Je vais peut-être le dégager du groupe. Il est bien trop faible, il ne fait pas le poids face à une fille comme elle. S'il fait encore une connerie et qu'elle nous échappe ?

— T'as peut-être raison… En tout cas, il faut que tu sois plus dur avec elle, Franck.

— Je ne veux pas qu'elle nous haïsse… Je comptais installer une relation de confiance.

— Ben, c'est raté mon pote ! Cette fille est cinglée, tu n'y peux rien…

— Elle n'est pas cinglée. Mais t'as raison sur un point ; pour la relation de confiance, c'est cuit…

— Il faut lui foutre la trouille ! Une bonne fois pour toutes ! Qu'elle ne s'avise pas de recommencer… Le problème, c'est qu'elle n'a peur de rien.

— Cette nuit, je pense vraiment l'avoir terrorisée. Je lui ai fait croire que j'allais la…

Laurent mit quelques secondes à comprendre.

— T'as fait ça ?!

— Ben… Je crois que c'est la seule chose capable de l'effrayer… Sauf que maintenant, elle sait que je bluffais.

— Ouais, c'est ce que je disais, y a rien qui lui fait peur ! Rien qu'on puisse faire, en tout cas.

— Si. Elle a forcément peur de mourir. Tout le monde a peur de mourir. Seulement, elle est inconsciente, voilà le problème. Prête à prendre beaucoup de risques… Elle n'a pas l'intention de bosser pour nous, elle ne l'a jamais eue. Elle refuse de tuer, même pour obtenir sa liberté. Elle veut se tirer, c'est sa seule obsession… Faut qu'elle réalise que nous sommes prêts à tout. Même à la descendre.

Il y eut un long silence puis Laurent partit à rire. Bien mal à propos.

— Pourquoi tu te marres comme ça ? s'étonna le commissaire.

— J'imagine Didier en train de… Il a eu chaud !

Il était plié en deux, Franck rigola à son tour.

— Elle en aurait fait qu'une bouchée ! ajouta le capitaine.

— T'as raison ! Si je l'avais pas sorti de là…

Philippe apparut sur le perron, l'air paniqué.

— Les mecs ! Didier est par terre dans sa chambre ! J'ai essayé de le réveiller mais…

Ses deux collègues éclatèrent de rire, il les dévisagea avec une incompréhension cocasse.

— Viens ! dit Laurent. On va te mettre au parfum…

Cellule 213 – 09 h 45

Daniel se pencha pour voir son visage dans le miroir microscopique collé au-dessus du lavabo branlant.

Sous sa barbe de trois jours, se dessinaient ses joues

creusées. Ses yeux, cernés de mauve, hurlaient de détresse. Il n'avait quasiment pas dormi, les sbires de Portier ayant fait le nécessaire. Lumière allumée toute nuit dans la cellule, coups contre la porte. Il s'aspergea le visage d'eau froide javellisée. Se fit une toilette rapide. Alla se rallonger sur le matelas qui plia sous l'effort.

Que faire d'autre, ici ? Enfermé entre quatre murs, privé de liens. Privé de tout. Il somnola, entendit les gars descendre en promenade. Avant, c'était lui qui les accompagnait. Quand il n'était que simple maton dans le bâtiment A. Avant d'être promu gradé et de prendre ses fonctions chez les filles.

Maintenant qu'il n'avait plus que ça à faire, il pensait à sa vie. À son passé. Comme s'il relisait un mauvais livre. Une histoire qui ne lui avait jamais plu. Mais il n'avait que celle-là. Une vie de merde, en somme. Une vie passée derrière les barreaux, qui se terminait logiquement. Derrière les barreaux.

Un travail épuisant, ingrat, mal payé. Un travail où il aurait voulu être utile mais où il n'avait que tourné des clefs dans des serrures. Ouvrir et fermer des grilles. Des milliers de fois. Une vie à l'ombre, jalonnée d'horreurs carcérales. Dans les entrailles pourries de la société, dans ces catacombes où personne ne voulait descendre. Là, au milieu des assassins, escrocs, dealers, violeurs, braqueurs, maquereaux. Des caïds ou des quidams devenus délinquants au gré d'un virage mal négocié. Une vie au milieu des accidentés de la vie. Et de tous les innocents qui croupissent dans les geôles.

Tant d'amertume, de frustration. Quelques lueurs d'espoir, quelques rares bons moments. Il avait croisé des destins hors du commun, appris à ne plus se fier aux apparences. Aux jugements hâtifs.

Une vie comme il en existe tant. Jusqu'au jour où… Où il avait croisé son regard noir. Où il s'était attardé sur sa bouche d'enfant capricieuse. Sur les courbes d'un corps taillé pour tuer. Où il s'était laissé subjuguer par une criminelle que tout le monde abhorrait. Par une tueuse capable du pire. Capable de lui donner le meilleur d'elle-même. Il se souvint de la première fois où elle avait été à lui. Quelque chose de si fort qu'il avait compris inconsciemment qu'elle le conduirait jusqu'en enfer. Et qu'il la suivrait les yeux fermés. Un jour ou l'autre.

Qu'elle le ferait marcher sur des braises incandescentes. Et qu'il en redemanderait. Qu'il paierait de sa vie. Un jour ou l'autre.

Aujourd'hui, peut-être.

La porte s'ouvrit. Le jeune Ludovic apparut.

Juste derrière lui, un visage illumina la cage. Justine, les bras chargés de cadeaux. Vêtements propres, barres chocolatées. Cartouche de cigarettes, bouquins, nécessaire pour la toilette. Tout ce qu'elle venait d'entrer en fraude, au nez et à la barbe de Portier, avec la complicité de Ludo. Justine, qui souriait et pleurait en même temps.

Daniel la reçut dans ses bras. Ce fut lui qui la consola.

***

Didier ressemblait à un patient en soins intensifs. Ses yeux, gonflés et noircis, avaient du mal à affronter la lumière du jour. Ses gestes saccadés, comme ceux d'un mime débutant, avaient quelque chose de grotesque. Laurent déposa un bol de café fumant devant lui.

— Allez, mon gars ! Bois ça ! Ça va te faire dessoûler !

Franck et le capitaine avaient dû le foutre sous la douche pour le tirer de son coma. D'ailleurs, la Fouine avait encore le pelage mouillé. Il avala lentement son breuvage serré.

— Dur-dur, le réveil, pas vrai ? ricana Franck.

— Je sais pas ce qui m'est arrivé…

— Tu t'es fait baiser ! chantonna Laurent d'un ton sarcastique. Par une petite gonzesse !

— Bois ton café, ordonna Franck d'un ton peu engageant. Que tu sois en état de m'écouter…

Les deux hommes s'attablèrent avec lui, tandis que Philippe assistait à l'exécution, debout contre le plan de travail.

— Alors, ça va mieux ? demanda le commissaire.

— On dirait que j'ai bu, j'ai la gueule de bois. Pourtant, j'ai pas bu…

Franck déposa les deux boîtes de médicaments sur la table.

— Juste quelques gorgées de bière. Mais avec un savant mélange à l'intérieur…

— Elle avait mis ça dans la canette ? Non, ce doit être autre chose… Je dois être malade ou…

— Pendant que tu la pelotais, elle a versé cette merde ! continua le capitaine. On peut pas faire confiance aux nanas ! Tu sais pas encore ça, à ton âge ?

Franck arpenta la cuisine.

— Elle s'est bien foutue de ta gueule, hein Didier ? Elle t'a eu en beauté ! Tu croyais vraiment qu'elle avait envie de coucher avec toi ? Comment tu as pu être aussi con ! Elle t'a récité le chapitre *ça fait des années que j'ai pas fait l'amour avec un homme* ! C'est bien ça, non ?

Didier ne répondit pas. Honte fulgurante.

— Elle a juste oublié de te raconter qu'elle se tapait un surveillant en taule ! railla Laurent. C'est dans le journal d'aujourd'hui !

Didier pliait sous les coups. Il préféra garder le silence. Il aurait aimé pouvoir appeler un avocat comme au début d'une garde-à-vue.

Franck posa les deux mains sur la table, approcha son visage.

— Tu te rends compte que si j'étais pas intervenu, elle se serait tirée en pleine nuit ?

— Je… Je suis désolé.

— Désolé ? Tu as bien failli faire capoter la mission ! Pire : elle t'aurait peut-être tué avant de s'en aller… Ou se serait attaquée à nous, pendant notre sommeil… Tout ça parce que monsieur a la bite à la place du cerveau !

Le commissaire reprit sa ronde autour de la table.

— Je vous avais briefés sur Marianne ! Je vous avais prévenus qu'elle était hyper dangereuse, qu'il fallait être extrêmement prudent face à elle… Tu étais là, quand j'ai dit ça, non ?

— Oui, mais…

— Mais quoi ? hurla le patron. Tu as couru le risque de tous nous faire tuer ou de la laisser s'enfuir, tout ça pour une montée d'hormones ? Tu crois qu'on te paye pour sauter une fille ? Non, Didier, on te paye pour la surveiller.

Il s'arrêta enfin de l'écraser. Passa directement à la conclusion de sa diatribe.

— Tu vas réunir tes affaires et rentrer chez toi.

Didier leva des yeux effarés sur son patron.

— Tu me vires ? Mais…

— Il n'y a pas de *mais*. Tu prends tes affaires et tu dégages. Et je te rappelle que cette mission a un caractère ultra-confidentiel ; si jamais il y a la moindre fuite, tu es un homme mort. Pigé ?

Didier se leva, titubant un peu.

— Donne-moi une deuxième chance, Franck.

— Je ne peux pas me le permettre. Tu rentres chez toi. Quand tout ça sera terminé, je m'arrangerai pour que tu quittes mon équipe.

Le ciel venait de tomber sur le museau de la Fouine. Il quitta lentement la pièce sous le regard un peu désolé de ses anciens coéquipiers.

Marianne ruminait sa défaite, assise au pied de son lit, face à la fenêtre.

Elle déchirait nerveusement un morceau de papier,

confettis qui venaient égayer le parquet en chêne. Elle serait encore plus surveillée qu'avant. Le jour J approchait. Quand la contraindraient-ils à tuer ? Demain, peut-être. Malgré une nuit blanche, elle avait de l'énergie à revendre. Celle de la rage. Elle s'en voulait d'avoir eu peur de Franck, cette nuit. De le lui avoir montré, surtout. Mais c'était peut-être ce qui lui avait permis d'échapper au pire. Restait l'humiliation, cuisante.

Elle se remit sur ses pieds d'un bond agile. Décida de s'entraîner. Une nouvelle occasion se présenterait peut-être, il faudrait être prête. Car cette fois, il n'y aurait pas de came pour endormir l'ennemi. Mais une lutte sans merci. Ces mecs étaient sans doute rompus aux méthodes de self-défense qu'on enseigne plus ou moins à tous ceux qui portent un uniforme. Rien à voir avec l'art que maîtrisait Marianne mais ça lui donnerait certainement du fil à retordre. Elle y avait déjà goûté avec les matons qui étaient tous dans l'obligation de suivre ce genre de cours. Le grand miroir de l'armoire lui renvoya un reflet de haine. Son visage, encore marqué, d'une dureté effrayante. Elle ouvrit la porte, histoire de ne plus se voir. Elle s'échauffa lentement, remettant en marche la machine défaillante. Douleurs en série qu'elle relégua tout au fond, en serrant les dents.

Plus dure que tout, Marianne. Plus forte que tous, Marianne.

Elle commença par ses katas favoris, enchaînant les coups mortels mais élégants.

Droite comme un i, pieds légèrement écartés, elle distribua une série de coups de poing dont la puissance fendait l'air sans même le déplacer. Puis une succession de coups de pied. Droits, latéraux, circulaires. Toute sa science y passa. Un arsenal pour casser, écraser, broyer, sectionner. Pour couper les arrivées d'air, les arrivées de sang. Pour briser les os, réduire les cartilages en miettes.

Mais après cette longue démonstration, ses nerfs

frémissaient encore sous la peau. Elle n'était pas assez épuisée.

Elle décida de poursuivre par une série d'abdominaux. Ses côtes même pas ressoudées la stoppèrent immédiatement. Alors, elle tenta les pompes. Son poignet gauche, cette fois, se rebiffa. Elle embrassa plusieurs fois le parquet. Se résigna à les exécuter sur un bras.

À ce moment, la porte s'ouvrit. Elle tomba face à deux paires de jambes.

— Très impressionnant…

Elle reconnut la voix du commissaire mais elle avait déjà reconnu ses chaussures. Vingt-cinq, vingt-six, vingt-sept…

— Revenez plus tard, j'suis occupée…

— Lève-toi…

Vingt-huit, vingt-neuf, trente… Elle se redressa, souffla un bon coup et disparut dans la salle de bains. Elle s'aspergea le visage, changea son tee-shirt, endossa son armure mentale avant de revenir dans la chambre.

— Pour les croissants, c'est un peu tard ! dit-elle d'une voix aussi tendue que ses muscles.

Elle termina de s'essuyer la figure avec une serviette qui traînait sur la chaise, alluma une clope.

— C'était au tour de Didier de t'apporter le petit déj' aujourd'hui, répondit Franck. Mais il a eu… Comment dire… Un empêchement.

— Alors, vous venez peut-être m'apporter le déjeuner ? renchérit Marianne en les toisant avec impertinence. C'est dimanche, j'espère que le menu sera à la hauteur…

— Tu nous prends pour tes boys ? rétorqua Laurent.

— Chez les Gréville, on est pas doué pour grand-chose, mais on sait au moins recruter ses domestiques ! Et franchement, j'aurais jamais choisi des brêles comme vous…

Les deux flics encaissèrent sans broncher.

— Ça ne t'intéresse pas de savoir ce qui est arrivé à Didier ? reprit le commissaire.

— Il s'est fait une fracture de la queue à force de se branler ?

Il eut un léger moment de stupeur. Laurent se mordit la joue pour ne pas rire.

— Très drôle ! répliqua enfin Franck. Tu es une petite marrante, toi ! Quand tu n'essaies pas de nous la jouer criminelle repentie et bien sage…

— Je la préfère comme ça ! avoua Laurent. Au moins, on sait qui on a en face, maintenant…

— De toute façon, j'en m'en balance de ce qui est arrivé à l'autre crétin… T'as qu'à aller le consoler si ça te chante.

Le commissaire s'approcha, elle ne bougea pas d'un centimètre.

— Je vais avoir du mal à le consoler, murmura-t-il. Il est mort.

Marianne, abasourdie, continua à le fixer.

— Il n'a pas supporté le mélange qui tu lui as filé ! assena Laurent avec brutalité.

— Impossible ! J'ai jamais vu un détenu crever avec ce mélange ! C'est juste pour endormir, ça ne peut pas tuer…

— Sauf les gens fragiles du cœur, mentit le capitaine. Didier l'était, justement…

— Tu as peut-être eu la main trop lourde, Marianne, poursuivit Franck en allumant une Camel.

— Il est mort d'autre chose ! Et après tout, rien à foutre ! Il peut aller au diable, je vais pas pleurer un flic…

— Ça ne te fait rien d'avoir tué un mec ?

— C'est pas la première fois, rappela-t-elle avec un regard terrifiant. C'est pas mon premier flic.

— Exact, acquiesça le commissaire. Tu as déjà tué quatre fois…

— Cinq. J'ai refroidi une détenue il y a quelques semaines, mais c'est pas encore sur mon CV.

Ses mains tremblaient, elle les cacha dans son dos. Il se posta devant elle.

— De toute façon, tu as raison… Ce n'est pas une grosse perte. Didier n'était qu'un faible. S'il n'était pas mort, je l'aurais tué moi-même.

Cette voix sans émotion, ces yeux, comme durcis par une couche de gel, infligèrent à Marianne un douloureux frisson dans les reins.

— C'était tout de même un flic… Et un flic, même pas très futé, ça vaut toujours mieux qu'une criminelle de la pire espèce…

— Question de point de vue.

— C'est mon point de vue. Tu dois payer pour ça… Tu n'as pas envie d'aller prendre l'air, Marianne ? C'est l'heure de ta promenade…

Elle calcula rapidement ses chances de sortir vivante de cette nouvelle épreuve.

— Qu'est-ce que tu vas me faire ?

Sa gorge était aussi sèche que le Sahara en été. Il afficha un sourire qui finit de la terroriser.

— On a eu plusieurs idées, mes potes et moi… Laurent voulait qu'on te punisse par où tu as péché mais ce n'était pas très élégant.

— Ouais, mais très agréable ! Une petite tournante avec la demoiselle, moi, ça me branche bien…

Marianne sentit son cœur se gonfler d'effroi. Son ventre se tétaniser.

— Moi, ça me tente pas, enchaîna Franck avec une sorte de détachement. On pourrait choper une saloperie. Va savoir ce que les matons lui ont refilé en taule… Philippe, lui, a eu une autre idée. Il aimait bien Didier, remarque. Ce qui explique sa haine… Il a suggéré qu'on te balance dans la rivière la plus proche pieds et poings liés… Quant à moi, j'ai une autre envie. Tu vois, tu es

646

une source d'inspiration pour nous tous, Marianne… Moi, j'ai repensé au cauchemar que tu m'as raconté hier…

Elle arrivait tout juste à respirer.

Laurent approcha à son tour, elle décida de prendre la fuite. Elle bouscula le commissaire, bondit sur le lit avant de s'engouffrer dans le couloir à la vitesse de la lumière. Là, elle tomba nez à nez avec Philippe. Le temps qu'elle réagisse, Laurent et Franck la saisirent par-derrière. Elle envoya des coups à l'aveuglette. Percuta une tête, des corps et parvint même à se dégager.

Mais au bout de trois pas, ils s'emparaient à nouveau d'elle. Plaquée au sol, poignets menottés. Laurent la remit debout sans ménagement. Franck avait été touché au visage. Il saignait abondamment, l'arcade sourcilière explosée. Ça allait décupler sa fureur. Mais de toute façon, trop tard pour revenir en arrière. Elle descendit l'escalier sans même toucher terre. Fut jetée dans la salle à manger.

Franck épongea le sang qui inondait son visage et sa chemise blanche impeccable. Marianne avait reculé jusqu'au mur, attendait le châtiment en essayant de maîtriser sa peur.

— Alors, les gars ? s'enquit le commissaire. Qu'est-ce qu'on décide pour elle ?

— On en reste à ton idée, dit Philippe. C'est la mieux… Qu'elle paye. C'est tout ce qui compte…

Elle fut à nouveau empoignée et traînée jusqu'au jardin. Elle se remémora la tombe de son cauchemar, sentit le goût de la terre dans sa bouche. Mais ne prononça pas un mot. Elle n'avait pas eu le temps d'enfiler ses baskets, les pierres blessaient ses pieds nus.

Ils contournèrent la maison, s'arrêtèrent devant une porte métallique. Franck sortit un trousseau de clefs de sa poche, en essaya plusieurs avant de trouver la bonne. Grincement lugubre. Un air brûlant s'exhala de ce qui n'était qu'un minuscule local, une remise de vieux outils de jardin. Philippe dégagea les râteaux, les pioches et balança tout ça un peu plus loin. Il pesta contre les toiles d'araignée qui s'étaient invitées sur son polo.

— Vous n'allez pas me foutre là-dedans ? murmura Marianne avec effarement.

— Voilà ta nouvelle demeure ! annonça Franck. Ta dernière demeure… Au moins, je suis sûr que tu ne vas pas mourir de froid ! Et puis tu ne seras pas seule…

Elle lorgna vers les araignées suspendues au plafond. Une sorte de scolopendre s'évada à la vitesse de l'éclair de ce cloaque nauséabond. Et finit écrasé sous la semelle du commissaire.

— Un de moins ! plaisanta-t-il. Mais il y en a des centaines à l'intérieur. C'est dommage, tu pourras pas les admirer puisque tu seras dans le noir…

Il effleura son bras nu avec ses doigts. Ça lui procura un frémissement immonde.

— Mais tu pourras les sentir sur ta peau… Tu auras tout le temps de penser à ce pauvre Didier…

Laurent la poussa, elle souleva ses pieds du sol, résista au maximum.

— Déconnez pas ! hurla-t-elle.

— Allez, un peu de cran, Marianne ! lança le capitaine en la portant à bras-le-corps.

Il lui ôta les menottes et la précipita au fond du réduit où elle percuta le mur. Elle s'effondra sur le sol, se releva immédiatement. Se heurta à la porte qui se refermait. Elle se retrouva dans le noir complet.

Souffle coupé. Terrorisée. Peurs d'enfant.

Elle cogna contre le métal bouillant.

— Laissez-moi sortir !

La voix du commissaire se moqua d'elle, de l'autre côté.

— Ne gaspille pas tes forces, Marianne… Sinon, tu

tiendras pas longtemps. Tu vas te déshydrater en moins de deux…

— Ouvre cette porte ! gémit-elle.

— Là, au moins, je suis sûr que tu ne pourras pas t'évader… En attendant, je vais prendre tout le temps nécessaire pour décider comment se débarrasser de toi…

— Laisse-moi sortir ! supplia-t-elle.

Les pas s'éloignèrent, elle s'acharna encore contre la porte à grands coups d'épaule. Jusqu'à ce qu'elle renonce, se fige dans la solitude. Ses yeux s'habituaient à la pénombre, un rai de soleil criard au-dessus de la porte lui procurait un faible éclairage. Elle était enfermée dans un rectangle d'un mètre sur trois. Pas plus. Une sorte de cercueil où la température devait dépasser les quarante degrés.

Elle suffoquait de peur. Tenta de se contrôler. C'est juste une punition. Ils vont venir me chercher dans une heure, tout au plus…

Elle n'osait ni s'asseoir par terre, ni s'appuyer au mur. De crainte d'être attaquée par une bestiole de film d'horreur. Sueurs froides, bien que dans une sorte de four où elle allait cuire à l'étouffée.

Respire, Marianne. Ils vont revenir d'ici peu… Ne pas perdre la notion du temps. Elle se mit à compter. Une minute toutes les soixante secondes. Son expérience des cachots l'aida à surmonter la terreur qui pouvait la tuer plus sûrement que la chaleur. Avec le pied, elle balaya le sol et s'installa en tailleur.

Ne pas user inutilement ses forces. Garder l'eau contenue dans son corps pour subsister le plus longtemps possible. Elle ferma les yeux. S'efforça de désolidariser son mental de son corps en souffrance. Pense à autre chose. Pense à Daniel… Les yeux bleus s'ouvrirent comme par miracle au milieu des ténèbres. Son sourire. Ses bras qui l'enlaçaient, la protégeaient de la folie des hommes. Elle planait hors de ce gouffre d'épouvante. Ayant réussi en un temps record à déconnecter son esprit de la réalité brutale.

Mais soudain, un fourmillement sur sa peau. Plusieurs paires de pattes qui montaient à l'assaut de son bras. Son état transcendantal se brisa en mille morceaux, clash dans son cerveau. Elle cria, chassa l'intrus d'un revers de main. Puis quelque chose courut sur sa tête, se déplaça rapidement dans la jungle de ses cheveux. Deuxième hurlement. Elle secoua la tête. Son cœur s'affolait. Ce ne sont que des petites bestioles, Marianne! Elles ne vont pas te bouffer! Pas pire que les cafards ou les rats du mitard! Elles ont plus la trouille que moi! Elles ont plus la trouille que moi…

Elle se boucha les oreilles, replia ses jambes, plaqua son visage à l'abri contre ses genoux. Son dos se trempa rapidement de sueur. La soif commença à la harceler.

Combien de temps? Il était plus de treize heures quand ils m'ont enfermée. Ça doit faire une demi-heure…

Elle appela le visage de Daniel. Se réconforta à nouveau de ses yeux couleur ciel d'été. Ou couleur mers du sud. Ou couleur… Qu'est-ce qui existe d'autre, bleu comme ça? Rien, rien qui soit plus beau que ses yeux… Pourquoi il est mort, ce crétin de flic!

Brûlure sur l'épaule. Elle y porta sa main mais l'attaquante était déjà partie. La morsure cruelle devenait une boursouflure. Saloperie! Elle courait peut-être dans son dos, cherchant à planter ses crochets venimeux ailleurs. Marianne enfila son tee-shirt dans son jean, protégea les accès.

Ils vont me sortir de là. Ils ne me laisseront pas crever. Ils ont trop besoin de moi. Ça doit faire une heure maintenant. J'ai soif. J'ai faim.

Non, je n'ai pas soif. Ni faim. Je n'ai même pas peur.

— Enfoirés de flics! Venez vous battre si vous êtes

des hommes ! Je vais vous arracher les tripes, espèces de salauds !

Le silence la nargua. Elle cessa de gaspiller le peu de salive qui irriguait encore sa bouche. Se mit à osciller d'avant en arrière. Une nouvelle bestiole à mille pattes rampa sur son pied, elle secoua sa jambe en gémissant.

Soudain, elle eut la sensation que ça grouillait sur tout son corps. Il y en avait partout. Hystérique, elle se leva d'un bond, utilisa ses mains pour faire fuir la vermine virtuelle. Se tapa une crise de nerfs, une crise de larmes.

Calme-toi, Marianne... Tu délires... Calme-toi, putain...

Elle se rassit, reprit sa position fœtale, pensa de nouveau à Daniel. Son esprit se tendait vers lui. Parle-moi, mon amour... Dis-moi que je vais m'en sortir... Si on y pense fort tous les deux, on peut se parler... On peut s'entendre, j'en suis sûre... Elle oublia les mandibules, les pattes, les antennes qui la frôlaient. Se concentra sur Daniel.

Brusquement, elle poussa un cri. Elle venait d'apercevoir son visage. En sang, massacré.

Elle avait vu ses yeux emplis de rouge. Avait ressenti une souffrance extrême qui n'était pas la sienne...

Maison d'arrêt de S. – Quartier disciplinaire – 13 h 45

— Tu vas nous dire où est Gréville ? répéta Portier en se penchant sur sa victime.

Daniel était par terre. Le sang qui dégoulinait de son visage allait directement dans ses yeux, coulée de lave sur sa fragile cornée. Son corps, une bouillie interne, une machine qui tournait à l'envers.

Nouvel impact dans les côtes, il cracha de l'hémoglobine. Portier souleva sa tête en le tirant par les cheveux.

— Alors, Bachmann ? Elle est où, ta petite protégée ? Tu me donnes l'info et je la donne aux flics… Après, je te promets que tu pourras dormir tranquille.

— Je sais pas, murmura une voix à vif.

Portier consulta ses deux collègues.

— Il ment, dit Mestre en allumant une clope. Frappe-le encore.

— Je vais finir par le tuer…

— Et alors ?

La matraque s'abattit à nouveau sur le dos de Daniel qui n'avait même plus la force de crier. Puis un coup violent sur le crâne. Ses yeux se révulsèrent avant de se fermer. Alors, il perdit connaissance, plongeant avec délice dans l'oubli le plus total.

L'air chaud, comme le vent du désert, enflammait les poumons de Marianne à chaque respiration. Plus une goutte de salive dans sa bouche cimentée. Elle lécha la sueur sur son bras. Instinct de survie. Seule eau disponible. Ça la soulagea un peu, elle reprit sa position de Bouddha. Ce qui la terrorisait le plus, ce n'était pas la déshydratation qui flétrissait lentement son corps. Ni les arachnides et insectes de toute sorte qui s'acharnaient sur sa peau. Ni le noir complet ou la solitude entière. Ce qui la terrorisait, c'était cette image insoutenable. Ancrée dans son esprit pour devenir indélébile. Le visage de Daniel, ses yeux bleus au milieu d'une mare de sang. Et la douleur ressentie jusque dans ses tripes. Non, ce n'était pas un cauchemar. Une étrange sensation. Comme si, pendant un instant fugace, elle s'était retrouvée par miracle auprès de lui. Là, elle avait tout vu, tout entendu. Tout ressenti. Les coups, la douleur. Les cris. L'enfermement. L'odeur moisi d'un mitard.

Impossible. Daniel ne peut pas être en taule ! Si, il y est, justement ! Mais du bon côté des barreaux !

Elle tenta de se rassurer. Ce trou repoussant lui filait

des hallucinations. Je deviens cinglée, ma parole… Elle se leva, tituba. Quelque chose craqua comme un biscuit sec sous son poids. Elle eut envie de vomir mais se contrôla. De toute façon, elle n'avait rien avalé depuis presque vingt-quatre heures. À part de l'eau. Ce n'était pas le moment de la gâcher. Tout ça parce qu'elle venait d'écraser un truc immonde sous sa voûte plantaire. Un de moins, comme dirait le charmant Francky.

Elle fit quelques mouvements très lents, histoire de lutter contre l'ankylose. Mais ses forces s'amenuisaient dangereusement. Elle but encore un peu d'eau rejetée par sa peau. Elle aurait bu l'eau croupie d'une flaque si elle avait pu. Elle se recroquevilla loin de la porte pour échapper à l'haleine bouillante du métal qui aspirait l'eau hors de sa chair. Se terra au fond, là où vivait la vermine. Elles ont plus peur que toi, Marianne… Lentement, elle bascula dans une sorte de léthargie. Perdit la notion du temps, la notion même de la vie. Elle errait dans une sorte d'étendue sans fin, recouverte d'un sable brûlant. Un soleil gigantesque dévorait le ciel. Son visage toucha le sol moelleux, elle s'y laissa consumer. Des milliers d'asticots prenaient son corps d'assaut, la grignotaient lentement. Bouffaient ses chairs brûlées avec avidité. Elle entendait leurs mandibules s'activer pour perforer sa peau molle et cuite.

Et là, tout près, le corps de son amant. Allongé comme elle dans cette aridité cauchemardesque. Ils se regardaient, mouraient ensemble. Elle essaya de tendre le bras pour le toucher. Leurs doigts s'effleurèrent, un sourire se dessina sur ses traits. Et puis après, plus rien.

Daniel reprit connaissance avec une sorte de sursaut qui comprima sa poitrine. Plafond du cachot. Quelques minutes pour se souvenir… Puis son corps lui rappela avec brutalité qu'il croupissait dans une geôle. Roué de coups par trois de ses anciens collègues. Il passa une main sur son visage. Y devina le sang coagulé.

Il l'avait vue dans son rêve. En train de ramper sur le sol. L'avait entendue appeler au secours.

— Marianne ! gémit-il.

Ce n'était qu'un délire comateux. Pourtant, il portait en lui une souffrance qu'il n'aurait su expliquer. Pas celle des contusions, non. Marianne souffrait, il le savait, le ressentait dans chaque atome de son corps. Et ne pouvait rien faire pour lui venir en aide.

Il se tourna sur le côté, s'étouffa de douleur. Se traîna jusqu'au lavabo, parvint à se mettre debout. Pas de miroir pour voir sa gueule. Tant mieux, il se serait peut-être évanoui de nouveau. Même l'eau martyrisait sa peau. Mais il nettoya les plaies, but jusqu'à plus soif. Avant d'aller se réfugier sur la couche de béton scellée au mur.

Il contempla sa main gauche, écrasée à coups de talon, la posa sur sa poitrine. Résiste, Marianne. Je pense à toi. Je penserai à toi jusqu'à ce qu'ils me tuent. Jusqu'au bout…

Noir total. Quelque chose bougeait dans sa bouche à demi-ouverte. Elle se redressa d'un coup, cracha une friandise à huit pattes interminables. Elle n'eut pas la force de crier. Voulut se lever. Retomba à genoux. Le rayon de soleil avait disparu. Une faible clarté passait encore au-dessus de la porte. Comme le crépuscule de sa vie. Ils ne reviendraient pas. La laisseraient mourir.

— Je n'ai que vingt… et… un an… et je vais crever ici… dans ce trou…

Sa voix même était flétrie. Elle s'effondra vers l'avant, plia les coudes. Son front heurta le sol. Elle entendait l'effort désespéré de ses poumons racornis, un liquide en fusion bouillait dans ses veines. Pourtant, la chaleur était moins étouffante désormais. Mais même un glaçon lui aurait semblé chaud.

Soif.

Elle replongea dans ses délires. Les yeux ouverts, elle voyait des oasis de fraîcheur au milieu de la terre aride. Rêvait d'une eau glacée qui coulait dans sa gorge. Elle nageait dans l'eau limpide d'un lac de montagne. Des cascades cristallines prenaient vie dans son cerveau. Elle s'y abreuvait, s'y baignait avec délice. Des verres de soda pétillant dansaient autour d'elle. Elle avalait des litres, buvait la tasse. Se noyait. Une bestiole passa sur son visage. Elle ne trouva pas la force de la chasser. La laissa se balader sur elle, descendre sur son tee-shirt trempé de sueur. Passer dessous pour s'aventurer sur sa peau sèche. Ses paupières lourdes et brûlantes s'affaissaient avant de se rouvrir en sursaut. Elle perçut un bruit familier. Une BB qui flânait derrière les enceintes de son malheur. Je n'entendrai plus jamais le train…

Et le visage martyrisé de Daniel revint la saluer. Une dernière fois. Elle aurait aimé boire le bleu de ses yeux. Elle ne pouvait même plus pleurer. Ses larmes s'étaient taries, comme tout le reste. Son cœur battait au ralenti. Mais il battait encore pour lui. Tiens le coup, mon amour. Tu seras la dernière personne à qui je pense avant de mourir. La mort, c'est pas grave, tu sais. Mais toi, ne meurs pas. Que je survive en toi.

Une clef dans une serrure. Les vieilles habitudes. Celles dont on ne se défait jamais… J'aurais aimé entendre autre chose avant de mourir… Mais c'était peut-être les portes du Paradis qui s'ouvraient pour l'accueillir. Ça n'existe pas, le Paradis. C'est des mensonges, tout ça.

Ses paupières se fermèrent sur une lumière un peu forte. La lumière du Paradis ?

Putain, ça existe pas ! J'te dis que ça existe pas.

Quelque chose serra son bras. Une araignée plus grosse que les autres. Puis son corps fut traîné par terre. Cette fois, les démons t'emportent vers l'enfer.

Ça n'existe pas, Marianne. Des conneries, tout ça !

Elle ouvrit les yeux. Une épaisse buée, sorte de brouillard tenace. Sa tête partit sur le côté. Incapable de tenir droite.

— Marianne ?

Des voix, maintenant. Les araignées, ça parle pas. Et puis comment elles connaîtraient mon prénom ? Elle essaya de répondre. Mais sa gorge était en carton. Sa langue, en bois. Enfin, le voile se déchira devant ses yeux.

Trois visages au-dessus d'elle. Qui c'est, ceux-là ? Une des figures se rapprocha. Marianne remodela sa matière grise. S'infligea un dernier effort. Les flics, le local dans le jardin.

Il faisait sombre, désormais. Elle naviguait entre chien et loup. Pourquoi ils m'ont fait ça ? Je m'en souviens pas... Franck s'était agenouillé près d'elle.

— Tu as compris, cette fois ?

Le flic. J'ai tué un des flics. La Fouine, je l'appelais.

Elle contracta sa gorge au maximum. Émit un oui qui ressemblait au grincement maladif d'une porte mal graissée. Il passa une main sous sa nuque, l'aida à relever la tête. Elle vit arriver le goulot d'une bouteille en plastique, empoigna l'objet de ses rêves avec l'énergie du désespoir. Elle s'étrangla et recracha le précieux liquide sur le sol.

— Doucement, dit Franck.

Il la fit asseoir contre la porte métallique, tint lui-même la bouteille. Un litre et demi qui réhydrata à peine sa bouche.

Il la porta jusqu'à la maison, l'installa sur le canapé. Il lui apporta une deuxième bouteille, elle l'avala d'un trait. C'était sucré, c'était si bon.

Ludovic aida Daniel à quitter l'infirmerie. Il avait du mal à soutenir ses cent kilos mais tenait bon.

— Comment vous vous sentez, chef ?

Curieux qu'il l'appelle encore *chef*.

— Je suis désolé de ne pas vous avoir sorti de là plus tôt… Mais il m'a fallu un moment pour m'apercevoir qu'ils vous avaient foutu au cachot…

— Merci d'être intervenu, murmura Daniel en s'appuyant au mur.

Tocqué lui avait fait trois injections successives dont au moins une devrait l'aider à dormir.

— On est presque arrivés, réconforta Ludo avec gentillesse.

— Ça va aller, assura Daniel en remettant ses deux mètres d'aplomb.

Ils marchèrent lentement jusqu'à la cellule 213. Daniel s'effondra sur son grabat.

— Ils ont pas prévu les lits à votre taille ! plaisanta le jeune gardien.

— Non… Mais c'est pas le plus grave…

— Sanchez a dit qu'il allait les sanctionner !

— Compte pas là-dessus… Tu pourrais me filer un verre d'eau, s'il te plaît ?

Daniel descendit le contenu du verre d'un trait, reposa son crâne endolori sur l'oreiller.

— Heureusement que vous êtes costaud, constata Ludo d'un ton désolé. Dites-moi, vous avez vraiment aidé Marianne à se tirer de l'hosto ?

— Non, répondit Daniel en fermant les yeux.

— Mais… Les journaux disent que… Enfin qu'elle et vous…

— Oui, elle et moi. J'aime cette fille…

Le jeune maton s'installa près du lit.

— Je reste un peu avec vous, ça vous dérange pas ?

— Non… On a des nouvelles de Marianne ?

— Aucune… Les flics et les gendarmes ne trouvent aucune piste.

— File-moi une clope, petit…

Il tendit le bras, attrapa un paquet de Peter. Daniel parvint à se redresser sur son lit, sa tête frôlait le sommier du dessus.

— Vous savez, si vous l'avez aidée, vous pouvez me le dire… Je le répéterai pas…

Le jeune homme semblait surexcité par cette histoire.

— Non, Ludo, je ne l'ai pas aidée… J'aurais tellement voulu, pourtant… C'est toi, cette nuit ?

— Ouais… Moi et Paul.

— Je vais pouvoir dormir… J'oublierai jamais ce que tu fais pour moi, Ludo… Mais ne te mets pas en danger pour me venir en aide, OK ?

— Ne vous inquiétez pas ! J'suis plus malin que j'en ai l'air. Et Portier est un crétin fini !

Daniel se rallongea, replia ses jambes, grimaça de douleur.

— Bon, je vous laisse dormir, chef. Si vous avez besoin de quoi que ce soit…

— Si tu pouvais encore m'apporter un verre d'eau… Je sais pas pourquoi j'ai soif comme ça…

L'eau de la douche avait coulé longtemps. Marianne sortit enfin de la baignoire et attrapa une serviette. Elle avait froid, maintenant. Dans le miroir, elle affronta son visage boursouflé. Piqûres et morsures d'insectes lui dévoraient le corps entier. Elle avait au moins trente-neuf de fièvre. Elle but encore au robinet puis se rhabilla lentement. Mais les vêtements agressaient sa peau rôtie en enfer. Elle enfila juste un débardeur à fines bretelles, poussa la porte de la salle de bains et trouva un plateau repas sur le bureau. Elle avala le coca mais ne toucha pas au reste. Elle se grattait les épaules, les bras et les jambes jusqu'au sang. N'avait pas assez de doigts pour apaiser les dizaines de poches à venin qui gonflaient son épiderme. Elle alluma une cigarette, se laissa glisser sur le parquet, dans un angle de la pièce. Épuisée, inerte. Elle se mit à pleurer, la tête renversée en arrière. Des sanglots longs.

Daniel ! J'aimerais tellement être près de toi ! Comme je regrette de m'être évadée !

La porte grinça, elle sécha ses larmes à la va-vite. Ils étaient venus à deux, bien sûr. Pourtant, elle n'avait plus de forces. Franck et son fidèle adjoint.

— Tu as fini ton dîner ? demanda sèchement le commissaire.

Elle ne lui accorda pas un regard. Pas même de haine. Elle se gratta machinalement le tibia, criblé de cloques. Le pire, c'étaient les démangeaisons sur les pieds. Et la soif qui ne la quittait pas. Elle aurait pu boire des litres et des litres. Ça n'aurait rien changé. Le commissaire s'accroupit devant elle. Elle tourna la tête sur le côté. Fixa le mur. Continua d'écorcher sa peau avec ses ongles.

— Tu n'as rien avalé depuis hier soir...

— Qu'est-ce que ça peut te foutre ?

— Ah... Je suis rassuré, je croyais que t'avais perdu la parole !

Elle serra les dents. Serra aussi ses bras autour de ses jambes repliées. Laurent alluma une clope et se hissa sur le bureau, histoire de voir Marianne de plus près.

— T'as morflé ! constata-t-il avec un rire affreux.

— Je vais très bien...

— Tu as bien résisté, effectivement, admit le commissaire. Mais si je t'avais laissée croupir une heure de plus là-bas, tu serais morte...

— Et alors ? Je préfère crever que de voir ta sale gueule de flic !

— Ce n'est pas de ma faute si tu n'es pas raisonnable. Je t'avais prévenue, pas de coup en douce, pas de tentative d'évasion.

Elle tenta de contrôler sa rage. Pas le moment de s'énerver. Trop de fatigue, déjà. Ils s'incrustaient, telles des sangsues. D'autres parasites dont elle ne pouvait se défaire.

— Qu'est-ce que vous voulez ? aboya-t-elle comme si elle recrachait le venin dont sa chair était gorgée.

Elle griffait sa peau jusqu'à la mettre en lambeaux, sur ses jambes, ses épaules, son cou. Impression que la vermine grouillait encore sur son corps.

— Elle a pas envie de causer, Franck ! Cette fille a pas de conversation…

— Je crois qu'on la dérange. Elle était en train de chialer quand on est entrés…

— Les gonzesses ! On aurait dû prendre un mâle plutôt qu'une femelle à la SPA… En plus, celle-là a des puces ! ricana Laurent.

— Je t'emmerde, gros con !

Laurent fonça droit sur elle. Il l'empoigna par les poignets et la souleva.

— Tu veux retourner dans ce trou ?

Laurent l'entraîna jusqu'à la porte. Marianne résistait du mieux qu'elle pouvait. Mais ses forces la trahissaient. Elle se laissa choir sur le parquet pour se rendre intransportable, s'accrocha désespérément au chambranle de la porte avec une main.

— Quoi ? T'as pas envie d'y retourner ? hurla Laurent.

— Non ! gémit-elle.

— Allez ! Ne me dis pas que t'as la trouille, Marianne ! J'croyais que t'avais peur de rien !

Elle se mit à trembler, il la lâcha. Franck prit le relais.

— Tu n'essaieras plus de t'enfuir, n'est-ce pas ? Tu ne t'en prendras plus à aucun de nous ? Parce que si tu nous joues encore un tour comme ça, je t'enferme là-dedans jusqu'à ce que tu en crèves… Pigé ?

Elle hocha la tête, voulut cacher son visage. Mais il écarta ses bras.

— Je… Je voulais… pas… le tuer… Juste qu'il s'endorme et…

— Eh bien tu l'as tué! Un meurtre de plus, Marianne… Et celui-là, c'était avec préméditation!

— Je voulais pas… Je comprends pas…

— La seule chose que tu dois comprendre, c'est que je ne veux plus que tu recommences tes conneries… Sinon, on se débarrasse de toi. C'est clair?

Elle chassa de son corps des bestioles imaginaires. Puis se mit à pleurer, enfin. De longs sanglots qu'ils écoutèrent avec soulagement.

Oui, ils avaient réussi à lui faire peur. Très peur, même. Mission accomplie… Franck jugea qu'il était temps de se montrer plus clément.

— Calme-toi. Si tu restes tranquille, tu n'y retourneras pas…

Elle se laissa aller sans retenue. Pleura comme une enfant effrayée. Laurent ouvrit la porte.

— Allez, c'est bon. Elle a eu son compte…

Mais Franck n'arrivait pas à l'abandonner à son désespoir.

— Pourquoi tu as voulu me trahir, Marianne?

— Je… J'ai peur! confessa-t-elle entre deux sanglots. Peur de ce que tu vas m'obliger à faire…

Elle reprit doucement les rênes de ses émotions.

— Je voudrais que tu manges, maintenant… Tu dois te requinquer. Tu veux un autre coca? Ça te fera au moins du sucre…

— Oui… J'ai tellement soif…

— Je vais te le chercher.

Il ferma la porte à clef, elle l'entendit descendre l'escalier.

J'ai tué. Une fois de plus. Pourtant, ce flic ne m'avait rien fait. Il avait même été gentil avec moi. Comme Monique. Comme le vieux papy.

Oui, c'était bien ça qui lui faisait mal. Ça et l'image de Daniel, blessé.

Elle se leva. Pas de temps à perdre. Elle récupéra la rallonge électrique et la chaise puis se rendit dans la salle de bains. L'évidence venait de la percuter. Ne plus jamais vivre ça. Ne plus jamais souffrir comme ça. Ne plus jamais être obligée de tuer. Et le visage de Daniel, baignant dans son sang. Sans doute à cause de moi. Parce que je l'ai abandonné. Parce que je ne sais faire que le mal. Le mal et rien d'autre.

Elle ferma la porte, la bloqua en coinçant la chaise sous la poignée.

Les pas de Franck résonnèrent à nouveau dans la chambre.

— Marianne ?

— Je… Je suis aux toilettes… J'en ai pour une minute.

Elle grimpa sur un tabouret, attacha solidement la rallonge au lustre. Puis elle noua l'autre extrémité autour de son cou. Pourvu que ce soit assez solide.

— Marianne ? Qu'est-ce que tu fabriques ?

— J'arrive…

Elle ferma les yeux. Daniel, ne m'en veux pas, mon amour. Tu vois, je pense à toi, en dernier. Je pars avec tes yeux devant mes yeux. Mais il faut que je le fasse. Maintenant. J'espère seulement que tu seras heureux. Que toi, tu n'es pas mort.

Elle fit basculer le tabouret. Ses cervicales s'allongèrent démesurément, sa gorge se comprima. Franck tourna la poignée de la porte.

— Marianne ! Qu'est-ce que tu fous ? C'est quoi ces bruits ?

Il donna plusieurs coups d'épaule dans la porte, fit trembler la cloison. Laurent, alerté par le bruit, arriva en courant dans la chambre.

— Qu'est-ce que c'est ce bordel ? grommela-t-il.

— Elle a coincé la porte ! s'écria Franck. Je sais pas ce qu'elle fait là-dedans !

Laurent bouscula son ami, prit son élan. Il fonça droit sur l'obstacle et l'enfonça avec la facilité d'un bulldozer. Il faillit chuter, emporté par son propre poids. Ils restèrent une seconde pétrifiés.

— Merde ! hurla le commissaire.

Laurent remit le tabouret sur pied, saisit Marianne par la taille pour la soulever.

— Aide-moi ! Détache-la !

Franck monta sur la chaise, dénoua le nœud autour du lustre, tandis que Laurent hissait toujours le corps inerte. Enfin, ils redescendirent Marianne sur le sol. Enlevèrent le fil qui serrait son cou. Franck posa un doigt sur la carotide. Laurent attendait le verdict.

— Elle est vivante !

Ils la transportèrent sur le lit. Philippe débarqua enfin.

— Qu'est-ce que vous lui avez fait ? s'indigna-t-il en la voyant inconsciente sur le lit.

— Elle s'est pendue… Mais elle est encore en vie.

Ils appliquèrent des compresses d'eau froide sur son front pour la forcer à revenir d'entre les morts. Les yeux noirs s'ouvrirent enfin. Marianne aspira l'air avec un bruit de machine.

— Tu m'entends ? demanda Franck avec angoisse.

Si le cerveau avait été mal irrigué, ne serait-ce qu'une minute, les dégâts pouvaient être irréversibles. Elle pouvait aussi s'être brisée une cervicale.

— Tu m'entends, Marianne ?

Lundi 4 juillet

Deux énormes poignes écrasaient sa gorge. Un acupuncteur fou avait criblé son corps d'épingles. La bouche aride, la peau en feu. Elle tenta de tourner la tête vers le réveil. Nuque en un seul bloc d'acier trempé.

Elle se souvint subitement du fil électrique autour de son cou. Se demanda pourquoi.

Elle se posa au bord du lit, prenant garde de ne pas imposer de mouvements brusques à sa tête. Elle sursauta en découvrant qu'elle avait de la compagnie. Le commissaire, endormi dans un des fauteuils du salon, la joue posée sur une main, les jambes par-dessus l'accoudoir, replié au maximum. Elle visa l'intrus en plissant des paupières. Elle se leva doucement, il ouvrit instantanément les yeux. Comme s'il avait une sorte d'alarme implantée dans le cerveau. Pourquoi ce type ne dort-il jamais ?

Il se remit dans une position plus orthodoxe avec une grimace douloureuse. Son visage portait les stigmates de la colère de Marianne. Arcade sourcilière éclatée. Elle retomba sur le lit.

— J'ai pas besoin d'un garde du corps, grogna-t-elle en massant sa nuque.

Franck s'étira puis se leva.

— Tu as mal ?... Tu as envie d'un café ? Tu descends avec moi ?

Elle voulut hausser les épaules, resta coincée.

— Je vais chercher mon café, un sachet d'aspirine et je remonte.

— Comme tu voudras.

Elle enfila un jean propre, passa dans la salle de bains pour se défroisser les traits. Chaque geste était délicat. Il fallait apprendre à tourner les épaules au lieu du cou. Elle s'attarda sur le collier mauve qui ornait sa gorge.

Putain… Mais pourquoi j'ai fait un truc pareil ? Je dois devenir complètement cinglée… À cause de ces flics, tout ça. La tête haute par obligation, elle précéda Franck jusqu'à la cuisine.

Il s'activa pour préparer le café tandis qu'elle le toisait avec une sorte de haine ressort, comprimée à l'intérieur. Prête à lui sauter à la figure. Il fit décongeler des croissants dans le micro-ondes. Il aurait aimé la faire décongeler, elle. Elle alluma sa première cigarette. Toussa un bon coup. Il déposa devant elle une assiette de viennoiseries, un café, un verre d'eau et un sachet d'Aspegic. Elle omit volontairement de le remercier. Finalement, n'ayant pas le courage de monter tout ça, elle déjeuna face à lui, en l'ignorant. Dans un silence aussi épais que la marmelade d'orange.

— Qu'est-ce qui t'a pris ? demanda-t-il soudain. Tu es si près de la liberté, Marianne… Pourquoi vouloir tout gâcher ?

— Foutez-moi la paix… J'ai pas envie de parler.

Il changea de stratégie. Induire la réponse.

— C'est à cause de… De ce que je t'ai infligé hier ?

— C'est pas ma première journée au cachot !

— Je voulais t'effrayer… C'était un dernier avertissement pour que tu cesses les conneries… J'espère que tu as compris ce qui t'attend si tu essaies encore de me rouler ?

— Me faire peur ? Au cas où tu l'oublierais, je viens de passer quatre ans en taule… Et t'imagines même pas tout ce que j'ai pu subir là-bas. À côté de ça, ces quelques heures dans ce truc, c'était vraiment de la gnognotte ! Un sauna gratos…

Il mordit dans un croissant, revint à l'attaque.

— Ça ne me dit pas pourquoi tu as essayé de mourir hier soir… C'est à cause de Didier ?

Elle ne répondait toujours pas. Pourtant, il sentit qu'il avait soulevé la bonne pierre.

— Tu sais… Tu ne l'as pas tué. Il n'est pas mort. Il est rentré chez lui. Je l'ai viré.

Elle le considéra enfin. Avec stupéfaction, d'abord. Avec rage, ensuite.

— Mais… Pourquoi vous…

— Pour te faire peur. Te persuader qu'on allait réellement te laisser crever dans ce trou… Mais il faut que tu piges que c'était vraiment le dernier avertissement. Il n'y en aura pas d'autre.

Elle se leva. Il soutenait ses regards de haine. Avec aplomb.

Elle détendit ses nerfs avec quelques pas. Se figea soudain près du vaisselier. Elle venait d'apercevoir Daniel en première page d'un quotidien qui traînait sur le meuble. Non, impossible… Ça ne peut pas être Daniel…

Elle déplia le journal, Franck eut l'idée de le lui arracher des mains. Trop tard. Elle avait déjà lu le titre. Autant essayer d'enlever un os à un pitbull affamé ! Il maudit Laurent en silence. Il lui avait pourtant dit de jeter ça à la poubelle ! Le visage de Marianne se décomposait ligne après ligne. Mot après mot. Ses lèvres articulaient le texte en silence.

Un gardien de prison mis en examen pour complicité dans l'évasion de Marianne de Gréville… L'homme, âgé de trente-neuf ans, premier surveillant au quartier des femmes de la maison d'arrêt de S., a avoué avoir aidé la détenue à s'enfuir de l'hôpital. Il lui aurait fourni une arme et les enquêteurs pensent même qu'il saurait où elle se cache mais qu'il se refuserait à le dire… Le mobile de son acte serait tout simplement l'amour qu'il porte à cette détenue de presque vingt ans sa cadette… La jeune femme, une criminelle coupable de quatre meurtres, dont deux commis pendant son incarcération, reste introuvable malgré l'impressionnant déploiement des forces de l'ordre. Le surveillant a été écroué à la maison d'arrêt de S., il risque une lourde peine de réclusion…

Les mains de Marianne se crispèrent sur la feuille. Ses lèvres tremblaient. Elle continuait à fixer la photo. Daniel, entre deux gendarmes, à la sortie du Palais de justice. Le commissaire tenta de lui confisquer le journal.

— Non ! murmura-t-elle en serrant le papier sur sa poitrine. Non…

Elle se laissa tomber sur la chaise, au moment où Laurent débarquait dans la cuisine. Il comprit immédiatement la situation. Marianne releva alors la date du *Parisien*.

— Vous le savez depuis hier et vous ne m'avez rien dit ? s'indigna-t-elle d'une voix tout juste audible.

Franck chercha la bonne réponse tout en fustigeant le capitaine de reproches silencieux.

— On a pensé que… On a pensé que ça t'inquiéterait pour rien.

— *Pour rien ?*

Pourquoi parlait-elle si doucement ? Un ruisseau qui n'allait pas tarder à se transformer en torrent furieux. Les deux hommes étaient prêts. Croyaient l'être, en tout cas.

— Écoute, reprit Franck, j'ignore ce que représente cet homme pour toi, mais…

— Tout.

Merde ! Il aurait préféré entendre autre chose. Du style *rien. Que dalle. Je m'en fous*.

— Ne t'inquiète pas… Ils vont finir par s'apercevoir qu'ils se sont trompés et le libérer.

Marianne fixait toujours le visage de Daniel en noir

et blanc. Visage marqué, sous le choc, comme elle. Une épée en pleine poitrine, elle suffoquait, cherchait de l'air. Un coupable.

Elle leva les yeux sur Franck. Des iris à faire frémir Satan.

— C'est à cause de toi… À cause de vous…

— On pouvait pas deviner que tu couchais avec un surveillant ! dit Laurent en prenant un croissant. C'est pas très réglo, tout ça…

Le commissaire pâlit face à l'inconscience de son adjoint. Marianne se dressa d'un bond et sa chaise partit en arrière.

— Doucement ! pria Franck en reculant un peu. Reste calme, je t'en prie… Ça ne servira à rien.

Il s'attendait à ce qu'elle se jette sur lui mais elle fit volte-face et frappa Laurent en pleine tête. Un coup de poing qui ressemblait à un missile téléguidé. Il s'écroula d'un bloc, son crâne heurta violemment le carrelage. Il n'avait même pas eu le temps de lâcher son croissant. Franck marcha à reculons jusqu'à la porte tandis qu'elle avançait vers lui avec une armurerie au fond des yeux.

— Du calme ! répéta-t-il en tendant les mains devant lui.

Il aurait juste aimé avoir un tabouret et un fouet. Il sortit lentement de la pièce sans lui tourner le dos. Il vit arriver un coup de pied, ne parvint pas à l'arrêter et fut projeté contre une console en marbre avant de s'effondrer par terre, sonné. Marianne se mit à califourchon sur lui, plaquant ses genoux sur ses bras. Le privant ainsi de tout moyen de défense. Elle serra sa gorge.

— Je vais te crever, salaud !

Franck ne pouvait ni bouger, ni parler. Ni respirer. Une harpie aux serres puissantes comprimait sa trachée. Marianne ne voyait que du rouge, avec, au milieu, les yeux bleus de Daniel.

En accéléré, les moments forts de la vie de Franck

défilèrent dans son cerveau tandis qu'il sentait peser sur son cœur le poids des rêves non réalisés. Mais au-dessus du sien, le visage de Marianne se modifia lentement. Elle relâcha un peu sa poigne meurtrière. Il s'engouffra dans la brèche avec un reste de voix.

— Mari… anne… Lâche… moi… Ne me… tue… pas…

Il devina l'hésitation dans les prunelles sombres. Un filet d'air revenait à ses poumons. Elle diminua encore un peu la pression. Mais ses mains étaient toujours autour de son cou. Prêtes à tuer.

Soudain, elle détecta une présence dans son dos, n'eut pas le temps de tourner la tête. Elle reçut un coup violent à l'arrière du crâne et tomba, inconsciente, sur le corps du commissaire.

Philippe venait de l'assommer avec le perroquet de l'entrée. Franck reprit une respiration complète, le gosier aussi plat qu'un billet de banque. Son jeune adjoint l'aida à se relever en poussant le poids inerte qui gisait sur lui. Puis ils se ruèrent dans la cuisine. Le capitaine était dans les vapes, du sang coulait de son nez mais Philippe entendit battre son cœur. Évanoui, mais vivant.

Franck porta une main à son larynx. L'air était toujours aussi rare dans ses poumons.

— Il… faut attacher Marianne avant… qu'elle…

— OK, j'y vais.

Philippe récupéra une paire de menottes dans le tiroir de la console et lui attacha les poignets tandis qu'elle commençait à revenir à elle. Puis ils transportèrent Laurent jusqu'au canapé. Un corps inerte qui pesait un âne mort. Il fallut le contenu entier d'une carafe pour que le capitaine ouvre enfin les yeux. Il grogna de douleur, porta les mains à son front. Marianne avait visé le nez, il souffrait le martyre. Il se mit à pleurer. La première fois que le commissaire voyait des larmes sur ce visage.

— Occupe-toi de lui, ordonna Franck. Je me charge de Marianne…

Il repartit vers l'entrée, la trouva prostrée contre le mur, les yeux mi-clos, encore groggy. Il la releva en la prenant sous les aisselles, l'obligea à monter l'escalier, la poussa jusqu'à sa chambre. Ferma la porte à double tour avant de redescendre en courant. Mais, au bas de l'escalier, il dut reprendre son souffle. Douleur puissante dans la tête. Vertiges, nausées.

Laurent avait une compresse d'eau chaude sur son nez qui commençait à gonfler comme une montgolfière prête à prendre son envol. Franck s'affala près de lui et raconta à Philippe comment Marianne était devenue dingue en lisant l'article de journal.

— Cette folle a failli nous tuer ! braila Laurent en pressant la serviette chaude sur sa blessure. Ça commence à bien faire ! Il faut se débarrasser d'elle !

— Je t'avais dit de bazarder ce journal !

— Putain ! Si tu crois que je pense à tout…

— J'aurais jamais cru que cette histoire pourrait la faire disjoncter à ce point, continua le commissaire comme s'il se parlait à lui-même.

— Elle est barjo ! grommela Laurent. J'ai un de ces mal de crâne, putain !

— Philippe, emmène-le à l'hosto, s'il te plaît…

— C'est pas la peine ! protesta le capitaine d'une voix grippée.

— Discute pas ! Allez-y…

Philippe embarqua Laurent dans la Laguna. Gyro sur le toit, ils quittèrent rapidement la propriété. Franck but un café, se remettant doucement de ses émotions. Il effleura sa mâchoire endolorie, retira sa main en vitesse. Il ne pouvait même pas y toucher tellement c'était sensible. Un hématome de chaque côté du visage. Super sexy !

Il remonta, colla son oreille à la porte de la chambre.

Des sortes de cris, des pleurs. Il hésita un instant puis entra. Ses poings le démangeaient. Envie de lui rendre la monnaie de sa pièce. Mais il fut saisi par la vision de cette femme en pleine crise de désespoir. Qui se tordait sur le sol, pleurait. Finalement, il oublia la vengeance. Après tout, elle avait hésité à le tuer. Semblait même avoir renoncé au moment où Philippe l'avait assommée.

— Calme-toi, Marianne…

Au son de sa voix, elle cessa de se contorsionner dans le vide.

— Ça ne sert à rien de te mettre dans des états pareils… De *nous* mettre dans des états pareils.

— C'est ma faute ! Si je m'étais pas enfuie, ils l'auraient pas mis en prison ! C'est ma faute…

Franck resta stupéfait de voir cette fille souffrir pour un homme. Par amour. Il ne l'avait jamais imaginée capable de ça. D'aimer jusqu'au désespoir. Progressivement, le flot se calma. Elle respirait doucement. Il l'aida à s'asseoir contre le lit.

— Il faut le sortir de là, murmura-t-elle. Il est innocent…

— Je sais ! Mais je ne peux rien faire pour l'aider.

— Pourquoi il a avoué ? gémit-elle. Pourquoi ?

— Les flics ont dû le faire craquer. S'il est un peu fragile…

— Il est tout sauf fragile… Tu me donneras le journal ? J'ai pas de photo de lui…

— D'accord, soupira-t-il. Essaye de te calmer. Ça va s'arranger.

Il redescendit dans la cuisine. S'intéressa au portrait du maton, fut frappé par son regard clair. Le contraire de celui de Marianne. Puis il s'effondra sur le canapé. La tête dans une sorte d'étau brûlant.

Il coula à pic dans une eau noire et épaisse.

Le juge fut désarçonné lorsqu'il vit la tête de son prévenu. Maître Hendy semblait toujours aussi peu motivé. Pourtant, il attaqua d'entrée.

— Vous constaterez comme moi l'état de mon client ! Il faudrait reporter cet interrogatoire…

Il mâchait bruyamment un chewing-gum à la chlorophylle, tel un bœuf se délectant avec béatitude de l'herbe tendre d'un pré charolais.

— Qui vous a molesté, monsieur Bachmann ? demanda le magistrat.

Daniel parvint à lui adresser un sourire méchant. *Molesté ?*

— Ceux qui étaient censés me protéger… Mes anciens collègues.

— Des gardiens vous ont frappé ?

— Oui, monsieur le juge. Des gardiens m'ont frappé… Ils ont bien failli me tuer.

— Je vais provoquer l'ouverture d'une enquête…

— Vous avez raison ! Comme ça, ils vont en remettre une couche dès ce soir.

— Vous préférez que je reste les bras croisés ?

— Faudrait surtout faire votre boulot ! Je vous le répète, je n'ai pas aidé Marianne à s'évader ! Je n'ai donc aucune raison d'être incarcéré !

— Ça, c'est vous qui le dites, monsieur Bachmann ! Moi, je pense au contraire que, non seulement, vous l'avez aidée, mais qu'en plus, vous savez où elle se trouve.

Daniel soupira.

— Non, je ne sais pas où elle est… J'espère seulement qu'elle est en sécurité.

— Allez-y, monsieur Bachmann ! Aggravez votre cas !

— J'ai le droit de l'aimer, non ? Il n'y a aucune loi contre ça que je sache !

— Non, en effet… Mais votre *amour* vous a conduit à la faute…

Drôle de façon de dire *amour*. Comme s'il prononçait un mot d'une langue extraterrestre. Daniel détailla son visage. Sec, cassant. Moche. Le teint hépatique, en harmonie avec le papier hideux qui recouvrait les murs du bureau. Des yeux aussi expressifs que ceux d'une carpe faisandée. Les lèvres fines, sans chair.

— De plus, de nouvelles accusations pèsent contre vous… Les policiers ont de nouveau rencontré Solange Pariotti qui leur a appris des choses étonnantes.

L'avoir à sa merci. Écraser son joli petit minois contre un mur. Lui crever les yeux. Lui arracher sa langue de vipère. Daniel avait soudain des fantasmes criminels.

— Elle affirme que vous faisiez entrer des substances illégales dans la prison. Que vous fournissiez Gréville en cigarettes et, beaucoup plus grave, en héroïne. Qu'avez-vous à dire à ce sujet ?

Hendy contempla son client d'un air atterré. Consulta bêtement la copie du dossier posée sur ses genoux. Daniel réfléchit en accéléré. Mentir ne servait à rien, ils auraient vite fait de vérifier.

— C'est vrai, admit-il en affrontant le regard plat du juge. Marianne n'avait pas d'argent, elle ne pouvait donc pas cantiner ses cigarettes… Alors, je les lui procurais. Quant à l'héroïne, c'était une façon de la maîtriser…

— De la *maîtriser* ? s'étrangla le juge.

— Une fille comme elle en prison, c'est une bombe à retardement… Vingt ans, violente, condamnée à perpétuité… Lui filer de la came et des clopes, c'était le moyen de lui offrir une soupape, de la garder sous contrôle. Si elle se tenait tranquille, elle avait sa dose.

— Drôles de méthodes ! N'empêche que vous avez fait pénétrer de la drogue dans la prison !

— Je n'en ai tiré aucun bénéfice. C'était pour Marianne… Ce n'était pas un commerce.

— Peut-être… Ça reste à vérifier. Comment vous fournissiez-vous ?

— Ça… Je ne vous le dirai pas.

— Il vaudrait mieux, pourtant…

— Je ne peux pas.

— Vous ne craignez plus rien, vous êtes incarcéré !

— Ben voyons ! Je suis en parfaite sécurité ! Y a qu'à voir ma gueule pour s'en rendre compte !

— Je n'apprécie pas votre humour, monsieur Bachmann…

— Tant pis. Je n'ai rien de plus à ajouter sur ce point.

— Bien… Nous y reviendrons plus tard. Mais vous aurez à répondre de cela aussi devant la justice… Ce qui ne fera qu'alourdir la sanction.

— Au point où j'en suis…

Il pensa un instant dénoncer Sanchez qui l'avait couvert. Mais se ravisa. Ne pas perdre son principal appui au sein de la prison. Ne pas prononcer tout de suite son arrêt de mort.

— Une dernière fois, dites-nous où se cache Gréville et il en sera tenu compte…

— Je ne sais pas où elle est ! Combien de fois faudra-t-il que je vous le répète ? Je ne sais pas où elle se planque. Et je ne l'ai pas aidée à s'évader de cet hôpital…

Le juge ouvrit la fenêtre, les bruits de la rue inondèrent la pièce. Grande bouffée d'oxyde de carbone.

— Je peux fumer ? demanda Daniel.

— Certainement pas. Fumer donne le cancer du poumon !

Bien sûr. Pour le cancer de la connerie, il était déjà trop tard.

— Bien, marmonna le magistrat en se rasseyant. Reprenons du début, voulez-vous ? Qu'avez-vous fait le jour où vous avez rendu visite à votre maîtresse à l'hôpital ?

Maîtresse. C'était la première fois qu'il lui sortait ce mot un peu cru. Daniel esquissa un léger sourire.

— Je lui ai apporté ses affaires… Et je lui ai fait l'amour. Vous savez, ce truc qu'on fait à deux et qui est si agréable…

***

— Eh ! Franck !… Franck ?

Le commissaire poussa un cri rauque. Le visage inquiet de Philippe se dessina dans l'embrasure de ses paupières. Il quitta la position couchée en s'accrochant au dossier du canapé. Il reçut instantanément un coup de massue à l'arrière du crâne.

— T'as eu un malaise ? s'inquiéta Philippe.

— Je sais pas… J'ai eu très mal à la tête et… Je me suis allongé… Il est quelle heure ?

— Treize heures.

— Déjà ? J'ai roupillé pendant quatre heures ?

Franck se rendit soudain compte de la présence de Laurent, affalé dans un fauteuil, juste en face de lui.

Il avait mit un quart de seconde à le reconnaître. Un pansement énorme, en forme de T, lui barrait le front et descendait jusqu'au bas de son nez. Deux cocards à la place des yeux.

— Léger trauma crânien et fracture du nez, résuma Philippe.

— Cette folle m'a refait le portrait ! La prochaine fois, vaudrait peut-être mieux la laisser enfermée dans sa chambre, tu crois pas ?

— Oui, admit le commissaire. J'ai déconné en l'autorisant à descendre… Je suis désolé.

— *Désolé ?* Et moi donc !

— Elle pleure pour son mec, maintenant, expliqua Franck. Mais la crise est finie, je crois…

— Elle *pleure* ? répéta le capitaine d'un air mauvais. La pauvre ! Tu es allé la consoler, j'espère ?

675

Franck n'eut pas le temps de répondre. Philippe enchaîna dans le registre reproches.

— T'aurais pas dû aller seul dans la chambre ! T'as frôlé la mort une fois, ça t'a pas suffi ?

— Elle est attachée…

Le commissaire sortit prendre l'air sur le perron, le jeune lieutenant pendu à ses basques. Comme s'il craignait qu'il fasse un nouveau malaise. Laurent resta à l'intérieur, ressassant sa colère.

— Tu crois vraiment qu'on arrivera à la maîtriser jusqu'à ce que la mission soit terminée ?

— Faudra bien, répondit Franck. Mais le plus gros risque, ce sera pendant l'exécution… Quand on sera obligés de la lâcher dans la nature. Il faut que je cogite encore à la meilleure façon de l'empêcher de nous rouler.

— Je me demande comment ça va finir. On aurait dû peut-être choisir quelqu'un d'autre… J'ai comme l'impression qu'on joue avec le feu.

— Très bonne impression ! approuva le capitaine qui venait de les rejoindre. Laissez-moi la calmer, elle ne fera plus peur à personne !

— Tu n'y arriveras pas ! répliqua Franck en lui jetant un regard acerbe.

— On parie ?

— Non, on parie rien du tout… Ce qu'elle a subi hier ne l'a pas empêchée de nous sauter dessus aujourd'hui. Il faut juste qu'on redouble de prudence.

— T'as raison ! J'aimerais bien rentrer chez moi vivant à la fin de cette putain de mission !

— Tout à l'heure, j'ai bien cru qu'elle allait m'envoyer dans l'autre monde, murmura Franck. Vous auriez vu ses yeux… Mais elle ne l'a pas fait, finalement. C'est plutôt bon signe…

— Elle ne l'a pas fait parce que je l'ai assommée ! rappela Philippe.

— Non… Elle était en train de desserrer quand tu l'as frappée. J'ai bien vu qu'elle hésitait.

— C'est une criminelle, reprit Philippe, mais… C'est vrai qu'elle est… Je sais pas comment dire ! J'ai l'impression qu'elle a un bon fond. Je me demande comment elle a pu en arriver là…

Laurent leva les yeux au ciel.

— C'est pas un accident, affirma Franck. Cette fille a la mort dans le sang. Elle a des sortes de pulsions incontrôlables…

Le jour déclinait. Marianne avait des crampes terribles dans les bras. Personne depuis ce matin. Elle s'était allongée sur le lit, n'en avait plus bougé. Les yeux rivetés aux cristaux verts. L'esprit riveté aux yeux bleus. Ce qu'elle avait vu la veille n'était donc pas un simple cauchemar ou une hallucination due à la déshydratation.

Mon amour… Je vais te sortir de là. Tiens bon… !

Elle avait passé sa journée à gamberger. Mais il n'y avait pas plusieurs solutions. Il n'y en avait que deux. Mais, quoi qu'il arrive, elle agirait. Ferait n'importe quoi.

Pour toi, mon amour.

Des pas dans le couloir lui annoncèrent une visite. Espérons qu'ils viennent me détacher, m'apporter à manger. Ou alors, ils vont me refoutre dans l'abri de jardin. Ou peut-être, ils vont me tuer. S'ils me tuent, je ne pourrai pas sauver Daniel… Non, ils ne peuvent pas me buter, ils ont trop besoin de moi.

La clef fit deux tours dans la serrure. Délégation des grands jours. Trois flics pour le prix d'un.

— On t'a apporté ton repas, annonça le commissaire.

Il s'agenouilla sur le lit, elle lui tourna le dos. Les menottes desserrèrent enfin leur étreinte métallique. Elle frotta ses poignets, les regarda tour à tour.

— Vous comptez bouffer avec moi ? Vous voulez me couper l'appétit ou quoi ?

Elle se dirigea vers la salle de bains. Au passage, elle heurta Laurent d'une œillade un peu moqueuse, assortie d'un sourire du même acabit. Il l'attrapa par le bras, elle exécuta une marche arrière forcée.

— Te fous pas de ma gueule, toi !

— Moi ? Mais non, capitaine ! Je trouve que ce masque vous va à ravir !

Il lui colla une petite tape, pile dans le nez. Déjà fêlé. Il n'avait pas frappé fort, mais la douleur enflamma ses sinus, monta jusqu'à son cerveau. Ses glandes lacrymales s'emballèrent instantanément, elle porta ses deux mains à son visage.

Elle s'accroupit pour laisser passer la tempête.

— Fils de pute ! chuchota-t-elle avec hargne.

Laurent la souleva du sol, la plaqua contre le mur.

— Qu'est-ce que tu viens de dire ?

— Ça suffit ! s'écria Franck.

— Tu permets ? Je lui apprends la politesse…

— Lâche-la !

Il s'exécuta enfin et Marianne s'exila dans la salle de bains. Franck avait l'impression que quelqu'un piétinait ses nerfs. Il regretta soudain d'avoir accepté cette mission.

— Tu peux pas te contrôler un peu ? reprocha-t-il à son adjoint.

— Ça va, j'l'ai à peine touchée ! Et puis, c'est pas toi qui lui as collé un coup de crosse dans la tête le jour de son arrivée ? C'est pas toi qui l'as enfermée dans un trou à rats hier ?!

Franck fut réduit au silence. Marianne réapparut et se posta face à lui, cala son regard noir bien en face des prunelles vertes, respira un grand coup.

— Il faut que je vous parle… Je n'exécuterai la cible qu'à une condition : que mon mec soit sorti de prison… Et innocenté.

— Ton mec ? railla le capitaine. Je te signale que ton *mec* est marié et qu'il a deux gosses…

— C'est à prendre ou à laisser, conclut-elle sans tenir compte des sarcasmes de Laurent.

Franck s'accorda un instant de réflexion. Les choses empiraient.

— La seule condition dans le contrat, c'était qu'on te sorte de prison et qu'on te rende ta liberté une fois la mission menée à bien… On ne change pas un contrat.

— Eh bien moi, je change les règles…

Il sentit enfler sa gorge. Des boules parfaites pour une partie de pétanque. Mais il garda son calme.

— Je t'ai déjà expliqué que je ne pouvais pas intervenir pour lui… Qu'il serait bientôt libre. Je ne vois pas pourquoi tu me prends la tête avec cette histoire.

— Je ne tuerai personne si Daniel est encore en taule, martela-t-elle. C'est bien clair, commissaire ?

— Si tu refuses de respecter le contrat, je te descends, Marianne. C'est *bien clair* ?

Ils s'affrontèrent un instant dans un silence pesant.

— Je te laisse réfléchir, dit-il enfin. J'espère que tu vas revenir à la raison…

— Compte pas là-dessus, *commissaire*. Pas d'assassinat tant qu'il est en prison.

Les trois policiers quittèrent la chambre, Marianne s'effondra sur sa chaise. La partie s'annonçait serrée. Une guerre des nerfs. Il fallait envisager une autre solution si le chantage ne fonctionnait pas. Une issue de secours. Elle avait déjà élaboré un plan. Plus primitif que le premier. Mais sans doute sa dernière chance. Elle mangea du bout des lèvres puis retourna s'allonger.

Dormir pour récupérer. Dormir pour guérir des douleurs. Se concentrer. Se tenir prête. Pour le moment où…

Pour toi, mon amour.

Mardi 5 juillet – Midi

Franck finissait de préparer le plateau déjeuner de sa prisonnière. Et d'apprendre par cœur le discours qui irait avec. En guise d'apéro.

Laurent avait viré ses pansements, révélant une vraie sale gueule. Il ressemblait un peu à un truand tombé entre les griffes du gang adverse.

— T'as des nouvelles ? espéra-t-il en décapsulant une bière.

— Non, révéla le commissaire. Toujours rien.

Le capitaine soupira.

— Je commence à en avoir marre, avoua-t-il. Ça va durer combien de temps, à ton avis ?

— J'en sais rien. Pas ma faute si l'autre s'est offert des vacances à l'improviste !

— Ils ont la belle vie, ces cons-là ! Peuvent partir à l'autre bout du monde, comme ça, sur un coup de tête ! Et nous, on poireaute en jouant les nounous avec une échappée de l'asile !

Philippe entra dans la cuisine, guidé par son estomac trop vide. Il commença à se confectionner un sandwich jambon-beurre.

— Marianne avait l'air déterminée, hier soir, murmura-t-il.

— C'est du bluff ! affirma Laurent. Tu crois qu'elle va accepter de crever pour ce type ?

— Ce type est un cadeau du ciel, affirma Franck.

— Un cadeau ? Je pige pas…

— J'étais en train de chercher comment la tenir sous contrôle… Maintenant, je sais.

Marianne avait peu dormi. Elle avait attendu en vain son café-croissants, mais les flics avaient visiblement décidé de la mettre à la diète. Me priver de petit déj' ! Sacrée punition !

Des pas dans le couloir. Elle quitta le lit en vitesse pour affronter ses visiteurs. Trio au complet. Sa jolie prestation de la veille les avait rendus extrêmement prudents.

— Salut Marianne, dit Franck.

Elle ne répondit pas. Il déposa le plateau sur le bureau, elle attendit sagement qu'ils repartent pour se sustenter. Mais ils s'incrustaient, ayant sans doute des choses à dire. Elle espéra la reddition des adversaires, croisa les doigts dans le dos.

— Tu as réfléchi, depuis hier soir ? attaqua le commissaire.

— Réfléchi ? Je vous ai dit mes conditions, elles ne changeront pas.

Laurent et Philippe veillaient, près de la porte. Franck se planta devant elle.

— Tu sais, Marianne, le jour approche où il faudra payer ta dette…

— Ma *dette* ? répéta-t-elle en souriant. Mais de quelle dette parlez-vous, commissaire ?

— Nous t'avons sortie de taule, tu ne t'en souviens pas ?

— Pour me refoutre en cellule. Merci du cadeau !

— Tu n'es pas en cellule, tu es en transit. Dès que tu auras accompli ta mission, tu seras libre.

— Vous êtes bouché ou quoi, *commissaire*? Je ne tuerai personne tant que Daniel sera incarcéré…

— Ça, ça m'étonnerait fort.

— Vous avez manigancé tout ça pour que je bute un type! Vous n'allez pas y renoncer maintenant, pas vrai? Alors, vous allez faire le nécessaire pour le sortir de là… Quand il sera libre, j'exécuterai ma part du contrat. C'est pas compliqué! Même le dernier des crétins comprendrait!

— Non, Marianne. Ça ne va pas se passer comme ça. Si tu nous trahis, si le moment venu tu refuses de faire le travail, tu vas regretter de m'avoir connu…

— Je regrette déjà de vous avoir connu!

— Écoute-moi bien, Marianne, si tu refuses d'obéir, je m'occuperai de ton mec.

Une boule de feu explosa dans sa poitrine, grimpa jusque dans sa tête. Elle s'accrocha au rebord de la fenêtre. Fonctions vitales en arrêt.

— Je me débrouillerai pour le sortir de taule et je lui ferai subir les pires choses, jusqu'à ce que tu capitules.

Bien sûr, Marianne ne put se contenir plus longtemps. Se dépliant telle une panthère, elle se jeta sur lui, griffes en avant, avec un rugissement effrayant. Le commissaire érigea un bouclier avec ses bras, tandis que ses adjoints se ruaient à son secours, l'empoignant chacun par un bras. Laurent reçut un coup de pied vicieux en plein tibia mais resta stoïque. Ils la tenaient solidement, elle cessa de gesticuler. Franck prit son visage entre ses mains, bloqua sa nuque.

— T'as pas intérêt à le toucher! Si tu t'approches de lui, je te tue!

Elle rua de nouveau dans les brancards, Philippe et Laurent peinèrent à la contenir.

— Faut pas jouer avec moi, Marianne! ajouta Franck.

Alors tu vas être une gentille fille, faire ce qu'on attend de toi et il n'arrivera rien à ton beau surveillant, tu piges ?

Laurent lui tordit un bras dans le dos, elle cria de douleur. Puis il lui fit plier un genou d'un coup de talon, elle toucha le parquet.

— Tu as compris, Marianne ? assena Franck.

Elle cessa de se débattre pour échapper à la douleur, le commissaire s'accroupit, se mettant à la portée des yeux noirs transformés en lance-flammes.

— Je veux une réponse, ma jolie. Tu as compris ?

— Oui ! cracha-t-elle.

Il adressa un signe à ses hommes qui la libérèrent enfin. Elle se releva en s'agrippant à la fenêtre.

— Bande de fumiers !

— Du calme ! Je suis sûr que tu vas te montrer intelligente et que je ne serai pas obligé de massacrer ce type… Après tout, je n'ai rien contre lui. Mais puisque tu as voulu le mêler à ça…

Elle massait son épaule douloureuse, le dévisageait avec une haine cristalline.

— Tu sais, Marianne, je ne suis pas un enfant de chœur. Faut pas jouer avec moi… Ce que tu m'as dit hier soir m'a ennuyé. C'est vrai… Depuis le début, tu me prends pour un con et ça, ça a vraiment tendance à me mettre hors de moi. Dès la sortie de l'hosto, t'as essayé de nous rouler… Ensuite, ta lamentable tentative avec ce pauvre Didier…

Il souriait, elle fulminait. Il prenait un malin plaisir à jouer avec ses nerfs.

— Et puis hier matin, aussi… Non, décidément, je regrette de t'avoir choisie et je commence à te détester. Et ça, c'est pas bon du tout… Alors je vais te serrer la vis, désormais. Il y a encore quelques jours à patienter avant que nos chemins se séparent et si tu continues à m'emmerder, ces quelques jours vont être très durs pour toi. Tu vois ce que je veux dire ?

Toujours rien en face. Juste un visage blessé, dur, fielleux. Elle imagina des supplices dans sa voix. Mais ce n'était pas ça le plus dur. Elle imaginait Daniel, torturé par ce flic qui continuait à lui enfoncer des pieux dans le cœur.

— T'avais raison, j'ai le pouvoir de sortir ton mec de prison. Mais prie pour que ça n'arrive pas… Tu as commis une erreur, Marianne. En me révélant ton amour pour lui. Parce que tu m'as livré ta seule faiblesse… avec la came, bien sûr. Or, il ne faut jamais révéler ses faiblesses à l'ennemi… Jamais. On t'a pas appris cela ?

— Salaud !

Il prit la liberté d'effleurer son visage, elle n'osa pas se rebiffer, surveillée de près par les deux autres.

— Il en a eu de la chance, ce maton… Comment il a réussi à t'apprivoiser, hein ?… Mais la chance tourne. Il se pourrait qu'il regrette les bons moments passés avec toi… Alors fais en sorte que non, Marianne.

Elle avait envie de le tuer ; de les tuer, tous les trois. Envie de pleurer, aussi. Ses lèvres tremblaient, de rage, de peur. Une profonde terreur, une qu'elle n'avait jamais connue auparavant.

— Je te souhaite un bon appétit, Marianne… Prends des forces, tu vas en avoir besoin…

***

19 h 00 – Cellule 213

Daniel avait siesté une bonne partie de l'après-midi. Car cette nuit, Portier serait de garde. Alors, il ne dormirait pas beaucoup. Peut-être pas du tout. Il contemplait avec dégoût son repas. Écuelle nauséabonde qu'un chien galeux aurait rechigné à ingurgiter. Il mangea le pain, avala deux verres d'eau par-dessus, histoire de berner son estomac. Puis il s'allongea, dévora deux barres de céréales en bénissant Justine.

Marianne, j'espère que tu es loin d'ici. J'espère que tu es seule. Autant que moi.

Il n'arrivait pas à se défaire de cette idée. Le type du parloir. Son complice, sans doute. Un beau mec aux yeux verts qu'il avait aperçu une fois. Comment l'avait-elle connu ? Qui était-il ? Un ex ?

Et si elle était avec lui, en ce moment ? Si tous les deux, ils… Trop douloureux d'imaginer la scène.

Allait-elle devoir payer un prix pour sa liberté ? Il avait déjà vu ça : des détenus qui recevaient une aide extérieure pour leur évasion et remboursaient après, de diverses façons. En général, une main-d'œuvre bon marché pour commettre un casse, un braquage, un assassinat.

Marianne, quel sera le prix à acquitter pour ton évasion ?

Il alluma une cigarette avec celle qui rendait l'âme. Songea soudain à son épouse. À ses gosses. Livrés à eux-mêmes. Eut un pincement sévère aux tripes. Je ne voulais pas vous blesser.

La nuit s'abattit lentement sur sa cage.

Marianne, je t'aime. Plus que tout au monde. Je voudrais que tu m'entendes. Que tu apparaisses devant mes yeux.

Mais ce fut Portier et sa clique qui se montrèrent à l'entrée de la cellule. Pour leur séance de défoulement collectif. L'heure des fauves avait sonné. Daniel se leva pour leur faire face.

— On est venus te rendre une petite visite ! ricana Portier. On voudrait pas que tu t'encroûtes pendant ton séjour ici… Paraît que t'as causé au juge ? Que tu lui as dit du mal de nous ?

Daniel ne se laisserait pas cogner sans réagir. Il allait

leur donner du fil à retordre. Ils n'étaient que quatre, les imprudents.

Ils se jetèrent sur lui en un mouvement unique, comme un banc de piranhas. Encaissèrent un certain nombre de coups avant de réussir à le maîtriser. Ils le plaquèrent sur le ventre, lui attachèrent les mains dans le dos. Et l'emmenèrent vers les cachots.

**

Aucun des flics ne parlait. Visages moroses. Franck avait sa tête des mauvais jours. Attablés devant les pizzas achetées au camion du bled le plus proche, ils arrosaient leur ennui avec des bières.

— Laissez-en une part pour Marianne, pria le commissaire.

— Tu crois vraiment qu'elle aura faim ? rétorqua Philippe.

Tant de reproche dans sa voix…

— Si tu as quelque chose à dire, te gêne pas ! riposta le commissaire.

Le lieutenant s'exila sur le canapé, son morceau de pizza à la main.

— T'as eu raison, dit Laurent. Elle nous a pris pour des caves, tu l'as remise à sa place…

— Je ne peux pas me permettre d'échouer. Parce qu'on serait vraiment dans la merde. Maintenant, je suis certain qu'elle va se tenir à carreau.

— Tous les moyens sont bons, alors ! C'est ça ? lança Philippe d'un ton mauvais.

— C'est ça, acquiesça Franck. Ça te pose un problème ?

— Ouais !

— Tu es mouillé jusqu'au cou, Philippe… Il ne fallait pas accepter cette mission si tu ne t'en sens pas capable !

— On n'était pas censés en arriver là !

— Écoute-moi bien, petit. Ouvre grand tes oreilles !

S'il le faut, je suis prêt à aller chercher ce mec en prison et à le torturer devant elle pour qu'elle obtempère… Et tu m'y aideras.

— Jamais de la vie !

— Si tu nous trahis, tu le regretteras, crois-moi…

— Tu me menaces ?

— Disons plutôt que je te mets en garde. Tu te souviens que tu as accepté de me suivre ? Je ne t'ai pas forcé, non ? Tu as de l'ambition et il y a des sacrifices inévitables lorsqu'on veut réussir. Alors ne gâche pas tout avec tes scrupules à la con ! Et puis… Elle se tiendra tranquille. Ça m'étonnerait qu'on ait à dépasser le stade des paroles.

Philippe quitta la pièce et claqua la porte d'entrée. Franck soupira.

— Je commence à en avoir plein le dos ! Si on ne reste pas soudés, on va échouer…

— Je vais lui parler, proposa Laurent en se levant.

Il trouva Philippe au bas des marches du perron. Il s'assit à ses côtés, alluma une cigarette.

— Franck devait agir ainsi, expliqua-t-il. Il fallait lui faire peur. On n'aura pas besoin d'aller aussi loin.

— On ne sait pas jusqu'où on devra aller ! riposta Philippe.

— Elle obéira, elle a l'air de tenir à ce type. C'est une chance pour nous parce qu'on était plutôt mal barrés avec elle. Depuis le début, elle a l'intention de nous berner. Maintenant, je crois qu'elle va changer de cap.

— C'est dégueulasse ! murmura Philippe.

— Franck n'a pas le droit d'échouer sur ce coup-là… T'as oublié d'où nous viennent les ordres ? Alors, si on se plante, on va avoir chaud aux fesses, c'est moi qui te le dis !

— Elle n'avait même pas accepté le contrat…

— Elle l'aurait accepté si Franck avait pu la revoir

à temps au parloir… Ça ou une vie entière derrière les barreaux. T'aurais décidé quoi à sa place ?

Philippe ne répondit pas.

— Je pense que, dès le départ, la petite avait l'intention d'accepter puis de se débiner à la première occasion. Elle a dû se dire : j'arriverai bien à les avoir, ces trois pauvres flics !

— N'empêche qu'on n'a pas le droit de s'attaquer à ce type pour la faire plier !

— Ce ne sera pas nécessaire. Franck n'est pas un salaud… Crois-moi, ça ne lui a pas plu de faire son numéro à midi. Il n'avait pas d'autre choix. S'il peut éviter, il évitera.

— Il avait l'air sérieux, pourtant !

— Il fallait qu'elle y croie ! Non ?

— Sans doute, admit Philippe. Je… Je devrais peut-être aller m'excuser ?

— Non… Juste lui expliquer que tu t'es laissé emporter mais que tu es à ses côtés. Après la connerie de Didier, il craint de nouvelles défaillances dans l'équipe.

Philippe retourna à l'intérieur. Franck préparait le dîner de Marianne.

— Franck… Excuse-moi pour tout à l'heure… J'ai déconné.

Le commissaire le considéra avec une sorte de paternalisme.

— C'est pas grave…

— Si. Mais tu sais que je ne te trahirai pas. Tu le sais, n'est-ce pas ?

— Oui. Sinon, je ne t'aurais pas choisi pour ce boulot.

— J'espère seulement qu'on ne sera pas forcés d'atteindre ces extrémités.

— Je l'espère aussi… Je vais lui apporter à manger.

— Je t'accompagne ?

— Non, ce n'est pas la peine. Je pense qu'elle sera calme, ce soir.

Franck frappa deux fois avant d'entrer. La pièce était plongée dans la pénombre. Il tâtonna à la recherche de l'interrupteur. Appuya. Sans aucun résultat.

— Marianne ?

Une voix lui répondit, venant du lit.

— Je suis là. L'ampoule est grillée.

— Merde…

Le commissaire se débarrassa du plateau sur le bureau. Il n'y voyait quasiment rien et voulut allumer la salle de bains. Il fit trois pas, sentit une présence dans son dos, se retourna et reçut un coup violent en pleine figure. Il s'écroula, ventre à terre. Un deuxième choc, encore plus violent que le premier, à l'arrière du crâne, le fit taire définitivement. Marianne lâcha son arme ; un simple tabouret. Elle fouilla le corps gisant à ses pieds, lui piqua son portefeuille. Elle empocha les soixante euros, avec l'article du journal. Puis elle traîna le commissaire dans la salle de bains, avec l'impression de tirer une enclume géante. Elle s'aventura ensuite dans le couloir et se percha en haut des escaliers. Elle avait dévissé un des pieds du tabouret et le serrait dans sa main.

Le plus dur restait à faire. Elle entendit les autres discuter en bas. Elle avait espéré en assommer deux dans la chambre, malheureusement Franck était monté seul. Il en restait donc deux à maîtriser. Ou à éviter.

Courage, Marianne. Respire bien fort.

Elle descendit quelques marches sur la pointe des pieds, s'accroupit au milieu de l'escalier. Philippe passa dans la cuisine et attaqua la vaisselle. L'autre devait être scotché devant la télévision qui beuglait dans le salon.

Maintenant ou jamais. Avec un peu de chance…

Elle descendit jusqu'en bas, se faufila dans l'entrée. Tourna doucement la poignée de la porte qui s'ouvrit et se referma sans un bruit.

Route déserte, bordée d'une épaisse forêt. Premières fraîcheurs du soir. Chouette qui appelait l'âme sœur.

Marianne souffrait. Son genou gauche faisait des siennes. Elle avait réveillé son entorse endormie en sautant le mur. Il avait lâché lors de l'atterrissage brutal sur le goudron. Elle avait couru quand même, s'était enfoncée à l'abri dans les bois. Avait pris à droite, le contraire de son rêve.

À présent, elle marchait sur un chemin terreux, parallèle à la langue d'asphalte. Elle guettait le moindre bruit, s'allongeait à la moindre alerte. Puis se remettait à marcher. À claudiquer, plutôt.

S'éloigner le plus possible de la propriété. Atteindre la première ville, la première banlieue, le premier village, le premier signe de civilisation. De toute façon, sa cavale ne la mènerait pas bien loin.

À la première gendarmerie, ça s'arrêterait.

Rien qu'à l'idée de se rendre, elle avait la nausée. Les tripes à l'envers. Mais elle n'avait plus le choix. Sa décision était prise. Irrévocable. Elle essaya encore de courir mais renonça rapidement. Il valait mieux se cacher pour la nuit. Elle aviserait demain matin. Aucune idée du nombre de kilomètres qu'il lui restait à parcourir. Aucune idée du temps que mettraient les flics pour se lancer à sa poursuite. Elle s'enfonça encore un peu plus dans le sous-bois et s'arrêta enfin. Elle étala son blouson par terre puis s'adossa contre le tronc d'un chêne. Elle massa son genou douloureux, se rassura d'une cigarette. Fixa un croissant de lune échancré, incisif. Elle était libre, enfin. Sa seule et unique nuit de liberté. Avant de retrouver une nouvelle cage.

Avant d'aller se jeter d'elle-même dans la gueule du loup.

Franck avait vomi ses tripes dans les toilettes. Aussi livide que la porcelaine, la tête comme un dirigeable. Il se rinça le visage. Puis il sortit trois flingues du coffre et les distribua à ses hommes.

— Vous ne l'avez pas vue s'enfuir ?

— Non, avoua Philippe.

— Il faut qu'on la retrouve, les mecs. Sinon, on est morts. Compris ?

Ils descendirent au rez-de-chaussée, Laurent récupéra les clefs de la Laguna.

— Non, dit Franck. On prend ma bagnole ; celle-là, elle la connaît. Philippe, tu prends ta bécane...

Ils sortirent, ouvrirent le garage. Laurent s'installa au volant de la 307, Philippe enfourcha sa moto.

— Nous, à droite, ordonna le commissaire. Toi, à gauche. On reste en liaison... Allez, on fonce !

Il prit sa tête entre ses mains. Encore cette nausée et cet oiseau de malheur qui donnait des coups de bec dans son crâne.

— Tu devrais rester ici, conseilla le capitaine en activant le portail électrique. T'es pas en état.

— Roule ! T'occupe pas de moi !

La moto s'élança vers la gauche, tournant le dos à la 307.

— Va pas trop vite, pria Franck. Tu regardes à gauche, moi à droite...

La bande de bitume défila lentement à la lumière des phares. Chacun espérait apercevoir la silhouette de la fuyarde dans son viseur. Mais autant chercher une aiguille dans dix mille hectares de forêt. Exactement ce qu'ils étaient en train de faire. La peur au ventre.

***

Mesurer près de deux mètres et un bon quarante-huit de tour de cou ne sert pas toujours à grand-chose.

Daniel le savait, maintenant. Maintenant qu'il s'en était pris plein la gueule. Ils avaient fait bien attention à ne pas le tuer. À frapper là où ça faisait mal mais sans

691

insister trop. Et surtout, ils avaient évité de laisser des traces sur son visage. C'était juste un jeu, après tout.

Un jeu de massacre.

Ils avaient même eu la délicatesse de le ramener en cellule après leur séance de gym du soir.

Liquéfié sur son matelas, Daniel tentait de combattre les douleurs sournoises qui continuaient à percuter sa carcasse. Il essayait de dessiner le portrait de Marianne sur les murs de la cage. Une image pour le rassurer, là, au cœur des ténèbres. Mais ce soir, ses quatorze ans de mariage revenaient le hanter. Intraveineuse de culpabilité qui ajoutait une couche à l'amoncellement de souffrances.

Il tenta de se tourner, mais les douleurs aux côtes le ramenèrent bien vite sur le dos. Face au sommier du haut. Il plongea doucement dans une sorte de délire somnolent. Il imagina son épouse en train de graisser la patte à Portier pour qu'il s'occupe de lui chaque soir.

Je deviens fou. Ma femme ne ferait jamais un truc pareil. Quoique… Après ma trahison…

Il ferma les yeux. Marianne consentit enfin à apparaître. À lui sourire, à le prendre dans ses bras. À le consoler. Il put enfin dormir. Une heure.

Avant que Portier ne s'amuse à jouer au percussionniste contre la porte de sa cellule.

Le petit matin pointait sa robe grise au-dessus de la forêt. Marianne grelottait. Elle décida de se remettre en route aux faibles lueurs de l'aube. Elle avançait lentement, parallèlement à la route. À l'abri de la forêt, sa plus sûre alliée. Sa seule alliée.

Elle avait froid, faim. Soif, aussi. Terriblement mal à son genou. Peur, surtout. Peur qu'ils surgissent. Peur de ce qui l'attendait.

Je le fais pour toi, mon amour. Seulement pour toi.

Elle avait du mal à marcher, ankylosée par des heures à se terrer dans un buisson. Sur la terre humide et tiède. En plus de l'entorse.

Elle voyait une voiture passer de temps à autre, au travers des feuillages épais. Elle fit détaler un chevreuil, prit le temps de s'émerveiller du spectacle. J'aurai vu ça au moins une fois dans ma vie… Elle écouta aussi les oiseaux fêter le déclin de la lune. Sensation de liberté sauvage. Étoile filante dans le ciel obscur de son existence.

Elle s'embroncha dans une racine, s'écorcha les genoux et les mains sur le sol. Hurla de douleur quand sa rotule s'écrasa par terre. Elle se redressa, s'appuya sur un tronc rugueux. Essaya d'y puiser la sève qui manquait dans ses veines.

Au loin, elle aperçut alors un camion sur la route. Elle se précipita sur l'asphalte en boitant, essuya une nouvelle gamelle sur le talus glissant. Puis se planta au milieu de la route en agitant les bras. Les freins du poids lourd grincèrent méchamment dans la descente. Les amortisseurs s'écrasèrent sous la masse mécanique lancée à pleine puissance.

Marianne se hissa sur la contremarche et le conducteur baissa la vitre.

Un moustachu jovial, très étonné de trouver une jeune femme au beau milieu de son trajet. Il avait plus l'habitude de voir traverser les sangliers et les cervidés à cette heure matinale.

— Excusez-moi, monsieur ! Vous pouvez m'emmener jusqu'à la ville la plus proche ? Il faut que je trouve une gendarmerie…

— Montez.

— Merci, monsieur, ajouta-t-elle en grimpant. C'est vraiment sympa à vous…

— Qu'est-ce qui vous est arrivé, ma petite dame ?

Il lorgnait son visage marqué et plein de terre, les brindilles accrochées à sa tignasse.

— On m'a piqué ma bagnole en pleine nuit, inventa-t-elle.

— Ben merde alors ! Je vais vous déposer à T. C'est le patelin le plus proche… Il y a une gendarmerie.

Elle se recroquevilla sur le siège, allongea sa jambe douloureuse. Une balafre trouait son jean. Elle ne put réprimer quelques claquements de dents.

— Vous avez froid ?

— J'ai passé la nuit dehors…

Il attrapa un thermos à l'arrière de son siège.

— C'est du thé. J'évite le café, ça me donne des brûlures d'estomac…

— Merci beaucoup, monsieur.

— Oh, mais de rien ! De rien, mademoiselle…

Franck avait légèrement incliné son siège. L'oiseau au grand bec perforait encore sa matière grise. Un nœud coulant lui serrait les tripes. Il était au bord d'une catastrophe aux conséquences qu'il avait encore du mal à jauger. La fin de sa carrière, dans le meilleur des cas.

Le portable de Laurent vibra. Le capitaine décrocha à la va-vite.

— Ouais, Philippe... Non, ici non plus, toujours rien... Ouais... À plus...

Franck avait renoncé à errer sur la route. Avait eu l'idée de planquer à l'entrée de chacun des villages les plus proches de la propriété. Un à l'est, l'autre à l'ouest. Priant pour que Marianne suive la route principale. Philippe attendait à L., tandis que Franck et Laurent faisaient le pied de grue à T. Depuis des heures, maintenant.

— J'ai envie d'un café...

— Moi aussi, avoua le commissaire. Avec une aspirine dedans...

Ils virent passer un camion alors que le soleil montrait le bout de son nez au milieu d'une couche de nuages menaçants. Le 19 tonnes s'arrêta un peu plus loin, sur la place du village. Laurent se décolla du siège, se frotta les yeux.

— Nom de Dieu ! Franck ! Mate un peu ça...

Le commissaire se redressa à son tour. Une silhouette familière descendit du poids lourd. Marianne adressa un dernier signe de la main au chauffeur. Cible parfaite au milieu de la place encore déserte. Elle poussa la porte d'un café. Les flics sentirent leur cœur palpiter d'allégresse.

— Cette fois, on la tient ! murmura Franck avec un sourire venimeux. Préviens le petit...

Marianne aurait pu se faire déposer devant la gendarmerie. Mais elle avait désiré un sursis. Un dernier avant le grand plongeon. Elle brava les regards baveux des poivrots du matin qui carburaient déjà au blanc et demanda un café crème avec un paquet de Gauloises – ils n'avaient que ça, ici – avant de s'isoler à une petite table collée à un flipper d'un autre âge. Le camionneur lui avait indiqué qu'elle trouverait la gendarmerie au bout du village. Juste descendre la rue principale. Pas compliqué. Mais Marianne n'était pas pressée de retourner dans l'arène. Elle voulait profiter de cet ultime moment de liberté. Un café dans un bar, même paumé, même craignos, c'était un peu comme un rêve.

Elle fit un détour par les toilettes, s'inspecta dans le miroir sale. Se nettoya le visage et les cheveux.

Tu dois le faire Marianne. Pour Daniel. Renoncer à la liberté. Elle hésita. Ils le relâcheront peut-être, même si je ne me rends pas.

Elle se mit à pleurer. Je dois être cinglée de vouloir me rendre ! Non, pas cinglée. Seulement amoureuse. Ça revient peut-être au même. Peut-être que l'amour rend fou… Je ne peux pas le laisser payer à ma place. Je ne veux pas.

Elle remonta dans la salle et commanda un deuxième café crème avec deux croissants.

Autant affronter les képis avec le ventre plein.

Philippe grimpa dans la 307. Il avait parcouru les vingt kilomètres qui séparaient les deux villages en un temps record, usant la gomme des pneus de sa Kawasaki 750.

— Alors ? s'enquit-il en montant à l'arrière.

— Elle est dans le café, sur la place, expliqua le patron. Ça fait vingt minutes, maintenant…

— Vous êtes sûrs qu'il n'y a pas d'autre sortie ?

— Non, Laurent a vérifié. Quand elle sort, on peut pas la rater.

— On y va ? proposa le capitaine.

— Non. Autant rester discrets. On la chope dès qu'elle pointe le bout de son nez dehors… En douceur, si possible.

— Qu'est-ce qu'elle fout, là-dedans ?

— Je présume qu'elle prend un café, dit Franck en souriant. J'espère au moins qu'il est bon…

Marianne en était au troisième.

Et si je leur téléphonais, simplement ? Je pourrais leur expliquer que… Ridicule ! Pas d'autre moyen que de se rendre. Ou de laisser mourir Daniel. Parce que avec Portier et sa meute, il ne survivrait pas longtemps à la maison d'arrêt de S.

Le patron s'approcha.

— Encore quelque chose, mademoiselle ?

— Oui… Un cognac, s'il vous plaît. J'ai besoin d'un remontant…

— Sans problème ! Un cognac, c'est parti !

Il revint avec un petit ballon. Marianne le régla à la santé du commissaire.

— Vous êtes du coin ? bavarda l'aubergiste.

— De S., répondit Marianne avec un drôle de sourire.

Le cafetier se creusa la cervelle.

— S. ? Là où il y a la prison ?

— C'est ça, acquiesça Marianne.

Il regardait son visage. Un peu abîmé. Comme si elle avait reçu des coups. Comme si elle sortait de l'enfer. Il retourna derrière son comptoir faire la causette à ses rentes bipèdes. Marianne consulta la pendule au-dessus du baby-foot rétamé. Huit heures quarante-cinq. La place s'animait.

Profite bien de ces derniers instants, Marianne. Elle s'accorda encore quelques minutes. Attendit que la petite aiguille touche le neuf. Descendit cul sec son cognac. Ferma les yeux, sentit une brûlure intense dans le gosier puis dans les profondeurs de ses entrailles. Dégueulasse, ce truc.

Elle se leva. Le patron la salua d'un signe de la main, les ivrognes se retournèrent. Elle se cala devant la porte vitrée, scruta les alentours.

Quelques voitures stationnées, deux ou trois forains qui s'étaient installés pour fourguer leur camelote aux péquenots du coin. Pas de Laguna en vue. Elle sortit enfin, claudiqua dans la direction indiquée par le routier sympa.

Rapidement aveuglée par ses larmes.

Pour toi, mon amour.

La 307 démarra doucement. Resta à distance.

— Dès que c'est désert, on fonce, murmura le commissaire. On s'arrête et on la chope.

— OK, répondit Laurent.

Ils traversèrent le village, loin derrière la jeune femme.

— On dirait qu'elle a du mal à marcher, remarqua Philippe.

— Elle a dû se blesser en sautant le mur…

Ils la virent s'arrêter peu avant une gendarmerie.

— Qu'est-ce qu'elle fout ? s'étonna Laurent.

— Elle doit avoir peur de passer devant les képis.

— C'est idiot ! répliqua Philippe. Ils ne peuvent pas se douter qu'elle est juste sous leurs fenêtres…

Laurent avait planqué la bagnole contre une maison et laissé tourner le moteur. Ils observaient tous trois Marianne, debout sur le trottoir. Tête baissée et mains dans les poches.

— Mais qu'est-ce qu'elle fabrique ? pesta Laurent. Elle va finir par se faire repérer !

— T'as raison, dit Franck. On y va, maintenant !

— Quoi ? Mais on va pas la choper juste devant une gendarmerie !

— Fonce, j'te dis !

Marianne se décida enfin et sécha ses larmes. Elle se remit en marche, le cœur déjà en taule. La peur collée au ventre, comme la buée colle aux vitres. Ils ne vont pas me tabasser, vu que je me rends ! Ils seront plutôt contents de faire la Une des journaux, les gendarmes de ce trou perdu !

Elle entendit alors des pneus crisser sur l'asphalte, se retourna. Elle ne connaissait pas la voiture qui fonçait droit sur elle. Une Peugeot noire. Mais elle distingua trois silhouettes à l'intérieur. Comprit enfin. Elle accéléra, mais impossible de courir sur une seule jambe. Les freins de la voiture écorchèrent ses oreilles. Franck et Philippe surgirent comme deux diables à ressort de la caisse. Marianne, presque à la grille de la gendarmerie, continua tant bien que mal. Ils la rattrapèrent sans forcer et Franck lui enfonça un flingue dans les côtes.

— Pas de conneries, Marianne… Tu montes dans la bagnole…

Ils l'entraînèrent vers la voiture, elle se débattit. Il ne pouvait pas tirer ici, elle le savait.

— Au secours ! hurla-t-elle. Au secours !

Mais elle avait déjà la tête dans la voiture. Franck la poussa sur la banquette arrière sans ménagement et se colla contre elle, tandis que Philippe s'engouffrait à l'avant. Laurent appuya sur l'accélérateur, sans faire trop d'étincelles. Pour ne pas ameuter les képis. Marianne s'acharna sur la poignée. En vain. Laurent avait verrouillé la fermeture centralisée des portières. Philippe se retourna sur son siège pour aider Franck à la maîtriser. Le commissaire parvint à lui plaquer le visage sur ses genoux et, tandis qu'il appuyait sur sa nuque, Philippe lui passa les menottes. Pas facile de dompter une furie pareille dans l'habitacle étroit d'une voiture ! Mais la tigresse était vaincue. Elle se tassa contre la vitre sale, reprit sa respiration, ferma les yeux. Répit de courte durée. Franck l'attira brutalement contre lui.

— Échec et mat, assena-t-il.

Elle tenta de s'éloigner de son regard de serpent, se garda bien de pleurer. Elle rêvait soudain que les gendarmes les prennent en chasse. Les rattrapent. Les arrêtent. Tout sauf affronter la fureur de Franck dont le visage était marqué au tabouret hêtre massif. Elle se ratatina contre la fenêtre. La route défila en sens inverse.

— Arrête-toi, ordonna soudain le commissaire.

Ils étaient au milieu de nulle part. Marianne se remémora les images terrifiantes de son rêve.

Mais non, ils n'allaient pas l'abattre en pleine forêt. Non, ils ont besoin de moi.

La Peugeot s'aventura sur une piste forestière déserte et sombre avant de stopper.

Les premières gouttes de pluie s'aplatirent sur le pare-brise. Mauvais présage. Laurent déverrouilla les accès et Franck s'extirpa hors du véhicule. Il en fit le tour, ouvrit la portière de Marianne.

— Descends…

Comme elle refusait de bouger, il l'empoigna par un bras et la sortit de force, tandis que ses adjoints descendaient à leur tour. Ils semblaient tout ignorer du plan de leur chef mais suivaient sans discuter. Franck poussa Marianne sur le chemin, elle chuta lourdement, trahie une fois de plus par son genou.

Il la releva par le blouson, l'obligea encore à avancer, histoire de s'éloigner de la route. Il la tenait par la nuque, la poussait brutalement. Puis il cessa enfin de marcher.

Elle ne lui connaissait pas ce visage. Aussi dur qu'une roche gelée.

Il lui colla une claque qui lui fit hoqueter le cerveau. Mais elle resta sur ses pieds, un peu par miracle. Replaça ses yeux en face des siens.

— Tu n'es pas très maline, Marianne. Ça a été un jeu d'enfant de te retrouver !

— T'as eu de la chance ! rétorqua-t-elle avec audace. Que je me sois pété le genou en sautant le mur…

— De la chance ?!

Il se mit à rire. Ça sonnait comme une scie à métaux qui découpe de l'acier.

— Dis-moi, Marianne, tu comptais aller où avec tes soixante euros et ta rotule déglinguée, hein ?

Elle n'eut pas la politesse de répondre. Reçut un coup de poing qui, cette fois, lui fit goûter la terre humide. Son genou se plia encore de travers, elle hurla.

Philippe ferma les yeux quelques instants. Pour évacuer ces images à la limite du supportable. Marianne était couchée sur le flanc, pliée en deux. Franck l'attrapa par les cheveux, la mit à genoux. Nouveau hurlement. Elle essaya de se lever, il l'en empêcha. La pluie redoubla d'intensité, elle serra les dents. Le canon du 357 se plaqua sur son front.

— Alors, tu crois que tu vas jouer longtemps avec nous, Marianne ?

— Non, murmura-t-elle en louchant sur le flingue.

— Non ? exulta le patron. T'as raison !

Philippe tourna la tête dans la direction opposée tandis que Laurent assistait à la colère de son ami sans broncher. Marianne fut à nouveau remise debout et poussée contre l'arbre le plus proche. Si fort qu'un moignon de branche basse lui perfora la chair, à côté de l'omoplate. Elle eut le souffle coupé, ouvrit la bouche pour crier, avala le canon du revolver. Un goût horrible de métal. Et les yeux verts de celui qui le tenait braqué, juste dans les siens. Qui étincelaient d'une fureur démentielle.

— C'est ça que tu veux ? hurla le commissaire. Tu veux que j'appuie sur la détente et qu'on en finisse ?

Elle hésita. Finalement, elle nia de la tête, sans geste brusque, pour éviter de faire partir le coup de grâce.

— Si je tire, ta tronche explose ! On retrouvera des morceaux de ta cervelle un peu partout… Et tu peux pas savoir comme j'ai envie de tirer, putain… !

Elle réitéra son non. Il enleva l'arme de sa bouche. Elle crut que c'était terminé. Mais Franck avait eu peur. Une nuit entière à accumuler un stress qu'il fallait maintenant vomir. Sur elle. Il la saisit par la gorge, la cloua contre l'écorce. Remuant le pic en bois toujours planté dans sa clavicule.

— Quand on rentre, je finis de m'occuper de toi…

— Je… Je voulais juste…

Une droite en pleine tête l'empêcha de s'expliquer. La désempala de l'arbre. La précipita dans la boue. Elle cracha un peu de sang. Philippe supplia Laurent du regard, eut la sensation de s'adresser à une sorte d'iceberg. Marianne gémit une phrase en se contorsionnant de douleur. Franck ne prit pas la peine de la laisser finir, lui flanqua un coup de pied dans les tripes. Elle manqua de s'évanouir. Il la releva, une nouvelle fois. Elle bégaya quelques mots face aux yeux verts.

— Voulais… gendarmerie… Daniel…

Le commissaire n'avait saisi que le prénom au milieu du magma sanglant qui coulait de la bouche de la jeune femme.

— Tu commences à me casser les couilles avec ton maton ! Tu vas voir, je vais te le faire oublier, ton mec ! Quand je te serai passé dessus, tu te souviendras même pas de lui !

— Non ! supplia-t-elle. Arrête !

Il allait encore frapper mais une main se posa sur son épaule. Une poigne un peu ferme.

— Ça suffit, Franck, ordonna doucement le capitaine. Calme-toi, maintenant. …

Franck le repoussa brutalement avant de considérer

sa victime et de réaliser jusqu'où l'ivresse colérique était en train de l'entraîner. Jusqu'à quelles extrémités, quelles horreurs. Il lâcha Marianne qui glissa doucement jusqu'au sol. Elle haletait, gémissait.

— On rentre, dit-il d'une voix sèche.

Philippe la releva avec précaution, l'escorta jusqu'à la 307 tandis qu'elle pleurait toutes les larmes de son corps. Franck monta à l'avant, Philippe à l'arrière avec Marianne. Elle se décomposait dans ses bras, traumatisée. Elle sanglotait si fort que Franck s'enflamma à nouveau.

— Fais-la taire !… Fais-la taire, sinon…

— Chut ! murmura Philippe. Chut, Marianne…

Elle serra les mâchoires pour étouffer la frayeur.

— C'est fini, ajouta le lieutenant.

— Oh non, c'est pas fini ! rétorqua Franck. C'est loin d'être fini… !

La voiture stoppa en bas des marches. Philippe aida Marianne à en descendre. Elle tremblait encore, pleurait toujours.

Franck ne laissa pas au lieutenant le soin de s'occuper d'elle ; il la lui arracha des bras, l'entraîna au pas de course vers la maison. Elle se retrouva dans le salon, jetée à même le sol. Elle rampa jusqu'au canapé, s'adossa contre l'assise. Franck la fixait avec des bouffées d'alcaloïde dans les yeux. Ses hommes le regardaient, lui. Un peu inquiets.

— Tu as joué et tu as perdu, Marianne…

— Je… pouvais pas… l'aban…

— Ta gueule ! hurla le commissaire.

Elle obtempéra. Consciente que le volcan pouvait se mettre à cracher de la lave à tout moment.

— Tu espérais quoi, hein Marianne ? gueula Franck. Dix bornes dehors et on t'arrêtait, pauvre cinglée !

Elle aurait bien voulu lui expliquer que, justement, elle désirait se rendre. Mais il ne semblait pas disposé à l'écouter. Il l'empoigna par le blouson, la souleva comme si elle ne pesait rien.

— Tu vas regretter ta pitoyable tentative ! Je te jure que tu vas le regretter…

Il leva le bras droit, elle ferma les yeux. Mais finalement, il parvint à retenir ce nouveau coup. La secoua tout de même comme s'il voulait la disloquer.

— Puisque tu t'entêtes à nous faire chier, je vais te donner de vraies raisons de nous haïr !

— Je recommencerai pas !

— Ça, c'est sûr ! Parce que désormais, tu seras attachée à ton lit vingt-quatre heures sur vingt-quatre… Tu devras me demander la permission pour aller pisser ! Et surtout, je vais aller récupérer ton mec en taule…

Elle devint transparente comme la pluie.

— Tu espérais peut-être le rejoindre ? Tu comptais le sortir de prison toi-même ? Il te manque ? Eh bien, je vais te le ramener ! Je vais le découper morceau par morceau et te les faire bouffer au petit déj' !

— Non ! Je t'en prie !

— Je le garderai en vie jusqu'à ce que tu aies fini ton boulot. Et si tu es bien sage, je te rendrai ce qui reste de lui. S'il est toujours vivant…

— Non, Franck !

— Non ? Je t'avais prévenue, nom de Dieu !

— Je recommencerai pas ! pleura-t-elle. Ne lui faites pas de mal, par pitié !

Il la laissa retomber sur le sol. Essaya de retrouver un semblant de calme. Une multitude de rictus nerveux assaillaient son visage, faisaient cligner ses émeraudes. Il envoya une chaise à l'autre bout du salon. Ça le soulagea, apparemment.

— On la fout dans sa piaule ! dit-il enfin.

Laurent la releva sans délicatesse et l'accompagna jusqu'à l'escalier. Franck ouvrait la marche, Philippe suivait, aussi livide qu'un cadavre. Il préférait rester près de Marianne au cas où le patron péterait une nouvelle fois les plombs.

Le commissaire lui ôta son blouson, la jeta sur le matelas et menotta son poignet droit à un barreau du lit. Inerte, elle ne gémissait même plus.

— Voilà, comme ça, tu vas te tenir tranquille !

Elle allongea sa jambe gauche. Son genou avait

doublé de volume, grosse enflure sous le jean. Franck monta sur la chaise, revissa l'ampoule. Il claqua la porte si fort qu'un cadre se détacha du mur et se pulvérisa sur le parquet.

Marianne ferma les yeux. Les larmes brûlèrent son visage. Ultime échec. Retour à la cage départ.

Elle avait laissé s'envoler sa dernière chance. Avait perdu. Ses cris résonnèrent jusqu'au rez-de-chaussée. Couvrirent même le bruit d'un train qui fonçait derrière les enceintes de la propriété.

Un étage plus bas, Laurent s'attela à préparer du café. Quoique le patron ne semblait pas avoir besoin d'un remontant. Il lui aurait plutôt fallu une camomille. Philippe était tombé sur une chaise, le regard un peu vide. La tête un peu trop pleine. Franck fumait une Marlboro, debout près de la fenêtre, hypnotisé par l'eau qui ruisselait sur les vitres.

Le silence était ponctué par les cris de la prisonnière qui descendaient en cascade jusqu'à leurs oreilles.

— Putain, je vais lui apprendre à se taire ! ragea Franck en écrasant son mégot dans le cendrier.

— Reste là, ordonna Laurent en appuyant sur le bouton de la cafetière. Ça suffit.

— Tu veux aller la consoler ? riposta brutalement le commissaire.

— Non. Je dis que maintenant, ça suffit. C'est tout. Tu l'as suffisamment terrorisée…

— Je suis d'accord, osa Philippe. Je crois qu'elle a compris…

— *Compris ?* Cette fille ne comprend que les coups !

— Ben justement, elle vient d'en prendre plein la gueule, rappela calmement Laurent en grillant une clope. Si tu la tues, elle ne nous servira plus à rien…

Le visage de Franck se modifia lentement. Un peu comme un rocher sous la fonte des neiges. Flash-back mental sur l'heure qu'il venait de vivre. Ce n'était pas la première fois qu'il frappait quelqu'un. Mais la première fois qu'il s'acharnait ainsi. Sur une femme, en plus. La honte ternit un peu ses yeux.

— Elle aurait pu nous conduire au désastre... Si elle avait été arrêtée, elle aurait pu nous balancer.

— Elle ne sait rien, souligna Laurent. Même pas qui elle doit buter.

— Tu... tu vas vraiment aller chercher ce type ? demanda Philippe avec angoisse.

— Je crois que ce ne sera pas nécessaire. Mais c'est la menace qui fonctionne le mieux, on dirait...

Un long silence s'incrusta dans la cuisine. Ils n'entendaient plus Marianne crier. Philippe se leva.

— Je vais lui apporter de l'eau... Il faudrait la soigner aussi... Vous avez vu son dos ?

— Tu restes ici ! rugit le commissaire. On verra plus tard... Je remonterai quand je serai calmé...

— Mais je peux y aller, moi !

Franck le fusilla du regard. Le lieutenant retomba sur sa chaise. Laurent remplit les tasses.

— Allez, les mecs ! Détendez-vous un peu... Je sais pas vous, mais moi, j'ai envie d'aller me pieuter, maintenant ! On a bien mérité de dormir un peu, non ?

— Oui, acquiesça Franck. On a fait du bon boulot... On a sauvé la situation.

***

Ses hommes récupéraient d'une nuit blanche. Mais lui n'arrivait pas à dormir. Comme toujours. Il avait pourtant croisé les volets. Il y avait pourtant la mélodie de la pluie pour le bercer. Il y avait pourtant trop d'heures qu'il n'avait pas dormi.

Elle était pourtant à nouveau sous contrôle. Il avait pourtant réussi à la retrouver à temps.

707

Toutes les conditions pour trouver le repos. Pourtant, il ne dormait pas.

Il enfila sa chemise, passa dans la salle de bains. La colère aurait dû retomber. Avec ces quelques heures dans l'obscurité. Avec le défoulement qu'il s'était offert aux frais de sa prisonnière. Mais elle était encore là, bien vivante. Là, au fond de lui, prête à jaillir.

Il devait aller la voir, affronter son visage meurtri par ses propres coups. Affronter ce qu'il avait commis. Ce qu'elle l'avait poussé à commettre. Mais il avait peur. De recommencer. Si elle le provoquait. Pourtant, il se dirigea vers la chambre du fond. Comme attiré par le mal.

Pourtant, il n'était pas mauvais.

Marianne était tombée par terre à force de convulsions. Plus la force de se hisser jusqu'au matelas. Chaque respiration était une souffrance. Parce qu'elle avait échoué. Parce que Daniel était en danger.

Parce qu'elle avait le corps meurtri de coups. Parce qu'elle avait faim et surtout soif. Parce qu'elle avait envie de pisser. Qu'elle n'allait pas tarder à se faire dessus. Parce qu'elle avait la nausée. Et la tête comme une citerne de gaz prête à exploser.

Parce qu'elle allait être obligée de tuer.

Parce qu'elle était en manque de nicotine.

Et d'héroïne. Et d'espoir.

Parce que sa vie se résumait à des maux sans fin. Parce qu'elle était Marianne. Qu'elle n'avait toujours connu que le malheur, l'horreur. La noirceur d'une vie sordide.

La pluie avait décidé de s'éterniser. Battant inlassablement le toit de la maison, les vitres de la cellule. Un deuil de l'été, une couleur de circonstance pour l'accompagner dans les ténèbres.

Si seulement je les avais pas tués… Si seulement je n'étais pas tombée amoureuse d'un maton en prison…

Si seulement j'avais demandé au camionneur de me déposer direct devant la gendarmerie…

Si seulement j'étais différente… Si seulement je n'étais pas moi…

Si seulement je n'avais jamais existé.

Des pas résonnèrent dans le couloir après des heures de silence absolu. La peur révulsa son estomac. La clef tourna dans la serrure. Les yeux de serpent brillèrent dans le gris ambiant. Ceux de Marianne s'arrondirent d'effroi. Il s'était offert le luxe de venir seul, pour lui prouver qu'elle ne représentait même plus un danger. Plus rien. Il referma la porte, elle se recroquevilla contre le lit.

Il s'avança. S'accroupit pour lui injecter une dose de vert dans les pupilles.

— Alors, Marianne ? Ça te plaît d'être enchaînée à un lit ?

Devait-elle répondre ? Se taire ? Dans le doute, elle ne remua même pas les lèvres. Son sang ne circulait plus. Coup de gel dans les canalisations.

— Ça te plaît, Marianne ?

Il souhaitait donc une réponse.

— Non, murmura-t-elle.

— Non ? Tu n'as que ce que tu mérites, tu es d'accord ?

— Oui, commissaire…

Il souriait. Fier de lui. Content qu'elle fasse dans son froc. Qu'elle baisse enfin les yeux. Que le vert l'emporte sur le noir.

Il contempla sa figure. Encore plus tuméfiée qu'il ne l'avait imaginée. Nouveaux hématomes, résultats des deux coups de poing qu'il lui avait assénés. La verrait-il un jour avec un visage intact ? Avec autre chose que de la souffrance au fond des yeux ?

Il s'appuya à la fenêtre, attendant sans doute qu'elle réclame. Soif, faim, pipi. Qu'elle s'abaisse à quémander. À l'écoute d'une éventuelle supplique. Mais elle n'osa

709

pas parler. Il la nargua en allumant une cigarette. Elle sentait qu'il la fixait mais elle contemplait ses chaussures pleines de terre.

Éviter de nouveaux coups. Ou alors, le provoquer pour qu'il me tue. Non, au bout de cet enfer, il y a peut-être la liberté. Et je dois rester en vie pour Daniel.

Il s'approcha à nouveau, elle se ratatina au maximum. Il libéra son poignet.

— Je t'accorde un quart d'heure.

Elle s'aida du lit pour se remettre debout. Gestes lents, saccadés. Elle n'était jamais très loin de la syncope. Une fois debout, elle s'efforça de ne pas croiser son regard. Sautilla sur un pied jusqu'à l'armoire, y récupéra des vêtements propres. Elle poussa la porte de la salle de bains, voulut naturellement la refermer. Mais il l'en empêcha, calé dans l'encadrement. Elle osa enfin le fixer.

— Je voudrais rester seule…

— Hors de question.

— Quoi ? Mais je vais pas pisser devant vous !

— Ça ne me dérange pas.

— Moi si… Et puis quoi ? Je vais pas m'enfuir par les chiottes, non ?

— Tu es capable de tout. Maintenant que je le sais, tu ne remueras plus un cil sans être observée… C'est toi qui l'as voulu, ne l'oublie pas… Et magne-toi. Tu crois que je vais passer ma soirée ici ?

De nouveau envie de le pulvériser. Il lui manquait juste la force. Et le courage.

— Vous pourriez au moins vous retourner…

— Pour que tu m'attaques dans le dos ? Merci bien ! Je ne bougerai pas d'ici. Enfonce-toi ça dans le crâne.

Elle songea à retourner s'asseoir au pied du lit mais sa vessie ne tiendrait pas plus de dix minutes. Et puis il fallait bien se laver. Enlever toute cette souillure qui alourdissait son corps. Elle s'assit par terre en se laissant glisser le long du mur. Commença par virer ses chaussures boueuses. Elle calcula que son tee-shirt était un peu long, elle enleva son jean. Genou difforme.

Et l'autre était toujours là, à se régaler du strip-tease pour pas un rond.

Elle s'aspergea le visage, but une grande quantité d'eau. Munie d'un drap de bain, elle grimpa dans la baignoire avant de tirer le rideau. Là, elle retira le reste des fringues, retint un cri quand le tee-shirt se décolla de la plaie. Puis elle balança ses vêtements sales par-dessus la tringle.

Tant pis, elle se soulagerait dans la baignoire. Pas d'autre moyen. Elle s'octroya une douche chaude en essayant d'oublier le monstre qui veillait derrière. Avec la peur qu'il se ramène.

Il se manifesta au bout de dix minutes. Elle sursauta en entendant sa voix.

— Tu comptes y passer la nuit ? Faut que je vienne te chercher ?

Elle ferma le robinet, s'enroula dans le drap de bain, avec un nœud solide pour qu'il ne tombe pas au moment inopportun. Puis elle tira le rideau et distingua le commissaire au travers de la buée. Toujours à la même place. Elle sortit de la baignoire avec un mouvement précautionneux pour sa jambe blessée. Restait encore à se vêtir sans lui montrer un seul centimètre carré de chair. Pas une mince affaire. Elle décela un petit sourire au coin des lèvres de Franck.

— Pauvre con ! murmura-t-elle.

— Qu'est-ce que t'as dit ?

— Rien…

Elle enfila une culotte sous la serviette. Le jean par-dessus. Ni vu ni connu. Le tout sur une jambe. Acrobate émérite, Marianne. Elle renonça à mettre un soutien-gorge. Trop périlleux. Enfila directement la chemise sur la serviette. Avant de l'enlever en tirant dessus. Il n'avait

rien eu à se mettre sous la dent ! Elle était plutôt satisfaite de sa prestation. Elle se donna un coup de peigne,
se brossa les dents.

— T'as fini ? demanda le commissaire comme s'il
attendait son tour. Je voudrais voir la blessure que tu as
dans le dos.

— Pas la peine...

Il l'empoigna par le bras, la conduisit jusqu'à la chaise
devant le bureau.

— Attends là, je vais chercher de quoi te soigner...

Il l'enferma dans la chambre, elle s'offrit une cigarette. C'était le dernier paquet de Camel. Dur de lui
demander des clopes, maintenant... Il semblait calmé.
Pourtant, elle n'était pas rassurée. Tant de colère brillait
dans ses yeux, bouillait dans ses veines. Au moindre
geste, à la moindre parole, elle pouvait déclencher une
nouvelle avalanche. Elle fuma devant la fenêtre ouverte,
tendit le bras pour recevoir un peu de ce don du ciel,
entre deux barreaux. Comme en taule. Mais elle était
toujours en taule, de toute façon. Elle pensait à Daniel,
en continu. C'était devenu une obsession. Il lui manquait
comme la pluie manque au désert. Elle aurait aimé être
dans ses bras. Et nulle part ailleurs.

Le commissaire se pointa à nouveau, armé d'une
trousse de secours. Elle jeta son mégot dans le jardin. Un
arbre à Camel pousserait en bas, au printemps prochain.

— Vire ta chemise, ordonna-t-il.

Elle déboutonna le haut et se retourna avant de faire
glisser la chemise jusqu'au milieu de son dos. Il nettoya
la plaie avec un coton et de l'alcool.

— Aïe !

— Comment tu t'es fait ça ?

— Quand vous m'avez poussée contre l'arbre.

— C'est à cause de moi, alors...

Elle devinait son sourire. Il insistait sur le désinfectant.
Y allait franco. On aurait dit qu'il récurait le sol. Elle

crispait les mâchoires, s'accrochait au dossier de la chaise. Il posa un pansement sur la blessure. Elle remonta la chemise sur ses épaules, la reboutonna en vitesse.

— Le genou, maintenant.

— C'est bon... Ça passera...

— Il faut que tu sois capable de marcher... Montre !

Elle préféra ne pas trop le contrarier et enleva son jean. Elle s'assit sur la chaise, il s'agenouilla devant elle. Juste à la bonne hauteur pour recevoir un coup de pied dans la tête. Un de ceux dont on ne revient pas. Pourtant, la peur la ligotait. Une peur idiote.

Le goût du métal dans la bouche. Friandise parfum 357.

— C'est une vieille entorse, expliqua-t-elle.

Il prit une ampoule de Percutalgine, elle la lui arracha des mains.

— Je vais le faire...

Elle cassa la fine enveloppe de verre, en vida le contenu sur sa rotule traîtresse. Elle massa en effleurant à peine la peau. Puis il lui banda le genou avec les gestes d'un apprenti-infirmier qui raterait son diplôme à coup sûr.

— Trop serré ! indiqua-t-elle avec une grimace.

Il recommença, elle s'étonna de sa patience.

— Merci.

Merci ? Mais je deviens dingue ! Je remercie un type qui m'a passée à tabac ce matin ! Qui a menacé de me faire exploser la cervelle ! Qui a menacé de massacrer l'homme que j'aime !

Elle attrapa son jean, parvint à se rhabiller en jouant aux équilibristes surdouées. Elle récupéra son paquet de cigarettes et se dirigea vers le lit. Mais une serre puissante se referma sur son bras. Elle avala ses amygdales, repartit en arrière, aspirée par les enfers. Se retrouva en face des yeux de cobra. Il ne parlait pas, la fixait comme s'il allait ouvrir une gueule béante avec trois rangées de dents. Pour la dévorer.

Il m'a laissée prendre une douche, a soigné mes

blessures. C'est pas pour recommencer à me frapper. Absurde.

Elle fouillait son regard. Se posant un milliard de questions en trente secondes. Envisageant toutes les possibilités. *Quand je te serai passé dessus…*

Il y avait comme un soupçon de sourire sur ses lèvres. Juste un soupçon.

— J'ai flippé toute la nuit à cause de ta petite promenade dans les bois…

Il attrapa son visage et le colla contre le sien. Elle aplatit son paquet de cigarettes dans sa main droite tandis que son cœur faisait une chute abyssale.

— Je t'ai donné ta chance et c'est comme ça que tu me remercies ?

Cent cinquante pulsations seconde. Il y avait en cet homme quelque chose d'effrayant. Une sorte de sadisme bien enfoui qu'il valait mieux éviter de réveiller. Un monde d'horreurs qui sommeillait quelque part et qu'elle devinait, là, juste contre sa peau.

— Je ne recommencerai pas, balbutia-t-elle.

— Je ne t'en laisserai pas l'occasion… Mais si tu lèves encore la main sur moi ou sur un de mes hommes, je te garantis que tu vas rêver de moi toutes les nuits jusqu'à ta mort… Et si jamais tu parvenais encore à nous échapper, ce qui m'étonnerait beaucoup, il m'arriverait de gros ennuis… Tu vois ce que je veux dire ? Et s'il m'arrive de gros ennuis, je serai très en colère. Vraiment furieux… Bien pire que ce matin… Alors je remuerai ciel et terre, mais je finirai par te retrouver… Et là… Je te ferai payer, très cher…

Il accentua la pression. Un étau lui broya le visage.

— Mais en attendant de te retrouver, je me ferai la main sur ton mec… Tu comprends ce que je dis, Marianne ?

— Oui…

— N'oublie jamais : si tu ne te transformes pas en

gentille fille, c'est lui qui va prendre… Et toi ensuite… C'est clair, Marianne ?

Elle se mit à pleurer doucement. Elle aurait pu se dégager bien que son équilibre soit précaire. Mais à peine si elle osait répondre.

— Oui… Je ferai plus rien contre vous.

— Bien…

Il la lâcha enfin, jouissant de la terreur qu'il avait réussi à lui injecter à haute dose dans les veines.

Elle recula d'un pas, heurta le montant du lit, bascula en arrière. Chuta sans un cri. Elle se releva en se cramponnant au pieu, s'éloigna doucement de cette emprise mentale. Ce qu'elle venait d'entendre n'était rien à côté de ce qu'elle avait entrevu au fond des yeux de jade. Un monstre. Bien pire qu'elle. Bien pire que ceux qu'elle avait croisés au cours de son existence.

Il la dévisageait toujours. Avec les mêmes yeux de reptile.

— Tu vois, t'aurais pas dû me rater, hier. Me tuer quand tu en avais l'occasion…

Il la narguait encore. La provoquait, carrément. Elle sentit la colère surgir au beau milieu de la peur. Il avait raison, en fait.

— Ouais ! J'aurais dû !

Une claque retentissante surgit de la pénombre. Ses dents s'entrechoquèrent, son cerveau trembla.

— Tu joues avec mes nerfs, Marianne ! Et j'ai les nerfs fragiles !

— J'ai jamais voulu vous tuer, putain… Je voulais juste l'aider !

— L'aider ? Mais qu'est-ce que tu me chantes, Marianne ?

— Je voulais me rendre aux gendarmes !

Il eut un moment de flottement.

— J'aime pas qu'on se foute de ma gueule ! hurla-t-il soudain.

715

— Je vous jure ! Je voulais me rendre ! Pour qu'ils le laissent sortir de prison… Pour leur dire que c'était pas lui qui m'avait aidée !

Il recula jusqu'au lit, s'y laissa tomber. Tandis qu'elle s'effondrait par terre. En pleine crise. Il resta un moment silencieux. Les yeux posés sur elle.

— Tu voulais vraiment te rendre ? Tu serais retournée en taule pour ce mec ?

Un *oui* émergea au milieu des cris de détresse. Elle était sincère. Pas en état de mentir. Elle s'était tournée vers le mur pour cacher son visage. Une boule de nerfs dont il ne voyait que les épaules et le dos, violemment secoués par des séismes à répétition. Tout juste si elle arrivait encore à respirer.

— Tu es cinglée, murmura-t-il. Complètement cinglée…

Ça ne se calmait pas. Ça semblait même empirer. Étouffée par ses propres larmes, brisée par les convulsions en série.

— Ne lui faites pas de mal ! Ne lui faites pas de mal…

Elle reprenait son souffle entre chaque mot. Continua à chercher la pitié de son ennemi.

— Ne lui faites pas de mal… Il n'y est pour rien ! Je ferai tout ce que vous voudrez…

Elle aurait vendu ses parents si elle en avait eu.

Il l'escorta jusqu'au lit. Elle cessa enfin de sangloter. Mais pas de pleurer. Ça coulait doucement, sans heurts.

— Tu n'as pas à avoir peur pour lui si tu fais ce que je te demande.

Elle lui renvoya une dose de désespoir en pleine figure.

— Mais il restera quand même en prison, parce que j'ai échoué…

— Il finira bien par sortir.

— Vous pouvez pas savoir ce que c'est… La taule… Même quelques mois, quelques semaines… Quelques jours… Il ne s'en remettra jamais.

Vendredi 8 juillet – 13 h 00

Philippe déposa le plateau sur la table de la cuisine. Intact.

— Elle refuse toujours de manger, annonça-t-il avec accablement. Elle dit qu'elle ne peut rien avaler… Et elle pleure encore.

Laurent se servit un nouveau café. Le commissaire cessa de tourner la cuiller dans le sien.

— Comment peut-on chialer aussi longtemps ? dit Franck d'un air songeur. Ça dure depuis quarante-huit heures…

— Ce qui est inquiétant, c'est qu'elle ne mange pas, fit remarquer le lieutenant. Elle n'a rien avalé depuis plus de deux jours… Tu crois qu'elle a l'intention de mourir de faim ?

Franck piqua une Marlboro à son adjoint. Il n'avait jamais autant fumé de sa vie.

— Si elle continue comme ça, rétorqua Laurent, elle ne sera pas en état d'accomplir le boulot… Le jour approche et elle ne tient même plus sur ses jambes.

— Elle va vite se rétablir, assura Franck. Je vais lui faire un petit cadeau, ça va lui remonter le moral.

Ses équipiers le dévisagèrent d'un air méfiant.

— Je vais sortir son mec de taule. Ça devrait suffire

pour qu'elle s'arrête de chialer et qu'elle retrouve goût à la nourriture… Non ?

Le capitaine manqua de tomber de sa chaise.

— Qu'est-ce que tu dis ? T'es devenu fou, ma parole !

— Mais non ! Rassure-toi ! Mes facultés mentales sont encore entières !

Il posa du café et des biscuits sur le plateau.

— Je monte la voir…

— Attends ! ordonna Laurent. Tu peux nous expliquer ce que tu manigances ?

Allongée sur le côté, le bras droit vissé au lit par les menottes, Marianne n'avait que la solitude à qui parler. Elle essayait de se rassurer. Si elle obéissait, Daniel ne deviendrait pas la proie du commissaire. Mais il resterait quand même en prison. Deux jours qu'elle ressassait le même refrain. Qu'elle coulait doucement vers les abîmes. Tout juste si elle s'en rendait compte.

Il est en taule à cause de moi. Et il va y rester. Peut-être de longues années.

Idée insupportable, qui lui pressait le cœur comme un fruit trop mûr, jusqu'à en extraire la substance. Liquide en fusion qui se répandait dans tout le corps. Et sortait sans discontinuer de ses yeux ravagés, comme brûlés par un acide. Ça enflammait son visage, ça se déversait sur l'oreiller. Ça refusait de s'arrêter.

Des pas résonnèrent dans le couloir. La clef tourna dans la serrure.

Pourquoi s'acharnaient-ils à fermer alors qu'elle était attachée au pieu ? Alors qu'elle avait tout juste la force de bouger ?

Depuis la veille, c'était Philippe qui s'occupait d'elle. Qui apportait les repas, les ramenait sans qu'elle les ait touchés. Patron invisible depuis le mardi soir. Était-il parti s'offrir une cure de repos pour calmer ses nerfs ?

La porte s'ouvrit, Franck apparut. Il était donc

toujours dans les lieux. Dommage. Il ne lui avait pas manqué. Il posa le plateau sur le chevet, la détacha, la dévisagea quelques secondes. Elle était défigurée. Plus par les larmes que par les coups, finalement. Un masque terrifiant. Un masque de mort.

— Tu vas t'arrêter de pleurer un jour ? demanda-t-il un peu rudement. Je t'ai apporté du café… Et quelques trucs sympas.

— J'ai pas faim.

— Tu n'as rien avalé depuis deux jours… Tu as forcément faim.

Elle essuya encore son visage. Sa peau était si sensible que ça lui fit mal.

— Je peux aller dans la salle de bains ?

Autant profiter d'une visite pour casser l'ankylose. Il hocha la tête. L'état de son genou avait empiré. Elle fit deux pas avant de s'appuyer au mur. Continua malgré la douleur. Malgré le vertige, aussi. Face à son reflet au-dessus du lavabo, elle eut un mouvement de recul. Elle but quelques gorgées d'eau et revint dans la chambre. Là, le décor entra en transe, elle ne se sentit même pas glisser, rouvrit les yeux sur le parquet. Y remarqua une fine couche de poussière que trahissait un rayon de soleil. Faudrait faire le ménage, dans cette piaule…

Franck la ramena jusqu'au lit et la laissa reprendre ses esprits. Adossée aux barreaux métalliques, elle avait le regard paumé. Et mouillé.

— Mange, répéta le commissaire.

Elle pleurait toujours. Incroyable qu'un corps puisse contenir autant de larmes. Autant d'eau et de sel. Il lui amena son paquet de Camel. En fuma une avec elle.

— Je ne veux pas que tu dépérisses… Il faut que tu sois d'attaque dans quelques jours. N'oublie pas le contrat, Marianne…

— Je le ferai, ne vous inquiétez pas…

— Ah oui ? Si tu continues comme ça, tu risques pas d'avoir la force d'y arriver !

Elle ne prit pas la peine de le contredire.

— Je te propose un deal, ajouta-t-il. Je vais faire un geste, à condition que tu me promettes d'en faire un. J'ai un peu réfléchi, depuis notre discussion d'avant-hier…

Discussion ? Curieuse manière de discuter ! Ses papilles n'étaient pas prêtes d'oublier le goût du 357.

— Je vais t'aider à sortir ton mec de taule… Mais en échange, tu arrêtes de chialer et tu recommences à manger.

— Faire sortir Daniel ? Mais pourquoi ? Qu'est-ce que vous lui voulez ?

— Rien… Pour le moment, je n'ai aucune raison de m'attaquer à lui. Et tu ne vas pas m'en donner une, n'est-ce pas Marianne ?

— Non… Vous voulez vraiment l'aider à sortir ?

— Oui. Tu vas écrire une lettre au juge d'instruction qui suit son affaire. Tu vas lui expliquer que ce n'est pas lui qui t'a aidée, que tu avais un autre complice. Ainsi, il le libérera…

L'espoir explosa dans les yeux de Marianne.

— On va l'écrire ensemble, si tu veux… Il faut juste trouver quel juge s'occupe de l'affaire. Et puis il faudra voir d'où on expédie la lettre. On ne peut pas la poster des alentours, j'y tiens pas beaucoup.

— Et… Et si on la déposait chez Justine… ? C'est une gardienne de S. Je connais son adresse. Si on mettait la lettre dans sa boîte ? Elle aime bien Daniel et… Elle m'aimait bien, moi aussi. Elle doit savoir qui est le juge et elle fera suivre, c'est certain.

— Pourquoi pas…

Marianne se remit à pleurer. Il soupira, elle essuya ses joues, y laissa une marque rouge supplémentaire.

— C'est pas des blagues, hein ? Vous remettrez vraiment cette lettre ?

— Je t'en donne ma parole. Mais que les choses soient bien claires : je fais ça pour que tu cesses de te ronger les sangs, ça ne change rien à notre contrat. Et ce n'est pas parce que ton ami sera dehors qu'il sera en sécurité. Si tu désobéis, je pourrai toujours aller le chercher et…

— Je ferai le boulot, coupa Marianne. Exactement ce que vous me demanderez…

— Je m'en doutais… Je vais chercher de quoi écrire.

Il disparut un moment, elle reprit sa respiration. Ouvrit un large sourire sur son visage. Poussa une sorte de cri de victoire. J'ai réussi, mon amour ! Tu vas enfin sortir !

Franck fut rapidement de retour avec un bloc-notes et un stylo.

Il remplit deux tasses de café, s'assit sur le bureau, les fesses à côté du bloc. Marianne triturait son stylo, regardait la feuille avec une sorte d'angoisse.

— Qu'est-ce qu'il y a ?

— Je… J'ai pas écrit depuis quatre ans… Je crois que je sais plus !

Il rigola franchement.

— C'est pas drôle ! s'indigna-t-elle d'un air vexé.

— On commence par un brouillon…

— Vous voulez pas me dicter ?

— Si tu veux… Bois ton café, d'abord. Et mange un peu… Avant de tourner encore de l'œil.

Elle s'exécuta, docile comme jamais. Retrouva non sans plaisir le goût sucré dans sa bouche. Ça effaçait un peu celui du métal.

— On va donc écrire à cette Justine… Tu la tutoies ou tu la vouvoies ?

— Je lui dis tu…

— Finalement, tu avais plutôt de bonnes relations avec les matons !

— Pas avec tous.

Il se concentra. Commença à dicter le texte. Avec une aisance qui impressionna Marianne. Elle avait du mal à suivre, du mal à former les lettres.

— Allez moins vite, commissaire… Je dois faire plein de fautes.

— Pas grave ! C'est juste un brouillon… Et puis faut que ça fasse vrai. Si tu es nulle en orthographe…

— Non ! Je ne l'étais pas en tout cas… Mais j'ai un peu oublié tout ça… La taule, ça détruit tout.

Il continua à disculper Daniel, trouva les mots justes. Marianne attestait sur l'honneur, jurait en levant la main droite. Penchée sur sa feuille telle une écolière appliquée. Hyper concentrée, jusqu'au point final.

« *Justine, j'ai appris en lisant la presse que Daniel était incarcéré parce qu'on l'accuse de m'avoir aidée à m'enfuir de l'hôpital de M… J'aime cet homme et je ne veux surtout pas qu'il ait à souffrir de mon évasion et qu'il continue à être la victime d'une erreur judiciaire… Je voudrais que tu dises au juge et à la police qu'il n'a pas été mon complice, que ce n'est pas lui qui m'a fourni l'arme qui m'a servi à maîtriser les policiers. Daniel n'est pour rien dans cette histoire, il faut absolument qu'il soit relâché rapidement. Je n'ai pas d'autre solution que de l'écrire. Aussi, je compte sur toi pour remettre cette lettre aux autorités afin qu'elles réparent l'erreur qu'elles ont commise. Ils doivent savoir au plus vite que mon complice, ce n'était pas lui, mais quelqu'un d'autre. Quelqu'un que je ne peux dénoncer, bien sûr. Daniel est venu le mercredi m'apporter mes affaires à l'hôpital car je devais être transférée dans la centrale de P., mais il ne m'a pas donné d'arme. D'ailleurs, malgré l'amour que je lui porte, je ne l'ai pas informé de mes projets d'évasion. Parce qu'il m'en aurait empêchée. Le Glock a été introduit dans ma chambre alors que je passais une radio. Les policiers qui me surveillaient se sont accordé une pause, mon complice en a profité pour cacher l'arme. Le mieux, je pense, serait que tu adresses une copie de cette lettre aux journaux, afin que la justice soit obligée d'en tenir compte. Je te remercie d'avance de faire ça pour moi, pour lui. J'ai toujours pu compter sur toi, je sais que tu feras le nécessaire pour que la justice soit rétablie et qu'un innocent sorte de prison. Merci de tout cœur. Marianne de Gréville. »*

— C'est bien, je crois… J'espère que ça va marcher… Vous ne voulez pas relire, pour les fautes ? Si ça doit paraître dans le journal, je ne veux pas qu'on me prenne pour une analphabète !

Il prit le papier, relut en vitesse.

— Il n'y a pas de faute ! dit-il en souriant. C'est parfait… Allez, recopie au propre.

Elle s'attela à sa tâche, tandis qu'il ingurgitait un deuxième café. La dévisageant à la dérobée. Son visage touchait presque la feuille, ses doigts comme tétanisés sur le stylo. Elle était émouvante. Attendrissante. Elle s'arrêtait parfois, décrispait sa nuque, lui jetait un regard plein de gratitude. Comme si elle avait déjà oublié les supplices récents qu'il lui avait infligés. Il lui fallut trois essais pour arriver à ses fins. Pour jeter le stylo comme on jette l'éponge. Il lui donna l'enveloppe.

— Marque son nom et son adresse dessus. Philippe ira la déposer dans sa boîte…

— OK… Voilà, commissaire.

— *Justine Féraud. Immeuble les Peupliers, Rue Victor Hugo, S*… Parfait. Je crois qu'on est bon.

Marianne s'étira. Mangea le reste des biscuits, plus pour lui faire plaisir qu'autre chose.

— Ça a pas été trop dur, deux jours sans manger ? insinua Franck avec un petit sourire.

— C'était pas volontaire… Je pouvais vraiment rien avaler. Ça restait coincé, là… Rien que l'idée qu'il allait moisir en taule, ça m'empêchait de respirer…

— Tu es vraiment amoureuse de lui, hein Marianne ?

Elle hocha la tête. Pivota vers la fenêtre, fixa le retour du soleil.

— Je ne te croyais pas capable d'aimer comme ça. Je pensais que tu étais trop froide, trop…

— Un monstre, pas vrai ?

— En quelque sorte, oui.

— J'en suis un… Mais faut croire qu'un monstre peut aimer…

— Pas sûr que tu sois un monstre, finalement.

— Si. Comme vous, d'ailleurs…

Elle regretta ses dernières paroles. Elle venait peut-être de réveiller la bête endormie. Elle se tourna face à lui. Il souriait. Elle fut un peu rassurée.

— Tu me détestes à ce point ?

— Je ne vous déteste pas.

— Tu pourrais, pourtant…

— Parce que vous avez menacé Daniel ? Tant que vous ne le touchez pas…

— Parce que je t'ai frappée.

— Moi aussi… J'ai même essayé de vous tuer… C'était un juste retour des choses.

Il parut surpris. Un peu choqué, même.

— Mais si j'avais vraiment voulu vous tuer, vous seriez mort, précisa-t-elle. Je rate jamais…

— Ça te plaît, de tuer ?

Elle alluma une cigarette. Sa main tremblait un peu. Il me fait chier avec ses questions débiles !

— Vous avez déjà tué quelqu'un ? Pas un mec que vous auriez descendu à cinquante mètres avec un flingue. Je vous parle de quelqu'un qui meurt devant vous, entre vos mains…

Il déboutonna le haut de sa chemise. Un peu embarrassé que ses questions se retournent contre lui.

— J'ai descendu un gars une fois… À bout portant.

C'était lui ou moi… Ça m'a… fait une drôle d'impression…

— Je n'aime pas tuer. Mais parfois, ça me prend aux tripes… Comme si j'étais plus moi… Comme si je ne me contrôlais plus. Quand j'ai défiguré la matonne en centrale, je n'arrivais plus à m'arrêter de frapper. Je ne l'ai pas tuée mais… Quand on me fait du mal, ça finit toujours pas resurgir… Il faut que je le rende…

Elle appuya son menton sur le dossier de la chaise. Un rayon de soleil venait éclairer son regard. Comment le noir peut-il contenir tant de nuances ?

— J'ai jamais tué froidement…

— Tu le feras pour une bonne cause.

— Non. Parce que je n'ai pas le choix. Si j'y arrive, du moins… Si je ne me dégonfle pas au dernier moment.

— Tu penseras à ton mec, alors. Je suis sûr que tu y parviendras… Désolé d'être obligé de te le rappeler, Marianne… Et je crois que je te le rappellerai encore.

Elle lui jeta un œil noir. Au vrai sens du terme.

— Ce ne sera pas nécessaire…

Elle se leva, récupéra des affaires propres dans l'armoire.

— J'ai le droit d'aller prendre une douche ? Sans personne dans la salle de bains…

— Je reste là. Je ne serai pas loin… Ne passe pas l'après-midi dans la baignoire, tout de même.

— J'ai au moins droit à dix minutes, j'espère ? C'est le temps réglementaire en taule.

Il écouta l'eau couler dans la baignoire. Imagina le corps qui ruisselait dessous. Eut presque envie de pousser la porte.

Il continua à patienter devant la fenêtre, jusqu'à ce qu'elle ressorte, en fumant une de ses cigarettes.

— J'ai presque plus de clopes, commissaire…

— Laurent t'en ramènera.

— Merci. À ce rythme, vous allez devenir accro à la nicotine…

— Ça, ça m'étonnerait beaucoup. Je ne connais pas l'addiction…

Elle remettait un semblant d'ordre dans ses cheveux, vérifiait sa tenue devant le miroir de l'armoire.

— Peut-être parce que vous ne connaissez pas le plaisir…

Elle se retourna avec la grâce d'un félin. Il la reluquait bizarrement.

— Je m'occupe de ton dos ?

— Si vous y tenez…

Assise sur la chaise, elle déboutonna sa chemise et la fit basculer en arrière. Jusqu'au milieu de son dos. Elle avait un soutien-gorge, aujourd'hui. C'était un peu moins gênant.

Il nettoya la plaie, elle serra les dents.

— Vous avez bien fait d'entrer dans la police ! Vous auriez fait un très mauvais infirmier !

Il rigola, elle remit sa chemise.

— Le genou ?

— Je m'en occuperai moi-même… Mais si vous voulez que je puisse marcher rapidement, faudrait me filer des médocs… La Percutalgine, c'est pas suffisant. Un antalgique, ça s'appelle… Vous n'êtes jamais malade ?

— Non, jamais.

— Jamais malade, jamais endormi, jamais accro… Vous êtes sûr que vous êtes humain ?

— La douche t'a remise en forme, on dirait. À moins que ce ne soit le café.

— J'aurais préféré un bain, mais en dix minutes, c'est short…

— Si tu es sage, je t'en laisserai prendre un demain.

— Ce qui signifie que je vais encore rester menottée à ce pieu…

— J'ai dit que tu resterais attachée jusqu'à la fin de ton séjour, tu resteras attachée.

— Je pense que la menace qui pèse sur Daniel est suffisante pour me garder sous contrôle…

— Je préfère ne prendre aucun risque.

— Vous en prenez un en vous aventurant seul dans ma chambre. Ou en envoyant ce petit lieutenant que je pourrais tuer d'un seul geste. N'oubliez jamais que je suis un monstre sanguinaire, commissaire… Même si je suis un monstre capable d'aimer…

Elle devenait provocante. Avait envie de mordre. Mais connaissait les limites à ne pas franchir. Croyait les connaître, en tout cas.

Elle vira son pantalon, s'occupa de son genou tant qu'elle était détachée. Il ne la quittait pas des yeux, allait finir par s'user les rétines. Finalement, elle renonça à remettre son jean, histoire de laisser son articulation respirer. Elle avait à sa disposition un tas de chemises, toutes trop longues, qui lui arrivaient à mi-cuisses. Pas besoin d'un pantalon pour rester entravée à un plumard.

Elle voulut retourner s'allonger. Récré terminée. Mais soudain, sa poigne se referma sur son bras. Il l'avait chopée au passage, l'attirait doucement contre lui, de plus en plus près. Il ne parlait plus, ne souriait plus. Ne bougeait même plus. La fixait de son regard inquiétant. Elle résistait sans y paraître. Se faisait plus lourde qu'elle n'était. Collait ses pieds au parquet. Mais elle finit par entrer en contact avec l'ennemi. Sentit ce qui le pétrifiait. Ça se passait à mi-hauteur.

Il savait qu'elle savait. Les hommes ne peuvent pas tricher. Injustice de la nature.

Il gardait le silence. Peut-être qu'il ne parlait pas dans ces moments-là. Comment savoir ? Surtout, ne pas l'énerver. Garder son calme, comme face au chien méchant qui montre les crocs. Elle tenta de se dégager, en douceur, sans geste brusque. Alors que ses muscles étaient pourtant parcourus par une onde électrique surpuissante. Qu'elle avait envie de l'envoyer dans le décor. Mais il serrait de plus en plus sa main sur le haut de son bras. Une fois encore, elle aurait pu le frapper. Position idéale pour un coup de genou dans ses armes de violeur en puissance. Sauf qu'il aurait fallu prendre appui sur une jambe pour pouvoir utiliser l'autre. Un coup de poing, alors. Ou un coup de boule. Distance parfaite pour lui encastrer le nez dans les orbites. Mais c'était quitte ou double. Mieux valait ne pas déclencher un cataclysme avant d'être sûre de la nature du danger. Elle pensa à Daniel, à la lettre encore sur le bureau. Ne gâche pas tout, Marianne. Contrôle-toi.

La pression montait des deux côtés, mais pas de la même manière. Elle essaya les mots.

— Lâchez-moi, commissaire…

— Pourquoi tu me provoques, Marianne ? Qu'est-ce que tu cherches ?

Il parlait encore, il ne s'était pas transformé en bête primitive. Pas encore.

— Je ne vous provoque pas… Je ne le fais pas… exprès… Je suis comme ça.

— Vraiment ?

Sa voix ressemblait à une coulée de venin doucereux et sucré. Un miel empoisonné.

— Je voulais pas vous… énerver.

— *M'énerver ?!* C'est pas tout à fait le mot qui convient, Marianne ! Je ne suis pas *énervé*…

Évidemment. Allumé, plutôt. Comme une fusée de quatorze juillet. Et c'est moi la pyromane.

— Lâchez-moi, maintenant…

Elle maîtrisait son intonation à défaut de la situation. Pourtant, ses nerfs frisaient la crise. Elle tenta encore de récupérer son bras, d'éloigner son bassin du sien. Mais il serra plus fort. L'humour, peut-être ? Histoire de désamorcer la bombe qu'il avait entre les jambes…

— Vous devriez essayer une douche froide, commissaire.

— Et toi, tu devrais te taire, je crois…

Bon, l'humour, c'était pas le moment. Il lui imposa un demi-tour brutal, lui passa un bras autour de la taille, lui plaqua une main autoritaire sur la gorge. Elle l'avait dans le dos, maintenant. Encore moins en position de se défendre.

— Pourquoi étais-tu prête à retourner en prison pour ce mec ? Si c'était un autre qui était en taule, tu aurais fait la même chose ?

Voilà qu'il remettait ça sur le tapis. Obsessionnel.

— Non.

— Alors pourquoi lui ?

Putain ! Il est bouché ce flic ! Elle n'avait pas envie de dire ce qu'il savait déjà. Mais sentit qu'elle pouvait le blesser sans lever le petit doigt. L'instinct.

— Parce que je l'aime.

Il crispa sa main sur son cou, posa ses lèvres dans sa nuque, elle ferma les yeux.

— Tu es sûre de ça, Marianne ?

— Tu crois que…

Ne pas le tutoyer. Pas maintenant. Grave erreur.

— Vous croyez que j'accepterais de retourner en taule pour un mec que j'aime pas ?

— Pour un mec que tu crois aimer…

Elle commençait à trouver le temps long et ses questions un peu trop indiscrètes. La main posée sur sa gorge descendit lentement vers son décolleté. Elle baissa les yeux, vit briller la gourmette en argent.

— Qu'est-ce que vous en savez ?! cracha-t-elle.

— Je ne te crois pas capable d'aimer… Je pense que tu t'es inventé une histoire d'amour. Pour te persuader que tu es normale. Comme les autres…

— Je ne suis pas comme les autres…

— Non, Marianne. Tu es un monstre, tu l'avoues toi-même. Et un monstre, ça n'est pas capable d'aimer.

La colère monta dans les yeux noirs, comme l'eau monte dans le lit d'un fleuve en crue.

— Je l'aime ! répéta-t-elle avec hargne. Et si je suis aussi monstrueuse, pourquoi vous avez envie de coucher avec moi ?

Voilà, elle était tombée dans le piège. Elle devina qu'il souriait.

— Coucher avec toi ? J'ai pas envie de coucher avec toi, Marianne, j'ai envie de me taper une criminelle. J'ai jamais essayé… Tout comme l'a fait un maton, juste avant moi ! ajouta-t-il.

Cote d'alerte dépassée. Tous aux abris. Elle n'avait plus ses jambes. Il lui tenait les bras en respect. Mais il lui restait une arme. Il reçut l'arrière de son crâne sur le menton, sa nuque se plia en arrière, il lâcha prise, s'écroula sur le lit.

Marianne pivota, le vit porter ses mains à son visage. Gémir de douleur. Putain ! Ça y est, je suis dans la merde… Elle aurait pu continuer. Se jeter sur lui. Préféra s'arrêter là. Attendre la suite des événements. Ça suffirait peut-être à le calmer. Elle n'avait pas frappé bien fort. Elle recula jusqu'au mur opposé, se cala dos à la fenêtre. Il releva la tête. Il n'avait pas apprécié, visiblement. Logique.

Il resta immobile quelques minutes qui semblèrent infinies à Marianne. Puis il monta à nouveau sur le ring. Avança doucement. Du poison plein les yeux. Elle tenta de se justifier.

— Je ne voulais pas vous frapper… Mais vous n'avez pas le droit de me parler ainsi.

Elle s'étonna de causer aussi distinctement et calmement vu la situation. Il était à portée, maintenant. Bien droit face à elle. Mais il ne bougeait pas. Elle se tenait prête à parer. La porte s'ouvrit, elle baissa sa garde.

Laurent passa la tête dans la chambre. Un peu étonné de les trouver face à face. L'impression d'interrompre un round. Ou de mettre les pieds dans le plat.

— Je venais voir si tout allait bien… Comme ça fait une plombe que t'es là…

Marianne inspira une bouffée d'oxygène avec soulagement. Elle n'avait jamais été aussi contente de voir la truffe du capitaine. De voir ses yeux cernés de noir, la cicatrice sur son nez. Comme j'ai bien fait de ne pas le tuer !

— Ça va, assura Franck. Aucun problème.

Marianne le frôla pour rejoindre le lit. Le capitaine lorgna sur ses jambes au passage. Elle ferma les menottes sur son poignet, tendit la clef. Franck s'approcha, un air revanchard sur la figure. Il lui arracha la clef.

— Eh ben ! dit Laurent. Je vois que notre petite Marianne est en progrès !

— Je ne veux pas d'ennuis, capitaine !

Franck se pencha, faisant mine de vérifier qu'elle était bien attachée. Il lui glissa quelques mots à l'oreille.

— Ce n'est que partie remise…

— Je vous remercie, commissaire, répondit-elle haut et fort. N'oubliez pas la lettre !

Il lui sourit. Un peu désarmé face à son air frondeur. Il récupéra l'enveloppe. Elle en remit une couche.

— Merci encore, commissaire… Vous la porterez rapidement, pas vrai ?

— Je n'ai qu'une parole, Marianne…

Il claqua la porte. Ferma à double tour. *Je n'ai qu'une parole, Marianne.* Bien sûr, c'était à double tranchant.

***

Maison d'arrêt de S. Cellule 213 – 19 h 45

Daniel fut surpris d'entendre une clef dans la serrure alors qu'il avait déjà eu son repas.

— Petite visite ! annonça Ludo en souriant.

731

Justine atterrit directement dans ses bras.

— C'est sympa de venir me voir, murmura-t-il.

— Je viens de finir mon service... J'avais envie de savoir comme tu allais.

Ludo ferma la porte, attendant sagement dans le couloir.

— Tu as besoin de quelque chose ?

— Des clopes, si tu peux... Mais je ne voudrais pas que tu te fasses choper pour moi...

— Avec Ludo, aucun risque !

— Heureusement qu'il m'a à la bonne ! dit Daniel avec un triste sourire. Il m'appelle encore chef !

— Je sais... Il m'a raconté pour Portier et sa bande. Ce qu'ils te font subir...

Elle détaillait son visage. Les coups laissaient des traces, accumulées jour après jour. Et encore, elle ne pouvait voir le reste de son corps. Il avait perdu au moins cinq kilos.

— J'ai parlé à Sanchez. Il prétend être intervenu, qu'il maîtrise ses troupes... Je l'ai menacé de porter plainte aux flics si ça continuait...

— Fais gaffe, Justine, ils pourraient s'en prendre à toi. Tu te souviens de ce qu'ils ont fait à Marianne ?

Elle baissa les yeux. Il prit sa main dans la sienne.

— Ils t'ont fait du mal ? s'inquiéta-t-il.

— Ils ont juste... essayé de me faire peur. Mais je ne me laisserai pas impressionner ! Ils ne dépasseront pas le stade des menaces !

— Je ne veux pas qu'ils te touchent à cause de moi ! s'emporta Daniel. Ces mecs sont capables de tout ! Ce sont des malades ! Arrête de te mêler de ça.

— Mais je ne peux pas les laisser te taper dessus quand ça leur chante ! protesta Justine.

— Ils s'en lasseront ! Je tiendrai le coup, ne t'en fais pas.

Elle secoua la tête, retira sa main.

— Ces pourritures devraient être à ta place !

— Peut-être… Mais je refuse qu'il t'arrive malheur, ça ne ferait qu'aggraver ce que je ressens.

— Je te ferai passer des cigarettes lundi par Ludo… Il faut que je m'en aille… Portier prend son service à vingt heures. Faudrait pas qu'il me trouve ici.

— Sauve-toi ! dit Daniel en se levant.

Il la serra encore dans ses bras. Sentir son parfum, une femme contre lui, c'était un moment rare. Délicieux. Il caressa sa joue, elle se retenait de pleurer.

— Ne t'inquiète pas trop pour moi. Je suis coriace…

Elle quitta la cellule à contrecœur. Ludo adressa un signe amical au prisonnier et la porte se referma.

Daniel s'allongea, sans toucher à son plateau. Mieux valait éviter de manger les soirs où Portier et sa clique étaient de garde. Prendre des coups avec l'estomac plein, c'est encore plus dur.

***

Marianne appréhendait l'heure du dîner. Nouvelle angoisse, désormais. *Ce n'est que partie remise…* Pourvu qu'il envoie la lettre… Mais comment le vérifier ? Il va me faire du chantage, ce sale con ! J'envoie la lettre si tu couches avec moi ! Sûr ! Pourquoi tous les mecs veulent-ils coucher avec moi ? Qu'est-ce que j'ai de spécial ? *J'ai envie de me taper une criminelle…* Ça doit être pour ça. Ça doit les faire fantasmer, une tueuse… Parce que, sinon, j'vois vraiment pas pourquoi… S'il le faut, j'accepterai. J'ai fait ça des tas de fois avec Daniel. Pour avoir mes clopes et ma poudre. J'en suis capable. Je le ferai pour toi, mon amour. Pour que la lettre parte. Suffit de penser à autre chose. Pas si difficile. Et puis j'aurais pu tomber plus mal. Il est pas vilain, le Francky ! Mais ça doit être un sadique, un brutal.

Elle élabora une tactique. Même si elle y était prête, elle préférait tout de même y échapper.

Un pas dans le couloir. Le sien. Elle s'assit sur le matelas, remonta les draps sur ses jambes. Révisa une dernière fois son stratagème. La lumière la força à fermer les paupières. Il était adossé au mur quand elle les rouvrit. Sur le lit, une cartouche de clopes, une boîte d'antalgiques. Il la détacha enfin, après l'avoir toisée trente secondes. L'air mauvais.

— Tu me frappes plus jamais, menaça-t-il.

— Vous croyiez que j'allais me laisser faire ? Alors que vous étiez sur le point de me...

— De te quoi ?

— Vous savez très bien ce que je veux dire...

Il la dévisageait toujours. Content de la voir patauger dans la boue.

— Allez, mange, maintenant.

— Justine a eu la lettre ?

— Pas encore mais...

— Vous n'allez pas lui apporter, pas vrai ?

— Mais si ! dit-il en soupirant. Mange...

— Non.

— Ça s'appelle du chantage, on dirait... Ou un caprice.

— Ni l'un ni l'autre. Vous voir en face, ça me coupe l'appétit. J'y peux rien.

— Tu me fais chier, Marianne.

— Y a du progrès, alors... Parce que tout à l'heure, je vous faisais un autre effet.

Sourire bien macho. Sans aucune gêne. Elle joua le premier acte de son scénario.

— Qu'est-ce que vous voulez en échange de la lettre ? Que je couche avec vous, c'est ça ?

Elle lut un soupçon de surprise sur son visage. Puis il remit son sourire en place.

— C'est pas une mauvaise idée ! J'y avais pas pensé mais... Tu ferais ça pour lui ?

— Je ferais n'importe quoi pour le sortir de là. Vous n'avez pas encore compris ?

Elle attrapa la cartouche, en sortit un paquet. Se leva pour aller chercher son briquet sur le bureau.

— Alors ? poursuivit-elle avec aplomb. C'est ça que vous voulez ?

Il la rejoignit près de la fenêtre. Elle savait son plan parfait. Pas de meilleure façon de le refroidir que d'entrer en collision de manière brutale. Le placer face à sa bassesse.

— Je donnerai cette lettre, Marianne. La seule chose que je te demande en échange, c'est de manger... Et de te soigner pour être en forme la semaine prochaine.

— Ah oui ? s'étonna-t-elle en masquant son soulagement. Parfait.

Ça marchait comme sur des roulettes. Il renonçait déjà. Il posa les mains sur ses épaules, elle se contracta.

— Tu me fais cette proposition parce que tu as peur pour la lettre ou parce que tu en as envie ?

— Je n'en ai pas la moindre envie, commissaire... Que ça soit bien clair. Vous, par contre...

— Pas comme ça... Si j'avais envie de ça, j'irais voir une professionnelle. Une pute, si tu préfères...

— Ne recommencez pas à m'insulter commissaire...

— Tu t'insultes toi-même, Marianne. C'est comme ça que tu payais ta came en prison ?

Il faisait pression sur ses clavicules, ça ne la déconcentrait même pas.

— Oui. Et mes clopes, aussi...

— Tu as couché pour des clopes ?!

— Ça vous choque ?

— Je trouve ça... assez pitoyable.

— *Pitoyable ?* C'est vrai que vous n'êtes jamais accro à rien, monsieur le super flic... Mais vous savez, j'avais que dalle en prison. Et je l'ai fait aussi pour pouvoir bouffer à ma faim... Ça vous choque toujours ?

Coucher pour pouvoir manger à sa faim, vous trouvez ça *pitoyable*?

Là, il ne répondit pas. Pas si dur que ça de lui clouer le bec.

— Sans doute n'avez-vous jamais eu faim, non plus… Vous avez de la chance ! Moi je trouve que c'est le système qui est *pitoyable*…

— Peut-être…

Elle jeta sa clope. Prit soin de garder un paquet et le cendrier près du lit, pour la longue soirée qui s'annonçait. Elle inspecta le contenu du plateau. Fit une grimace.

— Faudrait apprendre à cuisiner ! balança-t-elle.

— Au moins, tu manges à ta faim… Et sans avoir à payer de ta personne, en plus ! Je ne vois pas de quoi tu te plains.

Elle lui envoya une dose d'acide noir puis avala tout de même le contenu de son assiette, lentement. Il ne l'approcha plus à moins de deux mètres.

Je suis vraiment la reine du surgelé ! Je te les ai jugulées en moins de deux, ses hormones !

Il la rattacha, lui adressa un drôle de sourire. Un peu moqueur.

— Au fait, dit-il en reprenant le plateau, j'ai oublié de te dire… Philippe est en route pour S.

Il consulta sa montre avant de l'éclabousser d'un regard goguenard et un brin supérieur.

— La lettre arrivera à bon port dans quelques minutes.

Elle se décomposa. Putain ! Y a des fois où je ferais mieux de la fermer ! Il enfonça le clou.

— Tout ça pour rien… *Pas vrai*, Marianne ?

Elle essaya de masquer sa honte.

— Allez-y, foutez-vous de ma gueule, c'est gratuit… Vous gênez surtout pas…

— Je ne me permettrais pas ! répliqua-t-il en riant. Mais j'avoue que je vais réfléchir à ta proposition pour une prochaine fois… J'aurais même dû y penser avant de te donner les clopes. Mais je n'imaginais pas que tu étais prête à t'investir autant pour quelques misérables cigarettes…

— Pauvre con !

Elle l'entendit rire alors qu'il était déjà dans le couloir. Donna un coup de poing dans l'oreiller. Elle alluma une cigarette, massa son genou douloureux.

Il faut que tu sois en forme pour la semaine prochaine.

La semaine prochaine… Meurtre avec préméditation. Dans à peine quelques jours. Putain, mais comment je vais faire ?

***

Il devait y avoir foule aux cachots. Pour qu'ils l'aient emmené au gymnase. Portier n'avait pas mis les mains dans le cambouis, ce soir. Il préférait regarder ses sbires à l'œuvre. Daniel ne se défendait même plus. Trop épuisé pour se battre. Portier abaissa son corps obèse jusqu'à lui.

— Comment ça va, Bachmann ?

— T'en as pas marre de me taper sur la gueule ? murmura Daniel.

— Ben non, tu vois… J'attends que tu me dises où est Gréville… Ou que tu crèves. Parce qu'une pourriture dans ton genre, ça mérite que la mort…

— Alors tue-moi.

— Pas si vite, mon gars… On va pas casser notre jouet tout de suite… Ce serait dommage.

— Il faudrait qu'un jour tu viennes te battre en homme, riposta Daniel en se ratatinant de douleur. À un contre un… Histoire que j'éclate ta sale gueule…

— Allez les gars, on le ramène. Il en a assez eu pour cette nuit, je crois…

Ils le soulevèrent du sol, le traînèrent dans les couloirs. Avant de le jeter dans sa cellule.

Portier posa sa graisse sur une chaise et lui colla un pied sur la gorge, pour lui bloquer la respiration.

— Tu sais, Daniel… Si jamais on rattrape Marianne, je m'occuperai d'elle. Je finirai ce que j'avais commencé dans le cachot. Mais là, tu pourras plus rien pour m'en empêcher… Remarque, quand j'y repense, je comprends pourquoi elle a réussi à t'embobiner. C'est vrai qu'elle est bonne, la petite Marianne ! J'y ai pas goûté longtemps, mais je m'en souviens encore…

Daniel ferma les yeux. Fit le mort. Pour décourager son ennemi. Les gardiens l'abandonnèrent enfin.

Il rampa jusqu'au lit, s'y hissa tant bien que mal. Se recroquevilla sur la douleur.

Pensa aussitôt à Marianne. Son seul remède pour calmer la souffrance. Elle avait été son bonheur, la plus belle chose dans sa vie. Son châtiment, aussi. Elle serait sans doute sa mort. Mais pour elle, il aurait été jusqu'en enfer.

Justement, il y était.

Samedi 9 juillet – 02 h 00

Elle comptait les contractions dans son ventre. Enfonçait ses ongles dans le matelas. Attachée, Marianne ne pouvait même pas marcher pour lutter. Même pas aller aux toilettes. Son vieil ami était de retour. Petite visite surprise au beau milieu de la nuit. Elle se mit à haleter. À tousser. Ça ruait dans ses veines, battait dans ses tempes. Dans une heure, elle serait par terre.

Elle contempla le mur. Juste derrière, la chambre de Franck. Non, je peux pas… Faut que je résiste… Elle mordit son oreiller pour ne pas hurler. La tête bourrée de TNT. Son cerveau cherchait la sortie. Encore un coup de butoir dans les tripes.

— Franck ! appela-t-elle en frappant la cloison.

Tant pis. Tout, sauf revivre une nouvelle crise comme celle de la semaine passée. Ramper à ses pieds s'il le fallait. Même s'il trouvait ça *pitoyable*. Nouveaux coups énergiques contre le mur. Le manque décuplait ses forces avant de les grignoter lentement. Elle entendit la clef dans la serrure.

— Qu'est-ce qui se passe ? Pourquoi tu gueules comme ça ?

Il alluma la lumière. Il portait juste un jean, avait les cheveux décoiffés. Elle ne l'avait jamais vu aussi négligé. Forcément, elle ne l'avait jamais tiré de son pieu au beau milieu de la nuit… Ça lui coûtait de l'avoir appelé. Elle lui en voulait presque d'être venu. Elle se balançait d'avant en arrière.

— T'es en manque, c'est ça ?… Putain !

— Il reste une dose, apportez-la-moi…

— Je sais pas où est la came !

— Trouvez-la, bordel ! Il m'en faut maintenant, avant que ça dégénère !

— Eh ! Tu te calmes, OK ? Et puis, j'ai pas de seringue neuve…

— Vous avez gardé celle de la semaine dernière, non ? Vous croyez que je vais m'autofiler le sida, ou quoi ?!

— Je reviens…

Elle serra les dents pour ne pas ameuter le reste de la bande. Inutile de se redonner en spectacle. Les minutes défilaient sur les cristaux verts. Elle en compta dix avant de le voir revenir. Avec tout ce qu'il fallait.

— Je sais pas le faire ! dit-il avec une sorte d'angoisse.

— Pas besoin de vous ! Détachez-moi, c'est tout ce que je vous demande…

Il récupéra la clef au fond de la poche de son jean. Elle se leva un peu vite, faillit se répandre sur le parquet. Elle se précipita à cloche-pied vers la salle de bains, n'eut pas le temps de fermer la porte, se jeta tête la première dans la cuvette des toilettes. Une fois la nausée calmée, Franck apparut sur le seuil. Elle reprenait sa respiration, appuyée au lavabo.

Elle prit la peine de se laver les dents, ce qui étonna le flic. Elle n'avait jamais supporté de vomir. Un truc dégoûtant que la menthe du dentifrice permettait d'oublier un peu. Elle retourna dans la chambre et s'activa pour donner la pitance à son corps affamé. Gestes précis, rapides. Elle ne tremblait plus. Seules ses jambes trahissaient le manque. Assis au pied du lit, il la regardait un peu hébété.

— Vous êtes obligé de me mater comme ça ? rugit-elle.

— Tu es détachée, je ne te laisserai pas seule…

Elle leva les yeux au ciel. L'injection dura longtemps. Elle termina allongée sur le dos, paupières closes.

Il s'approcha, un peu inquiet. Desserra le garrot. Enleva l'aiguille plantée dans son bras.

— Vous voulez bien éteindre la lumière ?

Il sursauta en entendant sa voix, pourtant très douce. Il avait cru qu'elle était déjà loin… Il exauça son vœu, mais alluma la lampe de bureau. Il craignait ses réactions, préférait rester. Mais pas dans le noir. Souvenir sans doute du tabouret en pleine tête.

La fenêtre était ouverte, un vent frais balayait la pièce. Les bras en croix, elle souriait. Incroyable que ce poison puisse transformer son visage à ce point.

— Il arrive, vous entendez ?

— Non, je n'entends rien… Qui arrive ?

Quelques secondes plus tard, un train brisa le silence. Cette merde aiguisait même les sens !

— Bientôt, je serai dedans…

— Oui, Marianne. Bientôt…

Elle resta longtemps silencieuse. Il brûlait de savoir ce qui lui passait par la tête.

— À quoi tu penses ?

— Vous saurez rien, monsieur le commissaire ! C'est personnel… Z'avez qu'à lire dans mes pensées !

Elle était hilare, il subit la contagion, rigola à son tour.

— Je ne suis pas doué pour ça ! Donne-moi un indice…

— Moi, je lis dans vos pensées, monsieur le policier… C'est pas joli-joli !

Elle tourna la tête, planta son regard au fond du sien. Continua à rigoler sans retenue.

— Vous pensez à quelqu'un qui vous manque.

J'sais pas qui mais… C'est à cause de ça que vous dormez presque jamais. Un truc qui vous culpabilise… Quelqu'un que vous avez abandonné…

Il avait cessé de rire.

— N'importe quoi !

— Si c'était n'importe quoi, tu ferais pas cette gueule d'enterrement !

Elle se remit à rigoler.

— Je te fais peur parce que je vois des choses en toi, pas vrai ?… Tu dors jamais… Tu devrais essayer de laisser la lumière quand tu te mets au pieu, ça marcherait mieux. Mais tu ne veux pas admettre que tu as peur du noir…

Il se força à sourire.

— Tu délires, Marianne !

— Oh non ! Mais je vais pas t'embêter avec ça ! Si tu veux continuer tes insomnies, c'est ton problème ! Moi, je m'en fiche… J'm'en fous, tu peux pas savoir !

Il fit face à la fenêtre, essaya de calmer les battements un peu rapides de son cœur.

— Tu pensais à autre chose, aussi… En fait, tu te demandais si tu allais franchir le pas…

Elle éclata à nouveau de rire. Il cessa enfin de lui tourner le dos.

— Tu es vraiment une drôle de fille…

— Drôle, oui ! Y a que ceux que j'ai tués qui refusent de le reconnaître ! Ceux-là, ils m'en veulent… à mort !

Elle s'étouffait de rire, convulsée sur le matelas. Franck se laissa à nouveau atteindre.

— Putain ! C'est de la bonne ! ajouta-t-elle.

— Je vois ! Elle te fait de l'effet, en tout cas…

— C'est à cause de vous ! J'aime pas qu'on m'observe quand je suis comme ça… Si on me regarde, je dis n'importe quoi !

Il revint près d'elle.

— Vous pouvez partir, vous savez… Je m'enfuirai pas.

— Non, puisque je vais te passer les menottes !

— Non ! supplia-t-elle. J'en ai marre ! Pas les menottes, commissaire !

Elle avait joint ses mains comme pour une prière. Il sourit face à sa moue de petite fille sage.

— Alors, je reste encore un peu… Le temps que tu t'endormes.

— C'est pas pour tout de suite ! J'ai une pêche d'enfer ! J'ai soif, commissaire… Le suspect a-t-il droit à une bière ?

— Depuis quand tu aimes la bière ?

— J'ai envie d'alcool ! S'il vous plaît !

— Non.

Elle se leva, tomba directement sur le sol. Sans amorti. Elle recommença à s'esclaffer tandis qu'il essayait de la relever.

— Tu comptes aller où comme ça ?

— Chercher une bière dans la cuisine…

— Tu es têtue ! Tu restes ici.

— Attention ! Je pourrais vous frapper, commissaire… Ou vous faire autre chose !

Elle riait de plus belle mais il attrapa quand même ses poignets pour parer une éventuelle attaque. Elle se colla à lui. Sentit rapidement l'effet foudroyant que ça lui causait, lui adressa un sourire démoniaque.

— Ça va pas, commissaire ? Vous avez une crampe ?!

Le regard de Franck glissa lentement vers la prédation. Marianne s'amusait comme jamais. Il la laissa s'aventurer dans le couloir. Lui donnant son accord implicite pour quitter la cellule. Pour s'éloigner de ses hommes endormis. Les seuls qui auraient encore pu la sauver. Elle se débrouilla pour descendre l'escalier, rata seulement l'avant-dernière marche. Il la saisit au vol par la taille.

— Heureusement que vous êtes là ! gloussa-t-elle en se dégageant.

Elle partit direct au frigo, sortit deux canettes de bière. En lança une en direction du commissaire. Il rata la réception, elle se tordit une nouvelle fois de rire.

— Faudrait bosser les réflexes, Francky !

Marianne vida la sienne presque cul sec.

— Putain, c'est bon ! J'avais soif !

Elle fourra à nouveau son nez dans le frigo. Franck la bouscula et récupéra deux bouteilles planquées dans le bac à légumes.

— Essaye ça, c'est mieux, dit-il.

— C'est plus fort ?

— Nettement plus fort…

Il la regardait s'enivrer. Avec un sourire corrupteur. Elle le fixait aussi. Voyait le danger se profiler dans ses prunelles sauvages. Attirée, irrésistiblement. Volontaire.

Elle le laissa approcher, déboutonner sa chemise. Il essaya de se retenir. Mais elle l'encourageait. Première fois qu'il confrontait ses instincts à une fille capable de l'arrêter. De le tuer. Il l'avait plaquée contre le buffet, la couvrait de baisers, sur les épaules, le cou, le visage.

Putain, Marianne ! Fais pas ça… Elle sentait arriver les ennuis, les gros. Les remords, les regrets et tout le reste. Mais elle entendait aussi le chant ténébreux des sirènes. Aimantée par le goût du risque.

La porte n'est pas loin. Mais si je me sauve, il se vengera sur Daniel. Non. Trop risqué.

Un curieux mélange bouillonnait dans son cerveau. Peut-être qu'il va tomber amoureux de moi et qu'il ne me forcera plus à tuer ?

La semaine prochaine. J'y arriverai pas. J'y arriverai jamais !

De drôles de sensations électrifiaient son corps. Elle vacillait entre des relents de réalité et un monde fabuleux aux ombres effrayantes et aguicheuses.

Il la porta jusqu'à la table de la cuisine. Accrochée à son cou, elle se grisa de son parfum. Il avait la peau un peu cuivrée, une musculature insoupçonnée sous les chemises de grands couturiers. Sauf à se rappeler la force avec laquelle il l'avait frappée.

Non, Marianne, ne pense pas à ça. C'est vraiment pas le moment.

Si, justement, c'était le moment. Ou jamais.

Franck l'attira contre lui. La laissa se prendre dans sa toile. Lui, qui s'effaçait doucement. Sans même lutter. Bientôt, « elle » viendrait. Il ne pourrait plus la contrôler. La bête qui hibernait en lui ne tarderait plus à darder ses maléfices. Attendant juste l'instant propice pour prendre sa place dans les bras d'un autre monstre. Un choc violent qui promettait de les emmener très loin.

Elle discerna une douleur aiguë à la naissance du cou. Il venait de la mordre.

— Arrête ! T'es malade…

Elle ne reconnaissait plus son visage. Ou plutôt, elle découvrait enfin ce qu'elle devinait depuis longtemps. L'autre face.

Oui, il était malade. Et elle allait être son remède.

Elle songea à fuir, mais elle naviguait en plein brouillard. Engourdie, elle avait posé la tête au creux de son épaule.

Il m'a piquée avec du venin paralysant. Un truc imparable. Comme les araignées avant de dévorer leur proie encore vivante. Peut-être qu'il va me tuer ? Me découper en morceaux… C'est peut-être pas un flic, peut-être un serial killer… Peut-être que tout cela n'est qu'un rêve… Ou un cauchemar.

— Franck ?… Franck !

Elle l'appelait au secours alors qu'il était en train de la torturer. Qu'elle le tenait dans ses bras.

— Marianne… N'aie pas peur…

Il alternait le chaud et le froid avec l'habileté d'un

magicien. Douleur et plaisir se succédaient si vite qu'ils finissaient par se mélanger. Des chocs remontaient jusqu'à son cerveau, elle était sur le point de s'évanouir. Mais avec quoi la blessait-il ? Avait-il des lames à la place des doigts ?

Elle n'avait plus la maîtrise de rien. Ni d'elle, ni de lui. Quelque chose de métallique brilla. Un couteau ?

— Ta dernière heure est venue, Marianne... murmura-t-elle.

Juste un nuage de peur. Pas grand-chose.

— Non, Marianne, glissa-t-il dans son oreille. Ça ne va pas durer qu'une heure...

La voix du Diable en personne. Des pics de souffrance lui arrachèrent quelques cris qu'il étouffa de sa main. Mais la douleur était toujours supportable. Remplacée aussitôt par des lances de plaisir qui transperçaient son corps de toutes parts... Jusqu'à ce qu'enfin il cesse ses jeux cruels. Elle s'accrocha à lui, incrustant ses griffes dans son dos, ses crocs dans sa chair. À son tour de blesser. C'était tellement incroyable qu'elle pria pour que ça ne s'arrête jamais. Mais ça finissait par faire mal, encore... Il lui fallait une délivrance. Une fin explosive. Elle se sentit décoller du sol, se planta tout en haut d'une cime étroite. Poussa un hurlement que personne n'entendit. Cordes vocales coupées. Cerveau dynamité. Elle n'était plus qu'une épave, une poupée de chiffon.

Il l'enlaçait, se contentait de la serrer. Et elle ne désirait rien d'autre. Il lui fallut un temps incalculable pour atterrir...

— Putain, murmura-t-elle. C'est vraiment de la bonne...

Elle entendit son rire. Au loin, comme sur l'autre berge d'un lac immense. Alors qu'il était toujours contre sa peau. En train de reprendre des forces. Pour recommencer.

Elle ouvrit les yeux alors que l'aube ouvrait les bras pour s'emparer de la nuit. Vit d'abord les cristaux verts. Six heures. Ensuite la gourmette en argent. Autour d'un poignet qu'elle tenait entre ses mains. Elle était allongée sur le côté. Lui, dans la même position, collé contre elle, dans son dos. Son souffle régulier caressait sa nuque.

Elle essaya de remettre les choses en place dans son cerveau, son corps. Remue-ménage intérieur. Elle sourit. Serra un peu plus ses mains sur celle de Franck, qui dormait. Là, avec elle. Contre elle. C'était agréable.

Elle referma les yeux. Légères brûlures. Tiraillements sur sa peau. Des souffrances non identifiées houspillaient son corps fatigué.

Elle se rendormit. S'immergea dans un rêve étrange, au milieu d'une contrée désertique. Vertige face à tant d'espace. Un soleil énorme brûlait sa peau.

Franck se hissa un peu pour voir l'heure. Six heures trente. Il posa ses lèvres sur son épaule. Effleura doucement son dos, slalomant avec délicatesse entre les microblessures. Avec des gestes précautionneux, il se dégagea sans la réveiller. Il enfila son jean, passa par la salle de bains puis fuma une cigarette devant la fenêtre, absorbé par ce matin lumineux. Il retourna s'asseoir en face du lit, adossé au mur, la couvant d'un regard tendre. Un peu triste. Un peu coupable.

Elle s'éveilla enfin. Se sentit bien seule dans le lit. Mais elle l'aperçut, rassurée qu'il ne se soit pas tiré comme un voleur.

Il lui sourit, fondit jusqu'à elle et l'embrassa.

— Pardonne-moi, Marianne…

— De quoi ?

Il ne répondit pas, disparut à la vitesse de la lumière. Elle s'étira, grimaça en bougeant sa rotule récalcitrante.

Repoussa le drap. Là, elle resta médusée. Ses jambes, son ventre…

Partout, des petites ecchymoses. Des traînées bleutées sur sa peau. Comme si elle avait été cajolée par un fauve…

***

Justine verrouilla sa porte. Il était encore très tôt mais elle ne voulait pas perdre une miette de son week-end de relâche à la campagne, chez des amis. Bol d'air pur et balades en forêt au programme. De quoi oublier un peu les barreaux et l'angoisse grandissante pour Daniel qui souffrait dans une cellule sordide de la maison d'arrêt.

Elle quitta l'appartement et grimpa avec son petit sac de voyage dans sa vieille guimbarde.

Inutile de regarder dans la boîte aux lettres. Le facteur n'était pas encore passé.

***

Le capitaine frappa avant d'entrer. Resta ébahi en voyant Marianne appuyée à la fenêtre. Détachée.

— Pourquoi t'es pas menottée ?

— Cadeau du commissaire ! Au fait, merci bien pour les cigarettes…

Franck n'était pas idiot. Il avait préféré envoyer son adjoint pour le petit déjeuner. Et puis il avait fait en sorte que les contusions ne se voient pas. Cachées sous les vêtements. Il avait ainsi épargné ses bras, son visage. S'était acharné sur son ventre, son dos, ses jambes.

— Super, des croissants ! C'est fête ?

— Non, c'est seulement samedi… Qu'est-ce que tu as, là ?

Le tee-shirt avait légèrement glissé sur son épaule, dévoilant partiellement la morsure.

— C'est rien, assura-t-elle en cachant la blessure.

748

Il n'insista pas. Lorgna sur le chevet. Garrot, seringue, cuiller.

— T'as fait une crise ?

— Oui, cette nuit… Franck m'a apporté ce qu'il fallait. J'ai eu la poudre à temps, cette fois.

Il s'installa sur le lit, à son aise.

— J'attends que tu aies fini de bouffer, pour te rattacher. Consignes du patron, princesse !

Elle s'attaqua à son repas. Avala un antalgique. Son genou commençait à lâcher prise. À désenfler.

— Je voudrais savoir… C'est pour quand ? C'est… Parce que j'aimerais me préparer… psychologiquement.

Il eut un rire caustique.

— Te *préparer psychologiquement* ? Que ce soit mardi ou vendredi, qu'est-ce que ça change ? Je le sais pas moi-même, chérie ! On attend les ordres…

Elle mangea sans se presser. Puis Laurent récupéra le plateau et referma les menottes sur son poignet.

— Allez, te bile pas, dit-il.

Une fois seule, elle chercha un nouveau sommeil. Elle pensa à Daniel. Un sentiment de culpabilité lui grignotait les tripes. La honte collait à sa peau.

Mais qu'est-ce qui m'a pris ? Pourquoi j'ai couché avec un type que je déteste ? Un malade mental, en plus ! Ces blessures, c'est ta punition.

Y doit me manquer une case, pas possible autrement… J'suis complètement givrée… Givrée ? Et lui, alors, l'est pas givré ?! Avec quoi il m'a fait toutes ces marques ? Il avait un truc dans la main… Mais c'était pas un couteau, ma peau n'est pas entaillée… Putain, c'était quoi ?

Elle commença à pleurer, serrant fort l'oreiller. Jamais plus il ne m'approchera, mon amour. Je te le promets. C'est la faute de la came. Y avait un truc dedans. Cette nuit, c'était pas moi. Jamais plus, mon amour… Je te demande pardon.

Elle cessa de pleurer, somnola doucement. Se réveilla pour écouter le TGV qui chauffait les rails de l'autre côté du mur… Bientôt, je serai parmi les passagers d'un train comme celui-là. Et on se retrouvera.

Elle se laissa voguer. Comme en cellule. Sur une rivière où les rêves flottaient comme de jolis nénuphars, les cauchemars comme des noyés. Pas de chance, mauvais tirage.

Elle retourna au tribunal, une fois encore…

… La peine s'abat sur elle tel un impact de foudre. Perpétuité, assortie d'une peine de sûreté de vingt-deux ans incompressibles. Ils viennent de la tuer, sans aucune clémence, refermant sur elle le couvercle d'un cercueil de plomb. Avec juste quelques trous pour respirer. Pendant vingt-deux ans. Elle n'en a même pas vingt…

… Elle se tourna de l'autre côté. Comme pour tourner la page.

Pourquoi repenser à ça alors qu'elle était sortie de prison ? Sortie de prison, vraiment ? À quel prix ?

Défilèrent d'autres images. Bien plus belles. Pourtant, ça se passait au fond d'un cachot…

Lundi 11 juillet

Quel lâche ! Il n'ose même pas remettre un pied dans ma chambre !

Mais, finalement, ce n'était pas plus mal ainsi. Elle ne l'avait pas vu depuis samedi matin, lorsqu'il avait quitté la chambre en l'embrassant. Depuis, Laurent et Philippe s'étaient relayés pour lui apporter les repas. Mais pas l'ombre d'un commissaire. Pourtant, elle entendait parfois sa voix, reconnaissait son pas dans le couloir.

Elle s'était réveillée tôt, attendait sagement son petit déjeuner. Avec des gargouillis de vide dans l'estomac. Et une pressante envie de soulager sa vessie.

Elle consulta ses fidèles cristaux verts, huit heures trente. Laurent n'allait plus tarder.

— Magnez-vous, putain !

Enfin, la clef dans la serrure. Elle resta médusée en voyant Franck s'avancer.

— Croissants pour mademoiselle ! annonça-t-il.

Il se débarrassa du plateau, la délivra. Ils se considérèrent un instant, ce fut elle qui baissa les yeux. Avant de partir vers la salle de bains.

Il s'était allongé sur le lit, les bras croisés sous la nuque.

— Je croyais que vous étiez mort ! lança-t-elle en revenant. Ça fait deux jours que je ne vous ai pas vu…

— Je t'ai manqué ?

— Pas le moins du monde.

Elle avala son café, mordit dans un croissant.

— Ça te dirait une promenade ? Histoire de te dégourdir les jambes…

— Pourquoi pas ?

Elle termina son déjeuner, s'offrit une cigarette. Près de la fenêtre, comme à son habitude. Il la rejoignit. Elle le dévisageait, un million de questions au fond des yeux.

— Pourquoi tu me regardes comme ça ?

— Qu'est-ce qui vous a pris ?

Elle souleva sa chemise, montra son ventre.

— Vous êtes vraiment un grand malade…

— Non, je ne suis pas malade, jura-t-il froidement.

— Vous avez fait ça pour vous venger ?

Il se tourna vers la fenêtre. Fuyant l'emprise de ses yeux noirs.

— Non, pas du tout…

— Alors c'est ce que je dis, vous êtes taré !

Il pivota sur lui-même, l'attrapa par la taille, l'attira un peu brutalement.

— Je ne t'ai pas forcée. Tu n'étais pas attachée, tu n'étais pas prisonnière…

— J'étais pas dans mon état normal. Je vous aurais jamais autorisé à me toucher sinon…

— Dis-moi que tu n'as pas aimé ça, Marianne… Vas-y, dis-le-moi…

Il caressa son visage, elle se remit à osciller entre attirance et répulsion. Il avait posé son front contre son épaule, comme un pénitent cherchant la rédemption.

— Je suis désolé… C'est un peu comme toi, j'arrive pas à me contrôler… J'aurais jamais dû… pas avec toi. J'ai craqué, mais ça ne recommencera pas.

Elle ferma les yeux. Ressentit quelque chose de désagréable au fond des tripes. Non, Marianne. Tu ne peux pas souffrir pour ce type. Elle le repoussa doucement. Termina de s'habiller.

— On y va? demanda-t-elle avec des paillettes de glace dans la voix.

***

Justine descendit la cage d'escalier en chantonnant. Croisa la voisine, échangea quelques banalités. Puis elle jeta un œil dans la boîte, y trouva un amas de prospectus. Et une enveloppe, sans timbre.

Les publicités finirent dans un container. Justine s'installa au volant de sa voiture et ouvrit l'enveloppe. Elle ne reconnaissait pas cette écriture. Passa directement au bas de la page, à la signature.

Son cœur s'offrit un tour de grande roue. Nom de Dieu! Elle lut rapidement la lettre, la pressa contre sa poitrine.

— Marianne, murmura-t-elle. Marianne…

Elle remonta en courant jusqu'à son appartement. Arpenta nerveusement la salle à manger. Par quoi commencer? Peut-être qu'ils ne tiendront pas compte de cette lettre. Ne pas être pessimiste.

Elle se précipita jusqu'à son bureau, mit en marche son imprimante, photocopia la missive. L'original irait au juge. En mains propres, dès ce matin. Une copie pour un journal. Une pour Daniel, une pour son avocat. Elle sélectionna deux quotidiens nationaux, passa quelques coups de fil. Dont un à la maison d'arrêt pour prévenir qu'elle arriverait en retard.

***

— J'ai envoyé Philippe te chercher de la came, hier.

— C'est pas une mauvaise idée, répondit Marianne. Surtout si mon petit séjour ici doit s'éterniser…

Elle marchait lentement, mais sur ses deux jambes.

Franck comme seule escorte. Certainement parce qu'elle n'était pas en état de courir.

— Je suis désolé que les choses aillent moins vite que prévu. Mais nous avons eu un contretemps, un souci de dernière minute…

— La cible est partie en croisière ? plaisanta Marianne avec la gorge serrée.

— C'est exactement ça.

Elle eut un rire un peu coincé.

— Il a bien eu raison de s'offrir ces vacances. Les dernières. J'essaierai de penser à ça au moment de le buter, ça m'aidera peut-être un peu…

Franck baissa les yeux, cala les mains au fond de ses poches.

— Quand est-ce que vous allez me dire qui je dois descendre ?

— Le moment venu.

Elle souffla, alluma une cigarette.

— Vous pensez encore que je vais essayer de m'enfuir, pas vrai ?

— Je ne pense pas, non. Mais je prends le maximum de précautions…

— Avec la menace qui pèse sur Daniel, je risque pas de jouer à ce jeu-là.

— Inutile d'insister… Ça ne te servirait à rien, à part peut-être t'angoisser encore plus.

— Dites-moi seulement… C'est pour cette semaine ?

Il la saisit par un bras, lui infligea une volte-face énergique.

— Arrête, Marianne ! Je te dirai rien. C'est clair ?

— Me touchez pas…

Il la lâcha sur-le-champ.

— Je veux rentrer. Je supporte plus de vous voir collé à moi. À me suivre comme un toutou… Je préfère encore les menottes et le lit !

Elle tourna les talons, marchant soudain plus vite,

torturant son genou. Elle grimpa les marches du perron, récupéra un coca dans le frigo de la cuisine et rejoignit le commissaire au pied de l'escalier.

Laurent sortit de la salle à manger.

— Franck… Faut que je te parle…

— Accorde-moi quelques minutes. Le temps de la raccompagner jusqu'à sa chambre…

— Ça y est ? lança Marianne avec défi. La cible est rentrée de croisière ?

Laurent écarquilla les yeux. Franck la poussa dans l'escalier.

***

Ludo n'en croyait pas ses oreilles. Il dévisageait Justine, l'ayant rarement vue dans cet état.

— Laisse-moi lui annoncer la nouvelle ! implora-t-elle avec des petits bonds énervés.

On aurait dit une gamine au pied d'un sapin de Noël. Ils prirent la direction du quartier d'isolement.

— C'est fou ! dit Ludo en ouvrant la première grille.

— Je savais que Marianne ne resterait pas les bras croisés… J'ai remis la lettre au juge ce matin. J'ai filé une copie à deux journalistes… Et une à son avocat… Tout le monde sera au courant dès demain matin ! Il sera dehors dans quelques jours ! Enfin, je l'espère !

Justine avait dû patienter jusqu'en début de soirée, que Portier quitte son service. Il était vingt et une heures, la prison était calme. À part les télés qui beuglaient dans les cellules. Ils atteignirent enfin les quartiers des DPS où était enfermé Daniel. Cellule 213, Ludo ouvrit la porte.

— Chef ! Vous allez passer une excellente soirée !

Il resta planté devant la porte. Justine le bouscula un peu, pressée d'annoncer la bonne nouvelle.

— Daniel ! Marianne ne t'a pas oublié ! Elle a…

Elle se figea à son tour. Laissa tomber la lettre qui

flotta doucement jusqu'au sol. Et poussa un hurlement qui résonna jusque dans les entrailles du bâtiment. Qui fit trembler les miradors.

Marianne dormait déjà. Recroquevillée au bord du lit. Serrant fort son oreiller. En proie à d'invisibles tourments. Poussant de longues plaintes déchirantes. Elle venait de tomber dans l'eau. Aspirée vers la mort, elle se noyait, n'arrivait plus à respirer. Plus elle bougeait, plus elle s'enfonçait dans les profondeurs d'une eau tiède. Et rouge…

La fenêtre ouverte laissait entrer la quiétude d'une belle soirée d'été. Un courant d'air chassa la lettre dans la coursive. Le néon du lavabo éclairait la scène d'une lumière blafarde. Comme son visage. Une étoile pour veiller sur lui. Pour le guider sur le chemin des ténèbres. Celui qu'il avait choisi. Celui de l'oubli.

Elle s'avança, les mains devant son visage. Pour que l'horreur ne lui saute pas aux yeux. Elle tremblait comme une feuille décharnée. Les sanglots lui ouvrirent la poitrine. Bloquèrent sa respiration. Elle tomba à genoux dans la mare écarlate. Se força à regarder le corps qui avait été celui d'un homme. D'un ami. Main droite sur la poitrine. Bras gauche qui pendait hors du lit. Ses doigts touchaient le sol. Baignant dans son propre sang. Poignet cisaillé sur cinq centimètres. Sourire éternel.

Justine approcha une main vacillante vers sa tête. Descendit lentement jusqu'à la carotide. Immobile. Tout s'était figé à l'intérieur.

— Il a laissé une lettre, murmura Ludo.

Justine s'était cassée en deux, cherchant comment respirer. Comment survivre.

Une heure. À peine une heure trop tard. Une heure pour une vie. Comment survivre à ça ?

Franck sursauta. Un hurlement venait de lui glacer le sang. Il quitta sa chambre, se rua vers celle de Marianne. Assise sur son lit, les yeux exorbités, le souffle éteint, une frayeur immense déformait son visage. Comme si un monstre se dressait face à elle. Puis elle fondit soudain en larmes. Tâtonna de sa main libre vers le néant. Comme si elle cherchait à atteindre ou rattraper quelque chose. Ou quelqu'un.

Il la serra contre lui, aussi fort qu'il pouvait.

— C'est rien, Marianne, murmura-t-il. Tu as fait un cauchemar…

Elle hurla à nouveau.

— C'est fini, répéta-t-il doucement.

Que mes enfants me pardonnent un jour. Que tous ceux qui m'aiment me pardonnent.

Je suis coupable d'avoir aimé une femme. D'avoir aimé tout d'elle. Son rire, ses pleurs, son sourire, ses yeux. Sa force, sa fierté, sa folie.

Ses mains de criminelle.

Oui, je suis coupable de ça. Et de rien d'autre. Non, rien d'autre.

J'ai connu un bonheur que beaucoup ignorent. J'ai eu cette chance, je n'ai aucun regret.

Mais ne jamais la revoir, l'idée m'est insupportable.

Si l'enfer existe ailleurs qu'ici, je l'y attendrai.

Mardi 12 juillet

Il dormait profondément, à même le parquet, recroquevillé dans l'angle de la pièce. Ange gardien qui ressemblait à un félin replié sur lui-même. Les griffes rétractées. Inoffensif.

Elle, par contre, n'avait pu trouver le repos. Nuit blanche. Noire. Rouge.

Elle regarda le jour se lever sans trop y croire. Cette pénombre d'horreur n'était donc pas éternelle...

Les débris de son cauchemar flottaient dans son cerveau comme ceux de l'avion après le crash au milieu de l'océan. Cette eau tiède et rouge, aussi épaisse que du sang, qui avait envahi chaque faille de son être jusqu'à l'étouffer... Et ce grand vide. Dans sa tête, dans son ventre. Vide cruel et inexplicable...

Elle se mit à murmurer une longue déclaration à l'absent. Remuant à peine les lèvres, elle pria d'une voix douloureuse, presque imperceptible.

— Tu me manques, mon amour. Tu me manques tellement... Tes yeux, tes bras... ta voix, tes mains. Ça me rend dingue, ça m'empêche de dormir. Que vaut la liberté sans toi ? Si c'est pour m'enfermer dans le manque de toi ? Non, je n'abandonnerai pas. Aujourd'hui ou demain, tu seras libre. Tu l'es peut-être déjà. Moi, je le serai bientôt. Je t'appellerai et tu viendras... Je sais que tu viendras. On commencera une nouvelle vie ailleurs, celle dont on avait rêvé quand on se retrouvait comme deux hors-la-loi au fond de ma cellule. Celle qu'on ne s'est jamais dite. De toute façon, les mots, ça vaut rien. Rien n'est plus fort que ce qu'on ressent l'un pour l'autre. Rien ne nous empêchera de nous retrouver. Rien, jamais, mon amour. Je briserai tous les obstacles comme toi tu as brisé tous les interdits. Toi qui as su me voir, m'aimer. Me trouver, derrière le monstre que tout le monde rejette. À toi seul j'appartiens…

Elle tourna la tête, trébucha sur les émeraudes qui brillaient au petit matin.

***

L'ivresse de la douleur ne l'avait pas assommée.

Seule dans le bureau de Daniel, sur son lit défoncé, elle pensait à lui. Avec un regret meurtrier.

Il restait encore un paquet de cigarettes entamé sur la table en formica. Tous ses dossiers, sa tasse de café. Son empreinte de géant. Partout. Et un livre. *L'Église Verte*.

La justice ne vaut rien. Et moi, je garde ses prisonniers. Je me suis trompée depuis le début. Seuls comptent les sentiments. Ce sont eux, les maîtres de tout. Marianne, ne reviens jamais. Il est mort pour toi, à cause de toi. Parce que tu l'as quitté. Alors, reste libre. Fais au moins ça pour lui.

Au milieu du chaos et des larmes, Justine perçut une voix familière. Solange qui parlait au téléphone, dans le bureau voisin. Un éclair déchira sa tête. Une évidence pulvérisa son cœur.

C'était elle, la coupable. Une coupable qui jamais ne paierait. Parce que la justice ne vaut rien.

***

Franck préparait le petit déjeuner de Marianne. Il avait du mal à contenir son émotion. Après ce qu'il venait d'entendre… Les quelques mots saisis au milieu de la complainte lui avaient retourné le cœur. Elle aimait cet homme. À en mourir. Il trouvait cela si beau. Ça lui faisait pourtant si mal.

Simple jalousie de ne plus être aimé ainsi. De ne peut-être l'avoir jamais été. Sentiment ridicule. Un maton contre un flic d'élite. Pourquoi lui ? Et pas moi ? Pourtant, il n'aimait pas Marianne. Alors, quelle importance ?

Laurent déboula dans la cuisine avec une mine sombre. Il balança le journal sur la table.

— Ils ont publié la lettre, annonça-t-il.

— C'est plutôt une bonne nouvelle ! Alors pourquoi tu tires la gueule ?

— Bachmann est mort… Il s'est suicidé dans sa cellule, cette nuit. Ils viennent de l'annoncer à la radio. Mais ce n'est pas encore dans le journal, précisa Laurent.

Franck mit du temps à retrouver la parole. Complètement anéanti.

— Il ne faut pas que Marianne l'apprenne, murmura-t-il enfin. Sinon, tout est fini…

— Elle a la radio et la télé dans sa chambre, rappela le capitaine avec un calme olympien.

— Pour le moment, elle est menottée au lit… On va lui monter son petit déj'… Tu iras dans la salle de bains récupérer la radio. Trouve un prétexte à la con, du style la tienne est en panne.

— Et la télé ? Je ne crois pas qu'elle l'allume souvent mais… Je peux pas la lui embarquer aussi, sinon elle va se douter de quelque chose.

— Je vais l'emmener en balade dans le jardin, tu en profiteras pour foutre le poste en panne… Démerde-toi pour que ça ne marche plus quand on revient. Ni l'image, ni le son. Et informe Philippe de la situation, dis-lui de bien tenir sa langue.

— Je m'en charge.

Le commissaire piqua une clope à son ami.

— Tu fumes beaucoup, en ce moment…

— Je suis assez nerveux.

— C'est compréhensible… Mais ne t'inquiète pas. Il suffit de lui montrer le journal d'aujourd'hui… Elle verra la lettre, ça la rassurera. De toute façon, demain, tout sera fini.

Franck termina de préparer le plateau. Ses mains tremblaient un peu. Comment avait-elle pu savoir ? Entrevoir dans son cauchemar la terrible réalité ? Quel don incroyable possédait-elle ?

***

Il était quatorze heures lorsque Franck réapparut dans la chambre. Il y avait quelque chose d'inédit dans ses yeux. Un mélange de tristesse, de tendresse. De détermination. Elle comprit tout de suite. Le moment était venu. Il la délivra des menottes, attrapa sa main.

— Viens, on descend…

Elle se laissa entraîner vers son destin, serra sa main dans la sienne tandis qu'ils quittaient l'étage.

— C'est pour aujourd'hui, c'est ça ?

L'angoisse transformait sa voix.

— Oui, dit-il. Pour cette nuit.

Ses jambes se dérobèrent sous l'émotion. Il la supporta, l'aida comme il pouvait. Les deux flics attendaient dans le salon, la mine grave, de circonstance. Presque en deuil, déjà. Elle se posa sur une chaise, les observa tour à tour, les mains jointes entre ses jambes. Prête à entendre ce qu'elle redoutait tant. Franck s'assit en face d'elle, lui passa un journal. Un sourire angélique illumina son visage. Y gommant presque l'angoisse.

— La lettre… Ma lettre… !

— Oui, Marianne… Tu vois, je n'ai qu'une parole.

Le capitaine baissa les yeux. Philippe essaya de masquer son désarroi.

— Il va sortir quand ? demanda-t-elle.

— Aujourd'hui ou demain, sans doute… On ne peut pas encore savoir.

Il était déjà sorti, en fait. Avait rejoint la morgue pour tomber entre les mains gantées d'un légiste.

Franck contempla son visage heureux, sa gorge se noua. Il avala le mensonge qui lui brûlait la langue. Mais la digestion s'annonçait longue et difficile.

— Maintenant, je vais t'expliquer ce qu'on attend de toi, Marianne…

— Je vous écoute.

Il s'accorda quelques secondes avant de se lancer. C'était délicat. Pourtant, il avait appris sa leçon. Mais le suicide du gardien lui coupait un peu les jambes. Alourdissait sa foulée.

— Tu agiras cette nuit. Nous te déposerons tout près d'une maison dont je vais te donner l'adresse. Il faudra que tu retiennes tout par cœur. Je ne peux rien t'écrire, tu comprends ?

— Oui, je comprends. Si jamais je me fais piquer, pas de trace.

— C'est ça, oui… Tu iras donc au numéro 12 de la rue Auguste-Renoir. Une jolie propriété dans la banlieue de F. C'est là qu'habite Xavier Aubert.

— Xavier Aubert ? Mais… C'était l'avocat général à mon procès… Ou alors, c'est un homonyme ?

— C'est bien lui, Marianne. C'est le procureur général de P… Tu vas t'introduire chez lui, il sera seul, son épouse et ses enfants sont absents. Tu seras armée, je te donnerai le Glock qui t'a servi à l'hosto. Tu vas maîtriser Aubert et lui demander de te remettre un dossier… La copie d'un dossier, plus précisément. Le dossier Charon. On ne sait pas où il le planque. Il se peut qu'il oppose une résistance mais j'ai confiance, tu sauras le décider…

— S'il refuse, je le frappe, c'est ça ? Jusqu'à ce qu'il parle…

— C'est ça.

— Et si le dossier n'est pas chez lui ?

— Il faudra qu'il te conduise où il l'a planqué, dans ce cas. Vous utiliserez sa voiture.

Elle piqua une Marlboro, Laurent lui donna du feu.

— Dès que tu as le dossier, vérifie que c'est le bon. Il suffit de jeter un œil à la première page. Normalement, tu devrais y lire le nom de Charon quelque part.

— Ben oui, puisque c'est le dossier Charon…

Laurent esquissa un sourire. Franck poursuivit.

— Il doit contenir un film, aussi. Une cassette vidéo, tu vois… Quand tu es certaine d'avoir le bon dossier, tu élimines Aubert.

— Je… l'élimine… comment ?

— Deux balles dans la tête ou dans le cœur. Assure-toi qu'il est bien mort. Il ne faut pas qu'il survive.

— Oui… Mais… Je vais ameuter tout le quartier avec un joujou comme celui-là.

— J'ai prévu un silencieux. Dès qu'il est mort, tu te casses. On t'attendra dans la rue, tu nous rejoins.

Elle se torturait les mains. Essuyait la moiteur de son front.

— La baraque est équipée d'une alarme, je t'expliquerai comment la neutraliser juste avant l'intervention. C'est pas bien compliqué, mais inutile que je t'embrouille la tête avec ça. Il y a aussi un système de vidéo-surveillance installé au portail et à la porte d'entrée…

— Il faut que je flingue les caméras, c'est ça ?

— Justement non, Marianne… En tout cas, pas tout de suite.

— Mais… Si je me fais filmer, ils vont savoir que c'est moi !

— C'est le but de l'opération… Tout le monde doit savoir que c'est toi. Tu es sortie de prison, tu veux te venger de ceux qui t'y ont envoyée. Ce type t'a enfoncée pendant le procès, non ?

— Oui… C'est lui qui a réclamé perpétuité et peine de sûreté… Il voulait un exemple !

— Il est clair que les jurés se sont laissé influencer par son réquisitoire, non ? Il paraîtra donc normal que tu aies envie de le lui faire payer…

— Normal ?! Je me suis évadée, j'ai autre chose à foutre que buter l'avocat général, même si je le hais !

— Nous pensons au contraire que ta réputation jouera en faveur de ce scénario… Parce que tu as beaucoup de victimes à ton actif, que les psys t'ont jugée dangereuse, irrécupérable… Ils se sont trompés, certes… Mais pour l'opinion publique, il n'y aura rien d'étonnant à ce que tu continues à tuer… Que tu te venges.

Elle grilla une autre cigarette.

— Et puis… Tu as peut-être vraiment envie de te venger de ce mec, non ?

— C'est vrai que ce fumier m'a mis la tête sous l'eau mais…

— C'est ainsi que les choses se passeront, coupa Franck.

— Je le ferai, assura Marianne.

— Bien… Donc, tu nous rejoins dans la bagnole et ensuite…

— Ensuite ? Pourquoi, c'est pas fini ?

— Non, Marianne. Ce n'est pas tout… Ensuite, nous repartirons vers P. Vu que tu auras agi au petit matin, nous devrions y arriver peu avant huit heures…

— Qu'est-ce qu'on va foutre à P. ? s'étonna Marianne avec une appréhension évidente.

— Nous te déposerons non loin du Palais de justice… Il faudra que tu t'y introduises.

Elle avala sa fumée de travers.

— Quoi ?! Mais vous êtes malades ! Si je mets un pied au Palais, je vais me faire allumer !

— Il sera tôt, il n'y aura pas foule. À toi de te démerder. Je t'avais prévenue que ça serait une mission dangereuse… Tu iras dans le bureau d'un juge d'instruction. Le juge Nadine Forestier.

Les yeux de Marianne s'arrondirent comme deux OVNI.

— Je sais, c'est elle qui a instruit ton affaire de double meurtre. Celle-là aussi, tu dois la détester !

— Je la hais, c'est vrai… Et quoi ? Faut que je cambriole son bureau, c'est ça ?

— Non, Marianne… Elle arrive toujours très tôt au Palais. Elle sera là, comme chaque matin. Seule. Sa greffière n'arrive qu'à huit heures quarante-cinq ou neuf heures…

Elle essaya de garder espoir même si elle pressentait le pire.

— Tu t'arranges pour atteindre son bureau… Je pense que tu te souviens de l'endroit où il est situé ?

— Deuxième étage, au fond à droite.

— Parfait. Elle sera donc seule, ses premiers rendez-vous n'arrivant qu'à neuf heures… Tu l'obliges à te remettre l'original du dossier Charon. Il doit normalement se trouver dans son bureau.

— Comment ça se fait que c'est elle qui a l'original et l'autre la copie ? C'est quoi, ce dossier ?

— Forestier et Aubert sont amants.

— Tu rigoles ! ricana Marianne.

— Non. Nous les surveillons depuis assez longtemps pour en être sûrs, crois-moi !

— Comment elle fait pour se taper ce vieux porc ? Cette femme est folle ! Ça m'étonne qu'à moitié ! Ou alors, elle fait ça pour sa carrière…

Laurent se mit à rire, Franck sourit.

— Ça, c'est pas notre problème… Bon, revenons à notre affaire, tu veux bien ? Tu récupères donc l'original. Encore une fois, vérifie bien qu'elle te donne le bon dossier et la cassette vidéo qui va avec…

— J'ai compris, monsieur le commissaire, je ne suis pas débile ! Et j'en fais quoi, de ce dossier ?

— Tu nous le ramènes, bien sûr... Mais d'abord, il faut que tu élimines Forestier.

— Qu'est-ce que t'as dit ? murmura-t-elle.

— Tu dois tuer Forestier, répéta Franck avec aplomb.

Elle se leva brusquement, sa chaise bascula en arrière.

— Mais... Tu m'avais parlé d'*une* cible ! Pas de deux ! hurla-t-elle.

Laurent lui redonna sa chaise et la rassit un peu brutalement. Elle flanqua un coup de pied à la table.

— Calme-toi, ordonna Franck.

— Non, je ne me calmerai pas ! Pourquoi tu m'as menti ?

— Je... Je n'étais pas autorisé à te révéler les détails... Nous avons pensé que ça ne changerait pas grand-chose et...

— *Détails ? Pas grand-chose ?* rugit-elle. Tu te fous de ma gueule ?

— Non. Au départ, nous pensions vraiment que ça ne te dérangerait pas de tuer... Que ce soit une ou deux personnes. Quand j'ai vu que ça te posait un problème, lorsque tu m'as posé la question au parloir... je me suis dit qu'il valait mieux minimiser les choses. J'avais peur que tu refuses.

Elle cala son front entre ses mains, martyrisa à nouveau la table.

— Salauds ! murmura-t-elle.

— Tu détestes cette femme. Elle ne t'a laissé aucune chance. Je pensais que ça te faciliterait la tâche... Que ce serait moins dur pour toi.

— Si je devais buter tous ceux que je déteste, tu serais mort, toi aussi !

Il encaissa sans broncher. Juste une petite fêlure au fond du vert. Il continua à la mitrailler d'horreurs.

— Nous ne pouvons rien changer, désormais. Forestier doit mourir. Comme Aubert…

Elle leva les yeux sur lui. Il eut un frisson glacé dans l'échine.

— Comment les gens sauront-ils que c'est moi qui ai descendu la juge ?

— Tu le feras avec la même arme que pour Aubert… La police fera vite le rapprochement.

— Votre plan est foireux ! De toute façon, je refuse ! J'ai été embauchée pour tuer une cible, pas deux…

— Tu le feras. Tu n'as pas le choix. Pense à ton mec…

Philippe ferma les yeux. Marianne fusilla le commissaire d'une rafale meurtrière.

— Si jamais ça tourne mal et que tu ne peux nous rejoindre près du Palais, je vais te donner une autre adresse qu'il te faudra retenir par cœur, OK ?

— Je ne tuerai pas Forestier…

— Arrête, Marianne ! exigea Franck d'un ton martial. Encore une fois, tu n'as pas le choix.

— Pourquoi ? Pourquoi doivent-ils mourir ? C'est quoi, ce dossier ?

— Moins tu en sauras, mieux ça vaudra…

— Tu… Tu m'avais assuré que je n'aurais pas à descendre un innocent…

Il fit mine de réfléchir.

— Aubert et Forestier sont amants depuis environ deux ans. Visiblement, c'est ton procès qui les a rapprochés… Curieux, non ? Et nous avons récemment découvert qu'ils ont plein de points communs. Notamment, des mœurs tout à fait particulières… Et répréhensibles.

— Qu'est-ce qu'on en a à foutre de leurs mœurs ?! Ils jouent à des jeux sadomasos, peut-être ? Il y a des tas de gens qui aiment ça… ! Même ceux qu'on ne soupçonnerait pas… Des tordus, y en a partout !

Franck déboutonna le col de sa chemise, signe

d'embarras. Marianne lui envoya un sourire méchant dans les gencives. Mais il contre-attaqua immédiatement.

— Sauf que ces deux-là s'amusent avec des gosses, Marianne… On a démantelé un réseau de pédophilie et appris qu'ils y étaient mêlés de près. Ce sont des clients habituels, si tu vois ce que je veux dire…

— Mais… Si ce sont des pédos, suffit de les envoyer en taule !

Franck se leva. Cala ses mains au fond de ses poches.

— Tu n'es peut-être pas très au courant de l'actualité de ces derniers temps, Marianne…

— Excuse-moi, je viens de passer quatre ans dans un trou… Alors non, j'ai pas bien suivi *l'actualité* !

— Un certain nombre d'affaires de ce style ont été mises au jour ces dernières années, impliquant parfois des notables, des gens haut placés. Là, il s'agit de deux représentants de la justice française. Un procureur et un juge d'instruction, deux personnes censées être irréprochables… Si cette affaire éclate, c'est un nouveau scandale qui s'abat sur la République.

— C'est seulement la preuve que les flics et la justice font bien leur boulot ! Je ne vois pas en quoi ça gêne la République… Au contraire !

— En haut lieu, on préfère que cela se règle en sourdine, dit-il en soupirant.

— Je vois… Nouvelles méthodes expéditives ! Et le dossier Charon, dans tout ça ?

— C'est juste un dossier que nous aimerions récupérer à cette occasion. Je n'ai pas envie que tu en saches trop. Disons seulement que ces deux malades se doutent qu'on va leur tomber dessus, suite à l'arrestation de certains membres du réseau de pédophiles. Ils pensent être à l'abri en détenant un dossier un peu compromettant…

— Ben voyons ! J'élimine deux salauds et j'en sors

un troisième de la merde… Charon ! Jolie morale, commissaire… !

— Rien à voir… Pour Charon, il s'agit seulement d'une affaire mineure. La seule chose que tu dois savoir, c'est que nous voulons éliminer ces deux fumiers et en profiter pour récupérer le dossier en question… Tu comprends ?

— Je comprends, oui… Je comprends que vous vous êtes bien foutus de ma gueule ! Et… Ensuite ?

— Tu auras l'argent, les faux papiers et l'obligation de quitter le pays pour ne jamais y revenir.

— Tu crois vraiment que je vais gober ça ? Je descends un proc', un juge et je suis libre ! *Merci et bon voyage, Marianne !* Non, Franck ; je fais le sale boulot et, ensuite, vous me liquidez, voilà ce qui va réellement se passer… ! Lequel de vous trois est chargé de me descendre ?

Elle les regarda tour à tour. Aucun ne baissa les yeux.

— Tu te trompes… Tu es pour nous l'arme parfaite ! Ces crimes passeront pour une vengeance de la part d'une ancienne détenue un peu cinglée qu'on ne retrouvera jamais. Mais c'est clair depuis le départ, tu obtiendras ta liberté en échange de ce boulot…

— J'te crois pas ! Tu me prends vraiment pour une demeurée, pas vrai, Franck ?

— Non, Marianne. Nous avons un contrat tous les deux ; si tu respectes ta part, je respecte la mienne…

— Je représenterai forcément un danger pour vous lorsque j'aurai terminé la mission ; je connais la vérité, je deviens encombrante… Donc, vous ne prenez aucun risque, vous m'éliminez… !

— Tu ne peux pas être encombrante, tu es recherchée par toutes les polices de ce pays. Tu n'aspireras qu'à disparaître… Je ne vois pas pourquoi tu irais raconter cette histoire à qui que ce soit.

Elle secoua la tête, incrédule.

— Tant pis si tu n'as pas confiance en moi. Tu te rendras compte par toi-même que je n'ai pas menti. Mais tu accompliras d'abord ce que nous attendons de toi. Parce que sinon, je me verrai obligé de faire un truc qui m'écœure par avance.

— T'en prendre à Daniel, c'est ça ?

— C'est ça, Marianne. Je n'en ai pas du tout envie. Mais s'il faut en arriver là pour que tu obéisses, je le ferai. Tu peux me croire.

— Pas de problème, pour ça, je te crois ! Je pense que torturer les gens, ça te fait jouir, sale con !

— Tu te trompes, une fois de plus. Et arrête de m'insulter, s'il te plaît…

— Je me trompe ? Moi, je crois au contraire que ça vous plaît bien de faire mal aux gens, *commissaire*… Mais peut-être que ça vous gêne qu'on en parle ? De *tes mœurs très particulières* ?

Il la cogna du regard. Mais rien ne pouvait la stopper.

— Tu veux que je leur montre ce que tu m'as fait ?

Il s'approcha, se planta face à elle.

— Qu'est-ce qu'il y a, Marianne ? Tu veux leur dire quoi ? Que nous avons couché ensemble ? La grande nouvelle que voilà ! Tu crois qu'ils en ont quelque chose à foutre ?

Laurent eut un sourire, un peu complice, Philippe cacha sa surprise derrière un visage de marbre. Elle abandonna la partie. Mais Franck retourna la situation à son avantage avec l'ingéniosité du serpent.

— Tu veux leur dire quoi, Marianne ? Que tu t'es fait sauter par un mec que tu connais à peine ? Ou peut-être qu'en taule, tu couchais pour obtenir ta came et tes clopes ? Leur expliquer que tu es une fille facile ?

Elle se leva d'un bond, il reçut une gifle dont la force manqua de l'envoyer au tapis. Il ne répondit pas. Sauf par un sourire odieux.

— Ça suffit, intervint Laurent. Que tu aies couché

770

avec Franck, ou qui que ce soit d'autre, on n'en a effectivement rien à cirer ! Ce qui nous intéresse, c'est que tu acceptes le contrat, que tu élimines ces deux ordures... Sachant que, s'il te venait à l'esprit de refuser, on amènerait ton mec ici et on le garderait au chaud tant que tu n'aurais pas pris la bonne décision. Ne nous oblige pas à faire une victime de plus dans ce merdier... Je sais que tu es intelligente.

Le capitaine avait pris le relais, Franck le remercia d'un regard. Puis il reprit les rênes pour le coup de grâce.

— Surtout, ne t'avise même pas de nous doubler, Marianne. Si tu avais l'idée de disparaître avec l'arme et le dossier, tu le regretterais. Je commencerais par récupérer ton ami. Et puis je te retrouverais, toi. Et là tu verrais vraiment de quoi je suis capable quand je suis furieux...

Ils cessèrent de la harceler un moment. Lui laissèrent reprendre ses esprits.

— Alors ? demanda Franck. Tu décides quoi, Marianne ?

— Parce que j'ai le choix, peut-être ?! répondit-elle avec désespoir. Et... Si je me fais serrer ? Si les flics ou les gendarmes m'arrêtent au Palais ?

— Si jamais ça arrive, tu te démerdes pour qu'ils ne te prennent pas avec le dossier. Tu expliques que tu voulais te venger, c'est pour ça que tu as descendu la juge et le proc'. Et s'ils chopent le dossier, tu expliques que tu l'as taxé au hasard...

— Ben voyons ! J'ai été attirée par la couleur de la pochette ! Comme ça, ils me mettront direct à l'asile...

— Ça n'arrivera pas Marianne. J'ai confiance en toi. Mais là encore, je te conseille de pas nous balancer. Ça serait vraiment une catastrophe pour toi et ton ami...

— Je vois... Donc, si je me fais piquer, je replonge en beauté, c'est ça ?

Il retrouva un visage plus doux, une voix plus calme.

— Non. Je m'arrangerai pour te sortir de là.

— Encore un bobard, hein commissaire ? Si je me fais arrêter, je recevrai un colis piégé dans ma cellule… Ou vous paierez quelques détenues pour me faire la peau… Pas vrai ?

— Non, Marianne. Je te sortirai de là… Si tu as su tenir ta langue, bien sûr.

Elle lui posa une question qui lui dévorait le cerveau.

— Comment comptais-tu me forcer à agir si… si je n'avais pas parlé de Daniel ?

— Tu connais la réponse, Marianne. Le boulot contre ta vie et ta liberté… C'était ma seule arme. Mais je réalise qu'elle était peut-être insuffisante.

***

Il entra dans la chambre sans frapper. Elle était assise à côté du lit. Le front posé sur les genoux. Position de défense.

— Tu devrais dormir, dit-il. Parce qu'il faudra que je te réveille très tôt…

— Je n'arriverai pas à dormir. Laisse-moi seule. Va-t'en…

Il pensa rebrousser chemin. Mais elle semblait tant avoir besoin d'aide qu'il se refusa à l'abandonner. Il passa une main dans ses cheveux. Elle redressa brusquement la tête, montrant un visage dévasté.

— Me touche pas…

— Tu crois que ce n'est pas dur pour moi aussi ?

— Pour toi ?! Mais toi, tu n'as pas à te salir les mains, Franck… Tu as juste à envoyer ta tueuse à gages… Vrai que ça doit être vachement dur !

— C'est mon boulot… C'est pour ça qu'on me paie.

— C'est pas un boulot de flic ordinaire…

— Je ne suis pas un flic ordinaire.

— T'es quoi, exactement ?… OK, dit-elle en essuyant

ses larmes. Moins j'en sais... Tu me passes mes cigarettes ?

Il tendit le bras, attrapa le paquet sur le bureau. Elle posa sa nuque sur le matelas. Ferma les yeux.

— J'ai envie de came...

— Tu es en manque ?

— Non... Il me faudrait juste un rail de coke au petit déj' ! Thomas et moi, on en sniffait toujours avant les cambriolages... Ça évite d'avoir la trouille.

— Tu t'en sortiras très bien, Marianne.

— Comment peux-tu dire ça ? Je vais tuer froidement deux personnes sans défense... Même si c'est des salauds, ça reste deux assassinats... Non, je ne m'en sortirai pas *très bien*... Vous pensiez vraiment que j'étais prête à tuer de sang-froid, sans aucune hésitation ? Pour qui me preniez-vous donc ?

Il vit une larme s'arrondir au coin de son œil. Avant de couler lentement sur sa joue creusée d'effroi. Il s'installa près d'elle. Il avait tant de mal à rester loin. À rester insensible.

— Nous nous sommes trompés sur ton compte. Nous pensions avoir en face de nous une criminelle sans scrupules. Une fille qui vénérait la mort, qui aimait la donner. Je me suis planté, Marianne. Je croyais pouvoir te faire agir en te promettant simplement la liberté. S'il n'y avait pas eu Daniel, tu aurais refusé, n'est-ce pas ?

— Oui... J'avais prévu d'accepter après le dernier parloir. Mais... je pensais arriver à échapper à votre vigilance avant d'avoir à commettre le meurtre. C'était ma seule chance de sortir de cet enfer... Et s'il n'y avait pas eu Daniel, j'aurais refusé, ce soir... J'aurais préféré mourir.

— Comment peux-tu dire ça, Marianne ? Ta vie n'a donc aucune importance ?

— Il y a longtemps que je n'ai plus de vie... Plus d'importance, non plus...

Il posa sa main sur sa nuque, elle s'éloigna immédiatement de lui.

— Maintenant, il y a une vie qui t'attend... Et pour moi, c'est important.

— Pourquoi tu continues à me mentir, Franck ? murmura-t-elle. Je le ferai pour Daniel... Tu peux me dire la vérité, maintenant... Ça ne changera rien.

Il la força à tourner la tête, braqua ses yeux au fond des siens. Elle sonda les émeraudes. Un tressaillement la secoua des orteils jusqu'à la racine des cheveux. Non, il ne mentait pas.

La vie devant moi.

Avant, ce qui l'effrayait dans l'obscurité, c'était de ne plus avoir d'avenir. Mais, en cette seconde, cette vaste étendue qui s'offrait à elle la terrorisait encore davantage.

— Une vie de cavale ? Avec la peur au ventre ? À regarder sans cesse derrière moi ?

— C'est mieux que de regarder au travers des barreaux, non ? Et puis nous avons tout organisé pour ta fuite... Les papiers seront plus vrais que nature, tu auras assez d'argent pour redémarrer ailleurs.

— Mais... Où je vais aller ? Je... Je ne connais même pas mon pays... Je vais être perdue... Je serai seule, à l'étranger... Seule au monde...

— Tu as toujours été seule au monde, Marianne.

— Non... Pendant quatre ans, j'ai été assistée ! Dans une cellule de 9 m², avec trois repas par jour. Je n'ai jamais travaillé, je ne sais rien faire de mes mains... À part frapper et tuer...

Elle contemplait ses mains, justement. Il avait envie de les prendre dans les siennes.

— Tu apprendras. Tu es intelligente, tu as de l'instinct... De la sensibilité, aussi. Et une force impressionnante... Des qualités que beaucoup n'ont pas. Tu trouveras ton chemin, j'en suis certain.

— J'ai la trouille…

— Je… Je serai toujours là pour toi, Marianne. Je te laisserai un numéro où me joindre. Juste un numéro… Et si tu as besoin de moi…

— Tu dis ça pour me rassurer !

— Non… J'ai beaucoup de défauts, mais je n'ai pas pour habitude de laisser tomber les gens. Je ne t'abandonnerai pas. Pourtant, je suis sûr que tu ne m'appelleras jamais… Tu partiras et je n'entendrai plus jamais parler de toi.

Elle chassa ses larmes d'un geste machinal.

— Il faudra juste que je vive avec le poids de ce que je m'apprête à commettre. Et là, personne pourra m'aider…

— Tu avais déjà un poids à porter… Il sera plus lourd désormais. Mais tu le supporteras.

Il réchauffait son cœur entre ses mains, déclenchait ce drôle de carambolage dans sa chair. Haine, aversion, peur. Attirance, trouble, émotion. Elle l'entendait encore menacer Daniel. Mais elle n'avait personne d'autre à qui parler ce soir. Personne d'autre pour la réconforter avant le grand plongeon dans l'horreur. Le seul qui lui avait promis un jour la liberté. Son bourreau et son sauveur. Comme Daniel avait été son geôlier et son amant. Aimait-elle à ce point les contradictions ?

— Qui t'a blessé, Franck ? murmura-t-elle soudain.

— Personne, Marianne…

— Je le sens, pourtant. On a souffert tous les deux… On a fait du mal, tous les deux… Des trucs qui saignent dedans, ça s'arrête jamais… Tu as peur que je tente encore quelque chose, Franck ?

— Non… Je crois que tu ne feras plus rien, maintenant.

— Alors, détache-moi. C'est peut-être ma dernière nuit, je voudrais pas la passer enchaînée à un lit.

Il hésita un instant puis finit par la délivrer. Il s'était agenouillé face à elle, fesses sur talons.

— Tu devrais dormir.

— Je ne dormirai pas et toi non plus…

— Tu veux que je reste ?

— Non. C'est Daniel que je voudrais près de moi… Tu peux pas savoir comme il me manque…

— Je… Je t'ai entendue, ce matin. C'était beau. Tellement bouleversant… Ces mots, pour lui… Il a de la chance, beaucoup de chance. D'être aimé par toi…

Mais il est mort. D'amour.

Il essaya de se contenir. Il avait envie de pleurer, soudain. Il inspira à fond. Tenta de chasser cet homme de ses pensées. De refouler au plus profond de lui cet ignoble mensonge.

— Hier soir… Mon cauchemar… J'ai cru qu'il était mort… J'ai eu si peur ! Ça me tuerait s'il lui arrivait quelque chose.

Il serra les mâchoires jusqu'à s'infliger une violente douleur. Puis trouva la force de lui parler à nouveau. Il ne pouvait plus la sauver, désormais. Ne pouvait plus reculer.

— Je suis obligé, Marianne… Ces menaces… je n'ai pas le choix.

— J'ai pas envie qu'on parle de ça. Je n'ai plus envie qu'on parle.

Il était resté avec elle, finalement. Elle avait fini par s'endormir, blottie contre lui. Lui qui n'avait pas fermé l'œil. Les cristaux verts ne leur laissaient aucun répit. Il aurait tant voulu que le temps se suspende pourtant, qu'il n'y ait pas de suite. Mais l'heure était venue. Cruelle. Parce que le temps est incorruptible.

Il se leva sans la réveiller. L'eau brûlante de la douche ne lui procura aucune détente. Il retourna dans sa chambre se changer et prendre les armes. Il chargea à bloc la gueule du Glock. Mit son 357 à sa ceinture.

Laurent apparut. Déjà prêt. Toujours ponctuel.

— Salut… T'as pu dormir ?

— Non.

— T'as passé la nuit avec Marianne, c'est ça ? Tu n'aurais pas dû coucher avec elle, Franck.

Le capitaine s'assit sur le lit, tandis que son ami finissait de charger l'arme de Philippe.

— J'arrive pas bien à comprendre. Elle devrait te détester, pourtant.

— C'est le cas.

— Alors, pourquoi… ?

— J'en sais rien. C'est un peu compliqué… Mais cette nuit, il ne s'est rien passé, si ça peut te rassurer. Va réveiller Philippe, s'il te plaît. Je vais chercher Marianne… Sors le fourgon, en attendant.

Il caressa son visage. Elle ouvrit les yeux. Lui donna un petit sourire, tendre, désarmé. Elle n'avait pas encore réalisé.

— C'est l'heure, Marianne...

Une frayeur intense piégea son regard. Elle se redressa d'un bond, se mit à trembler.

— Je veux pas y aller !

— Calme-toi... Je serai près de toi.

Il lui accorda quelques minutes pour réunir ses forces. Pour trouver la force, lui aussi. De l'emmener sur ces chemins terrifiants. Peut-être à l'abattoir.

Elle cessa de frissonner. Puisa au fond de ses ressources pour affronter l'inévitable. Il la laissa se doucher, s'habiller, passer une genouillère autour de sa rotule capricieuse.

— Je voudrais récupérer mon réveil, préparer mon sac...

— Tu auras tout le temps. Après. Pas maintenant.

Il accrocha un étui à sa ceinture afin qu'elle puisse y loger son arme. Plus tard.

***

Elle avait fumé cigarette sur cigarette. Laurent au volant, comme toujours. Philippe, juste à côté. Elle et Franck, à l'arrière du fourgon.

— Répète-moi le numéro de téléphone pour me joindre, ordonna le commissaire.

— 06.75.83.20.11... 06.75.83.20.11.

— OK. Le code pour neutraliser l'alarme ?

— 13.11.52... Et l'arme ?

Il sortit le Glock de son sac. Lui montra comment y adjoindre le silencieux.

— Je te le donnerai au dernier moment.

— T'as peur que je te braque ?

— Je te le donnerai au dernier moment, répéta-t-il. Il y a un chargeur plein. Soit seize balles calibre 45.

C'est du gros. Ça peut faire un trou de la taille d'une soucoupe dans un mur.

Elle imagina la tête du procureur. Ce qu'il en resterait après…

— Fais gaffe au recul. Ne tire pas à bout portant. Sinon… Sinon, tu vas recevoir…

— Tais-toi, implora-t-elle.

Il obéit. Consulta sa montre.

— Laurent, accélère s'il te plaît.

Le capitaine appuya un peu plus sur la pédale du Trafic flambant neuf. Aménagé en véritable QG. Tables d'écoute, banquette pour dormir. Cafetière. De quoi assurer des nuits entières de planque.

— En cas de gros imprévu, tu m'appelles… Tu veux un café ?

— Non… Si j'avale quoi que ce soit, je gerbe.

Elle avait passé la nuit avec cet homme qui lui faisait maintenant horreur. Elle songea à Daniel. La seule personne qui pouvait encore donner un sens à sa vie. Elle l'avait trahi, une fois de plus. Même s'ils n'avaient fait que rester enlacés, elle l'avait trompé. C'était insupportable de penser ça.

Mon amour, ce mec est le Diable. Il me manipule. Toi et moi, c'est tellement différent… Elle ne pouvait même pas voir défiler la route, enfermée dans ce blockhaus roulant.

Franck la dévisageait sans relâche. Comme s'il craignait de la voir s'évaporer. Marianne examina ses mains. Blocs de glace, malgré la chaleur. Elle y voyait déjà le sang.

— J'ai peur, avoua-t-elle.

— Moi aussi… Mais dans quelques heures, tout sera fini.

— Faut qu'on s'arrête ! dit-elle brusquement.

— Non, on est en retard…

— Faut qu'on s'arrête, merde !

Le capitaine rangea le fourgon sur le côté. Franck fit coulisser la portière et attrapa Marianne par le bras. Philippe descendit aussi, au cas où elle aurait des velléités d'évasion.

Mais elle n'alla pas bien loin. Se plia en deux au-dessus d'un caniveau. Finit à genoux dans l'herbe rachitique d'une bordure de nationale. Nausée fulgurante qu'elle ne parvint pas à soulager. Incapable de vomir sa peur, elle se contentait de suffoquer comme une asthmatique en pleine crise. Philippe l'aida à se relever.

— Excusez-moi, je ne me sentais pas très bien…

Ils reprirent place dans le fourgon, Laurent mit la gomme pour rattraper le temps perdu. Essayant tout de même de ne pas trop secouer sa passagère, ratatinée sur la banquette.

Franck enfila des gants, effaça ses empreintes digitales sur le Glock et le portable qui serait leur seul lien. Laurent amorça un ralenti.

Ils arrivaient dans une agglomération déserte. Ils étaient à F.

Ils roulèrent encore dix minutes, entrèrent dans un quartier résidentiel où de jolis pavillons côtoyaient les maisons de maître, perdues au fond de parcs immenses.

— On y est, annonça le capitaine en garant le véhicule. La rue Auguste-Renoir est à deux pas…

Marianne tenta de décompresser sa poitrine. Franck et Philippe descendirent, elle les suivit. Le commissaire lui confia le pistolet, le silencieux, le téléphone. Elle s'aperçut alors que Laurent la tenait en joue. Elle plaça le Glock dans l'étui, le reste dans les poches intérieures du blouson. Philippe lui remit aussi une sorte de lacet en plastique dur.

— Ce sont des menottes, expliqua le lieutenant. Ça peut te servir… Tu passes les mains de la personne dans la boucle et tu serres.

Il lui donna également un couteau et une lampe de

poche. L'attirail du parfait boy scout partant en balade. À part le Glock, bien sûr. Heureusement qu'elle avait plein de poches. Franck lui administra les dernières consignes, l'ultime piqûre de rappel.

— Marianne, il faut que tu saches que… J'ai deux hommes à moi à S. C'est juste une mesure de précaution… Ils peuvent récupérer Daniel en prison au cas où. Ils ont un faux mandat, de quoi…

— Ça ne sera pas nécessaire, coupa Marianne. C'est tout ce que tu avais à me dire ?

Il l'emmena un peu plus loin. Laurent la gardait néanmoins dans son viseur.

— Nous t'attendrons ici. La rue Renoir, c'est la deuxième à gauche… Tu as encore une question ?

— Non.

— Alors à tout à l'heure, Marianne. Et bonne chance…

Ils se dévisagèrent encore quelques secondes. Ce fut si douloureux qu'elle eut une sorte de vertige. Puis elle partit à petites foulées vers le numéro 12 de la rue Renoir.

La muraille de Chine dans la banlieue de F. Forteresse imprenable. Le proc' vivait avec la peur au ventre. Marianne vissa le silencieux au bout du canon puis se montra à la caméra du portail, avant de l'exploser d'une balle. Elle fut surprise par le recul qui lui déboîta presque l'épaule.

Elle entreprit l'escalade du portail en fer, qui dépassait les deux mètres de hauteur. Elle passa par-dessus, entre deux pics acérés, cala son pied sur une traverse. Elle essaya de trouver une prise pour descendre lentement, mais son pied glissa et elle dévissa de sa paroi métallique avant de percuter le sol avec une violence qui la laissa étourdie quelques instants.

Après s'être lentement dépliée, elle fit un bref

check-up. Douleur dans le dos, à l'épaule droite. Mais rien de très grave, apparemment. Le genou était sain et sauf. Elle jeta un rapide coup d'œil autour d'elle. Les flics lui avaient assuré qu'il n'y avait pas de chien de garde. Pourtant, elle s'attendait à voir surgir des fourrés un rottweiler ou tout autre molosse de la même espèce.

Elle se faufila jusqu'au perron de la maison, se mira dans l'objectif quelques instants. Pour bien qu'on la reconnaisse, une fois encore. Pulvérisa la caméra, une fois encore. D'après Franck, les images étaient enregistrées sur une bande que la police ne manquerait pas de visionner. Elle composa ensuite le code pour désactiver l'alarme. Maintenant s'introduire dans la maison. Si elle avait eu les clefs, c'eût été simple. Elle tenta tout de même sa chance, tourna la poignée, sans résultat.

Suivant les conseils de ses commanditaires, elle partit à droite pour trouver l'entrée du garage. Une balle suffit à forcer la serrure. À l'intérieur, elle alluma sa torche. Une Mercedes dormait non loin d'un gros 4×4. Ça puait le fric et l'huile de vidange.

Elle trouva rapidement le passage entre le garage et la maison. Avant de pousser la porte, elle pria pour que l'alarme soit réellement désactivée… Aucune sirène ne vint ameuter le quartier, son cœur se remit à battre. Elle déboucha dans une sorte de vestibule, plus grand que sa cellule en taule.

Elle se remémora le plan dessiné par Franck. À gauche, salle à manger, salon. À droite, cuisine, cellier. En face, l'escalier qui menait aux chambres et salles de bains. Elle entendit quelque chose, tendit l'oreille. On aurait dit des gémissements. Comme si le proc' était en galante compagnie.

Putain ! Manquait plus que ça !

Elle se plaça en bas des marches, écouta encore. Oui, c'était bien une fille au septième ciel. Sauf que ce n'était pas une vraie. Voix un peu synthétique, cris un peu exagérés. Ça ne pouvait être ce débris qui faisait autant d'effet !

Elle grimpa lentement vers l'étage, avec la discrétion d'une lionne avant l'assaut. La chambre des époux Aubert était la dernière au fond du couloir. Une clarté faible et vacillante en émanait. Il était donc là, en train de mater un film de cul. Un truc avec des mômes, sans doute. Elle eut un haut-le-cœur, se concentra sur sa mission. Elle avança sur la pointe des pieds, essayant de contrôler sa respiration capricieuse. Elle se colla à la cloison, jeta un regard éclair dans la pièce. Il était assis sur son plumard, face à la télé. En train de se palucher. Elle faillit lâcher son arme tellement sa main paniquait. Je pourrai jamais !

Son cœur enchaînait les doubles saltos. Ses jambes menaçaient de renoncer.

Pense à Daniel... Tu es là pour lui. Pense à toi... Aux gosses qui n'auront plus à endurer les horreurs de ce pervers...

Elle parvint à se maîtriser mais s'accorda encore un instant pour actionner la machine de guerre.

Enfin, elle se décida. Il était tellement occupé qu'il ne la vit pas fendre la pénombre. Surtout, ne pas le tuer avant d'avoir le dossier. Sinon, Franck serait furieux.

— Bonsoir, monsieur l'avocat général...

Un sursaut grotesque l'éjecta du lit. Il s'écrasa sur la moquette avec un bruit sourd. Marianne bondit sur le matelas, le mit en joue.

— Debout !

Il avait la bouche ouverte. Une terreur grandissante enlaidissait son visage déjà ingrat.

— Allez, lève-toi ! ordonna-t-elle.

Il se redressa, tendit les bras devant lui. La bouche toujours ouverte. Ça devait faire courant d'air avec sa braguette. D'ailleurs le pyjama glissa jusqu'à ses chevilles.

— Rhabille-toi ! ajouta Marianne avec dégoût.

Il remonta son pantalon. Oublia encore de refermer la bouche. Leva les mains à nouveau.

Elle descendit du lit et, tout en le gardant dans sa ligne de mire, recula jusqu'à l'interrupteur. La lumière inonda la scène.

— Tu me reconnais ? Non ?... Regarde-moi bien, monsieur l'avocat général...

Il plissa les yeux dans une mimique affreuse. Son menton, ses bras tremblèrent. Elle crut qu'il allait s'évanouir.

— Ça y est, je vois que tu te rappelles ! dit-elle avec un sourire féroce.

Elle ne pouvait s'empêcher de jouir de la terreur qu'elle lui inspirait...

Je requiers la réclusion criminelle à perpétuité, avec une peine de sûreté de vingt-deux ans. Comprenez-moi, mesdames et messieurs les jurés... Il faut nous assurer que Marianne de Gréville ne pourra plus jamais perpétrer de telles horreurs...

— Qu'est-ce que vous me voulez ? demanda le procureur d'une voix chancelante.

Elle eut un tressaillement. Retomba brutalement dans le présent.

— J'ai eu envie de rendre visite à mes anciens amis... Ceux qui m'ont aidée quand j'étais dans la merde... Comme toi.

Nous ne pouvons lui accorder la moindre circonstance atténuante...

Elle se prenait au jeu. Comme réellement là pour exécuter sa propre vengeance. Le monstre était sorti de l'ombre. Il tenait l'arme. La braquait sur celui qui avait grandement contribué à lui donner naissance. La vie est si espiègle, parfois...

Le film continuait, des gémissements ridicules de femelle en chaleur qui sonnaient faux. Elle tourna la tête vers la télé, Aubert aussi. Une fille très jeune avec cinq types. Cinq. Comme dans le cachot. Les intestins de Marianne se nouèrent.

— Ça te plaît de voir ça ? cracha-t-elle avec violence.

Il ne répondit pas malgré sa bouche continuellement béante.

— Coupe-moi cette merde tout de suite ! Tout de suite, sinon…

Il marcha en crabe jusqu'au poste. Le silence s'abattit sur le décor, avec juste le bruit du lecteur DVD qui tournait dans le vide. Un immense soulagement pour Marianne.

— Maintenant, tu vas me rendre un petit service, Xav'… Je cherche un dossier… Le dossier Charon.

Sa bouche s'ouvrit encore plus. On aurait dit un poisson-lune en pyjama.

— Je sais pas de quoi vous…

— Joue pas à ça avec moi ! Tu vois ce que j'ai dans les mains ?

Elle baissa le canon, visa son entrejambe.

— Tu veux y goûter ? Je serais curieuse de voir les dégâts que ça causerait dans ton slip… À mon avis, tu pourrais plus jamais te branler devant tes films débiles. Alors file-moi ce dossier, et vite !

— Je ne comprends pas ! Je vous jure que…

— Arrête de faire le con, Aubert ! Ce joujou est hyper sensible et mon doigt a une crampe… Et là, tu commences à me gonfler ! Je sais que tu as la copie de ce dossier ici…

— Non !

Elle s'avança, il recula. Se heurta à une commode qui abrégea sa retraite. Marianne lui fila un coup de pied entre les jambes, il s'écroula à genoux en miaulant de douleur. Elle l'attrapa par le haut du pyjama, le plaqua sur le lit. Lui immergeant la tête dans l'édredon. Avant d'écraser le canon du Glock contre sa nuque.

— Tu vois, Aubert, y a deux ans, tu as démoli ma vie… Tu peux pas savoir comme c'est dur la taule… T'imagines même pas…

— Je vous en prie ! implora-t-il d'une voix étouffée.

— Tu te souviens de quoi je suis capable ? C'est toi-même qui l'as dit, pendant le procès : *capable des pires horreurs*, Xavier… Je n'ai aucune conscience…

Un individu tel que cette jeune femme n'a pas sa place dans notre société. Il faut l'empêcher de nuire, l'en empêcher pendant longtemps. Aussi longtemps que la loi nous y autorise…

Elle lui administra un coup de pistolet sur le crâne, il bava à nouveau sur la couette.

— Si tu ne me donnes pas ce que je veux, je te jure que je vais exercer mes talents sur toi… Il est où, ce dossier ?

Elle lui emprisonna la main gauche, commença à plier son index dans le mauvais sens. Puis accentua la torsion, avec force. Il hurla de douleur, elle venait de lui briser le doigt.

— Tu veux vraiment que je continue ? Tu as dix doigts, mon vieux… Ça peut durer longtemps…

Elle attrapa son majeur, il s'égosilla à nouveau.

— Arrêtez ! Je vais vous le donner ! Arrêtez !

Elle recula un peu, le laissa se remettre debout.

— Où il est ?

— Dans… Dans… mon… mon… bégaya-t-il en tenant son doigt désarticulé.

— Dans ton quoi ?!

— Mon jardin…

— Ton jardin ? Tu te fiches de moi ou quoi ?

— Non ! Je l'ai caché dans la serre, au fond du jardin…

— OK, on y va… Si jamais tu as menti… Passe devant !

Il posa les mains sur le haut de son crâne. Seul un

786

de ses doigts restait en l'air. Elle l'incita à accélérer la cadence en plantant le Glock dans son dos.

Dehors, pieds nus, il se dandina comme s'il marchait sur des braises. Après la traversée du parc, ils arrivèrent à destination. Il poussa la porte, alluma la lumière. Marianne s'émerveilla malgré les circonstances. Plantes magnifiques, fleurs multicolores, exotiques. Parfums enivrants.

— J'ai enterré le dossier, là…

— Alors déterre-le et vite !

— Vous ne savez pas dans quoi vous mettez les pieds, Marianne… Je ne sais pas pourquoi vous le voulez, mais vous serez en danger tant que vous l'aurez…

— T'inquiète, c'est pas pour moi. Je suis juste payée pour le récupérer… File-moi ce putain de dossier avant que je m'énerve !

Elle le garda dans son viseur, tandis qu'il creusait la terre de sa main valide. Il fut obligé de déraciner quelques plantes puis exhuma enfin un sac poubelle noir.

— Vide-le par terre…

Il obéit, une pochette et une cassette vidéo en tombèrent. Tout en le braquant, elle consulta le fameux dossier. Cherchant désespérément le nom. *Charon*. Mais elle avait soudain du mal à lire. Les lettres se mélangeaient, n'avaient plus aucun sens.

Elle continua de tourner les pages. Sans vraiment regarder ce qui s'étalait sous ses yeux. Jusqu'à ce qu'enfin, elle décode les six lettres. CHARON. Juste en haut d'une page. Puis elle sortit la cassette de sa boîte. Le même nom inscrit dessus. Elle poussa un soupir de soulagement.

— OK, on retourne chez toi, maintenant.

— Pourquoi vous ne partez pas ?

— Avance, magne…

Ils retournèrent à l'intérieur. Marianne suivait les

conseils de Franck. *S'il a un coffre chez lui, pique des trucs dedans, ça fera plus vrai.* Elle le poussa dans le salon.

— Il est où ton coffre ?

— Mon coffre ?

— Ouais, ton coffre ! Où il est ?

— Là, indiqua-t-il en pointant son doigt vers une croûte infâme.

— Ouvre-le…

Il retira le tableau, essuya la transpiration sur son front. Composa la combinaison.

— Mets-toi à genoux, ordonna-t-elle. Garde les mains sur la tête.

— Je vous en prie…

— Obéis ! hurla-t-elle.

Il s'agenouilla à côté de la table. Elle alla fourrer son nez dans le coffre ; une liasse de billets, une montre, un écrin à bijoux, des lettres. Elle jeta tout ça dans une mallette en cuir, y ajouta le dossier Charon.

— Les clefs du portail… ?

— Elles… Elles sont accrochées dans l'entrée… Juste à côté de la porte… Prenez-les et partez.

Elle ferma la mallette. Il fallait en finir. Maintenant. Ou jamais.

Lui ou elle. Lui ou Daniel.

Tirer sur un homme. À genoux. Au-dessus de ses forces. Peut-être que debout, elle y arriverait.

— Lève-toi…

Il se redressa avec l'agilité et l'élégance d'un pachyderme rhumatisant. Se mit à trembler comme un parkinsonien en phase terminale. Marianne le fixait droit dans les yeux. Le doigt sur la gâchette. Les nerfs en éruption.

Non, jamais elle n'y arriverait. Pense à Daniel. Pense à toi. Pense à ces enfants… Il fallait qu'elle entende ses aveux. Pour trouver la force de tirer.

— Paraît que t'aimes bien les gosses, Aubert… Au point de t'en servir pour tout un tas de saloperies…

Il écarquilla les yeux. Des giboulées de sueur descendaient de son cuir chevelu jusque dans son cou.

— Je suis au courant de tout, tu vois… Je sais que t'es un pédophile !… PÉ-DO-PHI-LE !

— Mais jamais de la vie, Marianne !

— Ne m'appelle pas Marianne ! hurla-t-elle d'une voix hystérique. Je sais ce que tu infliges aux enfants ! Toi et ta copine la juge !

Il semblait abasourdi. Sacré bon comédien, le proc' !

— Mademoiselle de Gréville, je vous jure que…

— T'es qu'un salaud ! Tu vas payer !

Il tremblait de plus en plus, la suppliait du regard. Elle serrait la main sur la crosse du pistolet. Hésitait. Et si c'était Franck qui avait menti ? De toute façon, il le faut, pour Daniel. Elle fit quelques pas dans le salon. Lui tourna le dos un bref instant.

Ne jamais tourner le dos à l'adversaire. On le lui avait pourtant appris !

Un choc violent à l'arrière du crâne fit exploser une lumière rouge dans son champ visuel. Elle desserra les doigts avant de s'écrouler tête la première sur le canapé. Elle pivota en gémissant de douleur. Vit étinceler les débris du projectile, un cendrier en cristal, mais, surtout, Aubert qui se baissait pour ramasser l'arme.

Elle se releva avec une vélocité prodigieuse et, dans un cri de guerre, le percuta de plein fouet alors que ses doigts effleuraient le Glock. Ils roulèrent ensemble sur le carrelage, elle se sentit étouffer sous les quatre-vingts kilos en furie. Il martelait son visage de ses poings, avec une énergie décuplée par la peur et le désespoir. Succession de chocs violents qui malmenaient son cerveau. Elle parvint enfin à bloquer ses bras, le repoussa avec force avant de se remettre debout. Le décor classieux valsait, elle s'accrocha à la table. Dorures et marqueteries s'unissaient dans une farandole infernale.

Mais il lui restait assez de lucidité pour discerner Aubert qui rampait jusqu'au flingue. Une nouvelle fois, il l'effleura du bout des doigts. Alors Marianne lui sauta dessus, l'écrasa à plat ventre et se plaça à califourchon sur son dos. Le pistolet glissa sur le carrelage. S'éloigna.

— Ordure ! Fumier !

Elle saisit sa tête entre ses mains, lui tapa le visage contre le sol. À plusieurs reprises. Avec une frénésie macabre. Il gémissait, ses bras se tordaient dans le vide.

Marianne de Gréville a eu sa chance. Elle a grandi dans un milieu aisé, n'a manqué de rien.

Elle lâcha sa tête, lui donna des coups de poing sur la nuque. Elle frappait avec une violence inouïe, hurlait en même temps.

— J'ai manqué d'amour, connard ! J'ai manqué d'amour ! Manqué d'amour !

Il cessa de gémir. De bouger. Pourtant, elle continua.

— T'avais pas le droit de me faire ça ! T'avais pas le droit !

Elle arrêta enfin de s'acharner. Les poings serrés, la bouche déformée, les yeux exorbités. Elle se leva d'un bond, manqua de chuter à nouveau tellement ça tournait. Les larmes se mélangèrent au sang sur son visage. Elle empoigna l'arme, resta quelques instants immobile. Face au spectacle de cet homme inconscient, la figure baignant dans une petite flaque rouge.

Vérifie qu'il est mort, Marianne… La voix de Franck continuait à lui intimer des ordres. Franck…

Elle avait oublié les flics qui l'attendaient dehors. Avait oublié un instant pourquoi elle était là. Elle s'agenouilla près du corps, posa le canon sur son crâne. Juste en haut de sa nuque brisée. Le canon tremblait autant que sa main, que son bras.

Tire, Marianne. Il est déjà mort, de toute façon. Tire. Pour sauver Daniel.

Elle bloqua sa respiration, appuya sur la gâchette. Le corps se souleva dans un soubresaut terrifiant, elle reçut une giclée de sang, de chair et d'os en pleine tête. Elle partit à la renverse, recula sur les fesses. Resta un moment tétanisée face au cadavre. Puis elle essuya son visage souillé comme si elle voulait s'arracher la peau. Calme-toi Marianne. Casse-toi d'ici.

Marianne de Gréville semble incapable de discerner le bien du mal… Pourtant, elle a été reconnue responsable de ses actes…

Elle se releva doucement, récupéra la mallette puis tituba jusqu'au vestibule. Tellement de sang sur son visage. Le sien et celui d'Aubert. Elle dut encore s'arrêter un instant. Au bord de l'évanouissement.

Je requiers donc une peine exemplaire, la plus lourde qui soit…

Elle récupéra tous les trousseaux de clefs avant de se ruer dans le jardin et de galoper comme une dératée jusqu'au portail. Dans la rue, elle partit d'abord dans le mauvais sens. Rebroussa chemin, accéléra encore. Comme poursuivie par une horde de loups affamés. Le fourgon, enfin ! Elle fonça droit dessus. Ne put s'arrêter à temps et percuta la taule comme un bolide sans freins. Les flics descendirent en vitesse, la trouvèrent effondrée sur l'asphalte. Dans un état effrayant. Plus de souffle. La figure, les mains, les vêtements maculés de sang. Les yeux hagards.

Franck l'embarqua à l'arrière, l'allongea sur la banquette, récupéra le Glock. Elle ouvrit les yeux ; trois faces inquiètes se penchaient au-dessus d'elle.

— Marianne ? Qu'est-ce qui s'est passé ? Tu m'entends ? Donnez-moi de l'eau, les gars…

Philippe lui passa une bouteille d'eau minérale.

791

Franck en aspergea le visage de Marianne qui eut un brutal sursaut. Il la souleva par les épaules.

— Marianne ? Tu m'entends ?

— Oui…

— Il est mort ? Tu l'as tué ?

Il la secoua brutalement.

— Oui, gémit-elle avec une voix à l'agonie.

— Tu es certaine qu'il est mort ? cria-t-il.

— Oui ! hurla-t-elle en le repoussant méchamment. Il est mort ! MORT !

— Et le dossier ?

— Il est dans la mallette, dit Laurent. Je viens de vérifier.

— Alors allons-y ! ordonna le commissaire. Faut pas traîner ici.

Le capitaine se plaça au volant. Franck, rassuré, continua à s'occuper de Marianne tandis que le fourgon l'emmenait déjà vers de nouvelles horreurs.

Elle fondit en larmes, il la serra dans ses bras.

Philippe, resté à l'arrière, s'accrochait à la table d'écoute pour ne pas chavirer dans les virages. Franck s'aperçut que Marianne avait une plaie à l'arrière du crâne.

— Vous vous êtes battus ? murmura-t-il. Qu'est-ce qui s'est passé ?

Incapable de raconter, elle continua à sangloter. À ruiner le polo Lacoste du commissaire. En l'inondant de larmes, de sang.

Laurent s'arrêta à la sortie de la ville, se gara sur une aire de pique-nique minable. Cette fois, Marianne se vida les entrailles sur le bas-côté. Soutenue par Franck qui ne la lâchait pas d'une semelle. Pire qu'une sangsue.

Laurent fumait sa clope, appuyé contre le fourgon. Comme s'il partait en vacances avec sa petite famille. Philippe faisait les cent pas. En se rongeant les ongles.

L'aube se leva sur ce drôle d'équipage.

Justine avait fait la nuit. Seule en raison du manque cruel d'effectif. Cruel à tous les sens du terme. Elle regarda le jour pointer entre les miradors. Elle n'avait pas fermé l'œil de la nuit. Pourtant, les détenues l'avaient laissée tranquille. Aucune n'avait bronché. Ni crise de manque, ni bagarre, ni détresse à soulager. Seulement la sienne à supporter.

Quelque chose continuait de lui bouffer les tripes, méthodiquement. Comme un parasite, un truc qui se nourrissait de sa vie, l'asséchait lentement. La peine, immense. Le chagrin, la rancœur, l'impuissance. La culpabilité. La haine. Et la peur de la haine. Plusieurs parasites à vrai dire.

Elle arpentait le couloir du quartier d'isolement. Passa devant la cellule 119, toujours vide. Cruel à dire, ça aussi. Marianne lui manquait. Puis elle s'arrêta devant la 127. Ouvrit la trappe. VM était déjà debout. En train de s'entraîner.

Justine l'observa quelques instants. Arme de guerre toujours en état de marche. Toujours prête. Jamais lasse ou désespérée. Elle entra, VM se redressa.

— Bonjour, surveillante… Qu'est-ce qui se passe ?

Justine s'assit près de la table.

— Je peux vous prendre une cigarette ?

— Allez-y…

VM s'installa face à la gardienne. Intriguée par cette visite matinale. Inhabituelle.

— Qu'est-ce qui vous amène dans ma tanière, surveillante ? Vous n'avez pas l'air bien…

— Non, je ne suis pas bien…

— Je comprends.

Justine la dévisageait avec insistance.

— Vous avez quelque chose à me demander ? supposa calmement VM. Allez-y, je vous écoute.

— Qu'est-ce que… Qu'est-ce qu'il faut pour tuer quelqu'un ? murmura Justine.

Passé l'étonnement, VM lui répondit avec un sourire sec et froid.

— Une bonne raison.

Justine n'osait avouer ce qu'elle était venue chercher ici. Le savait-elle vraiment, d'ailleurs ? Mais VM le devina.

— Vous avez envie de vengeance, surveillante, c'est ça ?

— Je sais pas… Oui. C'est elle qui l'a assassiné… Solange… Et Portier, aussi…

— Vous avez envie de les tuer ?

— Parfois… Parfois, je…

— Oubliez ça, Justine. Vous n'êtes pas une meurtrière, vous ne le serez jamais.

— Et si…

— Si quoi ? Vous êtes en train de me demander de le faire à votre place ?

— Non, je…

— Je ne suis pas une tueuse à gages, surveillante. Même si je refroidissais Pariotti, vous ne pourriez le supporter. Vous avez de la haine au fond de vous, c'est normal… Mais vous avez surtout du chagrin. Oubliez ça, Justine. Croyez-moi… Vous gâcheriez votre vie. Et vous ne le méritez pas. Vous la combattrez autrement. Avec vos armes, à vous.

— Vous avez raison. Je ne sais même pas pourquoi je suis venue et…

— C'est pas bien grave. Et puis… Quelque chose me dit que cette salope le paiera un jour.

***

Le fourgon était encore sur l'aire de pique-nique. Laurent surveillait les aiguilles de sa montre. Franck, à l'arrière, soignait Marianne, Philippe jouant les assistants. Il nettoya ses blessures. Crâne et arcade sourcilière ouverts, lèvre supérieure fendue. Plaies sur les dix doigts. Elle se laissait faire.

— Change-toi. Tu ne peux pas entrer comme ça dans le Palais. Déjà que t'as la gueule d'un boxeur…

Il sortit une rechange complète d'un sac. Philippe admira la prévoyance et le calme de son patron. Il se tourna, Marianne se débarrassa avec soulagement de ses fringues maculées d'horreur. Franck en profita pour enfiler une chemise propre. À croire qu'il ne se déplaçait jamais sans sa garde-robe. Le lieutenant lui proposa un chewing-gum à la menthe, seul remontant disponible.

Elle retrouvait progressivement la parole mais n'avait encore rien raconté. Elle avala un demi-litre d'eau minérale. Avec la menthe forte du chewing-gum, ça gomma un peu l'amertume bileuse dans sa bouche. Elle enchaîna avec une Camel.

Laurent s'impatienta, grimpa à son tour à l'arrière du fourgon.

— Ça a l'air d'aller mieux, constata-t-il.

— Laisse-lui encore un peu de temps, pria Franck. Elle a sacrément morflé…

Marianne examina ses phalanges à la peau éclatée, comme des fruits trop mûrs.

— Je l'ai massacré, murmura-t-elle. Massacré…

Elle fixait encore ses mains meurtrières. Avec une sorte de répulsion. Puis elle vida son sac. Dans le désordre le plus complet. Ils eurent du mal à suivre. Ça parlait d'un type qui matait un film porno, qui lui lançait un cendrier en pleine tête. Avant de se la faire exploser sur le carrelage.

— L'important est qu'il soit mort et que tu sois toujours en vie, conclut le capitaine avec un redoutable esprit de synthèse.

— Il… Il a dit qu'il ne touchait pas aux enfants… Il avait l'air sincère. Il a nié jusqu'au bout…

Elle leva les yeux sur Franck. Cherchant à sonder son cerveau. Mais il resta impénétrable.

— Parce que tu crois que c'est le genre de choses qu'on avoue facilement ? répliqua-t-il.

— Avec un flingue pointé dans la figure, on avoue n'importe quoi…

— Non, Marianne. Il pensait sans doute que déballer ces horreurs le condamnerait.

— C'est un tordu ! affirma le capitaine. Il a l'habitude de baratiner… ! C'est son job !

— Tu m'as pas menti, Franck ? demanda-t-elle avec un cortège de menaces dans la voix.

— Non, je ne t'ai pas menti. Sinon, pourquoi ferions-nous tout ça ?

— Pour récupérer le dossier Charon, peut-être…

— Tu l'as lu ? s'inquiéta-t-il soudain.

— Non. J'ai tourné quelques pages, mais… Je cherchais juste son nom. Faut pas que je lise, c'est ça ?

— Disons que tu as autre chose à faire. Et vaut mieux pas, non. Il contient des informations confidentielles et… moins tu en sais…

— … Mieux ça vaut pour moi… J'ai compris.

— Bon. On va y aller, il faut qu'on arrive à P. avant huit heures.

Le visage de Marianne se transforma subitement. Elle venait de réaliser que ce n'était pas fini. Comme si son esprit au bord du gouffre avait volontairement effacé la suite du contrat.

— Je veux pas y aller ! dit-elle en implorant Franck du regard.

Il fronça les sourcils, Laurent leva les yeux au ciel.

— Comment ça ? Tu as déjà accompli la moitié de ta mission, il faut aller au bout…

— J'y arriverai pas ! hurla-t-elle soudain.

Elle avait crié si fort que Philippe lâcha son gobelet de café.

— Je veux pas aller là-bas ! Ça suffit !

— Oui, ça suffit ! rétorqua Franck d'une voix glaciale. Tu vas y aller et finir ton travail !

Les larmes noyèrent à nouveau ses yeux d'ébène. Ses mains se remirent à trembler.

— Je suis épuisée… Je suis blessée… gémit-elle. J'arriverai jamais à tirer sur cette femme…

— Tu auras la force, assura Franck en mettant un peu de miel dans sa voix. J'en suis certain. De toute façon, tu n'as pas le choix.

— Bon, on s'arrache ? grogna le capitaine. Faudrait se magner.

Marianne se jeta soudain sur Franck, s'agrippa à lui, froissant sa chemise impeccable avec désespoir. Elle pleurait maintenant sans retenue. Il ferma les yeux quelques secondes.

— Franck ! S'il te plaît !

Il inspira une bonne dose d'oxygène. Puis la repoussa sans aucune délicatesse.

— Stop ! cria-t-il. Tu vas faire ce qu'on te demande ! C'est même pas la peine d'y penser !

— Je t'en prie ! répéta-t-elle avec une averse de larmes.

Elle essayait d'entrer en contact avec sa peau. Comme cette nuit. Mais il la gardait à distance. Et continua à la tabasser de mots.

— Tu perds ton temps, Marianne ! Tu crois que tu peux jouer à ça sous prétexte qu'on a couché ensemble ? J'y pense même plus, figure-toi…

Il devina dans ses yeux qu'il l'avait blessée durement. Continua à stimuler sa haine.

— C'était juste un passe-temps. Ça sert à rien de me supplier. J'en ai rien à foutre de ce que tu ressens !

— T'es qu'un salaud !

— Certainement ! Je suis vraiment désolé de te décevoir, ma petite. N'oublie pas que j'ai deux gars en poste à S. ! Ton mec va sortir ce matin… Si tu ne fais pas ce que j'attends de toi, je n'ai qu'un coup de fil à passer pour qu'ils le cueillent à sa sortie de prison. Tu entends, Marianne ?

Il la secoua encore, son regard se durcit enfin. Elle n'implorait plus, elle haïssait. Il l'envoya contre la banquette. Elle aboya de rage.

— Maintenant, arrête de nous faire chier ! Laurent, démarre. On a assez perdu de temps comme ça.

Marianne, recroquevillée sur la banquette, broyait un mélange de hargne, de peur et de déception. Un truc qu'elle allait ruminer longtemps avant d'arriver à l'avaler. Philippe était livide, le commissaire lui posa une main un peu ferme sur l'épaule.

— Ça ne va pas, Phil ?

— Si…

— Bien. Tu nous refais du café ? Marianne a besoin d'un remontant, je crois…

***

Laurent exécuta un créneau parfait. Il stoppa le moteur. Se tourna vers son patron.

— Ici, ça ira ?

— Parfait, répondit le commissaire.

Marianne, prostrée, n'avait pas bougé depuis leur départ de l'aire de repos. Sauf pour allumer une bonne

dizaine de cigarettes, transformant le Trafic en éprou-
vette cancéreuse.

— Nous y sommes, annonça Franck. Le Palais est au
bout de l'avenue. À peine trois minutes à pied… Je vais
te redonner le flingue. Nous t'attendrons ici… Tu as le
portable ? Rappelle-moi le numéro.

— Va te faire foutre…

L'empoignant par le blouson, il la souleva de la banquette.

— Je te conseille de changer de ton.

— Rien à foutre de tes conseils…

— Arrête ça ! Tu ne peux pas refuser maintenant.
Sinon, tu sais ce qui va arriver à ton mec…

Laurent et Philippe passèrent à l'arrière, histoire
d'être près de leur chef si jamais leur arme se retournait
contre eux. Mais elle ne bronchait pas. Elle le fixait
simplement, durement. Onyx contre émeraude. Laurent
consulta sa montre. Une pression insoutenable montait
dans le QG. Franck la lâcha enfin.

— Fais le boulot et je ne le toucherai pas.

— Touche-le et je te tue. Je te massacre comme j'ai
massacré Aubert.

Franck tenta de trouver les arguments.

— Écoute, il faut aller au bout de la mission… Sinon,
tu auras descendu Aubert pour rien.

— J'ai tué une cible. C'est ce que prévoyait le contrat
initial. J'ai le droit de me casser, maintenant.

Le commissaire, taraudé de tics nerveux, dansait
d'un pied sur l'autre. Marianne, figée dans une froideur
impressionnante, paraissait déterminée comme jamais.

— T'as qu'à aller récupérer ton dossier toi-même,
ajouta-t-elle. Et abattre cette femme. Puisque c'est si
simple, ça ne devrait pas te poser de problème…

Il passa au plan B. Prit son portable. Marianne sentit
que le poker tournait mal. Il composa un numéro.
S'éloigna un peu.

— Allô ? Ouais, c'est moi, Franck… Il est sorti ?

Elle voulut se jeter sur le commissaire pour lui arracher le téléphone, se retrouva piégée entre les bras des deux autres. Le fourgon était exigu, la lutte difficile. Mais ils parvinrent enfin à la bloquer sur le plancher. Franck reprit sa discussion avec un interlocuteur inconnu. Tout en la regardant.

— Excuse-moi, j'ai eu un petit souci… Il est sorti ? Ouais ? OK… Où est-il ?

Elle percevait une voix masculine à l'autre bout. Il ne faisait pas semblant. Elle entendit même que Daniel était dans un bar. Au comptoir, en train de fumer une clope et de boire un café.

— Chopez-le dès qu'il sort. Vous me le gardez au chaud… Je vais venir le chercher. Essayez de ne pas trop l'abîmer, OK… ?

Elle entendit *on va essayer*. Il raccrocha. Elle pleurait. Il sut qu'il avait gagné.

— T'es contente, Marianne ? demanda-t-il en s'accroupissant devant elle. Il ne va pas profiter longtemps de sa liberté. Dommage pour lui…

Laurent et Philippe usaient toutes leurs forces à la contenir.

— Arrête-les ! hurla-t-elle. Je vais aller au Palais ! Je vais aller te chercher le dossier…

— Le dossier ? Et la juge, alors ?

Elle ferma les yeux. Il la saisit par la nuque.

— Je vais la tuer ! s'empressa-t-elle d'ajouter. Je vais la tuer ! Rappelle-les !

Il se releva, satisfait. Il appuya sur la touche bis, la même voix émana du combiné.

— Vous l'avez eu… ? Pas encore ? Ne bougez pas, pour le moment… Mais ne le lâchez pas d'une semelle, compris ?

Oui patron, on ne le quitte pas des yeux. Il raccrocha à nouveau.

— Tu vas être en retard, Marianne, lança-t-il sèchement. Les flics la libérèrent.

— Nous t'attendrons ici. S'il y a un problème, tu m'appelles… Le numéro ?

— 06.75.83.20.11.

— Bien. L'adresse où nous rejoindre si jamais ça tourne mal ?

— 26, rue Descartes à G. sur M.

— Très bonne mémoire, Marianne ! Dommage que tu sois aussi têtue…

Il enfila ses gants en cuir, lui confia le Glock. Laurent la braqua instantanément avec son Beretta.

— N'oublie pas de vérifier que c'est le bon dossier. Et que la juge est bien morte…

— Oui… Vous ferez rien à Daniel ?

— Ça dépend de toi, Marianne. Donne-moi une seule bonne raison et…

Elle fit non avec la tête.

— Bonne chance, Marianne. Et n'oublie pas ton mec.

Philippe fit coulisser la porte. Marianne sauta sur le trottoir avant de marcher droit devant elle. Le lieutenant referma et Franck se laissa tomber sur la banquette. Visiblement exténué.

— Tu as été parfait, souligna Laurent en allumant une Marlboro.

Parfaitement dégueulasse, pensa Franck en fermant les yeux.

Les marches du Palais. Grandioses. Marianne eut une torsion intestinale. Elle se souvenait les avoir montées plusieurs fois en star du crime. Avec escorte de paparazzi et gardes du corps en képi. Là, elle les monterait seule. Trop tôt pour la déferlante de prévenus, avocats et juges. Elle alluma une cigarette, consulta l'heure sur son portable. Huit heures pile. Forestier devait être arrivée. Elle n'était jamais en retard, selon Franck. Une de ces maniaques de la ponctualité. Marianne tira sur sa Camel avec frénésie. C'était peut-être sa dernière clope. Elle piétina ce qu'il en restait sur l'asphalte avant de se lancer à l'assaut du grand bâtiment qui annonçait la couleur. *Liberté, égalité, fraternité.* Meurtre prémédité.

Elle grimpa calmement les marches, cachant ses mains abîmées au fond des poches de son blouson en jean. Qui cachait lui-même un calibre 45. Elle pénétra dans le hall. Là, les ennuis pouvaient commencer. Coup d'œil circulaire. Deux avocats discutaient, leurs petites mallettes à la main, leurs robes noires de prêtres justiciers sur le dos. Un peu plus à gauche, l'accueil vitré. À éviter. Elle reprit sa marche lente et silencieuse. Ne pas courir...

Elle gagna un escalier sur la droite, s'accrocha à la rampe. Croisa un type qui la dévisagea avec curiosité. Son cœur accomplit un tour de montagnes russes dans sa poitrine.

Il m'a reconnue ! Ou peut-être... Je dois vraiment avoir une gueule effrayante ! Une gueule de boxeur, comme dirait Franck. Salaud de Franck. Faudrait que je lui fasse la peau. Et dire que j'ai couché avec lui ! Je suis vraiment tarée ! La première fois, j'étais complètement défoncée... C'est cette saloperie de came... Mais cette nuit, pourquoi je suis restée dans ses bras ?

Plus tard. Pour le moment, il faut sauver Daniel. Je suis là pour toi, mon amour. Seulement pour toi.

Elle arriva sans encombre au deuxième étage. Là, ça risquait de se compliquer. On n'accédait pas comme ça aux bureaux des juges. D'abord, montrer patte blanche. Calée contre la porte, elle jeta un œil dans le long couloir. En plein milieu, une table avec un type assis derrière. Qui lisait la presse du matin. Bien sûr, on devait passer devant lui pour accéder à l'antre de Forestier. Attendre qu'il aille pisser ou qu'il pique un roupillon. Ou qu'il meure d'une crise cardiaque. Ou souffre d'une crise d'hémorroïdes. Ou qu'il se fasse dévorer par un tyrannosaure.

Putain ! Comment je vais faire ? Elle resta plantée là cinq minutes à réfléchir. Le gars ne bougeait pas d'un centimètre. Évidemment. Y a que dans les films que le mec se taille au bon moment. Dans la réalité, il restait le cul vissé sur sa chaise. Il avait un café, un journal passionnant, aucune envie pressante pour l'inciter à se lever. On n'était pas dans une super production américaine. Juste en plein cœur du plan foireux du commissaire Francky. Il fallait donc trouver un moyen de contourner l'obstacle. Marianne cherchait l'idée du siècle. Ne trouva que l'idée du jour. Grâce à une rencontre imprévue. Une femme de ménage qui sortit un chariot d'un local non loin du bureau du buveur de café. Et qui s'éloigna en chantonnant. Marianne lorgna dans la cage d'escalier. Personne. Elle s'élança dans le couloir, armée de son plus joli sourire. Dommage qu'Aubert lui ait arrangé le portrait, ça ne lui faciliterait pas la tâche. L'homme au journal leva les yeux vers elle. Un regard mou, sans profondeur. Deux guimauves décolorées.

— Bonjour, monsieur... J'ai rendez-vous avec le juge Forestier.

— C'est un rendez-vous bien matinal !

— Oh ! C'est parce que c'est d'ordre privé ! On est copines, Nadine et moi...

Il paraissait tout sauf convaincu. Vrai que cette jeune fille qui semblait avoir passé la nuit avec Mike Tyson, peinait à passer pour l'amie de l'éminente et distinguée Nadine Forestier.

— Je la préviens.

— Inutile ! assura-t-elle en brandissant son portable. Je l'ai appelée depuis le hall ! Elle m'attend...

— Ça ne fait rien, dit-il en empoignant le téléphone. Je la préviens quand même, c'est la procédure...

— Ne vous donnez pas cette peine, monsieur...

— C'est la procédure.

Commence à me gonfler avec sa *procédure*.

— Votre visage me parle, ajouta-t-il. Vous venez souvent ici ?

Une grosse caisse résonnait dans sa poitrine. Un orchestre au grand complet.

— C'est la première fois.

L'huissier composa les trois chiffres du numéro interne de la juge.

— Qui dois-je annoncer ?

Marianne posa un doigt sur l'interrupteur de communication. Il la toisa de travers.

— Vous savez quoi ? On va faire un truc très agréable, tous les deux… On va oublier la *procédure*…

Il resta la bouche ouverte. Décidément, c'était la saison du poisson-lune. Il ne vit même pas arriver le poing qui le percuta en pleine tête.

Lui et sa fidèle chaise partirent en arrière. Groggy. Marianne lui administra l'extrême-onction. Coup de pied dans la tempe. Dodo, monsieur l'huissier. Réveil migraineux en perspective ! Elle l'empoigna par les aisselles, le traîna jusqu'au local. Avec l'impression de tracter une baleine échouée. Yeux-de-Chamallow devait bien avoisiner les soixante-quinze kilos. Elle referma la porte, respira un grand coup. Personne pour contrarier son petit exercice de musculation. La chance était donc de la partie. Mais le temps passait trop vite.

Elle piqua un sprint, arriva enfin à destination. Une grande porte blanche et moulurée. Avec une jolie plaque dorée. *Juge d'instruction Nadine Forestier*. Cascade de mauvais souvenirs… Elle pensa frapper. À quoi bon ? Elle frapperait plus tard. Elle tourna la poignée, entra, referma derrière elle. Se retrouva face à un visage familier. Jamais oublié.

Contrairement au procureur, Forestier ne mit pas trois secondes à la reconnaître. Ses traits se décomposèrent au ralenti.

— Mon Dieu ! murmura la magistrate.

— Non, ce n'est que moi. Dieu n'est pas avec vous, aujourd'hui…

Ce n'était pourtant pas le moment de déclamer de grandes phrases.

— C'est bien le dossier Dufour que vous vouliez, Nadine ?

Marianne frisa la crise cardiaque. Tourna la tête sur sa droite. Un petit cagibi ou plutôt un grand placard communiquait avec le bureau. La voix émanait de là. Et une jeune femme en tailleur gris et lunettes en surgit, une pochette à la main. Elle ne vit pas Marianne immédiatement. Mais suivit le regard pétrifié de la juge. Les trois femmes se dévisagèrent mutuellement dans un silence écrasant.

Marianne songea à faire demi-tour. Pensa aussitôt à Daniel. Je suis dans la merde. Jusqu'au cou. Jusqu'à la racine des cheveux.

— Qu'est-ce qui se passe ? s'informa la jeune femme à lunettes.

La juge se leva doucement, Marianne écarta le pan de son blouson, empoigna son Glock. L'intruse lâcha son dossier. La magistrate s'immobilisa sur-le-champ.

— Du calme… Pas un geste, pas un cri.

— Qu'est-ce que vous faites là ? demanda Forestier avec un impressionnant sang-froid.

— J'avais très envie de vous revoir, madame le juge…

— Mais qui êtes-vous ? s'étrangla Lunettes.

— C'est Marianne de Gréville.

Lunettes vira au rouge puis au blanc.

— En personne ! ajouta Marianne. Et vous, vous êtes qui ?

— C'est Clarisse Weygand, expliqua Forestier. Ma greffière.

Elle avait toujours aimé répondre à la place des autres. *Êtes-vous coupable ? Oui, vous êtes coupable.*

Putain ! Francky va m'entendre ! *Elle n'arrive jamais avant neuf heures…* Mon cul, oui !

Elle essaya d'activer ses neurones. Agir dans l'ordre. Elle tourna le verrou de la porte. Inutile qu'un quatrième larron ne s'invite à la fête. Elle inspecta le cagibi. Pas de sortie, pas de fenêtre, pas de téléphone.

— Clarisse ? Approchez…

La greffière avala sa salive. Marianne arma son pistolet.

— Approchez avant que je m'énerve…

La greffière activa ses pieds sur le lino, resta tout de même à une distance raisonnable.

— Tournez-vous, Clarisse…

— Qu'est-ce que vous allez me faire ?

— Si tu n'obéis pas, je vais te tuer, voilà ce que je vais faire…

La greffière obtempéra. Marianne l'assomma d'un coup de crosse dans la nuque. Elle s'effondra avec la grâce d'une ballerine interprétant *La Mort du Cygne*. Les yeux de la juge débordaient de leurs orbites. Ses lèvres fines s'étaient pincées en cercle.

— Fous-la dans le placard, ordonna Marianne.

Forestier empoigna sa fidèle servante par les poignets. La traîna jusque dans le local. Elle geignait sous l'effort. Craqua sa jupe un peu serrée.

— Ferme la porte, maintenant.

La magistrate s'exécuta. Marianne l'approcha.

— Qu'est-ce que vous êtes venue faire ici ?

— Tu m'as manquée pendant toutes ces années… Mais je suis pas venue prendre le thé. Je cherche un dossier… Le dossier Charon.

Stupeur en face. Décidément, ce nom avait tendance à déclencher des réactions assez fortes.

— Je veux ce dossier, répéta Marianne. Et vite, en plus…

— Je n'ai aucun dossier de ce nom-là, mademoiselle de Gréville.

Bien sûr, elle n'allait pas céder aussi facilement.

Marianne lui adressa un sourire sanguinaire, histoire de lui rappeler qui elle était.

— Mais si, tu l'as ! Tu as même l'original, ici… Tandis que la copie se trouve chez ton amant… Au passage, faudra que tu m'expliques comment tu peux t'envoyer en l'air avec ce débris !

— Je ne comprends vraiment rien…

Marianne soupira.

— Alors je te ré-explique… Toi, tu as l'original de ce dossier. Et moi, je suis venue le récupérer. Après avoir volé la copie chez ton copain le proc'… C'est assez clair ?

— Vous êtes allée chez Xavier ?

— Ouais, tout à l'heure. C'est très sympa chez lui, d'ailleurs… Très classe… Surtout la serre ! Mais tu sais, il était en train de mater un film porno quand je suis arrivée… Tu dois pas lui suffire.

— Mon Dieu !

— Arrête avec ton dieu ! Envoie le dossier. Sinon, je te jure que je te descends.

— Si vous me tuez, vous n'aurez pas le dossier. Moi seule sais où il se trouve.

Marianne fut un peu désarçonnée par tant d'audace. La juge se rebiffait. Elle avait toujours été une dure à cuire. Au moins, Forestier venait d'avouer qu'elle avait bien le dossier. Bon début.

— T'as raison, admit-elle. Mais je vais t'obliger à parler, je te le garantis…

Nadine Forestier tentait de masquer sa peur sous l'air hautain dont elle ne se départait d'ailleurs jamais. Marianne décida de passer à l'action. La douleur était la seule à pouvoir faire craquer cette espèce d'iceberg monté sur talons aiguilles.

Elle rangea le Glock dans l'étui, Forestier se précipita soudain en direction de la porte. Marianne n'eut aucune peine à la rattraper, la plaqua face contre un mur, déclenchant un cri étouffé.

— Ta gueule !

Marianne la poussa jusqu'au bureau, l'écrasa à plat ventre dessus, le nez dans l'un de ses fameux dossiers. Un bras tordu dans le dos, une pression insoutenable sur la nuque.

— Il est où, ce dossier ?

— Je… Je ne l'ai pas ici…

Marianne vrilla un peu plus son poignet. Appuya sur ses cervicales pour l'empêcher de crier.

— Tu oses te foutre de ma gueule ? Tu veux vraiment que je te casse le bras ?

— Non ! Je vous jure que…

— Putain ! Je perds patience, là ! Tu te rappelles, je sais pas distinguer le bien du mal… Tu t'en rappelles, dis ?

— Il n'est pas ici ! Vous perdez votre temps !

— T'as raison, tu me fais perdre mon temps ! Alors on va accélérer un peu !

Elle sortit de sa poche la lanière en plastique remise par Philippe. Noua les poignets de Forestier. Serra à fond jusqu'à ce que le sang ne passe plus.

— C'est agréable, les menottes, madame le juge ? Ça te plaît ? Tu te souviens quand tu refusais qu'on me les enlève ? Quand je restais des heures menottée à cette chaise ?

La juge gémissait, mais n'avouait toujours pas. Marianne la souleva par les cheveux, la força à tomber à genoux face au bureau. Elle reprit son pistolet en main, planta le canon dans sa gorge.

— Écoute-moi bien. Parce que je vais pas répéter cinquante fois la même chose…

Une petite complainte de souffrance vint ponctuer les menaces.

— Des amis tiennent absolument à récupérer ce dossier. Si je reviens les mains vides, je vais mourir… Et je ne tiens pas du tout à crever, tu piges ?

— Oui… Mais il n'est pas ici, je vous le jure…

Marianne lui flanqua un coup derrière le crâne, avec la paume de sa main. Juste assez fort pour que son front aille heurter le bureau. Puis elle la ramena vers elle en martyrisant sa tignasse décolorée.

Elle continua ensuite à chuchoter des horreurs dans son oreille. À enfoncer le canon dans sa gorge.

— Aubert non plus voulait pas me le donner... Tu veux savoir comment j'ai réussi à lui faire cracher le morceau ? Remarque, ça a pas été très dur... Il a fait dans son froc dès qu'il m'a vue... C'est pas un homme, c'est une larve.

— Arrêtez... Je vous en prie...

— Je garde un très mauvais souvenir de toi, Nadine. C'est grâce à la manière très particulière dont tu as instruit mon dossier que j'ai pris perpète...

Marianne lui assena un coup de genou au milieu du dos. Lui arracha encore un cri.

— Tu disais tout le temps que la prison allait me transformer... T'avais raison, Nadine. Je suis encore pire qu'avant, tu sais... Bien pire...

Marianne tira à nouveau sur ses cheveux, lui plia la nuque en arrière. La juge ouvrit la bouche de douleur, Marianne y enfonça le canon du pistolet. Testant la méthode de Franck.

— Tu ne m'as laissée aucune chance... C'est à cause de toi que j'ai été obligée de m'évader. Parce que je n'avais aucun espoir de sortir un jour de taule... À cause de toi que j'ai dû accepter ce boulot de merde...

Un son bizarre s'échappa de la gorge du juge.

— On parle pas la bouche pleine, madame le juge ! fit Marianne avec un sourire cruel.

Elle avait pivoté, la fixait à présent dans les yeux. Brandissant le couteau dans la main gauche.

— J'ai tué ton ami, le proc'... Je lui ai explosé sa sale gueule d'enfoiré ! Il est mort dans les pires souffrances… Je me suis amusée avec lui avant de lui fracasser le crâne par terre…

Forestier eut une sorte de sursaut dans la poitrine. Poussa un râle déchirant.

— Tu veux que je fasse la même chose avec toi ? Ça te tente ? Moi, ça me branche bien…

Forestier essaya de dire non avec la tête. Marianne retira le pistolet de sa bouche, lui assena un coup de crosse dans les dents. L'émail céda sous le choc. Forestier cracha un peu de salive sanguinolente. Puis Marianne lui enfonça de nouveau le canon dans la gorge.

— Où est le dossier, Nadine chérie ?

— Là… Dans… Dans… le… sous…

— Je comprends rien… Dans ? Sous ?

— Dans le coffre… Sous mon bureau…

— Bien ! Tu deviens enfin raisonnable ! ajouta Marianne en se plaçant devant le meuble blindé. Comment on ouvre ce truc ?

— La clef… Dans… Dans mon sac… Dans le portefeuille…

Marianne attrapa le sac à main. En renversa le contenu sur le sol. Dans le portefeuille en cuir, une poche avec fermeture Éclair contenait la clef du paradis.

— Il faut… La combinaison, articula Forestier en bavant encore un peu de sang. 3-3-4

Marianne tomba sur une pile de dossiers.

— Pochette mauve, indiqua Forestier.

— Merci, Nadine. Tu es très coopérative…

— Vous avez vraiment tué Xavier ?

Marianne hocha la tête, Forestier fondit en larmes. Marianne eut un pincement aux tripes. La juge pleurait l'homme qu'elle aimait. Ça me ferait mal, à moi aussi, si on me tuait Daniel. Mais justement, je vais faire le nécessaire pour que ça n'arrive pas. Elle vérifia que le dossier était complet.

Voilà, il fallait à nouveau assassiner.

— Et je vais te tuer aussi, annonça-t-elle d'une voix étrangement calme.

— Je vous en prie !

— Fallait y penser avant de te conduire comme la pire des ordures ! souffla Marianne en pointant le silencieux sur la poitrine de la juge.

— Mais je n'ai rien fait ! C'est les jurés qui vous ont condamnée, pas moi !

Ne l'écoute même pas, Marianne. Tue-la et tire-toi vite d'ici. Plus facile à dire qu'à faire. Une fois encore, elle se retrouvait paralysée face à sa cible. Elle se concentrait sur le cœur, était à la bonne distance. Ne restait plus qu'à actionner la gâchette.

— Vous travaillez pour des assassins ! cria soudain Forestier.

Elle sanglotait toujours. Marianne appuya sur la gâchette, s'arrêta à mi-parcours. Serra les mâchoires.

Tire, Marianne. Tire et casse-toi.

Brusquement, quelqu'un brailla derrière la porte. Essaya d'ouvrir.

— Madame Forestier ? Répondez ! Vous êtes là ? Tout va bien ?... Madame le juge !

— Au secours ! hurla la magistrate. À l'aide !

À la même seconde, Marianne eut un sursaut brutal. Son doigt se crispa. La juge s'écroula sur le côté.

— Madame le juge ! Ouvrez ! Que se passe-t-il ?

Marianne contemplait le corps de la magistrate, gisant sur le flanc. Une tache rouge s'élargissait sur son tailleur beige. À l'épaule gauche. Mais elle n'était pas morte. Essayait encore de respirer.

— Au... sec... ours...

Marianne se posta au-dessus d'elle. Son regard d'ombres se cala dans celui de la victime. Elle tira encore. Deux balles en pleine poitrine.

Il n'y a que dans les films que les gens meurent sur le coup. Nadine Forestier agonisait. Encore. Elle se vidait de son sang, partait doucement vers l'inconnu. Mais s'accrochait à la vie. Sans quitter Marianne des yeux. Comme pour lui tatouer sa souffrance de façon indélébile au fond du cerveau. Pour que jamais elle n'oublie. Marianne l'affronta de longues secondes. Puis finit par fermer les paupières. Un sanglot sec lui souleva la poitrine, une énorme bouffée de chaleur lui enflamma le visage tandis que ses mains plongeaient dans la glace. Elle se détourna de la juge qui refusait de mourir. Qui lui pourrirait la vie jusqu'au bout. Je peux pas vider mon chargeur sur elle. Je vais avoir besoin de munitions…

Elle colla son oreille à la porte. Écouta attentivement. Le type n'était plus là. Bien sûr. Il était parti chercher des renforts. Sortir tout de suite et courir jusqu'à l'extérieur ? Ou attendre ? Attendre quoi, d'ailleurs ? D'être coincée dans une souricière ? Elle se rua jusqu'à la fenêtre en enjambant le corps de la magistrate. Deux voitures avec gyrophare sur le toit arrivèrent.

— Putain… Comment je vais me sortir de là ?

— À l'aide ! gémit la juge.

— Crève, murmura Marianne. Crève, putain…

Laurent regarda son patron.

— Faut y aller, Franck. On ne peut pas rester ici… C'est trop dangereux.

— Mais on peut pas l'abandonner ! s'indigna Philippe.

— On n'a pas le choix, répliqua Franck. Elle sait où nous retrouver… Si toutefois elle s'en sort.

— Mais on peut encore attendre ! insista Philippe.

— Non, on ne peut pas ! rétorqua le commissaire. On est à trois cents mètres du Palais. Dans dix minutes, tout le quartier sera bouclé. Et même si elle parvient à s'enfuir, ils la suivront peut-être… On ne peut pas prendre le risque de se faire repérer. Démarre, Laurent… Allons-nous-en.

Marianne s'écroula sur le fauteuil de Forestier. Qui venait enfin de rendre l'âme. Aux divinités de la Justice. Ou aux démons de l'enfer. Comment savoir ? Non, Marianne. Une simple machine de chair, de sang, de nerfs. De muscles. Une formidable machine. Mais tellement fragile. Et qui ne marche plus. Ni divinités ni démons derrière tout cela. Un mécanisme brisé. De la viande froide…

Elle avait soudain envie de renoncer. De les laisser entrer, de les laisser l'emmener. Non, jamais je ne retournerai en taule. Plutôt mourir. Elle contempla son Glock, bien au chaud dans sa main droite. Réfléchis, Marianne… Tu ne vas pas crever maintenant. Maintenant que la liberté te tend les bras. Tu as éliminé deux pourritures, réglé ta dette à la société. Gagné ta rédemption. Même si c'est dans le sang. Alors, hors de question de mourir maintenant ! Tu as payé, tu as le droit de vivre. De vivre libre. Avec Daniel. De lui donner ton amour pour l'éternité. Sauver Daniel…

Voilà l'ultime mission. La mission de sa vie, en fait.

Elle survola du regard cette pièce où elle avait connu des heures terribles. Se força à affronter le corps toujours chaud de son ancienne tortionnaire. Qui la fixait encore, au-delà même du trépas. Avec son petit air supérieur. Figé, maintenant.

Il doit bien exister un moyen de sortir d'ici vivante.

Franck m'a choisie, moi. Parce qu'il pensait que j'étais la plus forte. Assez forte pour y arriver… Non… Il m'a choisie parce que j'étais la coupable idéale aux yeux de tous… Ressaisis-toi, Marianne. Elle tourna la tête vers le cagibi. La solution était là. Elle s'appelait Clarisse Weygand. Le téléphone sonna, elle sursauta. Elle hésita, puis décrocha.

— Oui ?

— Qui est à l'appareil ? interrogea une voix masculine rauque et sèche.

— Même question, répondit calmement Marianne.

— Je suis le commandant Joreski, police judiciaire. Et vous ?

— Marianne de Gréville.

Silence de mort. Son nom avait tendance à tarir les éloquences les plus vives. Elle sourit.

— Je suis armée, précisa-t-elle.

— Qu'est-ce que vous voulez ?

— Sortir d'ici sans encombre…

— Pourquoi avez-vous pris la juge en otage ?

— Je n'ai pas pris Forestier en otage…

— Dans ce cas, laissez-la partir.

— Je vais avoir du mal, monsieur… Je viens de la tuer… Vous êtes encore là, commandant ?

— Oui.

Nouveau silence. Elle imaginait la tête du flic sans même la connaître. Encore un poisson-lune.

— Et maintenant, je veux me tirer d'ici sans qu'il y ait de morts supplémentaires…

Le ton se fit plus dur, à l'autre bout.

— Je vous conseille de sortir mains sur la tête. C'est vraiment la seule chose à faire pour qu'il n'y ait pas une *mort supplémentaire*.

— Je ne retournerai pas en taule, commandant. Mettez-vous ça dans le crâne.

— Tu viens d'assassiner un juge, Gréville. Jamais on ne te laissera partir. Enfonce-toi ça dans le crâne.

— J'ai avec moi la greffière de Forestier... Clarisse Weygand. Elle, elle est encore en vie pour le moment. Ce serait bien qu'elle le reste, vous ne trouvez pas ? Si vous donnez l'assaut, je la tue... Vous m'entendez, commandant ?

— Oui, Marianne... Je vous entends.

Il avait mis un peu de sirop dans sa voix. Se souvenait subitement de son prénom.

— Ordonnez à vos hommes de dégager le secteur. Je vais sortir avec la fille... Si jamais je vois un uniforme, je tire dans le tas. Ça pourrait se terminer en carnage. J'ai un automatique, un chargeur plein de seize balles... Et je sais m'en servir.

— Il faut vous rendre, Marianne. Sinon, vous allez vous faire tuer...

— Vous êtes bouché ou quoi ? Je ne me rendrai jamais ! Jamais, vous entendez ? Il faut me laisser partir, sinon vous aurez la mort de Weygand sur la conscience... Et peut-être d'autres, aussi... Je veux une bagnole à la porte de derrière. Avec le plein, évidemment. Moteur en marche, portières ouvertes. Dans dix minutes. Et, bien sûr, aucun flic dans les parages. Vous m'avez bien comprise ?

— Oui... Pourquoi avez-vous tué le juge ? Qu'est-ce que vous voulez ?

— Rien. Je voulais juste lui faire la peau. La vengeance, commandant... Tout comme Xavier Aubert, le proc'... Vous l'avez trouvé ? Vous devriez aller chez lui... Faire un brin de ménage... Faudrait enlever les restes de sa cervelle sur les murs.

— Vous avez tué Aubert ?! s'étrangla le flic.

— Oui, monsieur... Vous voyez, je n'ai vraiment plus rien à perdre. Je ne suis pas à un cadavre près. Alors faites très attention à la greffière... Elle, vous pouvez

encore la sauver si vous déconnez pas… Commandant ?
Faudrait pas trop traîner, je deviens nerveuse. Et quand
je suis nerveuse, je fais n'importe quoi…

— Oui… On va vous donner la voiture.

— Très bien. Rappelez-moi quand elle sera prête.

Marianne raccrocha. Prit son front entre ses mains.

— Putain de merde ! Je vais pas m'en sortir ! Je vais
pas m'en sortir…

Elle jeta un œil par la fenêtre. Un fourgon venait de
s'arrêter. Six hommes cagoulés en surgirent. Armés
jusqu'aux dents. GIGN ou RAID. De mieux en mieux !
Elle imaginait le même fourgon derrière le Palais. Ta
dernière heure est là, Marianne ! Tu as toujours su que tu
finirais mal. Elle fondit en larmes, se recroquevilla sur
le sol. Resta ainsi de longues minutes. S'attendant à voir
débouler les hommes en noir dans le bureau. À recevoir
une rafale d'arme automatique en pleine tête. Mais ce fut
la sonnerie du téléphone qui trancha le silence.

— Marianne ?

— Je vous écoute, commandant…

— La voiture est en bas.

— Parfait. Et les hommes du GIGN, ils sont où ?
Dites-leur de se casser, commandant. J'ai un œil sur eux.

— OK. Mais je vous conseille de ne pas toucher à
mademoiselle Weygand…

— Si vous ne m'y forcez pas, je ne lui ferai aucun
mal. Je descends dès que vos molosses sont retournés à
la niche.

Elle ouvrit le cagibi. Clarisse était ratatinée au fond
du placard. Une sorte d'amas de chairs vibrantes.

— Amène-toi…

— Qu'est-ce que vous me voulez ?

— Amène-toi ! gronda Marianne.

La greffière marcha lentement vers Marianne, louchant sur son arme. Lorsqu'elle arriva dans le bureau,

elle buta sur le cadavre de Forestier, poussa un cri hystérique.

— Ta gueule !

Marianne la saisit par un bras et la força à s'asseoir sous la fenêtre. À l'abri derrière le mur, elle épia les hommes du GIGN qui remontaient dans leur véhicule et partaient. Sans doute cinquante mètres plus loin. Mais c'était toujours ça.

— On va faire une petite balade, toutes les deux… Prends la pochette mauve sur le bureau. T'as pas intérêt à la lâcher ! C'est précieux pour moi, tu piges ?

— Oui… Oui…

— On va y aller. J'espère pour toi que les flics ne vont pas nous canarder… Tu sais conduire ?

— Oui… Oui, j'ai une voiture…

— Une voiture ? Elle est où ?

— Dans le parking… Au sous-sol.

Un spot lumineux clignota soudain dans son cerveau.

— On y accède comment ?

— Il… Il faut descendre dans le hall et… Il y a un ascenseur avec une clef.

— C'est dans la même direction que la porte de derrière ?

— Oui… Juste avant dans le couloir…

— Parfait. Prends les clefs de ta bagnole et celle de l'ascenseur.

La greffière obéissait, un peu mécaniquement. Marianne lui passa un bras autour de la gorge et la força à avancer.

— Ouvre… Doucement… Tu vois quelque chose ?

— Non… Y a personne, on dirait…

— Ne joue pas aux héroïnes, Clarisse. J'ai déjà tué des tas de gens… J'ai vraiment plus rien à perdre. Sauf la vie, tu saisis ?

— Oui… Je ferai rien ! Ne me tuez pas !

— Si t'es bien sage, je ne te ferai aucun mal… Allez, c'est parti !

Le couloir, désert complet. Elles étaient tout au bout, ils ne pouvaient donc pas surgir dans leur dos. Marianne tenait le pistolet braqué dans la nuque de son otage.

Ils avaient évacué le Palais. Aucune mauvaise rencontre jusqu'au hall, désert, lui aussi. Mais, sur le parvis, un bon paquet d'uniformes. Armes au poing, Marianne dans leurs viseurs.

Elle planta le canon du Glock dans la gorge de la greffière. Continua de protéger sa fuite, planquée derrière son bouclier. Dans un silence irréel. Elles bifurquèrent dans un couloir, avancèrent dos au mur, en crabe, de façon à ce que Marianne puisse surveiller les deux côtés de la coursive. Il fallut passer une porte fermée par un digicode. La greffière enfonça son badge dans la fente. Sésame, ouvre-toi.

— Tu es parfaite, murmura Marianne qui la sentait défaillir dans ses bras. Continue comme ça…

L'ascenseur, enfin. Marianne l'appela d'un coup d'épaule. Elles s'engouffrèrent à l'intérieur. Clarisse introduisit la clef dans la serrure, la cabine plongea vers le sous-sol. Marianne la serrait contre elle au cas où les flics l'attendraient à l'arrivée. Les portes s'ouvrirent à nouveau sur une pénombre peu engageante. Clarisse alluma la lumière.

Apparemment, les képis n'étaient pas descendus jusque-là. Forcément, ils l'attendaient ailleurs.

— C'est laquelle ta bagnole ?

— La… Golf… grise…

Clarisse appuya sur la clef, les clignotants de la Volkswagen s'agitèrent avec un bruit de haute technologie.

— Tu conduis, moi je grimpe à l'arrière…

— Je… vous donne la voiture ! Mais laissez-moi partir !

— Tu conduis! menaça Marianne en enfonçant l'arme dans ses côtes.

Clarisse s'installa au volant, Marianne s'allongea sur la banquette arrière.

— J'ai le flingue pointé dans ton dos. À la moindre connerie de ta part, je te descends. La sortie donne où?

— Dans la rue de derrière…

— Là où il y a la porte?

— Oui… Mais beaucoup plus loin…

— OK… Tu sors, tu prends dans la direction opposée à celle de la porte… Parce qu'il y aura une caisse garée en plein milieu.

— Mais… Je ne peux aller qu'à droite. À gauche, c'est interdit…

— Tu fonces à gauche, d'accord? S'il y a des keufs, ils se pousseront. Fonce et ne te pose pas de questions! Tu as compris, Clarisse? Allez, démarre!

Elle mit le contact puis activa le portail électrique. Marianne ne voyait pas grand-chose.

— Fonce! ordonna-t-elle. Surtout, t'arrête pas! Sinon, on est mortes toutes les deux!

La greffière pressa l'accélérateur avec l'énergie de la peur et la Golf s'élança dans un dérapage à peine contrôlé. Marianne voyait défiler des bouts de ciel, des fenêtres d'immeubles. Des lampadaires.

— Tu vois des flics?

— J'ai forcé le passage!

Marianne se redressa un peu, restant tout de même pliée en deux pour ne pas offrir une cible parfaite aux tireurs d'élite.

— Ils nous suivent! hurla soudain Clarisse en se cramponnant au volant.

Deux voitures banalisées leur filaient le train, à cinquante mètres. Bien en vue.

— Reste calme. C'était prévisible. Il faut se débarrasser d'eux. Tu vas prendre à droite et là, tu accélères…

Clarisse était un as du volant, une chance ! Elle bifurqua, appuya sur le champignon, projetant Marianne sur le dossier. Les flics toujours aux fesses.

— Faut les semer ! gueula Marianne. Démerde-toi comme tu veux ! Sinon, tu vas crever avec moi !

Les policiers restaient à distance, cherchant seulement à ne pas les perdre de vue. Peu enclins à acculer une tueuse de l'envergure de Marianne dans une souricière qui pourrait coûter la vie à une greffière. Ils avaient déjà perdu un proc' et un juge.

La Golf s'engouffra dans une ruelle, tomba nez à cul avec une benne à ordures qui avançait au ralenti.

— Qu'est-ce que je fais ? gémit Clarisse.

— Double ! Par le trottoir !

— Ça passera jamais !

— Double ! somma Marianne en plantant le canon dans sa gorge.

La Golf grimpa sur le trottoir, sous les regards ébahis des hommes en combinaison verte.

— Plus vite ! braïlla Marianne.

La voiture renversa un container, le traîna sur dix mètres, puis retrouva la chaussée. Les flics prirent le même chemin. Mais la benne avait continué d'avancer. Le passage s'avérait désormais impossible. Le véhicule de police s'encastra entre un immeuble et une camionnette mal stationnée.

— Ouais ! jubila Marianne. Fonce, fonce, fonce !

Virage sur deux roues. L'arrière de la Golf percuta une voiture en double file. Mais reprit sa bonne trajectoire. Clarisse continua à suivre les instructions de sa copilote surexcitée. Deuxième virage en angle droit. Toujours à plein régime. Marianne lorgna derrière. Pas l'ombre d'une voiture.

— À droite, maintenant !

— C'est un sens interdit !

— À droite !

La Golf pila d'un coup sec, chassa encore de l'arrière.

— C'est bon, dit Marianne, je crois qu'on les a semés…

Clarisse se mit soudain à pleurer. Pas très pratique pour conduire.

— Qu'est-ce que… Qu'est-ce que vous allez faire ?

— J'ai besoin de toi tant qu'on n'est pas sorties de cette ville… Ensuite je te laisserai partir.

— Non ! Vous allez me tuer ! Comme Nadine !

La greffière éclata en sanglots. Marianne leva les yeux au ciel. Si elle continue, elle va se planter !

— J'ai buté la juge parce que j'avais un compte à régler avec elle. Mais je n'ai rien contre toi. Tu n'as rien à craindre… Sauf si tu me joues un tour. Alors cesse de chialer et tirons-nous d'ici !

Clarisse retrouva un semblant de calme. La Golf se mêla à la circulation matinale assez intense de ce côté-ci. Marianne toujours à l'arrière, recroquevillée sur la banquette. À l'affût du moindre képi. Du moindre uniforme.

— Il faut aller dans un endroit tranquille… Et surtout, tu grilles pas les feux, tu dépasses pas les limitations de vitesse. T'as bien compris ?

— Oui, bredouilla la greffière en remontant ses lunettes sur son nez.

— Tu t'en sors comme un chef, Clarisse…

***

Ils étaient restés dans le fourgon. Non loin du 26 de la rue Descartes, à G. sur M.

Ils attendaient sans trop y croire de voir surgir Marianne. Ils n'étaient pas entrés dans la petite maison, leur planque. Si jamais elle se faisait prendre et avait la mauvaise idée de leur déballer l'adresse, mieux valait rester prêts à décoller en urgence. Laurent, les yeux braqués dans le rétroviseur, grillait sa énième cigarette. Philippe et Franck se momifiaient à l'arrière.

— Elle s'en sortira pas, murmura le lieutenant pour la dixième fois.

— Garde espoir, répondit Franck. Elle a peut-être trouvé la solution.

Sur le canal police, ils n'arrivaient pas à choper les infos sur ce qui se passait au Palais de justice de P. Laurent mit la radio des actualités en continu. Ils subirent quelques publicités soporifiques avant d'entendre le jingle du flash de neuf heures trente. *Drame au Palais de justice de P. ce matin. Le juge d'instruction Nadine Forestier vient d'être assassinée dans son bureau. D'après les premières informations dont nous disposons, elle aurait été abattue par Marianne de Gréville, il y a environ une heure. Marianne de Gréville, c'est cette jeune détenue de la maison d'arrêt de S. qui s'est évadée il y a un peu plus d'une semaine. Les forces de l'ordre ont encerclé le Palais mais elle a réussi à s'enfuir en prenant en otage une jeune greffière dont on reste sans nouvelles pour le moment…*

Ils poussèrent un cri de joie, en chœur. Franck se leva d'un bond.

— Je savais qu'elle s'en sortirait ! hurla-t-il. Je savais qu'elle était la meilleure !

***

— Arrête-toi là, ordonna Marianne. Gare-toi près de la baraque en ruine…

Clarisse s'engagea sur le chemin de terre. Elle stoppa la Golf derrière une espèce de vieille ferme dont il ne restait que les murs, dans une herbe de cinquante centimètres de haut. La greffière souffla, essuya son front, le colla sur le volant.

— T'as été parfaite, assura Marianne. Tu devrais te lancer dans une carrière de pilote de rallye !

Clarisse fondit en larmes sur le volant. Marianne se cala sur le dossier et s'offrit une cigarette. Il lui fallait maintenant réfléchir. Sur fond musical des sanglots nerveux de Clarisse, elle échafauda plusieurs hypothèses. Abandonner la greffière en plein milieu des champs et continuer jusqu'à G.-sur-M. avec la Golf. Dont les flics avaient repéré l'immatriculation… Intercepter une voiture sur la route, la piquer à son propriétaire et filer à l'adresse. Sauf que pour l'une et l'autre des solutions, il aurait fallu savoir conduire. Elle avait un peu appris avec Thomas. Quelques vagues souvenirs. Si c'est comme le vélo… Mais une bagnole, c'est pas un vélo. Surtout un bolide comme celui-là.

— Arrête de chialer, ça me tape sur les nerfs…

Clarisse renifla sans aucune grâce. Sortit un paquet de mouchoirs de la boîte à gants. S'efforça de maîtriser ses spasmes, se moucha bruyamment. Marianne se pencha vers l'avant, arracha les clefs du contact.

— Tu bouges pas et tu la fermes, OK ?

Elle descendit, le téléphone en main, s'éloigna un peu. Composa le numéro appris par cœur…

La voix si chaude de Franck.

Malgré la haine, Marianne était heureuse de l'entendre.

— Marianne ! Dieu soit loué !

— Dieu n'a rien à voir là-dedans.

— Où es-tu ?

— Aucune idée ! En pleine cambrousse. À des kilomètres de P., je crois…

Elle se rapprocha de la voiture. S'adressa à Clarisse au travers de la vitre baissée.

— Tu sais où on est ?

— Entre Y. et St-M.-sur-L., répondit Clarisse en séchant ses larmes. Sur la RD18. Pas loin du hameau des Treilles…

Marianne s'éloigna à nouveau.

— À qui tu parles, Marianne ?

823

— À la greffière… Tu sais, celle qui n'arrive que vers neuf heures… Et qui était là à huit ! Merci pour ton plan merdique, Franck !

— Tu as le dossier ?

— Oui. Vous venez me chercher ?

— Tu ne bouges pas, on arrive…

— Combien de temps ?

Cette fois, ce fut Franck qui questionna Laurent avant de répondre.

— D'ici une demi-heure, trois quarts d'heure…

— Putain… ! Les condés ont tout le temps de me tomber dessus ! On s'est planquées derrière une sorte de ferme en ruine. À trente mètres de la route…

— OK, on part tout de suite… Tu parles devant l'otage, là ?

— Non, elle n'entend pas.

— Mais, elle était dans le bureau lorsque tu as demandé le dossier Charon au juge, n'est-ce pas ?

Marianne mit quelques secondes de trop à répondre. Chercha ses mots.

— Non ! Je… J'l'ai assommée tout de suite… Elle était enfermée dans une petite pièce à côté du bureau quand j'ai buté Forestier… Je… Elle ne sait rien… elle était dans les vapes tout le temps !

Franck resta un moment silencieux.

— Je la laisse partir ?

— Non. Pas encore. Elle peut te servir de bouclier si jamais les flics te retrouvent avant nous. On l'abandonnera sur place…

— T'as pas peur qu'elle voie votre fourgon ?

— Le mieux serait que tu l'enfermes dans le coffre de sa bagnole. Ainsi, elle ne nous verra pas arriver et ne pourra pas donner le signalement du Trafic.

— Ouais… OK, je vais le faire… Magnez-vous ! J'ai pas envie de moisir ici !

— On est déjà en route, Marianne… Tiens bon.

Elle remonta à l'arrière de la Golf.

— Qu'attendez-vous de moi ? murmura Clarisse.

— Rien. Rien pour le moment… Ferme-la, maintenant.

Le silence revint dans l'habitacle. Marianne était au bord de l'épuisement. Physique et nerveux. Envie que toute cette merde s'arrête enfin.

Tu as presque réussi. Tu es presque au bout du tunnel. Bientôt, tu seras libre. Tu as durement gagné ta liberté. Ta rédemption.

Un mot qui lui plaisait décidément beaucoup. Dommage que l'image de Forestier en train d'agoniser ne vienne gâcher cette impression. Son regard fixe s'accrochait à elle depuis le monde des morts. Comme pour l'y entraîner.

— Je… Je peux aller faire pipi ? quémanda soudain Clarisse.

Marianne sursauta, crispa sa main sur la crosse massive du Glock. Une voix d'enfant. De petite fille.

— Ouais… Mais tu restes là, juste à côté de la voiture, OK ?

Marianne sortit en même temps qu'elle, mais eut la décence de tourner la tête, le temps que la greffière se relève. Elle consulta l'heure sur son portable. Franck était parti depuis dix minutes. Il en restait donc minimum vingt à attendre. Elle laissa Clarisse retourner à sa place. Elle la mettrait dans le coffre au dernier moment. Qu'elle y étouffe le moins longtemps possible.

— À quelle heure t'arrives au bureau le matin ?

Clarisse lui jeta un œil étonné dans le rétroviseur.

— Vers neuf heures…

— Neuf heures ? Pourquoi tu étais là si tôt, aujourd'hui ?

— Parce que ma voiture est en panne…

— Ta voiture ?! Elle a pas l'air en panne, pourtant !

— Non… Celle-là, c'est celle de mon mari.

— Ah bon, t'es mariée ? T'as quel âge ?

— Vingt-huit ans.

— Ah ! Je te voyais plus jeune… Et alors ? Ta voiture était en panne ?…

Elle avait besoin qu'on lui raconte une histoire banale. Pour passer le temps.

— Nous avons pris la voiture de Romain ce matin, je l'ai déposé à son bureau… Et comme il commence à sept heures trente, je suis arrivée en avance.

La vie tient parfois à une panne mécanique, songea Marianne. À pas grand-chose, en somme.

Elle entendit soudain la voix de Franck. Une voix dont elle connaissait désormais toutes les nuances. L'avantage d'avoir passé deux nuits en sa compagnie. Pas de meilleur moyen de connaître quelqu'un.

Elle était dans le bureau lorsque tu as demandé le dossier Charon au juge, n'est-ce pas ?

Il va la tuer.

L'évidence la télescopa comme un boulet de canon.

Elle se mit à suffoquer sur son siège. Quitta précipitamment la voiture, enchaîna quelques pas. Comment n'y ai-je pas pensé plus tôt ? Elle secoua la tête. Non ! Il ne peut pas faire une chose pareille… C'est un flic, merde ! Pas un voyou ! Un flic payé pour aider une criminelle à s'évader. Pour commanditer l'assassinat d'un juge et d'un proc'… Des images défilaient à cent à l'heure devant ses yeux. Ses émeraudes face à elle. Implacables. Il va la tuer.

Elle considéra Clarisse, à nouveau le front sur le volant. La fixa intensément. Jusqu'à ce que sa vue se brouille. Larmes de peur, d'impuissance. Qu'elle chassa d'un geste brutal. Je ne peux pas le laisser faire ça. Elle prit son téléphone qui lui servait de montre. Vingt minutes qu'ils étaient partis. Ils seraient là dans un quart d'heure. Marianne ouvrit la portière.

— Sors, ordonna-t-elle.

— Mais… Pourquoi ? Qu'est-ce que vous me voulez ?

Elle avait enlevé ses lunettes. Regard enfantin. Empli d'une terreur à la Petit Chaperon Rouge.

— Sors, je ne vais pas te faire de mal…

Clarisse descendit de la Golf. Resta pétrifiée face à Marianne. Tu ne peux pas la laisser partir. Elle pourrait prévenir les flics, leur dire où tu es… Franck sera là dans quinze minutes. Elle n'aura jamais le temps de prévenir qui que ce soit. On est perdues dans le trou du cul du monde…

Elle était dans le bureau lorsque tu as demandé le dossier Charon au juge, n'est-ce pas…

Marianne se sentait écartelée.

— Tu as des enfants, Clarisse ?

— Oui… Une fille.

— Comment elle s'appelle ?

— Juliette. Elle a trois ans… Vous allez me tuer, c'est ça ?

— Tire-toi !

L'incrédulité pétrifia la greffière quelques secondes.

— Sauve-toi, répéta Marianne. Va-t'en…

Clarisse marcha doucement à reculons. En direction du bois.

— Cours ! cria Marianne. Barre-toi ! Vite !

La greffière fit volte-face et se mit à galoper. À une vitesse incroyable. Marianne la regarda s'évaporer sur le chemin herbeux. Jusqu'à ce qu'elle ne soit plus qu'un souvenir. Elle s'adossa à la voiture, sécha de nouvelles larmes de nervosité.

Il allait la tuer. Tu as eu raison, Marianne.

Rédemption. Un mot qui sonnait bien. Qui prenait un sens.

Clarisse courait. Si vite, malgré ses chaussures de ville. Une championne d'athlétisme, Clarisse.

Elle s'arrêta enfin, sur une petite route mal goudronnée.

Reprit son souffle, appuyée sur un muret. Non, la criminelle ne l'avait pas suivie.

Lorsqu'elle eut retrouvé des battements de cœur presque normaux, elle récupéra son téléphone cellulaire dans la poche intérieure de sa veste. Continua à marcher. Composa le 17.

Bizarre que cette cinglée n'ait pas pensé à me confisquer mon portable…

Marianne consulta de nouveau l'heure. Trente-cinq minutes. Elle commençait à trouver le temps long.

Elle pensa à les rappeler. Mais peut-être valait-il mieux économiser la batterie ?

Et puis elle craignait que Franck ne lui demande des nouvelles de l'otage.

Non, patienter était le mieux. Le plus sage. Elle avait rangé le flingue dans l'étui, jouait nerveusement avec les clefs de la Golf seize soupapes.

De temps à autre, une voiture passait sur la départementale, derrière la fermette. Mais pas l'ombre d'un fourgon.

Clarisse s'était écroulée sur un banc en bois, à l'abri d'une petite chapelle. Toujours ouverte pour les âmes égarées. On lui avait dit de ne pas bouger. D'attendre une voiture de gendarmerie ou de police. De laisser la ligne de son portable libre. Elle tremblait encore. Avait envie de prévenir ses proches que son calvaire était fini. Son mari qui devait être mort d'inquiétude… Sa mère, aussi.

Mais ils feraient vite, avait promis la voix.

Elle entendit le bruit d'un moteur qui approchait. Sourit à l'effigie du Seigneur qui la contemplait du haut de son calvaire en forme de croix. Qui la protégeait. Qui avait veillé sur elle.

La lourde porte grinça. Un homme entra en même

temps que le soleil. Comme une lumière divine. Elle se dressa sur ses jambes fragiles.

— Clarisse Weygand ?

Elle tremblait de la tête aux pieds. Il lui montra une carte tricolore. Elle se jeta dans ses bras.

— C'est fini, mademoiselle… Elle vous a blessée ?

— Non… Non… Mais… J'ai eu si peur !

— Je comprends, assura le policier d'une voix compatissante. Venez, maintenant.

Il était l'envoyé de Dieu, le chevalier, le prince charmant. Il la prit par la main, elle la serra très fort.

Il était si beau. Si rassurant. Un sourire si tendre. Elle l'aurait suivi jusqu'au bout du monde. Son sauveur. La fin du supplice et de la terreur.

Il la dévisagea. Elle se noya tout au fond de ses prunelles. Il avait un regard si… D'une incroyable couleur.

Ses yeux, comme deux émeraudes, étincelaient dans la pénombre de la chapelle.

Quarante-cinq minutes, maintenant. T'affole pas, Marianne. Ils vont arriver d'une minute à l'autre… Elle fuma une cigarette. Assise sur le capot de la Golf.

Quand je serai libre, je m'achèterai une caisse comme celle-là. Ouais. Gris foncé, c'est vachement classe !

Putain, Franck ! Mais qu'est-ce que tu fous ?

Le fourgon s'enfonça dans un chemin de terre. Clarisse avait tout raconté. En une seule rafale. Tout ce qu'elle avait vu. Entendu, surtout. Revenue à elle dans le cagibi, elle avait entendu Marianne de Gréville torturer la juge pour obtenir un dossier. Le dossier Charon, qu'elle, sa propre greffière, ne connaissait pas. Sauf que le nom Charon lui disait quelque chose.

Franck l'avait écoutée, sans prononcer le moindre mot. Laurent stoppa le moteur. Le commissaire fit coulisser la porte latérale. Il s'éloigna pour passer un coup de fil.

Il raccrocha, fit quelques pas. S'appuya sur un arbre. Resta ainsi quelques minutes. Puis enfin, il revint vers le véhicule.

— Venez avec moi, Clarisse.

Il lui souriait, elle se leva. Mit sa main dans la sienne.

— Pourquoi on s'arrête ici ?

Laurent descendit à son tour. Pas besoin de longues explications. Il ne pouvait laisser Franck seul. Devait affronter l'horreur avec lui. Philippe, lui, s'était ratatiné sur son siège.

— Pourquoi on s'arrête ici, commissaire ? répéta Clarisse.

Franck la regarda fixement pendant quelques secondes. Elle vit tant de choses dans ses grands yeux verts. Des ombres douloureuses, des armées de démons. Puis les émeraudes se mirent à briller de mille feux. Comme s'il allait se mettre à pleurer.

— Que se passe-t-il ? s'inquiéta la jeune femme.

Il sortit une arme de sa poche. Celle du brigadier de l'hôpital.

— Qu'est-ce que… balbutia la greffière.

Il arma le 357, leva son bras presque au ralenti. Clarisse ouvrit la bouche. Recula doucement.

— Non…

Franck cherchait la force. Cherchait au fond de ses tripes quelque chose qui ressemblait à du courage. Ou à de la lâcheté. Ou au sens du devoir. Ou à un mélange des trois. Qui ne ressemblait à rien de connu.

Clarisse tomba à ses pieds.

— Monsieur ! Je vous en prie ! Ne me tuez pas !

Cette voix lui déchirait les chairs plus sûrement qu'un scalpel. À genoux dans l'herbe sèche, elle s'agrippait à ses jambes. Il recula brutalement. Pour ne plus sentir ce contact insupportable. Elle se plia en deux vers l'avant. Pour une dernière prière. Aussi inutile que toutes les autres. Tandis que Franck fermait les yeux quelques secondes. Pour échapper à ces images. Insoutenables.

— Non !

Il rouvrit les yeux.

— Pourquoi vous faites ça ? Ne me tuez pas !

Il tira. Trois fois.

Clarisse s'affaissa juste un peu sur l'avant. Jusqu'à ce que son visage embrasse la terre. Quelques tressaillements la secouèrent encore. Et puis, plus rien. Elle tomba sur le côté.

Morte.

Ça n'avait pas duré une minute. Ça le poursuivrait jusqu'à la fin de sa vie. Il resta le bras tendu. Se mit à trembler d'une façon impressionnante. Statue de pierre secouée par un séisme.

Laurent l'empoigna par les épaules. Puis baissa son bras à la rigidité cadavérique.

— On doit aller récupérer Marianne, murmura-t-il. Il faut faire vite…

Mais Franck refusait de détacher son regard de la suppliciée qui gisait à ses pieds. Laurent l'entraîna de force vers le fourgon. Lui parla doucement. Tenta de le ramener à la vie.

Marianne était toujours sur le capot de la voiture. De là, elle pouvait distinguer la route au travers des feuillages denses d'un noyer. Une heure qu'elle attendait, maintenant. Elle avait chaud, avait laissé son blouson sur la banquette arrière. Posé son téléphone à côté d'elle.

Ils vont pas m'abandonner ici… En tout cas, ils n'abandonneront pas le dossier. Ça, j'en suis sûre… Et s'ils me tuent ? J'aurai au moins sauvé Daniel. C'est ça qui compte.

Une voiture approcha lentement. Elle plissa les yeux. Une Laguna. Bleue, comme celle de Laurent. Pourquoi ils n'ont pas pris le fourgon ?

Elle sauta du capot. La voiture stoppa sur le bord de la départementale. Un moteur arrivait en sens inverse. Elle fit volte-face. Une autre voiture. Bleue, elle aussi. Avec un gyrophare sur le toit. Puis une troisième qui s'arrêta en travers de la route. Elle sentit le sol se dérober sous ses pieds. Entendit presque les hommes armer leurs fusils à pompe.

Elle recula lentement. Dégaina son arme.

Jamais. Je n'y retournerai jamais !

Ils ouvrirent les portières, tous ensemble. Treillis, gilets pare-balles. Képis. Fusils d'assaut. Armes de poing.

Je veux pas y retourner... Vous ne me prendrez pas vivante ! Jamais.

Appuyée sur le toit de la Golf, elle tira deux coups de feu en direction de la voiture de gendarmerie, en explosa le pare-brise. Les uniformes se planquèrent instantanément derrière la tôle. Elle grimpa au volant de la Golf, mit la clef de contact. Tourna. Poussa un cri de guerre. Appuya sur l'accélérateur. Cala. Recommença.

On lâche le pied gauche quand on appuie sur le droit. Le bolide partit comme une fusée, scotchant sa conductrice sur le siège. Elle contre-braqua en décollant un nuage de terre assoiffée.

Ils bloquaient la route des deux côtés. Restait la piste en terre. Qui n'allait peut-être nulle part. Tant pis.

Elle s'élança vers l'inconnu. Bruit fracassant du verre qui éclate. La lunette arrière. Ils mitraillaient la voiture sans relâche. Au moins d'accord sur un point ; eux non plus ne voulaient pas la prendre vivante.

Pied au plancher. Les roues qui patinent, le bruit des balles qui fusent, s'incrustent dans la carrosserie... Puis une douleur fulgurante dans le bras. Premier hurlement.

Mais toujours pied au plancher. Une autre douleur, encore plus forte. L'impression de se déchirer en deux. Deuxième hurlement.

Ils étaient derrière. Toujours derrière. La 16S fonçait pourtant très vite. Propulsée par des litres d'adrénaline. Plutôt mourir.

Marianne avait rejoint par miracle le goudron d'une petite route. Puis d'une plus grande. Elle ne maîtrisait même plus sa Golf. Elle avait trouvé la quatrième. Se contentait de garder le pied droit appuyé. Et de respirer. Comme elle pouvait.

Le liquide chaud s'enfuyait de ses veines, se répandait sur sa peau. Mais elle avait autre chose à faire que de souffrir. Le serpent d'asphalte se déployait sous les roues, dans de dangereuses circonvolutions. Ils vont te rattraper… ! Dans le rétro, la menace grandissait. Quatre voitures à sa poursuite. C'est fini, Marianne. Fini.

Dans le fourgon, le canal police continuait à égrener le récit de la chasse à courre.

Fugitive prise en chasse à hauteur de St.-M.-sur-L… en direction du sud… Tous les véhicules susceptibles de lui bloquer la route… L'otage n'était pas au lieu de rendez-vous fixé, quelqu'un peut-il me donner des informations… À toutes les unités, répondez…

Franck à l'arrière, à même le sol, écoutait. Les yeux dans le vide.

— Cette fois, c'est foutu, dit Laurent.

Philippe donna un coup de pied dans la portière. Le commissaire ferma les yeux. Tout ça pour rien. Toute cette boue, tout ce sang. Pour arriver au pire. L'échec. Ils allaient tuer Marianne. Retrouver le dossier dans la voiture.

— On rentre, murmura-t-il. J'abandonne.

Les chasseurs toujours après elle. Toujours la route en face. Qui défilait si vite. À plus de cent à l'heure. Comme dans un cauchemar. Une traque qui durait depuis si longtemps, maintenant.

Marianne aperçut soudain une file de voitures stoppées en plein milieu de la route. Daniel, j'aurais voulu te dire...

Les véhicules approchaient, grossissaient... Elle braqua sur la gauche, dépassa la file arrêtée. Pulvérisa une barrière rouge et blanche. Décolla de la route en roulant sur les rails. L'ombre du train sur la gauche. L'avertisseur de la locomotive, furieuse. Elle continua droit devant, fracassa encore une barrière. Le convoi boucha l'horizon dans son rétroviseur. Hurlement de joie. La meute des poursuivants était restée bloquée derrière le train de marchandises !

Elle accéléra, tapa sur le volant comme pour exciter le moteur. Cria encore. Pleura. Pour évacuer un peu de stress.

Arrivée à une patte-d'oie, elle tourna à droite d'instinct. S'enfonça sur une petite route, bordée d'arbres. Comme dans un conte de fées. Le train venait de la sauver. Une fois encore.

Fugitive perdue à hauteur du passage à niveau de St.-M.-sur-L... À toutes les unités...

***

Marianne gara la voiture. Dans un lieu qui aurait pu être idyllique. Une fois de plus, elle avait trouvé refuge au cœur de la forêt. À trois cents mètres de la route. Au milieu de nulle part. Elle eut du mal à desserrer ses doigts incrustés dans le volant. À bouger sa nuque tendue comme la corde d'un arc. Elle contempla son tee-shirt inondé de sang. Une blessure au côté gauche, une autre en haut du bras droit. Les balles avaient traversé le siège avant de déchirer son corps. Et d'aller se loger dans le tableau de bord. Le taux d'adrénaline baissa doucement. La douleur reprit ses droits. Une douleur terrifiante. Elle tomba doucement sur le siège d'à côté. Vit le feuillage tendre des arbres dans le pare-brise.

Joli cercueil.

***

Ils étaient silencieux. Perdus, eux aussi. Laurent sortit trois bières du frigo. Franck, debout face à la fenêtre qui donnait sur le minuscule jardin, guettait le miracle. Voir surgir Marianne derrière la grille en fer forgé. Philippe, prostré sur le canapé, n'avait pas prononcé un mot depuis que…

Laurent attaqua seul sa bière. Dans un silence insupportable.

Franck avait hésité longtemps. Attendre Marianne à G. sur M., c'était mettre lui et ses hommes en danger. Elle pouvait encore tomber entre les mains des policiers, leur balancer cette adresse. Mais ils s'en sortiraient. Ils s'en sortaient toujours.

Finalement, il n'avait pu se résoudre à abandonner.

Laurent apporta une canette à Philippe, en catatonie sur le vieux canapé en tissu. Qui refusa d'un signe de la tête. Qui fixait toujours ses mains jointes.

— Tu devrais parler, Philippe, suggéra le capitaine. Vider ton sac… Ça te ferait du bien, mon gars…

Le lieutenant leva les yeux vers Franck, toujours debout. À contre-jour devant le fenêtre. Une ombre imposante. Impressionnante. Une sorte de soldat des ténèbres dont il ne pouvait deviner le regard.

— Comment on a pu ? murmura-t-il.

— C'étaient les ordres, répondit Laurent.

Philippe secoua la tête puis s'approcha de l'ombre immobile.

— Comment tu as pu faire ça ? répéta-t-il avec violence.

Franck fit volte-face, l'empoigna par sa chemise, le plaqua contre un mur. Il lui parla d'une voix sourde, emplie de colère. Mais sans hurler.

— Écoute-moi bien Philippe… Écoute-moi, parce que je ne veux plus jamais reparler de ça. Je n'ai pas eu le choix. C'était elle ou nous, tu comprends ?

— Non ! gémit le lieutenant.

— Non ? Tu crois que si on échoue, ils nous laisseront en vie ?

Franck sentait les sanglots qui tentaient de s'évader de la gorge du lieutenant.

— Je l'ai fait pour vous, murmura le commissaire en relâchant la pression. Pour nous… Pour que nous puissions mener à bien cette mission… Et rester en vie.

Philippe porta une main à sa gorge, laissa les larmes couler sans retenue.

— Tu sais que j'ai raison, ajouta le commissaire. Et tu sais aussi que ça a été le moment le plus dur de ma vie. Alors je ne veux plus jamais qu'on en parle… Plus jamais, tu entends ?

**

Marianne rouvrit les yeux. La première impression fut une souffrance. Une lance dans le ventre. Une autre dans le bras. Elle voyait danser les feuilles agitées par le vent. Dans une lumière chaude.

Où je suis ?

Elle commença à trembler. Mordue par un froid invisible.

Puis elle remit doucement un pied dans la réalité. Pataugea à nouveau dans la boue et le sang. La juge, la greffière, la Golf. Le train de marchandises. La forêt. Le proc'. Franck, Daniel.

Elle se redressa avec un cri de douleur. Elle récupéra des mouchoirs dans la boîte à gants, souleva doucement son tee-shirt qui n'était plus qu'une défroque rouge et humide. Une plaie béante, en dessous des côtes. Elle pansa la perforation avec des Kleenex, serra les dents, appuya dessus. Enfila le tee-shirt dans le pantalon, pour tenir les mouchoirs plaqués contre sa peau. Puis elle fit de même avec son bras. C'était entré au-dessus du coude, en plein dans le biceps. Paralysée de l'épaule droite jusqu'au poignet, elle arrivait tout juste à bouger les doigts.

Elle posa son pistolet sur le siège passager. Combien de kilomètres parcourus après le passage à niveau ? Cinquante ? Cent cinquante ? Comment savoir ?

Elle descendit de la bagnole. Eut du mal à tenir sur ses jambes. Des impacts de balles partout. Plus de lunette arrière. Trois vitres explosées. De quoi passer inaperçue. Elle attrapa son blouson sur la banquette arrière, enseveli sous une couche de verre brisé. En couvrit ses épaules pour lutter contre ce froid étrange qui ne semblait s'attaquer qu'à elle. Elle grilla une Camel, se hasarda à quelques pas. Pour désengourdir son corps au bord de la syncope.

Réfléchis, Marianne. Tu as encore un cerveau… Franck. Il faut que j'appelle Franck. Elle chercha son téléphone dans toutes les poches du blouson. Se souvint brusquement l'avoir laissé sur le capot de la Golf au moment de sa fuite.

Plus de téléphone. Plus d'heure. Pas d'argent. Aucune idée du lieu où elle se trouvait.

Une seule chose de sûre au milieu de ce bourbier, il fallait ramener le dossier à G.-sur-M. Au 26, rue Descartes. Avant que Franck ne pense qu'elle les avait trahis. Et qu'il s'en prenne à Daniel.

Elle fouilla la boîte à gants, pas un centime. Mouchoirs, cassettes, carte routière, lampe de poche, stylo, jeton de caddy.

Comment joindre Franck ? Une cabine ? Pas d'argent. Un bar ? Son visage défilait sans doute dans toutes les lucarnes du pays. Flics et gendarmes devaient sillonner sans relâche les alentours. Ne surtout pas se montrer. Se terrer, comme les animaux.

Il faudrait donc se rendre à G.-sur-M. par ses propres moyens. Mais où se trouvait donc ce bled ?

Elle déplia la carte sur le capot. Finit par repérer l'endroit en question. Un gros bourg, un point sur la carte qu'elle entoura avec le stylo, d'un geste maladroit de sa main gauche. Puis elle chercha le lieu d'où elle s'était enfuie. Se rappela les mots de Clarisse. *RD 18, hameau de Treilles. Entre Y. et St.-M.-sur-L.* Elle trouva Y., l'entoura également. Essaya de calculer combien de kilomètres séparaient les deux endroits. Environ deux cents. Sauf qu'elle n'était plus à St.-M.-sur-L. Elle plia la carte de façon à garder sa destination bien en vue. La plaça sur le siège passager, à côté du flingue. Le soleil ne tarderait plus à se coucher, maintenant. Elle partirait à la nuit tombée.

Elle alla visiter le coffre. Y trouva avec bonheur un pack de six bouteilles d'eau. Clarisse, tu es un ange !

Elle ne croyait pas si bien dire.

***

Il faisait si noir. Pourtant, Franck se tenait toujours devant la fenêtre. Abîmant ses pierres précieuses sur la grille qu'il distinguait encore grâce à la pâle lueur d'un lointain lampadaire. Philippe s'était réfugié à l'étage pour cuver sa détresse. Il n'y avait que deux chambres, ici. Franck les avait laissées à ses hommes. Une chambre n'est utile qu'à celui qui dort. Lui se contenterait du canapé.

Laurent s'était préparé un sandwich. Il s'abrutissait devant la télé, dans la cuisine. Franck le rejoignit, torturé plus par sa solitude que par son estomac.

— Ça a marché ! annonça le capitaine. Ils sont tombés dans le panneau, les deux pieds joints…

Les journalistes, sous leurs mines offusquées, se pourléchaient les babines, sûrs de gaver lecteurs, auditeurs et téléspectateurs avec du sensationnel. Pendant plusieurs jours. Après la cavale à rebondissements, après l'arrestation ou l'exécution du monstre, il y aurait les funérailles. Des trois héros des temps modernes. Tombés dans l'exercice périlleux de leur mission. Audience garantie. Comme pour les jeux du cirque. Franck imaginait les millions de bons Français, tétanisés devant leurs écrans.

L'ébullition dans les rédactions, ministères, préfectures, commissariats… Beaucoup ne dormiraient pas cette nuit. Comme lui.

La population était aux abois. Une dangereuse criminelle avait réussi à s'échapper de prison, avait commis trois crimes odieux et rôdait maintenant tel le loup dans la bergerie. Tout ça, une veille de fête nationale.

Coup dur pour les ministres du gouvernement, tous sur les dents.

Un, plus particulièrement. Un qui se montrait très offensif. Déterminé à remettre de l'ordre dans ce foutoir. À rendre aux électeurs la sécurité qu'ils étaient en droit d'attendre. Dumaine, le ministre de l'Intérieur.

Ils écoutèrent ensuite l'intervention du président de la République. En personne. Émotion vive, désapprobation, colère. Condoléances. La coupable serait retrouvée, jugée de façon exemplaire. Jugée ? Elle avait déjà pris perpète, de toute façon…

— Philippe va descendre, tu crois ? espéra Franck.

— Ça m'étonnerait qu'on le revoie avant demain matin, répondit le capitaine en baissant le son.

— Tu… Tu penses qu'il peut… Qu'il pourrait nous trahir ?

— Non, Franck. Philippe ne nous trahira jamais. Accorde-lui du temps. Il est traumatisé. Laisse-le pleurer une bonne nuit…

Franck prit un morceau de pain. N'y ajouta rien.

— Comment tu te sens ? se soucia Laurent.

— Ça va, répliqua un peu durement le commissaire. Et toi ?

Le capitaine lui adressa un drôle de sourire qui figea la tristesse sur son visage de brute.

— À ton avis ? J'ai connu bien mieux… Mais ça ira. Je tiendrai le coup.

— Je suis inquiet, avoua tout de même le commissaire. Je me demande où elle est…

Laurent lui sourit encore. Cet éternel sourire.

— Elle est solide, cette gonzesse. Elle va s'en sortir, tu verras. Elle va arriver jusqu'à nous… !

— Je l'espère, murmura Franck.

— Tu te fais du mouron pour elle… Tu vois que t'es accro !

— C'est pas pour elle que je m'inquiète, rétorqua Franck. C'est pour le dossier.

***

La Golf se remit sur le goudron. Marianne avait cherché comment fonctionnaient les phares et le chauffage pendant près de cinq minutes. Elle partit au hasard, sur la gauche, doucement. Son bras droit lui permettait tout juste de passer les vitesses, à chaque fois, dans une souffrance extrême. L'important était de trouver un panneau qui lui indiquerait enfin où elle se trouvait. Les flics avaient sans doute érigé des barrages sur les routes principales. Il lui faudrait donc les éviter. Emprunter les axes secondaires.

Elle roula ainsi pendant un quart d'heure. Arriva enfin dans un village qui semblait touché par la peste. Pas âme qui vive. Mais un nom. T.-la-H.

Elle alluma le plafonnier, chercha sur la carte ce trou perdu. Avec le stylo, elle traça le meilleur itinéraire. Rien que des petites routes, des détours. Le chemin le plus long, en somme. Mais sans doute le plus sûr.

Ils n'auraient jamais assez d'habillés pour dresser des herses sur toutes les routes. Elle repartit en sens inverse.

La liberté dans deux cent cinquante kilomètres, Marianne. Avec Daniel.

Marianne fut obligée de s'arrêter une fois encore pour consulter la carte. Et pour reposer son corps exténué. Elle s'offrit une cigarette, trouva une radio sans pub et sans blabla. Pas envie d'entendre sa propre cavale s'étaler sur les ondes. De la musique classique, ça ferait très bien l'affaire. Pourvu qu'ils passent du Bach…

Elle savoura une deuxième clope. Ça l'aidait à combattre le froid qui s'insinuait sournoisement en elle. La voix suave de l'animatrice annonça le prochain morceau. Un tas de mots inconnus. *Stabat Mater Dolorosa* de Poulenc. Un truc qui sonnait chiant par avance. Comme les cours de latin au collège… L'orchestre s'élança doucement. Les chœurs montèrent en force. Elle ferma les yeux, pénétrée jusqu'à l'âme. Frissons le long de la colonne vertébrale. Larmes au bord des yeux. Puis sur les joues.

Il existe des choses si belles, dehors ! Tant de choses à découvrir, ici… Dans ce monde qui n'est pas encore le mien. Qui ne le sera peut-être jamais. Des images, des sons, des sensations. À admirer, à entendre, à sentir. À ressentir… Alors, pourvu que je survive à cette nuit de cauchemar. Franck, ne me tue pas, par pitié… Accorde-moi une chance.

***

Des kilomètres de chaussée déserte. Des heures à tourner le volant, à s'écorcher les rétines sur l'asphalte sombre. Quasiment plus de forces. Les blessures, le manque d'hémoglobine, de sucre et de sommeil.

Toujours le manque.

Et la peur. Celle de voir à chaque instant un gyrophare surgir au détour d'un virage, les barrages se dresser face à elle… D'entendre le pare-brise exploser, de recevoir une balle en pleine tête.

Comme Thomas. Comme au début de cette histoire.

Elle avait coupé la radio. Descendu la vitre, malgré le froid. Un froid rien que pour elle.

Rester éveillée. Ne pas céder à l'épuisement.

Les bandes blanches, les bornes jaunes. Les panneaux. La carte… Une pause, de temps en temps. Les dernières cigarettes du paquet… Un voyant rouge avait d'abord clignoté sur le tableau de bord. Puis avait refusé de s'éteindre.

Manque d'essence. Le manque, encore. Toujours. Mais peut-être qu'un jour il ne me manquera plus rien.

Elle traversa un village fantôme. Stoppa devant la mairie. Une énorme horloge lui donna enfin l'heure. Deux heures trente du matin. Elle avait mis tant de temps. À force de se tromper d'itinéraire, de s'arrêter.

D'après la carte, plus que dix kilomètres. Elle soupira de soulagement. J'ai réussi. Franck sera fier de moi… Elle fronça les sourcils. Quelle drôle d'idée… ! Ne pas oublier ce qu'il m'a infligé. Ne jamais oublier ! Et ce qu'il peut m'infliger, encore…

Elle reprit la route à travers champs et bois. À travers nuit. Les paupières de plus en plus lourdes. Elle ralluma la radio, changea de station. Tomba sur des publicités qui l'agacèrent. Mais la tinrent éveillée. Le monde a bien changé en quatre ans… Plus agressif encore. Les gens ont-ils vraiment besoin de toutes ces choses ? La liberté ne leur suffit donc pas ?

Flash d'infos, rediffusion de celui de vingt et une heures. Elle prêta l'oreille, presque malgré elle. *Les forces de l'ordre sont toujours à la poursuite de Marianne de Gréville… Après avoir assassiné le procureur Aubert à son domicile cette nuit, la jeune femme a tué le juge Nadine Forestier dans son bureau du Palais de justice de P. ce matin. Elle a pris en otage une greffière, pour assurer sa fuite. Otage qu'elle a froidement exécutée non loin de St.-M.-sur-L…*

Marianne appuya violemment sur le frein. La voiture fit une embardée, grimpa sur un talus avant de s'immobiliser en travers de la route… *Il semblerait que la vengeance… Malgré le déclenchement du plan Épervier… Le chef de l'État… tous les moyens… la fugitive qui… une peine de réclusion criminelle à perpétuité pour plusieurs meurtres…*

Marianne coupa la radio. Elle fixait la lumière des phares qui tranchaient l'obscurité.

Clarisse… Elle regarda ses lunettes, oubliées sur le vide-poche, qu'elle avait pris soin de garder en se disant qu'on les lui rendrait plus tard. Les larmes ne vinrent même pas à son secours. Son visage resta sec. Douloureusement sec.

Elle serra les mains sur le volant. Appuya sur la pédale d'accélérateur. Avec rage. Ce salaud l'a tuée. Ce salaud de Franck l'a tuée ! Et c'est moi qu'ils croient tous coupable !

Elle avalait les kilomètres sans même s'en rendre compte… Jusqu'aux derniers soubresauts d'agonie du moteur. Plus d'essence, cette fois. Elle parvint à ranger la voiture sur le bord de la route. Resta un moment immobile. Il fallait finir à pied. Elle n'avait pas le choix. Mais ne s'en sentait plus la force.

Elle chercha au fond d'elle-même les ressources. Chercha du secours. Le trouva dans les yeux bleus. Daniel était là, face à elle, fidèle. Il lui souriait. Elle s'imagina dans ses bras, là où elle était le mieux quand tout allait mal. Elle entendit sa voix grave lui murmurer des choses rassurantes, des mots tendres. Des mots d'amour.

Elle souriait au milieu de la solitude. Parce qu'il était là. Parce qu'il y avait quelqu'un pour qui elle comptait. Quelqu'un qui pensait à elle, qui tendait son cœur vers le sien.

Je dois finir. Ramener le dossier à ces enfoirés de flics. Après tout, qu'est-ce que j'en ai à foutre de Clarisse ? Cette fille, je la connaissais même pas. S'est-elle inquiétée pour moi, elle ? A-t-elle eu mal lorsque les gardiens m'ont torturée ? violée ? Oublie-la. Tu n'as pas à porter ce fardeau-là aussi. Pense à toi, pense à Daniel. La seule personne qui compte en ce monde…

Elle décida de terminer la mission. Elle enfila son blouson en gémissant de douleur. But quelques gorgées d'eau. Elle avait son pistolet à la ceinture, ses cigarettes, la petite torche, les mouchoirs. Elle ouvrit le côté passager pour récupérer le dossier Charon, qui avait glissé sous le siège au gré des secousses. Elle se baissa doucement, passa la main sous le fauteuil, en ressortit son précieux chargement. La pochette mauve. Mais aussi un journal…

Là, en première page du quotidien… Un sourire tendre se dessina sur ses lèvres, malgré les attaques de ses blessures. Un sourire, comme à chaque fois qu'elle voyait son visage. Comme s'il n'était là que pour elle.

Elle déplia le journal. S'empala sur un mot. Comme sur une tige en ferraille. Là, en plein cœur.

Suicide.

Son sourire s'était dissout dans la nuit. Son cerveau refusa d'abord l'évidence. Alors que son corps avait déjà compris. Elle lut quelques mots, à voix haute.

Suicide du gardien de prison Daniel Buchmann, à la maison d'arrêt de S. Une enquête a été ouverte…

Choc frontal d'une rare violence. Ses jambes la

trahirent, elle tomba à genoux sur le sol, passa la main sur sa photo. Secoua la tête de gauche à droite. Lentement.

Non. Non !

Puis une sorte de monstrueuse convulsion s'empara de tout son être. Souffrance bien pire que tout ce qu'elle avait enduré dans sa courte vie.

Ça venait des profondeurs. Ça démolissait tout sur son passage. Broyait les organes et les chairs. Cassait les membres.

Elle s'effondra vers l'avant, le front contre le siège. Un spasme plus violent que les autres lui retourna l'estomac où il ne restait que de l'eau.

Déluge de larmes, cataclysme intérieur.

Ouragan dévastateur. L'apocalypse. La fin du monde.

La fin de *son* monde.

Aspirée vers les enfers, Marianne. La chute, vertigineuse, vers des abysses effrayants. Une chute qui dura plus d'une heure. À genoux, à côté d'une voiture. La pâle clarté d'un plafonnier en guise de bougie.

Jusqu'à ce que la haine naisse au fond des entrailles. Jusqu'à ce qu'elle mûrisse et forge une armure autour du désespoir. Étaye ce corps à l'agonie. Jusqu'à ce qu'elle prenne le dessus sur tout le reste. Et remette Marianne sur ses pieds.

Marianne, qui marchait le long de la route. Tractée par une force invisible.

Rendre. Rendre le mal. La douleur. Tuer. N'importe qui. N'importe quoi.

Tuer. Franck.

Allongé sur le canapé, les bras repliés sous la nuque, il luttait contre la fatigue. Il ne pouvait dormir. N'en avait pas le droit. Alors qu'elle était là, dehors, quelque part. En train de lutter contre la mort. Il avait posé son téléphone sur sa poitrine.

Pourtant, ses paupières finirent par se fermer. Doucement.

Marianne s'accrocha au panneau. G.-sur-M. Elle y laissa un peu de sang. Un dernier témoignage. Elle continua à avancer, debout par miracle. Car même la haine a ses limites. Lorsque le corps a atteint les siennes. Au fil des kilomètres, douleur et désespoir avaient lentement repris les rênes de cet être au crépuscule.

Elle s'arrêta devant un plan de la ville sur un encart lumineux. *Vous êtes ici.* La rue Descartes n'était pas loin. Elle suivit l'itinéraire avec son doigt. Déposa une nouvelle traînée écarlate. Comme pour indiquer à la meute des chasseurs où la débusquer. Ce n'était qu'à quelques centaines de mètres.

Pourtant, elle s'effondra sur un banc en pierre. Elle avait roulé le journal, l'avait placé à la ceinture de son pantalon, juste à côté du flingue. Elle s'étendit doucement sur le côté. Transie par ce froid chimérique qui s'insinuait jusque dans sa tête. Sa tête où régnait une confusion sans nom. Tout son corps luttait. Mais pourquoi ? Comme dans les moments les plus durs, comme au fond des geôles pendant la torture, elle sentait sa raison vaciller. Elle marchait sur un fil ténu, juste au-dessus du vide. Son cerveau cherchait les raisons. Les réponses. Et même les questions. Un sens.

Maintenant qu'il est mort, tout ça ne sert à rien. Je vais tuer Franck. Je vais le tuer. Daniel est mort par sa faute. Oui, c'est pour ça que j'ai marché jusqu'ici.

Elle se releva, tomba sur le goudron. S'y déchira la paume des mains. Elle aurait voulu pleurer mais n'en avait plus la force. Pleurer contre l'épaule de Daniel. Mais il n'était plus là.

Elle se redressa, en plusieurs temps. Mouvements brusques, désordonnés. Ceux de l'ivresse.

Ivresse de douleurs, de peine, de haine. Trop. De tout.

Elle récupéra le dossier Charon. Et pourquoi je le lui amènerais ? Daniel est mort, de toute façon. J'ai fait tout ça pour lui. Elle abandonna la pochette sur le banc. Tituba quelques pas en pressant une main sur sa blessure qui refusait de se fermer. S'arrêta une nouvelle fois, accrochée à un lampadaire.

Non. Il faut ramener le dossier à Franck. Il ne me rendra ma liberté que si je le lui ramène. Demi-tour ; elle chuta une nouvelle fois. Reprit la pochette, repartit.

À quoi ça sert que j'amène le dossier puisque je vais le tuer ? Tu veux que je le tue pour toi, mon amour ? C'est à cause de lui si je t'ai quitté. Si tu es parti. Il doit mourir pour ce qu'il t'a fait… Il doit mourir.

C'est ça que tu attends de moi, mon amour, n'est-ce pas ?

Daniel ne lui répondit pas. Pourtant, elle aurait tant aimé une réponse.

Je suis en train de devenir cinglée…

Nouvelle chute. Cette fois, elle ne put se relever. Elle parlait tout haut, se rassurait de sa propre voix. Je… suis… en train de devenir folle, mon amour… C'est parce que je t'ai perdu…

Elle demeura à terre de longues minutes, le visage collé aux pavés sales et humides. Le corps exsangue.

La rue Descartes, Marianne. Lève-toi.

Pourquoi j'irais là-bas ? Mais où, alors ? Si tu restes sur ce trottoir, ils te retrouveront. Te jetteront en prison.

Elle se leva. Vraiment trop froid par terre. Elle se leva parce qu'elle n'avait nulle part où aller. Nulle part, sauf au 26 rue Descartes.

Elle se leva parce qu'elle n'avait plus personne. À part Franck.

Je le tuerai. Ou il me tuera. Peu importe. Je serai enfin quelque part.

Franck fut brutalement tiré de son profond sommeil par un bruit.

Il se leva prestement du canapé. Il avait peut-être rêvé. Il se rua jusqu'à la fenêtre. Son cœur fit un bond démesuré, la grille était ouverte. Non, il n'avait pas rêvé.

Il courut vers l'entrée. Ses doigts cherchèrent l'interrupteur, la lumière lui offrit ce qu'il attendait.

Elle était là, contre le mur, près de la porte entrouverte.

— Marianne !

Il se précipita vers elle. Mais s'arrêta net, en équilibre. Dans la ligne de mire du Glock. Il recula doucement. Pour se coller au mur d'en face. Il regardait ses yeux étincelants de haine, son visage effrayant. L'arme, braquée sur lui. De sa main gauche. Et le sang, partout. Sur son ventre, son bras, son jean et ses mains. Même sur sa figure. Jusque dans ses cheveux noirs.

Avec sa main droite, elle accomplit un ultime effort. Saisit quelque chose dans son dos, le lança à ses pieds. Franck fixa la photo de Daniel. Sanglante, elle aussi. Puis il affronta à nouveau le visage de Marianne.

— Tu m'as menti, Franck...

Il se laissa glisser jusqu'au sol, presque en face d'elle, en face de la gueule du Glock. Il l'avait tant espérée qu'il ne pouvait la fuir.

— Je... Je n'avais pas le choix, Marianne... Je... Je ne pouvais pas te le dire...

Il aperçut la pochette mauve posée à côté d'elle.

— Tu es rassuré, Franck ? Ton précieux dossier est là... Approche, viens le chercher... Tu l'as tellement attendu... !

— Tu veux me tuer, Marianne ? C'est ça ?

— C'est pour ça que je suis venue... J'ai marché

pendant des kilomètres pour ça… Je me suis vidée de mon sang pour ça… Pour le plaisir de te voir crever… Il est mort à cause de toi, ajouta-t-elle.

Elle avait de plus en plus de mal à parler. Son bras droit s'était rétracté contre son corps, dans une spasticité effrayante. Au bout, sa main était secouée de convulsions musculaires. Mais la gauche tenait fermement le pistolet. Comme si le peu d'énergie qui l'habitait encore se concentrait dans cette main vengeresse.

— Non, Marianne. Non… Je ne l'ai pas tué. Il… Il t'avait perdue, il ne l'a pas supporté.

— Tu t'es servi de lui… Tu m'as…

Elle reprit une profonde inspiration. Ses poumons résonnèrent d'une plainte déchirante.

— Tu m'as fait mal en… te servant de lui pour… que je commette toutes ces horreurs… Tu t'es servi de lui alors… qu'il était mort…

Il voyait sa souffrance sur, comme dans, son corps. Il aurait voulu pouvoir fermer les yeux sur le calvaire qui s'étalait sur son si joli visage. Mais il ne pouvait y échapper. Devait tout affronter. Tout.

— Marianne… Je n'avais pas le choix. Je devais le faire.

— La mission, pas vrai ? Il n'y a que ça qui compte pour toi… La mission… Rien d'autre n'a d'importance… Les gens ne sont que… des… instruments… dont tu te sers… des pions que tu déplaces dans ton jeu…

— Non… Ne dis pas ça. Il était déjà mort, ça n'aurait rien changé.

— Et Clarisse… ? Elle était… déjà morte… quand tu… l'as assassinée ?

Il posa son front sur ses genoux. Prit le risque de quitter l'arme des yeux.

— Comment tu l'as tuée ? Tu l'as… battue à mort ? Tu lui as tiré… une balle dans… la bouche ?

Il releva la tête mais ne répondit pas. Il l'implorait

du regard de se taire. Elle avait touché le point sensible. Continua à le torturer d'une voix de plus en plus faible. Qui se tarissait comme un cours d'eau en été.

— Est-ce que tu… t'es amusé avec elle avant de… la tuer ?

— Comment tu peux croire que…

— Est-ce qu'elle aussi a été un… de tes *passe-temps* ?

— Non, Marianne… Je… J'ai dit ça… parce que… pour que…

— Tu cherches tes mots Franck ? Qu'est-ce… qui t'arrive ? C'est… la peur de mourir ?… Tu veux bien tuer mais… Tu as peur de mourir ?

— Tu n'as pas été un passe-temps, Marianne. J'ai dit ça pour que tu aies la rage. Pour que tu continues la…

— … mission ? Tu ne vis que pour ça, pas vrai, Franck ? Je… il n'y a qu'une chose qui peut t'effrayer… Une seule chose… L'échec… voilà… pourquoi tu as… tué une jeune maman.

Elle lut la douleur au fond des émeraudes. Tourna le couteau dans la plaie.

— Tu ne savais pas qu'elle avait une… petite fille ? Juliette… elle a trois ans. Orpheline, désormais… Il faut que tu saches… que tu vives avec ça… comme je vis avec.

Les lèvres de Franck se mirent à trembler. Elle crut en une hallucination lorsque les larmes cassèrent la forteresse. S'invitèrent au bord de ses yeux.

— On m'a donné des ordres ! se défendit-il avec accablement.

Elle regarda couler les larmes. Elles adoucissaient son désespoir, sans qu'elle comprenne vraiment pourquoi. Mais il les refoula bien vite.

— Marianne… C'est fini, maintenant. Baisse ton arme.

Elle trouva la force de sourire. Car même sourire était douloureux.

— Je suis venue… pour te tuer, Franck… T'as oublié ? Tu m'as choisie… pour ça, rappelle-toi… Parce que je suis une meurtrière.

Elle ajusta sa cible. Un frisson de peur le transfigura. Plus qu'un geste à faire. Une simple pression sur l'index. Mais elle réalisa soudain que ça ne la soulagerait pas. Un crime de plus ? Ça n'apaiserait rien. Aucun de ses tourments. Son bras retomba sur ses genoux.

— Il y a déjà eu tant de sang versé, murmura-t-elle. Tellement de… souffrance… Et je ne sais même pas pourquoi… Je n'en peux plus… Ça servirait à rien… à rien.

Elle lâcha son pistolet. Franck se leva doucement. Avec le pied, il fit glisser le Glock à l'autre bout du couloir. Puis resta debout devant elle. Il n'osait la toucher, contemplait le carnage sans un mouvement. Elle le dévisagea avec étonnement. Avec toute la douleur du monde, aussi. Pourquoi n'avait-il pas récupéré l'arme ? Il va se servir de la sienne. Bien sûr. Voilà pourquoi.

— Je suis si fatiguée… Si fatiguée… Qu'est-ce que tu attends… pour me tuer ?

Il s'agenouilla. Elle hésitait. Mais il lui fallait un contact. Quelque chose à quoi se raccrocher avant le grand saut. Une épaule pour mourir. Elle avait toujours eu si peur de partir seule… Elle se pencha en avant, posa son front contre lui. Pourtant, ils étaient encore séparés. Chacun d'un côté du ravin. Il gardait ses mains loin d'elle. Il ne comprenait pas.

— Tu voulais me tuer. Et maintenant… tu veux quoi, Marianne ?

— Qu'est-ce que tu attends, Franck ? Je veux mourir, puisque Daniel est parti.

Il la serra enfin dans ses bras. Répéta son prénom inlassablement.

— Marianne… Tu ne vas pas mourir. Je vais m'occuper de toi. Tu n'as plus à avoir peur…

— Je veux juste que ça… s'arrête.

— Oui… C'est fini. Je vais te soigner. Tu es libre, désormais…

Libre ? Elle commença à pleurer doucement contre sa poitrine. Il ne lui restait personne d'autre de toute façon. Libre. Sans Daniel. Elle s'enfonça lentement dans le noir et l'oubli.

Elle ne pleurait plus. Elle était inerte. Franck la repoussa doucement contre le mur. Il caressa son visage. La secoua un peu.

— T'endors pas, Marianne ! Reste avec moi ! T'endors pas !

Il tenta en vain de la faire revenir. Laurent descendit, posa un pied sur le Glock en bas des marches. Faillit se ramasser une gamelle mémorable. Les cris de Franck venaient de le tirer de son sommeil.

— Elle est revenue ! murmura-t-il avec incrédulité.

Il aperçut ensuite la pochette mauve pleine d'hémoglobine.

— Elle a réussi, putain… Elle est morte ?

— Non, répondit Franck. Mais elle est gravement touchée. Va réveiller Philippe.

— Pas la peine, dit le lieutenant qui venait à son tour de descendre.

— Bon, reprit Franck avec sang-froid, on retourne à T. On ne peut pas rester ici. Elle a dû abandonner la bagnole dans le coin. Ils ne vont pas tarder à rappliquer et fouiller tout le secteur. Il n'y a pas une minute à perdre.

Philippe se pencha sur le corps de Marianne.

— On va la transporter comme ça ? Dans cet état ?

— Elle risque de ne pas survivre au trajet, fit remarquer Laurent.

— Et s'ils la trouvent ? Tu crois qu'elle y survivra ? On ne peut pas rester là. Pour elle comme pour nous.

Philippe, tu rassembles nos affaires, efface le maximum de traces. Laurent, sors le fourgon du garage. Je vais y amener Marianne.

Laurent se gara devant le portillon. Ils avaient choisi une rue peu habitée, histoire de ne pas éveiller l'attention. Leurs voisins étaient un grossiste en alimentation animale à gauche, une petite entreprise de plomberie à droite. Il laissa donc tourner le moteur, aida Philippe à embarquer leurs affaires.

Franck porta Marianne jusqu'au véhicule, l'allongea sur la banquette.

Ils nettoyèrent le sang, les empreintes, tout ce qui aurait pu trahir leur présence ici. Il fallait maintenant parcourir le trajet jusqu'à la propriété. Une bonne centaine de kilomètres. Laurent prit le volant, comme à son habitude. Philippe resta à l'arrière avec son patron.

— Tu crois qu'elle va tenir le coup ? s'inquiéta le jeune lieutenant. Remarque, peut-être que tu t'en fous...

Le commissaire le fusilla d'un simple regard.

— Excuse-moi...

Philippe enleva sa chemise, la plia en boule.

— Tu devrais appuyer ça sur sa blessure... Ça se remet à saigner.

Franck fit pression sur le linge, par-dessus le tee-shirt. Mieux valait éviter d'essayer de le décoller de sa peau pour le moment.

— J'emprunte les axes secondaires ? proposa le capitaine. À cause des barrages...

— Non. Prends la route la plus courte. Ils ne fouilleront jamais un fourgon de flic.

Laurent avait une conduite particulièrement souple mais les nerfs des deux infirmiers étaient mis à rude épreuve.

— Elle est au courant pour le suicide de Bachmann, annonça soudain le commissaire.

— On sait, répondit Philippe. On a vu le journal…
Elle a réagi comment ?

— Elle… Elle voulait me buter.

— Te buter ? s'écria Laurent. Comment tu l'en as
dissuadée ?

— J'ai rien fait… Elle a fini par renoncer. A dit qu'il
y avait eu trop de sang versé. Je crois surtout qu'elle
n'avait plus la force. Elle… Elle avait peur de mourir
toute seule. À la fin, elle voulait que ce soit moi qui la
tue…

Laurent mit un peu de musique pour détendre l'atmosphère. Le fourgon dévorait les kilomètres à vitesse
réduite. Une sorte de compte à rebours résonnait dans
le véhicule, transformé en ambulance. Avec l'espoir
partagé qu'il ne se transformerait pas en corbillard avant
d'arriver à T.

— Barrage ! annonça soudain le pilote avec son
calme habituel.

À peine vingt bornes de parcourues. Philippe tira le
rideau de séparation derrière le siège conducteur.

Laurent stoppa face à trois hommes armés de fusils.
Baissa la vitre tout en sortant sa carte tricolore.

— Bonsoir messieurs.

Il brandit tout de suite son laissez-passer magique.

— Excusez-nous, capitaine. On doit arrêter tous les
véhicules.

— C'est bien normal colonel, répliqua Laurent.
Toujours aucune trace de Gréville ?

— Non… Mais on vient de retrouver la Golf. À trois
bornes de G.-sur-M. Panne sèche !

— Ah ? Elle n'a plus de bagnole, alors ?

— Elle en a peut-être volé une autre. Du coup, ça
nous complique la tâche. Mais on a retrouvé beaucoup
de sang sur les sièges, elle est donc gravement blessée.
Elle n'ira pas bien loin.

Marianne se mit à gémir, Franck plaqua précipitamment une main sur sa bouche.

— Vous allez où ? bavarda le gendarme.

— Je remonte sur P., mentit Laurent. Je ramène le soum'…

— Eh bien bonne route, capitaine !

— Bon courage à vous, répondit Laurent avec un petit salut militaire. J'espère que vous allez la choper, cette petite ordure.

— Je peux vous dire que si elle se pointe ici, on tire à vue. On l'achève !

Il attendit que les herses soient enlevées de la chaussée pour repartir en douceur. Franck ôta sa main. Marianne gardait toujours les yeux fermés mais bougeait de temps à autre. La chemise du lieutenant était complètement imbibée de sang.

— On va la perdre, murmura-t-il.

Philippe s'agenouilla près de la banquette, plaça la main de Marianne dans la sienne.

— Elle est glacée…

Il trouva un plaid, la couvrit jusqu'au menton.

— Allez, Marianne, tiens bon… Ne nous lâche pas maintenant !

Ils passèrent un deuxième barrage, tenu par des CRS. Perdirent encore de précieuses minutes.

— Combien de temps ? interrogea le commissaire.

— Une demi-heure environ, répondit le capitaine. Elle a repris connaissance ?

— Non, dit Philippe. Accélère…

Pied au plancher, il secoua ses passagers comme à la fête foraine dans les nombreux virages.

Ils arrivèrent enfin à la propriété. Alors que l'aurore pointait son aura lumineuse.

Franck porta Marianne à l'intérieur, l'allongea sur

la table de la cuisine. Il regarda ses coéquipiers avec angoisse. Le plus dur restait à faire. Mais elle avait au moins survécu au trajet. Avec une paire de ciseaux, il coupa le tee-shirt en son milieu.

— Faut un médecin, murmura Philippe devant l'étendue des dégâts.

— On ne peut pas, rétorqua Franck d'un ton nerveux. Tout le monde connaît son visage, maintenant. Ce serait du suicide.

— Mais elle va crever ! s'indigna le lieutenant.

— Non… On va faire le nécessaire.

— Ah oui ? J'savais pas que t'étais docteur !

— Il faudra bien qu'on se débrouille. Qu'est-ce qu'on a ici ?

— La trousse de premiers secours du fourgon, répondit Laurent. Elle est assez complète, mais… Là, c'est pas un petit bobo.

— Elle pisse le sang ! ajouta Philippe, aussi blanc que la table en formica.

— Je connais un toubib, reprit le capitaine. Je peux peut-être l'appeler ? C'est une bonne copine de ma frangine. Elle pourrait nous expliquer la marche à suivre. Nous filer quelques conseils… Je lui monterai un bobard !

Franck contempla encore Marianne. Sentiment d'impuissance face au carnage.

— OK, acquiesça-t-il enfin. Appelle-la…

Laurent réveilla d'abord sa sœur qui lui donna le numéro dans un demi-sommeil. Tira ensuite la doctoresse des bras de Morphée. Lui raconta qu'ils avaient un blessé par balles. Un mec qu'ils ne pouvaient sous aucun prétexte emmener à l'hôpital. Un témoin capital, poursuivi par la mafia… un truc à dormir debout. Mais ça tombait bien, la chirurgienne dormait à moitié. Il expliqua en gros l'état du malade. L'endroit où les balles avaient perforé la chair. Il s'adressa à Franck.

— Les balles sont ressorties ?

— Apparemment oui, répondit le commissaire.

— Oui, elles ont traversé… Ouais, c'est une chance… Je sais pas…

Il consulta à nouveau à son patron.

— Est-ce qu'il y a un organe vital de touché ?

— Comment veux-tu que je le sache ! pesta Franck.

— On sait pas… Ouais…

Le capitaine fit une grimace significative. Nota encore quelques mots.

— Ouais… Il a perdu beaucoup de sang… Euh… Il pèse environ… soixante-quinze kilos…

Le commissaire écarquilla les yeux.

Laurent lui adressa un regard signifiant à lui tout seul qu'il pouvait difficilement prétendre que son blessé de sexe masculin pesait cinquante-cinq kilos à tout casser ! Il continua à converser avec la chirurgienne, fouilla l'intérieur de la trousse de secours.

— Ouais ! Génial, on en a… Comment ça marche ? OK, j'ai compris… On va essayer… Non, c'est gentil, Viviane mais tu peux pas venir. On est vachement loin. Je te rappelle si j'ai besoin. Merci… Merci beaucoup et pardon de t'avoir tirée du pieu.

Il raccrocha enfin, soupira.

— Bon, c'est pas de la tarte… Pour commencer, il faut nettoyer les plaies avec une gaze et de l'eau bouillie… Ensuite, faut passer dessus du truc antiseptique. Et puis, il faut recoudre…

— Recoudre ? s'étrangla Philippe.

— Ben oui… Il suffit apparemment d'avoir une aiguille et du fil, bien désinfectés.

— Génial ! gémit le lieutenant. J'ai toujours adoré la couture…

— Dès que c'est fini, je fonce à la pharmacie. Il lui faut des antibios, des calmants. Et des trucs pour tout le sang qu'elle a perdu…

— Ils vont te filer tout ça sans ordonnance ? s'inquiéta Franck.

— Je me débrouillerai. Je leur passerai la toubib, en cas. Et puis ils commencent à me connaître là-bas !

— Co… comment on fait pour l'endormir ? demanda Philippe.

— L'endormir ? s'étonna Laurent. Mais elle dort déjà…

— Et si elle se réveille ? On va pas la recoudre sans l'endormir !

— Si, affirma le capitaine. Elle ne se réveillera pas… Elle est complètement dans les vapes.

Franck passa une serviette humide sur le visage de Marianne, désinfecta les petites écorchures, le plus facile. Tandis que Laurent mettait la maison sens dessus dessous pour trouver un nécessaire de couture. Il hurla *Euréka* au bout de dix minutes. Marianne geignait parfois, des plaintes à peine audibles. Mais, à aucun moment, elle n'ouvrit les yeux.

— Il faut surveiller son rythme cardiaque, expliqua le capitaine. Si jamais ça dégringole, il faut la piquer avec ça…

Il sortit une seringue d'atropine de la trousse. Ils considérèrent avec horreur l'aiguille. Prièrent en silence pour ne pas avoir à lui planter ça dans la chair. Franck vérifia son pouls.

— Ça peut aller, pour le moment… Quatre-vingts pulsations minute.

La cuisine se transforma lentement en hôpital de brousse. Franck endossa le rôle de chirurgien. Parce que Philippe menaçait de tourner de l'œil et Laurent n'avait pas la délicatesse requise. Il commença par la blessure au bras. Histoire de se roder. Il avait enfilé des gants en latex, un masque, conformément aux ordres du médecin. Il nettoya la plaie avec soin. Une fois propre, la blessure leur parut plus monstrueuse encore.

— Putain, ils ont pas tiré avec des calibres de fillette ! constata Laurent avec effroi.

Franck s'épongea le front. Passa au plus difficile. La couture. Des deux côtés du bras. Surtout que Clarisse revenait le hanter. Là, au mauvais moment. Mais elle ne cessait d'apparaître, de toute façon. Il la chassa tant bien que mal de son esprit. La pria d'attendre son tour. Puis il enfonça l'aiguille dans la chair. Marianne réagit un peu brusquement. Pourtant, elle n'avait pas repris connaissance.

Laurent l'immobilisa sur la table.

— Elle doit souffrir, dit Philippe en s'accrochant au dossier d'une chaise.

— Ta gueule, murmura Laurent. Tu le déconcentres…

Le soleil s'invita dans la pièce. Comme si de rien n'était. Philippe vérifia le pouls. Hocha la tête pour signifier que ça battait encore normalement.

— Pas à dire, les gonzesses, c'est bien plus résistant que les mecs ! fit Laurent.

Franck termina enfin, posa une gaze sur les sutures. Mais la suite serait plus difficile encore. L'autre impact était bien plus grave. Bien plus mal placé. Il s'accorda une courte pause, but un demi-litre d'eau. S'aspergea le visage. Remit des gants propres.

— Courage ! dit Laurent en lui tapant sur l'épaule. Tu t'en sors comme un chef.

Philippe s'était chargé de désinfecter le matériel à couture. Franck épongea à nouveau la plaie. Marianne eut un brutal sursaut. Ils s'immobilisèrent. Se pétrifièrent lorsqu'elle ouvrit les yeux et poussa un cri. Philippe effleura son front.

— Marianne, calme-toi ! On est en train de te soigner…

Elle se mit à bouger, Laurent la plaqua à nouveau sur la table, regarda son patron.

— Vas-y…

— Je pourrai jamais !

— Vas-y ! répéta le capitaine d'un ton martial. Elle est encore à moitié inconsciente. Dépêche-toi avant que je sois forcé de l'assommer.

Franck le toisa de travers.

Philippe tentait de rassurer Marianne qui réagissait juste aux assauts de la douleur. Dans une sorte de semi-coma. Puis elle parla. Appela. Daniel, bien évidemment… Franck se remit au travail. Il essaya de rapprocher les bords de la plaie, reçut une giclée de sang sur les mains. Mouvement de recul.

Philippe manqua de s'évanouir.

— Magne-toi, ordonna le capitaine.

— Tu veux ma place ! hurla le commissaire derrière son masque.

— Reste calme, pria Laurent d'une voix autoritaire.

Il tenait toujours Marianne sur la table, lui caressait les cheveux.

— Ferme les yeux, princesse… Rendors-toi.

Mais elle gardait les paupières ouvertes. Appela de nouveau. *Franck !* Il leva les yeux. Surpris. Touché en plein cœur. Il baissa son masque.

— Je suis là, chuchota-t-il en serrant sa main. Je suis là, Marianne…

Elle s'apaisa un peu, il attaqua sa cruelle besogne. Il transpirait de plus en plus. À chaque fois que l'aiguille se plantait dans la chair, Marianne se cambrait.

Le commissaire se concentra. Il regardait le visage de sa patiente de temps en temps, pour s'instiller du courage. Puis il eut des gestes plus précis. Plus efficaces, plus rapides.

Les tressaillements douloureux de ce corps entre ses mains lui procuraient soudain des sensations bien connues. Qu'il aurait voulu refouler au plus profond de lui. Une sorte d'ivresse. Mélange d'adrénaline et d'autre chose. Un plaisir odieux.

Mais qui l'aidait finalement à supporter l'horreur de son intervention. Elle poussa un cri, il se tétanisa quelques secondes.

— Calme-toi, ordonna Laurent. Calme-toi, princesse… C'est bientôt fini.

Puis il fixa Franck dont les yeux verts brillaient de façon incroyable au-dessus du masque.

— T'as fini ?

— Presque, répondit-il sans desserrer les mâchoires. Encore quelques allers-retours de l'aiguille.

— Voilà, annonça Franck. C'est terminé.

Il posa la gaze. Et s'effondra sur le sol. Sonné. Presque KO. Philippe l'aida à se relever, lui apporta un verre d'eau. Il se débarrassa du masque, des gants. S'apprêta à savourer sa victoire.

— Merde ! hurla soudain le capitaine. Le cœur ! Ça… Ça bat presque plus !

Il empoigna la seringue. La planta dans la cuisse sans hésiter. Injecta l'atropine.

Philippe s'agrippa au buffet pour ne pas tomber. Laurent vérifia à nouveau le pouls.

— Elle fait un arrêt cardiaque !

Franck s'était pétrifié, comme s'il venait de recevoir un impact de foudre sur la tête. Échec.

Philippe reprit soudain ses esprits et bouscula Laurent. Il attaqua un massage cardiaque, réminiscences intactes de son brevet de secouriste. Ne s'avoua pas vaincu. Lui enjoignit de lutter à ses côtés.

— Allez ! hurla-t-il. Bats-toi, Marianne ! Tu vas pas mourir maintenant ! Marianne !

Il s'acharna sous les yeux ébahis de ses coéquipiers qui retenaient leur souffle, leurs cœurs s'étant arrêtés en même temps que celui de Marianne.

Philippe n'abandonnait toujours pas. Massages… Bouche-à-bouche… Appels désespérés.

— Marianne ! Respire ! Marianne !

Jusqu'à ce que le miracle se produise.

— Ça y est ! Ça repart !

Marianne était toujours inconsciente mais la vie soulevait à nouveau sa poitrine. Ils la regardèrent un moment revenir dans le monde des vivants. Grâce à eux. Quelques minutes irréelles où ils contemplaient leur œuvre.

Prêts à tomber d'épuisement. Exténués, mais heureux.

— Gardez-la à l'œil, dit Laurent, des fois que son palpitant recommence à déconner ! Moi, je vais réveiller ma copine la pharmacienne.

Franck allongea Marianne sur le canapé, une couverture sur son corps tremblant. Il garda sa main dans la sienne, il l'implora en silence de ne pas échouer. De terminer la mission.

Philippe, posé sur l'accoudoir du divan, souriait. Un peu béatement.

— J'l'ai sauvée, hein ? murmura-t-il.

— Oui, Philippe. Tu l'as sauvée…

Jeudi 14 juillet – 10 h 00

Ils étaient tous les trois dans la chambre. Trois anges gardiens autour de leur fragile miraculée.

Certes, les blessures ne saignaient plus. Certes, le cœur continuait de battre, sans relâche. Mais l'état de Marianne leur inspirait de plus en plus d'inquiétude. La fièvre avait grimpé jusqu'à atteindre des sommets. Elle était toujours dans un état comateux. Parfois, elle ouvrait les yeux. Mais ne semblait ni les voir, ni les entendre. Ils avaient réussi à lui administrer ses médicaments avec de l'eau sucrée. Prenaient son pouls toutes les dix minutes, sa température toutes les heures. Avec une nouvelle seringue d'atropine posée sur le chevet. Avec une charge d'angoisse au fond des yeux. Aucun d'eux n'avait pris de repos…

Laurent fuma une clope à la fenêtre. Chaleur étouffante, aujourd'hui. Pourtant, Marianne semblait avoir froid. Du moins, elle tremblait. Franck ajouta une deuxième couverture sur le lit.

— Tu la couvres trop, désapprouva Philippe. Tu vas faire monter la fièvre.

— Elle a froid… Elle frissonne…

Laurent appela à nouveau la chirurgienne. Il conversa avec elle cinq bonnes minutes puis délivra un compte rendu assez synthétique à ses équipiers.

— Bon, la fièvre, c'est normal. Si ça monte trop et si ça dure, y a des risques de convulsions. Ça peut endommager le cerveau. Mais on peut lui filer de l'aspirine maintenant qu'elle n'a plus d'hémorragies… Elle a dit aussi qu'il ne fallait pas trop la couvrir.

— Ah! Tu vois! lança Philippe. Qu'est-ce que je disais?

— C'est bon, grommela Franck en enlevant une couverture. C'est tout?

— Ouais, c'est tout.

Ils lui firent avaler un sachet d'aspirine puis reprirent leur méditation silencieuse.

Marianne sortit bientôt de sa léthargie. Commença à gigoter dans tous les sens, à délirer. Séries de mots, entremêlés de gémissements, souvent incompréhensibles. Ils interceptèrent évidemment le prénom de Daniel au milieu de ce fatras verbal sans queue ni tête. Franck aurait aimé y discerner son propre prénom. Et lorsqu'il entendit Clarisse, il pâlit comme le jour. L'atmosphère devenait de plus en plus suffocante. La fenêtre ouverte n'y changeait rien.

— Tu crois qu'elle se réveille? chuchota Philippe.

— Je crois qu'elle souffre, répondit Franck.

Brusquement, la voix de Marianne se fit plus claire. Les mains crispées sur les draps, elle versa quelques larmes brûlantes. Et appela. De toutes ses forces. Des cris poignants, des appels au secours vibrants de panique.

Adressés à la dernière personne à qui ils auraient pensé venant d'elle.

Maman.

***

Laurent et Philippe étaient partis acheter quelques bricoles au patelin voisin. Bon prétexte pour prendre un peu l'air. Échapper pendant une heure aux plaintes de Marianne dont la fièvre avait baissé mais qui continuait à délirer. Seul Franck restait là, fidèle vigie. Confortablement installé dans un fauteuil, tout près du lit. Il la couvait des yeux sans relâche, sans se lasser. Parce qu'il la trouvait jolie, même dans la douleur. Surtout dans la douleur. Mais ça, il n'aurait pu se l'avouer.

Il laissa son esprit vagabonder à sa guise. Allers-retours dans le passé…

… Leur première rencontre, au parloir, menottes aux poignets. Comme une grenade à fragmentation qui avait explosé dans son ventre. Un truc inouï.

Puis il songea au début de l'histoire…

… Une froide journée d'avril. Le 4, précisément. Il ne risquait pas d'oublier ce jour-là. Lorsque le conseiller Hermann l'avait appelé sur son portable.

C'est urgent, Franck. Il faut que je vous voie. Non, pas au bureau… un endroit discret… Oui, le square Delattre, parfait… Dans une heure.

Être contacté par le bras droit du ministre en personne, ça n'arrive pas tous les jours. Franck enfile son manteau, récupère sa voiture, quitte le bâtiment de la DST.

Que lui veut Hermann ? Lui confier une mission bien particulière ou lui demander seulement un conseil ? Ce n'est pas la première fois qu'il s'adresse à Franck pour une tâche délicate.

Il retrouve Hermann dans le square. Ils se serrent la main.

— Comment allez-vous, Franck ?

— Ça va, monsieur, je vous remercie…

— Non, c'est moi qui vous remercie d'avoir répondu si vite à mon appel.

Ils marchent, car il fait trop froid pour rester sans bouger. Hermann, un mec petit et gringalet. Mais qui en impose. À peine trente-huit ans, une carrure cérébrale, des incisives qui rayent le marbre du ministère. Un regard et un sourire francs. Un homme de l'ombre. Tout comme Franck. Mais un de ceux sans qui rien ne serait possible.

— Je suis envoyé par le ministre. Nous avons un problème, Franck… Un problème délicat.

Frisson dans les reins qui remonte doucement jusqu'à sa nuque. Ce n'est pas le froid. Dumaine a pensé à lui ! Le ministre en personne requiert son aide ! Shoot d'adrénaline.

— Que se passe-t-il ? interroge le commissaire.

— Un vaste réseau de prostitution enfantine vient d'être démantelé, dans les environs de D…

Franck enfonce ses mains au fond des poches de son manteau. *Prostitution enfantine*, deux mots qui ne vont vraiment pas ensemble.

— Il s'agit d'enfants, des filles en majorité, achetés dans des pays étrangers… En Roumanie, en Albanie… Et qui ont servi à alimenter un réseau de pédophilie en France. Pour le moment, les gosses ont été mis à l'abri et les maquerelles sous les verrous.

— J'en ai entendu parler, avoue Franck. Mais… excusez-moi, monsieur, je ne vois toujours pas en quoi cela me concerne ou concerne la DST ?

— J'y viens, Franck, j'y viens… Le problème, c'est que la liste des clients commence à s'étoffer. Avec les témoignages des enfants et surtout, les fichiers informatiques des souteneurs, leurs carnets d'adresses, leurs aveux, aussi… Parmi ces clients, on retrouve deux noms particulièrement gênants… Deux magistrats français. Une juge d'instruction et un procureur général.

Franck est surpris. Les magistrats, ça concerne plutôt le garde des Sceaux. Pas le ministre de l'Intérieur… Il joue nerveusement avec son trousseau de clefs dans sa poche, suspendu aux lèvres de son interlocuteur. Une volute translucide sort de sa bouche à chaque fois qu'il parle. Il fait de plus en plus froid. Pourtant, Franck en est presque à transpirer.

— Il s'agit du juge Forestier et du procureur Aubert. Tous deux travaillent au Tribunal de P.

— Il y a un lien entre eux ou… Je suppose que ce n'est pas un hasard si on les retrouve impliqués tous les deux dans ce… ?

— Ils sont amants… Disons, pour résumer, qu'Aubert aime bien se taper des gamines et que la juge aime bien le regarder faire.

— Il y a vraiment des tarés partout ! murmure Franck en triturant ses clefs.

Hermann allume une cigarette, en propose une au commissaire qui accepte.

— Oui, Franck. Il y a des tarés partout…

— Ce n'est pas encore remonté à la surface… Je me trompe ?

— Non, vous ne vous trompez pas… Comme vous le savez, certains ont déjà été identifiés et arrêtés. Mais lorsque les policiers ont découvert les noms de Forestier et d'Aubert, ils en ont référé à leur hiérarchie. Pour le moment, cela reste confidentiel… Vous imaginez le scandale si cela arrivait aux oreilles des médias ?

— J'imagine, oui… Mais il me paraît difficile d'étouffer une affaire comme celle-ci. Et puis on ne va tout de même pas les couvrir ?

— C'est ici que les choses se corsent… Mais laissez-moi vous conter une autre histoire, mon cher Franck… Une autre affaire qui, elle, touche de très près monsieur le ministre. Il s'agit de Charon…

— Charon… Hubert Charon ?

— Lui-même.

Le beau-frère du ministre. Marié à sa sœur cadette, Claude, et, ce qui ne gâche rien, patron d'un grand groupe de presse. Un ami de longue date, entré dans la famille. Surtout, un allié sûr. Dumaine vise l'Élysée, il a besoin des médias pour y parvenir. Il sait les utiliser comme personne, d'ailleurs.

— Il s'est foutu dans de sales draps, ajoute Hermann.

Franck esquisse un sourire un peu crispé.

— Qu'a-t-il fait de si méchant ? Des infidélités à son épouse ?

— Si seulement ce n'était que ça… ! soupire Hermann. Figurez-vous que… Il a de drôles de mœurs…

— *De drôles de mœurs ?* Vous voulez dire qu'il est… gay ?

— Non, Franck ! Je crois même qu'il est sacrément porté sur les femmes…

— Alors, ça veut dire quoi, *de drôles de mœurs* ? Ne me dites pas que… Qu'il fait partie lui aussi de la liste des clients de ce réseau ?

— Non, Franck, rassurez-vous…

Hermann ne va pas droit au but. Il tourne, vire, ce n'est pas dans ses habitudes. Ce qu'il s'apprête à exiger de Franck doit être vraiment très délicat.

— Disons qu'il… Il n'est pas très fidèle à son épouse, vous aviez raison sur ce point. Mais il y a plus grave… Il aime apparemment faire souffrir les femmes. Organiser des soirées un peu spéciales.

Nouveau frisson dans l'échine de Franck. Il espère que ça ne s'est pas vu sur son visage.

— SM ?

— Exactement… Bien sûr, Claude n'est pas au courant de tout cela. Et nous tenons à ce qu'elle le reste.

— Qu'en pense monsieur le ministre ? Il ne doit pas apprécier que sa sœur soit cocue, je suppose !

— Jusqu'à présent, il l'ignorait ! Mais vous avez encore raison, il est furieux.

— Et alors ? Qu'est-il arrivé de si grave ?

— Une de ces soirées a dégénéré… Une fille est morte.

Franck serre les mâchoires. Ça n'augure rien de bon.

— Une prostituée, précise le conseiller.

— Je vois… C'est Charon qui l'a butée ?

— Non. C'était un accident. Mais ce n'est pas Hubert qui l'a tuée… Seulement, il était là.

— L'enquête en est où ?

— C'est là que les deux affaires se rejoignent… L'enquête a été confiée au juge Forestier.

Franck s'arrête. Il commence à cerner la situation dans toute son ampleur. Il a déjà les pieds dans la merde. Là, ça se lit sur ses traits.

— Je constate que vous avez compris, Franck ! La juge a découvert que Hubert est mêlé à cette sordide histoire et s'en sert pour se protéger…

— Elle fait chanter Charon ? Ou… Dumaine ?

— Pas vraiment… Disons qu'elle a réussi à nous prévenir qu'elle détenait des preuves contre Charon et que si jamais on s'attaquait à elle ou à son ami le procureur, ce dossier verrait le jour…

— Elle a vraiment des preuves ?

— Ce crétin s'est fait filmer.

— Filmer ?! Mais par qui ?

— Par le système de vidéo-surveillance de la ville, mon cher Franck… Par chance, les flics ont récupéré le film mais ne l'ont pas visionné. Seule Forestier l'a vu. Charon et ses amis de débauche sont montés à bord de deux voitures. Tout est sur la cassette… Avec les plaques d'immatriculation, la juge a vite identifié au moins les deux conducteurs… dont Hubert Charon.

— Qui sont les autres ?

— Benoît Fabre, un collaborateur de Charon et Renaud Tavernier, l'un de ses amis… Bref, sur la copie vidéo que avons reçue, on voit nettement les trois hommes entrer avec la fille dans l'immeuble et en sortir, seuls.

— Ça s'est passé où ?

— Chez elle… D'après nos informations, il s'agit

d'une call-girl qui recevait les clients chez elle… Une pute de luxe, quoi.

Hermann s'assoit sur un banc. Franck fait de même.

— Qu'attendez-vous de moi, monsieur ?

— Quelque chose de difficile, Franck… Nous n'avons pas l'intention de nous laisser intimider par ces deux salopards de magistrats… Mais nous ne pouvons faire abstraction de ce dossier.

— Vous voulez que je récupère le dossier, c'est bien ça ?

— Oui, Franck. Mais nous voulons aussi que… Vous nous aidiez à éliminer la juge et le proc'.

— Les *éliminer* ?

— Oui, Franck. Imaginez un peu la scène, voulez-vous ? Nous récupérons le dossier, nous donnons le feu vert pour que ces deux cinglés soient mis en cause dans l'affaire de pédophilie… Non seulement, nous avons sur les bras un scandale majeur mais, en plus, Dumaine et son entourage ne sont pas à l'abri…

— Si nous avons le dossier, Dumaine n'a plus rien à craindre…

— Vraiment, Franck ? Dès que les deux magistrats seront sous les verrous, que croyez-vous qu'ils vont faire ? Balancer cette histoire ! Même s'ils ne disposent plus des preuves, cela va forcément exciter la curiosité des médias. Ils vont s'en donner à cœur joie ! Et ceux qui enquêtent sur le meurtre de la fille vont se mettre à fouiner du côté de Charon, ils finiront bien par trouver quelque chose… Non, croyez-moi, Franck ; ils représenteront toujours une menace. Il faut récupérer ce dossier et les liquider.

— Mais… Si on les tue, c'est un autre scandale assuré !

— Justement, Franck… Nous comptons sur vous pour trouver comment nous débarrasser d'eux sans qu'il y ait de scandale.

— Vous voulez parler d'un accident ?

— Non. Je veux parler d'un meurtre. D'un double meurtre.

— Je ne vous suis pas très bien, monsieur...

— C'est simple, Franck ; leur mort paraîtra suspecte si on essaye de la minimiser. Un accident, ça paraîtra forcément louche. Il faut trouver le moyen de les tuer au grand jour. Quand vous voulez cacher quelque chose, la meilleure façon est de le montrer, non ? En fait, il faudrait un bouc émissaire... Un fou furieux échappé de l'asile ou... Quelqu'un qu'on manipulerait. Il faut en faire des héros, des martyrs... Vous comprenez ? Et, bien sûr, récupérer ce dossier et ses éventuelles copies...

Un bouc émissaire. Des héros. Franck comprend, oui. Quel meilleur moyen de se débarrasser de ces deux ordures que de les faire passer pour des victimes, en effet ?

— Nous avons pensé à vous pour cette délicate mission. Il faudrait dénicher quelqu'un pour ce sale boulot... Et vite. Le ministre et moi vous avons choisi parce que nous avons une totale confiance en vous. Vous êtes efficace, discret... Nous savons pouvoir compter sur vous, mon cher Franck. Acceptez-vous de vous charger de ça ? De nettoyer ce merdier ?

Le commissaire inspire une grande bouffée d'orgueil. *Totale confiance en vous. Efficace, discret.*

Mais il hésite encore. Hermann le devine dans ses yeux.

— Quelque chose vous gêne, Franck ?

— Sommes-nous certains que ces deux magistrats sont bien impliqués dans ce réseau ? Dans ce genre de dossier, il y a souvent des erreurs et...

— Nous en avons les preuves formelles. Aucun doute là-dessus. D'ailleurs, pourquoi Forestier aurait-elle envoyé ce film au ministre si elle ne se savait pas en danger ? Je vous montrerai le dossier, si vous le souhaitez…

— Évidemment… Mais… Pour le meurtre de la fille ?

— Accident, pas meurtre. Elle était d'accord, ça a simplement mal tourné. Quand on joue avec le feu, il arrive parfois qu'on aille trop loin… Charon et ses amis avaient trop bu.

Le cerveau de Franck se tord dans tous les sens. *Quand on joue avec le feu…* Il est bien placé pour le savoir, il a lui-même souvent joué à des jeux dangereux. Il aurait pu se retrouver à la place de ces types…

Mais il n'a jamais été aussi loin, pourtant. Non, ça n'aurait jamais pu lui arriver.

— Croyez-moi, Charon n'est pas près de recommencer ses conneries ! Si jamais cette affaire éclate, ce sera un scandale sans précédent… Charon impliqué dans une affaire d'homicide, même involontaire ! Le beau-frère du ministre ! Ses mœurs contraires à la morale qui s'étalent dans tous les journaux… Imaginez, Franck ! Dumaine pourrait dire adieu à sa carrière. Il compte sur vous pour que ça n'arrive pas. Ce n'était qu'une prostituée, Franck. Le ministre ne va pas sacrifier sa famille et sa carrière pour une… pute.

Franck réfléchit encore quelques instants. En bossant directement pour le ministre et son conseiller, il marche sur les chemins du pouvoir. Il ne fait plus partie de la masse ; il n'en a jamais fait partie, de toute façon.

Et puis, *ce n'était qu'une pute.*

— Ne me dites pas que vous avez pitié de ces deux… violeurs d'enfants, Franck ?

— Non, monsieur… Bien sûr que non.

— En agissant ainsi, nous ne les dédouanons pas de leurs crimes. Bien au contraire, nous les effaçons, nous débarrassons la société de deux criminels qui ne méritent même pas de vivre.

— Oui, je comprends…

— Alors, qu'est-ce qui vous retient ?

— Rien… Dites à monsieur le ministre qu'il peut compter sur moi.

Hermann sourit. Il a gagné.

— Nous nous en souviendrons, Franck, conclut-il en lui serrant la main.

***

Elle avait déjà vu ça quelque part. Ce plafond blanc. Ce lustre bleu pâle. Une voix qu'elle connaissait.

— Marianne ?

Ça doit être moi. Elle ouvrit complètement les paupières. Distingua alors une silhouette encore bien floue. Qui se penchait au-dessus d'elle. Une main se posa sur son front. Comme une brique de glace sur le feu. Elle bougea la tête, si lourde, aperçut d'autres ombres. Ça dansait doucement. Autour d'elle et en elle. Brasier derrière ses yeux, brouillard impénétrable devant. Elle remua une jambe, puis l'autre. Un bras, puis l'autre. La douleur, jusque dans les gencives.

— Ne bouge pas, Marianne, murmura la voix.

Elle aurait tant aimé y voir clair. Savoir. Qui elle était. Où elle se trouvait. Qui lui parlait. Pourquoi elle avait si mal. Mais le voile nuageux refusait de se dissiper. Et cette lumière un peu vive qui attisait l'incendie gigantesque dans son crâne… Alors, elle referma les yeux. Continua à entendre les voix. Il y en avait plusieurs. Toutes différentes.

— Elle s'est réveillée ou j'ai rêvé ?

— Elle n'a pas l'air très en forme…

— On dirait que ça s'aggrave…

Des tas de mots dont elle peinait à comprendre le sens. Ça allait trop vite. Bercée par ces paroles, elle replongea doucement dans ce nid douillet de pénombre et d'oubli.

873

— Marianne, tu m'entends ?

Dixième essai. Elle venait encore d'ouvrir les yeux, tandis que le soleil commençait à rendre les armes.

— Oui…

Franck resta un instant sans voix. Philippe et Laurent retenaient leur souffle. Elle délirait peut-être encore. Elle cligna une ou deux fois des paupières. Le plafond, le lustre. Mouvement de nuque. Des chiffres verts. Puis des yeux, verts eux aussi, avec une touche d'ocre. Vraiment très beaux.

— Marianne ! Je suis content que tu sois enfin réveillée…

— Oui… Où je… Où je suis ?

— Dans ta chambre.

— Ma chambre ? Ah… Et… Qui êtes-vous ?

Les émeraudes se figèrent.

— C'est moi, Franck ! Tu ne me reconnais pas ?

— Non… Je… Je sais pas…

Deux autres silhouettes s'approchèrent. Elle scruta leurs visages.

— Marianne ? essaya Philippe. Tu ne te souviens pas de nous ?

— Non… Excusez-moi… J'ai mal à la tête.

— Faut pas s'affoler ! dit Laurent. C'est peut-être passager…

Elle essaya de se redresser, une lance lui transperça l'abdomen.

— Je… Pourquoi j'ai mal ? Et… Où est Thomas ?

— Qui c'est celui-là ? murmura Laurent en fronçant les sourcils.

— C'est… mon ami ! gémit Marianne.

Elle avait l'air paniqué. Complètement perdue. Franck serra sa main.

— Il n'est pas là, expliqua-t-il d'un ton qui se voulait

rassurant. Ne t'inquiète pas. Il faut te reposer, maintenant… D'accord ?

— J'ai soif… J'ai tellement soif…

Le commissaire l'aida à boire un verre d'eau avec du
sucre. Puis elle reposa sa nuque sur l'oreiller.

— Vous êtes qui ? Vous êtes flics, c'est ça ?

Ils reprirent un peu espoir.

— Oui ! acquiesça Franck. C'est ça, nous sommes de
la police…

Mais cette grande nouvelle transfigura Marianne.
Vent de panique dans les yeux noirs. Elle tenta encore
de se lever, Franck la plaqua sur le lit.

— Lâchez-moi ! Je veux pas retourner là-bas ! Je
veux voir Thomas !

Laurent observait la scène avec un étonnement qui
aurait pu être cocasse. Si la situation n'était pas si dra-
matique. Franck s'efforçait de suivre mais commit une
erreur dans la chronologie.

— Non, Marianne, ne te fais pas de souci, on ne va
pas te ramener en prison…

— En prison ?! Mais… Pourquoi en prison ? J'ai
jamais été en prison ! J'ai rien fait !

Marche arrière immédiate.

— Non, je… Je voulais dire…

— Je veux pas retourner chez mes vieux ! Je veux
aller avec Thomas !

— D'accord, Marianne, ne t'énerve pas… Tu ne dois
pas bouger, tu es blessée.

— Blessée ? Mais qu'est-ce que j'ai ? Vous avez arrêté
Thomas ? Vous avez pas le droit, il n'a rien fait ! Je suis
partie toute seule !

— Calme-toi, répéta Franck. On n'a arrêté personne,
d'accord ?

Elle voulait absolument se mettre debout, s'enfuir.
Franck fit pression sur ses épaules. Il chercha de l'aide

875

dans les yeux de ses coéquipiers. Mais ils étaient désarmés face à cette crise de démence.

— Marianne, calme-toi, je t'en prie ! implora le commissaire.

— Je veux pas retourner chez eux… Je veux voir Thomas !

— Tu n'y retourneras jamais. On va aller chercher ton ami… Ne t'en fais pas.

Elle referma enfin les yeux. Il caressa son front. S'aperçut qu'elle était à nouveau partie. Dans une dimension inconnue. Il alla s'appuyer à la fenêtre.

— Elle est devenue cinglée, murmura Philippe.

— Non, répondit Franck. Amnésique… Elle s'est réveillée quelques années en arrière. Avant la taule.

— Avant la taule ? répéta le lieutenant. Mais… Comment on va lui dire que… ?

— On va rien lui dire du tout. On va attendre qu'elle reprenne des forces. On avisera, ensuite.

**

Laurent revint avec le dîner. Sandwiches-bières, le menu habituel. Ils s'installèrent près de la fenêtre, à la recherche du peu de fraîcheur amenée par le crépuscule. Marianne ne s'était plus réveillée. Elle semblait dormir, paisiblement.

— Pourquoi tu crois qu'elle est amnésique ? demanda soudain Philippe à son patron.

— Je sais pas. Peut-être qu'elle a préféré oublier la suite… Ce qui était trop dur.

— Tu crois qu'elle va revenir… Dans le présent ?

— Comment veux-tu que je le sache ? J'suis flic, pas neuropsychiatre !

Ils commençaient à trouver le temps long. Fourmis dans les jambes, faiblesses dans les paupières.

— J'fais du café ? proposa Philippe.

— Ouais ! répondit Laurent. S'il faut qu'on reste éveillés…

En passant, il jeta un œil à Marianne. Se figea.

— Eh ! chuchota-t-il. Regardez !

Elle avait les yeux grands ouverts. Mais ce qui les surprit, c'est qu'elle pleurait.

— Marianne ? dit Franck en s'asseyant à côté d'elle. Tu m'entends ?

— Oui…

— Tu… Pourquoi tu pleures ? Tu as mal ?

Elle tourna la tête de l'autre côté. Pleura de plus belle. Il voulut prendre sa main, elle la retira avec force.

— C'est moi, Franck… Tu te souviens ?

— Difficile de t'oublier, murmura-t-elle avec une sorte de rage.

Il demeura un instant pétrifié.

— Tu… Tu sais qui je suis ?

— Oui… La pire des ordures.

— La mémoire est revenue ! constata Laurent en souriant.

Franck fit quelques pas, histoire de digérer l'insulte. Et revint à côté d'elle, ravalant sa fierté.

— Pourquoi tu pleures ? répéta-t-il doucement.

Murée dans le silence, elle fixait le plafond, entortillait le drap dans sa main gauche. Puis elle tenta de se relever, sentit à nouveau un pieu se ficher en dessous des côtes. Elle refusa l'aide de Franck, parvint tout de même à s'adosser aux barreaux du lit.

— Je suis heureux que tu sois réveillée. Tout à l'heure, on a eu peur, parce que tu ne nous reconnaissais pas…

— Je m'en souviens… Un peu… Un peu comme un rêve.

Il essuya ses joues avec un Kleenex.

— Maintenant, je me souviens de tout, reprit-elle. De

tout… ! J'aurais préféré être morte… Vous auriez dû me laisser crever…

— Bonjour les remerciements ! pesta Laurent.

Le commissaire le calma d'un regard autoritaire.

— Ne dis pas ça, Marianne. Tu vas mieux, c'est l'essentiel…

— Daniel est mort, c'est ça l'essentiel.

Elle avait cessé de pleurer. Son visage s'était durci, à une vitesse incroyable.

— Tu vas me tuer ? supposa-t-elle avec une sorte de résignation.

— C'est une obsession ma parole ! grogna le capitaine en allumant une cigarette.

— Pourquoi on t'aurait soignée, dans ce cas ? répliqua Franck avec amertume.

— J'en sais rien… T'es tellement tordu.

Il s'éloigna à nouveau du lit. Trop dur, finalement.

— On peut dire qu'elle a le réveil agréable, la demoiselle ! continua Laurent.

— Ferme-la, murmura Franck.

Un long silence s'empara de la chambre. Philippe tenta d'approcher Marianne à son tour. Il lui présenta un verre d'eau avec du sucre. Beaucoup de sucre, avait dit le médecin. Elle le vida d'un trait.

— J'ai envie de pisser…

Elle repoussa les draps. Elle portait juste un débardeur, une culotte. Pas de pantalon.

— Pourquoi j'ai pas mes fringues ?

— Elles étaient pleines de sang, expliqua Franck. Et puis il a bien fallu te soigner…

— J'ai envie de me lever… Sortez.

Sa voix, encore faible, recelait une volonté en acier trempé. Une sorte de colère qui bouillait à l'intérieur et qu'ils devinaient en filigrane dans ses yeux sombres.

— Tu ne peux pas te lever seule, répondit le commissaire.

— Sortez ! ordonna-t-elle.

Laurent et Philippe quittèrent la chambre, Franck ne bougea pas. Marianne se posa sur le bord du matelas, avec grandes difficultés.

Elle souleva un peu le pansement, contempla avec horreur sa blessure. Son bras droit était paralysé. Elle avait l'impression d'être passée dans une broyeuse. Dans son crâne, les braises de l'incendie, toujours vives. Elle refusa l'appui de Franck, se remit sur ses pieds. Sur le pont d'un navire, en pleine tempête. Ça tanguait. Ça tournait. Lorsqu'il fallut lâcher le lit, elle sentit ses genoux se plier. Se retrouva prisonnière de Franck.

Il passa un bras sous ses jambes, un autre dans son dos. La porta ainsi jusqu'à la salle de bains, la posa près des toilettes. Continua à lui tenir le bras.

— Lâche-moi, murmura-t-elle.

— Appelle-moi quand tu as fini... Je viens te chercher, d'accord ?

— Je veux me laver...

— Ça peut peut-être attendre demain ? Tu es trop faible, tu ne vas pas y arriver.

— Je me débrouillerai...

Elle ne le regardait même pas. Il quitta la salle de bains, passa la tête dans le couloir.

— C'est bon, je m'en occupe, les gars... Vous pouvez aller vous détendre un peu.

— Fais gaffe, elle n'a pas l'air spécialement de bonne humeur, fit remarquer Laurent.

Franck retourna dans la chambre, frappa à la porte de la salle de bains.

Pas de réponse. Il la trouva debout, devant le miroir du lavabo. L'eau coulait, pour rien. Elle s'appuyait sur la vasque, de tout son poids.

— J'ai besoin de personne. Sors.

— Je ne voudrais pas que tu tombes et que tu te blesses...

— Tu te prends pour ma mère ? Dégage !

Elle avait mis tant d'hostilité dans cette phrase ! Il resta cloué sur place.

— Pourquoi tu t'énerves comme ça ? Je veux juste te filer un coup de main…

Elle concentra le peu d'énergie qui lui restait pour gorger sa voix de haine.

— Dégage ! Sale con…

Il s'approcha, ferma le robinet.

— Je ne sais pas pourquoi tu me détestes à ce point, mais tu devrais arrêter de me parler comme ça…

Ils se dévisageaient par miroir interposé.

— Tu ne sais pas pourquoi je te déteste ? Tu veux vraiment que je te le dise ?

— Ce n'est pas moi qui l'ai tué, OK ?

— Si ! C'est toi qui es venu me chercher en taule… C'est à cause de toi que je me suis évadée.

— Tu vas me reprocher ça ? Tu aurais préféré passer ta vie en prison ? Il n'est pas mort par ma faute. Tu ne peux pas me mettre tout sur le dos ! C'est un peu facile…

— Sors, maintenant.

Elle pivota, vit valser les meubles, les murs, le plafond. S'accrocha avec sa main gauche au lavabo.

— Tu ne tiens pas debout, rappela calmement le commissaire. Alors, je reste. Je ne t'ai pas soignée pour que tu te fracasses le crâne contre la baignoire.

Elle était sur le point de pleurer. Inspira pour refouler ses larmes.

— Sors d'ici !

— Je t'ai déjà vue sans tes vêtements… Je croyais que tu te rappelais de tout.

— Il y a des choses que j'aimerais oublier !

Il souriait. Pour cacher qu'il avait mal.

Les nerfs, comme des épines plantées dans la peau. Si elle en avait eu la force, elle se serait jetée sur lui.

Sans vraiment savoir pourquoi, d'ailleurs. Juste parce qu'elle souffrait. Blessures de l'âme et de la chair. Envie de faire mal, à son tour. Rendre. Toute cette peine, toute cette douleur.

Le monstre, sorti du coma en même temps qu'elle, luttait maintenant pour prendre le dessus.

— Tu veux te laver, c'est bien ça ? Vaut mieux éviter le bain, à cause des pansements. Mais je peux t'aider à prendre une douche rapide, si tu le souhaites…

Comment pouvait-il encore lui parler de façon si décontractée ? Comme si rien ne s'était passé ?

Elle empoigna ce qui tombait sous sa main gauche.

En l'occurrence, un porte-savon en plastique. Elle le lui lança en pleine figure. Il dévia la trajectoire du missile avec le bras.

— Tu joues à quoi, là ? demanda-t-il avec colère.

— Je t'ai dit de sortir ! hurla-t-elle. Je veux plus voir ta gueule, putain !

Il prit ses poignets, la décolla de son appui.

— Tu vas te calmer ! menaça-t-il. Parce que sinon, je vais m'énerver, moi aussi…

— Tu vas m'en coller une, c'est ça ? Vas-y, te gêne pas, enfoiré de flic !

Elle parvint à se dégager de son emprise, fit deux pas avant de s'écraser sur le sol. Un choc brutal. Par terre, un peu sonnée, elle pressait une main sur sa blessure. Il ne la releva pas.

— OK, je te laisse te débrouiller, puisque je suis la pire des ordures !

Il claqua la porte derrière lui. Complètement givrée, cette nana !

Marianne s'agrippa à la baignoire. Le problème, c'est qu'elle n'arrivait pas à contracter ses abdominaux. Et que ça continuait à tournoyer autour d'elle. Comme dans une sorte de tornade. Elle ferma les yeux. Mais ça tournait, encore et encore. Avec un bourdonnement dans les oreilles, comme un essaim d'abeilles dans son crâne. Avec l'envie de vomir qui allait avec.

Elle renonça, resta à genoux, toujours amarrée à la baignoire-bouée. L'impression que son esprit était aspiré dans le tourbillon. Elle sentit une main sur son épaule. Il était revenu. Il s'accroupit devant elle.

— T'es calmée ? Tu vas enfin accepter mon aide ?

Elle ne pouvait même plus exprimer la rage qui lui tordait les entrailles. Elle le regardait, avec toute la fureur dont elle était capable. Mais elle ne lutta plus.

Il la déposa dans la baignoire, tira le rideau. Elle ôta ses vêtements, les jeta de l'autre côté. Douche rapide. Histoire de se laver de ses méfaits et de son chagrin. Mais pour cela, il aurait fallu qu'elle passe sa vie sous le jet brûlant.

Il lui passa une serviette puis l'aida à sortir. Il avait des gestes un peu brusques. Vexé ou déçu. Peu importait. Marianne acceptait seulement son soutien, à contrecœur. Elle retourna se mettre sous les draps, enfila une culotte et une chemise. Balança la serviette trempée sur le parquet.

— Ça va mieux ? demanda-t-il d'une voix un peu sèche. Tu as faim ?

— Non.

— Il faudrait tout de même que tu manges… Ça doit faire longtemps que t'as rien avalé…

— Qu'est-ce que ça peut te foutre ?

Il serra les mâchoires.

— Je vais te chercher quelque chose.

— Fais comme tu veux… Ça m'est égal.

Il disparut, elle ferma les yeux.

Elle regrettait tant d'être sortie du coma. De l'oubli. Supporter tout ça, à nouveau… Elle fixa les cristaux verts. Tout ce qui lui restait de Daniel. Elle se remit à pleurer. Jamais elle ne pourrait vivre avec ça. Avec cet amour mort, ces remords à vie. Avec ce vide. Ce vide immense en elle. Elle prit le réveil contre elle. Elle s'en voulait tellement. Elle en voulait à la terre entière, de toute façon.

Jamais plus son visage. Jamais plus son sourire. Jamais plus ses yeux. Jamais plus ses mains.

Plus rien. Tranché net. Fini. Séparation définitive. Inconsolable, Marianne.

Le vide, oui. Et, en même temps, un poids énorme sur la poitrine.

Les sanglots l'emportèrent dans de tumultueux remous.

Franck la trouva ainsi. Sa colère retomba. Elle semblait si désespérée. Il l'avait sauvée. Et là, en la voyant se noyer dans la peine, il se demandait s'il avait bien fait de l'arracher à la mort.

Elle s'aperçut enfin de sa présence. Tenta de contrôler ses spasmes. Impossible. Alors, elle lui tourna le dos. Il cherchait les paroles qui auraient pu la soulager. Il pensa à un mot.

— Marianne… Tu es libre, maintenant.

Alors pourquoi toutes ces chaînes qui l'étranglaient, la faisaient suffoquer ?

— Tu m'entends ? Tu es libre… Je crois… Je crois que c'est ce qu'il aurait voulu…

— Je t'interdis de parler de lui ! hurla-t-elle.

Il récupéra une boîte de médicaments sur le bureau. Des calmants conseillés par la toubib de Laurent. Encore fallait-il les lui faire ingurgiter… Il avait le verre d'eau sucrée dans une main, la pilule dans l'autre.

— Prends ça, dit-il. Ça va t'aider à oublier…

Ça y est, il avait trouvé le mot magique. *Oublier.* Elle lui arracha le comprimé de la main, l'avala en vitesse.

— Va-t'en ! rugit-elle.

Il redescendit au rez-de-chaussée. Laurent et Philippe avaient investi le salon. Buvaient encore une bière, histoire de lutter contre la canicule. Toutes les fenêtres étaient pourtant ouvertes. Les premiers signes d'un orage grondaient au loin.

— Qu'est-ce qu'elle t'a dit ? demanda Philippe.

— Je sais plus… *Dégage, sale con… Enfoiré de flic…* Des gentillesses dans le genre !

— Tu t'attendais à quoi ? s'étonna Laurent. On lui a caché que son mec était mort. Elle a failli crever. Normal qu'elle ait les boules !

— Elle n'a pas les boules. Elle est triste à mourir…

Ils repensèrent en chœur à sa tentative de suicide.

— Je vais remonter, dit Franck. Je ne peux pas la laisser seule…

— Tu vas pas rester tout le temps avec elle ! maugréa le capitaine. Si elle veut se foutre en l'air, c'est son problème… Moi, je suis crevé, je vais me pieuter.

— T'as raison, Franck, approuva Philippe. Mais on peut se relayer.

— Non. Tu as besoin de dormir. Et puis elle est violente. Je vais m'en charger.

Il remonta, colla son oreille contre la porte de la chambre. N'entendant plus rien, il entra. La lumière du bureau était restée allumée. Elle ne sanglotait plus, mais ne dormait pas. Comme assommée. Allongée sur le dos, son réveil dans les mains, sur sa poitrine, elle fixait le plafond. Une larme coulait encore, de temps en temps.

Le remède avait sectionné les nerfs. Ne restait que la peine. Et le cortège de douleurs. Il tenta de lui enlever le réveil mais elle s'y accrocha. Il n'insista pas. Alla s'asseoir près du bureau, patienta longtemps. Jusqu'à ce qu'enfin ses paupières tombent.

Il remit le réveil sur le chevet, remonta le drap. L'embrassa sur le front.

***

Minuit était passé. Dans la maison, tout le monde dormait. Sauf lui, bien sûr. Toujours en veille, le commissaire. Il la regardait. Cet air triste sur son visage. Par-delà le sommeil, la souffrance creusait chacun de ses traits.

Il maudissait ce maton de l'avoir abandonnée dans ce monde qui l'effrayait tant.

Il ferma les yeux, en quête de son ennemi. Le sommeil, celui qui avait toujours tant de mal à venir. Depuis si longtemps. Depuis tellement longtemps. Pourtant, il était si loin de cet enfer, désormais. Il avait réussi, détenait un peu de ce pouvoir. Il s'en était sorti, à la seule force de ses poignets. Mais les insomnies étaient toujours là, comme pour lui rappeler d'où il venait. Ce qu'il avait enduré. Ce qu'il avait commis, aussi. Comme un souvenir cruel des ténèbres effrayantes.

Il essaya de penser à autre chose. Il avait besoin d'un contact. Il s'allongea près d'elle. Effleura d'abord son épaule. Elle tremblait un peu. Il la prit dans ses bras, elle ne se réveilla pas. Avec le sommeil, sa haine était oubliée. Pour quelques heures.

Il pouvait enfin la serrer contre lui. Les souvenirs affluèrent…

— C'est génial, commissaire… Vraiment génial !

Franck sourit. Le conseiller le dévisage avec tellement d'admiration.

— Mais… Comment allons-nous la sortir de prison ?

— Je trouverai le moyen… C'est le bouc émissaire que vous vouliez ! La coupable idéale.

Ils marchent à nouveau dans le square Delattre. Il fait encore un peu froid en ce début du mois de mai.

— Vous pensez qu'elle acceptera ?

— Si vous étiez condamné à perpétuité, sans aucun espoir de sortie, ne seriez-vous pas prêt à n'importe quoi pour sortir ? Elle acceptera, monsieur. Je saurai la convaincre, faites-moi confiance…

— Je vous fais confiance, Franck. Mais parviendrez-vous à la maîtriser ?

— À la maîtriser ? Il ne s'agit que d'une gamine, monsieur !

— Une meurtrière, Franck… Une meurtrière de la pire espèce ! Qu'allez-vous lui promettre pour la décider ?

— La liberté, bien sûr !

— La liberté ? Si elle n'est pas complètement débile, elle se doutera qu'on ne peut pas la remettre en liberté !

— Nous le pouvons, monsieur.

Hermann le considère avec étonnement. Franck lui expose son plan.

— Avec une jolie somme, des papiers, un billet d'avion. Et l'obligation de quitter le territoire dès que la mission est terminée… Il faudra juste me procurer l'argent et m'aider pour les faux papiers.

Le conseiller tique.

— Franck… Vous avez vraiment l'intention de lui rendre sa liberté quand ce sera fini ?

Là, c'est Franck qui tique.

— Oui… Bien sûr !

— Mais elle sera au courant de l'affaire et sera donc une menace.

— Non, monsieur. Elle n'aura qu'une hâte, quitter le pays et se faire oublier, croyez-moi !

— Et si elle se fait arrêter ?

— À l'étranger ? Il y a tout de même peu de chances… Si les papiers sont plus vrais que nature, je pense même qu'il n'y a aucun risque.

Hermann fait une drôle de tête.

— Franck… Je trouve qu'il serait plus prudent de la liquider une fois la mission remplie. Une détenue en cavale, on a toutes les raisons de l'éliminer. Ça ne choquera personne…

— Si. Moi.

Hermann s'arrête, sidéré.

— Écoutez, monsieur le conseiller… Je veux bien monter cette opération et sortir cette fille de taule mais… Je refuse de la conduire à l'abattoir.

— Mais Franck, il ne s'agit que d'une criminelle ! Elle a assassiné un vieux pour lui voler trois fois rien, elle a descendu un flic, grièvement blessé une femme enceinte et j'en passe ! Je ne vois pas pourquoi vous faites soudain du sentimentalisme !

— Je ne fais pas de *sentimentalisme*. Je vais travailler avec cette fille, lui demander quelque chose de difficile… Il faut qu'il y ait entre nous une relation de confiance… Et…

— Il suffit de lui mentir, Franck. Je ne vois vraiment pas quel est votre problème !

— Malgré tout le respect que je vous dois, mon problème est que vous me demandez d'assassiner une fille de vingt ans dont nous allons nous servir pour sortir monsieur le ministre de la merde.

Hermann écarquille les yeux. Puis se renfrogne.

— Je veux bien m'occuper de cette affaire, mais je refuse d'assassiner Marianne de Gréville. J'estime que c'est un sacrifice humain inutile. Un sacrifice que je ne suis pas prêt à assumer…

Hermann continue à le fixer. L'air un peu furieux. Puis progressivement son visage se détend. À la fin, il sourit.

— OK, Franck. Je vous suis. Mais je vous trouve tout de même très culotté ! J'espère que nous n'aurons pas à le regretter… J'accepte si vous prenez l'engagement de lui faire quitter le territoire dès que tout cela sera résolu. Et qu'elle ne soit au courant de rien pour Charon, bien sûr !

— J'en prends l'engagement. Croyez-moi, elle ne remettra plus jamais les pieds en France. Trop dangereux ! Elle refera sa vie à l'autre bout du monde, nous n'entendrons plus jamais parler d'elle… Dans le cas contraire, je peux vous assurer que je réglerai le problème, monsieur.

— Combien d'argent vous faut-il ?

— Je pense qu'une somme de cinquante mille euros devrait faire l'affaire…

— Cinquante mille euros ? C'est un prix élevé pour un tueur à gages, non ?

— Nous ne trouverons pas mieux que cette fille, monsieur. Elle seule a un mobile de vengeance absolument parfait. Et elle seule est capable de descendre deux magistrats… Que représentent cinquante mille euros pour vous ?

— Et… Si jamais elle vous échappe ? Imaginez qu'elle sorte de prison et s'enfuie avant même que la mission ne soit accomplie ?

— Aucun danger, monsieur ! Il suffit de l'avoir à l'œil. Si elle s'échappait, elle se retrouverait en cavale… Je ne vois pas l'intérêt pour elle de faire une chose pareille.

— Nous parlons d'une folle ! Comment voulez-vous prévoir les réactions d'une cinglée ?

— Je ne la crois pas cinglée, monsieur. J'ai étudié son dossier, et, d'après les psys, elle est même très intelligente. Et puis elle sera sous ma surveillance… Croyez-vous vraiment qu'une gamine peut m'échapper, monsieur ?

— OK… Mais je vais me faire des cheveux blancs avec toute cette histoire !

Franck rigole un peu. Hermann allume une clope, oublie d'en proposer une au commissaire.

— Autre chose ?

— Nous avons placé la juge et le procureur sur écoute… Ils ont chacun un exemplaire du dossier, ainsi que vous l'aviez prédit. Pour le moment, nous ignorons où ils les ont planqués. Mais nous finirons par le savoir.

— Les hommes que vous avez choisis, Franck… Êtes-vous sûr d'eux ?

— Absolument. Ce sont mes plus proches collaborateurs. Ils ne savent pas ce qu'il y a dans le dossier Charon. Je leur ai juste expliqué que c'étaient des pédophiles, qu'il fallait les éliminer mais qu'ils déte-naient un dossier un peu compromettant... Un truc sans gravité mais qui pouvait tout de même déclencher une crise gouvernementale. Éclabousser le ministre...

— Très bien, Franck. Mais n'oubliez pas, discrétion absolue !

Hermann lui tend la main.

— Tenez-moi au courant, Franck.

— Je n'y manquerai pas. De votre côté, dites-moi si mon scénario convient à monsieur le ministre...

Lorsqu'il l'avait vue pour la première fois, dans ce parloir, il avait compris que la tâche ne serait pas si aisée que prévue. Il avait tout lu, dans ce regard. La force, la rage, la colère. Mais aussi le désespoir. Et la culpabilité. Cette culpabilité qui la rongeait de l'intérieur.

Mais ce soir, il la tenait dans ses bras. Et ils avaient réussi, ensemble. Le ministre était aux anges. Son conseiller aussi. Il n'y avait que Clarisse qui venait ternir cette réussite totale. Franck referma les yeux.

On ne fait pas d'omelette sans casser les œufs, Franck, avait dit Hermann.

Sauf que ce n'était pas lui qui avait appuyé sur la gâchette. Il y avait ce maton, aussi. Suicidé en prison. Avec toute la tristesse de Marianne. Deux morts imprévus. Dégâts collatéraux, en somme. Comme il y en a dans chaque guerre.

Il embrassa son front.

— Tu seras bientôt libre...

Elle était profondément endormie. Il courut le risque de s'esquiver. Passa devant la chambre de Laurent qui ronflait comme une loco à charbon. Puis dans sa chambre. La mallette du procureur... Il fallait qu'il pré-pare tout ce qu'il allait remettre le lendemain à Hermann. Il empoigna la valisette en cuir, le dossier de la juge et descendit au rez-de-chaussée. Il avait reçu l'ordre de donner le film et toutes les autres pièces du dossier au conseiller. Et de détruire tout ce que Marianne avait eu la bonne idée de voler dans le coffre.

Il ouvrit les écrins à bijoux. Un magnifique collier. Il irait si bien à Marianne… Non, les bijoux, c'est pas son truc. Une splendide montre en or. Ça, ça plairait à Laurent… Ouais, mais c'est impossible. Il y avait l'argent, aussi. Il compta trois mille euros en liquide. Un petit rab pour Marianne… Et puis, on ne brûle pas l'argent. C'est un délit !

Il y avait aussi un paquet de lettres, entouré d'un élastique. Et, bien sûr, les dossiers avec les cassettes vidéo. Le fameux film où cet imbécile de Charon s'était fait piéger. Il tenait une des cassettes entre ses mains, pris d'une soudaine curiosité, un peu comme une fringale. Il plaça la cassette dans le magnétoscope.

Simple curiosité, pour ne pas mourir idiot. Alors que, pourtant, les ordres étaient clairs ; personne ne doit visionner cette vidéo.

Moi, c'est différent. Moi, je suis déjà au courant de tout ! Je voudrais juste voir la tête des trois protagonistes.

Il s'installa sur le canapé. Appuya sur le bouton play de la télécommande.

Il eut un violent spasme dans le ventre. Une sorte de panique.

— Merde ! C'est pas la bonne !

Il s'approcha du téléviseur. Ce n'étaient pas les images d'une caméra de surveillance urbaine. Ça ne se passait pas dans la rue, mais dans un grand appartement. Une fille, très jolie d'ailleurs, très jeune, brune aux yeux clairs, souriait à l'objectif. Parlait en riant, dans une langue inconnue. Ou un très mauvais français, en tout cas. Ensuite, elle se déshabilla, en un strip-tease torride. Franck s'accrocha à la table. Puis la caméra cessa de suivre les mouvements de la fille. Elle avait été apparemment posée sur une table ou quelque chose de fixe. La scène suivante était sans équivoque. Ce n'était pas l'entrée et la sortie de l'immeuble qui avaient été filmées. Mais la soirée elle-même.

Il attrapa une chaise, s'y laissa tomber. C'était un spectacle plutôt agréable. Qui le mettait légèrement mal à l'aise, certes. Parce qu'il connaissait la fin tragique de l'histoire. Malgré cela, malgré lui, ces images lui filaient de petites décharges électriques un peu partout. Hubert Charon était le premier à être passé à l'acte. Franck, les yeux tendus vers l'écran, n'en perdait pas une miette. Charon en était aux préliminaires, Franck tentait de deviner la suite. Ce que lui aurait aimé faire à cette jeune femme, tellement attirante. Charon l'avait portée jusqu'à un lit romantique, avec des barreaux. Elle s'y laissait attacher, semblait même aimer ça. Mais c'était son métier… Franck était de plus en plus troublé. Parce qu'il ne pouvait se détacher de ces images. Parce qu'il aurait voulu être à la place de Charon.

Mais soudain, il fit un bond sur sa chaise, se colla au dossier.

— Merde !

Charon s'était mis à tabasser la fille avec une violence inouïe. À grands coups de poing en pleine tête.

— Putain, c'est pas vrai… !

Charon continuait à s'acharner sur la prostituée, qui hurlait de terreur, de douleur. Des cris étouffés par un bâillon mais qu'il entendait quand même. Franck plaqua une main sur sa bouche, pensa à arrêter le film. Mais quelque chose le poussait à plonger dans l'horreur. Ce n'était plus l'envie. C'était déjà allé trop loin pour lui. Juste le besoin de savoir. Les deux autres types étaient à l'œuvre, eux aussi. Entre deux verres de vodka et deux rails de coke, ils se relayaient dans ce qui n'avait plus rien d'un jeu érotique. Plutôt un massacre.

Les minutes qui suivirent paralysèrent Franck sur sa chaise. Aucun mot n'aurait pu traduire ce qui se déroulait sous ses yeux. Pourtant, il n'était pas du genre sensible. Il était même du genre sadique. Mais là…

Une jeune femme qui subissait d'abominables tortures. Coups, brûlures, blessures à l'arme blanche. Viols à répétition. Avec des cris de détresse, des appels au secours qui lui découpèrent le cœur en fines lamelles.

Et, enfin, il assista au meurtre. Homicide qui n'avait rien d'involontaire. Ou peut-être que oui, il ne se sentait pas la force de revisionner pour vérifier. Tout ce qu'il savait, c'est que Charon avait porté le coup mortel.

Soixante et quelques minutes d'une barbarie sans nom. Le noir revint sur l'écran.

Franck se leva, tituba quelques secondes. Puis se précipita dans la cuisine soulager son estomac dans l'évier. Il resta un moment accroché à la paillasse. Ce qu'il venait de voir, il ne l'avait jamais imaginé. Lui qui croyait pourtant posséder une imagination sans bornes dans ce domaine... Bande de salauds !

Ce n'est qu'une pute, Franck. C'était un accident. Ça a mal tourné...

Il tapa du poing dans le mur. Cria de rage. Il avala beaucoup d'eau, se rinça le visage. Mais qu'est-ce qui aurait bien pu effacer cette souillure en lui ?

Il retourna dans le salon, s'effondra sur le canapé. Dans un silence brutal. Après le choc, les questions fusaient tels des astéroïdes dans son esprit. Comment Forestier a-t-elle récupéré ce film ? Comment Hermann a-t-il pu me mentir de la sorte ? Comment j'ai pu être assez con pour le croire ? Assez naïf pour... C'était surtout cette dernière question qui le tourmentait. Qui le rendait ivre de colère.

Il envisagea soudain d'envoyer le film à une chaîne de télévision, à un journal. À tout le monde. De le balancer sur le net.

Puis il se ravisa, lentement. En agissant de la sorte, il signait son arrêt de mort et celui de ses hommes. Il devait remettre la cassette à Hermann, surtout ne pas dire qu'il avait visionné cette horreur. Trop tard, de toute façon. Charon et ses complices resteraient impunis. Et il était certain qu'ils recommenceraient. Qu'ils avaient sans doute déjà récidivé. Ce n'étaient pas de simples jeux sado-masos qui avaient mal tourné. Trois malades mentaux en puissance, trois sadiques de la pire espèce. Qui s'octroyaient le droit d'assouvir leurs plus bas instincts sans aucune limite. Sans aucune considération ou compassion pour leur victime. Qui n'était qu'une proie à déchiqueter. Rien d'autre. Même plus une femme. Même plus un être humain. Même plus un être vivant.

Cette pauvre fille, morte dans des souffrances atroces, ne serait jamais vengée.

Il eut envie de pleurer, mais une sécheresse douloureuse

emprisonnait ses yeux. Ce salaud m'a menti... Et s'il m'a menti pour ça, il a très bien pu...

Il étudia encore le contenu de la mallette avec fébrilité. Avec une peur sournoise dans les entrailles. Pourvu que je me trompe ! Pourvu que je me trompe...

Il coupa l'élastique, regarda les lettres. Celles de Forestier à Aubert. Leur correspondance secrète d'amants que Marianne avait eu la bonne idée d'intercepter. Il commença à les lire, avec l'impression de violer leur intimité amoureuse.

Rien de bien passionnant. Jusqu'à une missive datée de la fin du mois de février.

Je ne dors plus depuis que j'ai vu ces images, Xavier... Ces images qui me poursuivent tout le temps, de nuit comme de jour... Je ne sais pas qui m'a envoyé cette vidéo, qui a voulu dénoncer ce crime odieux mais parfois, je regrette qu'on m'ait fait ce cadeau empoisonné. Surtout que finalement, j'ai bien peur que cela ne serve à rien...

Une autre, du mois de mars. Une vague de haine submergea Franck. Mot après mot.

Si tu savais, mon chéri... Toutes ces horreurs qui me traversent la tête... Les insomnies se succèdent depuis ce film abominable... Et aujourd'hui, j'ai appris qu'ils ont démantelé un réseau de pédophilie à D. C'est l'une de mes amies qui est en charge du dossier. Elle s'est confiée à moi, elle était dans un état ! Des enfants, achetés dans les pays de l'Est et revendus en France. Parqués comme des animaux dans des conditions inhumaines, servant à assouvir les pulsions de malades... J'imagine le calvaire de ces gosses... Des images nouvelles viennent se mélanger à celles du film... Y a-t-il donc tant de cruauté en l'homme ? Je sais que tu me comprends, mon chéri. Dire que nous sommes impuissants face à tout cela... Eux, au moins, seront mis hors d'état de nuire. Alors que ceux que tu sais risquent de s'en sortir... Parfois, je m'en veux... Je trouve que nous aurions dû agir sans en référer à Martinelli. Nous aurions pris un grand risque, certes... Parfois, aussi, je me remets à espérer, j'attends qu'enfin on nous donne l'ordre. Mais Martinelli se dégonflera, j'en ai peur. Et je trouve cela bien plus odieux, encore... Vouloir se servir de ce dossier contre Dumaine... À des fins bassement politiques... Par moments, je me dis qu'on devrait agir sans attendre le feu vert. Je sais où cela nous mènerait. Mais j'ai tellement envie de faire éclater cette affaire au grand jour malgré le danger ! Ça me soulage de t'écrire tout cela, Xavier. Même si nous nous voyons presque chaque jour, ça me fait du bien de partager tout cela avec toi par les lettres... Ces lettres où je peux tout te confier. C'est si dur à porter, mon chéri...

Les mains de Franck tremblaient. Martinelli était donc dans le coup, lui aussi. Les deux magistrats avaient été trahis par le garde des Sceaux, en personne. Solidarité entre ministres, bien sûr.

Certains détails restaient inexpliqués cependant et le resteraient sans doute toujours. Mais il savait l'essentiel, désormais. Ils n'étaient coupables de rien. Et lui, devrait vivre avec ça.

Cette fois, il se mit à pleurer. Comme il ne l'avait pas fait depuis longtemps. Depuis si longtemps.

Il n'avait été qu'un jouet, un misérable jouet. Il avait organisé l'assassinat de deux innocents pour sauver la pire des engeances. Ses sanglots retentirent bientôt dans tout l'étage, il ne contrôlait plus rien. Les bras sur la table, le front posé dessus. Personne ne pouvait l'entendre. Personne ne pouvait l'aider.

Il effleurait la solitude absolue et cruelle. Et la culpabilité, immonde.

Ce sentiment dont Marianne lui avait parlé. Celui-là même qu'il allait pouvoir goûter, désormais.

Celui qui avait déjà commencé à le ronger. Et qui ne s'arrêterait jamais.

Vendredi 15 juillet – 11 h 00

Les drapeaux tricolores flottaient encore sur les avenues, souvenirs des célébrations de la veille. Pour Franck, ils étaient tous en berne. Après quarante-huit heures presque sans sommeil, il était encore debout. Dopé de haine, de rage. Il s'était ressaisi très vite. Songer à l'avenir, oublier rapidement ce passé. Ces regrets et remords qui ne menaient à rien. Cette honte d'avoir été manipulé, peut-être le plus difficile à encaisser.

Sa voiture dans le parking souterrain, Franck rejoignit à pied le square Delattre, la valisette en cuir dans la main. Hermann n'étant pas encore là, il s'installa sur un banc. Regarda sans les voir des gosses qui jouaient au toboggan. Concentré sur sa nouvelle mission. Ne rien laisser paraître face à l'adversaire.

Le conseiller ne tarda pas à apparaître. Franck se leva, lui serra la main.

— Comment ça va, commissaire ? Vous n'avez pas bonne mine.

— Les deux derniers jours ont été plutôt éprouvants…

— Bien sûr, je comprends… Vous m'avez apporté les dossiers ?

— Tout est dans la mallette, monsieur.

— Les cassettes… Vous ne les avez pas visionnées ?

Cette brève hésitation permit à Franck d'imaginer les

angoisses de ses employeurs. Ce crétin de flic avait-il eu l'intelligence de mater la vidéo ?

— Pour quoi faire ? répondit le commissaire en mimant la surprise.

— Pour vérifier que c'étaient les bonnes !

Belle esquive ! pensa Franck avec amertume.

— Elles étaient avec les dossiers, le nom de Charon inscrit dessus. Je suis certain qu'il s'agit des bonnes cassettes… Nous n'avons pas vraiment eu le temps de nous asseoir devant la télé !

— Oui, évidemment. Vous m'aviez parlé d'une correspondance ?

— J'ai brûlé les lettres, monsieur. J'ai pensé qu'elles ne pouvaient pas vous intéresser… Cependant, Marianne a eu une bonne idée en les prenant car elles contenaient peut-être des éléments sur l'enquête…

— Oui, c'était effectivement une bonne idée. Le ministre tient à vous remercier pour votre efficacité dans cette affaire… Menée de main de maître !

— Je vous remercie monsieur. Mais je n'ai fait que mon devoir.

— Non, bien plus, Franck ! Ne soyez pas modeste, je vous en prie ! Et soyez-en sûr, nous saurons vous remercier…

— Vous avez l'argent ?

Hermann alluma une cigarette, en proposa une à Franck qui refusa.

— Il y a un petit problème. Les papiers ne sont pas tout à fait prêts… Un léger contretemps.

— Quand pourrez-vous me les fournir ?

— La semaine prochaine… Comment va la fille ?

Franck fit exprès de ne pas comprendre.

— La fille ?

— Gréville…

Enfin, il demandait de ses nouvelles !

897

— Marianne est sortie du coma. Elle a frôlé la mort, mais je crois qu'elle s'en sortira, maintenant…

— Vous avez appelé un médecin? s'inquiéta le conseiller.

— Non. Nous l'avons soignée nous-mêmes.

— Et… Vous croyez vraiment qu'elle va s'en tirer?

— J'y crois très fort, oui…

— Tant mieux! Il faut que vous m'indiquiez la destination… Pour le billet d'avion.

— Je peux peut-être m'en charger?

— Inutile de vous embêter avec cela… Je vous le remettrai avec l'argent.

— Elle ne m'a pas dit où elle souhaitait aller, en fait. Moi, j'ai pensé à l'Amérique du Sud… Le Venezuela. Car nous n'avons pas de traité d'extradition avec ce pays.

— Très bien. Je prévois quel jour pour le départ?

— Je pense que d'ici une dizaine de jours, elle sera sur pied. Mais il faudrait peut-être que j'en parle avec elle…

— Je prévois tout ça pour la fin de la semaine prochaine. Si elle n'est pas d'accord pour Caracas, il suffira de me le dire, voilà tout…

— Très bien, monsieur.

Hermann prit possession de la mallette.

— On peut se revoir dans une semaine, ici même, qu'en pensez-vous?

— Ce sera parfait, dit Franck. Onze heures, comme aujourd'hui?

— Non. Quatorze heures, je ne peux pas avant… D'ici là, reposez-vous, Franck. Et gardez un œil sur elle. Il ne faudrait pas qu'elle vous échappe.

— Ne vous inquiétez pas, monsieur. Elle n'a pas l'intention de s'enfuir. Elle veut juste qu'on lui donne de quoi partir loin d'ici…

— À vendredi, commissaire. Passez un bon week-end…

Ils partirent chacun de leur côté. Franck avait su se contrôler à la perfection. Assez fier de sa prestation ! Il s'attendait désormais à tout. D'autres trahisons ? Hermann allait commencer par vérifier que le dossier était complet. Et ensuite ? Franck avait perdu toute confiance en eux. Était légitimement en droit de craindre de nouvelles perfidies.

Mais il avait un coup d'avance. Eux ne savaient pas qu'il savait. Il tenta de rester optimiste. Ils avaient tout ce qu'ils voulaient, désormais. N'avaient plus aucune raison de le manipuler… Mais comment prévoir avec ces salauds ?

Il remonta dans sa voiture avec une seule hâte ; retrouver Marianne. Avec la peur de la retrouver, aussi. D'affronter à nouveau sa colère et sa tristesse. Surtout maintenant. À elle aussi, il faudrait tout cacher. À ses hommes aussi, il faudrait mentir. Mais il y parviendrait.

Parce qu'il n'avait pas le choix. Et qu'il était plutôt doué pour ça.

Il arriva à la propriété à treize heures. Laurent avait fait l'effort de préparer un vrai déjeuner. Avec ses piètres talents de cuisinier. Mais c'était l'intention qui comptait.

— Ça s'est bien passé avec Hermann ?

— Oui, assura Franck.

— Pourquoi tu es parti si tôt ?

— J'avais un truc à faire avant de le voir… Une course, rien d'important. Fallait que je repasse chez moi… Et Marianne ? Vous êtes allés la voir, ce matin ?

— J'ai envoyé Philippe… Le courant passe mieux avec lui. Enfin, c'est moins pire qu'avec moi ou toi… Il a réussi à lui faire avaler un café et un croissant. Et il s'en est sorti vivant ! ajouta le capitaine en riant. Mais elle est toujours d'une humeur massacrante.

— Je vais voir si elle veut déjeuner avec nous.

— Tu rêves ! Elle ne voudra jamais ! D'ailleurs, elle n'est pas en état.

— Je peux toujours essayer, soupira Franck.

Il s'aventura dans la tanière de Marianne. Elle fumait une cigarette devant la fenêtre. Assise sur la chaise du bureau. Elle avait quitté son lit ; plutôt bon signe.

— Salut, Marianne… Comment ça va, aujourd'hui ?

Elle ne prit pas la peine de répondre. Ni même de tourner la tête vers lui. Un fossé abyssal entre eux. Infranchissable. Alors qu'ils avaient été si proches, avant. Avant un triple meurtre. Et un suicide.

Il s'approcha, gardant tout de même ses distances.

— Tu sais… Je comprends ta réaction, mais…

— Tu ne comprends rien du tout. Et puis j'ai pas envie de te parler… Je veux m'en aller… Je suis libre, non ?

— Oui, mais… Il faudrait d'abord que tu te refasses une santé.

— Si je suis libre, pourquoi suis-je toujours enfermée dans cette chambre à double tour ?

— Eh bien… Tant que tu es en France, tu es sous notre responsabilité. Tu seras libre lorsque tu auras quitté le pays…

— Pour aller où ?

— J'ai pensé à l'Amérique du Sud… au Venezuela. Ce pays n'a pas de traité d'extradition avec la France et…

— Tu as *pensé* ? coupa-t-elle d'un ton cinglant. Je suis heureuse que tu penses à ma place ! Sauf que je n'ai pas envie d'aller là-bas.

— Il le faudra pourtant. Je ne vois pas de meilleur endroit pour que tu sois en sécurité. De plus, le billet est déjà commandé…

Elle se traîna tant bien que mal jusqu'au lit, pliée en deux, une main sur sa blessure, le souffle cassé. Elle s'y laissa tomber, serra les dents.

Franck la regardait avec inquiétude. Elle était encore

si fragile, si faible… Pourtant, sa voix était incroyablement forte et dure.

— Tu comptes m'y expédier comment ?

— En avion, bien sûr !

— Hors de question.

— Mais pourquoi ? Tu as peur de l'avion, c'est ça ? Il n'y a pas d'autre moyen, Marianne. Tu peux pas y aller à la nage !

— Je n'irai pas là-bas ! répéta-t-elle en dissociant bien chaque syllabe. Tu m'entends ? Je ne prendrai pas l'avion et je n'irai pas dans ton pays de merde !

L'emportement lui déclencha de nouvelles attaques, elle fut forcée de s'étendre sur le dos. Le visage déformé par la douleur.

— Ne t'énerve pas… Nous reparlerons de cela plus tard. Laurent a préparé le déjeuner, tu veux te joindre à nous ? Je peux te porter jusqu'en bas…

Elle eut un sourire blessant.

— Me joindre à vous ? Je préfère crever de faim, si tu veux savoir !

Nouvel échec. Cuisant. Après ce qu'il avait vécu cette nuit, il avait les nerfs à vif. Et elle s'amusait à les lui piétiner avec une redoutable efficacité.

— Eh bien, je te monterai un plateau, dans ce cas…

— Pose-le devant la porte. Ou envoie ton larbin ! Je veux plus que tu rentres dans cette piaule.

Il se sentait prêt à disjoncter. Alors, il se hâta de partir.

***

La journée leur avait semblé longue. La mission terminée, il ne leur restait plus qu'à garder Marianne prisonnière de cette chambre, à la maintenir en vie. Transformés en simples geôliers-infirmiers.

Franck, la tête des mauvais jours, ruminait en silence. Une foule d'idées indigestes, d'angoisses récurrentes. Laurent et Philippe disputaient une partie de billard. Ils avaient dîné, Marianne aussi. Philippe ayant bien voulu s'aventurer dans son antre, lui déposer un plateau. Lui donner ses médicaments qui ne demeuraient pas dans la chambre, par crainte qu'elle n'avale la plaquette entière.

Franck cherchait encore comment briser la glace. Il l'imaginait en train de pleurer, quand ils n'étaient pas là. Mais dès que l'un d'eux approchait, elle passait un masque de pierre. Il fallait peut-être l'obliger à craquer pour qu'elle lui crache tout à la figure. Tout ce venin, tout ce qui lui empoisonnait le sang.

Il abandonna ses amis, se réfugia dans la salle de bains. Troisième douche depuis ce matin ; la chaleur était insupportable. Il s'allongea sur son lit, la tête près de la cloison qui le séparait de Marianne. Il avait envie d'essayer, une fois encore. De toute façon, il ne la laisserait pas seule, cette nuit. Trop risqué. Elle était encore capable de n'importe quoi. Du suicide jusqu'à l'évasion. Même si c'était totalement illogique.

Mais comment Marianne pouvait-elle faire preuve de logique alors qu'elle se consumait de l'intérieur ?

Il oublia volontairement de frapper avant d'entrer. Il la devina dans la pénombre, près de la fenêtre. Il alluma la lumière avant qu'elle n'ait fini de sécher ses larmes. Elle feignit d'admirer les étoiles. Elle aurait regardé n'importe quoi à part lui, de toute façon.

— Tu devrais rester allongée. Et ne pas fumer autant… Il faudrait changer tes pansements, aussi.

— J'ai pas besoin de toi. Et je t'ai dit que je ne voulais plus te voir ici.

Il croisa les bras, s'adossa à l'armoire.

— Il faudra que tu me supportes encore quelques jours. Et puis moi, j'ai envie de te voir…

— Prends-moi en photo et colle un poster au-dessus de ton plumard ! Comme ça, tu pourras me voir autant que tu veux.

— Très drôle ! répliqua-t-il en riant. Tu sais, tu

n'arriveras pas à me décourager si facilement, ma petite…

Ma petite. Elle détestait qu'on l'appelle ainsi.

— Je suis payé pour te surveiller jusqu'à ce que tu aies quitté ce pays… Alors, je te surveille.

— J'croyais que t'étais flic. J'savais pas que t'étais aussi maton !

— Il faut savoir s'adapter à chaque situation ! J'ai pas envie que tu fasses la moindre connerie, maintenant qu'on approche du but.

— Si tu restes ici, je vais en faire une, de connerie…

Elle se remit debout, au prix d'un effort cuisant.

— Il se pourrait bien que tu ne te réveilles jamais, commissaire…

— Vous me menacez, mademoiselle de Gréville ?

Il semblait s'amuser. Pourtant, elle devinait que chacun de ses mots s'enfonçait tel un poignard dans sa chair.

— Sors d'ici et n'y remets plus les pieds, murmura-t-elle.

— Je n'ai pas d'ordre à recevoir de toi, Marianne.

Elle s'exila dans la salle de bains. Il patienta un bon moment. Mais n'entendit ni la douche ni le lavabo. Au bout de vingt minutes, il entra à son tour. Elle s'était prostrée sur le tabouret.

— Tu comptes passer la nuit là-dedans ? Tu as peur de moi ou quoi !

— De toi ? Tu rêves, ma parole !

— Alors viens te coucher…

— Je préfère encore dormir sur les chiottes. Tout sauf voir ta gueule !

— Écoute, je vais te laisser le choix, ma petite…

Deux fois *ma petite* à la suite. Elle n'allait pas tarder à imploser.

— Soit je reste ici, soit je t'attache au pieu. À toi de voir ce qui est le mieux…

— T'es vraiment qu'un fumier !

— Et toi, une gamine capricieuse.

Elle repartit dans la chambre, regagna sa chaise, alluma une cigarette. Ses veines, torrents de haine. Il s'était installé sur son fauteuil, attendant la suite avec un calme déconcertant. Sa présence était comme la pire des tortures.

Elle aurait donné n'importe quoi pour qu'il s'en aille.

— T'as vraiment décidé de me faire chier, pas vrai ? Ça t'amuse, c'est ça ?

— De prendre une insulte dans les gencives toutes les trente secondes ? Non, ça ne m'amuse pas des masses, à vrai dire ! Mais si ça peut te soulager, après tout… Vas-y, ne te gêne pas.

Elle se glissa sous les draps, lui tourna le dos.

— Attache-moi et dégage.

Elle préférait encore les menottes à sa présence.

— Je n'ai pas pensé à amener les pinces… Je croyais qu'elles ne seraient plus nécessaires.

Elle se redressa, se tourna vers lui. Une grimace douloureuse lui déforma le visage.

— Sors de ma chambre…

— Ce n'est pas TA chambre, Marianne. Ce n'est pas non plus TA maison. Et je ne suis pas TON esclave. Rien ne t'appartient, ici. Ici, comme ailleurs…

Il vit des ombres danser dans ses yeux. Des ombres encore plus noires que ses prunelles. Il fit exprès de lui sourire. Pour lui laisser croire qu'il ne souffrait pas. Pour l'expulser hors de ses gonds, une bonne fois pour toutes. Avec le risque qu'il connaissait. Mais elle était si faible qu'il n'avait pas grand-chose à redouter, à part sa colère. Cette colère qu'il allait chercher au fond d'elle. Pour qu'elle explose, qu'elle sorte enfin. Comme une libération.

Quel jeu à la con…

Elle se recoucha, lui tournant toujours le dos. Ayant apparemment abandonné la lutte. Il venait donc d'échouer, encore. Il laissa la lampe du bureau allumée, contempla ses épaules et sa nuque. Son pied qui battait la mesure sous le drap.

— Bonne nuit, Marianne.

— Ta gueule.

— Charmant !

Elle s'endormit rapidement. Il aurait pu partir. Mais il n'en avait pas envie. Pas envie de se retrouver seul dans sa chambre.

Il entendit Philippe et Laurent qui allaient se coucher. Passa deux longues heures à regarder son dos. Elle ne bougeait plus, semblait profondément assoupie. Et, enfin, il parvint à tromper l'ennemi. S'immergea avec jouissance dans un bain de sommeil.

Marianne, les yeux bien ouverts, épiait sa respiration régulière.

Enfin, il dormait.

Elle se retourna doucement, serrant les dents pour ne pas gémir. Il s'était replié dans son fauteuil, se cassant les reins et la nuque. Elle le fixait, une batterie de missiles au fond des yeux.

Le monstre s'était réveillé, ce soir. Il avait pris possession d'elle. Lui et Marianne avaient attendu plus de deux heures. Deux heures à le haïr. Sans une seule vraie bonne raison. Mais pas besoin de raison. Cette souffrance intolérable qui la calcinait ; ces strates de peine, de haine, de douleur, de culpabilité. Empilées les unes sur les autres. Ça pesait des tonnes. Il lui fallait un coupable.

Le tuer et partir, loin. Mais pas au Venezuela. Ce putain de pays qu'elle n'aurait pas pu situer sur une mappemonde. Partir, où elle voulait. Tant pis pour l'argent et les papiers. Tant pis, elle se débrouillerait. Tant pis, elle mourrait. Comme Daniel. Ça n'avait pas vraiment d'importance.

À vrai dire, ça lui semblait même la seule issue.

Deux minutes plus tard, elle était devant le fauteuil. Un couteau à viande dans la main gauche. Celui qu'elle venait de récupérer près de son assiette.

Imprudent, monsieur le commissaire.

Elle n'y voyait plus très clair. Tout était flou. Surtout dans sa tête.

Mais, dans sa main valide, une arme. Face à elle, une cible.

Qu'elle observait avec ces drôles de palpitations au cœur, ces drôles de langueurs dans le ventre. Celles qui précèdent le meurtre. Lui faire payer. Le voir souffrir, agoniser. Tuer. Le voir mourir, lui comme les autres.

Le monstre était prêt, Marianne hésitait.

Elle n'avait jamais tué quelqu'un d'inconscient.

— Réveille-toi, Franck.

Les émeraudes surgirent de l'obscurité. Il vit briller la lame. Ça le tira brutalement de son sommeil.

— Je ne voulais pas te tuer pendant que tu dormais.

Il sentit l'acier contre sa gorge, se pétrifia sur le fauteuil.

— Marianne, réfléchis, je t'en prie…

La lame s'enfonça un peu, il ferma les yeux un dixième de seconde. Puis son regard se fit plus dur.

— Qu'est-ce que tu attends ? Vas-y, tue-moi ! Comme ça, tu auras fait tout ça pour rien. Comme ça tu ne pourras plus quitter ce pays… Tu te feras arrêter ou descendre.

— Ta gueule !

— Vas-y, plante ce couteau ! Ça ne t'enlèvera ni la douleur ni la peine. Ça t'enlèvera juste le dernier espoir qu'il te reste… De toute façon, dans ton état, tu ne feras pas trois pas dehors.

— Je t'ai dit de la fermer ! Rien à foutre de mourir !

La lame entama la peau, le sang coula doucement sur son cou. Il crispa ses mains sur les accoudoirs.

— Ma mort ne te le rendra pas. Rien ne te le ramènera…

Il venait d'user sa dernière cartouche. Mais le couteau était toujours dans sa chair. Tout juste si elle semblait l'entendre. Comme prisonnière d'un mauvais rêve. Il tenta le tout pour le tout. Rapide comme l'éclair, il attrapa son poignet avec la main droite, enfonça son poing gauche dans sa plaie. Elle se plia en deux, la lame dérapa sur sa gorge. Brûlure fugace. Ils crièrent en même temps. Il tordit son bras, jusqu'à ce qu'elle desserre les doigts. Elle s'effondra sur le parquet. À bout de forces, déjà. Franck la souleva, la jeta un peu rudement sur le lit. Elle n'eut pas le temps de se relever, il était déjà sur elle, immobilisant son bras gauche. Le droit arrivait tout juste à bouger. Il tenait le couteau, le lui plaqua sur la gorge à son tour. Il saignait. Une dégoulinure rouge formait un drôle de carcan autour de son cou.

— Tu veux y goûter, Marianne ? demanda-t-il en faisant pression sur la lame.

— Lâche-moi, putain !

— Pourquoi t'hésites toujours au moment de me tuer ? Pourquoi tu me provoques ? Qu'est-ce que tu essaies de me dire, Marianne ?

— Laisse-moi, merde ! J'ai rien à te dire !

— Alors pourquoi tu m'as réveillé, hein ? Pour une fois que je dormais !… Tu voulais jouer avec moi, c'est ça ? C'est pour ça que tu m'as réveillé ?

— J'voulais te tuer ! cracha-t-elle.

— Mais non, Marianne ! Tu n'as jamais voulu me tuer ! C'est autre chose que tu veux… Mais je n'arrive pas très bien à savoir ce que c'est.

— Je veux te voir crever !

— Tu mens. Ce n'est pas ça que tu veux…

Dans un effort surhumain, elle souleva son bras droit,

907

empoigna la main de Franck. Celle qui tenait l'arme. Elle lutta de toutes ses forces. Pas pour l'éloigner de sa gorge. Pour qu'il la lui tranche. Le monde à l'envers.

Il lui fallut toute son énergie pour la faire lâcher. Il lança l'arme par la fenêtre. Il avait eu une telle frayeur qu'il tremblait. Marianne essaya de le frapper. Il l'immobilisa à nouveau. Pour l'empêcher de se blesser, de s'épuiser à mort.

— J'ai tout fait pour te sauver, merde ! s'écria-t-il.

Il vit enfin monter les larmes dans les yeux sombres. La délivrance tant attendue. Maintenant, il fallait la pousser à se confesser. Que ça sorte. Qu'elle mette des mots sur la douleur.

— T'es cinglée ou quoi ?! Pourquoi tu veux mourir, hein, Marianne ?

— Il s'est tué ! C'est à cause de moi ! C'est à cause de moi !

— Non ! Ce n'est pas ta faute, Marianne. Tu ne dois pas te sentir coupable de ça… Tu dois vivre avec…

— J'arriverai pas à vivre sans lui ! Je préfère crever !

Elle capitulait, arrêta de se débattre. Il la récupéra dans ses bras, la laissa déverser le flot nerveux. Fleuve de peine, d'angoisses. Langage du corps ; pleurs et tremblements. Il restait encore tant d'abcès à crever.

— Je te jure que je regrette qu'il soit parti, Marianne. Mais on ne peut rien contre la mort… Il t'aimait, il aurait voulu que tu sois libre. Que tu aies une deuxième chance… Et c'est ce que je veux aussi…

— J'ai tellement peur ! avoua-t-elle enfin. Je veux pas aller à l'autre bout du monde ! Je serai perdue !

— C'est normal d'avoir peur, Marianne. Mais tu auras une nouvelle vie. Toute la liberté dont tu as tant rêvé. Tu rencontreras des gens, tu rencontreras un autre homme…

— Non ! Y avait que Daniel ! Que Daniel…

— Non, Marianne. Là-bas, tu ne seras plus poursuivie par ton passé.

— Il me poursuivra toujours ! Jamais je pourrai oublier…

— C'est vrai, tu n'oublieras pas. Mais personne ne le saura, personne ne te jugera pour ce que tu as pu commettre… C'est ça, la liberté. Une nouvelle vie, Marianne… C'est ce qu'il aurait voulu pour toi. C'est ce qu'il a espéré pour toi jusqu'au bout.

Elle se calma un peu. Cessa de hurler, continua juste à pleurer.

— Tu auras de quoi te construire une vie. Une vraie vie… Plus de barreaux, plus de cavale. Et si ce pays ne te plaît pas, nous en trouverons un autre.

— Je sais même pas à quoi il ressemble…

— On en reparlera, je te le promets… Rien n'est encore décidé… Je ne veux pas que tu meures, Marianne ! Je veux que tu vives, que tu sois heureuse.

— Je ne mérite rien à part la mort. J'ai commis tant d'horreurs… Parfois, je me dis que… Que Forestier et Aubert étaient peut-être innocents et…

Heureusement qu'elle ne pouvait pas voir son visage. Ça l'aida à mentir.

— Ils étaient coupables, Marianne. J'ai vu les preuves de mes propres yeux…

— Et même ? Ils étaient malades mais… J'ai passé des années à les haïr, j'ai rêvé si souvent de les tuer ! Maintenant qu'ils sont morts, je réalise qu'ils ne méritaient pas ça… Même le pire des criminels ne mérite pas ça… La preuve, c'est que moi, ils m'ont laissée en vie…

— Tu as raison. Personne ne mérite ça. Pas même eux… Mais il y a parfois des forces à l'œuvre qui nous dépassent.

— J'essaie de me rassurer en me disant qu'ils ne feront plus jamais de mal… J'ai peut-être sauvé des gosses… Je me dis peut-être que… Que je me suis rachetée, tu vois…

— Oui, Marianne. Tu as le droit de penser ça, maintenant. Leur mort t'offrira une seconde chance… elle n'aura pas été vaine.

Il l'aida à s'allonger.

— Je voudrais que tu te reposes, à présent…

— J'arriverai jamais à dormir… J'ai tellement la trouille de… demain et les jours d'après… quand je vais sortir d'ici… Je me sens incapable de me débrouiller, de…

— Ne t'en fais pas Marianne. Tu y arriveras très bien, je t'assure.

— Daniel me manque tellement… Ça m'empêche de respirer… Ils… Ils l'ont enterré ?

— Non… Ils ont dispersé ses cendres, comme il l'avait souhaité.

Nouvelle crise de larmes. Elle imaginait le corps de Daniel dans les flammes. Ce corps tant aimé. Enflammé, calciné, puis réduit en poussière. Rien, plus rien.

— Je le verrai plus jamais ! Plus jamais…

— Je vais rester avec toi… Tu veux bien ?

Elle hocha la tête, il s'étendit à côté d'elle, pressa un mouchoir sur sa plaie.

Soulagé qu'elle se soit enfin confiée. Même s'il avait mal à la gorge, même s'il garderait peut-être une cicatrice.

— Franck ? Je suis désolée pour le coup de couteau.

— C'est rien. Tu l'as même pas fait exprès…

Samedi 16 juillet – 09 h 00

Le capitaine trouva son patron dans la cuisine, en train de préparer du café.

— Salut, Laurent. Bien dormi ?

— Comme une tombe ! Et toi ?

— Bof...

Le capitaine aperçut alors la blessure. Même si le commissaire avait pris la peine de mettre une chemise. Mais il aurait fallu une écharpe pour la cacher.

— Qu'est-ce que t'as au cou ?

— Rien...

Laurent tira un peu sur le col de la chemise. Philippe fit son apparition. Juste au mauvais moment.

— Bien dormi, lieutenant ?

— Eh ! Essaie pas de changer de conversation ! C'est quoi, cette blessure ? Et me dis pas que tu t'es coupé en te rasant !

Philippe s'intéressa à son tour au cou de son patron.

— C'est... C'est Marianne.

— Elle a essayé de t'égorger ? demanda Laurent avec stupeur.

— Ben... Elle voulait que je m'en aille, j'ai refusé... J'avais oublié qu'il y avait un couteau sur le plateau.

— Merde ! lança Laurent en s'asseyant sur une chaise.

Elle est barge, cette nana ! Faut l'attacher au pieu, c'est pas possible…

— Non, c'est bon maintenant. On a parlé, ça va mieux…

— Parlé ? Avec un couteau sous la gorge ? Non, mais attends ! Tu veux quoi ? Qu'elle nous dézingue tous les trois ? Je te rappelle que ça fait environ trois fois qu'elle essaye de te tuer… Qu'elle m'a pété le nez… J'te dis qu'il faut l'attacher !

— Non seulement, je ne vais pas l'attacher, mais en plus, je vais l'autoriser à quitter sa piaule ! Il faut qu'elle prenne l'habitude d'être libre. Demain midi, nous irons au resto, tous les quatre…

— Tu plaisantes ?! s'étrangla le capitaine.

— Pas le moins du monde ! Aujourd'hui, elle est encore trop faible. Mais demain, j'espère que ça ira.

— T'es malade ! Si on la reconnaît ?

— Ça m'étonnerait. Je lui collerai des lunettes de soleil… Et un chapeau.

— *Des lunettes de soleil ? Un chapeau ?* Putain, je dois dormir encore ! Je vais me réveiller !

— J'ai repéré une auberge qui a l'air sympa à T. Il y a une grande terrasse, les tables sont éloignées les unes des autres… Je suis sûr que ça va lui plaire. En fait… C'est l'angoisse qui la rend agressive. Elle a peur de la liberté, peur de se retrouver dehors, toute seule… Elle a perdu ses repères, en taule. Faut qu'elle sorte en plein jour, qu'elle voie des gens…

— Mais… Si elle tente de s'échapper ?

— Ou de nous égorger ? ajouta Laurent.

— Elle ne le fera pas, assura le commissaire.

— Ben voyons ! Elle sera bien sage simplement parce qu'elle a causé avec toi sur l'oreiller ! Elle ne se montrera plus violente, fera des jolis sourires à tout le monde ! Allez, les gars ! ajouta-t-il avec emphase. Mettez vos gilets pare-balles et vos casques lourds : dimanche midi, on emmène Marianne au restaurant !

— Arrête ! implora Franck en souriant. J'te dis qu'elle ne se montrera plus agressive...

Le capitaine secoua la tête, avec une sorte de lassitude face à l'entêtement de son patron.

— Si c'est le cas, change de boulot, mon vieux ! Ouvre un cabinet de psy.

Le commissaire se contenta de rire et prépara un plateau pour Marianne. Dès qu'il eut quitté la cuisine, Laurent se mit à marmonner.

— Ce type est fou...

— Mais non ! répondit Philippe. Fais-lui un peu confiance...

**

Dimanche 17 juillet – 11 h 00

Il lui avait demandé de se faire belle. Marianne, devant le miroir, trouvait la tâche impossible. Visage ravagé, yeux cernés, dont un encore au beurre noir. Cadeau d'adieu du proc'. Il voulait sans doute qu'elle déjeune avec eux. Ensuite, ils iraient faire un tour dans le jardin. Elle allait accepter. Même si simplement quitter cette pièce l'effrayait. Une peur qu'il fallait combattre. Envie du soleil sur sa peau. Du vent dans ses cheveux. Elle prit une douche, changea ses pansements. Les blessures faisaient encore si mal. Bien loin d'être cicatrisées. Pourtant, elle se demandait comment trois flics avaient pu être aussi efficaces. Comment ils avaient pu la recoudre. Impossible ! Un médecin était passé par là. Ils n'auraient jamais pu refermer une plaie de cette manière.

Elle s'habilla ; jean, chemise blanche, baskets. Mit son bras droit en écharpe. Puis patienta en fumant une clope devant la fenêtre.

Franck apparut vers onze heures trente. Très élégant.

Comme s'il allait à la messe du dimanche. Il la toisa de la tête aux pieds.

— T'es prête ? Tu pourrais mettre autre chose qu'un jean, pour changer un peu !

— On va pas au bal !

Il n'insista pas, l'accompagna jusqu'au rez-de-chaussée. Marianne fut surprise de voir les deux autres flics sur leur trente-et-un.

— C'est fête ou quoi ?

— On sort, annonça Franck. On va au resto !

— Pardon ? murmura Marianne. T'es devenu fou ?!

— C'est exactement ce que je lui dis depuis hier ! ricana Laurent.

— Pourquoi ? Il faut que tu reprennes confiance en toi… Que tu t'habitues à aller dehors.

— Mais… Mais je vais me faire repérer !

— Allons ! Personne ne te reconnaîtra ! Et puis tu ne seras pas seule. Les gens n'iront jamais croire que Marianne de Gréville déjeune au restaurant avec trois flics !

Il lui posa une paire de lunettes de soleil sur le nez et un gavroche sur la tête.

— Parfait ! Tu es très mignonne comme ça ! Allez, en route…

— Non ! Ça suffira pas… J'veux pas y aller !

Il la poussa délicatement vers la sortie. Mais elle traînait les pieds, descendit les marches du perron presque à reculons.

— J'veux pas y aller, Franck !

— Écoute, j'ai envie qu'on se détende un peu. On l'a tous bien mérité, non ?

— Allez-y sans moi ! J'suis trop fatiguée, de toute façon…

— Hors de question ! Je suis sûr que ça te fera beaucoup de bien. Allez, viens…

Il attrapa sa main, l'emmena jusqu'à la voiture. Il

sentait sa peur grandir à chaque pas. Elle pesait deux fois son poids. Il se montra encore plus persuasif. Ouvrit la portière avant, tandis que Laurent prenait le volant.

— Allez, monte… Marianne de Gréville a la trouille d'aller au restaurant ?

— J'peux pas y aller ! s'entêta Marianne.

Franck la fit entrer, presque de force, referma la portière, s'installa à l'arrière avec Philippe.

— Attache ta ceinture, ordonna Laurent en démarrant.

La Laguna quitta la propriété. Marianne, silencieuse, livide, s'accrocha au tableau de bord.

— Ralentis, s'il te plaît…

— Qu'est-ce t'as ? demanda Laurent.

— Je sais pas… Ça tourne…

— C'est normal… Ça va passer.

Il consentit à lever le pied. Pendant les premiers kilomètres, Marianne fixa la route. Une main crispée sur le siège.

— Et si on tombe sur un barrage ? s'inquiéta-t-elle brusquement.

— Aucun risque ! assura Franck. Ils les ont levés hier soir.

— Comment tu le sais ?

— Je suis commissaire, je te le rappelle ! Je suis bien placé pour obtenir ce genre d'informations !

Elle resta encore un moment sur le qui-vive. Puis, lentement, oubliant son vertige et ses angoisses, elle contempla ce qui l'entourait. Sous un soleil radieux.

Laurent avait mis la climatisation, une musique un peu déjantée. Elle était en balade dans une voiture, sans véhicule de police derrière. Un plaisir oublié depuis si longtemps. Elle souriait béatement, le visage collé à la vitre.

Derrière, Franck souriait aussi. Heureux de la voir ainsi.

— Merde ! dit-elle soudain. J'ai oublié mes cigarettes…

— On s'arrêtera à T., dit Laurent. Faut que j'en achète, moi aussi. Je t'en prendrai un paquet.

Elle continua à admirer le paysage. Forêts, champs en friche ou cultivés, petites fermes abandonnées ou habitées. Défilé d'images bucoliques qui réconfortaient ses yeux, son cœur.

Laurent s'arrêta sur la place du village, Marianne reconnut le café où…

— Bon, je vais acheter les clopes, dit le capitaine en prenant son portefeuille.

— Attends, ordonna Franck. File l'argent à Marianne.

— Quoi ? dit-elle en se retournant.

— Dans une semaine, tu seras libre. Il n'y aura plus personne pour aller acheter tes cigarettes. Alors, il faut que tu réapprennes à le faire par toi-même.

— Non, je préfère ne pas y aller…

— C'est pas compliqué : tu rentres, tu dis bonjour, tu demandes les paquets, tu payes et tu reviens !

Laurent leva les yeux au ciel. Mais il tendit tout de même un billet de cinquante euros à sa passagère.

— Allez, princesse, le boss a parlé. Tu me prends cinq Marlboro et ce que tu veux pour toi.

— Mais…

— Discute pas, ordonna Franck. C'est ça ou tu n'auras pas de cigarettes pour le déjeuner.

Elle hésita un instant. Entrer dans un tabac, c'était pourtant simple. Là, ça lui semblait impossible. À la rigueur, elle se serait sentie plus à l'aise d'aller braquer la caisse avec un flingue.

Elle empocha le billet, quitta la voiture, épiant autour d'elle. Puis se dirigea enfin vers le tabac. Laurent s'adressa un peu rudement à son patron.

— Tu nous fais quoi, là ? C'est une psychothérapie pour ex-taularde ?

— Exactement. Et crois-moi, ça va marcher !

— Jusqu'à ce qu'elle nous fasse un coup tordu ! Et là, tu te boufferas les couilles, *crois-moi* !

— Charmante expression ! rigola Franck. Mais je suis sûr que ça n'arrivera pas.

Marianne revint au bout de cinq minutes. Mission accomplie.

— Alors, c'était si dur que ça ? demanda Franck.

— Démarre ! Je suis sûre qu'ils m'ont reconnue… Tous les mecs au comptoir me mataient comme s'ils avaient vu la Sainte-Vierge !

— C'est parce que tu es jolie ! affirma Franck. Il ne passe pas beaucoup de jolies filles dans le coin…

La voiture quitta le village, Marianne s'apaisa un peu. À nouveau concentrée sur le panorama. Tellement merveilleux. Tellement banal, pourtant. Ils bifurquèrent sur une petite route, suivant un panneau qui indiquait Auberge de T.

— C'est là qu'on va ? Ça a l'air d'un truc de snobs ! marmonna-t-elle.

— Tu t'appelles de Gréville, oui ou non ? rétorqua Franck. Ça ne devrait pas te poser de problème !

— J'ai plus l'habitude des endroits qui puent le fric, *commissaire*…

Laurent gara la voiture à l'ombre d'un châtaigner géant. Franck ouvrit la portière.

— Si mademoiselle de Gréville veut bien se donner la peine…

— Je sais pas… C'est vraiment pas prudent.

— Depuis quand tu es prudente ?

— Depuis que j'ai la moitié des flics de ce pays aux trousses…

— La moitié ?! La totalité, tu veux dire ! Allez, descends… ! Tu vas nous faire remarquer…

Elle mit enfin pied à terre. Franck rassura sa main au creux de la sienne. Le serveur les conduisit sur la terrasse. Une magnifique tonnelle au-dessus d'un joli plan d'eau. Un endroit vraiment enchanteur. Marianne s'attabla ; aussi raide qu'un piquet, elle scrutait les visages des convives autour d'elle avec une angoisse démesurée.

— Détends-toi, murmura Franck en posant une main sur sa cuisse. On dirait que tu es recherchée par la police...

— Très drôle !

— L'endroit te plaît ?

— Oui... Mais pourquoi ils me reluquent tous comme ça, hein ?

Franck observa à son tour les clients.

— Je crois que tu rêves. Ah ! si... Le mec, sur la gauche... Celui qui a une cravate rose... Mais à mon avis, c'est parce que tu lui as tapé dans l'œil.

— Arrête avec ça ! Il me regarde parce que j'ai un magnifique cocard et qu'il se demande où il a déjà vu ma gueule... Jusqu'à ce qu'il se rappelle que c'est au journal télévisé !

— Le cocard, ça se voit pas sous les lunettes... Et puis rien ne dit qu'il regarde la télé ! Allez, respire un bon coup et profite...

Le serveur leur proposa un apéritif. Marianne évitait de l'affronter en face. Les trois flics firent leur choix.

— Et toi, Marianne ?

Elle eut un tressaillement. Il a qu'à m'appeler par mon nom, tant qu'à faire !

— Non, pas d'alcool...

— Nous avons des cocktails sans alcool, mademoiselle.

— D'accord.

Il distribua les cartes puis s'éclipsa.

— Tu pourrais m'appeler autrement ! pesta Marianne à voix basse.

— Comment veux-tu que je t'appelle ?

— J'en sais rien ! Mais t'as qu'à hurler mon nom avec un porte-voix pendant que tu y es !

— Je te signale que si tu te fais choper, nous aussi ! Relax, tout va bien se passer.

Ils ouvrirent leur carte, Marianne fit de même. En profita pour se cacher derrière.

— C'est drôle… dit-elle. Y a pas les prix.

— Pas sur la tienne, répondit Franck. Ils ont des cartes sans prix pour les femmes. La galanterie veut que ce soit les hommes qui payent, tu vois. Et les dames ne sont pas censées connaître le prix de ce qu'elles choisissent… Tout comme le mec ne doit pas montrer l'addition.

— C'est débile, ton truc ! Pourquoi ça serait aux mecs de payer ? Encore un truc de macho !

Les apéritifs arrivèrent. Le serveur nota les commandes. Il portait une chemisette blanche et un nœud papillon. Devait souffrir le martyre par cette chaleur. Il fixait Marianne avec une lourdeur qui n'échappa à personne.

— Et pour vous, mademoiselle ?

Elle n'avait pas encore décidé. Elle prit comme Franck pour faire fuir le nœud pap' au plus vite. Il fallait encore choisir le vin. Laurent s'en chargea. Le type en blanc s'éloigna enfin, elle respira un bon coup.

— Lui, il m'a reconnue, c'est sûr ! Il n'arrête pas de me dévisager, putain !… Vous l'avez vu, non ? Faut qu'on se casse avant qu'il avertisse vos petits copains !

— Cool ! dit Laurent en allumant une cigarette. Tu te fais des idées, princesse…

— Je vous aurais prévenus… Vous avez vos flingues, au moins ?

— Ah non ! dit Franck.

— Vous êtes malades !

Elle alluma une cigarette à son tour. Ses mains tremblaient. Elle trempa les lèvres dans son cocktail.

Un délice. Mais tout avait le goût du danger, pour le moment.

— Alors, Marianne ? attaqua Franck. Dis-nous un peu ce que tu comptes faire plus tard... Quand tu seras libre.

— J'en sais rien. J'ai pas eu le temps d'y penser...

— Qu'est-ce que tu comptais faire avant d'atterrir en taule ? À quel boulot te destinais-tu ?

— Ben... Prof... D'arts martiaux.

— Ah oui ? J'aurais dû m'en douter, remarque !

— Ouais... J'étais pas terrible à l'école. Pas mauvaise en fait, mais... Je m'y ennuyais un peu. J'étais meilleure sur les tatamis.

— Karaté ? supposa Laurent.

— Oui.

— T'as eu ta ceinture noire ?

— Ouais... À seize ans. J'ai même été championne de France !

Sa seule fierté. Son seul titre honorable.

— Championne de France junior, précisa-t-elle. Je devais intégrer l'équipe de France, justement. Mais mes vieux ont refusé... Ils étaient tellement butés ! Une Gréville peut pas devenir prof de karaté. C'était avocate, médecin ou femme d'un gros bourgeois. Pas d'autre choix... Si j'étais entrée en équipe de France, j'aurais jamais été en taule.

— Comme quoi, faut jamais contrarier les vocations ! conclut Laurent.

— Tu les as revus ? interrogea Franck. Tes grands-parents...

Le visage de Marianne se durcit. Elle alluma une nouvelle cigarette.

— Au procès. Le jour du verdict, ils... se sont approchés... Pour me balancer que j'avais déshonoré la famille, que j'avais sali la mémoire de mon père...

Après, ils sont jamais venus au parloir. Ils m'ont laissée crever de faim.

— Mais... Tu n'avais pas de fric à toi? demanda Philippe. Un héritage de tes parents?

— Si... Il a servi à indemniser les parties civiles... Je crois savoir que ça n'a pas suffi, il a certainement fallu que mes vieux mettent la main à la poche... Mais avec la fortune qu'ils ont, il doit leur en rester! Pourtant, j'ai pas reçu un seul mandat en quatre ans... Pas un centime.

— Comment tu te débrouillais sans argent? reprit Philippe.

— Dans les deux premières taules, je bossais. À la maison d'arrêt, la première, j'avais du boulot de temps en temps, à l'atelier...

— Quel genre?

— Ça variait... Coudre des chemises ou assembler des pièces mécaniques... Tout et n'importe quoi. Forestier avait refusé que je travaille au début mais comme j'avais rien, le directeur est intervenu en ma faveur.

— T'as cousu des chemises, toi? s'étonna Laurent.

— Pourquoi? J'ai pas une tronche de couturière?

— C'était payé combien?

— Vingt centimes d'euros la pièce.

Philippe manqua de s'étrangler avec son pastis.

— Vingt centimes d'euros? Tu déconnes!

— Pas le moins du monde.

— Et t'en faisais combien par jour? questionna Franck.

— Une vingtaine...

Ils firent un rapide calcul. Quatre euros par jour. Pour un travail de forçat. En dessous du seuil de pauvreté.

— C'est de l'esclavage! fit Laurent.

— En fait, les employeurs imposent un prix. Les prisonniers sont souvent moins chers que les ouvriers chinois ou africains… C'est ça ou tu crèves de faim. Et d'ennui.

— C'est scandaleux ! s'offusqua le lieutenant.

— Et puis en centrale, j'ai pu avoir une place d'auxi… C'est les détenus qui bossent pour la pénitentiaire. Je me tapais le ménage dans les couloirs et dans le gymnase. Mais à S., le directeur m'a interdit de bosser… On m'a collée direct à l'isolement.

Elle expliqua, dans le détail. Comment Françoise avait perdu la face.

— C'est pour ça qu'ils t'ont transférée ? demanda Philippe qui, de toute évidence, n'avait pas lu son dossier.

— Ben oui… Avant que les gardiens de R. me fassent la peau. Ils m'ont foutue au cachot et…

Ça, ce n'était pas dans le dossier.

— C'est tout ? espéra Franck.

— Non, mais j'ai pas envie de vous couper l'appétit ! Quand tu touches à un maton, ils te le font payer… Très cher.

— Ils t'ont tout de même pas tuée ! constata Laurent.

— Parce que la directrice est intervenue juste à temps. J'ai passé trois semaines à l'hosto…

— Bon, on va peut-être parler d'autre chose ! coupa Franck.

— Volontiers, acquiesça Marianne.

Les entrées arrivèrent au bon moment. Nœud pap' fit un grand sourire à Marianne. Leur souhaita bon appétit. Elle retourna ses deux verres à pied.

— Je me souviens plus… Le grand, c'est pour le vin, c'est ça ?

— C'est l'inverse ! indiqua Franck.

Laurent remplit les verres. Le commissaire leva le sien.

— À ta liberté, murmura-t-il.

— Si je survis jusque-là…

— Et pourquoi non ?

— Parce que le petit serveur a certainement déjà ameuté l'armée.

— Alors, dans ce cas, à notre dernier repas ! rectifia Franck en souriant. La vie sans risque, ça vaut pas le coup !

— T'es vraiment malade ! Si t'avais goûté aux cachots, tu serais moins détendu.

Il n'arrêtait pas de sourire. Elle ne l'avait jamais vu comme ça.

— T'as croisé des détenus connus ? reprit Laurent.

Franck lui adressa un regard un peu courroucé qui signifiait *change de conversation, t'es lourd*.

— Laisse, dit Marianne. Ça ne me dérange pas… J'ai connu VM…

Marianne se mit à parler à bâtons rompus. VM, qui lui avait sauvé la vie, les Hyènes qui voulaient sa peau simplement parce qu'elle avait une cote de popularité élevée. Emma malmenée, suicidée. La Marquise, la mort de Monique… Ils étaient médusés par tant de cruauté. Là, juste derrière les murs des prisons de la République. Mais aussi tant de solidarité. Un monde à part, un monde inconnu.

Puis Marianne fit une pause. C'était dur de repenser à tout ça. Eux semblaient passionnés par ses récits. Elle réalisa que ça la soulageait d'en parler. Même si ça lui ouvrait le cœur en deux.

— J'aurais juste aimé tuer la Marquise avant de partir. Daniel serait toujours vivant… Elle savait pour lui et moi… J'ai vu sur le journal qu'elle avait témoigné contre lui.

— Pourquoi, à ton avis ?

— Parce qu'elle est pourrie jusqu'à la moelle. Qu'elle était amoureuse de lui, et qu'il me préférait à elle… La jalousie, quoi.

Elle ne put réprimer une larme qu'elle essuya bien

vite avec sa jolie serviette en coton. Franck lui posa discrètement une main sur la jambe.

— Essaie d'oublier tout ça…

— Oublier ? Ça risque pas !… Et vous ? Vous faites quoi à part sortir de taule les criminels ?

Franck sembla soudain embarrassé.

— Disons que nous sommes chargés de missions un peu particulières…

— Ça, j'avais saisi, monsieur le commissaire ! C'est quoi, votre truc ? DST ? RG ?

— On peut pas te répondre, princesse !

— Tant pis ! Alors, vous m'autorisez à liquider la Marquise ? Ça ne prendra que quelques minutes…

Philippe manqua encore d'avaler de travers.

— Arrête, pria Franck. On ne peut pas faire un truc pareil !

— Vous avez tous les droits, non ? Alors pensez à toutes ces pauvres filles qu'elle torture en prison. Cette femme, c'est un monstre. Y a même pas de mots pour la décrire… Elle et Portier…

— Portier ?

— Un des gradés du quartier des mecs. C'est lui et ses copains qui m'ont envoyée à l'hosto le soir où j'ai tué Monique. Si je l'avais en face de moi…

— Impossible ! répéta le commissaire. Mais peut-être qu'un détenu finira par leur régler leur compte…

— Il n'y a qu'une fille comme moi pour faire la peau à un maton. La plupart ont trop la trouille de ce qui les attend après. Des jours et des jours de torture, ça dissuade la plupart…

— Mais pas toi, c'est ça ?

— Je sais pas. J'y pensais pas. Je dois être timbrée…

Nœud pap' ramena son joli sourire. Débarrassa les assiettes. Marianne se tourna un peu vivement sur la droite pour admirer le plan d'eau. Elle poussa un gémissement, pressa sa main sur sa blessure.

— Fais attention, tout de même, conseilla Franck. Faudrait pas faire sauter les points.

— Comment vous avez fait pour le toubib ?

— Quel toubib ? s'étonna Laurent en allumant une cigarette.

— Celui qui m'a soignée, évidemment ! Ça s'est pas recousu tout seul !

À leur tour de raconter. Comment Franck s'était transformé en chirurgien, Laurent en infirmier et Philippe en secouriste. Elle semblait épatée.

— Tu ne te souviens de rien ? demanda Franck.

— Un peu. Mais je devais être dans un sale état parce que c'est très flou… Je me rappelle du plafond de la cuisine, du capitaine qui me parlait. De la douleur. Et puis après, plus rien. Si j'ai bien compris, vous m'avez sauvé la vie. Et moi, j'ai oublié de vous remercier…

— C'est de notre faute si tu t'es fait tirer dessus, répondit Franck. Normal qu'on ait tout fait pour te soigner, non ?

— Vous auriez pu me laisser crever, la mission était finie.

— On aurait pu, oui. Mais on n'en avait pas envie.

— Ouais ! Tu nous aurais manqué ! ajouta Laurent. On se serait vachement ennuyés sans toi !

— Eh bien… Faudra que je pense à vous dire merci, alors…

— C'est ça, princesse. Faudra que tu y penses !

— Vous êtes quand même de drôles de types… Et au fait, comment va la Fouine ?

— La fouine ? répéta Philippe. Quelle fouine ?

— Comment il s'appelait déjà… Didier !

Ils explosèrent de rire.

— Il règle la circulation à un carrefour de P. !

— Houa ! T'es dur, toi !

— Non, je plaisante. Mais ce qui est sûr, c'est qu'il a quitté mon équipe.

— C'est ma faute, tout ça. Pauvre gars! Dire qu'il pourrait se la couler douce au bord d'un joli plan d'eau! La vie est cruelle…

***

Marianne s'écroula sur une chaise. Un peu éméchée. Ivre de sensations anciennes, oubliées. Elle était épuisée mais souriait. Laurent apporta des bières et un coca pour elle. Après le resto, ils l'avaient emmenée se balader. Des heures et des heures de liberté, l'émerveillement à chaque pas, du bonheur plein les yeux. Ils l'avaient même conduite sur le quai d'une gare minuscule. Une heure à regarder passer les trains, sur un banc, en plein soleil. Ces trains qu'elle avait écoutés si souvent. Les voir passer, s'arrêter. C'était si intense.

Une journée inoubliable. Où elle avait fait ce dont elle avait envie.

Tout ce qu'elle aurait aimé faire avec Daniel.

— Ça va? s'inquiéta Franck. T'es fatiguée?

— Un peu… Mais ça va.

Son sourire sombra doucement.

— Qu'est-ce qu'il y a? Pourquoi tu pleures?

Elle enfouit son visage dans ses mains, s'appuya sur la table. Il passa un bras autour de son épaule.

— Marianne… Qu'est-ce que tu as?

— Rien… Rien ne t'en fais pas. C'est juste que… Ça va passer.

Elle releva la tête, essuya ses larmes. Les considéra avec une mine un peu coupable.

— C'est juste l'émotion, c'est rien. Ça faisait si longtemps que… Si longtemps qu'on ne m'avait pas offert un cadeau comme celui-là…

Franck lui rendit son sourire ému. Caressa sa joue.

— Ce n'est que le début, Marianne. Dans quelques jours, tu pourras faire tout ce que tu veux…

Elle avait dîné avec eux. N'avait pas pu avaler grand-chose. Nourrie grassement par une multitude d'images, de sons, de couleurs, d'odeurs. Rassasiée pour un temps. Dans sa chambre, elle fumait sa cigarette devant la fenêtre. En tête-à-tête avec les étoiles. Elle n'allait pas très bien, finalement. Il y avait cette peur, étrange.

Peur de la liberté qui l'attendait. Depuis le temps qu'elle était enfermée, enchaînée, entravée… Ces espaces infinis lui semblaient hostiles. Comment affronter cela seule ? Elle imaginait les détenus quittant la prison après vingt ans de réclusion. Comment pouvaient-ils donc se réinsérer ? Elle, n'y avait passé que quatre ans et s'en sentait incapable. Comment parler aux gens ? D'autre chose que de la taule. Comment prendre seule les décisions ? Même les plus simples. Comment gérer sa vie ? Quand plus personne n'est là pour décider à sa place.

Et puis, il y avait le manque. De lui. Toujours là, intact, gravé dans ses chairs. Comment vivre sans son amour, son sourire, son regard ? Sans ses mains ? Ses mains qui lui manquaient tant.

Comment affronter tout cela demain et les jours suivants ?

Elle entendit la porte. N'eut pas besoin de se retourner, c'était Franck. Elle aurait reconnu son pas entre mille. Comme son parfum, d'ailleurs. Il posa une main sur son épaule.

— Merci pour cette journée, murmura-t-elle.

— Ça fait dix fois que tu me remercies ! On pourra sortir demain, si tu veux. Si tu n'es pas trop fatiguée, bien sûr… Il te manque ?

Elle ferma les yeux. Il évitait pourtant d'en parler, habituellement. Mais peut-être avait-il deviné qu'elle avait besoin de se confier.

— Oui.

— Je connais…

— Tu as perdu quelqu'un, toi aussi ?

— Oui.

— Tu… Tu as souffert longtemps ?

— Je souffre encore… Mais c'est beaucoup plus supportable, avec les années.

Les années. Des années entières à souffrir ainsi ? songea Marianne avec effroi.

— Tu iras mieux, bientôt, assura-t-il.

— Peut-être que non… J'avais jamais aimé personne comme ça…

— Chaque amour est différent. Tu n'aimeras plus jamais personne comme ça. Mais autrement, différemment. L'amour est fonction de soi et de la personne qu'on aime… Il peut être passionnel, égoïste, fidèle, rassurant… Ou même effrayant ! Tu aimeras à nouveau, pas de la même manière. Mais ce sera tout aussi fort.

Drôle de l'entendre parler ainsi. Lui, le flic sadique, calculateur et menteur. Qui cachait bien son jeu.

— C'est à cause d'elle que tu dors plus ?

— Un peu, oui…

— Raconte…

— Non. C'est pas une histoire qui te remonterait le moral, je crois.

— Moi, j'aimais pas Daniel, au début. Quand je suis arrivée à S., c'est vrai qu'il a été plutôt humain. Mais il était vachement dur… Fallait pas faire un pas de travers ! Et puis… Il a vu que j'étais en manque, il a trouvé ça pour me tenir sous contrôle… La fameuse faiblesse, tu sais… Tu dois me trouver… *Pitoyable*, c'est ça ?

— Non. Je me demandais seulement comment… Comment tu as réussi à tomber amoureuse de lui après tout ça ?

— Pendant des mois, ça a plutôt été l'horreur. Et puis après, j'ai pris l'habitude… Parfois, je me disais que c'était moi qui détenais un pouvoir sur lui.

— C'était sans doute le cas…

— Sauf que lui était capable de se passer de moi, alors

que moi, j'étais incapable de me passer de came. Quand je déconnais, il m'en privait. C'était la règle… Et puis un jour… On l'a pas fait pour la poudre ou les clopes… Après, plus rien n'a été pareil. Je suis tombée amoureuse de lui, doucement. Et lui, il est tombé amoureux de moi. C'était plus du commerce… Ça lui a coûté la vie… Il me manquera toujours.

— Je sais, Marianne.

— Mais je vais pas encore pleurer, rassure-toi !

— Je te laisse te reposer, dit-il. À demain…

Il ferma la porte derrière lui.

À clef.

Vendredi 22 juillet – 13 h 55

Un peu en avance sur l'horaire, Franck se posa sur un banc, à l'ombre d'un micocoulier. Il suivit des yeux une jeune femme qui tenait son enfant par la main. Un petit garçon, un peu rêveur.

Il consulta à nouveau sa montre. Nerveux. Pression artérielle trop élevée. Pourtant, il n'y avait pas de quoi. Il espérait simplement qu'Hermann avait bien changé la destination de Marianne.

La silhouette du conseiller se dessina enfin à l'autre bout du square. Franck se leva pour l'accueillir, forçant un léger sourire sur ses lèvres.

Malgré les nuits de rancœur. Malgré quelque chose qui ressemblait à du dégoût. Voire même à de la haine.

— Bonjour, Franck. Comment allez-vous ?

— Bien, je vous remercie, monsieur.

Le même ton que d'habitude. Respectueux, poli, courtois. La même poignée de main, franche et ferme. Sauf qu'il était discrètement en train de frotter sa paume droite contre son pantalon. Le conseiller se remit à marcher tout de suite. Il ne supportait pas l'immobilisme. Toujours en mouvement. Sauf que là, il ne parlait pas. Comme s'il avait quelque chose en travers de la gorge.

Alors Franck prit l'initiative du dialogue.

— Je suis désolé de vous avoir demandé de changer

la destination du billet, mais Marianne refusait de se rendre en Amérique du Sud. Ça vous a peut-être posé problème, mais…

— Aucun problème, Franck.

Le commissaire se sentit soulagé.

— Ça ne m'a posé aucun problème, répéta Hermann. Parce que Marianne de Gréville n'ira nulle part.

Franck se pétrifia. Son interlocuteur dut faire marche arrière pour revenir à sa hauteur.

— Monsieur le ministre a donné des instructions très précises à ce sujet.

— Je ne comprends pas, monsieur. Que voulez-vous dire ?

— Écoutez, Franck… Le ministre a changé d'avis. Il… Il refuse de prendre le moindre risque. Il ne peut se résoudre à relâcher un monstre pareil dans la nature.

Franck le fixa avec une froideur terrifiante. Il réalisa qu'il s'y attendait, inconsciemment.

— Il veut que vous éliminiez la fille.

— Elle s'appelle Marianne, monsieur.

Hermann dévia son regard, histoire d'échapper quelques instants à l'emprise des yeux verts.

— Je suppose que vous souhaitez qu'elle soit abattue au grand jour ? ajouta soudain le commissaire.

Le conseiller tourna à nouveau la tête vers lui. Agréablement surpris.

— Tout à fait ! Cette fille est un danger, la société est en droit d'attendre à ce que la police l'en protège… Vous l'emmènerez donc à la gare et là, vous ferez votre boulot de flic.

— Et je deviendrai un héros ! poursuivit Franck avec un sourire féroce. Quant à monsieur le ministre, il fera un bond prodigieux dans les sondages !

Hermann sourit à son tour. Un peu dépassé par le cynisme de Franck. Surpassé, plutôt. Comme le maître par l'élève…

— Je vois que vous comprenez vite, Franck ! Vous auriez fait un excellent politicien ! Figurez-vous qu'à un moment, j'ai eu peur que vous…

— Non, monsieur. Je n'aurais pas été un bon *politicien*… Parce que je n'ai qu'une parole. Contrairement à vous.

Hermann encaissa l'insulte sans sourciller. Elle venait de glisser sur lui comme la goutte d'eau file sur le plastique sans jamais le pénétrer.

— Je ne la tuerai pas, monsieur.

— Vous le devez, Franck…! Il faut nous comprendre… Cette fille représente une menace pour Dumaine comme pour la population. On ne peut pas la remettre en liberté. Ce serait… criminel.

Criminel. Justement le mot qui venait à l'esprit de Franck. Il sortit son épée du fourreau. Prêt à se battre.

— Elle a frôlé la mort pour récupérer ces films. Elle a pris deux balles dans la peau, a passé vingt-quatre heures dans le coma. Mes hommes et moi avons tout fait pour la sauver… Ce n'est pas pour la tuer ! Elle a accompli sa part du contrat. Elle a désormais le droit à sa récompense.

— Je comprends vos sentiments, Franck… Mais j'ai beau eu m'efforcer de convaincre le ministre, il n'en a pas démordu. Et je crois sincèrement qu'il a raison.

— Je ne la tuerai pas, monsieur. N'insistez pas.

Le conseiller soupira. Croisa les mains dans le dos.

— Vous n'avez pas le choix, Franck. Dans cette histoire, vous êtes mouillé jusqu'au cou, vous comprenez… Vous ne pouvez pas vous opposer à Dumaine. Tout ça pour cette fille… Ce n'est qu'une meurtrière. Une folle.

— C'est une jeune femme de vingt et un ans. Qui a risqué sa vie pour sauver celle du ministre. Qui a montré un courage hors du commun.

— Franck, soyez raisonnable, je vous en prie ! Jusqu'à

présent, vous avez été parfait. Ne gâchez pas tout pour elle… Vous vous êtes attaché à elle, c'est ça ?

— Je ne m'attache à personne, monsieur. Mais je n'ai qu'une parole et je croyais que c'était aussi valable pour vous. Visiblement, je me suis trompé.

Hermann accusa le coup. Nouvelle insulte. Mais ce n'était pas ça qui le contrariait. C'était ce refus obstiné. Cette perte de temps et d'énergie.

— Cette fille doit mourir, Franck. Le ministre vous l'ordonne. Vous m'entendez ?

— Je vous entends. Mais je refuse de commettre ce crime.

Hermann eut un léger sursaut. Le mot crime, sans doute. Il fit quelques pas, traçant un cercle imaginaire autour de son nouvel ennemi.

— Franck… Réfléchissez, s'il vous plaît. Vous ne pouvez plus reculer. Si vous laissez partir cette fille, vous commettrez une lourde erreur, croyez-moi…

— Vous me menacez ?

— Non… J'essaie simplement de vous faire revenir à la raison.

Il s'arrêta de marcher, se planta à nouveau face au commissaire.

— Oubliez vos scrupules à la con !

Il commençait à faiblir. À employer des mots inhabituels. À perdre un peu ses moyens.

— Mes scrupules ? Vous connaissez donc le sens de ce mot, monsieur ? Je pense pourtant que les *scrupules* ne doivent pas beaucoup vous embarrasser…

— Et vous ? Je vous rappelle que vous avez été l'instigateur de deux assassinats, Franck. Vous en avez vous-même commis un troisième… Vous avez abattu de sang-froid une jeune femme.

Douleur dans la poitrine. Clarisse, à genoux devant lui. Ses supplices qui le poursuivaient dans ses insomnies. Ou dans ses cauchemars.

— Sur vos ordres ! Je l'ai abattue sur vos ordres ! rappela-t-il d'une voix assassine.

— Mes ordres ? Je ne vois pas de quoi vous parlez, monsieur le commissaire...

Franck serra les poings. Malgré la chaleur, les émeraudes étaient glacées.

— Je vous le répète, vous n'avez pas le choix.

— On a toujours le choix, monsieur.

— Non, pas toujours. Ne nous obligez pas à... À nous montrer plus persuasifs, si vous voyez ce que je veux dire...

— Non, je ne vois pas. Précisez votre pensée, monsieur le conseiller.

Il venait de dire *monsieur le conseiller* comme il aurait craché sale pourriture. Hermann, pourtant, gardait un calme relatif.

— Ne croyez pas que je fais ça de gaieté de cœur. Je vous transmets simplement les ordres du ministre. Et vous devez vous y plier.

Le cerveau de Franck entra dans une série de circonvolutions douloureuses. Il ne lui avait pas avoué ses intentions la semaine dernière parce qu'ils avaient espéré que Marianne ne survivrait pas à ses blessures. Une belle bande de salauds ! Il fallait choisir la bonne option, maintenant. Celle qui pourrait sauver la vie de Marianne, celle de ses hommes. Et la sienne, aussi. Il avait une arme en sa possession, certes. Une de celles dont on ne connaît pas la portée. Une de celles qui peut vous arracher le bras avant d'atteindre sa cible.

Hermann attendait qu'il se prononce. Qu'il accepte ou refuse. Lui aussi cachait sans doute encore une arme. Impossible qu'il n'ait pas prévu d'autres arguments pour le faire céder. Pourtant, il tenta encore la manière douce. La corruption.

— Je vous en prie, Franck... Soyez raisonnable !

N'oubliez pas que nous saurons nous montrer reconnaissants, envers vous-même et vos équipiers…

Le commissaire voulait connaître la dernière carte de son ennemi. La puissance de feu qu'il allait devoir affronter. Car jamais il ne capitulerait. C'était pour le moment sa seule certitude.

— Je ne tuerai pas Marianne, martela-t-il.

Le visage d'Hermann se durcit subitement. Son vrai visage, sans doute. Ils se tenaient face à face, le monde semblait ne plus exister autour d'eux.

— Le ministre et moi avions confiance en vous, Franck. Vous me décevez beaucoup, vous le décevrez beaucoup…

— Je vous renvoie le compliment.

Hermann fit un pas en arrière. Comme s'il prenait son élan.

— Franck… Je me doutais que vous réagiriez ainsi, même si j'espérais que vous seriez plus… comment dire… plus compréhensif. Moins stupide ! C'est vraiment dommage…

— Désolé de vous *décevoir*, monsieur.

— Étant donné que je prévoyais ce cas de figure, j'ai pris mes dispositions…

Voilà. Franck augurait le pire. Ruiner sa carrière et celle de ses hommes, sans doute. Les radier d'une manière ou d'une autre de la police. En les traînant dans la boue, si possible. Franck attendait, stoïque. Prêt à tout entendre.

Presque.

Hermann sortit quelque chose de sa poche. Une photographie, apparemment. Il la tendit à Franck qui resta sidéré un instant. Puis la panique s'empara de ses entrailles.

— Franck… Vous ne voudriez pas qu'il lui arrive quelque chose, n'est-ce pas ?

Le commissaire l'attrapa par le col de sa veste, l'écrasa contre un arbre.

— Lâchez-moi, pauvre fou !

— Espèce de fumier ! Si jamais tu touches à un seul de ses cheveux, je t'expédie en enfer !

— Calmez-vous ! s'étrangla Hermann. Ça ne sert à… rien… C'est déjà… trop… tard…

Franck accentua la pression.

— Trop tard ? hurla-t-il.

— Elle est… entre nos mains… Lâchez-moi… Sinon…

Franck desserra son étreinte. Il se sentit vaciller. Hermann reprit sa respiration. Il adressa un signe de la main à deux molosses en costard qui se précipitaient vers eux. Du coup, ils restèrent à distance.

— Je suis vraiment désolé d'avoir à… À en arriver là… Mais nous ne pouvons pas nous permettre d'échouer. Gréville doit mourir, c'est clair ?

Franck avait reculé, il s'écroula sur un banc. Complètement abasourdi. Il avait tout imaginé. Tout, sauf l'inimaginable. Hermann revint vers lui, n'approcha pas à moins d'un mètre.

— Où est-elle ? murmura Franck.

— Ne vous inquiétez pas, nous ne lui avons fait aucun mal. Pour l'instant, en tout cas… Mes hommes sont allés la chercher, au moment du déjeuner. Elle est avec eux. Elle est bien traitée, croyez-moi. Et dès que vous aurez terminé la mission, nous vous la rendrons…

— S'il lui arrive quoi que ce soit, je vous tue…

— Si vous obéissez, il ne lui arrivera rien. Conduisez Gréville dans une gare. Abattez-la. Vous aurez les honneurs, Franck… Et…

Il récupéra la photo sur le banc.

— … elle aura la vie sauve. Que représente pour vous la vie de cette criminelle comparée à celle de votre propre fille ? Dès que vous aurez achevé la mission, vous la retrouverez. Vous n'aurez pas à le regretter, croyez-moi… Plus tard, vous me remercierez.

Franck se releva. Comme un boxeur qu'on croyait mort. Maintenant, il n'avait plus le choix. Il fallait déclarer la guerre totale. À lui de sortir les armes lourdes.

— J'ai fait une copie du film. Et j'ai gardé les lettres.

Un frisson secoua Hermann des orteils jusqu'aux cheveux. Mais il se reprit bien vite.

— Vous bluffez…

— Vraiment ? Je vous parle de cette vidéo où l'on voit clairement Charon et ses amis massacrer une pauvre jeune femme… Soixante minutes d'une cruauté sans nom ! Je vous parle des lettres où Nadine Forestier évoque cette affaire, où l'on apprend que Martinelli veut s'en servir contre Dumaine, le moment venu, à des fins politiques. Pour prendre sa place dans la campagne présidentielle, je suppose… Je vous parle de ces lettres où l'on comprend qu'elle et Aubert ne sont en aucun cas impliqués dans le réseau de pédophilie…

Le conseiller se liquéfiait sur place. Un esquimau fondant sous le soleil de juillet.

— Vous m'avez donné l'ordre d'exécuter trois innocents pour protéger la pire des pourritures, Hermann. Je ne vais pas vous laisser sacrifier une vie de plus ! J'ai tout prévu ; copie du film et du dossier, correspondance de Forestier. J'y ai ajouté une lettre signée de ma main, qui explique tout depuis le début. Comment j'ai aidé Marianne à s'évader, sur les ordres de qui… Et dans quel but. J'ai fait en sorte que tout cela soit bien à l'abri. Et, surtout, que ces preuves soient envoyées aux médias si jamais il m'arrivait quelque chose… Si je disparais, ça vous explose à la gueule. Si vous touchez à Marianne ou à un de mes hommes, ça vous explose à la gueule. Et si vous touchez à ma gosse, ça vous explose aussi à la gueule.

Il s'approcha encore un peu de ce qui restait d'Hermann. La main sur la crosse de son 357.

— Mais si vous la touchez, en plus de balancer le dossier, je m'occupe personnellement de vous... Si je meurs, vous sautez sur une mine. Et le ministre avec vous. Ainsi que le garde des Sceaux... Et ce, quelle que soit ma mort ! Deux balles dans la tête ou les freins de ma voiture qui lâchent... Une crise cardiaque ou l'incendie de mon appart' ! Si je me suicide en ouvrant le gaz... Ou si je ne donne plus signe de vie pendant un court laps de temps ! Vous voyez, j'ai prévu tous les cas de figure. C'est bien pour ça que vous m'avez choisi, non ? Pour ma prévoyance et mon *efficacité*, n'est-ce pas, monsieur le conseiller ?!

Une grosse boule déforma la gorge d'Hermann. Franck l'aplatissait un peu plus à chaque mot.

— Vous m'aviez peut-être pris pour un crétin, *monsieur le conseiller*... Navré de vous *décevoir* !

— Vous êtes devenu fou, Franck... Complètement fou ! Vous allez tout perdre pour cette... fille !

— Non, j'ai juste ouvert les yeux. Et je vous conseille d'aller voir le ministre de ce pas. Histoire de lui apprendre que son chien de garde est devenu méchant... Marianne va quitter ce pays, vivante. Et je veux Laurine tout de suite. C'est clair ?

— Écoutez... Nous pouvons négocier...

— Négocier ? C'est exactement ce que je viens de faire. La peau de deux ministres contre la mienne et celle des gens qui comptent pour moi... Vous avez une heure pour me rendre ma fille, Hermann. Et priez pour qu'il ne lui soit rien arrivé. Si elle a la moindre égratignure, je vous égorge. Compris ?... Dans cinquante minutes je vous appelle pour vous indiquer où déposer ma gosse.

Franck fit volte-face et s'éloigna rapidement.

Hermann reprenait ses esprits. À son tour de courir un marathon cérébral.

Il téléphona au ministre. Lui exposa la situation en phrases concises. Droit au but. Dumaine était d'une intelligence exceptionnelle. En deux minutes, il trouva la solution. D'une effrayante simplicité. Ils étaient en guerre, désormais. Ils n'avaient plus le choix.

Heureusement pour eux, Hermann avait pris certaines précautions, lui aussi. Comme s'il avait senti le vent tourner. Il composa un autre numéro, distribua les ordres à la façon d'une sulfateuse.

Franck monta dans sa voiture. Tremblant de la tête aux pieds. Tentant de contrôler ses nerfs, il appela Laurent.

— Qu'est-ce t'as ? T'as une drôle de voix…

— Barrez-vous de la maison.

— Pardon ?

— Tirez-vous, tous les trois ! Allez n'importe où… Mais vérifie que vous n'êtes pas suivis.

— Tu me fais peur, là… Dis-moi ce qui se passe ?

— Pas le temps ! Obéis, je t'expliquerai plus tard. Ne rentrez pas tant que je ne vous ai pas rappelés, tu as compris ? Surtout, ne dis rien à Marianne. Simplement que vous allez faire un tour, OK ?

— Ouais, d'accord… Mais putain, explique-moi, Franck !

— Non. Plus tard. J'ai confiance en toi, Laurent.

Il raccrocha. Le visage de sa môme l'obsédait. Et s'ils s'en prennent à elle, maintenant ? Non. Ils n'oseront jamais. J'ai fait ce qu'il fallait pour la sauver. Ou peut-être tout le contraire.

Il passa ses mains sur son visage. Il errait dans un labyrinthe sombre.

Rat de laboratoire entre les mains expertes d'un chercheur sadique.

Il essaya de se concentrer. Le plus important était de récupérer Laurine. Mieux valait ne pas rester immobile pendant une heure. Il ne fallait surtout pas qu'ils mettent la main sur lui. Sinon, tout était fini. Faire le tour de la ville, pendant cinquante minutes. Ou se planquer dans un endroit sûr.

Il lorgna dans son rétroviseur. Rien. Aucune voiture suspecte. Mais le problème se présenterait lorsqu'il irait récupérer sa petite Laurine. Non, il trouverait la solution.

Comme toujours. Pourtant, les questions se bousculaient dans sa tête. Il avait peur. Peur d'avoir choisi le mauvais chemin.

***

Marianne rêvassait devant la fenêtre. Un peu fatiguée, aujourd'hui. Elle repensait à la semaine qu'elle venait de vivre. Quelques jours fantastiques. Elle en avait pris plein les yeux. Avait réalisé tant de rêves, en quelques jours. Franck l'avait conduite où elle avait voulu. D'abord, au lac de St.-C., là où les cendres de Daniel avaient été dispersées. Il l'avait laissée seule pendant près d'une heure, respectant ses larmes. Puis ils s'étaient rendus au bord de l'océan. Des années qu'elle ne l'avait pas vu ! Ils y avaient passé une journée inoubliable. Comme deux amants en cavale. Deux amants sages, pourtant. Car Franck se contentait de gestes tendres, fugaces. Jamais plus.

Une semaine féerique, oui. Tant de lumière, de soleil, de ciel, d'oxygène. Une cuite de bonheur.

Franck n'allait pas tarder à revenir. Avec le passeport pour la liberté. Elle aurait dû sourire. Être heureuse d'approcher du but. Pourtant, elle ne souriait pas. Elle ne se sentait toujours pas prête.

Elle avait encore peur. Tellement peur. De tout. De se découvrir un avenir après avoir mis des années à accepter qu'elle n'en avait plus.

Peur d'elle-même comme de son ombre. Non, elle n'était pas prête. Morte de trouille, Marianne.

La nuit, elle pleurait encore. Lorsqu'elle se retrouvait seule et que tristesse et angoisses venaient l'étreindre avec force, tel un amant brutal. Elle ressemblait à ces animaux qui passent trop de temps en captivité au contact de leurs geôliers. Qui, lorsqu'on les relâche, rôdent longtemps autour de l'enclos. Tels des fantômes. À ces animaux qui ne s'adaptent plus jamais à la vie sauvage.

Allez, Marianne, saisis ta chance ! Tu peux y arriver ! Tu peux retrouver ta liberté !

La porte s'ouvrit, elle crut que c'était Franck qui revenait avec les papiers et l'argent.

— Salut, princesse, dit le capitaine. On va se balader...

— On n'attend pas Franck ? s'étonna-t-elle.

— Non... Il va rentrer tard. Allez, habille-toi.

— Je suis un peu crevée...

— Ben, on fera juste un tour en voiture, si tu préfères... J'ai pas envie de moisir ici et je peux pas te laisser seule. Allez, amène-toi !

Elle récupéra ses clopes, ses lunettes de soleil. Philippe patientait déjà sur le perron. Il y avait une drôle de tension dans l'air. Un truc bizarre. Elle grimpa à l'avant de la voiture, ils quittèrent la propriété aussitôt. Elle remarqua bien vite que Laurent gardait les yeux braqués dans son rétroviseur.

— Qu'est-ce qui se passe ? Vous m'avez l'air sacrément nerveux, tous les deux...

— Tu te fais des idées, princesse.

— Non, je crois pas... Vous vous êtes engueulés, c'est ça ? Et pourquoi tu regardes tout le temps derrière ? T'as peur d'être suivi ?

— Non, je t'assure...

Elle cessa de le questionner, pressentant qu'il n'allait pas tarder à s'énerver. Se concentra sur sa dose journalière d'extérieur. La méthode de Franck aurait pu marcher. Sauf qu'elle était toujours en prison, finalement. Prison de luxe, certes. Mais prison tout de même. Maintenant, elle ne craignait plus de sortir avec eux. Mais n'aurait pas osé mettre un pied dehors sans eux. Son cspace s'était simplement élargi. La cour de promenade était plus grande. Simplement plus grande. Mais les barbelés étaient toujours là, autour d'elle. Tout comme les barreaux. Ces grilles qu'elle était la seule à voir, sans doute.

Ceux qui sont libérés y arrivent, Marianne… Alors, pourquoi pas toi ? Peut-être parce qu'elle n'était pas sortie par la grande porte. Qu'elle n'était qu'une fuyarde. Qu'elle serait toujours en cavale. Jamais tranquille, même à l'autre bout du monde.

Parce qu'elle n'avait personne à qui se raccrocher, personne qui l'attendait dehors. Parce qu'elle avait été privée de liberté avant même de connaître la vie. Parce qu'elle n'avait pas fini de payer pour ses fautes, qu'elles pesaient encore de tout leur poids en elle. Comme des boulets à ses chevilles, ceux qui entravent les bagnards.

Poursuivie, Marianne. Par une horde de remords. Par une file indienne de corbillards. Elle s'était sentie plus libre dans les bras de Daniel qu'au bord de l'océan. Pourquoi ?

— À quoi tu penses ? interrogea soudain Philippe en s'approchant de l'appuie-tête.

— À la liberté…

— Tu as hâte ?

— Non… Pas vraiment…

Elle jeta un froid dans l'habitacle.

— T'es si bien que ça avec nous ? s'étonna le capitaine.

— J'ai peur de ce qui m'attend…

— Tu sauras très bien te débrouiller ! affirma le lieutenant.

Me débrouiller ? Et vivre, alors ?

— Il y a quelque chose en moi qui restera toujours là-bas…

Une question lui martelait la tête. Toujours la même. La liberté existe-t-elle vraiment ? L'humain s'entoure de chimères comme il passerait une armure. Le paradis, l'enfer, le bonheur. La liberté ?

***

Hermann décrocha dès la première sonnerie.

— Ma fille est avec vous ?

— Oui.

— Déposez-la à l'arrêt de bus, avenue de la République, ordonna Franck.

— D'accord. Nous y serons dans environ dix minutes.

— Et n'oubliez pas, Hermann ; s'il lui manque un cheveu, je vous tue.

Franck raccrocha. Il gara sa voiture, serra les mains sur le volant. S'instilla une dose de courage. Puis il enfila sa veste pour cacher son arme. À pied, il se dirigea vers l'avenue de la République, poussa la porte d'un troquet, presque en face de l'arrêt. Il commanda un café. Quelques personnes attendaient le bus. La vie battait son plein, indifférente. Personne ne se doutant que l'existence d'une petite fille était en danger. Personne ne se doutant du drame qui coulait dans les veines de son père. Papa va te sortir de là, ma chérie…

Une berline ralentit sur les bandes jaunes. La portière arrière s'ouvrit, Laurine en descendit. Elle alla sagement s'asseoir sur le banc en plastique, suivant certainement les instructions d'Hermann. Franck ne bougea pas un cil, la voiture grise s'éloigna doucement. Il vérifia qu'elle avait quitté l'avenue, scruta les alentours.

Rien à l'horizon, aucun homme en embuscade.

Il régla son café et quitta discrètement le bar. Puis il récupéra sa voiture, effectua le tour du pâté de maisons.

Jeta un dernier coup d'œil. Une fois le bus parti, il prit sa place devant l'arrêt et baissa la vitre côté passager.

— Laurine ! Monte, chérie ! Monte vite !

Le visage de l'enfant s'illumina de bonheur. Elle grimpa, se jeta dans les bras de son père.

— Ma puce… Comment ça va ?

Elle ne lui répondit pas. Elle ne répondait jamais. Mais les mots, il les lisait dans ses yeux, aussi verts que les siens. En beaucoup plus tendres. Il boucla sa ceinture puis se remit très vite en route.

— Ils ne t'ont pas embêtée ?

Un petit signe de tête pour dire non.

— Tu as mangé ?

Elle lui montra un jouet, un truc qu'ils donnent avec les menus enfants, dans les fast-food.

— Ah ! dit-il en souriant. C'était bien ?

Apparemment, oui. Elle avait l'air calme. Ils ne l'avaient pas effrayée. Elle était d'une nature confiante. Elle ne connaissait pas le mal.

— Tu ne retournes pas au centre, aujourd'hui. Je vais t'emmener chez Irène… Tu as quelques jours de vacances, mon bébé !

Il devina un peu d'angoisse.

— Tu l'aimes bien, Irène, non ?

Elle émit une sorte de son censé exprimer la colère.

— C'est juste pour quelques jours, ma puce… Après, je viendrai te chercher… Promis !

Elle se mit à renâcler. Déçue. Ayant sans doute espéré passer quelques jours avec papa. Mais Irène, c'était la personne la plus sûre. Aucun lien avec lui, aucune chance qu'ils la localisent. Il surveillait son rétroviseur à intervalles réguliers. Laurine boudait toujours. Il passa une main dans ses cheveux aussi blonds qu'un champ de blé mûr.

— Allez ! Arrête de faire la tête !

Elle consentit à lui sourire. Le plus beau des cadeaux.

— On va faire les magasins, d'abord. Je vais t'acheter quelques trucs… Quelques affaires. Parce qu'on n'a pas le temps de retourner à l'institut. Tu choisiras ce que tu veux, d'accord ?

Évidemment, elle était d'accord ! Quand papa ouvrait le porte-monnaie pour les cadeaux, elle était toujours d'accord.

Ils quittèrent la ville, empruntèrent l'autoroute pendant quelques kilomètres. Laurine s'était assoupie. Comme souvent en voiture. Franck la regardait à la dérobée. Il avait toujours aimé la voir dormir. Parce que, prisonnière de ses rêves, elle ressemblait à toutes les autres petites filles. Il n'y avait plus tous ces tics nerveux qui venaient torturer son si joli visage. Elle semblait enfin normale. Comme il aurait tant voulu qu'elle soit.

La 307 prit la première sortie, Franck s'arrêta au péage. Plus qu'une vingtaine de kilomètres. Il avait pensé prévenir Irène mais craignait qu'Hermann ne le localise avec son portable. Elle aurait donc la surprise. Laurine dormait toujours. Franck ne pouvait se détendre. Même s'il avait sa gosse à ses côtés. Ça lui avait semblé trop facile. Ils avaient capitulé un peu vite. Il les avait sans doute pris de cours. Mais, ensuite ?

J'aurais dû accepter de sacrifier Marianne. Maintenant, je mets tout le monde en danger. Dont ce que j'ai de plus cher au monde… Pourtant, il n'arrivait pas vraiment à regretter sa décision. Trop tard, de toute façon. Et puis, tuer Marianne… Autant s'enfoncer un couteau dans le cœur.

Soudain, il remarqua le pare-buffle d'un gros 4×4 dans son rétroviseur. Avec deux hommes à l'intérieur. Ne sois pas parano, Franck. Ils ne t'ont pas suivi, comment veux-tu qu'ils te retrouvent ?

Il accéléra un peu, se trouva coincé derrière une imposante BMW. Elle-même ralentie par une Passat.

— Allez, accélérez, merde !

945

Le 4×4 lui collait au pare-chocs arrière, maintenant. La BM déboîta pour doubler, se mit à hauteur de la Passat. Et toutes deux pilèrent en même temps. Franck écrasa la pédale de frein à son tour. Le nez de la 307 plongea vers le bitume. Laurine s'éveilla dans un cri d'effroi. Fut projetée en avant, brutalement stoppée par la ceinture. Le 4×4 s'était placé en travers de la route, juste derrière.

Franck dégaina son arme, tandis que les hommes surgissaient des trois voitures. Armés, eux aussi. Et tellement plus nombreux.

C'était la fin. Le canon d'un fusil à pompe se colla contre la vitre, à quelques centimètres du visage de Laurine. Franck la prit dans ses bras. Maigre gilet pare-balles.

Ils étaient six. Cagoulés.

Il était seul. Terrifié.

Pas pour lui. Pour Laurine.

Ils l'avaient emmené dans une maison isolée du reste du monde. L'avaient menotté à une chaise.

— Où est ma fille ?

— Ta gueule !

Qu'attendaient-ils pour lui poser la question ? Au bout de dix minutes, Hermann apparut. C'était donc lui qu'ils attendaient. Il avait le visage crispé. Sans doute mal à l'aise d'être mêlé à cette réunion de malfrats cagoulés.

— Franck… Si vous saviez comme je suis désolé d'employer ces méthodes de voyou !

— Vous n'êtes qu'un enfoiré, Hermann ! Vous en prendre à une gosse de dix ans… J'aurais dû vous descendre au square !

— Vous auriez dû m'écouter ! s'emporta le conseiller. Vous voyez où nous en sommes à cause de votre stupide entêtement ?

— Où est ma fille ?

— Juste à côté. J'ai pensé qu'il valait mieux qu'elle ne vous voie pas dans… cette position.

Franck acquiesça en silence. Ils étaient au moins d'accord sur un point.

— Vous vous êtes cru plus malin que moi… Sauf que j'avais prévu un coup tordu de votre part.

— Comment m'avez-vous retrouvé ?

— Pendant que nous discutions dans le square, mes hommes ont posé un mouchard sous votre voiture.

Franck maudissait sa propre négligence. Une faute qui allait peut-être lui coûter la vie.

— Bon, reprit Hermann en allumant une cigarette, les choses sont devenues compliquées. À cause de vous… Mais elles vont s'arranger, j'en suis certain. Je vous propose un marché : vous nous dites où sont le film et les lettres et vous pouvez repartir…

— Repartir ? Vous me prenez pour un con ?

— Non, pas du tout ! Lorsque nous aurons tout récupéré, vous serez libre. Mais, bien sûr, nous garderons votre fille jusqu'à ce que vous ayez terminé votre boulot, Franck…

— Comment voulez-vous que je vous croie, maintenant !

— Vous n'avez pas le choix ! De toute façon, je ne veux qu'une chose : récupérer ces preuves et voir disparaître ce qui nous gêne… Quand ça sera fait, votre gamine ne nous servira plus à rien, nous n'aurons plus aucune raison de la garder. Quant à vous, vous oublierez toute cette regrettable histoire. Vous reprendrez vos fonctions… Vous voyez, c'est très simple, Franck.

— Je ne vous crois pas ! Si je vous file le dossier, vous me tuerez et vous la tuerez aussi !

Hermann se baissa un peu vers lui.

— Vous vous trompez, commissaire. J'ai trop besoin de vous pour terminer le boulot. Pour éliminer ce qui doit être éliminé…

Il ne prononçait pas le nom de Marianne. Les cagoules ne devaient pas être au courant de toute l'histoire.

— Et ensuite ? demanda Franck.

— Ensuite, vous n'aurez plus les moyens de nous menacer. Vous redeviendrez un flic comme un autre… Bien sûr, après votre petit coup d'éclat, je pense que les remerciements du ministre se feront un peu attendre… Mais vous l'avez bien cherché.

— Allez vous faire foutre !

Hermann soupira.

— Franck… Dites-moi où est ce dossier. Ne m'obligez pas à faire quelque chose de particulièrement regrettable…

La peur transfigura le visage du commissaire. Hermann enfonça le clou.

— J'espère que nous n'aurons pas à en arriver là… Mais si vous refusez de parler, nous serons contraints de nous en prendre à votre gosse. Et là, vous parlerez. Parce que vous ne pourrez pas supporter ça.

Un des hommes ouvrit une porte, revint avec Laurine. Elle voulut courir vers son père mais le monstre sans visage l'emprisonna dans ses bras. Elle semblait tellement effrayée. Le cœur de Franck se brisa.

— Combien de temps résisterez-vous commissaire ? Car même si elle ne peut pas parler, je suis sûr qu'elle doit pouvoir crier…

Il eut envie de se jeter sur lui, de lui briser le crâne. Mais ne put que sourire à sa fille. Pour la rassurer un peu. Ils ne bluffaient pas. Franck les savait prêts à tout pour arriver à leurs fins. À tout. Même à torturer une fillette.

— Alors, commissaire ?

— Emmenez-la à côté, s'il vous plaît…

Laurine repartit avec un des hommes. Franck se mit à table immédiatement.

— Le dossier est chez un notaire… Maître Paul

Lescure. Rue Poincarré, à H. Il ne sait pas ce qu'il y a dans le dossier. Il n'est au courant de rien. Vous… Vous n'êtes pas obligés de le tuer.

— Encore faut-il qu'il consente à nous remettre les pièces !

— Je peux l'appeler, si vous voulez…

— Bonne idée ! Détachez-le.

Les sbires lui enlevèrent les menottes, lui donnèrent son portable.

— Avec le haut-parleur, je vous prie.

Lescure décrocha rapidement.

— C'est moi, Franck…

— Comment ça va, mon vieux ?

— Bien, bien… Dis-moi… Je vais envoyer quelqu'un récupérer le dossier que je t'ai confié.

— Vraiment ? Tu es sûr que ça va, Franck ?

— Très bien, je t'assure.

— Alors pourquoi tu ne viens pas le chercher toi-même ?

— Eh bien… Je ne peux pas aujourd'hui. Mais j'en ai besoin avant ce soir…

— Bon… Et qui dois-je attendre ?

— Un de mes hommes. Il portera un mot signé de ma main. D'ici une heure, environ…

— OK, je ne bouge pas de l'étude, de toute façon… Que ton ami me demande directement, de ta part. La secrétaire n'est pas au courant, tu comprends…

— Bien sûr… Je te remercie, Paul. À bientôt.

Il raccrocha et Hermann lui tendit une petite carte. Il y griffonna quelques mots.

Le conseiller semblait ravi. Il confia l'ordre de mission à l'un de ses hommes. Franck ferma les yeux.

— Et maintenant ?

— Maintenant, on attend que mon collaborateur revienne avec le dossier. Je vérifie qu'il s'agit des bonnes pièces et vous pouvez rejoindre votre équipe.

— Et ma fille ?

— Nous allons la mettre en lieu sûr… Jusqu'à ce que vous honoriez votre contrat. Lorsque la menace sera éteinte, nous vous la rendrons. Ne vous inquiétez pas, nous la traiterons avec tous les égards du monde… Nous ne sommes pas des monstres !

**

— Pourquoi on rentre pas ? s'étonna Marianne.

— On attend un coup de fil, expliqua le capitaine.

Il avait garé la Laguna dans un renfoncement, à cent cinquante mètres de l'entrée de la propriété.

— Je savais qu'il se passait un truc pas normal ! s'écria Marianne. C'est Franck, c'est ça ? Il lui est arrivé quelque chose ?

— Du calme, princesse. Je ne sais même pas où il est. T'inquiète !

Elle baissa la vitre, alluma une cigarette.

— Tu veux que j'aille voir s'il y a quelqu'un dans la maison ? proposa-t-elle soudain.

Laurent lui retourna un sourire un peu moqueur.

— Tu crois que j'ai besoin de toi pour ça ?

— Je serais bien plus efficace que toi ! Je suis plus agile… Plus discrète, aussi ! Toi, on t'entend arriver à des kilomètres ! On dirait un troupeau de buffles quand tu descends l'escalier…

Philippe se mit à rire malgré l'angoisse.

— Écoutez-la, celle-là ! rétorqua Laurent. Tu veux entrer dans la police, peut-être ? Prendre ma place !

— Plutôt mourir que d'entrer chez les poulets.

— Ça tombe bien, vu l'épaisseur de ton casier !

— Franck ! s'écria-t-elle.

Elle venait de repérer la 307 qui arrivait juste en face.

— Fonce ! ordonna Philippe.

— Il ne m'a pas appelé… Vaut peut-être mieux qu'on…

— On s'en fout, vas-y ! renchérit Marianne.

Ils entrèrent alors que le portail commençait à se refermer. Ils trouvèrent Franck dans le salon, effondré sur une chaise.

— Ça va ? s'inquiéta Laurent.

Rien qu'à voir son visage, ils devinèrent la réponse. On aurait dit qu'il avait pleuré. Qu'il n'était pas ravi de les voir.

— Qu'est-ce qui se passe ? interrogea Philippe.

Franck ne trouvait pas les mots. Il avait songé à cette confrontation pendant tout le trajet. Avec ce qui lui restait de forces. Il avait décidé de mentir à Marianne. De ne pas lui révéler quel sort l'attendait. C'était tellement inutile, tellement cruel. Mais il avait pensé avoir le temps. Rentrer en premier, réfléchir calmement et les appeler pour qu'ils rentrent à leur tour alors que son mensonge était prêt. Là, un peu pris de court, il n'avait pas eu le temps d'échafauder son scénario.

— C'est rien, dit-il.

Merdique, comme réponse !

— *Rien ?* s'exclama Laurent. Tu te fous de moi ? T'as vu ta gueule ?

Putain, Franck ! Trouve une explication bidon, n'importe quoi. Et vite !

— Ils… Ils ont un problème avec l'argent… Ils sont en retard.

Il évitait de regarder Marianne. Tandis qu'elle le dévisageait sans relâche. Et soudain, elle fut frappée par l'évidence.

— Ils t'ont demandé de me tuer, c'est ça ? murmura-t-elle.

Le cœur de Franck s'affola.

— Non ! Bien sûr que non !

Il y avait mis toutes ses forces, pourtant.

— Si ! dit-elle d'une voix tremblante. C'est ça… Ils t'ont demandé de me tuer… Regarde-moi !

— Marianne, arrête…

— Regarde-moi ! rugit-elle.

Les émeraudes se plièrent aux ordres. Elle y lut tant de souffrance qu'elle vacilla.

— Inutile de me mentir, Franck. Ils t'ont demandé de me tuer. Je le sais.

— Marianne, je… Je te jure que… que je vais trouver une solution…

— Les enfoirés ! vociféra Laurent.

— Que s'est-il passé, exactement ? demanda Philippe.

Il avait envie de tout leur raconter. Mais alors, Marianne perdrait tout espoir.

— Ils ont peur qu'elle se fasse arrêter, même plus tard… Et qu'elle aille tout raconter.

— Et toi, comment t'as réagi ?

— J'ai refusé, bien sûr…

Marianne leur tournait le dos, appuyée à la fenêtre. Sa vue commençait à se brouiller. Même si ce *j'ai refusé, bien sûr*, lui avait filé un drôle de pincement au ventre.

— Et alors ? Il t'a menacé ? poursuivit Philippe.

— Oui, avoua Franck. Mais je tiendrai bon…

Marianne fit volte-face.

— Ils t'ont menacé de quoi ? demanda-t-elle sèchement.

— De ruiner ma carrière. Mais ce n'est pas grave… Je… Je…

Il avait tant de mal. Et Marianne semblait lire à l'intérieur de lui, c'était intolérable.

— On va trouver une solution, ajouta-t-il. Je voudrais que tu nous laisses, Marianne… Que tu remontes dans ta chambre.

— T'es en train de parler de ma mort et tu veux que je remonte dans ma chambre, comme si j'étais une gamine ? Tu comptes te débarrasser de moi aussi facilement ?!

Elle avait les poings serrés. Les lèvres tremblantes. Le souffle court.

— Marianne, je t'assure que ça n'arrivera pas…

Il fit quelques pas. Elle fonça droit sur lui, l'empoigna par les épaules.

— Arrête de mentir ! Ils t'ont menacé de bien pire que ça ! T'es mort de trouille, Franck ! J'ai toujours su voir la peur sur le visage des gens…

Il la repoussa, un peu brutalement. Essaya de s'éloigner. Mais elle refusait de le laisser réfléchir. De lui laisser le temps de fabriquer un joli mensonge.

— Tu vas me dire la vérité, Franck ! C'est de ma vie qu'il s'agit, putain ! J'ai le droit de savoir !

Elle l'agrippa à nouveau.

— Tu vas me tuer, Franck ?

Il tenta d'articuler un non qui resta coincé au fond de sa gorge.

— Tu vas me tuer ? répéta-t-elle. Ils ont trouvé une solution pour t'y obliger, pas vrai ?

— Mais non ! prétendit-il enfin.

Elle le secoua violemment.

— Arrête de me mentir !

Cette fois, il l'envoya valdinguer contre le mur. Trouva appui sur le rebord de la fenêtre. Elle continua à le harceler, de loin. Avec des sanglots dans la voix.

— Et tu comptes me tuer quand ? Ce soir ? Demain ?… Quand est-ce que je vais mourir ? Combien d'heures il me reste ? Combien de temps, Franck ?

Philippe se leva à son tour, un peu sonné.

— Franck… Dis-moi qu'on ne va pas faire ça…

Brusquement, ils devinèrent qu'il pleurait. Marianne comprit alors que tout était fini. Elle se laissa choir sur le canapé, ses jambes lui faisant soudain défaut.

— Ça sert à rien de me mentir, reprit-elle d'une voix faible. Ça m'effraie encore plus, tu sais… Je voudrais au moins que tu sois honnête avec moi… Que tu aies le courage de me dire ce qui m'attend.

Franck la regarda avec désespoir. Elle avait raison. Il lui devait au moins ça.

— Ils nous ont trompés depuis le début. Ils n'ont jamais eu l'intention de te rendre ta liberté… Et nous avons tué… trois innocents.

Philippe et Laurent encaissaient, coup après coup. Marianne semblait déjà morte. Franck continua de les assassiner. Il raconta. Les lettres, le film. Pourquoi ils exigeaient de voir mourir Marianne. Et comment.

Philippe fut obligé de se rasseoir. Pour ne pas tomber de trop haut. Laurent s'était figé dans une raideur stupéfiante. Franck leur redonna espoir un court instant, en évoquant les copies. Copies qu'il avait été contraint de rendre. Il parla enfin de Laurine, se remit à pleurer. Ils l'auraient torturée si…

— Maintenant, ils ont toutes les preuves… Et…

— Et ils ont gardée Laurine, c'est ça? murmura Laurent.

— Ils la garderont tant que… tant que…

Inutile de préciser. Ils avaient tous compris. Franck sortit la photo de sa poche. Comme pour leur prouver qu'il ne mentait pas. Qu'il n'avait pas eu le choix. Marianne mit un moment à reprendre ses esprits. Elle observait son futur bourreau, en train de pleurer. Remarqua alors qu'il portait son arme.

Lui piquer, m'enfuir. Partir, maintenant. Fuir la mort. Elle s'approcha de lui.

— C'est qui, Laurine? demanda-t-elle d'une voix glaciale.

Il n'eut pas la force de répondre. Laurent le fit à sa place.

— C'est sa fille.

Elle s'empara du cliché. Une gamine blonde aux yeux verts. Quelque chose clochait dans son visage… Puis Marianne déchira la photo avec rage avant de l'éparpiller en confettis sur le sol.

Elle s'était réfugiée dans sa chambre, au premier. Sur son lit. Elle laissait couler ses larmes. Seule.

Aucun des hommes n'était monté la réconforter. Personne n'osait l'affronter, sans doute. Ils n'étaient même pas venus fermer la porte à clef. Trahie. Condamnée. Dans le couloir de la mort. Au pied de l'échafaud.

Elle essayait de détester Franck. Pas si évident que ça. Lui qui souffrait autant qu'elle. À qui on avait arraché un morceau de chair. Qui s'était battu jusqu'au bout pour la sauver.

Elle ne connaissait pas le visage de ses jurés, cette fois. Imaginait juste des hommes en costard-cravate. Sans cœur. Sans âme. Des monstres, bien pires qu'elle. Qui voulaient sa mort pour remonter dans les sondages, pour combler le peuple. Des résultats.

Ces monstres, qui s'attaquaient à une enfant pour obliger son père à assassiner.

Mais moi, je ne vais pas me laisser faire ! Debout, Marianne ! Qu'est-ce que j'en ai à foutre, de sa fille ? Je ne veux pas mourir ! Je n'ai que vingt et un ans… Vingt et un ans…

Franck, c'est un ennemi. Un ennemi et rien d'autre ! Il a menacé Daniel, il s'en est pris à un innocent pour me forcer à tuer. Je vais trouver le moyen de m'échapper et le laisser dans sa merde ! Je vais pas mourir pour une gamine ! Une attardée en plus…

Elle pleura longtemps, jusqu'à ce que le soleil s'abîme à l'horizon. Elle nageait à contre-courant, luttait contre une force invisible. Elle cherchait un rocher, ou même un simple morceau de bois pour s'agripper. Pour éviter les rapides qui l'entraînaient vers la chute.

Puis, après des heures de lutte, elle s'échoua enfin sur une rive accueillante, loin des tumultes. Elle sécha ses larmes. Fin de la quête qui durait depuis trop d'années.

Elle venait de trouver ce qu'elle cherchait depuis si

longtemps. Depuis toujours, peut-être. Et qui se cachait à l'endroit le plus accessible. Là, au fond d'elle-même.

Elle venait de comprendre. De trouver. La véritable Marianne.

Un étage plus bas, tout était silencieux. Laurent avait bien essayé de dénicher des solutions, mais à chaque fois, il était tombé dans une impasse. Il avait même suggéré d'enlever les gosses du conseiller ou du ministre, de procéder à un échange. Sauf qu'Hermann n'avait ni femme ni enfant. Et que Dumaine était gardé par une armée de flics surentraînés. Il n'avait pas trouvé la solution, finalement.

Tout simplement parce qu'il n'y en avait pas. Ou plutôt, il n'y en avait qu'une.

Marianne ou Laurine.

La question ne se posait même pas. Le choix, déjà fait.

Il avait pesté, ragé, insulté. Puis finalement, il s'était tu. Terrassé par l'évidence.

Tuer Marianne, ce n'était pas pire que tuer Clarisse. Sauf que maintenant, ils savaient qu'ils avaient été bernés, qu'ils avaient massacré des innocents. Sauf que maintenant, ils savaient vraiment pour qui ils travaillaient. Sauf que c'était Marianne. Et que Marianne, ce n'était pas une inconnue.

Marianne, ils l'aimaient. Ils ne l'avaient jamais autant aimée qu'en cet instant.

— C'est moi qui la tuerai, murmura soudain Franck. Je ne vous obligerai pas à…

— Je serai avec toi, assura Laurent.

— Mais… Comment je vais pouvoir l'emmener à la gare et… lui tirer dessus… J'y arriverai jamais…

Il ne parvenait même plus à pleurer.

Ils tournèrent brusquement la tête. Marianne était là. Elle avait dû entendre ses dernières paroles, sans doute.

Elle s'avança un peu. Ils la regardaient, surpris. Son visage était si calme. On aurait dit un ange.

Un ange qui serrait la mort dans sa main gauche. Philippe n'eut pas le temps d'avoir peur. La lame se bloqua sous son menton. Un couteau de cuisine qui lui parut énorme. Elle dévisagea Laurent.

— Je t'avais dit qu'on ne m'entend jamais arriver…

Philippe avait un bras tordu dans le dos, une froideur mortelle sur la carotide.

— File-moi ton arme ! ordonna Marianne.

— Non, répondit Franck.

Elle appuya un peu, le sang commença à couler, le jeune lieutenant poussa un cri d'effroi.

— Tu veux un mort de plus ? Je ne me laisserai pas emmener à l'abattoir comme un animal, Franck… Envoie ton flingue. Ou je l'égorge. C'est ça que tu veux ?

Il la dévisageait. Tant de détermination dans sa voix, comme dans ses yeux.

— Le flingue, Franck !

— Marianne… Je peux pas… Je ne peux pas te laisser partir !

— Si tu es aussi bon que tu le prétends, tu me retrouveras. Peut-être… Tu auras ta chance, j'aurai la mienne.

Elle enfonça encore un peu la lame, Philippe manqua de s'évanouir dans ses bras. Il suppliait son chef du regard. Le col de son polo était déjà écarlate.

Franck prit l'arme dans son holster, la posa doucement sur le sol. De son pied, il la fit glisser jusqu'à Marianne. Elle poussa Philippe en avant, ramassa le revolver. En priant pour qu'il soit chargé. Mais vu qu'aucun d'eux ne bronchait, elle jugea que c'était le cas.

— OK, maintenant, les clefs de la bagnole…

Laurent les récupéra dans sa poche et les lui lança. Philippe comprimait la plaie pour éviter de mourir.

— Le fric, maintenant ! Celui du proc'… Je l'ai bien gagné, non ?

— Il est dans ma chambre.

— Ligote tes copains, d'abord. Ensuite, on ira le chercher tous les deux.

Le commissaire récupéra deux paires de menottes dans l'entrée. Marianne s'était placée dans un angle de la pièce pour surveiller les gestes de chacun. Pour les tenir en respect.

— Au radiateur, précisa-t-elle. Méthode de flic !

Philippe et Laurent furent attachés à chaque extrémité du chauffage en fonte. Le lieutenant eut le droit de garder une main libre pour continuer à faire pression sur la blessure.

— Allez, on y va. Passe devant, je te suis…

Franck monta l'escalier avec le canon du revolver braqué entre ses omoplates. Il ouvrit l'armoire, en sortit un sac plastique dont il vida le contenu sur le lit.

— Y a trois mille euros, dit-il.

— Je veux le Glock aussi…

Il composa la combinaison du coffre.

— Recule.

Il ne bougea pas.

— Déconne pas Franck ! Si t'es mort, tu pourras plus rien pour ta gosse.

Il consentit quelques pas en arrière. Elle récupéra le pistolet, vérifia qu'il était chargé et le fourra dans le sac avec les billets. Elle lui adressa un signe, il la précéda dans l'escalier. Constata qu'elle avait déjà préparé son sac de sport, posé dans l'entrée. Ils n'avaient rien vu, rien entendu.

Il rejoignit ses amis dans le salon. Marianne le fixait étrangement.

— T'as peur, pas vrai, Franck ? Je pourrais te tuer, là. Vous tuer tous les trois… Maintenant que j'ai le flingue, le fric, les clefs de la bagnole. Maintenant que je sais quel sort m'attend…

Il serra les mâchoires. Regretta soudain d'avoir mis

Laurine en péril pour cette fille. Mais que pouvait-elle faire d'autre, à part essayer de sauver sa peau ? À sa place, il aurait agi pareillement. Sauf qu'il aurait déjà tiré, sans doute.

— Donne-moi une autre paire de menottes. Et assieds-toi près du billard.

Il ne tentait rien. Se montrait incroyablement docile. Vrai qu'une fois mort, il ne pourrait plus sauver Laurine.

Elle passa derrière lui, menotta ses poignets. Elle lança les clefs au milieu de la table de salle à manger, avec les autres.

— Vous ferez le tri… Si vous arrivez un jour à vous détacher. Moi, je dois y aller, maintenant…

Elle s'approcha à nouveau du commissaire. Posa son 357 sur le tapis vert du billard.

— Vaut mieux pas qu'ils trouvent ton arme sur moi, Franck… Si jamais je me fais serrer, tu serais dans la merde, pas vrai ? Remarque, t'es déjà dans la merde, jusqu'au cou…

Elle rangea le Glock à sa ceinture. S'accroupit devant lui.

— Laisse-moi un temps d'avance. Et puis pars en chasse…

Il écarquilla les yeux.

— Si tu me retrouves à temps et si tu tires le premier, tu sauveras ta fille.

Elle l'embrassa, il ferma les yeux.

— Un bon conseil : une chasse à l'affût, c'est souvent plus efficace qu'une longue poursuite… Bonne chance, Franck.

Marianne avait roulé vite. Fatiguée par les kilomètres. Effrayée, seule dans ce monde hostile. Mais elle atteignait son but. Premier arrêt de son dernier voyage. Retour au point de départ. Là où tout avait commencé.

Elle ralentit lorsque la voiture longea les enceintes de la maison d'arrêt de S. La première fois qu'elle les voyait de l'extérieur. Impression bizarre. Comme si elle n'était pas à sa place. Du mauvais côté des barbelés. Elle consulta l'horloge de la Laguna ; vingt et une heures trente.

Elle continua son chemin, les miradors s'évanouirent lentement dans ses rétroviseurs. Elle ne savait pas précisément où ça se trouvait. Juste que ce n'était pas très loin de la prison. Une résidence qui s'appelait les Mûriers. Elle l'avait entendue en parler, une fois. Et sa mémoire ne lui faisait jamais défaut. Elle demanda à un passant, un vieux monsieur qui promenait son chien. *À droite, à gauche, tout droit et ça y est !*

— Merci, monsieur…

Suivant cet itinéraire, elle découvrit rapidement la résidence en question. Elle abandonna la voiture dans la rue, escalada le portail électrique. Il fallait maintenant trouver le bon bâtiment. Elle essaya le A, passa au B ; toujours rien. Le C, peut-être. Elle commençait à douter lorsqu'elle lut son nom sur l'interphone. Un grand sourire irradia son visage. Elle sonna. Attendit, en vain.

Sortie, probablement. Et si elle rentre à quatre heures du mat' ? Pas grave, j'ai tout mon temps. Enfin, presque.

Marianne se planqua dans le parking, bien à l'abri de la pénombre. Elle se montra patiente. Elle songeait à Franck. J'ai fait le bon choix. La douceur de la nuit le lui murmurait à l'oreille. Elle pensa ensuite à Daniel. Réveilla lentement le monstre. Une fois encore. Pour son dernier repas.

À vingt-deux heures trente, une voiture se gara à dix mètres de l'ombre à l'affût. Marianne retenait sa respiration. Lorsque la silhouette familière se détacha de l'obscurité, son cœur accéléra. Je te retrouve, enfin…

Elle se faufila derrière elle, avec la discrétion d'un Sioux. Au moment où la porte s'ouvrait, elle l'attrapa par le cou, lui luxa un bras dans le dos, sa prise préférée. Enfonça le silencieux dans sa gorge.

— Bonsoir Marquise… Comment ça va ?

Le corps se tétanisa contre le sien, moment de jouissance sans pareil.

— Tu m'offres un dernier verre chez toi ?

— Qui êtes-vous ?

— Tu ne reconnais pas ma voix ?

— De… Gréville…

— Bingo ! Mais c'est Gréville… Alors, on monte, chérie ? Quel étage ?

L'appartement était à l'image de sa propriétaire. Esthétique parfaite, ordre parfait. Aussi froid qu'une morgue.

— C'est sympa chez toi…

La Marquise avait lentement reculé jusqu'au mur.

— T'as pas l'air ravie de me revoir ! Je te dérange, peut-être ? Tu attendais un client ?

— Tu ferais mieux de t'en aller, de Gréville…

— Pourquoi ? Je sais pas où dormir… Je me suis dit que tu te ferais un plaisir de m'inviter !

Marianne lorgna par la fenêtre. Elle hésitait, soudain.

Pourtant, elle avait rêvé de ce moment tant de fois… La voix de Solange lui fit tourner la tête.

— J'ai un peu d'argent, si tu veux. Prends tout. Il y a à manger dans le frigo et…

— *À manger ?* Tu crois que je suis venue te faire la charité ou quoi ? Tu me prends pour une mendiante, c'est ça ?

— Mais je veux juste t'aider et…

— *M'aider ?* Je suis venue pour te faire payer… Tout ce que tu m'as fait… À moi et aux autres filles… Et surtout, je suis venue venger la mort de Daniel.

— Daniel ? Mais il… s'est suicidé ! J'y suis pour rien, moi !

— *Pour rien ?!* Et les photos que t'as données aux flics… ? Ton témoignage accablant… ?

— J'avais pas le choix ! Pas ma faute s'il n'a pas tenu le choc, merde !

Marianne s'approcha, la main crispée sur la crosse du pistolet. Le monstre avait faim. Une fringale terrifiante. Plus rien ne pouvait l'arrêter, désormais. Il n'avait jamais été aussi puissant. Dopé de souffrances, de chagrin, de haine. Il suffisait de battre en retraite devant lui. De le regarder faire.

— Je sais tout… Ce qu'il a subi en prison… Qu'il a été torturé par les matons… Que tu faisais partie de ses tortionnaires.

— Non ! J'ai pas participé à ça ! C'est Portier, pas moi ! C'est lui et sa bande ! Lui, Mestre et les autres… Moi, j'ai rien fait !

Prêcher le faux pour savoir le vrai. Facile, quand on a un calibre dans la main.

— Portier, hein ? Raconte… Ce qu'ils ont fait endurer à Daniel. Je veux les détails…

— Ils l'ont frappé…

— Et pas qu'une fois, pas vrai ?

— Non, pas qu'une fois… Tous les jours.

Marianne ferma les yeux. Chaleur dans ses entrailles. Couleur du sang devant les yeux. Elle était prête.

— Appelle-le… Portier, appelle-le. Dis-lui de venir ici. Invente ce que tu veux. T'as intérêt à ce qu'il se ramène au plus vite ! Sinon, c'est toi qui vas tout prendre… Et mets le haut-parleur, que je puisse vous entendre.

Solange feuilleta son répertoire, composa le numéro. Marianne constata avec régal que sa main tremblait.

— Et pas d'entourloupe, conseilla-t-elle en enfonçant le canon dans son dos. Sinon, boum ! Ta femme de ménage mettra une semaine à enlever tes restes incrustés dans le tapis…

Portier décrocha rapidement. Solange l'attira dans un piège parfait. Elle détenait des informations, des documents à lui montrer. Elle le prévenait d'un grand danger. Quelqu'un de la prison voulait sa peau. Voulait le trahir, dénoncer ses pratiques. Alors qu'elle, souhaitait l'aider. Portier n'hésita pas longtemps. Solange raccrocha.

— Tu as été géniale ! dit Marianne en s'affalant sur le canapé. Sers-moi donc un verre, j'ai soif…

— J'suis pas ton esclave !

Rébellion assez étonnante. Marianne caressa le Glock. Le regarda amoureusement.

— Tu peux pas imaginer les dégâts que ça cause ce genre de joujou… Quand j'ai explosé la cervelle du proc', y en avait partout. J'ai soif, Marquise. Très soif…

Solange voulut se relever. Marianne se contenta d'empoigner son pistolet. La Marquise se résigna. Vingt minutes qu'elle était à genoux face au canapé, les mains sur la tête. Tandis que Marianne sirotait son troisième verre de Martini, confortablement installée dans le sofa. Elle avait même obtenu des cacahuètes.

— Je peux me relever ? J'ai envie de pisser…

— Pisse-toi dessus. Et ferme-la. Les chiennes ne parlent pas, rappelle-toi…

Marianne termina son verre. Puis elle se dégourdit les jambes. La tête lui tournait un peu. Elle inspecta les lieux d'un air distrait.

— Tu te souviens quand tu m'as forcée à nettoyer les douches ? À nettoyer mon propre sang ? J'ai jamais oublié. Jamais…

— Tu es dehors, maintenant.

— C'est bien ça ton problème, Marquise ! Je suis dehors, j'ai un flingue… Et tout plein de mauvais souvenirs…

Elle lui flanqua un coup de crosse en pleine figure. Solange s'affala sur le côté en gémissant de douleur.

— Ça, c'est pour les coups de matraque…

Solange se redressa, portant la main à son visage. Marianne allait lui assener un nouveau coup. Mais la sonnette de l'interphone les fit sursauter toutes les deux.

— Va ouvrir à notre ami.

Elles entendirent l'ascenseur qui montait les cent quarante kilos de graisse. Solange avait laissé la porte entrouverte.

Portier frappa avant de s'aventurer dans l'appartement. Il aperçut d'abord Solange. Puis Marianne. Le flingue de Marianne. Et ses yeux, surtout. Il ouvrit la bouche. Recula d'un pas.

— Avance… Sinon, je te descends.

Les mains devant lui, il rejoignit les deux femmes dans le salon. Marianne referma la porte à clef.

— Quel plaisir de vous voir tous les deux réunis ! Quelle belle brochette de matons !

Portier dévisageait Solange avec un mélange de fureur et de terreur.

— J'avais tellement hâte de t'avoir en face de moi, espèce de gros fumier ! Tu peux pas t'imaginer comme ça me plaît de te voir faire dans ton froc.

964

— Écoutez...

— Ta gueule ! C'est toi qui vas m'écouter ! De toute ma vie, je n'ai aimé qu'un homme... Un seul... Il s'appelait Daniel Bachmann... Et il est mort. Vous deux, vous l'avez tué. Solange s'est chargée de le faire enfermer... Toi, de le torturer, de le pousser au suicide. Toi, tu m'as violée et tu as assassiné l'homme que j'aimais... Ça me fait deux bonnes raisons de te haïr ! Et quand je hais quelqu'un...

— Non, vous vous trompez ! Daniel s'est suicidé ! Je n'y suis pour rien !

— Il est mort par ta faute et par la faute de cette salope ! J'ai en face de moi deux assassins qui vont passer une nuit inoubliable...

Elle se mit à rire. Un rire effrayant.

— Vous êtes morts de trouille, pas vrai ? D'habitude, c'est vous qui torturez les gens... Eh bien, vous allez enfin pouvoir y goûter à votre tour ! Mais ne vous inquiétez pas : si vous êtes très obéissants, je vous laisserai la vie. Enfin, non... Excusez-moi, je me suis mal exprimée...

Elle jouait avec leurs nerfs avec une odieuse jubilation.

— Je laisserai la vie à l'un de vous deux... Celui qui se montrera le plus docile. Celui qui rampera le mieux... Les paris sont ouverts, m'sieur dame ! Qui sauvera sa peau ?

Marianne alluma la chaîne hi-fi. Choisit un CD. Du Wagner. Elle ne monta pas trop le son. Juste de quoi couvrir les cris, sans toutefois ameuter le voisinage.

— Vous ne trouvez pas qu'on crève de chaud, ici ?

Ils la fixaient avec une frayeur jouissive.

— À poil...

— Hein ? balbutia Solange.

— Virez vos fringues... Et vite.

Ils attaquèrent un strip-tease maladroit. S'arrêtèrent aux sous-vêtements.

— J'ai dit, on enlève tout…

Ils terminèrent l'effeuillage qui n'avait rien de sexy. Surtout du côté de Portier.

— Qu'ils sont mignons ! ricana Marianne. Alors, ça fait quel effet de se foutre à poil devant quelqu'un ? C'est humiliant, pas vrai ? Bon, pour le moment, vous êtes à égalité… Ça va être dur de vous départager.

Elle se planta face à Portier.

— Évidemment, toi, tu as un lourd handicap… À cause de ce que tu m'as infligé dans le cachot.

Puis elle se tourna vers Solange.

— Toi, tu m'as fait souffrir pendant un an, c'est guère mieux… Les coups de matraque, les semaines de mitard, les fouilles au corps… Non, vraiment, je ne sais lequel choisir…

Portier tenta sa chance.

— Je… J'avais trop bu… Mes copains m'ont entraîné trop loin… Moi, je voulais pas ! Je ne sais pas ce qui m'a pris !

Il était pitoyable. Marianne le regardait en souriant. Il transpirait la peur par chaque pore de la peau.

— Je te demande pardon ! Je n'aurais jamais dû…

— Non, coupa Marianne. T'aurais jamais dû. Manque de bol, le pardon, j'l'ai oublié en taule…

— Ne me tue pas ! Elle, elle t'a fait bien plus mal que moi !

Marianne écarquilla les yeux. Il était encore pire qu'elle ne l'aurait imaginé.

— C'est de sa faute si Daniel a été écroué ! C'est elle qu'il faut tuer !

Solange toisait son collègue avec rage et répugnance.

— Espèce de salaud ! Tu me dégoûtes ! Tu ne comprends donc rien ? On va y passer tous les deux ! T'as qu'à te traîner à ses pieds, pendant que tu y es !

966

La Marquise tenait ses promesses.

— T'as raison, murmura Marianne. Ce type est vraiment écœurant. Mais tu as tort sur un point, je tiens toujours parole. Un seul de vous deux mourra… À vrai dire, pour le moment, c'est Portier qui l'emporte. Tu vas voir, dans quelques secondes, il va ramper devant moi.

— Eh bien moi, je préfère crever !

Marianne l'admira un instant. Puis elle passa de nouveau au gradé.

— Tu vois, Portier, Solange a plus de cran que toi…

Il ne répondit pas. Il suait de plus en plus. Marianne retourna sur le canapé.

— Vous êtes tellement pourris tous les deux que je ne sais lequel choisir…

Elle s'amusa alors à pointer son arme sur l'un, puis sur l'autre.

— Plouf, plouf…

Ils avaient les yeux exorbités. Pourtant, Marianne avait déjà choisi. Comment leur rendre toute cette douleur. Le monstre n'était jamais à court d'idées quand il souffrait.

— On va jouer à un petit jeu, tous les trois ! annonça-t-elle en se remettant debout.

Elle arracha le fil du téléphone, ligota les poignets de Solange dans son dos.

— Je suis sûre que tu aimes ce genre de jeu… Tu dois y jouer souvent avec tes clients, pas vrai ?

Portier s'attendait à subir le même sort, mais Marianne lui laissa les mains libres. Elle attrapa Solange par un bras, la força à s'allonger sur la table. Elle lui planta le canon du Glock dans la gorge.

— Amène-toi, gros lard…

Portier s'approcha, les deux mains en guise de cache-sexe. Grotesque. Au bord de la crise cardiaque.

— Occupe-toi d'elle, ordonna Marianne. Fais-lui ce que tu m'as fait dans le cachot…

967

Solange ferma les yeux.

— Mais… Mais…, bégaya Portier.

— Quoi ? Elle te plaît pas la Marquise ? Eh bien, faudra faire avec ! Tu veux mourir, Portier ?

— Non !

— Alors occupe-toi d'elle !

Solange se débattit. Marianne appuya sur l'arme jusqu'à l'empêcher de respirer.

— Dépêche toi, Portier ! Elle s'impatiente…

— Non ! gémit Solange.

Première supplique. Marianne ressentit un frisson divin dans l'échine. Mais le gradé hésitait encore.

— C'est toi ou elle. Choisis, Portier… Rappelle-toi, j'en tuerai un sur deux… !

Il cessa d'hésiter. Après tout, qu'avait-il à perdre ? Il écarta les jambes de la Marquise, reçut un coup de pied en pleine tête. Se fit plus brutal.

— Ouais, vas-y mon gros ! s'écria Marianne. Pas de quartier ! Et empêche-la de réveiller tout l'immeuble… Parce que si les flics débarquent, là, je vous tue tous les deux !

Portier eut beaucoup de mal à immobiliser Solange qui refusait de subir l'outrage. Elle lui envoyait des coups de pied désespérés. Marianne lui murmura quelques mots à l'oreille.

— Reste tranquille, Marquise. Tu vas voir, ça fait horriblement mal mais on survit…

Portier bâillonna Solange avec sa main droite. Très coopératif.

Marianne recula un peu pour profiter du spectacle. De cette vengeance sur laquelle elle avait si souvent fantasmé. Elle savait que Portier n'y parviendrait pas. La peur le rendait impuissant. Mais l'important était que la Marquise y croie, elle. Marianne regardait son visage. Ne regardait que ça. Le reste ne l'intéressait pas.

La peur et la souffrance dans ses yeux. De quoi revivre la sienne une dernière fois.

Elle laissa Portier s'acharner quelques minutes. Puis décida d'écourter le supplice. Finalement, ça faisait trop mal. Assister à ça, c'était intolérable. Alors, Marianne imita le geste de Daniel. Portier sentit le silencieux se coller à l'arrière de son crâne. Il s'immobilisa.

— Bouge pas… Tu te souviens, dans le cachot ? Daniel n'a pas tiré… Parce que c'était un mec bien, Daniel…

Portier s'était pétrifié. Pourtant, Solange aurait tant désiré qu'il s'éloignât.

— Daniel était un mec bien. Moi, je ne suis qu'une criminelle… De la pire espèce. Mais je ne méritais pas ça…

Elle tourna la tête, appuya sur la gâchette. Portier s'effondra sur la Marquise qui poussa un épouvantable cri. Marianne resta figée un instant.

Oui, elle avait choisi. Mais c'est Solange qui subirait le pire.

Solange, éclaboussée par le sang et les morceaux de chair. Sur la figure, le cou, les épaules. Ça continuait à couler, sur sa poitrine. Solange, qui avait vu la balle ressortir par le front de son agresseur. Ce crâne qui avait explosé en face de ses yeux. Solange, qui s'étouffait, tentait désespérément de se débarrasser du monstrueux cadavre qui l'écrasait. Solange qui versait des larmes d'effroi.

Marianne récupéra un gros rouleau de scotch repéré sur une étagère. Elle ligota le couple de suppliciés à la table.

La Marquise avait des sortes de hoquets nerveux, à présent. Incapable de parler, les yeux gonflés de terreur. Elle secouait la tête pour essayer d'évacuer la souillure immonde de son visage.

— Je ne veux plus que tu fasses du mal à une détenue, chuchota Marianne dans son oreille.

— Je le ferai plus ! jura la Marquise entre deux sanglots. Enlève-le ! Enlève-le, je t'en supplie !

— Je sais que tu ne le feras plus… Parce que tu vas rester des heures et des heures avec ce gros porc allongé sur toi… Avec lui entre tes jambes…

Marianne lui colla un bout de scotch sur la bouche.

— Tu vas avoir le temps de réfléchir… Une nuit entière pour expier tes fautes. Peut-être même des jours, qui sait… Je suis certaine que tu ne m'oublieras pas. Ni moi, ni Daniel. Ni toutes celles que tu as torturées… Il va devenir aussi glacé que la mort… Il va se raidir lentement, tout contre toi…

Les yeux de Solange suppliaient. En vain.

— Mais tu vois, j'ai tenu parole… Je t'ai laissé la vie.

Elle passa dans la salle de bains. Signa son forfait sur le grand miroir, à l'aide d'un rouge à lèvres.

Pour Daniel, pour tous ceux qui ont souffert en prison, deux bourreaux en moins à la MA de S…

Marianne de Gréville. Numéro d'écrou 3150.

Elle se rinça la figure, l'eau coulait rouge.

Puis elle quitta l'appartement, ferma la porte. Jeta les clefs dans la rue.

Encore des kilomètres. Deux cents depuis S. Sans destination précise. Elle entra dans une bourgade qui respirait le calme et la campagne. I., ça s'appelait.

Elle s'arrêta devant la gare. Une jolie petite bâtisse. Elle coupa le moteur de la Laguna. Laissa sa tête partir en arrière, sa nuque se décrisper.

Oublier le regard de Solange. Pour toi, mon amour. Pour te venger. Et pour toutes les filles qui pourrissent derrière les murs d'enceinte de S… Je devais le faire. Pour toi. Pour elles…

Le monstre avait regagné sa tanière. Rassasié pour un

temps. Non ; pour toujours. Il digérait tranquillement ses proies. Son dernier festin. Un festin de roi.

Marianne versa quelques larmes. Pour se laver de toute cette haine. De toute cette barbarie.

Parce qu'elle frôlait le bonheur, aussi.

Elle regarda autour d'elle. Ici, ça irait très bien.

Elle s'allongea sur les deux sièges. Elle souriait. Elle n'avait plus peur. Enfin. Elle s'endormit rapidement. Dans les bras d'un ciel serein.

Samedi 23 juillet – 08 h 45

Aucun d'eux n'avait dormi. Attablés dans la cuisine, devant un café froid, ils erraient sur des chemins pavés d'angoisse. Ils avaient fini par arriver à se détacher. Même si Franck s'était démis l'épaule pour parvenir à soulever le billard. Tout juste s'il ressentait encore la douleur. Une, bien plus forte, accaparait son corps et son esprit. Laurine. Ils n'étaient pas partis en chasse, Marianne ayant pris soin de crever les quatre pneus de la 307 avant de disparaître. Un dépanneur allait venir rechausser la voiture ce matin. Et ensuite ?

— On va chercher où ? interrogea Philippe qui portait un énorme pansement sur la gorge.

— Je sais pas, avoua Franck. Elle a une nuit d'avance.

— Pourquoi elle a parlé de ce truc, de la chasse à l'affût ? demanda Laurent.

— Moi, je me demande surtout pourquoi elle ne nous a pas tués ! ajouta Philippe.

— Parce qu'elle nous aime bien, supposa Laurent. Mais on a vraiment été très cons… Personne n'a pensé à aller fermer la porte de sa chambre.

— Tu crois qu'on va la retrouver ? s'inquiéta le lieutenant.

— On n'a pas le choix ! répliqua le capitaine. On doit la retrouver… Et la tuer.

Franck, incapable de parler, ferma les yeux. Et soudain, son portable vibra. La voix sèche d'Hermann lui écorcha l'oreille.

— Pouvez-vous m'expliquer ce qui se passe, commissaire ? Vous êtes inconscient ? Vous croyez quoi ? Que nous hésiterons à nous en prendre à votre fille ? Comment avez-vous osé la laisser partir ?

Le cœur de Franck exécuta un saut de l'ange sans filet. Par quelle ruse étaient-ils déjà au courant ? Un micro planqué dans le salon ?

— Elle… Comment le savez-vous ?

— Comment je le sais ?! Écoutez donc la radio, pauvre con ! Elle s'en est prise à deux gardiens de S., cette nuit ! Et elle a signé son crime !

— Je ne l'ai pas laissée s'enfuir ! Quand elle a vu que je n'avais ni les papiers, ni l'argent, elle a compris que vous vouliez sa mort, figurez-vous ! Et… elle nous a échappé…

— J'espère pour vous que vous allez lui mettre la main dessus ! Ça vaudrait mieux pour votre fille, Franck ! Parce que si jamais d'autres flics l'arrêtent, si jamais elle parle, je vous jure que vous êtes un homme mort, Franck ! Vous, votre fille et le reste de votre équipe ! Me suis-je bien fait comprendre ?

— Oui… Je vais la retrouver… Je veux parler à Laurine !

— Je ne suis pas avec elle. De toute façon, elle ne parle pas !

Franck raccrocha, prit son front entre ses mains.

— Que se passe-t-il ? fit Laurent. Comment ils peuvent savoir que…

— Mets la radio…

Le capitaine appuya sur l'interrupteur du poste. Ils attendirent neuf heures.

Marianne de Gréville, la malheureusement célèbre criminelle en cavale, a encore frappé hier soir. Elle s'est attaquée à deux surveillants de son ancienne maison d'arrêt, à S. Un gardien a été tué et l'une de ses collègues sauvagement torturée. Il semblerait que Gréville poursuive son implacable vengeance contre le système judiciaire et pénitentiaire... On se demande quand les forces de l'ordre vont enfin stopper sa sanglante cavale. Des barrages ont été dressés et tout le secteur passé au peigne fin. Mais elle reste introuvable...

Franck se leva pour éteindre la radio mais il s'immobilisa subitement.

... On a appris ce matin le décès de l'industriel Renaud Tavernier et de son épouse. Ils ont péri cette nuit dans un accident de voiture aux environs de D. alors qu'ils regagnaient leur domicile. Il semblerait que Renaud Tavernier ait perdu le contrôle de son véhicule alors qu'il roulait à une vitesse excessive sur une départementale...

Cette fois, Franck coupa le son.

— Putain ! murmura-t-il.

Le capitaine mit quelques secondes à réagir.

— Tavernier, c'est pas... ?

— Si, coupa Franck. Il a participé à la soirée où Charon a...

— Bien fait pour sa gueule ! cracha Philippe d'un air mauvais.

— C'est pas un accident, précisa le commissaire.

— Tu penses qu'ils l'ont buté ? Je croyais pourtant qu'ils faisaient tout ça pour protéger ces trois salopards !

— Pour protéger Charon, rectifia Franck. Je me demandais comment Forestier avait obtenu cette vidéo... Maintenant je le sais.

— Je comprends que dalle ! soupira Laurent.

— Il n'y avait que trois personnes à détenir copie de ce film, expliqua le commissaire. Les trois protagonistes. Je me doutais que la fuite venait de l'entourage de l'un d'eux… C'est certainement l'épouse de Tavernier qui a trouvé la cassette et l'a fait parvenir à la juge…

— Tu crois qu'elle a voulu envoyer son propre mari en taule ? s'étonna Philippe.

— Si tu avais vu les images, tu comprendrais ! poursuivit Franck avec un nœud dans la gorge. Crois-moi, elle a dû haïr son mari en visionnant cette horreur ! Hermann a sans doute appris que c'était madame Tavernier qui était au courant… Il s'en est débarrassé, en a profité pour faire disparaître le mari avec… Plus de témoins gênants !

— On va pas pleurer pour eux ! conclut Laurent d'une voix dure. Je… J'ai un pote au commissariat de S. Je vais essayer d'obtenir des détails sur ce qui s'est passé cette nuit, avec Marianne… Ça pourrait nous être utile.

Il s'isola dans la salle à manger. Franck ne pouvait plus bouger. Comme paralysé.

Au bout de cinq minutes, Laurent réapparut.

— Bon, apparemment, ça s'est passé vers vingt-trois heures… Marianne s'est introduite chez cette surveillante, Solange Pariotti…

— La Marquise, murmura Philippe. C'est celle qu'elle appelait la Marquise…

— Sans doute… Donc, elle est entrée chez elle et l'a forcée à appeler un dénommé Portier…

— Celui qui l'a violée dans le cachot, coupa encore Franck.

— … pour qu'il les rejoigne. Et là, elle a obligé le type à violer la nana…

Ils écarquillèrent les yeux d'effroi.

— Ensuite, elle a abattu le mec… Plus étonnant, c'est Marianne elle-même qui a prévenu la police, ce matin vers sept heures. Quand ils ont débarqué dans l'appart', ils ont trouvé les deux victimes attachées sur la table… Le mec avait une balle dans la tête, il était sur la fille, si vous voyez ce que je veux dire… Apparemment, elle l'a buté en pleine action. Mais elle n'a pas tué la gardienne… Je vois pas pourquoi.

— Elle voulait qu'elle souffre longtemps, affirma Franck d'une voix meurtrie.

Un long silence traversa la pièce.

— Bon, on va à S. ? reprit le capitaine. Je vais rappeler le dépanneur pour qu'il se bouge…

Franck hocha la tête.

— On a un avantage sur le reste de la meute ; on sait qu'elle circule à bord de la Laguna…

— Pas sûr, rétorqua Laurent. Elle a très bien pu en voler une autre…

— Marianne, c'est pas une spécialiste du vol de bagnole, souligna Philippe. À mon avis, elle roule toujours avec la tienne…

Le portable de Franck se manifesta encore. Appelant inconnu. Il soupira avant de décrocher.

— Salut Franck…

Le commissaire changea de visage.

— Marianne ?

Laurent et Philippe firent la même tête que lui.

— Oui, c'est moi… T'as écouté les infos ?

— Oui.

— Ils t'ont rendu ta fille ?

— Non… Maintenant, ils croient que je t'ai laissée t'enfuir…

— Tu leur as expliqué, je pense… Bon… Tu sais où me chercher, à présent…

Il ne répondit pas. Trop estomaqué pour parler.

— Remarque, je ne suis plus à S… J'ai préféré pas trop traîner dans le coin… Ça doit grouiller de flics, à l'heure qu'il est… T'es où, là ?

— On n'a pas bougé…

— Je vois que tu as suivi mes conseils… L'affût, ça paye toujours plus que la poursuite…

Elle prit une grande respiration. Ce qu'il entendit ensuite se grava dans sa mémoire. À jamais.

— J'ai trouvé une auberge très sympa, à I. À deux cents bornes de S. Un très joli patelin, tu verras ! L'hôtel, ça s'appelle l'Auberge du Bois Doré. J'ai la chambre vingt-quatre. J'ai pas donné mon nom, bien sûr. Mais celui de ma mère, Imbert… Et surtout, je me suis arrêtée à I. parce qu'il y a une petite gare là-bas. Tu sais combien j'aime les gares, Franck…

Il devina qu'elle se mettait à pleurer.

— Je serai à la gare chaque soir… À partir de dix-huit heures et jusqu'à dix-neuf… Chaque soir, Franck.

Il s'efforça de ne pas pleurer à son tour.

— J'y serai chaque soir, pendant trois jours… Parce que j'ai acheté un billet de train pour M. Le sud, tu vois… Le soleil, la mer ! Ce train ne part que mardi matin à dix heures… Je serai à la gare tous les soirs, Franck. Et si mardi tu n'es toujours pas venu, je monterai dans le train… Il me reste six balles dans le Glock. Alors, n'oublie pas ton arme, ça vaut mieux… Tu m'entends, Franck ?

— Oui, Marianne…

— Bon… À bientôt, dans ce cas.

Elle raccrocha. Il resta pétrifié un instant. Il regarda ses coéquipiers. Il était méconnaissable.

— Qu'est-ce qu'elle t'a dit, putain ?! s'impatienta Laurent.

— Elle… Elle… elle m'a dit qu'elle… Elle m'attend.

Cette fois, ce furent eux qui perdirent la parole. Il leur répéta les mots de Marianne d'une voix tremblante.

— Nom de Dieu ! murmura Philippe.

— C'est du bluff ! s'écria Laurent. Elle veut nous attirer à I. alors qu'elle est partie à l'opposé !

Le capitaine s'était levé, arpentait la cuisine à grandes enjambées. Il perdait son sang-froid.

— Non. Elle m'attend vraiment.

— Tu rêves ! hurla le capitaine d'un ton hystérique.

Franck posa enfin son téléphone. Décrispa sa main.

— Oui, je rêve. C'est même un cauchemar…

Philippe essayait de comprendre l'incompréhensible.

— Tu crois vraiment qu'elle est là-bas ?

— J'en suis certain.

— Ah ouais ? cracha Laurent.

— T'as qu'à vérifier, suggéra Philippe. Appelle l'hôtel. Demande à parler à Marianne Imbert.

Le capitaine s'acharna à démontrer qu'il avait raison. Parce qu'il avait trop peur d'avoir tort. Parce que c'était trop insupportable de penser que…

Il obtint le numéro de l'auberge auprès des renseignements.

Franck s'était enfermé dans un douloureux mutisme.

Laurent s'agitait de plus en plus. Dépassé par les événements. Laurent, qui raccrocha bien vite. Au moment où la voix de la locataire de la chambre vingt-quatre résonna dans l'appareil.

À son tour, il se mura dans le silence. Ils pensaient à Marianne. À ce qu'elle venait de leur prouver. Une fois de plus. À ce qu'ils étaient forcés de faire, aussi.

— Prenez vos affaires, ordonna Franck. Rentrez chez vous. J'irai seul.

— Non, on sera là, répondit Laurent. Avec toi. Et avec elle, aussi…

***

Marianne entra dans la gare à dix-huit heures pile. Il n'y avait que peu de monde. Une de ces petites gares, à taille humaine.

Qui sentait bon les vacances au soleil. Les congés payés.

Sur le premier quai, elle s'assit en face des voies, sur un banc abrité. Elle regardait les gens vaquer à leur vie. Parce qu'ils en avaient encore une. Elle regardait les trains arriver, charger et décharger leurs passagers, puis repartir. Des TER, surtout. Un ou deux TGV. Elle fumait une cigarette de temps en temps. Observait cette foule miniature, un léger sourire sur les lèvres.

Le chef de gare passa à plusieurs reprises devant cette jeune femme sans bagages. Peu avant dix-neuf heures, il s'arrêta.

— Vous attendez quelqu'un, mademoiselle ?

— Oui.

— Ah… Par quel train doit-il arriver ?

— Je ne sais pas… Il doit me faire la surprise.

— Et vous allez l'attendre jusqu'à quelle heure ? s'étonna le type.

— Dix-neuf heures. Mais je reviendrai demain… Et le jour suivant… Je sais qu'il viendra.

Le contrôleur lui adressa un sourire un peu ému. Il y a parfois de drôles de rencontres, dans les gares.

À dix-neuf heures, Marianne quitta la gare. Elle flâna au hasard des ruelles, s'arrêta dans un café. Elle n'avait même plus peur d'être reconnue. D'ailleurs, qui pourrait bien penser que Marianne de Gréville, recherchée par toutes les polices du pays, s'offrait un soda en terrasse ? Elle avait ses lunettes de soleil, son gavroche. Voulait profiter du soleil tant qu'il y en avait. Tant qu'il brillait pour elle.

À vingt heures, elle regagna l'auberge. Fit monter un plateau dans sa chambre. Ils avaient un cuistot de génie !

Elle se délassa dans un bain chaud puis s'étendit au milieu du lit. Elle avait du sommeil en retard. Elle dormirait comme un bébé.

Mais d'abord, elle allait s'offrir un voyage en première classe. Elle n'avait pas oublié d'emporter une dose d'héro dans ses bagages. Un fixe plus loin, elle ne pensa plus qu'à Daniel. À nouveau vivant. Près d'elle. Elle était dans ses bras. Il n'existait pas de plus bel endroit. Elle s'endormit avant la chute.

Lundi 25 juillet – 19 heures

Marianne quitta son banc. Puis la gare. Elle fit sa halte à la terrasse du café. Le ciel s'était voilé. Cette nuit, il pleuvrait.

Une heure plus tard, elle reprenait le chemin de l'auberge. Musardant un peu sur le bord des routes. Elle n'était pas pressée. Prenait le temps d'admirer chaque chose. Ce que beaucoup ne voyaient plus depuis si long-temps. Jamais blasée, Marianne.

En passant à l'accueil, elle adressa un grand sourire au patron puis commanda son plateau-repas. S'offrit ce qu'il y avait de meilleur. Régla ses dettes, laissant un mirifique pourboire. Il fallait bien dépenser l'argent du proc'…

Puis ce fut le rituel du bain.

Mais avant d'aller se coucher, elle prépara son sac. Se mit ensuite à griffonner quelques lignes sur une feuille blanche. Elle aurait dû pleurer en écrivant cela. Pourtant, elle ne pleurait pas. Parce que les larmes n'avaient plus de raison de couler. Elle plia la feuille en quatre, la glissa dans la poche de sa chemise.

Enfin, tout était prêt.

Cette nuit, elle ne dormirait peut-être pas. Écouterait la pluie. Et les trains, aussi. Elle demeura quelques instants sur le balcon. Entre les nuages épais, quelques étoiles scintillaient. Pour elle, sans doute. Elle tira la baie vitrée, regagna la pénombre de sa chambre.

Elle devina alors la silhouette, près de la porte. Son cœur s'emballa, un peu.

— Bonsoir, Marianne.

— Tu ne respectes pas les règles du jeu, Franck.

— Non, jamais…

Ils étaient chacun d'un côté de la pièce. Elle, dos à la fenêtre. Lui, dos à la porte.

Un doux frisson la parcourut de la tête aux pieds. Il était venu. Ici, à l'auberge. Il avait compris.

— J'étais à la gare, tout à l'heure, dit-elle.

— Moi aussi… Hier soir aussi… J'y étais chaque soir.

Elle s'approcha. Il ne bougeait pas.

— Je pars demain matin, Franck.

— Non, Marianne… Tu ne pars pas.

Elle avança encore un peu. Plus qu'un mètre pour les séparer. Leurs yeux s'habituaient à l'obscurité. Ils se voyaient, comme en plein jour. À lui de faire un pas, maintenant.

— Je n'ai pas pu, avoua Franck. Tu m'as rendu la tâche encore plus dure, Marianne…

— Demain, tu n'auras pas le choix…

Elle entendit sa respiration changer. Comprit qu'il pleurait. Lui qui ne pleurait jamais, avant. Ils étaient si proches, maintenant ; ils auraient pu se toucher.

— Pourquoi, Marianne ? Pourquoi tu ne t'es pas enfuie ?

Elle posa un doigt sur sa bouche.

— Chut, ne dis rien… Écoute juste la pluie… Il n'y a rien de plus beau…

— Marianne… Tu… tu te souviens, un jour tu m'as dit… que j'allais apprendre à te connaître. À te connaître vraiment…

— Je m'en souviens, Franck.

— Moi, je t'ai répondu que je n'aurai pas le temps et que… c'était mieux ainsi parce que… tu ne gagnais pas à être connue. Je veux que tu saches que…

Il l'enlaça enfin, l'étreignit avec force.

— J'ai aimé te connaître, Marianne…

Un crépuscule de rêve.

Mardi 26 juillet – 9 h 30

Marianne composta son billet puis se dirigea vers le quai numéro un. Des années qu'elle rêvait d'accomplir ce simple geste. Partir en voyage.

Elle se posa sur le banc, devenu son banc. Alluma une cigarette.

La voix de VM. *Tu connais pas la tradition, Marianne ? La cigarette du condamné…*

Puis elle ferma les yeux sur les images de la nuit. Cette douce musique de pluie. Ses bras qui ne l'avaient pas lâchée. Cette nuit, où il ne l'avait pas laissée seule. Où il avait été là, rien que pour elle.

Il avait tellement changé. Plus de gestes cruels, ou brutaux.

Il lui avait tout donné. Tout ce qu'il avait. Tout ce qui lui restait.

Franck abandonna sa voiture devant la gare. Ses yeux étaient encore rougis par les larmes. Il avait tant pleuré, ce matin. Tandis qu'elle prenait son petit déjeuner. Là, tout près de son assassin. Lui, assis sur le lit, incapable de manger, incapable de respirer.

Puis elle s'était habillée, au sortir de la douche. Tout en lui souriant. Comment y arrivait-elle ? Alors que lui la regardait se préparer… Que chacun de ses

983

mouvements enfonçait une lame dans sa poitrine. Jusqu'à ce qu'elle s'approche, se serre contre lui. Lui murmure des mots à l'oreille.

Chut... Ne pleure pas Franck, je t'en prie... Ne pleure pas... Ne sois même pas triste...

Je vais t'expliquer, Franck... Je vais tout te dire...

Il traversa la petite salle. Il ne pleurait plus, maintenant. Il lui avait promis ; plus de larmes. Promis qu'il ne faiblirait pas. Il allait tenir parole.

Une voix annonça le TGV pour M. Le sud, le soleil, la mer. Tout ce qu'elle ne connaîtrait jamais.

Puis la voix de Marianne, dans sa tête. Empreinte rouge, indélébile. Des mots entendus une fois, retenus par cœur, pour toujours.

Je vais tout te dire... Franck, ce n'est pas grave... Tu ne vas pas me tuer ; tu vas me sauver... Pour la première fois de ma vie, je n'ai plus peur... Parce que j'ai toujours eu peur, tu sais... toujours. Mais là, c'est terminé... Je ne me suis jamais sentie aussi bien...

C'est comme une sorte de paix intérieure... Ils appellent ça la sérénité, je crois. Longtemps, j'ai voulu la liberté... J'en rêvais, chaque jour, chaque nuit...

Franck s'arrêta à la porte. Devant le quai numéro un. Il contemplait Marianne, de dos.

Assise sous l'abri vitré, en train de fumer sa cigarette. Si loin de la mort. Elle était si belle.

Non, j'ai juré. Quand elle se retournera, je ne pleurerai pas. Je lui offrirai même un sourire.

J'en rêvais, chaque jour, chaque nuit...

Après, j'ai cru que la liberté, ça n'existait pas dans ce monde... Tu me promettais une nouvelle vie, mais j'avais peur... de tout... Même de cette fameuse liberté... Et puis j'ai compris, enfin...

Je ne serai jamais libre nulle part. Il y aura toujours ces chaînes autour de moi, autour de mon cou... Celles qui m'étranglent... Perpétuité, c'est pour toujours...

La liberté, elle est à l'intérieur de toi... Là, dans ta tête... Pas besoin d'aller loin pour la trouver... J'ai compris cela le soir où je me suis enfuie...

Ils me poursuivront toujours. Partout. Leurs visages, leurs cris, leur souffrance. Et la mienne... J'ai fait tant de mal, Franck. J'ai commis tellement d'horreurs, j'en ai subi tellement...

Et puis Daniel me manque, il me manquera toujours. Jamais je n'arriverai à vivre sans lui... Vivre sans lui, ce n'est pas la liberté, c'est l'enfermement dans la douleur, une nouvelle perpétuité...

Alors, je veux la sauver, cette petite fille... Elle qui doit être terrorisée quelque part, loin de son père... Elle a tant de chance d'en avoir un. Elle a une vie devant elle. Alors que moi, je n'en ai plus. Ma vie, elle est restée là-bas... accrochée aux barbelés... Elle a été enterrée, en même temps que ceux que j'ai assassinés...

En même temps que Daniel, aussi... Ma vie, elle est déjà derrière moi... Déjà finie.

La sauver, c'est ce que j'attendais depuis longtemps... Depuis toujours... La sauver, c'est faire enfin quelque chose de beau avec ma vie... C'est lui donner un sens.

C'est la rédemption, Franck. Un mot que j'aime bien, tu vois! La délivrance, si tu préfères...

Tu leur diras que j'ai choisi de mourir pour elle, qu'ils le sachent, qu'ils s'en souviennent... que je ne suis pas aussi lâche qu'eux.

Franck ferma les yeux une demi-seconde. Quand il les rouvrit, Marianne jeta sa cigarette par terre.

Le signal.

Il sentit une main sur son épaule. Ils étaient venus, bien sûr.

Une voix s'abattit sur leurs têtes. Le TGV, en gare dans deux minutes.

Franck rassura ses amis. Eux qui semblaient la proie d'un désespoir sans limite.

— Elle nous attend, dit-il simplement. Elle a besoin de nous…

Il fit quelques pas en avant. Marianne se leva, se retourna. Elle leur adressa un sourire, un vrai. Les regarda, chacun leur tour. Franck ne pleurait pas. Il lui souriait, aussi. Elle fixa les émeraudes qui étincelaient au soleil. Deux pierres si précieuses.

Puis elle se tourna à nouveau vers les rails. Au loin, le train.

Un soupçon de peur dans son ventre. Juste un soupçon. Celui qui vous prend, quand l'inconnu s'ouvre à vos pieds.

Franck dégaina son arme.

— Police !

Elle se retourna, encore. Quelques cris, dans la foule. Elle écarta le pan droit de sa chemise.

— Pas un geste ! hurla Franck.

Encore des hurlements. Ceux des témoins. Tout juste si Marianne les entendait. Elle s'accrochait juste aux yeux verts. Comme à une bouée.

Laurent et Philippe la tenaient en joue, aussi. Elle empoigna son Glock.

— Tout le monde à terre ! s'écria le commissaire.

La douleur fut plus rapide que le bruit. Marianne s'effondra en arrière, touchée plein cœur. Une chute violente qui la projeta sur les rails. Au moment où le train arrivait.

Elle eut le temps d'apercevoir les gerbes d'étincelles de la machine qui freinait sur le métal, comme un feu d'artifice. Au milieu d'un bleu intense.

Elle serra les poings, une dernière fois.

Choisir de la sauver, c'est ma liberté, Franck.

ÉPILOGUE

Lundi 26 janvier – Six mois plus tard

Franck embrassa le front de Laurine qui dormait à poings fermés, serrant contre elle sa peluche favorite. Il quitta la chambre sur la pointe des pieds, regagna la sienne. Heureux de l'avoir près de lui, désormais. Il avait eu si peur... Elle vivait avec son père, depuis qu'il avait failli la perdre. Comme toutes les petites filles normales. Même si elle ne le serait jamais. Après toutes ces années perdues. Toutes ces années où il l'avait tenue à l'écart de lui, où il l'avait cachée. Comme une chose honteuse, monstrueuse. Mais maintenant, c'était terminé. Maintenant, elle était là, dans sa vie. Là où était sa place.

Il s'allongea sur son lit, alluma la télévision pour briser le silence. Tomba sur le journal de la nuit. Toujours la même rengaine. Dumaine, en tête des sondages. Dans quelques semaines, après une campagne axée sur une politique sécuritaire, il serait élu président, il n'y avait plus aucun doute. Plus aucun suspense.

Franck éteignit la télévision puis jeta la télécommande par terre.

Il avait gardé le silence sur l'affaire Charon. Pas par lâcheté. Non. Simplement pour que Laurine continue d'avoir un père. Pour donner un sens au sacrifice de Marianne.

Marianne… Il laisserait la lumière allumée, toute la nuit. Toutes les nuits. Avalerait son somnifère, trouverait un sommeil boiteux. Mieux que rien.

Et demain matin, il attaquerait une nouvelle journée. Au bureau, il retrouverait Laurent. Qui lui filerait une tape amicale sur le dos, comme chaque jour. *Ça va, mon vieux ?* Laurent qui n'avait pas changé. Sauf qu'il oubliait souvent de sourire. Ou que ses sourires étaient un peu tristes.

Philippe leur manquait. Depuis qu'il avait remis sa démission, quelques jours seulement après… Philippe qui ne leur avait plus donné de nouvelles. Qui s'était évaporé dans la nature sans laisser d'adresse. Juste quelques mots, sur le bureau de Franck. Il partait, loin. Il valait mieux qu'ils se séparent ; assurance vie pour eux trois. En restant groupés, ils constituaient une cible trop parfaite.

Encore un sacrifice que Franck n'était pas près d'oublier…

Franck qui irait au lac de St.-C., dimanche. Là où les cendres de Marianne avaient été dispersées. Poussière d'ange ayant rejoint celle de Daniel. Si peu de monde pour l'accompagner, ce jour-là. Seulement quatre personnes. Une surveillante de prison qui avait inondé le lac de ses larmes.

Et, un peu à l'écart, trois officiers de police.

Franck se rendait là-bas, de temps en temps. Pour lui parler.

Pour lui dire.

Qu'à la maison d'arrêt de S., des détenus avaient gravé son nom sur les murs de la cour de promenade. Sur les murs, à défaut d'un monument à la gloire des Résistants.

Pour lui dire.

Que la Marquise errait quelque part dans les ténèbres.

Pour lui dire.

Qu'elle lui manquait.

Qu'elle lui manquerait toujours.

Qu'il avait pris perpète, lui aussi.

Qu'il était trop tard pour lui dire tout ça.

Et que, oui, la liberté ça n'existe que dans les rêves. Ou dans la mort.

***

Le commissaire principal Franck Dionisi et son adjoint, le capitaine Laurent Kowiak ont péri le 3 février dans l'exercice de leur mission, au cours d'une fusillade dont les auteurs n'ont jamais été identifiés.

Des funérailles nationales ont été organisées, au cours desquelles Dumaine, le ministre de l'Intérieur, leur a rendu un vibrant hommage.

Le même jour, l'ex-lieutenant de police Philippe Estrade a été retrouvé mort à Varsovie, où il vivait depuis plus de six mois. La police locale a conclu au suicide par pendaison.

Achevé d'imprimer en avril 2013

par CPi
BLACK PRINT

POCKET – 12, avenue d'Italie
75627 Paris – Cedex 13

Dépôt légal : mars 2011
S18074/06